## Das Buch

*Das Indiz*
Dismas Hardy, Bezirksstaatsanwalt in San Franzisco, macht eine grausige Entdeckung, als er zufällig bei der Autopsie eines Hais zugegen ist: Aus dem Magen des Tieres kommt eine männliche Hand zum Vorschein, an der sich ein Jadering befindet. Was zunächst wie ein Unfall aussieht, erweist sich schnell als Mord. Je weiter die Ermittlungen voranschreiten, desto komplizierter wird der Fall, bis Dismas Hardy schließlich ganz unerwartet auf das entscheidende Indiz stößt ...

*Die Farben der Gerechtigkeit*
Rassenunruhen in San Franzisco - nachdem ein Schwarzer, der einen Weißen ermordet haben soll, aus Mangel an Beweisen freigesprochen wird, ist die Stimmung in der Stadt zum Zerreißen gespannt. Nach einem weiteren Zwischenfall, bei dem ein Schwarzer das Opfer ist, gerät der Student Kevin Shea zu Unrecht unter Verdacht. Als sich die Lage weiter zuspitzt, bleibt Kevin nur eins - die Flucht. Er wird zum Gejagten, als offensichtlich wird, dass selbst offizielle Stellen die Wahrheitsfindung behindern.

## Der Autor

John T. Lescroart studierte in Berkeley und lebt heute als freier Schriftsteller in Davis, Kalifornien. Seine Romane kamen alle in die amerikanischen Bestsellerlisten und wurden in zahlreiche Sprachen übersetzt.
Im Wilhelm Heyne Verlag sind unter anderem erschienen: *So wahr mir Gott helfe* (01/13330), *Gnade vor Recht* (01/13028), *Der Vertraute* (01/10685), *Das Urteil* (01/10077), und *Die Rache* (01/9682).

# JOHN T. LESCROART

# *Das Indiz*
# *Die Farben der Gerechtigkeit*

*Zwei spannende Thriller*

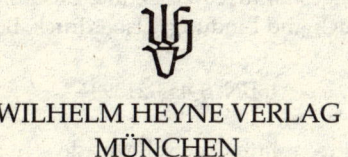

# WILHELM HEYNE VERLAG
## MÜNCHEN

HEYNE TIPP DES MONATS
Nr. 23/0194

*Umwelthinweis:*
Dieses Buch wurde auf
chlor- und säurefreiem Papier gedruckt

Taschenbuchausgabe 10/2002

Copyright © dieser Ausgabe 2002 by
Wilhelm Heyne Verlag, GmbH & Co. KG, München
Printed in Germany 2002
Quellenverzeichnis: s. Anhang
Umschlagillustration: The Image Bank/
Andrea Pistolesi
Umschlaggestaltung: Nele Schütz Design, München
Druck und Bindung: Elsnerdruck, Berlin

ISBN: 3-453-21398--X

http:/www.heyne.de

# Das Indiz

Dieses Buch ist meiner Frau Lisa gewidmet, die immer für mich da ist; und meinem alten Freund, dem ehemaligen Marinesoldaten und Polizisten, jetzigen Barkeeper und Schauspieler Nishion Matosian Don Matheson.

# Danksagung

Für die erste Inspiration und die weitere Betreuung danke ich Joel T. Kornfeld und Al Giannini.

Eine Vielzahl anderer Fachleute hat mir bei diesem Buch geholfen. Unter ihnen mehrere Juristen aus dem Büro des Bezirksstaatsanwalts von San Francisco: Jim Costello, Susan Eto, Jerry Norman und Bill Fazio. In meinem Wohnort Davis bedanke ich mich bei dem Anwalt Steve Shaffer. Die beträchtlichen Freiheiten, die ich mir mit den Staatsanwälten in San Francisco genommen habe, beruhen auf reiner Fiktion, und das Ergebnis ähnelt in keiner Weise ihnen selbst oder irgendwelchen anderen Mitgliedern dieses sehr professionellen, effizienten und entgegenkommenden Anklägerteams.

Die nichtjuristischen Beiträge waren nicht weniger wichtig: Der Gerichtsmediziner Dr. Boyd Stephens aus San Francisco war besonders großzügig mit seiner kostbaren Zeit, genauso wie Tristan Brighty, Mike Hamilburg, Joanie Socola, Dr. Phil Girard, Mark Detzer und Bob Eisele. Alle haben wesentlich zum fertigen Buch beigetragen.

Schließlich möchte ich noch meinen beiden kleinen Kindern Justine und Jack für ihre wundervolle Einstellung und ihr Benehmen während der meisten Zeit, die ich mit der Vollendung dieses Werkes beschäftigt war, danken.

Falls irgendwelche technischen Fehler vorkommen, sind sie allein dem Autor zuzuschreiben.

»Jahr für Jahr, wenn nicht sogar Tag für Tag, riskieren wir unser Seelenheil, indem wir uns auf irgendeine Prophezeiung verlassen, die auf unvollständigem Wissen beruht«.

– OLIVER WENDELL HOLMES junior
Richter des US-Supreme Court 1902-1932

# Erster
# Teil

# 1

Bis zur Hüfte ging Dismas Hardy das eisige, grüne Wasser. Er schritt hindurch, und seine Finger in den Gummihandschuhen lagen auf den Rückenfinnen eines sechs Fuß langen weißen Hais.

Draußen in der weiten Welt war es kurz vor zwei an einem Sommermorgen, aber hier drinnen im Steinhart-Aquarium gab es keine Zeit. Grüne Wände umgaben das Becken, in dem Dismas umherwanderte, sie waren feucht von dem Nebel, der sich daran niedergeschlagen hatte. Das Licht der Lampen über Dismas Hardy spiegelte sich darin. Außerhalb des Raums brummte ein Motor.

Hardy hörte nur das Plätschern und Glucksen des Wassers, das hinter ihm wieder zusammenfloß, während er hindurchging, immer im Kreis, allein in dem runden Becken.

Gegen sieben Uhr abends hatte Pico Morales ihn angerufen. Hatte ihn gefragt, ob er Lust zum Herumlaufen hätte. Wenn Pico anrief, hieß das: Irgendein Fischerboot hatte einen weißen Hai gefangen, wollte ihn loswerden und rief das Aquarium an, ob es ihn haben wollte. Die Haie tummelten und paarten sich draußen vor den Farallons, den Felseninseln, und das Steinhart-Aquarium – oder Pico, dessen Kurator – wollte unbedingt einen lebendigen haben. Das Problem war, daß die Tiere so traumatisiert oder verwundet oder beides waren, wenn man sie fing, daß keines von ihnen überlebte. Sie waren dann zu erschöpft und konnten sich allein nicht mehr vorwärtsbewegen. Sie brauchten jemand, der sie durch das Wasser bewegte, denn sie mußten weiterschwimmen, um Luft zu bekommen.

Es war Hardys dritte und letzte Einstundenschicht in dieser Nacht. Er hatte abwechselnd mit ein paar anderen Freiwilligen gearbeitet, und nun mußte jeden Augenblick Pico wiederkommen. Hardy ging also nur noch gedankenlos durchs Wasser, setzte einen Fuß vor den anderen und zog das halbtote Monster mit sich herum.

In der ersten Pause hatte er den Kälteschutzanzug abgestreift, sich umgezogen und war für ein oder zwei Guiness ins Little Shamrock hinübergegangen. Hardys Schwager, Frannies Bruder Moses McGuire, war nicht da gewesen. Lynne Leish arbeitete wie jeden Sonntag hinter der Bar, und Hardy hatte seinen Drink mit nach hinten genommen und dagesessen und mit niemandem geredet.

In der zweiten Pause war er hinausgegangen und über den Zaun in den japanischen Teegarten gestiegen. Er hatte auf einer Holzbrücke gesessen und dem Plätschern des künstlichen Gewässers gelauscht, das zwischen den Bonsais und Pagoden dahinfloß. Wie immer in San Francisco während des Sommers hing der Nebel über der Stadt, und das machte den Abend nicht gemütlicher.

Hardy achtete nicht auf Pico, der jetzt hereinkam. Plötzlich stand er neben dem Becken, und sein riesiger Wanst brachte den Schutzanzug beinahe zum Platzen. Sein großer schwarzer, herabhängender Schnurrbart wurde immer naß, wenn er die dampfende Tasse an die Lippen brachte. »Hey, Diz!«

Hardy zwang seine Beine zum Weitergehen, hob den Kopf und grunzte.

»Was macht das Baby?«

Hardy blieb nicht stehen, ging weiter. »Weiß ich nicht.«

Pico setzte die Tasse auf den Rand des Beckens und ließ sich ins Wasser hinunter. Er zitterte, als das kalte Wasser durch seinen Anzug drang. Das nächstemal, als Hardy an ihm vorbeikam, packte Pico den Hai und kraulte ihm den Bauch. »Laß ihn los«, sagte er.

Hardy ging noch zwei Schritte weiter, dann ließ er die Rückenfinnen los. Der Hai kippte nach vorn und stieß mit der Nase abwärts gegen die Fußbodenkacheln des Beckens.

Pico seufzte. Hardy stützte sich mit dem Ellbogen gegen den Beckenrand. »Kein Familienleben«, sagte Pico. »Daher kommt das.«

»Kommt was?« Hardy keuchte.

»Ich glaube, diesen Burschen fehlt der Lebenswille. Gleich nach der Geburt ausgesetzt, sollen sie für sich selbst sorgen. So kommen sie mit Drogen in Berührung, geraten in schlechte Gesellschaft, fressen Junk Food. Wenn wir sie erwischen, sind sie schon geliefert.«

Hardy nickte. »Gute Theorie.«

Pico saß im Schutzanzug auf dem Rand des Beckens, sein riesiger Bauch wölbte sich. wie ein Tumor. Er schlürfte Kaffee mit Brandy. Der Hai lag immer noch mit der Nase am Boden im Wasser. Pico sagte kein Wort, als er Hardy den Kaffeebecher gab.

»Wir machen irgend etwas falsch, Piek.«

Pico nickte. »Ich stimme dir zu. Bist auf 'ner heißen Spur, Diz.«

»Sie sterben alle. Keiner überlebt es, richtig?«

»Ich glaube, dieser hier hat eine Überdosis. Wahrscheinlich genau ins Herz abgedrückt.« Er nahm den Kaffeebecher wieder an sich. »Verdammte Junkies, diese Haie!«

»Kein Familienleben«, sagte Hardy.

»Stimmt.« Pico plumpste ins Wasser und ging auf den Hai zu. »Hilfst du mir, den Hundesohn rausziehen und den Bauch aufmachen? Im Dienst der Wissenschaft?«

Hardy leerte Picos Kaffeebecher, seufzte und rollte die Trage heran. Pico hatte einen Strick um die Schwanzflosse des Hais gebunden und legte ihn über die Rolle des Flaschenzugs, der von der Decke herabhing. Plötzlich zuckte der Schwanz, und Pico sprang zurück, als ob ihn etwas gebissen hätte. »Dreckiger Fixer, feiger Schweinehund! Der lebt noch!«

»Letzte Zuckungen, oder was?« Hardy wollte den Hai nicht aufschneiden, falls er noch nicht tot war.

»Ein Cha-Cha-Cha ist das nicht, Diz. Zieh mal an dem Viech, bitte!«

Hardy zog, und der Hai kam aus dem Wasser, langsam und schwer. Hardy schwenkte ihn zur Trage hin. Er wartete, während Pico sich aus dem Becken herausarbeitete.

»Mir fällt ein Gedicht ein«, sagte Hardy. »Frühling, Sommer, Herbst und Winter, ihr seht aus wie ein dicker Hintern.«

Pico hörte nicht hin und streckte die Hand nach dem Kaffeebecher aus. »Muß ich mir solche Beleidigungen von jemandem bieten lassen, der sich an meinem Kaffee vergreift?«

»Ach, da war Kaffee drin?«

»Und ein bißchen Brandy. Gegen den Nachgeschmack.«

Sie kippten den Hai auf die Seite. Pico ging in seinen Arbeitsraum und kam eine Minute später mit einem Skalpell zurück. Er zog damit eine Linie vom Bauch des Hais bis hinauf zu den Kiemen, und die Magenhöhle lag offen. Er schnitt einen Streifen Fleisch ab und reichte ihn Hardy. »Lust auf Sushi?«

Im Becken gurgelte es. Hardy beugte sich über die Trage und achtete darauf, daß er Pico nicht im Licht stand, während er schnitt. Pico griff in den Bauch hinein und holte allerlei Sachen heraus – zwei oder drei kleine Fische, ein Stück Treibholz, einen Gummiball, eine Konservendose.

»Junk Food«, murmelte Pico.

»Das sagtest du schon«, sagte Hardy.

Pico griff wieder hinein und holte etwas heraus, das wie ein Seestern aussah. Er zog es hoch und betrachtete es aufmerksam.

»Was ist das?« fragte Hardy.

»Ich weiß nicht. Es sieht aus –« Plötzlich, als hätte ihn eine Tarantel gestochen, schrie Pico auf, sprang zurück und warf den Gegenstand auf den Fußboden.

Hardy ging hin, um ihn sich anzusehen.

Obwohl schon halbverdaut und von Schleim bedeckt, war immer noch zu erkennen, worum es sich handelte. Es war die Hand eines Menschen, am Gelenk abgetrennt. Der Zeigefinger fehlte, und am kleinen Finger steckte ein meergrüner Jadering.

# 2

Hardy erwartete, daß die Bullen als erste auftauchen würden. Wahrscheinlich kannte er sie aus der Shamrock-Bar, wo sie sich von Zeit zu Zeit sehen ließen, um nicht in Vergessenheit zu geraten. Manchmal ging es beim Iren ein wenig rauh zu, da half es, wenn die Jungs in den blauen Uniformen etwas Zivilisation in den Laden brachten. Ganz ohne ging es nun einmal nicht.

Während der letzten neun Jahre hatte Hardy tagsüber als Barkeeper gearbeitet. Erst seit vier Monaten, seit Rebecca geboren war und er und Frannie geheiratet hatten, saß er wieder beim Bezirksstaatsanwalt.

Hardy und sein einstiger Boß, jetziger Freund, Partner und Schwager Moses McGuire konnten beide ganz gut mit dem Eichenholzknüppel umgehen, der unter der Registrierkasse hing. McGuire, Doktor der Philosophie und einem Drink selten abgeneigt, hatte zweimal unliebsame Gäste durch die große Fensterscheibe nach draußen befördert. Meistens stieß er sie allerdings, in alter Western-Manier, durch die Schwingtüren hinaus. Trotzdem war weder Hardy noch Moses auf das Hinauswerfen besonders versessen – kein guter Kneipenwirt tat so etwas gern –, doch beide hatten von Zeit zu Zeit die Hilfe der Streife in Anspruch nehmen müssen. Das Shamrock war keine »Bullenbar«, aber wenn die Jungs von der Park Station während ihrer Freizeit einen Drink brauchten, bekamen sie den selbstverständlich umsonst.

Hardy stand jetzt am Eingang des Aquariums. Das schwarzweiße Polizeiauto tauchte auf. Der Lichtkegel des Suchscheinwerfers glitt über die Fassade des Hauses. Es war zwei Uhr fünfzehn, pechschwarze Nacht, und von der Straße bis zum Eingang des Gebäudes erstreckte sich eine zwanzig Meter lange betonierte Fläche. Hardy hatte Verständnis dafür, daß sie nicht gern in eine Falle liefen. Er trat aus dem Eingang hinaus ins Freie.

Zusammen gingen sie durch die dunstige Halle nach hinten zu den Wasserbecken. Das Licht, das von oben kam, war schwach und grünlich. Die beiden Polizisten folgten Hardy, während die Wasserbecken des Aquariums, durch das sie gingen, gurgelten und rülpsten. Ja, er kannte die beiden Polypen – Dan Soper, den Fullback, und Bobby Varela, den Sprinter. Hardy dachte an das Bild, das sie abgaben: dieses Knirschen des Leders, Klatschen der Pistolentaschen, Bumm-Bumm-Bumm der dicken Stiefel, Klingeln der Handschellen und Schlüssel. Streifenpolizisten hörte man meilenweit kommen. Hardy erinnerte sich an seine eigene Zeit, als er mit Abe Glitsky auf Streife gewesen war.

Er war damals ein anderer Mensch gewesen. Jetzt kam er sich viel älter vor. Fast so, als ob er diese Bullen in Schutz nehmen müßte. Mit Streifendienst fing das Leben eines Polizisten an.

Sie kamen in den Raum, den Hardy den Walking Room nannte, weil er dort, in dem großen Becken, mit den Haien immer im Kreis herumging. Pico hatte sich umgezogen. Er trug jetzt einen Rollkragenpullover und eine Trainingsjacke und hatte immer noch die Badehose an. Er saß auf dem Rand des Beckens und starrte geradeaus ins Leere. Neben ihm stand die Trage mit dem Hai darauf.

»Hast du sonst noch was gefunden?« fragte Hardy.

Pico rutschte vom Beckenrand herunter und warf Hardy einen vernichtenden Blick zu. Nachdem Hardy die beiden Polizisten vorgestellt hatte, ging Varela zu der Hand hinüber. Sie lag immer noch auf dem Fußboden, wo Pico sie hingeworfen hatte. »Ist das das, wonach es aussieht?«

»Genau«, sagte Hardy.

»Wo haben Sie den Hai her?« fragte Soper. »Hey, Bobby!« Varela stocherte mit einem Bleistift auf der Hand herum. »Laß das sein, ja?«

Pico erklärte Soper, wie der Hai ins Steinhart-Aquarium gekommen war. Soper wollte wissen, wie das Fischerboot hieß, wie der Kapitän hieß, wann er den Hai gefangen hatte und so weiter. Hardy ging zu Varela hinüber, der sich noch immer über den Gegenstand beugte. Hardy sah ihm von oben her zu.

»Ziemlich scheußlich, was?«

Varela drehte den Kopf herum und blickte ihn über die Schulter hinweg an. »Nee, so was kriegen wir drei-, viermal die Woche.«

»Ich frage mich, ob der Bursche ertrunken ist.«

Varela bekam die Augen nicht davon los. »Hoffen wir's mal, oder? Falls er noch gelebt haben sollte … Wie hätte Ihnen das an seiner Stelle gefallen?«

Soper war an ihnen vorbei in Picos Büro gegangen, um von dort aus zu telefonieren. Pico kam zu ihnen. »Er ruft irgendwelche Leute von einem Polizeilabor an. Ich stecke meine Hand auf keinen Fall mehr in den Bauch hinein.«

Varela schüttelte sich. »Kann ich nachfühlen.« Er ging zurück zu dem Hai, steckte die Spitze seines Bleistifts vorsichtig in den Bauch und hob die eine Seite an. »Ich kann nicht viel sehen.«

»Da ist noch mehr drin«, sagte Pico. »Wir hatten gerade erst angefangen.«

Varela trat einen Schritt zurück. »Dan hat recht. Ich glaube, wir sollten einfach warten.«

Hardy starrte auf die Hand hinunter. »Ich frage mich, wer das war«, sagte er.

»Na, das erfahren wir früh genug«, sagte Varela.

Pico lehnte sich gegen das Becken. »Wieso sind Sie sich dessen so sicher?« fragte er. »Das kann doch jeder sein.«

»Wir haben immerhin einen wichtigen Anhaltspunkt.«

»Und welchen?« fragte Pico

Hardy drehte sich um. »Lassen Sie mich mal raten«, sagte er. »Die Fingerabdrücke.«

## 3

Hardy hob seine rotgeränderten Augen von den Seiten des Aktenhefters, in dem er las. Es war halb vier Uhr nachmittags. Die letzte Nacht hatte er durchgemacht, bis zum Sonnenaufgang. Er war vom Steinhart-Aquarium nach Haus gefahren, hatte sich in Schale – einen neuen braunen Anzug – geworfen und einen Blick in das neue Schlafzimmer riskiert, das er hinten ans Haus gebaut hatte. Frannie lag zusammengerollt im Bett, und auch Rebecca schlief. Dann war er in die Stadt, zum Justizpalast an der Siebten Straße, Ecke Bryant, gefahren und hatte in seinem Büro im zweiten Stock bei der Bezirksstaatsanwaltschaft zu arbeiten angefangen.

Der Job lief nicht besonders gut. Der Fall, über dem er jetzt brütete, stammte wie alle, die man ihm auf den Schreibtisch legte, aus den unteren Etagen der Gesellschaft. Diesmal ging es um eine Prostituierte, die sich von einem Zivilbullen hatte erwischen lassen, der als Tourist getarnt am Union Square herumgewandert war. Die Frau – Esme Aiella – war zweiundzwanzig, schwarz, schon zweimal erwischt. Gegen eine Kaution von 500 Dollar hatten sie sie freigelassen, und genau in diesem Augenblick, in dem Hardy ihre Akte studierte, ging sie wahrscheinlich wieder ihrem Gewerbe nach.

Hardy fragte sich, wozu das Ganze gut war. Oder der Fall des städtischen Angestellten Derek Graham, den sie beim Handel mit Marihuanabriefchen erwischt hatten – seinem Nebenerwerb. Hardy hatte Burschen wie ihn im College gekannt, und sehr wenige schafften es später, zu Drogenbossen im Medellinkartell aufzusteigen. Derek hatte drei Kinder, lebte im Mission-Viertel und versuchte, irgendwie über die Runden zu kommen, damit seine Frau zu Hause bei den Kindern bleiben konnte.

Trotzdem, Hardys Job war es nun, diese Übeltäter festzunageln, die armen kleinen Ganoven, die Pechvögel oder Dummköpfe. Hier ging es nicht um das erhabene Drama des Verbrechens aus Leidenschaft, auch nicht um die Romantik der großen Deals, die schiefgegangen waren. Hier ging es nicht um wunderschöne Menschen, die verzweifelt ihre Libido, ihre Gier, ihre Seichtheit abstritten. Nein, was sich hier abspielte, lag tiefer, es lag dort, wo das Licht der Scheinwerfer nicht hinkam. Hardys Kunden lebten am gefährlichen Rand des Gesetzes. Sie rutschten aus, über die Grenzlinie des Gerade-noch-Erlaubten hinweg, merkten es nicht einmal, sie wollten nur etwas Geld, etwas Macht, einen kleinen Vorteil, vielleicht sogar ein bißchen Entspannung, ein bißchen Spaß im Leben, das sie nie aus dem Dunkel der völligen Bedeutungslosigkeit herausbrachte. Meistens, dachte Hardy, war es ein trauriges Leben.

Hardy hatte geglaubt, daß er nicht mehr diese Art Fälle bearbeiten müßte, wenn er wieder als stellvertretender Staatsanwalt zu arbeiten anfing, aber das war wohl unrealistisch. Er war inzwischen immerhin schon fast vierzig und hatte seine Ausbildung beim Bezirksstaatsanwalt bereits vor zehn Jahren absolviert. Damals hatte er mit sich gerungen, ob er es über sich bringen würde, die »Verbrecher ohne Opfer«, wie man diese Leute nannte, strafrechtlich zu verfolgen, diese kleinen Nutten, Kiffer, Gelegenheitsfixer und -sniffer. Im Grunde seines Herzens fand er nämlich, daß das – im Gegensatz zu denen, die anderen Leuten weh taten – gar keine richtigen Verbrecher waren. Wenn Erwachsene unbedingt mit einer solchen Braut ins Bett steigen, sich mit irgendwelchem Dreck vollknallen oder von der Golden Gate Bridge springen wollten, sollte die Gesellschaft sich da nicht hineinmischen. Es gab ja weiß Gott genügend wirklich Schlimmes, mit dem er sich abmühen mußte. Warum die kostbare Zeit auf solche Bagatellen verschwenden?

Aber mit dieser Haltung lag er völlig falsch. Das wußte er. Seine Aufgabe bestand darin, Leute, die sich strafbar machten, zu verfolgen. Egal, ob er das, was sie getan hatten, böse oder nicht böse fand.

Außerdem war er neu in diesem Job und hatte ihn nur deshalb bekommen, weil er mit ein paar Leuten, wie zum Beispiel dem Chefassistenten des Bezirksstaatsanwalts, Art Drysdale, zusammen Examen gemacht hatte. Er nahm auch an, obwohl er es nicht genau wußte, daß sein Ex-Schwiegervater, der Richter am Obersten Gerichtshof, Andy Fowler, ein Wort für ihn eingelegt hatte.

Zehn Jahre lang war er aus dem juristischen Beruf heraus gewesen. Er hatte als Barkeeper gearbeitet, war immer noch Teilhaber der Shamrock-Bar und konnte nicht verlangen, daß Burschen, die bei der Stange geblieben waren, nun plötzlich höflich beiseite traten und ihm die heißen Fälle überließen.

Natürlich, selbst wenn er Mordfälle bekäme – die Spaß machten –, hätte es sich meistens doch nur um NHs (»no humans involved«) gehandelt. Um Leute aus dem Bodensatz der Gesellschaft, die einander aus irgendwelchen albernen Gründen umbrachten. Zum Totlachen wären diese Fälle, wenn sie nicht gleichzeitig so tragisch wären ...

An diesem Morgen waren ihm draußen auf dem Korridor Arnie Tiano und Elizabeth Pullios über den Weg gelaufen. Sie hatten so heftig gelacht, daß sie sich kaum auf den Beinen halten konnten:

»... also, da versucht das Opfer, dieser arme Hundesohn Leon, mitten am Tag Radkappen an seinem Wagen anzubringen. Es ist sein Wagen. Ein roter alter Ford. Tja, und der Täter, Germaine, sieht ihn, kommt raus. Er fragt ihn, was er denn da zum Teufel an seinem, Germaines, Wagen herumfummelt. Der aber in Wirklichkeit um die Ecke herum geparkt ist. Sein Wagen sieht Leons ziemlich ähnlich, nehme ich an. Dasselbe Modell, ebenfalls rot und so weiter. Aber Germaine hat eine solche Wut im Bauch, er sieht nicht so gut, und Leon sagt ihm, hau ab, du Arsch, das ist mein Wagen – womit er ja recht hat. Also geht Germaine ins Haus, kommt mit 'ner Kanone wieder, und Leon sagt: ›Was hast du vor, willst du mich erschießen?‹ Und Germaine sagt ›Ja‹ und ballert neunmal in ihn hinein.«

Pullios stöhnte: »Ach, hör auf!«

»Ich schwör's dir: Da stehen zehn Zeugen in der Nähe und sehen zu, und dieser Kerl knallt Leon einfach ab, geht zurück ins Haus und legt sich hin zum Mittagsschlaf, und als wir bei ihm ankommen, schläft er immer noch.«

Und Arnie und Elizabeth lachten und lachten und lachten.

Aber es war immer noch besser als die Arbeit in der Bar.

Nicht, daß die Arbeit in der Bar ein schlechter Job war. Es war eine unkomplizierte Tätigkeit. Ein Leben ohne Streß. Er war stolz auf die Art gewesen, wie er die Drinks gemixt hatte, er war mit allen Leuten gut ausgekommen, er hatte sein Metier mit schlafwandlerischer Sicherheit ausgeübt.

Aber dann plötzlich genügte ihm das alles nicht mehr. Er wollte mehr, viel mehr. Nachdem er einmal aus dem ruhigen Trott heraus war, nachdem er versucht hatte, den Cochrans zu helfen und sein eigenes Leben zu retten, wurde ihm klar, daß er sich geändert hatte. Nur einfach sein Dasein fristen, das genügte nicht. Er hatte sich in eine Frau verliebt. Und die Frau hatte jetzt ein Baby, das er so behandelte, als ob es sein eigenes wäre, obwohl er nicht der Vater war.

Jetzt hatte er wieder eine Zukunft, die nicht mehr nur aus einer Aufeinanderfolge von Tagen in einem Guinessnebel bestand. Er wunderte sich selbst darüber, wie wohl er sich fühlte.

Die Arbeit hinter der Bar war ihm mit der Zeit lästig geworden. Die Stammkunden, die kleinen Nutten, die blöden irischen Streitereien beim Pfeilwerfen und die Frage, ob Jameson besser als die protestantische Bushmills-Pisse schmeckte. Es war immer dasselbe gewesen, dieselben tiefschürfenden alkoholischen Diskussionen, die sich am nächsten Morgen bei Sonnenaufgang als albern und idiotisch herausstellten.

Also war er zur Juristerei zurückgekehrt, das war wenigstens ein richtiger Job und hatte mit Dingen zu tun, die ihn wirklich interessierten. Er paßte zu dem neuen Leben, das er sich jetzt aufbauen wollte.

Und Frannie war auch wieder schwanger.

# 4

Das Büro des Gerichtsmediziners lag in demselben Gebäude, in dem Hardy arbeitete. Im Erdgeschoß. Vom Parkplatz aus ließen sich die Bahren leicht hineinrollen. Das Publikum konnte hereinkommen, ohne sich filzen zu lassen und ohne durch den Detektor zu gehen, der am hinteren Eingang des Justizpalastes stand.

Hardy saß in einem der gelben Plastiksessel im Vorraum des Büros. Es war halb fünf Uhr nachmittags, er war um fünf mit Esmes Anwalt in seinem Büro verabredet. Jetzt machte er eine Pause und wollte mal sehen, ob er etwas über die Hand herausbekommen konnte.

Der junge Mann beim Empfang war eine seltene Ausnahme im öffentlichen Dienst. Sixto war etwa fünfundzwanzig Jahre alt, trug eine Krawatte und richtige lange Hosen mit Bügelfalten, sein Haar war anständig gekämmt, und er sprach ein ordentliches Englisch, das grammatikalisch einigermaßen korrekt war. Ein Wunder.

»Ich glaub nicht, daß sie schon was rausgefunden haben, Mr. Hardy«, sagte er. »Es war heute kein guter Tag. Der Montag hat's meistens in sich.«

»Viel passiert am Wochenende?«

Sixto nickte. »Zwei Morde. Im Vorbeifahren erschossen, Sie wissen schon. Was ist bloß mit den Leuten los?« Darauf bekam Sixto keine Antwort, und er erwartete auch keine. »Deshalb bezweifle ich, daß die in der Sache mit der Hand schon was wissen, aber ich frage mal an, okay? Und wenn, dann gebe ich Ihnen Nachricht.«

Hardy bedankte sich bei Sixto und stand auf. Draußen vor dem Eingang des Justizgebäudes, im dicken Juninebel, blieb er stehen und warf einen Blick auf den Parkplatz. Rechts von ihm lag die Stadtautobahn und brummte geschäftig, wie immer zu Beginn der Stoßzeit. Da kamen vom rückwärtigen Eingang des Gebäudes Detective Sergeant Abe Glitsky und der Chefassistent des Bezirksstaatsanwalts, Art Drysdale, auf ihn zu.

»Na, ihr«, sagte Hardy und nickte.

Die beiden schienen nicht gut aufgelegt zu sein. Drysdale trat nahe an Hardy heran und sagte: »Wir wollen nicht darüber reden.«

»Über die Hand?«

Glitsky, der so groß und schwarz und gefährlich aussah, wie der schlanke weiße Drysdale gutmütig wirkte, schnauzte Hardy an: »Was für eine Hand?« Er ging an Hardy vorbei zur Tür und öffnete sie.

»Wir reden nicht darüber«, sagte Drysdale.

Sie gingen hinein. »So hab ich das gern«, sagte Hardy. »Der freie, ungehinderte Fluß der Informationen, der anregende Gedankenaustausch …«

Hinter ihm war die Tür ins Schloß gefallen. Hardy stand einen Augenblick lang da und zögerte, dann zuckte er die Achseln und ging hinauf ins Büro, um sich mit Esmes Anwalt zu treffen.

Aaron Jaans schlug das Bein mit dem einen der auf Hochglanz polierten Schuhe über das andere Bein mit der scharfen Bügelfalte und ließ ein Stück seines roten Sockenhalters sehen, der die lange schwarze Socke festhielt, die über die halbe Wade reichte. Es ging Hardy durch den Kopf, daß Jaans nicht nur Esmes Anwalt, sondern auch ihr Zuhälter sein könnte. Bei der Strafverfolgung von Zuhältern hatte Hardy keine moralischen Probleme. Er haßte Zuhälter.

»Ich glaube, das Hauptproblem ist hier die Tatsache, daß man sie schon mehrmals zuvor erwischt hat«, sagte Hardy. »Esme will anscheinend nichts dazulernen.«

Jaans lehnte sich auf den Hinterbeinen des Sessels zurück, in dem er Hardys Schreibtisch gegenübersaß. Er zog den Schlag seiner Hose über den Strumpfhalter hinunter. Der Anwalt hatte ein breites, schwarzes Gesicht, eine hohe Stirn, eine Adlernase und glattes Haar, das schon ein bißchen grau wurde. Er hatte immer noch einen leicht verschlagenen britischen Akzent von irgendwoher.

»Sie muß arbeiten gehen, Mr. Hardy. Und wir wissen beide, Sie und ich, daß Sie sie alle zwei Tage verhaften können, und trotzdem wird sie immer wieder auf die Straße zurückgehen, sobald sie draußen ist.«

»Aber nicht, wenn sie im Gefängnis sitzt. Dann nicht.«

Jaans rollte die Augen, aber nur kurz, weil zuviel Theater schaden konnte. »Gefängnis?«

»Es liegt ein Diebstahl vor. 416 Dollar sind keine Bagatelle. Das gibt Gefängnis.«

Jaans beugte sich vor und stützte sich mit den Ellbogen auf die Knie. »Mr. Hardy, Sie und ich wissen, daß kein Richter gern so einen albernen Fall verhandelt. Sonst erstickt er vor lauter Terminen. Und Ihr Zeuge? Sitzt ein oder zwei Tage im Gericht herum und kann seiner eigentlichen Arbeit auf der Straße nicht nachgehen. Wozu soll das gut sein? Wenn Sie all diese Leute vor Gericht stellen wollen ... Sie wissen doch selbst genausogut wie ich, daß das nicht geht.«

Hardy hatte diese Art Belehrung ziemlich schnell satt. Er raschelte mit dem Hefter vor der Nase herum und tat so, als ob er darin lese. »Was ich Ihnen anbieten kann«, sagte er, »ist eine Verurteilung wegen Diebstahls auf Bewährung. Drei Monate Gefängnis oder ersatzweise fünftausend Dollar Geldstrafe.«

»Meinen Sie das ernst?«

Hardy nickte. »Jawohl.«

»Ist das irgendeine neue Anweisung von oben?«

Hardy schüttelte den Kopf.

»Wo soll meine Mandantin fünftausend Doller herbekommen? Glauben Sie, die zieht los und sucht sich einen Job als Tippse? Oder als Geschäftsführerin bei McDonald's? Das macht die nicht. Das kann sie gar nicht. Sie hat nichts gelernt, Mr. Hardy. Sie wissen, was sie tun wird, nicht wahr? Sie wird sich einen Monat lang hinlegen müssen, um so viel Geld aufzutreiben. Wollen Sie das?«

»Ich bin sicher, ihr Zuhälter könnte ihr dieses Geld in zweieinhalb Sekunden besorgen. Aber sie will nicht über ihren Zuhälter reden. Sie sagt, sie hat keinen Zuhälter. Also frage ich mich: Wie greifen wir uns diesen Zuhälter? Wie legen wir ihm das Handwerk?«

Jaans holte Luft. »Wissen Sie, Mr. Hardy, manche von diesen Zuhältern sind nicht gerade nette Menschen, das gebe ich zu, aber sie sorgen dafür, daß ihre Mädchen, wenn nötig, in Ruhe abtreiben können und so.«

»Sie sorgen dafür, daß der Betrieb läuft, das ist alles. Reine Geschäftssache.«

»Sie wissen, daß es ein Mädchen ohne Schutz nicht lange auf der Straße macht.«

»Wollen Sie mir erzählen, daß Zuhälter anständige Staatsbürger sind?«

Jaans kehrte die Handflächen nach oben. »Sie leisten einen Dienst.«

Hardy beugte sich vor. Er stützte sich mit den Ellbogen auf den Schreibtisch, hatte die Hände gefaltet. »Der Dienst, den diese Zuhälter leisten, Mr. Jaans, besteht darin, daß sie diese unwissenden, armen, traurigen, wirklich hilflosen Frauen nehmen, erniedrigen, mit Drogen vollpumpen und auf den Rücken legen, bis ihre Reize mit fünfundzwanzig verbraucht sind. Danach bleibt ihnen wegen der Spritzerei und der Krankheiten und der Schläge, die sie einstecken müssen, im allgemeinen noch eine Lebensspanne von sechs Monaten.« Hardy holte Luft und beruhigte sich. »Also werden diese fünftausend Dollar bei Esme vielleicht den Entschluß auslösen, ihren Zuhälter preiszugeben, und dann komme ich vielleicht auch auf meine Kosten und habe noch ein bißchen Spaß.«

Jaans nickte. Das übergeschlagene Bein wippte zurück an seinen Platz, er stand auf und streckte die Hand über den Schreibtisch hinweg. Hardy war überrascht. Er erhob sich und entschloß sich dann zögernd, die Hand zu nehmen. »Ich werde meine Mandantin von Ihrem Angebot unterrichten«, sagte Jaans.

An der Tür blieb er stehen, wandte sich um und hob den Zeigefinger, um noch etwas hinzuzufügen. Aber dann ließ er es sein und verschwand nach draußen auf den Korridor.

Beim Griechen Lou, gegenüber dem Justizpalast, trafen sich die Polizisten und Staatsanwälte zum Essen und Trinken. Lous Frau war Chinesin und kümmerte sich um die Küche, also gab es ein eklektisches Sammelsurium von Speisen im Angebot wie Frühlingsrollen, Cho Mein, Schaschlik, Reispilaf, süßsaure Suppe, Baklava und Glückskekse. Gelegentlich erschien als Menü des Tages Kung Pao mit Fladenbrot und Pot-sticker Kebabs.

Es gab zwei Tresen, einen an der vorderen, einen an der hinteren Wand, und keinen Platz zum Hinsetzen. Jetzt, um halb sechs Uhr nachmittags, herrschte ein ohrenbetäubender Lärm. In der Mitte des Raums fand gerade ein Armdrücken statt, zwanzig bis dreißig Polizisten brüllten durcheinander, es ging um das Geld, das sie gewettet hatten.

Drysdale und Glitsky standen am hinteren Ausgang, über einen älteren elektronischen Spielautomaten gebeugt, wo es darum ging, einen irgendwo aufleuchtenden Punkt abzuschießen. Hardy bahnte sich einen Weg durch die Menge. Drysdale lag mit acht zu sechs in Führung. Keiner der beiden Männer beachtete Hardy, als er hinzukam.

»Buh!« sagte Hardy.

Glitsky sah ganz kurz auf – aber lange genug, um das aufblitzende Bild zu verpassen. »Verdammt«.

»Neun zu sechs«, sagte Drysdale. »Du mußt schon aufpassen.«

»Du bist dran«, knurrte Glitsky.

Hardy sah den Lichtpunkt hier und da auftauchen, kreuz und quer. Diese beiden Bullen waren sehr gut, sie spielten wie die Weltmeister, der hin und her tanzende Lichtpunkt verlangte ihnen wirklich allerhand ab. Hardy ging zum Tresen hinüber, bahnte sich seinen Weg mit den Ellbogen, bis er ihn erreicht hatte, und bestellte ein großes Glas Preiselbeersaft mit viel Eis.

Hinten am Spielautomaten zog der besiegte Glitsky ein finsteres Gesicht. Drysdale lehnte sich auf seinem Stuhl zurück, kreuzte die Beine übereinander und ließ sich sein Bier schmecken. Hardy setzte sich hin und warf einen Blick zu ihm hinüber: Drysdale hatte Glitsky mit elf zu sechs Punkten besiegt. »Du schuldest mir fünf Dollar«, sagte Glitsky zu Hardy.

Drysdale nippte an seinem Bier. »Mich schlägt er sowieso nie. Ich würde ihm ohnehin kein Geld geben.«

»Können wir über die Hand reden?«

»Was für eine Hand?«

Hardy sah Drysdale an. »Was für eine Hand«, sagte er.

Drysdale gab Abe eine kurze Zusammenfassung des Falles. Abe hatte den ganzen Tag lang die Angehörigen eines ermordeten alten Mannes verhört. Für ihn war die Hand nicht das bedeutendste Ereignis des Tages.

»Also wer ist es?« fragte Glitsky, als Drysdale fertig war.

Drysdale zuckte die Achseln. »Irgendso 'n Typ«, sagte er. Dann fragte er Hardy: »Was gibt es da zu reden?«

»Was ist, wenn ihn jemand umgebracht hat?«

»Ja, was ist dann?«

»Du meinst, daß ihn jemand umgebracht hat?« fragte Glitsky.

»Also, tot ist er jedenfalls. Wie es dazu gekommen ist, das weiß ich nicht. Ich dachte nur, ihr habt vielleicht etwas gehört.«

»Ich habe neulich einen guten neuen Song gehört«, sagte Glitsky.

Hardy wandte sich Drysdale zu. »Ich dachte, der Leichenbeschauer hat vielleicht irgend etwas herausgefunden.«

Drysdale runzelte die Augenbrauen. »Ich glaub' nicht mal, daß er sich das Ding angesehen hat.«

»Dieser Song, er klang so, als ob er von Garth Brooks wäre. Aber vielleicht war er auch von Merle Haggard. Diese Countrysänger klingen oft ziemlich ähnlich.«

Hardy lutschte an einem Eisstück. »Ja, aber wenn es sich doch herausstellen sollte, daß es ein Mord ist, würde ich den Fall gern bearbeiten.«

»Mord ist wohl ziemlich weit hergeholt«, sagte Drysdale. »Der Typ ist vielleicht einfach nur ertrunken.«

»Ich weiß. War nur eine Idee.«

Drysdale dachte über den Vorschlag nach. »Du hast noch nie einen Mordfall bearbeitet, oder, Diz?«

Hardy schüttelte den Kopf. »Nicht direkt.«

»Vielleicht war es aber auch Randy Travis«, sagte Glitsky. »Wenn er leise singt, klingt er manchmal wie Hag.«

Drysdale schien eine Minute lang angestrengt nachzudenken. Glitsky summte die ersten Takte seines Songs. Schließlich betrachtete Drysdale den letzten Rest Bier in seinem Glas und trank es aus. »Klingt fair«, sagte er zu Hardy. »Du hast das Ding gefunden. Wenn es ein Mord ist, bekommst du den Fall.«

Glitsky hörte auf zu summen. »Jetzt kommt Hardy ganz groß raus«, sagte er, und es klang so, als wäre er begeistert.

Hardy suchte in der Hosentasche nach Kleingeld und ließ ein paar Vierteldollarmünzen vor sich auf die Konsole fallen. »Macht noch ein Spiel zusammen«, sagte er zu Drysdale. »Und diesmal läßt du ihn gewinnen.«

Hardy saß auf dem Navajoteppich, der auf dem Fußboden seines Wohnzimmers lag, ganz vorne in seinem Haus. Im Schoß hielt er seine adoptierte Tochter Rebecca. Die Finger ihrer winzigen Hand betasteten die Knöpfe seines Hemdes. Im Kamin brannten ein paar Eichenholzscheite. Draußen wurde der Kokon aus Nebel, der das Haus einhüllte, immer dunkler. Hinten in der Küche hörte er Frannie summen, die nach dem Abendessen das Geschirr spülte.

Seit Frannie bei ihm eingezogen war, hatte sich das Aussehen des Wohnzimmers und des ganzen Hauses verändert. Früher hatte sich Hardy fast nur in den hinteren Räumen aufgehalten, in der Küche, im Schlafzimmer, im Büro. Das Haus war im alten »viktorianischen« Eisenbahnabteilstil gebaut – die Räume lagen hintereinander: vorn das Wohnzimmer, dahinter das Eßzimmer, dahinter ein kleiner Raum für Haushaltsgeräte. Rechts von diesen drei Räumen war ein langer Gang, der an der Küche endete.

Während Hardy mit dem Entwurf und Ausbau von Rebeccas Zimmer hinten am Haus beschäftigt gewesen war, hatte Frannie die vorderen Räume neu tapeziert und weiß mit ein wenig Rosa angemalt. Hardys Habseligkeiten, die seine Beziehung zur Seefahrt ausdrückten, waren in sein Büro verbannt. Statt des verstaubten Kugelfischs stand nun eine exquisite Karawane aus gläsernen Elefanten auf dem Kaminsims des Wohnzimmers, venezianische Arbeit. Die Wand links vom Kamin schmückte nun ein gerahmtes Leonardo-da-Vinci-Poster mit Pferdestudien. Das eingebaute Bücherregal rechts davon hatte Frannie mit allerlei Bänden aus Hardys Büro gefüllt – Barbara Tuchman, Hardys vollständige Wambaugh-Sammlung, das meiste von Steinbeck, Marquez und Jack London. Vier neue Lampen in den Ecken erfüllten den Raum mit Licht.

Hardy nahm alles in sich auf – die Pflanzen, den dunklen Glanz der Eßzimmermöbel aus Kirschbaumholz und das kleine

Baby. Es kam ihm fast unglaublich vor, daß alles jetzt so bequem und stimmig war. Frannie war durch das Eßzimmer gekommen und blieb in der Türöffnung stehen. Sie lehnte sich gegen den Türpfosten. Ihr langes rotes Haar schimmerte im Licht des Kaminfeuers. Sie trug Jeans, ein Sweatshirt mit einem Aufdruck der Stanford University und weiße Reebok-Schuhe.

»Ihr wart so still«, sagte sie.

Hardy legte die flache Hand auf Rebeccas Bauch und fühlte, wie ihr Herz schlug. »Ich glaube nicht, daß ich jemals um diese Zeit zu Hause gewesen bin, als ich noch in der Bar gearbeitet habe.«

»Fehlt dir das?«

»Die Bar?« Er schüttelte den Kopf. »Nein. Es ist komisch. Ich dachte immer, ich wäre süchtig danach – du weißt schon, nach dem Lärm und dem Getriebe. Aber jetzt sitze ich hier, das Feuer knistert, und das reicht mir völlig.«

Sie kam zu ihm und setzte sich gegenüber auf den Teppich, die Beine wie eine Indianerin überkreuzt. Sie strich mit dem Finger am Bein ihrer Tochter entlang und ließ die Hand dort liegen. »Bist du nicht müde? Hast du letzte Nacht überhaupt geschlafen?«

Hardy zuckte die Schultern. »Wie Mr. Zevon sagt: Wenn ich tot bin, werde ich schlafen.«

Frannie hörte das nicht gern. Rebeccas leiblicher Vater, Eddie Cochran – Frannies damaliger Ehemann –, war vor etwa einem Jahr umgebracht worden.

Hardy wußte, was sie fühlte. Er legte seine Hand auf ihre. »Wenn du die Wahrheit wissen willst, ich bin sehr müde ...«

Als Frannie aufstand, um die Vorhänge am Erkerfenster zu schließen, läutete die Türglocke. »Wir wollen keinen Besuch«, sagte Hardy.

»Ich weiß«, sagte Frannie und ging zur Tür.

Jeff Elliot hatte ein Gefühl für Nachrichtenwerte, und wenn die Hand eines Menschen im Bauch eines Hais nicht mehr als eine Erwähnung auf der letzten Zeitungsseite verdiente, wollte er seinen Presseausweis fressen.

Er wußte, daß eine Menge der großen Stories – Watergate, die

Bankenpleite der Lincoln Savings, Pete Rose – einmal als winzige Tropfen in dem großen Pool der Informationen begonnen hatten, der jeden Tag über das Zeitungspapier schwappte. Und nur bestimmte Reporter, die die Nachrichtenwelt als ihre Leinwand betrachteten, schafften es, aus den Tropfen ein Rinnsal und schließlich eine Flut zu machen. Natürlich bestanden Nachrichten aus dem, was geschah, aber daraus eine Story zu entwickeln, das war es, was ihn interessierte. Erfinden konnte man solche Sachen nicht, aber man konnte sie interessant darstellen, einen bestimmten Blickwinkel aufzeigen, einen Aufhänger finden. Das war es, was einen guten Reporter ausmachte. Und Jeff wußte, daß er das Talent dazu hatte. Seinen Bossen war das bloß noch nicht aufgefallen.

Er kam beruflich nicht so richtig vorwärts, nicht so rasch, wie er sich das erhofft hatte. An seinem College in Wisconsin hatte er das Studentenblatt herausgegeben, danach drei Jahre beim *Clarion* in Akron, Ohio, gearbeitet und schließlich den großen Sprung zum *San Francisco Chronicle* geschafft. Aber jetzt saß er seit sieben Monaten an der Westküste und staunte darüber, daß selbst in einer so großen Stadt kaum irgendwelches Lesefutter aus den Polizeiberichten abfiel, das auch nur im geringsten sexy war.

Und daraus hatte seine Arbeit bestanden – die Polizeiberichte zu lesen –, ein Knochenjob. Immer auf der Suche nach einem Hinweis auf die große Story, eine packende Geschichte, wie er sie brauchte. Und heute war die Sache mit der Hand gekommen.

Er stellte sich mit seinen Krücken in den Hauseingang und läutete. Kurz darauf öffnete sich die Tür, und eine sehr hübsche rothaarige Frau in einem Sweatshirt von der Stanford University stand im Eingang. Das Haus duftete nach brennendem Eichenholz und gebackenem Brot. Er grinste schüchtern.

»Es tut mir leid, wenn ich Sie störe«, sagte er, »aber stimmt es, daß hier Dismas Hardy wohnt? Ich bin Jeff Elliot vom *Chronicle* und würde ihm gern ein paar Fragen stellen.«

»Interessant, daß Sie das wissen wollen«, sagte Hardy. »Das Ding ist gerade aufgetaucht.«

»Was ist aufgetaucht? Die Frage, ob es ein Mord ist?«

Sie gingen ins Eßzimmer, und Frannie hatte ihrem Mann einen Schwarzbraunen eingegossen – Guiness und Ale in zwei Schichten übereinander. Der Reporter, der wirklich nicht mehr als ein Junge mit kranken Beinen war, hatte eine Tasse Kaffee vor sich stehen. Frannie, die schwanger war, saß ruhig vor einem Glas Wasser, stillte Rebecca und hörte zu.

»Also wahrscheinlich ist er, wer auch immer er gewesen sein mag, erst vor kurzem gestorben. Es könnte sein, daß er einfach ertrunken ist und basta. Aber wir müssen auch damit rechnen, daß ihn jemand umgelegt und ins Meer geworfen hat.«

Der Reporter hatte sein Diktaphon angestellt, es lag zwischen ihnen auf dem Tisch.

»Aber«, sagte Hardy, »wir sind noch weit entfernt von irgendwelchen Ergebnissen dieser Art. Ich glaube, der Leichenbeschauer hat das Ding bisher noch nicht einmal untersucht. Als ich aus dem Büro ging, hatte er es auf jeden Fall noch nicht getan.«

»Ist das normal?«

»Na ja, wenn es ein ganzer Leichnam gewesen wäre, hätte er bestimmt schon etwas unternommen. Aber wir haben keine Vermißtenmeldung, jedenfalls bis jetzt noch nicht. Ich bin sicher, daß man auch in den anderen Bezirken außerhalb von San Francisco angefragt hat.« Hardy zuckte die Schultern. »Das geht Schritt für Schritt vor sich. Irgendwann werden wir den Vermißten ermitteln.«

Frannie hatte ihr Baby gefüttert und ging jetzt nach hinten, um das schlafende Kind ins Bett zu bringen. Als sie zurückkam, hatte Dismas sein Bier ausgetrunken, und sie sah ihm an, daß er gleich einschlafen würde. Er hatte seit zwei Tagen kein Auge zugetan.

Sie redeten darüber, wie Pico Morales die Hand herausgeholt hatte, dort im Aquarium. Frannie trat hinter Dismas, massierte ihm die Schultern und räusperte sich. »Ich fürchte, diese Pressekonferenz muß hier enden. Ich habe es mit einem müden Mann zu tun, der zu stolz ist, das zuzugeben.«

»O Gott!« Jeff Elliot warf einen Blick auf seine Armbanduhr und schaltete das Tonband aus. »Tut mir leid. Ich wollte Sie nicht so lange aufhalten. Aber ich muß diese Geschichte aufschreiben und ausarbeiten.«

»Viel gibt die Story ja leider nicht her.«

»Ach, ich weiß nicht. Ich hab' so ein Gefühl. Die Hand muß doch irgend jemandem gehören, um Himmels willen.«

Hardy nickte. »Haben Sie eine Karte? Ich sage Ihnen Bescheid, wenn wir etwas herausbekommen.«

# 5

## Die geheimnisvolle Hand:
## Staatsanwalt tippt auf Mord

von Jeff Elliot
*Chronicle*-Redaktion

Ein stellvertretender Bezirksstaatsanwalt hat gestern abend zugegeben, daß es sich bei dem grausigen Fund vom Sonntag, einer menschlichen Hand, an der ein Jadering steckte, um einen Mord handeln muß.

Die Hand wurde im Magen eines weißen Hais gefunden – die Spezies ist aus dem gleichnamigen Film bekannt –, und zwar im Steinhart-Aquarium, in das man das Tier am Wochenende lebendig eingeliefert hatte.

Der stellvertretende Bezirksstaatsanwalt Dismas Hardy, der zufällig anwesend war, als man die Hand entdeckte, erklärte, daß die Staatsanwaltschaft sich mit der Sache befaßt. »Jemand hat diesen Menschen getötet und ins Meer geworfen«, sagte Hardy.

Bisher gibt es keinerlei Hinweise auf die Identität des Opfers. Hardy erklärte, daß sich die Behörde mit der Bitte um Mitarbeit bei der Aufklärung an die umliegenden Bezirke gewandt hat.

In der gerichtsmedizinischen Abteilung wurden bisher noch keine Untersuchungen an der Hand vorgenommen. Trotzdem ist Hardy sicher, daß man bald wissen wird, um wen es sich bei diesem Opfer handelt, so daß die Untersuchung des vermutlichen Mordfalles beginnen kann.

»Wir gehen jetzt Schritt für Schritt vor«, sagte Hardy. »Aber wir werden es irgendwann schaffen.«

Christopher Locke war zweiundfünfzig Jahre alt, der erste schwarze Amerikaner, den man jemals zum Bezirksstaatsanwalt der Stadt und des Bezirks von San Francisco gewählt hatte. Locke war der Meinung, daß es bei seinem Job eigentlich nur um Politik ging. Zum Beispiel trat er mit Entschiedenheit für die Todesstrafe ein. Er bestimmte auch, wann es entschlossen mit der Graffitischmiererei aufzuräumen galt. Und wann es in der Gegend des Mission-Bezirks gegen die Schwulen losgehen mußte. Er koordinierte mit der Polizeibehörde den Einsatz der Gang Task Force. Er ließ sich bei allen möglichen Empfängen sehen, hielt Reden sowohl innerhalb als auch außerhalb der Stadt, und es ging ihm dabei immer darum, wie man dem Gesetz kräftiger Geltung verschaffen konnte.

Lockes Verbündeter und bester Freund (soweit man bei ihm überhaupt in solchen Kategorien sprechen konnte) war seit langem Art Drysdale, dem er einen großen Teil des täglichen Kleinkrams anvertraute. Art war ein korrekter, in seinen Ansichten gefestigter Mann, als politischer Rivale ungefährlich, weil er nicht den Mund halten konnte, ein guter Verwaltungsfachmann und ein noch besserer Jurist. Sich in die Arbeit seiner Untergebenen zu mischen, lag Locke nicht.

Aber an diesem Dienstagmorgen saß er da und wartete auf Dismas Hardys Erscheinen, der seit vier Monaten bei ihm arbeitete. Hardys Akte lag vor ihm aufgeschlagen neben dem *San Francisco Chronicle*.

Es war in Lockes Augen kein besonders aufregender Artikel, trotzdem hatte offensichtlich irgendein Police Lieutenant von der Mordabteilung mit dem Polizeichef Dan Rigby höchstpersönlich telefoniert, der die Sache wiederum so wichtig fand, Locke zu Hause noch vor dem Morgenkaffee anrufen zu müssen. Und dann, fünfzehn Minuten später, hatte ihn John Strout, der Gerichtsmediziner, angerufen und gefragt, was denn zum Teufel die Mordabteilung damit zu tun hätte.

Drysdale dachte, es würde reichen, wenn er zu Hardy hinunterging und ihm sagte, er solle den Mund halten, aber Locke hatte Rigby versprochen, daß er sich selbst um die Angelegenheit kümmern würde, und das wollte er jetzt tun.

Dorothy ließ den Summer ertönen, und eine Minute später

trat Hardy ein. Locke erinnerte sich an ihn, weil er ihn bei der Staatsanwaltschaft willkommen geheißen hatte – eine Förmlichkeit, auf die Locke den allergrößten Wert legte. Damals hatte er sich einen Augenblick gewundert, wie es Drysdale gelungen sein mochte, im Büro eine freie Stelle für einen Mann zu finden, der keiner Minderheit angehörte.

Hardy war ja weiß Gott kein Grünschnabel mehr. Es war jetzt sein zweiter Versuch bei der Staatsanwaltschaft. Er hatte sich unglaublich dumm angestellt.

»Sie müssen sich nicht setzen, Hardy. Es geht ganz schnell.« Locke beschäftigte sich einen Augenblick mit Hardys Akte. Ohne aufzublicken, sagte er: »Ich sehe, Sie haben siebzehn Voruntersuchungen, mit denen Sie sich beschäftigen sollen.«

»Ja, Sir, das stimmt so ungefähr.«

»Das stimmt genau, so steht's in Ihrer Akte. Habe ich irgend etwas übersehen?«

»Ich habe sie nicht gezählt.«

»Vielleicht haben Sie keine Lust, sich mit solchen Dingen wie Voruntersuchungen abzugeben.«

Hardy stand in der klassischen »Rührt-Euch«-Haltung vor ihm. »Es geht um diesen Artikel.« Kein Fragezeichen.

»Ja, das stimmt. Es geht um den Artikel.«

»Das Zitat ist aus dem Zusammenhang gerissen.«

»Das geschieht laufend. Ich frage mich, wieso Sie es richtig fanden, diese Sache überhaupt mit der Presse zu diskutieren.«

»Ich habe die Hand entdeckt. Ich dachte, der Reporter wollte etwas von allgemeinmenschlichem Interesse darüber schreiben.«

»Das hat er aber offenbar nicht getan. Sieht aus, als ob er Sie hereingelegt hat.«

»Ja, Sir, richtig.«

»Also habe ich Mr. Drysdale beauftragt, Ihnen noch ein paar Voruntersuchungen zusätzlich aufzutragen. Bei uns haben wir es gern so, daß die Staatsanwälte die Aufgaben erledigen, mit denen sie beschäftigt sind, ist das klar?«

»Ja, Sir.«

»Sie unterstehen Mr. Drysdale.«

»Ja, Sir.«

»Und Sie täten gut daran, wenn Sie es sich angewöhnten, allen Äußerungen, die Sie jemals einem Reporter gegenüber machen, die Worte: ›Das ist inoffiziell und nicht zur Veröffentlichung gedacht‹ voranzustellen. Verstanden?«

Hardy nickte und stimmte allem zu, bis er gehen durfte.

Obwohl Hardy ihn nicht mochte, war Aaron Jaans ein ordentlicher, sogar geachteter Anwalt. Auf Hardys Angebot hin, das er skandalös fand, hatte Jaans um ein Gespräch mit einem Richter einer höheren Instanz gebeten, bevor eine Voruntersuchung eröffnet wurde, um festzustellen, ob Hardy mit seiner Forderung Aussicht auf Erfolg hatte. Höflichkeitshalber hatte Hardy dem Antrag stattgegeben.

Jetzt standen sie im Gerichtssaal dem Richter Andy Fowler gegenüber, und Esme Aiella trat vor das Richterpult, Aaron Jaans an ihrer Seite. Sie trug ein hautenges blaues Röhrenkleid, das zweieinhalb Zentimeter oberhalb ihrer Brustwarzen begann und zehn Zentimeter unterhalb ihres Schrittes endete. Ihr Haar war geglättet und mit einem Rot gefärbt, das in der Natur nicht vorkam.

»Ms. Aiella«, sagte der Richter, »die Tatsachen dieses Falles scheinen für sich zu sprechen, aber bevor ich irgendein Urteil fälle, möchte ich von Ihnen hören, daß Sie nicht den schweren Diebstahl, dessen Sie angeklagt sind, von einem Verbrechen auf ein Vergehen herunterhandeln wollen.«

Esme stand da und schwieg und hielt die Hand an ihren Mund.

»Ms. Aiella!«

»Ich glaube nicht, daß Sie ihr eine Frage gestellt haben, Euer Ehren.«

Fowler warf Aaron Jaans einen wütenden Blick zu, dann sah er zu Dismas Hardy hinüber, der rechts von Jaans stand, und schließlich redete er weiter, wobei er Esme direkt in die Augen sah. »Ms. Aiella, das Gericht fordert Sie auf, Stellung zu nehmen. Verstehen Sie mich?«

Die Frau nickte.

»Würden Sie sich bitte äußern? Können Sie mich verstehen?«

»Ja, Sir.«

»Euer Ehren, meine Mandantin –«

Fowler hielt die Hand empor. »Mr. Jaans, ich wende mich direkt an Ihre Mandantin, ist das klar?« Ohne eine Antwort abzuwarten, fuhr der Richter fort. »Also jetzt bitte, Ms. Aiella, Sie befinden sich hier in keiner guten Situation. Ich muß Ihnen sagen, daß der Vorwurf des schweren Diebstahls eine sehr ernste Angelegenheit ist. Falls Sie verurteilt werden, müssen Sie nicht nur mit einer Geldstrafe rechnen. Möglicherweise – besser gesagt, wahrscheinlich – droht Ihnen dann eine Gefängnisstrafe. Verstehen Sie mich?«

Sie nahm die Hand vom Mund. »Ja, Sir.«

»Macht Ihnen das nichts aus?«

Sie zuckte die Achseln. »Ist mir gleich.«

»Es ist Ihnen gleich, ob Sie ins Gefängnis müssen?«

Esme zuckte wiederum die Achseln.

Fowler warf Hardy einen Blick zu. Offensichtlich war es ihr gleich. Drohungen, Belehrungen, das alles würde nichts nützen. Die Augen des Richters schweiften ein paar Sekunden lang über den Saal. Dann ließ er den Hammer niederfallen. Er gab Hardy einen Wink, er solle ihm ins Beratungszimmer folgen. »Das Gericht macht eine kurze Pause.«

»Es ist hoffnungslos«, sagte der Richter. Es war eine für Andrew Fowler so untypische Feststellung, daß Hardy im ersten Augenblick gar keine Antwort dazu einfiel. Nichts an seiner Erscheinung deutete darauf hin, daß er jemals in irgendeinem Fall ganz ohne Hoffnung sein könnte. Wie immer sah er phantastisch aus. Sein dichtes schwarzes Haar war von genügend grauen Fäden durchsetzt, um Weisheit auszustrahlen, ließ jedoch nicht auf ein fortgeschrittenes Alter schließen. Als Junge hatte er für den Versandhauskatalog von Sears & Roebuck Modell gestanden, und sein braungebranntes Gesicht wies immer noch diese hübschen Züge des All-American-Boy auf. Seine graublauen Augen waren durchdringend, sein Kinn war kräftig, seine Zähne waren perfekt, die Nase war gerade.

Andys maßgeschneidertes blaues Frackhemd war sogar unter seiner Robe knitterfrei, und die goldenen Manschettenknöpfe mit seinen Initialen ABF gaben ihm als Richter gerade die richtige Note.

Man sah diese Manschettenknöpfe oft, wenn Fowler an der Richterbank saß und seine Fingerspitzen ein spitzes Dreieck vor den Lippen bildeten, während er einer Darlegung lauschte, die er sich nahezu wörtlich merken konnte. Die Manschettenknöpfe waren Teil dessen, was die Römer *gravitas* nannten – dieser fast unbeschreiblichen Eigenschaft, die den Handlungen und Urteilen eines Mannes Bedeutung verlieh. Auf dem Richtersitz besaß der ehrenwerte Andy Fowler *gravitas* in Hülle und Fülle.

Hier im Beratungszimmer oder zu Hause war es anders, wenn auch in Maßen. Hardy trug zu Hause Jeans und ein Sweatshirt – in seiner Zeit als Barkeeper war er in Tennisschuhen, Cordhose und T-Shirt glücklich gewesen. Selbst in diesem Augenblick, als er in einem seiner drei Anzüge steckte, spürte er den Krawattenknoten auf dem Adamsapfel. Andy hingegen tauchte sonntags beim Picknick in gebügelten Khakihosen, troddelgeschmückten Korduanledermokassins, Frackhemd und Blazer auf; manchmal trug er sogar eine Krawatte. Wenn Andy im Olympic Club Tennis spielte, und er spielte sehr gut und häufig, trug er Weiß. Hardy nahm an, daß er nachts einen maßgeschneiderten Pyjama anzog und sich in einen Bademantel hüllte, wenn er allein in seiner Küche Kaffee trank.

Hardy hob den Briefbeschwerer vom Tisch auf. Es war ein ausgefallenes, schönes Stück aus hellgrüner Jade, fast durchsichtig und von einer seltsamen Form. In die glänzend polierte Oberfläche waren Meeresvögel und Wale graviert.

Fowler hängte seine Robe in der Ecke auf. Er drehte sich um. »Ich tue dir das nicht gern an, aber selbst wenn diese Frau sich weigert zu kooperieren, können wir das nicht als schweren Diebstahl behandeln.«

»Nein? Warum nicht?«

»Weil diese Art von Fallenstellerei in meiner Kammer nicht zieht, Diz. Chris Locke weiß das. Art Drysdale weiß das auch. Ich verstehe nicht, wieso sie mir immer wieder diese Flops hier in die höhere Instanz schicken.«

Der Richter erwarb sich im Justizpalast allmählich einen schlechten Ruf wegen seiner Ansicht über die Fallenstellerei.

Seine einst große Beliebtheit hatte darunter gelitten, aber er hielt nichts davon, Leute wegen gewisser Verbrechen abzuurteilen, die sie seiner Ansicht nach nicht begangen hätten, wenn sie von der Polizei nicht dazu angestiftet worden wären.

»Die Frau«, sagte er, »gabelt sich einen Kerl am Union Square auf, sie gehen zusammen ins Hotelzimmer. Im Fernsehgerät in dem Zimmer ist, welch ein Zufall, eine Videokamera verborgen, und wenn unser Junge aus dem Zimmer ins Bad geht, bekommen wir ein wunderschönes Bild von Esme Aiella, wie sie ihm die Brieftasche wegnimmt, die zufällig gerade so viel Geld enthält, daß juristisch ein schwerer Diebstahl dabei herauskommt.« Er schüttelte angeekelt den Kopf. »Weil ich dich mag, habe ich, wie du siehst, euer Spiel mitgespielt. Wer weiß, vielleicht liefert sie uns ihren Zuhälter aus. Aber nein, das tut sie nicht – ausgeschlossen. Also schrumpft der Fall wieder auf seinen eigentlichen Kern zusammen – auf ein minderes Delikt, ein simples Vergehen, Prostitution, und dafür habe ich hier in meiner Kammer keine Zeit.«

»Sie hat das Geld aber gestohlen, Andy.«

»Diz, sie stehlen alle. Wieso, meinst du denn, ist Prostitution überhaupt strafbar?«

»Also brummen wir ihr eine Geldstrafe auf und vergessen sie.«

Fowlers Schultern sackten herunter. »Tag für Tag, jahraus, jahrein brummen wir ihnen Geldstrafen auf und vergessen sie. Es ist einfach hoffnungslos«, wiederholte er.

Der schwere, kühle, glatte Briefbeschwerer fühlte sich unheimlich gut an. Hardy setzte sich hin und hielt ihn abwechselnd in der einen und dann in der anderen Hand. Der Richter ging zu einem der Fenster hinter seinem Schreibtisch und kreuzte die Hände hinter dem Rücken.

Hardy stand auf, legte den Briefbeschwerer zurück an seinen Platz und ging zu dem Mann am Fenster, der fünf Jahre lang sein Schwiegervater gewesen war. Er blieb neben ihm stehen. »Andy, ist alles in Ordnung mit dir?«

Der Richter seufzte. »Natürlich, mir geht es blendend.« Er setzte wieder sein Lächeln auf. »Siehst du?«

Fowler sprach nicht darüber, warum es keine Hoffnung gab,

aber wenn er im Augenblick nicht darüber reden wollte, wollte Hardy ihn auch nicht dazu drängen. »Also, was machen wir das nächstemal mit Esme Aiella? Werden wir nie den Hammer bekommen?«

Der Richter starrte verloren durch sein schmutziges Fenster hinaus. »Ob wir sie heilen werden, meinst du?« Sein Lachen war eher ein bitteres Krächzen im Hals. Fowler schob die Jalousie an seinem Fenster auseinander, als ob er irgend etwas suchte. Als er es nicht fand, kehrte er zu seinem Schreibtisch zurück und ließ sich in seinen dunkelroten Ledersessel fallen. »Eine Frau wie Esme, alle Frauen wie Esme, gehen auf den Strich, weil sowieso nichts anderes mehr zählt. Ihnen ist es egal. Ihr Zuhälter ist ihr Vater. Er schlägt sie, und er schläft mit ihnen.«

»Du meinst, Esmes Vater hat mit ihr geschlafen?«

Fowler griff nun selbst nach dem Briefbeschwerer und nickte. »Oder ihr Bruder oder ihr Onkel. Oder sie alle zusammen. Die Frauen, die anschaffen gehen, wurden zu Haus dazu abgerichtet. Und nebenbei, während ihr Daddy sie vögelt, gehen sie ab und zu mal auf den Strich. Das ist billige Psychologie, aber es ist überall dasselbe.«

Das stimmte. Hardy mußte es zugeben. Er erinnerte sich an das Interview, das er gelesen hatte, in dem eine Prostituierte danach gefragt wurde, ob sie als Kind mißbraucht worden wäre. Und die Frau hatte gelacht. Das war ihre Antwort – ein Gelächter darüber, daß dieser Zeitungsmensch so dumm sein konnte, eine solche Frage zu stellen. »Honey«, hatte sie erwidert. »Nicht ›mißbraucht‹. Gefickt, geschlagen, versaut, und so ist es allen ergangen, die ich kenne. Jeder einzelnen Frau, die anschaffen geht.«

»Also gibt es keine Hoffnung«, sagte Hardy.

»Ich würde nicht darauf warten.« Gedankenverloren schloß der Richter die Hände über dem Briefbeschwerer und schlug ihn mit einem dumpfen Knall auf den Schreibtisch.

Eine Minute war vergangen. Fowler klopfte immer noch mit dem Briefbeschwerer auf die Schreibtischplatte. Dann, als hätten sie die ganze Zeit davon geredet, sagte er: »Ja, irgendwas nagt in mir, nehme ich an.« Er legte die Jade hin, wirbelte in seinem Sessel herum. »Ich bin nicht mehr ich selbst, Diz. Ich komme mir vor wie eine alte Uhr, in der keine Feder mehr steckt.«

»Wann hast du zum letztenmal Ferien gemacht?«

Fowler krächzte. »Richtig Ferien? Vor einem Jahr im August. Aber ich war gerade am letzten Wochenende in der Sierra. Bin ein paar Meilen in meinen Wanderschuhen herumgeklettert. Habe keinen Menschen gesehen.« Fowler legte den Briefbeschwerer hin. »Und nun sitze ich wieder in der Zivilisation, und es scheint mir kein bißchen genützt zu haben.«

Hardy nickte. »Vor ein paar Jahren ging es mir genauso. Also habe ich mich in den Wagen gesetzt und bin zwei Wochen lang die Küste hinuntergefahren.«

»Und hast du dich danach besser gefühlt?«

»Kein bißchen.«

Fowler lächelte. »Ja, das hilft mir sehr. Danke.«

»Das Gefühl ist aber vorbeigegangen. Es kamen wieder andere Sachen.«

»Ja, ich weiß. Das Problem ist, daß das Leben weitergeht, während man auf andere Sachen wartet.« Plötzlich, fast ruckartig, straffte sich der Richter. »Ach, hör dir das an. Kaum kriegt er ein bißchen den Blues, schon wird der alte Richter rührselig.«

»Der ehrenwerte Richter hat das gleiche Recht darauf, niedergeschlagen zu sein, wie jeder andere auch. Gehst du denn überhaupt mal aus? Hast du gar keinen Spaß im Leben? Willst du mich mal besuchen zum Abendessen und meine neue Familie kennenlernen?«

»Lieber nicht, Diz, danke. Dann würde ich andauernd an dich und Jane denken und daran, was mit euch hätte werden können.« Hardys erste Ehe mit der Tochter des Richters hatte in einer Scheidung geendet. »Aber wenn du ein bißchen Squash spielen möchtest, würde ich dich gern im Olympic schlagen.« Fowler war jetzt aufgestanden und kehrte zu seiner Robe zurück.

Hardy streckte die Hand aus und hob wieder den Briefbeschwerer auf. »Abgemacht«, sagte er. Und dann: »Wo hast du dieses Ding her?«

Fowler drehte sich um. »Was –?« Als er sah, wovon Hardy sprach, wurde sein Gesicht dunkelrot, geriet für eine Sekunde lang außer Kontrolle. »Nimm's doch ruhig mit«, sagte er.

Hardy legte es wieder hin. »Nein, ich kann nicht –«

»Diz, nimm das verdammte Ding. Steck's in die Tasche. Ich will es nicht mehr sehen.«

»Andy –«

»Komm jetzt, Diz, laß uns gehen. Das Gericht erwartet meine hehre Erscheinung.« Er schritt mit rauschender Robe an Hardy vorbei. An der Tür blieb er stehen und ließ Hardy hinaus. »Ich rufe dich an, wenn ich einen Platz habe. Zum Squashspielen.«

Getreu seinem Versprechen sorgte Locke dafür, daß Hardy noch mehr Voruntersuchungen aufgetragen bekam. Fünf neue Spezialfälle waren in seinem Fach, als er vom Gericht zurückkam. Er ächzte, nahm den Briefbeschwerer aus der Tasche und hob den Telefonhörer ab. Die Akten konnten warten.

Jane Fowler arbeitete als Einkäuferin für I. Magnin. Sie wollte gerade zum Essen, aber sie nahm seinen Anruf entgegen. Er hatte seit seiner Heirat mit Frannie nicht mehr mit Jane geredet – das war wohl auch verständlich, dachte er. Der Gedanke an eine platonische Freundschaft mit einem Ex-Partner mißfiel ihnen beiden, und beim letztenmal, als sie sich gesehen hatten, vor Hardys Verlobung mit Frannie, hatten sie miteinander geschlafen, was die ganze Angelegenheit auch nicht gerade erleichterte.

Hardy und Jane hatten sich mehrere Jahre lang geliebt, viel Spaß zusammen gehabt und später den Tod ihres Sohns zusammen durchgestanden. Danach hatte Hardy an nichts mehr geglaubt, und wenn eine Ehe etwas brauchte, so war es der Glaube an irgendwas.

Also hatten sie sich scheiden lassen. Dann, nach fast zehnjähriger Trennung, hatten sie sich wieder für ein paar Monate zusammengetan, lange genug, um festzustellen, daß eine neuerliche Ehe zwischen ihnen nicht funktionieren würde. Sie verlangten jetzt andere Dinge vom Leben, und obwohl es sie immer noch zueinanderzog, fand Hardy, daß es Unglück bringen würde, wenn er es mit dem, was er mit Frannie hatte, durcheinanderbrachte.

Jane klang so wie immer – ruhig und ausgeglichen. Ein bißchen wie ihr Vater.

»Ich bin froh, daß du anrufst«, sagte sie. »Ich habe dich vermißt. Ich darf dich doch ein bißchen vermissen, oder? Geht's dir gut? Ist alles okay?«

Hardy lachte. »Mir geht's hervorragend, Jane. Ich fühle mich wunderbar. Aber ich habe mich gerade mit deinem Vater unterhalten. Hast du ihn in der letzten Zeit mal gesehen?«

»Ich weiß«, sagte sie. »Ich hätte dich vorige Woche beinahe deswegen angerufen, aber ich wußte nicht, wie du es aufnehmen würdest. Ich wollte dir keine Unannehmlichkeiten bereiten.«

»Du kannst mich ruhig anrufen, Jane. Was ist denn los mit Andy?«

»Ich weiß auch nicht genau. Ich mache mir wirklich Sorgen um ihn. Er hat mich vorige Woche zum Abendessen zu sich nach Hause eingeladen, und da war er so zerstreut oder deprimiert. Viel langsamer als früher. Ich dachte, vielleicht macht sich bei ihm schließlich auch mal das Alter bemerkbar.«

»Im Gerichtssaal wirkte er überhaupt nicht langsamer. Nur hinten im Beratungszimmer, unter vier Augen.«

»Ich dachte, er hat vielleicht einen kleinen Schlaganfall gehabt oder so was.«

»Hast du ihn gefragt?«

Jane lachte. »Du kennst doch Daddy. Den großen Leugner. Er ißt kaum etwas, redet fast nichts, und ich frage ihn, ob es ihm gutgeht, und natürlich geht es ihm glänzend, könnte gar nicht besser sein. Und dann hat er sich betrunken.«

»Betrunken? Andy?«

»Erinnerst du dich, daß du mal mit Moses zusammen eine Wassermelone voll Gin ausgetrunken hast? Die Antwort lautet nein, du erinnerst dich an nichts mehr.«

»Ich erinnere mich an den Kater.«

»Okay. Aber bis zu diesem Abend, an dem ich Daddy gesehen habe, habe ich niemanden so betrunken erlebt wie dich damals.«

Hardy stieß einen Pfiff aus. Die Sache mit der Wassermelone war zu einer denkwürdigen Begebenheit geworden, an die sich Moses und Hardy immer wieder begeistert erinnerten. Wenn

Andy Fowler sich derart betrunken hatte, war er nicht mehr er selbst. Etwas mußte aus den Fugen geraten sein.

»Hat er irgendwie angedeutet, was ihm Sorgen macht?«

»Nein. Er hat nur gesagt, er hätte ein bißchen Spaß verdient im Leben. Wieso ein Richter denn nicht auch ein Mensch wäre wie jeder andere. Dann fing er an, Cognac zu trinken und von Mama zu reden und von der Zeit, als ich noch ein Baby war, und von all den Entscheidungen, zu denen er sich durchgerungen hatte. Daß er sich keinen Spaß erlauben konnte, während er Anwalt und Richter sein mußte, und jetzt sei sein Leben schon fast vorbei … Jedenfalls, schließlich fing er an zu stammeln, und ich brachte ihn ins Bett.« Jane schwieg einen Augenblick. Und dann sagte sie: »Ich bin froh, daß dir auch etwas an ihm aufgefallen ist. Ich dachte, es liegt an mir.«

»Nein. Ich glaube nicht, daß das was mit dir zu tun hat. Jedenfalls bin ich gern für euch da, falls irgendwas sein sollte. Nur damit du Bescheid weißt: Vielleicht werde ich mit ihm Squash spielen und ihm ein bißchen auf den Zahn fühlen.«

Wieder trat eine Pause ein. »Danke für den Anruf«, sagte sie. »Wir sind immer noch Freunde?«

»Wir sind immer noch Freunde. Wir werden immer Freunde sein, Jane.«

Nach dem Telefongespräch zog Hardy den Briefbeschwerer aus der Tasche und legte ihn auf den Schreibtisch. Warum hatte Andy ihm einen so hübschen Gegenstand geschenkt? Er hatte ihm das Ding ja geradezu aufgedrängt.

Nun, Schluß mit Andy Fowler, dachte Hardy. Es war Zeit, mit der Arbeit zu beginnen. Er holte sich die Hefter mit den neuen Fällen und legte sie vor sich hin. Er öffnete den ersten Hefter – das war DUI: driving under influence –, und der Einfluß war in diesem Falle Alkohol. Der elfte Verstoß des Betreffenden. Das gab neun Punkte, letztes Jahr wäre er noch damit durchgekommen. Hardy klappte den Hefter zu und legte den kleinen Stapel vor sich hin auf die Mitte des Tisches. Legte den Briefbeschwerer darauf und beschloß, zum Mittagessen zu gehen.

# 6

Art Drysdale jonglierte in seinem Büro mit Basebällen. In seiner Jugend hatte er mal ein paar Wochen lang als Ersatzmann bei den San Francisco Giants gespielt – der Höhepunkt seiner fünfjährigen Karriere als professioneller Baseball-Spieler. Dann hatte er sich der Juristerei zugewandt. Jetzt arbeitete er als Trainer mit dem Teenager-Baseballteam der Police Athletic League und spielte abends nebenbei ein bißchen Softball in der Zweiten Liga.

Er jonglierte gern. Wenn nötig, schaffte er es sogar mit verbundenen Augen. Es wirkte auch entwaffnend auf Leute, die ihm dabei zusahen – wie Dismas Hardy, der am frühen Nachmittag in der Tür stand.

»Du hast mir ja ein paar tolle Fälle zugeschanzt«, sagte Hardy. »Da ist sogar einer dabei, der vielleicht etwas Unrechtes getan hat, wenn's auch nichts Illegales ist.«

Art ließ sich nicht bei seiner Tätigkeit stören. Die Bälle sah er dabei gar nicht an. »Illegales ist falsch. Siehe Handbuch der Staatsanwaltschaft Kapitel eins.«

»Die Frau, die nicht den Dreck von ihrem Hund aufgehoben hat, ist ja ein heißer Fall. Ich finde, der sollten wir zeigen, was eine Harke ist.«

»Hundedreck auf der Straße.« Drysdale sammelte seine Bälle ein und hielt sie zusammen in seiner riesigen Hand. »Verdammt unangenehme Zeiterscheinung. Und wir müssen auch dem Leinenzwang für Hunde mit allen Mitteln Geltung verschaffen. Wenn wir nicht aufpassen, machen demnächst entfesselte Hundemeuten unserer Gesellschaft den Garaus.«

Hardy kam herein und setzte sich. »Im Ernst, Art –«

»Nein, im Ernst, Diz.« Er ging zu seinem Sessel. »Du machst dir hier keine Freunde. Mit Freunden lebt sich's aber besser, mein Junge. Du kratzt mir meinen Rücken, ich kratze dir deinen. Wir haben hier alle zusammen ein großes Büro, Polizei und Bezirksstaatsanwaltschaft und Gerichtsmedizin, allesamt in einem großen, glücklichen Haus. Und jetzt hast du auf einen

Schlag Rigby, Strout und Locke sauer gemacht. Das war nicht sehr diplomatisch.«

»Diplomatisch? Aber –«

Drysdale hob eine Hand hoch und es waren drei Basebälle darin. »Ich weiß, daß du lange nicht mehr an einem Schreibtisch gesessen hast. Aber in jedem Büro, wo auch immer, gibt es so was wie Diplomatie, nenn es, wie du willst. Zusammenarbeiten heißt gemeinsam die Dinge erledigen. Wenn du dich mit den Bossen von drei Abteilungen anlegst, garantiere ich dir, daß du deines Lebens hier nicht froh werden wirst.«

»Ich nehme an, es spielt keine Rolle, daß alles, was der Reporter geschrieben hat, aus dem Zusammenhang gerissen ist.«

»O doch, das spielt sehr wohl eine Rolle. Dein Job ist ja noch nicht weg, also spielt es eine große Rolle. Aber du hast dich ziemlich unbeliebt gemacht. Wenn ich du wäre, würde ich mich jetzt verdammt anstrengen, um diese Geschichte mit allen Mitteln wieder auszubügeln. Arbeite, gib dir Mühe, beeindrucke die Leute mit deinem Enthusiasmus, sieh zu, daß du in den Fällen, an denen du arbeitest, bei Gericht ordentliche Strafen durchsetzt. Verstehst du mich?«

Hardy erhob sich. »Das gibt dem Satz, daß wir mit dem Verbrechen auf unseren Straßen aufräumen sollen, eine ganz neue Bedeutung.«

Drysdale lächelte. »Vielleicht entwickelt sich die Geschichte mit der Hand zu einem Fall.« Die Bälle flogen wieder hoch in die Luft.

Hardy blieb an der Tür stehen. »Vielleicht ja.«

Drysdale nickte. Seine Aufmerksamkeit war geteilt. »Könnte sein«, sagte er. »Schon möglich.«

Um vier Uhr machte Hardy Schluß und ging zum Griechen hinüber.

Es war ein langer Nachmittag gewesen. John Strout, der Gerichtsmediziner, war ein höflicher Mensch, ein Gentleman aus den Südstaaten, offensichtlich akzeptierte er Hardys Entschuldigung, aber Sixtos kurz angebundene Begrüßung am Empfang deutete darauf hin, daß man ihm ernsthaft böse war.

Der Polizeichef John Rigby war nicht zu sprechen, also ließ

Hardy sich für den folgenden Nachmittag einen Termin geben. Der Polizeisergeant, der als Sekretär fungierte, nutzte die Gelegenheit, Hardy zu gemahnen, daß Mordfälle normalerweise von der Polizei selbst bearbeitet wurden und erst von dort aus zur Staatsanwaltschaft gingen.

Hardy versuchte sich mit dem Gedanken aufzumuntern, daß er sich mit seinem Wirken recht schnell aus der grauen Masse der Arbeitstiere hervorgetan hätte. Im Haus schienen ihn bereits alle zu kennen. Das war aber kein großer Trost.

Er schrieb eine Mitteilung, die an Locke gerichtet war und die er in den Papierkorb warf. Bei Locke war auf diese Weise nichts zu erreichen. Darum mußte er entweder eine Menge Verurteilungen durchbringen, durch die er dann aufsteigen würde, oder er würde an diesem Problem scheitern und den Job aufgeben. Es gab da einen feinen, kleinen Unterschied zwischen guten Leistungen und guter Arschkriecherei.

Bei Lou's saß Hardy allein an der Bar und drehte den Briefbeschwerer herum. Er hatte einen Schwarzbraunen vor sich stehen, an dem er gelegentlich nippte, als eine große, sehr attraktive Frau den benachbarten Hocker zu sich zog. Hardy wußte, wer sie war, hatte aber noch nie mit ihr geredet. Sie legte ihre Hand auf seine Schulter, kam mit dem Mund sehr nahe an sein Ohr und sagte, er solle sich von den Hundesöhnen nicht kleinkriegen lassen.

Er ließ den Briefbeschwerer in die Jackentasche gleiten, als sie ihm ein breites Lächeln ihrer blitzenden Zähne schenkte und ihm die Hand, die auf seiner Schulter gelegen hatte, entgegenstreckte. »Elizabeth Pullios. Sie sind Dismas Hardy.«

»Schuldig«, sagte Hardy. »Ich gebe es zu.« Er nahm ihre warme, feste Hand und drückte sie. »Schuldig scheint heute das Zauberwort zu sein, das alle Türen öffnet.«

Elizabeth Pullios war vielleicht nicht die bestaussehende Frau in der gesamten Staatsanwaltschaft, dachte Hardy, aber sie selbst hielt sich dafür, und so war sie es manchmal wirklich. Vielleicht einssiebenundsiebzig groß, mit schulterlangem kastanienbraunem Haar, das sogar im trüben Licht von Lou's Restaurant schimmerte, große Nase, ein voller, großzügiger Mund, tiefliegende Augen und hohe Wangenknochen. Ihr Make-up war dezent, gerade genug, um ihre Konturen und Augen aufleuchten zu lassen.

»Schuldig ist jeden Tag das Zauberwort«, sagte sie. Sie bestellte bei Lou, der hinter der Bar stand, mit einer kurzen Handbewegung einen Drink, dann wandte sie sich wieder Hardy zu.

»Sie haben das Mißfallen der hohen Tiere erregt, hm? Art hat es mir erzählt.«

»Mir auch.«

»Man hat Sie reingelegt?«

Hardy brachte ein schiefes Lächeln zustande. »Ich werde schon wieder hochkommen. Aber ich glaube, ich werde wohl eine Weile lang nicht mehr mit Reportern reden.«

»Nein, das ist falsch«, sagte sie. Ihr Drink kam, der aussah wie ein doppelter Scotch, und sie trank die Hälfte in einem Zug. »Nein, reden Sie ruhig weiter mit allen. Die versuchen nur, Ihnen die Eier zu zerquetschen. Reden Sie mit allen, die Ihnen nützlich sein können.«

»Wer versucht, mir die Eier zu zerquetschen?«

»Locke und Art. Sie sind neu hier, und da müssen sie das tun. Sie wollen testen, aus welchem Holz Sie geschnitzt sind. Sie spielen sich in ihrer Bürokratenrolle auf, um ihre Umgebung zu kontrollieren. Bei manchen Leuten ist das die richtige Methode, aber wenn Sie Erfolg haben und Verurteilungen durchsetzen wollen, lassen Sie sich von denen bloß nicht aufhalten. Wenn Sie vor einem Geschworenengericht eine gute Figur machen, verzeiht man Ihnen alles, glauben Sie mir.«

Jetzt fiel Hardy ihre Geschichte wieder ein. Die Geschichte von Elizabeth Pullios. Sie verstand selbst sehr viel vom Eierzerquetschen. Sie war eine leidenschaftliche Strafverfolgerin, mit einer einzigartigen Begeisterung. Man sagte von ihr – mehr als nur im Scherz –, daß sie für Autodiebstahl, Taschendiebstahl und Handtaschenraub gern die Todesstrafe hätte. Während ihrer ersten Jahre bei der Staatsanwaltschaft war sie mit einem Kollegen im gleichen Büro verheiratet gewesen, aber als er einen besser bezahlten Job als Strafverteidiger angenommen hatte, hatte sie sich von ihm scheiden lassen. Mit einem Strafverteidiger könne sie nicht zusammenleben, erklärte sie. Das war der Abschaum der Erde – fast noch schlimmer als die Angeklagten selbst.

Nun war sie, wie es hieß, auf der Suche nach einem Mann, der ihren Vorstellungen entsprach.

Hardy war also gewarnt. Er nahm an, daß er sich ruhig mit ihr unterhalten konnte, schließlich war er in Frannies festen Händen. »Ich fürchte, dieser Reporter Elliot hat mich irgendwie ausgenutzt.«

Sie zuckte die Achseln. »Ach, das tun die Reporter doch alle. Aber sie sind auch nützlich, um einen Fall bekanntzumachen. Wir lassen doch alle gern etwas durchsickern – Sie müssen nur darauf achten, daß er Ihren Namen nicht erwähnt.«

»Das ist mir inzwischen ziemlich klar.«

Pullios trank ihr Glas aus und nickte wieder zu Lou hinüber. »Wollen Sie auch noch einen?« fragte sie. »Ich lade Sie ein.«

Hardy hatte noch nicht einmal seinen ersten richtig angefangen, aber ein geübter Barkeeper wie er wurde auch mit mehreren gleichzeitig fertig. »Hat Art Ihnen gesagt, daß Sie mit mir reden sollen?«

»Nein, aber daß Sie wegen Ihrer Arbeit enttäuscht sind. Ich habe beruflich ein bißchen erreicht, und es kotzt mich an, wenn ich zuschauen muß, wie neue Leute hereinfallen. Das ist schlecht für uns alle.« Die beiden Drinks kamen. Hardy und Pullios stießen an. »Auf die guten Leute«, sagte sie. »Das sind wir, Hardy, vergessen Sie das nicht. Das sind wir. Immer.«

Hardy verließ Lou's Restaurant kurz vor fünf. Draußen wehte eine stete kühle Brise von der Bucht herauf, und Staub drang ihm in die Augen, während er die Straße am Justizpalast hinunterging.

Detective Sergeant Glitsky saß auf der Kühlerhaube von Hardys Suzuki Samurai. »Wenn du nach Haus fährst, kannst du mich mitnehmen«, sagte er. »Mein Dienstauto streikt mal wieder. Wieso ist nie genug Geld für so etwas da?«

»Ich weiß einen besseren: Wieso bist du in der letzten Zeit so aufgekratzt?«

Glitsky rutschte von dem Auto herunter und atmete durch. »Ich weiß«, sagte er. Hardy ging an ihm vorbei und schloß die Beifahrertür auf. »Zu viele Leichen, nehme ich an. Du brauchst nur genug Leichen pro Tag zu sehen, dann lächelst du weniger. Das ist eine erwiesene Tatsache.«

Hardy überlegte einen Augenblick. Seine Lust auf interessante Fälle – Morde – minderte in gewisser Weise deren Abscheulichkeit, besonders nach seinem Schwätzchen mit Elizabeth Pullios. Aber während der Arbeit war er meistens mit Verdächtigen beschäftigt: Er hatte einen Täter, und er mußte dafür sorgen, daß er verurteilt wurde. Man vergaß leicht, daß die Hälfte von Glitskys Job mit den Opfern – Familienangehörigen, Freunden, Trauernden – zu tun hatte.

Hardy nahm auf dem Fahrersitz Platz und ließ den Motor an. Glitsky schüttelte den Kopf. »Einer von den Jungens, die am Wochenende aus einem vorbeifahrenden Auto erschossen wurden, war etwa in Isaacs Alter.« Isaac war das älteste von Glitskys drei Kindern, zwölf Jahre alt. »Er sah sogar ein bißchen aus wie Isaac, bis auf das Loch in seiner Stirn.«

Obwohl Hardy nun schon ein paar Monate dabei war, hatte er immer noch keinen Geschmack an dem Humor der Polizisten gefunden. Er wußte auch nicht, ob er sich das wünschte – es lachte kaum jemand darüber.

Sie fuhren eine Weile schweigend dahin, in Richtung Westen, wo die Sonne stand. Schließlich sagte Hardy: »Ich warte.«

»Worauf?«

»Auf einen Tip.«

Glitsky kniff im Sonnenlicht die Augen zusammen. »Und ich würde dir gern einen geben. Ich weiß, daß du oft meinen Rat brauchst. Aber ich habe keine Ahnung, wovon du redest.«

»Daß das ein Mordfall ist, die Hand.«

»Du warst das? Hab' ich fast befürchtet.«

»Hast du es nicht gelesen?«

Glitsky schüttelte den Kopf. »Ich hab' die Zeitung heute nicht bekommen. Aber ein paar Kollegen haben sich über den schwachsinnigen Staatsanwalt ausgelassen.«

»Ja. Das war ich.«

»Ach, na ja, nimm's nicht so schwer. Vielleicht war's ja wirklich ein Mord. Vielleicht kriegst du den Fall, gewinnst ihn, der Täter bekommt die Todesstrafe, du wirst Bezirksstaatsanwalt, läßt dich bei den Gouverneurswahlen aufstellen, gewinnst die Wahl –«

»Hier mußt du raus«, sagte Hardy. »Soll ich dich morgen früh hier abholen?«

»Ich wette, es hat mit einer Frau zu tun«, sagte Frannie.

»Nicht bei Andy Fowler.«

»Wart's ab. Es hat mit einer Frau zu tun. Den Briefbeschwerer hat ihm eine Frau geschenkt, mit der es aus ist. Sie hat Schluß gemacht, und plötzlich konnte er den Anblick des Dings nicht mehr ertragen. Es hat ihn zu sehr an sie erinnert, und sie hat ihm das Herz gebrochen.«

»Ich wußte, daß es nicht gut ist, wenn du den ganzen Tag zu Haus hockst. Du sitzt den ganzen Tag vor dem Fernseher und ziehst dir diese Serien rein.«

»Aber Dismas.«

»Mein feiner staatsanwaltlicher Instinkt hat mich unweigerlich auf die richtige Fährte geführt.«

»Mein Gott«, sagte Frannie. »Ich habe noch nie im Leben eine Serie gesehen, und das weißt du genau.«

»Na, ich bin mir dessen nicht mehr so sicher«, sagte Hardy. »Diese aufregende Sprache: ›Andy konnte es nicht mehr ertragen. Sie hat ihm das Herz gebrochen.‹ Und all das wegen einem Stück Jade.« Er sah seine Frau über den Tisch hinweg an. Ihre grünen Augen waren fast schwarz im Kerzenlicht.

Sie saßen im Eßzimmer. Es hatte Filet Mignon mit Sauce béarnaise, neue Kartoffeln und grüne Bohnen gegeben, die Frannie in Olivenöl und Knoblauch gebraten hatte. Hardy hatte eine Flasche guten kalifornischen Cabernets zur Hälfte ausgetrunken.

»Okay, Sherlock Holmes, aber ich kenne Andy seit fünfzehn Jahren, und er hat keine Freundinnen.«

»Von denen du weißt.«

»Aber dann hätte ich doch ab und zu etwas läuten hören.«

»Vielleicht hält er das geheim. Besonders Jane gegenüber. Vielleicht würde ihr das weh tun.«

»Warum sollte ihr das denn weh tun?«

»Ich weiß nicht. Es würde das Andenken ihrer Mutter beschädigen.«

Hardy schüttelte den Kopf. »Aber doch nicht mehr nach so langer Zeit. Ich bin sicher, daß sie ihrem Dad ein bißchen Liebe gönnt.«

»Dessen bin ich nicht so sicher. Vielleicht denkt er, es ist besser, wenn er es geheimhält. Er ist schließlich eine Persönlichkeit des öffentlichen Lebens. Wenn er da eine Frau nach der anderen hätte ...«

»Ach, jetzt ist es schon eine Frau nach der anderen. Er hat aber nie einen Harem gehabt.«

»Vielleicht doch. Woher willst du das so genau wissen?«

»Ich kenne ihn.«

Frannie lächelte. »Wart's ab.«

Hardy schob das letzte Stück seines halbgaren Filets in der restlichen Soße herum. »Ich werde warten«, sagte er. »Das ist sehr schlecht für mein Cholesterin, weißt du.«

»Ich merke, wie du dich damit abmühst. Wie klang Jane?«

Hardy schluckte den letzten Bissen hinunter und spülte etwas Wein hinterher. »Jane ging es gut.« Er streckte den Arm aus und legte seine Hand auf Frannies. »Jane geht es gut, und du und ich, wir haben keine Geheimnisse, stimmt's?«

»Das stimmt.«

»Komm her zu mir.«

Sie wich zurück, lächelte immer noch. »Nein.«

»Würdest du bitte hierherkommen?« Hardy stieß seinen Stuhl zurück, und Frannie kam um den Tisch herum und setzte sich auf seinen Schoß.

»Da du mich so nett darum gebeten hast«, sagte sie. Sie legte die Arme um seinen Hals und küßte ihn fast eine Minute lang innig.

Hardy stand auf und trug sie durch die Küche ins Schlafzimmer.

## 7

Das Gebäude des *San Francisco Chronicle* lag an der Fünften Straße, Ecke Mission Street, ungefähr sechs Straßenblocks vom Justizpalast entfernt. Hardy lief durch den kalten und feuchten Morgennebel dorthin. In seinem Kopf sang Tony Bennett »I don't Care« und war wohl der einzige, dem das Wetter nichts ausmachte. Hardy schenkte ein paar Obdachlosen, die auf der Dritten Straße gegen eine Hausmauer gelehnt auf dem Bürgersteig saßen, ein paar Dollar in kleinen Münzen. Sie hatten sich in Zeitungen oder alte Decken gewickelt und zitterten. Als er endlich am *Chronicle* anlangte, kamen ihm seine Knochen alt und brüchig vor.

Jeff Elliot saß an einem der neueren Schreibtische in einem höhlenartigen Raum, der wie eine alte Schule roch. Seine Krücken hatte er ziemlich demonstrativ gegen den Schreibtisch gelehnt, so daß jeder sie sehen mußte. Die Krücken waren sein Kapital, dachte Hardy. Elliots Augen waren auf einen Video-bildschirm gerichtet, und er telefonierte, als Hardy an seinem Schreibtisch ankam.

»Alles, was ich jetzt sage, ist nicht zur Veröffentlichung bestimmt«, so fing er an.

Elliot drehte sich um, sah Hardy, hielt einen Finger hoch und redete weiter in die Sprechmuschel.

Hardy fuhr fort: »Als ich heute früh zur Arbeit kam, war ich nicht mehr so wütend wie gestern, aber beinahe. Habe ich schon gesagt, daß das hier nicht zur Veröffentlichung bestimmt ist?«

Elliot murmelte etwas ins Telefon, legte auf und wandte sich zu Hardy um. Er sah ihm voll ins Gesicht. Er schien nicht mehr so jung und freundlich wie an dem Abend vor zwei Tagen bei Hardy zu Hause. Sein Gesicht, obwohl es noch jungenhaft wirkte, war bleich und fahl, als ob er seit ein paar Tagen nicht mehr geschlafen hätte. Das Haar, das die Farbe von Spülwasser hatte, hing ihm in langen Strähnen über die Ohren. Er hatte seine Krawatte am Hals gelockert, aber sein Hemd sah frisch gewaschen aus.

»Mr. Hardy«, sagte er und streckte ihm über den Schreibtisch hinweg die Hand entgegen.

Hardy übersah die Hand. »Was ich von jetzt an sage, ist inoffiziell, es ist nicht für die Öffentlichkeit bestimmt. Absolut und vollständig zur Veröffentlichung ungeeignet. Ist das klar?«

Zu seinen Gunsten muß gesagt werden, daß Elliot gar nicht erst zu bluffen versuchte, obwohl er ein belämmertes Lächeln aufsetzte. »Mein Redakteur würde die Geschichte nicht bringen, ohne daß ich ihm eine Quelle nenne. Sie haben mir nichts davon gesagt, daß ich Ihren Namen nicht nennen darf.«

Hardy winkte ab. »Gehen Sie mir nicht mit Ihrer Unternehmenspolitik auf die Nerven. Davon habe ich schon in meinem eigenen Laden die Nase voll.«

Elliot zuckte die Achseln. »Ja, aber, ich brauche die Informa –«

Hardy unterbrach ihn. »Sie hätten bei mir dasselbe erreicht, wenn Sie ehrlich gewesen wären. Mit mir kann man ganz gut auskommen, aber meine Feinde haben nichts zu lachen.«

Elliot rutschte auf seinem Stuhl zurück und riß die Augen weit auf. »Soll das eine Drohung sein?«

Hardy sah zu seiner Überraschung, daß Elliots Hände auf dem Schreibtisch zitterten. Der Junge hatte Angst. Irgendwie hatte Hardy Lust, ihm an die Gurgel zu fahren, andererseits hatte er ihn bei seinem Besuch ganz sympathisch gefunden, und die zitternden Hände brachten ihn von seinem Vorhaben ab.

Hardy setzte sich. Er legte die Arme mit den Ellbogen auf den Schreibtisch. »Nein, das soll keine Drohung sein. Nur ein Tip. Machen Sie sich lieber keine Feinde, wenn es sich irgendwie vermeiden läßt. San Francisco ist eine Großstadt. Hier geht es hart auf hart. Selbst bei so netten Leuten wie mir.« Hardy schenkte ihm ein kurzes Grinsen. »Nun hätte ich gern, daß Sie mir einen Gefallen tun.«

Elliot beugte sich langsam wieder vor. »Wenn ich kann. Ich glaube, ich bin Ihnen etwas schuldig.«

»Das ist richtig«, sagte Hardy.


»Owen Nash.« Jeff Elliots Stimme klang kehlig vor Aufregung.

»Wo sind Sie denn gerade?« Hardy saß an seinem Schreibtisch. Er schob einen der Hefter von sich, der aufgeschlagen vor ihm lag, drehte sich auf dem Stuhl zum Fenster und sah hinaus. Grau in grau. Er hatte Elliot gebeten, in der Abteilung für vermißte Personen nachzuforschen, ob jemand eine Suchanzeige nach einer großgewachsenen Frau oder einem großgewachsenen Mann – jemandem mit einer ausgewachsenen Hand – aufgegeben hatte.

»Ich bin unten. Die Anzeige wurde heute früh aufgegeben.«

»Das könnte hinkommen«, sagte Hardy. Bei der Abteilung für vermißte Personen nahm man erst dann eine Anzeige auf, wenn die betreffende Person drei Tage vermißt war.

49

»Richtig. Und die Anzeige hat ein Mann aufgegeben, Moment mal, er heißt Farris, Telefonnummer ... haben Sie etwas zum Schreiben?«

Hardy schrieb die Nummer auf. »Owen Nash und diese Nummer. Sonst noch irgendwas?«

»Sie haben weitere neun Anzeigen wegen verschwundener Jugendlicher und drei verschwundene oder weggelaufene Ehefrauen – von der Größe der Hand her kämen sie alle in Frage. Aber Owen Nash ist der einzige Mann diese Woche, der vermißt wird. Das kommt nicht so häufig vor. Und das ist doch schon was.«

»Vielleicht ja, Jeff. Aber auch nur vielleicht.«

»Trotzdem«, sagte Elliot. »Aber warum können Sie denn nicht selbst herunterkommen und fragen?«

Hardy seufzte. Wozu sollte er es ihm erklären. »Das hat mit unserer Unternehmenspolitik zu tun«, sagte er. »Aber es war eine gute Idee. Ich wollte, ich hätte sie gehabt.«

»Was machen wir denn nun?«

»Also, Sie machen überhaupt nichts. Ich werde mich jetzt mal darum kümmern, und Sie warten ab, bis ich Sie anrufe. Ist das klar? Und vielleicht rufe ich Sie auch nicht an.«

»Aber wenn etwas dran ist an der Geschichte?«

»Dann kriegen Sie sie. Ich verspreche es Ihnen.«


Hardy hatte es eigentlich für sich behalten wollen, aber kaum hatte er aufgelegt, steckte Drysdale den Kopf zur Tür herein. »Ich mache nur gerade mal meine Runde«, sagte er. »Geht's dir heute besser?«

»Ein erwachsener Mann wird vermißt. Es liegt eine Anzeige vor.«

Drysdale hob die Augenbrauen und lehnte sich gegen die Tür. »Wo?«

»Bei den vermißten Personen.«

»Hat das direkt mit einem von den zwölf Heftern zu tun, die ich so ordentlich auf deinem Schreibtisch aufgestapelt sehe?«

»Nicht einmal indirekt.« Hardy lächelte.

Drysdale kam ins Zimmer und schloß die Tür hinter sich. »Diz, in deinem eigenen Interesse solltest du jetzt ein paar von diesen Fällen bearbeiten, verstehst du?« Er nahm fünf oder sechs Hefter von dem Stapel und ließ sie mitten auf den Schreibtisch fallen. »Liefere mir ein paar Ergebnisse, damit ich sie vorweisen und sagen kann: ›Er hat wirklich wie ein Pferd gearbeitet, geben wir ihm jetzt mal einen dicken Fall.‹«

Hardy ließ den Briefbeschwerer aus Jade kreiseln, der jetzt auf seinem Schreibtisch lag. »Okay, Art, okay.«

»Danke.« Drysdale wollte gerade hinausgehen, da rief Hardy ihn zurück. »Kannst du mir irgend etwas über Elizabeth Pullios erzählen?«

»Ich kann dir eine Menge über sie erzählen. Warum?«

»Sie hat mich gestern aufzumuntern versucht. Einfach so.«

»Vielleicht gefällst du ihr.«

»Es kam mir so vor, als ob sie es nicht nötig hätte, Männer anzumachen.«

Drysdale nickte und lehnte sich gegen den Türpfosten. Er hatte die Hände in den Hosentaschen, ein Bein über das andere geschlagen, total entspannt. »Nein, das hat sie nicht nötig.«

»Also, was ist los mit ihr? Warum ist sie so scharf?«

Drysdale warf einen Blick hinaus in den Korridor und schloß die Tür. Er setzte sich rittlings auf einen der Stühle vor Hardys Schreibtisch und sah zum Fenster hinter Hardy in den Nebel hinaus. Er holte Luft. »Jemand hat ihre Mutter vergewaltigt und umgebracht. Jemand, der auf Bewährung freigekommen war. Am dritten Tag nach seiner Freilassung. Er war wegen vorbildlicher Führung freigekommen, und er hatte wegen einer Vergewaltigung gesessen. Vier Jahre Knast hatte er hinter sich, als sie ihn wegen seines guten Betragens herausließen. Ich glaube, das hat einen Eindruck bei ihr hinterlassen.«

Hardy pfiff durch die Zähne.

»Na ja, wir sind ja alle irgendwie motiviert, aber manche Kollegen meinen, die Pullios treibt es ein bißchen zu weit.« Drysdale stand auf und streckte sich. »Jedenfalls, wenn ich jemanden einlochen will, dann komme ich gut mit ihr zurecht. Aber persönlich muß man sich vor ihr in acht nehmen. Sie hat nur das eine im Sinn.«

Hardy hob seine linke Hand hoch, an der Frannies Ring steckte. »Ich bin frisch verheiratet, Art. Ich bin nicht zu haben.«

»Ich würde wetten, daß das für sie keine große Rolle spielt.«

Nachdem sein Vorgesetzter fort war, rief Hardy als erstes die Nummer an, die Jeff Elliot ihm genannt hatte – Ken Farris, der Mann, der die Vermißtenanzeige aufgegeben hatte. Ein etwas schmierig klingender Empfangschef wurde gleich nüchtern, als Hardy ihm sagte, daß er von der Staatsanwaltschaft war. Er stellte ihn sofort durch.

»Hier ist Ken Farris. Mit wem spreche ich?«

Hardy sagte es ihm. Eine Pause.

»Ich verstehe nicht. Sie sind bei der Staatsanwaltschaft von San Francisco? Ist Owen im *Gefängnis*?«

Das Telefon piepste. »Haben Sie gerade jemanden in der Leitung –«

Farris unterbrach ihn, »Wir nehmen hier alle Anrufe auf Band auf. Stört Sie das?« Er wartete nicht auf eine Antwort. »Hören Sie mal, es tut mir leid, aber was hat die Staatsanwaltschaft damit zu tun, daß Owen vermißt wird? Ist er am Leben, sagen Sie mir das doch wenigstens.«

»Das weiß ich nicht, Mr. Farris.« Er hörte einen Stoßseufzer – ob aus Erleichterung oder vor Verzweiflung war nicht auszumachen, und Hardy wollte es auch gar nicht wissen. »Der Grund meines Anrufs ist der: Es ist da eine Hand aufgetaucht. Im Bauch eines Haifischs.«

Hardy konnte beinahe hören, wie Farris schaltete. »Was im *Chronicle* stand? Das habe ich gelesen. Was hat *das* denn mit Owen zu tun?«

»Vielleicht nichts. Mr. Nash ist ein Mann, der vermißt wird. Und die Hand stammt vielleicht von einem älteren Mann.«

»Was meinen Sie mit ›vielleicht‹? Stand das in der Zeitung? Glauben Sie, die Hand könnte von Owen sein?«

»Ich glaube lediglich, man sollte das vielleicht mal nachprüfen. Vielleicht können Sie sie irgendwie identifizieren. An der Form eines Fingernagels oder so. Fingerabdrücke sind nicht mehr zu sehen, aber …«

»War da nicht irgend etwas mit einem Ring?«

Hardy nickte zum Telefon. »Am kleinen Finger steckte ein Jadering.«

Das Telefon piepste wieder. Warum nahmen sie alle Anrufe auf? dachte Hardy.

Farris war barsch. »Dann kann das nicht Owen sein. Er trug einen goldenen Ehering an der linken Hand und sonst keinen Schmuck. Welche Hand war es?«

»Es ist eine rechte Hand.«

»Also, dann ist sie nicht von Owen. Mit Sicherheit nicht.« Farris seufzte wieder und ließ noch etwas Druck heraus. »Gott sei Dank.«


Derek Graham arbeitete seit dreizehn Jahren als Inspektor für Wartungs- und Instandsetzungsarbeiten in den Abwässerkanälen der Stadt. Er war vierzig Jahre alt, hatte eine Frau und drei Kinder. Ein Weißer. Er war fest bei der Stadt angestellt und praktisch unkündbar. Aber die politische Situation in San Francisco war so, daß die Position eines weißen Inspektors, den man entließ, sofort mit jemandem aus einer der zahlreichen Minderheiten besetzt wurde. Hardy wußte, daß die Haie schon ihre Kreise zogen, und nach einer Verurteilung wegen Drogenbesitzes würde Derek nicht nur im Gefängnis, sondern später auch auf der Straße landen.

Zwar kam man in San Francisco für das Rauchen von Marihuana noch immer mit einer Geldstrafe von einhundert Dollar glimpflich davon, aber dafür wurde der Besitz von mehr als einer Unze als versuchter Rauschgifthandel interpretiert, und der galt als Verbrechen.

Dereks Dienstwagen, ein Chevrolet Caprice mit einem »Buy America«-Aufkleber auf der Stoßstange, hatte ein kaputtes Bremslicht. Das war sein Verhängnis. Er hatte gerade einen halben Joint abgeraucht, damit er zu Hause ein bißchen entspannt ankam und seine Kinder nicht anschnauzte, als ein Streifenwagen ihn an den Bordstein winkte. Der Polizeibeamte hatte den Marihuanarauch gerochen, inspizierte den Wagen und entdeckte ungefähr acht Unzen Sensimilla im Kofferraum.

Daraufhin durchsuchte man Dereks Haus und fand im Keller eine Hydrokultur. Es sah sehr schlecht aus für Derek, und er machte sich furchtbare Sorgen.

»Hören Sie«, sagte er zu Hardy. »Ich brauche meinen Job.«

Das Gespräch fand in Hardys Büro statt, zusammen mit Dereks Pflichtverteidigerin, einer Frau namens Gina Roake. Ms.

Roake hatte in den fünf Minuten, seit sie Derek Graham vorgestellt hatte, kein Wort geäußert. Hardy hatte zuerst sie angesprochen, aber da Derek immer dazwischenredete, wandte sich Hardy schließlich an den Delinquenten selbst.

»Daß Sie Ihren Job verlieren, ist das geringere Übel«, sagte er.

Derek war einsfünfundachtzig groß und wog, wie Hardy schätzte, fast neunzig Kilo. Er hatte ein hübsches, glattrasiertes Gesicht und einen Haarschnitt wie ein Geschäftsmann. Für diesen Termin, bei dem ihn weder der Staatsanwalt noch seine eigene Anwältin besonders gern dabei hatten, hatte er sich absichtlich keine Krawatte umgebunden. Aber in seinen teuren schwarzen Hosen und dem Karohemd mit geknöpften Kragenecken sah er überaus präsentabel aus. In dieser Aufmachung hätte er zu einem Vorstellungsgespräch erscheinen können.

»Zum Teufel, ich habe doch gar nichts Kriminelles getan«, sagte er zu Hardy. »Ich arbeite für die Stadt. Was verdienen Sie denn hier?«

»Marihuanazüchten ist kriminell«, erwiderte Hardy, »und mein Gehalt spielt keine Rolle.«

»Ich könnte ja nachsehen, aber sagen wir fünfundvierzigtausend im Jahr.« Derek redete ohne Pause weiter. Hardy verdiente mit seinem neuen Job 52 000 Dollar im Jahr und ließ den Mann weiterreden. »Haben Sie Kinder?«

Hardy nickte.

»Dann wissen Sie ja Bescheid. Mit fünfundvierzigtausend kommen Sie nicht aus. Ich arbeite jetzt seit fünfzehn Jahren für die Stadt –«

»In der Akte steht, seit dreizehn Jahren.«

»Das ist doch Haarspalterei. Dreizehn. Ich arbeite hier seit dreizehn Jahren Tag für Tag, und meine Frau und ich, wir versuchen drei Kinder richtig aufzuziehen, also muß sie zu Hause bei ihnen bleiben. Wozu hat man Kinder, wenn man sie nicht selbst aufziehen kann, richtig? Ich bin nicht vorbestraft. Ich jammere hier nicht herum, ich erzähle Ihnen, wie es ist.«

»Und zu Ihrer Kindererziehung gehört auch Marihuanaanbau?« fragte Hardy.

»Mein Ältester ist sieben. Das Gras ist mein Nebenjob, das ist alles.«

Daran war nicht zu zweifeln. Hardy verdiente seine zweiundfünfzigtausend, aber ihm gehörte noch ein Viertel des Little Shamrock, und das brachte ihm noch einmal runde tausend Dollar im Monat ein, außerdem hatte Frannie noch 250 000 Dollar aus der Lebensversicherung ihres verstorbenen ersten Mannes, die sie sparen wollten, damit die Kinder später aufs College gehen konnten. Aber falls sie dieses Geld unbedingt brauchten, konnten sie es schon jetzt abheben. Hardy verstand genau, was Derek sagte: Es war nicht leicht, in diesen schlechten Zeiten mit einem einzigen Gehalt auszukommen.

Aber Hardy war Staatsanwalt. Er erinnerte sich an Drysdales Worte: Ungesetzlich heißt kriminell, heißt schlecht. Er sagte: »Da hätten Sie früher dran denken sollen, als Sie sich Ihre Pflanzung angelegt haben.« Er gefiel sich nicht besonders gut in dieser Rolle.

»Wem schade ich denn? Sagen Sie mir das mal. Ich bin kein Händler. Ich habe acht Leute, denen ich ab und zu mal was abgebe.«

Hardy hob eine Hand. »Na bitte. Und die Namen von diesen Leuten, die können Sie uns nicht nennen?«

Derek schüttelte den Kopf. »Kommen Sie, Mann, das sind normale Leute wie Sie und ich. Wie alt sind Sie, vierzig? Sagen Sie bloß, Sie haben im College nicht auch ein bißchen Gras geraucht.«

Hardy konnte darauf nicht antworten. Er kannte nicht viele Leute in seiner Generation, auch nicht viele Polizisten, die nicht irgendwann einmal Marihuana probiert hatten. In seinen Augen war das überhaupt kein Thema. Aber hier vertrat er das Gesetz.

Plötzlich drehte er sich um und sprach Ms. Roake an. »Könnten wir jetzt mal miteinander reden, bitte?« Er sah Derek an. »Das Gericht hat Ihnen nicht ohne Grund einen Anwalt gegeben. Im Erdgeschoß gibt's ein Café.«

Als er fort war, schloß Hardy die Akte. »Ms. Roake. Gina, darf ich Sie Gina nennen? Was will er?«

»Er möchte seinen Job nicht verlieren, denke ich.«

»Wird er im Fall einer Verurteilung automatisch entlassen? Daß er schuldig ist, steht doch fest.«

»Es kommt auf die Art des Urteils an.« Gina verzog den Mund zu einem bitteren kleinen Lächeln. »Falls es ein minder schweres Vergehen wird, glaube ich das nicht. Aber wenn es ein Verbrechen sein sollte, dann fliegt er raus.« Gina wirkte wie zwanzig, aber sie mußte älter sein. Sie biß sich auf die Oberlippe. »Ich glaube wirklich, daß er das Geld nur gebraucht hat, um seine Familie zu unterhalten.«

Hardy schnauzte sie an. Mit Recht: »Die Leute überfallen Banken und erschießen andere Leute immer nur, weil sie Geld für ihre Familie brauchen.« Gina erstarrte sichtlich, und Hardy beruhigte sich wieder. »Nein, ich will Sie hier nicht fertigmachen, aber ich lasse mich auch nicht auf diese Argumentation ein. Der Bursche hat eine Menge Dope angebaut, und das ist ungesetzlich. Wie wäre es, wenn wir uns auf ein schweres Vergehen einigen? Lassen Sie sich etwas einfallen. Es muß natürlich genau passen. Er gesteht es, zahlt eine hohe Geldstrafe, leistet gemeinnützige Arbeit, ich versuche das meinem Boß zu verkaufen, und Ihr Mandant behält seinen Job.«

Ginas Augen leuchteten auf. »Das würden Sie tun?«

»Aber wenn er noch einmal mit Marihuana erwischt wird – und wenn es nur ein Joint ist –, dann kreuzigen wir ihn, klar?«

Sie nickte und hielt die Hände in ihrem Schoß gefaltet, als beglückwünschte sie sich selbst. »Ja, ja. Das ist wunderbar.«

Sie erhob sich von ihrem Stuhl, das Nylon knisterte, sie schüttelte Hardy die Hand, dankte ihm und ging zur Tür, bevor er es sich anders überlegen konnte.

Er hatte gerade etwas an die Verteidigung verschenkt. Er fragte sich, was Elizabeth Pullios wohl dazu sagen würde. Aber dann wurde ihm klar, daß er sie gar nicht erst zu fragen brauchte. Er wußte, was sie sagen würde.

Während er daran dachte, verschränkte er die Hände im Nacken und warf einen Blick hinauf zur Decke. Braune Wasserflecken zogen sich über die geräuschdämmenden Isolierplatten. »Wunderbar«, sagte er.

Auf dem Weg zur Arbeit hatte Hardy seinem Kollegen Abe
Glitsky erzählt, daß seine Frau mittags in die Stadt kommen
werde. Sie wollten zusammen mittagessen. Und jetzt saß sein
Freund Abe in der Snackbar, hielt Rebecca auf dem Schoß;
Frannie saß ihm gegenüber und lachte über irgend etwas.

Frannies Gesicht, ihr Lachen hatte noch immer die Kraft, ihn
die üblen Dinge im Leben vergessen zu machen – er fand es erstaunlich, daß sie überhaupt lachen konnte. Es war gerade mal
etwas über ein Jahr her, daß jemand ihren Mann in den Kopf geschossen hatte, so daß die fünfundzwanzig Jahre alte schwan-
gere Witwe allein mit ihrem Zorn zurückgeblieben war.

Hardy stand einen Augenblick lang da, mit dem Rücken zur
Küche, und nahm dieses Bild in sich auf – Frannies leuchtendes
Gesicht, das Leben, das darin war.

Irgendwie hatten sich Hardy, der ein paar Jahre zuvor seinen
kleinen Sohn verloren hatte und wußte, was Tragik war, und
Frannie zusammengetan, und plötzlich hatte die Rückwärtsge-
wandtheit ein Ende gefunden, und die Leere hatte sich mit etwas Neuem gefüllt. Jetzt waren sie zusammen, und ihr Blick
war nach vorn gerichtet.

Hardy setzte sich neben Frannie und küßte sie.

»John Strout ist ein komischer Kerl«, sagte Glitsky. »Ich habe
Frannie gerade von ihm erzählt.«

»Wann hast du denn mit ihm gesprochen?«

»Ich muß ja viel zu oft mit ihm reden. Aber heute morgen
dachte ich, ich tue dir mal einen kleinen Gefallen.«

»Abe spricht wie ein Südstaatler, wenn er will«, sagte Frannie.

Sofort gab Glitsky eine perfekte Probe seines Könnens: »Was
meinen Sie denn, Ma'am. Das ist doch ganz selbstverständlich.«
Dann redete er mit seiner eigenen, normalen Stimme weiter. »Du
hast ihn ja vielleicht geärgert, Diz. Aber er hat sich die Hand angesehen. Ich dachte, es wäre besser, wenn ich ihn frage und nicht
du. Einfach nur so. Ob er es für einen Mord hält oder nicht.«

»Und was hat er gesagt?«

»Er sagte, der Mann hätte vielleicht Karate gemacht, vielleicht mit der Hand Bretter zerschlagen. An dem Knöchel des Mittelfingers wären Kalziumeinlagerungen, und der kleine Finger wäre zweimal gebrochen und wieder geheilt. Ach, und das Polster unter dem Daumen wäre ein bißchen dick.«

»Das ist alles?«

»Das ist eine Menge, Diz. Außerdem sei er erst kürzlich gestorben. Zwar wäre die Leichenstarre bereits abgeklungen, aber Strout fand, daß es immer noch eine frische Hand war.«

»Das habe ich gern, wenn ihr euch beruflich austauscht.«

Hardy nahm die Hand seiner Frau. »Es ist ein großartiger Beruf. Nichts anderes könnte mich locken.« Und dann fragte er Abe: »Also war es kein Kadaver?«

Glitsky schüttelte den Kopf. »Strout hat alle medizinischen Hochschulen gecheckt.« Er sah Frannie an. »Alle paar Jahre kommt es vor, daß Medizinstudenten einen Leichnam stehlen und sich mit uns ein Spielchen erlauben. Aber hier scheint das nicht der Fall zu sein.«

»Also ist es ein Mord?« fragte sie.

»Ein Mord ist nur ein unnatürlicher Tod«, sagte Abe. Rebecca wurde allmählich unruhig, Glitsky setzte sie auf sein anderes Bein und fing an, sie zu schaukeln. »Außerdem müssen wir erst einmal den offiziellen Bericht abwarten. Strout hat mir das ja nur unter vier Augen gesagt, und er ist mit seiner Untersuchung noch nicht fertig, er muß weitere Tests vornehmen, um festzustellen, ob die Hand wirklich frisch ist, wovon er ausgeht. Und schließlich«, sagte Abe, »selbst wenn es eine Tötung sein sollte, heißt das noch nicht, daß es Mord ist, so gern unser lieber Dismas hier auch etwas Derartiges bearbeiten würde. Dann bleiben immer noch drei mögliche Todesursachen – Selbstmord, Unfall und natürlicher Tod –, bevor wir beim Mord sind.«

Rebecca fing an zu zappeln und plötzlich stieß sie einen Schrei aus.

»Komm, gib sie mir«, sagte Hardy. Er streckte die Arme aus, und Abe reichte sie ihm über den Tisch hinweg. Sofort kuschelte sich die Kleine gegen seine Brust und schloß die Augen.

»Die magischen Hände«, sagte Frannie. »Ich hole uns was zu essen.«

Sie stand auf, und die beiden Männer sahen ihr einen Augenblick lang nach, während sie zur Essensausgabe hinüberging. Hardy streichelte die Wange seines Babys mit einem Finger. »Tust du mir noch einen Gefallen?« fragte er.

»Nein.«

»Nur eine Kleinigkeit«, bettelte Hardy. »Nur einen Anruf.«

Hardy bearbeitete in den beiden Stunden nach dem Lunch sieben Fälle: dreimal »Fahren unter Alkoholeinfluß« bei einschlägig Vorbestraften, einen Ladendiebstahl mit ebenfalls einschlägigen Vorstrafen, den er als minder schwer anzusehen geneigt sein würde, wenn die Verteidigung mitspielte, einen Besitz einer geladenen Feuerwaffe bei einem Verbrecher und zwei schwere tätliche Bedrohungen: einen Handtaschenraub und eine Körperverletzung: ein Vater, der den Fußballtrainer seines Sohns mißhandelt hatte. Keiner dieser Fälle brauchte vor Gericht zu gehen und die Mühlen der Justiz noch mehr zu blockieren, und er war froh darüber, aber dieser Kuhhandel um das Strafmaß war demoralisierend und ermüdend.

Glitsky tauchte im Türrahmen auf, gerade als er den Fall des Waffenbesitzes bearbeitet hatte – sein schwierigster Fall an diesem Tag. Wenn man in San Francisco mit einer Waffe ohne Waffenschein erwischt wurde, kam man ins Gefängnis. Und wer mit Knast rechnen mußte, versuchte im allgemeinen, vor ein Geschworenengericht zu kommen, in der Hoffnung, sich dort irgendwie herausreden zu können. Aber in diesem Fall hatte Hardy den Verteidiger des Delinquenten überreden können, daß ein *nolo contendere* – wenn der Angeklagte die Tat nicht bestreitet – und ein Wochenende im Gefängnis doch die elegantere Lösung wären. Für beide Seiten, wenn man es recht besah.

Glitsky hockte sich auf die Schreibtischecke. »Wen soll ich anrufen?« fragte er.

Die meisten Staatsanwälte teilten sich das Zimmer mit einem Kollegen, aber als Hardy seinen Dienst begonnen hatte, befand sich die Kollegin, der der andere Schreibtisch gehörte, im Mutterschaftsurlaub, was Hardy ganz recht war.

Glitsky stand auf, um die Tür hinter sich zu schließen, dann ging er zu dem anderen Schreibtisch und setzte sich davor. Hardy wählte die Nummer von Farris' Büro, und Glitsky drückte den Knopf, so daß Hardy mithören konnte. Die Vermittlung bat Glitsky dranzubleiben, und sie warteten, während fünfmal der Piepser ertönte, was hieß, daß das Gespräch aufgezeichnet wurde.

Glitsky nannte seinen Namen, erwähnte Hardys vorangegangenen Anruf und teilte Farris die Neuigkeit mit, die er von der Gerichtsmedizin hatte. Kaum hatte Glitsky das Wort *Karate* ausgesprochen, da wußten sie, daß sie einen Treffer gelandet hatten.

Farris sagte längere Zeit gar nichts. Dann leise: »Scheiße.«

»Mr. Farris?«

Wieder eine Pause. »Ich bin hier. Geben Sie mir etwas Zeit, bitte.«

Glitsky wartete, er trommelte mit den Fingern auf die Schreibtischplatte. Piep. Piep.

»Vielleicht ist es doch nicht Owen. Es gibt so viele Männer, die Karate machen.«

»Wann haben Sie ihn das letztemal gesehen?«

»Freitag mittag. So gegen eins. Aber da trug er keinen Jadering, nur den Ehering. Jedenfalls nehme ich an, daß er den Ehering am Finger hatte. Ich glaube, so ein Unterschied wäre mir aufgefallen.«

»Aber Mr. Nash hat Karate praktiziert?«

»Er hatte den Schwarzen Gürtel. Er hat vor langer Zeit damit angefangen. Als wir in Korea waren.«

Glitskys Augenbrauen hoben sich. Er sah Hardy an. »Ein Knochen im kleinen Finger war zweimal gebrochen und wieder verheilt«, sagte er.

Farris fluchte erneut und schwieg. Glitsky pfiff unhörbar zwischen den Zähnen. Piep.

»Ich glaube, ich komme besser mal zu Ihnen rüber«, sagte Farris.

Hardy hätte beinahe seinen Termin bei Polizeichef Dan Rigby vergessen, bei dem er sich entschuldigen wollte. Glitsky ging zu Strout hinunter, um zu sehen, ob er ihn überreden konnte, Hardys Gegenwart zu dulden, wenn Farris kam, um die Hand zu inspizieren. Frannie hatte Hardy angerufen und gesagt, daß sie bei ihrem nächsten Termin beim Gynäkologen in einem Monat wahrscheinlich den Herzschlag des neuen Babys hören könnte. Ob Hardy sich wohl frei nehmen könnte, um sie zu begleiten? Und ob er wissen wolle, ob das Baby ein Junge oder ein Mädchen sein würde? Sie selbst war sich nicht so sicher, ob sie es wissen wollte. Außerdem war sie noch so jung, daß der Doktor von einer Fruchtwasseruntersuchung abriet, denn als sie Rebecca bekommen hatte, hatte sie keine machen lassen, und alles war gutgegangen. Was er denn meinte?

Hardy freute sich über ihre aufgeregten Fragen, er blätterte gedankenlos in seinem Terminkalender herum, während er sie beantwortete, und sah plötzlich: Rigby 16 Uhr.

Es war 15 Uhr 55.

Er kam Punkt vier vor dem Chefbüro an und wartete fünfundzwanzig Minuten. Er hoffte, daß Farris nicht schon wieder fort wäre, wenn er, Hardy, den Besuch beim Chef hinter sich hatte, aber es blieb ihm nichts anderes übrig, als auszuharren. Der Sergeant, der den Chefsekretär spielte, hatte ihm tags zuvor klargemacht, daß weder er selbst noch sein Chef zu Hardys Freunden gehörten.

Schließlich ertönte der Summer auf dem Schreibtisch des Sergeants. Er sah zu Hardy auf und deutete mit dem Finger auf die Doppeltüren.

Dan Rigby saß zurückgelehnt in einem Ledersessel und telefonierte immer noch. Er hatte ein Chefgesicht: rot mit zahlreichen tiefen Falten, und graues Haar, das nirgendwo länger war als einen Zentimeter. Hardy wußte, daß er oft einen Anzug trug, aber an diesem Tag war er in Uniform. Das hieß, er wollte Eindruck schinden.

Hardy stand auf dem Perserteppich vor seinem Schreibtisch und überlegte krampfhaft, was er ihm zur Begrüßung sagen sollte. Rigby, der in den Telefonhörer horchte, betrachtete Hardy prüfend, als er hereinkam. Hardy stand da und wartete eine weitere Minute. Dann legte Rigby auf und reckte die Schultern so, als ob sie schmerzten. »Sie waren doch mal Polizist, nicht wahr?«

»Ja, Sir. Ich habe ungefähr drei Jahre Streifendienst gemacht.«

»Und dann Jura, stimmt's?«

»Ja, Sir.« Jetzt kommt's, dachte Hardy.

Rigbys Schultern fielen herab, er sank zurück in den Sessel. »Ich habe damals oft daran gedacht, auch diesen Weg zu gehen. Obwohl es natürlich so ganz gut gewesen ist, nehme ich an. Aber bei der Polizei aufzuhören – ich glaube, überall sonst war es mir zu langweilig.«

»Jura ist gar nicht so schlecht«, sagte Hardy.

Rigby lachte verächtlich mit einem heiseren Rasseln. »Ach, Jura, das ist doch nur Bettelei und Scheißarbeit. Wir wissen fast immer schon verdammt genau, wer es gewesen ist, aber ihr Burschen, ihr Staatsanwälte, müßt es beweisen. Wir wissen, wer es war, wir schnappen sie, und damit ist unsere Arbeit – jedenfalls so gut wie – beendet. So erkläre ich mir denn auch diesen Vorfall von gestern. Sie sind ein bißchen durcheinandergeraten. Sie bekommen hier als Polizist eine gute Ausbildung. Und was man einmal gelernt hat, bleibt haften: Sie denken weiter wie ein Polizist. So. Aber jetzt sind Sie bei der Staatsanwaltschaft. Und Locke regt sich ein bißchen auf, weil ich ihn angerufen habe, denn er haßt es, wenn man ihn wegen seines Aufgabenbereichs belästigt. Sie und ich, wir haben keine Probleme miteinander. Wenn Sie da einen Mord entdecken oder wenn Sie einen Verdächtigen finden, dann tun Sie uns allen einen Gefallen und informieren uns. Wir greifen uns den Täter, und dann können Sie endlich Ihren Job tun.«

Das Telefon läutete wieder. Rigby nahm den Hörer ab und hörte einen Augenblick zu. »Es ist mir gleich, welchen Wahlbezirk er hat, er kriegt keine Polizeieskorte nach ...« Rigby sah hoch und war überrascht, Hardy dort noch zu erblicken. Er winkte ihn aus dem Zimmer und widmete sich wieder seinem Telefongespräch.

Ken Farris stand neben dem fast blattlosen Ficus an dem Fenster, durch das man auf den Parkplatz sehen konnte, die Hände auf dem Rücken verschränkt.

Er war gerade aus dem Kühlraum gekommen und hatte dort ein kaum zu erkennendes Ding mit vier Anhängseln betrachtet

– der Zeigefinger fehlte –, und instinktiv, als ob er Luft holen wollte, war er zum Fenster gegangen. Allerdings wurde dieses Fenster niemals geöffnet.

Farris hatte breite Schultern und eine schmale Taille. Er mochte so um die Sechzig sein. Sein hellbrauner 750-Dollar-Anzug war perfekt geschnitten, der Stoff hatte feine blaue und goldfarbene Nadelstreifen. Auch das hellgelbe Seidenhemd war maßgeschneidert, genauso wie die Krawatte. Die Cowboystiefel aus Alligatorleder machten ihn noch unnötige fünf Zentimeter größer.

Glitsky und Hardy saßen auf der harten gelben Plastikcouch der Leichenschaukammer. John Strout hatte einen Klappstuhl herbeigeholt und saß lässig und mit übereinandergeschlagenen Beinen da.

Farris wandte sich um. Er rang mit sich, war immer noch etwas blaß. »Also, diese Übung hat uns nicht weitergebracht.«

Strout streckte die Hand in die Tasche und zog eine kleine graue Pappschachtel heraus. »Vielleicht sagt Ihnen das hier etwas.« Er hielt die Schachtel hoch, und Farris kam heran, um sie entgegenzunehmen.

Es war der Jadering – eine Schlange, die sich in den Schwanz biß – mit einer filigranen Oberfläche. Hardy beugte sich vor, um den Gegenstand genauer zu betrachten. Er hatte ihn bisher nur an der Hand gesehen. Farris hielt ihn eine Weile vor sich hin, dann schob er ihn über den ersten Knöchel seines Ringfingers.

»Er hätte Owen nicht gepaßt«, sagte er. »Er hatte größere Hände als ich.«

»Der Ring saß am kleinen Finger«, sagte Strout.

Farris zog den Ring ab und schob ihn über den kleinen Finger, bis zum Ansatz. Er saß locker. Dann zog er ihn ebenso rasch wieder ab. »Na ja, das heißt immer noch nicht, daß er Owen gehört hat.«

»Nein, Sir, das ist damit nicht gesagt.« Strout war ein angenehmer Mensch, zuvorkommend, ein Profi. Hardy beugte sich vornüber, die Arme auf die Knie gestützt.

Abe Glitsky lehnte sich bequem zurück und sah mit übereinandergeschlagenen Beinen in die Runde. Er rührte sich, was genügte, daß die anderen ihn ansahen. »Sie und Owen – Mr. Nash – waren eng miteinander befreundet, ist das richtig?«

»Können wir nicht sagen: *sind* befreundet? Er ist schon früher mal ab und zu verschwunden.«

»Lange genug, um die Polizei zu benachrichtigen?«

»Ein- oder zweimal, glaube ich, ja. Aber ich habe es nicht getan.«

»Wieso haben Sie es diesmal getan?«

Farris schüttelte den Kopf. »Ehrlich gesagt, ich weiß es nicht. Es war so ein Gefühl. Das letztemal, daß er ohne irgendeine Nachricht abgehauen ist, war vor vielleicht zehn Jahren. Nach so langer Zeit kann man doch annehmen, daß die Gewohnheiten eines Menschen sich geändert haben. Ich verstehe nicht, daß er einfach so verschwindet. Damals habe ich es verstanden.«

»Wo ist er denn damals hin?«

Hardy mischte sich ein. »Was hat es denn eigentlich mit diesem Verschwinden für eine Bewandtnis?«

Farris sah sich in dem Raum um, entdeckte noch einen Klappstuhl und stellte ihn neben den von Strout. Er legte den Ring in die Schachtel und gab sie dem Leichenbeschauer zurück. Dann ließ er sich mit einem leisen Ächzen auf dem Stuhl nieder.

»Gute Frage. Sie meinen, er könnte wieder dort sein, wo er damals war?« Er schüttelte den Kopf. »Nein, nein, das glaube ich nicht. Einmal war er in New Orleans auf dem Karneval. Aber dort war er damals zusammen mit seiner Tochter, Celine. Sie waren beide verschwunden, und wir haben uns ausgerechnet, daß sie zusammen irgendwohin verreist sein mußten. Damals paßte das zu ihm.«

»Aber heute nicht mehr?« fragte Hardy.

»Er ist reifer geworden. Habe ich jedenfalls angenommen. Sie wissen, wie das ist.«

Glitsky war ganz sanft. »Erzählen Sie uns doch, wie das zu verstehen ist.«

Farris lehnte sich zurück. Er holte tief Luft und stieß sie wieder aus. »Es gab damals eine Zeit, da stellte Owen alle sechs Monate oder so irgendwas an, wofür man ihn haßte oder wofür er sich selbst haßte. Es steckte so eine Kraft in ihm, und wenn die ihn überkam, gab es nichts mehr, das ihn aufhalten konnte – weder seine Freunde noch seine Familie, noch irgendeine seiner Pflichten.

Dann hatte er den Teufel im Leib, und ich habe nie versucht ihn aufzuhalten. Seine Frau Eloise ist damals in den fünfziger Jahren bei einem Brand ihres Hauses umgekommen. Er kam nicht mehr hinein, um sie zu retten. Er hat es gerade noch geschafft, das Kind rauszuholen.« Farris machte eine Pause. Er dachte nach. »Also quälte ihn dieses Schuldgefühl. Von Zeit zu Zeit schien es ihm, als verdiene er den Erfolg nicht, den er hatte, und er verschwand einfach und überließ mir seine Geschäfte.

Und dann gab es andere Zeiten, da ging es ihm genau andersrum: ›Mann, ich bin der große Owen Nash, und wenn ich einen Monat nach Bali gehen möchte, sollen doch die gewöhnlichen Sterblichen den Laden für mich schmeißen. Wenn ich wieder auftauche, verehren sie mich um so mehr.‹«

Abe Glitsky wollte nicht den Faden verlieren. »Also ist er einmal auf nach New Orleans und ein andermal nach Bali …«

»Ja, aber da liegt das Problem. Es gab für ihn keinen bestimmten Ort, wo er dann hinging, jedenfalls nicht, wenn er verschwand. Wir haben draußen bei Taos so eine Hütte, ohne Telefon, ohne Heizung, die benutzen wir seit fünf, sechs Jahren, aber ich war dort – ich bin Freitagabend hingeflogen –, und er war nicht da.«

Strout zog seine langen Beine an und setzte sich aufrechter hin. »Tschuldigen Sie mich«, sagte er leise. »Aber ich glaube, das einzige Indiz, das auf Owen Nash deuten könnte, ist Karate.«

Farris ließ den Blick durch den Raum schweifen. Wenn er etwas Tröstendes suchte, dann war er hier am falschen Ort – die gelbe Vinylcouch und die grünen Wände wirkten häßlich und kalt. Dazu eine Pflanze, die fast tot war, und ein paar künstliche. »Ich weiß nichts davon, daß er sich mal einen Finger gebrochen hat. Und ich glaube auch nicht, daß er es erzählt hätte.«

»Sie meinen, er hat Karateübungen gemacht, Bretter zerschlagen und so?« fragte Hardy.

Farris nickte. »Ja, dieser Zirkuskram, Bretter zerschlagen, das ist Owen. Wenn er einer Frau imponieren wollte … Ach, egal wem. Da konnte er sich die ganze Hand brechen, und niemals kam ein Wort davon über seine Lippen. Das war eine seiner Posen: Im Gegensatz zu uns anderen wäre er Schmerzen gegenüber unempfindlich.«

Hardy beugte sich vor, als er diese neuen Töne hörte. Farris mochte Owen Nash lieben, aber da waren auch noch andere Gefühle im Spiel.

»Der kleine Finger an seiner Hand ist offenbar zweimal gebrochen und wieder zusammengeheilt«, sagte Strout, »aber er war nie geschient.«

»Das klingt sehr nach Owen.«

Strout richtete sich in seinem Sessel auf, faltete die Hände und streckte die Arme aus, bis die Fingergelenke knackten. »Tja, meine Herren«, sagte er, »das bringt mich bei der Identifikation nicht weiter. Wir könnten einen DNS-Test machen, aber dazu bräuchten wir zum Vergleich ein Gewebe, das von Mr. Nash stammt.«

Alle saßen schweigend da, alle außer Strout, der sich erhoben hatte. Nur Farris saß noch vorgebeugt, die Augen nach unten gerichtet und versuchte, eine Antwort zu finden. Da klopfte jemand an die Tür, und Sixto steckte den Kopf herein. »Eine Celine Nash ist da draußen und möchte Mr. Farris sprechen.«

Die strahlend blauen Augen der Frau waren rot, geschwollen und von dunklen Ringen umgeben, als hätte sie seit Tagen nicht mehr geschlafen. Die Wimperntusche war ihr über das viel zu dick aufgetragene Make-up gelaufen. Sie trug ein schwarzes Kostüm, schwarze Nylons, schwarze Handschuhe – sogar schwarze Onyxohrringe – und sah elegant aus, doch sie fuhr sich zu oft mit den Händen durch das aschblonde Haar. Es hing ihr in unregelmäßigen Strähnen auf die Schultern hinab.

Sie kam auf Farris zu und umarmte ihn, während sie ein Schluchzen hinunterwürgte. Er hielt sie eine halbe Minute lang fest und klopfte ihr auf den Rücken. »Es ist okay, Honey, es ist okay. Wir wissen es immer noch nicht.«

Sie wich etwas zurück, zog das Einstecktuch aus Farris' Brusttasche und betupfte ihre Augen. Dann lehnte sie sich einen Moment lang wieder an ihn. Hardy sah, daß sie die Augen schloß, als ob sie ihre Kraft zusammennahm. Schließlich wandte sie sich den anderen Männern zu. »Ist einer von Ihnen der Gerichtsmediziner?«

Strout trat vor. »Ja, Ma'am.«

»Es tut mir leid, aber ich dachte, Ken hätte gesagt …« Sie sah sich um, als ob sie sich verlaufen hätte. »Ich meine, als ich Gerichtsmediziner hörte, dachte ich …«

»Nein, Ma'am, wir wissen noch gar nichts. Aber vielleicht kennen Sie das hier.« Strout zog die Schachtel mit dem Ring heraus.

Celine starrte den Ring einen Augenblick lang an. »Was ist das?«

»Er war an der Hand«, sagte Strout.

Sie nahm ihn aus der Schachtel heraus und betrachtete ihn prüfend. »Aber Daddy hat diesen Ring nicht getragen. Ken, Daddy hat nur Moms Ring getragen, nicht wahr?«

»Das habe ich auch schon erklärt.«

Sie führte das Taschentuch wieder an die Augen und preßte es dagegen. »Wie geht's Ihnen?« fragte Hardy. Er bewegte sich in ihre Richtung.

Celine war etwas bleich geworden. Sie lächelte Hardy matt an, aber ihre Augen kehrten zu Strout zurück. »Nun, dann kann das nicht mein Vater sein.«

Glitsky fragte sie mit seiner sanftesten Stimme, wann sie ihren Vater zum letztenmal gesehen hätte. Ihre Augen wurden einen Augenblick lang schmal, und Hardy dachte, da wäre so etwas wie Widerstand, vielleicht sogar Angst aufgeblitzt. »Warum? Entschuldigung, aber wer sind Sie?«

Farris trat hinzu und stellte alle vor, und schließlich erklärte Glitsky: »Er könnte den Ring danach bekommen haben. Nachdem Sie ihn gesehen haben.«

Das sah sie ein und nickte. »Ich weiß nicht mehr genau. Vielleicht vor zwei Wochen. Aber damals hatte er diesen Ring nicht am Finger – er hätte ihn niemals getragen. Das ist einfach nicht sein Geschmack.«

Farris, der neben ihr stand, sah den Ring wieder an und zuckte die Schultern. »Er machte sich ohnehin nichts aus Schmuck.«

»Na gut«, sagte Strout. »Es war jedenfalls einen Versuch wert. Ich danke Ihnen allen für die Zeit, die Sie sich genommen haben.«

Nachdem er die beiden zur Tür gebracht hatte, kam Strout

mit den Händen in den Taschen zurückgeschlendert und sagte zu Hardy und Glitsky: »Es könnte Owen Nash sein. Das ist natürlich nicht zur Veröffentlichung bestimmt. Aber er könnte es sein. Ich werde Sie alle auf dem laufenden halten.«

## 9

Die Werkstatt hatte Glitskys Wagen repariert, er konnte wieder damit fahren. Also ging Hardy um Viertel vor sechs allein über den Parkplatz, er wollte Frannie im Little Shamrock treffen. Der Nebel, der den ganzen Tag über der Stadt gelegen hatte, hatte sich gehoben oder war von der Brise, die von der Bay kam, nach Westen aufs Meer hinausgeweht worden; der Abendhimmel war blau und wolkenlos.

Die meisten Angestellten des Justizpalasts hatten um fünf Uhr ihren Dienst beendet, und der Parkplatz war halbleer. Zwei Reihen von Hardys Auto entfernt saß Ken Farris auf dem Fahrersitz eines Chrysler-LeBaron-Kabrioletts mit offenem Verdeck. Hardy lief langsamer und blieb schließlich stehen.

Farris starrte in die Ferne. Er hatte die Arme über der Brust verschränkt und rührte sich nicht. Er hätte eine Statue sein können. Vor einer Dreiviertelstunde hatte er zusammen mit Celine Nash Strouts Büro verlassen und war immer noch auf dem Parkplatz? Vielleicht war sie noch dageblieben, und die beiden hatten sich eine Weile unterhalten. Trotzdem fand Hardy es seltsam. Der Mann zuckte nicht mal mit der Wimper. Vielleicht saß er da und war tot.

Hardy durchquerte ein paar Autoreihen. Er kam bis auf drei Meter an den Chrysler heran, bis Farris sich rührte. Er bewegte sich nur ein wenig, aber Hardy wußte jetzt, daß Farris ihn gesehen hatte.

»Sie sitzen hier ja so still«, sagte Hardy. »Ich dachte, vielleicht fehlt Ihnen etwas.«

Die Erstarrung wich einem Lächeln, das voller Selbstekel war. »Ob mir was fehlt? Das ist natürlich relativ. Nein, ich glaube, mir fehlt nichts.«

Hardy winkte ihm etwas hilflos zum Abschied zu und wollte wieder weggehen, als Farris ihn beim Namen rief. Hardy drehte um und kam zurück. »Wissen Sie, Celine hat da etwas erwähnt. Ich weiß nicht. Es könnte von Bedeutung sein.«

Hardy horchte auf. »Sie sind nicht zufällig Anwalt, Mr. Farris?«

Ein Aufblitzen der Zähne. »Wie kommen Sie darauf?«

»Na ja, daß Sie es ›relativ‹ betrachten, ob Ihnen etwas fehlt. Und daß etwas ›von Bedeutung sein‹ könnte. Das sind Anwaltsausdrücke.«

Farris streckte eine Hand aus dem Wagen. »Richtig geraten. Nennen Sie mich Ken, ja? Stanford 55. Hab aber nie Jura praktiziert, abgesehen davon, daß ich Owens Berater war.«

»Vollzeitjob?«

»Mindestens. Jetzt bin ich der Geschäftsführer von Owen Industries. Owen ist der Direktor. Elektronik, Komponenten, jetzt fangen wir mit HDTV an.«

»Ich weiß nicht, was das ist, HDTV.«

»High-definition Television, Fernsehbildschirm mit hoher Auflösung. Mehr Punkte auf der Mattscheibe. Besseres Bild. Die Japaner sind uns darin meilenweit voraus, aber Owen wollte es haben, deshalb arbeiten wir auch daran.«

»Also was ist Ihre Information, die vielleicht von Bedeutung ist?«

»Celine hat mich gerade darauf aufmerksam gemacht: Owen hatte ihr gesagt, daß er mit der *Eloise* rausfahren wollte ...«

»Mit der *Eloise*?

»Owens Segelboot. Er wollte am Sonnabend mit May Shintaka einen Ausflug unternehmen. Sie selbst nennt sich May Shinn.«

»Seine Freundin?«

Farris machte eine Grimasse. »So etwas in der Art. Man würde das wohl eher eine Geliebte nennen.«

»Sie meinen, er hat sie ausgehalten? So etwas gibt es wirklich?«

Farris lachte, aber es war kein Humor dabei. »Owen sah das so: Irgendwie muß man immer für die Frau bezahlen, die man hat. ›Das sind die Betriebskosten, Wheel‹ – er nannte mich Wheel, wie Ferris Wheel, Riesenrad, nach George Ferris, der das Ding erfunden hat. Schreibt sich natürlich anders. ›Dafür, daß du mit einer Frau schläfst, mußt du immer zahlen. Da ist es gleich, ob man vorher oder hinterher zahlt.‹ Das waren seine Worte.«

»Ich denke, das kann man so sehen«, sagte Hardy.

»Mr. Hardy …«

»Dismas.« Und dann, auf die stumme Frage mit dem schiefen Blick hin: »Dismas, der gute Dieb vom Kalvarienberg.«

»Okay, Dismas. Ich sehe das nicht so. Ich bin seit fünfundzwanzig Jahren mit meiner Betty verheiratet. Aber Owen ist anders als ich und anders als alle, die ich kenne. Er hat seine Frau, Eloise, geliebt, und als sie tot war, wußte er, daß er keine Frau mehr lieben würde, also suchte er nicht nach Liebe und machte auch keinen Hehl daraus. Das klingt vielleicht gefühllos, aber es war ziemlich ehrlich.«

»Und diese May Shinn …?«

»Er ist seit Januar, Februar ziemlich fest mit ihr zusammen.«

»Ist sie mit ihm am Sonnabend auf dem Boot rausgefahren?«

»Celine sagt, das hätte er vorgehabt. Mehr weiß ich nicht.«

»Und wenn er es getan hat, nimmt die Wahrscheinlichkeit zu, daß er es war«, sagte Hardy.

»Warum? … Ach so.«

»Wissen Sie, wie man May Shinn erreicht? Dann könnten wir das gleich klären.«

Die Schatten waren länger geworden, und die Brise von der Bucht hatte sich gelegt. Farris suchte in seiner Brieftasche und zog ein quadratisches Stück Papier heraus. »Meine Notrufnummern. Ich weiß nicht, wieso ich bisher nicht an May gedacht habe.«

Hardy stellte sich neben ihn, als Farris die Tasten seines Autotelefons drückte. Hardy schielte nach dem Papier. Neben May Shinns Namen konnte er auf diese Entfernung und bei diesem Licht gerade noch die Ziffern erkennen, hatte gerade noch genug Zeit, um sie sich einzuprägen.

Er dachte, er hätte auch noch genug Zeit, um auf seinem Weg hinaus zu den Avenues beim Yachthafen vorbeizufahren. Es war kein sehr großer Umweg. Wenn er beweisen konnte, daß Owen am Sonnabend auf den Pazifik hinausgesegelt war – an dem

Tag, bevor eine Hand, die ihm gehören konnte, im Steinhart-Aquarium im Bauch eines Hais auftauchte –, war Hardy vielleicht einem Fall auf der Spur.

May Shintaka war nicht zu Haus gewesen – oder nicht ans Telefon gegangen. Ken Farris hatte auf ihren Anrufbeantworter gesprochen und sie gebeten, ihn sobald wie möglich anzurufen.

Jetzt dämmerte es bereits, und auf der Straße, die den Hafen entlangführte, war der Verkehr zum Erliegen gekommen. Hardy erinnerte sich. Es war Mittwoch, der Tag, an dem sich der Marina Freeway in einen Fleischmarkt verwandelte und die Yuppies einander mit artigen Sprüchen darüber anmachten, wie frisch die Arugula sei und daß die trockene Pasta der von Hand zubereiteten im allgemeinen vorzuziehen wäre.

Hardys Suzuki Samurai wirkte deplaziert zwischen den Beemers und Miatas, und wie er so eingekeilt zwischen den Autos saß, kam er sich alt vor, viel älter als damals, als er zum erstenmal Vater wurde. Es verspätete sich immer mehr. Er mußte Frannie anrufen oder Moses oder das Shamrock. Ihnen mitteilen, daß er unterwegs war.

Oder er mußte den Besuch im Yachthafen streichen. Was suchte er überhaupt auf der *Eloise* oder in der Umgebung des Schiffes, was dort nicht auch noch am nächsten Morgen zu finden war? Nur war er jetzt sowieso schon fast da. Er beschloß, von einem Münztelefon aus das Shamrock anzurufen. Frannie würde dort bei ihrem Bruder sein – die beiden konnten es ruhig eine Zeitlang ohne ihn aushalten. Hardy wollte sich nur ganz kurz das Boot anschauen, dazu brauchte er nur ein, zwei Minuten.

Die Ampel schaltete um, und er fuhr noch bei Gelb durch. Dann waren es nur noch zwei Blocks bis zum Yachthafen selbst, wo zweihundert Boote an vier langen Pontons hinter einem Strömungsbrecher lagen. Zur Landseite hin war die Anlage mit einem zweieinhalb Meter hohen Zaun abgeschlossen, der mit Stacheldraht gekrönt war.

Hardy hatte manchmal das Gefühl, daß er in einem früheren Leben ein Seemann gewesen sein mußte. Alles, was mit Schiffahrt zu tun hatte, zog ihn magisch an. Er fischte gern, er war ein begeisterter Taucher, er beschäftigte sich mit Haien und führte sie im Becken herum, um sie ins Leben zurückzuzwingen, als ob er eine ganz besondere Beziehung zu ihnen hätte.

Jetzt pumpte die salzige Seeluft Energie in ihn hinein. Locke und Drysdale sollte der Teufel holen. Hardy spürte es in den Knochen, daß er einer Sache auf der Spur war, und davon würde er sich nicht abbringen lassen.

Das Pförtnerhaus stand auf einem quadratischen, gepflegten Stück Rasen am Eingang zum Yachthafen. Hardy klopfte an die offene Tür und ging hinein. Der Pförtner war ungefähr neunzehn Jahre alt und trug eine grüne Uniform mit einem Namensschild, auf dem »Tom« stand. Er erhob sich von seinem Schreibtisch, der hinter einem niedrigen Tresen stand. »Kann ich helfen?«

Durch das Fenster, das sich rechts von ihm befand, konnte Hardy die Boote liegen sehen. Vier Reihen weißer Weihnachtsbaumlichter glitzerten über den Pontons.

Er zeigte dem Jungen seine Dienstmarke, die er jedoch nicht von der Staatsanwaltschaft, sondern aus einem Uniformladen im Süden von San Francisco hatte. Sie war offiziell nicht zugelassen, doch er wußte, daß er sie gut brauchen konnte, vor allem bei Leuten, die zwar nicht lesen konnten, aber wußten, wie eine solche Marke aussah. Er fragte den jungen Mann, ob er über die Abfahrten von Booten Buch führe.

»Wir haben das versucht«, sagte er, »aber die meisten Leute hier kommen und gehen, wie es ihnen paßt. Trotzdem wissen wir meistens so ungefähr, wer draußen ist.«

»Ist die *Eloise* gerade hier?«

»Klar.« Tom sah aus dem Fenster und zeigte auf eines der Boote. »Es ist der fünfzehn Meter lange Cruiser am Ende von Ponton zwei.« Im Halbdunkel sah das Segelboot sehr schön aus. »Es ist zum letztenmal am Sonnabend draußen gewesen.«

»Am Sonnabend. Hat Mr. Nash es rausgebracht?«

Tom zuckte die Schultern. »Ich nehme es an, aber ich habe ihn nicht gesehen. Die *Eloise* war schon draußen, als ich herkam.«

»Wann war das?«

»So gegen zwölf. Ich arbeite von zwölf bis acht.«

»Kommt nach acht Uhr jemand anders her?«

»Nein. Wir schließen dann bis um sechs am Morgen. Was ist denn überhaupt los? Steckt Mr. Nash in irgendwelchen Schwierigkeiten?«

Hardy sagte ihm alles, was er wußte: »Er wird vermißt. Es würde uns helfen, wenn wir wüßten, wer ihn zuletzt gesehen hat.«

Tom biß sich in die Wange und überlegte. »Ich glaube nicht, daß Sie hier viel Glück haben werden. José, der vormittags hier ist, sagte, die *Eloise* sei schon draußen gewesen, als er seinen Dienst antrat.«

»Um sechs Uhr früh?«

Tom zuckte die Achseln. Er wollte gern helfen. Hardy spürte, daß er mit irgend etwas rang. »Manchmal kommt José ein bißchen zu spät«, sagte er schließlich. »Aber dann bleibt er immer länger da und arbeitet die fehlende Zeit nach.«

Hardy wehrte einen Anfall der Verzweiflung ab. »Bis wann ist er am Sonnabend geblieben?«

Tom wich aus. »Ich weiß es nicht genau. Bis drei, halb vier ungefähr.«

»Also ist er erst um sieben oder halb acht hier aufgetaucht?«

Wieder zuckte Tom mit den Schultern. »Ich weiß es nicht genau. Ich war auch nicht hier.«

Hardy stieß die Luft heraus. »Okay, es geht hier nicht um José. Könnte ich mir die *Eloise* mal ansehen?«

Tom, der froh war, nicht mehr über Josés Verspätungen sprechen zu müssen, nickte eifrig. »Klar. Jetzt ist hier sowieso kaum was los.«

Auf dem Weg zum Boot erfuhr Hardy, daß es um die Sicherheit im Yachthafen doch nicht so gut bestellt war. Tom hatte zwar einen Ring mit Schlüsseln für die Boote und einen Schlüssel für die Tür im Zaun, aber in Wirklichkeit schlüpften laufend Leute mit anderen Leuten durch, und die Eigentümer vergaßen auch, die Tür wieder hinter sich zu schließen, oder sogar, ihr Boot abzusperren. Es wurde zwar nicht sehr viel gestohlen, aber es kam doch immer mal wieder vor. Was konnten die Pförtner dagegen tun? Tom und José versuchten es zwar, aber sie besaßen keine Autorität. Wenn die Bootsbesitzer ihre eigenen Regeln mißachteten, wessen Fehler war es dann?

Aus der Nähe betrachtet wirkte die *Eloise* sogar noch eindrucksvoller als vom Pförtnerhaus aus. Mit ihrer Spiere, die Hardy auf vier oder fünf Meter schätzte, lag sie rechtwinklig am Hauptponton, denn sie war zu groß, als daß man sie in irgendeinen der Slips hineinbekommen hätte. Technisch gesehen war sie eine Ketsch – ein zweimastiger Segler, ein kleines, starkes Boot mit einem Topp vorn und einem hinten. Das Steuerrad war so ins Deck eingelassen, daß die hintere Spiere über den Kopf des Steuermanns hinwegragte.

Mit laufendem Motor, selbst bei nur fünf Knoten, schätzte Hardy, daß es keine drei Minuten brauchte, um draußen jenseits des Wellenbrechers zu sein.

»Haben Sie etwas dagegen, wenn wir kurz mal an Bord gehen?«

Es war schon zu dunkel, als daß man an Deck noch viel hätte sehen können, nicht daß Hardy etwas Bestimmtes suchte. Tom ging währenddessen vorwärts zur Kabinentür. »Sehen Sie. Das ist es, was ich meine.«

Hardy kam neben ihn.

»Sie haben die Tür nicht abgeschlossen. Was sollen wir tun?«

»Wurde irgendwas gestohlen? Vielleicht sollten wir mal nachsehen.«

Es war so leicht, daß Hardy sich beinahe deswegen schämte, aber trotzdem folgte er Tom hinunter in die Kabine.

Der Junge schaltete das Licht an und blieb stehen. »Nein, alles sieht okay aus«, sagte er.

Hardy fand den Ausdruck »okay« etwas zu bescheiden für das, was er sah. Er sah eine Luxuskabine, die gut und gern so groß wie sein eigenes Wohnzimmer war. Den polierten Hartholzfußboden schmückte ein Zebrafell. An den Wänden hingen Ölbilder – Originale – in dicken Rahmen. Es gab ein schwarzes Ledersofa mit passendem Zweisitzer, dazu einen gepolsterten Designerstuhl – entweder ein Original von C. Eames persönlich oder eine sehr gute Kopie. Ein eingebautes Mediazentrum füllte die ganze Wand aus: zwei Fernseher, große Lautsprecher, Videorecorder, Kassettenrecorder, CD-Spieler.

Tom schien es nervös zu machen, daß er an Bord war. Er trat von einem Fuß auf den anderen. »Ich glaube, wir sollten lieber wieder raufgehen, hm? Sieht nicht so aus, als ob etwas verschwunden ist.«

Aber Hardy bewegte sich vorwärts. »Lassen Sie uns lieber genau schauen«, sagte er leichthin. Jetzt war er in der Kombüse – gekachelter Fußboden, Gasherd, großer Kühlschrank. Ein Blick zur Bar – Glenfiddich, Paradis Cognac, Marker's Mark Bourbon, die erlesensten Marken.

Er hörte, wie Tom hinter ihm herkam, und ging weiter bis zu der Stelle, wo das Schott herunterkam. Ein komplettes, riesiges Badezimmer. Der Schlafraum, der nach vorne heraus lag, war so groß wie Rebeccas neues Zimmer, das große Doppelbett ordentlich gemacht. Zwei Schreibtische, ein Rollpult, ein Heimtrainer, ein paar Hanteln und allerhand teurer Krimskrams.

»Das ist ja nicht schlecht«, sagte Hardy. Tom stand hinter ihm und schwieg. »Gibt es hinten auch noch Räume?«

Hardy brannte darauf, ein paar Schreibtischschubladen zu öffnen. Locker schritt er zu dem Schreibtisch rechts vom Bett und zog die oberste Schublade auf. Es schien nichts von Belang darin zu sein: Büroklammern, Füllhalter, Kugelschreiber, das übliche Zeug, das sich in jeder Schublade findet. Die obere Seitenschublade schien Schweißbänder zu enthalten. Hardy steckte die Hand hinein und tastete herum. Schweißbänder. »Hier ist nichts«, sagte er so leichthin er konnte und schloß die Schublade.

Dann ging er um das Bett herum und hoffte, daß Tom noch einen Augenblick bleiben würde. Das Rollpult war abgeschlossen, aber die obere Schublade ließ sich öffnen. Wieder dasselbe – nichts. Hardy zog die obere seitliche Schublade auf. »Ich weiß nicht, ob wir das …«, sagte Tom.

Ein rascher Blick nach unten, die Schublade ein paar Zentimeter weit geöffnet – darin lagen Seekarten und dergleichen. Er drückte sie mit der Hüfte zu und drehte sich um.

»Sie haben recht.« Mister Verbindlich. »Soll die Polizei sich einen Durchsuchungsbefehl besorgen.« Hardy wandte sich um und ging rasch durch die Kombüse und die Schlafkabine, vorbei an der Leiter, die nach oben führte, vorbei an einem weiteren Badezimmer, das am hinteren Gang lag, in die erste Gästekabine – Doppelbett, Kommode, Fernseher, ein schwimmendes Holiday Inn.

»Wir sollten wirklich raufgehen«, sagte Tom von der Treppe aus.

»Okay.« Hardy ging beiläufig, aber entschlossen durch den gegenüberliegenden Gang zurück, kam durch den zweiten Gästeraum, der vom Fußboden bis zur Decke mit einem Spiegel ausgekleidet war sowie eine fast vollständige Gewichtheberausrüstung Marke Nautilus und einen Stairclimber enthielt. Owen Nash nahm es mit seinen Leibesübungen ernst.

Als sie wieder oben auf dem Deck ankamen, nahm Tom sich eine Minute Zeit, die Kabinentür sorgfältig abzuschließen. Hardy fragte: »Wie segelt sich denn so ein Boot wie dieses hier?«

Tom schloß die Tür ab und prüfte noch mal, ob sie wirklich zu war. »Na ja, das ist kein Flitzer. Es ist eigentlich mehr ein Hochseeboot.«

»Und kann ein Mann es allein segeln?«

Sie gingen wieder über den Ponton hinauf zum Büro, Tom vorneweg. »Aber ja. Die Segel lassen sich automatisch schwenken, wenn man will. Mr. Nash ist oft allein hinausgesegelt. Zu den Farallons und wieder zurück. Es ist schwieriger in einem kleinen Boot, aber er hat das gern gemacht.«

»Was gibt es denn bei den Farallons?« Er fragte nach den kleinen Felseninseln, die zwanzig Meilen westlich von San Francisco liegen.

»Ich weiß es nicht«, sagte Tom. »Es heißt, die weißen Haie laichen dort draußen. Vielleicht hat er sich für sie interessiert.«

Könnte durchaus sein, dachte Hardy.

Sie waren in Purple Yet Wah draußen in den Avenues an der Clement Street. Moses McGuire lutschte an einer Krebsschere. »Schwarzbohnensauce«, sagte er. »Ich glaube, mit Schwarzbohnensoße auf Dungeness-Krebsen haben wir den Höhepunkt der modernen Zivilisation erreicht.«

Frannie sah Hardy wütend an, der auf seinen Teller hinunterstarrte.

»Ich hasse es, wenn ihr euch streitet«, sagte Moses. »Ich rede hier von kulturellen Dingen, ohne die wir allesamt Wilde wären, und –«

»Mach doch mal deinem Freund Dismas klar, daß wir eine Vereinbarung getroffen hatten, was Telefone und Zuspätkommen angeht.« Sie erhob sich und warf die Serviette hin. »Entschuldigung, ich gehe mal kurz verschwinden.«

Hardy nahm seine Eßstäbchen. »Ich glaube, ich habe schon viermal gesagt, daß es mir leid tut, und jetzt war es das fünfte Mal. Es tut mir immer noch leid. Sechsmal. Entschuldigung, Entschuldigung, Entschuldigung, Entschuldigung, Entschuldigung.« Er legte die Stäbchen hin. »Zehnmal.«

»Das brauchst du mir nicht zu erzählen«, sagte Moses. »Sie dachte, du wärest tot.«

»Sie denkt immer, ich wäre tot oder kurz davor.«

»Nicht ohne eine gewisse Berechtigung.«

»Nein, es gibt überhaupt keinen Grund zu einer solchen Befürchtung. Ich war keineswegs in Gefahr. Wenn jemand sich verspätet, heißt das nicht unbedingt, daß er tot ist.«

Moses zog seine Krebsschere in der Soße herum. »Aber bei Eddie war es so.« Er hob die Hand, um Hardys Antwort abzuwehren. »Nein, nein, nein. Es gibt hier einen Bereich, in dem wir unser Einfühlungsvermögen erhöhen könnten.«

»Moses ...«

»Du hättest anrufen können. Telefone gibt es fast überall in unserer Gesellschaft.« McGuire besaß den größeren Anteil an der Shamrock-Bar, aber er hatte auch einen Doktor in Philosophie von der Universität Berkeley.

»Du auch noch, ha?«

»Sie ist meine Schwester. Ich darf von Zeit zu Zeit ihre Partei ergreifen.«

»Ich habe an einem Fall gearbeitet. Ich bin jetzt Staatsanwalt, erinnerst du dich? Ich war nicht mit leichten Mädchen unterwegs. Ich war auch nicht in Lebensgefahr. Ich habe gearbeitet.«

»Du warst mit mir und Frannie verabredet. Ein einfacher Anruf, eine Minute nur, und alles wäre in Ordnung.«

»Na gut, du hast recht. Nächstesmal rufe ich an. So ein Aufstand deswegen.«

»Frannie hat Angst. Es kann jederzeit etwas passieren. Du sagst doch, du bist jetzt Staatsanwalt. Na ja, Staatsanwälte sind nun mal so.«

»Staatsanwälte unterscheiden sich kein bißchen von ...«

Moses angelte sich den letzten Krebs und steckte ihn in den

Mund. »Entschuldige die Verallgemeinerung, aber das stimmt. Frannie möchte, daß du ein Vater bist und nicht pausenlos ackerst. Darum sah der Job doch eigentlich so gut aus, erinnerst du dich? Geregelte Arbeitszeiten, interessante Tätigkeit. Ich höre noch deine Worte.«

»Und um wieviel habe ich mich verspätet?«

Moses kaute. »Um eindreiviertel Stunden, und das reicht, daß man sich riesige Sorgen macht. Es ist nicht Frannies Schuld, daß sie Angst hat. Sie liebt dich, Diz. Sie hat dein Baby im Bauch. Das ist doch ganz natürlich, meinst du nicht?«

»Na ja, ich liebe sie ja auch.«

»Ja. Glaub' ich.«

»Nun?«

»Nun«, sagte Moses. »Das ist der Punkt.«

Ihr weißes Holzhaus war zu beiden Seiten von Apartmenthäusern eingerahmt. In den achtziger Jahren hatte ein Spekulant Hardy sündhaft viel Geld für das Grundstück angeboten, weil er an dieser Stelle ein drittes fünfstöckiges anonymes Bauwerk errichten wollte, wo jetzt hinter einem niedrigen Holzzaun sein zwanzig Meter langer grüner Rasen von einem Steinweg zertrennt wurde, der auf ein Puppenhaus mit kleiner Veranda und einem Erkerfenster zuführte.

Bevor sie geheiratet hatten, war die Rede davon gewesen, ob sie sich eventuell ein neues Zuhause suchen sollten. Das Problem war, daß Frannie das Haus gefiel, obwohl es schon seit zehn Jahren allein Hardys Zuhause war. Nach der Heirat hatte er erst einmal die Hälfte des Hausbesitzes auf Frannies Namen eintragen lassen – sie hatten keinen Ehevertrag abgeschlossen. Frannies Viertelmillion aus der Lebensversicherung gehörte ihnen beiden; Hardy nahm an, daß das Haus ungefähr ebensoviel wert war.

Auf der Straße einen Parkplatz zu finden, war oft ein Problem. Hardy besaß weder eine Garage noch eine Einfahrt, und so mußte er seinen Wagen entweder bis sechs Uhr abends vor dem Haus geparkt haben oder ein Stück weit zu Fuß gehen. Jetzt, um Viertel nach zehn, fanden sie erst drei Querstraßen weiter eine Lücke. Es war eine milde, stille Nacht ohne Nebel, und sie schlenderten die Clement Street entlang nach Osten, dann unter den Bäumen des Lincoln Park durch, zu ihrem Haus zurück. Frannie hatte den Arm um seine Taille gelegt und schmiegte sich an ihn.

»Kneif mich mal«, sagte sie.

»Ich weiß.« Hardy faßte sie fester um die Schultern.

»Hättest du das gedacht?«

»Ja, ich glaube schon. Darum fand ich ja, daß wir heiraten sollten. Aber trotzdem …«

Sie blieb stehen. Hardy verstand den Fingerzeig, beugte sich vor und küßte sie. »Was ist?« fragte Frannie.

»Nichts. Nur so ein kleiner Schauer. Wie oft findet man, daß alles perfekt ist? Das ist ein bißchen unheimlich. Ich dachte früher immer, genau in einem solchen Augenblick geht höchstwahrscheinlich etwas schief.«

»Ich glaube, darum war ich vorhin so außer mir. Ich rege mich deshalb so auf, damit ich akzeptieren kann, daß das alles wahr ist und kein Traum, aus dem ich gleich aufwachen werde.« Sie sah Hardy ins Gesicht und schob sich ganz nahe an ihn heran. »Ich will nicht aufwachen«, sagte sie. »Ich möchte, daß es so bleibt.«

»Es bleibt auch so, Frannie. Ich lasse es nicht zu, daß was dazwischenkommt, ich versprech's.«

Frannie stieß ihn mit der Hüfte an. »Komm, gehen wir nach Hause.«


Sie bezahlten den Babysitter und sahen nach dem schlafenden Kind. Hardy fütterte seine Fische, während Frannie ins Badezimmer ging. Auf dem Anrufbeantworter waren Nachrichten von Jane und Pico Morales aufgezeichnet, die er beide am nächsten Morgen anrufen konnte.

Er hörte das Wasser der Dusche laufen. Er hob den Hörer ab und drückte die Ziffern, die er sich zuvor an diesem Abend gemerkt hatte – May Shinns. Das Telefon läutete viermal, dann wurde abgehoben.

»Bitte hinterlassen Sie Ihre Nummer, ich rufe Sie sofort zurück.« Das war alles. Keine Spur von einem japanischen Akzent. Eine tiefe, kultivierte Stimme. Hardy legte nach dem Piepton auf.

Sein Schreibtisch war aufgeräumt. Die »Bankierslampe« mit dem grünen Schirm tauchte das Zimmer in ein sanftes Licht. Der getrocknete Kugelfisch auf dem Kaminsims zog seinen Schmollmund. Zerstreut ging Hardy vom Schreibtisch zum Kamin hinüber, rückte die Pfeifen im Pfeifenständer gerade – er rauchte seit über einem Jahr nicht mehr – und zog drei Pfeile aus dem schwarzen Zentrum der Zielscheibe. Er ging zu seinem Schreibtisch zurück und fing an zu werfen.

Er war nicht sehr gut. In der ersten Runde landete keiner der drei Pfeile in der 20, wo er landen sollte. Vor einem Jahr wäre ihm das nicht passiert. Wenn man ihn fragte, sagte er zwar, er nähme Darts nicht so wichtig. Trotzdem trug er ständig drei Stück 20-Gramm-Wolfram-Pfeile in der Brusttasche seines Jacketts.

Aber jetzt waren doch andere Dinge wichtiger geworden. Als er die Pfeile der ersten Runde aus der Zielscheibe herauszog, hörte das Wasserrauschen im Badezimmer auf. Er warf die drei Pfeile der zweiten Runde. Sie saßen punktgenau: 20, 19, 18. Na bitte.

Dann stand Frannie barfuß in der Türöffnung, sie trug den rotseidenen Babydoll-Pyjama, den Hardy ihr zu Weihnachten geschenkt hatte. Ein winziger dunkler Fleck zeigte die Stelle an, wo ein Tropfen Milch aus ihrer Brustwarze gesickert war.

Hardy ging zu ihr, kniete nieder und hob den Saum ihres Pyjamas, um sein Gesicht darunter zu begraben.

# 10

### Geschäftsmann vermißt
### Neue Ermittlungen im Fall der
### »geheimnisvollen Hand«

von Jeffrey Elliot
*Chronicle*-Redaktion

Der Fall der geheimnisvollen Hand, die am Sonntag im Steinhart-Aquarium im Magen eines Hais gefunden wurde, nahm heute eine neue Dimension an: Ken Farris, Berater und derzeitiger Geschäftsführer der Owen Industries in South San Francisco, meldete den bekannten Industriellen Owen Nash als vermißt.

Mr. Farris gab an, Nash sei zuletzt am Donnerstagabend von einigen seiner engen Mitarbeiter in seinem Haus in Seacliff gesehen worden. Am Freitag erschien Mr. Nash nicht zu einer Verabredung zum Mittagessen. Am Sonnabend wollte Mr. Nash, wie es heißt, mit May Shinn, einer Freundin, segeln gehen. Seitdem hat man weder von Nash noch von Shinn gehört, obwohl Nashs Segelboot, die *Eloise*, an ihrem Platz im Yachthafen liegt. Es ist noch nicht klar, ob am Wochenende jemand mit dem Boot gesegelt ist.

Die Polizei möchte über ein mögliches Verbrechen keine Spekulationen anstellen, obwohl ein Vertreter der Staatsanwaltschaft diese Möglichkeit gestern keinesfalls ausschließen wollte.

Farris gab an, Nash hätte nach energischen Versuchen, verschiedene Elektronikfirmen aus dem Silicon Valley aufzukaufen, während der letzten fünf Jahre »ein halbes Dutzend« Morddrohungen erhalten.

Die Tatsache, daß Nash Träger des Schwarzen Gürtels im Karatesport war, scheint die Wahrscheinlichkeit, daß es sich um seine Hand handelt, zu verstärken. Die Hand weist verschiedene ungewöhnliche Charakteristika auf, die mit Karate zusammenhängen können, unter anderem Kalziumablagerungen und eine etwas überentwickelte Hornhaut an der Handkante. Der Gerichtsmediziner, John Strout, wollte sich allerdings nicht über die Möglichkeit äußern, daß es sich um Owen Nashs Hand handeln könnte, und bezeichnete derartige Spekulationen entschieden als »voreilig«.

»Der Junge hat mir aufgelauert«, sagte Farris. »Er wartete an meinem Hausboot, als ich heimkam, und hatte meine Betty schon umgarnt.«

Hardy saß zu Hause in seinem Büro, als er es hörte, und bewunderte allmählich Jeff Elliots Draufgängertum. Dieser Reporter ließ wirklich nichts anbrennen. Hardy hatte gedacht, er hätte ihn am Tag zuvor ordentlich eingeschüchtert, aber da hatte er sich offensichtlich verrechnet. Jeff Elliot ließ sich nicht abschütteln, er krallte und biß sich in dieser Geschichte fest, und dagegen war man machtlos.

»Von den Morddrohungen haben Sie mir nichts erzählt.«

»Ich habe sie ja auch nicht ernstgenommen. Die Leute sagen manchmal solche Sachen, wenn ihnen ein Geschäft durch die Lappen geht.«

»Aber Jeff gegenüber haben Sie es erwähnt. Da schien es Ihnen doch wichtig.«

»Nein, eigentlich nicht.« Hardy hörte es im Telefon rascheln. »Ich habe die Zeitung hier vor mir liegen und muß gestehen, daß es ziemlich dramatisch klingt, aber ich habe ihm nur eine einzige Frage beantwortet: Ist Owen schon einmal von irgend jemandem bedroht worden? Meine Antwort war: ›Natürlich. Ein halbes dutzendmal.‹ Mehr war da nicht. Aber jetzt, wo ich es lese, klingt es natürlich viel bedeutungsvoller.«

»Und Sie glauben nicht, daß da ein Zusammenhang besteht?«

»Na ja, möglich ist alles. Aber wie gesagt, es ist schon lange Gras darüber gewachsen. Ich glaube, Owen hat den letzten Konkurrenten, dem er damals ein bißchen auf die Zehen getreten ist, zusammen mit dessen Frau nach Hawaii eingeladen, ihr einen Mercedes geschenkt und ihn in irgendeiner seiner Firmen als Geschäftsführer eingesetzt. Der Mann hat sich eine goldene Nase verdient. Natürlich hat Owen den größten Vorteil davon gehabt.«

»Wer war das?«

»Es war keine richtige Drohung. Ich selbst habe Owen zwanzigmal geschworen, daß ich ihn umbringen würde, und ziemlich oft war es mein Ernst.«

»Okay, aber wenn es sich herausstellt, daß er tot ist, wird jemand von Ihnen den Namen wissen wollen.«

»Ich bete noch immer zu Gott, daß er nicht tot ist.«

Hardy saß einen Augenblick lang schweigend da. Er trommelte mit den Fingern auf den Schreibtisch und überlegte, ob er Farris erzählen sollte, was er erfahren hatte. Ach, zum Teufel, der alte Knabe hatte sich ja schließlich ziemlich entgegenkommend gezeigt. Hardy sagte: »Die *Eloise* ist am Sonnabend ausgelaufen.« Er erzählte ihm von seinem Besuch im Yachthafen, von seiner Bootsbesichtigung.

»Aber wenn das Boot draußen war und jetzt wieder dort liegt und wenn es Owens Hand ist ...«

»Das sind alles vage Hypothesen …«

»Aber was das bedeuten würde, ist Ihnen doch klar. Das hieße, daß May –«

»Nein … May oder irgend jemand anders. Vielleicht überhaupt nicht May. Oder May und noch jemand.«

Farris nahm sich zusammen. »Sie haben recht.«

»Und so ein Boot wird manchmal zum Drogenschmuggel benutzt und dann liegengelassen.«

»Drogenschmuggel?«

»Ja, in Florida kommt das häufiger vor oder im Süden bei San Diego, aber hier hat es das auch schon gegeben. Schmuggler kapern das Schiff, bringen die Leute um, die sie darauf finden, werfen sie über Bord, laden ihre Ware, liefern sie ab und lassen das Boot irgendwo zurück.«

»Bringen es zurück an seinen Liegeplatz?«

»Ich sage ja nicht, daß das wahrscheinlich ist, aber daß das Boot wieder dort liegt, beweist im Grunde gar nichts.«

»Ich muß May auftreiben«, sagte Farris.

»Besuchen Sie sie doch mal zu Hause.«

»Ich weiß nicht, wo sie wohnt. Owen hat es mir nie verraten. Daß er mir die Telefonnummer gegeben hat, war schon ein großes Zugeständnis.«

»Könnte es sein, daß die beiden zusammen abgehauen sind? Sie haben doch gestern erzählt, daß Owen solche Vorlieben hatte. Vielleicht ist er mit ihr irgendwohin durchgebrannt.«

»Daran möchte ich gar nicht denken!«

»Warum?«

»Nun, ich dachte, Owen wäre endlich aus dem Alter raus. Ich kann mir nicht vorstellen, daß er das immer noch tut. Seit er mit May zusammen ist, wirkt er viel ruhiger und gesetzter. Sie hat tatsächlich einen besänftigenden Einfluß auf ihn gehabt. Er wirkte zum erstenmal in seinem Leben relativ zufrieden – ich meine, seit Eloise tot ist. Und außerdem sind die beiden ja auch schon früher manchmal zusammen verreist – und ich war der einzige, der darüber informiert wurde. Mir hat er davon erzählt.«

»Aber diesmal nicht.«

»Kein Wort.«

Hardy hob den Kopf, als Frannie mit Rebecca auf dem Arm an der Tür seines Arbeitszimmers vorbeikam. Sie sang dem Baby leise ein Liedchen. Hardy hörte nicht, was Farris sagte.

»Entschuldigung. Wie bitte?«

»Ich sagte gerade, es wird mit jedem Tag unwahrscheinlicher.«

»Warum?«

»Ich bin Owens Testamentsvollstrecker und Treuhänder. Es ist jetzt Donnerstag, und seit einer Woche hat ihn niemand mehr gesehen. Wenn er verreist sein sollte, meinetwegen mit May, dann brauchte er doch irgendwann Geld, nicht wahr? Und er hat nie viel Bargeld bei sich gehabt.«

»Also konnte er mit seiner Kreditkarte zahlen, haben Sie das nachgeprüft?«

»Jawohl. Ich habe heute früh all seine Konten überprüft. Bisher hat es keinerlei Bewegung gegeben.«

Hardy überlegte, ob ihm nicht irgend etwas Aufmunterndes einfiel – daß man nie die Hoffnung aufgeben sollte oder so, jedenfalls nicht, solange sie noch nichts Definitives wußten.

Farris schnitt ihm den Gedanken ab. »Er ist tot, nicht wahr?«

Die passende Antwort kam schon in einer Comedy-Show des »Committee«, einer längst nicht mehr existenten Cabaretgruppe vor, die damals im Künstlerviertel North Beach gespielt hatte: »Deader than hell, Bob.«

Aber Hardy hielt den Mund und schwieg.

Kollege Patrick Resden würde es nie zum Police Inspector bringen. Nicht einmal zum Sergeant. Er war einundfünfzig Jahre alt. Ein großer, dicker, schnaufender Hund von einem Polizisten, der seit zwanzig Jahren denselben Streifendienst versah.

Resden hatte Anfang der siebziger Jahre fünfmal die Prüfung versucht, die er bestehen mußte, um Sergeant zu werden. Hardy hatte Glitsky etwa zur selben Zeit bei der Vorbereitung auf diese Prüfung geholfen, aber nachdem sie die ersten Kapitel des betreffenden Lehrbuchs durchgearbeitet hatten, waren die »Nachhilfestunden« zu Kneipenbesuchen geworden. Die Jungs gingen aus und taten etwas für ihre Karriere, während die Mädels, Jane beziehungsweise Flo, das Haus hüteten. Doch das einzige, was die Jungs für ihre Karriere taten, war, ihren Alkoholpegel zu erhöhen. Und wenn sie auf irgendeine der Fragen aus diesem Lehrbuch keine Antwort mehr wußten, war ihnen klar, daß sie zuviel getrunken hatten.

Es gab eigentlich niemanden, der nicht spätestens beim zweiten Versuch das Examen bestand, doch Resden war fünfmal durchgerasselt.

Das hieß natürlich nicht, daß für ihn bei der Polizei kein Platz war. Einfachen Anweisungen vermochte er durchaus zu folgen. Er mißbrauchte weder sein Schießeisen noch seine Dienstmarke. Resden war ein guter Streifenpolizist – er hatte das Herz auf dem rechten Fleck und besaß viel Erfahrung damit, Leuten zu helfen, Katzen von Bäumen zu holen und Unruhestifter, die die Gegend terrorisierten, festzunehmen.

Einer von diesen Festgenommenen hieß Jesus Samosa. Vor zwei Monaten hatte Officer Resden diesen Samosa beim Besprühen des Bürgersteigs vor dem Bahnhof an der Mission Street mit Farbe erwischt und entsprechend zurechtgewiesen. Aber statt ihn zur Anzeige zu bringen, hatte ihm Resden einfach die Sprühdose weggenommen und den Jungen, der erst achtzehn war, mit einer Verwarnung laufenlassen.

Zwei Tage später aber überfuhr Samosa, der in einem kastanienbraunen Chevrolet Baujahr 1969 saß, ein an demselben Bahnhof befindliches Stoppschild. Wiederum sah ihn Resden und winkte ihn an den Bordstein. Diesmal bekam Samosa von Resden einen Strafzettel. Die Mitfahrenden in dem Chevy fanden das offenbar urkomisch, aber wiederum verwarnte sie Resden nur allesamt und ließ sie dann weiterfahren.

Nun stellte sich heraus, daß Jesus Samosa im Doggie Diner, drei Querstraßen entfernt vom Bahnhof Mission Street, arbeitete. Etwa eine Woche nach dem Stoppschild-Vorkommnis beschlossen Resden und seine Kollegin Felice Wong, im Doggie Diner einen Imbiß zu sich zu nehmen. Resden bestellte wie üblich ein paar Double-Burger und Double-Cheese – eine Spezialanfertigung. Felice packte sich einen Stapel Papierservietten, wobei sie ihren Blick auf den Grill richtete. Dort aber spuckte Jesus zur Freude seines Kollegen in das Hamburgerbrötchen hinein, das er dann oben auf einen der Doppel-Burger legte.

Felice zog ihre Kanone heraus, ging hinter den Tresen, konfiszierte den Burger zwecks Laboranalyse und verhaftete Jesus Samosa an Ort und Stelle.

*Dieser* Beschuldigte, dachte Hardy, der ist jetzt dran. Er überlegte einen Augenblick, ob er einen HIV-Test anordnen sollte – wenn der Junge sich als positiv herausstellte, konnten sie ihm einen Mordversuch anhängen. Aber nach kurzem Nachdenken fand er das dann doch ein bißchen extrem, obgleich Elizabeth Pullios sicherlich dafür gewesen wäre.

Jedenfalls hatten sie Jesus jetzt wegen einer ganzen Latte von Verstößen gegen die Gesundheits- und Ordnungsvorschriften, Beamtenbeleidigung, versuchter Körperverletzung und Widerstandes gegen die Staatsgewalt am Wickel. Die Höchststrafe für alles zusammen, wenn er in jedem Punkt schuldig war, war fünfundvierzig Tage Gefängnis im Bezirksgefängnis und Gerichtskosten in Höhe von dreitausendeinhundertundfünfzehn Dollar.

Falls der Verteidiger mit ihm handeln wollte, würde Hardy vielleicht mit sich reden lassen und ihm die hundertfünfzehn Dollar schenken.

Nachdem Hardy mit Ken Farris geredet hatte, hatte er erst einmal alles, was er über Owen Nash wußte, auf seinen Block notiert. Dazu hatte er fast zwanzig Minuten gebraucht, er hatte zwei Seiten vollgeschrieben.

Dann rief er Art Drysdale zu Hause an, um ihm zu erklären, daß *er* Jeff Elliot nicht mehr mit irgendwelchen neuen Informationen versorgt hatte, die im letzten Artikel im *Chronicle* aufgetaucht waren. »Ich habe so ein Gefühl, Art, aber nur unter uns: Ich glaube, es ist Owen Nashs Hand. Und wenn May Shinn noch am Leben ist, haben wir es vielleicht mit einem Mordfall – meinem Mordfall zu tun.«

Wieder riet Drysdale ihm, die Sache ja nicht zu überstürzen und statt dessen abzuwarten, bis die Polizei mit ihren Ermittlungen fertig war. Hardy erwiderte darauf, daß er das natürlich tun werde.

Er rief Jane an, aber sie war nicht zu Hause – entweder schon zur Arbeit fort, oder sie hatte die Nacht anderswo verbracht.

Nun, das wußte Hardy nicht, und es ging ihn ja auch nichts an. Er hinterließ eine Nachricht auf ihrem Anrufbeantworter.

Das morgendliche Licht in Hardys Büro im Justizpalast schmeichelte Elizabeth Pullios sehr. Sie trug einen Minirock aus blauem Leder, dessen Länge gerade noch ausreichte, um Beanstandungen zu vermeiden, dazu ein maßgeschneidertes Herrenhemd, dessen konservativer Schnitt durch die geöffneten drei obersten Knöpfe gemildert wurde. Ein riesengroßer Rubin hing an einer goldenen Kette auf ihrem Dekolleté. Ihr kastanienbraunes Haar war im Nacken lose zusammengebunden. Sie klopfte zurückhaltend an Hardys Tür.

»Gute Arbeit«, sagte sie.

Er winkte sie herein, und sie schloß die Tür hinter sich.

»Was ist?«

Sie plazierte ihren Hintern auf Hardys Schreibtischkante, streckte sich und schlug die Beine übereinander, so daß ihr Rock ziemlich hochrutschte. Hardy stieß seinen Sessel fast bis ans Fenster zurück, legte die Füße auf den Schreibtisch, faltete die Hände im Nacken und lehnte den Kopf gegen die Scheibe. »Was ist?« wiederholte er.

»Die Sache im *Chronicle*. Es geht weiter.«

»Ob Sie mir glauben oder nicht, ich habe kein Wort gesagt.« Aber dann wurde ihm blitzschnell klar, daß er Jeff ja auf diesen Trip zum Büro für vermißte Personen geschickt hatte. »Jedenfalls nicht direkt«, fügte er hinzu.

Sie winkte verächtlich. »Nur keine falsche Bescheidenheit. Wer hat ihn umgebracht?«

Hardy brauchte ein paar Minuten, um ihr von Owen Nash, Farris, May Shinn und den Verhältnissen in der Elektronikindustrie zu erzählen. »Aber unterm Strich heißt das: Wir wissen trotzdem nicht, wer das Opfer ist, also können wir nicht weitermachen. Ich glaube, wir brauchen eine Leiche.«

»Nun« – sie beugte sich zu Hardy vor, ihre beiden Handflächen lagen platt auf seinem Schreibtisch, und der Rubin baumelte aus ihrem Ausschnitt –, »nicht unbedingt. Sie erinnern sich doch an den Fall in Los Angeles, den Billionaire Boys Club. Damals wurde nie eine Leiche gefunden. Und Sie haben wenig-

stens etwas – diese Hand. Sie brauchen einen guten Patholo-
gen –«

Hardy lachte. »Wow! Ich glaube, so weit sind wir noch nicht.
Und was ist mit dem Ring?«

Elizabeth Pullios zuckte die Achseln und richtete sich gnädi-
gerweise wieder auf. »Der Ring ist nicht so wichtig. Vielleicht
hat Farris sich geirrt, oder er hat Sie belogen. Vielleicht hat
Nash ihn nur beim Segeln getragen. Wer weiß?«

Hardy nahm seine Füße vom Schreibtisch und stand auf.
»Aber das ist ja das Problem. Wenn keiner weiß –«

Sie schüttelte den Kopf. »Dismas, das ist doch jetzt die große
Chance. So was kommt nicht alle Tage vor, glauben Sie mir, da
muß man zupacken. Steinreiches Opfer, geschäftliche Intrigen,
und alles steht schon in der Zeitung. Vielleicht ist das der Anfang Ihrer Karriere.«

Hardy ließ sich nicht aus der Ruhe bringen. Er zeigte auf den
Stapel mit den Heftern. »Ich glaube, bevor ich die da nicht geklärt habe, gibt es für mich keine Karriere.«

Sie rutschte vom Schreibtisch herunter und zog ihren Rock
gerade, wobei sie sich wieder vorbeugen mußte. Wenn es so etwas wie Körpersprache gab, dachte Hardy, waren ihre Worte
Klartext. Aber Hardy sprang nicht an.

»Na ja, das müssen Sie selbst entscheiden«, sagte sie.


Es war ein warmer Tag, wie es ihn selten gab in San Francisco.
Hardy hatte beschlossen, zu Fuß zur Fünften Straße, Ecke Mission Street hinunterzugehen, ohne vorher anzurufen. Er wollte
einfach draußen sein, und ein Besuch bei Jeff Elliot war ein
guter Vorwand.

Jane hatte Hardy morgens noch erreicht, und sie wollten zusammen im Fornaio mittagessen. Hardy rechnete sich aus, daß
er bis dahin eine angenehme Stunde verbringen konnte, ohne etwas Bestimmtes zu tun.

Jetzt stand er im strahlenden Sonnenlicht auf der Treppe vor
dem Gebäude des *San Francisco Chronicle*. Jeff Elliot war nicht
an seinem Arbeitsplatz gewesen, und der Kollege vom Nebentisch meinte, Jeff sei zum Yachthafen hinuntergegangen. Ob er
ihm eine Nachricht hinterlassen wolle. Ja.

Hardy hatte seine Krawatte gelockert und ging, die Hände in den Taschen, in Richtung Fährhaus und Bucht und atmete die schlechte Luft von Lastwagenabgasen und Teer und den Duft von gebratenem chinesischem Schweinefleisch und geröstetem Kaffee ein. Immer wenn er an einer Sackgasse vorbeikam – etwa zweimal pro Block –, überlagerten beißender Urin- und Müllgestank die anderen Gerüche der Stadt, aber selbst sie waren, weil sie Erinnerungen auslösten, nicht nur unangenehm – er dachte an Paris, wo er als Student gewesen war, und an Saigon dann später. Er merkte, daß er vor sich hin pfiff, und staunte über die neue Skyline: Nach dem großen Erdbeben zur Zeit der Baseballmeisterschaften hatte man das Embarcadero abgerissen.

Er beschloß, seinen Spaziergang am Hafen entlang fortzusetzen. Auf guanobefleckten Pfählen saßen Möwen, und hier und da flog eine von ihnen mit einem Krächzen hoch. Drei oder vier der Docks waren nicht eingezäunt, und ein paar Asiaten saßen da mit langen Angeln. Die Fähre aus Sausalito kam gerade an, hupte ohrenbetäubend und spie dann eine Welle sorgloser Touristen aus. Hardy ließ sich in diesem Strom mittreiben, wieder zurück in Richtung Stadt. Dann sah er plötzlich, wie spät es war, und rief ein Taxi, um die letzten zehn Blocks noch rechtzeitig zu schaffen.

# 11

Jane saß schon im hinteren Teil des Restaurants auf einer der Polsterbänke und wartete. Auf dem Tisch vor ihr stand ein Champagnerglas mit spitzem Kelch. Sie hatte sich ihr dunkles Haar sehr kurz schneiden lassen, aber Jane sah immer gut aus. Als Einkäuferin für I. Magnin war sie den anderen Frauen in der Haute Couture immer um sechs Wochen voraus. Er beugte sich vor und küßte ihre Wange.

»Ivoire de Balmain«, sagte er. Es war das Parfüm, das er ihr immer zu Weihnachten geschenkt hatte. Er dachte: Es ist sicher kein Zufall, daß sie es jetzt trägt.

»Du hast eine gute Nase.« Sie küßte ihn schnell auf den Mund. »Es ist schön, dich zu sehen.«

»Stimmt«, gab er zu.

Er bestellte einen Club Soda und erfuhr, daß Jane sich mit einem jungen Mann angefreundet hatte. Einem Architekten namens Chuck.

»Chuck, Chuck, bo-buck, no-nano-bano, bo-fu …«

»Dismas.« Sie legte ihren Finger auf seine Lippen.

»Ich wollte das immer schon mal tun«, sagte er.

»Das glaube ich dir.« Sie sah ihn amüsiert an. »Er ist ein wundervoller Junge.«

»Kann ich mir vorstellen. Es ist auch ein wundervoller Song. Das kannst du mit Dismas nicht machen, weißt du. Dismas, Dismas, bo-bismas … das klingt einfach nicht.« Sein Club Soda kam.

»Club Soda ist ja was ganz Neues«, sagte Jane.

Hardy nahm einen Schluck. »Mein Leben ist ja auch jetzt ganz neu. Wenn ich wie früher meine drei, vier, fünf Bier zum Mittagessen trinken würde, wäre ich am Nachmittag zu nichts mehr zu gebrauchen. Ich habe es ein paarmal versucht. Es haut nicht hin.«

Sie nippte an ihrem Champagner. »Also bist du wirklich wieder bei der Staatsanwaltschaft?«

»Jawohl.«

»Und es gefällt dir?«

Er hob die Achseln. »Manchmal. Es ist noch mehr Mistkram als früher, aber es ist okay.«

Sie wateten noch weitere fünf Minuten durch Small talk, bevor sie bestellten. Calamari für Hardy, ein Quattro Formaggio Calzone für Jane. Hardy hielt es dann doch nicht mehr aus und bestellte für Jane und sich selbst eine halbe Flasche Pinot Grigio.

Als der Kellner gegangen war, sagte Hardy: »Und – hast du deinen Vater gesehen?«

Sie nickte. »Du hattest recht. Da ist mit Sicherheit irgend etwas los.«

»Das dachte ich mir auch schon. Frannie sagt, es ist eine Frau.«

Jane schluckte das und nippte an ihrem Champagner. »Wie kommt sie darauf?«

Hardy erzählte Jane von dem Briefbeschwerer und wie Andy ihm das Ding geradezu aufgedrängt hatte. »Frannie sagte, wenn er das Ding jeden Tag sähe, würde es ihn an seinen Liebeskummer erinnern, und deshalb müßte er es loswerden.« Er hob seine Hand. »So hat sie sich ausgedrückt – sie ist melodramatischer als ich.«

»Ich glaube, daß sie recht hat.«

»Hat er es etwa zugegeben?«

»Er hat es jedenfalls nicht abgestritten. Ich habe ihn gefragt, ob ihm etwas fehlt, ob ihm irgend etwas Kummer macht.«

»Und was hat er darauf geantwortet?«

»Daß er sich in letzter Zeit bewußt geworden wäre, daß er auch sterblich ist und daß nichts ewig währt.«

»Das ist nicht gerade konkret, Jane.«

»Ich weiß. Er weicht aus, das hat er schon immer getan. Also habe ich ihn gefragt, ob irgendwelche besonderen Vorkommnisse diese Gefühle in ihm ausgelöst hätten. Und da sagte er, ein Mensch, mit dem er befreundet gewesen wäre, sei gestorben und er müsse sich nun damit abfinden. Ich fragte ihn, wer das gewesen sei, und er antwortete, daß ich diesen Freund von ihm nicht gekannt hätte und es spiele ja auch keine Rolle.«

»Er sagte, du kanntest *ihn* nicht?«

Sie schüttelte den Kopf. »Aber ich glaube nicht, daß er das gemeint hat – daß es ein Mann war.«

Hardy kam der Gedanke, so unmöglich er auch zu sein schien, daß Andy Fowler vielleicht schwul war. In San Francisco wußte man das schließlich nie. »Aber wenn er das gesagt hat …?«

»Nein. Er hat eine Pause gemacht, bevor er das sagte. Irgendwie eine Unterbrechung. Dann tätschelte er meine Hand und sagte, danke, daß ich mir um ihn Sorgen mache, aber er komme damit schon allein klar, er sei ja ein großer Junge.«

Das Essen kam. Das Weinritual. Hardy stippte etwas von dem frischgebackenen Brot in ein Schälchen mit Olivenöl, das auf dem Tisch stand. Jane schnitt in ihre Calzone und ließ den Dampf aufsteigen.

»Ich glaube ja«, sagte sie, »daß er vielleicht etwas angefangen hat, dessen er sich schämt, vielleicht mit der Frau eines Freundes oder dergleichen.«

»Und sie hat Schluß gemacht?«

»Entweder das, oder es konnte nicht mehr so weitergehen. Hörst du das nicht geradezu heraus? ›Wir müssen einfach so tun, als ob einer von uns gestorben ist.‹ Ich kann mir vorstellen, daß Dad sich so etwas einfallen läßt.«

»Ja, ich auch.«

»Es ist nicht leicht, wenn du dein Leben lang so perfekt gewesen bist. Nicht mal deine Tochter darf irgendwas anderes sehen. Selbst als ich ihm gesagt habe, daß ich ihn immer lieben würde, egal, was passiert.«

»Das hast du ihm gesagt?«

»Natürlich. Ich würde ihn immer lieben.«

»Nein, nicht das. Hast du ihm gesagt, daß du ihn wegen etwas in Verdacht hast, dessen er sich schämen könnte?«

»Nein, nicht so ausdrücklich.«

Hardy überlegte: Sie brauchte es Andy Fowler nicht wortwörtlich zu sagen. Er würde es auch so verstehen, er war es als Richter ja gewohnt, auf Nuancen zu achten. Vielleicht hatte Jane ihn mit ihren direkten Fragen so sehr in die Enge getrieben, daß er sich noch mehr verkrochen hatte – wenn man es so nennen konnte.

Hardy kaute sein köstliches Brot, füllte den Mund mit Wein und genoß die wunderbare Mischung. »Na, wie auch immer, meinst du, wir können ihm irgendwie helfen? Er hat von einem Urlaub gesprochen.«

Jane lächelte schwach. »Klar. Daddys Urlaub besteht darin, daß er am Wochenende keine Arbeit mit nach Hause nimmt. Kennst du eine Frau, die so etwas mag?« Sie verwarf den Gedanken. »Nein, ich kann mir nicht vorstellen, daß Daddy sich in eine Situation begibt, in der er so angreifbar ist.«

»Vielleicht ist es nur einfach das Gefühl der Vergänglichkeit, genauso wie er gesagt hat. Das kann einem schon zu schaffen machen.«

Jane kratzte mit ihren perfekt korallenroten Fingernägeln am Tischtuch. Sie und Hardy brauchten eigentlich keine Lektion, was Sterblichkeit anging. Jedesmal, wenn sie an ihren Sohn Michael dachte, der vor zehn Jahren als Baby durch einen Unfall gestorben war, blieb ihr – wie damals – beinahe das Herz stehen, und Hardy ging es genauso. Eine Träne kam aus einem Auge, und sie wandte sich ab.

Als er es sah oder einfach spürte, streckte er den Arm aus und legte seine Hand auf ihre. »Laß uns jetzt nicht mehr davon sprechen, Jane. Wir kommen später darauf zurück«, sagte er. »Wir lassen uns etwas einfallen.«

Beim erstenmal traf er den Holzbalken nicht und dachte, das käme vom Wein.

Nach dem Mittagessen hatte er in ein Sportgeschäft auf der Market Street hineingeschaut und das Dartboard gekauft, das er sich schon lange wünschte. In seinem Büro bei der Staatsanwaltschaft hatte er die Wand gegenüber dem Schreibtisch abgeklopft, um festzustellen, wo das hohle Geräusch aufhörte und der Balken anfing, und dann dachte er, er hätte ihn gefunden.

Aber nach dem ersten Hammerschlag saß der Nagel schon fast bis zum Kopf im Gips. Hardy war ein guter Zimmermann. Mit Holz zu arbeiten, war eines seiner Hobbys. Es enttäuschte ihn, den Balken nicht zu treffen. Er klopfte die Wand ab, dachte wieder, er hätte den Balken gefunden, und diesmal traf er ihn tatsächlich.

Mit einem Lineal vom Schreibtisch maß er dann den Abstand von zweieinhalb Metern von der Wand ab und klebte dort einen Streifen auf den Fußboden. Es war die Stelle, an der normalerweise sein Stuhl stand. Nun schob er seinen Stuhl zurück, holte den ledernen Kasten heraus und setzte die blauen Flügel an die Schäfte seiner Pfeile. Er stellte sich auf das Band am Fußboden und traf zweimal ins Schwarze und einmal in die 20. Dann ließ er die Pfeile stecken und nahm den Telefonhörer ab.

Richter Fowler hatte sich krank gemeldet. Das war seltsam. Richter melden sich nie krank. Ihre Terminkalender sind zu voll. Ein Tag Krankheit bereitete zu vielen Leuten Ungelegenheiten. Hardy rief bei ihm zu Hause an, aber auch dort war niemand, nicht mal ein Anrufbeantworter. Hardy war versucht, wieder Jane anzurufen, aber warum sollte er ihr Sorgen bereiten?

Vielleicht spannte Andy einfach mal einen Tag aus, um sich seelisch zu erholen. Er arbeitete weiß Gott schwer genug, da hatte er es wirklich verdient. Vielleicht hatte er sich nach seinem Gespräch mit Jane gestern abend betrunken und litt an einem Kater. Jedenfalls: Wenn Andy Fowler mal einen Tag abschalten wollte, würde Hardy ihn dabei nicht stören.

Er warf einen Blick auf den immer noch ziemlich hohen Stapel der nicht erledigten Fälle auf der Ecke seines Schreibtischs und fragte sich, welche unbekannten Nervenkitzel sich in diesem Berg wohl noch befinden mochten. Er überlegte, ob er sich wieder seinen Darts widmen und noch ein Solo werfen sollte, um sich zu üben. Er fragte sich, ob Jeff Elliot wohl schon vom Yachthafen zurück war und ob er überhaupt dorthin gefahren war. Und er sollte auch mal Frannie anrufen und sich nach Rebecca erkundigen.

Es gab alles mögliche zu tun, nur diese Akten waren ihm ein Greuel ...

Das Zimmer war zum Auf- und Abgehen nicht groß genug. Er zog den Sessel zum Schreibtisch, nahm Platz und fühlte sich lethargisch und schwer. Das kam vom Wein. Der Wein war schuld.

Elizabeth Pullios trug immer noch die Goldkette mit dem Rubin daran, aber das war auch alles, was sie anhatte. Christopher Locke, der Bezirksstaatsanwalt, lag mit im Nacken gefalteten Händen da. Er hatte einen mächtigen Brustkorb, der von schwarzen Haarlocken bedeckt war. Sein Bauch fing an sich vorzuwölben, aber es war eine harte Wölbung. Für einen Mann in seinem Alter hatte er einen prima Körper, dachte sie. Und solange er sie oben ließ, spielte seine Beweglichkeit keine Rolle – so hatte sie die Dinge unter Kontrolle, und das war es, was sie wollte.

Sie bewegte sich ein bißchen vorwärts, paßte sich ihm an. Der Bezirksstaatsanwalt stöhnte vor Vergnügen. Sein schwarzes, breites Gesicht brach in ein Grinsen aus. »O Mann, ist das nicht gut«, sagte Pullios. Sie nahm ihn etwas fester in sich auf, und er schloß die Augen vor Wonne.

»Mir ist so wohl«, sagte Locke. »Komm herunter zu mir.«

Sie beugte sich herab. Er nahm eine Brust in jede Hand und zog dann ihr Gesicht an seines. Sie nahm seine Zunge in den

Mund und biß zärtlich darauf, dann zog sie sich von ihm zurück.

»Du bist so eine Hure«, sagte er. Er lächelte immer noch. Sie bewegte wieder die Hüften. Er versuchte hochzukommen, um ihr Gesicht zu erreichen, aber ihre Hände waren auf seinen Schultern und drückten ihn hinunter. Sie grinste ihn an.

»Ich weiß, und das gefällt dir.« Sie kam herunter und leckte ihn unter dem Ohrläppchen: Dort blieb sie und fing an, sich rhythmisch zu wiegen.

»Gott, Pullios …«

Sie zog sich zurück und richtete sich halb auf. Ihr Gesicht hatte jetzt einen entschlossenen Ausdruck. Die Haltung, die sie jetzt einnahm, war die richtige, und sie fing an, sich zu konzentrieren. Ihre Hände umfaßten seinen Kopf. Fester. Er hob sich, um ihr entgegenzukommen, merkte, wie das Gefühl stärker wurde.

»Noch nicht, noch nicht …« Sie atmete heftig, biß die Zähne zusammen. »Okay, okay.« Sie hämmerte hinunter auf ihn und streckte sich. Sie warf den Kopf zurück, und ihr Rückgrat bog sich nach hinten. »Jetzt. Jetzt. *Jetzt.*« Sie preßte sich gegen ihn, als er kam, und dann fiel sie auf seine große Brust, und von tief unten aus ihrer Kehle erklang eine Art Kichern.

# 12

Als Hardy auf dem Highway 1 nach Süden fuhr, dachte er, was für eine wunderbare Sache das Schicksal sein konnte.

Die Dünen mit dem Schilfgras nahmen ihm die Sicht auf den Pazifik, doch er hörte und roch ihn. Es war jetzt später Nachmittag, aber immer noch warm. Der Wuchs der Zwergzypressen an der Landseite der Straße zeugte von dem Wind, der fast ständig vom Meer her wehte; ihre immergrünen Zweige krümmten sich auf der Strandseite, als ob Riesen darüber hinweggestampft wären und sie beiseitegebogen hätten.

Wo der Highway – bei Fort Funston nahe dem Olympic-Club-Golfplatz – landeinwärts bog, schwebten Drachenflieger am Himmel. Die warme Luft, die die Küste entlang von den Felsen aufstieg, sorgte sogar an windstillen, wolkenlosen Tagen für Auftrieb. Hardy dachte daran, daß er eines Tages auch mit dem Drachenfliegen anfangen wollte. Dann würde er Frau und Kinder mitnehmen und aufsteigen.

Das Schicksal, das ihn vor seinen Akten gerettet hatte, war in Gestalt eines Anrufs von Abe Glitsky erschienen. Man hatte ihn nach Pacifica am Südende von San Francisco gerufen, wo er sich einen Leichnam ansehen wollte, der an Land gespült worden war. Das Police Department von San Francisco hatte während der letzten Tage die anderen umliegenden Departments benachrichtigt, und als der Anruf kam, war Abe im Büro gewesen und hatte sich freiwillig gemeldet. Er hatte Hardy mit seinem Funktelefon erreicht und hinzugezogen.

Die Abfahrt war nördlich von Devil's Slide, einer zwei Meilen langen Strecke des Highway 1, wo der Rand der kurvigen Straße in eine einhundert Meter steil abfallende Felsenklippe überging. Diese Gegend war meistens in Nebel gehüllt, und bisher hatte es in diesem Jahr dort noch keinen Unfall gegeben, der bewiesen hätte, daß Autos nicht fliegen können.

Hardy fuhr einen von Reifenspuren zerwühlten, unbefestigten Weg entlang in Richtung Norden. Glitskys Wagen stand unten am Wasser, zusammen mit ein paar anderen Polizeiautos aus Pacifica. Als Hardy ausstieg, tauchte hinter ihm auf dem Weg, den er gerade gekommen war, eine Ambulanz auf.

Es war Ebbe. Obwohl es schon fast vier Uhr war, war es immer noch völlig windstill und kein bißchen Nebel zu sehen. Vielleicht, dachte Hardy, haben wir jetzt drei Tage lang Sommer.

Er nickte den Männern von der Ambulanz zu, aber er hatte keine Geduld, auf sie zu warten. Er watete durch den weichen Sand, dann kam er auf härteren Grund und fing an zu laufen. Die Beamten standen in einem Knäuel um eine immer noch grüne Gestalt herum, die etwa fünfzehn bis zwanzig Meter von der Gezeitenlinie entfernt lag.

Hardy nickte zu Glitsky hinüber, der ihn den anderen vorstellte. »Hier ist dein Opfer«, sagte er.

Der Leichnam lag, von einer Zeltbahn bedeckt, auf dem Rücken. Hardy bat um Erlaubnis, ihn sich ansehen zu dürfen, und einer der Polizisten aus Pacifica sagte, bitte sehr. Hardy zog die Zeltbahn weg und fuhr ungewollt zurück.

Sandfliegen summten um den halbgeöffneten Mund, die Nase, die leeren Augenhöhlen und den Kopf mit dem dünnen grauen Haar herum. Hardy überraschte die Tatsache, daß der Leichnam genau denselben grünen Jogginganzug trug, den er selbst besaß – nur daß in dem Anzug der Leiche rechts ein großer, halbmondförmiger Riß war. Auch am linken Bein unten war der Stoff zerrissen, und darunter sah man Fleisch. Zwei saubere kleine Löcher – eines in der Brust und ein anderes knapp oberhalb des Schritts – sprachen für sich selbst. Hardy zwang sich, all diese Fakten zu registrieren, und bemerkte dabei den Ehering an der linken Hand. Aber bei weitem das eindrucksvollste Detail war das Ende des rechten Arms – eine zerfetzte Masse aus Sehnen, Knochen und abscheulich grünlichweißem Fleisch. Hardy wußte, was mit der Hand geschehen war.

Die Männer aus der Ambulanz hatten den Weg zum Strand mit einer Tragbahre zurückgelegt. Hardy trat beiseite und ließ sie in den Kreis.

»Sorgst du für die Identifizierung?« fragte Glitsky.

Glitsky hatte eine Narbe, die von oben nach unten durch seine Lippen lief. Wenn er nachdachte oder unter Spannung stand, schien sie in seinem schwarzen Gesicht manchmal beinahe weiß aufzuglühen. Jetzt glühte sie. Er sagte gar nichts.

»Das Alter würde zu Owen Nash passen«, sagte Hardy.

Glitsky nickte, überlegte immer noch und sah in die Ferne zum Horizont. »Darum bist du hier«, sagte er.

»Zwei Einschüsse?« fragte Hardy.

Glitsky nickte. »Bevor die Haie ihn erwischt haben. Kleinkaliber. Nur ein Kugelaustritt bei zwei Schüssen.« Wie ein Hund, der das Wasser abschüttelt, kam er zum Gegenstand der Untersuchung zurück. »Einmal ins Herz, und irgend jemand hat versucht, ihm den Schwanz abzuschießen.« Er dachte noch einen Augenblick nach. »Wahrscheinlich in dieser Reihenfolge.«

Hardy merkte, wie seine Hoden sich zusammenrollten. Plötzlich redete Glitsky mit den Männern von der Ambulanz, die die Trage aufgeklappt hatten und sich darauf vorbereiteten, den

Leichnam hinaufzuheben. »Entschuldigen Sie mich einen Augenblick.« Er ging zu dem Leichnam, ließ sich auf ein Knie hinunter und hob die linke Hand hoch. »Ich werde diesen Ring abziehen«, sagte er zu den Polizisten aus Pacifica.

Er warf einen kurzen Blick darauf, zeigte ihn ihnen und brachte ihn zu Hardy. »Siehst du irgendwas?«

Es war ein einfacher goldener Ring. Auf der flachen Innenseite befand sich ein winziger Stempel: 10 K. Sonst war auf den ersten Blick nichts zu erkennen. Hardy stellte sich mit dem Rücken zur Sonne, hob den Ring ins Licht und drehte ihn langsam herum. »Hier!« sagte er. Er hielt den Ring näher ans Gesicht. Fast unleserlich, nur noch von einem bestimmten Winkel aus zu erkennen, entdeckte er Initialen: »E. N. und ein paar Zahlen – sieht wie 51 aus.«

»Wie hieß Nashs Frau?«

Hardy erinnerte sich hauptsächlich wegen des Boots. »Eloise. Und 51 – klingt wie ein Hochzeitsjahr, oder?«

Glitsky brachte ein ehrfurchtsloses »Absolut brillant« heraus und streckte die Hand aus. Hardy ließ den Ring hineinfallen. Glitsky legte den Ring in den mit einem Reißverschluß versehenen Beweisbeutel, den er in seine Tasche steckte. »Also kann ich entweder die Fingerabdrücke checken, Strout einen DNS-Test für zehntausend Dollar machen lassen oder wieder diesen Anwalt anrufen. Wofür stimmst du?«

Die Leiche lag auf der Bahre, die die Männer von der Ambulanz über den Strand trugen – Hardy, Glitsky und die anderen folgten ihnen in unregelmäßigen Abständen, der Wagen holperte langsam über den Sand. Keiner sagte ein Wort.

»Die *Eloise* war den ganzen Sonnabend lang draußen!« rief Jeff Elliot aufgeregt.

»Das wußte ich«, sagte Hardy. Er war zu Hause und telefonierte von der Küche aus. Er wohnte fünfzehn Blocks von dem Strand entfernt, gleich nördlich von der Geary Street und hatte keinen Grund gesehen, noch einmal zurück in die Stadt hinunter zu fahren, nur um dann wieder umzudrehen und nach Hause zu kommen.

Zwanzig Minuten, nachdem er Devil's Slide verlassen hatte, schnitt er in der Küche Zwiebeln. Als die Spaghettisoße fertig war und auf dem Herd blubberte, öffnete er ein Bier und rief Jeff Elliot an.

»Ich dachte, Sie würden mich auf dem laufenden halten«, sagte Elliot. »Wenn Sie wußten, daß das Boot draußen war –«

»Wir wußten nicht einmal, daß es Owen Nash war, also spielte das mit dem Boot keine große Rolle. In der Tat würde ich unserem guten Dr. Strout zustimmen«, fuhr Hardy in dessen typischem Südstaatendialekt fort, »daß Ihre Schlußfolgerungen absolut voreilig waren. Wir wußten nur, daß ein Mann vermißt wurde. Und an der Hand konnte man vielleicht feststellen, daß deren Besitzer ein Karatesportler war. Das ist noch lange keine Indizienkette.«

Am anderen Ende herrschte Schweigen. Dann sagte Elliot: »Aber jetzt wissen Sie mehr, nicht wahr?«

»Wie sich herausstellte«, sagte Hardy lakonisch, »lagen Sie mit Ihrer Vermutung richtig.«

Er erzählte ihm von dem Leichnam, der sich auf dem Weg zum Schauhaus befand oder schon dort angekommen war. Daß die Hand abgebissen war, und wo die Schüsse saßen.

»Er ist ermordet worden? Sie wissen, daß jemand ihn umgebracht hat?«

Hardy dachte daran, wo Glitskys Ansicht nach die erste Kugel hingegangen war. Er hatte das Gefühl, daß er Selbstmord ausschließen konnte. »Ja«, sagte er. »Jemand hat ihn umgebracht.«

»Gott, das ist großartig!« schrie Elliot beinahe los. »Das ist ja einfach großartig!«

»Der Mann ist tot«, erinnerte ihn Hardy. Er nahm einen Schluck Bier zu sich. »Das ist nicht so großartig.«

»Die Story. Ich habe die Story gemeint.«

»Ich weiß, was Sie gemeint haben. Hören Sie, wenn Sie in Ihrem Archiv ein Photo von Nash haben, könnten Sie es mitbringen, um jeden Zweifel auszuschließen, falls man ihn noch nicht identifiziert hat.«

»Gute Idee.«

»Ach, und Jeff, wenn Mr. Farris oder Celine Nash – Owens Tochter – unten im Leichenschauhaus sein sollten, versuchen Sie bitte Ihre Begeisterung etwas zu zügeln, ja? Ich glaube nicht, daß sie so glücklich darüber sind wie Sie.«

»Nein, ich versteh' das. Natürlich.«

Hardy legte auf. »Natürlich«, sagte er.

Morgen würde es auf der ersten Seite stehen. Jeffs erste Titelblattgeschichte. Nicht die Hauptschlagzeile, sondern weiter unten, rechts, drei Spalten breit mit seinem Namen darunter – nicht zu schäbig.

Nicht nur das, sondern die Nachricht war an diesem Abend schon hinausgegangen, und Jeff bekam Anrufe von der *Los Angeles Times* – juhu – und von Drew Bates drüben bei KRON-TV, der wissen wollte, ob er, Jeff, noch mehr über den Mord an Owen Nash mitteilen könne. Man stelle sich vor, das Fernsehen kam zu ihm! Die *Los Angeles Times*!

Er hatte die Nummer vom Kellerarchiv des *Chronicle* – unter der er gerade zu erreichen war – dem Mann vom Nachtdienst gegeben, und nun saß er dort unten in den Eingeweiden des Hauses und arbeitete, suchte aus dem NEXIS das Material über Owen Nash zusammen. Es war halb zehn Uhr abends, und er war seit sechs Uhr früh auf, aber er fühlte sich völlig frisch. Parker Whitelaw, der Herausgeber – mein Gott: DER HERAUSGEBER – hatte gesagt, er würde ihm noch eine zusätzliche Spalte für eine Kurzbiographie von Owen Nash geben, die sie neben der Fortsetzung der Story von der ersten Seite hinten auf der letzten Seite des Hauptteils abdrucken würden, falls er sie bis halb zwölf zusammenbekäme. Ob er meinte, daß er das schaffte?

Jeff fand, daß er für eine Geschichte auf der ersten Seite und eine Extraspalte auch auf dem Kopf stehen und Fünfcentstücke spucken, mit Nurejew tanzen oder hundert Meter in zehn Sekunden laufen könnte. Er sah seine stummen Begleiter, die Krücken, an, die rechts von ihm am Tisch lehnten. Ach, zum Teufel mit denen. Er konnte das schaffen. Er hatte die Grunddaten, jetzt mußte er sie nur noch zusammenfügen. Ein Kinderspiel – obwohl es viel mehr Material gab, als er erwartet hatte, und das mußte er nun auf höchstens dreihundert Worte kondensieren. Na ja, er würde sich auf die Höhepunkte beschränken.

Jeff hatte um Viertel vor sieben mit den NEXIS-Recherchen begonnen, nachdem er aus dem Leichenschauhaus zurückgekommen war. Fast drei Stunden waren vorbei, etwa zweihundertmal war Nash erwähnt worden, manchmal nur als Anwesender bei einem gesellschaftlichen Ereignis, dann gab es ein paar Interviews mit ihm, die einige Daten und Fakten enthielten, und eine Titelgeschichte in der Business Week aus dem Jahr 1987. Derzufolge war Owen Nash ein sehr wichtiger Geschäftsmann gewesen. Durchschnittlich alle sechs Wochen war er über die letzten zwanzig Jahre hinweg in der einen oder anderen US-amerikanischen Publikation aufgetaucht.

Jeff wandte die Augen von dem orangegetönten Bildschirm ab. Es fiel ihm schwer, den Owen Nash in diesen Artikeln mit dem Leichnam, den er im Schauhaus gesehen hatte, in Verbindung zu bringen.

Er war dort eingetroffen, als gerade eine große Limousine vorfuhr. Ken Farris und seine Frau hatte Jeff vom Vorabend her sofort wiedererkannt, sie wirkten zwar nicht allzu glücklich, ihn zu sehen, waren aber gleichzeitig zu sehr abgelenkt, um irgendwelche Einwände zu erheben, als der adlernasige schwarze Inspektor mit der Narbe über den Lippen sie hineinließ.

Die andere Frau in der Limousine war Celine Nash, Owens Tochter. Sie war viel älter als Jeff, wahrscheinlich um die vierzig, aber irgendwie sprach sie, obwohl in Trauer, bei ihm etwas an. Er wußte nicht, ob es ihre Haltung oder ihr Aussehen war, aber er mußte sie die ganze Zeit ansehen.

Wirklich dumm. Ein Krüppel wie er hatte bei den meisten Frauen keine Chancen, erst recht nicht bei einer schönen Frau von ihrer Klasse und ihrem Kaliber – wenn man eine so starke sexuelle Anziehung »schön« nennen konnte –, aber er dachte, es könnte ja nichts schaden, sich dieser Kraft auszusetzen.

Natürlich nur, bis er Owen Nash sah. Als er ihn erblickte, verschwand alles andere. Der Assistent des Gerichtsmediziners hatte das Tuch so weit zurückgezogen, daß man das Gesicht sehen konnte, und über die Identifizierung gab es keine Frage. Celine schluchzte einmal auf. Farris senkte den Kopf und zog seine Frau näher an sich heran.

Der Inspektor – Glitsky – hatte pro forma die Frage gestellt, und der Assistent schob den Leichnam wieder zurück, als Celine ihm sagte, er solle anhalten. Sie wolle ihren Vater noch ein letztesmal sehen.

Niemand rührte sich. Der Assistent des Gerichtsmediziners sah Glitsky an, der nickte, und das Tuch wurde weggezogen, Owen Nash lag nackt und blau auf der Trage.

Zuerst fiel einem die Hand, oder das Fehlen der Hand, auf. Der zerfetzte Stumpf ohne Ätzungen und Nähte – eine rosa Sehne hing fünf Zentimeter länger über den Rest hinaus.

Jeff hatte Bilder von den Schäden gesehen, die ein Hai mit seinem Biß anrichten konnte, zum Beispiel an einem Surfbrett, aber er merkte, daß er dadurch nicht auf den Anblick vorbereitet war, den Nashs Brustkorb bot, in den die Zähne des Hais hineingefahren waren, oder der Keil, den er aus seinem Unterschenkel herausgerissen hatte.

Celine ging auf den Leichnam zu. Trotz ihres Schluchzens konnte er keine Tränen entdecken, aber vielleicht waren sie feucht von dem Schock. Der Assistent des Gerichtsmediziners schickte sich an, ihr zur Seite zu treten und sie zu stützen, aber etwas an ihrer Haltung hielt ihn davon zurück. Der Raum wurde einen Augenblick so still und farblos wie eine alte Schwarzweißaufnahme; das ganze Leben – nicht nur Owens – schien daraus verschwunden zu sein.

Celine hatte eine Hand auf die Brust des Leichnams, eine andere auf dessen Schenkel gelegt. Es vergingen vielleicht fünf Sekunden, aber es schien, als ob sie ewig dort stand, unbewegt, um das Bild in sich aufzunehmen. Jetzt fiel doch eine Träne hinab. Sie beugte sich nach vorne und legte die Lippen auf die Mitte seines Bauchs.

Plötzlich war es vorbei. Sie nickte dem Inspektor zu, dann wandte sie sich um und ging an ihnen allen vorbei zur Tür hinaus, ohne sich noch einmal umzusehen.

In der Halle draußen bedankten sich Ken und Betty bei Glitsky. Celine saß schon in der Limousine. Das Abendlicht war überraschend – Jeff erinnerte sich daran, als er als Kind aus Filmmatinees gekommen war und die Nachmittagssonne nach dem dunklen Kinoraum so grell und unerwartet geschienen hatte. So fühlte er sich jetzt, und er kniff die Augen zusammen, als er in die untergehende Sonne blickte.

Er wußte, daß er mehr Fragen hätte stellen sollen. Dem Assistenten und Glitsky sowie Ken und Betty hätte er noch mehr entlocken müssen, aber er war zu erschüttert gewesen. Als er sich endlich erholt hatte, war die Limousine schon fortgefahren. Glitsky war in den Justizpalast zurückgegangen. Jeff konnte sich nicht dazu überwinden, noch einmal in das Schauhaus zu gehen.

Er schüttelte sich, schüttelte die Erinnerung ab. Der orangefarbene Bildschirm summte noch immer vor ihm. Er warf einen Blick auf die Uhr und sah, daß er zwanzig Minuten vergeudet hatte. Er mußte jetzt arbeiten.

Da gab es erstens die geschäftliche Seite. 1953 hatte sich Owen als Ex-GI 1500 Dollar geliehen und damit eine Anzahlung auf einen fast bankrotten Fernsehreparaturbetrieb in South San Francisco geleistet. Er fing an, mit gebrauchten Teilen herumzubasteln, und innerhalb von zwei Jahren hatte er eine verbesserte Isolierungstechnik für die heißen Röhren der ersten Fernsehgeräte perfektioniert und patentieren lassen. General Electric griff die Erfahrung auf, und Owens Weg begann. Er tüftelte an Vakuumröhren herum, investierte in Kupferwicklungen und baute einfache Komponenten, bis der Mikrochip erfunden wurde. Als die Elektronik im Silicon Valley zum großen Sprung ansetzte, war Owen mit von der Partie.

Die Aktien von Owen Industries Incorporated wurden an der New Yorker Stock Exchange für 17 Dollar pro Stück gehandelt, und Nash selbst hatte 800 000 übernommen gehabt, als er mit der Firma an die Börse ging. Wenn man von mindestens drei oder vier Aktiensplittings ausging, belief sich Nashs persönliches Vermögen allein an Aktien zu dem Zeitpunkt, an dem die Titelgeschichte in Business Week erschienen war, auf knapp 70 Millionen.

Sein übriger Besitz war auch ganz ansehnlich. Abgesehen von der *Eloise*, die auf 250 000 zu veranschlagen war, und seinem Haus in Seacliff, besaß er ein Haus und über 400 Hektar Land in New Mexico, Wohnungen in Hongkong, Tokio und New York. Wie Business Week behauptete, gehörten ihm auch Anteile an drei Hotels, Skihotels in Wintersportorten wie Lake

Tahoe und in Utah, und an einem Restaurant auf St. Bart's in der Karibik. Sein einziger Mißerfolg war diesem fünf Jahre alten Bericht zufolge eine Fluglinie gewesen, der Waikiki Express, der sechzehn Monate lang zweimal täglich zwischen Oahu und Los Angeles hin- und hergeflogen war, bevor er pleite ging.

Aber der Mann hatte nicht seine ganze Zeit in Aufsichtsratssitzungen verbracht. Die erste Erwähnung von Owen Nash hatte nichts mit Geschäften zu tun. 1955 gelang es ihm als erstem Nicht-Asiaten, bei einem offiziellen Karatewettbewerb mehr als sechs zolldicke Kiefernholzbretter übereinander mit der Handkante zu zerschlagen. Jeff überlegte, ob er nicht aufstehen und im Archiv nach Bildmaterial über diese Sportart suchen sollte, entschied sich dann aber doch dagegen. Denn die Zeit wurde knapp.

1958 war Nashs Haus in Burlingame bis auf die Grundmauern abgebrannt. Es gelang ihm, seine sechs Jahre alte Tochter Celine zu retten, aber er wäre fast bei dem Versuch ums Leben gekommen, noch einmal hineinzugehen und seine Frau, Eloise, herauszuholen.

Nach dem Tod seiner Frau kaufte er sich sein erstes Segelboot und umrundete damit, nur von Celine begleitet, die Welt. Die Zeitungen brachten jetzt Berichte über den rauhbeinigen Seebären und Überlebenskünstler, und in den sechziger Jahren hielt er einen All-Tackle-Weltrekord für den schwarzen Merlin, den er vor dem australischen Barrier Reef geangelt hatte. Noch letztes Jahr waren er und Celine und eine Mannschaft von drei Collegestudenten mit einer gemieteten Ketsch bei der Regatta von Newport nach Cabo San Lucas auf den zweiten Platz gekommen.

Seine Beutezüge als Großwildjäger hatten mit den Jahren immer mehr Kontroversen ausgelöst. Jeff Elliot fand es interessant, wie sich der Ton der Artikel veränderte. Als Nash 1963 einen Polarbären erbeutete, stellte man ihn in *Field & Stream* als ganzen Kerl dar. Als er 1978 im Kongo ein Zebra schoß, nahm ihn der Sierra Club in seine Liste der »Public Enemies« auf.

Ihm war es »scheißegal« (*Forbes*, »Zehn Firmenchefs über ihr Image«, September 1986), was das Publikum über ihn dachte. Er wohnte als einziger westlicher Industrieller der Krönung von Kaiser Bokassa bei. Der iranische Schah hielt sich, wie berichtet wurde, an Bord der *Eloise* in der Karibik auf, während die US-Regierung darüber beriet, was man nach seiner Absetzung mit ihm tun sollte. Nash entsetzte den Reporter des *Chronicle*, der 1983 über seine Chinareise berichtete, als er zusammen mit seinen Gastgebern Gehirne von Affen verspeiste, die lebend an den Tisch gebracht wurden.

1975 tauchte er zum erstenmal im *Who's Who* auf. Er hatte nicht wieder geheiratet.

# 13

»Ich wollte, ich verdiente mehr Geld«, sagte Pico Morales. »Ich wollte, ich *hätte* mehr Geld. Jeder andere hätte mehr Geld.«

Seine Frau Angela legte ihre Hand auf seine. »Englisch ist nicht mal seine Muttersprache«, sagte sie, »aber wenn es um Geld geht, konjugiert er wie ein Weltmeister.«

Sie saßen in Hardys Eßzimmer um den Kirschbaumholztisch herum. Nach den Spaghetti und der Flasche Rotwein hatte Frannie eine Apfeltorte kredenzt, und Pico hatte die Hälfte davon verschlungen.

»Der Mann hat viele Talente«, sagte Hardy.

»Ist heute irgendwas Besonderes los, oder warum geht es dauernd um Geld«, fragte Frannie.

»Siehst du? Das meine ich.« Pico hatte ein Messer in der Hand und griff wieder nach der Apfeltorte. »Wir denken nicht – ich denke nicht, wie reiche Leute denken. Ich glaube, das ist genetisch bedingt.«

»Er fand auch, es sei genetisch bedingt, wenn Haie sterben«, sagte Hardy.

»Nein, das kommt von der fehlenden Familienstruktur.«

»Was würdest du tun, wenn du mehr Geld hättest?« fragte Angela. »Außer noch mehr essen?«

Pico machte sich wegen seines Leibesumfanges keine Gedanken. Er tätschelte seinen Bauch und lächelte seine Frau an. »Was ich tun würde? In Anbetracht dieser Nachricht über Owen Nash, von der die übrige Welt noch nichts weiß, würde ich losgehen und mein ganzes Geld in die Aktien seiner Gesellschaft stecken.«

Hardy schüttelte den Kopf. »Piek, die Aktien werden fallen.«

»Ich *weiß*. Also verkauft man sie sofort wieder, wartet ab, bis sie noch tiefer gefallen sind, und kauft sie dann ganz billig wieder zurück.«

»Aber woher weißt du, wann sie wieder teurer werden, so daß du sie rechtzeitig zurückkaufst?« fragte Frannie.

»Sicher weiß man das nicht«, sagte Pico. »Aber so ist das nun mal mit Aktien.«

»Entweder läuft es so, Honey, oder sie steigen morgen wie verrückt – weil Nash die Company schlecht geführt hat, und jetzt kommt sie ganz groß heraus. Dann verlierst du alles.« Angela tätschelte wieder seine Hand. »Wie immer, wenn wir mal einen heißen Börsentip bekamen. Nimm noch ein Stück Apfeltorte.«

»Ich würde gern wissen, was du damit meinst, wenn du sagst, alle anderen hätten mehr Geld. Wann? Wieso?« Hardy schob seinen Stuhl auf die Hinterbeine und kippelte hin und her, die Daumen in den Vordertaschen.

»Heute. Die letzten Tage. Wir hätten wirklich einen Agenten haben sollen, der uns einen Vertrag über ein Buch, Filmrechte und so etwas besorgt. Wir haben diese Hand gefunden. Wir sollten doch inzwischen berühmt sein.«

»Ruhm ist etwas Flüchtiges«, gab Hardy zu.

»Gut, also lach mich aus.« Pico tröstete sich mit einem Mund voll Torte. »Aber wart's ab – jemand wird mit dieser Sache ein Vermögen verdienen, und was wird aus uns?«

»Was soll aus uns werden?« fragte Frannie. »Ich kann mich mit meinem dicken Bauch sowieso nicht bewegen.«

»Gefällt dir denn dein Leben nicht, Piek? Ich meine, Kurator des Steinhart-Aquariums ist doch nicht gerade wenig.«

»Ich habe einfach das Gefühl, daß wir alle hier eine große Gelegenheit verpassen.«

»Wahrscheinlich«, sagte Hardy. Angela stimmte ihm zu. Und Frannie auch.

Pico aß noch etwas Apfeltorte.

May Shinns Apartment lag an der Hyde Street, genau gegenüber einem französischen Delikatessenladen. Unter ihrem Fenster fuhren die Cable-Cars vorbei, aber um diese Zeit in der Nacht verkehrten sie nicht.

Der Fußboden des Foyers war aus Hartholz. Es herrschte eine fast spartanische Ordnung. Ein Duft nach Sandelholz? Die Straßenbeleuchtung ließ die Konturen des einen Raums, in dem sie vor ihrem Eckschrein saß, schwach hervortreten. Außerdem befanden sich darin eine Couch mit einem flachen Tisch davor und ein Teetisch in der Ecke daneben. Unter dem Teppichboden schien der glänzend polierte Parkettboden hervor. An der einen Wand stand ein hoher Schrank mit Glasfront und feinen, eleganten Linien. An der anderen Wand hing ein japanischer Druck über einem niedrigen Sitz und einem Futon.

Der Vorraum war zweieinhalb Meter breit und kreisförmig. In den älteren Wohnungen San Franciscos gab es oft noch Türmchen, Alkoven, Bögen und Stuckverzierungen, die man sich heute nicht mehr leisten konnte. In der Mitte des Vorraums lag ein kleiner, etwa sechzig Zentimeter breiter Teppich. An die Rundung der Wand schmiegte sich eine handgearbeitete Bank aus Kirschholz, die auf Hochglanz poliert, aber nicht übermäßig stark lackiert war. Sie maß knapp drei Meter und paßte genau in das kreisförmige Segment der Wand hinein. Es sah aus, als wäre sie aus einem Stück – was aber wohl unmöglich war. Sie mußte ein Vermögen gekostet haben, doch erst einmal mußte man einen solchen Künstler und der Künstler ein solches Kirschholz finden. Und Zeit mußte man dafür gehabt haben.

Die Wand im Foyer war mit elfenbeinfarbenem Reispapier tapeziert. In Augenhöhe des Betrachters hingen drei Lithographien von John Lennon, die eher wie Gemälde aussahen. Das Licht kam von einer aus fünf Strahlern bestehenden Lampe in der Mitte der Decke. Drei Strahler waren auf die drei Lennons gerichtet, die anderen beiden auf zwei alte chinesische Holzschnitte, die sich zu beiden Seiten der Tür befanden, welche in die Küche führte.

Es gab noch einen längeren Block aus Kirschholz mit einem kleinen Spalt in der Mitte, der auf dem Boden am offenen Eingang zum Wohnzimmer stand.

May hatte gebadet. Zuvor hatte sie trotz ihres Widerwillens etwas Reis mit kaltem Fisch gegessen, der noch vom Freitagabend übrig war. Sie hatte ihr langes schwarzes Haar zurückgekämmt und festgesteckt und saß, noch immer ohne Kleider, auf ihrem harten, niedrigen Bettgestell. Die Zeit verging, ohne daß sie sich dessen bewußt wurde.

Als es dunkel war, fing sie an, ein paar Sachen zusammenzusuchen, die sie mitnehmen wollte. Nicht viel. Vielleicht zwei Koffer voll. Sie mußte sich entscheiden. Würde es auffallen, wenn sie zu wenig mitnahm? Was nahmen Geschäftsleute auf eine Japanreise mit? Andererseits wollte sie sich nicht damit verraten, daß sie zu viel mitnahm. Dann würde man wissen, daß sie nicht zurückkehren wollte. Sie ging in der Wohnung herum, nahm Gegenstände herunter, legte sie wieder hin, konnte sich nicht entscheiden. Alles war teuer, schwer zu ersetzen, ihr ans Herz gewachsen. Sie hatte sich ihr Zuhause selbst eingerichtet.

Sie ging zu ihrem Schrein und zündete eine Kerze an. Es war kein Schrein für einen bestimmten Gott, sondern nur ein aufgerichteter Block aus Kirschholz mit einem Kissen davor. Auf dem Block befanden sich eine weiße Kerze, ein Räucherfaß aus Speckstein, ein Messer und, an diesem Abend, ein schlichtes weißes Stück Briefpapier, zwölf auf achtzehn Zentimeter, mit der kritzligen Handschrift eines Mannes auf der einen Seite.

Nachdem sie den Artikel im *Chronicle* über Owen Nash gelesen hatte, in dem ihr Name genannt wurde, hatte sie das Papier herausgeholt. Jetzt brachte man sie also schon damit in Verbindung. Und das Papier war ein weiteres Indiz – ein handschriftlicher Zusatz zu Owens Testament, in dem er May Shintaka zwei Millionen Dollar vermachte.

Sie wußte nicht, ob dieses Papier rechtskräftig war. Es trug ein Datum von vor einem Monat, dem 23. Mai, war mit Tinte geschrieben und signiert. Owen hatte ihr gesagt, das sei alles, was sie brauchte.

»Vielleicht sterbe ich auf dem Heimweg«, hatte er zu ihr gesagt, »noch bevor ich zu Wheel komme, um ihn mit der Testamentsänderung zu beauftragen. Auf diese Weise erhältst du, selbst wenn es angefochten wird, nach Abzug der Steuern wenigstens eine halbe Million.«

Sie hatte ihm gesagt, daß sie das Geld nicht wolle, und er hatte ein dröhnendes Gelächter von sich gegeben und gesagt, das sei ja das Wunderbare daran. Er wisse, daß sie es nicht wolle. Aber er hatte das Papier einmal gefaltet und in ihre Schmuckkassette gelegt. Jedesmal, wenn er bei ihr vorbeikam, warf er einen Blick hinein, um sich zu vergewissern, daß es noch dort war.

Sie fragte sich, ob er wohl Ken Farris – dem mysteriösen Wheel – davon erzählt hatte. Manchmal bezweifelte sie sogar, daß es diesen Wheel wirklich gab, aber heute hatte sie im *Chronicle* etwas über ihn gelesen. Sie fragte sich, weshalb Owen sie nie mit ihm bekannt gemacht hatte.

Doch, es war ihr schon klar. Das hatte mit ihrem Beruf zu tun. Man traf sich nicht mit den Freunden von Kunden. Was man zusammen tat, hatte außerhalb gewisser Grenzen keinen Bestand. Obwohl – Owen hatte ihr versprochen, daß es doch Bestand haben konnte.

Aber dazu war es nie gekommen. Und jetzt sollte sie losgehen und dieses bekritzelte Papier Wheel, Owens Finanzverwalter, vorlegen? Er würde sie auslachen oder Schlimmeres tun. Vielleicht würde sie später doch zu ihm gehen. Aber später – das war vielleicht zu spät. Dann war das ganze Geld vielleicht weg und nichts mehr für sie übrig.

Aber sie hatte ja nie mit dem Geld gerechnet, hatte niemals ein einziges von Owens Versprechen glauben wollen. In einem anderen Zusammenhang hatte er ihr sogar erklärt: »Ein Versprechen ist nur ein Mittel, ein Werkzeug, Shinn. Wenn du etwas versprechen mußt, tust du es einfach. Später brauchst du dich deines Versprechens nicht zu erinnern. Du erinnerst dich einfach nicht.«

Das hatte er allerdings am Anfang ihrer Beziehung gesagt, bevor sich daraus etwas Ernsthafteres zwischen ihnen entwickelt hatte. Aber trotzdem –.

Es brach ihr das Herz, das Herz, das sie abgehärtet hatte und das sie nie hatte verschenken wollen. Sie kniete auf dem Kissen vor dem Schrein und setzte sich zurück, und eine Träne fiel auf ihren glatten Schenkel. Sollte sie jetzt das Messer nehmen? Sollte sie das Papier verbrennen? Was konnte sie mit nach Japan nehmen, und wo sollte sie bleiben, wenn sie dort ankam?

# Zweiter
# Teil

# 14

Elizabeth Pullios erfuhr es aus Jeff Elliots Artikel im *Chronicle*. Owen Nash war keines natürlichen Todes gestorben. Wahrscheinlich hatte man ihn umgebracht. Und daß die Sache auf der ersten Seite stand, vermittelte ihr auch gleich einen ganz anderen Eindruck von dem Fall.

Als Dismas Hardy sich in die Nesseln gesetzt hatte, war sie eindeutig auf seiner Seite gewesen: Für einen Anfänger war es immer gut, wenn er mit Schwierigkeiten zu kämpfen hatte, und es gab für einen Anfänger nur wenige Möglichkeiten, an einen Mordfall heranzukommen. Eine war, einen sogenannten Schädel-Fall zugeteilt zu bekommen – einen alten Mordfall, in dem irgendwelche neuen Indizien aufgetaucht waren. Oder einer der Altgedienten, wie zum Beispiel Pullios selbst, gab ein todsicheres Urteil an einen der aufsteigenden Stars weiter, um sich selbst einem schwierigeren Fall zuzuwenden, der mehr Herausforderung bot. Dann und wann nahmen die Altgedienten auch ihren Urlaub, und in solchen Zeiten hatten die verbleibenden Leute so viel zu tun, daß schon einmal etwas für die nächstuntere Etage abfiel. Aber damit waren die Möglichkeiten auch schon erschöpft.

Sie hatte gedacht, daß Hardys Interesse für die geheimnisvolle Hand mehr oder weniger in die Kategorie der Schädelfälle gehörte. Interessantes Zeug vielleicht, aber nichts für sie. Es gab vier, nur vier, Staatsanwälte in San Francisco, die für Stadt und Umland die unnatürlichen Todesfälle bearbeiteten. Keiner von ihnen würde einen Fall abgeben, der Publicity bringen konnte. Wenn Hardy jetzt das große Los zog, mußte es Pullios vorkommen, als hätte er es mit einem Dollar gewonnen, der von Rechts wegen ihr gehörte.

Sie zog ihr rotes Power-Kostüm an und kam am Freitagmorgen um Viertel vor acht in die Mordabteilung im dritten Stock geschlendert. Draußen am Schreibtisch saß niemand, und sie ging weiter in den großen Raum mit den zwölf Schreibtischen, an denen die Inspektoren saßen. Das Büro des Lieutenants war verschlossen, drinnen war es dunkel. Drüben am Fenster saß Martin Branstetter und erledigte irgendeinen Papierkram. Carl Griffin und Jerry Block tranken Kaffee an Griffins Schreibtisch, aßen Donuts und redeten über Sport.

»Hi, Jungs.« Alle Polizisten der Mordabteilung mochten Pullios. Sie mochten sie, weil Pullios im allgemeinen dafür sorgte, daß die Leute, die sie schnappten, für lange Zeit hinter Gitter kamen. »Hat einer von euch einen ›Fuck‹ für mich?« Sie lächelte, und die Bullen fingen an zu strahlen. Branstetter sah von seinem Bericht auf.

Wenn sie mit diesen Typen redete, nannte sie alle Verdächtigen »Fucks«. Sie wußte – wie sie alle –, daß jeder, der erst einmal verhaftet wurde, von vornherein auch schuldig war. Was diese Leute verbrochen hatten, war schlimm genug, um sie endgültig aus der Gesellschaft zu eliminieren. Folglich wurden sie von Pullios von Anfang an als »Nicht-Menschen« behandelt. Sie waren »Fucks«. Fuck you.

»Nicht viel los heute nacht, Bets.« Griffin legte seinen Donut hin.

»Also, wer hat den Nash-Fall?« Sie hielt ihre zusammengefaltete Zeitung hoch. »Steht auf der ersten Seite.«

Die Polizisten sahen einander an und zuckten die Achseln. »Klingt ja toll.« Griffin war mehr an seinem Donut interessiert. Es war nicht sein Fall, basta. »Ich hab's nicht mitgekriegt.«

»Ich glaube, Glitsky war dort«, sagte Block. »Du kannst ja mal auf seinem Schreibtisch nachsehen.«

Ja, es lag oben auf einem Stapel Akten auf der Ecke von Glitskys Schreibtisch – nur ein brauner Hefter mit vier großen Buchstaben auf dem Etikett: NASH. Darin lag Glitskys Bericht über den Fall. Aber er war noch nicht weit gekommen. Es waren noch keine Photos drin, weder vom Ort der Entdeckung noch aus dem Schauhaus.

Pullios schloß den Hefter, nahm den Notizblock und schrieb, Glitsky solle sie sofort anrufen, wenn er komme.

Nachdem Rebecca ihn um halb sechs Uhr morgens geweckt hatte, hatte Hardy einen Dauerlauf durch die klare und schon milde Morgenluft unternommen. Den Geary Boulevard hinunter, bei Point Lobos auf den Strand hinaus, nach Süden in Richtung Lincoln Way und dann durch den Golden Gate Park zurück zur 25. Avenue und nach Hause. Eine Strecke von vier Meilen, die er seit Beginn seiner sitzenden Tätigkeit im März durchzuhalten versuchte.

Jetzt war es kurz vor acht. Er setzte sich in seinem grünen Jogginganzug hin und nahm sich Zeit für Frannies wunderbaren Kaffee. Sie saß ihm am Küchentisch gegenüber und blätterte in der Zeitung, wenn sie nicht gerade mit dem Baby spielte, das sich in seinem Sitz festgeschnallt zwischen ihnen befand.

»Und das war ein junger Hai«, sagte er. »Stell dir vor, was ein ausgewachsenes Tier von sieben Metern angerichtet hätte.«

»Ich dachte, darüber haben sie einen Film gemacht.«

Hardy zog ein Gesicht, als die Türglocke läutete, woraufhin jemand die Tür öffnete, hereinkam und rief: »Bleibt sitzen, Leute!« Glitsky erschien. »Ich hab' mich gleich selbst hereingelassen.«

Der Sergeant trug ein weißes Hemd und eine steife braune Krawatte, Khakihosen, Korduanlederschuhe mit perforierten Schmetterlingsaufnähern – »wingtips« – und einen hellbraunen Sportmantel. Als er in die Küche trat, blieb er stehen. »Modetips von 'ner Leiche geholt?«

»Hi, Abe«, sagte Frannie.

Hardy zeigte zum Herd: »Wasser ist noch heiß.«

Glitsky wußte, wo der Tee war und nahm einen Beutel heraus. Er ließ ihn in eine Tasse fallen und kam zum Tisch herüber. Er sah Hardy wieder an. »Oft sehe ich einen Toten, und am nächsten Tag beschließe ich, genau dasselbe zu tragen wie er.«

Hardy zuckte die Achseln. »Das hat in meiner Schublade gerade zuoberst gelegen. Soll ich es wegwerfen?«

»Wenn man dich jemals fragen sollte, ob dein Mann abergläubisch ist, Frannie, solltest du nein sagen.«

Hardy erklärte es ihr. »Man hat Owen Nash in einem Trainingsanzug genau wie diesem hier gefunden, den ich anhabe. Abe denkt, die Straßen sind voll von Haien, die plötzlich über Leute in grüner Sportkleidung herfallen.« Hardy zupfte an seinem Oberteil. »Außerdem gibt's noch einen Unterschied: Dieser hier hat keine Löcher.«

»Der Hauptunterschied.« Abe nickte und schlürfte seinen Tee. »Also erzähl mir mal alles, was du weißt.«

Hardy und Glitsky gingen nach hinten in das Büro, wo Hardy die Notizen hatte, die er sich nach dem Gespräch mit Ken Farris angefertigt hatte. Abe setzte sich an den Schreibtisch und las, während Hardy Pfeile gegen das Dartboard schleuderte.

»Wer ist denn dieser Typ in Santa Clara? Silicon Valley.«

»Weiß ich nicht. Farris sagte, er würde mir Näheres mitteilen, wenn wir es brauchen.«

»Ich brauche es.«

»Ja, das dachte ich mir schon.«

Glitsky las immer weiter und machte selbst auch einige Notizen. »Er ist am Sonnabend mit dieser May Shinn weggewesen?«

Hardy zog die Pfeile aus der Zielscheibe – zweimal ins Schwarze getroffen und einmal die Eins. Er warf ganz ordentlich, ein gutes Zeichen. »Das wissen wir nicht sicher. Farris sagte, er hätte es vorgehabt.«

»Aber niemand hat mit ihr geredet?«

»Richtig. Das hier unten ist ihre Nummer. Du darfst sie gern anrufen.«

Das tat Glitsky sogleich. Er hielt den Hörer eine Zeitlang in der Hand, dann legte er auf. Hardy setzte sich auf die Schreibtischecke. »Warum hast du ihr keine Nachricht hinterlassen? Daß sie dich anrufen soll?«

»Hätte ich gern getan, aber es war niemand dran.«

»Da ist doch der Anrufbeantworter. Bei mir war er dran.«

Glitsky dachte eine Minute lang nach, dann wählte er wieder. »Okay, eben habe ich es viermal läuten lassen, diesmal gebe ich ihr zehn.«

Die Sonne spiegelte sich auf dem Holzfußboden, und das Licht traf das Bücherregal. Hardy ging zum Fenster und öffnete es, was sich nur an ungefähr zehn Tagen im Jahr lohnte. Der Blick von seinem Büro aus nach Norden, zu den Twin Peaks und dem Sutro Tower, war durch Rebeccas Zimmer versperrt, aber der Himmel über ihm war klar. Hardy konnte leicht bis nach Oakland sehen. Die Luft roch nach Gras, sogar hier draußen an den Beton-Avenues.

»Nichts«, sagte Abe hinter ihm. »Es hat jetzt zehnmal geläutet. Wo wohnt sie? Wo ist dein Telefonbuch? Steht die Nummer drin?«

Sie stand nicht drin. Ohne zu sehr auf die Einzelheiten einzugehen, erzählte ihm Hardy, daß er die Nummer von Farris hatte. »Also ist sie zu Hause, nehme ich an«, sagte Abe. »Jedenfalls hat sie den Anrufbeantworter irgendwann in den letzten Tagen abgeschaltet, stimmt's? Gehst du heute in diesem Aufzug zur Arbeit?«

Hardy überhörte es, weil er wahrscheinlich duschen und sich anziehen würde und ging zum Schlafzimmer, Abe folgte ihm. »Weißt du, ich würde mich nicht zu sehr auf diesen Fall versteifen«, sagte er.

»Warum nicht?«

»Na ja, die Leiche ist gestern aufgetaucht, aber Nash war wahrscheinlich schon am Sonntag tot, richtig?«

»Ja.«

»Okay, und heute ist Freitag. Eine Woche ist es nun her, wenn man davon ausgeht, daß er am Sonnabend untergegangen ist.«

»Und nach vier Tagen …« Hardy wußte, was Abe sagen wollte, er kannte die Statistik. Wenn man innerhalb von vier Tagen nach einem Mord keinen Verdächtigen hat, sind die Chancen extrem schlecht, daß man je einen erwischt.

»Ich sage nur, mach dir keine Hoffnungen.«

Hardy zog sein Hemd aus. »Okay«, sagte er. »Aber du hast den Elektronikboß, und du hast May Shinn, falls du sie finden kannst.«

»Wenn sie nicht mit Owen Nash schwimmen gegangen ist.«

»Wer hat denn dann ihren Anrufbeantworter abgestellt?«

»Ich weiß, ich weiß. Ich untersuche den Fall. Das ist mein Job. Ich dachte auch, daß wir das Boot untersuchen sollten.«

»Nein, das Boot ist sauber.« Hardy erzählte Abe von seinem Besuch dort am Mittwochabend.

»Du hattest doch hoffentlich Leute von der Spurensicherung dabei?«

Hardy hielt den Mund und ging duschen.


Der Fall *Das Volk gegen Rane Brown* würde kein leichter sein.

Ende März, ungefähr um zehn Uhr abends, hatten zwei Beamte, die in einem Streifenwagen unter dem Freeway durchfuhren, einen Mann um Hilfe rufen hören. Als sie auf den Parkplatz einbogen, sahen sie einen Mann am Boden liegen und einen anderen Mann, der seine Taschen durchsuchte. Als der Verdächtige die Bullen sah, rannte er davon. Der Mann am Boden schrie: »Haltet ihn! Das ist er!« Die Beamten verfolgten den flüchtenden Mann, der erst von einer Straße in eine andere einbog, die eine Sackgasse war. Sie sprangen aus dem Wagen und bewegten sich mit gezogenen Revolvern, aber ohne ihre Taschenlampen einzuschalten, vorsichtig in diese Gasse hinein, bis sie auf einen Mann stießen, der zwischen zwei Containern kauerte.

Dieser Mann war, wie sich herausstellte, Rane Brown, ein einen Meter siebzig großer, vierundsechzig Kilo schwerer und neunzehn Jahre alter Schwarzer mit vier Vorstrafen wegen Straßen- und Handtaschenraubes. Als die Beamten ihn festnahmen, trug er ein schwarzes Unterhemd und schwarze Hosen, die mit der Kleidung des Mannes übereinstimmten, der von dem Tatort weggerannt war. Unter dem einen Container neben Rane fanden die Beamten eine .38 Smith & Wesson. Der Revolver war auf eine Denise Watrous in San José zugelassen.

Besonders schwierig wurde der Fall dadurch, daß das Opfer verschwunden war, als die Beamten zum Tatort zurückkehrten. Offenbar war der Mann der Ansicht, daß es sich in dieser unvollkommenen Welt einfach nicht lohnte, sich den Mühen einer Suche nach Gerechtigkeit zu unterziehen.

Aber nun hatte man Rane Brown in Gewahrsam, und die Polizei wollte ihn nicht gern laufen und jemand anderen überfallen lassen.

So befand sich Hardy an diesem Freitagmorgen in der Elften Kammer bei der Richterin Nancy Fiedler, versuchte einen Raub nachzuweisen und wußte, daß er nicht die geringste Chance hatte, den Fall zu gewinnen.

Und so war es denn auch. Nach einer strengen Lektion der Richterin, daß es ratsam wäre, Tatsachen vorzulegen, wenn man die Zeit des Gerichts mit dieser unbedeutenden und unbewiesenen Missetat in Anspruch zu nehmen gedachte, hatte sie den beantragten Haftbefehl abgelehnt, und Rane Brown war ein freier Mann.

Hardy und die beiden Beamten, die ihn festgenommen hatten, warteten am Fahrstuhl, als Rane mit seinem Anwalt herankam und sich ihnen anschloß. Alle wollten ins Erdgeschoß, und Rane war bester Laune.

»Mann, hast du mir vielleicht Angst gemacht, als du in den Gerichtssaal kamst«, sagte er zu Hardy.

»Wie bitte, Rane?«

»Weißt du, der Mann hier« – er deutete mit dem Kopf auf seinen Anwalt – »hat mir gesagt, du hast keine Zeugen und kein Opfer, und so. Also dacht' ich, alles ist cool, und da kommst du rein, und ich denke, *du* bist das Opfer.« Er lächelte ihn mit seinen kaputten Zähnen in dem pockennarbigen Gesicht an. »Verstehst du? Du siehst genau wie der Mann aus, den ich ausgeraubt habe.«

Hardy starrte Rane einen Augenblick lang an, um das zu verdauen. Er sah die beiden Polizisten, die Rane verhaftet hatten, links und rechts von ihm stehen. Hardy gestattete sich ein feines, dünnes Lächeln.

»Sie sagen, ich sähe wie das Opfer der Tat aus, von der Sie gerade freigesprochen wurden?«

Rane nickte heftig. »Genau, Mann. Genau.« Er konnte die Ähnlichkeit kaum fassen.

Hardy sah erst den einen, dann den anderen Beamten an. »Wenn ich mich nicht irre«, sagte er, »haben wir gerade ein Geständnis gehört.« Die Fahrstuhltür sprang auf, und Hardy trat hinaus. Er blockierte den Weg. »Bringt den Mann wieder rauf und sperrt ihn ein.«


»Das Boot war draußen, als Sie zum Dienst gekommen sind? Um wieviel Uhr war das?«

José und Glitsky saßen auf harten Plastikstühlen am Eingang des Pförtnerhauses des Yachtclubs. José war etwa fünfundzwanzig Jahre alt, mager und sehnig. Er trug seine grüne Uniform, neue Tennisschuhe und ein Hemd mit offenem Kragen. Der Tag war ziemlich warm geworden. Selbst hier, am Wasser, waren es über dreißig Grad.

»Ich bin um halb sieben morgens gekommen, vielleicht war es auch Viertel vor, und die *Eloise* war schon fort.«

118

»Und niemand hat darüber eine Eintragung hinterlassen?«

»Nein. Sie sollen das tun, aber …« Er zuckte die Achseln.

»Kamen am Nachmittag irgendwelche Anrufe über Funk, irgend etwas in der Art?«

»Erinnern Sie sich an den Sonnabend? Da war nichts los. Vielleicht zwei, drei Boote, die rausgesegelt sind. Wenn irgend etwas losgewesen wäre, würde es mir jetzt einfallen.« José stand auf und nahm ein Logbuch vom Tresen. »Hier, sehen Sie sich das an. Lufttemperatur 10 Grad, Wind Nord-Nordost bei fünfunddreißig. Kleines Boot zurück von der Nacht zuvor.«

»Also ist niemand hinausgesegelt? Was ist mit den anderen Booten? Mit denen, die draußen waren?«

José klopfte auf das Buch. »Die trage ich ein.« Er fuhr mit dem Finger über die Seite, bis er gefunden hatte, was er suchte. »Der *Wave Dancer*. Ist um halb elf hinaus und um zwei zurück. Dann *Blue Baby*. Ist kurz am Strömungsbrecher vorbei, einmal raus und dann umgedreht und wieder hereingekommen um Viertel nach eins. *Rough Rider* ist ungefähr zur selben Zeit wie *Blue Baby* hinaus, um halb zwei. Die sind während der Schicht nicht zurückgekommen.«

Nicht schlecht, dachte Glitsky. Jeder neue Zeuge verdoppelte seine Arbeit nicht nur, sondern er vervierfachte sie. Hier brauchte man nur drei Boote zu überprüfen, und vielleicht konnte er *Blue Baby* sogar weglassen. Möglicherweise hatte einer von beiden die *Eloise* gesehen. Wenn der Sonnabend so ein Tag wie heute gewesen wäre, so klar und warm … Er wollte nicht darüber nachdenken. Er fing an, Namen aufzuschreiben.

Ein uniformierter Beamter erschien am Eingang. »Sergeant, das Team von der Spurensicherung ist da.«

Glitsky hatte die *Eloise* sofort nach seinem Besuch bei Hardy unter Aufsicht einiger Beamter gestellt. In der Stadt angekommen, hatte er sich einen Durchsuchungsbefehl ausstellen lassen und war, ohne in sein eigenes Büro zu schauen, gleich weitergefahren. Nachdem er mit den Leuten von der Spurensicherung die *Eloise* durchsucht hätte – viel Hoffnung machte er sich dabei nicht –, würden sie den Ort großräumig absperren. Aber mit dem Boot mußte man anfangen. Höchstwahrscheinlich hatte man Nash auf dem Boot erschossen und dann über Bord geworfen. Von dort aus würde er sehen, wohin die Spuren führten.

José war neben ihm, als er am Tor zu den Anlegeplätzen das Spurensicherungsteam begrüßte, und die sechs Männer schritten in die heiße Sonne hinaus zum Ende von Dock zwei. José schloß die Kabine auf, und dann entließ ihn Glitsky.

Abe ging nach unten, seine Augen brauchten eine Weile, bis sie sich an die relative Dunkelheit gewöhnt hatten. Als man in dem Raum Einzelheiten erkennen konnte, stieß jemand vom Spurensicherungsteam in Anbetracht der kostbaren Ausstattung einen bewundernden Pfiff aus.

Sie machten sich an die Arbeit.

Es war eine schwierige Aufgabe, denn sie suchten alles und nichts. Zwei Mann befanden sich oben an Deck. Sie fingen am Bug an und arbeiteten sich dann nach hinten durch. Glitsky und die drei anderen Männer waren unten, aber dort war auch nicht viel zu sehen. Keinerlei Anzeichen für irgendeinen Kampf.

Glitsky fing in der Hauptkabine an. Er stocherte nur herum, suchte. Er war kein Spezialist in Sachen Spurensicherung. Er ließ seine Leute die Stoffe und Teppiche und glatten Oberflächen absuchen. Was auch immer er suchte, mußte offensichtlich sein. Aber nicht zu offensichtlich, weil Hardy es sonst schon gesehen hätte.

Alle Schränke waren verriegelt, sowohl in der Hauptkabine als auch in der anschließenden Kombüse. Er öffnete jeden einzelnen Schrank, bewegte ein paar Sachen hin und her, schloß ihn wieder. Zurück in der großen Kajüte, sah er, daß das Bett gemacht war. Er überlegte, ob er seine Leute daran erinnern sollte, die Bettwäsche abzuziehen und mitzunehmen, aber dann ließ er es sein. Sie würden schon daran denken.

Rechts vom Bett befand sich ein Schreibtisch aus Holz, der genau in das Schott eingepaßt war; die Oberfläche war abgeräumt. Er versuchte, eine der Seitenschubladen zu öffnen, und stellte fest, daß sie verschlossen war. Die mittlere Schublade ging jedoch leicht auf, und nun ließen sich auch die anderen öffnen.

Es fand sich nicht viel darin. Der vordere Teil der mittleren Schublade enthielt Füllhalter, Büroklammern und mehrere

Streichholzheftchen aus verschiedenen Restaurants, ein paar Schlüssel an einem Ring, die, wie Abe annahm, zu diesem Schreibtisch paßten, Gummibänder und einen Handball aus dem Olympic Club. Der flache hintere Teil der Schublade schien völlig leer zu sein, aber als Glitsky ganz weit nach hinten faßte, fand er zwei alte vertrocknete Zigarren. Die obere seitliche Schublade, die schmalere, war mit einer großen Anzahl verschiedenfarbiger Schweißbänder gefüllt, die zu dem Heimtrainer und den Hanteln auf der anderen Seite des Bettes zu gehören schienen. Die untere Seitenschublade war leer.

Auf der anderen Seite des Bettes befand sich ein eichenes Rollpult. Das Rouleau war heruntergezogen. Er öffnete es. Oberhalb der Tischplatte gab es ungefähr fünfundzwanzig Fächer. Die meisten von ihnen enthielten Papiere, einige waren zusammengerollt, manche gefaltet. Eine Sammlung von allem möglichen. Glitsky zog aufs Geratewohl einen Zettel heraus und fand eine Einkaufsliste. Eier, Käse, Spinat, Orangensaft. Wahrscheinlich für einen Sonntagsbrunch. Noch ein Zettel, wahllos herausgezogen, lautete: »W. wg Taos/neuer Termin.« Das war alles. Glitsky legte die beiden Zettel dorthin zurück, wo er sie weggenommen hatte. Die Spurensicherung würde sie mitnehmen, falls sich irgendwelche Indizien dafür fanden, daß Nash auf diesem Boot getötet worden war.

Die mittlere Schublade sah aus wie die andere – Streichhölzer, Zigarren, Kugelschreiber, Füllhalter, Bleistifte, wertloses Zeugs.

Er zog die Schublade rechts oben auf und rechnete damit, dort weitere Schweißbänder zu finden. Auf den ersten Blick wirkte sie wie eine weitere Schublade für alles mögliche, aber als Glitsky sie ein bißchen weiter herauszog, sah er auf einem Stapel Papier, bei dem es sich um eine Sammlung zusammengefalteter Seekarten zu handeln schien, eine vernickelte .25 Beretta 950 liegen.

Gerade in diesem Augenblick rief einer der Männer von der Spurensicherung vom Deck aus nach unten. »Sergeant, wollen Sie mal heraufkommen? Ich glaube, wir haben Blut entdeckt.«

# 15

Es war kurz vor 12 Uhr mittags an diesem Tag, der schon jetzt der heißeste des Jahres war, und natürlich war die Klimaanlage mal wieder außer Betrieb. Es gab keine Fenster in den Gerichtssälen des Justizpalastes von San Francisco. Auf beiden Seiten von Andy Fowlers Richterpult in seinem Raum, Department 27, stand je ein Ventilator und bewegte in der Tat die Luft, die allerdings leider eine Temperatur von vierzig Grad hatte.

Das Surren der Ventilatorenflügel erhöhte auch den Geräuschpegel. Die Gerichtssäle, die fast alle gleich groß waren – acht mal dreizehn Meter –, waren mit ihren hohen Decken und, abgesehen von der minimalen Polsterung auf den Sitzen der Geschworenen, der Richter und der Zeugen, ohne jegliche schalldämmende Oberflächen dementsprechend laut und ungemütlich.

An diesem Tage, unter weit weniger als optimalen Bedingungen, wurde Andy Fowler – widerstrebend, durch Losentscheid – erneut in eine Rolle gezwungen, die er haßte: die Rechte eines Verdächtigen zu schützen.

Als man ihn zum Richter berufen hatte, war er ein junger Mann gewesen. Er hatte mit Gouverneur Brown bei dessen zweiter Wahlkampagne gegen Richard Nixon zusammengearbeitet – mehr, weil er Nixon haßte, als weil er Brown liebte – und eine erkleckliche Anzahl seiner Freunde im Olympic Club, unter ihnen auch einige Republikaner, überredet, Geld für die Sache zu spenden. Obwohl er damals noch nicht mal dreißig Jahre alt gewesen war, hatte er schon als Partner in seiner Anwaltskanzlei gearbeitet und verlauten lassen, er würde eine Ernennung zum Richter akzeptieren, falls man ihn mit diesem Amt betrauen wollte, was schließlich auch geschah.

Zwar kam seine politische Haltung selten zur Sprache und hatte sich in den vergangenen dreißig Jahren auch nicht groß geändert, doch man lebte inzwischen im San Francisco der neunziger Jahre. Überall außer im Justizpalast wurde ein liberaler Demokrat in der Tradition Kennedys als rechtslastig angesehen. Echte Konservative waren – wiederum vom Justizpalast abgesehen – in der Stadt inzwischen so selten wie warme Sommertage.

Politisch war San Francisco nun eine Art Balkan – ein Flickenteppich von Spezialinteressen, darunter viele auf der sogenannten Linken angesiedelt – Homosexuelle, Farbige, weiße Mittelklassenradikale ... also hing das politische Überleben in der Stadt in großem Maße davon ab, genügend Gruppen dieser Art zufriedenzustellen, um eine Mehrheitskoalition zu bilden, egal, welches heiße Thema gerade auf der Tagesordnung sein mochte.

Als Reaktion darauf hatten die im Justizpalast Beschäftigten – Polizei, Staatsanwaltschaft, Richter – eine eigene kleine Balkanrepublik gebildet. Ihrer Meinung nach war es schwer, für Recht und Ordnung einzutreten und der neutralen Justitia zu dienen, wenn man andauernd das Trauma und/oder die Diskriminierung in Betracht ziehen mußte, dem oder der die betreffenden Täter aufgrund ihrer Hautfarbe, ihres Geschlechts, ihrer sexuellen Vorliebe, religiösen Orientierung, Versäumnisse in der Kindheit und was noch allem ausgesetzt gewesen waren.

Und in diesem Klima war Andy Fowler bis vor drei Jahren ein beliebter Richter gewesen. Er wußte, daß das so war, denn die Staatsanwälte erklärten ihm immer wieder ausdrücklich, wie gern sie ihre Fälle in seiner Kammer vortrügen. Warum? Nun: Er versuchte, fair zu sein. Er war kein Klugscheißer. Er warf nicht mit Gegenständen – Radiergummis, Bleistiften, Büroklammern – nach Staatsanwälten, Rechtsanwälten, Gerichtsdienern, Wachtmeistern oder Verdächtigen und Angeklagten. Wenn jemand im Gerichtssaal geweckt werden mußte, bat er den Gerichtsdiener höflich, diese Person zu schütteln. Er besaß einen gewissen Humor und war politisch unvoreingenommen. Er kannte sich mit den Gesetzen aus. Er war – mit einem Wort – ein guter Richter.

Das erste Anzeichen, daß sich etwas verändert hatte, trat im Fall *Das Volk gegen Randy Blakemore* zutage. Offenbar war Mr. Blakemore eines Abends auf der Eddy Street herumgegammelt und hatte einen sichtlich betrunkenen Touristen, der recht gut gekleidet war, auf der Straße wanken gesehen. Randy gewahrte eine Rolex, eine dicke Beule in der hinteren Hosentasche des Touristen und eine goldene Kette an dessen Hals. Als der Mann sich in einem Hauseingang niederließ, um auszuruhen, trat Randy heran und hatte gerade seine Hände auf der Rolex, als zwei andere »Obdachlose« mit Polizeimarken und Schießeisen erschienen. Der Tourist schlug die Augen auf und gab von sich: »Buh! Du bist dran«, und Randy wurde festgenommen – eine von siebzehn Verhaftungen in einem Programm, mit dem die Polizei klarmachen wollte, daß Touristen in San Francisco eine geschätzte Einkommensquelle darstellten und nicht belästigt werden durften.

Sechs andere Fälle waren schon in anderen Kammern vorgestellt und abgehandelt worden, als Blakemore in Andy Fowlers Gerichtssaal erschien. Vier von den anderen warteten noch auf ihr Verfahren, zwei waren bereits abgeurteilt und saßen im Gefängnis. Andy Fowler warf einen Blick auf Randy, der in seinen orangefarbenen Gefängnisklamotten als Beschuldigter vor ihm stand, und sagte ihm, es wäre sein Glückstag. Hier läge das klarste Beispiel von Fallenstellung vor, das dem Richter Fowler je untergekommen sei, und obwohl er keinen Zweifel hege, daß Randy ein übler Genosse wäre, der nicht auf der Straße herumlaufen sollte, wolle er ihn doch hinsichtlich dieser speziellen Beschuldigung laufen lassen.

Andere Richter dachten nun noch einmal darüber nach. Drei der verbleibenden Verfahren wurden ebenso entschieden. Beide bereits verurteilten Schurken kamen auf Bewährung frei. Der letzte Kandidat hatte auch versucht, den »Touristen« auszurauben, und Widerstand gegen die ihn verhaftende Staatsgewalt im Pennerkostüm geleistet, also kam er vor Gericht, aber die Geschworenen verurteilten ihn nicht. Daraufhin ließ der wütende Bezirksstaatsanwalt Christopher Locke die Anklage gegen das übrige Dutzend Männer fallen.

So hatte Fowler sich den Zorn Lockes, der sechzehn Polizeibeamten, die an der Aktion teilgenommen hatten, des Polizeichefs Dan Rigby und des Bürgermeisters von San Francisco zugezogen, in dessen Hirn der Gedanke an eine solche Säuberungsaktion zuallererst gekeimt war.

Für kurze Zeit wurde Fowler irgendwie der Liebling der Medien. Die lokale Kulturredaktion des *Chronicle* veröffentlichte in einer Sonntagsausgabe einen Bericht über ihn, was ihm im Justizpalast noch mehr Ärger einbrachte. Im *Esquire* lobte man seine Garderobe. *Rolling Stone* befragte ihn über seine Meinung zu dem Fall *Roe gegen Wade*. *People* brachte eine kleine Glosse über ihn und nannte ihn den »Richter auf Kreuzzug«.

Fowler lachte darüber und nannte es seine zwanzig Minuten Ruhm – die Andy Warhol zufolge jeder in seinem Leben haben sollte –, und das meiste war nach einer Weile auch wieder vergessen. Doch ein bitterer Nachgeschmack blieb zurück, speziell bei einer jungen Staatsanwältin namens Elizabeth Pullios. Sie verlor nicht gern, und sie war Blakemores Strafverfolgerin.

Nun, an diesem unerträglich heißen Morgen hatte Fowler einer halbstündigen Eröffnungserklärung des Chefassistenten des Bezirksstaatsanwalts, Art Drysdale, gelauscht, der sonst nur selten persönlich im Gerichtssaal auftauchte. Es ging um den Fall *Das Volk gegen Charles Hendrix und andere*, und Drysdale war gekommen, weil Locke ihn darum gebeten hatte.

Es gab acht amtierende Richter in San Francisco. Einer von ihnen – der sogenannte Calendar Judge, der im Rotationssystem bestimmt wurde – teilte den anderen die Fälle zu. Der Calendar Judge der 22. Kammer fing an jedem Montag um halb zehn Uhr früh an, die Arbeit zu verteilen. Als *Das Volk gegen Hendrix* an Fowler ging, wußte Locke, daß Ärger anstand: Bei *Hendrix* ging es mal wieder um Fallenstellung. Diesmal war ein Polizist als Hehler eingesetzt worden, der in einem Lagerhaus Diebesware aufkaufte. Nachdem sich das herumgesprochen hatte, waren den Fallenstellern zwanzig bis dreißig »Verdächtige« auf den Leim gegangen, die man auf Videoband festgehalten hatte. Doch man wollte noch abwarten – auf den großen Fisch, der entweder ein Riesendiebesgutlager oder einen großen Rauschgiftberg bringen sollte –, bevor man die Falle zuschnappen ließ. Und damit, so fürchtete Locke, würde er in Andy Fowlers Kammer nicht durchkommen.

»... Und ich möchte den Staatsanwalt sofort in meinem Beratungszimmer sehen.«

Fowler, der am Vortag von seiner Krankheit genesen war, verließ die Richterbank und hatte seine Robe schon ausgezogen, bevor er den Gerichtssaal verlassen hatte. Er befahl dem Gerichtsdiener, einen der beiden Ventilatoren in sein Büro zu bringen.

Eine Minute später klopfte Drysdale an die offene Tür. »Euer Ehren.«

Der Gerichtsdiener mit dem Ventilator streifte Drysdale im Vorübergehen und stellte das Gerät so ein, daß der Wind über Fowlers Schreibtisch blies.

»Wie viele dieser Pleiten werden wir denn hier noch sehen? Kommen Sie herein, Art. Setzen Sie sich. Heiß genug?«

Drysdale schlug ein Bein über das andere. »Mit allem Respekt, Euer Ehren, aber ich glaube, eine schlichte Abweisung ist juristisch unangebracht.« Fowlers Augen wurden schmal, doch Drysdale achtete nicht auf diese deutlichen Anzeichen, statt dessen griff er in seine Aktentasche. »Ich habe hier einen Schriftsatz –«

»Sie haben schon einen Schriftsatz? Bevor Sie meine Entscheidung kennen?«

»Mr. Locke hatte eine … Eingebung.«

Fowler lächelte nicht. »Das glaube ich.« Er faltete die Hände und hob sie an den Mund. »Dann sagen Sie mir doch einfach, was drinsteht.«

Drysdale hatte seit acht Jahren kein solches Memorandum mehr verfaßt – ein Papier, in dem das gegenwärtige Recht auf der Grundlage früherer Entscheidungen anderer Gerichte, von Aufsätzen über juristische Fälle und anerkannten juristischen Lehrbüchern ausgelegt wird. Und als Locke ihn bat, sich eine Methode auszudenken, wie er an Fowler vorbeikommen konnte, hatte Drysdale gedacht, daß das jetzt ein ganz guter Augenblick wäre, sich in so etwas zu versuchen.

Das Fallenstellen durch die Polizei wurde im Berufungsgericht des 1. Distrikts, des Distrikts von San Francisco generell mit Stirnrunzeln betrachtet, aber man ließ der Polizei viel Spielraum, je nachdem, wie diskret sie vorging. In diesem Fall, *Hendrix*, und in den vielen anderen, die mit Sicherheit aus dem getürkten Hehlereigeschäft zu erwarten waren, hatte die Polizei den Verdächtigen nicht am Tatort verhaftet, sondern bediente sich der auf den Videobändern gesammelten Informationen, um den Verdächtigen zu identifizieren. Dann hatte man ihn beschattet, um zu sehen, was er tat. Daraus hatten sich rechtmäßige Urteile ergeben, die in mehreren Staaten von den Berufungsgerichten bestätigt worden waren. Drysdale erklärte das alles kurz und bündig, während Fowler in seinen Sessel zurückgelehnt mit geschlossenen Augen lauschte und den Ventilator über sich hinwegblasen ließ.

Als Drysdale fertig war, schlug Fowler die Augen auf. »Lassen Sie mich Ihnen eine Geschichte erzählen, Art. Da sitzt ein Junge auf dem Rasen vor dem Haus und kümmert sich um seine eigenen Angelegenheiten. Da kommt einer seiner Nachbarn vorbei und erzählt ihm: Da unten an der Straße gibt's ein Lagerhaus, das zahlt Spitzenpreise für jede Art von Ware, die man hinbringt, und Fragen werden nicht gestellt. Der Nachbar zeigt ihm einen Packen Geldscheine, die er gerade für ein Autoradio und zwei Fahrräder bekommen hat. Ein anderer Nachbar kommt vorbei, zeigt ihm noch einen Packen Knete. Das geht eine Woche lang so weiter. Und recht bald denkt unser Junge, er wäre ja schön blöd, wenn er nicht wie alle seine Nachbarn diese Gelegenheit nutzen würde.

Sehen Sie? Beim Stehlen werden zwei Berufe gebraucht, der des Diebes und der des Hehlers, und beide sind riskant. Aber jetzt fällt die Hälfte des Risikos weg. So, und das ist wichtig:« – Fowler beugte sich über seinen Schreibtisch, aus dem Luftstrom des Ventilators hinaus – »Es ist diese Täuschungsaktion, diese Falle, die unseren Jungen dazu veranlaßt, loszugehen und ein Verbrechen zu begehen.«

»Entschuldigung, Euer Ehren, aber diese Leute begehen bereits vorher Verbrechen. Sie haben irgendwo anders ihre Hehler.«

»Aber indem Sie es ihnen *leicht* machen, ihre Diebesbeute zu verkaufen, ermuntern Sie sie, noch mehr zu stehlen.«

Drysdale lehnte sich zurück. Er kannte Fowlers Argument. Er war einfach anderer Meinung. Aber er war nur der Läufer in diesem Spiel. »Mr. Locke stimmt nicht mit Ihnen überein, Richter. Auch nicht Mr. Rigby.«

Fowler erlaubte sich ein verkniffenes Lächeln. »Nun, das ist es ja, was dieses Land so großartig macht, nicht wahr?«

Drysdale beugte sich vor. »Die Polizei hat schon eine Menge Geld und Zeit in diese Sache investiert, Richter. Und wir auch. Wir holen diese Typen von der Straße –«

»Wenn man sie erschießt, holt man sie auch von der Straße, Art. Und sie zu erschießen, ist ebenfalls illegal.«

»Das hier ist nicht illegal.«

Fowler setzte sich in seinem Stuhl zurück und brach den Augenkontakt mit Drysdale ab. »Wissen Sie, es ist komisch, aber ich bin der Richter, und es ist mein Gerichtssaal. Und wenn ich sage, es ist illegal, dann werden Sie und Mr. Locke und Mr. Rigby und jeder andere einfach damit leben müssen.«

Jetzt setzte sich Drysdale zurück. Er merkte, daß er schwitzte, und wischte sich mit der Hand über die Stirn. »Ich würde gern wenigstens den Schriftsatz hinterlassen«, sagte er.

»Fein, lassen Sie den Schriftsatz hier. Ich werde ihn bei Gelegenheit lesen.«

»Dieser Hundesohn! Dieser aufgeblasene, eingebildete liberale Hundesohn!«

»Ja, Sir.« Drysdale stand am Fenster in Lockes Büro, die Hände auf dem Rücken. Die Klimaanlage schien im zweiten Stock besser zu funktionieren.

»Es war eine rechtmäßige Festnahme. Wir haben Hendrix nicht beim Abladen der Ware verhaftet. Wir haben ihn beim Klauen geschnappt.«

Drysdale drehte sich um. »Er hätte allerdings nicht geklaut, wenn wir nicht unseren Hehler aufgebaut hätten.«

»Ach, Blödsinn!«

Art zuckte die Schultern. »Das ist nicht mein Argument.«

»Hendrix bestreitet auf diese Weise seinen Scheißlebensunterhalt. Er stiehlt Dinge. Das wissen Sie genausogut wie ich. Er bricht in Ihr Haus ein oder in mein Haus oder in das Haus von diesem Scheißrichter Andy Fowler und nimmt Sachen mit, die ihm verdammt noch mal nicht gehören. Das macht er doch nicht, bloß weil er eine gute Adresse hat, wo er den Kram los wird.«

»Ja, Sir, ich weiß.«

Die Geschichte mit dem Lagerhaus lief nun schon seit ungefähr vier Monaten. Die Polizei hatte bereits über vierzig Verdächtige eingelocht und gestohlene Ware im Wert von zweieinhalb Millionen Dollar sichergestellt, von der sie einen großen Teil an deren Eigentümer zurückgegeben hatte. Es war eine erfolgreiche Strategie, die sich zu bewähren schien. Die Zahl der Verhaftungen schnellte in die Höhe, nun mußten Strafen ausgesprochen werden. Und Locke wollte verdammt sein, wenn er zuließ, daß irgendein linker Richter ihnen allen das Geschäft verdarb.

Jetzt setzte er sich und trommelte mit seinem Kugelschreiber auf den Schreibtisch. *Rasur und Haarschnitt – fünfundsechzig Cents. Rasur und Haarschnitt – fünfundsechzig Cents.* »Welcher Richter verteilt in diesem Monat die Fälle? Vielleicht haben wir in einer anderen Kammer mehr Glück.«

»Ich glaube, Leo Chomorro. Ist wohl jetzt sein Dauerjob.«

»Armes Schwein.«

Art hob die Achseln. »Er hat's so gewollt. Wenn er mit uns an einem Strang zieht, können wir ihm vielleicht raushelfen. Vielleicht reicht es ihm jetzt.«

»Versuchen Sie das festzustellen, ja? Mal sehen, ob er mitspielt. Damit die Fälle nicht an Fowler gehen. Rigby kriegt sonst Durchfall.«

»Jawohl, Sir«, sagte Art.

Locke warf einen Blick auf die Armbanduhr. »O Gott, wieso ist es denn schon wieder Mittag? Ich bin doch gerade erst gekommen. Ich bin in zehn Minuten verabredet, Art. Wollen Sie mit Rigby reden? Nein, das mache ich. Der wird sich in die Hose machen! Was sollen wir mit Fowler tun?«

Drysdale zuckte die Achseln. »Er ist Richter, Chris. Ich fürchte, wir werden ihn nicht los.«

Locke ging um seinen Schreibtisch herum und zog sich die Krawatte gerade. »Ich würde ihm gern eins überziehen, das sage ich Ihnen. Der Hundesohn könnte mir meine Karriere kaputtmachen.«

Drysdale – ein alter Hase, der wußte, was los war – wollte seinem Boß gerade erzählen, daß Andy Fowler eigentlich ganz okay, in vielem sogar sehr gut sei. Er legte die Gesetze nun mal auf seine Art aus, und man sollte das nicht persönlich nehmen. Aber Drysdale verkniff sich die Bemerkung lieber – er hatte schon schlechte Erfahrungen gemacht.

Man *mußte* es persönlich nehmen. Selbst wenn es nicht persönlich anfing, ging es trotzdem ganz schnell in diese Richtung. Für jene, die die Gesetze anwendeten – sogar für einen wetterfesten Veteranen wie Art Drysdale –, war alles, was mit dem Recht und dem Gesetz zu tun hatte, persönlich. In jedem Ja und Nein, in jedem Einspruch, ob stattgegeben oder abgelehnt, in jeder Verurteilung und jeder Aufhebung eines Urteils steckten Egoismus, Karriere und Lebensläufe untrennbar fest mit drin. Wenn man das nicht persönlich nahm, hatte man keine Ahnung von diesen Dingen.

Andy Fowler legte nicht einfach die Gesetze aus. Nein, er trat gewissen Leuten auf die Zehen. Drysdale war Locke gegenüber loyal und trotzdem immer gut mit Fowler ausgekommen. Er hoffte inständig, daß der Richter wußte, was er tat. Falls er ausrutschte, würde man ihn zerquetschen.

## 16

»Das gefällt dir, wie?« fragte Frannie.

Hardy mußte immer noch grinsen, wenn er sich daran erinnerte, wie er den Polizisten im Aufzug gesagt hatte, daß sie Rane Brown wieder einbuchten sollten. Gerade hatte er seiner Frau die Geschichte erzählt. »Es gibt schon wunderbare Augenblicke im Leben, muß ich zugeben.«

»Wen willst du denn heute nachmittag dingfest machen?«

Hardy starrte auf die Hefter, die auf seinem Schreibtisch lagen – immer noch ein beunruhigend hoher Stapel. »Der Nachmittag gähnt mich an«, sagte er. Sein Blick fiel auf Andy Fowlers Jade-Briefbeschwerer, und er hob ihn auf. Das Ding lag kühl und schwer in seiner Hand. »Vielleicht werde ich ein wenig Pfeile werfen, zu Mittag essen ...« Er hatte die Füße auf den Schreibtisch gelegt und seine Krawatte gelockert. Abe Glitsky erschien in der Türöffnung, klopfte einmal an und setzte sich ihm dann gegenüber. »Andererseits bin ich sicher, daß Abe gleich Hallo sagt. Er ist gerade hereingekommen.«

»Dann lasse ich dich jetzt in Ruhe.«

»Okay, aber weißt du was?«

»Ich weiß. Ich dich auch.«

»Okay.« Das war ihre verschlüsselte Liebeserklärung.

Glitsky war vom Asservatenraum direkt zu Hardys Büro heraufgekommen. Hardy hatte den Telefonhörer noch nicht aus der Hand gelegt, als Glitsky sagte: »Wie du schon so scharfsinnig festgestellt hast, Diz: Die *Eloise* war sauber.«

Hardy warf den Jadeblock von einer Hand in die andere. »Na ja, ich habe nicht geglaubt –«

»Außer einem Schießeisen, einer Kugel, einem Haufen Blut und anderen Sachen.«

Hardy legte die Jade hin und setzte die Füße mit einem Schwung am Boden auf. »Ich höre dir zu.«

Glitsky klärte ihn auf. Er hatte die Beretta als Beweismittel eingetütet. Das Kordit roch man immer noch. Glitsky war ziemlich sicher, daß es sich um die Mordwaffe handelte, doch genau würde er es erst am Montag nach der ballistischen Untersuchung wissen. An der Reling auf Deck hatten sie etwas gefunden, das wie Blut aussah. An der Stelle hatte man Nash vielleicht über Bord geworfen. »Wer auch immer ihn erschossen hat, wer auch immer das Boot zurückgebracht hat, muß das Deck abgewaschen haben. Aber die Reling hat er vergessen.«

»Ist die Waffe registriert?«

»Das lasse ich gerade nachprüfen. Heute abend wissen wir es.«

»Hast du schon etwas über May Shinn?«

»Ich dachte, du wüßtest vielleicht etwas. Oder Farris?«

Hardy schüttelte den Kopf. Er erzählte ihm von seinem Vormittag, die Geschichte mit Rane Brown. Glitsky nickte. »Ist dir schon mal aufgefallen, wie bescheuert diese Typen sind?«

Ja, Hardy hatte das auch schon bemerkt. »Also, was soll ich mir als Entschuldigung ausdenken, wenn ich Farris schon wieder sprechen will? Vielleicht möchtest du selbst mit ihm reden. Bevor du mir keinen Verdächtigen lieferst, habe ich eigentlich nichts mit dem Fall am Hut.«

Glitsky ließ sich nicht beirren. »Du bist dabei, Diz. Du kennst den Typen schon. Sag ihm, wir brauchen Mr. Silicon, und wir haben Shinn nicht gefunden. Hör dir mal an, was er darauf sagt. Die Verfügungsgewalt über den Leichnam hat er wahrscheinlich auch. Obwohl vielleicht die Tochter … nein, das macht wahrscheinlich er.«

»Gut, ich kümmere mich darum«, sagte Hardy.

Hardy ließ die Mittagspause ausfallen. Der Tag war viel zu schön, um ihn im Justizpalast zu verbringen. Also rief er an, ließ sich die Adresse geben und traf eine Verabredung. Dann fuhr er seinen Samurai mit heruntergelassenem Verdeck um die Kurve der Army Street herum und dann auf der Schnellstraße 101. Als er am Candlestick Park vorbeikam, sah er zum erstenmal an diesem Tag die Bucht – auffallend blau, die Sicht reichte bis nach San Jose –, Segelboote und Tanker waren wie Punkte verstreut. Die Bay Bridge glitzerte silbern hinter ihm, und die Bleistiftlinie der San Mateo Bridge zog sich hinüber nach Hayward. Man konnte dieses Bild jeden Tag sehen, dachte Hardy, und doch überwältigte einen die Schönheit immer wieder.

Er verließ den Freeway in South San Francisco und fuhr nach Norden und Westen durch das Industriegebiet. Am Fuße der San Bruno Mountains erstreckte sich das Gelände der Owen Industries über knapp einen Hektar hinweg, ein Haufen niedriger weißer und grüner Gebäude, die wie Militärbaracken aussahen. Beim Pförtner bekam Hardy einen Besucherpaß, nachdem man sich dort vergewissert hatte, daß er drinnen verabredet war. Diese Leute nahmen es mit der Sicherheit ziemlich genau.

Er fuhr etwa hundert Meter zwischen zwei Reihen niedriger Gebäude durch und bog dann, wie man es ihm beschrieben hatte, links ab. So kam er zu dem Verwaltungstrakt, der die Hand eines Architekten verriet: Ein gepflegter Rasen, ein gepflasterter Fußweg zwischen niedrigen Hecken, ein paar hochgewachsene Kiefern hoben sich von dem trostlosen Fabrikgelände ein wenig ab. Eine Fahne hing auf halbmast. Das Verwaltungsgebäude selbst hatte eine Front aus Ziegeln und Glas und war, wie die anderen Bauten, nur einstöckig.

In der großen Halle mit dem rotgefliesten Boden standen Grünpflanzen, und an den Wänden hingen geschmackvoll gerahmte moderne Kunstwerke, die dem Ganzen einen Hauch von Eleganz verliehen. Eine attraktive junge Empfangsdame führte Hardy zu Farris' Büro und erklärte, der Chef komme sofort zurück und Hardy könne dort warten.

Die Tür schloß sich hinter ihm, und nachdem Hardy sich umgesehen hatte, kam ihm alles darin seltsam vertraut vor.

Die Wände waren heller getüncht, und der Blick aus dem Fenster unterschied sich natürlich von dem aus Hardys Arbeitszimmer zu Hause, aber sonst ähnelten die beiden Räume einander in erstaunlicher Weise. Auch hier fand sich ein Kamin mit einem Sims und dem üblichen Seefahrerkrimskrams, und auf der grünen Schreibtischoberfläche gab es sogar einen Kugelfisch. Eine Bankierslampe mit grünem Schirm fehlte hier allerdings, dafür waren bei Mr. Farris die Aktenschränke aus Holz, und in den Regalen standen sowohl Fachbücher als auch einige Bände mit Unterhaltungsliteratur. Und schließlich gab es sogar ein Dartboard mit sechs Pfeilen darin, die Hardy als qualitativ hochwertige Spezialanfertigungen identifizierte.

Aber es gab natürlich auch Unterschiede. Der Raum war doppelt so groß und viel heller als Hardys. Der Fußboden war mit den gleichen roten Fliesen ausgelegt, die Hardy schon in der Halle aufgefallen waren, und darauf befanden sich drei Navajoteppiche sowie eine Couch.

Hardy ging zum Schreibtisch, fuhr mit den Fingerspitzen über die Maserung des Holzes, bewegte sich zum Bücherregal und dann zum Dartboard. Er zog drei Pfeile heraus und trat bis zum Schreibtischrand zurück.

Nachdem er alle sechs Pfeile geworfen hatte, setzte sich Hardy auf einen der Holzstühle mit steifer, hoher Rückenlehne, schlug ein Bein über das andere und wartete. Nach weniger als einer Minute ging die Tür auf.

»Hardy. Dismas, wie geht es Ihnen? Tut mir leid, daß ich Sie habe warten lassen. Ich mußte noch etwas erledigen.« Ein leicht gezwungenes Lächeln in dem attraktiven Gesicht. Wieder tadellos angezogen – schwarzer Anzug –, mit den Cowboystiefeln als persönliche Note. Hardy fand, daß er erschöpft wirkte. Farris ging um den Schreibtisch herum, ordnete einige Papiere und setzte sich hin. Seine Augen wanderten im Zimmer herum. »Sie haben meine Darts geworfen.«

»Das ist ein eindrucksvoller Beweis für Ihre Beobachtungsgabe.«

Farris winkte ab. »Kabinettstückchen«, sagte er. »So wie Owens Handkantenschlag, wenn er Bretter zertrümmerte.« Er erklärte es Hardy. »Wenn man mit jemandem wie Owen zusammen ist, dann lernt man am besten irgend etwas, das man besser kann als er. Ich habe mich auf Details spezialisiert.« Er schien in sich zusammenzusinken, als ob er sich an irgend etwas erinnerte.

»Wie geht's Ihnen?« fragte Hardy. »Alles in Ordnung?«

»Ja, ich lebe noch. Die Geschichte geht mir natürlich ganz schön an die Nieren. Ich kann das nicht so einfach wegstecken.«

»Das verlangt auch niemand.«

»Nein, Sie nicht. Aber da draußen« – er nickte zur Tür hin, durch die er gerade eingetreten war –, »da draußen muß ich auftreten wie immer. Wenn die da draußen merken, daß ich in Panik gerate, dann breitet sich diese Nachricht wie ein Lauffeuer aus. Ich habe gerade erklärt, daß wir für heute schließen. Vielleicht sieht's Montag besser aus.«

Hardy überlegte einen Augenblick, aber dann beschloß er, am besten doch gleich zur Sache zu kommen. Er informierte Farris über Glitskys Entdeckungen auf der *Eloise*. Farris nahm es kommentarlos zur Kenntnis. Dann ließ sich Hardy den Namen, die Adresse und Telefonnummer von Mr. Silicon geben – es war ein gewisser Austin Brucker in Los Altos Hills. Schließlich kam Hardy auf May Shinn zu sprechen.

»Ich wollte Sie noch einmal wegen May fragen. Als Sie sie am Mittwoch angerufen haben – haben Sie ihr da eine Nachricht auf dem Anrufbeantworter hinterlassen?«

Farris nickte. »Richtig. Sie waren dabei.«

»Ach, stimmt. Ich bin ein bißchen durcheinandergekommen, weil Sergeant Glitsky sie heute früh zu erreichen versuchte, und es ging niemand ran.«

»Woher hatte er denn ihre Nummer?«

Details, dachte Hardy, der Typ fährt auf Details ab. Er hob

die Achseln. »Polizisten kommen auch an die nicht eingetragenen Nummern heran.« Er hoffte, daß Farris das akzeptierte.

Er tat es. »Aber der Anrufbeantworter war nicht eingeschaltet?«

»Glitsky hat es zehnmal läuten lassen. Nichts.«

»Bei meinem Anruf war der Beantworter nach zwei- oder dreimaligem Läuten dran.« Er dachte einen Augenblick nach. »Vielleicht war das Band zu Ende.«

»Dann würde man aber trotzdem noch ihren Ansagetext hören, nicht wahr?«

»Ich glaube schon.«

Die beiden Männer saßen da und überlegten. »Dann lebt sie noch«, sagte Farris. »Sie hat den Anrufbeantworter abgeschaltet.«

»Hätte sie einen Grund gehabt, Owen umzubringen?«

»May?«

»Irgend jemand hatte einen Grund.«

Farris zuckte die Schultern. »Ich weiß es nicht. Ich habe sie so gut wie gar nicht gekannt. Ich würde sie nicht erkennen, wenn sie hier hereinspaziert käme.«

»Aber hat Mr. Nash …«

»Owen mochte sie.« Er machte eine Pause. »Er mochte sie sehr. Sehr, sehr gern.«

»Was wäre, wenn er sie plötzlich nicht mehr gemocht hätte?«

»Ja, was dann?«

»Könnte sie da vielleicht losgeballert und ihn umgelegt haben? So in der Art?«

Farris schüttelte den Kopf. »Ich habe keine Ahnung. Ich weiß nur, daß Owen sie gern mochte. Aber, na ja, die Frau ist eine Prostituierte, stimmt's? Ob sie einen Freier umbringt, weil er sie nicht mehr sehen will? Selbst wenn es sich um jemanden wie Owen handelt, kann ich es mir nicht vorstellen. Und ich glaube nicht, daß er ihr den Laufpaß gegeben hat.«

»Also, wo ist sie dann? Warum hat sie nicht auf Ihre Anrufe reagiert?«

»Gute Frage. Ich weiß es nicht.«

Schließlich gab Hardy die Fragerei auf. Er kam auf den anderen Punkt zu sprechen. »Was werden Sie mit der Leiche tun?« fragte er.

Celine würde am Nachmittag in der Gerichtsmedizin vorbeikommen und ein paar Papiere unterschreiben. Die Obduktion war für diesen Vormittag angesetzt gewesen. Die Einäscherung sollte am Sonntagmorgen stattfinden, am Nachmittag wollten sie seine Asche in den Pazifik streuen.

Farris starrte unverwandt aus dem Fenster. Er sah ein Stückchen Sonne hinter den niedrigen grünen Gebäuden, etwas Gras und ein paar große alte Kiefern. Er legte die Hand auf die Augen und drückte dagegen, dann drückte er seinen Nasenrücken.

Hardy erhob sich und dankte Farris für die Zeit, die er sich genommen hatte. Auch Farris stand auf, gab Hardy über den Schreibtisch hinweg die Hand und bat noch mal um Entschuldigung. Er sei nicht mehr er selbst. Es tue ihm leid. Vielen Dank für den Besuch.

An der Tür drehte sich Hardy noch einmal um. Farris hatte wieder hinter seinem riesigen Eichentisch Platz genommen und starrte weiter in den abendlichen Schatten hinaus, der über den Rasen und die Kiefern gefallen war und jetzt bis zu seinem Fenster reichte. Es war ein Bild des Jammers.


Der Flug mit den Japan Airlines war für Viertel nach acht angesetzt.

Es war jetzt Viertel nach vier, noch viel zu früh, um loszufahren, trotzdem hatte sie schon das Taxi bestellt. Was dachte sie sich eigentlich dabei? Vielleicht würde sie, während sie drei Stunden auf dem Flugplatz wartete, wahnsinnig werden vor Angst, daß jemand sie dort aufhalten könnte, trotzdem mußte sie hier weg, sie konnte unmöglich noch länger in ihrer Wohnung bleiben. Amerika war vorbei für sie.

Ihre Koffer standen schon an der Tür. Sie hatte sich entschlossen, die Lennons einzupacken, und der Vorraum sah ohne die Bilder kahl aus. Das Sonnenlicht fiel durch die Fenster im Türmchen – sie hatte sie wegen der Hitze geöffnet – ins Zimmer herein. Die Hitze gab ihr auch das Gefühl, als ob sie einen Ort verließ, an dem sie in gewisser Weise nie gewesen war.

Sie trug ein dunkelblaues Leinenkostüm, nicht gerade das Outfit für dieses Wetter, aber sie dachte, daß sie darin mehr wie eine Geschäftsreisende aussähe. Das Haar hatte sie sich zu einem festen Knoten gebunden, so sah sie streng und herb aus. Sie wollte nicht, daß irgendwelche Leute auf sie zukamen und sie anredeten.

Als die Türglocke läutete, sah sie überrascht auf. Normalerweise hupten die Fahrer draußen auf der Straße. Trotzdem, sie beschloß dem Mann zu sagen, sie habe sich vertan und wenn er sich sein Fahrgeld verdienen wolle, könne er später wiederkommen.

Oder vielleicht doch lieber nicht. Als sie ihn durchs Guckloch betrachtete, machte ihr sein Aussehen Angst. Da stand ein hellhäutiger Schwarzer mit einer übel aussehenden Narbe, die von oben nach unten seine Lippen zerschnitt. Andererseits wünschte sie sich jemanden, der nicht mit ihr reden würde, und dieser Mann sah so aus. Sie öffnete die Tür.

Sie sah irgendeine Metallmarke vor sich. Der Mann stellte sich als Inspektor Abe Glitsky von der Polizei von San Francisco, Mordabteilung, vor. Sie wich zurück, als er sie fragte, ob sie May Shintaka sei. »Darf ich hereinkommen?« Es klang höflich.

»Gewiß.«

Er stand im Vorraum. Sie konnte ihn nicht davon abhalten, die leeren Wände zu betrachten, an denen man erkennen konnte, wo die Lennons gehangen hatten. »Ich bin wegen Owen Nash hier.«

Sie nickte. Dann wandte sie sich um und ging in das Wohnzimmer zurück. Jetzt war ihr wirklich heiß. Sie zog ihre Jacke aus und hängte sie über die Armlehne der Couch. Sie ging zum Türmchenfenster und hörte unten das Taxi hupen.

Der Sergeant kam ein paar Schritte in das Zimmer hinein, blieb aber dann stehen. »Ob Sie Ihre Schuhe ausziehen könnten?« fragte sie und deutete auf ein langes, poliertes, mit einer Kante versehenes Brett, das sich nahe der Tür befand. Ihre dunkelblauen Pumps waren schon dort.

Abe stieg aus seinen Schuhen und stellte sie ebenfalls auf das Brett. »Wollten Sie irgendwohin?« Er deutete auf die Koffer am Eingang.

Sie kam durch den Raum auf ihn zu. Er schien dort, wo er stand, mehr Platz einzunehmen, als Owen es getan hatte, und

Owen war ein kräftiger Mann gewesen. »Da unten ist mein Taxi«, sagte sie. »Aber es ist sowieso noch zu früh. Ich sollte ihm lieber Bescheid sagen.«

Abe war etwas nervös, als sie hinunterging, aber sie hatte ja die Koffer und ihre Jacke zurückgelassen. Sie nahm auch keine Handtasche mit. Falls sie in den Wagen stieg, konnte er den Taxifunk anrufen, und dann würde sie wahrscheinlich nicht weit kommen.

Jetzt war er im Vorteil. Sie hatte ihn in ihre Wohnung eingelassen. Er hatte ihr keinen Durchsuchungs- oder Haftbefehl zeigen müssen, den er sowieso nicht besaß.

Sofort nach seiner Abfahrt von Hardys Haus hatte er sich über die Telefongesellschaft Mays Adresse besorgt, und ihre Wohnung lag auf seinem Heimweg. Er hatte Elizabeth Pullios im Büro zu erreichen versucht, aber sie war mit einer Zeugin unterwegs und würde erst am Montag wieder im Dienst erscheinen. Er schloß den Bericht über die Sache Nash ab, trank unten in der Kantine eine Tasse Tee und würgte ein paar Schokoriegel hinunter. Dann fuhr er wieder hinauf und verhörte im Gefängnistrakt einen Informanten, der wahrscheinlich den Namen des Typs wußte, der am letzten Wochenende aus dem vorbeifahrenden Auto heraus geschossen hatte. Diese Information war ziemlich wichtig, also beraumte er eine Videositzung für Montag an.

Wieder am Schreibtisch angekommen – inzwischen ging es auf vier Uhr – rief er die Waffenregistratur an und erfuhr, daß die Beretta May Shinaka gehörte.

Die Obduktion ergab, daß die tödlichen Kugeln vom Kaliber .25 waren, und Glitsky dachte, daß er den offiziellen ballistischen Bericht nun nicht mehr abzuwarten brauchte. Er hatte ihre Adresse, und im Augenblick sah es jedenfalls so aus, als ob May Shinn »es« war.

Sie sprang nicht ins Taxi, versuchte nicht zu entkommen. Er stand in dem Türmchen und sah zu, wie sie auf der Passagierseite etwas in das Fenster des Taxis hineinsagte. Dann trat sie zurück, und das Taxi fuhr mit quietschenden Reifen weg.

Glitsky beobachtete sie, wie sie ihre Wohnungstür schloß. Sie tat es sanft, behielt den Türknopf in der einen Hand und drückte sie mit der anderen zu, so wie es Mütter manchmal taten, wenn sie die Tür eines Zimmers schlossen, in dem ihre Kinder schliefen. Als er sie in ihrem maßgeschneiderten blauen Kostüm und ihren dazu passenden Pumps mit den niedrigen Absätzen beobachtete, mußte er sich daran erinnern, daß diese Frau nach allem, was man über sie wußte, eine Prostituierte war.

Sie hatte die Schuhe wieder abgestreift und wandte sich von der Tür ab, um ins Wohnzimmer zurückzukommen. Er fand es schwierig, ihr Alter zu schätzen. Sie konnte fünfundzwanzig, aber auch schon fünfundvierzig sein. Sie hatte, wie ihm schien, ein sehr ungewöhnliches Gesicht mit sich klar abzeichnenden Knochen und einer glatten Haut, die gespannt war wegen des straff zurückgebundenen Haars.

Sie schritt zur Couch hinüber und ließ sich in einer sanft fließenden Bewegung neben ihrer Kostüm-Jacke nieder. Sie machte eine Bewegung, die er als Einladung verstand, ebenfalls Platz zu nehmen. Er setzte sich und kam sich in seinen braunen Socken und seiner amerikanischen Sportjacke wie ein Trottel vor.

»Möchten Sie Tee?« fragte sie. »Bitte, legen Sie Ihre Jacke ab. Es ist zu warm.«

Soweit er wußte, war er der einzige Teetrinker bei seiner Truppe. Er überlegte, ob er ablehnen sollte, aber dann fiel ihm ein, daß es ihm Vergnügen bereiten würde, May Shinn bei der Zubereitung des Tees zu beobachten. »Das wäre nett«, sagte er. Er legte seine Jacke über die Sofalehne und dachte, wenn sie so weitermachte, würde er bald nackt dasitzen.

Sie ging in die Küche, die offen neben dem Wohnzimmer lag, und er betrachtete ihren Rücken, ihre geraden Schultern, ihre winzige Taille und die weiblichen Rundungen ihrer Hüften. Sogar barfuß klappten ihre Zehen, die so schmal waren wie die Hufe eines Rehs, auf dem Boden.

Sie goß Wasser aus einer Evian-Flasche in einen Kessel. »Owen ist tot«, sagte sie.

»Ja, Ma'am. Jemand hat ihn erschossen.«

Er beobachtete sie genau. Sie nahm zwei Tassen herunter und stellte sie auf ein Tablett. Wenn ihre Hände zitterten, würden die Tassen sie verraten, aber sie taten es nicht. Sie stand am Herd und drehte sich nach ihm um, so daß er ihr ins Gesicht sah. »Ich habe es gelesen.«

Glitsky saß, die Hände auf den Knien, vornübergebeugt auf der Couch. »Diese Koffer da«, sagte er. »Wollen Sie verreisen?«

»Nach Japan. – Geschäftlich«, fügte sie hinzu und gab einen kleinen Löffel Tee in die Tassen.

»Sie machen da drüben Geschäfte?«

Sie nickte. »Ich kaufe Kunst. Ich handle – im Auftrag verschiedener Freunde.«

»Fliegen Sie oft nach Japan?«

»Manchmal ja. Es kommt darauf an.«

Glitsky konnte hier später noch nachbohren, wenn nötig. Er beschloß, die Sache voranzutreiben. »Wir haben Ihre Waffe auf Mr. Nashs Boot gefunden, auf der *Eloise*.«

»Ja, ich habe sie dort aufbewahrt.«

»Wir sind ziemlich sicher, daß er mit dieser Waffe erschossen wurde.« Sie schien zu warten. Sie rührte sich nicht vom Fleck. »Wann haben Sie ihn zum letztenmal gesehen, Ms. Shinn?«

Sie wandte sich ab, wieder dem Herd zu, berührte die Seite des Wasserkessels mit dem Finger und stellte fest, daß das Wasser noch nicht fertig war. »Freitagabend, nein, Sonnabendfrüh, sehr früh. Er hat hier übernachtet.«

»In dieser Wohnung?«

»Ja.«

»Und wohin ist er von hier aus gegangen?«

»Er sagte, er wolle segeln. Er ist an vielen Wochenenden segeln gegangen.«

»Und Sie sind nicht mit ihm gekommen?«

»Meistens schon. Aber nicht am Sonnabend.«

»Warum nicht?«

Sie tippte wieder an den Kessel, nickte und goß Wasser in die beiden Tassen. Sie brachte das Tablett hinüber und setzte es auf dem niedrigen Tisch vor der Couch ab. »Er hatte eine andere Verabredung.«

»Hat er Ihnen gesagt, mit wem?«

Sie schüttelte den Kopf. »Nein.«

»Oder worum es sich drehte?«

»Er hat nichts darüber gesagt. Er hat nur gesagt, er bahnt uns den Weg.«

»Was heißt das, Ihnen den Weg bahnen?«

»Ich weiß es nicht. Ich glaube, er wollte allein sein. Um nachzudenken.« Sie schien nach Worten zu suchen, aber nicht wie eine Ausländerin es getan hätte. Englisch schien ihre Muttersprache zu sein, trotzdem zögerte sie. Eine Pause entstand. Abe blickte nicht durch – er wußte nicht, ob sie ihm die Wahrheit erzählte oder Märchen. »Wir wollten heiraten.«

»Sie und Owen Nash wollten heiraten?«

»Ja.« Sie sagte es einfach und schmucklos. Die beste Art zu lügen, dachte Abe. Und das war eine Lüge, dessen war er sicher. Owen Nash, der international berühmte Tycoon und Firmenchef, der mit Präsidenten und Königen verhandelte, würde seine professionelle und gutbezahlte Liebessklavin nicht heiraten. Punkt.

»Hatten Sie ein Datum festgesetzt?«

»Nein«, sagte sie. Sie hob eine der Tassen auf, hielt sie eine Sekunde, dann stellte sie sie wieder hin. »Er ist noch zu heiß«, sagte sie. »Wir haben es erst am letzten Freitag endgültig beschlossen. Es war mein Ring.«

»Der Schlangenring? Den er am Finger hatte?«

»Ja, der.«

»Dann wußten Sie seit Montag, daß er tot war?« Oder seit Sonnabend, wenn du ihn erschossen hast, dachte er. »Warum haben Sie nicht die Polizei angerufen?«

Sie hob wieder die Teetasse auf. Vielleicht versuchte sie, Zeit zu gewinnen. »Wenn er die Finger nicht verbrennt, kann er den Mund nicht verbrennen«, sagte sie. Sie reichte ihm die Tasse.

Es war hervorragender, starker grüner Tee. Abe nippte daran und verstand nicht so richtig, wieso man an einem heißen Tag heißen Tee trinken konnte und sich danach kühler fühlte. »May, warum haben Sie uns, die Polizei, nicht angerufen?«

»Was hätten Sie denn tun können? Er war ja schon tot. Ich wußte, daß es Owen war. Der Rest spielte keine Rolle. Es war sein Schicksal.«

»Es war nicht sein natürliches Schicksal. Jemand hat ihn erschossen.«

»Am Montag wußte ich das noch nicht. Ich wußte nur, daß es Owens Hand war.«

»Und wie ist es heute? Haben Sie heute die Zeitung gelesen? Oder gestern?«

»Ja.«

Glitsky wartete. »Und?«

May Shinn nippte ihren Tee. Vorsichtig stellte sie die Tasse hin. »Was möchten Sie hören? Mein Instinkt sprach dagegen, die Polizei anzurufen. Wer auch immer Owen getötet hat, wird mit sich selbst leben müssen, und das ist Strafe genug.«

Abe setzte die Tasse hin und ging wieder zu dem Türmchenfenster. Auf der anderen Straßenseite stand auch ein Apartmenthaus, das spiegelbildlich zu diesem gebaut war. Unten fuhr scheppernd eine Cable Car vorbei. Die Sonne stand noch ziemlich hoch, einige Strahlen trafen ihn von schräg oben. Es war bis zum Horizont keine Wolke am Himmel zu sehen.

»Werde ich verdächtigt, Sergeant?«

Glitsky wandte sich um. »Erinnern Sie sich, was sie am vorigen Sonnabend den Tag über getan haben?«

»Ein Alibi, ist das richtig? Dann verdächtigen Sie mich also.«

»Es ist in diesem Augenblick noch alles offen. Aber wenn Sie kein Alibi für den Sonnabend haben, dann, fürchte ich, stecken Sie drin. Haben Sie ihn umgebracht?«

Sag einfach nein, dachte er. Ich habe es nicht getan. Aber sie sagte: »Ich war den ganzen Sonnabend hier.«

»Allein?«

»Ja, allein. Ich habe gewartet, daß Owen zurückkommt.« Ein bißchen kurzatmig da, außer sich. Streite ab, daß du es getan hast. Sag's einfach. Aber sie sagte: »Ich habe den Mann geliebt, Sergeant.«

»Haben Sie irgendwo angerufen? Eine Pizza bestellt? Hat jemand Sie besucht?«

Schließlich passierte etwas mit ihr. Sie setzte sich kerzengerade auf die vorderen acht Zentimeter der Couch. »Ich bin spät aufgestanden, um neun Uhr ungefähr. Owen war etwa um sechs weggegangen. Ich habe sehr lange gebadet. Ich war nervös. Owen wollte irgend etwas tun, damit wir heiraten konnten – ich glaube, er wollte sich klar darüber werden, daß er es durchziehen würde. Und nachdenken konnte er am besten draußen auf dem Wasser. Ich habe gewartet. Ich bin immer auf und ab gegangen. Ich habe geweint. Ich dachte, er hätte es sich anders überlegt.«

Glitsky legte seine Jacke über die Knie. »Ich glaube, Sie müssen Ihren Flug verschieben«, sagte er. »Und vielleicht sollten Sie an einen Anwalt denken.«

Er überlegte, ob er sie jetzt gleich mitnehmen sollte, wußte aber, daß das Konsequenzen haben würde. Es war voreilig. Er hatte keinerlei Beweise. Es war eine Woche her, seit jemand den Revolver abgefeuert hatte, und nach so langer Zeit würde man auch mit der empfindlichsten Laseranalyse kein Pulver mehr an ihren Händen finden. Was May ihm erzählt hatte, klang plausibel, wenngleich ziemlich unwahrscheinlich, und es gab noch eine Menge Fleißarbeit zu erledigen, um ihr Alibi eventuell doch zu bestätigen, vielleicht hatten Nachbarn sie hin- und hergehen hören, und so weiter. Wenn sie sich einverstanden erklärte, ihren Flug nach Japan aufzuschieben, bestand keine unmittelbare Fluchtgefahr, und er hatte auch keinerlei plausible Erklärung, wieso sie Nash getötet haben könnte.

Außerdem war sie Asiatin, er war halb schwarz, und er wollte sich nicht dem Vorwurf des Rassismus aussetzen. Sie hatte ihn in ihre Wohnung gebeten, er hatte keinen Durchsuchungsbefehl oder Haftbefehl gehabt. Es brachte Unglück, wenn man jemanden unter diesen Umständen verhaftete. Wenn sie jetzt floh, war es eine andere Geschichte.

Aber sie stand auch schon da. »Also gut«, sagte sie. »Ich verstehe.«

Glitsky nahm seine Schuhe. »Können Sie sich das Geld für das Flugticket zurückgeben lassen? Wenn nicht, können wir Ihnen vielleicht helfen.«

Sie schüttelte den Kopf. »Ich glaube, sie erstatten es. Ich habe weiß Gott den vollen Preis bezahlt, also sollten sie es tun.«

Also hatte sie das Ticket erst vor kurzem gekauft, dachte Abe. Wahrscheinlich Sonnabend oder danach. Er zögerte. Lieber noch abwarten. Es fiel ihm schwer, ohne sie zu gehen, aber er war noch immer ein eingeladener Gast in ihrer Wohnung, und sie hatte versprochen, daß sie bleiben würde. Er hatte wirklich

lieber einen Anklagebeschluß, bevor er jemanden wegen Mord-
verdachts verhaftete.

Er verabschiedete sich, und sie schloß sanft die Tür hinter
ihm.

Abe war auf sich selbst sauer, aber er war einfach zu nahe dran.
Und er dachte, mit etwas Geduld könnte er wenigstens dafür
sorgen, daß er sich über das Wochenende hinweg keine Sorgen
zu machen brauchte. Er setzte sich in seinen Plymouth, fuhr los
und bog absichtlich an der Ecke unter dem Türmchenfenster
nach Westen ab. Er fuhr drei Querstraßen weiter, bog wieder
nach Norden ab in die Van Ness Avenue und fuhr dann über
Geary Street und Union Street zu ihr zurück. Er parkte am anderen Ende ihres Blockes auf ihrer Straßenseite.

Selbst mit heruntergelassenen Fenstern und im Schatten war
es heiß. Zum Glück brauchte er nicht lange zu warten.

Ein Taxi fuhr vor ihrem Eckhaus vor und hupte zweimal.
Glitsky wartete, bis May aus dem Haus kam. Er ließ den Fahrer
ihre Koffer hinten einladen und May auf dem Rücksitz des Taxis Platz nehmen, bevor er losfuhr.

Als das Taxi um die erste Ecke bog, schaltete Abe sein Rot-
licht ein und ließ die Sirene aufheulen. Das Taxi, das unmittelbar vor ihm war, fuhr sofort rechts an den Bordstein.

Abe kam ans Fenster und zeigte seine Marke. Der Fahrer
fragte, was er getan habe. Abe ließ ihn aussteigen, dann fragte
er ihn, wohin er diese Dame fahren solle.

»Zum Flugplatz«, sagte er. »Sie fliegt um acht nach Japan.«

Glitsky dankte dem Mann, dann öffnete er die hintere Tür
und sah May an. »Tut mir leid«, sagte er, »aber ich glaube, Sie
sind verhaftet.«

## 17

Es war schon fünf Uhr nachmittags vorbei, aber am vorigen Tag
war Hardy vom Strand aus direkt nach Hause gefahren, also
fühlte er sich heute genötigt, nach seinem Besuch bei Farris

noch einmal in sein Büro im Justizpalast zurückzukehren, bevor er heimfuhr. Er parkte unter dem Freeway und blieb einen Augenblick stehen, um das riesige Loch im Erdboden zu bewundern, aus dem nun nach einjährigem Streit der Politiker das neue Gefängnis erwachsen sollte.

Wie bei allen Fragen, die die Regierung von San Francisco betrafen, war man auch zu dieser Entscheidung, ein größeres Bezirksgefängnis zu errichten, erst nach einer fairen und weitschweifigen Debatte gekommen, in der es auch um die anderen Zwecke ging, für die man das veranschlagte Geld in einer perfekten Welt verwenden könnte. Obwohl die Wähler der Finanzierung durch städtische Schuldverschreibungen zugestimmt hatten, war der Verwaltungsrat zuerst eher dafür gewesen, das Geld zum Ankaufen von elektronischen Armbändern zu benutzen, durch die man mit den Gefangenen in Kontakt bleiben konnte. Hardy grinste immer unwillkürlich, wenn ihm dieser Gedanke durch den Kopf ging. Dann könnte man den Rest in die Aidsforschung stecken, hieß es. Dieser fortschrittliche Plan wurde mit dem Bürgermeister, dem Verwaltungsrat und den verschiedenen Ämtern elf Monate lang diskutiert. Schließlich, als der Polizeichef Dan Rigby und der Bezirkssheriff Herbert Montoya mit dem Rücktritt drohten, nahm man den Gefängnis-Plan an.

Hardy starrte in die Grube hinunter, während die letzten Arbeiter gerade den Bauplatz sicherten. Plötzlich hatte er eine Vision: Fünf Gangster in einem alten Ford kamen vorbei, um alle, die da herumstanden, zu erschießen. Und jeder von ihnen trug ein Captain-Video-Armband, damit er keine Verbrechen beging, denn soviel stand fest: Wenn die Bullen die ganze Zeit wußten, wo man war, dann war das ja genauso, als wäre man im Gefängnis. Oder?

Als er sie zum erstenmal gesehen hatte, war ihr Gesicht mit Wimperntusche verschmiert, und das Haar hatte ihr hexenartig in Strähnen um den Kopf herum gehangen, so daß er Celine Nash jetzt nicht sogleich wiedererkannte, als sie etwa fünfundzwanzig Meter vor ihm aus dem Büro des Gerichtsmediziners kam.

Das aschblonde Haar war dick und gerade zurückgekämmt. Es hing ihr bis knapp über die Schultern und wirkte, als wäre sie zehn Minuten zuvor beim Friseur gewesen. Sie trug ein pflaumenblaues Trikot, das in Designerjeans verschwand, und hatte sich um die Taille einen roten Schal gebunden. Wie er sie so von der Seite auf sich zukommen sah, wurde er sich auf fast übernatürliche Weise des Wesentlichen ihres Körpers bewußt, merkte, daß da eine prachtvolle Frau mit beinahe katzenhaften Bewegungen, schaukelnden Hüften und wippenden Brüsten nahte. Er hörte auf zu atmen.

Dann wandte sie sich ihm zu, und jetzt erst erkannte er sie wieder.

»Ms. Nash?« fragte er.

Sie war noch drei Meter von ihm entfernt, als sie stehenblieb. Hardy stellte sich ihr wieder vor, ging auf sie zu.

»Tut mir leid«, sagte sie. »Es waren so viele ...« Sie brach ab. »Waren Sie auch beim Gerichtsmediziner?«

Hardy erklärte, was er mit dem Fall zu tun hatte, daß er ihn bearbeiten würde, wenn er an die Staatsanwaltschaft ging. »Ich habe gerade Ken Farris besucht. Er sagte mir, Sie wären vielleicht hier. Er ist ziemlich erschüttert.«

»Das glaube ich.« Ihre Augen waren hellblau, beinahe grau. Er fand, daß er ebensogut unsichtbar hätte sein können. Ihre Augen sahen an ihm vorbei, dann kehrten sie zu ihm zurück, warteten.

»Es tut mir leid um Ihren Vater«, sagte er und meinte es ehrlich.

Sie nickte, hatte überhaupt keine Zeit für ihn oder war einfach unfähig, irgendwie auf ihn einzugehen.

»Nun, ich halte Sie auf.« Er machte einen Schritt, und sie berührte seinen Jackenärmel, ließ ihre Hand dort, ihre Augen folgten etwas später.

»Es tut mir leid«, sagte sie. »Immer soll man seine Haltung bewahren.«

Ihre Hand war wie ein Brenneisen auf seinem Unterarm. Er fühlte sie durch den Ärmel seiner Jacke hindurch, es war ein Griff wie aus Stahl. Er sah ihr in die Augen, sie waren immer noch in die Ferne gerichtet. Ihr Gesicht war eine Maske. Er fragte sich, ob sie wohl unter irgendeiner Art von Schock stand.

»Kommen Sie zurecht?«

Sie holte tief Luft, und dann schien sie zu bemerken, daß sie seinen Arm festhielt. Sie fing an, oberhalb ihres Trikots zu erröten. Sie ließ Hardy los, und die Hand fuhr zu ihrem Hals. Es war ihr peinlich. »Es ist eine der schlimmsten Erfahrungen, der Tod eines Elternteils«, sagte sie. »Ich schätze, ich bin nicht darauf vorbereitet.«

»Ich glaub' nicht, daß wir darauf vorbereitet werden«, sagte Hardy. »Das ist der Punkt.«

»Ich mache Sachen ... ich weiß nicht, wieso.« Sie nahm ihre Hand von ihrem Hals und legte sie zwischen ihre Brüste. Die Röte war immer noch auf ihrem Dekolleté. »Ich bin wie ein Automat, wissen Sie? Ich tue, was getan werden muß, aber all das andere, das spielt sich in meinem Innern ab.«

»Würden Sie gern mal eine Pause machen? Zu mir ins Büro hinaufkommen? Oder irgendwo was trinken?«

»Ich trinke nicht, aber es wäre nett, wenn ...«

»Wir können zu mir hinauf ins Büro gehen.«

»Nein, gehen Sie nur. Ich ... na ja, wir könnten in eine Bar gehen, danke. Ich kann Gesellschaft brauchen.«

Unter diesen Umständen kam Lou's nicht in Frage.

Sie saßen auf Barhockern an einem kleinen hohen Tisch am Fenster von Sophie's Bar, die sich nach acht in ein Restaurant für junge und »hippe« Leute verwandelte. Aber wenn man nach der Arbeit zwei Blocks nördlich des Justizpalasts in Ruhe kurz einen kleinen Drink zu sich nehmen wollte, bevor die Szene lebendig wurde, war es kein schlechter Platz.

Celine trug teure italienische Sandalen ohne Strümpfe. Sie schlug die Beine auf dem Hocker übereinander und ließ ihre gepflegten Füße sehen, die Zehenspitzen waren hellrosa, die Haut zwischen ihrem Fußknöchel und den Jeans honigfarben – warm und glatt. Sie sah Hardy zu, wie er einen ersten Schluck von seinem irischen Whisky nahm.

Auf dem Weg hierher in der warmen Dämmerung hatte sie wieder seinen Arm ergriffen. Sie hatten keine zehn Worte miteinander gewechselt. Jetzt sagte sie: »Danke.«

»Wofür?«

»Daß Sie sich die Zeit nehmen. Das ist alles.«

Er wußte nicht, was er sagen sollte. Er hob sein Glas, stieß es klickend gegen ihr Glas mit dem Club Soda und setzte es an die Lippen. Es fiel ihm schwer zu begreifen, daß er vor zwei Tagen schon einmal in der Nähe dieser Frau gewesen war und nicht auf sie reagiert hatte. Er war ziemlich sicher, daß sie sich gar nicht bewußt war, was für eine Wirkung von ihr ausging, aber ihm war jede Blöße ihrer Haut, an den Füßen, über dem Trikot auf ihrer Brust, an ihren Armen und ihrem Hals, überaus gegenwärtig. Und warum auch nicht? Es war ein brütend heißer Tag gewesen. Er wünschte sich, er könnte statt in Hemd und Krawatte in einem T-Shirt dasitzen. Er legte sein Jackett zusammengefaltet über einen anderen Hocker an dem Tisch. »Ich habe Zeit«, sagte er schließlich.

»Und das ist alles, was ich jetzt habe. So sieht es aus.«

»Das ist hart, was?«

Jetzt trafen sich ihre Augen. »Was ich vorhin gesagt habe – das ist das Schlimmste. Was in meinem Innern vorgeht.«

»Ich weiß«, sagte Hardy. Er konnte nicht genau sagen, warum, aber er erzählte ihr jetzt davon, wie Michael gestorben war, nachdem er aus dem Kinderbett gefallen war, und wie er, Hardy, sich vorgenommen hatte, stark zu sein und damit fertig zu werden, so wie Erwachsene das eben taten. Stimmt's? »Es hat nicht geklappt?«

»Ach, vielleicht zwei Monate habe ich durchgehalten. Bin zur Arbeit, wieder nach Haus, essen, trinken, aufstehen, es wieder tun.« Hardy machte eine Pause. Er erinnerte sich. »Sie sind nicht verheiratet, oder?«

»Ich war's mal.«

»Ich weiß nicht, ob es besser ist, wenn man jemanden hat, oder nicht. Meine Frau und ich, wir haben uns deswegen getrennt.«

Celine sagte lange Zeit nichts. Die Musik in der Bar änderte sich, jedenfalls hörte Hardy sie jetzt, und sie gefiel ihm nicht – irgendein automatischer Lärm, den er haßte. Die Sonne war fast schon untergegangen, sie lag noch auf den Spitzen der Hochhäuser nördlich der Market Street und auf ein paar Häusern oben auf dem Nob Hill.

»Ich wollte fast, ich hätte jemanden, von dem ich mich trennen könnte«, sagte sie schließlich. »Es auf jemanden abwälzen. Aber Daddy war meine ganze Familie, also was soll ich jetzt tun?« Sie hielt ihr Glas etwas schräg und sah, daß es leer war. »Meinen Sie, ich könnte jetzt einen Drink bekommen? Irgendwas mit Gin drin?«

An der Bar bestellte Hardy einen zweiten Bushmills und für Celine einen Bombay on the Rocks. Der Barkeeper goß ihm schwungvoll fast einen Doppelten ein. Hardy gab ihm zwei Dollar Trinkgeld und bat ihn, den Krach aus dem Lautsprecher abzustellen.

Celine nippte am Gin und verzog das Gesicht. »Ich hab' seit Jahren keinen Drink mehr gehabt«, sagte sie. »Daddy mochte es nicht, daß ich zuviel trank.«

»Mochte er es nicht so sehr, wenn Sie tranken, oder mochte er nicht, daß Sie zuviel tranken?«

Sie lächelte, nur ein bißchen, versuchsweise, aber da war es, das Lächeln. »Beides, glaube ich.« Ihre Augen hefteten sich wieder an ihn. »Manchmal verlor ich dann ein bißchen die Kontrolle. Aber bei Daddy durfte man das nicht.«

»Warum nicht?«

»Weil, wenn die Tochter von Owen Nash sich nicht beherrscht, das bedeutet, daß er mich nicht beherrscht.« Sie nippte noch einmal an dem Gin, und diesmal schluckte sie ihn mühelos. »Und wenn Owen Nash an etwas beteiligt oder an etwas interessiert ist, dann beherrscht er es.«

»So war es?«

»Gott, was rede ich? Ich habe meinen Vater geliebt. Er fehlt mir. Ich bin so wütend auf ihn.«

»Das ist okay«, sagte Hardy. »Das kommt vor.«

»Er war so ein ... Ich meine, er hatte keine Angehörigen außer mir, also kann man gut verstehen, daß er sich ein gutes Abbild von sich selbst wünschte. In mir.«

»Er hat in Ihnen sein Abbild gesehen?«

Sie schüttelte den Kopf, und dann noch einmal. »Nein, nicht so. Sie wissen, was ich meine.« Sie legte ihre Hand auf seine Hand auf dem kleinen Tisch. »Er wollte immer nur das Beste für mich.«

»Und das wurde zu einer Belastung?«

»Manchmal«, gab sie zu. Sie trank einen Schluck. »Tut mir so leid. Ich sollte mich nicht so aufregen.«

Jetzt legte Hardy seine Hand auf ihre. »Sehen Sie mal, Celine. Das ist ein Augenblick, in dem Sie es sich wirklich erlauben können, sich aufzuregen. Sie können es ab und zu loswerden, oder es kommt alles auf einmal heraus, und das wollen Sie bestimmt nicht.«

»Aber es war keine Belastung. Schauen Sie mich an, wie gut es mir getan hat. Ich meine es ernst. Was ich alles gemacht habe und was ich ohne Daddy niemals gemacht hätte.«

»Ich glaube es Ihnen.«

Sie schüttelte den Kopf. »Er war nur immer so hart. Sogar wenn er gut war, war er hart. Er hat die Leute angetrieben – es überrascht mich, daß Ken Farris es Ihnen nicht erzählt hat. Ich meine, sehen Sie uns an, wir sind die besten Beispiele. Aber das war es ja auch wert, wenn man daran denkt, was man dadurch bekommen hat.«

»Und was war das?«

Sie nahm ihre Hand weg, und Hardy dachte, er hätte sie verletzt. »Das Wichtigste war, daß man in seiner Nähe war. Man mußte ihm nahe sein, und dann war man so lebendig wie irgend möglich.«

Hardy schwenkte seinen Drink im Glas. Draußen dämmerte es. Es waren noch ein paar Leute mehr in die Bar gekommen. »Wissen Sie, was ich glaube?« sagte er. »Ich glaube, Sie dürfen ruhig ein bißchen durcheinander sein. Ich würde mir darum keine Sorgen machen.«

Celine legte wieder ihre Hand auf seine. »Es tut mir leid, aber ich glaube, ich spüre schon den Gin.«

»Möchten Sie einen billigen Rat? Besorgen Sie sich eine Flasche voll davon, suchen Sie sich jemanden, mit dem Sie reden können, und trinken sie die Hälfte aus. Es gibt nichts Natürlicheres als Wut auf jemanden zu haben, der einem nahestand und jetzt tot ist.«

»Ich kann mit niemandem reden«, sagte sie. »Nicht über Daddy.«

»Sie haben doch gerade mit mir eine halbe Stunde lang über ihn geredet.«

150

Sie drückte seine Hand ein letztesmal, dann ließ sie sie los. »Sie sind der Staatsanwalt. Dies ist nichts Persönliches für Sie. Es ist nicht dasselbe.«

»Es ist persönlich genug für mich. Es ist mein Job. Mein Fall.«

»Aber das ist es – ein Fall.«

»Auch das, Celine. Jemand hat Ihren Vater getötet.«

»Und vielleicht war ich es, stimmt's?«

»Seien Sie nicht albern.«

»Sie untersuchen einen Mord und wollen mich zwingen zuzugeben, daß ich wütend auf ihn bin –«

»Celine …«

»Also, ich war das ganze Wochenende über in Santa Cruz. Ich habe in einem Haus bei drei Freunden gewohnt. Ich kann nicht hier gewesen sein …«

Hardy stand auf und kam näher an sie heran. Er zog ihren Kopf fest an sich. Der Gin machte sich jetzt bei ihr bemerkbar, Panik stieg in ihr auf, und sie verlor ihre Haltung. »Hören Sie auf«, flüsterte er. »Aufhören.«

Er fühlte, wie sie langsamer atmete. Ein nackter Arm kam zu seiner Schulter herauf, hielt ihn fest und zog ihn hinab. Eine Sekunde verging. Fünf Sekunden. Ihr Griff lockerte sich, und er richtete sich auf. In ihren blaugrauen Augen standen Tränen. »Tut mir leid«, sagte sie. »Ich bin völlig durcheinander.«

»Sie sind okay«, sagte er. »Kommen Sie, lassen Sie uns gehen.« Sie wartete demütig an der Tür, während er seine Jacke ergriff und dann ihren Arm nahm. Sie gingen in den warmen Abend hinaus.


Auf dem Rückweg zum Justizpalast erzählte sie ihm von Owens Verabredung mit May Shinn am Sonnabend auf der *Eloise*.

»Ich weiß«, sagte Hardy. »Wir prüfen das nach.« Er überlegte, ob er ihr von allem erzählen sollte, was sie an Bord gefunden hatten, aber die Polizei mußte noch daran arbeiten, und das Ganze konnte warten. Was Celine brauchte, war etwas Verständnis und ein bißchen Zeit, um sich daran zu gewöhnen, daß ihr Vater ermordet worden war. Hardy glaubte nicht, daß Informationen über die bisherigen polizeilichen Untersuchungen zu ihrem seelischen Frieden beitragen würden.

Sie kamen zu ihrem Wagen – einem silberfarbenen BMW 350i. Sie umarmte Hardy kurz und entschuldigte sich noch einmal für die »Szene«. Sie sagte ihm, er sei ein guter Mann, dann setzte sie sich hinein und ließ ihn mit einem schwachen Geruch nach Gin, einer Erinnerung an ihren Körper, der sich an ihn geschmiegt hatte und dem Gefühl zurück, daß er, ohne es beabsichtigt zu haben, irgendwas total falsch gemacht hatte.

Sie aßen Pizza im Pressezimmer im zweiten Stock des Justizpalasts, in derselben Etage, in der sich die Büros der Bezirksstaatsanwaltschaft befanden.

Der Raum entsprach der Achtung, die die Polizei vor den Zeitungsjournalisten hatte: Er war nicht besonders groß. Es gab eine grüne Wandtafel, auf der die Gesamtzahl der bisher in diesem Jahr in San Francisco entdeckten Morde – 68 – verzeichnet war. Und ein Anschlagbrett, an dem, mit Reißnägeln befestigt, in drei Schichten übereinander Postkarten hingen. Sie waren an die Presseleute gerichtet und stammten von ihren Freunden, die in diesem Gebäude sowie in anderen Gefängnissen einsaßen, in die einige von ihnen verlegt worden waren. Die Oberfläche aller drei Schreibtische zusammen war kleiner als die von Ken Farris' Eichenholzmöbel in South San Francisco. Außerdem stand da noch ein altmodisches Schulpult, an dem Jeff Elliot saß.

Die Pizza war nicht schlecht: Sardellen, Peperoni, Salami und Pilze. Cass Weinberg, eine attraktive Lesbierin von ungefähr dreißig Jahren, hatte das Essen bestellt. Sie arbeitete beim *Bay Guardian*, hatte an diesem Freitagabend erst später etwas vor und fand, sie könnte denen, die da herumhingen, ruhig mal eine extragroße Portion mitbringen, um sich bei ihnen einzuschmeicheln. Am zweiten »großen« Schreibtisch saß Oscar Franco von der spanischsprachigen Zeitung *La Hora*. Dann war noch Jim Blanchard von der *Tribune* aus Oakland da, der sich seit achtzehn Monaten Sorgen machte, daß er seinen Job verlieren würde, wenn sein Blatt pleite ging.

»Meine Theorie«, sagte er, »ist, daß Elliot den Typen selbst gekillt hat. Wie wäre er sonst an eine so gute Story gekommen?«

Cass griff das auf. »Du warst doch Seemann, Elliot, oder? Hast du mir das nicht erzählt? Im College?«

»Stimmt«, sagte Blanchard. »Im College, in Lake Superior.«

Es stimmte wirklich. Bevor er multiple Sklerose bekommen hatte, war Elliot gern gesegelt, den ganzen Sommer lang war er auf dem Boot gewesen. Als Spezialaufgabe hatte er für seine Highschool-Zeitung vom America's Cup berichtet. »Nicht in Lake Superior, auf dem Lake Superior, du Sardellenbombe«, sagte er.

»In oder auf spielt keine Rolle. Er stellt fest, wo Nash sein Boot hat, schwindelt sich an Bord und legt den Kerl um.«

»Dann springe ich über Bord und verfüttere seine Hand an den Hai.«

Blanchard verschlang die Pizza. »Genau. Dazu brauchte er Mut.«

Cass sagte ganz ruhig: »Es könnte so gewesen sein. Die Leute tun heute alles, um berühmt zu werden.«

Jeff war im Himmel. Er genoß es, daß sie ihn so veräppelten. Jetzt gehörte er dazu.

Oscar Franco rollte mit seinen Hundeaugen, als er sich in dem Raum umsah. »Wie lange seid ihr Leute schon im Geschäft, und noch keiner hat die wirklich große Story heute bemerkt? Keiner außer mir.«

Cass sah Blanchard an. »Das ist der längste Satz, den er je gesagt hat. Oder?«

»Du lachst«, sagte Franco. »Die große Story ist in der 27. Kammer: Charles Hendrix und die Polizeifalle. Fowler hat die Anklage abgeschmettert.«

»Wow.« Blanchard richtete sich kerzengerade auf.

»Der Mann ist ja ein Mensch«, sagte Cass.

»Was?« Jeff Elliot ließ sich nicht gern eine große Story entgehen, egal, wem sie gehörte. »Fowler? Der Richter? Was hat er getan?«

Oscar erklärte es ihm. Cass und Blanchard saßen einen Augenblick da und hörten zu, dann baten sie ihn, langsamer zu erzählen und noch einmal von vorn anzufangen, während sie sich ein paar Notizen machten. Owen Nash war eine gute Story, aber diese Sache mit Fowler konnte die Eröffnungssalve eines längeren Krieges sein.

Sie waren immer noch dabei, als Jeff den Polizisten – Glitsky war sein Name –, der am Abend zuvor beim Gerichtsmediziner gewesen war, zum Fahrstuhl gehen sah. Er ließ seine Pizza auf dem Pult liegen, packte sich seine Krücken, sagte, er habe es eilig, und hoffte den Typen noch zu erwischen, bevor der Fahrstuhl im zweiten Stock ankam.

Glitsky war nicht gerade erfreut darüber gewesen, daß er am Freitagabend noch länger bleiben, Shintaka wegen Mordes einliefern sowie einen Bericht über sein Gespräch mit ihr und die Gründe für die Verhaftung aufschreiben mußte, obwohl bisher nichts von einer Anklage bekannt war. Doch damit nicht genug: Als er diese Arbeiten beendet hatte und um acht Uhr Schluß machte, blieb ihm ja immer noch eine Chance, nach Hause zu gelangen und mit Flo etwas Gutes zu essen. Aber als er unten zu seinem Wagen kam, stellte er fest, daß er, obwohl frisch repariert, nicht ansprang.

»Officer.« Jetzt stand da wieder dieser Reporter.

Die Fahrstühle waren so langsam wie noch nie, und in der Halle betrug die Temperatur über dreißig Grad.

Elliot kam ganz nahe an ihn heran. »Entschuldigen Sie mich, Officer«, wiederholte er.

Glitsky verbesserte ihn. »Sergeant«, sagte er. »Sehe ich aus, als ob ich eine Uniform trage?«

»Sorry. Sergeant. Wir haben uns gestern abend schon mal kurz kennengelernt.« Jeff stellte sich wieder vor. »Beim Gerichtsmediziner. Owen Nash.«

»Richtig.«

Elliot drang weiter auf ihn ein. »Nun, wir sind im zweiten Stock. Ich dachte, sie wollen zur Staatsanwaltschaft. Gibt es Neuigkeiten?«

Der einzige Fahrstuhl, der nach fünf Uhr noch in Betrieb war, kam mit einem leisen Ping an. Glitsky ging hinein, und Elliot folgte ihm. »Ich habe gerade anderthalb Stunden lang Berichte geschrieben.«

»Also tut sich was?«

Jeff fand den Mann ziemlich beunruhigend. »Etwas tut sich immer«, sagte er. »Darum gibt's ja die Zeit – sie verhindert, daß alles gleichzeitig passiert.«

Die Fahrstuhltüren schlossen sich – endlich. »Im zweiten Stock ist die Schlüsselausgabe für die Dienstfahrzeuge, und mein verdammter Plymouth streikt mal wieder, und alle anderen Wagen sind jetzt fürs Wochenende weg, also fahr' ich mit einem Taxi nach Haus.« Elliot wußte es nicht, aber Glitsky fluchte ungefähr so selten, wie er laut herauslachte, vielleicht zweimal im Jahr.

»Wo wohnen Sie?« Jeff war wie immer auf Draht, und obwohl er eigentlich auf dem Rückweg in seinem Büro vorbeischauen wollte, sagte er: »Ich fahre jetzt nach Hause und könnte Sie mitnehmen.«

Glitsky sagte, er wohne draußen an der Lake Street, und Jeff schwindelte nur ein wenig, als er sagte, das läge genau auf seinem Weg. Der Sergeant taute ein bißchen auf. »Das wäre nett. Wo haben Sie geparkt?«

Sie waren im Erdgeschoß angekommen, die Tür öffnete sich und eine willkommene Brise kühler Luft traf sie. »In der ersten Reihe.«

»Sie haben Glück«, sagte Abe.

Jeff grinste gewinnend. »Nein«, sagte er. »Ich bin behindert.«


Von dem schwachen grünen Licht des Aquariums abgesehen, war es dunkel. Das Schlafzimmerfenster, das nach Osten zur Skyline der City hinaus lag, stand weit offen, aber kein Lüftchen regte sich.

Hardys Frau lag mit ihrem Rücken an seinen Bauch geschmiegt, er war in ihr und hielt sie um die Taille. Sie waren schon lange damit beschäftigt und schwitzten beide; Hardy wollte etwas beweisen.

»Diz.«

Er sagte »Schscht« und versuchte sie nicht zu hören, um seine eigene Verzauberung nicht zu zerstören. Er hatte mit geschlossenen Augen angefangen, sie war zu ihm gekommen, hatte die Distanz gespürt, die zwischen ihnen war nach dem stillen Abendessen und dem Brüten im Wohnzimmer.

»Diz.«

Er wollte sie nicht hören und tauchte mit dem Mund in ihren Nacken unter ihr Haar. Als er die Augen öffnete, konnte er im schwachen Licht ihren Rücken erkennen. Nur ihren Rücken. Es konnte irgendein Rücken sein.

Aber er arbeitete sich jetzt allmählich heran, er fühlte, wie sie sich ihm entgegenstemmte – sie wollte ihm helfen, sogar wenn sie aufhören wollte, und griff nach ihm und krümmte sich rückwärts. Er zog sie an sich, sie war jetzt an ihm dran, er fühlte die Luft zwischen ihnen, dann holte er sie näher an sich heran, hart in ihrer Feuchtigkeit. Dann fester, hämmernd, er verlor sie, als er merkte, daß er kam, fand sie wieder und trieb und trieb und trieb hinein und hinein und hinein.

Es war Celines Rücken. Eine wütende Celine. Und Hardy war aus irgendeinem Grund auch wütend, fühlte ihren Griff, den festen Griff, mit dem sie ihn gefaßt hielt. Und jetzt hörte er sie schreien, als sie dachte, daß es vorbei wäre, sie mochte es so hart, und ihr Schrei löste etwas ganz unten in seinem Rückgrat aus, das in ihm aufstieg.

Er klatschte sie gegen sich, so fest er konnte, wußte, daß er ihr nicht weh tat, schrie jetzt selbst, seine Hände auf Celines Brüsten, die irgendwie naß waren, er preßte sie zusammen, preßte sich selbst gegen Frannies Rücken, sie pumpte ihn, die süße Agonie …

Fertig jetzt, lag er auf dem Rücken und atmete heftig. Er fühlte, wie der Schweiß ihn kühlte bei der leichtesten warmen Brise, die durchs Fenster kam. Frannie war an seiner Seite, stützte sich auf den Ellbogen, ganz fest an ihn geschmiegt. »Ich liebe dich«, sagte sie. »Bist du okay?«

»Tut mir leid.«

Sie küßte ihn wieder. »Es braucht dir nicht leid zu tun. Es hat mir gefallen.«

Er zog sie an sich und küßte sie. Sie legte den Kopf auf seine Schulter und fing an, regelmäßig zu atmen. Nach einer Minute schlief sie. Hardy lag mit offenen Augen da und horchte noch fast eine Stunde lang auf das Gurgeln des Aquariums.

# 18

Er wachte erfrischt auf, seine Teufel waren durch verausgabte Begierde und tiefen Schlaf ausgetrieben. Bei Tageslicht dachte er, es hätte ihm nicht geschadet, sich Fantasien hinzugeben –

ab und zu war das ganz natürlich. Kein Grund, sich deshalb zu quälen.

Jetzt fantasierte er nicht. Frannie war bei ihm. Er machte Frühstück – Toastbrot und Würstchen – in seiner schwarzen gußeisernen Pfanne, dem einzigen Artefakt, das er aus seiner Zeit mit Jane übernommen hatte. In den zehn Jahren, in denen er allein gelebt hatte, war diese Pfanne eine der unantastbaren Sicherheiten in seiner Welt gewesen. Er hatte sie mit Salz und Papierhandtüchern gesäubert, ohne Wasser und ohne Spülmittel. Nach jedem Gebrauch tat er einen Tropfen Öl hinein und rieb sie damit aus. Kein Essen blieb an der Pfanne kleben. Es war eine Freude.

Er biß ein Stück von einem Würstchen ab und wendete eine Scheibe Weißbrot in der Mischung aus Eiern, Milch und Zimt. Tauchte sie nur eine Sekunde hinein, damit sie nicht matschig wurde, und beförderte sie mit der Gabel in die Pfanne, in der sie mit einem zufriedenstellenden Zischen landete. Draußen schien die Sonne schon wieder heiß vom Himmel. Vielleicht würden sie dieses Jahr ein ganzes Sommerwochenende bekommen.

Frannie war angezogen. Sie trug Wanderstiefel mit weißen Socken, Khakishorts und ein riesiges T-Shirt. Sie war für die historische Expedition nach Martinez gerüstet, die sie, Hardy und Moses für diesen Tag geplant hatten. Sie wollten den schwer faßbaren Ursprung des Martini erkunden.

»Oder ist es der Ursprung des schwer faßbaren Martini?« hatte Moses gefragt. Das war am letzten Mittwochabend im Yet Wah gewesen.

»Der Martini selbst ist nicht schwer faßbar«, hatte Hardy erwidert.

»Aber der *ideale* Martini kann es sein.« Jesus, zwei Barkeeper, die sich schließlich einigten. Frannie lächelte, als sie sich daran erinnerte. Sie kam mit der Morgenzeitung zurück und legte sie auf den Tisch vor Rebecca hin, die auf ihrem Kinderteller mit Babynahrung Fingermalerei betrieb. Stehend schlug Frannie die Titelseite auf, griff sich ein Würstchen und nahm den Kaffeebecher entgegen, den Hardy ihr reichte.

»Dieser Jeff Elliot steht jetzt jeden Tag groß drin.«

Hardy kam herbei und legte den Arm um sie.

# OWEN NASH: MORDVERDÄCHTIGE VERHAFTET
## von Jeff Elliot
### *Chronicle*-Redaktion

Die Polizei verhaftete gestern May Shinn, die angebliche Geliebte von Owen Nash, wegen des Mordes an dem hiesigen Geschäftsmann. Sergeant Abraham Glitsky, der die Verhaftung vornahm, gab an, nach der Entdeckung von Nash's Leichnam am Donnerstag an einem Strand in Pacifica habe Ms. Shinn einen Flug nach Japan gebucht und die Stadt zu verlassen versucht, nachdem sie versprochen hatte, sich nicht aus San Francisco zu entfernen.

Glitsky wollte, was die bisher gesammelten Beweismittel angeht, keine Einzelheiten erwähnen, aber er gab zu, man habe bei der Durchsuchung der *Eloise*, des Segelbootes von Owen Nash, Blutspuren und eine auf den Namen von Ms. Shinn registrierte Handfeuerwaffe, eine .25-Kaliber-Beretta entdeckt. Außerdem wurde aus der Bootswand eine Kugel entfernt und sichergestellt. Die Waffe ist zweimal abgefeuert worden, und in Nashs Leichnam fanden sich zwei Einschüsse. Die Ballistikabteilung hat diese Beretta noch nicht endgültig als Mordwaffe identifiziert, aber Glitsky gab an, daß dies »wahrscheinlich« sei.

Der Artikel hatte noch eine Fortsetzung auf der letzten Seite, aber Hardy war schon am Telefon. »Das hab' ich gern«, sagte er. »Über die Arbeit meiner lieben Freunde und Berufskollegen in der Zeitung zu lesen.«

»Was ißt du denn da?« fragte Glitsky. »Klingt ja toll.«

Hardy schluckte seine Wurst hinunter. »Du hast meine Telefonnummer vergessen, Abe. Ich gebe sie dir.«

»Wegen Freitagabend? Ach komm. Ich habe noch bis halb zehn, zehn mit Elliot geredet. Ich hatte vor, dich heute früh anzurufen.«

»Worüber hast du mit Elliot geredet?«

»Mein Wagen hat wieder gestreikt. Elliot war zufällig da und hat mich nach Hause gefahren.«

»Was für ein netter Kerl«, sagte Hardy.

»Er scheint wirklich in Ordnung zu sein.«

»Ich weiß. Ein wunderbarer Mensch. Ist sie aus der Haft entlassen?«

»Das bezweifle ich. Kommt auf den Anwalt an, schätze ich. Ein guter Anwalt kriegt sie vielleicht heute noch gegen Kaution frei.«

»Und wenn ich mit ihr rede? Hat sie es getan?«

Nach einer Minute antwortete Glitsky. »Ich weiß es nicht. Es könnte sein. Sie hat kein Alibi. Es ist ihre Waffe. Sie hat sie versteckt, und nachdem das mit Nash in der Zeitung gestanden hatte, nachdem er identifiziert war, hat sie einen Flug nach Japan gebucht.«

»Sie hat kein Alibi?«

»Sie war den ganzen Tag allein zu Haus. Wann bist du zum letztenmal den ganzen Tag allein zu Haus gewesen – und niemand hat dich angerufen? Ich wollte nicht, daß sie nach Japan verschwindet.«

»Meinst du, ich sollte sie mir mal ansehen?«

»Hey!« Frannie warf Hardy einen Blick zu. »Martinez«, flüsterte sie. »Der schwer faßbare Martini. Hast du vergessen?«

Normalerweise gab es am Wochenende im Justizpalast einen Bereitschaftsdienst. Das Büro der Bezirksstaatsanwaltschaft war offiziell geschlossen. Die Gerichtssäle waren ebenfalls zu. Natürlich fand der Polizeidienst weiter statt, es kamen Leute ins Gefängnis, das in den obersten Stockwerken lag, bis das neue Gebäude fertig war, und wurden auch daraus entlassen. Ein Schreibtisch war Tag und Nacht von einem Beamten besetzt, der die Verhafteten freiließ, für die jemand die geforderte Kaution bezahlt hatte. Strafverteidiger kamen und gingen. Es gab auch Besucher.

Hardy parkte auf seinem gewohnten Platz unter dem Freeway und versprach der unglücklichen Frannie, bis mittags um zwölf sei er wieder zu Hause, so daß sie dann zu dem Ausflug in die Geschichte aufbrechen könnten. Vormittags solle man sowieso keine Martinis trinken. Sie antwortete ihm, sie werde jetzt sowieso etwa sieben Monate lang keine Martinis trinken und hätte ja ohnehin nur mitkommen wollen, um mit ihrem Mann und ihrem Bruder zusammen etwas Schönes zu unternehmen, was ihm anscheinend von Tag zu Tag unwichtiger werde.

May hatte geglaubt, sie hätte alles gelernt und erfahren, was sie zum Leben brauchte, und wäre weit genug gereist auf ihrem steinigen Pfad zu einer Art innerem Frieden. Sie hatte gemeint, daß sie nun nicht mehr zurück brauchte, nie wieder zum Spielball von Ereignissen würde.

Und nun mußte sie sich ausziehen und ein gelbes Kleid anlegen, das nach Lysol roch. Sie sperrten sie in eine vergitterte Zelle, zusammen mit einer mürrischen jungen schwarzen Frau. Es gab dort nur eine Toilette ohne Sitz, und der ganze Raum stank, von dem Geruch nach Desinfektionsmitteln abgesehen, wie eine Kloake.

Und ihre Anrufe bei dem Mann, der der Anwalt ihres Geliebten gewesen war, waren nutzlos. »Wenn du je Hilfe brauchen solltest – ich meine, richtige Hilfe –, und ich bin nicht da, dann rufst du einfach Wheel an. Auf ihn kannst du dich verlassen.« Er würde kommen und sie herausholen. Er war Jurist und kannte sich in diesen Dingen aus. Aber er war nicht unter der Nummer zu erreichen, die Owen ihr gegeben hatte. Niemand hatte abgehoben, und jetzt gab es keinen Menschen, den sie anrufen konnte. Sie war allein.

Sie verbrachte die Nacht voller Angst. Sie wachte schwitzend auf in einer stickigen Luft. Sie roch ihren eigenen Geruch und den der anderen Frau, die nichts sagte, sondern mit dem Rücken an die Wand gelehnt auf ihrer Matratze saß. Dann ein Krachen und Klirren, und es hieß aufstehen! Sie brachten das Essen. Trockenei. Dann ging es unter die Dusche, und die Gefängniswärterinnen sahen mit kalten, gleichgültigen Gesichtern zu.

Sie schwor sich, daß sie sich nicht so leicht ergeben würde, aber es fiel ihr schwer, nicht den Mut zu verlieren. Sie spürte, wie ihr Widerstand nachließ, und das wollten sie ja erreichen. Sie sollte wieder zum Opfer werden.

Sie hatte wirklich gedacht, daß sie das ein für allemal hinter sich hätte. Wenn Owen etwas für sie getan hatte, dann war es das. Nein, sie würde sich nicht zum Opfer machen lassen. Das konnte sie verhindern.

Sie saß mit gekreuzten Beinen auf ihrer Matratze und schloß

die Augen. Da sie keinen richtigen Schrein in ihrer Zelle hatte, würde sie sich einen in ihrer Fantasie schaffen, sogar in diesem Dreck. Sie war schon früher der Verzweiflung so nahe gewesen. An dem Tag, an dem sie Owen kennengelernt hatte ...

Allein in einer abgedunkelten Ecke des Nissho, eines exklusiven japanischen Restaurants nahe dem Miyako Hotel in Japantown. Ein dicker Winternebel hing draußen vor den Fenstern. Sie saß da und dachte an ihren Tod. Sie wollte Seconal und Alkohol nehmen. Mit einer kleinen Flasche Sake anfangen. Nach dem Mittagessen langsam zurück zu ihrer Wohnung gehen, am Fenster sitzen, in den Nebel hinaussehen und die Flasche Meursault austrinken. Danach sich ausziehen und ein heißes Bad nehmen. Dann die Schlaftabletten schlucken und die frischen seidenen Bettlaken über den nackten Leib ziehen. Und einschlafen.

Dahin hatte sie das Leben nach vierunddreißig Jahren geführt.

Sie hätte nicht genau sagen können, wo sie versagt hatte und von wo an es kein Zurück mehr für sie gab. Hätte sie sich mehr Mühe mit ihren Familienangehörigen geben sollen? Mehr mitreden und Kontakt haben, um die eisige Reserviertheit zu überwinden. Sie waren zwei Schwestern und ein Bruder gewesen und hatten mit ihren Eltern in einem spießigen, leeren Haus in der Einflugschneise nach Moffat Field in Sunnyvale gelebt. Passiv. »Nicht vergessen, wir sind Japaner.« Ihr Vater kam nie über die Internierung während des Zweiten Weltkriegs hinweg. Als er noch ein Junge war, hatten sie ihn mit seiner ganzen Familie zusammen aus dem Haus geholt und in ein Lager nach Arizona gebracht. Das war die Entschuldigung für sein ganzes Leben gewesen. »Wir werden hier niemals zu Haus sein.« Den Haß und die Enttäuschung darüber, wer er war und wer sie alle waren, gab er an ihre Mutter und an seine Kinder, an May weiter.

Dann fing sie an, in Berkeley zu studieren, und war froh, die Familie los zu sein, die langsam in Vergessenheit geriet. Als sie im ersten Semester kein Geld mehr hatte, suchte sie sich einen Job und verkaufte Schuhe an die *gaijin* mit den großen Füßen. Und dann heiratete sie den zehn Jahre älteren Sam Hoshida, weil er sie mit seiner Gartenarchitektur aus dem Schuhgeschäft holte.

Und noch ein Semester im College mit Sams finanzieller Unterstützung. Noch ein Jahr mit einem Mann, der immer ruhiger und verbitterter wurde, als er merkte, daß sie ihn ausnutzte. Sie kleidete sich besser, wurde sich ihrer Schönheit bewußt, andere Männer machten sie darauf aufmerksam.

Dann kam der Uni-Assistent, ein Halb-Japaner, Phil Oshida. Sie verliebte sich in Phil und ließ Sam sitzen. Sie heirateten, und sie hatte in zwei Jahren drei Fehlgeburten. Sie konnte niemals Kinder bekommen. Er haßte sie deshalb, er bemitleidete und haßte sie gleichzeitig und versuchte, diese Gefühle als Liebe zu tarnen. Das war wohl der Augenblick, in dem der große Absturz begonnen hatte – als der einzige Mensch, den sie sich je zu lieben gestattet hatte, sie fallen ließ.

Sie machte einen nutzlosen Abschluß in Politologie und ließ sich ein zweitesmal scheiden. Mit vierundzwanzig Jahren war sie jetzt eine leere, verbrauchte Hülle.

Als es zum erstenmal geschah, hatte sie es nicht geplant. Sie war für eine Urlaubswoche nach Hawaii geflogen, ihr erster Urlaub von ihrem sinnlosen Job in der Bank of America. Natürlich mußte sie, wie immer, sparen – es war eine Pauschalreise, Rückflug, Hotelzimmer und eine Mahlzeit pro Tag. Es waren die Weihnachtsferien. Am Strand traf sie einen Studenten der Universität von Südkalifornien, Los Angeles. Er war groß und kräftig gebaut, blond und typisch amerikanisch und sagte, ihr Badeanzug gefiele ihm. Sie ließ sich von ihm zu einem Eis einladen. Ob er sie zum Essen ausführen dürfe? Er hatte eine Menge Geld. Seine Eltern lebten in Hilo, dem kleinen Hafen im Südosten der Insel. Am nächsten Tag fragte er sie, ob sie mit ihm zusammen in das Haus seiner Eltern gehen würde. Er kam gleich zur Sache. Eine Woche später mußte er wieder zum Studium zurück nach L.A., und er hatte eine Freundin, eine Bindung konnte er mit May also nicht eingehen, aber sie konnten sich amüsieren.

Geld bekam sie nicht von ihm. Allerdings bezahlte er für ihren Rückflug, als sie seinetwegen noch etwas länger dort blieb. Aber diese Erfahrung lehrte sie, daß sie ihr Aussehen nutzen konnte. Sie gab ihren Job bei der Bank of America auf, kürzte ihren Nachnamen zu Shinn und fing an, allein und diskret, auf diese Art Geld zu verdienen.

Schließlich saß sie ab und zu im Nissho, immer noch eine leere Hülle, und trug ihres Vaters Opferlast mit sich herum. Zehn Jahre lang hatten die Männer mit ihr getan, was sie wollten. Noch mehr konnten sie sie nicht erniedrigen, noch wertloser konnte sie sich nicht fühlen. Nachfrage nach ihr war immer noch vorhanden, aber es gab keine May Shintaka mehr, nicht einmal von May Shinn war viel übrig, und es war ihr eigentlich auch völlig gleichgültig. Ihre Nützlichkeit – falls sie je nützlich gewesen war – hatte ein Ende.

In diesem Augenblick war Owen Nash an ihren Tisch gekommen. Er setzte sich unaufgefordert zu ihr. Sie hob den Kopf, um ihn anzusehen. »Ja?«

»Sind Sie so allein, wie Sie aussehen?«

Sie erkannte etwas in Owen Nash, mit dem sie nicht gerechnet hatte, nach all den anderen Männern, mit denen sie Kontakt gehabt hatte.

In ihrem Geschäft war ihr unweigerlich klargeworden, daß am Ende alle Männer gleich oder einander so ähnlich wurden, daß die winzigen Unterschiede keine Rolle mehr spielten.

Aber hier war ein Mann, der sie gleich beim ersten Kennenlernen fesselte. Er stand über ihr, er sah auf sie herunter, er wirkte mächtig, er hatte einen massigen, muskulösen Torso, ein kantiges Gesicht, und seine Augen funkelten vor Leben. Und dahinter, halbverborgen, sah sie, daß er litt …

Jetzt starrte sie ihn an, sie wollte nicht zugeben, was sie intuitiv spürte: Dieser Mann kannte sie schon, er durchschaute sie, er wußte, was in ihr vorging. »Sind Sie so einsam, wie sie aussehen?« Ein altbekannter Spruch, um jemanden aufzugabeln. Aber hier, in diesem, ihrem Fall, war das nicht so. Er sagte ihr damit, daß sie irgendwie miteinander verbunden seien. Es hielt sie nichts mehr in ihrem sinnlosen Leben, und deshalb wollte sie jetzt plötzlich wissen, was das für eine Verbundenheit zwischen ihnen sein könnte.

Sein Zimmer lag nach hinten hinaus, aber er hatte sie von der Küche aus beobachtet, wo er bei der Zubereitung der Beilagen zu seinem Hauptgericht mithalf – Fugu, einer Kugelfischdelikatesse in Japan, an der man starb, wenn man beim Kochen einen Fehler machte.

Nachdem sie zusammen gegessen hatten, warteten sie beide auf die leichte Taubheit auf der Zunge. Owen hatte eine Flasche alten Suntory-Whisky gebracht und trank ihn einfach aus der Sake-Tasse.

»Ich glaube, Sie sind unglücklich«, sagte sie. »Wenn mit dem Fisch etwas falsch gewesen wäre, hätte er Sie vergiften können.«

Er trank seinen Whisky. »Ein Risiko gibt es überall. Man tut, was man tun muß –«

»Und Sie müssen den Tod riskieren? Warum? Jemand wie Sie?«

Sie waren allein in dem Zimmer und saßen auf dem Fußboden. Der Tisch war abgeräumt – nur noch die Suntory-Flasche und die beiden Tassen standen auf dem polierten Teak.

»Es ist ein Spiel«, sagte er. Er lächelte nicht. »Ich tue es einfach. Das ist alles.«

Sie schüttelte den Kopf. Es war kein Spiel für ihn. »Ich glaube, darum sind Sie zu mir an den Tisch gekommen und haben mit mir geredet. Sie haben mich erkannt. Ich bin wie Sie.«

Sie erzählte ihm, was sie sich wünschte: Er sollte ihr folgen, und sie würde ihm zeigen, wie es wirklich war, wenn man sterben wollte. Sie gingen zwanzig Blocks weit durch den Nebel zu ihrer Wohnung. Er folgte ihr die Treppe hinauf. Im Vorraum streifte sie ihre Schuhe ab und ging ins Badezimmer, wo sie das Wasser in die Wanne einließ. Sie ging zum Kühlschrank, nahm den Wein heraus und öffnete die Flasche. Es war, als ob er nicht existierte.

Sie ging zur Kommode und legte ihre Ohrringe und ihre Halskette ab. Sie knöpfte die schwarzseidene Bluse auf und spürte, wie er von hinten an sie herantrat, aber er berührte sie nicht, er sagte kein Wort. So sollte es zwischen ihnen sein. Sie zog sich weiter aus – ihren Büstenhalter, ihre Hose, den Rest.

Sie trank das erste Glas Wein in einem Zug aus und goß sich ein zweites ein, das sie mit ins Badezimmer nahm. Die Wanne war voll mit heißem Wasser, der Spiegel beschlagen. Er saß auf dem Toilettensitz, sah zu, wie sie sich einseifte, und trank von Zeit zu Zeit aus der Suntory-Flasche, die er mitgebracht hatte.

Sie duschte sich ab, dann trat sie hinaus und ging zum Arzneischränkchen, dem sie den kleinen Glasbehälter mit den

Tabletten entnahm. Sie schüttelte die Tabletten, zwanzig Stück mindestens, in ihre Hand. Sie setzte das Glas mit dem Wein an die Lippen, legte den Kopf zurück und warf die Tabletten in ihren Mund.

Das war der Moment, in dem Owen sich bewegte und ihr das Glas aus der Hand schlug; es fiel auf den Kachelboden und zersprang. Er packte sie, steckte ihr seine Finger in den Mund und zwang sie, die Tabletten wieder herauszuwürgen, sie fielen in das Waschbecken, in die Toilette, auf den Boden.

So hatte es angefangen.

Der Schrein verschwand mit dem Krachen der Gitter, die Tür ging auf. »Shinn. Der Staatsanwalt ist da und will Sie sprechen. Los, kommen Sie raus!«

Erinnere dich daran, wer du bist, sagte sie zu sich selbst. Du bist nicht, was sie von dir denken.

Es war kurz vor elf Uhr morgens. Draußen vor den Fenstern, durch die Gitterstäbe hindurch, sah sie die Sonne hoch am Himmel.

Das Sprechzimmer war wie eine Zelle, nur die Toilette und die Gitter fehlten. Darin stand ein alter, narbiger, grauer Schreibtisch mit drei Stühlen. Sie setzte sich dem Mann gegenüber. Er trug Jeans und ein Rugbyhemd. Er stellte sich als Mr. Hardy vor. Außer ihm war noch eine Frau da, die er als Untersuchungsbeamtin der Staatsanwaltschaft bezeichnete. Er sagte, er werde dieses Gespräch auf Band nehmen. Und dann fragte er sie, wie man sie behandele.

»Ich brauche mehr Telefongespräche«, sagte sie. »Ich dürfte nicht hier drin sein.«

Sie war nicht dumm. Sie war eine amerikanische Staatsbürgerin, und sie würde ihm nicht in die Falle gehen wie ihr Vater. Es mußte einen anderen Grund dafür geben, daß man sie verhaftet hatte – es hatte nichts damit zu tun, daß sie Japanerin war. Sie erzählte Hardy, sie hätte Ken Farris telefonisch zu erreichen versucht.

»Ich kann ja Farris für Sie anrufen. Er hat Sie letzte Woche mehrmals angerufen, das wissen Sie.«

»Ich habe Owen Nash nicht getötet«, sagte sie.

»Ich würde an Ihrer Stelle nichts sagen, das man gegen Sie verwenden könnte.«

»Wozu sind Sie denn hier?«

»Ich dachte, daß Sie mir vielleicht erzählen wollen, was geschehen ist. Vielleicht haben wir beide Glück.«

»Was wann geschehen ist?«

Der Mann zuckte die Achseln. »Gestern abend. Die Verhaftung. Wann Sie Owen Nash zuletzt gesehen haben.«

»Sollte ich nicht einen Anwalt haben?«

»Natürlich. Sie haben ein Recht darauf. Sie brauchen mir kein Wort zu sagen.«

Aber sie merkte, daß sie es ihm erklären und reden wollte. »Ich weiß nicht mal genau, weshalb ich hier bin.«

»Ich glaube, daß Sie das Land verlassen wollten, war keine gute Idee.«

»Aber ich wußte –« Sie hielt ein. »Sehen Sie das nicht?«

»Was denn?«

Sie sprach langsam, wählte ihre Worte mit Bedacht. »Als ich meinen Namen in der Zeitung sah, wußte ich, daß man mich verdächtigt.«

»Waren Sie auf dem Boot mit ihm?«

»Nein! Ich habe das dem Beamten schon gesagt, der mich verhaftet hat.«

»Warum sollten wir Sie denn dann verdächtigen?«

»Ich bin Japanerin.« Nein, sagte sie sich. Das war die Antwort ihres Vaters. Aber jetzt hatte sie es schon ausgesprochen. »Es stimmt«, sagte sie. »Sie verdächtigen mich, und zwar grundlos. Weil ich so bin, wie ich bin. Und wegen der Art, mit der ich meinen Lebensunterhalt verdient habe.« Jetzt sollte sie still sein und auf einen Anwalt warten, aber sie konnte sich nicht zurückhalten. »Und auch wegen der Waffe.«

»Ihrer Waffe?«

Sie nickte. »Ich wußte, daß sie auf dem Boot war. Ich hatte sie dort gelassen. Ich wollte sie nicht zu Haus in meiner Wohnung haben. Ich habe es nicht einmal über mich gebracht, sie zu laden. Owen fand das albern.«

»Also haben Sie sie auf der *Eloise* gelassen?«

»Im Schreibtisch, am Bett.«

Der Mann runzelte die Augenbrauen. Irgend etwas störte ihn. »Wissen Sie genau, ob die Waffe da drin war, als Sie am Sonnabend hinausgefahren sind?«

»Ja, aber –«

»Also sind Sie am Sonnabend hinausgefahren.«

»Nein! Das wollte ich nicht sagen. Ich wollte sagen: als Owen hinausgefahren ist. Ich wußte, daß sie sich immer dort befand. Dort habe ich sie aufbewahrt.«

»Hat noch jemand gewußt, daß die Waffe dort war?«

»Na ja, Owen natürlich.« Da war noch etwas. Sie überlegte. Sie sagte es nicht. »Jeder konnte das wissen.«

»Jeder?« wiederholte er.

»Ja!« Sie fing an, sich aufzuregen. Sie verlor allmählich die Selbstbeherrschung und hoffte, daß man es ihrer Stimme nicht anmerkte. Sie zwang sich, ruhig zu atmen. »Wenn ich es getan hätte, warum würde ich dann die Waffe auf dem Boot lassen, nachdem ich ihn erschossen hätte? Dann hätte ich sie doch über Bord geworfen.«

»Ich weiß das nicht, May. Vielleicht standen Sie unter einem solchen Schock, weil Sie es getan hatten, und aus alter Gewohnheit, ohne zu überlegen, legten Sie die Waffe wieder dahin, wohin sie gehörte. Sagen Sie mir doch, wie es war.«

»Ich habe Owen geliebt. Ich habe das dem Sergeant gesagt.«

»Sie haben ihn geliebt.« Er wiederholte es monoton. »Niemand sonst scheint ihn besonders liebenswert gefunden zu haben.«

»Niemand sonst hat ihn gekannt.«

»Eine Menge Leute kannten ihn«, sagte er.

Die Tür des Raums öffnete sich ruckartig. »Was zum Teufel geht hier vor?«

Hardy sah hoch, dann stand er auf. »Kann ich Ihnen helfen?«

Der Mann war keine einsachtzig groß. Er hatte krauses braunes Haar und eine schlaffe, fahle Gesichtshaut. Sein schäbiger Anzug war schlecht geschneidert und schlecht gebügelt. Beim Rasieren hatte er sich geschnitten, und auf seinem weißen Kragen sah man winzige Blutflecke.

Trotzdem, was ihm an Stil fehlte, machte er in der Ausstrahlung wett. Seine braunen Augen waren klar, man merkte ihm an, daß er Autorität besaß. Es hatte den Anschein, als ob er vor Ärger Funken sprühte. »Ja, Sie können mir helfen! Sie können mir sagen, was hier los ist!«

Hardy ging nicht direkt auf seine Frage ein. »Vielleicht können Sie mir sagen, wieso Sie sich dafür interessieren.«

Die beiden Männer betrachteten einander wütend. Der Gefängniswärter, der diesen Mann hereingelassen hatte, stand immer noch an der Tür. Die Untersuchungsbeamtin von der Staatsanwaltschaft, die Hardy als Zeugin mitgebracht hatte, besah sich ihre Fingernägel. Der Wärter fragte: »Meine Herren, haben Sie ein Problem miteinander?«

Der kleinere Mann drehte sich um. »Sie wissen, wer ich bin.«

»Ich weiß es nicht«, sagte Hardy.

Der Mann ignorierte ihn. »Ich vertrete diese Frau, und die Staatsanwaltschaft drangsaliert sie –«

»Hier wird niemand drangsaliert.«

»Sparen Sie sich Ihre Worte für Ihren Widerspruch. Da werden Sie sie brauchen. Von diesem Strafverfahren gar nicht zu reden.«

»Wer sind Sie, zum Teufel?«

»Ich bin David Freeman, Ms. Shintakas Anwalt. Und Sie haben hier nichts zu suchen.«

Wie alle, die als Anwälte oder Staatsanwälte oder Richter im Justizpalast arbeiteten, hatte Hardy von David Freeman gehört, und jetzt war er stumm. Freeman war ein berühmter Mann, ein Strafverteidiger der Spitzenklasse, der schon in unzähligen Fällen geglänzt hatte. Was war er, Dismas Hardy, dagegen: ein Grünschnabel bei der Staatsanwaltschaft, der einen Fall bearbeitete, der ihm eigentlich gar nicht gehörte. Er wußte nicht, welche Verbindung es zwischen May Shinn und David Freeman gab, aber daß es eine gab, stand nun fest, und für Hardy sah es nun ziemlich schlecht aus.

»Wieso sind Sie –«

Freeman schnitt ihm das Wort ab. »Weil zum Glück für die Justiz manche Richter auch am Wochenende arbeiten. Und jetzt verschwinden Sie, zum Teufel, Counselor, oder ich sorge dafür, daß man Sie aus der Anwaltschaft ausschließt.«

May unterbrach ihn: »Aber er hat nicht –«

Freeman hielt gebieterisch die Hand empor. »Sagen Sie jetzt kein Wort mehr.«

Der Richter Andy Fowler holte mit seinem Driver zum ersten Schlag aus, sah den Golfball über die Mitte des Fairway sausen und am klaren, blauen Himmel Flügel bekommen, so trug ihn die warme, trockene Luft davon. Endlich, nach schätzungsweise hundert Metern, fiel er hinab, sprang auf, rollte noch fünfunddreißig Meter weit und blieb eine knappe Eisen-Sieben-Länge vor dem Pin liegen.

Fowler hob sein Tee schwungvoll auf, ging zu seinem Cart und grinste. »Es macht Spaß heute.« Gary Smythe war Fowlers Broker und für heute sein Matchpartner. Sie spielten Best-Ball um 20 Dollar pro Loch und standen jetzt, bei Nummer vierzehn, auf 80 Dollar. Gary war noch keine fünfunddreißig, ein Mitglied der zweiten Generation im Olympic Club.

Das andere Team, natürlich ebenfalls Mitglieder, waren Vater und Sohn: Ben und Joe Wyeth von der gleichnamigen Grundstücksgesellschaft. Ben Wyeth hatte ungefähr Fowlers Alter und sah zehn Jahre älter aus. Er legte den Ball auf das Tee. »Ich glaube, der Richter hier sollte sich das mit seinem Zwölferhandicap noch mal überlegen.« Er schwang seinen Schläger und brachte einen ordentlichen Drive zustande. Der Ball rollte aus und lag dann etwa hundertachtzig Meter entfernt auf der rechten Seite des Fairway. »Das«, sagte er, »ist ein netter Drive für Jungs in unserem Alter, Andy.«

Sie stiegen in ihre Carts und fuhren den Fairway hinunter. »Du spielst heute großartig Golf«, sagte Gary.

Andy kaute auf seinem Tee herum. Er trug eine weiße Baseballkappe mit einem Falkenemblem, kastanienbraune Hosen und ein Polohemd. Er blickte hinter einem Schwalbenschwarm her, der sich in einem der Eukalyptushaine niederließ. »Ich glaube, Golf ist ein göttliches Spiel«, sagte er. »An einem so schönen Tag.«

»Wenn es ein göttliches Spiel ist, ist Gott ein Sadist.« Gary hielt den Cart an und stieg aus, um seinen Ball aufzuheben. Wie meistens an diesem Nachmittag hatte Andy besser geschlagen.

Andy verfehlte den Pin nur um etwas mehr als einen Meter.

Garys Ball landete auf dem vorderen Rand, sprang auf, prallte fast gegen den Pin und rollte dann vier Meter weit daran vorbei. »Jetzt bist du wieder dran«, sagte Gary.

Als sie auf Ben und Joe warteten, sagte Gary zu Andy, er freue sich, daß es Andy besser gehe. »Ein paar von uns haben sich in den letzten Monaten Sorgen gemacht«, sagte er. »Du hattest dich sehr verändert.«

»Ach, das waren eben Sorgen, wie sie ein alter Mann nun mal hat. Das ist alles.« Andy stellte sich zu einem imaginären Putt auf. Überlegte, wie er zuschlagen würde. »Man wird faul. Kaum hat man ein paar Probleme am Hals, nicht schlimmere als jeder andere sie hat, schon vergißt man, daß man etwas dafür tun könnte, daß sie weggehen. Es ist genau wie beim Golfspiel. Man sitzt zu lange herum und starrt den Ball an. Und ziemlich bald starrt er einen an. Was man tun muß, ist einfach seinen Schlag zu machen und weiterzusehen. Wenigstens spielt man dann den Ball, und nicht umgekehrt. Und das hatte ich anscheinend vergessen.«

»Vielleicht könntest du es ein bißchen vergessen. Damit wir jungen Leute gegen dich eine Chance haben.«

Andy stellte sich wieder zu einem imaginären Putt hin und spielte den Ball ins Loch. Er hob den Kopf und grinste. »Ich gebe kein Pardon«, sagte er. »Die Beute gehört dem Gewinner.«

## 19

Hardy hatte schon bessere Wochenenden erlebt.

Das historische Martinez erwies sich als ein ziemlicher Reinfall. Da Moses und Hardy in der Little-Shamrock-Bar an der Neunten Avenue Ecke Lincoln Way in San Franciscos kühlem, luftigem Sunset District lange Jahre hindurch praktisch gewohnt hatten, war es, wie sie feststellten, wirklich eine Schnapsidee, anderthalb Stunden weit in eine andere windige Stadt zu fahren, um dort einige Bars auszukundschaften.

Sie griffen sich ein paar nicht so schwer faßbare Martinis. Der Gin nagte zuerst an Hardy und spülte schließlich die Erinnerung an das morgendliche Desaster mit May Shinn und dem Anwalt David Freeman fort. Danach fuhr Frannie sie alle gerade noch rechtzeitig heim, um zu merken, daß sich Rebecca Röteln und ein Fieber von vierzig Grad zugezogen hatte. Sie brachten sie sofort ins Krankenhaus.

Als sie um Mitternacht zurückkehrten, war Hardy zu erschöpft, um Art Drysdale und Abe Glitsky, die Nachrichten auf seinem Tonband hinterlassen hatten, noch zurückzurufen.

Doch am Sonntag hatte er sich erholt. Art Drysdale machte ihm Vorwürfe. Von Glitsky, der am Sonnabend gearbeitet hatte, hörte er, daß der Nachtwärter im Yachthafen, Tom Waddell, May am Donnerstagabend die Anlegestelle hatte verlassen sehen.

»Wahrscheinlich ist sie zurückgekehrt, als ihr einfiel, daß sie die Waffe im Boot gelassen hatte.«

»Besaß sie denn einen Schlüssel zur Kabine?«

»Das ist es ja. Offenbar kam sie nicht hinein. Waddell wollte ihr gerade helfen – was auch immer sie da tat –, aber im gleichen Augenblick war sie fort. Vielleicht hat sie in diesem Augenblick den Entschluß gefaßt, sich das Flugticket nach Japan zu kaufen. Der Zeitpunkt würde passen.«

Hardy erinnerte sich, daß die *Eloise* bei seinem ersten Besuch unverschlossen gewesen war. May, die das wußte, hatte vielleicht gedacht, sie könnte sich einfach an Bord schleichen, die Waffe nehmen, wieder verschwinden, und dann gäbe es keinerlei Indizien mehr, die sie in diesem Mordfall belasteten.

»Und da ist noch etwas. Vielleicht ist es bedeutungslos, vielleicht ist es ein Witz. Aber es könnte auch der Schlüssel zu dem ganzen Verbrechen sein.«

Hardy wartete.

»Ich habe mir einen Durchsuchungsbefehl für ihre Koffer geben lassen, und wir fanden etwas, das wie ein Testament in Owen Nashs Handschrift aussah, in dem er ihr zwei Millionen Dollar hinterläßt.«

»Ist es echt?«

»Das wissen wir nicht. Wir bekommen eine Probe seiner Handschrift, um das zu prüfen. Wir haben es ihr gegenüber noch gar nicht erwähnt. Aber nehmen wir mal an, Nash verschwindet, und sein Leichnam taucht nicht an irgendeinem Strand auf. Nachdem er für tot erklärt ist, kommt May und legt ihr rechtskräftiges Schriftstück vor.«

»Nettes Ruhepolster.«

»Dachte ich auch.« Ein guter Polizist, der allen Spuren nachging und einen Fall aufbaute, von dem Hardy hoffte, daß er selbst ihn nicht schon wegen eines Formfehlers verloren hatte.

Er verbrachte den größten Teil des Sonntags zu Hause und kümmerte sich um Rebecca. Er badete sie alle zwei, drei Stunden in lauwarmem Wasser. Frannie versuchte, tapfer zu bleiben, aber er merkte, wie sehr es sie quälte, von seinen Gefühlen ganz abgesehen. Er erinnerte sich an sein früheres Leben und den kleinen Jungen, der gestorben war. Da wehte ihn an diesem warmen Abend eine Kälte an.

Zum Abendessen gab es – kalte Spaghetti, durchgeweichten Salat und vertrocknetes Brot. Sie lagen alle schon vor neun Uhr im Bett.

Familienleben mit einem kranken Kind.

»Entschuldigen Sie mich«, sagte Elizabeth Pullios. »Es gibt hier nichts zu bereden.«

»Dann will ich meinen Hefter nehmen und gehen.« Es war Montagmorgen um halb zehn Uhr, und Hardy saß schon zum zweiten Mal innerhalb einer Woche im Allerheiligsten des Bezirksstaatsanwalts Christopher Locke. Mit ihm zusammen, im zweiten Sessel vor dem Schreibtisch des Bezirksstaatsanwalts, saß Elizabeth Pullios, am Fenster stand Art Drysdale und kehrte ihnen den Rücken zu.

Pullios blieb ganz ruhig. »In diesem Mordfall bin ich zuständig. Was gibt es da zu diskutieren?«

»Daß Art mir diesen Fall versprochen hat.« Hardy wußte, daß es sich weinerlich anhörte, aber es stimmte, und er mußte es sagen.

»Art hat sich hier nicht richtig verhalten, Hardy.« Locke konnte sehr freundlich lächeln, wenn Kameras da waren, aber hier waren keine Kameras, und er lächelte jetzt nicht. Er beugte sich mit gefalteten Händen vor. »Nun hören Sie mal zu. Ich weiß Ihren Enthusiasmus für diese Arbeit zu schätzen. Aber wir arbeiten in einer Hierarchie und einer Bürokratie.« Er hob die Hand, und Hardy kam nicht zu seiner Erwiderung. »Ich weiß, wir alle hassen dieses Wort. Aber es ist ein präziser Ausdruck, und er paßt zu diesem Büro. Ms. Pullios verfügt in der Bearbeitung von Mordfällen über große Erfahrung, und am Sonnabend« – Locke deutete mit dem Finger auf Hardy – »haben *Sie* diese Untersuchung ernsthaft gefährdet. Die Beschuldigte hat ein absolutes Recht auf die Anwesenheit eines Anwalts. Ist Ihnen das klar?«

»Ich habe sie nicht gezwungen, ein Wort zu sagen.«

»Sie hätten überhaupt nicht *dort* sein dürfen. Das ist der springende Punkt. Gott sei Dank haben Sie auf Tonband genommen, was sie gesagt hat.«

Pullios rutschte auf dem Leder ihres Sessels herum. »Freeman könnte immer noch einen Fall daraus machen. Verstoß gegen die Strafprozeßordnung.«

»Mist«, sagte Hardy.

»Wie bitte?« Wenn jemand in Lockes Büro fluchte, dann nur er selbst.

Hardy überlegte und sagte dann trotzig: »Ich glaube nicht, daß er daraus einen Fall machen kann.«

»Egal.« Pullios war ruhig, aber fest. »Darüber müssen wir jetzt gar nicht reden. Ich bin hier für Mordfälle zuständig, stimmt das, Sir?«

»Natürlich.«

»Art?«

»Komm, Elizabeth.«

»Also bin ich zur Mordabteilung rauf und habe mir bei Abe Glitsky einen Hefter abgeholt, wie ich das schon oft getan habe. Zufällig war es dieser Mordfall Nash. Und jetzt in diesem Augenblick befindet sich eine verdächtige Person in Haft, die in dem Augenblick verhaftet wurde, als sie aus unserem Amtsbereich zu fliehen versuchte.« Sie schrie nicht. Sie sprach ganz ruhig. Sie schien nicht einmal besonders aufgeregt zu sein. Sie hatte die Trümpfe in der Hand.

Hardy unternahm einen letzten Versuch. »Sehen Sie mal, Elizabeth. Ich habe allerhand Zeit in den Fall investiert. Ich habe die Hand gefunden. Ich habe mit der Tochter und mit dem Anwalt und besten Freund des Opfers gesprochen – und jetzt soll ich den Fall nicht bearbeiten. Was macht das für einen Eindruck auf die Leute?«

»Das ist irrelevant«, sagte Pullios.

»Nicht nur das«, sagte Locke, für den das Image, das sein Amt in der Öffentlichkeit hatte, immer von größter Bedeutung war. »Es ist nicht die Aufgabe von Ihnen beiden, sich darum zu streiten. Was Sie da anführen, ist zweifellos richtig, wenn auch nicht wesentlich. Ich kann verstehen, daß Sie meinen, Sie hätten ein legitimes Recht auf diesen Fall, aber dasselbe gilt für Elizabeth. Also, was wir jetzt machen, ist folgendes: Sie, Hardy, helfen mit. Unter Elizabeths Anleitung halten Sie den Kontakt mit den Personen aufrecht, die Sie bereits verhört haben, und halten Elizabeth als Vorgesetzte auf dem laufenden. Sie erstatten ihr über jeden Schritt, den Sie tun, Bericht. Wenn wir in diesem Fall Anklage erheben, dann wird das Elizabeths Auftritt, und Sie, Hardy, erhalten Gelegenheit, ihre meisterhafte Prozeßführung aus nächster Nähe zu verfolgen.« Der Bezirksstaatsanwalt verschränkte die Hände auf dem Schreibtisch und warf sein patentiertes Lächeln in den Raum. »Nun lassen Sie uns zusammenarbeiten und diesen Fall zu Ende bringen. Wir arbeiten hier in einem Team, was wir alle manchmal vergessen. Art, Hardy, ich danke Ihnen, daß sie mich unterrichtet haben. Meine Tür steht Ihnen jederzeit offen. Bei mir finden Sie immer ein aufmerksames Ohr. Elizabeth, könntest du noch einen Augenblick bleiben?«

»Gelegenheit, eine meisterhafte Prozeßführung aus der Nähe zu verfolgen.«

Drysdale jonglierte in seinem Büro. »Mein guter Freund Chris Locke sorgt dafür, daß alle dabei gewinnen.«

»Gewinnen? Armleuchter!«

Die Bälle zirkulierten. »Pullios versucht sich an dem Fall. Du arbeitest mit daran. Ich unterstütze dich wie bisher. Das Büro macht einen guten Eindruck. Alle gewinnen.«

»Wer war das manchmal, der gesagt hat: Noch so ein Sieg, und wir sind ruiniert?«

»Pyrrhus, glaube ich.«

»Daran werde ich noch denken.« Hardy schüttelte den Kopf. »Ich kann's nicht fassen. Sie weiß überhaupt nichts von diesem Fall.«

Drysdale widersprach. »Sie weiß sehr wohl etwas. Und ich muß mit einiger Berechtigung sagen: Sobald ein Täter, wofür auch immer, verhaftet ist, ist er ein schuldiger Hundesohn.«

»Und was ist mit ›im Zweifel für den Angeklagten‹?« Hardy kam sich mit dieser Frage lächerlich vor. Er wußte nicht genau, ob er selbst noch daran glaubte nach der Menschenwelle, die in den vergangenen Monaten über seinen Schreibtisch geschwappt war. Alle, jeder einzelne von ihnen, war schuldig an *irgend etwas* gewesen, selbst wenn es nicht das gewesen war, dessen man ihn beschuldigt hatte. Jeder, der bei der Staatsanwaltschaft arbeitete, sah sich der Versuchung ausgesetzt, alle, die sie schnappten, für irgend etwas zur Rechenschaft zu ziehen. Die besten von ihnen erhoben sich darüber. Manche fanden es unnötig.

Drysdale sah es anders. »Haken wir mal die Liste ab«, sagte er. »Sie hatte eine sexuelle Beziehung mit dem alten Knaben. Okay, da sind wir schon auf dem goldenen Weg des Erfolgs. Zweitens. Was hat sie heute früh zu dir gesagt? Sie kassiert vielleicht zwei Millionen, falls der Alte stirbt. Das ist die große Nummer zwei. Das ist nicht unwichtig.«

»Aber vielleicht stimmt es nicht mal. Und Elizabeth weiß sowieso nichts davon.«

Drysdale machte einen Luftkuß, einen leise klickenden Laut. »Aber sie wird's erfahren. Jedenfalls: Als nächstes kommt ihre Kanone. Und ein Zeuge hat sie am Tatort gesehen. Auch hat sie für den fraglichen Tag kein Alibi. Und schließlich versucht sie zehn Minuten, nachdem man ihr gesagt hat, daß sie es nicht tun soll, das Land zu verlassen. Also, ich finde den Gedanken nicht weit hergeholt, daß sie es getan hat.«

»Ich habe nicht gesagt, daß sie es nicht getan hat. Ich sage, es gibt keine wirklichen Beweise dafür, daß sie es getan hat. Noch nicht.«

»Zum Glück beurteilen das die Geschworenen.«

»Und Betsy.«

»Und du.« Drysdale hob mahnend den Finger. »Ich würde sie nicht Betsy nennen.«

»Bin ich froh, wieder hier zu arbeiten.«

»Ist das eine Frage? Du hast deinen Mordfall – schneller als die meisten.«

Hardy blieb im Eingang zu Drysdales Büro kurz stehen. Im Lautsprecher der Halle hörte er seinen Namen – ein Telefonanruf für ihn. »Pyrrhus, richtig?« sagte er, bevor er in den Korridor hinaustrat.


Der Singvogel hieß Devon Latrice Wortherington und schien die Augenblicke relativer Freiheit, die er außerhalb seiner Zelle verbringen durfte, wirklich zu genießen. Man hatte Devon am Donnerstagabend vor einer Bar in der Nähe von Hunter's Point aufgegabelt, als er eine nicht registrierte Waffe und ein halbes Pfund Rock-Kokain bei sich hatte. Er hatte zwölf Stunden im Knast gesessen, als er sich plötzlich seiner Bürgerpflicht erinnerte: Er mußte der Polizei helfen, falls er irgend konnte, Personen, die ein Verbrechen begangen hatten, zu verhaften. In diesem Fall handelte es sich um Schüsse aus einem vorbeifahrenden Auto – drei Menschen waren tot auf der Strecke geblieben, darunter ein Junge, der Glitsky an seinen eigenen Sohn erinnerte. Und sieben Verletzte.

Er schien Glitsky zu mögen. Vielleicht war er einfach gut gelaunt. Jedenfalls redete er wie ein Wasserfall. »Was ist denn Glitsky für ein Name?« wollte er wissen, während sie das Videogerät für die Vernehmung vorbereiteten. »Ich hab' noch nie 'nen Glitsky gekannt.«

»Das ist ein jüdischer Name«, sagte Abe.

»Was meinen Sie, jüdisch?«

»Der Name von einem Juden.«

»Wie kommen Sie an einen jüdischen Namen?«

»Wie kommen Sie an den Namen Wortherington?«

»Von meinem Vater, Mann.«

»Tja …«

»Wollen Sie mir erzählen, daß Sie Glitsky von Ihrem Vater haben? Woher hat *er* Glitsky?«

Abe war an extrem niedrige Intelligenzquotienten gewöhnt. Trotzdem war Devon vielleicht dicht an der Grenze dessen, womit man ihn nicht mehr vor Gericht stellen konnte. Aber wenn er wollte, konnte Glitsky ganz geduldig sein, und im Moment gab es sonst nicht viel zu tun. »Mein Vater«, sagte er, »hat Glitsky bekommen, weil er Jude war.«

»Ach, Scheiße. Sie wollen mich verscheißern.« Glitsky spürte, daß Devon ihn argwöhnisch betrachtete, um Anzeichen dafür zu entdecken, daß er ein doppeltes Spiel mit ihm spielte. Glitskys Gesicht blieb ungerührt.

»Wir sind jetzt fertig, Sergeant.« Die Technikerin war eine Frau mittleren Alters, die nach nichts aussah und keinen Humor hatte. Vielleicht hatte sie ein Verhältnis mit dem Gefängniswärter, der Devon hereingebracht hatte und jetzt an der Tür des Sprechzimmers stand.

»Mein Vater ist nicht schwarz«, sagte Abe.

Er sah, daß Devon das in sich aufnahm, darauf herumkaute, es schluckte. »He, ich kapiere. Ihr Vater ist Jude. Ich meine, ein richtiger Heb.«

Abe fragte sich, was sein Vater Nat davon halten würde, daß man ihn einen richtigen Heb nannte, und beschloß, ihn das nächstemal, wenn er ihn traf, zu fragen. Er setzte sich Devon gegenüber an den Tisch und stellte ihm die ersten Fragen – Name, Alter, Geburtsort.

»Okay, Devon, fangen wir an. Sonntagabend, am 21. Juni gegen sieben Uhr standen Sie an der Ecke von Dedman Court« – Glitsky mochte den Namen – »und Cashmere Lane in Hunter's Point. Ist das richtig?«

Devon nickte, und Glitsky machte weiter mit der Reihe der Fragen, die er im Kopf hatte. Devon bestätigte, daß er mit ein paar Leuten aus der Nachbarschaft zusammengestanden hatte, als ein grüner Camaro mit zwei Männern vorn und zwei Männern hinten ankam. Als der Wagen auftauchte, stieß jemand an der Ecke einen gellenden Schrei aus, und ein paar Leute fielen zu Boden. Devon war stehengeblieben und sah die Pistolenläufe, die aus den Fenstern vorn und hinten herausragten. Ein weiterer Mann schien auf dem Rücksitz zu hocken und ein Gewehr oder eine Schrotflinte aus dem geöffneten Dach nach hinten zu richten. »Haben Sie den Schützen als Tremaine Wilson identifiziert?«

»Ja, es war Wilson.«

Glitsky fragte sich, wie Devon diesen Wilson hatte identifizieren können. Zwei andere Zeugen hatten gesagt, die Schützen hätten Masken getragen. »Und er feuerte aus dem vorderen Fenster rechts, an der Beifahrerseite?«

»Stimmt.«

»War irgend etwas zwischen Ihnen und Wilson, so daß Sie ihn nicht ganz genau erkennen konnten?«

»Nein. Er war nur ungefähr sieben Meter von mir entfernt. Ich habe ihn so klar gesehen, wie ich Sie sehe.«

»Man sagte mir, er hätte etwas über dem Gesicht getragen.«

»Was meinen Sie?«

»Na, eine Skimaske, ein Tuch, irgend so etwas über dem Gesicht?«

Devon stockte, sein lockerer Rhythmus brach ab. »Es war Wilson«, sagte er.

»Ich sage nicht, daß er's nicht war, Devon. Ich frage, war da etwas, das sein Gesicht bedeckte?«

»Was ändert das denn?«

Glitsky nickte der Technikerin zu, sie hielt das Videogerät an. Glitsky wußte, daß das Tonbandgerät unter dem Tisch weiterlief. »Okay, wir haben das Gerät abgestellt, Devon. Hat er eine Maske getragen? Ja oder nein?«

»Moment mal. Ich sage Ihnen, es war Wilson. Ich *weiß*, daß es Wilson war. Also liefere ich Ihnen den Mann, und Sie lassen mich aus dem Knast. Ist das ein Deal?«

Glitsky schüttelte den Kopf. »Der Deal läuft nur, wenn Sie uns Beweismittel liefern, die wir vor Gericht brauchen können. Er trug eine Maske, stimmt's?«

Devon überlegte und rechnete sich seine Chancen aus, dann schüttelte er den Kopf. »Stimmt nicht. Er hatte keine Maske.«

Glitsky seufzte und bat die Technikerin, das Gerät wieder einzuschalten. »Okay, Devon, jetzt wird's ernst: Trug der Schütze, den Sie als Tremaine Wilson identifiziert haben, etwas über dem Gesicht?«

»Nein.«

Das war zu erwarten gewesen. Und trotzdem schien Devon die Wahrheit zu sagen, wenn er zu wissen behauptete, daß Wilson der Schütze gewesen war, aber wenn er nicht aussagen

178

konnte, daß er gesehen hatte, wie Wilson auf den Abzug drückte, nützte das alles gar nichts.

»Sind Sie mit Wilson verwandt?«

Devons Gesicht war ein Fragezeichen.

»Vetter, Halbbruder, so etwas?«

»Nein.«

»Ist er mit irgend jemandem verwandt, den Sie kennen?« Wieder machte Devon eine Pause, aber diesmal wartete Glitsky nicht. Er wandte sich an die Technikerin. »Schalten Sie ab«, sagte er. »Okay, Devon, woher kennen Sie Wilson?«

Es dauerte ungefähr eine Minute, bis herauskam, daß Tremaine Wilson vor kurzem zu einer Frau gezogen war, mit der Devon in den letzten beiden Jahren zusammengelebt und mit der er ein Kind hatte.


»Also dachte Devon, er könnte sich einen doppelten Gefallen tun, indem er Wilson hinter Gitter brachte und seine alte Dame wiederbekam. Schlauer Junge, was?«

»Sehr schlau.« Hardy hatte an Glitskys Schreibtisch gesessen und sich nach der Auseinandersetzung mit Locke und Pullios ein wenig abgekühlt. »Aber es stellte sich heraus, daß Wilson es getan hat?«

»Ja, natürlich. Devon meint, Wilson hätte es auf ihn persönlich abgesehen. Darum hat er sich die Kanone gekauft, die wir am Donnerstag bei ihm gefunden haben. Wilson wollte ihn abknallen, aber wie immer, so auch in diesem Fall: Er hat danebengeschossen und ein paar andere, die in der Nähe standen, umgelegt.«

»Also ist Devon wieder im Bau.«

»Keine beweiskräftige Aussage – kein Deal. Devon ist sicher, daß Wilson geschossen hat – womit er wahrscheinlich Recht hat. Also kennen wir jetzt einen der Schützen. Würdest du mit Devons Aussage vor Gericht gehen?«

»Warum läßt du Devon nicht raus und gibst ihm seine Kanone zurück? Er geht los, erschießt Wilson, dann schnappen wir ihn uns wieder.«

Glitsky lächelte. Die senkrechte Narbe auf seinen Lippen war weiß. »Das ist eine schöne Idee.« Er dachte einen Augenblick darüber nach. »Also, dann laß mich mal wieder auf meinen Stuhl.«

Hardy stand auf. Er nahm den Hefter, den er in der Hand gehalten hatte, und ließ ihn auf Glitskys Schreibtisch fallen. »Da hast du ihn zurück«, sagte er.

Glitsky drehte ihn um und sah Hardy an. »Wo hast du den her?«

»Ich habe einen besseren. Und wo hat Pullios den her?«

»Von mir.«

»Ach, von dir.«

»Klar. Das ist ganz normal, kommt dauernd vor. Sie erscheint und sagt: ›Hi, Abe, was hast du da?‹, und ich gebe ihr einen Mordfall.«

»Hast du gar nicht daran gedacht, daß das mein Fall sein könnte?«

»Ich habe ihr gesagt, daß du daran gearbeitet hast. Und sie sagte, das wüßte sie, und da würde sie sich drum kümmern.«

»Ach. Das hat sie auch getan. Sie hat ja jetzt den Fall.«

»Aber du hast den Hefter immer noch, wie ich sehe.«

»Ja, ich soll jetzt ihr Laufbursche sein. Ständig in ihrem Kielwasser.«

Glitsky lehnte sich zurück und legte die Füße auf den Schreibtisch. Er holte ein Pfefferminzbonbon aus der Jackentasche und steckte es sich in den Mund. »Also, wo drückt der Schuh?«

Hardy hätte sich weiter über die internen Machtkämpfe der Staatsanwaltschaft auslassen können, aber das wäre verlorene Liebesmüh gewesen, und das wußte er. Am besten war es, wenn er seine Arbeiten erledigte und auf eine neue Chance wartete. Er lehnte sich gegen die Ecke von Abes Schreibtisch. »Meine Schuhe drücken nicht«, sagte er. »Aber ich bin die Akte durchgegangen, und du schreibst, du hast die Waffe im Rollpult gefunden.«

»Richtig.«

»In der obersten Schublade? Bei den Seekarten und so?«

»Stimmt. Ja und?«

»Ich habe am Mittwoch in die Schublade geschaut, und da war keine Waffe drin.«

Glitsky holte Luft, kaute auf seinem Pfefferminzbonbon, dann nahm er die Füße vom Schreibtisch herunter. »Was?«

Hardy erzählte ihm von seinen eigenen Nachforschungen auf der *Eloise*.

»Aber Waddell, der Wachmann, war zusammen mit dir an Bord, oder? Wollte der dich nicht so schnell wie möglich wieder draußen haben?«

»Ja, schon. Aber ich habe in der Schublade nachgesehen.«

»Wie sorgfältig?«

»Ich habe sie geöffnet. Ich habe hineingeguckt. Was willst du mehr?«

»Die Waffe lag ein Stück weiter hinten, Diz. Wie weit hast du hineingesehen?«

Hardy versuchte sich zu erinnern. Er erinnerte sich, daß Tom, der Wachmann, ihn gedrängt hatte, er solle nicht länger herumsuchen. Er hatte die Schublade aufgezogen und die Seekarten entdeckt. Er war sicher – fast sicher –, daß er eine Waffe gesehen hätte, wenn eine daringewesen wäre. Aber um ehrlich zu sein: Er hatte nicht bis ganz hinten in die Schublade hineingeblickt und auch nicht darin herumgetastet.

»Also hast du sie übersehen«, sagte Glitsky. »Ich würde mir deswegen keine Sorgen machen. Das kommt vor. Darum haben wir ja ein Team, das losgeht und die Spuren sichert.«

Das Telefon auf dem Schreibtisch läutete. Hardy erhob sich, nahm seinen Hefter und ging ans rückwärtige Fenster, von dem aus man die Baugrube für das neue Gefängnis und den Freeway sah, der ungefähr auf derselben Höhe wie die Mordabteilung im dritten Stock lag. Die nach Süden strebenden Autoschlangen standen im Stau. Die Sonne schien immer noch vom wolkenlosen Himmel – der vierte Tag der Hitzewelle.

Glitsky tauchte neben ihm auf. »Das war Ken Farris«, sagte er. »Heute früh hab' ich ihm eine Kopie des Testaments gefaxt – des angeblichen Testaments mit den zwei Millionen, erinnerst du dich? Ich dachte, er könnte mir sagen, ob die Handschrift echt ist.«

»Und?«

»Er sagt, sie sehe zwar wirklich wie Nashs Handschrift aus, aber echt könnte es nicht sein. Nash hätte das nicht gemacht.«

»Warum nicht?«

»Er sagt einfach, er hätte das nicht gemacht. Nash hat alle juristischen Angelegenheiten Farris überlassen.«

»Aber es ist seine Handschrift?«

»Sieht so aus. Könnte natürlich auch gefälscht sein. Bisher läßt sich das noch nicht sagen. Wenn es wirklich von ihm stammt, ist es eine legale Form von Testament. Ein weißes Blatt Papier mit einem Datum und sonst nichts drauf. Aber legal oder nicht, ich will dir was sagen.«

»Was denn?«

»Ich bin froh, daß ich diese Frau, Shinn, drin habe. Sie wäre mir fast durch die Lappen gegangen.«

Hardy starrte in den stehenden Verkehr auf dem Freeway hinaus und sah die blitzenden Scheiben, in denen sich die Sonne spiegelte. Er spürte einen stechenden Schmerz hinter seinem linken Auge und hob die Hand auf, um ihn wegzureiben. »Fast«, sagte er. »Fast.«

## 20

Hardy staunte, wie fleißig Abe am Wochenende gewesen sein mußte. Kein Wunder, daß er pausenlos gearbeitet hatte. Noch weniger wunderte es Hardy, daß Abe so lange gezögert hatte, May zu verhaften. Er hatte ja weder einen Haftbefehl noch irgendwelche Indizien gegen sie gehabt. Nach einer Festnahme ohne Haftbefehl – wie in Mays Fall – mußte der verhaftende Beamte innerhalb von achtundvierzig Stunden alle Papiere des Falles im Büro der Staatsanwaltschaft vorlegen. Achtundvierzig Stunden, das hieß, bis Sonntagabend – gestern abend. Bis dahin brauchte er eine Beschuldigung, alle vorhandenen Berichte über das Vorkommnis, Zeugenaussagen, Gutachten der Spurensicherung und der Ballistik, falls vorhanden – also genügend Beweise, damit der Staatsanwalt den Fall nicht verwarf.

An diesem Morgen hatte eine Sekretärin wie eine Wahnsinnige gearbeitet, um die Beschuldigung und die Tonbandprotokolle ins Reine zu schreiben, dann wurden zwei Kopien des Hefters vorbereitet – das Original blieb bei der Staatsanwaltschaft, eine Kopie ging in die Registratur, die den Gerichtstermin festsetzte (und von dort weiter an den Richter), die zweite Kopie wurde für den Verteidiger bereitgehalten.

Elizabeth Pullios hatte nicht nur zuerst den Hefter bekommen, sie hatte offenbar auch erreicht, daß die Registratur die Verhandlung noch auf denselben Tag anberaumte. Den frühen Nachmittag.

Rebeccas Fieber war mittags zurückgegangen. Jetzt erschienen überall an ihrem Körper diese roten Flecke. Abgesehen davon war zu Hause alles in bester Ordnung. Frannie überlegte, ob sie ein Mittagsschläfchen halten sollte, um nachzuholen, was sie in der Nacht zuvor versäumt hatte.

Hardy war vom Mittagessen zurück – Schweinerippchen in Lou's Bar, dazu ein Club Soda. Er stand an seinem Schreibtisch und warf drei Serien Pfeile gegen sein Dartboard. Bei der dritten Runde nagelte er zwei Ziffern pro Durchgang, manchmal alle drei. Zum zehntenmal überlegte er, ob er sich nicht bei der Stadtmeisterschaft anmelden sollte. Eines Tages würde er es tun.

Er holte sich einen schwarzen Aktendeckel mit drei Ringen und fing an, einige Einlageblätter zu beschriften. Polizeibericht. Chronologischer Bericht des Inspektors. Notizen des Inspektors. Gerichtsmediziner. Obduktion. Zeugen. Diese Routine unterschied sich – abgesehen von den Berichten des Gerichtsmediziners und der Obduktion – nicht sehr von seinen Voruntersuchungen. Beweismittel waren Beweismittel. Ein Verfahren war ein Verfahren.

Aber in Hardys eigenem Hefter gab es ein definitiv neues Einlageblatt: Zeitungsberichte. Er hatte sich noch einmal die Mühe gemacht, alle bisherigen Texte von Jeff Elliot über den Fall herauszuschneiden. Über die meisten Verbrechen, die in der Stadt geschahen, kam gar nichts in die Zeitung. Dieses stand bereits auf der ersten Seite. Hardy nahm an, daß in ein, zwei Tagen der Name Pullios in der Zeitung auftauchen würde, und davon wollte er Ausschnitte sammeln.

Er war an diesem Morgen noch nicht sehr weit mit dem Studium von Glitskys Berichten gekommen, als ihm die Sache mit der Waffe – die er am Mittwochabend nicht entdeckt hatte – auffiel. Er hatte sowieso nach einem Grund gesucht, Dampf abzulassen und aus seinem Büro herauszukommen. Das hatte er nun erledigt. Er hatte sich auch nach dem Baby erkundigt und ein gutes Mittagessen verspeist. Jetzt war es an der Zeit, sich an die Arbeit zu machen. Er schlug den Hefter wieder auf und begann mit der Lektüre der ersten Zeugenaussage. Das Transkript war ungekürzt vom Tonband übernommen worden:

Drei, zwei, eins. Hier spricht Inspektor Abraham Glitsky, Stern-Nr. 1144. Ich bin im Augenblick im Büro des Yachtclubs Golden Gate Marina, 3567 Fort Point Drive. Bei mir befindet sich ein Herr, der sich identifiziert als Thomas Waddell, weiß, männlich, 19.4.68. Diese Befragung bezieht sich auf die Untersuchung des Falles Nummer 921 065 882. Heute ist Sonnabend, der 27. Juni 1992. Es ist 14 Uhr 15 Minuten.

Hardy überflog rasch die Präliminarien und kam zu der Stelle, als Abe angefangen hatte, May mit dem Tatort in Verbindung zu bringen.

F: Sie erinnern sich, daß Sie die *Eloise* mit Mr. Hardy zusammen abgeschlossen haben?
A: Ja, stimmt. Vorher war sie nicht abgeschlossen.
F: Sie war einfach offengelassen worden?
A: Das kommt dauernd vor. Wir bemerken es, wir schließen sie ab, aber wir prüfen es nicht regelmäßig nach.
F: Aber Sie haben sie abgeschlossen, wann? Mittwochabend?
A: Ich weiß nicht genau. Als der Staatsanwalt da war, danach.
F: Das war Mittwoch.
A: Okay.
F: Und haben Sie jemand anderen an Bord der *Eloise* gesehen?
A: Nein, nicht genau. Ihre Leute, die Polizei war am Freitag noch hier, als ich herkam. Sie meinen außer Ihren Leuten?

F: Ja. Was bedeutet, ›nicht genau‹?

A: Ich habe mich daran erinnert, weil ich extra abgeschlossen hatte, aber Mr. Nashs Freundin kam vorbei.

F: Seine Freundin?

A: Die japanische Dame. Sie war ein paarmal hier draußen. Ich habe sie erkannt.

F: Hier ist ein Photo einer Frau namens May Shintaka. Erkennen Sie sie?

A: Ja, das ist sie. Sie war da, Donnerstagabend, draußen auf der Landebrücke.

F: Um wieviel Uhr war das?

A: Es war noch hell. Vielleicht um sieben, halb acht.

F: Was hat sie da getan? Haben Sie mit ihr gesprochen?

A: Nein. Ich weiß nicht. Sie kam am Büro vorbei, als ich mich mit ein paar Leuten unterhalten habe. Sie ging hinunter auf Dock zwei, zur *Eloise*, blieb eine Minute, dann, als ich fertig war und hochblickte, war sie fort.

F: Ist sie an Bord der *Eloise* gegangen?

A: Das Boot war abgeschlossen.

F: Ich weiß, daß es abgeschlossen war. Vielleicht hatte sie einen Schlüssel?

A: Ich weiß es nicht, ich nehme an, das ist gut möglich. Ich weiß es nicht. Ich habe sie nicht mehr gesehen, und später, als ich nachsehen ging, war das Boot immer noch abgeschlossen. Sie war nicht drin.

F: Woher wissen Sie das?

A: Das Schloß ist außen. Man kann nicht hineingehen und die Tür von innen abschließen. Wenn sie also noch drin gewesen wäre, wäre die Tür offen gewesen.

F: Sie haben sie nicht weggehen sehen?

A: Nein, Sir. Aber ich habe auch nicht darauf geachtet. Es gehen dauernd Leute vorbei. Ich habe das Ganze erst später mit Mr. Nash in Verbindung gebracht, nachdem sie schon wieder fort war.

Hardy konnte nicht genau sagen, warum, aber er war nicht glücklich dabei, diese Nägel für Mays Sarg zu sammeln. Sie – der Fall – gehörte ihm nicht mehr, vielleicht lag es daran. Sie gehörte jetzt Elizabeth Pullios. Und je genauer er hinsah, um so mehr Nägel schien er zu finden.

Glitskys Theorie – daß May zur *Eloise* zurückgekehrt war, um ihre Waffe zu holen, weil sie das einzige Indiz war, das sie mit dem Verbrechen verknüpfte – kam ihm allmählich ziemlich einleuchtend vor. Und ihre Idee, daß sie und Owen Nash hätten heiraten wollen, war geradezu lächerlich.

Er ging um den Schreibtisch herum und nahm in Gedanken wieder seine Pfeile in die Hand. Seine Tür war geschlossen, und er warf die Darts, ohne zu zielen, er sah gar nicht hin. Für ihn waren die Darts dasselbe wie die Rosenkränze für die Griechen.

Donnerstag, der 25., war der Tag gewesen, an dem Elliots Story Owen Nash, die *Eloise* und May miteinander verknüpft hatte. Am selben Tag hatte sie ihr Flugticket nach Japan (nur einfach, nicht zurück) gekauft und war, wie anzunehmen ist, zum Yachthafen zurückgekehrt, um ihre Waffe zu holen. Und das war ihr mißlungen.

Warum hoffte er eigentlich, daß sie es nicht getan hatte?

Er dachte, das käme vielleicht daher, weil so viele der Leute, die er in seinen anderen Fällen gesehen hatte, zu dem Typ gehörten, dem man Verbrechen aller Art zutraute. Als er May Shinn oben im Gefängnis gesehen hatte, machte sie auf ihn überhaupt nicht den Eindruck, als sei sie dieser Typ. Sie hatte so offen mit ihm geredet, bis Freeman aufgetaucht war, hatte sich überhaupt nicht für ihre Rechte interessiert. Genau wie man das bei unschuldigen Leuten zunächst erwartete, bevor sie merkten, wie das Justizsystem funktionierte.

Hardy war bereit zu glauben, daß sie log, aber wenn sie es tat, dann log sie gut. Hardy wußte, daß es solche Leute gab. Unter der Klientel, mit der er zu tun hatte, hatte er allerdings nicht viele kennengelernt. Lügner ja, aber gute Lügner kaum.

Es klopfte an seine Tür, sie öffnete sich, und Pullios erschien. Sie beobachtete ihn, wie er, zum Werfen bereit, mit dem Pfeil in der Hand dastand. Auf ihrem charmanten und sexy Lächeln stand in unsichtbaren Lettern: ›Ich bin deine beste Freundin‹. Sie lehnte sich an den Türpfosten. »Prüfen Sie gerade den Fall Shinn?« fragte sie.

Hardy hätte ihr am liebsten einen Pfeil in die Stirn geschossen, aber er dachte, daß es ihm Schwierigkeiten bereiten würde, es als Unfall darzustellen. Das war einer der Nachteile, die sein Talent mit sich brachte.

»Richtig«, sagte er. Er warf den Pfeil und setzte sich hin.

»Sie sind sauer auf mich.« Sie machte einen richtigen Schmollmund.

»Ich bin kein guter Taktiker, Elizabeth. Wie soll dieses Spiel denn aussehen?«

Sie setzte sich hin, das Kätzchenhafte verschwand sofort, als sie sah, daß er sie nicht streicheln wollte. »Kommen Sie, wir sind im selben Team.«

»Das hat Locke gesagt, also muß es stimmen.«

»Schauen Sie, ich weiß doch, wie Sie sich fühlen.«

»Gut«, sagte er. »Dann bin ich ja erleichtert. Die Sache ist nur die: Ich weiß nicht, wie Sie sich fühlen, also geht's uns nicht gleich. Ich weiß zum Beispiel nicht, wieso ich mich eine Woche lang mit diesem Fall abstrampeln darf, bevor Sie irgendein Interesse daran zeigen, außer daß Sie mich ermutigen, für meine Rechte und gegen die Bürokratie zu kämpfen.«

»Ich hab' das ehrlich und ernstgemeint.«

Hardy betrachtete ihr Gesicht. Elizabeth Pullios, das begriff er nun langsam, war immer aufrichtig. Wahrscheinlich kam sie damit im Gericht, vor den Geschworenen gut an. »Aber damals war es ein Schädel-Fall, und der hat inzwischen Schlagzeilen gemacht.«

»Nein. Es handelt sich hier um einen Mordfall, und ich bearbeite Mordfälle. Ich habe mich so weit hochgearbeitet.«

Hardy blickte sehnsüchtig zu seinen Pfeilen, die an der Wand ihm gegenüber im Brett steckten. Als Ersatz für die Darts hob er seinen Briefbeschwerer auf und lehnte sich in seinen Sessel zurück, während er ihn von einer Hand in die andere nahm. Es mochte unfair und ärgerlich sein, aber jetzt war es nun einmal so, und er hatte keine Lust mehr, noch länger darüber zu diskutieren. »Farris sagt, das Testament ist von Nash verfaßt«, sagte er.

Pullios war sofort da. »Definitiv?«

»Bis wir einen Experten haben. Aber es sieht so aus.«

»Das ist großartig. Genau das, was wir brauchen.«

»Was brauchen wir?«

»Es ist ein starkes Motiv, finden Sie nicht? Zwei Millionen Dollar?«

Hardy konnte nicht dagegen an – gegen dieses Gefühl, daß Motiv und Indizien viel zu gut zusammenpaßten. Wenn Pullios diesen Job wollte, dann sollte sie auch ein bißchen dafür tun. »Ich kann mir nicht vorstellen«, sagte er, »daß May diesen Nash ins Meer geschmissen hätte, wenn sie bei seinem Tod Geld zu erwarten gehabt hätte.«

»Hatte sie denn Geld zu erwarten?«

»Es war doch ein reiner Zufall, daß er an Land gekommen ist. Woher hätte sie das wissen können?«

»Also?«

»Wenn Sie jemanden wegen zwei Millionen Dollar umbringen wollten, würden Sie dann nicht dafür sorgen, daß man den Leichnam findet? Sie kriegen das Geld erst, wenn er tot ist. Und ohne Leichnam ist er nicht tot, außer Sie wollen sieben Jahre warten.«

»Aber es gibt doch einen Leichnam.«

»Das konnte sie nicht voraussehen.«

Er freute sich, als er sah, wie sie daran herumkaute. Aber es dauerte nicht lange. »Ich werde auf dieses Argument vorbereitet sein«, sagte sie. »Gut, daß Sie das gesagt haben. Der große Hammer ist die Geldgeschichte.«

»Der große Hammer?«

»Mord aus Gewinnsucht. Niederes Motiv. Dann ist es ein Kapitalverbrechen.«

»Ein Kapitalverbrechen?«

»Absolut«, erklärte Pullios. »Wir werden verlangen, daß der Staat von Kalifornien die Todesstrafe an May Shinn vollstreckt.«

## 21

Hardy saß neben Pullios im Gerichtssaal. Der Computer hatte sie nach dem Zufallsprinzip der 11. Kammer im Stadtgericht zugeteilt. Dort fanden Vernehmungen zur Anklage statt, wenn es sich um eine Festnahme ohne Haftbefehl handelte, selbst wenn die Anklage, wie in diesem Fall, auf Mord lautete.

Glitsky war da, er saß neben Jeff Elliot in dem fast leeren Zuschauerraum. David Freeman, der noch unordentlicher als am letzten Sonnabend aussah, kam durch die niedrige Tür und schüttelte überraschenderweise sowohl Pullios als auch Hardy herzlich die Hand. Hardy stellte plötzlich fest, daß er diesen Kerl mochte, und nahm sich vor, auf der Hut zu sein. Wenn Freeman vor Gericht eine gute Figur machte, mußte er – wie Pullios – ein guter Schauspieler sein. Man konnte ja seine Technik bewundern, aber vor dem Mann mußte man sich in acht nehmen.

Der Richter war Michael Barsotti, ein altes, graues Männlein, das in seinem Gewand höflich abwartend hinter seinem Tisch saß. Barsotti gehörte zum lebenden Inventar, er war seit Menschengedenken im Stadtgericht und nicht unbedingt dafür bekannt, übertriebene Hast an den Tag zu legen.

Der Gerichtsschreiber saß im rechten Winkel zu Hardy, ungefähr in der Mitte zwischen der Angeklagten und dem Richter. Allerlei Hilfskräfte wanderten umher – zwei oder drei Gerichtsdiener, Dolmetscher und Pflichtverteidiger, die auf die Zuteilung von Mandanten warteten.

Hardy beugte sich über den Tisch und blätterte in seinen Akten herum. Er wußte nicht, welches seine Rolle war, falls er überhaupt eine hatte. Er war nicht auf den Anblick von May Shinn vorbereitet.

Sie sah so klein, so erbärmlich aus. Der gelbe Overall schlabberte an ihr herum. Er nahm an, daß sie auch am Sonnabend ihre Gefängniskleidung getragen hatte, aber er hatte nicht darauf geachtet, sondern sich auf ihr Gesicht konzentriert.

Sie kam mit dem Gerichtsdiener zusammen herein, die Hände in Handschellen, und stellte sich aufs Podium unweit von Pullios. Sie verriet mit keinem Anzeichen, daß sie Hardy oder irgend jemand anderen schon einmal gesehen hatte.

Die Schwere des Mordfalls wurde durch die einleitenden Worte des Richters unterstrichen. Sogar Barsotti gewann eine gewisse Autorität. Gefangen in dem Drama der formellen Anklageerhebung schüttelte er seine Langeweile ab. Er sprach, und es wurde still im Gerichtssaal.

»May Shintaka«, hob der Richter Barsotti an. »Sie stehen hier aufgrund einer Anklage, die eingereicht wurde wegen eines Verbrechens gegen Paragraph 187 des Strafgesetzbuchs. Die Anklage besagt, daß Sie in der Stadt und im Bezirk von San Francisco im Staat Kalifornien am oder um den 22. Tag des Juni 1992 absichtlich, gesetzeswidrig und mit böswilligem Vorsatz Owen Simpson Nash, ein menschliches Wesen, ermordet haben. Was haben Sie hierauf zu erwidern?« fragte Barsotti.

»Nicht schuldig, Euer Ehren.« Freeman antwortete für May. Nach Freemans dröhnender Rede am Sonnabend im Sprechzimmer überraschte Hardy die Modulation seiner Stimme, die jetzt nüchtern und sachlich klang. Aber es verbarg sich eine Faust unter der Amtsrobe. Plötzlich war eine andere Stimme zu hören: »Euer Ehren, bevor wir diese Scharade fortsetzen, möchte ich beantragen, daß alle Beschuldigungen gegen meine Mandantin wegen eines Verfahrensfehlers abgewiesen werden.«

»In einer Mordsache, Mr. Freeman? Und jetzt schon?«

»Mr. Hardy aus dem Büro der Staatsanwaltschaft hat meine Mandantin am Sonnabend verhört, ohne sie über ihre Rechte zu —«

»Einspruch, Euer Ehren.« Elizabeth Pullios war vom Tisch der Staatsanwaltschaft aufgestanden, an dem sie während der Pause Platz genommen hatte. »Mr. Hardy hat Ms. Shintaka von ihrem Recht informiert, einen Anwalt dabei zu haben, und Ms. Shintaka hat auf dieses Recht verzichtet. Die Staatsanwaltschaft hat ein Tonband von dieser Begegnung …«

»Ich glaube, wir können von einer Nötigung ausgehen …«

Barsotti klopfte mit seinem Hammer. »Mr. Freeman«, sagte er, »sparen Sie sich das für die Verhandlung auf. Jetzt kommen wir zur Kautionsstellung.«

Er rückte seine Brille gerade und prüfte zweimal das Computerblatt, das vor ihm lag. Die handschriftliche Eintragung neben der Computerlinie lautete: »Keine Kaution«.

»Die Staatsanwaltschaft beantragt, daß keine Freilassung gegen Kautionsstellung gewährt werden soll?« fragte er Pullios.

»Es ist ein Mordfall, Euer Ehren.«

Freeman drehte sich um und sah Pullios direkt an. »Das ist nicht Ihr Ernst.«

Barsotti klopfte wieder mit seinem Hammer auf den Tisch. »Mr. Freeman, bitte richten Sie Ihre Bemerkungen an das Gericht.«

»Entschuldigen Sie, Euer Ehren, ich bin schockiert und entsetzt von diesem Ausdruck: Mord. Ich sehe, daß dieser Vorwurf erhoben wird aufgrund besonderer Umstände, aber ich kann mir nicht vorstellen, daß der Staat die Todesstrafe verlangt.«

Pullios stand auf. »Mord aus Gewinnsucht, Euer Ehren.«

»Ich nehme an, Sie haben Beweise, um diese Behauptung zu belegen, Ms. Pullios.«

»Die habe ich, Euer Ehren.«

»Euer Ehren, Ms. Shintaka stellt keine Bedrohung der Gesellschaft dar.«

»Keine Bedrohung? Sie hat letzte Woche jemanden getötet.«

Der Laut des Hammers explodierte in dem Raum. »Ms. Pullios, es reicht jetzt. Ihre Pressekonferenzen halten Sie bitte beide außerhalb dieses Gerichtssaals ab.«

Hardy war beeindruckt. Barsotti mochte ein kühler Funktionär sein, aber hier wußte er sich durchzusetzen.

Freeman hatte sich beruhigt. »Euer Ehren, meine Mandantin ist nie zuvor wegen eines Verbrechens angeklagt, geschweige denn verurteilt worden.«

Pullios ließ sich durch den erhaltenen Verweis nicht einschüchtern. »Euer Ehren, die Beschuldigte hat den Gerichtsbezirk zu verlassen versucht, als sie verhaftet wurde.«

»Mr. Freeman, hat Ihre Mandantin zu fliehen versucht?«

»Sie wollte geschäftlich nach Japan, Euer Ehren. Wir behaupten, daß der Beamte überreagiert hat, als er sie festnahm. Sie beabsichtigte zurückzukehren. Es gab keinen Haftbefehl. Sie ging ihrem normalen Leben nach, zu dem auch die zuvor schon geplante Reise nach Japan gehörte.«

»Sie hat das Ticket erst am Tag zuvor gekauft, Euer Ehren. Und sie hat keinen Rückflug gebucht. Sie hat auch viele persönliche Gegenstände eingepackt.«

»Und viele andere mehr hat sie zurückgelassen. Sie ist nicht aus dem Gerichtsbezirk geflohen. Sie wollte eine Reise unternehmen. Sie ist gern bereit, ihren Paß dem Gericht auszuliefern. Es besteht keine Fluchtgefahr.«

Pullios wollte noch etwas sagen, aber Barsotti hielt die Hand empor. »Ich setze die Kaution auf fünfhunderttausend Dollar fest.«

Pullios beugte sich zu Hardy vor und flüsterte: »Das sollte reichen.«

»Eine halbe Million Dollar ist eine Menge Geld, Euer Ehren.«

»Ich glaube, das ist der Punkt, Mr. Freeman. Wir werden die Vorverhandlung auf den ...«

»Euer Ehren.« Wieder Freeman.

Sogar der Neuling Hardy wußte, was jetzt kam. Obwohl die Beschuldigte ein absolutes Recht auf eine Vorverhandlung innerhalb von zehn Gerichtstagen oder sechzig Kalendertagen nach der Vernehmung zur Anklage hatte, würde kein Strafverteidiger, der einigermaßen bei Verstand war, einer so baldigen Vorverhandlung zustimmen, jedenfalls so lange nicht, bis er gesehen hatte, was für Beweismaterial die Anklagebehörde gesammelt hatte. »Die Verteidigung beantragt drei Wochen für die Offenlegung der prozeßwichtigen Urkunden und zur Vorbereitung.«

»Will die Beschuldigte auf die Zeit verzichten?« Was bedeutete, daß May im Gegenzug für diesen Aufschub von drei Wochen auf ihr Recht auf eine Vorverhandlung innerhalb von zehn Tagen verzichtete.

»Ja, Euer Ehren.«

Barsotti kratzte sich am Kinn. »Drei Wochen, hm?« Er sah auf seinen Tisch hinunter, schob ein paar Papiere umher. »Die Anwaltschaft möge bitte zu mir kommen.«

Pullios, Hardy und Freeman gingen um ihre jeweiligen Tische herum und traten vor den Richter. Barsottis Augen waren milchig-wäßrig. Das Drama hatte nicht lange gedauert. »Wir kommen hier in den Beginn der Ferienzeit. Gibt es irgendwelche Einwände gegen, sagen wir, einen Tag in der ersten Septemberwoche, gleich nach Labor Day?«

»Von unserer Seite nicht, Euer Ehren«, sagte Freeman.

»Euer Ehren, bis dahin sind es über zwei Monate. Die Beschuldigte hat ein Recht auf ein schnelles Verfahren, aber ebenso hat das Volk ein Recht auf schnelle Justiz.«

»Ich brauche keine Lektion, Staatsanwältin.«

»Natürlich nicht, Euer Ehren. Aber die Staatsanwaltschaft ist bereit, in zehn Tagen Anklage zu erheben. Zwei Monate sind eine zu lange Verzögerung.«

Das stimmte natürlich nicht, und alle wußten es. Barsotti sah Pullios über seine Brillengläser hinweg an. »Nicht in dieser Jahreszeit. Wir haben einen vollen Terminkalender. Und Sie wissen so gut wie ich, daß es sechs Monate, ein Jahr dauern kann, bis wir zu einer Verhandlung kommen.« Barsotti rechnete eindeutig nicht damit, daß man ihm darauf noch etwas entgegnete, und richtete sich wieder auf. Er raschelte mit einigen Papieren herum und betrachtete etwas auf seinem Tisch. »Wir setzen die Vorverhandlung auf Mittwoch, den 6. September, um 9 Uhr 30 vor dieser Kammer fest.«

»Danke, Euer Ehren«, sagte Freeman.

Pullios hatte ihr Kinn herausgestreckt. »In Ordnung, Euer Ehren.«

»Das ist jetzt alles.« Er winkte die ganze Anwaltschaft fort und sah zum Gerichtsdiener hinüber. »Rufen Sie die nächsten herein.«

Die Gerichtssäle für die Vorverhandlungen befanden sich im Erdgeschoß und im ersten Stock. Der Korridor vor den Gerichtssälen war in beiden Etagen etwa sieben oder acht Meter breit, die Decke befand sich in fünf Metern Höhe, die Fußböden waren mit Linoleum belegt. Aber abgesehen davon, daß man darin Stecknadeln fallen hören konnte, hatten die Räume den Charme von billigen Kegelbahnen.

Während der Zeit, in der im Gericht Sitzungen stattfanden, gingen selten mehr als zweihundert Menschen dort ein und aus: Zeugen, Anwälte, Justizangestellte, Zuschauer, Familienangehörige und Freunde der Angeklagten. Auf den Korridoren plauderten Leute. Mütter gaben ihren Babys die Brust. Man aß, küßte einander, weinte, machte Geschäfte ab. Montags und donnerstags früh, wenn die Hausmeister saubergemacht hatten, roch es in den Korridoren wie am ersten Schultag. Aber jetzt, sieben Stunden später, roch es nur noch.

Hardy, Glitsky und Jeff Elliot standen eng beieinander vor der elften Kammer. Alle drei blickten Pullios' Hintern nach, der gerade in der Nähe der Fahrstühle um die Ecke bog und verschwand. »Es ist nur gut, daß die Justiz blind ist«, sagte Glitsky, »sonst hätte Freeman keine Chance.«

»Ich weiß nicht«, sagte Elliot. »Er hat May.«

»Ja. Aber in diesem gelben Sackkleid, das sie trägt, sieht man nichts von ihrem Hintern. Da hat unsere alte Betsy mehr zu bieten.« Hardy nannte sie gern Betsy. Er wußte, daß er sich daran gewöhnen und ihm dieser Name eines Tages rausrutschen würde. Er freute sich schon irgendwie darauf. Er zeigte mit dem Finger auf Elliot. »Das war nicht zur Veröffentlichung bestimmt.«

Jeff freute sich, daß er wieder dabeisein durfte. »Natürlich.«

»Ich wollte nur sichergehen.«

»Also, was meinst du?« fragte Glitsky. »Findet der Prozeß um Weihnachten statt? Nächstes Jahr Ostern?«

Hardy sagte, er habe keine Ahnung, wie lange Freeman es aufschieben könnte, wenn er keine Kaution für May bekam. Er würde May wohl nicht ein Jahr lang im Gefängnis auf ihren Prozeß warten lassen.

»Ich weiß nicht. Vielleicht bekommt sie die Kaution zusammen«, sagte Glitsky.

»Wie soll sie das denn schaffen?« fragte Elliot. »Eine halbe Million Dollar?«

»Was wird David Freeman verlangen? Noch mal so viel. Wenn es ein Jahr lang dauert, könnte es leicht so viel werden.«

»Wie ist sie denn überhaupt an Freeman gekommen?« fragte Hardy.

Glitsky zuckte die Schultern. »Wenn wir doch nur einen guten Reporter oder so unter unseren Bekannten hätten ...«

»Sie muß Geld haben. Wie sieht denn ihr Haus aus?« fragte Hardy.

»Sie hat eine Wohnung«, antwortete Glitsky. »Klein. Hübsch, aber klein.«

»Vielleicht ist Freeman einer von ihren Kunden.« Man sah Elliot deutlich an, daß ihm diese Idee gefiel. Er war gleich begeistert. »Das ist es! Freeman ist einer ihrer Kunden. Nash war ein anderer.«

Glitsky teilte seinen Enthusiasmus nicht. »Und das Testament ist eine Abfindung, die von ihrem Verhalten danach abhängt.«

»Was für ein Testament?«

Glitsky antwortete nicht. Er holte ein bißchen Luft und lächelte dann auf den Reporter hinunter. »Habe ich ›Testament‹ gesagt? Ich glaube nicht, daß ich ›Testament‹ gesagt habe.«

Hardy schüttelte den Kopf. »Nein, das hätte ich sicherlich gehört. Ich war doch hier, und ich habe nichts von ›Testament‹ oder so gehört.«

»Ist das hier jetzt offiziell oder was?« Elliot stützte sich auf seine Krücken. »Na los, Freunde.«

Hardy warf Abe einen Blick zu. »Was meinst du?«

»Es wird sowieso herauskommen«, sagte Abe. »Aber es wäre nett, wenn wir herausfänden, wie Freeman an May geraten ist. Pullios will wirklich die Todesstrafe beantragen?«

Hardy nickte. »Du hast sie doch gehört.«

Glitsky erklärte es Jeff – das Testament über die zwei Millionen Dollar, das Motiv der niederen Gewinnsucht, die vorläufige Bestätigung von Farris, daß das Testament von Nash verfaßt war.

»Na ja, da ist doch das Geld, falls er sie herauskriegt«, sagte Elliot.

Glitsky sah Hardy an. »Dieser Knabe kennt anscheinend noch keine Strafverteidiger«, sagte er. Dann erklärte er es ihm: »Jeff, hören Sie zu. Wenn es etwas gibt, das alle Strafverteidiger gleich handhaben, dann ist es die Gebührenfrage. Das Geld muß dasein, bevor sie anfangen.«

»Ja, überlegen Sie doch mal«, sagte Hardy, »Sie werden verurteilt. Dann bezahlen Sie Ihren Anwalt nicht, weil er es nicht geschafft hat. Und wenn Sie freigesprochen werden, bezahlen Sie ihn auch nicht, weil Sie ihn ja nicht mehr brauchen. So oder so – Ihr Anwalt geht leer aus. Vielleicht sind Sie ihm dankbar. Aber Sie zahlen ihm doch nicht 'ne halbe Million Dollar.«

»Vielleicht bekommt er das Geld als Anzahlung auf einen Buchvertrag. Vielleicht kommt das Geld daher.«

»Pico sagte mir, daß wir – er und ich – einen Buchvertrag verdient hätten. Wir haben schließlich die Hand entdeckt.«

»Heh!« Glitsky schaltete sich ein, was er selten tat. »Ich habe May festgenommen. Ich sollte den Buchvertrag kriegen.«

Elliot sagte: »Irgend jemand wird Freeman bezahlen. Sie

glauben immer noch nicht, daß er vielleicht einer ihrer Kunden ist?«

Glitsky sah Jeff durchdringend an. »Eine halbe Million für einen Arsch?«

»Und oben drauf noch die Kaution«, warf Hardy ein.

Glitsky sagte: »Wenn sie die zusammenkriegt.«

»Ich weiß nicht«, sagte Hardy. »Ich habe so ein Gefühl, Freeman will einen Aufschub. Den würde er nicht anstreben, wenn sie drinbliebe. Und das heißt, daß sie die Kaution kriegt.«

## 22

»Ich glaube, daß Sie unschuldig sind. Deshalb.« Es stimmte nicht ganz. David Freeman wollte mit diesen Worten etwas erreichen. Deshalb sagte er sie.

May Shinn trank Chardonnay. Sie saßen einander in einer Nische des Tadich's Grill gegenüber. David Freeman, ihr guter Geist mit dem zerknautschten Outfit, beobachtete sie. Vor der Vernehmung zur Anklage war er mit ihrer Vollmacht zu ihrer Bank gegangen und hatte 50 000 Dollar, praktisch die gesamten Ersparnisse ihres Lebens, abgeholt. Er hatte den Betrag, den das Gericht als Kaution festsetzen würde, genau gekannt. Er hatte sich ihre Kleidung herausgeben lassen, die man ihr im Gefängnis abgenommen hatte, und hatte sie bügeln lassen, bevor man sie ihr zurückgab. Er hatte ihr neues Make-up gekauft.

Er hatte die Story in der Zeitung verfolgt. Als er am Sonntagmorgen von ihrer Verhaftung las, wußte er, daß er ihr helfen mußte, daß sie einen Anwalt brauchen würde, daß es die japanische Geliebte eines sehr bekannten und mächtigen Mannes äußerst schwer haben würde, sich gegen die geballte Macht des Staates zu behaupten. Jetzt, nachdem er mit ihr gesprochen hatte, glaubte er auch, daß sie unschuldig war – was seine Aufgabe als Verteidiger erleichterte.

»Aber ich kann nicht zahlen.«

Er hob die Schultern und nippte kummervoll an seinem Wein. Der Vorhang der Nische war vorgezogen. Sie hatten schon einmal darüber gesprochen. Er hatte den Fall mit der Erklärung ihr gegenüber begonnen, daß er ihn *pro bono* übernehme. Kostenlos. Dann und wann müsse man etwas einfach deshalb tun, weil es das Richtige war. Daraufhin hatte sie gelächelt.

»Wenn ich Sie nicht anlügen soll, dürfen Sie mich auch nicht anlügen.«

»May, warum sollte ich Sie denn anlügen?«

Sie stellte ihr Glas hin und drehte es zwischen den Fingern herum. Sie ließ ihn nicht aus den Augen. Schließlich platzte er heraus und lachte über sich selbst. »Okay«, sagte er. »Okay. Aber das ist kein besonders schmeichelhafter Grund.«

»Die letzten Tage waren nicht sehr schmeichelhaft«, sagte sie.

»Nein, das glaube ich.« Freeman trank etwas von seinem Wein, dann holte er Luft und fing an. »Bis vor ungefähr zehn Jahren durften Anwälte nicht für sich werben. Wußten Sie das?«

Sie nickte.

»Und sogar heute, wo es theoretisch erlaubt ist, ist es immer noch nicht besonders gut fürs Geschäft, außer man hat sich gerade auf Ehescheidungen, Trunkenheit am Steuer oder Unfälle spezialisiert. Wenn ein Anwalt Werbung für sich selbst macht, heißt das, er hat nicht viel zu tun. Gute Anwälte werben nicht, weil sie es nicht nötig haben. Und wenn sie es nötig haben, sind sie nicht gut.« Er lächelte sie freundlich an. Sein Gesicht war kräftig geschnitten. Er hatte braune Augen und volles, dunkles Haar. »Es ist ein Teufelskreis. Die Katze beißt sich in den Schwanz.«

»Und ich bin Ihre Werbung?«

»Ich habe noch sieben Mitarbeiter in meiner Kanzlei. Drei mußte ich in den letzten zwölf Monaten entlassen. Das Geschäft läuft miserabel. Das hier ist ein Fall mit großer Wirkung. Owen Nash war ein sehr bekannter Mann.«

Das überraschte sie nicht. Sie war an dem Punkt, wo sie annahm, daß es nichts mehr gab, das sie noch überraschen konnte. Wenigstens wußte sie jetzt Bescheid.

Aber als Owens Name fiel, legte sich ein Schatten über ihr Inneres. Sie wollte nicht dasitzen und essen und trinken. »Ich habe ihn nicht getötet, David.«

Er tätschelte ihre Hand, die vor ihm auf dem Tisch lag. »Natürlich haben Sie es nicht getan.«

Er glaubte ihr nicht. Er hatte ihr am Sonnabend vor Beginn ihres Gesprächs, und bevor er sich irgendwelche Beweismittel angesehen hatte, als allererstes erklärt, daß es irrelevant sei, ob sie Nash getötet hatte oder nicht – er werde sie freibekommen.

»Aber ich hab's nicht getan.«

»Psst!« Er beruhigte sie mit seiner sanften Stimme, hielt den Finger an seine Lippen. »Ich muß sagen, es sind sehr wenige Indizien da, die gegen Sie verwendet werden könnten.«

»Was ist mit dem Testament?«

Er wischte das vom Tisch. »Das Testament. Beweist das Testament, daß Sie an Bord des Bootes waren? Haben Sie durch das Testament Gelegenheit erhalten, Owen zu töten? Haben Sie dadurch die Mittel erlangt, es zu tun? Sie waren zu Hause, ist das richtig?«

Sie nickte.

»Also. Wir werden beweisen, daß Sie zu Hause gewesen sind. Das Testament, genau wie die restlichen sogenannten Beweismittel, ist völlig irrelevant. Was hat man gegen Sie in der Hand? Das Testament? Das Ticket nach Japan?«

»Ich dachte, die Polizei würde …«

»Ja, natürlich. Selbstverständlich.« Er leerte die Flasche in die beiden Gläser und fuhr mit seiner Litanei fort. »Es gibt keine nachweisbare Verbindung zwischen Ihnen und der Waffe. Es gibt keinen Beweis, daß Sie auf den Abzug gedrückt haben.« Er hob den Finger und gebot ihr zu schweigen. »Nein, nein. Nichts mehr abstreiten. Diese Vorwürfe, die man an Sie gerichtet hat, spielen keine Rolle, verstehen Sie? Es gibt nichts, das beweist, daß Sie es getan haben. Ich weiß nicht mal, worüber man im Gericht verhandeln will. Bei der Vorverhandlung werden wir auf die rassische Diskriminierung hinweisen, vermischt mit Vorurteilen, die man Ihrem Beruf gegenüber hat … Die Staatsanwaltschaft wird nicht damit durchkommen. Es gibt einfach keine harten Fakten gegen Sie.«

May Shinn war wieder zu Haus in ihrem Apartment. Freeman hatte sie heimgebracht, dann war er mit ihr hinaufgegangen und hatte gewartet, bis sie sicher im Inneren ihrer Wohnung anlangte.

Sie ließ ein Bad einlaufen, setzte sich in das heiße Wasser, und die Erinnerungen überkamen sie. Es war wohl die Nähe zum Tod gewesen, die sie und Owen wieder ins Leben zurückgebracht hatte, dachte sie.

Während der ersten Wochen waren sie unzertrennlich gewesen. Sie sagte die Verabredungen mit all ihren anderen Kunden ab. Sie wußte damals noch nicht, wer Owen war, wußte nicht, daß er Geld hatte. Alles, was sie wußte, war, daß er Gefühle bei ihr auslöste, daß es da eine Beziehung zwischen ihrer geistigen und ihrer körperlichen Existenz gab, die sie schon längst verloren geglaubt hatte und die sie nun so lange wie möglich festhalten wollte.

Sie hatten ein seltsames Verhältnis miteinander. Sie fesselten einander, verbanden sich die Augen und probierten sämtliche Positionen aus. Sie gingen um zwei Uhr morgens aus dem Haus und trieben es auf dem Bürgersteig. Sie rasierten einander, bis sie gänzlich nackt waren. Er aß von ihr Honig und Schokolade und einmal Knoblauch, der heißer und länger brannte als spanische Fliege. Owen war ausgehungert.

Der Mann war fantastisch in Form. Groß, mit einem mächtigen Brustkorb und überall hart. Er trank Scotch und Wein und Brandy und nahm Pillen, um einschlafen zu können. Allmählich merkte sie, daß er von ihrer Wohnung aus Geschäfte erledigte – in Telefongesprächen, die er plötzlich führte, egal, was sie gerade machten, kam der Name Wheel vor, und es ging oft um die Probleme seiner Tochter. Irgendwo da draußen führte er ein richtiges Leben, aber das trat nicht zwischen sie.

Sie begriff das nicht so genau. Sie wußte nur, daß sie beide auf irgendeine unausgesprochene Weise zusammen waren, sie erkundeten etwas zusammen, etwas, das für sie beide wesentlich war, wenn sie weiterleben wollten. Es war nicht der Sex oder wenigstens nicht nur der Sex.

Sie lebte seit fünfzehn Jahren vom Sex, und niemals hatte sich etwas wirklich Ernstes daraus entwickelt. Ihr Leben, sogar ihr berufliches Leben, war in immer weitere Ferne gerückt. Sie ging mit ihren Kunden ins Bett, aber nicht jedesmal, wenn sie zu ihr kamen. Wenn sie es brauchten, nach den ersten paar Malen wollten sie immer oben liegen, war sie für sie da. Oft brachten ihre Kunden es nicht zustande. Noch öfter wollten sie sie nur umarmen und dann mit ihr zusammen daliegen und reden.

Sie bereitete auch Mahlzeiten für sie zu. Scampi in Brandy, rohe Austern, blutige Filets und Carbernet. Sie wurde eine großartige Köchin. Sie sang, sie spielte Klavier, während der Kunde bei seinem Bourbon oder seinem Gin saß, sie leistete ihm Gesellschaft oder bot ihm eine Ausflucht oder eine Art von Romantik, die er zu Hause nicht fand.

Aber Owen war ganz anders als sie alle. Und nicht nur sein Hunger war anders. Hatte nicht Henry David Thoreau geschrieben: Most people lead a life of quiet despair. Das tat er nicht. Er lebte nicht in stiller Verzweiflung. Er suchte nicht die Abwechslung, suchte auch keinen Frieden und keinen kulturellen Schein, hinter dem man die Gemeinheit der Welt nicht mehr sah. Er hatte die Welt kennengelernt, mehr noch: Er kannte sich selbst.

Sie brauchten keine Spielchen miteinander zu spielen. Sie gehörte ihm. Das Vergessen – der Sex – war der einzige Weg, den sie beide kannten, um unter die Oberfläche zu gelangen. Etwas kochte in ihnen beiden, es drohte zu explodieren, wenn sie sich nicht davon befreiten und es durch die Kruste hindurchbrechen ließen.


Es war am Morgen, sehr früh noch, vor Sonnenaufgang. Der Himmel im Osten war grau und im Westen über dem Meer noch dunkel.

May Shinn war seit einer Stunde wach und ging nackt im Dunkeln umher. Sie ging von dem Türmchen nach hinten, kam durch die Küche in das Schlafzimmer, blieb stehen und nahm ein scharfes Küchenmesser von der Anrichte. Owen lag auf dem Rücken im Bett und schlief, er atmete ruhig und regelmäßig.

Sie setzte das Messer mit der Schneide unter seinem Adamsapfel an. Sie saß da und sah ihn atmen. Das Schlafzimmer war dunkler als die übrige Wohnung. Schließlich legte sie die Klinge etwas tiefer an sein Schlüsselbein und küßte ihn.

»Owen.«

Er wachte auf wie sonst niemand. Er schlug einfach die Augen auf und war voll da. »Was?«

Sie hob die Messerschneide wieder an, so daß sie die Haut über seinem Adamsapfel berührte. »Fühlst du es?«

»Wäre das der falsche Augenblick, um zu nicken?«

»Möchtest du, daß ich dich töte?«

Er schloß wieder die Augen und atmete ein paarmal. »Darauf läuft das mit uns ja wohl hinaus, nicht wahr?« Er rührte sich nicht.

»Owen. Was tun wir eigentlich?«

Er nahm sich einen Augenblick Zeit. Vielleicht wußte er das auch nicht. Vielleicht wußten sie es beide und fürchteten sich zu sehr davor. »Was tun wir eigentlich?« wiederholte sie.

»Wir zeigen uns einander.« Er schluckte. Sie fühlte, wie die Klinge sich über seine Haut bewegte.

»Ich weiß nicht, was ich fühle.«

»Du liebst mich.« Sobald er das gesagt hatte, wußte sie, daß es stimmte. Sie spürte, wie ihr die Tränen kamen, und ihre Hand, die das Messer hielt, krampfte sich zusammen. »Und ich liebe dich«, sagte er. »Aber ich möchte nicht, daß du Hoffnungen in mich setzt. Ich rette nicht dein Leben, May.«

»Aber ich bin das, was du willst.«

»Das ist richtig. Du bist das, was ich will. Aber ich spiele fair. Ich sage es dir geradeheraus, so gut ich es weiß.«

»Ich bin eine Hure, Owen. Ich bin nichts, aber ich spiele auch fair. Du kennst mich. Ich weiß nicht, wie lange ich das gehaßt habe, was ich bin. Ich möchte mich nicht in dich verlieben, aber du bist meine letzte große Chance …«

Owen hatte die Augen geschlossen. Sie nahm das Messer von seiner Kehle fort. »Ich habe dich gewarnt«, sagte sie.

»Und ich habe dich gewarnt.« Er zog sie herunter und küßte sie und drückte sie an seine Brust.

# 23

Als er am nächsten Morgen um acht Uhr fünfundzwanzig hereinkam, saß Pullios in Hardys Büro. Sie hielt den *Chronicle* zusammengefaltet im Schoß. »Hübsche Story«, sagte sie. Sie entfaltete das Blatt und wies auf den Artikel auf der ersten Seite. Unten rechts, wie gewohnt. »Staatsanwaltschaft beantragt im Fall Nash Todesstrafe.« Und darunter: »Besondere Umstände – Mord aus Gewinnsucht.«

Er kam um den Schreibtisch herum, öffnete seine Aktentasche und holte die Unterlagen heraus, die er mit nach Hause genommen und nicht weiter beachtet hatte, weil er immer wieder an May denken mußte. Moses war gekommen, hatte sich Sorgen um Rebecca (und wahrscheinlich auch um Frannie und Hardy) gemacht und war zum Essen und Reden bei ihnen geblieben.

»Ich hab's gelesen«, sagte er.

»Es überrascht mich, daß Elliot nicht die Nachricht über die Kaution gebracht hat.«

Hardy hörte auf nervös herumzufummeln. »Sie hat die Kaution geleistet? Ja, ich hatte so ein Gefühl, daß sie es schaffen würde. Hat Freeman das Geld aufgebracht?«

Pullios faltete die Zeitung zusammen und legte sie zurück auf ihren Schoß. »Ich weiß es nicht. Wir können die Herausgabe ihrer finanziellen Unterlagen erzwingen, wenn wir den Richter davon überzeugen können, daß es sich um illegale Einkünfte handelt.«

»Nicht Barsotti.«

»Nein, das habe ich gemerkt. Wir werden uns umsehen.«

»Wie wär's mit Prostitution? Als ich das letzte Mal nachgeschaut habe, war sie illegal.«

»Vielleicht. Das ist ein Gedanke, den sollten wir nachprüfen.« Sie schlug wieder das eine Bein über das andere. »Sehen Sie«, sagte sie. »Ich wollte mich noch einmal entschuldigen. Ich habe mich nicht korrekt verhalten. Sie hätten den Fall bekommen sollen. Es tut mir leid.«

Hardy zuckte die Achseln. »Es wird ja noch mehr Fälle geben.«

»Danke.« Sie versuchte weder ihr Lächeln noch ihren Schmollmund. »Denn es wird eine Menge zu tun geben.«

»Ich weiß nicht«, sagte Hardy. »Wir haben jetzt zwei Monate Zeit, und ich habe noch so viel anderes zu erledigen.« Er zeigte auf die Aktenberge in seinem Büro.

Jetzt lächelte sie, doch er hatte nicht den Eindruck, daß sie etwas damit erreichen wollte. »Sie glauben, daß wir in zwei Monaten die Voruntersuchung haben werden?«

»Das ungefähr war mein Eindruck.«

Pullios schüttelte den Kopf. »Wir lassen nicht zu, daß Freeman und Barsotti diesen Fall bis nächstes Jahr aufschieben. Ich habe nach der Vernehmung zur Anklage mit Locke gesprochen, er hat zugestimmt. Wir bringen den Fall am Donnerstag vor die Grand Jury. Da erreichen wir die Anklageerhebung, gehen zum Oberen Gericht, und dann heizen wir den Bummelbrüdern ein, daß es raucht.«

»Können wir das denn tun?«

»Wir können alles tun, was wir wollen«, sagte sie. »Wir sind auf der richtigen Seite, vergessen Sie das nicht.«

»Ich will Ihnen ja nicht die schöne Laune verderben, aber gibt's da nicht ein Risiko? Was ist, wenn die Grand Jury keine Anklage erheben will?«

Pullios rollte mit den Augen. »Wenn Sie erst mal eine Weile hier sind, werden Sie es begreifen: Wenn die Staatsanwaltschaft es wünscht, erhebt die Grand Jury auch Anklage gegen ein Schinkensandwich. Außerdem tut die Grand Jury immer, was ich ihr sage. Wir haben alles, was Glitsky herausgekriegt hat, und das dürfte genügen. Und falls es nicht reicht, bleibt uns noch das ballistische Gutachten: Die Kanone, die wir gefunden haben, ist die Mordwaffe. Aber noch was …«

»Okay, aber nur noch eins.«

Sie lächelte wieder. Sie schienen einander ganz gut zu verstehen. »Kein Wörtchen zu irgend jemandem. Wir planen einen Coup.«

David Freeman kannte seinen größten Fehler: Er konnte nicht delegieren. Er konnte nicht einmal seine Sekretärin etwas für ihn *tippen* lassen. Okay, Janice durfte Telefonanrufe beantworten, sie durfte Briefe frankieren, soweit sie an jemanden innerhalb der USA adressiert waren und weniger als drei Seiten enthielten. Ab drei Seiten mußte er sie selbst wiegen und aufpassen, daß genug Porto darauf war. Die Aktenablage machte er selbst, genauso wie die Schreibarbeit. Seine Botengänge erledigte er ebenfalls allein.

Abgesehen von Melvin Belli war er wahrscheinlich der bekannteste Anwalt in San Francisco. Er hatte sieben Mitarbeiter, aber keine Partner. Keiner seiner Kollegen hatte es je länger als vier Jahre bei ihm ausgehalten – Rezession hin, Rezession her. Er brannte sie aus. Sie kamen zu ihm, um »Erfahrung« zu sammeln. Aber wenn bei David Freeman ein Beschuldigter erschien, den er vor dem Gefängnis bewahren sollte, dann überließ man das nicht Phyllis oder Jon oder Brian oder Keiko – David Freeman selbst mußte ihn vor Gericht heraushauen. Nur seine persönliche, starke schlampige Anwesenheit überzeugte den Richter und die Geschworenen von der Unschuld.

David Freemans tiefste Überzeugung war, daß *niemand* auf der Welt vor Gericht so gut wie er selbst war, und wenn man die Kanzlei David Freeman & Associates beauftragte, dann bekam man David Freeman als Verteidiger. Die Prozeßvorbereitung kostete, soweit nur seine Mitarbeiter daran beteiligt waren, 135 Dollar die Stunde. Wenn David selbst daranging – und er persönlich prüfte jeden Schriftsatz, jeden Antrag, jedes Protokoll, jede Erklärung und Aussage –, ging der Preis auf 500 Dollar hoch; eine Stunde vor Gericht kostete 1500 Dollar.

Darauf war er stolz, und er wußte, daß er es auf die Spitze trieb. Es gab Privatdetektive – für die Knochenarbeit. Doch niemand erledigte die Knochenarbeit so gut wie er. Einmal, als er gerade einen Fall angefangen hatte, beauftragte er einen Privatdetektiv damit, sämtliche in Frage kommenden Zeugen, die in der Gegend wohnten, in der eine Frau ihren Mann umgebracht haben sollte, auszufragen. Die Frau, Bettina Allred, hatte behauptet, sie habe zwar einen Streit mit ihrem Mann Kevin gehabt und sogar eine Kugel in die Wand gefeuert. Aus Angst vor sich selbst und vor ihrem eigenen Zorn sei sie dann aber aus der Wohnung weggelaufen, um sich zu beruhigen. Während sie fort war, so sagte sie, sei jemand eingedrungen und habe ihren Mann mit dessen eigener Waffe erschossen. Also hatte der Privatdetektiv in Davids Auftrag alle in der Wohnung befragt, und jeder hatte den Streit mitangehört, offensichtlich hatte sie die Tat begangen. Nur mit Wayne, dem dreizehnjährigen Sohn, der während der fraglichen Zeit nicht einmal zu Hause gewesen war, hatte der Ermittler nicht gesprochen. Als Freeman wie immer alles genau nachprüfte, ging er natürlich methodisch vor. Und fand heraus, daß Wayne sich, als seine Mutter hinausgelaufen war, vor Angst im Einbauschrank versteckt, die Waffe genommen und seinen Vater erschossen hatte. Er hatte die Schläge satt, die er und die Mutter von seinem Vater hatten einstecken müssen.

Seither hatte Freeman auch die Knochenarbeit übernommen. Obwohl es seine kostbare Zeit war, verlangte er von seinen Mandanten nur die 65 Dollar pro Stunde, die er einem Privatdetektiv gezahlt hätte. Und so fand er, daß seine Arbeit nicht nur die beste, sondern im Grunde auch eine der preiswertesten war.

Niemand in Mays Wohnhaus hatte sie am Sonnabend gehört oder gesehen. Jetzt ging er die andere Straßenseite entlang, läutete an den Türen und redete mit den Bewohnern.

»Sehen Sie da drüben an der Ecke das Apartment mit dem Türmchen, da oben? Gar nichts bemerkt? Daß die Jalousie hochgezogen wurde – oder herunter? Und haben Sie einen Schatten gesehen? Ja, ja das ist vertraulich, aber es hat mit einem Mordfall zu tun, Gott, erzählen Sie das nicht meinem Boß. Ich hätte es Ihnen gar nicht verraten dürfen.«

Der französische Delikatessenladen auf der anderen Seite der Straße. Die Wäscherei und Reinigung an der Ecke gegenüber. Nichts, nichts, nichts. Wenn May zu Hause gewesen war, wie sie behauptete, dann war sie unsichtbar gewesen. Natürlich glaubte er ihr nicht, daß sie zu Hause gewesen war, aber wie er ihr gesagt hatte: Was er glaubte, war irrelevant.

Er befand sich jetzt im dritten, obersten Stockwerk des Gebäudes, das Mays Haus direkt gegenüber lag. Seine Füße schmerzten, und er überlegte, ob er sein Honorar für diese Art Arbeit nicht auf 75 Dollar erhöhen sollte. Er läutete und lauschte eine Weile dem Gong, der im Innern der Wohnung anschlug. Niemand. Auf dem Flur befand sich noch eine Tür, die sich öffnete.

»Mr. Strauss ist nicht da. Kann ich Ihnen helfen?«

Mrs. Streletski war eine gutgekleidete ältere Frau, und er spielte ihr etwas vor. Sie bat ihn hereinzukommen und zwang ihn, eine Tasse gräßlichen Kaffees zu trinken. Sie sagte, es tue ihr leid, daß sie ihm nicht helfen könne. Sie war die letzten zehn Tage nicht zu Hause gewesen – ja, sie war gerade von einem Besuch in Rossmore zurückgekommen. Sie überlegte nämlich gerade, ob sie nicht zu Hal nach Rossmore ziehen sollte. Dort wurde einem soviel geboten. Da war man aktiv, selbst älteren Leuten gefiel es, niemand behandelte einen, als ob man alt wäre. Es gab dort allerhand Kurse, Filme wurden gezeigt. Vorträge fanden statt. Es machte Spaß, da zu leben. Da wurde man wieder richtig jung.

Mrs. Streletski zeigte Freeman, daß man von ihrem Fenster aus Mays Haus überhaupt nicht sehen konnte. Er dankte ihr für den Kaffee und ließ ihr seine Karte da, so daß Mr. Strauss, der nebenan allein wohnte, ihn anrufen könnte, wenn er zurückkam und falls er Zeit hatte.

»Er ist leider nicht sehr oft zu Hause«, sagte sie. »Er reist sehr viel. Er arbeitet ständig. Letztes Jahr wurde er geschieden, und jetzt ist er, glaube ich, sehr einsam. Wir haben ein paarmal Scrabble gespielt, und ich habe versucht, ihn zu überreden, mit Hal und mir zusammen auszugehen, aber ich glaube, seine Frau und seine Jungens fehlen ihm.«

»Na ja, wenn er mich mal anrufen könnte – er war ja vielleicht an dem Tag zu Hause und erinnert sich an irgendwas.«

Sie sagte, sie würde es ihm ausrichten. Er dankte ihr und ging die Treppe hinunter und dachte, selbst wenn er nichts herausbekam, war diese Art Arbeit wahrscheinlich mehr als 75, eher, sagen wir, 100 Dollar pro Stunde wert.


»Zwei Monate bevor Sie auch nur die Vorverhandlung angesetzt haben?«

Hardy biß sich auf die Zunge. Er hielt sich an Elizabeths Auflagen – daß er niemandem etwas über ihren bevorstehenden Termin vor der Grand Jury verraten dürfe. Ken Farris, mit dem er im Sprechzimmer unten im Asservatenflügel saß, machte ein unglückliches Gesicht, und Hardy fragte sich, wie weit er gehen durfte, um ihn aufzumuntern.

»Wir arbeiten an etwas.« Lahme Ausrede. Wußte er.

»Hoffen wir's. Und währenddessen läuft sie draußen frei herum.«

»Ja, so ist das.«

Farris schüttelte den Kopf.

Hardy dachte, jetzt hätte er ihn so weit. »Nun, wie steht es unten in South City? Wird es besser?«

Farris' Aussehen hatte sich nicht gebessert. Tränensäcke unter den Augen. Hängende Schultern. Er saß Hardy schräg gegenüber an einem Tisch mit einer grauen Metallplatte, seine Arme lagen – schützend – vor dem Original von Owens Testament. Mays Waffe lag, in einen Plastikbeutel verpackt, ebenfalls auf dem Tisch. Und der Schlangenring.

Farris zuckte die Schultern. »Die Aktien sind erst gefallen und dann gestiegen. Wir haben Verträge. Die Leute haben Arbeit, und das Leben geht weiter.« Er sah wieder auf das Stück Papier, das vor ihm lag. »Das hier, das ist allerdings unglaublich. Was hat er da nur gemacht?«

»Wer denn?«

»Owen. Zwei Millionen Dollar. Um Gottes willen. Celine sagte mir, sie hätte mit Ihnen gesprochen.«

Der Mann war ziemlich sprunghaft. Er suchte irgendeinen festen Punkt. Hardy hatte noch immer so ein merkwürdiges Gefühl wegen Celine und wollte nicht über sie sprechen. Er hatte sie auch schon aus seinem Kopf verdrängt, aber wenn dann wieder etwas kam, das ihn an sie erinnerte, dann kreiste sie wieder ewig dort oben herum. Er verstand das gar nicht so richtig. »Wann haben Sie sie denn gesehen?«

»Am Sonntag. Bei der Einäscherung.«

Bei der Einäscherung. Farris – und Celine – mußten das auch erst einmal verarbeiten. Sie hatten eine harte, schwere Woche hinter sich. »Wie geht es ihr denn?«

Farris schien sich noch mit dem Testament zu beschäftigen. »Was? Ach, ja, sie ist ziemlich mitgenommen von der Sache. Ein bißchen auf May fixiert. Ich habe es ihr ausgeredet, aber sie wollte bei der Vernehmung zur Anklage eigentlich vor Gericht erscheinen.«

»Gute Idee. Was hat sie über May gesagt?«

»Sie wundert sich, wieso wir soviel Zeit mit der Vernehmung zur Anklage, Gerichtsterminen und Prozessen verschwenden, und dann kommen noch die Berufungsanträge und das Gnadengesuch. Jemand sollte einfach hingehen und sie töten. Celine sagt, sie würde es selbst tun.«

»Versuchen Sie ihr das doch bitte auszureden, ja? Man würde ihr das übelnehmen ... Sie sind sicher, daß May es getan hat, ja?«

Da wachte Farris auf. »Sie *nicht*?«

»Wow. Das habe ich nicht gesagt. Wir haben aber einfach keinen Beweis dafür, daß sie auf der *Eloise* war. Das ist irgendwie ein wichtiger Punkt.«

»Aber sie war doch auf der *Eloise*. Celine hat mir gesagt, Owen wollte sich mit ihr auf der *Eloise* treffen.«

Hardy nickte. »Das hat sie mir auch erzählt.«

»Ja, und?«

»Ja, und. Das ist Hörensagen. Nicht beweiskräftig. In der Beweisaufnahme nicht zulässig.«

»Unsinn. Sie war an Bord.«

»Ich sag' nicht, daß sie es nicht war. Aber wir klagen sie eines Mordes an.«

»Okay. Tut mir leid.« Farris sah wieder nach unten. Er tippte auf das Papier. »Das hier ist definitiv von Owen. Warum hat er mir nichts davon erzählt?«

»Vielleicht dachte er, daß es nie dazu kommen würde.«

»Wieso nicht?«

»Indem er am Leben blieb zum Beispiel. Vielleicht war es ein Ausrutscher. Vielleicht war er betrunken, als er es geschrieben hat. Womöglich hat sie ihn provoziert, ihm die Pistole auf die Brust gesetzt. Aber Tatsache ist: Das Testament ist da, und es ist ein verdammt guter Grund, jemanden umzubringen.«

»Noch einer«, sagte Farris.

»Was meinen Sie mit ›noch einer‹?«

Farris runzelte die Stirn, als wäre er überrascht, daß man ihn dabei erwischte, wie er etwas laut aussprach. Er stand auf und schob Hardy das Beweismittel zu. »Ach, nichts«, sagte er. »Nur so eine Redensart.«

## 24

Jeff Elliot erblindete in Maury Carters Büro.

Er nahm an, daß es an dem Abend begonnen hatte, nachdem er zum Leichenschauhaus gefahren war. Die Spannung dieser Augenblicke und die Aufregung über seinen ersten Artikel auf der Titelseite, das alles war ein zu großer Streß gewesen, und es hatte ja, wie auch die Ärzte zugaben, immer eine Beziehung zwischen Streß und dem Beginn der Anfälle gegeben.

Aber multiple Sklerose war eine unheimliche Sache. Sie brach nicht einfach aus und knallte einem im Kopf die Sicherungen durch. Nein, damals hatte es mit einem Kribbeln und Stechen morgens in den Beinen angefangen. Sein linkes Bein kam ihm ein bißchen eingeschlafen vor, als ob ein Schwachstrom durchlief. Dann ging dieses Gefühl im Laufe der Wochen nicht nur nicht weg, sondern es wurde schlimmer, und sein Bein wurde zu einem Gewicht, das er mit sich herumschleppte. Dann war er zum Arzt gegangen, und die Bombe war explodiert.

Das rechte Bein war zwei Jahre darauf ausgefallen. Aber seit damals hatte er fünf gute Jahre gehabt. Drei Jahre lang mit Prednison und dann, weil er das Steroid verabscheute, hatte er ohne es auszukommen versucht. Und gedacht, er hätte es geschafft.

So gut war es ihm gegangen, daß er es gar nicht der multiplen Sklerose zuschrieb, als er eines Tages aufwachte und nur noch verschwommen sehen konnte. Er hatte es ignoriert. Verschwommen war das Bild ja auch nur, wenn er etwas direkt ansah.

An diesem Morgen war es jedoch auffällig. Das rechte Auge schien überhaupt nicht mehr scharf zu sehen, und über der Hälfte seines linken Sehfeldes lag ein brauner Fleck. Er sollte zum Arzt gehen, aber hier war seine berufliche Chance, für die er so hart gearbeitet hatte. Er war der Mann der Stunde. Sobald er ein paar Dinge erledigt hatte, konnte er sich um sein Augenlicht kümmern.

Maury Carter hatte sein Büro in einem Gebäude, das etwa zwei Querstraßen vom Justizpalast entfernt lag. Draußen über dem Hauseingang hing ein schwarzweißes, fenstergroßes Schild. Es war mit Schrauben in der alten Ziegelsteinfassade befestigt, und darauf stand »Bail Bondsman« – Kautionssteller. Drinnen nahm der Schreibtisch von Maurys Sekretärin das große Fenster nach vorne ein. Hinter dem Schreibtisch befanden sich Aktenschränke und eine Trennwand, die Maurys Privatbüro von der Straße abschirmte.

Es war Dienstagnachmittag. Jeff hatte den größten Teil des Vormittags damit zugebracht, sich mit dem, was er am Vortag verpaßt hatte – Mays Kautionsleistung –, vertraut zu machen. Das war keine Geschichte, deretwegen man die Druckerpressen anhalten mußte – es wurden laufend Kautionen geleistet, sogar für Mordverdächtige, aber es hatte ihn geärgert, daß er erst im Fernsehen davon erfahren hatte. Er mußte sich fest auf seine Geschichte konzentrieren, und hatte keine Zeit, sich um seine Augen zu kümmern.

Die eigentliche Geschichte – falls er drankommen konnte – war die Shinn-Freeman-Connection. Außer der Tatsache, daß May auf Kaution frei war, hatte er Freemans Honorartabelle entdeckt. Hardy und Glitsky hatten also recht – da gab es irgendwo eine Geldquelle.

Dorothy, Maurys Sekretärin, sagte, sie dürfe nicht über ihre Klienten reden. »Aber wir können über alles mögliche andere reden. Maury ist drüben im Justizpalast. Wollen Sie warten? Ich kann Ihnen einen Kaffee holen.«

Jeff fand, daß sie ungefähr das netteste Mädchen war, das er in San Francisco kennengelernt hatte. Sie trug ein bedrucktes Baumwollkleid, und ihre helle Haut war mit ein paar Sommersprossen gesprenkelt. Jeff dachte einen Augenblick, daß sie ihn vielleicht trotz seiner Krücken okay fand.

Sie war auch aus dem Mittleren Westen – aus Ohio – und lebte jetzt seit vier Monaten in San Francisco bei einer Freundin in Haight-Ashbury, dem ehemaligen Hippieviertel. Das sei nicht gerade, was sie sich vorgestellt habe. Sie wolle auch wieder zurück zur Schule und ihr Examen als Krankenschwester machen. Bio habe sie schon als Hauptfach gehabt, und damit dürfe es nicht zu schwer werden, aber sie müsse es an der Abendschule machen, und da brauche sie diesen Job.

Jeff hätte ihr den ganzen Tag zuhören können, er traute sich sogar, ihr etwas von sich zu erzählen. Er merkte, wie er einfach um den größer werdenden braunen Fleck herumsah und ihn wegwünschte, während er sie ansah, aber da kam Maury herein, der die Kaution gestellt hatte. Und nun fiel Jeff wieder ein, weshalb er gekommen war.

Maury wollte es ihm aber nicht erzählen. Es sei eine vertrauliche Angelegenheit. Sie saßen in Maurys Hälfte des Büros, hinter dem Raumteiler. »Aber wir wissen, wie hoch die Kaution war.«

Maury hatte eine glänzende, niedrige Stirn und weiße Stahlwolle als Augenbrauen. Auf der Landkarte seines Gesichts war seine Nase ein kleiner Kontinent. Seine Ohren standen ab, und seine Backen hingen herunter. Er lehnte sich in seinen Sessel zurück, die Füße auf dem Schreibtisch und führte eine Zigarre an die purpurnen Lippen, offensichtlich zufrieden. Er stieß eine Wolke blauen Rauchs aus und kaute nachdenklich auf der Zunge. »Was kann ich Ihnen denn sagen?«

»May Shinn hat 50 000 Dollar aufgebracht?«

»Wie Sie bereits sagten: Sie wissen, wie hoch die Kaution ist.«

Jeff kämpfte gegen eine Art klingelnde Panikattacke. Er sah hinunter auf den Notizblock und merkte, daß er nicht mehr erkennen konnte, was er dort geschrieben hatte.

»Die Kaution war eine halbe Million«, sagte er hartnäckig. Es war der Streß, diese Diskussion, die sich im Kreise drehte. Er sollte lieber damit aufhören und gehen. Das Zimmer verengte sich – der Zigarrenrauch, das komische Licht. »Nehmen wir mal an«, sagte er, »Ihre normale Gebühr – ich stelle mir jetzt vor, daß ich ein Kunde bin – ist 10 Prozent, richtig?«

Maury nickte und warf ihm damit den Ball wieder zu und stieß noch mehr Rauch aus.

»Wenn ich also eine halbe Million Kaution zahlen muß, gebe ich Ihnen 50 000.«

Maury nickte. »Das wäre die Gebühr, ja.«

Wurde der Rauch dichter? Das Licht schlechter? Vielleicht war er nur etwas betäubt. Er wand sich auf seinem Stuhl herum, das Blut floß wieder ein bißchen besser. »Dann haben Sie das dem Gericht bezahlt?« Es war immer noch nicht klar. Jeff kannte sich in dieser Sache aus oder nahm an, daß er sich darin auskannte, aber plötzlich ergab es keinen Sinn mehr.

»Nein, ich zahle dem Gericht die halbe Million. Alles. Nicht die Fünfzigtausend, sondern die ganze halbe Million.« Maury zog seine Füße vom Schreibtisch und richtete sich auf. »Sehen Sie, ich behalte die fünfzig Riesen so oder so. Das ist meine Gebühr, weil ich das Risiko eingehe. Seien wir ehrlich, diese Leute, meine Kunden – nennen wir die Dinge beim Namen –, bekommen einen lausigen Kredit. Heh, was ist denn mit Ihnen los?«

Jeff hörte, daß Maury seinen Stuhl zurückschob. Es war seltsam – es kam ihm vor, als hätte er nur mal für eine Minute die Augen geschlossen und dann wieder geöffnet. Aber wenn seine Augen offen waren, wieso sahen sie dann nichts mehr? Er nahm an, daß er den Kopf herumbewegte und den Raum anzusehen versuchte, um einen Funken Licht zu entdecken.

Panik überkam ihn. Er mußte hier raus. Er griff nach den Krücken, vage, aber er griff daneben und warf sie zu Boden, und jetzt fuchtelte er wie wild herum und versuchte sie zu finden, und da rutschte er vom Stuhl und fiel und fiel …

In dem Klingeln, das seinen Kopf erfüllte, hörte er Maury gellend rufen: »Dorothy! Dorothy, kommen Sie her!«

Nachdem Farris fort gewesen war, hatte Hardy den ganzen Nachmittag, wie er selbst fand, ziemlich fleißig gearbeitet. Er hatte Strafanträge für drei räuberische Überfälle – einen Handtaschenraub und zwei Raubüberfälle – fertiggestellt. Ein paar Drogensachen gingen zur Vorverhandlung. Ein Teenagergangmitglied hatte sechs Polizeiautos »getagged« – mit Graffiti besprüht – und einen Schaden von 9000 Dollar angerichtet. Hardy kam zu der Überzeugung, daß der Besitz einer Sprühdose – wie das heimliche Tragen einer Waffe – obligatorisch mit Gefängnis zu bestrafen war. Um halb fünf verließ er das Büro und fuhr zum Youth Guidance Center, wo er mit einer schwangeren

Sechzehnjährigen redete, damit sie den Namen ihres dreißig Jahre alten Freundes herausrückte, der sie mit einem kleinen freundschaftlichen Sozialhilfebetrug hängengelassen hatte.

Aber Hardy kam, als wär's ein Loch im Zahn, immer wieder auf Owen und May Shinn zurück.

Die Fahrt im Samurai, dessen Verdeck er wieder heruntergelassen hatte, vom Youth Guidance Center nach Hause führte ihn über Twin Peaks, dann Stanyon Street hinunter, am Shamrock und dem Aquarium vorbei, zum Golden Gate Park und über den Arguello Boulevard durch die Avenues. So hatte er genug Zeit zum Grübeln.

Das Motiv für den Mord war wirklich ein Problem. Wenn sie das den Geschworenen nicht verkaufen konnten, hatten sie keinen Mord, und Hardy fiel keine Widerlegung seines eigenen Einwandes ein: Wenn May diesen Owen wegen des Geldes getötet hatte, war es dann einzusehen, daß sie es dem Zufall überließ, ob man seinen Leichnam fand oder nicht? Er war der Ansicht, daß die Antwort darauf nur Nein lauten konnte. Ein klares, absolutes Nein.

Also mußte ihre Strategie darauf abzielen, Freeman keine Gelegenheit zu geben, diese Frage zu stellen. Wie sollten sie ihn daran hindern? Das vermochte er nicht zu erkennen.

Aber noch mehr nagte an ihm die Frage – und das war der Augenblick, in dem er bei Rot über die 28. Avenue fuhr –, ob die Geschworenen nicht, wenn das Motiv erst einmal einen Knacks bekommen hatte, ziemlich bald ihren Glauben an Mays Schuld verlieren würden.

Er hörte die Sirene und fuhr rechts heran. Es war noch nicht sechs Uhr, ein herrlicher Abend, wunderbarerweise hielt die warme Witterung immer noch an. Er war überrascht, als der Streifenwagen der Polizei hinter ihm hielt und der Polizist ausstieg.

»Wie geht's?« fragte Hardy.

Der Polizist nickte. »Darf ich Ihren Führerschein und die Zulassung sehen?«

Hardy griff in die Jacke und nahm die Brieftasche heraus. Er öffnete sie an der Stelle, an der er gegenüber seinem Führerschein die Staatsanwaltsmarke aufbewahrte. Er faßte ins Handschuhfach, um die Zulassung herauszuholen, als er die Hand des Polizisten auf seinem Arm spürte.

»Tut mir leid, daß ich Sie störe, Sir, aber Sie sind da hinten bei rotem Licht über die Kreuzung gefahren.«

Hardy drehte sich halb herum. Mußte er wohl. Er erinnerte sich nicht, die rote Ampel bemerkt zu haben. Er bat um Entschuldigung. Außerdem wollte er nicht unhöflich erscheinen.

Der Polizist gab ihm die Brieftasche zurück. »Augen auf im Verkehr, hm?«

»Kapiert.«

Er wartete, bis der Polizist in seinem Wagen saß, dann fuhr er wieder los, hupte freundlich und bog bei der ersten Gelegenheit vom Geary Boulevard rechts ab.

Als Hardy vor seinem Haus hielt, kam er sich immer noch ein bißchen dumm und schuldig vor. Er hatte zum erstenmal dieses zuvorkommende Verhalten eines Polizisten erlebt – daß man ihm einen Strafzettel »schenkte« – und wußte nicht so recht, was er davon halten sollte.

Rebecca saß in ihrem Wagen neben Frannie, die vorm Haus auf der Verandastufe in Sandalen, Dolphin-Shorts und ärmellosem Top hockte. Die Sonne schien so auf ihr Haar, daß es wie ein Heiligenschein um ihren Kopf herumstand.

»Du solltest hübscher werden«, sagte Hardy, als er durch die Gartenpforte trat. »Es ist grausam, zu einer häßlichen Frau nach Hause zu kommen. Und wenn du schon dabei bist, versuch doch gleich mal ein bißchen jünger auszusehen.«

Er hatte sie fast erreicht, als sie ihn mit einem tierischen Knurren ansprang. Ihre Beine umklammerten seine Taille, ihre Arme schlangen sich um seinen Hals, sie küßte ihn, dann biß sie ihm heftig ins Ohr. Er hielt sie fest und wunderte sich, wie winzig sie war, wie sie duftete und warum sie einen Narren an ihm gefressen hatte. »Okay, okay, ich glaube, du brauchst nicht jünger auszusehen.«

Sie hielt ihn fest. »Schlappschwanz«, sagte sie.

Hardy ließ die Tortur über sich ergehen. »Schau, du bringst das Baby zum Weinen.« Er ging den letzten Schritt auf die Veranda zu und sah das Baby an. Er zog ein Gesicht. »Ist ja gut,

Becky, deine Mutter ist nur ein bißchen verrückt. Ich bin sicher, daß es nicht erblich ist.« Rebecca weinte weiter, und Hardy küßte Frannie, dann ließ er sie hinunter und griff nach dem Kinderwagen.

»Ich trage dieses vernachlässigte Kind«, sagte er. »Schieb du den Wagen.«

Sie gingen die Clement Street nach Osten, am Safeway und den kleinen russischen Piroschkihäusern und orientalischen Restaurants und Antiquitätenläden vorbei. Rebecca saß jetzt zufrieden in ihrem Sitz, Frannie hatte den Arm um Hardy gelegt, und sein Jackett hing über dem Griff des Kinderwagens.

Sie besprachen die Ereignisse der letzten Tage. Über Rebeccas Flecken, die schon fast verschwunden waren. Über die Anschaffung des Zweitwagens von dem Geld, das aus dem Shamrock hereinkommen würde. Über Picos Gewicht und dann auch gleich über Frannies Gewichtszunahme (die täglich überwacht wurde) und über das Picknick an diesem Wochenende, das auf den 4. Juli – den Nationalfeiertag – fiel. Die Schwangerschaft ging jetzt glatt. Jungennamen. Mädchennamen. Das Strafmandat, das Hardy beinah bekommen hätte, weil er bei Rot über die Kreuzung gefahren war.

Sie gingen bis zum Park Presidio Boulevard – über eine Meile weit –, bevor sie umkehrten und wieder nach Hause strebten. Hardy erzählte Frannie von Pullios und ihrem Entschluß, eine Anklageerhebung vor der Grand Jury zu erzwingen und das Verfahren dann beim Oberen Gerichtshof anhängig zu machen.

»Warum will sie das denn tun? Warum will sie nicht warten? Ich dachte, alle Gerichtsverfahren dauern ewig.«

Hardy ging ein paar Schritte weiter, locker schlendernd, und kniff die Augen im Abendlicht zusammen. »Es ist eine heiße Story. Sie will nicht, daß sie zu sehr abkühlt.«

»Und dazu hat sie Jeff Elliot«, sagte Frannie.

»Genau. Aber wir haben ein echtes Problem.« Hardy weihte sie in die Problematik ein und kam dann auf das zu sprechen, was ihn bewegt hatte, als der Polizist ihn erwischt hatte. »Sobald man sich fragt, aus welchem Grund sie es getan haben könnte, kommt man ins Schleudern.«

»Und wenn sie es wegen des Geldes getan hat, wieso hat sie

dann den Leichnam über Bord geworfen? Aber wenn sie es nicht wegen des Geldes getan hat, warum hat sie dann nicht das Testament verbrannt oder so?«

»Richtig.«

Sie gingen weiter und überlegten. Die Sonne war hinter die Häuser gerutscht. Es war nicht kalt, aber im Schatten wurde es kühler. Hardy blieb stehen und wickelte Rebecca in seine Jacke.
»Und dann ist da noch etwas«, sagte er. »Obwohl ich es verdammt ungern erwähne.«

»Was?«

»Der Ring. Mays Ring.«

»Was ist damit?«

»Er hatte ihn am Finger. Owen trug ihn.«

»Heißt das irgendwas?«

»Ich weiß nicht, was das heißt. Aber es *könnte* heißen, daß er ihn an den Finger gesteckt hat. Daß er ihn drangelassen hat. Daß sie wirklich ein Verhältnis hatten. Daß er sie nicht verlassen wollte. Und wenn es so war *und* wenn sie ihn nicht des Geldes wegen getötet hat, dann gibt es kein Motiv mehr für sie.«

»Ja, wenn und wenn und wenn.«

»Ja, viele Wenns. Aber den Ring *hat* er am Finger gehabt.«

»Könnte es nicht sein, daß sie sich gestritten haben, es wurde eine Auseinandersetzung daraus, die Waffe war da …?«

»Wenn es so war, war es kein Mord. Kein Mord, das heißt, keine Todesstrafe.«

Frannie umfaßte Hardy und drückte ihn enger an sich. »Die Frau tut mir leid. Ich hätte es nicht gern, wenn du so hinter mir her wärst.«

»Ich war aber hinter dir her.«

»Ja, siehst du?« Sie strahlte ihn an. »Das meine ich.«

## 25

In diesem Job gab es Dinge, mit denen sich Glitsky nie würde anfreunden können. Dazu zählte zum Beispiel, Leute festzunehmen oder ihnen Vorladungen zu überbringen.

Am besten kriegte man sie zu fassen, wenn man ganz früh morgens an ihre Tür klopfte. Erstaunlicherweise rechnete niemand so früh am Morgen mit einer Verhaftung. Also war das die beste Zeit.

Aber er war letzte Nacht wieder wegen dieser Schießerei aus dem vorbeifahrenden Auto unterwegs gewesen. Sie hatten einen Tip bekommen – wahrscheinlich von einer rivalisierenden Gang, aber man mußte nehmen, was kam: Der Wagen des Schützen befinde sich, samt einer Waffensammlung im Kofferraum, in einem Lagerhaus draußen in Fillmore.

Also war Glitsky mit ein paar Beamten dorthingefahren – der schöne warme Sommerabend war inzwischen neblig feucht und bitterkalt geworden, während sie im Zivilauto saßen, Tee tranken und Brezeln aßen und warteten, daß jemand das Lagerhaus aufschloß. Was schließlich auch geschah.

Und sie hatten die Waffen gefunden. Der Verdächtige, den sie jetzt am Wickel hatten, war vollgekokst gewesen und hatte eine mörderische Angst gehabt. Er gab zu: Ja, er habe den Wagen gefahren. Aber sie hätten ihn dazu gezwungen, Mann. Und er hätte nichts mit dem Schießen am Hut. Das sei Tremaine Wilson. Wilson sei der Schütze. Und dieser Zeuge konnte sogar, im Gegensatz zu Devon Latrice Wortherington, Wilson als den Kerl mit der Waffe in der Hand im Wagen identifizieren, und wenn er es sich nicht anders überlegte, was er wahrscheinlich tun würde, sobald er wieder nüchtern war, konnte Glitsky diesen Wilson vielleicht vor den Kadi bringen.

Jetzt hatte er also vier Stunden geschlafen, und es war noch nicht einmal wieder richtig hell, der Nebel war noch genauso kalt wie vorhin im Auto, und wieder mußte Glitsky raus – in die Anlagen mit Sozialwohnungen, wo die Problemfälle zu Hause waren. Der Weg zur Tür war ein rissiger Zementstreifen in der Mitte eines abfallbedeckten und vollgebauten rechteckigen Terrains, das ebensogut auch hätte zubetoniert sein können, wenn da nicht ein dünnes Baumstämmchen gewesen wäre, das etwa dreißig Zentimeter hoch geworden war, bis jemand es umgehauen hatte. Jetzt krümmte sich der nackte Ast aus dem Boden heraus, war vielleicht einen Zoll dick und schien Glitsky ein Beispiel für alles zu sein, was hier aufzuwachsen versuchte.

Wie immer wollten sie es möglichst kurz und schmerzlos erledigen. Manchmal klappte es, manchmal nicht. Aber für den Fall des Falles überwachten drei Beamte den hinteren Ausgang des Doppelhauses. Glitsky hatte hinter sich zwei weitere Kollegen mit gezogener Waffe, als er auf das Haus zuging. Auf der Straße wartete ein weiteres Team, das aus dem Wagen ausgestiegen war und dahinter Deckung nahm für den nicht unwahrscheinlichen Fall, daß sich das Panoramafenster des Hauses plötzlich splitternd und krachend als Scharfschützennest entpuppen sollte.

Daß eine der Straßenlampen noch brannte, war ein Wunder. Die Halbwertzeit einer Straßenbeleuchtung in diesen städtisch finanzierten Wohnsiedlungen ließ sich in Minuten nach Einbruch der Dämmerung berechnen, bevor irgendein Schütze sie auspustete. Im Licht dieser Wunderlaterne erkannte man deutlich die zugezogenen Vorhänge im vorderen Fenster. Das Fliegengitter war offen, rundherum leuchteten die Graffiti.

Glitsky sah auf die Armbanduhr. Der rückwärtige Eingang war wohl inzwischen gesichert. Er wandte sich um und gab den Jungs, die sich hinter dem Wagen auf der Straße verkrochen hatten, ein Zeichen. Sie hielten ihre Daumen hoch – theoretisch war das Haus jetzt abgeriegelt.

Nun gab es keinen Nebel, keine Kälte und keine Dunkelheit mehr. Es gab nur noch das pochende Herz und den trockenen Mund – wie immer – und die Tür, an die man klopfen mußte. Dreimal, nicht sehr laut. Er hatte seinen Revolver herausgezogen und hörte drinnen jemanden schlurfen. Ein Kettenrasseln. Und dann sah er einem vierjährigen Jungen ins Gesicht, der einen Pyjama anhatte, dessen Hosen zu lang für seine Beine waren und der sich verschlafen die Augen rieb.

»Wer's da?«

Die Frauenstimme erklang hinter ihm, und der Junge wich zurück und ließ die Tür offen. Glitsky gefiel es nicht, daß ein Kind zwischen ihm und seinem Täter war. Er hatte Typen gesehen – ob auf Drogen oder nicht –, die ihre eigenen Kinder, ihre Frauen, Mütter, wer auch immer gerade da war, als Geiseln benutzten.

Glitsky wartete nicht. Er hatte einen Haftbefehl, und Tremaine Wilson wurde wegen Mordes gesucht. Ihn würde kein schlitzohriger Anwalt aus Formfehlergründen – Fehlen eines Haftbefehls oder so – herausholen. Der Junge hatte die Tür geöffnet, und das mußte reichen.

Er stieß die Tür ganz auf und trat zwischen den Jungen und dessen Mutter. »Polizei«, sagte er, damit klar war, daß es sich nicht einfach um ein weiteres Kapitel in diesem Bandenkrieg handelte. »Wo ist Tremaine?«

Einer der Männer, die hinter ihm kamen, drückte auf den Lichtschalter, und eine nackte Glühbirne über ihren Köpfen ging an. Die Frau mochte ungefähr zwanzig sein. Sie hatte eine geschwollene Unterlippe, kurzes, glattes Haar und riesige verängstigte Augen. Sie hatte in einem karierten Männerhemd geschlafen, das ihr nicht ganz bis zu den Hüften reichte. Sie bemühte sich nicht, ihre Blöße darunter zu bedecken, sondern stand blinzelnd im Licht da, nachdem dieser große schwarze Mann mit einer Kanone in der Hand sie von ihrem Jungen getrennt hatte. Sie entschied sich schnell, zeigte in Richtung des Korridors hinter sich und nahm ihren Sohn in die Arme, sobald Glitsky beiseite trat.

Die Tür zu dem Zimmer stand offen. Das Licht vom Korridor reichte nicht bis in dessen Inneres hinein. Einer von Glitskys Männern war mit der Frau und dem Kind hinter ihm geblieben, so daß Glitsky und seine anderen beiden Beamten, die ihm folgten, rasch den Korridor entlanggehen konnten. Der Sergeant trat durch die offene Tür, sein Partner hockte sich in den dunklen Vorraum und zielte mit der Waffe in das Innere des Raums.

Vielleicht war ein Bett darin, aber er konnte es nicht sehen. Er knipste das Licht in dem Raum an – wieder eine nackte Birne an der Decke. Da stand es – das Bett –, an der gegenüberliegenden Wand, der einzige weitere Einrichtungsgegenstand war eine Kommode von der Heilsarmee. Der Mann, der im Bett lag, bewegte sich, zog die dünne Wolldecke über sich. »Hey, Scheiße«, sagte er. »Mach das Licht aus.«

Glitsky war am Bettrand, zog die Decke ganz herunter und riß sie vom Bett weg, während er gleichzeitig die Mündung seiner Waffe auf die Schläfe des Mannes richtete. Wilson, der bis auf seine rote Unterhose nackt war, kniff die Augen zusammen und zwinkerte in dem grellen Licht.

»Zwinkern Sie nicht zu stark, Tremaine«, sagte Glitsky, »oder das Ding könnte losgehen. Sie sind verhaftet.«

Glitskys Partner hatte schon die Handschellen heraus, drehte Wilson um und ließ sie zuschnappen. Glitsky ging zur Tür und knipste das Licht aus und an, was hieß, daß alles in Ordnung war. Er hörte die Polizisten von draußen zur Tür kommen. Er ging hinaus in das vordere Zimmer, wo die Frau auf dem Fußboden in der Ecke saß und ihren Sohn festhielt. Er ließ sich auf die grüne Vinylcouch hinab und verschnaufte, während sein Adrenalinspiegel absackte.

Die Behausung sah aus wie alle anderen – kein Teppich, keine Bilder an den Wänden, Flecke hier und da, ein Geruch nach Bratenfett, Moschus und Marihuana. Löcher in der Gipswand.

Tremaine wurde in Schuhen ohne Schnürsenkel und ohne Socken herausgeführt, nachdem er Hemd und Hose angezogen hatte. Wenigstens war es eine leichte Verhaftung gewesen. Ein kleiner Trost.

Jetzt, um neun Uhr, nachdem Tremaine eingeliefert war, befand sich Glitsky am Yachthafen und fror. Es war der 1. Juli, und es herrschte eine Hundekälte. Die vergangenen paar warmen Tage waren nur noch eine verschwommene Erinnerung. Er dachte, vielleicht sollte er eine Art Tagebuch, wenigstens von den ersten Tagen jeden Monats, führen. Er sah es schon vor sich, Jahr für Jahr, ein Mikrokosmos von San Franciscos hübschem kleinem Boutique-Klima: 1. Januar – kalt. 1. Februar – kalt. März, April, Mai – kalt und windig. Juni und Juli – neblig und was wohl? 1. August – eiskalt, vielleicht Nebel. September und Oktober – nett, nicht warm, aber auch nicht kalt. November, Dezember – siehe Januar. Und so weiter.

José war draußen und tat irgend etwas mit einem Wahnsinnigen, der an diesem Morgen mit seiner Yacht in die bewegte Bay hinauswollte. Glitsky stand hinter dem Tresen, beugte sich über einen elektrischen Heizofen und fragte sich, wofür er eigentlich hier war.

Als er, nachdem er Tremaine eingebuchtet hatte, wieder an seinen Schreibtisch kam, wartete dort eine Nachricht auf ihn: Er solle Pullios anrufen. Er erfuhr, daß sie die Mordsache Nash vor die Grand Jury bringen wollte – top-secret –, und er solle sich bereithalten, denn er, Glitsky, werde morgen als Zeuge vor die Geschworenen treten und ihnen erklären, daß er Shinn verhaftet hatte, weil er sicher war, daß sie aus dem Gerichtsbezirk fliehen wollte, um ihrem unweigerlichen Mordprozeß zu entkommen. Und nebenbei: Könnte er nicht noch bis morgen ein paar weitere Zeugen auftreiben und vielleicht auch noch ein paar weitere Indizien?

Ja, natürlich, erklärte er. Kein Problem. Er sei ja immer gern behilflich. Nur – was denn für Zeugen? Der Fall zeichne sich ja im großen und ganzen durch das Fehlen von Zeugen aus. Die einzige richtige Zeugenvernehmung, die er aufgeschrieben hatte, war die des Nachtwächters im Yachthafen, Tom Waddell, und die, fand er, hatte an für eine Verurteilung verwertbarem Material nichts gebracht.

Aber wenn man lange genug daran arbeitete, dann bekam man ein Gefühl für diese Dinge. In manchen Fällen gab es kaum Aussagen von Augenzeugen. Das hieß aber nicht, daß es keine guten Fälle waren. Die Anklagebehörde wollte immer ein bißchen mehr, man sollte ruhig noch mal ein paar Steine herumwälzen, um darunter vielleicht die berühmte rauchende Tatwaffe zu finden. Pullios hatte ihn gefragt, was er denn nun wirklich für ein Gefühl in dem Fall gegen Shinn habe, und er hatte ihr gesagt, er finde, der Fall sei so wasserdicht wie ein Krötenarsch. Wasserdicht ja, aber nicht luftdicht.

»Luftdicht wäre besser«, sagte sie.

Also noch einmal zum Yachthafen. José, der Nachtwächter, kam von den Pontons zurück und ging geradewegs auf die Kaffeemaschine zu. Normalerweise stand Glitsky ja nur auf Tee, aber nach knapp vier Stunden Schlaf dachte er, ein bißchen Java könne nichts schaden.

Wieder eine Vernehmung und ein Bericht, und er sagte José, er solle sich ruhig an seinen Schreibtisch hinsetzen, während er, Glitsky, eine neue Kassette in seinen Rekorder legte.

»Drei, zwei, eins«, sagte er. Er stoppte das Band, lächelte, schlürfte Kaffee und hörte sich seine Ansage an. »Okay ...«

Hier spricht Inspektor Abraham Glitsky, Stern-Nummer 1144. Ich befinde mich zur Zeit in dem Büro des Yachthafens »Golden Gate Marina«, 3567 Fort Point Drive. Bei mir ist ein Herr, der sich als José Ochorio, spanischer Abstammung, männlich, geboren am 24.2.67, identifiziert hat. Diese Befragung bezieht sich auf eine Untersuchung im Fall Nummer 921065882. Heute ist Mittwoch, der 1. Juli 1992, es ist jetzt 9 Uhr 20 vormittags.

F: Sie haben ausgesagt: Als Sie vor einer Woche, am Sonnabend, dem 20. Juni, bei Ihrer Arbeit eintrafen, sei die *Eloise* bereits draußen gewesen.

A: Sí.

F: War sie am Tag davor auch draußen?

A: Nein. Als ich am Tag davor weg bin, lag sie da draußen am Ende von Ponton 2, wo ihr Liegeplatz ist. Wo sie jetzt auch liegt.

F: Und um wieviel Uhr haben Sie an diesem Tag Ihre Arbeit verlassen?

A: Ich weiß nicht. Wie immer, ungefähr um zwei oder drei, aber das Boot war da.

F: Und es war am Sonntagmorgen, als Sie ankamen, ebenfalls da?

A: Sí.

F: Haben Sie hier irgendwelche freien Tage?

A: Klar. Es ist nicht schlecht hier. Ich habe montags und dienstags frei, aber wir können uns auch untereinander abwechseln. Hauptsache, einer von uns ist hier.

F: Aber an dem fraglichen Morgen haben Sie sich nicht abgewechselt?

A: Nein.

F: Also gut, José.
(Pause)

Glitsky trank Kaffee und versuchte sich eine andere Befragungstaktik einfallen zu lassen.

F: Lassen Sie uns über Owen Nash und May Shinn reden. Ich habe hier ein Photo von Ms. Shinn. Erkennen Sie diese Frau?

A: Oh, klar, Mann. Sie war oft hier.

F: Oft? Wie oft, José?

A: In den letzten drei, vier Monaten vielleicht zwei- oder dreimal im Monat.

F: Also haben Sie sie hier im Yachthafen zusammengerechnet vielleicht zehn- oder zwölfmal gesehen?

A: Ungefähr. Ja.

F: Haben Sie sie jemals am Steuer der *Eloise* gesehen?

A: Na klar. Sie war immer mit Mr. Nash zusammen.

F: Ich meine, allein. Hat sie das Boot allein gesteuert?
(Pause)

A: Ich weiß nicht. Ich überlege gerade.

F: Lassen Sie sich Zeit.
(Pause)

A: Ja, sie ist einmal mit laufendem Motor rausgefahren, jedenfalls bis zum Wellenbrecher. Aber das sind nur ungefähr ... vielleicht sechzig, siebzig Meter.

F: Aber Mr. Nash war nicht am Steuer?

A: Nein. Ich erinnere mich. Er stand draußen am Bugspriet und lachte laut. Da habe ich hochgeguckt. Das fällt mir jetzt wieder ein.

F: Und sie war allein am Steuer? Bei laufendem Motor?

A: Sí.

F: Und haben Sie sie seither noch einmal gesehen?

A: Als sie das Boot steuerte?

F: Nein. Überhaupt noch einmal gesehen?

A: Sí.

F: Wann war das?

A: Ich weiß nicht, irgendwann mal letzte Woche. Ich erinnere mich, weil, Sie wissen schon, Ihre Leute ...

F: Klar, aber können Sie sich erinnern, wann genau das war? Was hat sie gemacht?

A: Ich weiß nicht. Sie war draußen auf der Straße. Vielleicht ist sie da gerade zurück zu ihrem Auto gegangen, ich weiß es nicht. Ich habe sie wegfahren sehen.

F: Und Sie sind sicher, daß das May war.

A: Sí. Das war sie.

F:  Wissen Sie noch genau, welcher Tag das war? Das könnte
    wichtig sein.
    (Pause)
A:  Ich glaube, es war Donnerstag. O ja. Es muß Donnerstag
    gewesen sein. Ich weiß noch, Tom hat mir die Nachricht
    hinterlassen, daß er das Boot abgeschlossen hat, und das
    war Mittwoch, richtig? Also ging ich hin und sah nach.
    Es war immer noch abgeschlossen. Das war Donnerstag,
    ja, ich bin sicher, Donnerstag.


# 26

»Ich muß Sie sprechen.«

Hardy merkte, wie seine Handflächen feucht wurden. Er
lehnte sich in seinem Schreibtischsessel zurück. Gedankenverloren nahm er den Briefbeschwerer, klemmte sich den Telefonhörer unters Kinn und ließ den Jadeblock von einer Hand in die
andere gleiten. Kein Zweifel, es war Celines Stimme, etwas heiser wie immer. »Ken sagt, Sie glauben nicht, daß May es getan
hat.«

»Tut mir leid, wenn ich ihm gegenüber den Eindruck hervorgerufen habe. Doch, ich glaube, daß May es getan hat. Ich
glaube nur nicht, daß es einfach sein wird, es zu beweisen.«

»Was brauchen Sie denn?«

»Wie meinen Sie das – was ich brauche?«

»Ich meine – Beweise.«

»Mir ist der Fall vielleicht sonnenklar, Celine, aber unser Job
ist es, das den Geschworenen zu verkaufen –«

»*Ihr* Job ist es, nicht unser Job«, sagte sie trocken.

»Das stimmt.«

Er hörte sie schwer atmen, sogar durchs Telefon. Es war, als
ob sie sich mit ihm im selben Zimmer befand. Vielleicht hatte sie
sich aufgeregt. Vielleicht hatte sie gerade mit Farris gesprochen.
Das ließ sich nicht vermeiden: Die Hauptpersonen – die dem
Opfer am nächsten Stehenden – redeten natürlich ständig miteinander.

224

»Was brauchen Sie denn noch?« wiederholte sie ihre Frage.

Hardy wollte sich nicht genau festlegen. »Seit meinem Gespräch mit Ken sind wir natürlich schon weiter. Wir haben das ballistische Gutachten. Ihr Vater wurde mit Mays Waffe getötet.«

»Ja, selbstverständlich. Das wissen wir doch schon lange.«

Er wußte nicht, wie er es ihr erklären sollte: Sie hatten es nicht *gewußt*, sie hatten es lediglich vermutet. Daß die Vermutung sich als zutreffend herausstellte, war erfreulich, aber solange der Ballistikbericht nicht vorlag, blieb es eine Vermutung. »Und ihre Fingerabdrücke sind drauf. Und sonst keine. Keine anderen Fingerabdrücke als ihre.« Schweigen. »Celine?«

»Ich muß Sie sehen. Ich brauche Ihre Hilfe. Ich mache mir Sorgen. Sie läuft draußen frei herum. Was ist, wenn sie hinter mir her ist?«

»Warum sollte sie denn hinter Ihnen her sein, Celine?«

»Warum hat sie meinen Vater getötet? Damit ich nicht mehr gegen sie aussagen kann? Ich bin mir nicht sicher, aber ich traue es ihr zu.«

»Soweit ich weiß, brauchen Sie nicht als Zeugin auszusagen, Celine. Jedenfalls nicht in diesem Zusammenhang.«

»Aber ich weiß, daß sie auf dem Boot war.«

»Woher wissen Sie das?«

»Mein Vater hat es mir gesagt – daß er mit ihr zusammen hinausfahren wollte.«

»Das ist kein Beweis.«

Er hörte sie wieder heftig atmen. Es war beinahe ein Keuchen. »Doch, es ist ein Beweis. Er hat es mir *gesagt*.«

»Vielleicht beabsichtigte Ihr Vater, am Sonnabend mit May hinauszufahren. Aber das heißt nicht, daß er dann auch tatsächlich mit ihr zusammen hinausgefahren ist.«

»Aber er *war* draußen mit ihr.«

Was konnte er darauf erwidern? Die Frau kämpfte mit ihren Gefühlen – Trauer, Schmerz, Angst, Enttäuschung und Ungeduld angesichts der langsam mahlenden Mühlen der Justiz. Er konnte nicht von ihr erwarten, daß sie sich wie ein Monsieur Descartes benahm.

»Celine, hören Sie mal.« Nun erzählte er ihr kurz von Glits-

kys Geschichte in dem Fall Tremaine Wilson – daß der erste
Zeuge gewußt hatte, daß Wilson in dem Wagen war, die Waffe
in den Händen hielt und auch schoß, aber daß er sein Gesicht
nicht gesehen hat. Er wußte, es war Tremaine, er erkannte ihn
trotz alledem, trotz der Skimaske und so weiter, aber so etwas
konnte man einem Geschworenengericht nicht vorlegen, es war
nicht beweiskräftig, es war nur eine Vermutung. Erst als weitere
Zeugen auftauchten und den Zusammenhang, der da zwischen
Tremaine, dem betreffenden Wagen und der Mordwaffe bestand, aufdecken halfen, hatte Glitsky Tremaine verhaften können. »Und das ist ein ähnlicher Fall, Celine.«

Diese Analogie beeindruckte sie nicht. Sie wollte keine Analogie. »Ich muß Sie sehen«, sagte sie zum drittenmal.

Sie fixierte sich auf ihn. So etwas konnte er nicht gebrauchen.
Das brachte ihn durcheinander, obwohl dergleichen nicht selten
vorkam. Und wie er auf sie reagierte, das entsprach nicht dem
Reglement. Vielleicht spürte sie das sogar irgendwie und nutzte
es in ihrer Verzweiflung aus. »Ich bin den ganzen Tag hier.
Meine Tür ist immer offen –«

»Nicht in Ihrem Büro.«

»Aber ich arbeite in meinem Büro.«

»Die Bar neulich, das war nicht Ihr Büro.«

Hardy verstand jetzt allmählich, warum manche Leute verklemmt und zugeknöpft waren. Es war wirklich wahr: Man
reichte jemandem den kleinen Finger, und der nahm selbstverständlich die ganze Hand. Und wenn man die Hand wegzog,
war er enttäuscht und kam sich betrogen vor.

Ihre Stimme wurde sanfter, der heftig fordernde Tonfall war
verschwunden. »Dismas, bitte. Bitte, ich muß Sie sehen.«

Er seufzte. Er wußte jetzt vielleicht, wieso manche Leute verklemmt und zugeknöpft waren – aber er selbst wollte es nicht
werden. »Wo könnten wir uns denn am besten treffen? Wo sind
Sie jetzt?«

Es war vier Uhr nachmittags, und sie wollte sich gerade umziehen, um etwas Gymnastik zu betreiben. Er solle gegen sechs
bei »Hardbodies!«, Ecke Broadway und Van Ness Avenue, sein.
Wenn er sich etwas Mühe gab, konnte er das als einen kleinen
Schlenker auf seinem Nachhauseweg bezeichnen.

Jeff hatte kein Einzelzimmer, aber er lag am Fenster, und das andere Bett in dem Zimmer war leer, also hatte er es ganz gut getroffen. Er war im Kaiser-Hospital nahe der Masonic Avenue, und sein Fenster lag nach Norden hinaus: Die roten Spitzen der Golden-Gate-Brücke ragten hinter dem grünen Fleck von Presidio aus den niedrig hängenden Wolken. Weiter vorn hatte sich der Nebel gehoben und aufgelöst, und die Bäume entlang den Avenues lagen in Sonnenlicht gebadet da.

Jeff Elliot war es gleich, was für ein Wetter draußen war. Es hätte ein Monsun über einen Schlackehaufen wehen können. Hauptsache war, daß er überhaupt etwas sah.

Nachdem er wieder Prednison bekommen hatte, war sein Augenlicht zurückgekehrt. Irgendwie am frühen Morgen, während es noch dunkel war, hatte er wieder angefangen, etwas zu erkennen.

Er traute dem Frieden nicht. Diese Krankheit war gnadenlos. Was sie einmal genommen hatte, gab sie nicht mehr zurück. Zuerst waren es die Beine gewesen. Jetzt die Augen? Und viel konnte er ja immer noch nicht sehen. Schatten in der Dunkelheit.

Wenn er die Hände gegen die Augen drückte und sie eine Minute lang dagegengepreßt hielt und dann kleine Explosionen mit purpurnem, grünem und weißem Licht stattfanden, schien sich das in seinem Gehirn abzuspielen. Er wußte nicht, ob völlig blinde Menschen das auch sahen. Der Reiz schien aber nicht von einer äußeren Lichtquelle zu stammen, davon war er überzeugt. Konnte das bedeuten, daß sein Sehnerv noch funktionierte?

Gegen Morgen gab es keinen Zweifel mehr. Gott sei Dank war er wenigstens noch nicht stockblind. Und die ganze Zeit über, während er ab und zu schlummerte, war es besser geworden. Und jetzt konnte er wieder etwas sehen. Verschwommen, aber immerhin.

Dorothy Burgess – aus Maurys Büro – war am Morgen auf dem Weg zur Arbeit vorbeigekommen, um zu sehen, ob alles in Ordnung war, sie hatte Blumen mitgebracht. Und jetzt kam sie wieder zur Tür herein – es war Besuchszeit –, lächelte und war besorgt: So etwas Schönes hatte er noch nie gesehen.

Sie setzte sich. »Wie fühlen Sie sich?«

Er richtete sich halbwegs auf, bis er etwas schief im Bett saß. »Viel besser. Ich kann Sie sehen.«

Er hatte seine Eltern in Wisconsin nicht angerufen. Er wollte nicht, daß sie sich Sorgen machten. Er plante, sich bei ihnen zu melden, sobald die Attacke vorüber war und die Ärzte einen Überblick hatten, was jetzt bei ihm ausgefallen war. Nach seiner Einlieferung in die Klinik hatte er beim *Chronicle* angerufen, aber von denen hatte ihn keiner besucht.

Er wußte nicht, was er zu Dorothy sagen sollte. Damals, vor dem Ausbruch der Krankheit, hatte er noch nicht viel mit Mädchen zu tun gehabt, und seit er seine Beine nicht mehr gebrauchen konnte, war sein Selbstvertrauen auf diesem Gebiet gleich Null. Er hatte sich auf seine Zeitungsarbeit konzentriert. Aber er beklagte sich nicht – es ging ihm ja gar nicht schlecht.

Als Krüppel konnte man nicht erwarten, daß die Frauen in Scharen über einen herfielen, von den Mitleidsheuchlern abgesehen, die er aber nicht ausstehen konnte. Er wußte, er war wahrscheinlich der letzte junge Mann Mitte zwanzig in San Francisco, der seine Unschuld noch nicht verloren hatte, und das war okay. Damit konnte er leben. Das war nicht das Allerwichtigste. Man mußte Prioritäten setzen.

Dorothy zog ihren Stuhl ans Bett heran und legte ihren Arm dorthin, wo seine Beine waren. Ihr Haar sah aus wie Weizen kurz vor der Ernte. Ihre weiße Bluse hatte einen runden Ausschnitt, und der Rand war mit Kornblumen bestickt, die genau zu ihren Augen paßten. Sommersprossen auf gebräunten Brüsten. Er merkte, daß er nicht aufhören konnte, sie anzusehen, sie war wie die Luft, die er einatmete. »Ich starre Sie an.«

Sie lachte, noch mehr Sonnenlicht. »Ich würde auch starren, wenn ich gestern blind gewesen wäre.«

»Tut mir leid«, sagte er. Er mußte sich dauernd wegen dieser verdammten Krankheit entschuldigen. »Ich wollte niemanden mit diesem ganzen Zeug belasten. Fühlen Sie sich nicht verpflichtet, mich zu besuchen. Ich komme schon klar.«

»Ich finde es in der Tat recht beschwerlich«, nahm sie ihn auf den Arm? »Ich habe eben zu Maury gesagt: ›Ich glaube, jetzt muß ich wieder diesen furchtbaren Jeff besuchen. Das hat mir wirklich noch gefehlt, daß jemand so einfach in unserem Büro blind wird.‹«

»Ich sagte gerade –«

»Ich weiß, was Sie gerade sagten. Und es ist albern.« Sie tätschelte sein Bein. »Gibt man Ihnen hier etwas Anständiges zu essen?«

Er versuchte sich zu erinnern. »Ja, ich glaube schon. Ich muß ja irgendwas gegessen haben. Ist egal. Morgen kann ich hier wieder raus. Sie wollten mich nur einen Tag lang beobachten.«

»Hier im Kaiser-Hospital achten sie darauf, daß immer Betten frei sind. Man weiß nie, ob nicht plötzlich welche gebraucht werden.«

»Ja, es ist okay«, wiederholte er. »Ich brauche Steroide, das ist alles. Ich brauche nicht im Krankenhaus zu liegen.«

»Sie brauchen etwas zu essen.«

»Ja, schätze ich auch. Ich habe noch gar nicht darüber nachgedacht.«

»Denken Sie überhaupt nie an Essen? Ich denke unentwegt daran.«

Seine Augen wanderten über ihren schlanken Körper. »Wo lassen Sie das denn?«

»Machen Sie sich darüber keine Sorgen«, sagte sie. »Ich lasse es schon irgendwo. Wer holt Sie denn hier ab, wenn Sie herauskommen? Wie kommen Sie nach Haus?«

Daran hatte er auch noch nicht gedacht. Er würde wahrscheinlich ein Taxi nehmen. Er hoffte, daß sein Wagen noch stand, wo er ihn geparkt hatte – auf einem der Behindertenparkplätze hinter dem Justizpalast.

»Na gut, dann komme ich morgen und bringe Sie nach Hause und mache Ihnen was zu essen. Und danach müssen Sie einfach aufhören, mir auf die Nerven zu gehen.« Sie stand auf, beugte sich vor und küßte ihn. »Werden Sie nicht frech«, sagte sie, dann war sie fort.


Hardy fand jetzt – nicht zum erstenmal –, daß er sich selbst zu gut kannte. Wäre es nicht manchmal nett, sich selbst so richtig zu hintergehen? Nicht all seine Motive und Gründe bis ins letzte zu kennen?

Er wollte Celine sehen, und zwar nicht in seinem Büro. Das war das Problem.

Er hatte vorige Woche, nachdem sie in der Bar gewesen waren, den Entschluß gefaßt, sich nicht auf sie einzulassen. Sie war zu gefährlich. Für ihn selbst, für Frannie, für das neue Leben, das ihn glücklicher machte, als er es je für möglich gehalten hätte. Manchmal lernte man Menschen kennen, auf die man beinahe chemisch reagierte, so verstanden sie es, sich bei einem einzuschmeicheln. Wenn man sich im Leben noch nicht für einen bestimmten Karriereplan entschieden hatte, konnten einem diese Menschen – ob Männer oder Frauen – einen gewaltigen Antrieb geben. Aber wenn man im Beruf stand und eine Familie sowie einen bestimmten Lebensrhythmus entwickelt hatte, konnte so eine Explosion alles zerstören. Wer dergleichen vermeiden wollte, hielt sich lieber an bestimmte Regeln und Gewohnheiten und verzichtete auf Extratouren. So einfach war das.

Hardy konnte sich sehr wohl beherrschen – das war es nicht –, aber Celine war wie Feuer. Und wenn man sich an ihr nicht verbrennen wollte, hielt man sich am besten von ihr fern.

»Dummkopf!« sagte er und zögerte einen Augenblick, bevor er die halb durchsichtige Glastür von Hardbodies! aufstieß. Es begrüßten ihn zwanzig Spiegelbilder. Spieglein, Spieglein an der Wand.

»Kann ich Ihnen helfen?«

Auf dem Namensschildchen stand »Chris«, und Chris, dachte Hardy, war Superman. Muskeln über Muskeln, grünes Hardbodies!-Stirnband, gelbes Hardbodies!-T-Shirt, schwarze Radfahrerhosen. Bänder an beiden Handgelenken. Perfektes glänzendes Beatles-langes Haar. Hinter dem langen Tresen sah Hardy drei Mädchen und vier junge Männer, alle von demselben Kaliber wie Chris.

»Ich bin mit jemandem verabredet«, sagte er.

»Natürlich. Kein Problem«, sagte Chris. »Wir lassen Sie ausrufen.«

Hardy wartete auf einem gepolsterten Hocker. Es gab keine Stühle, nur Hocker, und kleine Plastiktische mit Zeitschriften wie *City Sports, Triathloner, Maximum Steel, The Competitive*

*Edge.* Im Hintergrund lief Musik mit einem schweren Beat. Er hörte ein Geräusch, das klang, als ob mit vielen Basketbällen auf einem Holzfußboden gedribbelt wurde.

Der Laden schien bereits brechend voll zu sein, doch immer noch schlängelten sich Leute an ihm vorbei, als ob es im Hinterzimmer etwas umsonst gäbe.

Er joggte selbst vier- oder fünfmal die Woche, aber plötzlich kam er sich alt und schlaff vor. Hier waren alle unter dreißig – außer denen, die fünfzig waren und besser aussahen als Hardy damals mit zwanzig.

Und Celine, die längst noch keine Fünfzig war und besser als alle Zwanzigjährigen aussah, sogar wenn ihr der Schweiß am ganzen Körper herunterlief. Vielleicht gerade dann. Ein blaues Stirnband hielt ihr Haar umschlungen, ein Handtuch lag um ihren Hals. Sie trug ein fluoreszierend blaues Oberteil, das zwischen ihren Brüsten dunkel von Schweiß war. Die nackte Haut ihres Bauches glänzte naß und fest. Die Hose des Trikots war hoch geschnitten und hörte unter ihrem Nabel auf. Ein Bikinihöschen, das zu ihrem Oberteil paßte, saß darüber. Sie trug weiße Reeboks.

Er sprang auf, fast ohne sich dessen bewußt zu sein. Sie schüttelten einander die Hand, ihre war naß und pudrig. Sie streifte seine Wange mit ihren Lippen, dann wischte sie sich die feinen Schweißperlen aus dem Mundwinkel. »Tut mir leid. Vielen Dank, daß Sie gekommen sind.«

Hardy stand da und wollte sich den Fleck von der Wange reiben. Feuer brennt.

»Ich komme mir ein bißchen deplaziert vor«, sagte er. »Ich fürchte, ich passe hier nicht rein, vor allem so, wie ich angezogen bin.«

Sie betrachtete ihn ausgiebig. »Sie sehen großartig aus.«

»Kann man sich irgendwo hinsetzen und unterhalten?«

Celine erklärte ihm, daß es im ersten Stock eine Saftbar gab. Ob ihm so was recht sei? Hardy folgte ihr eine breite Granit-Treppe hinauf und kam in eine von lauter High-Tech-Geräten umgebene Lobby: Heimtrainer, Rudergeräte, Kletterleitern, Tretmühlen verschiedener Art. An jedem dieser Geräte arbeitete jemand aus voller Leibeskraft. Das Keuchen, Stöhnen, Ächzen, das sausende Geräusch von dreißig surrenden Rädern blieb Hardy nicht erspart. Hinter diesen Apparaten, durch die Glaswand, sah man draußen in der Ferne berühmte Ansichten von San Francisco – Alcatraz und Angel Island und (auf der anderen Seite) Marin County. Man sah die Stelle – eine Meile diesseits des Golden Gate –, wo der Nebel abrupt endete.

Die Fruchtsaftbar war ungefähr so intim wie eine Bahnhofshalle, aber wenigstens nicht so laut. Die Aerobicmusik wurde nicht hier hereingepumpt, sie drang nur aus der Lobby herein. Celine bestellte eine Art Milchshake, in den das Wesen hinter dem Tresen verschiedene Pulver schüttete. Hardy entschied sich für ein Mineralwasser und zahlte 4 Dollar 75 für die beiden Drinks.

Sie setzten sich an einen niedrigen Tisch in der Ecke des Raums, wo die Glaswand aufhörte und die Ziegelsteinmauer begann. »Sind Sie oft hier?« fragte Hardy.

»Manchmal wohne ich hier fast. Aber seit Daddy ...« Sie nippte an ihrem Glas. »So komme ich besser darüber hinweg.«

»Was haben Sie denn vorher getan?«

»Was meinen Sie?«

»Bevor Ihr Vater gestorben ist. Manchmal ist es das Beste, man hält sich an das, was man vorher getan hat. Woran man gewöhnt ist.«

Ein Tanker, der sich durch die Nebelbank in die Bay hineinschob, schien eine Minute lang ihre Aufmerksamkeit in Anspruch zu nehmen. »Ich habe eigentlich gar nichts getan«, sagte sie. »Ich meine, ich habe nicht gearbeitet oder so was. Ich habe einfach gelebt. Und jetzt ...« Sie verschluckte den Rest der Worte und fing wieder an zu starren.

»Haben Sie Ihren Vater jeden Tag gesehen?«

»Nein, nicht jeden Tag. Wenn er mich sehen wollte, dann mußte ich da sein. Ich meine, das klingt verrückt, aber sonst wäre er beleidigt gewesen.«

»Er war beleidigt, wenn Sie nicht alles stehen und liegen ließen, um sich mit ihm zu treffen?«

»Nein, alles nicht. Ich hatte auch mein Privatleben.«

»Das wollte ich ja gerade sagen. Daß Sie wieder Ihr gewohntes Privatleben aufnehmen.«

Sie schüttelte den Kopf. »Aber das kann ich jetzt irgendwie nicht mehr. Wozu das alles? Verstehen Sie mich nicht? Es ist, als ob der Mittelpunkt nicht mehr da ist.«

»Ja«, sagte er. »So ein Gefühl hat man dann. Aber in Wirklichkeit stimmt das gar nicht. Sie haben doch Ihren eigenen Mittelpunkt. Wirklich. Sie müssen ihn einfach wiederfinden.«

Aber sie schien ihm nicht mehr zuzuhören. Wieder waren ihre Augen hinaus in den Himmel gerichtet. »Celine?« Er hob die Hand und legte sie mit leichtem Druck auf ihre. Da kehrte ihr Blick zu ihm zurück. »Haben Sie etwas dagegen, wenn ich Sie frage, wie alt Sie sind?«

»Nein, ich habe nichts dagegen. Sie können mich alles fragen, was Sie wollen.« Sie sah ihm ernst in die Augen. Dann lächelte sie plötzlich. »Neununddreißig«, sagte sie. »Fast genau, was Sie geschätzt haben, wie?«

Hardy nickte und lächelte still vor sich hin. »Fast.«

»Also was ist mit neununddreißig?«

»Ich dachte gerade, das ist doch nicht zu früh, um sich von Ihrem Vater unabhängig zu machen.«

Er merkte, wie sie sich innerlich verspannte und schließlich ihre Hand wegzog. »Ich war nicht abhängig von meinem Vater. Ich habe ihn geliebt.«

»Natürlich, ich sage ja gar nichts anderes. Aber ist man mit neununddreißig nicht zu alt, um jederzeit loszuspringen, wenn er einen ruft?«

»Ich bin nicht jederzeit losgesprungen, wenn er mich gerufen hat.«

»Aber es flößte Ihnen doch Schuldgefühle ein, wenn Sie nicht bei ihm waren, obwohl er Sie gerufen hatte. Das ist ein ziemlich klassisches Beispiel für elterliche Kontrolle.«

»Es hat nur seine Gefühle verletzt. Ich wollte ihm nicht weh tun, das ist alles.«

Hardy wußte, daß er hier ein Loch ausbaggerte, aber er hatte das Gefühl, daß er sich bis China durchgraben mußte, um etwas Licht zu sehen. »Erinnern Sie sich an unser Gespräch neulich, als Sie sagten, Sie wären so wütend auf ihn. Vielleicht ist das der Grund.«

»Ich bin nicht wütend auf ihn! Ken geht es genauso.«

Hardy lehnte sich zurück. Vorsichtig jetzt, er wollte es aussprechen, aber keinen Krieg mit ihr vom Zaun brechen. »Ihr Vater hat über die Menschen geherrscht und sie kontrolliert, Celine. Auch Ken wurde beherrscht. Vielleicht war Ihr Vater deswegen so erfolgreich.«

»Mich hat mein Vater weder kontrolliert noch beherrscht.«

Sie wollte es nicht hören, das war deutlich. Zeit zum Rückzug. »Okay, okay.«

»Und woher wollen Sie das wissen? Wieso sind Sie so schlau?«

Hardy hob beschwichtigend die Hand und versuchte sie zu beruhigen. »Oh, ich habe nicht gesagt –«

»Ich weiß, was Sie sagen. Daß mein Vater so ein fanatischer Verrückter war, der alle beherrschen wollte und der mein Leben zerstört hat, weil er seine Tochter liebte und sie sehen wollte. Sie haben ihn nicht gekannt. Wir haben einander geliebt!«

Sie begann zu weinen und unterstrich ihre Worte, indem sie mit dem Glas auf den Tisch klopfte. Die anderen Leute sahen herüber, um festzustellen, was das für ein Krach war.

»Celine …«

»Gehen Sie doch. Ich brauche Ihre Hilfe nicht. Gehen Sie. Lassen Sie mich allein.«

Hardy beugte sich auf seinem Stuhl vor und legte seine Hand wieder auf den Tisch. »Celine.«

Sie knallte ihr Glas auf den Tisch, die Flüssigkeit lief über ihre Hände und über das Glas. »Verschwinden Sie! Sofort! Raus!«

»Ich glaube, sie ist verrückt.«

»Sie hat ihren Vater verloren, Diz. Ihr Vater ist tot. Das ist nicht der richtige Augenblick, um zu ihr zu gehen und ihr zu sagen, ihr Vater wäre ein Schwein gewesen.«

»Ich habe nicht gesagt, daß er ein Schwein war. Ich habe versucht, ihr den Abschied von ihrem Vater zu erleichtern. Ich wollte ihr etwas Einsicht vermitteln –«

»Einsichtig wird sie von selbst, wenn die Zeit reif ist.«

»Das ist wunderbar. Das werde ich mir merken, Moses. Gib mir noch einen, bitte.«

Hardy saß im Shamrock und trank Bushmills. Es war Mittwoch, und er war um sieben Uhr mit Frannie verabredet, in einer halben Stunde. Es waren höchstens zwanzig Gäste im Restaurant, und nur zwei saßen an der Bar vor ihrem Bier.

Das Little Shamrock existierte schon seit 1893. Moses McGuire hatte es 1977 gekauft und so gut wie nichts daran verändert. Es war knapp fünf Meter breit und etwa fünfzehn Meter lang. Der Fußboden hatte einen Linoleumbelag. Der Tresen – aus Mahagoni – befand sich an der linken Wand und erstreckte sich bis in die Mitte des schlauchartigen Raums. Den Platz vor der Bar füllten zwölf Tische mit je vier Stühlen. Über dem Ganzen hing ein Sammelsurium von alten Sachen – Fahrräder, uralte Angelruten, ein Schwertfisch mit dem Kopf nach unten und als Prunkstück eine Uhr, die während des großen Erdbebens von 1906 zu ticken aufgehört hatte.

Der hintere Teil des Raums war mit einem kastanienbraunen Teppichboden ausgelegt, auf dem mehrere Sofas und Kaffeetische standen, sowie ein Kamin. Das Lokal war nicht dafür eingerichtet, besonders viele Gäste aufzunehmen, sondern diejenigen, die sich darin befanden, sollten sich wohlfühlen. In die Toilettentüren war buntes Glas eingelassen. Auch waren an den Seitenwänden zwei Dartboards nebst einer altertümlichen Jukebox vorhanden.

Die ganze Vorderseite der Bar wurde von zwei großen Fenstern und einem Paar Schwingtüren eingenommen. Wenn man hinausschaute, sah man den Lincoln Boulevard. Auf der anderen Straßenseite lag der Golden Gate Park mit seinen immergrünen Büschen und Eukalyptusbäumen. Vor drei Jahren, nachdem er beinahe ein Jahrzehnt hinter dem Tresen gearbeitet hatte, hatte Hardy ein Drittel des Lokals erworben. Er war hier fast so zu Hause wie in seinen eigenen vier Wänden.

McGuire ging zu den Hähnen hinunter und kam mit einem halben Liter Stout zurück. »Was soll ich damit jetzt tun? Ich sehe dich zur Tür hereinkommen und zapfe ein Guinness, das tue ich automatisch. Jetzt habe ich also dieses Guinness, und heute abend trinkst du irischen Whisky.«

»Dieses Überraschungselement macht mich zu einem so faszinierenden Typen, den man deshalb unbedingt kennen muß. Heute abend habe ich was Ordentliches gebraucht.«

»Mein Vater hat mir sein Geheimnis anvertraut, wie er es vermied, Alkoholiker zu werden: Man darf nie einen Drink zur Brust nehmen, wenn man das Gefühl hat, daß man einen braucht.«

»Das sind noble Worte«, sagte Hardy. »Im Shamrock ist die Nacht der Aphorismen ausgebrochen. Oder angebrochen. So, jetzt den nächsten, bitte.«

Moses seufzte, drehte sich um, holte die Bushmills-Flasche vom Regal und goß ein. »Der Prophet gilt nichts im eigenen Land, weißt du. Es ist die Tragödie des Genies.«

»Laß das Guinness stehen«, sagte Hardy. »Das trinke ich auch noch.«

Moses zog seinen Hocker heran. Hardy hatte oft gesagt, daß das Gesicht von Moses wahrscheinlich dem von Gott ähneln würde, wenn Er alt wurde. Hardys Schwager war nur ein paar Jahre älter als er, aber es waren schwere, umtriebige Jahre gewesen. Er hatte langes braunes Haar mit etwas Grau darin, hinten einen Pferdeschwanz und vorn eine mehrmals gebrochene Nase. Überall in seinem Gesicht zeichneten sich Charakterlinien ab – Lach- und Kummerfalten, Krähenfüße. In diesem Monat war er glattrasiert, aber das wechselte. »Warum wollte sie dich denn überhaupt sprechen – diese Celine?«

Hardy zuckte die Achseln. »Ich sollte ihr die Hand halten, oder was weiß ich. Sie schien zu leiden. Ich dachte, ich könnte ihr vielleicht helfen. Jetzt glaube ich, wir müssen eher aufpassen, daß sie May Shinn nichts antut.«

»Du glaubst doch nicht, daß sie so etwas fertigbringen könnte, oder?«

»Ich weiß nicht, was sie tun wird. Ich glaube nicht, daß sie es selbst weiß.«

Moses nippte an seinem Scotch, der wie immer bereitstand. »Sie ist außer sich, und das kann man ihr nicht vorwerfen. Wahrscheinlich wird sie nichts unternehmen«, sagte er.

»Dieses ›wahrscheinlich‹ macht mir Sorgen«, sagte Hardy. Er nahm sein Dart-Set aus der Jackentasche und fing an, die handgearbeiteten Flügel an den Schäften zu befestigen. »Ich glaube, ich werde ein paarmal ins Schwarze treffen«, sagte er. »Ich muß jetzt was tun, worin ich gut bin.«

David Freeman hob den Hörer ab. Die üblichen Geschäftszeiten waren schon vorbei, aber er saß noch am Schreibtisch. Nach dem Abendessen war der Schreibtisch sein Lieblingsort. Er hatte keine bestimmte Arbeit zu erledigen, also las er ein wenig. Es war leichte Kost: nur ein paar Entscheidungen eines kalifornischen Berufungsgerichts, und er las sie aus Spaß an der Sache.

»Mr. Freeman, hier ist Nick Strauss. Ich habe Ihre Karte von einer Nachbarin von mir, Mrs. Streletsky, erhalten. Wie kann ich Ihnen helfen?«

»Mr. Strauss, schön, daß Sie anrufen. Mrs. Streletsky hat es vielleicht schon erwähnt. Ich arbeite für eine Mandantin und versuche festzustellen, was sie am Sonnabend, den 20. Juni tagsüber getan hat. Die fragliche Dame wohnt zufällig genau Ihnen gegenüber auf der anderen Straßenseite, und zwar im selben Stock wie Sie. Es ist die Wohnung mit dem Türmchen.«

»Ja, natürlich kenne ich die Wohnung, aber ich kann nicht behaupten, daß ich irgendeine bestimmte Person kenne, die dort wohnt.«

»Sie ist Asiatin. Sehr attraktiv.«

»Ich würde sie gern kennenlernen. Ich könnte mal etwas Attraktives in meinem Leben gebrauchen.« Ein männliches Glucksen, und dann war Strauss einen Augenblick still. »Tut mir leid. Am 20. Juni, sagen Sie?«

»Ja, genau. Ich weiß, es ist schon einige Zeit her.«

»Nein, das meine ich nicht. Normalerweise würde ich mich wahrscheinlich nicht daran erinnern. Es war nur zufällig genau der Tag, an dem ich meine Kinder abgeholt habe. Sie sind mit ihrer Mutter in Europa herumgereist – wir sind geschieden –, und ich habe sie frühmorgens vom Flugplatz abgeholt.«

»Und die Kinder haben nichts erwähnt, nichts gesehen?«

»Ich weiß nicht, wie das möglich wäre. Sie hatten im Flugzeug geschlafen und waren ganz munter. Also sind wir nur kurz nach Haus gefahren, um etwas zu essen und das Gepäck loszuwerden, und sind dann wieder aufgebrochen, um uns die Stadt anzusehen. Es war ein herrlicher Tag, und es sind prächtige Kinder.«

»Ja, das glaube ich. Aber Sie haben nichts gesehen?«

»Nein, tut mir leid. Was hat sie denn gemacht, diese attraktive Asiatin?«

»Sie wird des Mordes an jemándem beschuldigt, obwohl die Beweislage schwach ist. Falls sie jemand an diesem Tag zu Hause gesehen hat, können wir den Fall abschließen.«

»Ich werde mit meinen Söhnen reden, um ganz sicher zu gehen. Aber ich zweifle wirklich daran. Wen hat sie denn eigentlich umgebracht?«

Freeman blieb ungerührt. Diese Frage mußte kommen. »Sie hat niemanden umgebracht, Mr. Strauss.«

»Ach ja, richtig. Tut mir leid.«

»Ist schon gut. Vielen Dank für Ihren Anruf.«

»Gern geschehen.«

Freeman lehnte sich zurück und faltete die Hände im Nacken. Also würde das Alibi nicht standhalten. Das war keine große Überraschung.

## 27

Die Grand Jury, der Rat der Geschworenen, trat am Donnerstag, dem 2. Juli 1992, um 10 Uhr morgens zusammen. Hardy erschien dort zum erstenmal. Er trug einen nagelneuen dunklen Anzug mit fast unsichtbaren braunen Nadelstreifen, eine dazu passende kastanienbraune Seidenkrawatte und schwarze Schuhe. Als Pullios ihn vor der Tür zum Geschworenenzimmer erblickte, stieß sie einen Pfiff aus und musterte ihn von oben bis unten und wieder zurück. »Das sollte reichen.«

Hardy fand, daß sie selbst auch nicht gerade schlecht aussah in ihrem konservativen roten Schneiderkostüm. Statt einer Aktentasche trug sie eine schwarze Umhängetasche.

»Keine Notizen dabei?«

Sie tippte sich an die Schläfe. »Hier oben.«

Auf ihr Klopfen hin öffnete ein uniformierter Polizist die Tür. Hier war man Lichtjahre von der wuseligen Formlosigkeit der Säle des Stadtgerichts oder des Oberen Gerichts entfernt.

Die Grand Jury war ein so stark den Ansichten der Staatsanwaltschaft verbundener Apparat, daß Hardy meinte, er ließe sich fast als verfassungswidrig bezeichnen. Daß das bisher noch niemand getan und Klage dagegen eingereicht hatte, spiegelte wohl die Tatsache wider, daß niemand in dem Raum zugelassen war, der die Beschuldigten vertrat. Wenn die Staatsanwaltschaft vor der Grand Jury siegte und eine Anklageerhebung durchsetzte, war das etwa so, als ob bei einem von der Firma Buick veranstalteten Autorennen ein Buick gewann.

Hardy saß neben Pullios am Tisch der Anklagevertretung und studierte die Gesichter der zwanzig Geschworenen, die in drei langen übereinander angeordneten Reihen hinter Tischen saßen.

Er konnte sich nicht erinnern, jemals eine so ausgewogene Jury gesehen zu haben. Diese Zwanzig bestanden aus zehn Männern und zehn Frauen. Drei von ihnen – zwei Frauen und ein Mann – waren wahrscheinlich über sechzig. Vier weitere – je zwei – waren, so schätzte er, über fünfundzwanzig. Es waren sechs Schwarze, zwei Asiaten und, wie er annahm, zwei Spanischstämmige darunter. Die meisten waren ordentlich gekleidet – Sportsakkos und ein paar Krawatten bei den Männern, Kleider oder Röcke bei den Frauen. Aber einer der weißen Kerle sah wie ein Motorradfreak aus – kurze Ärmel, tätowierte Unterarme, langes, ungekämmtes Haar. Eine Frau strickte. Drei Leute lasen in Taschenbüchern und eine der jungen Frauen schien in einem Comic zu schmökern.

Der Saal war nicht groß. Er roch nach Kaffee. Dort, wo der Tisch des Verteidigers gewesen wäre – wenn es einen gegeben hätte –, stand ein großer Kasten voll Donuts und süßem Gebäck, in den etwa die Hälfte der Geschworenen gegriffen hatte.

Diese Geschworenen waren nicht wie eine richtige Jury ausgewählt worden. Während die Mitarbeit in einer Jury bei einem Prozeß für den durchschnittlichen Steuerzahler etwas Zeitraubendes und auch ein wenig Unbequemes war, stellte die Zugehörigkeit zu dieser Grand Jury mehr eine Art Berufung dar. Man saß sechs Monate lang einen ganzen Tag pro Woche da – im Grunde wie in einem Kloster – und sprach über nichts anderes als schwere Verbrechen. Und wenn man *irgend etwas* über dieses Verfahren außerhalb dieses Raums erwähnte, beging man selbst ein schweres Verbrechen. Geschichten wurden erzählt – nachprüfen konnte man sie nicht –, daß Staatsanwälte hereingekommen wären und gesagt hätten: »Wohlgemerkt, was ich jetzt sage, das sage ich inoffiziell, aber ich glaube unserem Augenzeugen auch nicht. Wir haben diesmal keinerlei glaubwürdige Beweise, aber ich bearbeite nun seit zwanzig Jahren Mordfälle, und ich sage Ihnen klipp und klar: Mr. Soundso hat an dem und dem Nachmittag vier Frauen umgebracht. Und jetzt müssen wir sehen, daß wir diesen Kerl hinter Gitter bringen, bevor er noch mehr Leute umbringt. Und das, meine Damen und Herren, wird er tun, darauf können Sie sich verlassen. Dafür lege ich meine Hand ins Feuer. Deshalb müssen wir diesen Mann verurteilen, und zwar sofort.« Natürlich waren das nur Stories und Gerüchte. Die Grand Jury war ein Bollwerk des Strafrechtssystems, und die Staatsanwaltschaft tat gut daran, sie ernst zu nehmen, was Elizabeth ja trotz ihres »Schinkensandwiches« auch tat. Sie erhob sich, begrüßte Richter und Geschworene mit freundlichen Worten und ging zum Angriff über.

»Meine Damen und Herren in der Jury, heute erhebt das Volk des Staates von Kalifornien diesen ausgesprochen ernsten Vorwurf in der Sache des Mordes an Owen Nash. Sie haben in den Zeitungen etwas über diesen Fall gelesen und insbesondere vielleicht erfahren, daß die Beschuldigte, May Shintaka, bereits in einer Voruntersuchung im Stadtgericht dieses Bezirks erschienen ist. Aber der vom Stadtgericht vorgeschlagene Aufschub ist nach Ansicht der Bezirksstaatsanwaltschaft völlig überzogen. Zweifellos kennen viele von Ihnen den Satz, daß aufgeschobene Justiz verweigerte Justiz ist. Deshalb ist das Volk in diesem Fall der Meinung, daß der vorgeschlagene Aufschub in der Tat eine Verweigerung der juristischen Behandlung dieses abscheulichen Verbrechens sein würde – dieses kaltblütigen, vorsätzlichen Mordes aus finanzieller Gewinnsucht, eines Verbrechens, für das im Staate Kalifornien die Todesstrafe vorgesehen ist.«

Pullios machte eine Pause und schritt mit steinernem Gesicht zu Hardy zurück, der am Tisch der Staatsanwaltschaft saß und ihr zugehört hatte. Sie hob ein Glas Wasser auf und nahm ein Schlückchen. Ihre Augen strahlten – sie war in Hochstimmung. Und sofort wieder bei der Sache. Hardy mußte ihre Darbietung bewundern.

»Also«, fuhr sie fort, »ist die Anklage, die das Volk heute fordert, lediglich eine administrative Maßnahme, um das Verfahren in diesem Mordfall zum Oberen Gericht zu bringen, wo man in einem angemessenen Zeitraum darüber verhandeln kann. Aber in einem weiteren Sinne würde eine Anklageerhebung vor dieser Grand Jury auch der Ansicht des Staates Nachdruck verleihen, derzufolge aufgrund der wirklichen und zuverlässigen Beweise ein dringender Anlaß vorliegt, einen Haftbefehl für May Shintaka auszustellen und im Interesse des Volkes dieses Staates ein faires und schnelles Verfahren durchzuführen.«

Hardy fand, daß sie ein bißchen sehr dick auftrug, aber ihm war auch klar, daß Elizabeth Pullios, weil sie nun einmal so aussah, wie sie aussah, und gerade ziemlich in Fahrt war, den Leuten wahrscheinlich ebensogut aus irgendwelchen Telefonbüchern hätte vorlesen können und trotzdem deren Aufmerksamkeit nicht verlieren würde. Sie beschrieb dann die Zeugen, die sie aufrufen wollte: Glitsky, Strout, den Taxifahrer, den Ballistikexperten, die beiden Wächter des Yachthafens und einen graphologischen Gutachter. Nun kam sie auf Celine Nash zu sprechen. Hardy fiel der andere riesige Verfahrensfehler bei dieser Grand Jury auf – Hörensagen war formell nicht zugelassen, aber es war kein Richter oder Verteidiger da, der etwas dagegen tat.

Wieso hatte Celine ihm gestern nicht erzählt, daß sie heute als Zeugin aussagen würde? Nun ja, sie hatte nicht genug Zeit gehabt, auf das Thema zu kommen, bevor sie plötzlich aus der Haut gefahren war. Vielleicht hatte sie ihn ursprünglich aus Nervosität bei dem Gedanken an ihr heutiges Auftreten angerufen, bei dem sie gegen Shinn aussagen sollte. Sie hatte sogar irgendwas in der Richtung erwähnt.

Hardy bekam auf einmal ein sehr ungemütliches Gefühl und wünschte sich, er hätte sich noch einmal rasch die Zeugenliste angeschaut, bevor sie hergekommen waren. Er mußte noch eine Menge lernen. Pullios hatte ihre Hausaufgaben gemacht, während Hardy seinen eigenen Interessen nachging. Sie würden May Shinn nach allen Regeln der Kunst festnageln.

Dann, beim Mittagessen, sagte Pullios, sie wolle, daß er Celine Nash übernähme.

»Ausgeschlossen, Elizabeth. Sie ist sauer auf mich.« Er erklärte ihr die Sachlage, und sie dachte einen Augenblick nach, dann lehnte sie seinen Einspruch ab. »Nein, Sie sind besser. Gewinnen Sie ihr Vertrauen zurück.«

»Sie haben aber doch jetzt schon ihr Vertrauen.«

»Nein, das stimmt nicht. Ich kenne sie persönlich überhaupt nicht, aber Sergeant Glitsky sagt, sie sei umwerfend.«

»Ja, ich glaube, das stimmt.«

Pullios schüttelte den Kopf. »Celine und ich passen nicht zusammen. Die Geschworenen würden irgendwas zwischen uns entdecken. Vielleicht gibt es sogar etwas dieser Art.«

»Was denn? Was könnten sie denn entdecken?«

»Das klingt jetzt vielleicht arrogant, aber es stimmt, daß die Leute sich nicht mit zwei attraktiven Frauen, die auf derselben Seite sind, identifizieren. Vorläufig habe ich die Grand Jury für mich – für uns – gewonnen. Wenn aber Celine dazukommt, wird die Natur den Geschworenen etwas einflüstern – daß wir, sie und ich, natürliche Feinde sind. Dann muß die Glaubwürdigkeit von einer von uns beiden, von ihr oder mir, leiden. Ganz gleich, wen von uns beiden es trifft, es ist schlecht für uns. Wenn hingegen Sie die Fragen stellen, gibt es hier keinen Konflikt. Es ist ganz natürlich, daß sie mithelfen möchte, vor allem, wo Sie heute so toll aussehen.«

Hardy zuckte mit den Schultern.

Pullios nahm ihren Strohhalm in den Mund und trank etwas Eistee. »Glauben Sie mir, diese Auswahl von Geschworenen ist ziemlich repräsentativ, sowohl bei den Männern wie auch bei den Frauen. Mir ist es egal, ob das, was ich sage, aufgeklärt oder befreit und sonstwas klingt. Ich spiele, um zu gewinnen, und ich sage Ihnen, wenn ich Celine Nash befrage, wäre das ein schwacher Schachzug. Gut, wir könnten uns wahrscheinlich so einen kleinen Fehler leisten, doch es ist taktisch falsch, und man sollte nichts verschenken. Auch nicht vor einer Grand Jury. Man muß aus jedem Augenblick das Beste machen. Und in diesem Augenblick – mit Celine – sind Sie das Beste.«

Nachdem sie sich gesetzt hatte, flüsterte sie – fast tonlos –, es tue ihr leid. Sie wirkte elegant in ihrem kühlen Blau. Sie hatte einen besonderen Lidschatten aufgelegt, und Hardy fragte sich, ob sie letzte Nacht wohl geschlafen hatte. Oder eher geweint.

Seine Aufgabe war relativ begrenzt. Er sollte Celine nur auf eine ganz bestimmte Aussage festnageln: Was hatte Owen zu ihr darüber gesagt, daß er mit May an dem betreffenden Tag hinausfahren wollte – an dem Tag, an dem er getötet wurde?

Es war der letzte Dienstag gewesen – der 16. –, früh am Morgen. Celine hatte ihren Vater in seinem Büro angerufen. Sie plante, am darauffolgenden Wochenende zu verreisen und wollte feststellen, ob ihr Vater nicht schon etwas mit ihr vorhatte.

*»Finden Sie nicht, daß neununddreißig ein bißchen zu alt ist, um jederzeit loszuspringen, wenn er Sie ruft?«*

*»Ich bin nicht jederzeit losgesprungen, wenn er mich gerufen hat. Mein Vater hat mich weder kontrolliert noch beherrscht!«*

Er schob diesen Gedanken jetzt von sich, das war gestern abend gewesen. Heute war heute, und er mußte sich an seine eigentliche Aufgabe halten. »Sagen Sie uns, Ms. Nash, was Ihr Vater bezüglich dieses 20. Juni zu Ihnen gesagt hat.«

Sie versuchte seinen Blick zu erhaschen, um ihm zu signalisieren, daß sie bereit war, ihm zu verzeihen. Er aber behielt allein einige Geschworene im Auge. Ansehen würde er sie erst dann, wenn sie die Fragen beantwortete.

»Er sagte, er wolle am Sonnabend mit seiner Freundin May zusammen hinaus zu den Farallons segeln.«

»Hatte er Ihnen schon früher mal von solchen Vorhaben erzählt?«

»Ja, dauernd.«

»Und hatten Sie die Erfahrung gemacht, daß Ihr Vater sich an solche Vorhaben zu halten pflegte?«

So etwas nannte man: Auf Fisch in der Fischtonne schießen. Er erwartete, daß ihn jemand unterbrach und Einwände gegen derartige Fragen erhob, aber da weder ein Verteidiger noch ein Richter anwesend war, konnte er fragen, was er wollte.

»Immer. Wenn Daddy sagte, daß er etwas tun würde, dann *tat* er es.«

»Gut. Aber jetzt nur einmal rein theoretisch: Was wäre gewesen, wenn Ms. Shinn zum Beispiel am Sonnabendmorgen krank geworden wäre?«

»Dann hätte Daddy etwas anderes unternommen. Er hätte den Tag nicht vergeudet. Das hätte er nicht getan.«

»Wäre er dann nicht allein hinausgesegelt? Nachdem er nun schon einmal beschlossen hatte, zu segeln?«

Celine überlegte einen Augenblick, während sie an ihrem Daumennagel kaute. »Nein, ich glaube nicht. Er war kein Einzelgänger. Außerdem wissen wir, daß er nicht allein draußen war, richtig?«

»Sie haben recht, Ms. Nash, das wissen wir. Das wissen wir in der Tat.«

Es dauerte bis halb vier Uhr nachmittags, aber dann hatten sie ihre Anklage in der Tasche.

Es wurden nicht sofort alle Hebel in Bewegung gesetzt. Noch blieb die Angeklagte wegen der geleisteten Kaution auf freiem Fuß. Eine sofortige Verhandlung von May Shinn fand nicht statt. Aber sobald David Freeman davon erfuhr, würden die Fetzen fliegen. Also sehr bald.

Hardy packte inzwischen seine Akten ein und hoffte, daß Celine Nash nicht wartete, bis das Geschworenengericht die Sitzung schloß.

Aber dann stand sie doch draußen auf dem Flur und schloß sich ihm an.

»Es tut mir leid«, sagte sie. Sie hakte sich bei ihm unter, und er spürte die Hitze ihres Körpers bei dieser Berührung.

»Das macht nichts. Manchmal regt man sich eben auf.«

»Ich weiß nicht, wie es dazu kam. Ich habe es nicht gewollt.«

»Schon gut. Vergessen Sie's. Wir werden uns jetzt mit dem Prozeß befassen. Es wird nun ziemlich schnell gehen.«

Er war stehen geblieben und wartete auf den Fahrstuhl. Sie stand viel zu nah bei ihm, und sein Herz klopfte so stark, daß er es fühlte. »Was soll ich tun, Celine?«

»Ich möchte nicht, daß Sie böse auf mich sind.«

»Ich bin nicht böse auf Sie. Ich hatte beruflich ein bißchen die Richtlinien vergessen.«

»Ach, Ihre Richtlinien sind mir gleich.«

»Aber unsere Beziehung muß sich innerhalb dieser Richtlinien bewegen.« Das war deutlich. »Ist egal«, fügte er hinzu.

»O nein, es ist nicht egal. Mir nicht. Wissen Sie, wie es ist, wenn man total allein ist?«

Keine Frage, die den Richtlinien entsprach.

Der Fahrstuhl ging auf, gedrängt voll, wie üblich. Hardy ging hinein, Celine quetschte sich neben ihm durch und stand dann, Schenkel an Schenkel, untergehakt bei ihm. Er roch ihren Puder – denselben wie bei Hardbodies!, als sie ihn mit einem Kuß begrüßt hatte –, den er im Shamrock abgewischt hatte, bevor Frannie kam. Er vergaß den Knopf seiner Etage zu drücken, und so sanken sie schweigend bis ins Erdgeschoß hinab, während die anderen um sie herum munter schwatzten.

Sie gingen durch das Portal hinaus und bogen in die Bryant Street in Richtung Osten ab, die strahlende Sonne im Rücken. Von der Bucht wehte ein kühler Wind herauf. Sie gingen zwei Querstraßen weit zusammen, bevor Hardy ihr antwortete: Er wisse nicht, wie es sei, wenn man total allein sei.

Celine ging nicht darauf ein. Statt dessen sagte sie nach einer Weile: »Sie müssen mich für verrückt halten.«

Er grinste verkrampft. »Die Menschen tun nun mal verrückte Dinge. Das muß nicht heißen, daß sie verrückt sind.«

»Nein?«

Hardy ging noch ein paar Schritte weiter. »Ich weiß nicht. Oder vielleicht sind sie's doch.«

Es war ein kleines kubanisches Café, ohne einen bestimmten Namen und dunkel wie eine Höhle. Der Tisch war aus poliertem Furnierholz. Es gab dort sieben solcher Tische, vier davon waren besetzt. Von hinten, aus der einen Ecke, flüsterte ein Fernsehsender auf spanisch vor sich hin. Der gute Duft hatte sie draußen auf dem Bürgersteig anhalten lassen und hineingelockt. Sie tranken Café con leche, mit süßer Carnation-Dosenmilch.

Wenn jemand, der hereinkam, die beiden einander gegenübersitzen sah, mußte ihm – abgesehen davon, daß sie nicht hierhergehörten mit ihrer hellen Haut und der entsprechenden Kleidung – allerhand an ihnen auffallen: Sie kannten einander noch nicht sehr gut, fühlten sich aber stark zueinander hingezogen. So stark, daß sie einen Tisch zwischen sich brauchten. Sie hatten noch keine Affäre miteinander, sonst würden sie dichter zusammensitzen. Vielleicht stritten sie gerade, aber sie waren einander nicht böse. Nein, der erste Eindruck trog nicht: Sie steuerten in eine ganz bestimmte Richtung.

Der Mann beugte sich vor, und seine Hände umschlossen den breiten, tiefen Kaffeebecher. Er war mehr als nur vorgebeugt, er krümmte sich fast vorwärts. Er war hingerissen. Fasziniert.

Sie wirkte beherrschter als er, aber einladend. Sie saß seitlich von ihm, sehr gut aufgemacht. Ihr dunkles Kostüm wirkte zurückhaltend, aber von ihren ausgestreckten Beinen sah man eine Menge, sie hatte sie fest übereinandergeschlagen und die Füße unter ihrem Stuhl angezogen. Sie hielt ihre Tasse mit der einen Hand etwas über dem Tisch, ihre andere Hand lag ihm entgegengestreckt, eine zarte Aufforderung, sie zu nehmen, wenn er es wagte.

Es war fast nur sie, die redete. Es sah aus, als könnte dies der Tag sein, an dem sie miteinander schlafen würden. Von hier aus würden sie zu ihr oder vielleicht auch in ein Hotel gehen. Man spürte das alles – sogar, wenn man sich am anderen Ende des Lokals befand.

# 28

Nachdem Dorothy fort war, rief Jeff im *Chronicle* Parker Whitelaw an und sagte ihm, seine Augen seien jetzt okay, und er werde am nächsten Tag wieder zur Arbeit kommen.

Es stimmte nicht ganz, aber das brauchte Parker nicht zu wissen. Die meisten Leute wußten nicht, wie der Verlauf einer multiplen Sklerose war. Sie sahen die Ergebnisse – die schlaffen Glieder, den Gewichtsverlust, die fehlende Koordination –, aber sie hatten keine Ahnung, wie diese Krankheit fortschritt. Jeff dachte, daß das auch ganz gut so war. Es war für ihn von Vorteil, wenn Parker dachte, daß das, was Jeff einen Tag lang lahmgelegt hatte, wieder völlig vorbei war, so daß er nun erneut das Reporter-As sein konnte, das er vorher gewesen war.

In Wirklichkeit sah er noch ziemlich schlecht. Gestern hatte er sich gefreut, als nach der völligen Dunkelheit sein Augenlicht allmählich einigermaßen wiedergekehrt war. Aber als er es prüfte, merkte er, daß sein linkes Auge noch immer fast nicht zu gebrauchen war – der braune Schmutzfleck deckte, abgesehen vom äußersten Rand, alles zu. Das rechte Auge war etwas besser – er konnte damit mehr sehen, wenn auch nur verschwommen. Aber er meinte, es würde reichen. Autofahren war natürlich nicht zu empfehlen, aber im übrigen konnte er sich wohl noch irgendwie durchmogeln.

Der Arzt hatte ihm gesagt, da seine Erblindung ja fast augenblicklich nachgelassen hatte, gebe es eine gewisse Chance, durch eine Dauerbehandlung mit Steroiden eine allmähliche Besserung zu erreichen. Vielleicht könne er sogar seine normale Sehkraft zurückgewinnen. Vielleicht.

An diesem Morgen hatte er in Maury Carters Büro angerufen und Dorothy gesagt, er müsse jetzt wirklich wieder arbeiten, aber er werde sich mit ihr am Abend ganz so wie geplant treffen.

»Ja, aber wie kommst du zur Arbeit?«

»Ich nehme ein Taxi.«

Davon wollte sie jedoch nichts wissen. Sie sagte ihm, sie könne sich frei nehmen – »Maury tut das auch schrecklich leid. Er ist im Grunde ein netter Mensch« – und in der Mittagspause zu ihm kommen. Ob er bitte auf sie warten würde?

»Du mußt aber nicht kommen.«

»Natürlich muß ich nicht. Wer hat denn gesagt, daß ich muß?«

Man ließ ihn duschen und sich rasieren. Er zog seine Kleidung von vor zwei Tagen an, doch die war immer noch besser als der Bademantel, den sie ihm in der Klinik gegeben hatten. Dorothy kam kurz vor halb eins und schob ihn in einem Rollstuhl zu ihrem Wagen. Die Sonne hatte den morgendlichen Nebel noch nicht von den Avenues gelöst, und das Tageslicht schimmerte hell. Sie legte seine Krücken in den Kofferraum, und er ließ sich in den Beifahrersitz neben ihr nieder. Seine Beine waren noch nicht völlig tot.

In Tommy's Joynt aßen sie Sandwiches, und er kam kurz vor vier im Büro an. Sie verließ ihn am Eingang des *Chronicle* und sagte, um sechs Uhr sei sie wieder da, und er solle das bloß nicht vergessen. Wieder küßte sie ihn.

Es war eine Nachricht für ihn da von Elizabeth Pullios, der Staatsanwältin. Auf dem Zettel stand, es handele sich um Owen Nash. Da erinnerte er sich an alles – die Kautionsfrage, Hardy und Glitsky, Freemans Strategie. Er hoffte, daß er an dem Tag im Krankenhaus nicht zu viel versäumt hatte. Er rief Pullios an und überflog die Zeitungen der beiden letzten Tage, doch er mußte die Schreibtischlampe anknipsen und die Augen zusammenkneifen, als er die verschwommene Schrift zu lesen versuchte. Nach der Notiz auf Seite 9, daß man May gegen Kaution freigelassen hatte, kam nichts mehr.

Natürlich hatten sie die Story fallengelassen. Es war nichts weiter geschehen. Nachdem das Gericht beschlossen hatte, die Vorverhandlung auf den Spätsommer zu verlegen, war die Luft raus. Er war enttäuscht. Wenn er jetzt nicht irgend etwas über die Beziehung zwischen Freeman und Shinn herausbekam, mußte er sich eine andere Geschichte suchen. Irgendeinen anderen Knüller.

Er hatte eine Schwäche für heiße Stories. Dann erst wurden seine Arbeit und die Welt für ihn interessant. Dann waren die Leute aufgeschlossen und bezogen ihn in ihre Späße ein. Dann war er nicht mehr nur ein Krüppel.

Das Telefon läutete, und Pullios war dran. Sie wußte nicht, ob er es schon von Hardy oder irgend jemand anderem gehört hatte, aber die Grand Jury hatte gerade Anklage gegen May erhoben. Der Fall ging an das Obere Gericht. Sie dachte, daß ihn das vielleicht interessierte.

Die Story über die Grand Jury war geschrieben. Parker hatte sie gelesen und kam zu Jeff herein. Er war von dem Text beeindruckt und sagte, wie gut es tue, einen Reporter so fleißig arbeiten und seine Verbindungen nützen zu sehen. Das sei vielleicht eine altmodische Art von Journalismus, aber dabei komme doch immer noch das Beste heraus. Nebenbei, wie denn seine Augen jetzt wären?

Wunderbar. Wieder ganz großartig.

Dorothys Wagen stand Punkt sechs Uhr am Bordstein, die Tür geöffnet, so erwartete sie ihn. Auf dem Rücksitz sah er neben einer großen braunen Einkaufstüte mit Lebensmitteln, aus der oben ein langes französisches Weißbrot herausragte, einen Blumenstrauß liegen.

Er wohnte in einem ebenerdigen Apartment in der Gough Street – oben, wo sie auf einem von San Franciscos berühmten Hügeln auslief.

»Wow, ist das hübsch hier«, sagte sie. Das Zimmer hatte Wandleuchter, einen Holzfußboden, und in einer Ecke lag eine Matratze. In der anderen Ecke fand sich ein etwa neunzig Zentimeter hoher Stapel alter Ausgaben des *San Francisco Chronicle*. Die weißen Wände waren kahl bis auf ein Schwarzweißposter mit Albert Einstein darauf. Es erinnerte Jeff täglich daran, daß große Geister immer mit der wütenden Gegenwehr mittelmäßiger Talente zu kämpfen hatten. Das übrige Mobiliar bestand aus einem Barhocker unter dem Tresen, der die Kochnische vom restlichen Raum trennte.

Dorothy hob die Post auf, die am Boden lag, und legte sie zusammen mit ihrer Lebensmitteltüte auf den Tresen. Sie hielt die Blumen empor. »Irgendeine alte Vase genügt«, sagte sie. »Bloß kein Meißener Porzellan.«

Er mochte die Art, wie sie redete. Nicht bissig, sondern immer voller Humor, so quetschte sie das Letzte aus einer Situation heraus. Zum Beispiel, wie er hier lebte. Er wollte eigentlich nicht herkommen, aber sie hatte ihn geneckt, bis er nachgeben mußte. »Du hast wohl keine Zeit gehabt, deiner Freundin Bescheid zu sagen. Hm? Hast Angst, daß sie wütend wird.«

»Ich habe keine Freundin, Dorothy.«

»Das werden wir ja sehen.«

Und jetzt waren sie hier. Sie schnitt die Spitze von einem Milchkarton ab und goß den Rest der sauren Milch aus – »Ist ja süß, daß du dir deinen eigenen Yoghurt machst.« Sie ordnete den Blumenstrauß, eine Mischung aus Gänseblümchen, kalifornischem Mohn und gelben Narzissen, und stellte ihn auf das Ende des Tresens.

Sie bereitete eine Hühnerbrust mit Zwiebeln, Pilzen und irgendeiner Art Weinsauce zu, die sie über den Reis goß. Sie aßen auf dem Fußboden sitzend, auf einer Decke, die sie vom Bett genommen und zusammengefaltet hatten. Als sie fertig waren, richtete Dorothy sich auf und lehnte sich gegen die Wand. Sie tätschelte ihren Bauch.

»Leg doch deinen Kopf hier drauf.«

Seine Augen schmerzten, und er konnte sie nicht deutlich erkennen. Das einzige Licht, bei dem sie gegessen hatten, war eine winzige Glühbirne, die über dem Herd hing. Er legte den Kopf auf ihren Schenkel und fühlte, daß ihre Finger durch sein Haar strichen.

»Darf ich dich etwas fragen?« fragte er sie.

»Tut mir leid, aber ich fürchte, das geht zu weit.« Dann strichen ihre Finger über seine Wange. Sie schnippte ihm mit dem Finger gegen das Kinn. »Du bist ein Idiot. Hat dir das schon mal jemand gesagt?«

»Nein. Die Leute machen keine Witze mit mir.«

»Da verpassen sie was«, sagte sie. »Was wolltest du mich fragen?«

Es ließ sich nicht umgehen. Er mußte es wissen. »Warum tust du das alles? Warum bist du so nett zu mir?«

»Ach, ich krieg dafür vier Punkte. Es ist ein Projekt in meiner Klasse.« Jetzt nahm sie seine Wange in die Hand und kniff ihn. »Hast du noch nie eine Freundin gehabt?«

»Doch, schon. Aber nicht mehr seit …«

»Seit wann? Seit deine Beine …?«

Er zuckte die Schultern. »Ach, du weißt schon.«

»Ich weiß nichts. Hat es deine Persönlichkeit umgekrempelt oder was?«

»Ist ein bißchen viel verlangt mit so jemandem wie mir.«

»Aber vielleicht ganz gesund. Ich meine, niemand ist vollkommen. Wenn man sich mit jemandem einläßt, muß man sich mit dessen Unvollkommenheiten abfinden.«

»Aber man verliebt sich nicht gerade in jemanden, bei dem es so kraß ins Auge springt.«

»Manchmal doch«, sagte sie. »Vielleicht ist kraß besser, als wenn man am Anfang getäuscht wird und erst später merkt, was los ist.«

»Ich sehe bei dir eigentlich keine. Unvollkommenheiten, meine ich.«

»Ja, da hast du Schwein. Ich bin die große Ausnahme, ich bin vollkommen.« Ihre Finger waren wieder in seinem Haar und zupften daran herum. »Aber ich warne dich. Ich bin eine Ordnungsfanatikerin. Wenn du bei mir mitten auf die Zahnpastatube statt aufs Ende drückst, werde ich wahnsinnig. Und das Eisschälchen im Kühlschrank muß immer sofort wieder mit Wasser gefüllt werden. Nichts bringt mich mehr in Rage als eine halbleere Eisschale. Ich bin auch ungeduldig und direkt, obwohl ich sagen muß, daß ich nicht richtig gemein bin. Aber ich bin sehr kleinlich. Richtig pingelig.«

»Das sind keine echten Unvollkommenheiten.«

»Und ich drängle auch gern. Und bin ziemlich egoistisch. Zuerst denke ich immer an mich und an das, was ich will.«

»Davon habe ich noch gar nichts bemerkt. Jedenfalls nicht im Zusammenhang mit mir.«

»O ja.« Sie tippte ihren Finger in das Weinglas und fuhr ihm damit die Lippen entlang. »Denk doch mal nach. Zum Beispiel bin ich jetzt gerade ziemlich egoistisch.«


Hardy war wieder da, wo alles angefangen hatte – im Steinhart-Aquarium, am Haifischbecken.

Er saß auf der Trage und lauschte dem diffusen Blubbern und Vibrieren, das von den ihn umgebenden Wänden widerhallte. Er wußte, daß das Wasser im Aquarium eiskalt war, trotzdem stieg aus dem Becken in der Mitte des Raums ein Dampfschleier auf. Die Glaswände glänzten vor Feuchtigkeit, das Licht war trübe und hatte einen grünlichen Ton. Er hatte die Tür zum Aquarium mit seinem eigenen Schlüssel aufgeschlossen.

Frannie war nach dem Essen müde gewesen, und er fühlte sich schlaff und träge, also hatte er sich seinen Jogginganzug angezogen und war ein bißchen gelaufen. Frannie solle sich ruhig schon hinlegen.

Jetzt ging es auf halb zehn. Er war nur ein bißchen gerannt, es war mehr ein Spaziergang gewesen, ohne ein bestimmtes Ziel. Jedenfalls war er jetzt hier. Er hatte ein bißchen geschwitzt und saß nun mit den Ellbogen auf den Knien da, die Hände vor sich gefaltet.

»*Wissen Sie, wie es ist, wenn man total allein ist?*«

Ja, er wußte es. Er war jetzt allein.

Seine Familie war zu Hause. Einige von seinen Freunden saßen jetzt zweifellos ein paar hundert Meter entfernt im Shamrock. Er könnte Glitsky oder Pico anrufen, etwas trinken gehen und ein paar Darts werfen. Aber irgendwie wußte er, daß das nichts an seinem Zustand ändern würde. Er war völlig allein, aus der Bahn geschleudert. Er versuchte, sich die Anziehung, den Magnetismus der anderen Körper vorzustellen. Aber es ging nicht, er schaffte es nicht.

Was er tun sollte, gleich morgen früh, das war: zu Drysdale ins Büro gehen und den Dienst quittieren. Aufhören. Schluß! Und zu Moses zurückkehren und ihn fragen, ob er wieder seine alte Schicht im Shamrock bekommen könne, und dann wieder leben wie früher.

Er brauchte das Geld nicht, das er bei der Staatsanwaltschaft bekam. Er konnte die Akten sofort zuklappen, und die Welt würde sich trotzdem weiterdrehen. May Shinn würde trotzdem vor Gericht kommen und Pullios trotzdem eine Sprosse höherklettern.

Steif stieß er sich von der Trage ab und ging zum Beckenrand aus Beton, der etwa einen Meter zwanzig hoch war. Er hatte die Hände in die Taschen seines Sweatshirts gesteckt, in der rechten fühlte er seinen Schlüsselbund.

Es gab jetzt nur noch einen Menschen in seiner Kreisbahn. Und sie war auch völlig allein, wie er annahm. Gestern hatte er noch gedacht, sie wäre verrückt. Heute sah er es anders. Celine war einem Nervenzusammenbruch nahe. Ihr Vater war ihr ein und alles gewesen. Ob man Owen Nash nun bewunderte und mochte oder nicht, ob ihre Beziehung gut gewesen war oder nicht – auch die Frage, ob er sie beherrscht und kontrolliert hatte, spielte gar keine Rolle mehr: Jetzt war für sie nur noch eine gähnende Leere da. Wenn sie in Hardys Gegenwart die Nerven verloren hatte, dann deshalb, weil das alles zuviel für sie gewesen war. Weil sie sich verkrampft hatte und das alles zu unterdrücken versuchte. Darum hatte sie sich bis zur Erschöpfung in diesem Bodybuildingladen abgestrampelt: um die Schlinge zu lösen, in der sie gefangen war.

Aber das half ihr nicht. Jedenfalls noch nicht. Soviel stand fest. Aus irgendeinem Grund war *er* ihr Rettungsanker. Genau, wie sie gesagt hatte: Seine Richtlinien interessierten sie nicht. Es hing mit ihm persönlich zusammen ...

Und aus genau diesem Grunde sollte er die Finger von ihr lassen. Das hatte nichts mehr mit seinem beruflichen Auftrag zu tun. Sie ging ihn nichts an. In seinem Leben war kein Platz für so etwas.

Aber jetzt war sie doch in seinem Leben drin. Er versuchte sich einzureden, es hinge von ihm ab, den Grad ihrer Beziehung zu bestimmen. Er konnte sich nicht auf etwas einlassen, das Frannie in Gefahr brachte, auch sie hing von ihm ab. Und Rebecca und das Ungeborene genauso. Wenn er irgendeine Vorstellung von sich selbst hatte, dann war es, wie er hoffte, die eines Ehrenmannes. Und er hatte Frannie die Treue gelobt. Er liebte Frannie. Sein Leben befriedigte ihn. Dieses oft endlose Gefühl der Leere, an dem er gelitten hatte, schien sich während des letzten Jahres verloren zu haben, und das verdankte er ihr. Sie war sein Fels, und er wußte, daß er zurück in ihre Kreisbahn mußte. Seine Rettung hing von ihr allein ab.

Aber er wußte auch, daß er nicht aufhören würde – weder mit seinem Beruf noch mit diesem Fall –, und er wußte, weshalb. Er hoffte – normalerweise betete er nicht, aber jetzt betete er darum –, daß er dieser gewaltigen Anziehungskraft nicht nachgeben würde. Er sagte sich immer wieder vor, daß er den Grad dieser Beziehung unter Kontrolle halten könne.

Aber wenn Celine ihn wiedersehen mußte, würde er kommen. Er würde kommen müssen.

## 29

»Nimm dich in acht vor deinen Wünschen – sie könnten in Erfüllung gehen.« Der Richter Leo Chomorro hatte das tausendmal von seinem Vater gehört. Es war ihm immer als ein schlechter Rat erschienen: Wenn man etwas haben wollte, mußte man es sich doch wünschen und sich darauf konzentrieren. Und so hatte er alles erreicht, was er ersehnt hatte: eine Richterstelle mit vierzig, eine schöne Frau, drei intelligente Kinder und ein Haus in St. Francis Woods auf einem der hübschen Hügel im Westen der Stadt.

Aber in der letzten Zeit kamen ihm Zweifel, und er überlegte, ob nicht vielleicht doch etwas Wahres an dem Rat seines Vaters gewesen war. Er hatte sich so sehr gewünscht, die Last des guten Verwaltungsfachmanns loszuwerden, auf die man doch an sich stolz sein konnte. Leo war immer ein Mann gewesen, der zu organisieren verstand, er arbeitete im Team, war intelligent genug, eine führende Rolle zu spielen, zugleich aber auch ein Anhänger der Theorie, daß ein guter Anführer zuerst einmal lernen mußte, ein guter Gefolgsmann zu sein.

Aufgrund seiner Gaben war es ihm gelungen, aus der Kleinstadt Modesto und der Autoreparaturwerkstatt seines Vaters herauszukommen. Er hatte die Universität in San Jose besucht, und seiner eigenen Einschätzung nach war es wohl mehr seinem Fleiß als seinem Grips zu verdanken, daß er glatt durchgekommen war und die Aufnahmeprüfung der Hastings Law School in San Francisco bestanden hatte.

An der Hastings Law School hatte er nicht bei der *Law Review* mitgearbeitet, war nicht unter den ersten zehn Prozent gelandet, und die großen Firmen hatten sich nicht um ihn gerissen. Aber er hatte die Zulassungsprüfung zum Anwaltsberuf beim zweiten Versuch geschafft und einen Job als Angestellter bei der Generalstaatsanwaltschaft von Kalifornien bekommen.

Er arbeitete wie ein Wahnsinniger. Niemand konnte ihm vorwerfen, er wäre in seinem Dienst illoyal oder unvorsichtig oder nicht gewissenhaft genug, und als der Generalstaatsanwalt schließlich Gouverneur von Kalifornien geworden war, wurde Leo sein engster Berater in finanziellen Fragen. Leo war ein Organisierer – effizient und kooperativ. Wenn die Leute nicht arbeiten wollten, flogen sie raus. Sie hatten Familie? Das war hart, aber sie hätten es sich eben früher überlegen sollen. Sie wußten ja, woran sie waren.

Die Zahlenspiele des Budgets gefielen ihm. Die Rechenweise war ziemlich einfach. Man hatte einen bestimmten Betrag zu Verfügung, also sah man sich um: Wer war nett zu einem gewesen? Dann finanzierte man diejenigen Dienste, die man brauchte, und kürzte dort, wo man ein Zeichen setzen mußte – oder wollte –, weil das System nicht effizient genug funktionierte. Und dann brachte man die Zahlen links und rechts ins Gleichgewicht. Für einen ausgebufften Pragmatiker wie Leo war das ein Kinderspiel.

Zum Beispiel hatte Leo während einiger Sitzungen des Haushaltsausschusses großes Theater wegen einiger Richter gemacht, die ihm zu liberal waren – vor allem in San Francisco: Sie bekamen eine Menge dafür, daß sie nichts taten. Sie ließen Leute frei, die man in mühsam vorbereiteten Fallen geschnappt hatte, einfach so. Schnippschnapp – deren Gehälter wurden einfach eingefroren.

Natürlich: Wenn man überleben wollte, machte man sich nicht allzu viele Freunde. Das konnte man sich wirklich nicht leisten. Statt dessen hatte man Bundesgenossen. Der inzwischen zum Gouverneur gewählte Generalstaatsanwalt zum Beispiel war ein verdammt guter Verbündeter. Gina, Leos Frau, hielt ebenfalls zu ihm. Sie war eine glänzende Erscheinung, viel schlauer als Leo – und attraktiv. Sie hatte auch in der Parteiorganisation der Republikaner in Santa Barbara mitgearbeitet, aber nach der Geburt von Leo junior waren ihrem Kopf alle politischen Gedanken abhanden gekommen, und jetzt war sie »nur noch« seine Bundesgenossin. Sie war loyal und erledigte ihren Job. So ist das nun mal im Leben, nicht wahr?

Und dann bekam Leo planmäßig das, was er sich gewünscht hatte. Der Gouverneur hatte ihn zum Ende seiner Amtszeit für sechzehn Jahre treuen Dienstes belohnt und zum Richter in San Francisco ernannt. Doch nun saß er auf diesem Posten und fand den Job so attraktiv wie den des Aufsehers auf einem Viehhof, nur daß es sich bei dem Vieh in diesem Fall um Menschen handelte.

Bevor Leo vor achtzehn Monaten gekommen war, hatten sich die Richter von San Francisco in dem ausgesprochen unbeliebten Amt des »Calendar Judge« reihum alle sechs Monate abgewechselt. Diese Tätigkeit war so langweilig, daß man sie niemandem länger zumuten konnte. Aber Leo Chomorro hatte sich während seiner engen Zusammenarbeit mit dem Gouverneur und weil er nichts von persönlichen Freundschaften hielt, politisch derart unbeliebt gemacht, daß ihn die Richter von San Francisco zum ständigen Calendar Judge machten und auch nach den üblichen sechs Monaten nicht aus diesem Strafamt entließen.

Das war die Ironie des Schicksals. Leo war ein Richter, der daran glaubte, daß es so etwas wie eine Gerechtigkeit auf der Welt gab – oder geben sollte. Und der glaubte, daß, wenn man wie ein Irrer arbeitete und seine Arbeit gut machte, die Leute das merkten und Hochachtung vor einem empfanden. Und einen beförderten. Man stieg auf.

Hahaha.

Heute, am Dienstag, dem 7. Juli, saß Leo Chomorro in seiner Robe schwitzend in der 22. Kammer vor seiner Arbeit, die er nicht mal seinem Bürodiener hätte zumuten mögen. Der Geschäftsplan war ein notwendiges Übel in allen größeren Gerichtsbezirken: Es mußte irgendeinen Mechanismus geben, der entschied, welche Beschuldigten in welchen Gerichtssaal sollten, ob ein Fall reif für ein Verfahren war, und sämtliche damit zusammenhängende Verwaltungsarbeit war zu erledigen, damit die acht Säle und ihr Personal einigermaßen gut ausgelastet waren und die Mühlen der Justiz weitermahlen konnten.

Es war eine Arbeit, die Leos Erfahrung und seinem Temperament entsprach. Aber jetzt hatte Leo das Gefühl, daß er selbst da nie wieder herauskommen würde und daß ihn diese Arbeit in den Wahnsinn trieb.

»Okay, Prozeßkalender Zeile sechs, was haben wir hier?« Dieser Vormittag würde nie zu Ende gehen. Der Gerichtsdiener brachte Zeile sechs – alle Fälle bekamen Zeilennummern auf dem großen Computer-Ausdruck, der jeden Montag erarbeitet werden mußte. Nur daß der letzte Montag ein Feiertag gewesen war und die Liste nun länger war.

Er zwang sich, den Kopf zu heben. Zeile sechs war ein Typ ungefähr in Leos Alter, und wie Leo war auch er spanischer Abstammung, doch nichts interessierte Leo weniger als die Herkunft der Angeklagten. Zeile sechs schlurfte hinter dem Gerichtsdiener zum Podium, das vor dem Richterpult stand. Mr. Zapata wurde von der Pflichtverteidigerin Ms. Rogan vertreten. Chomorros Augen glitten die Liste hinunter, um den nächsten verfügbaren Richter zu finden. Das war Fowler, 27. Kammer. Chomorro rief ihn also aus.

»Entschuldigen Sie, Euer Ehren.« Leo blickte auf. Jegliche Unterbrechung, jegliche Veränderung der tödlichen Routine war ihm willkommen. Es war der Gerichtsdiener, ein Student, der hier seinen Sommerjob hatte und sich zugleich auf seine juristische Laufbahn vorbereitete. Den ganzen Morgen über hatte er still die Vorgänge am Tisch der Staatsanwaltschaft beobachtet. »Darf ich mich dem Gericht nähern?« Die vorgeschriebene Formel.

Der Junge erinnerte Leo an seine eigene Studentenzeit. Er war schwarzhaarig, ernsthaft, beflissen, kämpfte gegen seine Nervosität und flüsterte: »Mr. Drysdale bittet Sie, Mr. Zapata einer anderen Kammer zuzuteilen.«

Leo Chomorro sah sich im Gerichtssaal um. Er sprach jeden Freitagabend mit Drysdale die Verteilung der Fälle über den Geschäftsplan durch, und Drysdale hatte ihm nichts über den Fall Zapata gesagt. Nun, vielleicht war ein neuer Gesichtspunkt aufgetaucht, aber leider befand sich Art nicht im Gerichtssaal.

»Wo ist Mr. Drysdale?«

»Er ist in seinem Büro, Euer Ehren. Er bittet Sie, die Verhandlung zu unterbrechen.«

»Wann hat er das denn getan, er war doch gar nicht hier?«

»Mehr hat er mir nicht mitgeteilt, Euer Ehren. Nur daß Sie die Verhandlung unterbrechen und ihn sprechen möchten.«

Leo runzelte die Brauen. Er wollte die Sache vorantreiben, aber er hatte auch Mitleid mit dem Jungen, der vor ihm stand, außerdem arbeitete er jeden Freitag mit Drysdale am Geschäftsplan. In dieser Welt, in der Freunde rar waren, war Art schon so etwas wie ein Freund geworden. Er hob den Kopf und sah den Beschuldigten an.

»Mr. Zapata, setzen Sie sich. Wir unterbrechen die Verhandlung für zehn Minuten.«

»Das ist ziemlich ungewöhnlich, Art. Ein Verstoß gegen die Regeln.«

»Ich weiß.« Drysdale war nicht der Typ, der bittere Pillen verzuckerte. Locke hatte angerufen, und Drysdale gab nur dessen Botschaft weiter. Das war alles. Er lehnte sich zurück, saß bequem mit ausgestreckten Beinen in dem Ledersessel vor Chomorros Schreibtisch. »Wir wollen nicht, daß Fowler den Fall Zapata kriegt. Beim letztenmal hat er einen Beschuldigten freigesprochen.«

»Ich weiß. Ich hab's gelesen. Ist Zapata wieder so ein Fallen-Fall?«

Art nickte. »Ich hab's nur am Freitag noch nicht gewußt. Sonst hätte ich es erwähnt.«

Chomorro schob Gegenstände auf seinem Schreibtisch herum. »Ich hab' ihn schon zugeteilt, Art. Ms. Rogan könnte Theater machen.« Chomorro hatte schon »Kammer Nr. 27«, Fowlers Gerichtssaal, ausgerufen. Wenn die Pflichtverteidigerin, die er bestimmt hatte, sich auskannte, wußte sie, was Fowler von solchen Fällen hielt. Für Rogan war es ein Glücksfall, daß ihr Mandant Fowler zum Richter bekam – er würde Zapata laufen lassen. Jeder andere Richter wahrscheinlich nicht.

Art beugte sich vor. »Wir sind bereit, einen solchen Fall zu verlieren. Wir wollen nur nicht, daß Fowler noch einmal so einen bekommt – dann tritt er wieder eine Lawine los und verdirbt uns das Programm.«

Chomorro schob Papier hin und her, daraus bestand sein Leben. Er glaubte nicht, daß er tun konnte, was Art ihm vorschlug. Zumindest war es nicht ganz ethisch. Der Staatsanwalt oder der Beschuldigte konnte in jedem Fall einen Richter ablehnen. Ein Richter konnte wegen eines Interessenkonflikts von der Beurteilung eines Falles entbunden werden, weil er oder sie den Beschuldigten kannte, oder auch ohne jede Begründung, aber eine solche öffentliche Ablehnung zog zwangsläufig einen politischen Streit nach sich, in dem beide Seiten an Ansehen verloren. Üblicherweise wurden solche Fragen in den Räumen des Calendar Judge persönlich gelöst. Gewisse Fälle kamen einfach gar nicht zur Verhandlung oder wurden einem ganz bestimmten Richter zugeteilt. Aber hier war für Mr. Zapata bereits öffentlich ein Richter bestimmt worden. »Ich glaube nicht, daß ich es tun kann, Art.«

Drysdale war nicht überrascht. Er nickte, dann beugte er sich vorwärts, die Vorderarme auf die Knie gestützt, und blieb eine Weile so sitzen. »Leo, Euer Ehren, seit wann sind Sie hier jetzt schon mit dem Geschäftsplan beschäftigt?«

Chomorro brauchte eine Minute Zeit, er rutschte ein wenig auf seinem Stuhl herum, bis er, wie Art, eine bequeme Stellung fand. Seine Mundwinkel hoben sich. »Eineinhalb Jahre vielleicht.«

»Und sollen Sie irgendwann mal da rauskommen?«

Chomorro hob die Achseln. »Irgend jemand müßte bald in den Ruhestand treten oder sterben. Dann bin ich mit dem Nachrücken dran.«

Art lehnte sich zurück. »Ihr Job wurde früher nach dem Rotationssystem verteilt, Leo. Wußten Sie das?«

Wieder ein verkrampftes Lächeln. »Ich hab' das gerüchteweise gehört.«

»Aber wenn jemand schief angesehen wird, vielleicht weil er ein bißchen hochmütig wirkt, keine Freunde hat, Gefälligkeiten verweigert ...« Art hob eine Hand. »Ich rede hier nicht von illegalen Dingen, sondern von Kleinigkeiten, Arbeitserleichterungen. Die Verhältnisse können sich ändern, das ist alles, was ich sage. Chris Locke versteht sich mit einigen Ihrer Kollegen sehr gut, Rigby auch. Sie stehen beide nachdrücklich hinter diesem Programm, mit dem wir auch Zapata geschnappt haben. Und niemand – nicht einmal Fowler – bestreitet, daß diese Kerle stehlen wie die Raben. Es muß sie nur erst mal ein Geschworenengericht verdonnern. Sie bekommen ein faires Gerichtsverfahren. Wir umgehen hier nicht die Gesetze, sondern wir stimmen das bürokratische Verfahren etwas feiner ab.«

Chomorro glaubte Drysdale für keinen Augenblick, daß sie die Gesetze nicht umgingen. Natürlich taten sie das. Aber Chomorro war ja auch kein Greenhorn, was Politik und Geschäfte anging. Er wußte sehr wohl, was ein Deal war, wenn man ihm einen anbot und – angenommen, er spielte mit, dann war es klug, die Dinge in der Schwebe zu lassen. »Am Labor Day«, sagte er, »möchte ich den Geschäftsplan los sein.«

Art Drysdale stand auf und streckte die Hand über den Schreibtisch hinweg nach Chomorros Hand aus. »Abgemacht«, sagte er.

»Zeile sechs.« Mr. Zapata stand wieder an dem Podium. »Tut mir leid, hier lag ein Mißverständnis vor, das war mein Fehler. Das Verfahren findet in Kammer« – er sah noch einmal hin, zur Sicherheit – »24 statt, Richter Thomasino.«

Leo sah zu, wie Zeile sechs in dem gelben Overall hinausgeführt wurde. Die Zeit stand still. Es war noch nicht Mittag, und er hatte gerade erst eine Pause eingelegt. Sein Herz klopfte. Na ja, das war geschafft. Vielleicht würde Ms. Rogan niemals die Bedeutung dieses Kammerwechsels begreifen. Art würde dafür sorgen, daß er von allen weiteren Fällen dieser Art rechtzeitig Kenntnis erhielt, dann konnte so etwas nicht mehr vorkommen. Trotzdem …

Er schüttelte sich, trotz der Hitze im Saal war ihm kalt.

»Auf dem Anklageplan Zeile 137«, rief der Gerichtsdiener. »Strafgesetz Paragraph 187, Mord.«

Sofort hörte er auf zu frieren. Mordfälle waren immer wieder interessant, selbst wenn man sie schon kannte. Hier ging es um den Fall, über den er nach der Anklageerhebung am Donnerstag mit Elizabeth Pullios gesprochen hatte – die Sache mit Owen Nash. Im Stadtgericht kamen sie in der Geschichte keinen Schritt voran, und der Bezirksstaatsanwalt wollte sich das nicht länger bieten lassen. Am Freitag hatte Art Drysdale Chomorro verraten, daß es heute vormittag soweit sein werde: Nun würden sie ein bißchen zügiger arbeiten können. Nicht übereilt, aber im richtigen Tempo. Damit die jungen Leute, die einen mal ersetzen sollten, nicht die Lust am Beruf verloren.

Zeile 137, May Shintaka, hatte sich der Anklage der Grand Jury gestellt und wiederum Kaution geleistet. Sie war auf der Zuschauergalerie. Chomorro hatte sie an diesem Morgen bereits bemerkt, wie eine Blume im Unkrautfeld. War das Zeile 137? Er hob die Augenbrauen, dann sah er noch einmal hin. Nun stand sie da, ungebeugt am Podium. Neben ihr David Freeman, so ziemlich der beste Anwalt in der Stadt. Die Angeklagte und ihr Anwalt mit dem zerwühlten Haar waren ein lebhafter Kontrast. Freemans schlampiger Anzug war, so dachte Chomorro, ein bewußter Appell an die Geschworenen, ihn als einen der ihren, als einen einfachen Mann von der Straße zu betrachten.

Aber einfache Leute verdienten keine Million oder so im Jahr.

»Mr. Freeman«, sagte er. »Wie geht's Ihnen heute?«

Während der Pause mit Art war Elizabeth Pullios in den Gerichtssaal gekommen und saß zusammen mit ihrem Assistenten, einem der neuen Männer, am Tisch der Staatsanwaltschaft. Er nickte Ihnen zu.

»Ist die Anklagevertretung bereit?«

»Einspruch, Euer Ehren.« Freeman verlor keine Zeit.

»Wir sind bereit, Euer Ehren«, rief Pullios gleichzeitig.

»Gründe?«

Freeman erhob die Stimme. »Wie Euer Ehren wissen, hat das Stadtgericht die Verhandlung dieses Verfahrens bis nach dem Labor Day vertagt.«

»Nun, Sie sind aber jetzt im Oberen Gericht, Mr. Freeman. Worauf wollen Sie hinaus?«

»Es gibt keine Beweise, die –« Freeman hielt ein, fing noch einmal an. »In dem Vorverfahren hatte sich erwiesen, daß keine ausreichenden Beweise vorhanden sind, die eine Anklageerhebung rechtfertigen würden, Euer Ehren.«

»Offensichtlich ist die Grand Jury nicht Ihrer Meinung. Sie hat Anklage erhoben.«

»Euer Ehren.« Pullios stand auf. »Das Volk –«

Chomorro ließ seinen Hammer auf den Tisch fallen. »Entschuldigen Sie mich, Ms. Pullios. Ich verstehe die Haltung des Volkes. Mr. Freeman, wir werden hier nicht die Beweislage diskutieren. Vielleicht hätte sich dieses Problem mit einem Antrag auf baldige Fortsetzung des Verfahrens im Stadtgericht vermeiden lassen.«

»Euer Ehren, meine Mandantin sollte nicht die Kosten eines Verfahrens wegen dieser Beschuldigung tragen. Ich beantrage Rückverweisung an das Stadtgericht.«

Chomorro lächelte. Freeman zog sofort alle Register. »Ich bedaure, aber diese Option ist uns verwehrt, Mr. Freeman.«

Der Verteidiger schien unberührt. »Dieses Schnellverfahren hat die Staatsanwaltschaft offenbar inszeniert, um das öffentliche Interesse an diesem Fall auszunützen –«

»Euer Ehren, ich erhebe Einspruch!«

Chomorro nickte Pullios zu. »Das würde ich auch tun.«

Freeman fuhr einfach fort: » – von der eklatanten rassistischen Diskriminierung und der Klassendiskriminierung gar nicht zu reden, die sich in diesem –«

»Mr. Freeman! Genug. Ich erinnere Sie, daß dieses Gericht im Rahmen des Grand-Jury-Systems tagt. Ich werde diese Ausfälle nicht hinnehmen. Die Anklagevertretung sagt, daß sie prozeßbereit ist. Wenn ihre Beweise schwach sind, dann, scheint es mir, wird das zu Ihrem Vorteil ausfallen. Also darf ich bitten.«

Chomorro brauchte nicht einmal mehr hinunterzublicken, um zu wissen, wo das nächste Verfahren hinging. »Es klingt, als ob in diesem Verfahren viele Anträge bearbeitet werden müssen. Ich verweise die ganze Sache – Vernehmung zur Anklage, Anträge, Vorverhandlung und Verfahren – an die 27. Kammer, Richter Fowler. Hiermit. Sie können das dann da unten ausfechten.« Er ließ erneut den Hammer hinunterfallen und gestattete sich ein Lächeln. »Auf Wiedersehen, Mr. Freeman. So.«

Es war ein langer Weg den Korridor hinunter, also blieb Hardy nicht viel Zeit, um Pullios von seiner Beziehung zu Fowler zu erzählen.

»Spielt keine Rolle«, sagte sie. »Haben Sie mit ihm außerhalb des Büros über diesen Fall diskutiert?«

»Nein, nie. Nirgendwo.«

»Dann würde ich mir darüber keine Gedanken machen.« Es war eine weitere Gelegenheit für sie, ihn an ihre unterschiedliche Position zu erinnern: »Außerdem vertreten hier nicht Sie die Staatsanwaltschaft. Das tue ich. Sie assistieren.«

»Ich dachte, falls Freeman davon Wind bekommt, könnte er ihn wegen Befangenheit ablehnen.«

»Freeman lehnt schon ab, wenn die Nase des Gerichtsdieners läuft. Na und?«

»Deshalb mache ich mir ein bißchen Sorgen.«

Sie blieb stehen und sah ihn an. »Dismas, passen Sie auf. Er ist nicht mehr Ihr Schwiegervater, richtig?«

»Nein, nicht mehr.«

»Also haben wir hier nur noch die Tatsache, daß Sie den Richter von gesellschaftlichen Anlässen her kennen. Nun, ich habe ihn auch bei gesellschaftlichen Anlässen kennengelernt, und wir vertragen uns so gut wie saure Gurken mit Milch. Ich

wäre nicht überrascht, wenn Freeman ihn auch von gesellschaftlichen Anlässen her kennt. Zum Teufel, sie gehören beide
zum Klub der reichen Männer. Wahrscheinlich spielen sie zusammen Poker. Vielleicht tauschen sie Börsentips aus. Das ist irrelevant. Richter Fowler und Sie sind *nicht* miteinander verwandt oder verschwägert, weder gesetzlich noch anderswie.
Das ist überhaupt kein Thema.«

Pullios, dachte Hardy, war gut in Sachen, die kein Thema waren. Sie war in allem gut. Soviel sah er ein.

Sie kamen an die Doppeltür der 27. Kammer. Pullios hielt
einen Flügel für Hardy auf. »Alter vor Schönheit«, sagte sie.

Die Umlaufbahnen waren wieder miteinander vereinigt.

Der Freitag hatte viel Arbeit gebracht, ein paar Vorverhandlungen, ein bißchen Kuhhandel, ein Mittagessen zusammen mit
vier Kollegen, an Morde dachte keiner mehr.

Frannie und Hardy hatten sich während des langen Wochenendes vom 4. Juli zweimal geliebt. Das erstemal am Freitagabend sehr intensiv und stumm, dann hatten sie eng zusammen
dagelegen und bis nach Mitternacht geredet.

Am Sonnabend war das Picknick mit Moses, seiner derzeiti-
gen Freundin Susan, allen Glitskys und Pico samt Angela und
deren Kindern. Und Rebecca war endlich wieder gesund und
brabbelte wonnig vor sich hin. Baseball, Bier und Barbecue.
Amerikas Geburtstagsparty an einem wunderbar warmen
Tag.

Dann waren sie am Sonntagmorgen ausgegangen und hatten
zum Brunch die beste Paella der Stadt gegessen. Später, als sie
wieder zu Haus waren, sagte Frannie zu Hardy, es sei okay, Rebecca werde sich später mal daran erinnern, daß ihre Eltern viel
gelacht und miteinander gerungen hätten, als sie noch ein Baby
war, aber wahrscheinlich würde ihre Psyche keinen Schaden
nehmen.

Am Montag, dem 6. Juli, als er seinen eigenen Mittelpunkt
wiedergefunden hatte, hatten Hardy und Frannie den Morgen
damit verbracht, mit Schablonen ein paar Pferde und Delphine
an eine Wand von Rebeccas Zimmer zu malen. Nachmittags arbeitete er ein bißchen in seinem Büro und fragte Abe, ob er nicht

eine Aufstellung von May Shinns Telefongesprächen an dem Tag, an dem Owen Nash ermordet worden war, besorgen könne. Er begriff, daß die Anklage auf wackligen Füßen stand, falls sie an dem Tag irgendwohin telefoniert hatte, und soweit er wußte, hatte niemand die Gebührenabrechnung untersucht. Er fragte, ob sie irgendwie den Verbrauch von Wasser, elektrischem Strom oder was auch immer nachvollziehen könnten, was anzeigen würde, daß jemand zu Hause gewesen war, und Abe hatte ihm gesagt, nein, diese Geräte ließen sich daraufhin nicht nachprüfen.

Celine trübte die Verhältnisse nicht. Hardy wußte, daß Pullios – wenn in Eile – keine Weltmeisterin der Details war, und nachdem er sie am Donnerstag im Grand-Jury-Gericht erlebt hatte, prüfte er noch einmal selbst alles mögliche nach, um sicherzugehen.

## 30

Jeff Elliot zischte ihm in der 27. Kammer von der Galerieseite der Schranke etwas zu. Er mußte auch in der 22. Kammer gewesen sein, aber Hardy, mit anderen Dingen beschäftigt, hatte ihn nicht bemerkt. Ja, wenn er nachdachte: Er hatte Jeff schon seit ein paar Tagen nicht mehr erblickt, und jetzt sah er nicht so gut aus – sein Gesicht war aufgeschwemmt, und er trug eine Sonnenbrille, sogar hier im Gerichtssaal. Trotzdem lächelte er und war wie üblich voller Energie. Und warum auch nicht? Seine Story lag wieder ganz vorn im Rennen.

Jeff winkte Hardy zu, er solle doch mal an die Schranke kommen. Hardy stieß Pullios an. »Das ist Elliot da hinten«, sagte er. »Der Reporter. Sie wollten ihn doch kennenlernen.«

»Ah«, sagte sie. »Gut.« Sie legte irgendwelche Papiere hin und wollte sich gerade umdrehen, während Hardy wartete, als der Gerichtsdiener rief: »Ich bitte um Ruhe! Die 27. Kammer des Oberen Gerichts der Stadt und des Bezirks von San Francisco befindet sich jetzt in Sitzung, unter Vorsitz von Richter Andrew Fowler. Bitte alle aufstehen.«

Der Richter kam in seiner Robe aus dem Besprechungszimmer und betrat den Gerichtssaal. Elliot mußte warten.

Als Hardy seinen Ex-Schwiegervater erblickte, zwickte ihn ein Schuldgefühl – er hatte sich gar nicht mehr um den alten Herrn gekümmert, der unter irgendeinem Kummer gelitten hatte. Hardy hätte ihn mal anrufen und sich mit ihm zum Squash verabreden können. Irgend so etwas.

Hardy hatte auch nichts mehr von seiner Ex-Ehefrau Jane gehört. Vielleicht war die Krise schon vorbei, falls es jemals eine gegeben hatte. Am Richterpult jedenfalls sah Andy so souverän und gebieterisch aus wie immer. Er nickte Hardy freundlich zu. Seine Augen ruhten sekundenlang auf dem Tisch der Verteidigung. May Shinn wich seinem Blick nicht aus, sondern sah ihn geradewegs an. Sie machte auf abgebrüht, obwohl es nicht unbedingt der herkömmlichen Strategie der Verteidigung entsprach, daß die Angeklagte sich den Richter zum Feind machte. Freeman beschäftigte sich damit, seine Aktentasche zu leeren. Der Blickwechsel schien ihm zu entgehen.

Fowler brach als erster den Augenkontakt ab, sein Blick kehrte zu Pullios zurück, dann wieder zu Hardy. Er ordnete die Materialien, die er vor sich liegen hatte, während der Gerichtsdiener erneut die Anklage vorlas – Paragraph 187, Mord.

Die Zuschauergalerie war schon besetzt. Es war unwahrscheinlich, ja fast unmöglich, daß der Prozeß schon heute begann. Normalerweise war der früheste Termin sechzig Kalendertage nach der Vernehmung zur Anklage. Aber das Datum festzusetzen, würde Fowlers Aufgabe sein. Es war seine Kammer.

Trotzdem – ein Mordverfahren, vor allem dieses, verdiente eine Zeitungsmeldung. Nach der Anklageerhebung am Donnerstag hatten, wie Hardy hörte, alle großen Medien – *Newsweek, Time* und so weiter – Locke angerufen: Das konnten sie sich nicht entgehen lassen.

Fowler begrüßte die Verteidigung in seinem Gerichtssaal. Er hatte kaum ein Wort gesagt, als Freeman – wie vorauszusehen war – den Aufschub des Prozesses auf ein späteres Datum verlangte: Der Bezirksstaatsanwalt benütze dieses Verfahren als politisches Vehikel, es finde eine rassistische Diskriminierung statt. Hardy hörte nur mit einem Ohr hin.

Fowler hörte sich das meiste an, nickte mitfühlend, dann klopfte er mit seinem Hammer auf den Block. »Wir werden jetzt ein Datum bestimmen, Mr. Freeman, und bis dahin können Sie, wenn es einen Grund für diesen Aufschub gibt, einen solchen Antrag stellen.« Er lächelte. Das war das Ende der Geschichte. Das Verfahren würde etwa zu dem Zeitpunkt beginnen, zu dem das Stadtgericht die Voruntersuchung begonnen hätte. Das war ein gutes Zeichen.

Der Richter ordnete seine Robe und wandte sich zum Gerichtssaal. »Mr. Freeman«, sagte er, »hatten Sie Gelegenheit, in der 22. Kammer einen Widerspruch einzulegen?« Der Verteidiger durfte einmal den Richter, dem ein Verfahren zugeteilt war, aus welchen Gründen auch immer, ablehnen. Wenn Freeman Andy Fowler aus irgendwelchen Gründen nicht mochte, brauchte er es nur zu sagen, und dann würde der Calendar Judge den Fall einer anderen Kammer zuweisen.

Aber Freeman stand auf, um die Frage zu beantworten: »Kein Widerspruch, Euer Ehren.«

Fowler schwieg eine Minute lang, sein Gesicht färbte sich dunkel. »Mr. Freeman?«

Freeman fummelte immer noch mit seinen Heftern herum, legte Papiere hin und flüsterte May etwas zu: »Ich sagte: Kein Widerspruch, Euer Ehren.«

Der Richter schien hinter dem Rand, der seinen Tisch etwas verdeckte, irgendwelche Dinge herumzuschieben. Er lehnte sich in seinem Stuhl mit der hohen Lehne zurück und streckte die Arme gerade vor sich aus. Sein Stirnrunzeln war nicht zu übersehen. Ein Augenblick verging. »Würde der Verteidiger sich bitte dem Gericht nähern?«

Hardy merkte, daß es im Gerichtssaal ganz still wurde, als Freeman seinen Stuhl zurückschob, Mays Schulter tätschelte und vor den Richter trat. Fowler beugte sich vor, sie flüsterten kurz hin und her, dann richtete sich Fowler wieder gerade auf, schlug mit dem Hammer auf den Block und kündigte eine Unterbrechung der Sitzung an. Er wolle Mr. Freeman in seinem Zimmer sprechen.

»Was zum Teufel geht da vor?« fragte Pullios ihren Assistenten Hardy.

»Ich habe keinen blassen Schimmer. Vielleicht tauschen sie wieder Börsentips aus.«

Jim Blanchard von der *Tribune* kam an und tippte Elliot auf die Schulter. »Oben ist jemand für dich am Telefon. Ein Mädchen.«

Jeff hatte Hardy zu sprechen versucht, seit der Richter die Unterbrechung angekündigt hatte. Er wußte, daß er damit ein bißchen mogelte, aber er brauchte die neuen Informationen, weil er seit Donnerstagabend keine fünf Minuten mehr an irgend etwas anderes als Dorothy Burgess gedacht hatte. Er wollte von Hardy erfahren, was ihm während des langen Wochenendes entgangen war.

Und jetzt sah es so aus, als ob sich da gleich zu Anfang irgend etwas zwischen Freeman und Fowler abspielte. Er wollte dabei sein, wenn der Richter in den Saal zurückkam. Er wollte sehen, ob es für diese Sache eine Erklärung gab.

Aber Dorothy – es mußte Dorothy sein – kam zuerst. Stories würde es immer wieder geben. Die letzten vier Tage hätte er gegen nichts eingetauscht – nicht mal gegen seinen Job. Nicht mal gegen gesunde Beine.

Hardy und Pullios schienen sich irgendwie abgesprochen zu haben. Aus ihnen würde er nichts herausbekommen. Also packte er seine Krücken, zwängte sich aus seiner Sitzreihe im Zuschauerraum und humpelte dann zur Tür hinaus.

Im Pressezimmer nahm er den Hörer ab. »Hier ist Jeff Elliot«, sagte er.

»Mr. Elliot«, sagte sie. »Hier ist Ivana Trump. Hören Sie auf, mich zu belästigen.« Jeff ließ sich auf das Schulpult nieder. Dorothys Stimme wurde sanfter. »Jeff, du mußt herkommen. Du wirst nicht glauben, was ich gefunden habe.«

»Was?«

»Ich bin nicht sicher, was es bedeutet, aber Maury war gestern den ganzen Vormittag weg, und ich bin endlich dazu gekommen, die Papiere über die Story zu tippen, an der du gearbeitet hast. Die Kaution für May Shintaka.«

»Ja?«

»Du mußt herkommen und dir das ansehen. Wer für dieses Darlehen bürgt. Du sagtest, du brauchst eine Spur, irgendwelche Papiere, irgend etwas, wo du anfangen kannst. Das hier sieht so aus wie eine Spur. Aber du verstehst – du wirst für diese Information etwas bezahlen müssen.«

»Natürlich.«

»Das wird nicht billig sein.«

Er lächelte, er erinnerte sich an das Schachersystem, das sie am Wochenende entwickelt hatten, um einander Geheimnisse zu entlocken – Geheimnisse, die zu verraten sie gar nicht abwarten konnten. »Ja, ich komme«, sagte er.

Andy Fowler setzte sich wieder hin, schlug mit seinem Hammer auf den Block und vertagte das Verfahren bis zum 14. September um 9 Uhr 30.

»Euer Ehren?« Pullios war aufgesprungen.

»Staatsanwältin?«

»Darf ich mich dem Gericht nähern?«

Der Richter nickte und winkte sie zu sich heran. Sie ging mit festen Schritten, kein Hüftschwenken wie sonst. »Was ist, Elizabeth?«

»Euer Ehren, mit Respekt, der Staat wäre an dem Inhalt Ihrer Beratung mit dem Verteidiger interessiert.«

Fowler, dessen *gravitas* nichts von ihrer Kraft verloren hatte, starrte sie von seiner erhöhten Position aus böse an. An diesen beiden war ganz sicher kein Liebespaar verlorengegangen. »Mit *Verlaub*, Staatsanwältin, was ich in meinem Beratungszimmer tue, geht Sie nichts an. Aber –« er beugte sich vor, während er die Hände vor sich gefaltet hatte –, »aber Sie haben recht, wir müssen sogar den kleinsten Anschein der Ungehörigkeit vermeiden. Sie glauben, daß der Verteidiger und ich in einem geheimen Einverständnis stehen?«

»Nein, natürlich nicht, Euer Ehren, ich –«

»Aber Sie glauben, daß andere es so sehen könnten. Ich schätze Ihre Besorgtheit. Lesen Sie die Zeitungen, Elizabeth? Sehen Sie fern?«

Pullios starrte ihn an. »Ja, Euer Ehren. Gelegentlich.«

»Sie haben vielleicht bemerkt, daß dieser Mord an Owen Nash eine beträchtliche Publizität gefunden hat.«

»Ja, Euer Ehren.«

»Nun, als ich während der letzten Woche diesen Fall verfolgt habe, schien es mir, als ob es schwierig sein würde, ein faires Gerichtsverfahren in San Francisco durchzuführen. Ich war ganz sicher, daß der Verteidiger die Verlegung an einen anderen Ort beantragen würde. Und wie Sie zweifellos bemerkt haben, hat Mr. Freeman keinen derartigen Antrag gestellt. Ich wollte ihm klarmachen, daß diese strategische Entscheidung, wenn sie sich als falsch herausstellt, später nicht als Grund für eine Aufhebung des Urteils wegen eines Verfahrensfehlers dienen könnte. Wie finden Sie das?«

»Sehr gut, Euer Ehren, vielen Dank. Eine Respektlosigkeit war nicht beabsichtigt.«

Fowler erlaubte sich ein frostiges Lächeln. »Natürlich nicht, Staatsanwältin. Eine ehrliche Frage.«

Nachdem Fowler das Richterpult verlassen hatte, stampfte Pullios aus dem Gerichtssaal und überließ es Hardy, die Papiere einzusammeln und ihr zu folgen. Freeman kam zum Tisch der Anklagevertretung herüber und sagte zu Hardy, er hoffe, daß er ihm wegen ihrer ersten Begegnung im Besucherzimmer im Gefängnis nicht mehr böse sei.

»Überhaupt nicht.«

»Wissen Sie, wenn Sie gegen einen kostenlosen Rat nichts einzuwenden haben, würde ich Ihnen empfehlen, den kleinen Versprecher meiner Mandantin, daß sie auf der *Eloise* gewesen sei, nicht zu benutzen. Tatsächlich war sie nämlich nicht dort.«

Hardy lächelte. »Darüber kann man streiten, nicht wahr?«

Freeman hatte die Hände in den Taschen und ein Bein lässig über die Ecke von Hardys Tisch geworfen. »Ich habe mir die Bänder mehrmals angehört. Die Art Ihrer Fragestellung wird sich als eine Fangfrage herausstellen. Damit bringt sich die Staatsanwaltschaft nur in ein übles Licht, und das ganze Spielfeld wird uneben.«

»Na ja, das möchten wir natürlich nicht.« Hardy hatte nun alles eingepackt und schloß die Aktentasche. »Vielen Dank für Ihren Tip«, sagte er. »Ich werde ihn weiterleiten.«

Hardy gewöhnte sich allmählich daran. Die Verteidiger spielten um hohe Einsätze und kümmerten sich nicht um Vorschriften und Regeln. Woher nahm Freeman die Chuzpe, ihm einen solchen Rat anzubieten? Dachte er, Hardy wäre so grün hinter den Ohren, daß er auf einen so durchsichtigen Bluff hereinfiel?

Aber je mehr Hardy darüber nachdachte, um so weniger verstand er das Ganze. Vielleicht war es gar kein Bluff, sondern das Gegenteil vom Gegenteil. Dann wäre es also ein ganz raffinierter Bluff, wenn es einer war.

So ein Schlitzohr, dachte er. Irgendwie bewundernswert.

Worauf wollte Freeman eigentlich hinaus? Er wollte gewinnen. In so einem Indizienprozeß war es für die Verteidigung natürlich von Vorteil, wenn sie in den Reihen der Anklagevertreter Zweifel säte, ob überhaupt irgendwelche brauchbaren Indizien vorhanden waren. Andererseits war sein Rat, oberflächlich betrachtet, ganz vernünftig – Hardy hatte gar nicht vorgehabt, Mays Versprecher, der zu implizieren schien, daß sie sich an Bord der *Eloise* befunden hatte, in seiner Anklage zu benutzen. Denn dieser Versprecher war nicht nur an sich wenig überzeugend, sondern damit wäre auch Hardys ungehöriger Besuch bei May im Gefängnis ohne Gegenwart ihres Anwalts zur Sprache gekommen.

Aber jetzt hatte Freeman Hardy gesagt, es sei keine gute Idee, diese Aussage Mays zu zitieren. Zweifellos wollte Freeman ihm nicht unbedingt einen Gefallen tun, dem Neuen einen Dienst erweisen. Aber das, wovon er abgeraten hatte, hatte Hardy ohnehin nicht tun wollen.

Und das bedeutete – was?

»Wieso diese Vertagung bis morgen? Was soll das?«

Vor nicht einmal fünf Minuten war Pullios aus dem Gerichtssaal gestampft, und nun saß sie schon hinter geschlossener Tür in ihrem Büro. Als Hardy hereinkam, war er schockiert, Tränen in ihren Augen zu sehen. Er wollte ihr sagen, es sei ja alles in Ordnung, der Richter habe es nicht so gemeint …

Sie unterbrach ihn und deutete mit beiden Zeigefingern auf ihre Augen. »Das ist Zorn, Hardy. Verwechseln Sie das nicht – das sind keine verletzten Gefühle. Dieser Bastard.«

Hardy hatte gedacht, er würde mit ihr über Freeman und dessen Strategie reden, aber das stand eindeutig nicht auf ihrem

Programm. »Er hat es wahrscheinlich vertagt, um die Akten zu studieren. Er hat erst kurz vorher gemerkt, daß der Fall heute früh auf seinem Plan steht«, sagte Hardy.

»Für diesen Ton gibt es keine Entschuldigung.«

Hardy stellte ihre Aktentasche auf den Tisch und setzte sich ihr gegenüber hin. »Vielleicht mochte er es nicht, daß man seine Motive in Frage stellte.«

Das akzeptierte sie nicht. »Hätten Sie ihn nicht gefragt?«

»Ich weiß nicht. Klar, ich war auch neugierig.«

»Wenn Sie neugierig sind, fragen Sie. Das ist eine der Regeln.«

»Ich dachte, es gibt keine Regeln.«

Sie sah ihn geradeheraus an. Ihre Augen glitzerten. »Es gibt auch keine«, sagte sie.

## 31

Es hatte sich so entwickelt.

Owen Nash stand auf einem Balkon im dreiundzwanzigsten Stock über Las Vegas. Seine Haut war noch naß vom Duschen. Unter seinen vorgewölbten Bauch war ein Handtuch geschlungen, eine frische Zigarre stak unangezündet in seinem Mund. Er mochte die Wüste, vor allem jetzt in der Dämmerung. Es war immer noch eine Bullenhitze, nachdem die Sonne den ganzen Tag vom Himmel heruntergebrannt hatte, aber das Wasser, das auf seiner Haut verdampfte, kühlte ihn.

Er richtete den Blick zum Horizont jenseits der City. Die Berge dort hinten hatten sich schwach purpurn gefärbt. Von tief unten drangen leise Straßengeräusche zu ihm herauf. Dann hörte er, daß May im Badezimmer die Dusche abstellte. Er stand leicht vorgebeugt, mit beiden Händen auf das Geländer gestützt, da.

Während er nachdenklich an der Zigarre sog, hörte er, daß hinter ihm über den Teppich ihre nackten Füße auf ihn zukamen. Kurz darauf spürte er die Berührung ihrer Haut, dann fing sie an, mit beiden Händen seinen nackten Rücken zu massieren.

Er seufzte und wollte etwas sagen, aber May flüsterte »Pst!« Sie öffnete ihren Kimono und preßte sich gegen ihn. Dann führte sie ihn schweigend zurück in den Raum und drückte ihn aufs Bett.

»Leg dich hin«, sagte sie. »Ich will deinen Rücken bearbeiten.«

Sie fing an, indem sie ihm die Schultern knetete. Seine Muskeln waren verkrampft, aber May hatte es nicht eilig. Sie wußte, was sie tat. Allmählich gaben die versteiften Muskelstränge nach. Er fing an, tief und regelmäßig zu atmen. Einen Augenblick lang dachte sie, er wäre eingeschlafen, aber dann stöhnte er leise, während sie sich eines weiteren Muskelknotens annahm.

Draußen war es dunkel geworden. May streckte sich auf ihm aus und strich mit der Hand an seiner Seite entlang. »Ganz schön verspannt, weißt du das?«

Er nickte.

»Möchtest du mal drüber reden?«

Er antwortete nicht sofort, sondern lag mit geschlossenen Augen da und atmete tief durch. »Wir müssen essen gehen«, sagte er. Es war ihr erster gemeinsamer öffentlicher Auftritt. Er dachte, daß ihr das einiges bedeutete.

May drängte ihn nicht. Sie lag still in der zunehmenden Dunkelheit.

»Laß mich noch eine Minute so daliegen«, sagte er.

Sogar im Dunkeln konnte May die Falten in seinem Gesicht sehen. Auf seiner hohen, breiten Stirn hatte sich sein Leben eingegraben. Seine Lippen waren schmal und fest zusammengepreßt. »Ich weiß nicht«, sagte er, und seine Stimme war seltsam tonlos. »Ich weiß nicht.«

»Was?«

»Ich glaube, ich komme langsam ins Schleudern.«

May erstarrte. Sie hatte gedacht oder sich eingebildet, daß es mit ihm nicht so enden würde. »Meinetwegen?«

Er lachte und drückte sie fest an sich. »Shinn, bitte. Na ja, vielleicht doch deinetwegen, aber nicht so, wie du meinst.«

»Sag's mir.«

»Weißt du, der große Betrug im Leben ist, daß du nicht alles machen kannst. Du konzentrierst dich auf eine einzige Sache, und dafür mußt du alles andere sausen lassen. Und was auch immer du tust, irgendwas verpaßt du garantiert.«

»Hast du Angst, etwas zu verpassen?«

Er lachte trocken vor sich hin. »Nicht nur etwas, alles. So ein Gefühl habe ich früher nicht gekannt. Das war nicht meine Art. Aber jetzt muß ich immer dran denken. Und ich habe eine Scheißangst. Ich denke immer daran, daß du früher oder später daraufkommen wirst.«

»Worauf denn?«

»Wer ich bin. Was ich gemacht habe.«

Sie preßte sich mit ihrem ganzen langen Körper an ihn. »Das haben wir doch schon alles durchgekaut. Was meinst du denn, was *ich* gemacht habe.«

»Das ist mir gleich, Shinn.«

»Und mir ist es gleich, was du getan hast, Nash. Machst du dir darüber Sorgen, was du alles sausen lassen mußt? Was du verpaßt?«

»Nein. Ich will es ja nicht anders.«

»Aber niemand zwingt dich dazu.«

»Stimmt nicht, Shinn. Du zwingst mich. Aber das ist okay, so soll es sein. Ich will es so haben. Und sonst nichts mehr.«

Sie versuchte, ihm zu glauben.


Freeman kaute auf einem Bleistift herum und sah durch die gläserne Schiebetür in den kleinen Hof hinaus, den an den drei anderen Seiten die Ziegelsteinmauern der umstehenden Gebäude umgaben. Eine Taube pickte auf dem Kopfsteinpflaster.

May saß neben ihm am Marmortisch im Sprechzimmer. In der Mitte des Tisches stand ein frischer Blumenstrauß. Der Raum roch ein wenig nach Gewächshaus. »Sind Sie überhaupt aus dem Haus gegangen?« fragte er.

»Was meinen Sie?«

»Ich meine an dem Abend. Sie sagten, das war Ihr erster öffentlicher Auftritt. Ich würde nur gern wissen, wie sich das abgespielt hat.«

Sie schien sich innerlich zu sammeln, wie sie das schon vorher getan hatte. Freeman wußte nicht, ob er das als offensichtlichen Rückzug werten sollte, auf jeden Fall konnte er ihre Stimmung irgendwie spüren. Auf das Geschworenengericht mußte er sie jedenfalls gründlich vorbereiten, da durfte so etwas – was auch immer es genau war – nicht vorkommen. »Nein«, sagte sie schließlich. »Nein, wir haben uns nie mit irgendwelchen Freunden von ihm getroffen.«

Sie hob den Kopf, um zu sehen, wie er das aufnahm. Vielleicht jetzt mutiger geworden, fügte sie hinzu: »Er ... wir brauchten niemanden sonst. Wir genügten uns.«

Hardy streckte den Arm über den Schreibtisch hinweg, an dem er saß. »Sind das die Telefonabrechnungen?«

Glitsky hielt etwas in der Hand, das wie ein kleines Buch aus gelbem Papier aussah. Er reichte es Hardy über den Schreibtisch hinüber. »Ich glaube, da hat ein Angestellter geschlafen. Ich habe nur den 20. Juni verlangt, aber er hat uns wohl das ganze Jahr gegeben.«

»Nun, und wie sieht der 20. aus?«

»Gut für uns. Nicht so gut für Shintaka.«

Hardy wollte nur kurz einen Blick auf den Computerausdruck werfen. Er hatte seinen Aktendeckel aufgeklappt und konnte das Ding gleich abheften. In Anbetracht der Tatsache, daß dort ihre Gespräche eines halben Jahres erfaßt waren, stand nicht zuviel da. Es waren vielleicht fünfzehn Seiten, jede war zwölf Zentimeter lang. Er blätterte rasch durch. »Guck dir das an«, sagte er.

Glitsky nickte. »Ist mir auch aufgefallen. Keine Gespräche nach Japan.«

Hardy sah hoch; Glitsky, das wußte er, entging nichts. »Mit dir macht es gar keinen Spaß, weißt du das?«

Wenn May geschäftlich in Japan zu tun hatte, sollte man annehmen, daß sie wenigstens dann und wann einmal dort anrufen mußte, vor allem, wenn sie eine Reise plante. Selbst wenn sie das meiste per Fax erledigte, konnte man doch wohl ein oder zwei Telefongespräche erwarten. »Nun, das kann nicht schaden. Hast du irgendeinen von diesen Tagen geprüft?« Hardy überflog die Seiten. Er blätterte von hinten nach vorn, jetzt war er beim März.

»Nein, nur den 20. Das mit Japan habe ich zufällig gesehen.

Wenn du willst, kann ich dir einen Assistenten geben, der das prüft.«

»Nein, ich …« Plötzlich wurden Hardys Augen schmal. Er hörte auf zu blättern.

»Was ist denn?« fragte Glitsky.

»Nichts.« Hardy klappte das Heftchen zu und legte es auf den Schreibtisch. »Mir fiel nur gerade ein, daß ich etwas für Beck besorgen muß.«

»Du bist ein guter Daddy.«

»Ich weiß. Ich staune über mich selbst.« Er tippte auf das Heftchen, kam wieder zur Sache. »Ich sehe mir das an. Danke.«

Glitsky stand auf. »Ich danke dir. Ich bin froh, wenn ich das loswerde. Viel Spaß.«

Hardy nahm es locker. »Gott, sagt man, steckt in den Details.«

»Weise Männer suchen Ihn noch immer. Soll ich Ihn grüßen?«
»Bitte.«


Er hoffte, daß er sich geirrt hatte, aber es sah nicht danach aus.

Hardys mathematische Gaben waren nicht der Rede wert, aber Zahlen, vor allem Telefonnummern, konnte er sich gut merken. Und die Nummer, die da unter ›März‹ gestanden hatte, kam ihm bekannt vor. Von früher her. In letzter Zeit hatte er sie nicht mehr angerufen.

Er griff nach dem Heft und blätterte zurück bis an den Anfang. Im Februar kam die Nummer auch vor, und zwar häufiger. Und im Januar zweimal pro Woche. Im ganzen hatte sie diese Nummer achtzehnmal angerufen.

Vielleicht hatte die Nummer gewechselt, aber das glaubte Hardy nicht. Er hob den Hörer ab und wählte. Es läutete dreimal.

»Hier ist 885-6024. Bitte hinterlassen Sie Ihren Namen und Ihre Nummer, und ich rufe Sie zurück.«

Hardys Mund war trocken. Seine linke Hand griff nach dem Briefbeschwerer und drückte so fest darauf, daß seine Knöchel weiß wurden. Der Briefbeschwerer!

Ihm fiel Owens Jadering ein, das charakteristische Filigran, das Tiermotiv. Frannies Theorie ganz am Anfang. Einen Augenblick lang war er sprachlos. Das Band zischte leer in seinem Ohr. Er zwang sich, etwas auf den Anrufbeantworter von Oberrichter Andy Fowler zu sprechen.

»Andy«, sagte Hardy. »Hier ist Dismas. Wir müssen miteinander reden. Ich gehe jetzt zu deinem Büro hinüber, aber wenn du nicht da bist, ruf bitte so bald wie möglich zurück. Es ist dringend, es ist außerordentlich dringend.«

# Dritter
Teil

## 32

So lässig er konnte, steckte Hardy den Briefbeschwerer ein und ging hinaus, an den anderen Suiten der Bezirksstaatsanwaltschaft vorbei. »Nicht jetzt«, dachte er, als er Jeff Elliot aus dem Fahrstuhl kommen sah, und trat rasch in den Raum der Kriminalpolizei, der vor den Büros der Staatsanwaltschaft lag. Aber er war nicht schnell genug. Er hörte, wie Jeff ihn beim Namen rief und blieb stehen, ertappt, die Hände in den Taschen.

Für einen Reporter kam ihm Jeff ziemlich einfühlsam, sogar vernünftig vor. Vielleicht, dachte Hardy, hatte das mit den Krücken und dem Grinsen zu tun. Von seinem aufgedunsenen Aussehen heute und der Sonnenbrille gar nicht zu reden. Man wollte dem Jungen irgendwie helfen.

»Paßt es Ihnen jetzt gerade nicht?«

Hardy nickte. »Nicht so gut.«

»Gehen Sie ruhig. Dann rede ich mit Ms. Pullios.«

Auf eine absurde Art war Hardy jetzt ganz froh, daß Elizabeth den Fall unter sich hatte. Natürlich war sie eine wertvolle Nachrichtenquelle für den Reporter. Aber Hardy hatte das Gefühl, daß er selbst wenigstens zum Teil mitbestimmen sollte, was für Informationen der *Chronicle* bekam. Hier ging es nicht um Bürohierarchie, und er wollte ihr nicht einfach schenken, was sie sich am meisten ersehnte – Publizität! »Einen Augenblick Zeit habe ich für Sie, Jeff. Was kann ich für Sie tun?«

»Können wir irgendwo reden? Inoffiziell?«

Sie wanderten zurück in den Korridor und Hardy schloß eines der Zimmer auf, die für die Angehörigen von Opfern, für Zeugen und Besprechungen vorgesehen waren. Dort standen eine gelbe Couch – die Stadt bevorzugte die Farben grün und gelb – und ein dazu passender Sessel. Die Wand wurde von einem Bild der Golden Gate-Brücke belebt, von dem es nur eine beschränkte Auflage von dreieinhalb Millionen Stück gab.

Jeff ließ sich in den Sessel hinab.

»Wo waren Sie in der letzten Zeit. Sie sehen nicht besonders gut aus.«

»Nur ein neues Medikament. Schwemmt auf und macht lichtempfindlich. Prednison.«

»Steroide?«

Jeff lächelte. »Ja, die sind auch drin. Das ist okay, ich wollte sowieso nicht zu den Olympischen Spielen.«

Hardy fand ihn sympathisch, daran führte kein Weg vorbei. »Okay, was gibt es inoffiziell?« Er hob den Zeigefinger. »Aber wirklich inoffiziell.«

Ob Hardy sich noch an letzte Woche erinnerte, als er nach der Vernehmung zur Anklage mit Elliot und Glitsky zusammen auf dem Korridor gestanden und über die Kaution und darüber, woher das Geld kam, gesprochen hatte?

»Ja natürlich. Haben Sie etwas herausbekommen?«

Der Reporter schüttelte den Kopf. »Nein, noch nicht. Vielleicht. Aber Sie sagten, es gebe Möglichkeiten, den Kautionssteller zur Herausgabe seiner Unterlagen zu zwingen.«

Hardy schüttelte den Kopf. »Nicht in diesem Fall. Nur wenn wir annehmen, daß das Geld für die Kaution aus irgendeiner kriminellen Tätigkeit stammt.«

»Nun. Wie könnte May Shinn an eine halbe Million Dollar kommen?«

»Wieso eine halbe Million? Sie brauchte nur 50 000 für eine Gebühr.«

Jeff schüttelte den Kopf. »Das dachte ich zuerst auch. Sie braucht dann aber auch noch eine Bürgschaft für den Kredit.«

Hardy nickte. »Ja, darüber haben wir gesprochen.« Er kaute wieder daran herum. »Ich weiß nicht, Kapitalanlagen? Vielleicht hat sie etwas geerbt. Wir haben keine Ahnung. Drogen. Was auch immer.«

»Und was ist mit Prostitution? Die ist doch illegal, nicht wahr?«

Das war noch so ein Thema, aber darüber hatten sie ja auch schon diskutiert. »Vielleicht. Theoretisch ja. Aber kein Richter wird uns eine Vollmacht geben, um solche Unterlagen auszuwerten.« Er zuckte die Achseln. »Vielleicht hat der Kautionssteller Owen Nashs Testament als Sicherheit akzeptiert.«

»Sogar, wenn sie ihn getötet hat? Könnte sie dann trotzdem kassieren?«

»Das«, sagte Hardy, »muß auch wieder gerichtlich ausgefochten werden. Zum Glück muß ich mich damit nicht befassen. Aber wie auch immer die Sache ausgeht – selbst wenn sie die ganzen zwei Millionen bekommt, wird das meiste davon für den Prozeß draufgehen. Was haben Sie denn, was so inoffiziell ist?«

Elliot beugte sich vor und nahm seine dunkle Brille ab. Seine Augen im geschwollenen Gesicht sahen irgendwie blind aus, und dunkle Ringe zogen sich um sie herum. Hardy zuckte unwillkürlich zurück und unterbrach Jeffs Antwort: »Sind Sie wirklich okay?«

Jeff lächelte, und die Tränensäcke schienen sich ein wenig zu heben. »Es sieht schlimmer aus, als es ist. Eigentlich fühle ich mich ganz gut.« Er setzte die Sonnenbrille wieder auf. »Die Hamsterbacken verschwinden nach einer Woche.«

»Haben Sie denn überhaupt geschlafen?«

Jetzt verbreiterte sich das Grinsen. »Nicht genug.« Dann, mit leisem Stolz: »Ich habe jemanden kennengelernt. Zum erstenmal.« Er hob die Achseln mit übertriebener Nonchalance. »Schlafen ist nicht so wichtig.«

»Sieh an …«

»Ja, nun …« Plötzlich wollte Jeff nicht mehr darüber reden, er zuckte die Schultern, als ob es nur so eine lockere Bekanntschaft wäre, die er da an der Hand hatte. Das war nicht irgendeine Eroberung, es war Dorothy. »Also, was die Kaution angeht: Ich habe noch keine Namen, nichts, was ich veröffentlichen kann, aber bevor ich irgend etwas mache, möchte ich, daß meine Quelle unerwähnt bleibt.«

»Wie wollen Sie das denn erreichen?«

»Ich werde eine plausible Erklärung dafür liefern, wieso ich gewisse Unterlagen einsehen konnte. Vielleicht sollte ich Ihnen das gar nicht erzählen.«

Hardy überging diese Bemerkung. »Sie haben Unterlagen eingesehen?«

»Nein.« Jeff beugte sich vor. Hardy dachte: Wenn er jetzt die Brille abnahm, log er. Aber er nahm sie nicht ab. »Nein, das habe ich nicht.«

»Okay. Und die Information soll von mir stammen?«

»Ungenannt natürlich. Inoffiziell.«

Hardy erinnerte sich an den Rat, den Freeman ihm im Gerichtssaal gegeben hatte. An Pullios' Feststellung, daß es keine Regeln gebe. Das hier war ein Pokerspiel mit hohem Einsatz, und wenn Jeff ihm – pardon: der Anklagevertretung – die Quelle liefern konnte, aus der Mays Bürgschaft stammte, dann würde das seinem, seinem und Pullios' Fall helfen.

»Wenn etwas herauskommt, und ich kann nicht erklären, woher ich meine Informationen habe, dann verliert die Person, von der ich sie habe, ihren Job, also dachte ich, ich müßte das vorab regeln.«

»Aber wir werden die Herausgabe dieser Unterlagen nicht verlangen.«

»Ich weiß, doch das spielt keine Rolle. Ich brauche nur eine Antwort für den Fall, daß man mich fragt.«

»Ich kann Ihnen keine Antwort geben, Jeff. Ich sage Ihnen nur, wie Sie es schaffen können, okay? Ich verrate Ihnen, wie der Bezirksstaatsanwalt es machen würde, wenn gewisse Umstände vorlägen, die hier nicht vorliegen.«

»Ich verstehe.«

»Alles klar?«

»Ja, völlig klar.«

Hardy hob einen großen Stapel blauer Spielmarken auf und warf sie in den Topf. »Also gut.«

Hardy dachte, daß er jetzt vielleicht paranoid würde, aber er nahm die Akte trotzdem mit nach Hause. Es war alles drin, was sie bisher hatten, einschließlich der Unterlagen von May Shinns Telefongesprächen. Er hielt draußen in der Gegend von Arguello Boulevard und Geary Boulevard an und kopierte alles, wofür er fünfundvierzig Minuten brauchte.

Er hätte nicht genau sagen können, wieso er fand, daß das eine so gute Idee sei, aber vielleicht nahm ihm Pullios die Akte weg, oder er wollte zu Hause noch einmal in Ruhe alles durchgehen.

Vielleicht wollte er Andy Fowler schützen.

Nein. Es gab da eine feine Trennlinie. Auf der einen Seite die Tricks, die gerade noch erlaubt waren – doppeltes Spiel, Angriff von hinten et cetera. Auf der anderen Seite schlich unethisches Verhalten. Er würde jetzt nachforschen, was es mit dieser Beziehung zwischen Andy Fowler und May Shinn auf sich hatte. Dann erst würde er überlegen, was damit anzufangen war. Dachte er.

Aber zuerst mußte er dafür sorgen, daß ihm nicht irgendein von Pullios eingesetzter Ermittler dazwischenfunkte, der diese offensichtliche Beziehung entdeckte und Andys Leben zerstörte. Und vielleicht gab es da ja auch gar keine Beziehung, oder es war eine von der unschuldigen Art. Allerdings konnte sich Hardy nicht vorstellen, welcher Art die hätte sein können.

Dennoch hielt es der Pfadfinder in ihm für das Beste, allzeit bereit zu sein. Er kopierte die Akten.

David Freeman fand, daß es ein langer Tag gewesen war, aber er hatte sich gelohnt.

Daß das Verfahren an Andy Fowler ging, war ein Gottesgeschenk gewesen. Freeman hatte nie die Hoffnung auf solche Glücksfälle aufgegeben, aber mit einem solchen Wunder hatte er nicht gerechnet.

In der Buena Vista Bar – zwar nicht der Geburtsort, aber doch das amerikanische Pflegeheim des Irish Coffee – hatte er eine anständige Mahlzeit und ein paar solide Drinks zu sich genommen und fuhr nun mit dem Cable Car den Nob Hill hinauf, der nach den Nobs benannt ist, die ihn ursprünglich als ihr Eigentum beanspruchten: Leland Stanford, Mark Hopkins, Charles Crocker und Collis P. Huntington. Freeman lebte dort in einer Penthouse-Wohnung einen Block vom Fairmont Hotel entfernt, knapp oberhalb des Rue Lepic, eines seiner Lieblingsrestaurants.

Aber an diesem Abend wollte er nicht gleich nach Hause. Es war schon völlig dunkel und noch überraschend warm. Er saß auf der harten Bank des Cable Car, das mit Karacho den steilen Hang hinaufrüttelte, er und die Touristen um ihn herum schaukelten mit. Es war okay.

Er war ein Mann des Volkes und stand trotzdem irgendwie darüber. Über all diesen Leuten. Er betrachtete sie mit Toleranz, aber ohne Illusionen. Sie waren zu allem fähig – das hatte ihm seine fünfunddreißigjährige Strafrechtspraxis bewiesen –, aber in so einem Menschengedränge spürte er immer etwas, das ihn zu sich selbst zurückbrachte, zu dem, was er war.

Er erinnerte sich, warum er Verteidiger geworden war – und am Anfang war nicht viel damit zu verdienen gewesen, von Ruhm und Ehre ganz zu schweigen. Das Gebiet hatte ihn interessiert, weil er wußte, daß jeder Fehler machte und wegen irgend etwas schuldig war. Was diese Welt brauchte und was die Leute brauchten, waren Vergebung und Verständnis, oder wenigstens jemand, der ihre Sicht der Dinge anhörte. Er selbst hielt sich für einen zynischen Romantiker. Und er mußte zugeben, daß er sich selten langweilte.

Er stieg am Fairmont Hotel aus und beschloß, noch ein bißchen spazierenzugehen und nachzudenken. May Shinn sprach fortwährend von Owen Nash und erwähnte andauernd seine Zigarren. Freeman merkte, daß er Appetit auf eine bekommen hatte, ging ins Tabakgeschäft und kaufte sich eine Macanudo. Als er sie sich draußen vor dem Hotel anzündete, versuchte ihm ein gutgekleideter Mann für dreihundert Dollar eine echte Rolex Presidential zu verkaufen. Freeman lehnte ab.

Er schlenderte in Richtung Westen, dann über die Kuppe des Hügels hinweg, wollte sich wieder einmal den Anblick der Bay bei Nacht zu Gemüte führen. Die Zigarre duftete köstlich.

Nach seinem Gespräch heute mit Andy Fowler war er sicher, den Fall zu gewinnen.

Fowler hätte den Fall nicht bekommen dürfen. Natürlich: Als er Freeman mit May Shinns Verteidigung beauftragt hatte, war ihr Fall beim Stadtgericht anhängig, und kein Mensch konnte ahnen, daß sich das Ganze so zuspitzen würde, daß der Fall vor Andys Kammer landen würde.

Selbst als er nach der Anklageerhebung durch die Grand Jury vors Obere Gericht gebracht worden war, standen die Chancen immer noch sechs zu eins dagegen, daß Fowler ihn bekommen würde. Aber als er ihn bekommen hatte, hätte er zu Leo Chomorro gehen und mit ihm reden müssen, um sich selbst aus dem Spiel zu nehmen.

Aber das Verhältnis zwischen Andy Fowler und Leo Chomorro war, gelinde gesagt, etwas gespannt. Von ihren weltanschaulichen Differenzen abgesehen – und die waren beträchtlich –, war Fowler einer der wenigen Richter gewesen, den Chomorro in seinem persönlichen Bericht an den Gouverneur als »Waschlappen auf San Franciscos Richterbank« bezeichnet hatte. Fowler wiederum hatte sich kritisch zu Chomorros Ernennung zum Richter vernehmen lassen. Außerdem wußte Freeman aus undurchsichtiger Quelle, daß Fowler der Hauptverantwortliche für Chomorros Schmoren in der Kammer für die Geschäftspläne war. Aus all diesen Gründen hatte Fowler nicht zu Chomorro gehen können. Und so war er in diese prekäre Situation geraten.

Er hatte geglaubt, er käme immer noch im letzten Augenblick und ohne Probleme aus dieser Falle heraus – falls die Sache wider alle Wahrscheinlichkeit doch an seine Kammer ging. Freeman lächelte, als er daran dachte. Es war kein unfreundliches Lächeln, das hätte seinem Bild von der Verrücktheit der Menschen widersprochen. Auch ein Richter war dagegen nicht gefeit. Natürlich hatte Fowler nicht damit rechnen können, daß er, Freeman, ihn ablehnen würde, als es soweit war. Sonst wäre der Fall ja für ihn erledigt gewesen und an eine andere Kammer gegangen.

Also hatte Fowler ihn in sein Besprechungszimmer gebeten.

Fowler stand mit vor der Brust verschränkten Armen vor der Tür seines Amtszimmers. »David, was machst du denn da bloß, zum Teufel?«

»Ich verteidige meine Mandantin. Damit hast du mich beauftragt.«

»Ich habe wirklich nicht gedacht, daß der Fall in meiner Kammer landen würde.«

»Nein, ich auch nicht.«

»Nun, du mußt mich ablehnen. Ich kann über diesen Fall nicht entscheiden.«

Freeman hatte nicht geantwortet. Er hatte die Hände in den Taschen. Er wußte, daß er zerknautscht, traurig und sympathisch aussah. Vor zwei Wochen war er Andys Retter gewesen. Jetzt war er sein Gegner.

Dieses Drama gefiel ihm.

Fowler wandte sich zum Fenster. »Was soll ich tun, David?«

»Du könntest dich selbst für befangen erklären. Interessenkonflikt.«

»Das kann ich mir nicht leisten.«

Freeman wußte das.

»Meine Beziehung zu ihr darf nicht herauskommen.«

Sogar Fowlers Verbündete würden ihn fallenlassen wie eine heiße Kartoffel. Von seinen Feinden, Chomorro und Co., gar nicht zu reden. Richter durften keine Prostituierten besuchen. Das war schlechter Stil.

Manchmal war Schweigen das beste Argument. Freeman ging zum Schreibtisch des Richters und ordnete ein paar Bleistifte.

»David, du mußt mich ablehnen.«

Freeman schüttelte den Kopf. »Du hast mich bestellt, damit ich meine Mandantin so gut wie irgend möglich verteidige. Ein Prozeß in deiner Kammer ist für May Shintaka eindeutig von Vorteil. Tut mir leid, wenn dir das Unannehmlichkeiten bereitet.«

»Unannehmlichkeiten? Es ist ein Desaster! Es ist völlig unethisch. Ich kann das nicht zulassen.«

»Das, Herr Richter, mußt du selbst entscheiden.« Er blieb ganz nüchtern. »Wenn es dich beruhigt: Ich habe nicht die Absicht, dein Vertrauen zu mißbrauchen.«

Fowlers Augen wurden glasig. »Weiß May davon?«

»Ich möchte wetten, nein. Ich habe ihr gesagt, sie sei kostenlose Werbung für mich. Das scheint sie geschluckt zu haben.«

»Mein Gott.« Fowler fuhr sich mit der Hand durchs Haar. Plötzlich sah er abgezehrt und alt aus. »O Gott!« Er ging in kleinen Kreisen herum, dann blieb er stehen. »Glaubst du, daß ich ihr einen fairen Prozeß machen kann, David?«

Na also, die Vernunft hatte ihn wieder. So waren die Menschen nun mal, Freeman kannte sich aus. Wie falsch das, was sie taten, auch sein mochte, irgendwie drehten sie es immer so herum, daß es richtig war.

Fowler fuhr fort: »Wenn das jemals herauskommt, bin ich ruiniert. Könnte es sein, daß sie etwas sagt?«

»Warum sollte sie denn? Vor allem, wenn ich einen Freispruch für sie erreicht habe? Das wäre doch nicht zu ihrem Vorteil. Weder jetzt noch später.«

»Du wirst einen Freispruch erreichen?«

»Natürlich. Es gibt keine Beweise, Andy.«

Der Richter sprach jetzt leiser. »Aber sie hat es getan, David.«

»Niemand kann beweisen, daß meine Mandantin irgend jemanden getötet hat. Wenn die Anklagevertretung an der Verwendung von sexuellen Anspielungen und rassistischen Verunglimpfungen gehindert werden kann, wird man sie freisprechen müssen. Es wird wesentlich sein, den Ton im Gerichtssaal zu kontrollieren.«

Die Zigarre war erloschen. Er kaute zufrieden auf dem Stumpen herum. Es war ein zufriedenstellender Auftritt gewesen und das Ergebnis so wundervoll, daß er beim Verlassen des Beratungszimmers am liebsten einen kleinen Freudentanz aufgeführt hätte.

Der Nachteil war natürlich, daß Andy Fowler, mit dem er immer gut ausgekommen war, jetzt mit der Schlinge um den Hals unterm Galgen stand. Andy konnte den Fall nicht ablehnen, ohne seine Beziehung zu May zuzugeben, und das würde er nicht tun. Und damit hatte er völlig recht. Denn das würde das Ende seiner Laufbahn bedeuten, und eine Niederlage zu so später Stunde wäre für ihn besonders schmachvoll.

Aber hatte er sich das nicht selbst eingebrockt? Der Mensch war seines eigenen Glücks und Unglücks Schmied. Andy war erwachsen. Er hätte es besser wissen müssen.

Nachts war es still an der Ecke, wo May wohnte. Die Cable Cars verkehrten um diese Zeit nicht mehr. Die umliegenden Hügel waren steil, und die Leute, die nach North Beach oder zu den Avenues wollten, nahmen eine der großen Straßen – Broadway, Van Ness Avenue, Gough Street oder Geary Boulevard. Er überquerte die Straße, blieb an das Schaufenster des französischen Delikatessengeschäfts gelehnt stehen und sah hinauf. Dort wo sich, wie er wußte, Mays Küche befand, brannte Licht. Die Vorderseite des Apartments mit den Türmchen war dunkel.

Von gegenüber, dem Haus, in dem Mrs. Streletski wohnte, fielen Schatten auf Mays Turmfenster und tanzten darüber hinweg, und plötzlich erinnerte sich Freeman an einen vierzehnjährigen Jungen namens Wayne Allred, der sich in einem Wandschrank versteckt hatte, während seine Mutter aus der Wohnung lief. Und der herausgekommen war und seinen Vater erschossen hatte.

Freeman warf den Zigarrenstummel in die Gosse. Er war ein bißchen enttäuscht über sich selbst, darüber, daß er sich nicht gründlich genug bemüht hatte. Aber es war das Ende eines langen Arbeitstags, und er fürchtete, daß May schuldig war. Immer noch.

Aber seine Füße, sein Unterbewußtsein, irgend etwas hatte ihn hierhergelockt, und jetzt wußte er, warum. Er überquerte die Straße und läutete an der Nummer 17, bei Strauss. Die Sprechanlage quäkte in sein Ohr.

»Wer ist da?«

Freeman entschuldigte sich und erklärte, was er wollte. »Es ist zehn Uhr. Kann das nicht bis morgen warten?«

Freeman bat noch mal um Entschuldigung, und einen Augenblick lang sah es nach Mißerfolg aus. Doch dann summte der Türöffner, und er stieg leise die teppichbedeckten Stufen hinauf. Die Tür war angelehnt, und Nick Strauss stand daneben, er trug weiße Socken und einen Bademantel aus Frottee. Er war viel größer und stärker als Freeman, und sein schwarzes Haar war noch naß vom Duschen.

»Tut mir leid«, wiederholte Freeman. »Aber hier steht das Leben eines Menschen auf dem Spiel.«

»Könnte ich einen Ausweis sehen?«

Der Anwalt lächelte. »Natürlich.« Das fragten sie alle, wenn sie Angst hatten. So dumm, wie die Menschen meistens waren. Als ob ein Einbrecher oder Mörder, der einen Führerschein oder Ausweis zeigte, irgendwie weniger gefährlich wäre. Als ob nicht all diese Ausweise und Führerscheine Tag für Tag und von Fachleuten gefälscht würden.

Er holte seine Brieftasche heraus und hielt sie Strauss hin. In der Brusttasche seiner Jacke trug er ein paar Visitenkarten bei sich und reichte ihm eine davon.

Der Mann öffnete die Tür weiter. Freeman sah zwei Knaben – Teenager oder etwas jünger – zusammen auf der Couch sitzen, sie versuchten, einen Blick von ihm zu erhaschen. Er winkte ihnen freundlich zu, und Strauss sagte, er solle hereinkommen.

»Aber ich habe Ihnen schon gesagt: Wir haben nichts gesehen.«

»Nun, Mr. Strauss, eigentlich haben Sie mir ja nur gesagt, daß *Sie* nichts gesehen haben. Sie sagten, Sie würden die Jungen fragen und mich dann anrufen.«

»Nur, wenn sie irgend etwas gesehen haben –«

»Was denn, Dad?«

»Augenblick mal, Nick. Ich unterhalte mich gerade mit diesem Mann. Das ist Mr. Freeman, Kinder. Das sind meine Jungs – Alex, der große, und Nick, der kleinere große Junge da. Nicht wahr, Nick?«

Der kleinere Junge trug nicht nur den gleichen Vornamen wie sein Vater, sondern er ähnelte ihm auch in der Haltung – er war vorsichtig, wachsam. Freeman behielt die Hände in den Taschen, er war der Bittsteller. »Ich möchte Sie nicht drängen. Die Leute vergessen solche Sachen nur dauernd. Es ist so wahnsinnig wichtig.«

Strauss machte jetzt eine Bewegung, die Freeman als Einwilligung verstand. Freeman sah die Jungen und dann Strauss an. »Würdet ihr mir mal euer Zimmer zeigen, wenn euer Dad einverstanden ist?«

Der ältere Junge, Alex, sagte »Klar« und sprang auf. Es war ein Abenteuer.

»Was ist mit dir, Nick?«

»Nein, ich warte hier.«

Freeman sagte: »Gut, okay.« Aber Alex fiel sofort über seinen Bruder her. »Komm, du Feigling, du Schwächling, du Flasche.«

»Alex!«

Aber das reichte. Nick stand auf. »Ist schon gut, Dad. Alex ist so ein Arsch!« Dann zu seinem Bruder: »Du Wichser!« wobei er sich an das letzte Mal erinnerte, als er die Chinesin durchs Fernrohr beobachtet hatte ...

Nick Strauss war von dem Apartment seines Vaters an der Ecke Hyde Street und Union Street begeistert, vor allem, nachdem er einen Monat lang mit seiner Mutter und Alex in Europa herumgereist war und immer in diesen stickigen kleinen Zimmern übernachtet hatte. Erstens war die Wohnung seines Vaters riesig, zweimal so groß wie die seiner Mutter in Van Nuys. Eine herrliche Bruchbude aus rosa Stuck und abblätternder Farbe, und überall, wo eigentlich Gras wachsen sollte, waren Autos wild geparkt. Und dann wohnte niemand über Daddy – keine Mrs. Cutler und zwei Söhne und Bässe und Schlagzeuge, die Tag und Nacht durch die Decke dröhnten wie im Valley. Keine Hotelzimmer nebenan mit Leuten, die nie schliefen.

Und dann noch die Cable Cars. Es war toll, wenn man da draufsprang und wieder runtersprang, ohne zu bezahlen. Und mit dem Skateboard den Hügel runter, unglaublich, und keine verdammten Palmen. Überhaupt keine Bäume.

Und schließlich dieser verglaste Turm in der Ecke der Wohnung, der zu dem Schlafzimmer der Jungen gehörte, wo sie immer sonnabends, wenn sie kamen, übernachteten. Und diesmal – weil sie so lange bei ihrer Mutter und immer in der Schule und in Europa gewesen waren – durften sie drei Wochen bleiben.

Wenn also die Lichter ausgingen, konnte man das Fernrohr nehmen und allen in der Nachbarschaft in die Fenster gucken, ohne daß jemand etwas merkte. Tagsüber zog man einfach die Vorhänge zu, so daß es in diesem einen Zimmer dunkel war, und dann konnte man draußen alles sehen.

Und wenn sie hier waren, hatten sie diese Frau immer beobachtet.

Alex hatte sie entdeckt – gegenüber auf der anderen Straßenseite, im selben Stock wie sie. Wahrscheinlich dachte sie, daß niemand sie sehen könnte. Und es war super, echt die fünfzig Cents wert, die Nick beim erstenmal für das Durchgucken bezahlen mußte. Er fragte sich, was das für ein chinesischer Brauch sein mochte, zu Haus nackt herumzulaufen, aber er beklagte sich ja nicht. Außer seiner Mutter (und die zählte sowieso nicht) hatte er noch nie eine lebendige nackte Frau gesehen. Sogar an den Playboy kam man nur schwer ran, wenn man elf war.

Und er fand, diese Frau sah mindestens so gut aus wie irgendeine im Playboy, außer, daß sie kleinere Titten hatte. Und weil sie eine Chinesin war, war es zuerst ein bißchen komisch.

Er hätte es lieber gehabt, wenn sie eine richtige Amerikanerin gewesen wäre. Er fragte sich, ob man sie wirklich als nackte Frau, die man gesehen hatte, mitzählen konnte, wenn sie eine Chinesin war, aber er fragte Alex, und Alex sagte, na klar, er könne sie mitzählen, und Alex war schon dreizehn, also mußte er es ja wissen.

Sie war ein paar Tage lang nicht dagewesen. Das letztemal war schon ein paar Nächte her. Da war es fast elf Uhr gewesen. Er konnte seinen Pipimann nicht herunterkriegen und nicht einschlafen. Er wollte auch keine Minute versäumen, solange sie Licht an hatte. Er nahm das Fernrohr und sah hindurch. Es sah aus, als ob sie irgendwelche Freiübungen machte. Sie nahm Sachen von den Regalen, streckte den Arm hinauf, dann beugte sie sich vor. Sie wandte sich zu ihm um, und ihr Gesicht war so klar in seinem Fernrohr, daß er beinah zurückgesprungen wäre. Es sah aus, als ob sie weinte, und da tat es ihm leid, daß er sie ausspionierte und so.

»Siehst du was?« hatte Alex geflüstert.

Verdammt. Nick hatte gedacht, daß Alex schlief. Er stopfte schnell eine Bettdecke über seinen harten kleinen Pipimann. Er sah noch ein letztesmal hin und dachte darüber nach, wie sich die Titten einer Frau veränderten, wenn sie sich umherbewegte, sich vorbeugte und dann wieder aufrichtete. Sein Bruder hatte ihn letzte Woche »Tittenmann« genannt. Na ja, das war er ja wohl auch, wenn ihn das so interessierte, und er trug es wie einen Orden. Er war ein Mann und kein Baby mehr.

Er zog die Vorhänge vor das Fenster. Daß sie geweint hatte, blieb ein Geheimnis zwischen ihm und ihr. »Nein«, hatte er zu Alex gesagt, »ich glaube, sie ist schlafen gegangen.«

David Freeman, Nick, Alex und der Vater gingen durch das Wohnzimmer. Mr. Strauss sagte, es tue ihm leid, was seine Söhne für Ausdrücke gebrauchten – in Anspielung auf den »Wichser«, mit dem Nick Alex bezeichnet hatte. Ihre Mutter war nicht sehr streng mit ihnen, und diese Ausdrücke konnte man ihnen unmöglich in den sechs Wochen oder so abgewöhnen, in denen er sie pro Jahr bei sich hatte. Wenn, dann mußte man sich schon richtig mit ihnen anlegen.

Freeman entdeckte das Fernrohr sofort, als sie das Zimmer betraten, und ging darauf zu. »Das ist ja toll«, sagte er. »Das sieht ja wie ein richtiges Fernrohr aus.«

»Das ist ein richtiges Fernrohr«, sagte Alex.

Freeman sah durch. »Was kann man denn da sehen?« Was er sah, das war das Türmchen auf der anderen Straßenseite und das Zimmer dahinter. Er sah May an ihrem Küchentisch sitzen. Sie trank etwas. Sie war so nahe, daß er den Dampf aus ihrer Tasse steigen sehen konnte.

Jetzt gab es einen Trick: Man zwinkerte ein bißchen und redete wie ein Verschwörer. Freundlich. »Spionierst du manchmal die Leute aus?«

Alex antwortete schnell, zu schnell. »Das nicht.«

»Und du, Nick?«

Nick versteckte sich noch mehr hinter dem Bademantel seines Vaters. Der große Nick mischte sich ein. »Was wollen Sie damit sagen?«

»Sehen Sie doch mal.«

Freeman ging beiseite, und der große Nick kam und bückte sich und sah durch das Fernrohr. So blieb er etwa eine Minute stehen.

»Das ist sie«, sagte Freeman. »Meine Mandantin.«

Der große Nick war ärgerlich. Er wandte sich seinen Jungen zu. »Ihr Burschen müßt erst einmal – «

»Mr. Strauss, bitte. Nur einen Augenblick – « Auf diesen durchdringenden Ausruf hin hielten alle drei ein. Die Jungen standen wie erstarrt da. Freeman verstummte, setzte sich aufs Bett und wählte die sanfte Tour. »Ihr Jungs habt nichts zu befürchten, egal was los ist. Das *garantiere* ich.«

Er erklärte ihnen dann langsam, ruhig die Situation, ohne irgendein Urteil zu fällen. Er erzählte ihnen, was ihr Vater über den Sonnabend gesagt hatte, an dem sie hier angekommen waren: daß sie sich nur schnell umgezogen und was gegessen hätten und den ganzen Tag fort gewesen wären. Er wollte nur eins wissen: ob das *alles* war, was sie getan hatten, und ob sie sich dessen auch ganz sicher wären. Er wollte ihnen nichts in den Mund legen, sie sollten von selbst darauf kommen, wenn da etwas gewesen war.

Die beiden Jungen sahen einander an. »Ich glaube schon«, sagte Nick.

»Alex?«

Seine Augen kehrten zu seinem Bruder, dann zu seinem Vater zurück. »Es ist schon gut, Alex, sag einfach die Wahrheit.«

»Na ja, wissen Sie, das Fernrohr stand da, und da fing ich an, ein bißchen herumzugucken, nur so.«

»Und hast du irgend etwas gesehen? Irgend etwas Interessantes oder Ungewöhnliches. Vielleicht da gegenüber?«

Alex sah Nick an, zuckte die Achseln und gab auf.

»Sie war nackt. Sie ist nackt herumgegangen.«

»Wann war das, Alex?«

»Kurz bevor wir weg mußten, als Dad uns gerufen hatte. Kurz vor dem Mittagessen.«

»Und bist du sicher, daß es dieser Tag war? Der erste, an dem du hier warst, der Sonnabend?«

Die Jungen sahen einander wieder an. Beide nickten und sagten, ja, das war der Tag.


## 33

Als es zum drittenmal läutete, hob Hardy den Hörer in der Küche ab. Er war aus tiefem Schlaf erwacht und aus seinem warmen Bett gekrochen.

»Dismas, hier ist Andy Fowler. Habe ich dich aufgeweckt?«

Auf der Küchenuhr war es Viertel vor elf. »Das macht nichts, Andy.«

»Ich habe gerade deine Nachricht gehört. Was ist denn so eilig?«

Hardy mußte sich erst einmal sammeln, aber er war noch nicht wach genug, um lange um den heißen Brei herumzureden. »May Shinn.«

Eine Pause. »Da du mit dem Fall beschäftigt bist, sollten wir, glaube ich, nicht darüber reden, Diz.«

Für einen Bluff war das, von der Pause abgesehen, nicht schlecht. »Ich glaube aber, wir müssen es tun, Andy. Ich glaube, du weißt, wovon ich spreche.«

In der Stille meinte er Fowler noch heftiger atmen zu hören. Dann fragte er: »Wo kann ich dich treffen?«

Sie trafen sich in einer Bar in der Fillmore Street, eine halbe Meile von Andy Fowlers Haus an der Clay Street nahe Embassy Row. Außer in den späten Nachmittagsstunden trafen sich dort fast nur die Ärzte und Schwestern aus dem nahegelegenen Medical Center. Der Laden war nicht gerade Hardys Geschmack, aber er war ja nicht zum Vergnügen hier.

Er trug seine alte Cordjacke, darunter einen unförmigen Fischerpulli, Jeans, Kletterstiefel – und fühlte sich darin besser. So war er damals herumgelaufen. Bevor er Jurist geworden war. Und mit solchen Klamotten in so einer Kneipe um diese Nachtzeit sandte er die Botschaft aus, daß er kein piekfeiner arroganter Yuppie war, der eine Frau abschleppen wollte.

Die Musik war so ein New-Age-Zeug, bei dem man denken sollte, es sei von richtigen Menschen gespielt – Rhythmusmaschine, alles synthetisch, ein Gedudel, das einen der Mühe enthob, Worten zu lauschen oder einer Melodie zu folgen. Diese Klänge waren einfach da wie das allgegenwärtige Fernsehen, das in der Ecke plärrte, wie der *National Enquirer* an den Zeitungsständen, wie McDonald's.

Überrascht, daß der Richter noch nicht da war, setzte sich Hardy auf einen Barhocker an der Ecke des Tresens hinten in den Raum. Er bestellte ein Guinness, das sie jedoch nicht vom Faß hatten, also entschied er sich für einen Anchor-Porter, eine hervorragende zweite Wahl.

Vielleicht kam es daher, daß man ihn aus seinem guten, tiefen Schlaf geweckt hatte, aber er merkte jedenfalls, daß er übel gelaunt war.

Andy Fowlers Erscheinen heiterte ihn kein bißchen auf. Der Richter trug noch seinen Smoking. Er war schlank und drahtig, sein Haar war dicht, auf dem Gesicht trug er ein argloses Lächeln. Anders als Hardys böse Miene.

Diese gutaussehenden Herren – wem wollten die eigentlich etwas vormachen? Plötzlich sah er einen anderen Mann da stehen als den Andy Fowler, den er gekannt hatte. Dieser da war eitler und seichter, diese majestätische Erscheinung war nicht so sehr Ausdruck eines beneidenswerten und selbstsicheren Charakters als vielmehr eine Maske, die den unsicheren Kandidaten verbergen sollte, der sich dahinter verbarg.

Als er durch die Bar nach hinten zu ihm kam, prüfte der Richter sein Abbild im Spiegel. Ein Mann, der in einem lichterloh brennenden Haus auf den Sitz seiner Frisur achtete, setzte falsche Prioritäten.

Hardy winkte beiläufig mit der Hand, und Andy rückte mit einem Hocker, den er ergriffen hatte, zu ihm hin. Dann bestellte er einen Anejo-Rum in einem angewärmten Cognacschwenker. Einen Augenblick währte die fröhliche Begrüßung, ein Ritual für sie beide, das jedoch rasch ein Ende fand. Hardy griff in die Tasche und nahm den Briefbeschwerer heraus. Er legte ihn zwischen sich und Fowler auf den Tresen. Er gab dem Ding einen kleinen Stoß, so daß es sich zu drehen anfing.

Da lag sie – Andy Fowlers ganze Welt in einer Jadekugel. Jetzt ließ es sich nicht länger verschweigen. »Das hast du von May Shinn geschenkt bekommen, stimmt's?«

Fowler hatte die Handfläche um das Glas gelegt, in dem die bernsteinfarbene Flüssigkeit war. Jetzt hatte es keinen Sinn mehr, die Tatsachen zu bestreiten. »Wie hast du das herausgekriegt?«

»Telefonabrechnungen.« Er erzählte ihm, wie er es entdeckt und die Jadegegenstände – seinen Briefbeschwerer und Nashs Ring – zusammengebracht hatte. »Jedenfalls war ein Dutzend Anrufe bei deiner Nummer aufgezeichnet. Vielleicht mehr.«

»So viele?« Wirkte er geschmeichelt?

»Was ist hier los, Andy? Du kannst doch in diesem Fall nicht die Verhandlung führen.«

»Es kommt jetzt heraus, oder?«

»Ich wüßte nicht, wie.«

»Wer weiß denn sonst noch etwas davon, außer dir?«

Hardy schlürfte seinen Porter. Mit dieser Richtung hatte er nicht gerechnet. »Was meinst du?«

»Ich meine, wer hat sich das sonst noch zusammengereimt, Diz?« Er ließ die Hand auf den Tresen fallen wie einen Hammer aus Fleisch. »Verdammt, was *denkst* du denn, was ich meine? Wer weiß sonst noch davon?«

Hardy starrte den leeren Raum zwischen ihnen beiden an. Das waren die ersten unwirschen Worte, die Richter Fowler je an ihn gerichtet hatte. Sofort legte er aber seine Hand beschwichtigend auf Hardys Hand. »Es tut mir leid, Diz. Ich hab's nicht so gemeint.«

Aber er hatte es gesagt. Na gut, er stand unter enormen Druck. Hardy konnte es ihm verzeihen, vergessen. Fast.

Fowler hob den Cognacschwenker, nippte, schlürfte, setzte ihn ab. Seine Stimme klang nun wieder beherrscht. »Ich glaube, meine Frage lautet: Was nun?«

»Ich würde sagen, das hängt davon ab, was vorher geschehen ist.«

Fowler nickte. »Also weiß es sonst keiner.«

»Das habe ich nicht gesagt.«

»Doch, das hast du.«

Jeder war ein Pokerspieler. Alles drehte sich um checken, wetten und den Einsatz erhöhen. »Okay. Na, erzähl mir doch mal. Dann werden wir sehen.«

Der Barkeeper kam den Tresen entlang auf sie zu. »Mir einen Doppelten, bitte«, sagte Fowler. »Und geben Sie meinem Freund noch einen halben Liter.«

Jetzt saßen sie in der großen Ecknische, und im Umkreis von sieben, acht Meter Entfernung war niemand sonst. Sie saßen über Eck, ihre Knie berührten einander fast: der ältere, gutaussehende Herr im Smoking und der andere, vielleicht ein Bauarbeiter, wahrscheinlich dessen Sohn. Fest stand, daß die beiden kein Paar waren – in San Francisco waren zwei Männer zusammen immer suspekt. Aber in ihrer Körpersprache wies nichts darauf hin. Sie standen einander nahe, sie waren in etwas verwickelt, was sie gleichzeitig voneinander trennte.

»Ich war in einer der Galerien unten am Union Square. Ich hatte im Clift zu Mittag gegessen, die Sonne schien, also dachte ich, ich verschaffe mir noch ein bißchen Bewegung, schaue vielleicht noch bei Magnin's vorbei und besuche Jane. Ich komme tagsüber so selten in die Stadt.

Der Laden war leer bis auf die Verkäuferin – die sich als Besitzerin herausstellte – und May. Ich weiß nicht, wieso ich stehen geblieben bin. Sie zeigten ein paar Erotika; deshalb habe ich, glaube ich, einen Blick hineingeworfen, aber dann sah ich diese Japanerin, ihr Gesicht im Profil, und ging hinein. Wir kamen ins Gespräch. Wahrscheinlich haben wir eine halbe Stunde geredet. All dieses Zeugs analysiert. Ich gebe zu, es war aufregend, allein mit einer schönen Frau, die man gerade kennengelernt hat, über all diese Positionen und Anatomien zu diskutieren.«

»Also hast du sie abgeschleppt.«

»Wenn es doch bloß so einfach gewesen wäre. Ich hatte so etwas seit dreißig Jahren nicht mehr gemacht, Diz. Wenn du Richter bist ...«

Hardy trank seinen Porter und wartete. »Also, was ist passiert?«

»Sie ging, sagte, es wäre nett gewesen, mich kennenzulernen, aber sie müßte gehen. Ich blieb noch ein bißchen länger da und dachte, das war's.« Er machte eine Pause. »Aber nein. Ich merkte, daß ich immerzu an sie denken mußte. Ich stellte sie mir in einer dieser Positionen vor. Tut mir leid, ich weiß, daß das nicht zu meinem Image paßt.«

Hardy zuckte die Achseln. »Jeder braucht Liebe, Andy.«

»Das klingt gut, wenn du's so sagst. Aber versuche das mal zu leugnen. Versuche dich unter deiner Arbeit und deinem öffentlichen Image zu begraben, bis du schließlich tatsächlich glaubst, daß du sie nicht mehr brauchst.«

»Das habe ich getan. Nach Michaels Tod. Und nach Jane.«

»Also kennst du das. Du redest dir ein, dein Leben sei wunderbar und dir fehle nichts. Nicht, daß du nichts mehr machst, aber du bist so allein. Keinerlei Resonanz.« Andy wurde jetzt ganz still und starrte hinaus auf die leere Straße. »Also bin ich ein paar Tage später«, fuhr der Richter fort, »in die Galerie zurückgegangen und habe die Besitzerin gefragt, ob sie sich an die Frau erinnerte, mit der ich gesprochen hätte. Sie sagte, diese Kundin käme regelmäßig.«

»Also handelt sie mit Kunst?«

»Wer? May? Nein, sie sammelt ein bißchen, aber ich würde nicht sagen, daß sie damit handelt. Jedenfalls kannte die Besitzerin sie. Aber sie wollte ihren Namen nicht sagen. Auch nicht, nachdem ich ihr erklärt hatte, wer ich war. Nicht, daß ich ihr das vorwerfe. Wie wir wissen, laufen da draußen eine Menge Irre herum, selbst Kollegen von mir. Also habe ich ihr meine Karte gegeben und sie gebeten, sie möge der Dame ausrichten, daß ich mich über einen Anruf von ihr freuen würde. Sie versprach es mir.«

»Also habt ihr euch getroffen.«

»Nein. Noch nicht. Sie hat mich nicht angerufen.« Er schwenkte seinen Rum im Glas herum, dann stellte er das Glas, ohne daraus getrunken zu haben, zurück auf den Tresen. »Aber ich sehnte mich sehr nach ihr. Ich kannte sie überhaupt nicht, aber das war mir egal. Ich mußte sie wiedersehen. Ich weiß nicht, was das war.«

Celine Nash tanzte wie eine Vision vor Hardys Augen herum, und er ertränkte diese Erscheinung in Porter. »Okay, was dann?«

»Ich wartete. Eine Woche. Dann ging ich wieder hin und kaufte einen der Holzschnitte, viertausendfünfhundert Dollar, und sagte der Besitzerin, sie solle ihn May schicken.«

»Um dich aus der Menge abzuheben.«

»Das Geld war nicht wichtig. Ich habe Geld. Jedenfalls hat sie mich danach angerufen und sich bedankt. Und ich habe ihr gesagt, daß ich sie sehen wollte, und sie sagte immer noch nein, das könnte sie nicht tun.

Ich fragte sie, warum. War sie verheiratet? Verlobt? Oder nicht an Männern interessiert? Nein? Sie solle mir wenigstens sagen, warum. Also erklärte sie sich bereit, mit mir zu Abend zu essen. Und dann erzählte sie es mir.«

»Von ihrem Beruf?«

»Ja. Was sie tat. Sie hatte Angst. Ich war ja ein Richter – ich hätte sie einbuchten können.« Er lachte auf, nur kurz. »Ich mußte ihr zuerst einmal Straffreiheit versprechen. Ich wollte sie haben, Diz. Was sie getan hatte, kümmerte mich nicht. Ich sagte ihr, ich wäre nicht an dieser Art Beziehung interessiert – daß ich sie bezahlte. Sondern ich mochte sie gern, ich wollte sie sehen, mit ihr zusammen ausgehen. Sie lachte. Das machte sie nicht mit. Also fragte ich sie, ob ich sie überhaupt sehen könnte. Unter welchen Bedingungen auch immer.«

»Mein Gott, Andy …«

»Nein, nein, so war es nicht. Ich bin nicht vor ihr herumgekrochen. Es war mehr eine gutmütige Verhandlung.«

»Also, was war das Ergebnis deiner Verhandlung?«

Der Richter warf einen Blick durch den Raum. »Dreitausend Dollar.«

Hardy schluckte, nahm einen gewaltigen Zug aus seinem Bierglas, schluckte wieder. »Dreitausend Dollar? Für einmal?«

»Nein, pro Monat.«

»Du hast May Shinn dreitausend Dollar pro Monat bezahlt?«

»Ja.«

»Um Gottes willen.«

»Nach den ersten Monaten hätte ich jeden Preis bezahlt. Lach nicht. Ich hab mich in sie verliebt, Diz. Ich liebe sie immer noch.«

»Andy, wenn man jemanden liebt, bezahlt man doch nicht dafür.«

»Über Geld haben wir nach diesem ersten Abend nie wieder geredet. Ich dachte, sie gewöhnte sich langsam an mich.«

»Und dann? Was hattest du danach mit ihr vor?«

»Nun, sie sollte mich auch lieben.«

Es war so simpel, so unglaublich verrückt, daß Hardy nicht wußte, was er darauf erwidern sollte. »Aber was war mit ihren anderen Kunden?«

»Sie hat sie fast sofort alle fallenlassen. Das war etwas, das mir Hoffnung gemacht hat.«

»Darauf, daß sie dich lieben würde.«

»Nehme ich an.«

»Was dann? Dann wolltest du sie heiraten und eine kleine glückliche Familie gründen?«

Fowler schüttelte den Kopf. »Nein, ich habe nie daran gedacht, sie zu heiraten. Sie machte mich glücklich, das war alles. Sie war für mich da. Sie füllte den leeren Raum aus. Ich dachte, ihr ginge es genau wie mir.«

»Aber das stimmte nicht?«

»Eine Zeitlang doch, dessen bin ich ganz sicher. Sie fing an, für mich zu kochen, sie bereitete mir besondere Gerichte zu, sie machte mir Geschenke – den Briefbeschwerer zum Beispiel –

und solche Dinge. Dann, vor vier oder fünf Monaten, war plötzlich Schluß. Sie rief mich an und sagte, wir könnten es nicht mehr fortsetzen.«

»Owen Nash?«

»Ich nehme es an. Ich wußte das damals nicht. Sie sagte, ich solle mir einfach vorstellen, sie wäre gestorben. Aber sie wäre glücklich, ich sollte mir keine Sorgen machen. Keine Sorgen …«

Hardy lehnte sich in das Leder der gepolsterten Nische zurück. Das alles stimmte mit Andys Malaise während der letzten Monate überein. Mit seiner Erklärung, die er Jane gegeben hatte, daß »jemand, den er kannte«, gestorben sei. Frannie und Jane hatten beide unabhängig voneinander recht gehabt. Eine Frau hatte einem Mann das Herz gebrochen, die älteste Geschichte der Welt.

Aber jetzt, nachdem der Richter diese Geschichte gebeichtet hatte, mußte er die Konsequenzen ziehen. Er nahm einen gewaltigen Schluck von seinem Rum. »So, das wär's, Diz, jetzt weißt du's.«

»Ich will es nicht wissen.«

»Das hat Eva auch gesagt, nachdem sie den Apfel gegessen hatte. Aber da war's schon zu spät.«

Hardy beugte sich wieder vor, die Arme auf dem Tisch. »Du kannst diesen Fall nicht verhandeln, Andy. Ich verstehe einfach nicht, wie du dich darauf einlassen konntest.«

Die Antwort war dieselbe, die Fowler auch schon Freeman gegeben hatte: Das Ganze war Schritt für Schritt so gekommen. Erst die Anklageerhebung im Stadtgericht, bei der es noch ganz unmöglich geschienen hatte, daß sie in Fowlers Kammer landen könnte. Dann die der Grand Jury, bei der eine Chance von eins zu sechs bestanden hatte, daß der Fall zu ihm kommen würde. Dann seine Entscheidung, nicht unter vier Augen mit Leo Chomorro zu sprechen, damit der ihn von dieser Aufgabe befreite – weil dieser spanischstämmige Nazi die Beziehung zwischen Fowler und Shinn nämlich als politische Munition gegen Fowler benutzen würde. Fowler sprach nicht von dem As in seinem Ärmel, das nicht gestochen hatte – daß Freeman ihn als Richter hätte ablehnen können. Diese Pandorabüchse wollte er nicht auch noch öffnen. Bisher wußte noch niemand sonst, daß er

Freeman mit dieser Verteidigung beauftragt hatte, und dabei sollte es auch bleiben.

»Und so dachte ich: Wenn diese Sache mir nun trotz allem doch in den Schoß gefallen ist, dann war es das Schicksal. Du weißt, mit was für Vorurteilen man sie betrachten wird, weil sie Japanerin ist und wegen ihres Berufs. Ich könnte wenigstens für einen fairen Prozeß sorgen. Ich hätte ihr helfen können. Sie wäre vielleicht zu mir zurückgekehrt. Es gab keinen Grund zu der Annahme, daß es herauskommen mußte. Es gibt auch jetzt noch keinen. Ich würde das Verfahren nicht behindern, Diz. Das würde ich einfach nicht tun.«

Hardy wollte ihm sagen, daß er es bereits getan hätte. Statt dessen sagte er: »Weil du ehrlich daran glaubst – obwohl du dir das natürlich nur so zurechtlegst, aber trotzdem –, kommst du vielleicht noch einmal um einen Ausschluß aus der Kammer herum, Andy. Aber wir beide, du und ich, wissen, daß es trotzdem immer noch unethisch ist. Du kennst die Angeklagte – zum Teufel, du hattest eine intime Beziehung mit ihr. Wenn das kein Konflikt ist …« Was konnte er ihm anderes sagen? Andy wußte das alles genausogut wie er. »Du mußt den Fall abgeben.«

»Wenn ich's täte, müßte ich einen Grund angeben, und das ist unmöglich.«

Hardy hatte ausgetrunken. Er hob das Glas hoch, versuchte es, stellte es wieder hin. »Du könntest in den Ruhestand treten.«

»Jetzt? So von einem Tag auf den anderen?«

»Der Prozeß findet ja noch nicht morgen statt, Andy. Es bleibt noch reichlich Zeit. Es wird ein neuer Richter bestimmt. Die Telefonabrechnungen in der Akte sind in der Mordsache gänzlich unerheblich. Die Polizei hat nur die für den 20. Juni verlangt. Der Rest muß nicht dabei sein.«

Das war auch nicht ethisch, und Hardy war nicht sicher, ob er sich das leisten konnte. Die Akte war ein öffentliches Dokument. Daran herumzumanipulieren, mögliche Beweismittel zu unterdrücken – selbst wenn deren Relevanz nicht dargelegt worden war –, stellte eine unethische Handlung dar. Aber er versprach Andy ja auch gar nicht, daß er die früher datierten Telefonabrechnungen herausnehmen würde – nicht in dieser

Form. Und wenn er es nicht explizit sagte, galt es als überhaupt nicht gesagt. Das waren die Regeln für das Spiel, in dem Andy Fowler mitspielte.

Hardys Problem war nun, rauszufinden, wo er die Grenzlinie zwischen persönlicher Loyalität und seiner Verantwortung gegenüber der Öffentlichkeit ziehen sollte. Und er wußte, daß er Fowler einerseits zwar von dem Fall wegbekommen mußte, ihn andererseits aber nicht verpfeifen durfte. Wenn er diese beiden Ziele erreichen konnte, indem er ihm eine harmlose Lüge ins Ohr blies, dann war es das wert. Oder vielleicht doch nicht? Wie viele läßliche Sünden darf man begehen, bis das Maß der Todsünde voll ist? Wie viele Engel können auf einer Nadelspitze tanzen?

»Dismas. Ich bin erst zweiundsechzig. Ich bin noch nicht reif für den Ruhestand.«

»Du weißt, Andy, daß du jetzt sehen mußt, wie du dich da irgendwie herauswindest. Und ganz ohne Einbußen geht es nun einmal nicht. Wenigstens kannst du dir noch deinen guten Ruf hinüberretten. Vielleicht holen sie dich zum Bundesgericht.«

Daraufhin lächelten beide etwas schief. Die letzten Bestellungen wurden verlangt. Das grelle Licht ging an. Die Musik wurde ganz leise.

Hardy mußte sich beeilen. Jetzt gab es kein Pardon mehr. »Ich muß es bis morgen früh wissen, Andy. Es tut mir wirklich leid.«

Fowler klopfte ihm matt auf die Schulter. »Mir tut es leid, daß du meinetwegen so etwas durchmachen mußt, Dismas. Obwohl ich froh bin, daß du es warst, der es gemerkt hat. Jeder andere ...«

»Andy, wir sind schon seit langer Zeit Freunde. Aber in diesem Fall bin ich nicht anders als jeder andere auch. Ich gebe dir einen Tag, um deinen Fehler zu korrigieren. Aber korrigiert werden muß er, so oder so. Ich möchte, daß dir das klar ist.«

Der Richter war wieder ganz entspannt. Er hatte sich damit abgefunden. »Das ist klar, Dismas, ganz klar. Mach dir keine Sorgen.«

# 34

David Freeman hatte es sich schon als Student angewöhnt: Wann immer ein Sieg errungen war, mußte er sofort gefeiert werden. Man wußte nie, wie lange der nächste auf sich warten ließ. Also galt es sofort jeden Tropfen aus dem Füllhorn zu schlürfen, bevor dessen Inhalt in den Strudeln der Vergangenheit versank.

Nachdem er sich an diesem Abend mit den beiden Jungen und ihrem Vater für zwei Uhr am nächsten Nachmittag zu einer Pressekonferenz in seinem Büro verabredet hatte, rief er ein Taxi und begab sich zurück zum Fairmont Hotel.

Dort nahm er sich erst mal ein Zimmer und fuhr dann mit dem Außenfahrstuhl in den Crown Room hinauf, wo er sich eine Flasche Cognac Paradis bestellte, von der ein Glas 12 Dollar 50 kostete. Die Flasche machte ihn um 350 Dollar ärmer, aber er konnte sie später als Trophäe für eine gut gelungene Arbeit mit nach Hause nehmen. Als er oben ankam, war es kurz nach zehn, und er blieb bis zwei Uhr früh, als geschlossen wurde. Währenddessen verringerte sich der Inhalt der Flasche um zwölf oder fünfzehn Zentimeter. Freeman saß an dem nach Norden weisenden Fenster und sah die Stadt unter sich funkeln, ein Edelmann in seinem eigenen Schloß.

So kam es, daß er um halb zehn am nächsten Morgen noch im Bett lag und schlief. Sonst wäre er wahrscheinlich irgendwie zu Chris Locke durchgedrungen und hätte ihn wissen lassen, daß der Fall May Shinn erledigt war, weil sie ein felsenfestes Alibi besaß. Dann hätte er dem Oberrichter Andrew Bryan Fowler vielleicht den Kummer erspart, seinen vorzeitigen Rückzug in den Ruhestand zum 1. September bekanntgeben zu müssen.

In diesem Computerzeitalter war das Wälzen dicker Folianten, wenn man einen Grundbuchauszug suchte, der unnötigste und lästigste Job, den er sich je aufgeladen hatte. Nach zweistündigem Blättern hatten Jeff Elliots Augen am Tag zuvor schließlich gestreikt.

Nun saß er schon wieder seit drei Stunden dran und es war immer noch nicht Mittag. Zweifel krochen in ihm hoch, und er fragte sich, ob das hier wirklich so wichtig war. Er hatte sich alle möglichen Gründe ausgedacht, diese Sucherei zu lassen. Zum Beispiel konnte May Shinn doch leicht ausreichend Kapital für die Anzahlung zu einer Immobilie im Wert von 500 000 Dollar zusammengekratzt haben.

Ihm fiel die Geschichte ein, die er als Collegestudent im Playboy oder im Penthouse gelesen hatte, über Studentinnen, die als Nutten arbeiteten und zehntausend Dollar im Monat einnahmen. Selbst wenn man ein bißchen bescheidener kalkulierte, kam ein Edel-Callgirl doch sicher auf seine 200 Dollar netto pro Nacht und ließ sich ihre übrigen Lebenshaltungskosten extra bezahlen. So ein schlaues Wesen konnte 4000 Dollar im Monat auf die hohe Kante legen und hatte 50 000 im Jahr übrig. Dann noch zwecks Geldwäsche ein nettes Aushängeschild – Innenarchitektur, Import-Export, staatlich zugelassene Sexualtherapeutin –, und das Ganze war auch steuerlich abgesichert.

Er hatte May Shinn in ihrem Schneiderkostüm im Gericht gesehen. Man brauchte nicht viel Fantasie, um sich vorzustellen, daß sie ihre Kaution mit einer eigenen Immobilie oder dergleichen absichern konnte. Sie hatte ja schließlich, ohne mit der Wimper zu zucken, Maurys Gebühr bezahlt. Weshalb sollte sie dann nicht auch noch den Rest parat haben?

Aber wenn nicht? Was dann?

Und wie immer war es diese Möglichkeit, die ihn anfeuerte. Daß unter dem Wahrscheinlichen und Einleuchtenden eine andere Schicht, ein Geheimnis, etwas Gefährliches verborgen sein mochte: die Story.

Die Katasterbeamten hätten ihm ruhig helfen können. Aber sie waren mit ihren eigenen Arbeiten beschäftigt und mit den Immobilienmaklern, die oft zu ihnen kamen. Er war ein Krüppel, der seine Nase in fremder Leute Angelegenheiten steckte und noch nicht mal wußte, was er wollte. Also rückten die Beamten als gute Bürokraten freiwillig keine Informationen heraus.

Aber allmählich drang er in die Materie ein. Sogar wenn man die Stadt kannte – was auch nicht gerade Jeffs Stärke war –, mußte man sich erst einmal an die Art der Erfassung der Grundstücke gewöhnen. Die Stadt war hier in ein Gitternetz aufgeteilt, das mit den heutigen Vierteln wenig zu tun hatte. Auf den ersten Blick halfen einem die Straßennamen nicht weiter, wenn man feststellen wollte, in welchem der über hundert Wälzer sich das Grundstück befand, das man suchte. Doch langsam näherte er sich seinem Ziel.

Die Sicherheit, mit der der Unbekannte für den Kautionskredit der Firma Maury bürgte, war ein aus sechs Wohnungen bestehendes Apartmenthaus an der Powell Street, drei Querstraßen vom Washington Square entfernt. Nachdem er am Tag zuvor vergeblich in den dicken Büchern gesucht hatte, war Jeff plötzlich eingefallen, daß er ja nur in dem betreffenden Haus einen Mieter zu fragen brauchte, wem das Ding gehörte. Und das hatte er mit Dorothy zusammen versucht.

Der einzige Mieter, den sie zu Hause angetroffen hatten – eine Pantomimin, die mit weiß geschminktem Gesicht gerade zu ihrer Arbeit auf der Straße aufbrechen wollte –, erklärte ihnen, daß sie ihren monatlichen Scheck an eine Hausverwaltung schickte.

Jeff hielt es für unwahrscheinlich, daß er sich mit einer dort arbeitenden Sekretärin auch so eng anfreunden könnte, daß sie ihm vertrauliche Unterlagen überließ. Nein, wenn er wirklich seine Story haben wollte, würde er dafür arbeiten müssen.

Er schätzte das Gewicht der Bücher auf fünfzehn Pfund pro Stück. Aus der Nähe rochen sie wie feuchte Zeitungen. Er mußte in einer Schlange warten, das schwere Buch unter dem einen, die eine der beiden Krücken unter dem anderen Arm. Dann das Buch abgeben. Ein anderes verlangen. Er hatte bisher sechsundzwanzig Wälzer durchgewühlt, aber das dem gesuchten am nächsten kommende Grundstück, das er bisher finden konnte, endete ein paar Querstraßen nördlich davon.

Warum konnte man nicht einfach eine Adresse in einen Computer tippen und auf einen Knopf drücken? Er würde das nie begreifen.

Jane war fuchsteufelswild. »Du hättest es niemandem zu verraten brauchen! Das Gericht ist doch sein Leben! Wie konntest du Daddy das antun?«

Es war kurz vor eins. Jane hatte mit ihrem Vater zusammen zu Mittag gegessen, und er hatte ihr alles gebeichtet. Hardy war nicht gerade davon begeistert, daß der Richter seiner Tochter alles erzählt hatte, denn Hardy selbst war entschlossen, die ganze Geschichte so schnell wie möglich zu vergessen, weil sie ihn gar nichts anging, und er hoffte, daß nie wieder jemand davon sprechen würde.

Frannie hatte ihn auch ziemlich unfreundlich empfangen. »Wieso hast du mir nichts davon gesagt? Bin ich nicht deine Frau? Wir erzählen uns doch alles, oder?«

»Ich kann dir nur eins sagen: Mit uns hat es nichts zu tun.«

»Du gehst mitten in der Nacht aus dem Haus, bleibst bis weiß Gott wann fort und erklärst es mir mit keinem Wort?«

»Frannie … nein. Es hat nichts mit uns zu tun. Es ist vertraulich, zwischen Anwalt und Mandan –«

»Ach du lieber Himmel. Und wessen Anwalt bist du? Ich denke, du bist Staatsanwalt. Und dein Mandant ist San Francisco.« So trieb sie ihn in die Enge. Aber sein Entschluß stand fest. Seine verschiedenen Verpflichtungen paßten nun einmal nicht zusammen. »Dieser Job verwandelt dich in einen anderen Menschen«, sagte sie.

Vielleicht. Die Menschen änderten sich eben im Laufe des Lebens. Und wenn schon. Damit mußte man sich abfinden. Aber er war nicht so ungeschickt, als daß er ihr das gesagt hätte. Statt dessen war er zur Arbeit gefahren. Mit den Magenschmerzen, die er immer bekam, wenn sie sich gestritten hatten.


Und jetzt hatte Andy Fowler es seiner Tochter erzählt, oder sie hatte es ihm entlockt. Wie auch immer – nun wußte es noch jemand. Und sie war keine schweigsame Person.

»Ich habe ihm überhaupt nichts getan, Jane. Wenn, dann hat er es selbst getan.«

»Du hättest es niemandem zu sagen brauchen!«

»Ich habe es niemandem gesagt. Niemandem. Jedenfalls bisher nicht. Ich hoffe, daß ich es nicht tun muß.«

»Mußt? Mein Gott, wie scheinheilig du bist.«

Hardys Tür stand offen. Er bat Jane, einen Augenblick zu warten und stand auf, um die Tür zu schließen. Da kam Pullios den Korridor entlang, in ein Gespräch mit Chris Locke vertieft. Hardys Magen verkrampfte sich noch etwas mehr, und er schloß die Tür, bevor sie ihn sahen.

Wieder am Telefon, fragte er Jane, ob der Große Chuck – er hatte sich daran gewöhnt, ihren neuen Freund den Großen Chuck zu nennen –, ob der Große Chuck auch dabei gewesen sei, als Andy es ihr erzählt hatte.

»Was soll denn das bedeuten?«

»Ich glaube, das bedeutet, daß ich mir keine Beleidigungen von dir anzuhören brauche. Also laß mich zufrieden.«

Er legte auf.

Es gab verschiedene Möglichkeiten, die Bombe platzen zu lassen. Freeman suchte sich natürlich die aufregendste aus. Nun, vielleicht war es doch nicht so natürlich. Die Lust daran, etwas mit Freude zu tun – was seiner Persönlichkeit entsprach –, hatte man ihm während des Jurastudiums ausgetrieben. Aber mit den Jahren, während er sich seine Kanzlei aufbaute, war diese Freude von selbst zurückgekehrt.

Während der ersten Zeit, in der er als Strafverteidiger tätig war, hatte er neue Anhaltspunkte und Beweise (wie er sie jetzt aus den Zeugenberichten der beiden Strauss-Söhne gewonnen hatte) zuerst einmal der Staatsanwaltschaft vorgetragen, wo man sie dann diskutiert und entschieden hatte, ob sich damit ein Strafverfahren erübrigte.

Aber mit der Zeit merkte er, daß seine kooperative Haltung ihm wenig einbrachte. Die Anklagevertretung glaubte oft nicht, was er ihr vorlegte, zweifelte dessen Wahrheitsgehalt oder Relevanz an und unterstellte ihm unlautere Motive. Er erkannte: Wenn er nur gelegentlich zu diesem Mittel griff – und zwar dann, wenn seine Erkenntnisse eindeutig und wie in diesem Fall von entscheidender Bedeutung waren –, erreichte er mit einer Veröffentlichung des Materials bei der Staatsanwaltschaft mehr als mit irgendwelchen gutmütigen, hilfsbereiten Angeboten. Bezirksstaatsanwälte, das hatte er festgestellt, reagierten äußerst empfindlich auf das Bild, das sich die Öffentlichkeit von ihnen machte. Häufig sogar noch empfindlicher als gegenüber der schlichten Gerechtigkeit.

Wenn sie von so einer Pressekonferenz erfuhren, standen ihnen die Haare zu Berge, und junge Staatsanwälte (sogar ein paar von den älteren) bekamen Angst vor ihm, Freeman. Denn da war plötzlich jemand, der es wagte, nötigenfalls das System zu durchbrechen. Dann nannten sie ihn eine »lockere Kanone«. Nehmt euch in acht Leute, lockere Kanonen machen bumbum.

Jetzt stand er in der Lobby seines Büros, umgeben von einer völlig überflüssigen Phalanx einiger seiner Mitarbeiter, die er zuvor nach Hause geschickt hatte, damit sie sich in Schale warfen. Er selbst sah so schludrig wie immer aus in seinem alten braunen Tweed und seinen abgestoßenen Lederschuhen.

Vor ihm befand sich ein improvisiertes Podium mit ein paar Mikrophonen. Ihm und dem Podium gegenüber wartete ein Knäuel von ungefähr fünfzehn Reportern. Das war eine Menge, wenn man bedachte, wie kurzfristig er sie herbestellt hatte. Draußen vor dem Haus parkten in zweiter Reihe drei Übertragungswagen, was bedeutete, daß er im Fernsehen sein würde. KGO-Radio war auch da, so würden sie ein paar Tonbandmitschnitte von ihm in dem beliebtesten Rundfunksender bringen.

May war wunderbar. Er hatte ihr gesagt, jetzt sei es an der Zeit, ein bißchen die Werbetrommel zu rühren – gut für das Geschäft. Er bewunderte sie immer mehr, vor allem nachdem ihm jetzt klargeworden war, daß sie wahrscheinlich immer nur die Wahrheit gesagt hatte. Sie stand neben ihm, zu lächeln wagte sie noch nicht, doch war sie makellos wie immer gekleidet.

Seine Finger steppten über die Mikros, und er lächelte. Ach Gott, er war es ja gar nicht mehr gewöhnt, so ein steifer, alter Bürohengst war er geworden. Waren die Dinger überhaupt an? Er sprach aus dem Stegreif. »Meine Damen und Herren, ich möchte mich bei Ihnen dafür bedanken, daß Sie alle heute hierhergekommen sind. Ich werde Ihre wertvolle Zeit nicht lange in Anspruch nehmen. Wie Sie wissen, wurde vor ein paar Wochen Owen Nash, einer der Giganten der amerikanischen Geschäftswelt, mit einem Revolverschuß hingestreckt. Niemand würde bestreiten, daß Mr. Nash ein mächtiger, faszinierender Mann war.«

Er warf May Shinn einen Blick zu und bekam seine Belohnung. Bei der Erwähnung des Namens Nash hatte sich eine

Träne aus ihrem Auge gelöst und rollte ihr die Wange hinunter. Nicht abwischen, dachte er. Ein paar Blitzlichter zuckten.

Freeman nahm ihre Hand und drückte sie. »In Fällen dieser Art scheint es eine natürliche Tendenz zu geben, irgend jemandem die Schuld anzuheften, irgendwo Vorwürfe abzuladen. Wer weiß, warum? Es könnte sein, daß das den Ordnungssinn der Gesellschaft befriedigt. Vielleicht ist unsere Empörung so groß, daß wir uns nach irgendeiner Geste sehnen, um das große Unrecht wiedergutzumachen, das ein Mord darstellt.

Wie viele von uns werfen es im Grunde ihres Herzens Jack Ruby vor, daß er Lee Harvey Oswald getötet hat? Nein, wenn der König fällt, muß der, der den König getötet hat, auch sterben. Natürlich vergleiche ich Owen Nash nicht mit unserem zum Märtyrer gewordenen Präsidenten. Genau wie Dan Quayle war auch Owen Nash kein Jack Kennedy.«

Er wartete das Gelächter ab, warf May einen Blick zu und drückte ihr wieder die Hand. »Aber Owen Nash war auf seine Art ein Titan. Und man ist ebenso schnell – oder übereilt – zu einem Urteil gelangt.

Dieses Vorurteil richtete sich leider gegen die Person, die hier rechts neben mir steht, May Shinn, eine geborene Amerikanerin, eine amerikanische Staatsbürgerin, eine Frau ohne irgendeine Vorstrafe in ihrem Leben. Eine Frau, deren einziger Fehler es war – wenn man das überhaupt als einen Fehler bezeichnen kann –, daß sie sich mit Owen Nash eingelassen, daß sie sich in ihn verliebt hat.

In einer idealen Welt hätte der Bezirksstaatsanwalt niemals diese Art von öffentlicher Hetze zugelassen, die in diesem Fall von Anfang an den Ton angab. Die traurige Tatsache ist jedoch, daß wir nicht in einer idealen Welt leben. Vielmehr hat sich unsere eigene Bezirksstaatsanwaltschaft in vorderster Reihe in dieser rassistischen Hexenjagd hervorgetan und diese junge Frau, ohne einen einzigen Beweis gegen sie zu haben, auf die Anklagebank gesetzt.«

Er hielt ein, und genoß für einen Moment den Augenkontakt mit den Journalisten und Reportern. Er hatte sie für sich gewonnen.

»Ms. Shinn hat von Anfang an gesagt, sie habe sich an dem Tag, an dem Owen Nash ermordet wurde, zu Hause befunden. Sie wartete auf seine Rückkehr. Sie hat weder telefoniert, noch ist sie ausgegangen, um eine Zeitung zu kaufen. Sie hat nicht Klavier gespielt und auch keine Nägel in die Wände geschlagen. Sie hat nicht unter der Dusche gesungen. Ich gebe Ihnen allen gegenüber zu bedenken, daß das kein kriminelles Verhalten ist.

Und doch, meine Damen und Herren, lassen Sie mich eines völlig klarstellen: Auf all das stützte sich die Anklage des Volkes gegen May Shinn. Darauf, daß sie nicht dafür gesorgt hat, andere darauf hinzuweisen, daß sie sich zu Hause befand! Stellen Sie sich das vor! Es gab mal eine Zeit, in der dieses Verhalten als das eines guten Bürgers, eines idealen Nachbarn, gegolten hat. Aber weil sie japanischer Abstammung ist, weil sie es gewagt hat, eine Beziehung mit einem mächtigen Mann einzugehen« – er senkte die Stimme –, »weil sie im Grunde eine Frau war, die nicht die Macht besaß, sich gegen den Staatsapparat zu verteidigen, war sie ein perfekter Sündenbock. Sie verbrachte einen ruhigen Tag zu Hause, und man verdächtigt sie, ja, man klagt sie des Mordes an.

Ich möchte Ihnen jetzt zwei junge Männer vorstellen, Nick und Alex Strauss, die zufällig auf der anderen Straßenseite, schräg gegenüber von Ms. Shinns Apartment, leben.«

Er nickte einem seiner Mitarbeiter zu, der in das Nebenzimmer ging und die beiden Jungen mit dem Vater herausbrachte.

»Wenn es der Bezirksstaatsanwaltschaft um die Wahrheit zu tun gewesen wäre, hätte auch sie die Strauss-Jungen fragen können. Sie sind am 20. Juni, dem Tag, an dem Owen Nash ermordet wurde, aus Europa zurückgekommen. Meine Damen und Herren, Sie werden nie erraten, was die beiden gesehen haben.«

## 35

Er hatte sich gerade eine Cola light aus dem Automaten im Erdgeschoß geholt, als einer der Jungs zwei Türen weiter, Constantino, den Kopf zur Tür herausstreckte.

»Hardy, geh mal schnell zu Drysdale«, sagte er.

Es war fünf Minuten vor drei. Drysdale hatte von einem seiner Freunde bei dem Sender KRON einen Hinweis bekommen, und jetzt hatten sich Pullios, Chris Locke persönlich und ein Drittel des übrigen Stabes vor dem Fernseher versammelt. Hardy quetschte sich zur Tür herein und mußte an andere solche Versammlungen denken – an den Tag, an dem Dan White Harvey Milk und Bürgermeister Moscone im Rathaus erschossen hatte, und an den Mordanschlag auf Ronald Reagan. Er fragte sich, wer da wohl gerade erschossen worden war.

Jemand rief dann laut aus: »Okay, okay, da kommt's, macht mal lauter.« Da wurde es still im Zimmer, abgesehen von der Stimme des Moderators, der über eine außergewöhnliche Entwicklung im Mordfall Owen Nash sprach, und einen Augenblick später erschien David Freeman auf dem Bildschirm vor ein paar Mikrophonen, mit May Shinn neben sich.

»Er hat den Kindern Geld gegeben. Oder dem Vater. Das ist ein abgekartetes Spiel.« Pullios glaubte es nicht. Oder sie tat so, als ob sie es nicht glaubte.

»Zwei Kinder?« Drysdale schüttelte den Kopf. »Und was ist mit der nackten Frau? Das hätte er sich nicht ausgedacht.«

Locke schwieg. Er stand am Fenster und sah hinaus.

»Damit kommt er unter Garantie durch«, sagte Hardy.

Alle anderen hatten den Raum verlassen. Seltsam, jetzt, als sie nur noch zu viert waren, schien das Zimmer kleiner geworden zu sein.

»Woher konnten sie so genau wissen, daß es derselbe Tag war?« fragte Pullios.

Drysdale fing an, mit seinen Basebällen zu jonglieren.

»Würdest du das bitte lassen!« bat ihn Pullios ärgerlich, was Hardy kaltließ. Er fand, sie hatte es verdient. Es war schließlich ihr Fall.

»Tut mir leid«, sagte Drysdale, fing die Bälle ein und hielt sie alle in einer Hand fest. »Ich glaube, die Antwort ist ziemlich klar. Es war der Tag, an dem sie aus Europa zurückgekommen sind. Sie waren gerade vom Flugplatz nach Hause gekommen. Das ist ziemlich einwandfrei belegt.«

»Vielleicht sind das alles lauter Lügen. Er gibt ihnen Geld –«

»Das wäre ziemlich gefährlich für ihn. Im Kreuzverhör käme es raus, und Freeman weiß das.«

»Ich möchte mit ihm sprechen.«

»Das leuchtet mir ein«, sagte Drysdale.

Sie stand plattfüßig vor seinem Schreibtisch und blickte dauernd zu Locke hinüber, der ihnen den Rücken zuwandte. Nein, er drehte sich nicht um. Wie Freeman auf Locke herumgeprügelt hatte, war keinem von ihnen entgangen. Locke war der Bezirksstaatsanwalt, nicht sie. Nur er. Was die Öffentlichkeit anging, hatte Christopher Locke – persönlich – diesen Fall versaut. Er, ein Schwarzer, war ein Rassist. Er hatte auf einer Frau herumgehackt, die einer ethnischen Minderheit entstammte. Es war eine Katastrophe.

»Verdammt!« sagte Pullios.

Drysdale nickte. »Yes, Ma' am«, sagte er.

Als Jeff Elliot im Katasteramt feststellte, daß der Besitzer des Hauses, das man als Sicherheit für die Kaution verpfändet hatte, ein gewisser Oberrichter Andrew Fowler war, dachte er, er hätte einen Volltreffer gelandet.

Als er dann merkte, daß er Freemans Pressekonferenz versäumt hatte – »Warum hat mir denn keiner was gesagt?« –, sah er seine ganze Arbeit den Bach hinuntergehen.

Schließlich, als er von Fowlers übereiltem, vorzeitigem Abschied hörte, wußte er, daß er die Story seines Lebens hatte. Es gab nur einen Menschen, der alle Elemente dieser Geschichte kannte, und das war er selbst.

Für Glitsky bedeutete es etwas völlig anderes. Er hatte die falsche Person verhaftet. Und der Mordfall war noch immer nicht geklärt. Es war nach fünf, er saß im Büro seines Lieutenants, Frank Batiste, und kaute auf dem Eis aus seinem Styroporbecher.

Der eine von ihnen stand jetzt über dem anderen, aber sie hatten sich zusammen heraufgedient und wußten, daß die Politik, die außerhalb ihrer beider Kontrolle war, Batistes Beförderung diktiert hatte. Sie sahen einander immer noch am ehesten als Partner denn als irgend etwas sonst.

»Dein Glück, daß die Grand Jury Anklage erhoben hat«, sagte Batiste. »Damit bist du aus dem Schneider.«

»Wahrscheinlich kriege ich ein Verfahren an den Hals.« Glitsky fand einen freien Fleck auf Batistes überfülltem Schreibtisch und stellte den Becher ab. »Laß mal sehen: illegale Festnahme, sexuelle Diskriminierung, Rassendiskriminierung ... Am besten gebe ich lieber gleich meine Hundemarke bei dir ab.« Es war nicht komisch, aber sie lächelten beide. Bullenhumor. »Vielleicht erhält Locke die Anklage aufrecht.«

Batiste sah ihn scharf an. »Vielleicht schneit's morgen.«

»Die Kinder *könnten* sich geirrt haben.«

»Es könnte Frieden sein auf der ganzen Welt.«

»Weißt du, Frank, du bist ein echter Trost für meine bekümmerte Seele.«

»Ich gebe mir Mühe.« Batiste hatte die Füße auf den Schreibtisch gelegt, auf dem Schoß einen gelben Notizblock. Er fing an, Männchen zu kritzeln. »Also, was glaubst du, was wir hier haben? Das perfekte Verbrechen? Hoffe ich nicht. Ich hab' nämlich das Gefühl, daß der Fall uns erhalten bleibt. Wer könnte es denn sonst noch gewesen sein? Alles offen?«

»Scheint so. Keiner paßt so gut da rein, wie Shinn gepaßt hat.« Glitsky erzählte dem Lieutnant, daß er sich noch einmal die geschäftliche Seite angesehen hätte. Den Elektronikboß. Der vielleicht auch von dem Tod profitieren könnte, aber die Beweislage war schwach. Und gleich Null, wenn Shinn nicht drinsteckte. Er warf sich das Eisstück aus dem Becher in den Mund und kaute darauf herum. »Weißt du, diesmal dachte ich, ich hätte einen Fall, weißt du, mit Zeugen, die noch nicht im Knast gesessen haben. Und mal ein anderes Tatmotiv als Mangel an Fantasie.«

»Vielleicht nächstes Jahr«, sagte Batiste. »Und bis dahin bleibt uns ja noch ein sehr wichtiger Toter.«

Hardy rief Celine an, nachdem er aus Drysdales Büro zurück war. Er fand, sie hätte zumindest ein Recht darauf, als eine der ersten zu erfahren, daß der Mörder ihres Vaters immer noch unerkannt auf der Straße herumlief.

Er erreichte sie im »Hardbodies!«, wo sie wieder trainierte. Nachdem er es ihr gesagt hatte, hörte er im Telefon das Hintergrundgeräusch – den hämmernden Beat, den Krach der Musikinstrumente. Schließlich fragte sie ihn, was er damit sagen wolle.

»Damit will ich sagen, daß May ein Alibi hat. Sie war nicht mit Ihrem Vater draußen auf der *Eloise*.«

»Aber was *heißt* das?«

»Das heißt, daß sie ihn nicht getötet hat, Celine.« Er wartete. Er wollte sie nicht drängen. Eine Minute verging. »Celine?«

Okay, dachte er, du hast deine Pflicht getan. Jetzt sag ihr, du wirst sie auf dem laufenden halten. Und dann leg auf. Leg einfach auf und fahr nach Haus zu Frannie.

»Also, was tun wir denn jetzt?« fragte Celine ihn leise. Man merkte ihrer Stimme den Schock an. »Kann ich Sie sehen?«

*Nein, ich habe zu tun. Kommen Sie doch morgen in mein Büro.* »Einverstanden«, sagte er.

Er traf sie im Perry's an der Union Street. Es war ein Fleischmarkt im klassischen Sinn. Gutes Essen, große Drinks, prima Stimmung.

Obwohl ihr Haar noch feucht war – sie trug es zurückgekämmt unter einem türkisfarbenen Band –, hatte sie Zeit gehabt, sich zu schminken. Aber irgendwie fand Hardy ihre körperliche Gegenwart nicht so überwältigend wie zuvor. Von ihrer allerersten Begegnung abgesehen, sah er sie jetzt zum erstenmal – in dem ausgebeulten purpurnen Pullover und den schwarzen weiten Hosen –, ohne daß die Konturen ihres Körpers sofort sichtbar waren. Er war froh darüber.

Es fing gerade an zu dämmern, aber der Laden war schon ziemlich voll. Sie stand in der Nische des Eingangs, der sich an der Seite des Lokals in einer schmalen Passage befand, und hielt ein Glas Orangensaft in der Hand. Sie unterhielt sich mit einem Mann, der ungefähr so alt wie Hardy, aber größer, breiter und besser angezogen war. Als Hardy hineinkam, leuchtete ihr Gesicht auf, und sie kam zu ihm herüber. Dann küßte sie ihn kurz auf den Mund. Sie nahm seine Hand und drehte sich um. Der Mann war schon zur Bar losgegangen.

»Ich hab' ihm gesagt, mein Freund kommt«, sagte sie. »Aber Sie wissen, wie das hier ist. Eine Frau allein gilt immer als Freiwild.« Sie ließ seine Hand nicht los. »Kommen Sie. Lassen Sie uns sehen, ob wir einen Tisch bekommen.«

»Ich kann nichts essen, Celine. Ich bin auf dem Weg nach Hause.« Sie hörte auf, ihn umherzuziehen, ließ seine Hand aber immer noch nicht los. »Sie meinen, Sie wollen mich hier allein lassen? Es wird keine fünf Minuten dauern, bis jemand versuchen wird, mich anzumachen.«

»Nun, das hängt wohl ganz von Ihnen ab, ob Sie sich anmachen lassen wollen.«

Eine andere, menschliche Seite von ihr, fast so etwas wie ein bißchen Humor. Von ihrem wirklichen Leben wußte er fast nichts.

Einen halben Meter vor ihnen erhob sich ein Pärchen und räumte den Tisch. Hardy ließ Celines Hand los und führte sie hin. Eine Serviererin erschien, und er bestellte einen Club Soda. Er konnte die Hitze ihres Schenkels spüren, den sie gegen seinen preßte.

»Sind Sie immer allein?« fragte er sie. »Jedesmal, wenn ich Sie sehe, sind Sie allein.«

»Stimmt nicht. Jedesmal, wenn ich Sie sehe, bin ich mit Ihnen zusammen.« Sie lehnte sich zurück. »Warum wollen Sie das wissen? Sind Sie verheiratet?«

»Ja, das bin ich«, sagte er. »Ich frage mich nur.«

Sie akzeptierte das. »Aber nicht jetzt. Hat das hier mit meinem Vater zu tun?«

Er versuchte irgendeine Verbindung zu finden. Es gelang ihm nicht. »Nein, ich glaube nicht.«

Sie griff nach ihrem Orangensaftglas, nippte daran und hielt das Glas mit beiden Händen in ihrem Schoß fest. »Ich war mal verheiratet. Da war ich einundzwanzig. Es war eine meiner rebellischen Phasen damals. Er war Musiker, hat gut gespielt und schließlich sogar ein paar Platten gemacht. Heavy Metal. Heute hasse ich das richtig. Ich glaube, damals habe ich es verachtet, und ich weiß, daß Daddy es furchtbar fand.«

»Hat Ihr Vater sich gut mit ihm verstanden?«

Sie fing an zu lachen, aber dann hielt sie ein. »Nein. Daddy hat alles an ihm gehaßt.«

»Und darum haben Sie mit ihm Schluß gemacht?«

»Nein, nicht deshalb. Er war ein Hampelmann. Ich glaube, das wußte ich die ganze Zeit, aber Daddy hat ihn beschatten lassen, wenn er auf Tournee war, und er hat sich nicht so benommen, als ob er verheiratet wäre. Also«, sagte sie schulterzuckend, »haben wir die Ehe annullieren lassen. Das ist schon eine Ewigkeit her, aber ich bin damals, was Männer angeht, eine Zeitlang ziemlich sauer gewesen. Und reich zu sein, macht die Dinge noch schwieriger. Wissen Sie, da findet man schwer Leute, denen man glaubt. Die Männer gabeln einen auf. Zuerst, weil man gut aussieht. Dann, wenn sie merken, man hat Geld …«

Hardys Club Soda kam. Er hielt das Glas in der Hand und starrte aus dem Fenster. Es schien draußen nicht dunkler zu werden.

»Woran denken Sie denn?« fragte sie.

»Ich weiß nicht genau. Daß es noch mehr gibt als aufgabeln und aufgegabelt werden. Ich meine, haben Sie in Ihrem normalen Leben niemanden kennengelernt?«

Sie schüttelte den Kopf. »Manchmal. Ab und zu. Aber in meinem normalen Leben war immer Daddy.«

»Ich glaube, da hat letztesmal unser Problem angefangen.«

Sie streckte den Arm aus und nahm wieder seine Hand. »Das lassen wir jetzt aber sein. Ich kann das mit mir und Daddy den Leuten nicht erklären. Es war schon in Ordnung, daß wir alles zusammen gemacht haben.«

»Aber er scheint doch ein Privatleben gehabt zu haben. Ich meine, Freundinnen. Und Sie hat er da offensichtlich nicht hineingelassen. Wieso war das fair? Wie haben Sie damit gelebt?«

»Ich weiß nicht, wie ich das sagen oder erklären soll, aber es war okay. Man hat Sachen mit Daddy gemacht, und dabei hat man ein bestimmtes Gefühl gehabt. Fragen Sie Ken.«

»Aber bei Ihnen konnte es ja nicht dasselbe sein. Ken ist verheiratet. Er hat sein eigenes Leben.«

Sie nahm ihn fester bei der Hand. »Ich habe auch ein Leben, Dismas, machen Sie sich um mich keine Sorgen.«

»Aber ich glaube, das tue ich«, sagte er. »Ich weiß nicht wieso, aber ich tue es.«

»Ich weiß.« Sie ließ ihn los und fuhr mit der Hand seinen

Schenkel hinauf und hinunter. »Sie sind ein sehr guter Mann, Hardy. Ich wollte …«

Sie beendete ihren Satz nicht. Das brauchte sie nicht mehr zu tun.

Sie kamen nicht mehr dazu, von May Shinn zu sprechen. Hardy traf genau um sieben zu Hause ein. Rebecca lag im Bett und schlief. Einer ihrer Babysitter saß im Wohnzimmer und redete mit Frannie, und Frannie war fertig angezogen, um auszugehen.

Er brauchte keine fünf Minuten. Er mußte nur noch mal kurz zu Beck hineinsehen, die Fische füttern …

Sie gingen bis zum Auto Hand in Hand. Der Wagen war zwei Querstraßen entfernt auf der Clement Street geparkt. »Streiten wir uns immer noch?« fragte er.

»Ich hab' mich nicht mit dir gestritten.«

»Du hast aber auch keine Lobgesänge angestimmt.«

»Ich war nicht deiner Meinung. Ich bin immer noch nicht deiner Meinung. Ich glaube, dein Job nimmt dir zu viel Zeit weg und bedroht mich und meine Familie, und ich mag es nicht, wenn du mir nicht sagst, was du machst und wo du hingehst.«

»Du mußt lernen, den Mund aufzumachen, Frannie. Drück dich ein bißchen deutlicher aus.«

»Das finde ich nicht komisch.«

Sie gingen noch einen halben Block weit, ohne etwas zu sagen. »Also, wenn du keinen Witz daraus machen kannst, sagst du nichts?« fragte sie.

»Ich werde was sagen.«

Hardy, ganz Gentleman, hielt ihr die Tür auf, dann ging er zu seiner Seite herum. Die Sonne war endlich untergegangen. Er fuhr die Seiten des Samurai hoch, es war warm von der Brise, die vom Pazifik kam.

»Wann?«

»Was wann?«

»Wann wirst du was sagen?«

Hardy drehte sich auf seinem Sitz herum. Vertraulichkeit bedeutete Andy Fowler offensichtlich wenig. Da Jane es wußte, wußte Chuck Chuck Bo-Buck es mit Sicherheit auch schon. Und

Hardy hatte Andy nicht versprochen, daß er es für sich behalten würde. Versprochen hatte er es nur sich selbst.

*Nur.* Das gefiel ihm.

So fing's an, dachte er. Das war die Art von Logik, in der offenbar die meisten Leute solche Meister waren. Und sobald man das, was man sich selbst versprochen hatte, verdrängte und über Bord geworfen hatte, war der Weg nicht mehr weit bis zu dem Punkt, ab dem man auch alle anderen Versprechen brach. Nur um einen Streit zu beenden.

Oder man erzählte eine kleine Notlüge, um den Streit gar nicht erst anzufangen.

Er mußte nur nachgeben und Frannie von Andy erzählen, und sie würden einen angenehmen und wohlverdienten Abend zusammen verleben. Und Hardys angebliche private Integrität wäre nur leicht beschädigt – das konnte er am Wochenende mit ein paar guten Taten reparieren.

»Hast du von der Sache mit May Shinn gehört?« fragte er sie. Sie hatte es noch nicht gehört, und er erzählte es ihr.

Sie hörte zu, und als er fertig war, sagte sie, das sei ja sehr interessant, aber nicht das, worüber sie sich gestritten hätten. Ob er ihr erzählen wolle, wo er letzte Nacht gewesen war, oder nicht?

»Ich war fort und habe mich mit jemandem getroffen, der ein Problem mit dem Gesetz hatte, über das ich nicht reden kann. Punkt. Wenn du deshalb wütend auf mich sein willst, ist das deine Sache.«

Sie biß sich auf die Lippen, weniger aus Zorn als vielmehr aus Besorgtheit, dachte er. »Was ist mit dem anderen Zeugs?« fragte sie. »Mit diesen langen Arbeitszeiten. Daß du nach Haus kommst, wenn es dunkel ist. Und mitten in der Nacht wegfährst. Was wird da aus uns?«

Zwischen den beiden Vordersitzen des Samurai befand sich eine Vertiefung, und er langte mit seinem Arm zu ihr hinüber, um sie zu drücken. Sie lehnte sich gegen ihn. »Wir sind nicht bedroht«, sagte er. »Der Job bedroht uns nicht. Ich liebe dich, Frannie. Okay?«

Sie nickte und schlang ihre Arme um seinen Hals. Ihre Zurückhaltung wich. Sie fing an zu weinen.

Als sie nach Haus kamen, waren Anrufe von Ken Farris, Jane und Abe Glitsky auf dem Tonband. Jane bat um Entschuldigung, und Glitsky fragte sich, was der Bezirksstaatsanwalt wohl in dieser Sache unternehmen würde.

Hardy ging in sein Arbeitszimmer, während Frannie den Babysitter nach Hause fuhr. Er las noch einmal in der Akte des jetzt gestorbenen Falles. Wenigstens war er gestorben, was May Shinn anging.

Er wußte nicht, was der Bezirksstaatsanwalt unternehmen würde, doch er persönlich hatte vor, nun wieder zu seinen Voruntersuchungen zurückzukehren, sich seine Streifen zu verdienen, eine Menge Fälle zu gewinnen und allmählich die Leiter höher zu klettern bis dahin, wo er ein paar richtige Morde bekam.

Etwas anderes blieb ihm nicht übrig. Er war kein Ermittler. Er wußte, daß Glitsky nach dieser unrühmlichen Verhaftung supervorsichtig sein würde und sich nicht noch mehr mit Pullios anlegen wollte. Frannie hatte ganz recht gehabt ... er arbeitete viel zuviel, er hatte nicht genug Spaß im Leben. Er hatte sich zu einem echten Juristen entwickelt und wenn er das sein wollte, konnte er bei irgendeiner Firma arbeiten, sechzig Stunden in der Woche aufschreiben und sich nach fünf oder sechs Jahren aus dem Beruf zurückziehen.

Er hatte Celine im Perry's gelassen und gedacht, was für ein guter Mensch er doch sei. Er nahm an, daß sie vielleicht ein bißchen verliebt in ihn war. Obwohl er wußte, daß er in gewisser Weise auch eine Schwäche für sie hatte, wollte er es doch nicht weiterverfolgen. Er hatte sich nun einmal entschieden, und damit würde er nicht nur leben, sondern glücklich sein.

Das war also geregelt, und er entschloß sich, die Aktendeckel zuzuklappen und den Fall in ein Regal bei seinem Schreibtisch zu stellen. Er ordnete die gelben Notizblätter, auf denen seine eigenen, privaten Aufzeichnungen vom Beginn der Untersuchung standen – seine ersten Gespräche mit Ken Farris, Eindrücke von Strout und so weiter. Er legte sie oben auf die Kopien, die er von der offiziellen Akte angefertigt hatte.

Sein Arbeitszimmer war ruhig. Aus dem Schlafzimmer hörte er unterschwellig das Glucksen des Aquariums. Er suchte eigentlich nichts Besonderes, sondern wartete darauf, daß Frannie wieder zu ihm nach Hause kam, und las noch einmal die Notizen von damals durch. Es war alles schon so lange her. Er konnte sich kaum noch daran erinnern.

Er blätterte. Polizeiberichte. Glitskys Protokolle. Zeit totschlagen. Elliots Artikel. Und dann hörte er das Blubbern des Aquariums nicht mehr. Jetzt war da nur noch ein ärgerlicher, bohrender, halb bewußter Widerspruch. Er blätterte zu einem von Elliots ersten Artikeln zurück.

Ken Farris hatte zu Hardy gesagt, er habe Owen Nash zuletzt am Freitag um die Mittagszeit herum oder kurz danach gesehen. Der Artikel, in dem Farris zitiert wurde, erwähnte, daß seine Angestellten Nash zuletzt am Donnerstag abend gesehen hätten.

Hardy blätterte zu seinen Aufzeichnungen zurück: Freitag um die Mittagszeit oder kurz danach. Elliots Artikel: Donnerstagabend. Donnerstagabend war nicht Freitag um die Mittagszeit herum.

Er schüttelte den Kopf, rieb sich die Augen. Woran dachte er jetzt eigentlich? Farris war doch in dieser Sache überhaupt nicht verdächtigt worden. Er war Owen Nashs bester Freund. Na gut, also erbte er praktisch das Geschäft, wenn Owen starb. Das war kein Grund –

Oder doch?

Aber Farris hatte ja nur Hardy den einen und Jeff einen anderen Tag genannt. Der Streß dieser ersten Tage nach Nashs Tod hatte in seinem Kurzzeitgedächtnis zweifellos einen Schaden angerichtet.

Aber Farris war ein Mann der Details.

Lächerlich.

Hardy schüttelte wieder den Kopf.

Frannie stand in der Türöffnung seines Büros. Er hatte sie weder eintreten und die Haustür schließen noch den langen Gang herunterkommen hören. Sie hatte das Licht im Schlafzimmer angeknipst, und er hatte es nicht gemerkt.

»Du siehst aus, als hättest du einen Geist erblickt.«

Er wachte aus seiner Trance auf, schüttelte sich und sagte: »Wieder so ein Wahnsinn.«

»Ich dachte, du wärest fertig damit.«

Es war so qualvoll wie der letzte Cognac – man wußte genau: Wenn man den auch noch trank, würde man am nächsten Tag heftige Kopfschmerzen haben. Er würde es vielleicht Glitsky gegenüber erwähnen. Es war ja nicht sein Job.

»Das bin ich auch«, sagte er und schloß die Akte. »Ich habe nur darauf gewartet, daß du nach Hause kommst.«

# 36

## Mordfall Nash: Richter bürgt für Kaution, aber Verteidiger erbringt Nachweis für May Shinns Alibi
### Bezirksstaatsanwalt zieht Anklage zurück

von Jeffrey Elliot
*Chronicle*-Redaktion

In einer aufsehenerregenden Serie von Ereignissen rund um den Mordprozeß des Geschäftsmanns Owen Nash trat Oberrichter Andrew B. Fowler gestern, nur wenige Stunden, bevor man entdeckte, daß eine Wohnung, die ihm gehört, als Sicherheit für die 500 000-Dollar-Bürgschaft der Angeklagten May Shinn gedient hat, von seinem Amt zurück.

Nach Auskunft des Büros der Bezirksstaatsanwaltschaft kann die Behörde die Herausgabe finanzieller Unterlagen eines Angeklagten verlangen, wenn anzunehmen ist, daß das Geld, mit dem die Kaution oder das Honorar des Strafverteidigers finanziert wird, aus Einnahmen einer kriminellen Tätigkeit wie zum Beispiel Drogenhandel oder, wie in diesem Fall, Prostitution stammt. Ms. Shinn hat zugegeben, daß sie ein hochbezahltes Callgirl war.

Gleichzeitig hat aber Ms. Shinns Anwalt, David Freeman, zwei Jungen als Zeugen vorgestellt, die ausgesagt haben, sie hätten während der Zeit, in der Ms. Shinn sich laut Angaben der Staatsanwaltschaft an Bord von Owen Nashs Segelboot, der *Eloise*, befunden haben soll, die Frau in ihrer Wohnung durch ein Fernrohr beobachtet.

Bezirksstaatsanwalt Christopher Locke vernahm die beiden Jungen gestern abend persönlich und gab bekannt, daß das gesamte gegen Ms. Shinn gerichtete Strafverfahren eingestellt wird.

»Zwei Augenzeugen bestätigen ihr Alibi«, sagte Locke. »Also gibt es diesen Fall nicht mehr. Aber vergessen Sie nicht, ihr Revolver *ist* die Mordwaffe gewesen, und wir glaubten ein solides Motiv zu haben. Aber wir haben es in diesem Fall mit einem sehr eng begrenzten Zeitraum zu tun, in dem der Mord geschehen sein muß, und wenn Ms. Shinn am Sonnabendnachmittag in ihrer Wohnung war, kann sie Owen Nash nicht getötet haben.

Unsere Behörde ist natürlich hinsichtlich der erhobenen Anschuldigungen, es sei rassistisch gegen Ms. Shinn vorgegangen worden, erschüttert. Wir beabsichtigen diesen Vorwurf zu überprüfen und, wenn nötig, disziplinarische Maßnahmen zu ergreifen.«

Die Beziehung zwischen Richter Fowler und Ms. Shinn bleibt unklar. Der Richter hat, so heißt es, die Stadt verlassen, aber Richter Marshall Brinkman vom Obersten Kalifornischen Gerichtshof, der in dem Ausschuß für richterliche Ethik dient, erklärte, er sei »tief beunruhigt« von dem Bericht über Richter Fowlers angebliche Beziehung zu der Angeklagten. »Wenn es zwischen einem Richter und einer angeklagten Person irgendeine Beziehung gibt, so flüchtig, beiläufig, nebensächlich oder untergeordnet sie auch sein mag, muß der Richter umgehend die Behandlung des Falles ablehnen«, sagte Brinkman. »Jedes Versäumnis auf diesem Gebiet stellt eine grobe Verletzung der richterlichen Obliegenheiten dar. Zumindest muß hier über eine Aberkennung der juristischen Zulassung gesprochen werden.«

David Freeman lehnte es ab, sich über Richter Fowler zu äußern, obwohl ihm die Einzelheiten der Kautionsstellung mit Sicherheit bekannt waren. Er berief sich auf die Schweigepflicht des Anwalts in Sachen seiner Mandanten und verteidigte auch Ms. Shinns Recht auf ihre Privatsphäre. »Meine Mandantin hat genug durchgemacht«, sagte er. »Sie hat diesen Mord nicht begangen. Sie ist unschuldig, man hat sie zu Unrecht angeklagt, die Vorwürfe entbehren jeder Grundlage.«

»Wow!« sagte Frannie.

»Ja.« Hardy war bei seiner dritten Tasse Kaffee. Er hatte den Artikel zweimal gelesen. Es wunderte ihn, daß Andy die Kaution für May Shinn aufgebracht und sich nicht bemüßigt gefühlt hatte, ihm diese Tatsache während ihres langen nächtlichen Gesprächs zu beichten.

Das Sonnenlicht fiel durch das Oberlicht in die Küche und auf die Töpfe und Pfannen, die gegenüber dem Herd an der Wand hingen. Frannie gab Rebecca die Brust.

»Ich bin sicher, daß das nichts mit deinem Freund zu tun hat, der in Schwierigkeiten mit dem Gesetz ist und über den du nichts erzählen kannst.«

Die moralischen Höhen – eine Wanderdüne? Hardy lächelte darüber und nahm sich noch etwas Kaffee.

»Wo meinst du, daß er jetzt steckt?« fragte sie.

»Wahrscheinlich zu Hause. Hat sich verkrochen. Geht nicht ans Telefon.«

»Was weißt du sonst noch darüber?«

»Noch ein bißchen, aber nicht viel.«

»Ich begreife nicht, wie du das für dich behalten kannst. Wie lange weißt du schon davon?«

Er zog die Zeitung wieder zu sich heran. »Das hier? Seit fünfzehn Minuten ungefähr. Von der Beziehung weiß ich schon etwas länger.«

»Was war das für eine Beziehung?«

»Wie meinst du, Frannie?«

Frannie war noch immer in ihrem Bademantel. Sie hatte eine Windel über der Schulter, auf der das Baby lag, und klopfte der Kleinen sanft auf den Rücken. Rebecca stieß ein langes zufriedenes Bäuerchen aus. »So ein braves Mädchen«, sagte Frannie.

»Komm, ich halte sie.«

Hardy nahm Frannies Tochter – seine Tochter – in die Arme und machte ein Gesicht, das mit einem erfreuten Gurgeln belohnt wurde. »Bist du mein großes Mädchen? Verbringe ich nicht genug Zeit mit dir?« Er drückte sein Gesicht in ihres, atmete ihren Geruch ein und rieb seine Wange an ihrer. Frannie kam um den Tisch herum, lehnte sich gegen ihn und sah ihm über die Schulter. »Wir haben Glück«, sagte sie.

»Ich weiß.«

Aber die Zeitung zog sie immer wieder an. Frannie griff danach und drehte sie erneut so herum, daß die Titelseite oben lag.

»Was wird denn nun mit ihm geschehen, Diz?«

»Ich weiß nicht. Da May Shinn Nash nicht getötet hat, wird man die Sache vielleicht schnell vergessen. Nach ein paar Tagen schlechter Presse. Nebenbei gesagt: Du hattest recht. Erinnerst du dich an den Briefbeschwerer?«

»Sie hat ihm den geschenkt.«

Hardy nickte. »Er erinnerte ihn an sein gebrochenes Herz, darum hat er ihn mir geschenkt. Sie hat ihm wegen Owen Nash den Laufpaß gegeben.«

»Also waren sie nicht mehr zusammen, Andy Fowler und Shinn?«

»Nein. Das war ja der Punkt.«

»Warum hat er dann die Kaution für sie geleistet? Und warum sollte er der Richter in ihrem Prozeß sein?«

»Ich weiß es nicht. Wenn er ihr half, konnte er sie vielleicht zurückgewinnen.«

»Das gibt es nicht«, sagte Frannie.

»Was?«

»Du gibst nicht jemandem den Laufpaß wegen jemand anderem, um dann wieder zu dem ersten zurückzukehren. Wenn du derjenige bist, der den Laufpaß bekommen hat, okay, dann vielleicht. Aber wenn du jemanden nicht mehr liebst ...« Sie zuckte die Achseln. »So was gibt es eben nicht.«

»Ich weiß nicht, ob May ihn nicht mehr geliebt hat, Frannie. Die Frau ist eine Prostituierte. Vielleicht hat sie sich wirklich in Nash verknallt, aber wahrscheinlich war es einfach ein besserer finanzieller Deal mit ihm. Indem er die Kaution stellte, hat Andy ihr vielleicht sagen wollen, daß auch er Geld hat und es für sie ausgeben würde. Eine halbe Million, zum Teufel, das ist doch schon was.«

»Und damit wäre er zufrieden gewesen?«

»Ich weiß es nicht. Ich nehme es an. Jedenfalls war er zuvor zufrieden.«

Sie massierte ihm den Rücken, schaukelte vorwärts gegen ihn und zurück. »Nein«, sagte sie. »Er hat sie geliebt. Und welcher

Art auch immer ihre Gefühle ihm gegenüber gewesen sein mögen, er muß *geglaubt* haben, daß sie ihn auch liebte. Der Briefbeschwerer, nicht wahr? Das ist ein besonderes, ein ganz persönliches Geschenk. Das bedeutet doch etwas.«

»Und?«

»Was war es also für eine Beziehung? *Nachdem* sie ihn verlassen hatte, hat er, schätze ich, nicht geglaubt, daß er sie zurückkaufen könnte. Inzwischen war ihm klar, daß sie ihn nicht liebte. Selbst wenn er sich das vorher eingebildet hatte. Also muß er einen anderen Grund gehabt haben.«

Hardy schüttelte den Kopf und lehnte sich gegen Frannies Körper zurück. »Nun, während du dieses Problem löst, wird dir wahrscheinlich auch klarwerden, wieso mich diese Sache um meinen Schlaf gebracht hat.« Er stand auf und legte Beck auf die andere Schulter. »Aber damit ist jetzt Schluß.«

»Mir tut nur Andy leid. Ich meine, wenn Shinn wirklich unschuldig ist, dann hat er doch alles für nichts aufgegeben.«

»Das stimmt«, sagte Hardy. »Das tun die Leute aber andauernd.«


Er sah kurz bei Glitskys Büro vorbei, bevor er in sein eigenes ging, aber der Sergeant war nicht da. Er schrieb ihm eine kurze Notiz über die Diskrepanz in Ken Farris' Erinnerungen, wann er Nash zuletzt gesehen haben wollte, und nahm an, daß dies seine letzte Tat im Fall Owen Nash sein würde.

Dann las er die mit Klebestreifen mitten auf seinem eigenen Schreibtisch befestigte Nachricht von Drysdale: Er müsse ihn so schnell wie möglich sprechen, und er solle die Akten in Sachen Nash mitbringen.

Allmählich wurde es ihm zur Gewohnheit, den Gang hinunter zu Lockes Büro zu gehen, diesmal allerdings mit der prallen, dicken Aktentasche. Hardy saß im Vorraum und hörte gedämpfte Laute durch die geschlossene Tür. Die Sekretärin wirkte ungewöhnlich beschäftigt, tippte wie rasend und heftete ab. Die Sprechanlage summte, sie drückte auf die Taste und sagte, ja, er sei da.

Noch ein paar Minuten, und Hardy lehnte sich zurück, schlug locker ein Bein über das andere und hob die Sportseite von dem niedrigen Beistelltisch neben seinem Sessel auf.

Im letzten Bericht des Tages stand, daß Bob Lurie die Giants entweder nach Sacramento, San Jose oder Portland bringen wollte, obwohl er auch Honolulu und die große Baseballtradition auf Hawaii erwähnte. Gerede über ein Obdachlosenproblem, dachte Hardy. Es war das Team, das niemand mit nach Hause nehmen wollte. Er sah sich die Tabelle mit den Spielergebnissen an. Die Saison war halb vorbei – neun Spiele out, dritter Platz. Nicht so schlimm und auch nicht gut. Wieso hatten sie bloß Kevin Mitchell gehen lassen?

Die Tür ging auf und Elizabeth Pullios kam heraus. Sie schien es nicht besonders eilig zu haben, trotzdem überhörte sie Hardys Gruß, als sie an ihm vorbeiging, als hätte sie ihn noch nie im Leben gesehen. »Schönen Tag noch«, sagte er zu ihrem Rücken.

Drysdale stand an der Tür und gestikulierte mit dem Zeigefinger.

»Warum ist mir so, als ob das nicht hundertprozentig gemütlich wird?« fragte Hardy.

Locke kam sofort zur Sache. »Haben Sie diesem Reporter gesagt, daß unser Büro die Herausgabe von Andy Fowlers finanziellen Unterlagen verlangt hat?«

»Nein. Hat Ihnen jemand gesagt, daß ich das getan hätte?«

»Wir haben schon früher mal über undichte Stellen und so weiter diskutiert, richtig?«

»Ja, Sir. Hat jemand zu Ihnen gesagt, ich sei die undichte Stelle? Haben wir die Herausgabe seiner Unterlagen verlangt?«

»Ich möchte, daß Sie mir alles erzählen, was Sie über Andrew Fowler wissen.«

»War das Pullios? Wenn sie es war, ist sie eine Lügnerin.«

Drysdale, der, die Hände in den Taschen, ein Stück hinter Hardy gestanden hatte, trat vor. »Wir haben ein Problem, Diz. Ein echtes Problem. Du hast ein Problem.«

»Fowler.« Locke blieb bei seinem Thema.

»Wieso ist Fowler mein Problem?«

»Man hat Sie neulich mit Jeff Elliot zusammen den Warteraum für Zeugen betreten sehen?«

»Darf ich fragen, wer mich gesehen hat? Oder vielmehr: Wer es für so wichtig hielt, es Ihnen zu erzählen?«

»Das ist irrelevant«, sagte Locke. »Relevant ist, daß Sie etwas Entscheidendes über einen Mordfall wußten und es uns vorenthalten haben.«

Hardy merkte, wie ihm ziemlich heiß wurde. »Das ist überhaupt nicht irrelevant! Sie klagen mich wegen etwas an und lassen mich nicht meinen Ankläger sehen. Ich dachte, daß man in einem Büro, in dem man sich mit dem Gesetz beschäftigt, vielleicht ein bißchen auf die Feinheiten achten sollte, wenn man die Wahrheit rausfinden möchte.«

»Wir kennen die Wahrheit schon. Fowler war Ihr Schwiegervater, nicht wahr?«

»Das stammt von Pullios. Wollen Sie das bestreiten?«

»Ich brauche gar nichts zu bestreiten. Pullios ist im Gegensatz zu Ihnen juristisch außerordentlich qualifiziert.«

»Oh, das stimmt. Sie hat wirklich astreine Arbeit geleistet mit May Shinn, als sie sie eingelocht hat.«

Drysdale versuchte zu bremsen. »Leute…«

»Wenn Elizabeth gewußt hätte, daß Andy Fowler die Kaution für May Shinn gestellt hat, wäre sie damit zu mir gekommen und hätte sich nicht an die Zeitung gewandt.«

»Ja. Ist sie nicht eine nette kleine Gestapofrau?«

Drysdale schaltete sich ein. »Seit wann wußtest du Bescheid über Fowler, Diz?«

Hardy hielt ein und holte Luft. »Weißt du, Art, es ist schon komisch, aber ich glaubte nicht, daß wir schon festgestellt haben, *daß* ich überhaupt etwas über Fowler wußte. Wir haben da eine ungenannte Quelle, die mich mit Jeff Elliot in einen Raum hat gehen sehen. Allmählich kommt mir allerdings der Verdacht, daß man in Mr. Lockes feudaler Lehnsherrenrepublik schuldig ist, sobald einen jemand anklagt.«

Der Bezirksstaatsanwalt war aufgesprungen. »Das muß ich mir nicht gefallen lassen, Hardy.«

»Zu spät«, sagte Hardy. Nach einer Pause fügte er hinzu: »Chris. Soweit ich sehe, werden Sie sich noch ganz andere Sachen gefallen lassen müssen.«

»Sie werden sich gleich was gefallen lassen. Ihr Job endet hier.«

»Wissen Sie, was Sie sind, Chris ...« Hardy redete jetzt ganz langsam. Er dehnte es aus. Sah ihm ins Auge. »Chris, Sie sind ein total verdammtes Arschloch.«

Er dachte bei Lou's noch lange darüber nach. Er war bei seinem dritten Schwarzbraunen angelangt. Sie hatten von Anfang an vorgehabt, ihn rauszuwerfen. Sie wollten ihn gar nicht mehr anhören. Nur irgend etwas Belastendes finden, dazu hatten sie ihm diese Farce vorgespielt.

Na klar – bevor sie ihm die erste Frage gestellt hatten, hatten sie ihm gesagt, er solle alle Akten des Falles Nash ins Büro mitbringen. Sie planten, ihm die Akten wegzunehmen. Das hatten sie dann auch getan.

Haha, Leute. Ratet mal was!

Das Komische an der Sache war ja, daß er ihnen tatsächlich Informationen vorenthalten hatte. Aber die Nachricht über Fowler und die Kaution stammte wirklich nicht von ihm. Das hatte er ja selbst erst am Morgen aus der Zeitung erfahren. Jeff Elliot hatte es entdeckt und die Informationen, die Hardy ihm über die Herausgabe finanzieller Unterlagen gegeben hatte, benutzt, um es so darzustellen, als wäre die Fowler-Sache aus der Staatsanwaltschaft durchgesickert. Jeff Elliot war ein schlauer Junge, und er hatte Hardy den Job gekostet, aber in diesem Augenblick kam es Hardy eher so vor, als hätte ihm Jeff einen Gefallen getan.

Also hatten Locke und Drysdale vielleicht doch einen Grund gehabt, ihn vor die Tür zu setzen. Er hatte von Andy Fowlers Beziehung zu May Shinn gewußt und es nicht sofort gemeldet. Also war er kein guter Team-Spieler gewesen. Aber, so sagte er sich, selbst wenn sie Gründe hatten, hatten sie nicht die *richtigen* Gründe.

Es war immer noch nicht Mittag. Er dachte daran, Frannie anzurufen und zu sehen, ob sie zu Hause war. Und sie und Beck irgendwohin zu einem netten Mittagessen einzuladen.

## 37

Von den drei Männern, mit denen die Assistentin des Bezirksstaatsanwalts Elizabeth Pullios ziemlich regelmäßig schlief, waren zwei verheiratet, und zwei arbeiteten im Büro des Bezirksstaatsanwalts.

Da war Bezirksstaatsanwalt Chris Locke, der sie Pullios
nannte. Sie hatte ihn für den schnellen Akt und wegen der Kontrolle – Intimität mit einem Vorgesetzten mochte ja ein zwei-
schneidiges Schwert sein, aber bisher hatte es nur in eine Richtung geschnitten. Ja, in diesem Fall war Locke derjenige, der am
meisten zu verlieren hatte, wenn es herauskam. Sie kannte sich
nicht nur in den Gesetzen aus, die eine solche Belästigung am
Arbeitsplatz betrafen, sondern sie wußte auch, was sie bedeute-
ten, wenn man sie richtig ausspielte, und sie verstand es, sie auszuspielen. Wenn ein starker Mann, der dein Boß war, mit dir
eine Beziehung hatte, war das sein Problem. Du warst seine Angestellte, er war der Boß. Und er konnte dich feuern, wenn du
nicht tatest, was er von dir verlangte. Und oft feuerte ein solcher
Boß seine Angestellte dann auch. Daß manche Frauen am
Arbeitsplatz von ihrem Boß belästigt wurden und sich nicht
dagegen wehren konnten, war die Basis, auf der Pullios ihre
Strategie entwickelt hatte. Außerdem befand sie sich, wenn
ein beruflicher Rückschlag kam, in einer günstigen Situation.
Zum Beispiel hatte sie gedrängt und manipuliert, um May
Shinn vor Gericht zu bringen, nachdem sie einem anderen
Staatsanwalt die Sache weggenommen hatte. Die meisten anderen Staatsanwälte hätten Locke dafür mit Recht zusammen-
gestaucht. Aber da Locke wußte, daß Pullios eine verdammt
scharfe Staatsanwältin war, hatte er seine Wut an einem weniger bedeutenden und kürzer im Amt befindlichen Sündenbock
wie Hardy ausgelassen. Es war so leicht gewesen, daß es schon
beinahe unfair war. Aber nichts war unfair. Fairneß war ein
Konzept, das nichts mehr bedeutete, wenn man das Spiel gewann.

Ihr zweiter Geliebter war Brian Powell. Für ihn war sie Elizabeth. Brian war seit drei Jahren ihr »Boyfriend«. Fünfundvierzig Jahre alt, gutaussehend, politisch korrekt, geschieden. Ein kinderloser Makler, der ein paar Hunderttausend im Jahr machte und sie nicht nervte. Er hatte Verständnis dafür, daß sie manchmal zu sehr mit irgend etwas anderem beschäftigt war. Sie überlegte, ob sie sich mit ihm verloben sollte (er hatte sie noch nicht gefragt, aber sie konnte ihn dahin bringen, wenn sie wollte), wenn es Zeit war, sich um den Posten einer Bezirksstaatsanwältin zu bewerben, und ein Ehemann hilfreich wäre. Bis dahin war er eine Annehmlichkeit, ein Mensch, mit dem sie gern zusammen war und sich gern sehen ließ.

Der andere Mann im Büro – und in gewisser Weise war er der einzige, der ihr persönlich gefährlich werden konnte – nannte sie Molly. Das war Peter Struler, verheiratet und Vater von drei Kindern. Bei ihm hatte sie den Eindruck, daß er sie eigentlich nicht brauchte, obwohl er sie während der letzten vier oder fünf Monate ziemlich regelmäßig genommen hatte. Struler mit seinem juristischen Examen an der Duke University und seinen drei Jahren beim FBI war nicht dumm und kannte auch die Tricks der Straße. Er war witzig und respektlos. Als Ermittler beim Bezirksstaatsanwalt arbeitete er im besonderen Auftrag des Polizeichefs von San Francisco und des Countysheriffs. Er war der private polizeiliche Arm des Bezirksstaatsanwalts, er sorgte für Personenschutz, wenn sich Staatsanwälte in üble Gegenden begeben mußten, um Zeugen aufzusuchen, gerichtliche Anordnungen zu überbringen und gelegentlich eigene Ermittlungen für den Bezirksstaatsanwalt durchzuführen.

Das Gefährliche an Peter Struler war, daß Elizabeth Pullios ihn ziemlich gern hatte. Kennengelernt hatte sie ihn, als er sie in seiner offiziellen Eigenschaft zu einer Vernehmung verdächtiger Figuren begleiten mußte, deren Mitwirkung sie bedurfte, um noch verdächtigere Kunden hinter Schloß und Riegel zu bringen. Nachdem sie ihre Arbeit – ein Gespräch mit Zeugen, die sich hinter Vorhängen verbargen – höchst effizient bewältigt hatte, war sie ins Sonnenlicht hinausgekommen und hatte Struler mit nacktem Oberkörper auf einem von Glasscherben bedeckten Platz mit acht schwarzen Highschool-Lümmeln Basketball spielen sehen – er hatte sich seines Hemdes entledigt: ein wilder kleiner großer Junge, der sich glänzend amüsierte. Das hatte bei Pullios ein Herzklopfen verursacht, und plötzlich war sie ungewöhnlich schüchtern geworden. Später hatte sie unter allen möglichen Vorwänden immer wieder seine offizielle Begleitung gesucht, bis er sie darauf aufmerksam gemacht und sie ihm, während sie gerade wieder zu irgendeiner Vernehmung hinausfuhren, gestanden hatte, daß sie, nun ja, wahrscheinlich in ihn verliebt sei. Darüber solle er sich aber keine Gedanken machen, sie werde schon darüber wegkommen. Und sie wolle seine Ehe nicht kaputtmachen.

»Meine Ehe ist solide«, hatte er gesagt und geparkt. »Meine Ehe kann nichts gefährden. Aber ich glaube, wir sollten das jetzt mal zwischen uns klären.«

Und dann war es geschehen, und zwar gleich im Auto.

Jetzt saßen sie wieder in seinem Dienstwagen, hatten sich etwas aus einem chinesischen Imbiß geholt, was sie auf einem Parkplatz im Presidio-Viertel verzehrten. Die Wellen der Bay trugen kleine weiße Schaumkronen, und man konnte fast bis nach Alaska sehen.

Struler zitierte, was auf dem Einwickelpapier seiner Eßstäbchen gedruckt war. »›Willkommen im chinesischen Restaurant. Bitte versuchen Sie unser gutes chinesisches Essen doch einmal mit Stäbchen zu essen, den traditionellen und typischen der glorreichen chinesischen Geschichte und Kultur.‹«

Sie nickte. »Man hat hier auch einen wundervollen Blick.«

»Nun sieh dir das an!« sagte Struler. »Wenn das wahr ist, warum müssen sie noch Kräne erfinden?«

»Kräne?«

»Ja, du weißt schon, diese Ladebäume. Kräne.«

»Wenn was wahr ist?«

Struler las vor: »›Lernen Sie Ihre Stäbchen unter den Daumen zu stecken und festzuhalten. Dann halten Sie das zweite Stäbchen wie einen Bleistift. Halten Sie das erste Stäbchen wie beschrieben fest und bewegen Sie das zweite auf und nieder. Jetzt können Sie alles aufheben!‹«

Er versuchte die Aktentasche aufzuheben. »Es stimmt gar nicht. Wieso dürfen die das schreiben? Ich kann nicht mal das Ding hier aufheben. Ich glaube, damit könnte man nicht mal einen Hund aufheben.«

»Einen Hund?«

Er zeigte auf das Papier. »Hier steht ›alles‹. ›Jetzt können Sie alles aufheben!‹ Hier mußt du dringend was unternehmen, Molly. Du bist doch Staatsanwältin. Ich rieche förmlich einen Prozeß. Qualitätskontrolle, irreführende Werbung, Riesenkohle.«

Sie ließ ihn weiterreden. Das war eine der Eigenschaften, die ihr an ihm am meisten gefielen – seine Fähigkeit, über praktisch alles endlos zu schwadronieren. »Und die Zeichensetzung stimmt ja auch hinten und vorne nicht. Von Punkten haben die noch nie etwas gehört. Ist dir das nicht schon aufgefallen?«

Sie streckte die Hand nach der Aktentasche aus, nahm sie auf den Schoß und knipste die Schlösser auf.

»Wieso spüre ich, daß du meine Faszination, was diesen Gegenstand betrifft, nicht teilst? Die Zukunft gehört dem Osten, denke an meine Worte.«

Sie küßte ihn auf die Wange. »Erst die Arbeit, dann das Vergnügen.«

Er legte die Hand zwischen ihre Schenkel. »Wer hat sich das ausgedacht? Ein Anwalt, vermute ich.«

»Du bist ein Anwalt, Mr. Struler.«

»Nein, ich habe nur ein bißchen Jura studiert. ›Erst die Arbeit, dann das Vergnügen‹ habe ich nicht gehabt. Ich glaube, deshalb bin ich durchs Examen gefallen.« Er bewegte die Hand ein wenig. »Ich glaube, ich habe nie ein Examen versucht, oder?«

»Peter.«

Er zog ein Gesicht. »Molly.« Aber er legte die Hände in seinen eigenen Schoß. »Okay, was?«

»Da ist dieser zwei Wochen alte Mord …«

»Die hab' ich am liebsten.«

»Die Sache ist: Die Polizei hat sich schon damit blamiert – mit der Owen-Nash-Geschichte. Abe Glitsky hat den Fall bearbeitet und die Frau festgenommen.«

»So ein Glückspilz.«

»Richtig. Er wird das nicht wieder tun. Es gibt kaum Beweise. Dazu der Kerl, der heute rausgeflogen ist – Hardy –, die beiden sind nämlich dicke Freunde. Jedenfalls werden wir die Kooperation mit der Polizei eine Weile auf Sparflamme halten.«

»Und da wendest du dich an mich. Ich bin gerührt.«

»Ich möchte nur einfach, daß du dir den Fall noch einmal ganz neu ansiehst, mehr nicht. Es ist ein wichtiger Fall, und ich möchte nicht, daß er sich totläuft. Ich stehe hier Locke gegenüber im Wort. Wer auch immer diesen Typ umgebracht hat, läßt mich ziemlich alt aussehen.«

Struler dachte einen Augenblick nach, dann nahm er ein paar Papiere aus der Aktentasche und warf einen Blick darauf. »Ist das alles?«

Sie nickte. »Das sind alle Papiere. Wir haben noch einige Beweismittel unter Verschluß – die Mordwaffe und so, aber das haben wir alles schon ziemlich gründlich abgecheckt.«

»Also, was soll ich tun?«

»Fang noch mal von vorn an. Wir brauchen eine neue Theorie, und die ist hier irgendwo drin. Irgend jemand *hat* Owen Nash umgebracht.«

»Wenn du mir sagen willst, du hättest keine Ahnung, wer es war, schwindelst du, und ich muß dir den Hintern versohlen.«

Sie beugte sich zu ihm hinüber und leckte sein Ohr. »Ich habe keine Ahnung.«

Elizabeth Pullios behauptete zwar, die Polizei ließe den Fall liegen, aber das stimmte nicht: Glitsky sprang sofort auf den von Hardy entdeckten Widerspruch an. Es gab nichts Besseres als einen Verdächtigen, der log. Das riß alle Türen und Fenster auf und ließ frische Luft hinein. Natürlich wußte er nicht mit Sicherheit, ob Farris gelogen hatte – vielleicht hatte er sich nur geirrt, an etwas nicht richtig erinnert. Aber Glitsky hatte es mitgehört, das wußte er noch genau. Farris hatte einmal so und einmal so ausgesagt. Glitsky mußte sich damit befassen.

Glitskys eigenen Berichten zufolge hatte sich Farris während des Wochenendes, an dem der Mord geschehen war, in Taos, New Mexico, aufgehalten. Was war in Taos? Hatte er nicht gesagt, daß es da weder Strom noch Telefon gab? Hatte ihn dort jemand gesehen? Gab es Unterlagen über seinen Flug dahin? Hatte er ein Hotelzimmer gemietet? Einen Leihwagen?

Glitsky machte sich Notizen, meldete ein Gespräch bei der Polizei in Albuquerque an und erreichte Farris in seinem Büro bei Owen Industries in South San Francisco.

»Sergeant, was kann ich für Sie tun?« Ein vielbeschäftigter Mann. Klang so.

»Sie wissen, wir haben wieder einen offenen Fall, Sir. Sieht so aus, als ob May Shinn nicht auf der *Eloise* war. Und wenn das stimmt, hat sie Mr. Nash nicht getötet.«

»Natürlich. Das hab' ich gelesen. Ich bin nicht sicher, ob ich glauben soll, daß das die Wahrheit ist.«

»Tja, Sir, aber der Bezirksstaatsanwalt scheint es anzunehmen. Und solange das der Fall ist, müssen wir mit der Untersuchung fortfahren.« Da war wieder einer dieser teuflischen Piepser. Glitsky hatte sie vergessen.

»Augenblick, bitte.«

Er saß da, wartete zwanzig Sekunden, schlug den Takt mit einem Stift auf seine Kladde.

»Sergeant? Es tut mir leid. Hier ist immer noch die Hölle los. Ich weiß, ich habe heute früh bei der Staatsanwaltschaft angerufen, aber da hat man mir irgendeinen Blödsinn erzählt. Mr. Hardy arbeite da nicht mehr. Und es hat mich auch niemand zurückgerufen.«

»Hardy arbeite da nicht mehr?«

»Ja, das hat man mir gesagt.«

Glitsky schüttelte den Kopf. »Ach, das ist ja lächerlich. Ich richte ihm aus, daß Sie ihn sprechen wollen. Aber ich wollte einen kleinen Widerspruch klären. Wir müssen wieder ganz von vorn anfangen, ich bitte um Entschuldigung.«

»Es ist schon gut, aber was ist denn dran an dieser Geschichte, daß der Richter May kennt. Das ist ja wirklich ein Schock.«

»Das prüfen wir auch nach. Aber was mich interessiert, ist, wann Sie Mr. Nash zuletzt lebend gesehen haben.« Glitsky erwähnte nicht die offensichtliche Diskrepanz in Farris' Aussagen.

»Ich erinnere mich genau. Wir waren beim Mittagessen unten im Angus.«

»Ja, Sir. Und Sie haben uns gesagt, das sei am Freitag gewesen.«

Piep.

»Hab' ich das? Ich erinnere mich nicht daran, welcher Tag es war. Wenn ich Freitag gesagt habe, muß ich mich geirrt haben.«

»Es war das Wochenende, an dem Sie in Taos waren.«

»Ich weiß, welches Wochenende es war. Ich fliege immer morgens nach Taos raus. Das muß Freitag gewesen sein. Also war das Mittagessen am Donnerstag. Ich könnte das Restaurant anrufen und es noch einmal nachprüfen.«

»Das wäre nett.«

»Wollen Sie einen Augenblick warten? Ich kann das gleich klären.«

Er war nach etwa einer Minute wieder dran und sagte, das Restaurant habe immer noch die Unterlagen über die Reservierung, und es sei Donnerstag gewesen.

Die nächste Frage ließ sich nicht sehr viel harmloser formulieren, doch wenn die Antwort ja war, würde das Glitsky viel Lauferein sparen. »Mr. Farris, gibt es Angestellte dort, wo Sie in Taos wohnen?«

Glitsky brauchte Farris nicht zu erklären, was diese Frage bedeutete. Farris antwortete nicht sofort darauf. Glitsky hörte ihn vor und nach einem Aufnahme-Piepser Luft holen.

»Owen war mein bester Freund, Sergeant. Ich profitiere in keiner erdenklichen Weise von seinem Tod. Im Gegenteil. Ich bin von Owens Tod persönlich tief erschüttert und beruflich in einer Weise gehandicapt, die Sie sich nicht vorstellen können. Ich bin sicher, daß über mein Kommen und Gehen an jenem Wochenende genaue Aufzeichnungen vorhanden sind, und wenn Sie es für Ihre Pflicht halten, Sie sich anzusehen, dann tun Sie das bitte ... Wenn ich Sie wäre, Sergeant, würde ich mir erst mal diesen Richter ansehen. Aber das ist Ihre Sache. Und wenn Sie mich jetzt bitte entschuldigen wollen. Ich habe furchtbar viel zu tun.«

Plötzlich war die Leitung tot, während Glitsky den Hörer noch immer in der Hand hielt. Er trommelte mit dem Stift auf den Notizblock. Farris' Reaktion war nicht ungewöhnlich. Die Leute mochten es im allgemeinen nicht, wenn man ihnen sagte, sie ständen unter Verdacht. Aber Glitsky fiel auf, daß Farris ihm nicht gesagt hatte, daß irgend jemand ihn in Taos oder sonstwo gesehen hatte. Konnte Vergeßlichkeit sein wie Donnerstag oder Freitag oder welcher Tag es auch gewesen sein mochte, an dem er seinen besten Freund zuletzt gesehen hatte. Konnte sein.

Aber das war so ein Punkt, den Glitsky sich merkte.

Die zehn Minuten Schlaf halfen etwas, aber nicht viel.

Nach den drei Schwarzbraunen am Morgen hatte Hardy mit Frannie und Rebecca ein paar ausgezeichnete Gambas im Sol y Luna verspeist. Dazu hatte er, da Frannie überhaupt keinen Alkohol trank, eine ganze Flasche leichten weißen Rioja für sich alleine gehabt. Zum Teufel, er hatte was zu feiern.

Er hatte die Neuigkeiten von seinem Job berichtet, und sie nahm es ähnlich auf wie er selbst. Sie hatten noch fast eine Viertelmillion Dollar auf der Bank, und diese Woche waren die Einnahmen aus Hardys Anteil am Shamrock fällig – Geld war nicht das größte Problem auf der Welt, und ihr gefiel nicht, was seine juristische Tätigkeit aus ihm gemacht hatte.

Nach dem Mittagessen mußte er darauf einen Fundador trinken.

Frannie fuhr sie nach Hause, und Hardy bekam noch sein Hemd ausgezogen, bevor er wie tot ins Bett fiel und einschlief und erst durch Rebeccas Geschrei und seinen Brummschädel wieder aufwachte. Er ging in das hintere Zimmer, hob das Baby auf und klopfte ihr sehr sanft auf den Rücken, während er sie im Arm hielt. Sie versuchte, sich an seiner Brustwarze festzubeißen und schrie um so mehr, als sie nichts herausbekam. Frannie eilte durch die Küche herbei.

»Kriegen wir wirklich noch eins von diesen Babydingern?« fragte er.

»Sie hatte nicht so ein Mittagessen wie du.«

»Sie hat auch nicht den Kopf, den ich habe.« Er hielt sich Rebecca vors Gesicht und sagte: »Sieh her. Ich weiß mit Sicherheit, daß ich mich schlechter fühle als du, und ich schreie nicht.«

Diese Logik hatte keinerlei Wirkung. Er gab sie ihrer Mutter, und innerhalb von Sekunden saugte sie.

»Das ist ein ausgezeichneter Trick«, sagte Hardy. Er zog sich seinen Jogginganzug an, den grünen, der oben in der Schublade lag. »Hast du was dagegen, wenn ich mir ein bißchen Bewegung verschaffe?«

Er wählte den Vier-Meilen-Rundtrip zum Strand hinaus, auf dem harten Sand nach Süden bis zum Lincoln Park. Die Luft war klar, die Temperatur betrug etwa zwanzig Grad und wurde ein bißchen frischer mit dem Wind, der von den Brechern kam.

Nun rannte er den Strand entlang, arbeitslos mitten in einer größeren Rezession und lächelte, während er lief, und seine Kopfschmerzen waren nach zwanzig Minuten weg. Den Strand entlang, zurück durch den Park, die Avenues hinauf und wieder nach Hause.

Er saß auf seiner Veranda und kühlte sich ab, die Sonne stand zwar immer noch am Himmel, war jetzt aber hinter den hohen Häusern verschwunden. Auf dem Rückweg hatte er beschlossen, daß die Familie Hardy, da sein Terminkalender plötzlich leer war, einen Flug nach Hawaii buchen und für ein paar Wochen verschwinden sollte. Er träumte von einem Leben am Strand, von Rum und von Gitarrenklängen in einer sanften Brise.

Die sechsstöckigen Apartmenthäuser links und rechts versperrten ihm den Ausblick auf den größten Teil seiner Straße, so daß er Celine erst entdeckte, als sie plötzlich in ausgewaschenen Jeans, Sandalen und magentaroter Seidenbluse vor seinem Holzzaun stand.

Er hätte mit so etwas rechnen können. Vielleicht hätte er ihr, Farris und sogar Glitsky telefonisch die Tatsache seines Hinauswurfs mitteilen sollen. Kam sie, um ihm ihr Beileid auszudrücken? Um zu fragen, was geschehen war und zu erfahren, wer den Fall jetzt bearbeitete? Woher hatte sie seine Adresse?

Er erhob sich. Beschloß, sich eine andere Telefonnummer geben zu lassen, ohne Eintragung ins Telefonbuch. Jetzt wurde ihm klar, daß er das hätte erledigen sollen, als er im Februar wieder bei der Staatsanwaltschaft angefangen hatte, aber wegen der Heirat, des neuen Jobs und des neuen Babys hatte er andere Dinge im Kopf gehabt.

Er ging ein paar Schritte von der Veranda nach vorn. Celine sah ihn und blieb stehen.

Er kam herunter, auf sie zu und sah, wie erstarrt ihr Gesicht war. War noch irgend etwas geschehen? Sie stand stocksteif, wie unter Schock.

»Celine, ist alles in Ordnung mit Ihnen?«

Er ging noch ein paar Schritte auf sie zu und blieb vor der Gartenpforte stehen. Sie starrte ihn mit einem Blick an, in dem er Entsetzen und zugleich eine ungeheure Enttäuschung sah.

Hardy hörte, wie die Haustür aufging und Frannie »Diz?« rief.

Celines Augen wanderten an ihm vorbei zu Frannie hinauf, kehrten zu ihm zurück, zuerst schien noch Hoffnung in ihrem Blick zu sein, dann war es fast Panik. »Es tut mir leid«, sagte sie und wich langsam zurück. »Tut mir leid. Es ist ein Irrtum.«

»Celine. Was ist denn?«

Sie schüttelte den Kopf und betrachtete ihn von unten bis oben und wieder zurück. Zwischen ihm und Celine war alles immer zu persönlich gewesen. Jetzt, als sie sein Haus und seine Frau sah, konnte sie die Wirklichkeit nicht mehr ignorieren. Er war nicht nur ein guter Mann, sondern er führte auch ein Leben, in dem es für sie auf keiner Ebene einen Platz gab. Sie wich weiter zurück, dann blieb sie stehen und schien die Beherrschung teilweise zurückzugewinnen.

»Tut mir leid, Dismas. Ich weiß nicht, was ich gedacht habe.«

»Es ist ja gut. Was ist los?«

Sie schüttelte den Kopf. »Nichts. Es ist ein Irrtum.« Sie wich wieder zurück, drehte sich um. Sie hob eine Hand, winkte zaghaft und ging fort.

»Wer war das?« Frannie stand neben ihm und hatte ihren Arm unter seinen geschoben.

»Celine Nash. Owen Nashs Tochter.«

»Gott. Sie ist schön, nicht?«

Hardy legte den Arm fester um sie. »Du bist schön.«

Sie stieß ihn mit der Hüfte an. »Was wollte sie denn?«

Er zuckte die Achseln. »Ich weiß nicht. Vielleicht hat sie gehört, daß sie mich rausgeschmissen haben.«

Celine stieg in ihren Wagen, der ein Stück weiter unten an der Straße geparkt war. Sie sahen ihr beide zu.

»Warum ist sie denn nicht hereingekommen?«

»Seit dem Tod ihres Vaters ist sie etwas labil.«

Sie gingen zur Veranda zurück. Er erzählte Frannie von Celines Wutausbruch, von ihrer Launenhaftigkeit. Er erwähnte allerdings nicht, daß er sich mit ihr im »Hardbodies!« getroffen hatte.

»Ich weiß noch, wie ich mich nach Eddies Tod gefühlt habe.«

Hardy faßte sie fester um die Taille. »Du hast dich aber tapfer gehalten«, sagte Hardy. »Sie ist nicht so stark wie du.«

»Du solltest nicht so streng mit ihr sein.«

Hardy küßte seine Frau. »Ich werde überhaupt nichts mit ihr sein. Die haben mich gefeuert, erinnerst du dich? Das ist jetzt alles vorbei.«

# Vierter
# Teil

## 38

Hardy flog wirklich mit Frannie und Rebecca nach Hawaii, und sie blieben zwei Wochen dort.

In San Francisco tauchte der Owen-Nash-Fall nicht mehr in den Schlagzeilen auf. Im August und September tat sich anscheinend nichts, obwohl sich Peter Struler (nicht Abe Glitsky) intensiv mit dem Fall beschäftigte, den Elizabeth Pullios zu lösen entschlossen war. Die Polizei und auch Abe hatten sich neuen, dringenderen Straftaten zugewandt.

Jetzt waren seit Hardys Hinauswurf über drei Monate vergangen, und Struler und Pullios hatten ihren Fall komplett. Als sie schließlich einschritten, ging alles sehr schnell.

Die versiegelte Anklageschrift wurde von der Grand Jury am Dienstag, dem 13. Oktober, vormittags übermittelt. Oberrichter Marian Braun las sie und erklärte dann, daß, im Fall eines Haftbefehls, keine Kautionsstellung vorgesehen sei. Ungewöhnlich war, daß Bezirksstaatsanwalt Christopher Locke um 11 Uhr 45 vormittags persönlich und in Gegenwart der stellvertretenden Bezirksstaatsanwältin Elizabeth Pullios sowie des Polizeischefs Dan Rigby den Haftbefehl an Lieutenant Frank Batiste von der Mordkommission überreichte. Als Batiste ihn las, schnappte er nach Luft.

Wäre der Fall auf dem normalen Weg, nach einer Untersuchung durch einen beauftragten Polizeikommissar an die Grand Jury gegangen, dann hätte eben dieser Kommissar, in diesem Fall Abe Glitsky, den Haftbefehl überbracht. Aber Glitsky wußte ebenso wie die übrige Mordkommission nichts von Peter Strulers Arbeit im Auftrag des Büros des Bezirksstaatsanwalts. Und deshalb bekam Marcel Lanier den Auftrag, als er gerade untätig im Büro herumhing und auf irgend etwas wartete.

Richter Fowler hatte einen Zyklon aus Gehässigkeit und Kritik, Geschwätz und Peinlichkeiten über sich ergehen lassen, aber wie alle Stürme war auch dieser vorübergegangen. Die Rüge, die ihm das Ethics Committee erteilte, fiel aufgrund seiner langjährigen und beachtlichen juristischen Leistungen nicht gar so schlimm aus. Die Bar Association – die Anwaltskammer – warnte ihn allerdings: Wenn der Prozeß gegen May Shinn fortgesetzt worden wäre, hätte sich ein vorübergehendes oder auch endgültiges Berufsverbot kaum vermeiden lassen. Aber nach drei Monaten war er wieder juristisch tätig und saß als Partner der Anwaltssozietät Strand, Worke & Luzinski in einem geräumigen Eckbüro am Embarcadero One.

Als Wanda den Summer ertönen ließ und ihm sagte, Officer Marcel Lanier sei draußen und würde ihn gern sprechen, sagte er: »Natürlich! Schicken Sie ihn rein! Er kannte Marcel. Fowler war im Justizpalast nicht völlig geächtet, eine Menge Anwälte und andere Leute dort zeigten Verständnis für ihn und seine – die menschliche – Seite der Angelegenheit. Seine Richterkollegen schnitten ihn allerdings, doch damit hatte er gerechnet. Dagegen kam er nicht an.

Nach Ansicht der Polizei war allein der Bezirksstaatsanwalt an dem Debakel mit May Shinn schuld. Fowlers Geschichte hatte nichts damit zu tun. Von dem Fehlgriff bei der Verhaftung abgesehen, hatte die Polizei sich nichts vorzuwerfen. Und selbst diese Verhaftung konnte man ihr nicht ankreiden, da die Grand Jury sie de facto bestätigt hatte.

Fowler kam um den Schreibtisch herum und streckte die Hand aus, um Laniers zu schütteln. »Wie geht es Ihnen, Marcel? Kommen Sie mich mal zu einem kleinen Plausch besuchen? Womit kann ich Ihnen helfen?«

Lanier blieb stehen. »Nein … nicht zu einem kleinen Plausch, Richter.«

»Nennen Sie mich doch Andy, bitte.«

»Richter.« Er zog den Haftbefehl aus der Jackentasche. »Ich weiß nicht, wie ich es sagen soll, aber ich habe hier einen Haftbefehl gegen Sie.«

»Einen Haftbefehl gegen mich?«

»Richtig, Sir.«

Andy versuchte zu lächeln. Marcel Lanier lächelte nicht. »Soll das ein Witz sein?«

»Nein, Sir. Die Grand Jury hat heute früh gegen Sie wegen Mordes an Owen Nash Anklage erhoben.«

Fowler bemerkte, daß er sich an die Kante seines Schreibtischs lehnen mußte. »Die Grand Jury«, wiederholte er. Er war blaß geworden, stand da wie vom Donner gerührt. »Owen Nash?«

Lanier stand stumm vor ihm.

Wanda ließ wieder den Summer ertönen, und Fowler drückte auf die Taste. »Ihre Tochter ist da, Richter. Zum Mittagessen.«

»Behalten Sie sie noch einen Augenblick da –«

Aber Jane hatte schon die Tür geöffnet. »Hi, Dad. Oh, Verzeihung. Wanda hat nichts davon gesagt, daß du eine Besprechung hast.« Als sie ihn so blaß sah, blieb sie stehen, »Dad? Was ist los?«

»Jane, Liebling, warte doch bitte einen Augenblick draußen.«

»Bist du okay? Was ist denn?«

»Mir geht's gut. Nun mach schon. Laß mich kurz allein.«

Die Tür schloß sich hinter ihr, als sie zögernd den Raum verließ. »Das ist lächerlich, Marcel. Locke steckt dahinter, nicht wahr? Jetzt will er's mir heimzahlen.«

»Alles, was ich weiß, Sir, ist, daß ich Sie einliefern soll.«

»Natürlich. Ich verstehe. Na klar, damit haben Sie nichts zu tun. Was in aller Welt hat man mir denn vorzuwerfen?«

»Sir, ich soll Ihnen sagen, daß Sie das Recht haben, zu schweigen, und alles, was Sie sagen… «

»Marcel, bitte«, sagte Fowler und hielt eine Hand hoch. »Ich verspreche Ihnen, daß ich mich nicht auf eine unterbliebene Miranda Warning berufen werde.«


»Es muß reine Schikane sein. Locke hat tausendfach geschworen, er werde mich kreuzigen. Jetzt meint er, er hätte eine Chance.«

Die Krümel eines italienischen Sandwiches bedeckten David Freemans Tisch. Während der letzten Bissen war er von Andy Fowlers Anruf aus dem Justizpalast unterbrochen worden. Fowler hatte seit jenem Tag im Juli, als Freeman sich geweigert hatte, ihn als Richter in der May-Shinn-Sache abzulehnen, nicht mehr mit ihm gesprochen. Nun ging es ihm an den Kragen, und er brauchte selbst einen Anwalt.

Was Fowler da sagte, ergab für Freeman keinen rechten Sinn. Gewiß, Christopher Locke haßte Fowler wie die Pest, aber Locke würde in einem Prominentenfall – worum es sich bei der Ermordung Owen Nashs handelte – nicht noch einmal so vollkommen danebenhauen. Sie mußten irgendwelches stichhaltiges Beweismaterial gefunden haben. Und im Gegensatz zu May Shinn könnte Fowler wirklich Gründe gehabt haben, Owen Nash zu töten.

»Hören Sie, Andy, ich bin nicht sicher, ob ich diesen Fall übernehmen kann.«

»Wie meinen Sie das, Sie sind nicht sicher? Was ist denn das Problem?«

»Na ja, es gibt zwei Probleme. Ich sage noch nicht nein, Andy, aber ich muß es mir gründlich überlegen. Erstens vertrete ich immer noch May Shinn in einer Zivilsache. Ich möchte den Anschein vermeiden, daß sich hier ein Interessenkonflikt ergeben könnte.«

»Ich wüßte nicht, wieso hier ein Interessenkonflikt auftreten könnte, David. May und ich haben nichts mehr miteinander zu tun.«

»Ja. Nun, und das andere ist unsere Verdunkelung ...«

»Verdunkelung?«

»Ja, das war es, Andy, so verdammt nahe einer Verschwörung, daß ich immer noch unter Alpträumen leide. Und ich glaube, Sie wissen das.«

»Es war absolut nichts Ungesetzliches an der Beziehung, und *Sie* wissen es.«

»Nun, wie dem auch sei. Es fällt mir ein bißchen schwer, mir vorzustellen, daß wir beide zusammen am Verteidigertisch sitzen. Und daß das Gericht uns auch nur halbwegs vernünftig behandeln wird.«

»Dann beantragen wir einen Wechsel des Gerichtsstandes.«

Freeman lehnte sich in seinen Sessel zurück und biß noch einmal von seinem Sandwich ab. Wieder war er anderer Meinung als Andy. Wechsel des Gerichtsstandes hieß, man erwartete an einem bestimmten Ort, also San Francisco, keine faire Verhandlung, weil die öffentliche Meinung durch Medienberichte oder andere öffentliche Beachtung der in dem Fall behaupteten Tatsachen zu sehr beeinflußt war. Doch das setzte voraus, daß das Vorurteil, mit dem man es zu tun hatte, die Geschworenen beeinflußte.

Was Fowler nicht in Betracht zog, war die Tatsache, daß es im ganzen Staat Kalifornien und vielleicht sogar in den ganzen USA keinen Richter gab, der nicht wußte, was Fowler getan hatte. Alle hatten also dieses Vorurteil gegen ihn. Er war der juristische Sündenbock des Jahres.

Die Richter, die Freeman kannte – und er kannte die meisten –, würden einen der ihren bei weitem härter behandeln als irgendwelche gewöhnlichen Übeltäter. Fowler hatte, der offiziellen Meinung der Juristen zufolge, aller Nest beschmutzt, und David Freeman wußte, was das hieß. Es käme einem Wunder gleich, wenn Fowler *irgendwo* ein faires Gerichtsverfahren bekommen könnte – und mit Freeman, sozusagen seinem Mitverschwörer an der Seite, wären die Chancen noch schlechter, als sie ohnehin schon waren.

»Der Gerichtsstand wäre schon eine Lösung, Andy. Aber ich muß mir das wirklich mal durch den Kopf gehen lassen.«

»Und inzwischen, David. Was empfehlen Sie mir?« Freeman war überrascht, so etwas wie Zorn in der Stimme des Richters zu hören. Hier spielten persönliche Beziehungen keine Rolle, und Fowler mußte das wissen.

»Ich könnte einen vorläufigen Rechtsbeistand empfehlen, Andy. Mehrere sogar. Auf wieviel hat man die Kaution festgesetzt?«

Fowler schnitt ihm das Wort ab. »Es gibt keine Kaution in diesem Fall. Ich bleibe bis zur Anklageerhebung in Haft. Man möchte nicht, daß ich verschwinde, David. Hören Sie zu, meine zwei Minuten sind gleich um, und ich brauche einen Anwalt.«

»Ich will sehen, was ich tun kann.«

Freeman legte den Hörer auf und steckte den letzten Bissen seines Sandwichs in den Mund. Es mußte irgend etwas in der Luft von San Francisco sein. Salami, Mortadella, Sauerteigbrot. Alles Essen, das eine Zeit dalag und fermentierte, nahm etwas davon auf, irgendeinen Stoff, der den Geschmack verstärkte.

Er legte die Füße hoch und kaute. Er schätzte, daß man Fowlers Kaution auf mindestens eine Million Dollar festsetzen würde, wenn sie ihm überhaupt diese Gnade erwiesen. Er konnte wetten, daß drei der sechs Oberrichter schon allein, um ihren Unmut auszudrücken, Fowler im Gefängnis verfaulen lassen würden. Und alles würde unparteiisch, unpersönlich und innerhalb der ihnen auferlegten Grenzen geschehen.

Institutionalisierte Kleinlichkeit. Völlig legale Sache. Die Justiz war eine vielschichtige Person.

## 39

Jane Fowler kam ins Little Shamrock und ging zu den Dart Boards, wo Dismas um Geld spielte. Sie ließ ihn seine Runde beenden, sich umdrehen und sie erblicken. Sie hatten seit drei Monaten nicht miteinander geredet, seit sie ihn angeschrien hatte, er zwinge ihren Vater aus dem Amt zu scheiden. Er hatte ihre Anrufe – vier im ganzen, im Schnitt einen in drei Wochen – nicht beantwortet.

Nachdem sie gesehen hatte, wie man ihren Vater in Handschellen aus seinem Büro abführte – so weit trieben sie es – war es ihr gleich, wie Hardy über sie dachte. Sie mußte ihn sehen, also war sie zu ihm hinausgefahren. Frannie, offenbar wieder schwanger, hatte ungefähr sechs andere kleine Kinder und ein paar Mütter im Haus. Hatten sie eine Kindertagesstätte eröffnet, oder was? Nein, das war ihre Spielgruppe – junge Mütter taten sich zusammen, um gemeinsam ... Es gab ihr einen Stich. In den wenigen Monaten, als sie und Hardy zusammen ihren kleinen Jungen gehabt hatten, war so etwas nicht vorgekommen.

Frannie war so höflich wie immer gewesen und hatte ihr gesagt, wo sie Hardy finden konnte, der dienstagnachmittags immer aus dem Haus ging. Sie erklärte, Dismas sei gut mit einem oder vielleicht sogar zwei Kindern. Aber wenn daraus vier wurden, plus dazugehörige Mütter, war die kritische Grenze erreicht, und er neigte zum Verschwinden. Er spielte mit Sicherheit Darts im Little Shamrock. Dort könnte sie es versuchen.

Als Hardy Jane sah, leuchtete sein Gesicht kurz auf, dann

runzelte er die Stirn. »Was ist los?« fragte er. Sie erzählte es ihm in ungefähr zwanzig Sekunden. Hardys Dartgegner hatte seine Runde beendet. »Hardy«, sagte er.

Er bat Jane, ihm eine Minute Zeit zu lassen, ging zur Kreidelinie und warf drei Pfeile – einen in die Zwanzig, einen in die Siebzehn und eine Doppelsechs. Der Mann fluchte und nahm die Brieftasche heraus. Hardy zog bereits die Flügel von seinen Pfeilen ab und legte die Schäfte in das Lederkästchen zurück.

»Noch ein letztes Spiel. Doppelter Einsatz um alles?« fragte der Mann.

Hardy schüttelte den Kopf. »Geht nicht.« Er steckte den Schein des Mannes ein und führte Jane zur Bar.

»Was soll ich tun, Jane?«

»Ich möchte, daß du ihn besuchst. Ich möchte, daß du ihm *hilfst*.«

»Wie?«

Sie wußte es nicht. Hardy war seit drei Monaten arbeitslos. Er hatte dreizehn Pfund zugelegt. Unter dem Vorwand, er müsse sich im Pfeilwerfen üben und auf die Teilnahme an irgendwelchen großen Ausscheidungskämpfen vorbereiten, trank er jeden Tag ungefähr sechs Guinness. Zwischen ein Uhr, wenn das Shamrock öffnete, bis fünf, wenn er nach Hause zurückkehrte. Das nächste Guinness kam.

»Daddy braucht dich«, sagte Jane. »Es ist lächerlich. Er könnte keinen Menschen umbringen, Dismas. Du *weißt* das.«

Hardy sagte nichts. Er wußte es nicht, niemand wußte es.

»Komm«, sagte sie.

»Was soll ich tun?«

»Du läßt dir was einfallen. Du bist doch Anwalt.«

»Er auch, und all seine Freunde ebenfalls.«

Hardy schüttelte den Kopf. Er solle sich was einfallen lassen. Das fand er gut. »Ich bin sicher, daß er schon einen Anwalt hat.«

»Aber er braucht jemanden, auf den er sich verlassen kann, nicht nur jemanden, den er bezahlt.«

»Ich bin doch gar kein Anwalt mehr. Und selbst wenn ich einer wäre – ich bin kein Verteidiger. Ich habe noch nie im Leben jemanden verteidigt.«

»Schau mal, ich bitte dich doch nur, ihn zu besuchen. Er hat dir auch schon ab und zu einen Gefallen getan. Du schuldest ihm was.«

Ja, irgendwie vielleicht. Obwohl er sich gar nichts vorzuwerfen hatte, plagte ihn immer noch ein schlechtes Gewissen wegen Andys vorzeitigem Abschied. Er hatte ihn gedrängt, und wie sich dann herausstellte, wäre es doch gar nicht nötig gewesen. Seit ihrer letzten Begegnung in der Bar hatten Hardy und Andy nicht mehr miteinander geredet.

»Ich habe *nichts* ausgeplaudert, Jane.«

Janes Augen wurden schmal. »Aber du warst der, der von ihm und May wußte. Du mußt es gewesen sein.«

Hardy schüttelte den Kopf. »Ich habe es aus den Telefonabrechnungen ersehen. Von der Kaution wußte ich nichts. Das mit der Kaution hat der Reporter vom *Chronicle* herausgekriegt.«

»Daddy dachte, du wärest es gewesen.«

»Tja, ich war's nicht. Und wenn er das denkt, wieso will er mich dann sehen?«

»Er hat nicht wörtlich gesagt, daß er dich sehen will. Ich sage das. Ich glaube, es wäre gut für ihn. Gut für euch beide.«

Hardy seufzte. Jane würde nicht lockerlassen. Außerdem hatte er sonst nichts zu tun. Was konnte es schaden?

Hardy fuhr in seinem Wagen hinter Jane her.

Es war ein warmer Oktobertag, Spätsommer in San Francisco. Das Verdeck war heruntergeklappt, und es blieb genug Zeit zum Nachdenken. Er fand es fast unvorstellbar, daß sie Andy Fowler wegen des Mordes an Owen Nash verhaftet hatten. Er wußte, daß Locke einen persönlichen Widerwillen gegen Fowler empfand und daß Elizabeth Pullios' Groll beträchtliche Ausmaße annehmen konnte. Aber davon abgesehen, brauchten sie doch irgendwelche Beweise, um jemanden – einen ehemaligen *Richter* – wegen Mordes vor Gericht zu stellen, von einer Verurteilung ganz zu schweigen. Hardy hatte nichts von irgendwelchen neuen Indizien in diesem Fall gehört und war sicher, daß ihm so etwas zu Ohren gekommen wäre.

Er traf sich immer noch etwa einmal in der Woche mit Glitsky und telefonierte alle paar Tage mit ihm. Als er mit Frannie aus

Hawaii zurückgekehrt war, hatte in den Zeitungen nichts mehr über Nash gestanden. Abe Glitsky war ab und zu bei Hardy zu Hause gewesen und hatte ihn auf dem laufenden gehalten.

Anscheinend war Ken Farris' Irrtum darüber, wann er Nash zuletzt gesehen hatte, wirklich nur harmloser Art. Es *war* ein Donnerstag gewesen. Die Leute machen Fehler. Er war am Freitag nach Taos geflogen, hatte sowohl am Freitag als auch am Sonnabend in Restaurants gespeist und war am Montag früh nach San Francisco zurückgekehrt.

Austin Bruck, Mr. Silicon Valley, hatte den Direktorenposten, auf den Owen Nash ihn gesetzt hatte, aufgegeben und ein neues eigenes Unternehmen – irgendwas mit Keramikfasern – unten in San Jose aufgezogen. Mit fünf Ingenieuren war er in den Monaten April, Mai und Juni täglich in seinem Betrieb gewesen und würde allen Quellen zufolge bis zum Sankt Nimmerleinstag dort unten ausharren.

Glitsky hatte, gründlich wie er war, sogar Celine überprüft. Ihre Fingerabdrücke waren überall auf der *Eloise* gewesen, aber damit mußte man rechnen – sie sagte, sie sei oft mit ihrem Vater segeln gegangen. Die Freunde, die sie in Santa Cruz besucht hatte, waren ein unwahrscheinliches Trio aus zwei schwulen Bodybuildern und der Mutter des einen. Sie alle bestätigten, daß Celine das Wochenende bei ihnen verbracht und ihnen beim Umbau ihres aus der Zeit der Jahrhundertwende stammenden Hauses geholfen hatte.

Die einzige Überraschung war, daß sich Celines Fingerabdrücke in der Datenbank befanden, die über frühere Verhaftungen Auskunft gab. Wenn man noch nie verhaftet worden war, mochten Fingerabdrücke vielleicht in der Verkehrssünderkartei des Department of Motor Vehicles vorhanden sein, aber die Polizei sah immer erst einmal in ihrer eigenen Datenbank nach, ob die Leute schon einmal verhaftet worden waren.

»Celine war schon einmal verhaftet?«

»Zweimal. Mit zwanzig wegen Ladendiebstahls, da hat man einen ›Verstoß aus Leichtsinn‹ draus gemacht und die Sache fallengelassen. Das zweitemal wegen Prostitution.«

»Prostitution?«

»Ich weiß. Als ob sie Geld brauchte, nicht wahr? Jedenfalls war es vor fünfzehn Jahren. Ich habe sie deswegen befragt. Sie erinnert sich nicht so besonders gern daran. Sie sagt, es sei ein Mißverständnis gewesen. Sie sagt auch, es sei kurz nach dem Ende ihrer ersten Ehe geschehen. Damals sei es ihr schlechtgegangen.«

»Ist es ihr nun schlechtgegangen, oder war's ein Mißverständnis?«

»Ich weiß, das ist so ein bißchen fraglich. Jedenfalls wurde keine Anklage gegen sie erhoben. Wenn dein Vater Owen Nash heißt ...«

»Überzeugungskraft des Geldes, hm?« hatte Hardy gemeint, und Glitsky sagte, so sei das ja wohl.

Nachdem also Farris, Brucker und Celine ein Alibi hatten, blieb nur ein Verdächtiger, und das war Andy Fowler. Aber – dieses Problem hatte den Fall ja von Anfang an so sehr kompliziert – Glitsky konnte keinerlei Indizien entdecken, die Fowler mit Owen Nash oder der *Eloise* in Beziehung gebracht hätten.

Andy war nicht in San Francisco gewesen, sondern in der Sierra herumgewandert, dabei jedoch offenbar niemandem begegnet. Aber er hatte Owen Nash nicht gekannt – es gab keinerlei Hinweis, daß sie sich je getroffen hatten. Während Hardys Hawaiiaufenthalt war herausgekommen, daß Fowler eine längere Beziehung mit May Shinn gehabt hatte, die ungefähr zu dem Zeitpunkt zu Ende gegangen war, als sie Nash kennengelernt hatte.

»Ich glaube nicht, daß das ein Zufall ist, Abe.«

»Nein, glaube ich auch nicht. Aber das beweist nichts. Fowler schwört, er hätte noch nie im Leben von Nash gehört, erst aus den Zeitungen von ihm erfahren.«

»Glaubst du das?«

»Es gibt nichts, das dem widerspricht. Nichts, das darauf hindeutet, daß er auf dem Boot war. Was ist das Motiv? Einen Rivalen ausschalten, sie zurückholen. Die älteste Geschichte der Welt. Du mußt das verstehen, Diz. Die Leute denken wirklich, daß Fowler es getan haben könnte. Locke will ihn mit großem Tamtam aus dem Verkehr ziehen. Aber wenn er das tut, dann tut er's richtig. Weder er noch Rigby, noch sonst jemand wird auch nur den kleinsten Schritt unternehmen, bevor handfeste Beweise vorliegen, und zwar mehr als gegen May Shinn. Und Beweise, zum Teufel, gibt es nicht.«

»Ist denn Fowler wieder mit Shinn zusammen?«

»Dafür gibt es keinerlei Anzeichen. Und glaub mir, die Leute passen scharf auf. Anscheinend hat sie sich verkrochen und versucht, ihr Geld herauszubekommen. Und hat eine Klage gegen mich, die Stadt und das County eingereicht. Freemans Honorar muß sich der Zweimillionengrenze nähern.«

Das waren Glitskys Fakten gewesen.

Um seine eigene Neugier zu befriedigen, hatte Hardy selbst auch ein bißchen nachgeforscht. Er hatte die Telefonabrechnungen. Andy Fowler mochte ja angenommen haben, daß ihm May Shinn vor Owen Nashs Auftauchen ganz allein gehörte, aber unter ihren Telefonnummern waren drei, die sie ungefähr so regelmäßig wie Andy Fowlers angerufen hatte.

Hardy wählte alle drei. Eine war die Vermittlung des Hauptbüros der Timberline Group, einer Consulting-Firma der Holzindustrie mit einer Adresse in der Bay Street. Hardy hielt es für unwahrscheinlich, daß May Shinn viel mit Holz gehandelt hatte.

Als bei der zweiten Nummer eine Frau abhob, kam Hardy sich ein bißchen dumm vor. Er schwindelte der Frau vor, es handle sich um eine demographische Umfrage für die Neilson Ratings. Die Frau sagte, sie und ihr Mann, der außer Haus arbeitete (er handle mit Software), seien beide Mitte fünfzig. Sie wollte sich nicht genau dazu äußern, aber ihr Einkommen lag im unteren sechsstelligen Bereich. Er gab sich damit zufrieden.

Die dritte Nummer war das Privatbüro eines freundlichen Millionärs, dem ein Modehaus gehörte.

Also …

Offenbar hatte May noch drei andere Kunden gehabt, bevor sie an Owen Nash geraten war. Mit Andy Fowler vier. Und den Telefonabrechnungen zufolge hatte sie alle Anfang Februar fallengelassen. Zahlte ihr Nash mehr, oder hatte sie sich, wie sie behauptete, wirklich in ihn verliebt?

Natürlich wußte er nichts über diese Männer und ob es eine Verbindung zwischen ihnen und Owen Nash gab. Noch nichts.

Hardy überlegte einen Tag lang, ob er Glitsky von diesen drei anderen Männern berichten sollte. Dann beschloß er, es nicht zu tun. Er hatte Andy versprochen, daß er die Telefonunterlagen nur herausgeben würde, wenn er dazu gezwungen würde. Die Originale befanden sich ja in der Akte im Büro der Staatsanwaltschaft, falls jemand Lust verspürte hineinzusehen.

Hardy hatte nichts mehr damit zu tun, aber man mußte die kleinen grauen Zellen nicht gerade überanstrengen, um zu begreifen, daß sich mit dieser Entdeckung wieder allerlei neue Möglichkeiten ergaben. Wenn das Motiv, das man Fowler unterstellte, Rivalenmord, auf ihn zutraf, dann traf es auch auf Mays andere drei Kunden/Liebhaber zu. Doch andererseits befand sich die Bezirksstaatsanwaltschaft nicht auf dem Kriegspfad gegen einen der drei anderen Kerle, sondern nur gegen Fowler.

Trotzdem mußte Andy einen Fehler gemacht haben. Irgendeinen Beweis mußten sie haben, aber wo hatten sie den her? Hardy war sicher, daß Glitsky ihn angerufen hätte, wenn das geringste Indiz aufgetaucht wäre, also hatte er ihn nicht beschafft. Und wenn Glitsky es nicht getan hatte, wer dann?

Er war schließlich der Untersuchungsbeamte. Es ergab keinen Sinn. Hardy hatte seit dem Tag nach seiner Entlassung den Justizpalast nicht mehr betreten. Er hatte dann nur noch seine persönliche Habe, sein Dartboard und den Briefbeschwerer abgeholt.

Als er jetzt mit Jane zusammen die Treppe zum Justizpalast hinaufschritt, schüttelte er den Kopf darüber, daß er sich hatte überreden lassen, noch einmal da hineinzugehen. Die falschen Anschuldigungen, der ungenannte Zeuge (wahrscheinlich Pullios), die politischen Intrigen fielen ihm wieder ein.

Er fuhr mit Jane im überfüllten Fahrstuhl zum Gefängnis hinauf. Er wußte nicht genau, was er tun würde, aber er nahm an, daß er sich wenigstens einen ungefähren Eindruck verschaffen konnte. Beim Empfang hob der Sergeant, der am Schreibtisch saß, den Kopf und nickte.

»He, Hardy, haben Sie heute frei?«

Hardy brauchte einen Augenblick, bis er begriff. Er trug weder Anzug noch Krawatte. Der Sergeant dachte, er arbeite noch dort. »Wo waren Sie denn, auf Urlaub oder so?«

»Oder so. Hören Sie, haben Sie Andy Fowler schon bearbeitet?«

»Ja, ich glaub' schon, ich gucke nach. Ist das zu fassen? Der Richter?« Er stand von seinem Sessel auf und verschwand für zwei Minuten, während Hardy betete, daß niemand ihn erkannte. Als der Sergeant wieder herauskam, zeigte er nach rechts und sagte Hardy, er könne hineingehen, sie würden den Richter herunterbringen.

Man ließ Hardy und Jane ein und brachte sie zum Besucherraum A, in dasselbe Zimmer, in dem er May Shinn getroffen hatte.

Jane setzte sich zögernd. »Wie sind wir hier hereingelangt?«

»Ich glaube, unter Vorspiegelung falscher Tatsachen. Nun hör zu, wenn dein Vater kommt, verhalte dich in Gegenwart der Wache ruhig. Spring nicht auf oder schrei irgendwie los. Da sie glauben, ich arbeite noch hier, tu so, als wärest du meine Assistentin, okay?«

Aber so einfach war es nicht. Ihr Vater sah schlimm aus in dem gelben Overall. Vier Stunden zuvor, als sie ihn in seinem Nadelstreifenanzug und in Handschellen abgeführt hatten, hatte Jane gedacht, etwas Beschämenderes gäbe es nicht. Jetzt wußte sie, daß das erst der Anfang gewesen war.

Der Richter spielte mit, verhielt sich kooperativ, nickte den beiden zu und setzte sich ihnen gegenüber an den Tisch. Hardy dankte dem Wächter und sagte ihm, er solle draußen warten. Kaum war die Tür zu, sagte ihr Vater: »Gut. Wie seid ihr hier reingekommen?«

Dismas nickte und legte den Finger auf den Mund. »Ich hab' gemogelt. Wie geht's dir, Andy?«

»Schlecht. Und dir?«

»Einigermaßen.«

Die beiden Männer sahen aneinander vorbei. Jane konnte nicht zulassen, daß diese Begegnung mißglückte. »Dismas hat dich nicht verraten, Daddy. Die Sache mit dir und … May.«

Ihr Vater schien sich nicht geschlagen zu geben. Im Gegenteil, er sah kampflustig aus. »Das hast du nicht?« Jetzt starrte er Hardy an.

»Ich hab' gesagt, daß ich es nicht tun würde, und ich habe es nicht getan.« Er zuckte die Achseln. »Ich dachte, du hättest andere Dinge im Kopf. So wie ich. Zum Beispiel bin ich deswegen rausgeflogen.«

»Davon habe ich gehört.« Nun wartete er wieder. Jane merkte, daß sie ihre Fingernägel in die Handflächen preßte. Sie verstand dieses Schweigen nicht – die beiden Männer, die ihr am nächsten gestanden hatten, tasteten einander wie zwei Boxer ab, die im nächsten Augenblick aufeinander einschlagen würden.

»Ich glaube, ich war es leid, dauernd zu erklären, was ich alles nicht getan habe. Ganz gleich, was irgendwer behauptet haben mag. Man kriegt das satt.«

»Kann ich mir vorstellen.« Ihr Vater war in sich gekehrt. Er nagte an etwas herum. »Tut mir leid, Diz, ich hatte angenommen, daß …«

Janes Ex-Ehemann hatte die Hände auf dem Tisch gefaltet. Er öffnete sie. »Ich hab's gemerkt. Was tust du hier?«

»Jemand glaubt, ich hätte Owen Nash getötet.«

»Das weiß ich. Aber was hast du für einen Anwalt? Du solltest längst hier raus sein.«

Ein Lächeln mit zusammengepreßten Lippen. »Das denkst du, was? Aber Locke sieht das anders. Keine Freilassung gegen Kaution, bevor nicht erst Anklage erhoben ist.« Er machte eine Pause. »Und dann wird man weitersehen.«

»Dieser Locke ist ganz schön aufgeblasen.«

Fowler fuhr fort. »Ich habe David Freeman angerufen. Er fand, es sei wohl nicht sehr geschickt, wenn er mich vertrete – wegen May. Er deutete an, er werde es sich mal durch den Kopf gehen lassen. Währenddessen scheint es, als ob ich hinter Schloß und Riegel bleiben soll.« Wieder ein dünnlippiges Lächeln. »Ein mieser Witz.«

»Daddy, können sie denn so etwas tun?«

»Ja, das können sie, Honey. Wie oft hat ein Verteidiger zu mir gesagt, sein Mandant *müsse* freikommen, werde keine weitere Nacht mehr dort drin überleben, es ginge um Leben und Tod. Und ich habe ihm gesagt, er solle bis zum Morgen warten. So sei nun mal das Verfahren …«

»Wir können das nicht zulassen, du kannst hier nicht bleiben. Dismas wird etwas tun.«

Hardy nickte. »Ich könnte es versuchen, Andy.«

»Wieso willst du mir helfen? Was willst du denn versuchen?«

»Ich weiß nicht, ich hab's geschafft, hier mit Jane zusammen hereinzukommen, nicht wahr? Ich könnte versuchen, dich rauszubringen, nach unten und dann auf die Straße.«

Ihr Vater zupfte an seinem Overall. »Meinst du nicht, daß dieser Anzug ein bißchen auffällig ist?«

»Verdammt«, sagte Jane. »Hört ihr jetzt endlich damit *auf*.«

»Du hast recht, ich muß mir etwas anderes ausdenken.«

Der Richter wurde ernst. »Du würdest wirklich etwas tun? Warum?«

Hardy zuckte die Achseln. »Wenigstens bis einer von Freemans Wundertätern auftaucht. Dann hast du zumindest vorläufig jemanden, der sich um dich kümmert. Ich könnte das Mandat dann abgeben, wenn du dich entschieden hast, wen du haben möchtest.« Hardy richtete sich in seinem Sessel auf. »Und ganz nebenbei würde es mir Spaß machen, den Leuten hier zu zeigen, was eine Harke ist. Ich glaube, ich bin ziemlich sauer auf diese Typen hier.«

»Kannst du ihn bis heute *abend* herausholen, Dismas? Gegen Kaution oder so?« Jane sah ihren Vater an. »Du kannst nicht die Nacht über hierbleiben.«

Fowler streckte den Arm aus und tätschelte ihre Hand. »Mach dir keine Sorgen, Honey. Ich habe schon einmal – freiwillig, gebe ich zu – eine Nacht im Gefängnis verbracht. So schlimm war es nicht. Ich wollte feststellen, was wir mit den Leuten machen. Ich werde es überleben, ich schwöre es dir. Außerdem schadet es nicht, wenn ich mich schon mal dran gewöhne. Es könnte sich etwas länger hinziehen, falls die Freilassung gegen Kaution abgelehnt wird.«

»Das können sie doch nicht tun!«

Fowler und Hardy sahen einander an. Der Wächter draußen vor der Tür klopfte.

»Ich rufe Freeman an und sorge dafür, daß er dich nicht vergißt«, sagte Hardy. »Und morgen bin ich wieder hier … Bist du sicher, daß du mir die Verteidigung übertragen willst. Wenn auch nur vorübergehend?«

Andy schien zum erstenmal darüber nachzudenken. »Vielleicht länger.«

»Ist das dein Ernst?«

Der Richter sah sich in dem winzigen Zimmer um, dann schaute er seine Tochter an, als ob er die Bestätigung für etwas suchte. Er wußte, daß er Hardy zu schnell abgeschrieben hatte, als er dachte, dieser hätte sein Vertrauen mißbraucht. Es war ihm da ein Fehler unterlaufen. Er kannte Hardy – er hatte Andy Fowler nicht verpfiffen. Auf Hardy konnte man sich verlassen, und er gab nicht auf. »Ja, zum Teufel«, sagte er und lächelte.

# 40

Er ließ Jane im dritten Stock. Er stieg aus dem Fahrstuhl, ging den Korridor hinunter und kam zur Mordkommission. Wenn Glitsky da war, konnten sie vielleicht wie in alten Zeiten zusammen zu Lou's gehen. Aber er war fort. Hardy beugte sich über seinen Schreibtisch und schrieb ihm eine Nachricht, als er Absätze auf den Fußbodenfliesen hörte und hochblickte.

Pullios stand in der Türöffnung.

»Hi, Bets«, sagte Hardy. »Haben Sie … aufregende Fälle?«

Ihr Lächeln war eisig. »Wie geht's Ihnen, Dismas?«

»Wunderbar«, sagte er. »Ich schreibe meine Memoiren.«

Sie reagierte nicht. Ihre Augen wanderten über den rückwärtigen Teil des Raums. »Hat jemand Lanier gesehen?« fragte sie. Einer der Kriminalbeamten sagte, er glaube, er hätte ihn unten gesehen, wie er mit einem Zeugen Kaffee trank. Sie kam auf Hardy zurück. »Na, dann passen Sie gut auf sich auf.«

Sie wollte sich gerade umdrehen, da sagte Hardy. »Wie ich höre, ist Richter Fowler verhaftet.«

Sie blieb stehen. »Na, das spricht sich ja schnell herum.«

»Buschtrommeln. Wir sind so eine Art Familie.«

»Ach ja, richtig.«

»Glauben Sie wirklich, er hat Owen Nash getötet?«

»Die Grand Jury fand, daß es genügend Beweismaterial gibt, um Anklage zu erheben.«

Hardy verschränkte die Arme und lehnte sich an Glitskys Schreibtisch. »Ich weiß es aus sicherer Quelle: Wenn der Bezirksstaatsanwalt will, wird die Grand Jury auch Anklage gegen ein Schinkensandwich erheben.«

Pullios nickte. »Nun, es war nett, mal wieder mit Ihnen zu reden.«

Draußen im Korridor holte Hardy sie ein. Im lockeren Konversationston fragte er: »Ich nehme an, es sind neue Beweismittel vorhanden, hm?«

Pullios blieb stehen: »Vertreten Sie Fowler?«

»Ich bin nur ein neugieriger Bürger, der sich fragt, was es seit Shinn an sensationellen Tatsachen gibt.«

»Ach, eine ganze Menge. Sie werden es sicher bald in der Zeitung lesen.«

Sie ging weiter.

Hardy blieb vor Wut wie festgewurzelt stehen. Es überkam ihn einfach. Sein Magen drehte sich um, und er hörte das Blut in den Ohren pulsieren.

Bitte tu's nicht, sagte er zu sich selbst. Halt den Mund. Hör auf, sie durch den Korridor zu jagen. Damit gewinnst du nichts.

Er sah ihre elegante Gestalt um die Ecke in die Lobby zu den Fahrstühlen entschwinden. Er bekam keine Luft mehr. Ihm war, als ob er zu atmen aufgehört hätte, und er riß den Mund auf, um wieder tief Luft zu holen. Jetzt brauchte er unbedingt einen Drink.

Oder vier. Oder fünf.

Zusätzlich zu den drei Guinness, die er getrunken hatte, als Jane im Shamrock erschienen war. Er nahm die ersten paar Irish Whiskys bei Lou's zu sich, aber dann kamen diese Typen rein, die er kannte und die wissen wollten, was er jetzt tat und wie es ihm ging.

Ja, er war vielbeschäftigt, hatte da eine Sache an der Hand, überlegte, ob er noch eine zweite Bar aufmachen sollte oder vielleicht ein Restaurant. Nein, eine Anwaltspraxis eröffnen und den Abschaum verteidigen wollte er nicht.

Als er Lou's verließ, fiel ihm ein, daß er vergessen hatte, David Freeman anzurufen. Das wollte er vom nächsten Lokal aus tun. Und Frannie mußte er auch anrufen. Das durfte er nicht vergessen. Sie würde sich Sorgen machen. Sie machte sich jetzt schon seit ein paar Monaten Sorgen – um ihn, um sie beide, um die Zukunft, das Baby, die Schwangerschaft. Um alles. Ihre Wellenlängen stimmten aus irgendeinem Grund nicht mehr überein. Das machte ihm auch Sorgen, jetzt zweifelte er an sich selbst. Manchmal hatte er das Gefühl, daß er krank davon wurde. Aber wenn er trank, ging es ihm anscheinend besser.

Er überlegte, nicht noch mehr über den Durst zu trinken, vergaß dann aber bald seinen eigenen oft geäußerten Warnspruch »Beer On Whisky Is Mighty Risky« und kehrte in ein Lokal in der Siebten Straße ein, wo er ein Rainier Ale bestellte.

In der Bar gab es kein öffentliches Telefon.

Er trug die grüne Flasche zu einem Tischchen nahe bei der Tür und starrte den Fernsehschirm an, auf dem gerade die Abendnachrichten liefen. Wieder der Geschäftsmann, der Richter und die Prostituierte. Er setzte sich gegenüber, auf die andere Seite des Tisches, wo er den verdammten Kasten nicht sah. Jetzt rauschte alles an ihm vorbei.

Der Urlaub war wunderbar gewesen. Die zwei Wochen hatten ihnen gutgetan. Erfrischt, von neuer Kraft erfüllt, ein Herz und eine Seele waren sie zurückgekehrt. Über seine Karrierepläne sprachen sie bewußt nicht – dafür hatten sie noch genug Zeit. Statt dessen diskutierten sie über Babys und was für eine Geburt die beste war, ob Moses und Susan es ernst meinten, über Essen und über ihre Vergangenheit – Eddie und Jane. Und ob sie in ein größeres Haus umziehen sollten, bevor oder nachdem das nächste Kind zur Welt kam.

Hardy hatte täglich seinen Strandlauf absolviert. Nach ein paar Tagen mit Rum-Drinks hatte er sich selbst damit überrascht, daß er für den Rest des Urlaubs trocken blieb. Er war braungebrannt und schlank, und das gefiel ihm.

Dann hatte er in der ersten Woche zu Hause von Abe die neuesten Nachrichten über Owen Nash, May Shinn und Andy Fowler gehört. Mit Pico zusammen hatte er im Steinhart-Aquarium ein paar Becken saubergemacht. Und ein paar Schichten im Shamrock eingelegt, um nicht aus der Übung zu kommen.

Zuerst war da eine nagende Unruhe gewesen, gepaart mit einer leichten Schlaflosigkeit. Er hatte nicht zugeben wollen, wieviel er in diesen neuen Job investiert hatte, wie groß das Risiko gewesen war, gleich nach Weihnachten die Arbeit hinter der Bar aufzugeben und wieder Jurist zu werden. Aber jetzt, während dieser langen, ungeregelten Tage, die sich vor ihm hinstreckten, dämmerte in seinem betäubten Hirn die Erkenntnis, daß er in einer der fundamentalen Entscheidungen seines Lebens die falsche Richtung eingeschlagen hatte.

Sie hatten ihn vor die Tür gesetzt. Seine Dienste waren unerwünscht. Nicht, daß die Leute, für die er gearbeitet hatte, so ehrenwert oder begabt oder besser qualifiziert für diesen Job waren als er, jedenfalls war er nicht dieser Ansicht, sondern der springende Punkt war ganz einfach die Tatsache, daß sie ein Urteil über ihn gefällt und ihn unbrauchbar gefunden hatten. Die Maßstäbe, nach denen sie ihn verstoßen hatten, spielten keine Rolle. Er war draußen, sie saßen drin.

Da überkam es ihn. Er merkte, wie er sich ihre Ablehnung zu eigen machte, wie er sich selbst verfluchte. Und dieses Gefühl wurde er nicht mehr los. Wer war er denn schon mit seinen vierzig Jahren? Ein Ausgestoßener. Abfall. Er hatte Frannie erzählt, er wolle verdammt noch mal nicht den ganzen Tag lang die Drecksarbeit für andere Leute erledigen. Er werde sich nach einem besseren Job umsehen, der ihm mehr zusagte, wo er wirklich zeigen konnte, was in ihm steckte. Vielleicht war er ja doch viel mehr wert, als diese Leute ahnten.

Die Leute, mit denen er redete, waren nett. Männer und Frauen – Juristen und Bürochefs –, sie trugen Anzüge wie er. Aber sie stellten ihn nicht ein. Sie würden ihn anrufen, sagten sie, aber das dauerte. Vielleicht konnte er sich als Pflichtverteidiger verdingen.

Er war ein logisch denkender Mensch, und die Logik sagte ihm, daß er auf dem Markt keine Chancen hatte.

So ein Mist, aber das würde er sich nicht bieten lassen. Er hatte doch bisher ein ganz gutes Leben geführt und das konnte, verdammt noch mal, nicht alles gewesen sein. Zum Teufel mit all diesen Schweinehunden.

Und dann beging er einen großen Fehler.

Frannie war ein Fels zu Hause, auf den er bauen konnte. Sie sagte ihm, er solle ja nicht die Nerven verlieren, immer mit der Ruhe, es werde sich schon etwas finden. Sie liebe ihn. Aber sobald man sich erst einmal an den Gedanken gewöhnt hatte, daß die Leute einen nicht wollten, war man bald an dem Punkt angelangt, an dem man sich selbst völlig überflüssig vorkam. Man war nichts als eine Last. Gänzlich unnütz und entbehrlich. Stolperte über die eigenen Füße.

Er meinte zu spüren, wie Frannie sich von ihm abwandte. Sie schwor ihm, das sei nicht wahr. Sie halte zu ihm. Aber er merkte, daß er nicht mehr mit ihr reden konnte. Er sah, wie sie ihr Vertrauen in ihn verlor. Und daß sie *das* ertrug, konnte er nicht von ihr verlangen. Sie brauchte einen selbstsicheren, mutigen Mann, gerade jetzt, wo sie sich auf die Geburt ihres zweiten Kindes vorbereitete. Also entschloß er sich, ein fröhliches Gesicht zu machen. Er lachte viel, und dazwischen schwieg er sich dann wieder lange aus.

Der Gedanke ging ihm durch den Kopf, ob er sich nicht mit jemandem unterhalten könnte, der ihn nicht dauernd an seine miese Situation erinnerte. Natürlich würde er das nicht tun – aber wäre es nicht nett, mit jemandem zusammen zu sein, der einen für okay hielt und der diese ganze Last, die er mit sich herumschleppte, nicht kannte?

In den Tagen der Jobsuche hatte er es sich angewöhnt, für ein oder zwei Runden im Shamrock abzutauchen. Dort brauchte er Frannie nicht gegenüberzutreten. Mit dem Joggen hörte er auf.

Er war jetzt seit fünf oder sechs Wochen zu Hause. Er sagte sich, genug ist genug, jetzt mußte er mal etwas unternehmen, damit die Hundesöhne ihn nicht kaputtmachten. Erst einmal körperlich wieder in Form kommen, sagte er sich. Mit dem Trinken aufhören und trainieren.

Er stand hinter Celine Nash, als sie am Stairmaster übte. Sie hatte ihr Haar im Nacken mit einem leuchtend rosa Stirnband umschlungen. Ein Stück dunkleres Rosa zeigte sich, wo sie zwischen den Schulterblättern schwitzte. Ihr Hintern war eine phänomenale Pumpmaschine. Hinauf und hinunter, Schritt für Schritt. Der Schweiß lief an ihr herunter. Er überlegte, ob er sich umdrehen und hinausgehen sollte.

Es war okay, sagte er sich. Er war hier, um etwas für seinen abgeschlafften Körper zu tun, und er hatte Hardbodies! gewählt, weil er es schon kannte und weil hier die Geräte waren, die er suchte.

Er hatte sie seit dem Tag, an dem sie vor seinem Haus erschienen war, nicht mehr gesehen, und das war vor seinem Urlaub in Hawaii gewesen. Damals hatte sie begriffen, daß für sie kein Platz in seinem Leben war. Nun, er hatte nicht vor, sie nun zurückzuholen. Seither war genug Zeit vergangen. Daß er hier auftauchte, hieß nicht, daß er etwas von ihr wollte.

Er kletterte auf das Gerät neben ihrem. »Yo«, sagte er.

Sie waren zusammen in der Sauna. Er saß auf einem Handtuch im Dampfbad und lehnte sich an die Wand aus Zedernholz. Er trug Turnhosen und ein T-Shirt. Sie war nach dem Training zum Umkleideraum gegangen, hatte sich ihrer Strumpfhose entledigt und war in einem einteiligen schwarzen Badeanzug zurückgekommen.

Sie redeten jetzt ganz locker miteinander. Sie erzählte, es ginge ihr ganz gut, sie habe ja ihre Gymnastik. Er sagte, er beneide sie darum. Na ja, wenigstens habe er jetzt auch damit angefangen. Immerhin etwas. Ja.

Es war fast fünfzig Grad heiß. Der Raum war winzig, vielleicht einen Meter fünfzig mal zwei Meter zehn, und am Fußboden stand der mit Steinen bedeckte Ofen. Celine stand auf und goß aus einer Kanne frisches Wasser darüber. Eine Dampfwolke stieg auf und hing über ihm. Sie wollte sich wieder auf das Holz zurücksetzen, doch dann sprang sie auf und sagte. »Autsch.«

»Hier.« Hardy rückte genug von seinem Handtuch heraus, damit sie Platz darauf fand. Er spürte, wie sein Herz durch das T-Shirt klopfte. Ihre Beine berührten einander.

Sie beugte sich zu ihm herüber, nahm seine Hand und legte sie sich hoch auf ihren Oberschenkel.

»Celine …«

»Psst …« Ihre Schulter lehnte sich gegen ihn. »Ich komme jetzt seit sechs Monaten her und habe noch nie eine Seele in diesem Raum gesehen.«

Sie hob das elastische Gewebe ihres Nylonbadeanzugs hoch und schob seine Hand darunter. »Fühl mich«, sagte sie. Sie war glattrasiert, ihre Haut so weich, als ob sie eingeölt wäre, und schon feucht, als sie seine Hand bewegte.

»O Gott«, sagte sie. »O lieber Gott.«

Mit der einen Hand hielt sie seine Hand fest, mit der anderen hob sie sein T-Shirt hoch, fand den Bund seiner Shorts, griff darunter und nahm ihn.

Seide und Öl. Honig und Salz.


Das bewies, daß er recht gehabt hatte. Er war nicht besser als alle anderen und schlimmer als die meisten. Er versuchte sich einzureden, daß er ja nicht richtig untreu gewesen war. Es hatte keine Penetration stattgefunden, also hatte er nicht wirklich mit ihr geschlafen. Schwache Argumentation. Unter aller Kritik. Wäre ehrlicher gewesen, wenn er es getan hätte.

Jetzt hatte er den Nachweis dafür erbracht, daß die Welt ihn richtig einschätzte. Er würde sich selbst nichts Anständiges mehr zutrauen. Er wagte kaum noch, sich im Spiegel in die Augen zu sehen.

Er fing mit den Darts an und kippte literweise Guinness in sich hinein. Ging Frannie aus dem Weg, ging sich selbst aus dem Weg. Nahm zu.

Gott sei Dank hatte Celine nicht auf einer Fortsetzung bestanden. Wenigstens das schien vorbei zu sein.

Aber er lebte in einer tiefen Höhle, in völliger Dunkelheit.


Es war halb elf. Jetzt standen vier Flaschen Rainier Ale auf dem Tisch und ein Kristallglas mit einem Rest darin, hauptsächlich Wasser und ein schwacher Geschmack nach Irish Whisky. Er blinzelte, fragte sich, wo er gewesen war, und versuchte sich auf die Uhr über dem Tresen zu konzentrieren. Es hatte keinen Zweck. Er stand auf. Unsicher.

Jesus.

Draußen war die Nacht kalt geworden. Die Straße kam auf ihn zu und zwang ihn gegen die Stuckverzierung eines Hauses, wo er Halt suchte. Die Siebte Straße streckte sich, wie es schien, meilenweit und leer dahin und schimmerte, als ob sie naß wäre. Hatte er seinen Wagen am Justizpalast geparkt? Selbst wenn, wie sollte er ihn nach Hause bekommen?

Er versuchte geradeaus zu gehen, aber plötzlich schien alles weh zu tun. Alles schmerzte – die Schulter, wo er in Vietnam verwundet worden war, der Fuß, den er sich letztes Jahr in Acapulco verletzt hatte.

Hinter ihm war ein Geräusch, ein Lachen, dann ein Sprung – Leder auf Zement. Jetzt hörte er es, es kam auf ihn zu.

Er richtete sich auf, sah sich um, sah einen Arm, dann traf ihn etwas an der Stirn, und er kippte zur Seite weg. Er hörte noch einen dumpfen Aufprall – war er das? –, sein Kopf krachte nach hinten gegen die Hauswand, und er ging zu Boden.

Er sah Bilder. Der würgende Schock von Ammoniumkarbonat, Riechsalz. Ein Licht hinter seinen Augen. Etwas Klebriges unter seiner Hand. Der kalte Zement.

»Komm, wir liefern ihn ein.«

»Warte mal. Ist er das?«

Hardy riß mit Gewalt die Augen auf. Das Licht der Taschenlampe traf ihn wieder, und er krümmte sich zusammen. Schatten tauchten auf, die er erkannte. Polizei.

Ein Glück. Einer von ihnen hatte seine Brieftasche in der Gosse gefunden. Das Geld war weg. Hardy hatte seine Marke nicht zurückgegeben. Wenn Locke sie haben wollte, sollte er kommen und sie sich holen.

»Sind Sie Dismas Hardy?« fragte einer von ihnen.

Er glaubte zu nicken, grunzte. Irgendwas.

»Ist er so betrunken, wie er riecht?«

Wieder mit dem Riechsalz vor der Nase. Hardy fuhr sich mit der Hand zum Gesicht, fühlte eine Kruste. Er sah an sich herunter. Sein weißer Pullover war ein dunkler Lumpen.

»Ich bin Hardy«, sagte er.

Sie richteten ihn auf. Schmerz, Übelkeit. »Vorsicht, Leute.«

Er stolperte einen oder zwei Schritte und erbrach Galle und Bier. Er lehnte sich gegen die Hauswand. »Sorry.«

Sie wichen ein paar Meter zurück. Er schnappte nach Luft, spuckte ein paarmal und versuchte festzustellen, wie spät es war, aber seine Armbanduhr war weg.

Wenn möglich, würde er lieber nach Hause als ins Krankenhaus gebracht werden, sagte er. Er glaubte nicht, daß was gebrochen sei. Vielleicht eine Gehirnerschütterung. Sein Kopf fühlte sich an, als wäre ein Amboß an seinem Hals befestigt, auf den jemand andauernd mit einem Schmiedehammer schlug.

Sie nahmen ihn auf ihren Rücksitz.

Er lehnte seinen Kopf zurück. Lichter flogen über ihn hinweg, der Freeway. Er schloß die Augen. Nichts zu sehen.


Es war fast Mitternacht, und Moses war seit einer halben Stunde da. Frannie kam ihrem Bruder besonders mitgenommen vor. Sie war jetzt im fünften Monat, und man sah es ihr an. Ihre Arme sahen mager aus, fand er. Ihr Gesicht war zu hohlwangig. Vielleicht war es der Gegensatz zu ihren vollen Brüsten und ihrem Bauch. Unter ihren Augen waren Ringe. Sie saß vorgebeugt auf der niedrigen Wohnzimmercouch, die Ellbogen auf den Knien, die Hände unter dem vorgewölbten Bauch gekreuzt.

Moses sagte ihr, das Beste, was sie tun könnte, sei warten. Er werde schon irgendwann wieder auftauchen. Moses versackte auch manchmal am Wochenende oder nachts irgendwo.

»Er ist nicht versackt, Moses.« Sie zögerte. »Er ist bei Jane. Ich weiß, daß er bei Jane ist.«

Moses schüttelte den Kopf. »Unmöglich, Frannie.«

»Sie war gestern hier und hat nach ihm gefragt.«

»Jane?« Er dachte nach. »Was wollte sie denn?«

»Sie wollte Dismas. Sie will immer Dismas. Er ist schon einmal zu ihr zurückgegangen.«

»Frannie. Komm. Damals war er nicht mit dir zusammen. Er war mit niemandem zusammen. Wahrscheinlich hatte es mit der Verhaftung ihres Vaters zu tun. Er und Diz waren Freunde, stimmt's?«

»Sind sie immer noch, glaube ich.«

»Ja, und nun?«

Warum hatte sie daran nicht gedacht? Diese wütenden Hormone machten sie verrückt.

»Wahrscheinlich ist er hingefahren, um ihn herauszuholen oder was auch immer. Dann hat er nicht mehr auf die Uhr gesehen.«

»Dismas sieht immer auf die Uhr. Und was ist, wenn er Janes Vater herausgeholt hat, sie sind alle irgendwo hingefahren, um zu feiern, und dann hat ihr Vater sie allein gelassen …?«

»Was ist, wenn ihn eine Patrouille aus dem Weltall sich geschnappt und im Namen der intergalaktischen Forschung lebendig zerschnipselt hat?«

»Mir ist nicht zum Witzemachen zumute.«

»Ich habe keine Lust zum Was-ist-Spielen. Wahrscheinlich hängt er bloß irgendwo herum. Das kommt vor.«

Lange Zeit saßen sie da und sagten nichts. »Er ist bloß in der letzten Zeit so traurig. Als ob er nicht mehr weiter wüßte.«

Moses hob den Kopf hoch, stand langsam auf und ging zum Kamin. Er stellte die Elefantenherde um. Das tat er jedesmal, wenn er kam. Er stellte sie jedesmal anders hin. »Weißt du, Frannie, ich glaube, daß uns nie jemand darauf vorbereitet hat, Dismas und mich und solche Typen, wie hart das Leben wirklich ist.« Er sagte es halb im Scherz, aber es war ernstgemeint, das wußte sie.

»Das Leben mit mir ist nicht hart, Moses.«

»Ich sage nicht mit dir. Ich meine, du weißt schon, das Leben im allgemeinen.«

Sie stand auf und stellte einige Elefanten wieder so hin, wie sie gestanden hatten. »Du wirst einfach alt, Bruder.«

Moses faßte sie sanft bei den Schultern und zog an ihrem Haar. Er war ein Jahr älter als Hardy. Er hatte seine Schwester aufgezogen, seit sie acht Jahre alt war. Von den zehn Dingen, die er auf der Welt am liebsten hatte, so sagte er immer, seien acht Frannie. Die anderen beiden waren streng gehütete Geheimnisse.

Moses, der aus dem Erkerfenster sah, erblickte das Polizeiauto, das vorfuhr. »Da ist er ja«, sagte er. »Siehst du? Er muß irgendwas mit der Polizei gemacht haben.«

## 41

Überall war Nebel – in seinem Kopf, draußen vor dem Schlafzimmerfenster.

»Ich habe so etwas nicht verdient.« Frannie war schon seit einer Weile auf, hatte geduscht und sich angezogen. Sie saß in der anderen Ecke des Zimmers, an der Tür zum Kinderzimmer, in ihrem Schaukelstuhl. »Ich bin sehr traurig, daß das passiert ist, und das wäre es nicht, wenn du nach Hause gekommen wärest.«

»Frannie …«

Sie unterbrach ihn, sie mußte jetzt weiterreden. Sie weinte nicht, aber ihre Wangen waren naß. »Ich weiß, daß du es jetzt schwer hast, obwohl ich nicht genau weiß, wieso. Und du brauchst es mir auch nicht zu erzählen. Aber ich verdiene es nicht, daß du mich so behandelst. Du rufst nicht an, du läßt mich hier den ganzen Abend sitzen, und ich mache mir schreckliche Sorgen. Ich will das nicht.«

Hardy hatte eine walnußgroße Beule oberhalb der Stirn. Sein linkes Ohr war zerkratzt, und in der Kopfhaut darüber war eine Platzwunde. Sie mußten ihn getreten haben, als er am Boden lag. Seine Rippen stachen. Seine Kopfschmerzen waren unerträglich, seine Zunge an mehreren Stellen angebissen. Er schmeckte immer noch Blut.

»Tut mir leid –«

»Natürlich tut es dir leid. Und mir auch. Wem würde das nicht leid tun? Was willst du, Dismas? Was willst du? Wenn du mich nicht willst, bin ich sofort weg, mit den Babys und allem, das sag' ich dir. Ich meine es ernst.«

Er bezweifelte es nicht. Frannie pokerte nicht, und das war kein Bluff.

»Ich will dich«, sagte er. Er sah sie Luft holen. Ein Wunder, dachte er, sie wollte ihn immer noch. Sie war wütender, als er sie je gesehen hatte, aber wenigstens war es mit ihnen nicht vorbei. »Ich weiß, daß ich mich beschissen benommen habe. Ich kann dir gar nicht erzählen –«

Sie hob die Hand. »Keine Litanei. Ich möchte bloß nicht so ein mieses Leben führen. Ich will das nicht. Diese Familie hat das nicht verdient. Du auch nicht.«

Hardy hielt den Kopf in den Händen. »Und warum habe ich das Gefühl, daß ich genau das hier verdient habe?«

»Das weiß ich nicht. Du hast es eben irgendwie zugelassen, daß diese Idioten dir das Gefühl gegeben haben, sie wären besser als du, was lächerlich ist. Was ist denn an denen so toll? Warum ist es denn so wichtig, was sie von dir halten?«

»Okay. Aber was ist, wenn sie recht haben? Und vielleicht haben sie recht –«

»*Verdammt*, Dismas. Sie haben nicht recht. Du bist kein Verlierer. Warum? Weil ich schlau bin und keinen Verlierer geheiratet hätte. Laß dir – und mir – das von denen nicht antun. Wenn du das zuläßt, dann haben sie gewonnen.«

Wieso konnte sie es nicht begreifen? Er hatte es doch seit ein paar Monaten immer wieder bewiesen. »Du mußt zugeben, Frannie, daß ich nicht gerade eine Glückssträhne habe.«

Jetzt blitzten ihre Augen wütend. »Vielen Dank! Was bin ich? Was ist dieses Haus und Beck?« Sie zeigte auf ihren Bauch. »Was ist dieses Wesen da drin? Zählt das alles nicht als Glück?«

»Das meine ich nicht.«

»Na, dann!« Sie schlug sich mit ihrer kleinen Faust hart aufs Bein und erhob die Stimme. »Verdammt noch mal! Dann sag so was nicht.« Sie stand auf und ging ins Kinderzimmer. Der Schaukelstuhl knarrte auf dem Hartholz. Nach einer Weile hörte er sie mit Rebecca reden.

Hardy war übel, und alles tat ihm weh, aber er zwang sich aufzustehen. Er stand an der Kinderzimmertür und hielt den knarrenden Schaukelstuhl mit dem Fuß an.

Sie drehte sich um. »Schau mal«, sagte sie. »Was auch immer passiert ist, laß es hinter dir. Ändern kannst du nichts mehr daran. Laß uns einfach sehen, wie wir weiterkommen, okay? Wir haben hier ein gutes Leben. Aber du mußt mich respektieren. Und du mußt dich selbst respektieren. Ende der Predigt.«

Sie kam durch das Zimmer auf ihn zu und berührte sachte seinen Arm. »Geh, dusch noch mal«, sagte sie. »Mit heißem Wasser. Ich mache Frühstück.«

Hardy saß auf der megaharten Bank im Zuschauerraum der zweiundzwanzigsten Kammer, die unter dem Vorsitz der Richterin Marian Braun stand. Elizabeth Pullios in ihrem rotblauen Powerkostüm würdigte ihn keines Blickes, während sie am Tisch der Staatsanwaltschaft saß. Hardy entdeckte mehrere gutgekleidete Anwälte, die herumhingen, wahrscheinlich hatte David Freeman sie geschickt, damit Fowler sich einen aussuchte. Einer von ihnen würde Andy dann wohl verteidigen, nahm Hardy an.

Jane kam und rutschte neben ihn in die Bank. »Was ist dir denn passiert?«

Hardy trug einen Anzug mit Weste, weißem Hemd und eine seiner besten konservativen Krawatten. Auf der Straße hatte er sich die Schuhe putzen lassen. Abgesehen von seinem Verband um die Stirn und einem Bluterguß um sein verquollenes Auge, sah er ganz anständig aus.

Er sagte ihr, das sei eine lange Geschichte. Jane liebte lange Geschichten, doch er kam nicht mehr dazu, sie ihr zu erzählen, weil die Richterin den Saal betrat und alle aufstanden.

Marian Brauns Beratungszimmer hatte ein Jahrzehnt lang neben Andy Fowlers gelegen. Daß sie die Vorsitzende Richterin im Obergericht geworden war – und deshalb die Anklage von der Grand Jury bekommen hatte –, war eine Frage der Zeit gewesen. Nach Fowlers Abschied war Leo Chomorro nachgerückt, um seinen Sitz zu übernehmen, und das Amt des Vorsitzenden Richters ging an Marian Braun. Seltsam war nur, daß sie, die Andy gut gekannt und die man für eine seiner wenigen Verbündeten gehalten hatte, Bezirksstaatsanwalt Chris Lockes Empfehlung folgte und eine Freilassung gegen Kaution ablehnte.

Wenn jemand eines Mordes beschuldigt wurde, entschied man normalerweise erst bei der Anklageerhebung über die Kautionsfrage, weil man sichergehen wollte, daß der Betreffende auch tatsächlich zur Anklageerhebung erschien.

In Andy Fowlers Fall hätte man aber wohl nicht zu befürchten brauchen, daß der Angeklagte nicht zur Stelle sein würde – daß man ihm die Kautionsstellung verweigerte, zeigte deutlich, daß man auf ihn keine Rücksicht nahm. Andy Fowler gehörte nicht mehr dazu.

Wenigstens ließen sie ihn nicht den ganzen Morgen warten. Er war der erste, den die Richterin aufrief, nachdem sie Platz genommen hatte. Der Gerichtsdiener führte ihn im gelben Overall herein.

Seine Behauptung, das Gefängnis werde ihn nicht umbringen, mochte ja zutreffen, aber die Übernachtung dort hatte ihm sichtbar nicht gut getan. Sein Gesicht war grau, seine Löwenmähne hing schwer und strähnig herunter. Er stand in Habtachtstellung allein am Podium vor dem Richterpult.

Hardy warf einen Blick zur Geschworenenbox hin. Keiner der Männer stand auf, um sich zu dem Mandanten zu stellen, als noch einmal, der Form entsprechend, die ganze Mordanklage verlesen wurde.

»Ich nehme an, Mr. Fowler ...« Also würde man den Titel auch weglassen. Man würde Andy nicht mehr »Richter« nennen. Wenn Marian Braun ein Barometer war, dachte Hardy, dann mußte Andy mit sehr schlechtem Wetter rechnen. Braun fragte, ob ein Anwalt anwesend sei.

»Ja, Euer Ehren.« Er drehte sich halb um. »Dismas Hardy.«

Ein Gemurmel erhob sich im Gerichtssaal. Hardy hörte es kaum. Er stand auf und bewegte sich an Jane vorbei aus der Bank. Aber er hatte den Mittelgang noch nicht erreicht, als Pullios aufsprang. »Euer Ehren, ich erhebe Einspruch. Mr. Hardy hat für diesen Fall bei der Staatsanwaltschaft gearbeitet. Abgesehen von dem offensichtlichen Konflikt, hatte er auch Zugang zu Material, das durch anwaltliche Schweigepflicht geschützt ist. Er kann den Angeklagten hier nicht vertreten.«

Hardy hörte sich reden: »Wenn das Gericht bitte ...« Man hörte nicht auf ihn.

Braun zog sich die Brille bis ans Ende der Nase, dann nahm sie sie ganz ab. »Schreiben Sie mir in der Sache einen Antrag, Staatsanwältin, und sorgen Sie dafür, daß er morgen früh auf meinem Schreibtisch liegt.« Sie kritzelte etwas vor sich hin und hob die Augen. »Mr. Hardy, möchten Sie zu uns herüberkommen?«

Hardy ging den Gang entlang und durchquerte die Pforte, die den Zuschauerraum von dem Gericht trennte. »Euer Ehren, ich möchte um eine kurze Unterbrechung der Sitzung bitten. Ich würde gern ein paar Worte mit dem Richter hier sprechen.«

»Es gibt keinen Richter außer mir in diesem Saal, Mr. Hardy. Klar?«

»Ja, Euer Ehren.«

»Wir haben kaum angefangen, und ich habe heute eine außerordentlich große Zahl von Anklagen, also lassen Sie uns nicht unterbrechen, sondern sehen, daß wir weiterkommen. Sind alle damit einverstanden?« Klar, daß alle damit einverstanden sein mußten. »Mr. Hardy«, sagte Braun, »Sie könnten Ms. Pullios eine lange Nacht ersparen, wenn Sie das Gefühl haben, daß Sie sich in irgendeinem Konflikt befinden, wenn Sie den Angeklagten verteidigen.«

Hardy war nicht geneigt, Pullios eine lange Nacht zu ersparen – das war ein kleines Geschenk. »Nein, Euer Ehren, ich bin in keinem Konflikt.«

Pullios stand wieder auf. »Mr. Hardy hat die Akten in diesem Fall zusammengestellt.«

»Das war nicht dieser Fall, Euer Ehren, Ms. Pullios bringt vielleicht die Fälle durcheinander, weil es sich um dasselbe Opfer handelt. Mr. Fowler war nicht angeklagt.«

»Ich bringe nichts durcheinander, Euer Ehren. Mr. Hardy hat überall in den Akten herumgewühlt.«

»Wenn ich mich bitte dazu äußern darf«, sagte Hardy, der seinen Auftritt genoß. »Wie Ms. Pullios sehr wohl weiß, war sie die Anklagevertreterin, als letztesmal Anklage wegen des Mordes an Owen Nash erhoben wurde. Mir wurde eine offizielle Rolle ausdrücklich verweigert.«

Brauns Hammer fiel herunter. »Gut, gut. Ich werde Ihren Antrag lesen, Ms. Pullios. Morgen früh.« Sie setzte ihre Brille wieder auf und schien etwas zu entscheiden.

»Gut gemacht«, flüsterte Fowler. »Was ist mit deinem Kopf geschehen?«

Braun fuhr fort. »Inzwischen lassen Sie uns sehen, daß wir weiterkommen, ja? Haben Sie einen Antrag, Mr. Fowler?«

Hardy hätte Andy diesmal gern seinem festen Vertreter – einem der Anzüge in der Geschworenenbox – überlassen, aber nach dem Krach mit Pullios dachte er, er sollte lieber selbst fortfahren.

»Euer Ehren, bevor wir einen Antrag stellen, würde die Verteidigung gern etwas Zeit haben, sagen wir zwei Wochen, um die Akte dieses Falles zu studieren.«

Pullios wollte wieder Einspruch erheben, aber Braun klopfte mit dem Hammer und schüttelte den Kopf. »Ich glaube nicht, daß Sie zwei Wochen brauchen, um zu beschließen, was Sie für einen Antrag stellen. Wir setzen diese Anklageerhebung nächste Woche fort, und dann können Sie ihren Antrag stellen.«

»Danke, Euer Ehren. Und jetzt zur Kaution …«

»Ja, Kaution. Der Staat hat beantragt, in diesem Fall keine Kautionsstellung zuzulassen.«

Hardy bat um Erlaubnis, sich dem Gericht nähern zu dürfen. Braun winkte ihn und Pullios zu sich.

»Euer Ehren«, sagte Hardy. »Ist die Verweigerung einer Kautionsstellung nicht etwas ungewöhnlich?«

»Dies ist kein gewöhnlicher Fall, Mr. Hardy.«

»Zugegeben, Richterin, aber als der Staat hier letztesmal jemanden wegen des Mordes an Owen Nash anklagte, bestand bei der Angeklagten Fluchtgefahr, und selbst sie wurde gegen Kaution freigelassen. In diesem Fall besteht keine Fluchtgefahr. Der Richter wird nirgendwohin fliehen.«

Pullios wollte widersprechen, aber Braun antwortete ruhig: »Fowler hat uns ausführlich bewiesen, wie sehr er die juristischen Gepflogenheiten mißachtet. Ich habe kein Vertrauen, daß er vor Gericht erscheinen würde, wenn man ihn freiließe.«

»Richterin, bitte, Sie wissen, das ist lächerlich –«

Braun schnappte nach Luft. »Achten Sie bitte auf die angemessene Form, Mr. Hardy. Wenn ich noch einmal höre, daß Sie eines meiner Urteile als lächerlich bezeichnen, werden Sie einige lächerliche Nächte wegen Mißachtung des Gerichts im Gefängnis zubringen.«

Hardy studierte einen Augenblick lang den Fußboden. »Ich bitte um Entschuldigung, Euer Ehren. Aber darf ich Sie mit allem gebührenden Respekt bitten, es sich noch einmal zu überlegen?«

Hardy kehrte zu dem Platz zurück, an dem Fowler stand, und schüttelte den Kopf. »Dann stell jetzt den Antrag«, flüsterte Fowler. »Nicht schuldig.«

Hardys Augen trafen Fowlers Augen, es war ihm peinlich, aber er mußte es sagen. »Ich weiß nicht, ob du nicht schuldig bist, Andy –«

»*Stell den Antrag*«, fauchte Fowler ihn an. »Verlangt dein Gewissen auch von dir, eine Woche zu vergeuden?«

Das war ein gutes Argument, und Hardy erklärte: »Nicht schuldig!« Die Richterin strich den Aufschub und nahm Hardys Antrag zur Kenntnis. Die Fortsetzung der Verhandlung wurde auf den folgenden Montag, den 18. Oktober um 9 Uhr 30, im selben Saal anberaumt.

Er würde jetzt nicht einmal hinauf zum Bezirksstaatsanwalt gehen und die Akten verlangen. Er wollte Andy sofort oben sprechen und mit ihm über die Wahl eines anderen Anwalts diskutieren. Er stand mit dröhnendem Kopf in der Halle, Jane neben ihm.

»Hardy! Dismas, entschuldigen Sie.« Es war Jeff Elliot mit seinem Lächeln. »Erinnern Sie sich an mich?«

Jeff stützte sich auf eine Krücke, und Hardy stellte ihn Jane vor. »Die Tochter des Richters? Ich würde gern eine Minute mit Ihnen sprechen, wenn das möglich ist.«

»Nimm dich vor dem in acht«, sagte Hardy, um ihm zu entkommen.

»Wo wollen Sie hin?« fragte Jeff.

Hardy blieb stehen und sagte halb zu Jeff umgewandt: »Nach einer kurzen Karriere ziehe ich mich aus dem Strafverteidigerberuf wieder zurück.«

»Tun Sie das nicht«, sagte Jeff. »Sie waren großartig.«

»Danke. Und wenn Sie mich jetzt alle entschuldigen würden …«

Elizabeth Pullios kam aus dem Gerichtssaal. Sie war in Begleitung eines jungen Assistenten, den Hardy nicht kannte. Pullios berührte ihren Assistenten am Arm, so daß er stehen blieb, und kam auf Hardys Gruppe zu. »Locke gibt Ihnen keine Akten heraus, bevor Braun über meinen Antrag entschieden hat«, sagte sie zu ihm. »Sie haben keine Möglichkeit, es zu schaffen.«

Hardy lächelte. »Ihre rote Krawatte gefällt mir«, sagte er. »Sie paßt irgendwie zu Ihren Augen.«

Sie starrte ihn an. »Wissen Sie was, ich hoffe beinahe, daß mein Antrag abgelehnt wird.«

»Warum?« fragte Hardy.

»Mit Ihnen als Verteidiger landen wir einen Volltreffer.«

# 42

Hardy fuhr nicht sofort hinauf, um Andy Fowler zu sprechen. Statt dessen ließ er Jane und Jeff Elliot stehen und trug seinen dröhnenden Kopf auf den Parkplatz unter dem Freeway hinaus. Es war kalt draußen, aber die Kälte tat ihm gut.

Pullios dachte also, wenn er Fowler verteidigte, würden sie einen Volltreffer landen? Es reizte ihn, das auszuprobieren.

Er zwang sich, Andy Fowler in einem neuen Licht zu betrachten. Er konnte ihm einen Tag lang helfen – um Jane zu beruhigen und um dem Mann einen Gefallen zu tun, der ihm selbst einige erwiesen hatte. Aber das durfte man nicht mit einer Verteidigung gegen die Mordanklage verwechseln.

Er sagte sich immer wieder vor, daß er kein Strafverteidiger war. Das war eine andere Haltung, eine Orientierung, die er nicht besaß. Er war ein Polizist gewesen. Er glaubte nicht, daß viele Leute verhaftet wurden, die nichts ausgefressen hatten. May Shinn war eine Ausnahme gewesen.

Aber anzunehmen, daß das bei demselben Opfer zweimal geschehen könnte, war ein bißchen zuviel verlangt. Hardy hatte noch nichts von dem gesehen, was sie gegen Andy gesammelt hatten, aber es mußte ziemlich handfestes Material sein. Selbst wenn alle Richter, Staatsanwälte und Polizeibeamte in der Stadt und im County Andy haßten, würde Chris Locke es Pullios niemals erlauben, noch so eine Anklage in dem Mordfall Owen Nash zu erheben, wenn er nicht überzeugt davon wäre, daß er eine Verurteilung erreichen würde …

Trotzdem war die Untersuchung in sehr ungewöhnlicher, ja geradezu beispielloser Weise vorgenommen worden. Was auch immer seit May Shinns Entlassung geschehen sein mochte – es schien an der Polizei vorbeigegangen zu sein.

Glitsky hätte es Hardy erzählt, wenn sie irgend etwas Belastendes gegen Andy gefunden hätten, und sei es auch nur, weil es ihn persönlich interessierte. Und sie ersetzten auch keinen erfahrenen Mordkommissar wie Abe Glitsky durch einen anderen Kollegen aus dem Kommissariat, ohne ihn zu benachrichtigen.

Abe war immer noch mit der polizeilichen Untersuchung beauftragt und hatte nichts entdeckt, und trotzdem hatten sie irgendwoher genügend neues Beweismaterial für eine Grand Jury zusammenbekommen. Ja, und woher? Was hatten sie – wer auch immer »sie« waren – gefunden oder erfunden?

Der Verkehr donnerte hoch oben über den Freeway hinweg. Er stellte seinen Sitz zurück und stöhnte, als seine wunden Rippen einen Ruheplatz suchten. Er schloß eine Minute lang die Augen.

Was tat er denn überhaupt *sonst* noch, zum Teufel?

Die Ereignisse der letzten Nacht sollten ihm doch irgend etwas sagen, wenn er zuhörte.

Okay, sie hatten ihn vor die Tür gesetzt. Natürlich wollte niemand sonst etwas von ihm wissen. Ja, er hatte Frannie verdammt schlecht behandelt. Und im Dampfbad mit Celine schamlos die Gelegenheit ausgenützt.

Celine.

Seine Neugier und der Mangel an Beweismaterial waren zwei Gründe für ihn, Andys Verteidigung zu übernehmen. Und Celine allein wog das wieder auf. Was er mit ihr erlebt hatte, sprach strikt dagegen. Wenn er weiter an dem Fall arbeitete, würde er sie wieder sehen müssen, oft sehen müssen, und diesmal auf der falschen Seite des Falles. Er würde der Mann sein, der den Mörder ihres Vaters verteidigte. Den *angeblichen*, Dismas, vergiß das nicht!

Würde sie den Unterschied beachten? Wahrscheinlich nicht. Er versuchte sie sich hinter ihm im Zuschauerraum vorzustellen, während er Fowler verteidigte. Wie effektiv konnte er sein, während das der Fall war?

Aber dann war da Pullios. Und Locke und Drysdale. Das Team, das ihn gefeuert und aus der Bahn geschleudert hatte. So eine Ungerechtigkeit mußte bestraft werden. Wenn er Andy heraushaute, würden sie darunter leiden, und wäre das nicht ein Genuß?

Hardy rechnete sich Chancen aus, Pullios zu schlagen. Er war ihr schon mächtig auf die Nerven gefallen, sonst hätte sie ihn nicht noch einmal auf dem Korridor angesprochen. Er könnte noch mehr von ihrem Zorn, oder was es war, herauskitzeln, damit die *Geschworenen* sahen, was sie für ein Mensch war. Das mußte man ihnen zeigen. Und wenn sie die Nerven verlor, was war dann mit ihren Argumenten los?

Er konnte sie schlagen.

Er lächelte vor sich hin, und das tat weh. Na und. Was gab's sonst noch Neues? Man stand den Schmerz durch und wurde geheilt. So ging das.

Fowler saß ihm gegenüber am Tisch in Besucherraum A. »Ich bin mehr oder weniger zu dem Ergebnis gekommen, daß du der beste Verteidiger bist, den ich mir wünschen kann, Diz.«

»Wann hast du das festgestellt?«

»Ich glaube, als ich diese Reihe von Geiern in der Geschworenenbox sitzen sah. Ich habe sie alle arbeiten sehen, Diz, und keiner kann David Freeman das Wasser reichen.«

»Ich auch nicht. Ich konnte dich nicht mal gegen Kaution herausbekommen, erinnerst du dich?«

Fowler lächelte. »Ich glaube, nicht mal Abe Lincoln hätte das geschafft. Aber du bist großartig mit Pullios umgegangen. Und du bist gestern abend hier mit Jane hereingekommen. Das hat mich beeindruckt.«

»Ich hatte Glück.«

»Lieber Glück haben als schlau sein und verlieren. Außerdem ist jeder Mensch seines Glückes Schmied.«

Hardy berührte vorsichtig seinen Verband. »Glückliche Leute sagen so etwas immer gern, nicht wahr? Ich glaube nicht daran.«

»Glaubst du, ich bin glücklich?«

»Ich würde sagen, du hast eine Menge Glück gehabt.«

Sein Gesicht umwölkte sich. »Ich bin zweiundsechzig, mein Ruf ist im Eimer, die Frau, die ich liebe, will nichts von mir wissen –«

»Laß uns über die Frau reden, die du liebst.«

»Heißt das, daß du mich verteidigen willst?«

Hardy schüttelte den Kopf. »Ich weiß es nicht, Andy. Ich weiß nicht, was für Material sie haben. Ich weiß nicht, wie Braun entscheiden wird, ob ich dich verteidigen darf.«

Fowler wischte das weg. »Stelle einen Antrag, bevor du gesehen hast, was Pullios hat. Deine mündliche Erklärung war schon recht überzeugend. Ich habe das Recht, mir einen Anwalt zu wählen, und ganz gleich, was Locke sagen mag, ich sehe keinen Konflikt. Ich glaube auch nicht, daß Braun einen sehen wird. Du warst doch nicht Staatsanwalt bei May, richtig?«

Jedesmal, wenn diese Frage auftauchte, gefiel sie Hardy besser. »Absolut nicht.«

»Dann vergiß es. Schreibe deinen Antrag. Laß uns über die Verteidigung reden.«

Bevor sie es taten, wollte Andy über Geld sprechen, ein Thema, an das Hardy, höchst ungewöhnlich für einen Rechtsanwalt, noch gar nicht gedacht hatte. Nachdem Andy ihn deswegen ausgescholten hatte, bot er ihm eine Anzahlung von 25 000 Dollar, ein Honorar von 150 Dollar pro Arbeitsstunde und 1500 Dollar pro Gerichtstag an, was für ihn äußerst preiswert sei, wie er erklärte, weil zehn Stunden pro Sitzungstag das absolute Minimum seien.

Hardy hörte sich die Zahlen an. Er nahm an, er würde sich daran gewöhnen, und als Andy fertig war, sagte er, damit sei er einverstanden. Von wegen für keine Arbeit zu gebrauchen, dachte er und fühlte sich besser.

Andy hatte noch nichts von der Akte gesehen, die sie gegen Andy gesammelt hatten, und wußte auch nicht, wer das getan hatte. Er nahm an, daß sein Leben mit dem Mikroskop untersucht worden war, aber er hatte keine Ahnung, was sie gefunden hatten, um ihm den Mord an Owen Nash anzulasten. Er habe den Mann nie kennengelernt, sagte er.

Hardy war sich dessen aber nicht so sicher. Sicher war er sich nur in einem: Wenn Andy Fowler gegenüber May solche Gefühle gehabt hatte, wie seine Handlungen es nahelegten – von seinen Worten ganz abgesehen –, hatte er ein solides Motiv für den Mord an Owen Nash. Trotzdem mußte er erst einmal die Tatsachen kennenlernen, und damit konnten sie sofort anfangen.

»Und dann nehme ich an, du warst nie auf der *Eloise*?«

»Das ist, als ob du mich fragst: Habe ich ihn umgebracht? Nicht wahr?«

Hardy sagte, ja, das sei vielleicht so. Er wartete.

»Was hat es für einen Zweck, darüber zu reden, Diz? Wir haben auf ›Nicht schuldig‹ plädiert. Jeder Angeklagte der Welt erzählt seinem Anwalt, er hätte es nicht getan, aber laß uns keinen Sand aufwühlen, okay? Es geht darum: Haben sie Beweise, daß ich auf dem Boot war? Ich sage: Die können sie nicht haben. Es gibt keine.«

»Nur mal wegen meines Seelenfriedens, Andy. Angenommen, es ist wichtig für mich, daß ich mich für die gerechte Sache einsetze …« Hardy grinste, als er merkte, wie pompös das klang. Aber es war ihm wichtig.

»Dann, Anwalt, bekommen Sie mich frei.«

»Also tu mir den Gefallen. Sag es mir ein einziges Mal: Hast du Owen Nash umgebracht? Ja oder nein?«

Fowler schüttelte den Kopf. »Nein«, sagte er.


»Hardy als Strafverteidiger«, sagte Glitsky. »Wie kannst du nur?«

»Pullios sagt, ich kann nicht.«

Sie saßen bei Lou's und aßen das Tagesgericht: süß-saure Lammrippchen mit Couscous. Hardy berichtete Abe von Pullios' Theorie über seinen Interessenkonflikt.

»Kann sein, daß sie recht hat, Diz. Obwohl sie diese Woche nicht meine Lieblingsstaatsanwältin ist.«

Abe war klar, daß die Untersuchung, die da stattgefunden hatte, hinter seinem Rücken erfolgt war. Schon aus Gründen der Höflichkeit hätte man ihn zumindest informieren müssen, falls sich irgendwelche neuen Gesichtspunkte ergeben hatten. Aber Pullios hatte ihn umgangen, und Glitsky war verärgert. Er nagte am Ende eines Rippchens und kaute grüblerisch. »Du glaubst, er hat es vielleicht getan?«

Hardy trank etwas Wasser. Er hatte aufgehört zu essen, weil es weh tat. »Ich möchte sehen, was sie gegen ihn haben.«

»Er hat es nicht abgestritten?«

Hardy schwenkte die Hand hin und her. »Doch, das hat er. So in etwa.«

376

»In etwa? Tu mir einen Gefallen«, sagte Abe. »Wenn du feststellst, daß er es war, laß ihn nicht freikommen.«

Hardy schob sein Essen hin und her. Es war fettig und schon erstarrt. »Weißt du, warum Hunde ihre Eier lecken, Abe?«

»Warum?«

»Weil sie's können.«

Abe schüttelte den Kopf. »Wenn du dich mit Hunden identifizieren willst, dann tu das.«

»Ich sage nur, so verhält sich ein Profi.« Hardy versuchte mit der Achsel zu zucken, aber auch das tat weh. »Zu deiner und meiner Beruhigung: Wenn aus den Akten hervorgeht, daß er es getan hat, verteidige ich ihn nicht. Und die Akten machen mir Sorgen. Sie müssen etwas gegen ihn in der Hand haben. Das ist nicht nur ein Rachefeldzug – sie versuchen, ihm einen Mord anzuhängen, und er sagt, er hat den Mann nie kennengelernt, war nie auch nur in der Nähe des Boots, und mit May war auch seit vier oder fünf Monaten Schluß.«

Glitsky lutschte an einem Lammknochen. »Ja, das alles habe ich auch festgestellt. Aber offenbar hat jemand etwas anderes entdeckt.«

Hardy legte die Hände an den Kopf und rieb sich die Schläfen. Wenn Fowler ihm gestanden hätte, daß er Owen Nash getötet hatte, wäre es ihm nicht möglich gewesen, den Fall zu übernehmen, nicht mal, um Pullios und Locke zu schlagen. Und daß die Untersuchung nicht nach Vorschrift erfolgt war, würde daran nichts ändern.

Aber wie Glitsky sagte: Sie hatten etwas entdeckt, das auf Andy hindeutete.

Was nicht hieß, daß er es gewesen war. Er hatte es ja bestritten. Natürlich hatte er es bestritten. Was nicht hieß, daß er unschuldig war. Okay, Hardy, darum gibt es ja diese Prozesse und Geschworenen.

Als er von Lou's zu seinem Wagen zurückging, fiel ihm ein, daß er, Kopfweh hin, Kopfweh her, noch etwas in der Stadt erledigen mußte. Er kam gegen ein Uhr im *Chronicle*-Gebäude an und streckte sich auf einer rissigen schwarzen Ledercouch neben Jeff Elliots Schreibtisch aus, wo man ihn etwa zwei Stunden lang in Ruhe ließ. Elliot schüttelte ihn wach.

»Was ist mit Ihnen passiert?« fragte er.

»Sie schulden mir einen Gefallen«, sagte Hardy. Er schilderte Jeff, wie er seinen Job verloren hatte, und erzählte von dem Mißverständnis mit Richter Fowler und dessen Tochter Jane. An alledem sei Jeffs Bericht über Ms. Shinns Kaution schuld, und natürlich auch an der Tatsache, daß Hardy letzte Nacht betrunken gewesen und niedergeschlagen und ausgeraubt worden war.

Im Grunde unterstellte Hardy, daß Jeffs Artikel während der letzten drei oder vier Monate sein, Hardys, Leben ruiniert hätten.

»Okay«, sagte Jeff, »also schulde ich Ihnen was. Tut mir leid, daß Sie solche Probleme haben, aber in dem Artikel wurde Ihr Name nirgendwo erwähnt.«

Es lohnte sich nicht, darauf zu antworten. Hardy kam gleich zur Sache: »Ich werde wahrscheinlich jemanden brauchen, der ein bißchen für mich recherchiert.«

Jeff beugte sich über seinen Schreibtisch und sagte leise: »Ich arbeite hier. Ich kann so etwas nicht machen.«

»Wenn ich Ihnen Informationen geben kann, wieso können Sie mir dann nicht auch welche geben? Und außerdem: Was Sie für mich herauskriegen, können Sie in Ihrem Blatt veröffentlichen. Es gibt da etwas. Vielleicht kann ich Ihnen ein paar nützliche Tips geben, und wir haben dann beide etwas davon.«

»Ich muß aber meine Quellen geheimhalten«, sagte Jeff.

»Selbstverständlich.«

Jeff dachte darüber nach, aber Hardy wußte nicht, ob er mitmachen würde. Wenn ja, wäre das eine hübsche Umkehrung. Normalerweise wandte sich ja Deep Throat – siehe Watergate – an den Reporter. Und jetzt hätte Hardy, wenn er jemanden dieser Art brauchte, einen persönlichen Sherlock Holmes unter dem Deckmantel eines Journalisten. Wunderbare Vorstellung: Pullios spickte Jeff mit Informationen, die Jeff an ihn weitergab, so daß er immer auf dem laufenden war.


»Haben Sie einen netten Plausch mit Jane gehabt?« fragte Hardy.

»Wissen Sie, daß Jane Owen Nash gekannt hat?«

Hardy saß auf der Couch neben Jeffs Schreibtisch und trank lauwarmen Kaffee aus einem Styroporbecher. Er versuchte die Stimme zu dämpfen. »Was?«

»Jane, die Tochter des Richters.« Der Reporter tippte weiter in die Maschine. »Ihre Ex-Frau, richtig?«

»Sie kannte Owen Nash?«

»Ja. Moment mal.« Er beendete das, woran er gerade arbeitete, dann schwang er seinen Sessel um eine Vierteldrehung herum. »Ist Ihnen nicht gut?«

Hardy saß zurückgelehnt auf der Couch, die Hand am Kopf. »Wie kommt sie denn dazu?«

»Sie hat ihn letztes Jahr in Hongkong kennengelernt. Sie war drüben, um irgendwas zu kaufen. Irgendeine Cocktailparty, Amerikaner im Ausland und so. Die Welt ist klein, nicht wahr?«

Hardy erinnerte sich an Janes Hongkongtrip. Das war, bevor er sich mit Frannie zusammengetan hatte – oder genauer gesagt: als das mit Frannie angefangen hatte.

Bevor Jane nach Hongkong flog, waren sie und Hardy – mehr oder weniger – zusammen gewesen. Nach der Scheidung und den acht Jahren, die seitdem vergangen und in denen sie sich aus dem Weg gegangen waren, hatten sie es noch einmal versucht.

Während Jane drüben war, hatten sich Dismas und Frannie ineinander verliebt, und Jane hatte Hardy nach ihrer Rückkehr gestanden, daß sie ihm auch einmal untreu gewesen sei. Hardy wußte eine Menge über Jane, und auch ein wenig über Owen Nash. Jane war ungefähr im gleichen Alter wie May. Jane und Nash, beide hatten sie etwas für Abenteuer und spontane Aktionen übrig.

Aber in Hongkong gab es eine Menge Leute. Daß ihr Owen Nash dort über den Weg gelaufen war, mußte nicht heißen, daß sie mit ihm geschlafen hatte. Allerdings sah Hardy auch keinen Grund, warum sie es nicht hätte tun sollen.

Und wenn sie es getan hatte …

Als er nach Hause fuhr, ging ihm noch ein wirklich abwegiger Gedanke durch den Kopf. Sein Freund Abe Glitsky war sauer auf Elizabeth Pullios, weil sie unter Umgehung der Mordkommission eine Mordanklage aufgebaut hatte. Abe überlegte sogar, ob er nicht eine Klage gegen die Bezirksstaatsanwaltschaft wegen Behinderung der Justiz einreichen sollte. Wäre das nicht wunderbar? Natürlich würde er das niemals tun, aber es zeigte, was in Abe vor sich ging.

Wäre es nicht herrlich, wenn Abe Pullios' Untersuchung diskreditierte, indem er seine eigene durchführte? So würde er Pullios und dem Bezirksstaatsanwalt eine Lektion erteilen, was die Zuständigkeit der beiden Abteilungen betraf. Und das würde bedeuten, daß Abe seine Polizeiarbeit praktisch im Dienste der Verteidigung leistete. Wenn Hardy lächelte, tat es noch immer weh.

Er hatte den Arm um Frannie gelegt und saß auf dem Oberdeck der Fähre zum Jack-London-Square in Oakland. Sie hatten immer noch zwei Wochen Sommer vor sich, und die Sonne stand noch am Himmel. Die Bay war ruhig, und als sie sich Alameda näherten, schien es wärmer zu werden. Obwohl die beiden Städte nur zwölf Meilen voneinander entfernt lagen, schien es in Oakland zehn Grad wärmer zu sein als in San Francisco.

Heute war Mittwoch, und Kopfschmerzen hin oder her, der Abend gehörte ihnen. Er zog sie enger an sich. »Hältst du's noch ein bißchen aus?« fragte er. »Es kann noch eine Weile dauern.«

»Eine Weile ja. Sogar ziemlich lange. Aber paß ja auf, daß du mich nicht vergißt. Wir sind auf derselben Seite.«

»Ich versprech's«, sagte er.

»Wenn du schon dabei bist, Versprechen zu machen – ich brauche noch ein weiteres von dir.«

Er nickte.

»In vier Monaten kommt dieses Baby zur Welt. Und ganz egal, ob du zum Prozeß mußt oder nicht, ich will, daß du dabei bist, genau wie bei Rebeccas Geburt.«

»Hoffentlich nicht genau wie bei Rebeccas Geburt.« Rebecca war erst nach dreißig Stunden mörderischer Wehen zur Welt gekommen.

»Du weißt, was ich meine.« Seine Frau kuschelte sich an ihn. Sie sah zu ihm hoch. Gott, sie war schön. Hardy und Frannie hatten sich gefunden, als sie ungefähr im fünften Monat mit Rebecca schwanger gewesen war – genau wie jetzt mit dem neuen

Kind. Hardy fand, das mußte wohl die Zeit sein, wenn eine Frau am schönsten war.

Jetzt hatten sie endlich die Quälerei überstanden und waren wieder voller Zuversicht. Es war eine schlimme Zeit gewesen. Es hieß ja »in guten und in schlechten Zeiten«, und das bedeutete wohl, daß es auch schlechte Zeiten geben mußte, oder?

Er küßte sie. »Ich weiß, was du meinst«, sagte er.

»Du versprichst es mir?«

»Ich versprech's.«

<br>

## 43

Um halb zehn Uhr abends waren sie wieder zu Hause, und Hardy setzte sich an den Schreibtisch, um seine Stellungnahme zu dem angeblichen Interessenkonflikt zu schreiben. Er tippte sie selbst. Ohne juristische Bibliothek mußte er an manchen Stellen improvisieren, doch ein paar Bücher- und Heftreihen hatte er in seinem Regal, und der Tenor war ja schon in der Verhandlung klargeworden, er mußte es nur noch etwas ausführen und begründen.

Es hatte mal einen Fall von Interessenkonflikt gegeben, als ein stellvertretender Staatsanwalt mitten in der Verhandlung gegen ein Mitglied der Hell's Angel stand und dann von der Anwaltskanzlei engagiert wurde, die den Angeklagten vertrat. Diesen Strafverteidiger hatte der Richter abgelehnt.

Und Hardy fand, daß dort wirklich ein Konflikt vorhanden gewesen war. Er war sicher, daß Pullios auf die Parallelen zu diesem Fall hinweisen würde; seines Erachtens jedoch fielen die Unterschiede weit mehr ins Gewicht: Er war im Fall Shinn nicht der Anklagevertreter gewesen. Und Fowler war nicht der Angeklagte gewesen. Die einzige Parallele bestand darin, daß es sich um dasselbe Opfer handelte. Außerdem war das in jenem vorausgegangenen Fall gegen May Shinn gesammelte Beweismaterial inzwischen längst öffentlich zugänglich. Hardy fand, daß er – offiziell – nichts wußte, was ein interessierter Laie nicht auch erfahren konnte.

Natürlich kannte er die Telefonabrechnungen, aber das war inoffiziell. Und er wußte auch nicht, ob irgend jemand bei der Bezirksstaatsanwaltschaft die Telefonabrechnungen kannte.

Er war um ein Uhr früh fertig und bestellte einen Botendienst, der auch nachts arbeitete. Wenn die Richterin Braun am Morgen in ihr Büro kam, würde sie seinen Antrag vorfinden.

Nun gab es nichts für ihn zu tun als zu warten, bis Braun die beiden Anträge gelesen und ihre Entscheidung getroffen hatte.

Er schlief bis halb zehn und brach dann zu seinem ersten Lauf seit Wochen auf – zu seinem Vier-Meilen-Rundtrip. Seinen Rippen gefiel das gar nicht, aber er rannte trotz der Stiche auf beiden Seiten. Wenn er diesen Fall übernahm, wollte er wenigstens in Form sein.

Frannie besuchte ihre Schwiegermutter, die im Sunset-Viertel südlich des Golden Gate-Parks wohnte, und Hardy holte seine schwarze gußeiserne Pfanne heraus und stellte sie auf eine heiße Flamme.

Dann zerschnitt er eine halbe Zwiebel, warf ein paar Knoblauchzehen hinein, zerlegte eine kleine Kartoffel in Scheiben, öffnete den Kühlschrank und fand zwei Schweineschnitzel, die er zerstückelte. Er summte irgendeine Melodie der Dire Straits und rührte, als das Telefon läutete.

Marian Brauns Sekretärin war dran und sagte, die Richterin hätte zu seinen Gunsten entschieden.

Jetzt mußte er ziemlich aufpassen. Keinesfalls durfte Abe auf die Idee kommen, daß er, Hardy, selbst die Justiz behinderte. Abes Toleranzschwelle war, verständlicherweise, ziemlich niedrig, wenn es um diesen Fall ging.

Hardy beugte sich über Glitskys Schreibtisch. »Du hast sie immer noch«, sagte er. »Und mit ›du‹ meine ich die Anklagevertretung. Sie sind immer noch in der Akte.«

»Wieviel weißt du darüber?« Die Telefonabrechnungen.

»Fast nichts.« Stimmte nicht. »Ich habe Fowlers Anrufe bei Shinn geprüft, aber ich überlege gerade, ob es da nicht noch andere gegeben hat, ob sie nicht noch andere Kunden hatte, die ein Motiv gehabt haben könnten.«

Glitsky überlegte eine Minute lang. »Diz, der Staat hat Anklage erhoben. Es ist nicht so, als ob ich mich hier langweile. Es gibt noch mehr ungeklärte Morde in der Stadt, und ich habe jetzt fünf Stück am Hals. Der Fall Nash ist von uns aus betrachtet abgeschlossen.«

Hardy wühlte in etlichen Akten herum, die auf Glitskys Schreibtisch lagen. »Dann tu das, was du nicht lassen kannst, aber ich werde dafür sorgen, daß Fowler freigesprochen wird, weil er unschuldig ist, und damit ist der Fall Nash wieder offen. Denn dann hat es jemand anders getan, richtig? Und wenn du etwas entdeckst, soll Pullios ruhig erfahren, woher du es hast. Wir reden hier über Gerechtigkeit, Abe.«

»Und eine Menge Wenns und Obs. Plus einen Haufen Rennerei.«

»Aber das ist doch dein Job, Abe. Die Rennerei.«

»Die müßte ich aber dann in meiner Freizeit tun.«

»Egal wie«, sagte Hardy. »Ich habe so ein Gefühl, als ob es noch allerhand zu entdecken gibt, was man bisher übersehen hat. Locke will Fowler aus dem Weg räumen. Das spricht sich herum, und die Leute fangen an, Dinge zu sehen, die gar nicht da sind.«

»Es gibt aber keinerlei Spuren, Diz. Ich habe doch alles haargenau nachgeprüft.«

»Und was ist, wenn ich etwas finde? Was ist, wenn uns diese Anrufe auf die richtige Spur bringen?«

»Was ist wenn, was ist wenn.«

»Das ist deine Sache«, sagte Hardy.


Es war halb zwei Uhr, und Hardy hatte den größten Teil der Akte gelesen. Er saß im Besucherraum B, dem Gegenstück zu Raum A. Fowler kam herein – optimistisch. Sobald der Wärter draußen war, streckte er die Hand aus. »Gratuliere«, sagte er. »Willkommen, Anwalt.«

Hardy übersah die Hand und sagte: »Andy, ich kann dich nicht vertreten, wenn du mich belügst.«

»Wovon redest du?«

»Ich rede von dieser Akte, die ich jetzt zu zwei Dritteln durchgelesen habe.«

Die Euphorie über seinen ersten Erfolg hatte sich sofort verflüchtigt, als er bei der Bezirksstaatsanwaltschaft die Akte abgeholt hatte. Er war hinuntergefahren, hatte sich in der Halle hingesetzt und die Aussage eines gewissen Emmet Turkel vor der Grand Jury gelesen. Der Name hatte ihn angesprungen, weil er ihm noch nicht begegnet war.

Hier ist Peter Struler, Polizeinummer 1134, vom Bezirksstaatsanwalt von San Francisco mit der Untersuchung beauftragt. Das Datum ist der 13. Juli 1992, 2 Uhr 40 nachmittags. Der Fall hat noch keine Nummer. Ich vernehme einen Herrn, der sich als Emmet Turkel, Einwohner des Staates New York, Geschäftsadresse 340 West 28th Street in Manhattan identifiziert.

F: Mr. Turkel, was ist Ihr Beruf?

A: Ich bin Privatdetektiv.

F: Haben Sie in Ihrer Eigenschaft als Privatdetektiv für einen Mann namens Andrew Bryan Fowler gearbeitet?

A: Ja. Mr. Fowler ist ein Richter in San Francisco.

F: Und er hat sie beauftragt?

A: Stimmt.

F: Womit?

A: Nun, der Richter hatte sich geärgert, weil eine Frau, die er kannte, May Shinn, ihn nicht mehr sehen wollte. Er wollte wissen, warum.

F: Hatte sie ihm nicht gesagt, warum?

A: Ja, schon, ich meine, sie hatte ihm gesagt, sie wollte ihn nicht mehr sehen, weil sie jemand anderen kennengelernt hatte. Der Richter wollte wissen, wer das war.

F: Der, den sie jetzt hatte?

A: Ja.

F: Und sie hat ihm nicht gesagt, wer das war?

A: Nein. Sie sagte, es gäbe da jetzt jemand anderen und mit ihr und Fowler wäre Schluß. Schluß, das hat er gesagt. Ich erwähne das, weil diese Beziehung nicht gerade typisch war.

F: Inwiefern?

A: Ich meine, von Schluß machen spricht man doch nicht, wenn man jemanden bezahlt.

F: Und der Richter hat Ms. Shinn bezahlt?

A: Ja, so habe ich das verstanden.

F: Für Sex?

A: Sex, Gesellschaft, wofür auch immer. Sie war seine Geliebte.

F: Und was haben Sie festgestellt?

A: Ich habe festgestellt, daß Owen Nash der neue Mann war.

F: Und was haben Sie dann getan?

A: Ich habe es meinem Kunden, Richter Fowler, mitgeteilt.

F: Wann war das?

A: Ach, so Mitte März. Oder Ende März. Ich kann es Ihnen genau sagen, wenn ich nachschaue.

F: Das ist in Ordnung. Vielleicht später. Ich habe noch eine Frage. Fanden Sie es ungewöhnlich, daß jemand aus Kalifornien nach New York zu Ihnen kam, um Ihnen einen Auftrag an der Westküste anzubieten?

A: Nein, eigentlich nicht. Das kommt schon vor, wenn jemand es geheimhalten möchte. Ich kannte den Richter von Aufträgen her, die ich im Laufe der Jahre für andere Kunden erledigt habe. Ich habe ein paarmal bei ihm vor Gericht ausgesagt und so. Also wußte er, wie er mich erreichen konnte. Und er wollte nicht, daß jemand in San Francisco von seiner Beziehung zu Shinn erfuhr. Ich nehme an, er fürchtete sich vor einem Skandal. Darum hat er sich an mich gewandt.

Fowler kreuzte die Hände vor sich auf dem Tisch. Er machte ein ernstes Gesicht. »Wie haben die Turkel gefunden?«

»Ich weiß es nicht, Andy. Aber darum geht es nicht. Wenn ich dich vertrete, mußt du mir alles sagen. Wie erklärst du das?«

Hinter Turkels Aussage waren ein paar photokopierte Seiten aus Fowlers Schreibtischkalender abgeheftet. Auf der Seite des 2. März hatte jemand den Namen Owen Nash geschrieben. Er war unterstrichen und mit einem Kreis umrandet. Auf dem Blatt des 16. Mai stand: O. N. – heute abend. *Eloise.*

»Ich dachte, du kanntest Owen Nash nicht.« Hardys Tonfall war mehr der eines Staatsanwalts. Aber so mußte es sein. Wenn

Fowler den Mord begangen hatte und ihn dann auch noch anlog, wollte er nichts damit zu tun haben.

»Ich sagte, ich bin ihm nie begegnet, Diz. Ich wußte, wer er war.«

Hardy stand auf, ging zum Fenster, sah zu den hoch oben am Himmel stehenden Wolken hinauf und schüttelte den Kopf. »Das ist nicht wahr, Andy. Du hast gesagt, du hättest erst nach Owens Tod erfahren, daß er mit May zusammen gewesen war.«

Das schien den Richter nicht sehr zu erschüttern. »Ja, wirklich? Ich erinnere mich nicht.«

Hardy setzte sich wieder ihm gegenüber an den Tisch. »Andy, hör zu. Du mußt dich erinnern. Hast du noch irgend jemandem gesagt, du hättest Nash nicht gekannt, wärest ihm nie begegnet, was auch immer?«

»Ich weiß es nicht. Wahrscheinlich, während sie mich wegen der Kaution befragt haben. Ich mußte das doch sagen.«

»Jesus«, rief Hardy. Er blätterte durch den Hefter. Es lagen noch Protokolle darin, die er bisher nicht gelesen hatte. Sein Gefühl war, daß die meisten dazu dienten, den Richter als charakterlosen Menschen darzustellen. Sie bewarfen ihn mit Dreck, und Andy hatte ihnen die Schaufel geliefert.

»Ich hab' nicht gedacht, daß sie Turkel ausgraben würden, Diz. Und wenn man lügt, dann bleibt man am besten dabei. Ich weiß, es sieht nicht gut aus, aber es heißt doch nicht –«

Hardy wischte es weg. »Also, warum hast mit dem Lügen angefangen?«

Fowler hielt die Handflächen hoch. »Aus demselben Grund, aus dem ich mich an Turkel in New York gewandt habe. Es war mir peinlich. Ich wußte doch, wie verdammt unangenehm das für mich sein würde, wenn es herauskam.«

»Und das ist wichtig? Was es für einen Eindruck macht?«

Aber Fowler war nicht umsonst so viele Jahre Richter gewesen. Seine Kinnbacken wölbten sich vor. »Man gibt sich doch nicht so einfach auf, Diz. Man versucht festzuhalten, was man hat.«

»Und was hast du jetzt, Andy? Sag's mir.«

»Niemand kann beweisen, daß ich auf dem Boot war. Warum soll ich etwas gestehen, woraus man ein Motiv ableiten könnte, daß ich ihn umgebracht habe?«

»Aber vielleicht hast du gelogen, *damit* dir niemand auf die Schliche kommt. Unschuldige Menschen lügen nicht.«

»Erzähl mir nicht so was, Diz. Natürlich lügen sie. Unschuldige Menschen lügen die ganze Zeit, und das weißt du.«

Hardy wußte es tatsächlich. »Also gut, Andy, aber du gibst zu, daß es einen schlechten Eindruck macht. Und die Geschworenen urteilen nun einmal entsprechend ihren Eindrücken. Und dann sprechen sie dich schuldig.«

Fowler nickte. »Ich habe gelogen. Ich habe immer wieder dieselbe Lüge erzählt. Aber dafür gibt es eine Erklärung. Ich wollte dieses peinliche Eingeständnis vermeiden. Aber wie gesagt: Das heißt nicht, daß ich jemanden umbringen wollte.«

»Andy, es geht hier um mehr als um Peinlichkeiten.«

»Ich *weiß*, ich habe das akzeptiert.« Der Richter starrte aus dem Fenster, dann sah er die geschlossene Tür an. »Sie haben Spaß daran, die Mächtigen zu demütigen, was?«

»Darum geht's hier auch nicht, Andy.«

Fowler hob den Zeigefinger. »Mach dir nichts vor, Diz. Darum geht es.«

»Laß uns auf die Tatsachen zurückkommen, Andy. Also, woher stammen diese Blätter?«

Fowler zog den Hefter zu sich hin. »Das ist mein Terminkalender. Er lag auf meinem Schreibtisch im Beratungszimmer.« Er überlegte einen Augenblick. »An dem Tag, an dem ich meinen Abschied nahm, als die Geschichte mit Mays Kaution in der Zeitung stand. Da bin ich nicht im Büro gewesen. Um erst mal abzuwarten. Erinnerst du dich?«

Hardy erinnerte sich.

»Da müssen sie sehr schnell gehandelt haben. Ich bin in der nächsten Woche noch einmal hingegangen und habe meinen Schreibtisch ausgeräumt. Da muß schon jemand vermutet haben, ich hätte Nash getötet.«

»Pullios«, sagte Hardy. »Sieht ihr ähnlich. Bei ihr kommt erst die Theorie, und dann sucht sie sich Beweise, um ihre Theorie zu untermauern. Jemand sollte ihr mal sagen, daß sie das Pferd von hinten aufzäumt.« Hardy zog den Hefter wieder an sich, und es fiel ihm etwas ein. »Das heißt, sie sind ohne deine Genehmigung, vielleicht ohne einen Durchsuchungsbefehl in dein Büro gegangen?«

Fowler schüttelte den Kopf. Darin kannte er sich aus. »Mach dir keine falschen Hoffnungen, Diz. Wahrscheinlich dürfen sie das. In Kalifornien gehört das Büro dem Arbeitgeber. In meinem Fall hatten die Stadt und das County jederzeit das Recht, mein Zimmer im Justizpalast zu betreten. Darum habe ich meinen eigenen Schreibtisch mitgebracht. Der ist mein persönliches Eigentum. Wenn ich ihn verschließe, brauchen sie einen Durchsuchungsbefehl, um hineinzukommen. Aber alles, was draufliegt, können sie sich ansehen.« Plötzlich strahlte er. »Es ist gar keine Katastrophe, Diz. Wir können darauf hinweisen, daß ich nichts mitgenommen habe. Ich hatte nichts zu verbergen.«

Hardy wußte: Die Anklagebehörde würde daraufhin erwidern, der Richter wäre so anmaßend, daß er gar nicht mit der Möglichkeit gerechnet hätte, jemand könnte sich in sein Zimmer wagen und darin herumspionieren – obwohl es ein öffentlicher Raum war. Aber das sagte er ihm nicht. »Also nehmen wir an, dieser Beweis wird zugelassen. Was heißt das, Andy? ›O. N. heute abend – *Eloise*‹?«

»Jemand im Club«, fing er an.

»In welchem Club?«

»Im Olympic. Dort sagte jemand, er hätte eine Einladung auf die *Eloise* bekommen. Da sollte Geld gesammelt werden. Ich glaube, das war im März oder April oder so.«

Hardy sah nach. »Am sechzehnten *Mai*.« Etwa einen Monat vor dem Mord.

Die Nähe dieses Datums ließ Fowler kalt. »Gut, Mai. Meinetwegen. Jedenfalls dachte ich, ich gehe mal mit und sehe mir den berühmten Hundesohn an.« Er schüttelte den Kopf. »Dann habe ich es mir anders überlegt.«

»Warum?«

»Ich weiß nicht genau. Ich nehme an, aus verschiedenen Gründen. Ich dachte, May wäre vielleicht auch dort, und das hätte ich vielleicht nicht ertragen. Sie mit ihm zusammen zu sehen.«

Hardy kehrte zum Fenster zurück. Am Tisch unter dem Neonlicht hatten seine Kopfschmerzen wieder angefangen. Er stand eine Weile da, dann wandte er sich um. »Andy, wenn ich dich jetzt um etwas bitte, dann wirst du das vielleicht als Beleidigung auffassen. Aber ich möchte mit dir einen Test am Lügendetektor machen.«

Der Richter schürzte die Lippen. Man sah deutlich, wie sehr ihn diese Vorstellung ärgerte. »Aber Lügendetektoren sind völlig unzuverlässig, Diz. Sie geben kein richtiges Bild. Ein solcher Test wird vom Gericht nicht anerkannt.«

»Das weiß ich.«

Sie schwiegen beide. Hardy stand am Fenster. Fowler lehnte sich in seinen Sessel zurück. »Ich habe dir doch gesagt: Ich habe ihn nicht getötet.«

»Ich weiß.«

»Und du glaubst mir nicht?«

Hardy schwieg, und das war auch eine Antwort.

Der Richter drängte ihn. »Nicht wahr, es ist wegen dieser einen Lüge – daß ich Nash nicht gekannt hätte? Ich habe es dir jetzt erzählt. Ich dachte nicht, daß du oder irgendwer sonst das wissen müßte. Ich dachte nicht, daß es herauskommen würde.«

»Aber jetzt ist es heraus, und du kannst dir deine langatmigen Erklärungen sparen. Ich muß alles erfahren. Und ich entscheide darüber, ob du davon etwas für dich behalten darfst. Wenn du willst, daß ich dich verteidige, mußt du tun, was ich dir sage. Sonst kannst du dir einen anderen Anwalt nehmen.«

»Und du brauchst einen Lügendetektortest?«

»Um aus Pullios' bevorstehendem Plädoyer zu zitieren: ›Diese Lüge entspricht dem Charakter des Angeklagten, Euer Ehren.‹«

»Und du glaubst, daß ich mit einem Lügendetektortest einverstanden bin?«

Hardy trommelte einen Augenblick mit den Fingern, sah die Wände und das vergitterte Fenster an. »Weißt du, Andy, ich fürchte, es ist nicht nur eine Bitte.«

»Diz, sie sind nicht zulässig!« wiederholte Fowler. Er schluckte. Dann sagte er ruhiger: »Weißt du, *warum* sie nicht zulässig sind? Weil sie nichts beweisen. Überhaupt nichts.«

Hardy nickte. »Das ist mir bekannt.« Vor Gericht jedenfalls galten sie nicht.

Fowler starrte ihn an. »Ja, wozu denn dann?«

Hardy schluckte es herunter. Wenn er es aussprächen, würde es eingebildet und selbstgerecht klingen. Aber er brauchte etwas, das sein Gewissen beruhigte, damit er Andy verteidigen konnte. Etwas, das, wenn es schon nicht Fowlers Unschuld bewies, wenigstens die Möglichkeit dazu offen ließ.

Vielen Anwälten wäre das gleich. Es ging nicht um die Tatsachen als solche, sondern darum, ob sie sich beweisen ließen. Doch Hardy war zuerst ein Polizist gewesen und dann Staatsanwalt geworden. Er war darauf abgerichtet, Übeltäter festzunageln, und das Gefühl, einen Schuldigen zu verteidigen, selbst wenn es sich um einen alten Freund wie Andy Fowler handelte, widerte ihn an.

»Ich habe meine Gründe«, sagte er schließlich. »Entweder du akzeptierst es, oder ich kann nicht für dich arbeiten, Andy.«

Fowler sah ihm in die Augen. »Ich habe ihn nicht getötet, Diz.«

Hardy spreizte die Hände. »Dann sollte es doch kein Problem für dich sein, richtig?«

Schließlich nickte der Richter. »Also gut, Dismas. Es gefällt mir nicht, aber meinetwegen.«

# 44

Glitsky trug grüne Khakihosen, Kletterschuhe und eine lederne Pilotenjacke. Er war einen Meter sechsundachtzig groß und wog etwas über 95 Kilogramm. Sein schwarzes Haar war kurzgeschnitten, fast so kurz wie bei den Marines. In jüngeren Jahren hatte er – hauptsächlich, um die obere Hälfte seiner Narbe zu verdecken – einen Fu-Man-Chu-Schnurrbart getragen, aber seit sechs Jahren war er glattrasiert.

Seit er vor drei Jahren Mordkommissar geworden war, hatte er mit Elizabeth Pullios in mindestens vierzehn Fällen zusammengearbeitet. Ihre Beziehung war meistens herzlich und offen gewesen. Sie befanden sich auf derselben Seite. Deshalb hätte sie es wahrscheinlich nicht als ein böses Vorzeichen aufzufassen brauchen, als Abe plötzlich in der Türöffnung stand. Aber sie tat es.

Vielleicht weil er nichts sagte. Sie war gerade dabei, die Zeugenaussagen zu einem Fall zu überprüfen, der in zwei Monaten verhandelt werden sollte, und vieles davon auswendig zu lernen, wie sie es meist zu tun pflegte. Und dann stand er da. Wie lange schon, wußte sie nicht.

»Hi, Abe«, sagte sie. Sie klappte den Hefter zu und bleckte kurz lächelnd die Zähne. »Was gibt's?«

Glitsky lehnte sich gegen die Tür, die Hände in der Jackentasche. Als ob er sich's jetzt anders überlegte, warum auch immer, stieß er sich mit der Schulter vom Türpfosten ab und trat ins Zimmer. Ihr Kollege Jamie Jackson war vor einer Stunde nach Hause gefahren. Glitsky schloß die Tür hinter sich. Er blieb stehen, und Pullios zog ihren Stuhl etwas zurück, um ihn besser sehen zu können.

»Wie lange sind Sie Staatsanwältin?« fragte er.

Pullios versuchte immer noch zu lächeln. Dieser Zauber wirkte so gut. »Sie sind wütend auf mich, und das kann ich verstehen.«

Glitsky war kein großer Lächler. Er hatte zu viele Betrügereien und zu viel Falschheit erlebt bei diesen Leuten mit der fröhlich ausgestreckten Hand und dem Elfenbeingrinsen. Wenn er Leute lächeln sah, biß er die Zähne zusammen. »Ungefähr. Sechs, sieben Jahre?« Er war ein geübter Verhörspezialist, er wußte, wie man durch Pulverrauch und Nebelvorhänge auf sein Ziel zusteuerte, bis man bei der eigentlichen Frage angekommen war. »Seit Sie hier angefangen haben?«

Pullios nickte. »Ungefähr, ja, Abe. Etwas über sieben.«

»Wissen Sie, seit wann ich Polizist bin?« Es war keine Frage. »Wir haben lange zusammengearbeitet, und ich glaube nicht, daß Sie irgend etwas über mich wissen.«

Sie starrte ihn immer noch an. Sein Gesichtsausdruck war der, mit dem er Verbrecher betrachtete.

»Ich hatte vier Jahre ein Stipendium an der Universität in San Jose, weil ich ein Football-As war. Stürmer. Immer mit den Beinschützern und dem Helm den Angriff vorgetragen und den Gegner gestoppt. Aber ich war nicht nur ein blöder Sportler. Ich hab' nämlich gemerkt, daß ich etwas zu langsam für den Profisport war, also hab' ich ein bißchen studiert und mit einem Durchschnitt von drei Komma vier Punkten abgeschlossen.

Mein Tutor sagte, das reiche zum Jurastudium, und ob ich nicht Anwalt werden wollte.«

Jetzt streckte sich sein Mund, es war die Karikatur eines Lächelns, das die breite Narbe auseinanderzog, die seine Ober- und Unterlippe senkrecht zerschnitt. »Stellen Sie sich das vor«, fuhr er fort, »ein Jurastudium.«

»Abe …«

Er achtete nicht auf sie. »Aber dann trat ich in die Polizeiakademie ein – ja, damals nahmen sie einen noch auf –, nachdem ich meinen Abschluß an der Uni hatte, und ich dachte, das macht doch mehr Spaß als Jura, da passiert was, nicht wahr? Ich war damals dreiundzwanzig. Ich bin jetzt einundvierzig. Achtzehn Jahre, davon die letzten sieben in der Mordkommission.«

Er hörte auf. Irgendwo in einem anderen Büro klingelte ein Telefon. Draußen vor dem Fenster brach die orangefarbene und rosa Dämmerung herein.

Pullios atmete heftig, sie mußte sich beherrschen. »Es gab eine Menge Gründe, Abe«, sagte sie. Er antwortete nicht, stand nur einfach da wie eine böse bronzene Figur, Hände in den Jackentaschen, die Füße flach und fest auf dem Fußboden. Sie drehte ihren Sessel herum, um seinem Blick auszuweichen. »Diese Shinn-Geschichte, diese Verhaftung …« Sie legte ihre Hände zu einem Dreieck unter ihren Mund und sah zur Bay-Brücke hinaus. »Ich weiß, daß Sie mit Hardy befreundet sind. Ich glaube, ich hatte einfach nur den Eindruck, Sie könnten sich in dieser Sache nicht voll einsetzen.«

»Ich setze mich bei meiner Arbeit immer voll ein.«

»Kommen Sie, Abe, Sie wissen, was ich meine. Wir brauchen das nicht noch einmal alles aufzuwärmen.« Sie ließ sich nicht mehr unterbrechen. »Niemand hat Ihnen den Fall weggenommen, nicht wahr. Hätten Sie etwas gefunden, wären wir sehr froh darüber gewesen. Und nun war es eben Peter Struler, der's entdeckt hat.«

»Rein zufällig ist er in Fowlers Büro marschiert, um es zu durchsuchen? Ich mach' das auch ganz gern ab und zu, wenn gerade mal nichts los ist, bei so einem Richter herumkramen, mal sehn, ob sich was findet.«

»Na ja, ich hatte eben eine Theorie und habe ihm davon erzählt ...«

»Sogar ein blöder Sportler wie ich könnte so etwas rauskriegen, Elizabeth. Traditionell teilt man Theorien allerdings demjenigen mit, der den betreffenden Fall bearbeitet, und das war in diesem Fall ich.«

»Das weiß ich doch, Abe.« Zerknirschte, reuige Sünderin. Sie stand auf. »Es war ein Fehler, Abe. Es tut mir leid.«

»Ja ja, leid tun, das ist mir eine große Hilfe. Sehen Sie sich das Beweismaterial an, das Struler hat, und dann erklären Sie meinen Chefs mal, wieso ich das nicht gefunden habe. Zum Beispiel, als ich Fowlers Büro gefilzt habe, natürlich nach Absprache mit meinem Lieutenant, weil das vielleicht ein bißchen heikel war – warum habe ich da nichts mehr gefunden?«

»Wir haben nicht nur sein Büro durchsucht.«

Glitskys Stimme sank zu einem Flüstern herab. »Wissen Sie, Elizabeth, es ist mir egal, ob's im Regenwald des Amazonas war. Wir haben oben eine Mordkommission sitzen, das ist ein Team, das sich mit Morden befaßt. Wir besorgen Ihnen Ihr Beweismaterial, ohne das Sie arbeitslos wären. Sie haben sich jetzt eine neue Methode ausgedacht, okay, dann werde ich mich darauf einstellen.«

»Ich verstehe Sie, Abe. Ich habe Sie doch schon um Entschuldigung gebeten. Es kommt nicht wieder vor. Es tut mir wirklich leid.«

Glitsky nickte. Manchmal mußte man ihnen das letzte Wort lassen, und sie dachten, es sei alles wieder in Ordnung, vergeben und vergessen.

»Sag mir nur, daß du nicht mit ihm geschlafen hast.«

»Das geht dich nichts an.«

»Doch, es geht mich etwas an.« Hardy sprach jetzt leiser ins Telefon. »Besonders, wenn es letzten September war. Und du weißt, was ich meine.« Er saß zu Haus in seinem Büro und hatte die halbe Akte durchgearbeitet, als er sich an Jane erinnerte.

Er stellte sie sich vor: daheim in ihrer Küche – in dem Haus, in dem sie beide zusammen gelebt hatten, in der Jackson Street. Sie saß auf dem Hocker, vielleicht mit einem Glas Weißwein in der Nähe. An die vierzig, zweimal geschieden und unter dem offenbaren Verfall ihres Marktwerts leidend, der wie ein Schock kam, trotzdem immer noch sehr attraktiv. Auch intelligent, selbständig, warum flogen die Männer nicht auf sie? Männer in ihrem Alter, die eine Beziehung wollten, sahen sich – genau wie Hardy (und das hatte sie ihm auch gesagt) – nach jüngeren Frauen um, die schlanker und straffer waren und mit denen es mehr *Spaß* machte. Mit den jüngeren Frauen konnten sie wieder zu träumen anfangen und so tun, als wären sie selbst auch jünger. Im fortgeschrittenen Alter noch einmal ganz neu anfangen. Die älteren Männer nahmen eine Frau von vierzig Jahren, wie sie war. Denen brauchte man nichts vorzuspielen. Sex war eine Selbstverständlichkeit. Wie ein Juckreiz, so daß man sich kratzen mußte. Essen gehen, Cognac trinken, Orgasmus. Vielen Dank. Du bist große Klasse, Mädchen. Oder die ganz jungen Typen, die gerne mal eine Erfahrung mit einer älteren Frau möchten, aber nicht im Traum daran dachten, eine dauerhafte Beziehung einzugehen.

Hardy hatte von allen Altersstufen gehört und gelesen. Meistens war Jane bestimmt verdammt einsam. Sogar mit Chuck Chuck Bo-Buck, ihrer neuesten Eroberung.

Aber doch bitte nicht mit Owen Nash. Hoffte er.

»Jane.«

»Es war nichts«, sagte sie. »Nur eine Nacht.«

Ihre Stimme klang tot.


Er hatte jetzt zwanzig Blätter seiner gelben Juristenkladde vollgeschrieben. Es war fast Mitternacht, und er rieb sich die Augen, deren Schwellung mittlerweile einen hellen Purpurton angenommen hatte. Das Hämmern im Kopf war immer noch da, aber auszuhalten. Er war in Gedanken von einem Thema zum nächsten weitergesprungen und dem Ideenfluß gefolgt, hatte kleine Zettel an die verschiedenen Seiten geklebt und Stichworte draufgeschrieben. Gerichtsstand, über den er schon mit Andy gesprochen hatte. Kaution. Beweismittel. Theorie. Geschworene.

Er fand, daß er es noch einmal versuchen mußte, Andy aus dem Knast loszueisen. Selbst wenn sie eine Million Dollar Kaution verlangen würden, er konnte ihn nicht drin sitzenlassen. Er wußte, daß er beim Berufungsgericht beantragen konnte, Braun zu zwingen, eine vernünftige Kaution festzusetzen, und vielleicht hatte er damit sogar Erfolg. Drysdale kannte sich da sicher aus. Vielleicht konnte er mit ihm reden und außergerichtlich ein paar Konzessionen herausschlagen.

Dann mußte er sofort einen Antrag auf gerichtliche Prüfung des Beweismaterials stellen, das ihm jetzt, nachdem er die Akte gelesen hatte, außerordentlich dünn vorkam. Nichts als Indizienmaterial.

Negativ wirkten sich Andys unbestätigtes Alibi, seine Lügen (oder die eine oft wiederholte Lüge) und das ungeheure Risiko aus, das er eingegangen war, als es um Mays Verteidigung ging, aber trotzdem: Beweise, daß er auf dem Boot gewesen war, gab es nicht. Und Hardy konnte sich nicht vorstellen, daß irgendein Geschworener ihn daraufhin schuldig sprechen könnte.

Geschworene hatten zwar schon alles mögliche getan, aber auch dann würde ein unparteiischer Richter, falls er einen finden konnte, diesen Fall abschmettern.

Von Pullios und der ihr persönlich so ergebenen Grand Jury abgesehen, gab es auch noch so etwas wie eine mißbräuchliche Anklageerhebung, und für einen solchen Fall war eine richterliche Kontrolle vorgesehen, um festzustellen, ob genügend Beweismaterial für einen Prozeß vorhanden war. Es lag schließlich nicht im Interesse der Justiz, einen Fall vor Gericht zu bringen, für den es keine Beweise gab. Hardy dachte, daß er Andy vielleicht auf diese Weise heraushauen konnte. Einen Versuch war es immerhin wert.

Wenn das nicht ging, konnte er vielleicht eine Verlegung des Verfahrens an einen anderen Ort als San Francisco erreichen. Angefangen mit der Notiz im *Chronicle* über die Hand, die er und Pico im Steinhart-Aquarium gefunden hatten, enthielt seine Akte noch über fünfundsechzig Zeitungsartikel aus lokalen und überregionalen Publikationen über den Fall. Darin war von Nash, Shinn, ihm selbst, Freeman und Fowler die Rede. Es war genau die Art Geschichte, die die Leute gern lasen und woran sie sich erinnerten; und wenn sie etwas darüber im Radio hörten oder auf der Mattscheibe erblickten, horchten sie auf.

Wenigstens kam er langsam auf die Theorie, deren er sich bei seiner Verteidigung bedienen wollte. Man brauchte als Verteidiger so eine Theorie. Er hatte selbst genügend Anklagen vertreten, um zu wissen, daß diejenigen Verteidiger, die nur einfach sein Beweismaterial zerpflückten und seine Schlußfolgerungen anzweifelten, geschlagen wurden. Ein Verteidiger mußte selbst Anklage erheben, und zwar kämpfend und mit vor Empörung über die unfaire Anklage singender Stimme.

Die Theorie war ihm heute eingefallen, und nun brauchte sie noch ein paar kräftige Beine. Er hatte auch deshalb seinen Spaß daran, weil er jetzt persönlich gegen Pullios vom Leder ziehen konnte: Sie hatte ja die Dinge auf den Kopf gestellt. Eine ordentliche staatsanwaltschaftliche Arbeit (würde er dem hohen Gericht darlegen) sah so aus: Zuerst sammelte die Polizei in fairer Weise von überallher das Beweismaterial. Erst wenn dieses eine kritische Masse erreichte, erhob man Anklage und ließ einen Haftbefehl ausstellen. In Fowlers Fall aber – nichts von alledem!

Hardy glaubte, daß er den Geschworenen klarmachen konnte, daß sich jemand – Locke oder Pullios oder wer auch immer – aus persönlicher Animosität oder aus Wut über seine berufliche Leichtfertigkeit auf eine Anklage gegen Fowler versteift hatte. Es handelte sich hier um einen politisch motivierten Rachefeldzug gegen den Richter und *nicht* um eine strafrechtlich begründete Anklage.

Hardy hatte noch nie zuvor in irgendeinem seiner Fälle Glitsky in den Zeugenstand berufen, jetzt aber schrieb er seinen Namen unter all seine Beweisanträge … der zuständige Kriminalkommissar als Zeuge der *Verteidigung*. Das würde der alten Betsy gar nicht gefallen.

Und er mußte noch einen Schritt weiter gehen, wenn er den Richter für unschuldig hielt. Dafür wollte er Jeff Elliot, Abe Glitsky und alle möglichen anderen Leute benutzen. *Irgend jemand* hatte Owen Nash getötet. Aber auf Geschworene war letztlich kein Verlaß. Sie konnten einen Fehler machen und Andy verurteilen. Am sichersten bekam er Fowler frei, indem er den fand, der es getan *hatte*.

Das würde allerdings nicht so leicht werden, da offensichtlich keiner der bisher Verdächtigten – Shinn, Farris, Mr. Silicon Valley – in Frage kam. Aber es gab da draußen eine(n) große(n) Unbekannte(n). Jane? Unmöglich. Nur eine Nacht, hatte sie gesagt. Sie hatte *Nein* gesagt. Er kannte Jane, sie konnte niemanden *umbringen*. Warum hätte sie außerdem Jeff Elliot erzählt, daß Nash ihr einmal begegnet war, wenn sie ihn seither wiedergesehen hatte und eine Beziehung daraus geworden war? Warum hätte sie das dann ausgeplaudert? Höchstens, wenn sie damit rechnete, daß es ohnehin herauskommen würde und sie sich den Anschein geben wollte, sie hätte nichts zu verbergen. Nein, lächerlich. Jane hatte kein Motiv.

Farris? Er war die Nummer eins geworden, nachdem Nash tot war, oder zumindest in eine Position geraten, von der aus er jetzt der mächtige Mann hinter dem neuen Geschäftsführer werden konnte, seiner zur Schau getragenen Trauer zum Trotz.

Hardy lehnte sich in den Sessel zurück und streckte sich. Das reichte schon, obwohl er sich nur an Strohhalme klammerte. Und Abe hatte sich Mays andere Kunden, die drei, die Hardy in den Telefonunterlagen entdeckt hatte, noch nicht einmal angesehen. Es gab ein ganzes Universum potentieller Verdächtiger. Einer von ihnen, jemand mußte einen Fehler begangen haben, aber Hardy würde ihn wohl nicht in seinem Sessel träumend entdecken. Dazu mußte er jemanden losschicken.

Er nahm seinen letzten Dart vom Schreibtisch und warf ihn aufs Brett, wo er zehn Zentimeter unterhalb der Mitte steckenblieb.

Jane ... hatte Andy von Jane und Owen gewußt? Könnte das der Grund – ein weiterer Grund – für *Andy* gewesen sein, Nash umzubringen? ... Vielleicht hatte das erst das Faß zum Überlaufen gebracht. Zunächst hatte »der berühmte Hundesohn« ihm May weggenommen, und dann, vielleicht fünf Monate später, als Andy schon fast darüber hinweg war, stellte er fest, daß der Kerl auch noch *seine Tochter gebumst* hat – also peng, und ab über Bord mit dem Schurken ...?

Hardy, du spielst des Teufels Advokaten. Andy hat es nicht getan, am nächsten Morgen würde der Lügendetektor, so technisch mangelhaft er ansonsten auch sein mochte, die letzten Zweifel ausräumen ... nicht, daß er noch echte Zweifel hatte – Andy war ja erst gar nicht damit einverstanden gewesen, und dann hatte er sich plötzlich doch damit abgefunden, und das sprach auch dafür, daß er unschuldig war. Nicht wahr?

Er war jetzt fast am Schluß der Akte angekommen. Hardy fand, daß er ziemlich objektiv war und trotzdem immer noch keine Ahnung hatte, was für *Beweise* Pullios entdeckt haben wollte, die sie zu einer solchen Anklageerhebung ermutigten. Soweit er dem Protokoll der Grand Jury-Sitzung gefolgt war, hatte sie nichts vorzuweisen gehabt. Wahrscheinlich hatte sie geredet und geredet, bis ihr Gesicht blau anlief, und mit ihren süßen, überzeugenden Worten, die sie so gut beherrschte, geschildert, was für ein unmoralischer Kerl und lausiger Richter dieser Andy war, daß er noch nicht einmal ein Alibi hatte und daß der Name Owen Nash in seinem Kalender stand und er mit May Shinn ein Verhältnis gehabt hätte, daß er seine Karriere und seinen Ruf rücksichtslos aufs Spiel gesetzt, Dinge im Verborgenen getan und unethisches Verhalten an den Tag gelegt hätte – aber wenn schon? Wieso sollte das alles denn beweisen, daß er ein Mörder war?

Es mußte also noch etwas anderes geben, sonst wäre der Fall nicht zur Anklage gekommen. Aber daß eine Anklage erhoben worden war, hieß nicht, daß die Geschworenen ihn schuldig sprechen würden. Hardy wurde jetzt müde, aber er dachte, ein weiteres Mal sollte er sich noch über dieses Zeugs hermachen, das er nun schon so genau zu kennen glaubte. Die Papiermasse war in einem Tag auf drei Ordner und einen Stapel Schreibblöcke angeschwollen.

Er überflog Glitskys Befragungen der beiden Pförtner am Yachthafen – da war nicht viel. Von seinen eigenen Notizen las er noch einmal die Aussagen von Strout, Abe, Celine und allen anderen, die in dem Prozeß gegen May Shinn der Grand Jury präsentiert worden waren. Damit es nicht zu irgendwelchen unliebsamen Überraschungen kam, prüfte er die Liste der materiellen Beweise, die die Anklagevertretung den Geschworenen vorlegen wollte. Es war, mit den Notizen in Fowlers Kalender und der Vernichtung des handschriftlichen Testaments über zwei Millionen Dollar, ziemlich genau das, was er erwartet hatte, und das war im Grunde immer noch nichts – dann kamen die Obduktionsphotos von Owen Nash, die Tatwaffe, die Telefonunterlagen, die Andys Beziehung zu May bewiesen, und Papiere über die Kautionsfrage.

Er schloß die Aktenordner. Zeit zum Überschlafen.

# 45

Auf Mays Küchentisch lag stapelweise Papier.

Unter David Freemans Anleitung hatte sie, wie es schien, die halbe westliche Welt auf Schadenersatz verklagt wegen der Dinge, die man ihr angetan hatte – da lagen Klagen gegen den Polizeibeamten, der sie verhaftet hatte, gegen seine Vorgesetzten, die Bezirksstaatsanwaltschaft und die Stadt und den Bezirk von San Francisco. Freeman hatte eine ganze Speisekarte von strafbaren Handlungen zitiert, die von willkürlicher und ungesetzlicher Verhaftung über verschiedene Verstöße gegen die bürgerlichen Rechte bis zu Verunglimpfung, Beleidigung und üble Nachrede reichten.

Außerdem hatten sie über die Rückgabe der vielen persönlichen Habseligkeiten – Kleidung, Make-up und so weiter – verhandelt, die sie auf der *Eloise* aufbewahrt hatte. Vier Monate nach dem Mord war das Boot noch immer versiegelt, und jetzt näherte sich der Winter. Es gab Dinge, die Owen ihr geschenkt hatte. Sie hatte mit David eine Liste aufgestellt, und David fand, daß sie das alles zurückbekommen mußte – Schuhe, Regenmäntel, ihren hübschen Morgenmantel, ihre sibirische Pelzmütze, Glas- und Jadestücke, die sie in seinem Rollpult verwahrt hatte, und einige Trainingsgeräte. Über letztere mußte sie lachen – sie hatte seit Juni nichts mehr für ihren Körper getan.

Bei weitem die meiste juristische Arbeit betraf das Testament. Zuerst hatte sie sich nicht für das Geld interessiert, oder jedenfalls hatte sie das geglaubt. Aber allmählich lernte sie wieder praktisch zu denken, und dann ging es auch um das Prinzip. Warum sollte die Firma, die es nicht brauchte, das Geld bekommen? Oder seine Tochter, die ohnehin so viel hatte? Sie – May – war es, die ihn geliebt hatte, und ihr hatte er es vererben *wollen*.

Sie stand da, mit der Tasse Tee in der Hand, und sah auf die

Papierstapel hinunter. Sie trug einen schwarz-roten, an der Taille gegürteten seidenen Kimono. Es war ein klarer, sonniger Tag Mitte Oktober.

Der Friede, den sie mit Owen gefunden hatte oder gefunden zu haben glaubte, war durch ihren Gefängnisaufenthalt und die verrückten Umstände ihrer Verhaftung zerstört worden. David Freeman, ein lieber Mensch, hatte gesehen, wie die Hoffnungslosigkeit wieder in ihr emporkroch, und ihr vernünftigerweise diese Beschäftigung mit den gerichtlichen Klagen verordnet.

Und eine Weile hatte sie das ja auch von der Leere abgelenkt. Sie hatte emsig daran gearbeitet, so wie eine Ameise sich betätigte, die immer wieder Kleinigkeiten heranschaffte, bis sich daraus etwas Großes ergab. Sie hörte nicht auf, weil diese Emsigkeit ja der Sinn der ganzen Übung war. Jetzt lag da etwas Neues – eine schriftliche Aufforderung, aber ohne Strafandrohung im Falle des Nichterscheinens, als Zeugin der Anklage gegen Andy Fowler vor Gericht zu erscheinen.

Sie ging zu ihrem Türmchen hinüber und sah hinunter auf die Straße. Dort gingen Leute in den Delikatessenladen, und das hübsche kleine Cable Car fuhr vorbei. Sie versuchte, irgendeine Erinnerung an das Gefühl heraufzubeschwören, das sie mit Owen zusammen empfunden hatte, die Übereinstimmung, die sie zusammen entdeckt hatten.

Aber es war nichts mehr da. Sie hatte eine Familie gehabt, in der keine Liebe für sie dagewesen war und die zu große Angst vor dem Leben gehabt hatte. Und dann zwei unfruchtbare Ehen, bedeutungslose Affären. Tag für Tag eintönige Handlungen, Hoffnung auf jemanden, den sie bewundern konnte, der sie bewundern konnte. Dann dachte sie, sie hätte ihn gefunden, und alles wurde ihr zerschlagen.

Und jetzt diese vielen Papiere. Sie meinte es David zu schulden, daß sie weiter daran arbeitete. Was schuldete sie Andy Fowler?

»Wer war das?«

Dorothy wachte jeden Morgen fröhlich auf. Die Matratze, die am Boden gelegen hatte, war auf ein stabiles Plattformbett mit einem modernen Kopfbrett aus Kiefernholz gewandert.

Eine Wand wurde von einer Tapete mit einem Blumenmuster geschmückt, darauf waren ein paar von Glasscheiben geschützte Degas- und Monet-Drucke befestigt. Einstein blickte noch immer auf sie herab und warnte vor geistiger Mittelmäßigkeit. Neue Vorhänge, ein großer bunter Teppich, ein Zweisitzer aus Rattan, ein Ecktisch, ein Kaffeetisch, drei moderne Lampen. Es war nicht mehr dasselbe Zimmer.

Jeff konnte jetzt sogar etwas besser laufen. Vom Tresen zum Bett schaffte er es ohne Krücken. Er glaubte nicht, daß das ewig so weitergehen würde, aber er nahm es mit, solange es da war. Vielleicht hatte das Prednison, das er wegen seiner Augen nehmen mußte, auch etwas für seine Beine getan. Vorhersagen ließen sich diese Symptome nicht, wenn es also mal ein bißchen besser wurde, stellte man keine Fragen. Er stieß sich zurück aufs Bett.

»Das war Hardy, der Anwalt, von dem ich dir erzählt habe. Diesmal bei der Verteidigung.«

Mit einer wunderbaren Schamlosigkeit rückte sie ihren nackten Leib gegen ein Lesekissen, zog ihn wieder an sich, breitete die Decke über ihn und sich aus und rieb ihm mit den Händen die Brust. »Und was will Mr. Hardy?«

»Fowler unterzieht sich heute dem Lügendetektortest. Das wollte er mir mitteilen.«

»Warum?«

Er lehnte sich mit dem Kopf an sie. »Wenn er ihn besteht, ist das eine Nachricht wert. Es ist kein Beweis, aber dann kommt etwas in die Zeitung. Und er meint, daß es ihm hilft.«

»Und was ist, wenn er ihn nicht besteht?«

»Dann ist es auch eine Meldung wert und kommt auch in die Zeitung. Für mich ist es so oder so gut. Aber Hardy hat wohl Grund zu der Annahme, daß er gut dabei abschneidet, sonst hätte er mir das nicht gesagt.«

»Es kommt mir ein bißchen riskant vor ...«

»Hardy muß etwas riskieren. Sie gewinnen beide, wenn Fowler unschuldig ist.«

»Glaubst du, daß er es ist?«

»Du meinst, unschuldig?«

Sie nickte.

»Nein.«

*Die Tatwaffe.*

Pullios und Struler, schlaue Teufel.

Hardy wußte, daß es unklug sein würde, seinen Antrag auf Einstellung des Verfahrens nach 995 Strafgesetzbuch zu stellen, bevor er jedes einzelne Wort in der Akte gelesen hatte. Wie er schon am Abend zuvor festgestellt hatte, war ihm der größte Teil bekannt, und die Versuchung war groß, darüber hinwegzulesen.

Die Offenlegung der prozeßwichtigen Urkunden diente dazu, Überraschungen im Gerichtssaal auszuschließen. Daß jemand, so wie Perry Mason, der Anwalt aus der Fernsehserie, plötzlich unvorhergesehene Schlüsse zog – ähnlich einem Zauberer, der aus seinem Zylinder ein Kaninchen springen ließ –, kam wirklich nur in Filmen vor. Vielmehr mußte die Staatsanwaltschaft, schon lange bevor sie jemanden vor Gericht stellte, alles offenlegen, was sie an Beweismitteln, Zeugen und Sachverständigen anzubieten hatte. Theoretisch sollte es nicht möglich sein, daß man seinen Prozeßgegner mit überraschenden Enthüllungen außer Gefecht setzte (falls es einem trotzdem gelang, war das natürlich ein netter kleiner Vorteil), in dem Verfahren sollte das Beweismaterial vor den Geschworenen ausgebreitet und dessen Relevanz erklärt werden.

Falls Glitsky oder jemand anders während des Prozesses zufällig auf beweiskräftige Tatsachen stieß, würde Hardy das Gericht natürlich damit bekanntmachen, aber so etwas kam selten vor. Meistens kannten beide Parteien die gegnerischen Karten, und die Kunst bestand darin, sie geschickt auszuspielen.

Was nicht hieß, daß Pullios, die ihrem Gegner Hardy alles gegeben hatte, was sie ihm geben mußte, ihm dann auch noch die Gebrauchsanweisung dazu lieferte.

Also mußte Hardy alles sehr gründlich lesen. Daß der Revolver als Beweisstück vorgelegt wurde, überraschte nicht, er war schließlich das Mordinstrument.

Was Hardy *nicht* erwartet hatte, war, daß sich Fowlers Fingerabdrücke auf dem Ladestreifen befanden.

Damit konnte er seinen Antrag auf gerichtliche Überprüfung des Beweismaterials natürlich vergessen. Jetzt begriff Hardy erst, daß zu einer Anklageerhebung gegen Fowler ausreichend Material vorhanden war.

»Wie konnte das geschehen? Wie ist es möglich, daß das zuvor niemand entdeckt hat. Damit ist er dran. Kein Geschworenengericht der Welt wird ihm abnehmen, daß er ihn nicht getötet hat.«

Hardy hatte Glitsky telefonisch am Schreibtisch erreicht, bevor er von zu Hause losgefahren war, und jetzt aßen sie weit entfernt vom Justizpalast Hamburger. Glitsky wollte verständlicherweise nicht im trauten Gespräch mit einem Strafverteidiger gesehen werden. Freundschaft hin, Freundschaft her, Hardys neue Tätigkeit hinterließ ihre Spuren.

Glitsky lutschte an seinem Eiswürfel herum, was eine Gewohnheit von ihm war, die er nicht ablegen konnte. Hardy machte das verrückt. »Nicht unbedingt.«

»Was meinst du mit nicht unbedingt? Die Waffe war auf dem Boot, und Fowlers Fingerabdrücke waren drauf.«

»Die können schon drauf gewesen sein, bevor die Waffe auf das Boot gelangt ist.«

»Nun, das werde ich natürlich auch vorbringen, aber damit gewinne ich nicht unbedingt den Prozeß. Wie ist es möglich, daß er mir nichts davon erzählt hat? Er muß es doch gewußt haben.«

Glitsky biß etwas von seinem Hamburger ab. »Er hat gelogen.«

»Danke.«

Abe schluckte, trank etwas Cola hinterher, lutschte Eis. »Gern geschehen.«

»Wieso hat man die beim letztenmal nicht gefunden. Die Fingerabdrücke?«

Abe rieb sich das Gesicht. »Gibt vielleicht zwei Möglichkeiten. Erstens: Es hat sich keiner den Ladestreifen angesehen. Shinns Abdrücke waren am Lauf, sie war die Verdächtige. Schluß der Suche. Zweitens« – Abe hielt zwei Finger hoch –, »sie hatten einen Abdruck, wußten aber nicht, wohin damit. Und dann, als Fowler verdächtigt wurde, verglichen sie ihn mit seinen.«

»Das hätten sie doch sofort tun müssen.«

»Nein. Seine Abdrücke waren nicht in unserer Datenbank. Wenn wir einen Abdruck an einer Waffe finden, wird er mit denen der uns bekannten Verbrecher verglichen. Wenn keiner paßt, was sollen wir tun? Alle Fingerabdrücke im Universum prüfen?« Glitsky zuckte die Achseln. »Ich sag's nicht gerne, aber da rutscht schon mal einer durch.«

Hardy fluchte.

Glitsky nickte wieder. »Wahrscheinlich war es eine Kombination von beidem.«

»Abe, ich habe den Advocatus Diaboli zu spielen versucht, aber ich glaube wirklich nicht, daß er es getan hat. In *so* einer Sache würde er mich nicht anlügen –«

Glitsky starrte ihn einen Augenblick lang böse an und rieb sich dann mit dem Finger das Ohr, als hätte er nicht richtig gehört. »Entschuldige«, sagte er. »Ich glaubte eben verstanden zu haben, ein Straftäter lüge dich nicht an.«

»Er ist nicht irgendein Straftäter, Abe. Er ist mein Ex-Schwiegervater. Ich kenne ihn.« Das hatte er wenigstens geglaubt. »Ein Oberrichter, um Himmels willen.«

Abe streckte die Hand nach Hardys restlichem Burger aus. »Wie ich sehe, ißt du das nicht mehr ... Du sagtest, du setzt ihn heute in den Lügendetektor, richtig? Dann wirst du's sehen. Vielleicht. Vielleicht auch nicht.« Abe lächelte sein scheußliches Lächeln.

Der Techniker des Polygraphen – Ron Reynolds, ein großer, dünner Mann im grauen Anzug mit weißem Hemd und blauschwarzer Krawatte – erwartete ihn im Vorzimmer seines Büros im ersten Stock eines Gebäudes nahe dem Civic Center.

Nachdem sie sich vorgestellt hatten, kamen sie gleich zur Sache.

»Wollen Sie beantragen, daß das Ergebnis in die Beweisaufnahme kommt?« fragte Reynolds.

»Ich will das nicht bei Gericht verwerten. Ich mache es für mich selbst.«

Reynolds hörte so etwas nicht zum erstenmal von einem Strafverteidiger. Gelegentlich, wenn auch ziemlich selten, wollten sie ihren Mandanten glauben.

Hardy fuhr fort. »Obwohl natürlich die Bereitschaft meines Mandanten, sich einem solchen Test zu unterziehen, bei den Geschworenen einen positiven Eindruck hervorrufen könnte.«

»Falls Sie es den Geschworenen gegenüber erwähnen dürfen, was ich bezweifle.«

»Na ja, ich kann es versuchen.« Hardy zog einen Notizblock heraus, und sie gingen die Fragen durch. Hardy hatte etwa fünf-undzwanzig Fragen aufgeschrieben, die sich auf Owen Nash und May Shinn bezogen und die Fowler entweder mit »Ja« oder »Nein« beantworten konnte. Reynolds hatte dann noch einmal ungefähr fünfzehn Kontrollfragen, die er für die Kalibrierung brauchte.

»Vor dem Test gehen Sie mit ihm noch einmal all diese Fragen durch? Keine Überraschungen, klar?«

»Ist klar. Wollen Sie dabei sein?«

»Draußen. In der Nähe.«

Reynold fand, daß das die richtige Antwort war. »Es ist besser ohne Unterbrechungen«, sagte er.

Aber bevor er Fowler in den Test schickte, mußte er ihm selbst noch ein paar Fragen stellen.

Sie befanden sich wieder im Besucherraum A. Der Wärter hielt den Richter noch am Arm, als Hardy, der am Tisch auf und ab gegangen war, begann. »Würdest du mir erzählen, wie deine Fingerabdrücke *in* die Mordwaffe, auf den Ladestreifen gekommen sind?«

Fowler blieb wie vom Donner gerührt stehen. Auch der Wärter stand wie festgenagelt da. Hardy starrte seinen Mandanten einen Augenblick lang an, dann hatte er sich wieder in der Gewalt. Er dankte dem Wärter ausdrücklich und wartete, bis er sich zurückgezogen und die Tür hinter sich geschlossen hatte.

Andy hatte sich von dem Schreck erholt. »Machst du Witze?«

»Komm, erzähl mir jetzt keine Märchen.«

»Meine Fingerabdrücke?«

Hardy war wütend. Jeden Tag ging er mehr in diesem Fall auf, immer fester wurde sein Entschluß, Andy herauszuholen, und zwar vor allem, weil er sich selbst immer wieder einredete, daß der Richter unschuldig sei. Aber er hatte sich vorgenommen, Andy nur dann zu verteidigen, wenn er einigermaßen sicher sein konnte, daß er nicht der Täter war. Hundertprozentig sicher konnte natürlich nur der Mörder selbst sein, ob er nun Andy oder sonstwie hieß. Nur der Mörder wußte, was wirklich auf der *Eloise* geschehen war. Aber Hardy war nicht käuflich. Wenn er wüßte, daß Andy es getan hatte, würde er aufhören.

Fowler, der hinter ihm stand, fluchte leise vor sich hin, und Hardy drehte sich um.

»Ich habe die Waffe für sie *geladen*, Diz. Es ist unglaublich. Das war Monate vorher. Auf den Gedanken bin ich nie gekommen, Diz, ich schwöre es dir bei Gott.«

»Du hast die Waffe für sie geladen?«

Er nickte. »Sie hatte Angst davor, das Ding anzufassen. Einer ihrer früheren – jemand hatte es ihr geschenkt, und sie hatte es nie geladen. Es lag in einer Schublade am Kopfende ihres Bettes. Ich sagte ihr, eine Waffe zu haben, mit der man sich schützen könnte, wäre doch sinnlos, wenn sie nicht geladen war, also lud ich sie.«

»Sie war nicht in einer Schublade am Kopfende ihres Bettes, Andy. Sie war auf der *Eloise*.«

»Sie sagte mir, sie wolle das Ding nicht im Haus haben. Sie haßte die Waffe. *Ich* konnte sie nicht zu mir mitnehmen. Sie war auf ihren Namen eingetragen.«

»Weil du Richter warst und nicht gegen das Gesetz verstoßen wolltest?«

Fowler versuchte zu lächeln. »Vor meinem kleinen Problem mit Shinns Prozeß war ich so, Diz.«

Hardy schlug mit der Faust auf den Tisch, der zwischen ihnen stand. »Verdammt! Andy! Shinns Prozeß war kein ›kleines Problem‹. Darum sind wir jetzt hier.«

»Ich verstehe das, Diz«, sagte er leise.

»Ja, und wie erwartest du, daß ich den Geschworenen diese Idee verkaufen soll? Zuerst warst du so ein Tugendbold, daß du nicht mal ihre Waffe mit zu dir nach Haus nehmen durftest, und sechs Monate später …?« Er riß sich zusammen. Wenn er seinen Mandanten anbrüllte, nützte es keinem von beiden. Er wandte sich von ihm ab.

»Das ist ein wichtiger Gesichtspunkt, Dismas. Aber zufällig war's nun mal so.«

»Und als May dann Nash kennenlernte, hatte er keine solchen Skrupel, und sie durfte die Waffe auf seinem Boot lassen?« Hardy stand wieder am Fenster. Andy Fowler wußte auf alles eine Antwort, aber es war leichter, ihm zuzuhören, wenn man sein Gesicht nicht sehen mußte.

Einen Augenblick lang kam er sich vor wie in *Vom Winde verweht*. Er dachte nicht an morgen. Heute hatte er jedenfalls eine Erklärung für diese neueste Enthüllung – morgen würde er sehen, ob er daran glauben konnte.


Sie waren die Fragen einzeln durchgegangen, die Reynolds dem Richter stellen sollte, wenn dieser im Lügendetektor saß. Fowler riet Hardy, sich an Pullios zu wenden und ihr die Zulassung der Ergebnisse bei der Beweisaufnahme vorzuschlagen. Wenn er das noch vor dem Test machte und Pullios die Verwendung der Resultate anbot, egal wie sie ausfielen, wäre sie vielleicht damit einverstanden.

Vielleicht aber auch nicht. Jedenfalls bestärkte Andys Vorschlag Hardy wieder in dem Glauben an die Unschuld seines Mandanten. Aber darauf hatte Andy ja vielleicht spekuliert. Kreise innerhalb von Kreisen.

Jedenfalls hatte Hardy keine große Hoffnung, daß Pullios sich darauf einlassen würde. Von ihrem Standpunkt aus war es schlauer, auf die Unzulässigkeit von Lügendetektortests hinzuweisen. Sie hatte genug Material gegen Fowler zusammen, und wenn Fowler im Polygraphentest gut abschnitt, könnte ihr das nur schaden.

Anders als ein Verteidiger, der nur seinem Mandanten gegenüber verpflichtet war, gehörte es zu dem Job eines Staatsanwalts, nicht nur die Beweise der Anklagebehörde vorzulegen, sondern auch dafür zu sorgen, daß der Angeklagte einen fairen Prozeß bekam. Der Angeklagte war ein Bürger des Staats, für den die Staatsanwaltschaft tätig war, einer aus dem Volk, das zu beschützen der Ankläger geschworen hatte.

Nur daß Hardy Pullios kannte und annahm, daß sie auf solche Feinheiten nicht achtete.

So daß er auf seine kühne, unorthodoxe Strategie verfallen war –

»Wie geht es dir denn im Knast?«

Fowler zuckte die Achseln. »Es ist wie ein gutes Hotel, nur schlecht. Wieso?«

»Ich möchte nicht, daß sie dich schikanieren. Es ist untragbar, daß du nicht auf Kaution freigekommen bist.«

»Marians Verhalten hat mich etwas überrascht.«

*Marians* Verhalten hat ihn etwas überrascht! Die Richterin Marian Braun. Hardy konnte es nicht fassen, wie kaltblütig Andy Fowler sich ausdrückte. Wie Marie Antoinette, die ihren Henker um Entschuldigung bittet, weil sie ihm auf den Zeh getreten ist. Fowler war so furchtbar höflich, so feinsinnig, von einem solchen Edelmut. Draußen in der Welt machte sich das gut, aber hier hinter Gittern, in seiner Gefängniskluft, wirkte es unangemessen und jämmerlich.

Es würde praktisch unmöglich sein, Geschworene zu finden, die ihm ebenbürtig waren.

»Nun, *Marian* ungeachtet, Richter ...«

»Gewöhn dir das mal lieber ab, Diz. Nicht Richter, sondern *Mister* Fowler. Erinnere dich, daß Marian dir das schon gesagt hat.«

Hardy ließ sich nicht aus dem Konzept bringen: »Marian ungeachtet, Andy. Ich glaube, wenn du es noch ein bißchen aushältst, können wir deine Situation zu unserem Vorteil nutzen.«

Hardy war zwar der Meinung, daß viele altehrwürdige Traditionen des Oberen Gerichts auf den Schrottplatz gehörten, aber er glaubte nicht, daß er oder Fowler sich noch neue Feinde machen könnten – sie hatten schon alle gegen sich.

Seine Hauptverteidigungslinie sah natürlich so aus, daß es der Anklagebehörde nicht gelungen war, Andys Schuld zweifelsfrei zu beweisen. Die Beweismittel reichten nicht aus, um zu belegen, daß Andy Fowler Owen Nash getötet hatte. Es gab wahrscheinlich ein Motiv – oder ein angebliches Motiv –, aber ein Motiv allein genügte nicht zur Verurteilung eines Angeklagten. Das war also seine Argumentation, eine passive Art von Verteidigung. Doch er wußte, daß das kaum ausreichen würde.

Pullios würde natürlich ihr gesamtes Beweismaterial vorlegen, aber sie würde es um eine »Schuldbewußtseins«-Theorie herum aufbauen, bei der in die Beweisaufnahme eingebracht werden durfte, wenn der Angeklagte beispielsweise zu fliehen versuchte, sich der Verhaftung widersetzte oder bei der Vernehmung log, um zu zeigen, daß der Angeklagte ein »schlechtes Gewissen« hatte; trotz nicht ausreichender Beweise könnte das *juristisch* genügen, um seine Schuld zweifelsfrei zu beweisen.

Die berühmte noch qualmende Tatwaffe war hier zwar nicht zu finden, aber Fowlers unethisches Verhalten in seinem Richteramt dürfte zusammen mit dem »schlechten Gewissen« des Angeklagten für ein solches Urteil genügen.

Deshalb brauchte Hardy noch etwas anderes, wenn er Andy aus dem Gefängnis herausholen wollte, und in der Verhandlung hatte er erkannt, in welcher Richtung er sich bewegen mußte. Angefangen mit Pullios, die das Pferd vom Schwanz her aufgezäumt, sich erst einen Verdächtigen gesucht und dann eine Untersuchung begonnen hatte, und weiter über Marian Brauns Entscheidung, den Antrag auf Freilassung gegen Kaution abzulehnen, war dieser Fall, wie er darlegen konnte, mit Vorurteilen gegen Andy Fowler gespickt. Wegen dieser in San Francisco bei den Staatsanwälten und Richtern vorhandenen Vorurteile hatte Hardy zuerst einen Wechsel des Gerichtsstands, also eine Verlegung der Verhandlung an einen anderen Ort, beantragen wollen. Aber dann war ihm dieser andere Gedanke, die neue Strategie, eingefallen.

In San Francisco würden sie wahrscheinlich einen Richter bekommen, der Andy – vielleicht sogar dem Verteidiger Hardy – feindselig gegenüberstand. Dann würden sie sowohl den Richter als auch Pullios zusätzlich gegen sich aufbringen, indem sie eine umgehende Verhandlung verlangten, wozu sie berechtigt waren. (In dem Shinn-Fall hatte Pullios so schnell wie möglich mit dem Prozeß beginnen wollen und war damit hereingefallen – jetzt, da sie ihre Anklage, die sie für bombensicher hielt, langsam, Schritt für Schritt aufbaute, kam ihr ein hastiges Verfahren ungelegen.)

Solange sein unschuldiger Mandant keine Kaution stellen durfte, sondern im Gefängnis sitzen mußte, sollte man ihm nicht auch noch eine Verzögerung des Prozesses zumuten, so wollte Hardy argumentieren. Denn bevor man ihm keine Schuld nachgewiesen hatte, war er unschuldig, und dennoch verfaulte er jetzt im Gefängnis.

Hardy nahm an, daß er mit dieser Argumentation Verschiedenes erreichen konnte. Erstens würde sich der vorsitzende

Richter die Kautionsfrage noch einmal durch den Kopf gehen lassen. Wenn er es nicht tat, würde die sofortige Anberaumung eines Verhandlungstermins Pullios vielleicht aus dem Konzept bringen. Hardy hatte ja in dem Verfahren gegen May Shinn erlebt, daß es sogar Pullios im Wirbel der Ereignisse versäumt hatte, die Telefonabrechnungen genauer zu überprüfen. Außerdem war sie leicht reizbar und wurde schnell persönlich, so daß ihre Glaubwürdigkeit bei den Geschworenen litt – wie Hardy hoffte. Wenn er ihr auf diese Art und Weise ein bißchen zusetzte, schränkte er zumindest ihren Spielraum ein, behinderte sie in ihrer Argumentation und schwächte ihre Schlagkraft.

Falls Andy im Gefängnis bleiben mußte, wenn der Prozeß begann, und Pullios eine Verurteilung durchsetzte, konnte Hardy im Berufungsverfahren schließlich auf die feindselige Haltung des Gerichts gegenüber seinem Mandanten hinweisen und darauf, daß es sich de facto um eine Verschwörung gegen Fowler gehandelt hatte, mit dem Ziel, die Justiz und das faire Verfahren zu behindern. Außerdem konnte er erwähnen, daß dieses Charakteristikum von der Untersuchung über die Verhaftung bis zur Verurteilung durchgängig zu beobachten war.

Fowler hörte sich Hardys Argumentation an. »Der Gedanke, einen fehlerhaften Prozeß zu inszenieren, um dann die Berufung zu gewinnen, begeistert mich nicht.«

»Das ist doch nur unsere letzte Möglichkeit, Andy. Wenn alle Stricke reißen. Aber es wäre töricht, nicht jetzt schon damit zu rechnen. Und Pullios verliert zwei Drittel ihrer Vorbereitungszeit.«

»Wir auch.«

Hardy nickte. »Das stimmt, Andy. Aber das Beweismaterial wird letztlich nicht das Entscheidende sein. Es kommt darauf an, wer es besser durch die Gegend schleudert. Und glaub mir, so setzen wir sie unter Druck. Ich kenne sie.«

»Und was ist mit dir?«

Hardy erlaubte sich ein Grinsen. »Ich arbeite besonders gut, wenn man mich hetzt.«

»Aber dann bleibt uns weniger Zeit, den Mörder zu finden.«

Hardy saß auf einem harten Holzstuhl. Seine Rippen, die schwarz, blau und gelb unter seinem Hemd waren, stachen ihn,

als er jäh herumrutschte. Er zog eine Grimasse und starrte
Fowler über den Tisch hinweg an.

»Geht es dir nicht gut?« fragte ihn der Richter.

»Doch. Aber weißt du was? Jetzt habe ich von dir zum erstenmal etwas gehört, was so klingt, als ob du unschuldig bist.«

## 46

### Mordfall Owen Nash – Ex-Richter Andrew Fowler
### im Lügendetektor: kein schlüssiges Resultat

von Jeffrey Elliot
*Chronicle*-Redaktion

Der gegen den ehemaligen Oberrichter Andrew B. Fowler erho-
bene Verdacht, ließ sich gestern durch den Lügendetektor nicht
entkräften. Ergebnisse des sogenannten Polygraphentests sind
in kalifornischen Gerichten als Beweismaterial nicht zulässig,
trotzdem bezeichnete die Bezirksstaatsanwaltschaft gestern den
mißlungenen Versuch, Fowler von dem Verdacht zu befreien,
als einen schweren Schlag für die Verteidigung.

Fowlers Anwalt, der ehemalige Anklagevertreter Dismas
Hardy, stellte das Ergebnis etwas positiver dar. »Der Test hat
*nicht* gezeigt, daß Richter Fowler lügt. Der Richter hat sich *freiwillig* dem Test unterzogen. Hätte er es getan, wenn er schuldig
wäre?«

Ron Reynolds, ein in der Polygraphie ausgebildeter Psycho-
logieprofessor, der den Test vorgenommen hat, stimmte Hardy
zu. »Die Polygraphie ist vor Gericht deshalb nicht zulässig, weil
es je nach der Stimmung des Betreffenden, seiner Vertrautheit
mit der Prozedur und der Art, wie er die Fragen versteht, zu
recht unterschiedlichen Ergebnissen kommen kann. Richter
Fowler war das gesamte Verfahren offensichtlich sehr unangenehm – wir konnten bei vier Durchgängen keine einzige zufrie-
denstellende Kalibrierung erreichen.«

Hardy fügte hinzu: »Es gab keinerlei Anzeichen, daß der
Richter nicht die Wahrheit gesagt hat.«

Mr. Drysdale erwiderte: »Es gab keinerlei Anzeichen, daß der Richter nicht gelogen hat.«

Außerdem war gestern aus einer zuverlässigen Quelle im Gericht zu erfahren, daß man Richter Fowlers Fingerabdrücke auf der Ladekammer der Mordwaffe, einer halbautomatischen .24-Kaliber-Beretta-Pistole gefunden hat, die auf May Shinn, die ehemalige Geliebte Owen Nashs und des ehemaligen Richters Fowler, zugelassen ist.

Ein Prozeßtermin für diesen Fall wird am Montagmorgen festgesetzt werden.

Hardy mußte lernen, sich in Gegenwart von Gefangenenwärtern diskreter zu verhalten, obwohl das, was er gesagt hatte, der Anklagevertretung bekannt sein mochte. Er ahnte, wer die »zuverlässige Quelle im Gericht« gewesen war, die das mit den Fingerabdrücken auf der Ladekammer ausgeplaudert hatte. Der Polygraphentest war natürlich ein Schlag ins Kontor, obwohl er seinen Standpunkt der Presse gegenüber ganz gut vermittelt hatte. Jeff Elliot hatte er noch erzählen können, daß nichts dabei herausgekommen war, was Andys Glaubwürdigkeit erschütterte, aber in Hardy selbst waren wieder die Zweifel an Andys Unschuld erwacht. Andererseits konnte Andys Nervosität natürlich auch echt gewesen sein – was er im Gefängnis durchmachte, war schrecklich genug. Und dann hatte er doch auch davon gesprochen, daß er seine Unschuld im Mordfall Nash am besten dadurch bewies, indem er den *wahren* Täter entdeckte. Aber wer außer Glitsky und vielleicht Jeff, der ihm noch etwas schuldete, sollte den finden? Und selbst mit ein paar erfolgversprechenden Spuren und Jeffs unverschämtem Glück beim Aufspüren sensationeller Fakten standen die Chancen nicht besonders gut.

Hardy hatte sich vor seinem Schreibtisch aufgebaut und warf seine Darts, Runde um Runde. Aus einem anderen Zimmer hörte er Frannies Staubsaugerlärm, und dazwischen schrie Rebecca, weil sie hungrig war, während Garth Brooks' Serenade aus dem Wohnzimmer schallte. Die Sonne stieg höher.

In zwei Tagen würde er vor die für den Geschäftsplan zuständige Richterin treten. Aufgrund dessen, daß sein Mandant unschuldig war und ihm eine Kautionsstellung verweigert wurde, wollte Hardy auf eine baldige Verhandlung drängen. Er würde einem Aufschub nicht zustimmen und damit Pullios und den Richter ärgern, wer auch immer das sein mochte. Die Zeitungen tippten schon auf Fowler als den Schuldigen, und Hardy hatte den Eindruck, daß man eher auf der Castro Street einen Heterosexuellen als in ganz San Francisco einen Geschworenen finden konnte, der sich nicht schon über Andy Fowler und Owen Nash eine Meinung gebildet hatte.

Risiken. Zu viele?

An das größte Risiko – daß Andy es vielleicht wirklich getan hatte – dachte Hardy möglichst nicht, aber die Zweifel kamen und gingen. Er *wußte* es einfach nicht. Jedenfalls noch nicht.

Persönlich fühlte sich Hardy besser. Die finsteren Gedanken waren fort – wie eine Grippewelle, die ihn niedergeworfen und dann in Ruhe gelassen hatte, um sich andere Opfer zu suchen.

Er konnte sich keine bessere Arbeit vorstellen als seine jetzige – Andy Fowlers Verteidigung. Seit er im Juni Owens Nashs Hand entdeckt hatte, hatte sich sein Leben um diesen Mittelpunkt gedreht, und alles – seine Ehe, seine Karriere, sein Selbstbewußtsein – war davon betroffen worden. Er würde das bei Gott durchstehen, und wenn er es aus den betreffenden Hälsen herauswringen mußte: Er würde die Wahrheit finden.

## 47

Oberrichterin Marian Braun ließ ihren Hammer herabfallen, und im Gerichtssaal kehrte Ruhe ein. Hardy hatte rechts von Braun in der Geschworenenbox gesessen. Zwanzig Minuten zuvor war Elizabeth Pullios mit ihrem Gefolge eingetreten – demselben Assistenten der Bezirksstaatsanwaltschaft, der schon das letztemal dabeigewesen war, und jemandem, der wie ein Jurastudent oder Sekretär aussah. Sie setzte sich an den Staatsanwaltstisch, diskutierte eifrig und ignorierte Hardy völlig.

Sechs Beschuldigte waren schon abgefertigt. Zwei waren Richtern zugewiesen worden, drei hatten Pflichtverteidiger erhalten, und einer war mit einer Geldstrafe davongekommen.

Hardy bemühte sich, nicht in den Zuschauerraum zu blicken. Celine saß dort schwarz gekleidet neben Ken Farris in der zweiten Reihe. Er hatte sie seit dem Tag im Dampfbad bei Hardbodies! nicht mehr gesehen. Jeff Elliot saß inmitten einer Gruppe von Leuten, die Hardy ebenfalls für Reporter hielt. Jane war natürlich auch anwesend und saß in der ersten Reihe, Celine gegenüber. Art Drysdale kam durch die Tür und lehnte sich mit verschränkten Armen an die Rückwand des Saals.

Hardy hatte am Tag zuvor – am Sonntag – mit Andy darüber diskutiert, was er als Angeklagter im Gerichtssaal tragen sollte. Da Andy nur Anzüge ab 700 Dollar besaß, hatte Hardy Jane, die Einkäuferin von I. Magnin gebeten, etwas Billigeres von der Stange in Andys Größe zu besorgen, damit er bei den Geschworenen keine Neidgefühle weckte. Andy sollte gut aussehen – wenn Geschworene fanden, daß man wie ein Verbrecher aussah, hatte man bereits schlechte Karten –, aber nicht zu gut. Den Geschworenen würde es ohnehin nicht leichtfallen, sich in den Ex-Richter Andy Fowler hineinzudenken.

Als der Gerichtsdiener wieder die Anklage vorlas, stand Hardy von der Geschworenenbox auf und trat zu Andy ans Podium, fünf Meter vom Pult der Richterin Marian Braun entfernt. Hinten im Saal hörte er Lärm. Hardy drehte sich um und sah durch die offene Tür eine Traube von Reportern hereindrängen.

Braun ließ ihren Hammer herabfallen. »Setzen Sie sich, Sie da hinten. Übrigens möchte ich Ihnen allen sagen, daß das Fotografieren in diesem Saal nicht gestattet ist. Ich bitte um Ruhe. Es dauert nicht lange.«

»Hörst du«, flüsterte Fowler. »Es dauert nicht lange.«

Hardy nickte Fowler zu, dann wandte er sich an das Gericht. »Euer Ehren?«

»Mr. Hardy.«

»In der Kautionssache ...«

»Die Kautionssache ist entschieden.«

»Ja, Euer Ehren, aber ich hatte Sie so verstanden, daß Sie Ihre Haltung noch einmal überdenken wollten.«

Braun starrte wütend auf ihn herab. »Wieso haben Sie mich so verstanden? Was könnte ich gesagt haben, daß Sie so etwas annehmen?«

Hardy hatte Feindschaft erwartet, aber Brauns Antwort auf so ein Pro-forma-Ersuchen verblüffte ihn. »Euer Ehren, Mr. Fowler ist ein geachteter Jurist –«

»War, Mr. Hardy. Jetzt ist er ein Angeklagter in einem Mordprozeß. Es ist nicht unüblich, eine Kautionsstellung in einem solchen Fall abzulehnen. Ich dachte, das hätte ich Ihnen bereits hinlänglich erklärt. Ms. Pullios, haben Sie das richtig verstanden?«

»Ja, Euer Ehren.«

»Mr. Hardy hat aus irgendeinem Grund angenommen, daß ich es noch einmal überdenken würde.«

Eine Antwort hierauf war nicht erforderlich. Es herrschte Stille im Saal. Marian Braun starrte ihren früheren Kollegen an. Sie sah auf den Computerausdruck, der vor ihr lag.

»Die Kaution wird auf eine Million Dollar festgesetzt.«

# Fünfter
# Teil

## 48

Es war ein klarer, kalter Montagmorgen. Der 7. Dezember 1992, einundfünfzigster Jahrestag des Angriffs auf Pearl Harbor. Draußen im Korridor vor der 27. Kammer wandte sich Hardy von der Gruppe ab, die sich um Ken Farris und Celine Nash herum gebildet hatte. Er tat, als müsse er sich die Schnürsenkel binden, und bückte sich. Er wollte hören, was sie sagte. Ihre heisere Stimme drang durch den Lärm zu ihm.

»Ich bin hier, und ich werde jeden Tag hier sein, um die Geschworenen daran zu erinnern, daß Owen Nash ein wirklicher Mensch und nicht nur etwas in der Statistik, kein – Zitat – superreicher Geschäftsmann – Zitatende –, sondern mein *Vater*, eine lebendige, atmende Person war, die ich geliebt habe und um die ich jeden Tag trauere.«

Jane stand neben Hardy. »Chomorro«, sagte sie. »Ist das nicht der Schlimmste?«

Hardy hatte mit seiner Ex-Frau nicht mehr gesprochen, seit er erfahren hatte, daß sie mit Owen Nash – »nur eine Nacht« – zusammen gewesen war. »Hi, Jane.« Er richtete sich auf. Er hatte keinen Grund gesehen, weshalb er sie mit einer antagonistischen Prozeßstrategie belasten sollte. Wenn er ein unfaires Verfahren suchte, schien Chomorro geradezu ideal zu sein.

»Werden wir ihn ablehnen?«

Hardy fand es am besten, wenn er den Korridor entlang, weg von Celine und Farris ging. Rechts sah er Jeff Elliot ein paar Takte mit Pullios reden. Es blieben noch ungefähr fünfzehn Minuten, bis Chomorro den Hammer im Gericht herunterfallen lassen würde.

»Chomorro? Nein.«

»Machst du Witze.«

Hardy fand, daß er sich im Reden üben mußte, später, wenn die Reporter kamen, würde ihm das nützlich sein. »Warum sollte ich ihn ablehnen, Jane? Es ist sein erster Mordprozeß. Dein Vater wollte nicht zu Chomorro gehen und sich von dem May-Shinn-Fall befreien lassen, weil er dachte, daß Chomorro die Geschichte nicht für sich behalten würde. Nein, ich habe es mit deinem Vater durchgesprochen. Chomorro ist ideal, weil er sich als Richter überhaupt erst einmal bewähren muß. Er wird sich besonders große Mühe geben, jemandem, der ihn als Feind betrachtet hat, zu einem fairen Prozeß zu verhelfen. Es ist seine Chance, sich einen guten Namen zu machen – und so betrachtet, ist er wahrscheinlich der beste Richter, den wir bekommen konnten.«

Vom letzten Satz abgesehen, glaubte Hardy kein Wort von dem, was er sagte, aber es freute ihn, wie glatt es ihm von der Zunge floß.

Sie waren in der 27. Kammer, die einmal Fowlers gewesen war. Hardy drehte sich um und blickte in den Zuschauerraum – Jane, Farris, Jeff Elliot. Glitsky kam demonstrativ zu ihm herunter. Hardy freute sich, als er ihn sah. Glitsky hatte sich einen der drei anderen ehemaligen Kunden von May Shinn angesehen, aber ohne Ergebnis. Abe durfte man nicht drängen, obwohl er derzeit Hardys einziger Detektiv war und überdies offiziell für die Staatsanwaltschaft arbeitete. Hardy war froh darüber, wie unzufrieden Glitsky mit dem Untersuchungsverfahren der Staatsanwaltschaft war. Jedenfalls war es gut, ihn dabei zu haben. Er ging über zu Celine. Er konnte nicht genau definieren, was er in ihren Augen sah, aber sie sah ihn einen Moment lang an. Er fragte sich, was er zu ihr sagen könnte, wenn sie, was unvermeidlich war, wieder miteinander sprachen. Daß es ihm leid tat? Daß es ein Ausrutscher von ihm gewesen war und daß er durcheinander war und sie nicht an der Nase hatte herumführen wollen, falls er das getan hatte?

Ihr Gesicht erschien ihm ausdruckslos, und in dieser Ausdruckslosigkeit sah er Zorn, Enttäuschung und Ekel. Er wandte die Augen von ihr ab, als der Gerichtsdiener bekanntgab, daß die Sitzung der 27. Kammer des Oberen Gerichts der Stadt und des County von San Francisco unter dem vorsitzenden Richter Leo Chomorro nunmehr eröffnet war.

Chomorro sah jung, fit und energisch aus. Er war nicht so sehr der hagere, drahtige Typ, wie man ihn in der Werbung sah, sondern er wirkte eher solide und schwer, mit keinem überflüssigen Gramm Fett und einem starken Knochenbau wie bei einem altmodischen Hockey-Verteidiger. Sein Gesicht war leicht olivfarben. Seine Augen waren dunkel, und die Augenbrauen trafen sich fast über dem Nasenrücken. Das mit einem Rasierer geschnittene Haar war kurz und ohne eine Spur Grau.

Als er sich an seinem Richterpult niedergelassen hatte, erhob die Gerichtsangestellte die Stimme: »Wir rufen Kriminalfall Nummer 921072979, Paragraph 187, Mord auf. *Der Staat Kalifornien gegen Andrew Bryan Fowler.*«

Weil durch Verabschiedung von Proposition 115 in Kalifornien seit Juni 1991 das Voir-Dire-Verfahrensrecht – also die Vorvernehmung der als Geschworene in Frage Kommenden – für die Staatsanwaltschaft und die Verteidigung abgeschafft war, konnte nun nur noch der Richter selbst die Befragung der zur Auswahl Stehenden durchführen. Das hieß nicht, daß die Anwälte keinen Einfluß mehr darauf hatten, wer schließlich in die Jury aufgenommen wurde – sie konnten immer noch einzelne Geschworene ablehnen –, aber der Richter hatte jetzt die Sache in der Hand. Er oder sie stellte die Fragen und belehrte mögliche Geschworene, und Leute wie Hardy und Pullios mußten sehen, wie sie durch eine Kombination von Information, Instinkt und Glück die für sie vorteilhaftesten Leute in die Jury hineinbekamen.

Hardy hatte Chomorro gefragt, ob er während dieses Ausleseverfahrens den Kandidaten wenigstens sachdienliche Fragen stellen dürfte, aber der Richter hatte diese Bitte abgelehnt. Hardy reichte dann eine Liste von Fragen ein, die Chomorro, wie er hoffte, stellen würde, machte sich aber keine großen Hoffnungen, daß der Richter ihm diesen Gefallen tun würde.

Die Auswahl der Geschworenen konnte Stunden, aber auch Wochen dauern. Mit der neuen, verbesserten Regelung ging es im allgemeinen schneller als früher – und die Beschleunigung war ja in der Tat das Ziel von Proposition 115 gewesen. Andy Fowlers Jury würde aus zwölf Geschworenen und zwei Ersatzleuten bestehen, und Chomorro hatte Hardy und Pullios mitgeteilt, es würde ihn sehr enttäuschen, wenn sie nicht am Ende des ersten Tages ihre Jury ausgesucht und vereidigt hätten.

Die Menge, die zu erwarten war, fand sich im Zuschauerraum ein. Von der Vorbereitung der Verteidigung abgesehen, hatte Hardy in den letzten beiden Monaten ein volles Dutzend Interviews zu diesem Fall für das Fernsehen, Zeitschriften und Tageszeitungen gegeben. Jetzt, als das Verfahren in den Mittelpunkt des allgemeinen Interesses rückte, füllten sich die ersten vier Reihen des Zuschauerraums hinter Pullios mit Medienvertretern. Auf der anderen Seite hatte Hardy Jane bereits erblickt. Er wußte, daß Celine im Saal war, und Farris fehlte sicher auch nicht.

Da niemand wußte, wie lange die Auswahl der Jurymitglieder dauern würde, hielt Pullios schon jetzt ein paar Zeugen bereit, um sofort anfangen zu können, falls es schnell ging. Hardy meinte, die beiden Pförtner vom Yachthafen beieinander sitzen gesehen zu haben. John Strout konnte man innerhalb von Minuten aus der Gerichtsmedizin heraufrufen. Nun brauchten sie nicht mehr lange zu warten.

Fowler hatte, nachdem die eine Million Dollar hinterlegt war, wieder so etwas wie ein normales Leben angefangen. Er begab sich jeden Tag in sein Büro, verabredete sich mit einigen seiner Kollegen zum Mittagessen, spielte vielleicht sogar ein wenig Golf und Tennis. Hardy traf sich mit ihm entweder im Embarcadero Center oder im Olympic Club, und dann tüftelten sie ihre Strategie aus – die affirmative Verteidigung, zu der sie allmählich Zutrauen faßten.

Es hätte Hardy eigentlich nicht überraschen dürfen – tat es aber irgendwie doch –, daß Fowler bei seiner eigenen Verteidigung eine große Hilfe war. Er wirkte immer noch sehr distanziert – als beträfe der Prozeß eine andere Person und gar nicht ihn selbst –, aber das war nun mal sein persönlicher Stil, und nachdem er aus dem Gefängnis entlassen war und sich wieder in dem ihm angemessenen Milieu bewegte, war es nicht mehr so aufreibend mit ihm. Andy besaß eine Kopie von Hardys gesamten Akten – Zeugenaussagen, Vernehmungen, Beweismittelliste und Zeitungsartikel – und notierte sich fast täglich irgendwelche Ideen, die entweder die Anklage schwächen oder »X«, den

Unbekannten finden helfen sollten. Daß Andy immer wieder davon sprach, es müsse diese unbekannte Person ja irgendwo geben, bestärkte Hardy in der Tat in dem Glauben an Andys Unschuld.

Hardys »Detektive« hatten keine Ergebnisse gebracht. Glitsky behauptete, immer noch daran interessiert zu sein, Hardy zu helfen, aber er hatte andere, aktuelle Fälle zu bearbeiten, und bislang war er in der Sache Owen Nash auf allen Strecken an einen toten Punkt gelangt. Alle anderen Kunden von May hatten solide Alibis und ohnehin kein echtes Motiv. Alle waren kooperativ gewesen, solange Abe ihnen versprach, nichts über ihre Beziehungen zu May Shinn bei ihren Ehefrauen/Freunden/Geschäftspartnern verlauten zu lassen.

Jeff Elliot blieb mit Hardy in Kontakt, aber seit Fowlers Polygraphentest hatte es keinen Knüller mehr gegeben, und selbst der war nicht besonders toll gewesen, wenn man Jeff fragte. Aber Jeff war einer der Leute, denen Hardy seine neue Telefonnummer gegeben hatte, und da der Fall nun wieder heiß wurde, hatte ihn Jeff letzte Woche angerufen. Doch Hardy hatte ihm nichts Neues mitteilen können.

Wenn Fowler es also nicht gewesen war, und an dieser Überzeugung hielt Hardy fest – von gewissen Augenblicken abgesehen, wenn er schweißgebadet mitten in der Nacht zweifelnd erwachte –, dann sah es wohl ganz so aus, als ob die Person, die Owen Nash wirklich getötet hatte, ungeschoren davonkommen würde.

Achtzig Leute bildeten das erste Jury-Aufgebot.

Es gab so viele Theorien über die richtige Zusammenstellung einer Jury, wie es Anwälte gab. Hardy und Fowler diskutierten stundenlang über die relativen Vorteile, die man bei bestimmten Berufsgruppen und »Typen« von Leuten hätte, und währenddessen war ihnen trotzdem immer wieder klar, daß man sich furchtbar täuschen und statt einen Freispruch zu erzielen einen Schuldspruch heraufbeschwören konnte.

Zum Beispiel ergab es sich immer wieder einmal, daß eine Sekretärin – deren Berufsstand aus irgendeinem Grund normalerweise mit der Staatsanwaltschaft sympathisierte – ein großes

Herz bewies und die Verteidigung unterstützte. Andererseits konnte sich ein langhaariger Musiker (der als Geschworener normalerweise auf der Seite der Verteidigung war) als ein Heavy-Metal-Mann und Neonazi herausstellen und eine Verurteilung des Angeklagten verlangen.

Trotz dieser Möglichkeiten hatten sich Fowler und Hardy auf ein allgemeines Konzept darüber geeinigt, wen sie in der Jury haben wollten und wen nicht. Ob Chomorro den Leuten Fragen stellen würde, durch die die Charakterzüge oder Berufe herauskamen, die sie suchten, konnten sie nicht ahnen.

Wie es sich zeigte, trug Hardys ursprüngliche Idee, die Vorurteile des Gerichts herauszukitzeln – siehe Chomorros Ablehnung des Voir-Dire –, immer neue saure Früchte.

Doch Fowler meinte, es würden sich bestimmt noch genügend Anzeichen für das richterliche Vorurteil gegen ihn finden, die man in einem Berufungsverfahren benützen könne, aber zunächst solle man versuchen, den Prozeß zu gewinnen. Wenn man sich zu sehr auf diese Absicherung konzentriere, stehe man am Ende vielleicht ganz ohne eine vernünftige Verteidigung da.

So lief es nach all den Vorbereitungen und Diskussionen am Ende wieder auf die gute alte Intuition hinaus.

Allerdings gab es bei der Auswahl dieser speziellen Jury einen bestimmten Haken zu beachten. Richter galten in Amerika ganz allgemein als höchst ehrenwerte und erhabene Personen, und Andy Fowler war Richter gewesen. Würden Leute, die Autoritätspersonen gegenüber kritisch eingestellt sein mochten – wie es die Geschworenen auf der Seite der Verteidigung im allgemeinen waren –, in Fowler einen Rebellen sehen, den sie bewunderten? Würden die Law-and-Order-Typen, die normalerweise für die Staatsgewalt votierten, in Fowler einen der ihren vermuten, der sich mal einen kleinen Fehler erlaubt hatte, oder würden sie ihn als einen Verräter betrachten und brandmarken wollen?

Am Ende einigten sie sich, daß ihr idealer Geschworener ein vernünftiger weißer Fabrikarbeiter war, der eine angemessene Ausbildung genossen hatte und aus guter Familie stammte. Entweder das, sagte Fowler, oder Mr. Ed, das sprechende Pferd.

Sie stellten sich auch vor, daß sie mit einer älteren gebildeten

Schwarzen oder Asiatin ganz gut wegkommen könnten. Eine spanischstämmige Frau hingegen könnte sich zu sehr an Chomorro, und auch an Pullios, orientieren. Einig waren sie sich darin, daß eine ältere Weiße eine Katastrophe wäre – wie konnte Fowler alles, was er erreicht hatte, für *bezahlten* Sex mit einer japanischen Prostituierten wegwerfen? Aber eine jüngere, aufgeschlossene Weiße, solange sie keine Sekretärin war, wäre auch in Ordnung – denn das, was Fowler für die Liebe getan hatte, war wildromantisch und dramatisch. Schwule Männer und lesbische Frauen wären wahrscheinlich ebenfalls gut für die Verteidigung – Außenseiter, die mit einer Autoritätsperson sympathisierten, die nun selbst Außenseiter war und von den »ehrenwerten« Leuten schief angesehen wurde. Aber natürlich würde Pullios solche sexuellen Abweichler ablehnen, sobald sie sie entdeckte, ohne die wahren Gründe zu nennen.

Wenn sie die Chance bekamen, würden sie alle Wissenschaftler und Ingenieure behalten, falls sich welche unter diesen achtzig Kandidaten fanden. Hardy war jetzt sicher, daß Pullios auf Fowlers Schuldbewußtsein herumreiten würde, und da konnten Leute, die mehr von Tatsachen als von Theorien hielten – also Wissenschaftler im Gegensatz zu Philosophen –, der Verteidigung nur nützen. Natürlich neigten Wissenschaftler allgemein zu einem eher konservativen Weltbild, sympathisierten also mit der Staatsanwaltschaft, aber zum Teufel, man konnte ja nicht alles haben. Niemand, keine Gruppe war ganz und gar wünschenswert oder berechenbar.

Hardy und Fowler fanden diese Einteilung in Stereotype schrecklich. In San Francisco gingen einem solche Übungen besonders gegen den Strich. Es war zwar ein Klischee, das zu sagen, aber zwei der besten Freunde Hardys waren in der Tat der »Mulatte« Abe Glitsky und Pico Morales, dessen Vorfahren nicht aus Nordeuropa stammten. Aber irgendwelche Kriterien mußten sie trotzdem entwickeln. Sie achteten, so hofften sie wenigstens, vor allem auf Beruf, Zugehörigkeiten und Haltung – wenn sie Rasse und Geschlecht ignorierten, taten sie sich keinen Gefallen.

»Ich hasse das«, flüsterte Fowler. »Ich habe es als Richter gehaßt, und ich hasse es heute noch.«

Jede Seite, Verteidigung und Staatsanwaltschaft, konnte zwanzig zur Auswahl stehende Geschworene ablehnen, ohne einen Grund dafür angeben zu müssen. Hardy und Fowler hatten eine Skizze von den zwölf Geschworenenplätzen angefertigt und beschlossen, all diejenigen auszukreuzen, die sie nicht haben wollten. Zwischen ihnen auf dem Verteidigertisch lag der gelbe juristische Schreibblock, und so ließ sich das Auskreuzen relativ unauffällig bewerkstelligen, sie brauchten nicht miteinander zu sprechen und liefen nicht Gefahr, die übrigen Geschworenen zu verärgern. Die Leute mochten es nicht, daß man über sie urteilte, selbst wenn man sie nicht persönlich angriff.

Die Geschworenenkandidaten leisteten ihren Eid, und Chomorro fing an, ihnen den Fall zu erklären. »Andrew Bryan Fowler wird auf Grund der Anklageerhebung durch die Grand Jury des Staates Kalifornien des Mordes beschuldigt.«

Hardy sah, daß Fowler nicht den Kopf hängen ließ oder irgendein äußeres Zeichen der Schuld oder des Peinlich-Berührtseins erkennen ließ, während die Anklage – wieder einmal – in voller Länge verlesen wurde.

Richter waren, wenn sie sich an Geschworene oder mögliche Geschworene wandten, ganz unterschiedlich. Die einen sprachen freundlich und auf die onkelhafte Tour; andere erledigten es streng und geschäftsmäßig. Hardy hatte den Eindruck, daß Chomorro – der ja relativ neu in diesem Amt war – um Leutseligkeit bemüht war, so als hätte er in der Beschreibung seiner Tätigkeit gelesen, daß es auf Freundlichkeit gegenüber den Geschworenen ankomme. Wenn er sich weiterhin so benahm, könnte das für Andy günstig sein, dessen heitere Herzlichkeit, wie Hardy fand, echt war.

»Ich werde Ihnen allen eine Reihe von Fragen stellen.« Er wandte sich sowohl an die Zwölf, die innerhalb der Schranke des Gerichts saßen, als auch an die mehr als sechzig möglichen Geschworenen, die im Zuschauerraum warteten. »Wenn Ihre Antwort auf irgendeine dieser Fragen ›Ja‹ lautet, bitte ich diejenigen, die hier oben sitzen« – er zeigte zur Geschworenenbox –, »die Hand zu heben. Diejenigen von Ihnen, die im Zuschauerraum sitzen, bitte ich gut zuzuhören und uns sofort zu informieren, falls Sie hier heraufgerufen werden und auf irgendeine dieser Fragen mit ›Ja‹ geantwortet hätten.«

Unter den Fragen, die Hardy Chomorro mit der Bitte, sie den Geschworenen zu stellen, übermittelt hatte, war die wichtigste natürlich auch zugleich die augenfälligste: Hatte irgendeiner der Geschworenen aufgrund von etwas, das er oder sie in den Medien gehört oder gesehen hatte, sich hinsichtlich der Unschuld oder Schuld des Angeklagten bereits eine Meinung gebildet?

Chomorro stellte diese Frage, auf die er wohl auch von selbst gekommen wäre, es war eine Routinefrage. Niemand antwortete darauf, niemand hob die Hand, aber viele wandten die Köpfe hin und her und sahen einander an. Chomorro hakte nach. »Lassen Sie es mich anders ausdrücken oder Ihnen eine ähnliche Frage stellen. Und Sie, die möglichen Geschworenen im Zuschauerraum, dürfen hier Ihre Hand direkt erheben. Wie viele von Ihnen haben über diesen Fall gelesen oder davon im Fernsehen oder Radio gehört?«

Hier und da gingen Hände hoch, acht in der Geschworenenbox. Hardy drehte sich um und sah in den Zuschauerraum. Dort waren es noch einmal zehn. In den beiden Monaten, die er auf die Vorbereitung des Verfahrens verwandt hatte, waren die meisten seiner »kreativen« Ideen für die Katz gewesen. Wenn ein Wechsel des Gerichtsstands Andy eine bessere Chance für ein faires Verfahren geboten hätte, hätte er es beantragt. Aber er hatte sich einen Berater genommen, der eine Befragung durchgeführt und festgestellt hatte, daß überhaupt nur zwischen dreiundzwanzig und dreißig Prozent der Erwachsenen in San Francisco jemals von diesem Fall gehört hatten. Zuerst hatte ihn das schockiert. Er wußte, daß die Leute immer weniger lasen und zu beschäftigt waren, als daß sie die meisten Ereignisse mitbekommen hätten, aber trotzdem …

»Glaubt jemand von denen, die jetzt die Hand erhoben haben, über das Bescheid zu wissen, worum es in diesem Fall geht?« Ein paar Hände sanken herab.

»Sie werden Zeugenaussagen und Beweismittel sehen, die das, was Sie bereits zu wissen glauben, vielleicht bestätigen, vielleicht auch nicht bestätigen werden. Würde jemand von denen, die jetzt noch übrigbleiben, es schwierig finden, solche neuen Beweise oder Argumente zu akzeptieren?« Das war schwächer, als Hardy gehofft hatte. Nur vier Leute hielten die Hände hoch, davon keiner in der Geschworenenbox. »Danke. Dann, glaube ich, können wir fortfahren.«

Nun fing Chomorro mit dem allgemeinen Ausleseverfahren an. Kannte einer der Geschworenen den Angeklagten? Hatte einer von ihnen das Opfer gekannt? Kannte jemand den Ankläger oder den Verteidiger? Chomorro las ihnen die Liste der vorgeschlagenen Zeugen vor und fragte, ob jemand einen von ihnen kannte.

Die ermüdende Prozedur ging weiter. Gab es unter den Geschworenen oder deren Familienangehörigen Friedensrichter oder Juristen? Waren sie oder ihre Angehörigen jemals Opfer eines Gewaltverbrechens geworden? Oder eines nicht gewaltsamen Verbrechens? War jemand von ihnen schon einmal verhaftet worden?

Fünf der zwölf Geschworenen hoben auf eine dieser Frage hin die Hand, ein hoher Anteil. Chomorro befragte jeden einzelnen von ihnen und schloß sie dann alle fünf aus. Fünf neue Kandidaten übernahmen ihre Plätze.

Als die allgemeinen Fragen zu Ende waren, begann Chomorro sich die Leute einzeln vorzunehmen. Von diesem Augenblick an hätte Hardy vor Juni 1991 die Geschworenen selbst ausfragen können, aber jetzt war er auf Chomorros Fragen angewiesen.

Auf Platz Nummer 1 saß eine untersetzte Frau von etwa vierzig Jahren. Sie nannte ihren Namen: Monica Sellers. Sie war seit siebzehn Jahren mit demselben Mann verheiratet und hatte drei Kinder. Während der letzten drei Jahre – seit die Kinder alt genug waren – arbeitete sie halbtags als Buchhalterin für eine Zeitarbeitsvermittlung in der Nähe der Mission Street. Davor war sie Hausfrau gewesen.

»So, Mrs. Sellers – nebenbei, sind Sie lieber Mrs. oder Ms.?«
Sie lachte nervös. »Oh, Mrs., definitiv. Ich bin Mrs. Sellers.«
»Gut, Mrs. Sellers, dann lassen Sie mich Ihnen eine Frage stellen. Und würden die anderen bitte auch zuhören? Ich werde Sie über gewisse juristische Dinge aufklären, und eines der Worte, das sie in den nächsten Wochen sehr oft hören werden, ist ›Be-

weis‹. Das kann sowohl Beweismittel als auch Zeugenaussage sein. Es gibt außerdem zwei grundsätzlich unterschiedliche Arten eines ›Beweises‹. Die eine ist der ›direkte Beweis‹, zum Beispiel, wenn ein Augenzeuge etwas sieht und seine Aussage beschwört. Wenn Sie diesem Zeugen oder dieser Zeugin glauben, dann ist seine oder ihre Aussage ein ›direkter Beweis‹. Ein indirekter Beweis kann zum Beispiel ein Fingerabdruck sein –«

Hardy sprang auf. »Einspruch, Euer Ehren.«

Chomorro, der in seinem Monolog unterbrochen worden war, sah stirnrunzelnd vom Richterpult herab. »Einspruch wogegen, Mr. Hardy? Ich wollte gerade sagen, daß ein Fingerabdruck auf einem Gegenstand ein indirekter Beweis dafür sein kann, daß die Person, die Fingerabdrücke darauf hinterlassen hat, den Gegenstand berührt hat. Wollen Sie dagegen Einspruch erheben?«

»Nein, Euer Ehren. Sorry.«

Chomorro wandte sich wieder den Geschworenen zu. »Die klassische Analogie, die man anführt, um direkte von indirekter Beweisführung zu unterscheiden, nennen wir die Kirschtortenanalogie.« Chomorro schien dieser hausbackene Begriff etwas peinlich zu sein. »Wenn Sie in Ihre Küche gehen und sehen, daß Ihr Kind Kirschtorte ißt, dann haben Sie den direkten Beweis, daß es die Torte gegessen hat. Wenn Sie andererseits hereinkommen und eine halbleere Tortenplatte und ein mit Tortenbelag beschmiertes Gesicht und Hemd Ihres Kindes sehen, haben Sie den indirekten Beweis, daß es die Torte gegessen hat. Ich brauche kaum hinzuzufügen, daß beide Arten von Beweis ziemlich überzeugend sein können.«

Die Geschworenen nickten, das verstanden sie, und Chomorro, nun schon etwas entspannter ob der positiven Reaktion, fuhr fort. »Nehmen wir ein anderes Beispiel, da sich bei einem Prozeß ja alles um Beweise dreht. Was ist mit Lippenstift an einer Zigarette, die auch ein Beweisgegenstand sein kann? Mr. Smith sieht Mrs. Jones eine bestimmte Zigarettensorte rauchen und einen Lippenstiftfleck von einem bestimmten Farbton darauf hinterlassen. Dann, sagen wir, geht er in ein anderes Zimmer in ihrem Haus und sieht in einem anderen Raum eine ähnliche Zigarettenkippe liegen. Die zweite Zigarettenkippe ist ein indirekter Beweis dafür, daß Mrs. Jones in dem Zimmer gewesen ist. Sie kann in dem Raum gewesen sein, aber es ist keine Tatsache, die bewiesen ist. Ich nehme an, das ist klar.«

»Das ist gut«, flüsterte Fowler. Hardy nickte zustimmend und sah zu Pullios hinüber. Ihr Mund war fest. Sie blickte geradeaus.

»Aber«, fuhr Chomorro fort, »trotzdem teile ich Ihnen mit, daß juristisch gesehen unter gewissen Umständen viele indirekte Beweise ausreichend sein können, um eine Schuld zweifelsfrei zu belegen. Würde Ihnen das Schwierigkeiten bereiten?«

Mrs. Sellers sah nachdenklich aus. »Nein, ich glaube nicht.«

Pullios schien ein Lächeln zu unterdrücken. Hardy kreuzte den Platz Nummer 1 durch (er lehnte nicht so gern ab, aber hier blieb ihm keine Wahl), als Chomorro Mrs. Sellers zunickte. »Würde das jemand anderem Schwierigkeiten bereiten?«

Zuerst wollte einer und dann noch zwei der möglichen Geschworenen eine Erklärung haben. Chomorro beschäftigte sich mit ihnen einzeln nacheinander, ließ sie ihren Namen nennen, fragte, ob sie verheiratet wären, welchen Beruf sie ausübten – so entstanden Persönlichkeitsprofile. Alle drei waren Männer, zwei waren über fünfzig, einer, ein Schwarzer, um die dreißig. Schließlich waren sie mit Chomorros Erläuterungen einverstanden, jedoch nur, wenn eine Menge indirektes Beweismaterial vorhanden sei.

Woraufhin Chomorro eine pedantische Erörterung über Qualität gegenüber Quantität von Beweisen begann. Wenig direkte Beweise könnten viele indirekte Beweise aufwiegen. Und umgekehrt.

Auf Platz Nummer 2 saß Shane Pollett, ein Kunsttischler und Relikt aus den sechziger Jahren mit grau werdendem, langem Haar, einem selbst gefärbten T-Shirt, einem mittellangen Bart und einem Gesicht, das Belustigung und Toleranz ausdrückte. Er war vierundvierzig, zum zweitenmal verheiratet und hatte drei kleine Kinder. Dazu zwei bereits erwachsene.

Hardy fing an, Chomorros Technik zu verstehen. Er fragte sich durch die Geschworenengruppe durch, stellte jedem von ihnen eine oder zwei technische Fragen oder erklärte etwas Juristisches, um auch die anderen einzubeziehen. Wenn er das Ziel verfolgte, schnell vorwärtszukommen, war es die richtige Art. Für Hardys Zwecke genügte es bei weitem nicht.

»Mr. Pollett, lassen Sie mich Ihnen diese Frage stellen.«

»Klar«, sagte Pollett.

Diese Formlosigkeit und mangelnde Ehrerbietung mißfiel Chomorro, aber er zwang sich zu einem Lächeln. »Wenn die Staatsanwaltschaft niemanden hat, der hereinkommt und sagt: ›Das ist passiert, ich hab's gesehen‹, würden Sie akzeptieren, daß es eine andere Möglichkeit gibt, mit der die Staatsanwaltschaft beweisen kann, daß etwas geschehen ist? Um mein Beispiel zu nehmen?«

»Klar, warum nicht?«

Hardy beugte sich vor und flüsterte Fowler zu: »Wieso gefällt mir der Kerl?«

Fowler zuckte die Achseln. »Falsche Antwort für uns, aber der richtige Ton. Bringt einen zum Nachdenken. Halte die Augen offen.«

Jane trug Sandwiches in das Zimmer im ersten Stock des Justizpalasts, das man ihnen zugewiesen hatte. Es war kurz nach eins am ersten Tag, und sieben Geschworene waren schon bestimmt – Chomorro wollte eine Jury innerhalb von zwei Tagen, und die würde er, bei Gott, bekommen.

»Wie läuft's?« fragte sie.

»Großartig«, sagte ihr Vater und strahlte. Er nahm ein Riesensandwich und eine Flasche Sodawasser aus der Tasche, die Jane vor ihn hinstellte. »Keine Chips?«

Jane schlug sich an die Stirn. »Tut mir leid. Ich hab' die Chips vergessen.«

Hardy zog die Tasche zu sich herüber. Er wußte, daß dieses alberne Gerede beweisen sollte, wie leicht sie diesen Prozeß nahmen, aber seine Geduld war bald erschöpft. »Laßt uns noch über Chips reden, Chips sind jetzt ganz wichtig.« Er fing an, sein eigenes Sandwich auszuwickeln. »Okay, ich hab' jetzt vier gegen drei, ein leichter Vorteil für uns.«

»Ist irgend jemand dabei, den du haßt?« fragte Jane mit ernstem Gesicht.

»Wenn ich jemanden hasse, lehne ich ihn oder sie ab. Aber es gibt verdammt wenig Anhaltspunkte.«

»Ich weiß«, sagte Fowler. »Die Bezeichnung Voir-Dire ist etwas irreführend. Ich glaube nicht, daß Leo so genau weiß, was er tut.«

»Was läßt er aus?« fragte Jane.

»Es ist nicht so, daß er –«, sagte Fowler.

Hardy ergriff das Wort: »Die Leute sollen sich erklären. Sich öffnen. Dafür sorgt er nicht. Wer sind diese Leute? Was sind ihre Gedanken? Was für Filme mögen sie? Was haben sie für Hobbys? All das. Wenn er fertig ist, wissen wir nicht mehr, als wir jetzt schon wissen, also nichts. Wir sehen, wie sie gekleidet sind, ob sie ein nettes Gesicht haben, ob sie uns anstarren und damit verraten, daß sie deinen Vater hassen, und das wär's. Das und seine sogenannten juristischen Erklärungen.«

»Es stimmt, daß er Suggestivfragen bevorzugt«, gab Fowler zu. »Aber er ist ein Politiker, was kann man da erwarten?«

»Ich habe ja auch nicht mit mehr gerechnet, zugegeben. Aber meine Erwartungen sind in so vielen anderen Hinsichten enttäuscht worden ... Warum konnten wir hierbei nicht Glück haben? Was die Beweislastfrage angeht, nimmt er es verdammt leicht, findest du nicht?«

»Na ja, das wußten wir.«

Hardy kaute einen Augenblick lang. »Das Argument Schuldbewußtsein muß man doch ausschließen können.«

»Ich wüßte nicht, wie«, sagte Fowler. »Du kannst das Gegenteil nicht beweisen.«

»Wenn er wenigstens einmal erwähnt hätte, daß jeder Angeklagte das Recht auf einen fairen Prozeß hat. Ich habe ihm zwanzig Fragen zur Untersuchung, zur Anklageerhebung und zum Grand Jury-Verfahren gegeben, all das.«

»Was war denn das?« fragte Jane.

»Gott, alles«, sagte Hardy. »Alles, was diese Leute wissen müßten und wahrscheinlich nicht wissen – daß zu einer Anklageerhebung ein minimaler Grund genügt, daß während des Grand Jury-Verfahrens niemand von der Verteidigung dabei ist, und daß die Staatsanwaltschaft praktisch tun kann, was sie will. Diese möglichen Geschworenen da draußen sind ohnehin schon ziemlich eingeschüchtert. Und nun sagt man ihnen, daß eine andere Jury und dann auch noch eine *Grand Jury* der Ansicht war, daß dein Vater Owen Nash getötet hat, was sollen sie denn da noch nachdenken?« Hardy wandte sich seinem Mandanten zu. »Er muß davon etwas erwähnen. Sonst verstehen sie überhaupt nichts.«

Fowler schüttelte den Kopf. »Das tut er nicht, darauf kannst du wetten. Er sagt uns, das ist irrelevant.« Fowler lächelte grimmig. »Was ein Richter denkt, wird im Gerichtssaal eine Art Gesetz. Glaub mir, ich weiß das. Mit deinem Argument ›Fairneß im Prozeß‹ kommst du vielleicht in einem Berufungsverfahren durch, aber um es hier vortragen zu können, mußt du sehr schlau sein und Glück haben.«

Jane klopfte mit ihrer Sodawasserflasche ein paarmal auf den Tisch. »O je, ihr macht mir ja Mut, Leute«, sagte sie.

Chomorro beendete seine Befragung und wandte sich an die Staatsanwaltschaft und die Verteidigung: ob sie irgendwelche Geschworenen ablehnten. Hardy lehnte die zuerst befragte Person nur ungern ab – die Geschworenen würden das nicht nett finden –, aber da Mrs. Sellers sich so positiv gegenüber indirekten Beweisen geäußert hatte (falls genug davon vorhanden waren), blieb ihm keine andere Wahl. Er sah, wie überrascht und verletzt sie war, als wäre sie bei einer Prüfung durchgefallen. Er betrachtete die elf Gesichter links von ihr. Die meisten sahen ihr mit einem Ausdruck feierlichen Ernstes nach, als sie durch die Schwingtür, die den Gerichtssaal vom Zuschauerraum trennte, davonschritt. Die Gerichtsangestellte rief einen Namen auf, damit der leere Platz gefüllt wurde.

Um 4 Uhr 25 hatten sie eine Jury und zwei Ersatzleute zusammen. Es waren sieben Männer und fünf Frauen, darunter vier Schwarze – zwei Männer und zwei Frauen – und trotz Hardys ursprünglicher Bedenken ein Asiate – ein fünfundfünfzigjähriger bebrillter vietnamesischer Ladenbesitzer namens Nguyen Minh Ro. Fowler hatte ihn fast augenblicklich, als er zu reden anfing, von der Skizze gestrichen, aber dann hatte Ro, der die Gesetze seines neuen Landes nicht so recht verstand, genau die Frage gestellt, die Hardy unbedingt in dem Verfahren haben wollte: Wie kam es, daß Fowler als unschuldig gelten sollte, obwohl die Grand Jury doch schon gesagt hatte, daß er schuldig war? Hardy hätte den Mann küssen können. Vielleicht hätte er ihn dann immer noch abgelehnt, aber als Chomorro ihm das Anklageerhebungsverfahren erklärte, zeigte sich etwas in der Körpersprache des vietnamesischen Krämers, das auf die Verteidigung positiv wirkte. Überraschenderweise lehnte Pullios ihn nicht ab, und damit war er drin.

Sie konnten es demographisch verschiedenartig aufschlüsseln: sieben Männer, fünf Frauen; sieben Weiße, fünf Nichtweiße. Ihre Hoffnung auf ein paar Leute mit wissenschaftlicher oder Ingenieurs-Ausrichtung erfüllte sich insofern, als drei der Geschworenen irgend etwas mit Computern zu tun hatten. Außerdem hatten sie eine Architektin, eine Schwarze mittleren Alters namens Mercedes Taylor.

Sekretärinnen gab es nicht. Sie hatten den Kunsttischler Pollett behalten. Drei Computerfreaks, ein Architekt, zwei Vertreter, eine Hausfrau, zwei kleine Geschäftsleute (darunter Ro), ein Bauarbeiter und ein Highschool-Lehrer.

Chomorro hatte eine Lesebrille aufgesetzt, als der Nachmittag hereinbrach, und seine Leutseligkeit schwand offensichtlich mit seiner Sehkraft. Als er gegen vier Uhr anfing, die Ersatzleute zu befragen, drückte er sich so knapp aus wie ein Sergeant auf dem Kasernenhof. Er fragte sie, ob sie während der Befragung und Unterrichtung der anderen Geschworenen etwas gehört hätten, das ein Grund wäre, sie zu disqualifizieren. Nein? Okay, dann ... Und für die beiden brauchte er keine zwanzig Minuten mehr.

## 49

»Ich kann's ihr nicht übelnehmen. Warum sollte sie dir helfen.«

Die »sie«, von der Peter Struler sprach, war May Shinn. Er saß auf dem Schreibtisch seiner »Molly« und hatte die Beine links und rechts von ihrem Sessel hingestreckt, in dem sie saß und zu ihm hinaufschaute. Pullios hatte ihren Sessel fast bis an die Wand zurückgeschoben.

»Ich dachte, das ginge aus meinem Brief sehr klar hervor«, sagte sie. »Sie hat ein halbes Dutzend Zivilklagen angestrengt. Freeman weiß, daß sie bei der Jury bessere Chancen hat, an das Geld heranzukommen, wenn sie sich als aufrechte Bürgerin bewährt und der Behörde hilft, den Mordfall zu lösen, in dem sie ungerechtfertigterweise angeklagt worden ist. Außerdem haben wir nur Polizisten und Leute von der Staatsanwaltschaft als Zeugen. Wir könnten ihr nützlich sein. Ihre Klage ist zwar gegen uns gerichtet, aber zahlen tut schließlich die Stadt.«

Struler schüttelte den Kopf. »Ich würde sie einfach verhaften.«

»Und weswegen?«

Ohne das Gesicht zu verziehen, antwortete Struler: »Wie wäre es mit AAA, irgend so was?«

Pullios kannte die Gesetze, und von AAA hatte sie nie gehört. »Okay. Ich beiße an. Was ist AAA?«

Struler grinste. »Du weißt schon, Autofahren als Asiate. Das klappt immer.«

Der Kerl war nicht zu bändigen. »Liegt das an mir, oder stimmt es, daß dein politisches Einfühlungsvermögen mal wieder nachläßt?«

»Wer gibt«, sagte er und wurde sehr deutlich, »einen großen, dampfenden Haufen Scheiße darauf?« Er legte seine Füße auf die Armlehne ihres Sessels. Hinter dem Fenster in Mollys Rücken war es pechschwarz, obwohl der Nachmittag gerade erst vorbei war. »Du kannst sie unter Strafandrohung vorladen.«

»Ich weiß, aber sobald ich das tue, kommt sie auf die offizielle Zeugenliste.«

»Na, entschuldige mal, aber das sind nun mal die Bestimmungen.«

Sie warf ihm diesen Nimm-endlich-Vernunft-an-Blick zu, und er fragte, ob Hardy May Shinn befragt habe.

»Sie sagte, nein.«

»Warum sollte sie also mit dir reden?«

Pullios lächelte. »Ich habe Freeman gebeten, das für mich zu klären: daß ich sie wegen der Unannehmlichkeiten, die sie gehabt hat, persönlich um Entschuldigung bitte.«

Struler schüttelte den Kopf vor Bewunderung. »Du bist eine grausame, schreckliche Frau.«

»Thank you, Sir. Und dann hat sie mit mir über Fowler und die Waffe geredet. Aber sie sagte, gegen ihn aussagen würde sie nicht.«

»Heh, sie ist nicht mit ihm verheiratet. Es bleibt ihr nichts anderes übrig.«

»Aber ich möchte sie, solange es geht, auf meiner Seite haben. Darum hab' ich ihr den netten Brief geschrieben und all das.«

»Brauchst du sie denn?«

Pullios nickte. »Unbedingt.«

»Okay«, sagte Struler. »Ich schlage dir folgendes vor. Warte bis zum letztmöglichen Augenblick, damit Hardy nichts davon mitkriegt. Dann schickst du jemanden – so einen Bezirksstaatsanwaltschafts-Detektiv wie mich zum Beispiel – los, der sie mit einem Submeister klatscht.«

»Was ist das?«

Struler schüttelte den Kopf. »Komm, Molly«, sagte er, »wach auf. *Saturday Night Life?* Submeister, sub-a-rama, Mr. Sub, Subster.« Als sie ihn weiterhin mit leerem Gesicht anstarrte, ließ er sich schließlich erweichen. »Ihr Anwälte solltet mal öfter ausgehen, ich schwör' es bei Gott. Subpoena, Molly, Vorladung mit Strafandrohung oder auch Verhaftung mit Vorführung. Gib's ihr mit der Strafandrohung.«

Hardy stöpselte den Stecker der elektrischen Weihnachtsbeleuchtung ein, die er am Wochenende über seinen Rasen gespannt hatte. Rebecca, die jetzt schon laufen konnte, klatschte in die Hände, blieb stehen und schrie aus voller Lunge. Es klang wie »why why why«. Hardy hob sie hoch und hielt sie näher an die Lichter.

»Light light light«, sagte er.

Beck schüttelte den Kopf und lachte.

»Ist sie nicht das großartigste Kind der Welt?« fragte Frannie.

»Des Universums«, sagte Hardy.

»Why«, sagte Rebecca. Einige der Lichter hatten zu blinken angefangen. Sie zeigte zu ihnen hin. »Why why.«

»Ich glaube, sie ist philosophisch interessiert«, sagte Hardy, »genau wie ihr Vater.«

»Vielleicht wie ihr Onkel Moses, aber nicht genau wie ihr Vater.«

Frannie, jetzt in ihrem achten Schwangerschaftsmonat, hatte den Arm um Hardys Taille gelegt. Hardys Probleme, die zu dem Überfall im Oktober geführt hatten, lagen hinter ihnen. Er hatte eine Menge Arbeit, aber er teilte sie wenigstens mit ihr – und sie lachten auch wieder zusammen, hänselten einander und freuten sich über Beck.

Der Wagen fuhr vor und hielt in zweiter Reihe vor dem Haus. »Wer ist das?« fragte Frannie.

Hardy wußte es sofort. Er küßte seine Frau auf die Wange und gab ihr das kleine Kind zurück. »Ich bin gleich wieder da.«

Er hatte es irgendwie erwartet. Er ging die paar Stufen hinunter, auf den Weg, der von der Haustür über den Rasen zu der Pforte im Zaun führte. Dort trat er ihr besorgt entgegen.

»Du hättest nicht hierherkommen sollen, Celine.«

Sie schien unsicher auf den Beinen, als ob sie getrunken hätte, aber er war nahe genug bei ihr, um es zu riechen – doch da war nichts. »Ich muß mit dir sprechen. Deine Telefonnummer stimmt nicht mehr.«

»Celine, du warst doch den ganzen Tag im Gerichtssaal. Ich bin ja morgen wieder da.«

»Heute früh wußte ich nicht, was ich sagen sollte.«

Er hielt die Luft an. Jetzt kam's. »Okay.«

»Ich, ich …«, fing sie an, dann kam nichts mehr.

»Es ist okay.« Hardy hörte, wie sich die Haustür schloß. Frannie war mit Rebecca hineingegangen.

»Du sollst nur wissen, daß ich dich verstehe. Du sollst mich nicht hassen und sollst nicht glauben, daß ich dich hasse.«

Hardy nickte. »Das hör' ich gern. Ich hasse dich ganz bestimmt nicht –«

»Du hast dich aber so benommen.«

»Nein, ich habe dich zu ignorieren versucht. Das ist was anderes. Das muß ich tun.«

»Ja natürlich, aber ich werde trotzdem jeden Tag da sein. Das mußt du wissen.«

»Okay. Aber ich glaube nicht, daß du hierherkommen solltest. Letztesmal –«

»Ich weiß. Das war ein Fehler.«

Er erinnerte sich an ihr panikartiges Zurückweichen, nachdem sie das vorige Mal an seiner Gartentür erschienen war. »Mein Leben ist hier«, sagte er. »Das habe ich für einen Augenblick vergessen. Es tut mir leid …«

»Nein, das war es nicht, es hat nicht mal was mit dir zu tun … du hast mich nur plötzlich so sehr an meinen Vater erinnert …« Sie hielt sich an der Gartenpforte fest. »Ich wollte das nicht so sagen, aber deine Frau, dein Kind … was mir versagt wurde.«

Hardy hatte die Hände in den Taschen. Ihre Atemwolken mischten sich zwischen ihnen in der kalten Luft. Dann schien sie sich zusammenzureißen und ihrer Schwäche Herr zu werden. »Dein Mandant, der Richter. Du glaubst offenbar nicht, daß er es getan hat.«

»Nein, das glaube ich nicht.«

»Aber *wer* hat es dann getan?«

»Ich weiß es nicht. Wir sind auf der Suche, aber bisher weiß man nicht viel –«

»Viel?«

»Um ganz ehrlich zu sein: nichts.«

»Armer Daddy«, flüsterte sie.

Nun gab es nichts mehr zu sagen. Sie sah zu dem Haus hinter ihm, nickte, drehte sich um und ging schnell zu ihrem Wagen.

Für die Abende zu Hause hatte er eine bestimmte Routine entwickelt. Erstens trank er unter der Woche, von Sonntag bis Donnerstagabend, überhaupt nicht. Nach dem Abendessen half er Frannie beim Geschirrabräumen und -spülen. Sie sprachen über das, was sie den Tag über getan oder erlebt hatten. Sie konnte ihre Sorgen bei ihm abladen.

Dann nahm er sich eine Tasse Kaffee und ging ins Büro, um dort seine sogenannte kreative Entspannung zu betreiben: Er warf ein paar Darts, studierte noch einmal die Beweismittel, die er nun schon auswendig zu kennen glaubte, und spielte aus jeder Position, die ihm in den Kopf kam, den Advocatus Diaboli. Manchmal rief er Abe an, nur um ihn ein bißchen anzustacheln.

Am Wochenende und mittwochabends arbeitete Hardy, wenn es sich vermeiden ließ, nicht, obwohl er Frannie gesagt hatte, sie müßten das Abendprogramm während der Dauer des Prozesses ausfallen lassen und freie Wochenenden gäbe es da natürlich auch nicht.

Sein Aktenberg umfaßte jetzt sechs volle Ordner, vier juristische Notizblöcke und ein Dutzend Kassetten mit Tonaufnahmen. Erstaunlich, daß er jedesmal, wenn er das Material studierte, etwas entdeckte, das ihm bisher entgangen war. Er erinnerte sich an die Zeit im College. Da hatte er seine Aufsätze auch unzählige Male geprüft und noch einmal durchgelesen, bis er sie schließlich abgab und dachte, nun seien wirklich keine Fehler mehr darin, und dann hatte er sie zurückbekommen, und schon in der ersten Zeile hatte ihn ein häßlicher Tippfehler oder eine fürchterliche Unstimmigkeit angegrinst.

Aber heute abend war die Choreographie komplett – morgen ging der Tanz im Ernst los. Er reihte seine Bücher, Ordner, Notizblöcke und Tonbänder auf dem Schreibtisch fein säuberlich aneinander, knipste das Licht in dem Büro aus und schritt durch das Haus.

Er warf einen Blick in Rebeccas Zimmer und zog das Deckbett über sie. Das Kinderzimmer war in ein blaues Licht getaucht, das von dem Aquarium kam. In der Küche hingen Töpfe und Pfannen ordentlich an ihren Haken. Auf dem Gasherd schimmerte die schwarze Pfanne.

Als er weiter durch das Eßzimmer kam, atmete er einen Hauch Zitronenöl ein, der von dem polierten Tisch aufstieg – und dann den unverwechselbaren, verführerischen, Erinnerungen weckenden Duft des Weihnachtsbaums und der flackernden Scheite im Kamin.

Frannie saß in dem Liegesessel neben dem Feuer. Sie hatte die Füße hochgelegt und die Hände über ihrem Bauch gefaltet. Das einzige andere Licht im Zimmer kam vom Weihnachtsbaum, der rot, grün und blau blinkte. Nat King Cole sang leise auf deutsch »O Tannenbaum«. Hardy nahm das alles einen Augenblick lang in sich auf.

»Bist du vorbereitet?« fragte sie.

»So gut ich kann.«

Frannie tippte mit der Hand an die Seite ihres Sessels, Hardy durchquerte das Zimmer und setzte sich auf den Fußboden neben sie. Sie strich ihm mit der Hand über den Kopf, fuhr ihm durchs Haar. »Hast du schon mal an die Zeit nach dem Prozeß gedacht?«

»Noch nicht viel. Ich dachte, wir bekommen dieses Baby und fangen wieder ein richtiges Leben an.«

»Wirst du mit dem richtigen Leben zufrieden sein?«

»Ich bin mit *diesem* Leben zufrieden, Frannie.«

Die Scheite knackten. Er wußte, was sie meinte. Er war mit dem Prozeß beschäftigt – alles nahm eine riesige Bedeutung an, die mit der prosaischen Realität des alltäglichen Lebens nichts mehr zu tun hatte. Sie machte sich Sorgen, daß er sich wieder, so wie im Sommer, gehen lassen könnte.

»Wie weit bist du mit ihr denn gegangen?« fragte sie.

Er sah zu ihr hoch. Ihre Hand lag immer noch auf seinem Kopf. Ihr Gesicht war unbesorgt, faltenlos und schön im Lichtschein des Kamins. »Ich will keine Einzelheiten«, sagte sie, »und ich wäre froh, wenn du damit selbst fertig wirst. Ich weiß, was Vernarrtsein bedeutet, und ich glaube, wir brauchen uns nicht darüber zu unterhalten. Aber ich muß wissen, wie weit es gegangen ist.«

Hardy starrte ins Feuer und merkte plötzlich, daß die Musik zu Ende war.

»Es ist komisch, ich dachte, es wäre Jane.«

»Nein.« Alles Herumzappeln half nichts, er mußte es ihr sagen. »Es hat noch rechtzeitig aufgehört. Es ist nichts geschehen.«

Sie gab einen Stoßseufzer von sich. »Ich weiß nicht, was du alles brauchst, Dismas, aber wenn du versuchen wirst, es mir zu erzählen, dann kann ich versuchen, es dir zu geben.«

»Das tust du schon, Frannie.«

»Ich sage es dir nur – was auch geschieht, wir halten zusammen, okay? Aber du mußt mich wollen –«

»Ich *will* dich. He, darum bin ich hier.«

»Okay«, sagte sie, »darum bin *ich* hier.«

## 50

»Guten Morgen.«

Pullios sah nett aus – freundlich, zugänglich, das Mädchen von nebenan. Sie trug flache braune Pumps und ein gelbbraunes Kostüm, das ihre Rundungen kaum hervortreten ließ. Das schulterlange braune Haar umrahmte ein Gesicht, das fast ungeschminkt war. Sie lächelte alle Welt an, lieb und nett, mit ernsthafter Geschäftigkeit.

»Ich möchte mich bei Ihnen allen zunächst einmal für Ihre große Geduld bedanken, die Sie hier gestern bewiesen haben. Es war für uns alle ein langer Tag, aber seien Sie versichert, daß Ihre Tätigkeit in dieser Jury eine der wichtigsten Pflichten darstellt, die die Bürger unserer Gesellschaft zu leisten haben, und wir danken Ihnen sehr für die Zeit und die Aufmerksamkeit, die Sie unserer Sache widmen.«

Hardy überlegte, ob er nicht sofort einen Einspruch einlegen sollte – Pullios hatte kein Recht, die Geschworenen so zu massieren. Das war, wenn überhaupt, nur dem Richter gestattet. Aber er wußte, daß er mit seinem Einspruchsrecht haushalten mußte. Er durfte die Geschworenen nicht verärgern, und wenn er etwas dagegen sagte, daß man ihnen dankbar war, würden sie das zweifellos mißverstehen.

»Obwohl, wie bei vielen wichtigen Jobs«, fuhr sie fort, »die Bezahlung besser sein könnte.«

Man kicherte. Sogar Chomorro lächelte. Was für eine nette Person diese Staatsanwältin doch war. Sie kehrte zu ihrem Tisch zurück und wandte sich wieder den Geschworenen zu.

»Ich werde Ihnen eine Menge von dem erzählen, was wir über den Angeklagten Andrew Fowler und den Mann, den er ermordet hat, Owen Nash, wissen. Ich weise darauf hin, daß ich Ihnen eine Menge erzählen werde, weil man Ihnen zweifellos entgegnen wird ...«

Fowler hatte ihn angestoßen. Früher oder später mußte Hardy anfangen.

»Einspruch, Euer Ehren.«

Zu seiner Überraschung nickte Chomorro. »Stattgegeben«. Er sah auf Pullios hinunter. »Erklären Sie nur Ihren Fall, Staatsanwältin. Sie eröffnen das Verfahren. Lassen Sie die Kommentare weg.«

»O, es tut mir leid, ich bitte um Entschuldigung, Euer Ehren.« Charmant und ganz ruhig. Sie fuhr fort. »Am frühen Morgen des zwanzigsten Juni, im letzten Sommer an einem Sonnabend – es war ein sehr windiger Tag – begab sich das Opfer dieses Falles, Mr. Owen Nash, an Bord seiner Yacht, der *Eloise*, und bereitete sich auf das vor, was seine letzte Ausfahrt werden sollte. Die Anklagebehörde, meine Damen und Herren, wird Ihnen zweifelsfrei beweisen, daß sich an diesem Morgen mit ihm an Bord der *Eloise* die Person befand, die ihn ermorden sollte – der Angeklagte Andrew Fowler.

Ein ehemaliger Kollege des Angeklagten, der wie er selbst Mitglied im Olympic Club ist, wird Ihnen berichten, daß Mr. Fowler ihm gegenüber erwähnt hat, er wolle sich aus politischen Gründen mit der Bitte um Spenden an Mr. Nash wenden. .Das war der Vorwand, dessen er sich bediente, um eine Einladung von ihm zu erhalten.

Das Beweismaterial wird belegen, daß Mr. Nash und sein Mörder unter der Golden Gate-Brücke hindurch und dann nach Süden die Küste hinuntergesegelt sind. Wir haben einen Sachverständigen für Gezeiten und Meeresströmungen, der Ihnen ziemlich genau erklären wird, wo Owen Nash ins Meer stürzte, nachdem der Mörder seine .25-Kaliber-Waffe zweimal auf ihn abgefeuert hatte. Der Gerichtsmediziner wird Ihnen sagen, daß die erste Kugel Mr. Nash knapp oberhalb und etwas rechts von seinem Penis traf, während die zweite Kugel das Herz durchschlug. Ein Experte für Blutflecke wird Ihnen darlegen, wie diese zweite Kugel Mr. Nash über die Reling seines Bootes ins Meer geschleudert hat, für den Mörder eine auf den ersten Blick sehr bequeme Lösung.

Wir werden Ihnen beweisen, daß Mr. Fowler auch ein erfahrener Segler ist und daß er die *Eloise* bis zum Abend leicht weiter draußen auf See gemeistert haben kann, um sie dann, selbst durch hohe Wellen, sicher in den Yachthafen zurückzubringen.

Ein Meteorologe wird das Wetter beschreiben, das an jenem Abend herrschte – es wehte ein starker Wind, und man hatte den Besitzern nicht seegängiger Boote dringend vom Auslaufen abgeraten. Kein Wunder, daß bei diesem Wetter niemand mehr im Yachthafen war, als Mr. Fowler zurückkehrte.

Er machte das Boot fest, ließ es unverschlossen und wurde von keinem Menschen mehr erblickt, bis er am folgenden Montagmorgen genau in diesem Haus wieder zur Arbeit erschien.«

Hier war wieder ein Einspruch fällig, aber diesmal machte sich Hardy nur eine Notiz. In der Eröffnungserklärung sollte die Staatsanwältin nicht von Beweismitteln reden.

Pullios redete frei, aber sie kehrte wieder zu ihrem Tisch zurück, warf einen Blick auf ihr Material und fuhr fort. Sie wollte den Eindruck vermeiden, daß sie eine Superfrau war, die alles auswendig wußte.

»Statt vorherzusagen, welche Einwendungen die Verteidigung gegen das Beweismaterial erheben wird« – hier nickte sie Chomorro zu und lächelte die Geschworenen an –, »werde ich Ihnen gleich jetzt sagen, daß die Anklagebehörde niemanden gefunden hat, der mit dem Finger auf Mr. Fowler deuten und sagen kann: ›Das ist der Mann, den ich am zwanzigsten Juni mit Owen Nash auf der *Eloise* gesehen habe.‹ Niemand hat Mr. Fowler auf der *Eloise* gesehen außer Owen Nash, und der ist tot.«

»›Nun‹, werden Sie fragen, ›warum sind wir dann hier?‹ Wir sind hier«, antwortete sie selbst, »erstens, weil Mr. Fowlers Verhalten über mehrere Monate hinweg nur als Eingeständnis seines Schuldbewußtseins erklärbar ist. Doppelzüngigkeit, Betrug, Verrat hoher ethischer Prinzipien –«

»Einspruch, Euer Ehren.«

Chomorro nickte. Beide Male stattgegeben, dachte Hardy, nicht schlecht.

»Stattgegeben. Bleiben Sie bei den Beweismitteln. Ms. Pullios.«

Sie bat den Richter und die Geschworenen wieder um Entschuldigung. Aber man sah deutlich, daß sie nicht aus dem Konzept kam. »Die Staatsanwaltschaft wird beweisen, daß Mr. Fowler genau wußte, wo sich an Bord der *Eloise* die Mordwaffe befand, und daß er einen zwingenden Grund hatte, Mr. Nash zu töten – es war das älteste und tödlichste Motiv der Welt: Eifersucht. Mr. Nash hatte ihn aus seiner Position des Liebhabers derjenigen Frau verdrängt, die er liebte und für die er schließlich – und dies ist eine Tatsache und keine Vermutung – seine ganze Karriere und seinen Ruf als Richter und Ehrenmann aufs Spiel setzte.

Wir werden zeigen, daß der Angeklagte zuerst mit Hilfe eines Privatdetektivs seinen Rivalen ausfindig gemacht und ausspioniert hat. Dann dachte er sich einen Plan aus, wie er mit ihm zusammenkommen konnte, während er sich gleichzeitig mit viel Mühe und Überlegung ein Alibi für die betreffende Zeit erarbeitete. All diese *Tatsachen* beweisen Mr. Fowlers Schuldbewußtsein.

Aber das alles heißt nicht, daß kein *direkter* Beweis für seine Tat vorhanden wäre. Es gibt zum Beispiel eine Mordwaffe. Und auf der Mordwaffe – nicht auf der Außenseite, sondern auf dem Ladestreifen, der die Patronen der Waffe enthält – befinden sich die Fingerabdrücke des Angeklagten Andrew Fowler.«

Im Gerichtssaal kam Bewegung auf. Hardy wußte, daß dies ein böser Punkt sein würde, aber dagegen konnte er nichts tun. Er konnte nur Andys Geschichte erzählen.

Pullios drängte voran. Jetzt waren sie gefesselt. »Nun, das ist natürlich kein direkter Beweis dafür, daß Mr. Fowler mit Mr. Nash zusammen auf der *Eloise* war. Natürlich ist auch die Tatsache, daß er nirgendwo sonst gesehen wurde, kein direkter, zwingender Beweis dafür. Auch ist für sich genommen das Gespräch mit seinem Kollegen über eine Begegnung mit Mr. Nash aus politischen Zwecken kein solcher direkter Beweis. Ebensowenig seine Eifersucht, auch nicht der Auftrag an den Privatdetektiv. Und wenn er ängstlich darum bemüht war, die Beziehung zu seiner Geliebten May Shinn und die zu seinem Rivalen Owen Nash geheimzuhalten, ist das auch alles kein Beweis. Aber das Volk des Staates von Kalifornien behauptet, daß die Beweismittel in diesem Fall zusammengenommen *zweifelsfrei zu keinem anderen Schluß führen können* als zu dem, daß Andrew Fowler mit bösem Vorsatz irgendwann am Morgen des zwanzigsten Juni 1992 auf Owen Nash geschossen und ihn getötet hat.«

Hardy dachte, sie sei fertig. Er trank einen Schluck Wasser

und bereitete sich vor, aufzustehen und mit seiner Eröffnungs-rede zu beginnen, aber sie warf jetzt wieder einen Blick auf ihren Tisch.

»Ich möchte zum Schluß noch zwei wichtige Punkte erwäh-nen. Erstens: Indirekte Beweise können ausreichen, um die Schuld eines Angeklagten zu belegen. Richter Chomorro hat Ih-nen das gestern erklärt, und es ist hier von entscheidender Be-deutung. Indirekte Beweise *sind* Beweise, und die Beweise ver-langen hier unausweichlich einen Schuldspruch.«

Hardy wußte, daß er Einspruch einlegen konnte, aber er fürchtete damit den Unwillen der Geschworenen zu erregen. Alle weiteren Einsprüche würden den Eindruck erwecken, als ob er etwas vor ihnen verbergen wollte. Er ließ sie weiterreden.

»Zweitens: Warum gibt es hier so wenig direkte Beweise? Kann es denn sein, daß ein Mann einen Mord begeht und so we-nig Spuren hinterläßt? Nun, vergessen wir nicht, daß Mr. Fow-ler fast dreißig Jahre lang als Richter in eben diesem Oberen Ge-richt von San Francisco gesessen hat. Während dieser Zeit hat er Hunderte, wenn nicht Tausende von Strafsachen verhandelt. Ist es da ein Wunder, daß ein so erfahrener Mann wenige oder gar keine Spuren hinterläßt?

Überlegen Sie selbst: Wenn es Ihr Job ist, Beweise zu prüfen, wenn Sie mit allen juristischen Feinheiten vertraut sind, wenn Sie jeden Labortest und jedes technische Verfahren kennen, das man anwenden wird, um Sie zu fassen, glauben Sie nicht, daß es Ihnen gelingen könnte, einen sogenannten perfekten Mord zu begehen?

Ich glaube, mir würde das gelingen. Und ich glaube, daß es Andrew Fowler gelingen könnte. Und daß es ihm gelungen *ist*. Die Beweise sprechen für sich.«

»Sie müssen sich bei mir ein bißchen gedulden«, fing Hardy an. »Ich stecke in einer ziemlichen Klemme.« Seine Beine waren so schwach, daß er glaubte, kaum stehen zu können. Seine Nerven spielten verrückt. Darum lehnte er sich gegen den Tisch und hoffte, daß die Beine mit der Zeit besser würden. »Mein Man-dant wird des Mordes angeklagt, des größten Verbrechens, das wir kennen, und trotzdem hat die Staatsanwaltschaft hier eine so fantastische Theorie vorgetragen, daß ich kaum weiß, wie ich darüber sprechen soll, ohne einen Wutanfall zu bekommen oder Ihre Intelligenz zu beleidigen oder beides zugleich.«

Ein Meer ausdrucksloser Gesichter. Waren das dieselben Leute, die wie auf Befehl gelächelt, die Stirn gerunzelt, gekichert und nach Luft gerungen hatten, als Elizabeth Pullios vor ihnen stand? Aber daran ließ sich nun einmal nichts ändern. Hier stand er jetzt, und es wurde Zeit, daß er sich zusammenriß und loslegte.

»Ziehen wir mal die ganze Rhetorik und den höflichen Formelkram ab und hören wir uns den Unsinn an, den die Anklagebehörde hier vorträgt. Diese Theorie ist wirklich erstaunlich: Weil es keine Beweise gibt, muß der Angeklagte schuldig sein.« Hardy machte eine Pause, damit das ankam. »Wir haben gerade gehört: Es gibt keine Beweise in diesem Fall, weil Mr. Fowler zu schlau war, welche zu hinterlassen. Ich will Ihnen mal was sagen: Wenn das Gesetz unseres Landes so aussähe, wie Ms. Pullios es darstellt, dann könnte man uns alle – Sie alle, die Geschworenen, mich, den Richter und die Zuschauer dort draußen – ebenso des Mordes an Owen Nash schuldig sprechen, falls wir nicht bereit wären zuzugeben, daß wir nicht schlau genug waren, uns eine Methode auszudenken, wie man uns nicht erwischt.«

Die Geschworenen wachten auf. Die Zuschauer fingen an, sich zu regen. Pullios war aufgesprungen und erhob Einspruch. Gut. So sahen die Geschworenen, daß *sie ihn* unterbrach. Der Richter gab ihrem Einspruch statt. Hardy hatte ihr Statement unfair charakterisiert, und er hatte argumentiert. Er sagte dem Richter, es täte ihm sehr leid. Die Geschworenen wurden davon unterrichtet, daß sie das, was der Verteidiger gesagt hatte, nicht beachten durften. Hardy war sicher, daß sie es versuchen würden, und hoffte, daß es ihnen mißlänge. Seine Beine, die wie Gummi gewesen waren, wurden etwas fester.

»Okay«, sagte er. »Also will ich Ihnen erklären, so wie der Richter es von mir verlangt, was die Verteidigung beweisen *muß*. Und dann, was die Verteidigung beweisen *wird*. Das erste ist einfach – die Verteidigung braucht überhaupt nichts zu beweisen. Die Beweislast obliegt der Anklagevertretung, und während dieser Prozeß seinen Verlauf nimmt und man Sie bittet, alle direkten und indirekten Beweise zu beurteilen, wird die Anklagevertretung beweisen müssen, daß Andy Fowler schuldig ist.« Pullios erhob wieder Einspruch: Hardy argumentierte juristisch, statt die Tatsachen vorzutragen. Dem Einspruch wurde stattgegeben. Es war Hardy egal. »Wenn Sie alles gehört und gesehen haben, was die Staatsanwaltschaft an Beweisen hat, wird der unausweichliche Schluß sein, daß diese Beweise nicht ausreichend sind. Die Staatsanwaltschaft kann nicht beweisen, daß Andy Fowler Owen Nash getötet hat. Meine Damen und Herren, diese Theorie vom Schuldbewußtsein ist ja sehr fantasievoll, aber in einem Geschworenengericht kommt es auf Beweise an. Solange Sie, die zwölf Geschworenen, noch nicht alle Beweismittel kennengelernt *und auf Grund dieser Beweismittel* den Angeklagten noch nicht schuldig gesprochen haben, ist davon auszugehen, daß Andy Fowler es einfach nicht getan hat. Das ist das Gesetz, und ich bin sicher, daß Sie alle das verstehen.«

Wieder – sie befremdete die Geschworenen und schien es nicht zu merken – erhob Pullios Einspruch. Diesmal lehnte Chomorro mit spitzem Hinweis auf die Freiheiten, die sie sich in ihrer Eröffnung genommen hatte, ab. Hardy behielt ein gleichmütiges Gesicht und kehrte zu seiner Arbeit zurück.

»Aber mein zweiter Punkt: Die Verteidigung beabsichtigt, darüber hinauszugehen. Viele von Ihnen sitzen hier wahrscheinlich in der Geschworenenbox und wundern sich, wieso ein hervorragender Jurist wie –«

»Einspruch.«

»Stattgegeben. Mr. Hardy, Mr. Fowler ist Angeklagter in einem Mordprozeß. Er ist kein hervorragender Jurist.«

»Okay, Euer Ehren.« Hardy ging zu seinem Tisch und trank Wasser. Die Geschworenen warteten auf ihn, als er sich ihnen wieder zuwandte. »Ich bin sicher, daß Sie alle, in größerem oder geringerem Maße, an unser Strafrechtssystem glauben. Darum sind Sie hier und tun Ihre Bürgerpflicht. Wie Ms. Pullios schon sagte, leisten Sie eine wichtige Arbeit und lassen eine andere wichtige Pflicht ruhen, um an diesem Prozeß teilzunehmen. Wir danken Ihnen allen sehr.«

Hardy hatte sich halb von den Geschworenen abgewandt und nickte Pullios zu. Zurück zur Box.

»Zu sagen, daß man an die Unschuldsvermutung glaubt, ist eine Sache. Eine ganz andere ist es, hierherzukommen, so wie Sie, in einer Geschworenenbox zu sitzen und einen Mann anzusehen – einen ehemaligen Richter –, der am Tisch der Verteidigung sitzt und des schwersten Verbrechens angeklagt ist, das ein Mensch überhaupt begehen kann: des Mordes, und dann *nicht* zu glauben, daß es irgendeinen zwingenden, überwältigenden Grund geben muß dafür, daß dies der Mann hier ist. Daß er hier ist, das ganz allein scheint schon ein Beweis für seine Schuld zu sein.«

Der Richter klopfte mit dem Hammer. »Mr. Hardy, das haben wir im Voir-Dire besprochen.«

Hardy hielt ein, zögerte jetzt bewußt. Obwohl er eigentlich nicht zur Theatralik neigte, fand er es plötzlich völlig natürlich, mit dem Finger auf Andy Fowler zu zeigen. »Dieser Mann«, sagte er, und seine Stimme wurde leiser, »ist mehr als sein halbes Leben lang ein Mitglied der juristischen Gemeinschaft in dieser Stadt gewesen –«

Pullios rief: »Einspruch, Euer Ehren.«

»Nein, das weise ich ab, Staatsanwältin. Das ist eine Tatsache.«

Hardy dankte dem Richter. »Dieser Mann«, wiederholte Hardy und zeigte immer noch auf Fowler, »wird als erster bereit sein zuzugeben, daß er einen bedauerlichen Fehler gemacht hat. Er hat eine falsche Entscheidung getroffen. Nach diesem einen Fehler beging er weitere Fehler, vielleicht sogar noch größere, bis er zuletzt seinen guten Namen und sein Ansehen in der Gemeinschaft, den Respekt seiner Standesgenossen eingebüßt hatte.«

Plötzlich stand er sehr nahe an der Schranke, die die Geschworenen vom Gerichtsraum trennte.

»Nun, wer sind Andy Fowlers Standesgenossen? Es sind die Staatsanwälte, die Polizisten und die anderen Richter in diesem Haus. Es sind genau die Leute, die diese Mordanklage gegen ihn vorbringen.«

»Euer Ehren!« Pullios war aufgesprungen. »Mr. Hardy greift das gesamte Grand Jury-Verfahren an.«

Chomorro schien ihrer Meinung, aber auch unsicher zu sein. »Ist das bezüglich irgendwelcher Beweismittel relevant, Herr Verteidiger?«

»Euer Ehren, die Verteidigung wird direkte und unwiderlegbare Beweise erbringen – Augenzeugenberichte von Mitgliedern aus dem eigenen Stab des Bezirksstaatsanwalts und der Polizei von San Francisco –, die bestätigen, daß eine unparteiische Untersuchung nicht im mindesten stattgefunden hat. Die Anklageerhebung gegen Mr. Fowler ist auf einem ganz anderen Weg erfolgt. Man hat sich bei der Bezirksstaatsanwaltschaft eine Theorie aus den Fingern gesogen und sie dann mit dem ausgefüllt, was man brauchte, um eine Anklage durchzubringen.«

So – jetzt war es heraus, und nun konnte Chomorro ihn zurechtweisen, wenn er wollte.

Pullios ergriff das Wort. »Nennt man das eine paranoide Verteidigung, Euer Ehren? Jemand wollte Mr. Fowler ans Leder, also haben wir uns zusammengetan und ihm einen Mord angedichtet?«

»Mr. Hardy?«

»Es hat mit der Bewertung der Beweismittel zu tun.«

»Die Beweise zu bewerten ist Aufgabe der Geschworenen.«

Hardy nickte. »Genau das meine ich, Euer Ehren.«

Aber Pullios war nicht bereit aufzugeben. »Die Beweise müssen für sich selbst sprechen, Euer Ehren.«

Chomorro hieb mit dem Hammer auf den Tisch. »Okay, okay. Moment mal.«

Schweigen herrschte im Gerichtssaal. Hardy fiel zum erstenmal das Klicken der Schreibmaschine der Protokollführerin auf – weil es verstummt war. Schließlich ergriff Chomorro das Wort. »Ich weise Ms. Pullios' Einwand ab. Sie können fortfahren, Mr. Hardy.«

Hardy holte tief Luft und atmete langsam aus. Er wollte nicht verraten, wie erleichtert er war. Außerdem hatte er den Faden verloren. Er ging zu seinem Tisch und warf einen Blick auf seine Notizen.

»Sie haben den Ausdruck ›Schuldbewußtsein‹ bereits in der Eröffnung der Staatsanwaltschaft gehört. Und ich bestreite nicht, daß es gewisse Handlungen gibt, die auf ein Schuldbewußtsein deuten können, zum Beispiel eine Flucht, um sich einer Strafverfolgung zu entziehen oder um einer Verhaftung zu entgehen, und so weiter. Aber wir begeben uns auf ein sehr unsicheres Terrain, wenn wir Schuldbewußtsein – einen juristisch sehr ungenauen Begriff – benutzen, um jemanden auf ein *spezifisches* Verbrechen festzunageln.«

Hardy schilderte ein Beispiel: Polizeibeamte wollten jemanden verhaften, der sich der Festnahme widersetzte und floh. Wenn in dem Viertel jemand ermordet worden war, wäre das Verhalten dieser Person dann in irgendeiner Weise ein *Beweis*, daß er etwas mit dem Mord zu tun hatte? Natürlich nicht. Vielleicht hatte der Mann einen Wagen gestohlen. Vielleicht wurde er wegen verkehrswidrigen Überschreitens der Straße gesucht. Vielleicht gehörte er zu einer Minderheit und lebte in einer Gegend, in der Minderheiten ständig schikaniert wurden. »Diese Person kann also *irgend etwas* getan oder unterlassen haben, und man merkt ihr ein Schuldbewußtsein an. Aber dieses Schuldbewußtsein macht sie nicht automatisch eines spezifischen Verbrechens schuldig oder auch nur verdächtig.«

Er fand, daß er diesen Punkt ganz gut dargestellt hatte. »Jetzt haben wir schon zugegeben, daß Andy Fowler ein schlechtes Gewissen hatte. Wir gehen einen Schritt weiter – er *handelte* auffällig schuldbewußt. Die Anklagebehörde sagte Ihnen, daß sie zweifelsfrei beweisen wird, daß Mr. Fowlers Verhalten *keine andere Erklärung zuläßt*, als daß er einen Mord begangen hat. Wir glauben nicht, daß das zulässig ist. Wir glauben nicht, daß Sie das zulassen werden. Weil es nicht wahr ist.«

Er ließ noch drei oder vier Sekunden verstreichen, bevor er die Geschworenen in ihrer Box von unten nach oben und wieder nach unten ansah. Dann dankte er ihnen und setzte sich.

# 51

Fowler erzählte seiner Tochter, daß sich Chomorro in der Mittagspause offenbar mit ein paar Kollegen unterhalten hatte. Deshalb habe er, bevor sie nachmittags mit der Aussage des Gerichtsmediziners John Strout begannen, die Konferenz in seinem Besprechungszimmer einberufen.

»Worum ging es?« fragte Jane ihren Vater.

Sie saß neben ihm am Tisch der Verteidigung, was erlaubt war, wenn das Gericht nicht tagte. Hinter ihnen strömten die Leute nach der Mittagspause wieder in den Zuschauerraum.

»Chomorro geht noch einmal die Bestimmungen durch«, sagte er. »Vergiß nicht, es ist sein erster Mordprozeß. Er will ihn sich nicht verderben und wegen Prozeßfehlern scheitern.«

»Wie könnte das denn geschehen?«

Fowler tätschelte die Hand seiner Tochter. »Siehst du? All die Jahre habe ich so getan, als ob es ganz leicht wäre. Zum Beispiel darf während der Eröffnung nicht über juristische Fragen geredet werden. Man kann sagen, was man zeigen wird, aber man soll es nicht erklären, und das hat Ms. Pullios – wie du vielleicht bemerkt hast – getan. Auch diese vielen Einsprüche und Unterbrechungen sind nicht gut. Es wird jetzt schon ein bißchen persönlich, dabei soll es doch ein unparteiischer Prozeß sein.«

»War das nicht in Dismas' Sinne?«

Fowler nickte. »Doch. Und so weit macht er es auch gut, aber Chomorro – wette ich – hat da hinten ein paar Doppelgänger.« Er wies in den Zuschauerraum. »Ein paar Leute, die mitschreiben. Ein Prozeß soll von Beweismitteln, nicht von persönlichen Dingen handeln. Wenn es zu bitter wird, gerät der Prozeß in Gefahr.«

»Wollen wir das?«

»Nein, Jane. Ich will keinen fehlerhaften Prozeß. Ich will ein faires Verfahren. Dismas auch, allerdings will er kämpfen, was bis zu einem gewissen Grade gut ist. Aber wenn ich nach alldem hier noch ein anständiges Leben führen will, dann müssen wir auf faire Art gewinnen, damit jeder weiß, daß ich unschuldig bin. Sogar Diz.«

»Daddy, er glaubt nicht, daß du es getan hast. Sonst würde er dich nicht verteidigen.«

Fowler war dessen nicht sicher. Hardys Zweifel waren ihm nicht entgangen. »Ich kenne ihn schon lange, Jane, länger als du, vergiß das nicht. Er gibt sich Mühe und tut so, als ob er mir glaubt, daß ich unschuldig bin. Er redet es sich sogar selbst ein.

Aber ich frage mich, ob es nicht nur so ein Fall ist von ›Man kann es ihm nicht nachweisen, also –‹«

»Aber das ist doch egal.«

Fowler schüttelte den Kopf. »Nein, das ist es nicht, Jane. Das ist etwas ganz anderes.«

Hardy hatte zwanzigmal die Erklärung gelesen, die Dr. John Strout gegenüber der Grand Jury abgegeben hatte. Er hatte den ganzen Autopsiebericht auswendig gelernt und einen anderen Mediziner, einen Freund von Pico namens Walter Beckman, dafür bezahlt, daß er ihm einen ganzen Abend lang Verschiedenes erklärte, und war zu dem Ergebnis gelangt, daß Strouts Aussage Andy Fowler nicht schaden konnte. Man brauchte die Aussage des Gerichtsmediziners, um die Tatsache zu belegen, daß Owen Nash erschossen worden war, doch ihrem Wesen nach war sie neutral. Sie war die Grundlage für das, was folgte.

Womit er, wie er bald feststellen sollte, Pullios unterschätzt hatte. Warum war er nur so leichtsinnig?

Strout, lang und schmal, schob den Zeugenstuhl zurück, so daß er Platz für seine Beine bekam. Er wirkte gelassener als irgend jemand sonst im Saal, was zu erwarten war. Während der vergangenen zwölf Jahre hatte er im Durchschnitt etwa einmal pro Woche sein Urteil abgegeben. Er saß sehr gerade da, die Ellbogen auf den Armlehnen des Sessels.

Pullios und Hardy waren beide angewiesen worden, nicht nahe an die Zeugen heranzutreten, wenn sie sie befragten, also stand Pullios dort, wo sie ihre Eröffnungsrede gehalten hatte, etwa im Mittelpunkt eines Kreises, der Hardy, die Geschworenen, Strout und Chomorro umfaßte.

Nachdem sie den Doktor seine Qualifikationen abgefragt hatte, die nicht strittig waren, bat sie ihn, die Wunden zu beschreiben, die er in Owen Nashs Leichnam entdeckt hatte.

»Ja«, ergriff er in seinem gedehnten Südstaatenakzent das Wort, »es waren zwei Wunden da, beide stammten von .25-kalibrigen Pistolenkugeln aus einer halbautomatischen Waffe. Die untere Wunde, an sich nicht tödlich, befindet sich in der Schamgegend des Körpers –«

»Entschuldigen Sie bitte, Mr. Strout«, sagte Pullios. »So peinlich das ist, aber könnten sie den Ort dieser ersten Wunde etwas genauer beschreiben?«

Die Sprechweise wurde noch gedehnter. »Ja, wenn wir nicht die lateinischen Ausdrücke benutzen wollen, ist Schamgegend relativ genau. Es ist die Gegend, die oberhalb der Genitalien vom Schamhaar bedeckt ist.«

»Mit anderen Worten, im Umkreis von zwei Zentimetern oder so vom Penis?«

Hardy sah, worauf sie hinaus wollte. Wenn ein Mann seinen sexuellen Rivalen eliminierte ...

»Einspruch. Das ist eine Suggestivfrage.«

Pullios sagte rasch, sie werde ihre Frage umformulieren. »Können Sie uns den Ort dieser ersten Wunde im Verhältnis zu Mr. Nashs Penis beschreiben?«

»Der Eingang befand sich ungefähr an der Basis des Penis, etwas höher rechts.«

Einige männliche Geschworene schienen zusammenzuzucken.

»Noch irgend etwas über diese Wunde?«

Strout beschrieb ausführlich, wie die Kugel Nashs Körper durchschlagen, das Darmbein angekratzt und einige Knochensplitter im größten Gesäßmuskel hinterlassen hatte, bevor sie hindurchgegangen war. Von Pullios darauf hingeführt, sagte er, diese Wunde sei sehr wahrscheinlich die erste von den beiden gewesen.

»Und warum glauben Sie das, Doktor?«

Strout kreuzte wieder die Beine übereinander. »Nun, der zweite Schuß war tödlich, fast sofort. Er ging genau durchs Herz, prallte gegen eine Rippe und ging dann in die linke Lunge hinauf. Wenn Mr. Nash jetzt also nicht noch eine Weile, nachdem er gestorben war, auf den Füßen gestanden hat, können wir annehmen, daß er innerhalb einer Sekunde, nachdem er erschossen worden war, gestürzt ist. Und wenn er auf dem Boden gelegen hätte, wäre die Kugel, die durch seine Schamgegend gegangen ist, im Deck des Bootes eingeschlagen und nicht am Bordrand unter der Reling, wo man sie, glaube ich, gefunden hat.«

Hardy erhob Einspruch, bezweifelte die Relevanz, obwohl er wußte, daß diese Aussage für das, worauf Pullios hinaus wollte, sehr wohl relevant war, nämlich in die Köpfe der Geschworenen das Bild vom eifersüchtigen, verschmähten Liebhaber einzupflanzen, der ausgezogen war, um seinem Rivalen mit dem Revolver das Geschlecht zu zermalmen und ihn dann mit einem Herzschuß hinzurichten.

Chomorro verwarf Hardys Einspruch, aber Pullios ließ es dabei bewenden. Sie bedankte sich freundlich bei Dr. Strout und sagte ihm, sie habe keine weiteren Fragen.

Also hatte der Deich schon an einer Stelle ein Loch bekommen, an der er keine Gefahr vorausgesehen hatte. Er mußte versuchen, den Finger hineinzustopfen.

»Dr. Strout«, begann er. »Diese .25-Kaliber-Kugeln, von denen die Wunden in Owen Nashs Körper stammen – können Sie den Geschworenen einmal deren Wirkung im Gegensatz zu Kugeln eines anderen Kalibers beschreiben?«

Strout, nicht weniger entspannt, als er bei Pullios gewesen war, lehnte sich in den Sessel zurück. Er sah die Geschworenen direkt an und antwortete in seinem angenehmen Tonfall: »Nun ja, was Schußwaffen angeht, handelt es sich um ein sehr kleines Kaliber. Das kleinste ist .22, und das hier ist etwas größer, der Durchmesser ist etwas größer.«

»Vielen Dank. Konnten Sie bei der Obduktion feststellen, um was für eine Ladung es sich gehandelt hat. Wieviel Pulver in der Patrone war?«

Strout wurde nachdenklich. Das waren Fragen, die er mochte. »Angesichts der Tatsache, daß die zweite Kugel keine Austrittswunde hervorgerufen hat, kann es keine sehr starke Ladung gewesen sein.«

»Etwa durchschnittlich, würden Sie sagen?«

»Ja, ungefähr durchschnittlich.«

»Also haben wir hier eine kleine Kugel mit einer ungefähr durchschnittlichen Pulverladung, die einen voll ausgewachsenen Mann trifft. Muß die Wirkung einer solchen Kugel den Mann unbedingt nach hinten werfen, selbst wenn sie ihn genau in die Brust trifft?«

»Einspruch, Euer Ehren. Das ist nicht Dr. Strouts Gebiet.«

»Worauf wollen Sie hinaus, Mr. Hardy?«

»Ms. Pullios hat sich Zeit genommen, um Dr. Strouts Glauben herauszuarbeiten, daß der erste Schuß Mr. Nash in die Schamgegend traf.«

Chomorro kaute eine Sekunde darauf herum, dann lehnte er Pullios' Einspruch ab.

»Dr. Strout. Ist es möglich, daß ein Mann, selbst wenn ihn eine Kugel mit einer solchen Ladung ins Herz getroffen hat, noch eine halbe Sekunde stehenbleiben könnte, vor allem, wenn er sich in dem Augenblick, in dem die Kugel abgefeuert wurde, auf die Waffe zubewegt hat?«

»Ja, würde ich sagen.«

»Und könnte sein Angreifer in dieser Zeit aus einer Automatikpistole wie der Mordwaffe noch einen Schuß abfeuern?«

»Halbe Sekunde? Ich würde sagen, das ist möglich.«

»Das ist alles. Danke, Doktor.«


»Was mich ärgert, ist, daß ich das noch nicht mal vorhergesehen habe.«

»Du hast das großartig gemacht«, sagte Fowler. »Ich bezweifle ohnehin, daß es relevant ist. Was spielt es für eine Rolle, wohin der erste Schuß ging.«

Zehn Minuten Pause waren angekündigt worden, und sie saßen immer noch am Tisch der Verteidigung. Hardy erklärte Fowler, warum Pullios seiner Ansicht nach diese Strategie verfolgt hatte, und Fowler malte eine Weile Männchen auf den Block und sagte dann: »Schau mal, Diz, es ist kein direkter Beweis, der auf mich hindeutet, darum ist es irrelevant. Es ist eine Spekulation, Kombination, nenne es, wie du willst, aber behalte mich im Mittelpunkt des Bildes, oder wir kommen in Schwierigkeiten.«

»Du warst im Mittelpunkt, Andy.«

Fowler zeigte nun zum erstenmal wieder sein Mißfallen, schüttelte den Kopf und sagte: »Nein, der Mörder war im Mittelpunkt.«


Nach Strout hörten sie einen Ballistikexperten, der die Mordwaffe identifizierte. Es handelte sich um eine Beretta, Modell 950, eine Halbautomatik, die acht Schuß .25-Kaliber-ACP-Munition enthielt. Halbautomatik, weil der Hahn vor jedem Schuß gespannt werden mußte. Die Waffe war auf den Namen May Shinn zugelassen und wurde als Beweisstück Nummer 1 der Staatsanwaltschaft vorgelegt. Die Geschworenen waren überrascht, wie klein sie war – sehr klein, der Lauf war nur sechseinhalb Zentimeter lang.

Die Kugel, die Nashs Körper durchschlug, hatte man in der Bordwand hinter dem Steuerrad gefunden. In einer fünfzehnminütigen Dia-Schau wurde die Übereinstimmung der Riefungen an den an Bord gefundenen Kugeln mit anderen aus eben dieser Waffe abgefeuerten gezeigt. Als das Licht wieder anging, fuhren die Köpfe einiger eingenickter Personen hoch. Pullios erklärte, was ohnehin bekannt war – daß es sich bei dem Beweisgegenstand Nummer 1, May Shinns kleine Pistole, um die Tatwaffe handelte.

Na toll, dachte Hardy und entschloß sich, auf ein Kreuzverhör zu verzichten.

Die Spezialistin für Fingerabdrücke war eine junge Schwarze namens Anita Wells. Sie sagte aus, es hätten sich auf der Waffe zwei verschiedene identifizierbare Fingerabdrücke gefunden – diejenigen May Shinns, der registrierten Eigentümerin, und diejenigen des Angeklagten Andrew Fowler.

Hardy wollte unbedingt das May-Shinn-Fiasko in die Verhandlung einführen und wußte, daß Pullios keine Wahl blieb, wenn sie Fowlers Fingerabdrücke drinhaben wollte, und das mußte sie. Er war sich sicher, daß sie Wells deshalb gleich am ersten Tag in den Zeugenstand gerufen hatte.

Als Pullios mit ihrer kursorischen Befragung zu Ende war, ging Hardy in die Mitte des Gerichtssaals. »Ms. Wells«, fragte er sie, »hatten Sie mehr als einmal Gelegenheit, das Beweisstück der Staatsanwaltschaft auf Fingerabdrücke hin zu überprüfen?«

Wells sah zum Richter hoch, dann sah sie Pullios an. Sie nickte, und der Richter sagte ihr, sie solle laut, mit Worten antworten. »Ja«, sagte sie.

»Und wann haben Sie diese Waffe zuerst gesehen?«

Die Zeugin dachte eine Minute nach. »Ungefähr Anfang Juli.«

»Und damals, als Sie sie auf Fingerabdrücke hin untersucht haben, können Sie den Geschworenen sagen, was Sie da fanden?«

Pullios stand auf und erhob Einspruch. »Gefragt und beantwortet, Euer Ehren.«

Hardy schüttelte den Kopf. »Ich formuliere es anders. Als Sie sie zum erstenmal geprüft haben, haben Sie da die Fingerabdrücke des Angeklagten identifiziert?«

Wells schluckte. »Nein.«

»Haben Sie damals *irgendwelche* Fingerabdrücke identifiziert?«

»Ja. May Shinns.«

»May Shinn. Die registrierte Eigentümerin der Waffe. Und wo waren Ms. Shinns Abdrücke?«

»Es waren mehrere klare Abdrücke auf dem Lauf und am Griff.«

»Aha. Und nachdem Sie Ms. Shinns Fingerabdrücke identifiziert hatten, was taten Sie dann?«

»Nun, da habe ich erst einmal die Vergleichsabdrücke auf Übereinstimmung geprüft – und sie waren, was ich suchte.«

»Also, mit anderen Worten: Sie suchten Ms. Shinns Fingerabdrücke. Stimmt das?«

»Ja.«

»Und nachdem die Anklage gegen Ms. Shinn verworfen worden war, suchten Sie Andy Fowlers Fingerabdrücke und fanden sie, ist das nicht so?«

Pullios erhob Einspruch, aber Hardy wollte sich das nicht entgehen lassen. »Euer Ehren, wenn die Anklage gegen Mr. Fowler fallengelassen wird, beabsichtigt die Staatsanwaltschaft dann, weitere Fingerabdrücke zu suchen? Die Fingerabdrücke des Angeklagten auf dieser Waffe sind ein entscheidend wichtiges Argument gegen ihn. Die Geschworenen sollten so genau wie möglich erfahren, wie man sie identifiziert hat.«

Pullios ließ auch nicht locker. »Ms. Wells hat bereits gesagt, daß sie auf der Waffe waren.«

»Das stimmt, Mr. Hardy. Wir sprechen über Mr. Fowlers Fingerabdrücke, nicht über May Shinns. Sie sprechen über Beweismittel, die *in diesem Fall* nicht vorliegen. Versuchen Sie die Geschworenen nicht zu verwirren, indem Sie sich auf etwas beziehen, das ihnen nicht ordnungsgemäß vorliegt.«

Hardy hatte das Gefühl, daß er hier eine schwere Niederlage erlitt. Er schwieg einen Augenblick, um Kraft zu sammeln.

»Sind Sie noch da, Mr. Hardy?« fragte Chomorro.

Hardy hatte mit Chomorros Feindseligkeit gerechnet, aber jetzt, als sie zum erstenmal zum Vorschein kam, merkte er, wie mächtig ihre Wirkung sein konnte. Wenn er es Chomorro erlaubte, ihn herablassend zu behandeln, würden die Geschworenen sich danach richten, und Hardys Glaubwürdigkeit würde Schaden nehmen. Andy Fowler hatte recht gehabt – hieraus ergab sich kein Grund für eine Berufungsverhandlung. Es war eine schlechte Strategie gewesen.

»Natürlich, Euer Ehren«, sagte Hardy milde. »Ich wartete auf Ihre Entscheidung.«

Chomorros Gesicht spannte sich etwas. »Ich dachte, ich hätte es klar ausgedrückt. Dem Einspruch wird stattgegeben.«

Diesmal nickte Hardy nur. Er spreizte die Hände zu den Geschworenen hin aus und lächelte sie an. »Tut mir leid, mein Fehler.« Aber die Botschaft war klar – er war ein vernünftiger Mensch, der lieber etwas wartete, um sicher zu sein, daß er die Entscheidung richtig verstanden hatte. Zwischen ihm und Chomorro gab es keinerlei Gegnerschaft. Er kehrte zu Anita Wells zurück. »Können Sie uns sagen, wie lange sich ein Fingerabdruck halten kann?«

»Ich verstehe nicht?«

»Ich meine, verschwindet er nach einer Weile von selbst? Verdampft er?«

»Nein, Fingerabdrücke bestehen auf einer Ölbasis. Sie bleiben, bis sie weggewischt werden.«

»Also müssen Mr. Fowlers Fingerabdrücke auf dem Ladestreifen nicht unbedingt in der Zeit kurz vor dem Abfeuern der Waffe draufgekommen sein?«

»Das ist richtig.«

»Haben Sie irgend etwas entdeckt, das die Möglichkeit ausschließt, daß sie auch schon lange davor draufgekommen sein könnten?«

»Nein.«

»Also könnten Mr. Fowlers Fingerabdrücke auch schon ein Jahr lang draufgewesen sein?«

Pullios stand auf. »Gefragt und beantwortet, Euer Ehren.«

»Ich ziehe meine Frage zurück«, sagte Hardy. »Keine weiteren Fragen.«

»Es ist noch früh, aber ich glaube, wir haben jetzt einen kleinen Vorsprung.« Sie hatten ihre Jacketts ausgezogen, die Krawatten gelockert und saßen in Fowlers Büro hoch oben im Embarcadero One. Draußen lag funkelnd die Stadt mit ihrer Weihnachtsbeleuchtung.

Hardy war sich dessen nicht so sicher. »Ich wollte Shinn dabei haben.« Er hatte sie von Anfang an als Zeugin der Verteidigung vorladen wollen, aber Fowler war strikt dagegen gewesen. Was könnte sie denn Nützliches für die Verteidigung aussagen, hatte er argumentiert. Fowler hatte sie schließlich in den vier Monaten vor dem Mord nicht mehr gesehen. Davon, daß sie Hardys mehrfach geäußerte Bitte um eine Aussage immer wieder abgelehnt hatte, ganz zu schweigen. Sie hatte ihn noch aus Besucherraum A in schlechter Erinnerung. Nein, danke.

Die Staatsanwaltschaft, so nahmen sie an, würde sich nicht um sie bemühen. Der gegenüber war sie verständlicherweise feindselig eingestellt. Also würde, sonderbar genug, die andere zentrale Figur in diesem Fall wohl keine aktive Rolle in dem Verfahren spielen. Dieser Gedanke gefiel Hardy überhaupt nicht.

Andy hatte sich einen Scotch eingeschenkt und nippte jetzt daran. Er stand auf und trug das Glas zum Fenster hinüber.

Hardy betrachtete eine Weile seinen Rücken. »Du hast sie nicht mehr gesehen, Andy?«

Es ging immer noch um May Shinn. Andy konnte sie nicht vergessen. Obwohl er nie von ihr sprach. Vor einem Jahr hatte er eine Beziehung mit ihr gehabt, Mitte Februar hatte sie ihm wegen Owen Nash den Laufpaß gegeben, im Juli hatte er seine Karriere für sie geopfert, im Oktober war er als Mörder ihres Geliebten verhaftet worden. Und trotzdem hatte er in den beiden Monaten, in denen er sich täglich mit Hardy getroffen hatte, soweit Hardy wußte, nicht ein einziges Mal versucht, sie wiederzusehen.

Fowlers Schultern sackten herab. »Nein. Wozu?«

»Es könnte doch sein.«

Fowler überlegte einen Augenblick und nickte dann. »Ja, nehme ich an.« Er kehrte zu dem Sessel hinter seinem Schreibtisch zurück und ließ sich hineinfallen. »Was soll ich denn sagen?«

»Ich weiß nicht. Vielleicht könnte sie uns helfen? Daran, daß sie uns schaden kann, besteht kein Zweifel.«

»Wie?«

Hardy zuckte die Achseln. »Vielleicht weiß sie etwas. Wir haben jetzt alle anderen geprüft und keine Spur von dem Täter.«

Fowler nippte und starrte. »Nein, Diz. Ich glaube nicht.«

Plötzlich kam Hardy ein erschreckender Gedanke: Andy war immer noch verrückt nach ihr. Hardy hatte (außer Glitsky) niemandem von Shinns anderen Kunden erzählt, aber jetzt dachte er, es könnte Andy ganz gut tun, die Wahrheit zu erfahren. Wenn er ihn damit konfrontierte, war er vielleicht auch bereit, sie als Zeugin zu benennen.

»Weißt du«, sagte Hardy, »es gab da noch andere Männer ...«

Fowler schob sein Glas in einem Kreis, in Vierteldrehungen, auf dem Schreibtisch herum. »Was?«

Hardy brauchte fünf Minuten, um es Andy zu erklären: Die Telefonabrechnungen bewiesen, daß sie ihn belogen hatte. Fowler starrte in den leeren Raum hinter Hardys Kopf. »Warum erzählst du mir das alles ausgerechnet jetzt?«

»Weil es hier um dein Leben geht, Andy, und ich dachte, du möchtest vielleicht einen Freispruch erreichen und diesen Prozeß hinter dich bringen und gleichzeitig nicht das gefährden, was für dich immer noch deine Beziehung zu dieser Frau ist. Und wenn das stimmt, dann solltest du doch wissen, was für eine Art Beziehung es in Wirklichkeit war.«

Er brauchte einen Augenblick. »Ich weiß, was es für eine Beziehung war. Es ist mir klargeworden. Bevor du mir das erzählt hast.«

»Und?«

»Was und?«

»Vielleicht könntest du mit ihr sprechen, vielleicht weiß sie etwas.« Er machte eine Pause, wartete auf Andy. »Über den Täter zum Beispiel.«

Der Ex-Richter, der plötzlich alt und müde aussah, lehnte den Kopf in den Sessel zurück und blies zur Decke. »Meinst du, das hätte sie im Sommer bei ihrer Verteidigung nicht erwähnt?«

»Dazu hatte sie gar keine Gelegenheit.«

»Sie hatte reichlich Gelegenheit. Sie weiß nichts.«

»Denkst du.« Er mußte es ihm jetzt noch einmal sagen. »Aber du hast auch gedacht, daß sie deinetwegen ihre anderen Kunden aufgeben hätte, erinnerst du dich? Sie sollte doch mit niemandem sonst mehr schlafen.«

Fowler drückte sich die Finger in die Augen. »Es muß da so einen Aphorismus über alte Narren und junge Frauen geben.« Er nahm die Hände vom Gesicht. »Okay, okay, tu, was du tun mußt.«

Als Hardy gegen elf Uhr abends nach Hause kam, schliefen die beiden schon. Vorn auf der Veranda lag ein Päckchen vom Redi Delivery Service, er nahm es mit in sein Arbeitszimmer und öffnete es: das Prozeßprotokoll dieses Tages. Nur Verteidiger, die die Todesstrafe abzuwenden versuchten, und Leute, die so reich wie Andy Fowler waren, daß sie es sich leisten konnten, bekamen diese Tagesprotokolle. Einhundertachtundachtzig Seiten Transkript, die er bis morgen früh um neun durchgelesen haben sollte. Vielleicht hatte heute jemand in dem Prozeß etwas gesagt, das er überhört oder nicht richtig verstanden hatte.

Am Telefon sah er eine Notiz von Frannie liegen. Elizabeth Pullios hatte angerufen. Sie ließ ihm ausrichten, daß die Staatsanwaltschaft noch einen Namen auf ihre Zeugenliste setzte: »May Shinn – betreffs Fowlers Wissen Waffe an Bord.«

Wieder Shinn. Was wußte diese Frau?

War das erst der zweite Verhandlungstag? Er konnte sich nicht mehr vorstellen, daß er je wieder zum Schlafen kommen würde. Einmal hatte er es kurz nach Mitternacht versucht. Dann noch einmal gegen zwei. Jetzt war es 3 Uhr 15 auf dem Wecker an seinem Bett, und gerade hatte er einen Adrenalinstoß verspürt, als er sich an Strouts Aussage erinnerte, auf die er gar nicht gefaßt gewesen war und die sich dann als so verheerend erwiesen hatte.

War er nicht eben mit dem Gedanken an Tom und José aufgewacht? Sie standen auf der Zeugenliste, und er hatte sie im Gerichtssaal gesehen. Und genau wie die Strouts hatte er auch ihre Aussagen immer wieder gelesen und überprüft und noch einmal überprüft und war schließlich zu der Überzeugung gelangt, daß keiner der beiden etwas für Fowler Nachteiliges zu berichten hatte.

Aber dann war er aus dem Schlaf mit dem Gedanken aufgeschreckt, daß er sich täuschte: Es *mußte* etwas dahinterstecken. Wenn Pullios sie bestellte, bezweckte sie etwas damit. Er hatte wieder irgend etwas Entscheidendes übersehen.

Müde warf er das Deckbett von sich und tappte barfuß in sein Arbeitszimmer.

## 52

»Wir haben gestern abend mit ihr geredet«, sagte Pullios. »Ich glaube, sie hat das alles satt.«

»Das kommt vor.«

Es war neun Uhr früh, und Hardy unterhielt sich, über den Tisch der Staatsanwaltschaft gebeugt, mit seiner Prozeßgegnerin über May Shinn. »Wollen Sie mir erzählen, was sie gesagt hat?«

Daß Pullios ihn angerufen hatte, um ihm mitzuteilen, daß sie Shinn in den Zeugenstand rufen wollte, war eine Höflichkeitsgeste gewesen, die ihn nervös machte.

»Kennen Sie Peter Struler? Er hat sich darum gekümmert. Er befragt sie heute. Natürlich können Sie das Transkript lesen.«

Hardy sagte, daß er das vorhätte. »Aber Sie haben May gestern abend gesehen? Wie haben Sie sie denn dazu rumgekriegt, mit Ihnen zu reden?«

»Nun ja, sie ist über das alles sehr erbittert, über diesen Rechtsstreit und wie man sie behandelt hat. Ich dachte, mit einer kleinen Geste … Nun, Sergeant Struler hat das übernommen.«

Hardy wartete.

»Sie wissen, daß wir ihr die Sachen, ihre Kleidung, persönliche Gegenstände, Schmuck und so weiter, die sie an Bord der *Eloise* hatte, noch nicht zurückgegeben haben. Der Sergeant meinte, er könnte sich da mal für sie einsetzen, daß sie wenigstens dieses Zeugs wiederkriegt. Streng genommen ist ja nichts mehr davon auf unserer Beweisliste.«

»Ja, und worum geht es jetzt?« fragte Hardy.

»Natürlich um ihre Aussage hier.« Pullios lächelte süßlich. »Hat Ihnen Ihr Mandant erzählt, woher er erfahren hat, daß die Waffe an Bord war und wo sie lag?«

Andy Fowler wirkte noch immer so erschöpft wie am Abend zuvor in seinem Büro. »Falls sie wirklich aussagt, ist der Fall gelöst«, sagte er.

Hardy versetzte dem Papierkorb einen Tritt, er flog gegen die Wand und kippte um. »Du wußtest, daß sie das wußte! Die ganze Zeit!«

Jane war mit ihrem Vater zum Gericht gekommen und hatte ihn ins Sprechzimmer begleitet. »Dismas, um Gottes willen ...«

Ein Wärter öffnete die Tür und fragte, was denn da drin los wäre. Hardy sagte: Gar nichts und vielen Dank, lassen Sie uns bitte allein.

Fowler, offensichtlich ungerührt, schüttelte den Kopf. »Sie war nicht als Zeugin geladen, oder? Warum glaubst du wohl, daß ich sie nicht im Prozeß haben wollte?«

»Aber *jetzt* ist sie drin. Wie konntest du mir das verschweigen?«

Fowler antwortete nicht. Dann sagte er: »Vielleicht kann ich jetzt noch einmal mit ihr sprechen.«

»Aber gestern abend konntest du es noch nicht, erinnere dich. Seltsamer Zufall, daß du es dir plötzlich anders überlegst. Sie sagt heute aus.« Hardy sah sich nach etwas anderem zum Treten um. »Verdammt, ich muß wenigstens die Tatsachen kennen, Andy. Sonst kann ich dich nicht verteidigen. Jesus, du weißt das.«

»Ich habe ehrlich nicht gedacht, daß das herauskommen würde, Diz.«

Hardy legte beide Hände auf den Tisch und beugte sich vor. »Und jetzt ist es heraus. Was nun? Willst du mir nicht noch irgend etwas sagen? Etwas, von dem du meinst, daß es nicht herauskommen wird?«

Jane mischte sich ein. »Dismas, hör *auf*.«

Er wandte sich zu ihr um und versuchte sich zusammenzureißen. »Jane, paß mal auf. Dein Vater hat recht: Der Fall ist gelöst. Und zwar konnte man ihm bisher keinen Mord nachweisen, weil er ja nicht wissen konnte, wo sich die Waffe an Bord der *Eloise* befand. Wenn er also an Bord kam, ohne das zu wissen, fehlte ihm der Vorsatz, Owen Nash zu töten. Und deshalb konnten sie ihm bisher nichts anhaben.«

Er hatte nur zwei Stunden geschlafen. Sein Magen brannte, und sein Kopf brummte von vier Tassen Espresso. Dieses Argument von dem fehlenden Wissen bezüglich des Aufbewahrungsorts der Waffe hatte er wie ein As im Ärmel mit sich herumgetragen und irgendwann in seinem abschließenden Plädoyer hervorziehen wollen. Und gerade diese vermeintliche Unkenntnis des Angeklagten hatte Hardys Hoffnung genährt, daß er nicht der Täter war.

Er hatte Andy ja auch gleich am Anfang diese Frage gestellt: »Wußtest du, daß sich die Waffe an Bord der *Eloise* befand?« Eine ganz klare Aufforderung, mit der Wahrheit herauszurücken, falls da etwas war. Und Andy hatte ihn angesehen und gedacht, *daß es nicht herauskommen würde*, und gelogen, genauso wie bei der Frage, ob er Owen Nash gekannt hatte. Kein Wunder, daß er May nicht im Zeugenstand sehen wollte.

»Ich muß dir was sagen, Andy«, murmelte Dismas. »Ich überlege, ob ich dich noch weiter verteidigen kann.«

»Dismas, du darfst ihn nicht sitzenlassen!«

»Doch, ich darf, Jane. Du würdest dich wundern.«

Fowler wackelte bedächtig mit dem Kopf. »Es hat sich nichts geändert: Ich habe es nicht getan, Diz, wenn es dir hilft, daß ich es dir noch einmal sage. Ich habe nie behauptet, daß mein Verhalten mit oder ohne May völlig vernünftig, geschweige denn besonders klug war. Aber –«

»Jane«, sagte Hardy, »könntest du uns mal einen Augenblick allein lassen?«

»Ist okay, Honey, geh nur«, sagte Fowler zu ihr.

Die Tür krachte hinter ihr ins Schloß, aber Hardy hörte es kaum.

»Hör mal zu Andy«, sagte er. »Ich bin kein Idiot. Ja, May hat dich aus der Bahn geworfen, und das erklärt wohl manches. Aber du tust immer noch so, als ob sich nichts verändert hätte, du spielst immer noch den Richter, obwohl es dir jetzt an den Kragen geht. Immer noch bemühst du dich, nicht das Gesicht zu verlieren. Als wäre es völlig egal, was du getan oder nicht getan hast. Du fühlst dich als *Richter* und bist so ein netter Kerl, und das sollen die Leute ruhig sehen. Aber das ist *vorbei*, Andy. Begreif es endlich. Du stehst wegen Mordes vor Gericht. Wenn du mir also noch irgend etwas sagen mußt, dann sage es mir jetzt. Was ich von dir denke oder was irgendwer von dir denken könnte, ist nicht wichtig. Ich weiß, daß das deinen Lebensidealen widerspricht, aber so sieht es nun einmal aus. Es kommt jetzt wirklich *nur* noch darauf an, ob du Owen Nash ermordet hast.«

Fowlers Augen waren blutunterlaufen. »Hab' ich nicht«, flüsterte er.

»Ich glaube dir«, sagte Hardy. »Und nur deshalb bin ich noch hier.«

Hardy war bereit gewesen, außer Frage zu stellen, daß Owen Nash irgendwann am Samstagnachmittag, dem 20. Juni, an Bord der *Eloise* erschossen worden war, auch mit anderen zeitlichen und die Spurensicherung betreffenden Darstellungen der Staatsanwaltschaft war er einverstanden. Aber Pullios wollte gar nichts außer Frage stellen, sondern alle Zeugen befragen und ins Kreuzverhör nehmen. Fowler meinte, das käme daher, daß sie nicht genügend Tatsachen vorzuweisen hätte und dies durch eine lange Zeugenparade vertuschen wollte.

Also mußten sie sich José anhören, der erzählte, daß die *Eloise* am Samstagmorgen gegen sieben, als er seine Arbeit angetreten hätte, schon draußen gewesen sei und dann am Sonntagmorgen wieder an ihrem Platz gelegen habe. Hardy wollte in seinem Kreuzverhör noch ein oder zwei Punkte klären. Hatten José oder Tom, als sie am Mittwoch auf das Boot gegangen waren, dort irgend etwas angefaßt oder verändert? José sagte ihm, er sei gar nicht auf der *Eloise* gewesen und habe auch niemanden in der Nähe des Bootes gesehen. Tom bestätigte, daß der Yachthafen bei dem stürmischen Wetter fast den ganzen Tag menschenleer gewesen sei und daß er Nashs Boot nicht gesehen habe. Als er abends seinen Dienst beendete, war es noch nicht wieder zurückgekommen.

Als Pullios mit Tom fertig war, stand Hardy auf. Er wollte nicht, daß die Geschworenen sich von der Staatsanwaltschaft einlullen ließen, selbst wenn er gegen die Antworten der Zeugen an sich nichts einzuwenden hatte.

»Mr. Waddell«, sagte er. »Haben Sie am Sonntag, als die *Eloise* an ihrem Platz lag, dort mal nachgesehen?«

»Was meinen Sie mit nachgesehen?«

»Sind Sie an Bord gegangen, haben Sie nachgeprüft, ob die Kabine abgeschlossen war, irgend so etwas?«

»Nein, habe ich nicht.«

»Wann sind Sie das erstemal an Bord der *Eloise* gegangen?«

»Das war mit Ihnen am folgenden Mittwochabend.«

»Ich erinnere mich. Und war die Kabine da verschlossen, als Sie das Schiff betraten?«

»Nein, Sir.«

»Mit anderen Worten: Es konnte zwischen Sonntag und Mittwochabend jeder in die Kabine der *Eloise* hinein –«

»Einspruch. Verlangt eine Schlußfolgerung des Zeugen.«

»Stattgegeben.«

Hardy wartete einen Augenblick. Er brauchte diese Aussage eigentlich nicht mehr. Es war heraus, die Geschworenen hatten es gehört. Er sagte, er habe keine Fragen mehr.

Er rechnete fast damit, daß Pullios Tom nun noch einmal ins Kreuzverhör nehmen würde, aber sie ließ ihn gehen. Hardy atmete auf. Er hatte alles, was Tom und José ihm oder Glitsky erzählt hatten, zu Hause noch einmal gelesen und nichts gefunden, was für die Verteidigung gefährlich aussah. Und dieser Eindruck hatte sich nun bestätigt. Er faßte also wieder Hoffnung.

Emmet Turkel kämmte seine rotblonde Locke aus der Stirn und lächelte Pullios an. Dieser grinsende New Yorker Detektiv mit der Zahnlücke hatte einen altmodischen Brooklyn-Akzent. Im

Zeugenstand fühlte er sich offensichtlich heimisch. Genauso offensichtlich war, wie attraktiv er die Staatsanwältin fand. Die Geschworenen schien das zu belustigen.

Es war früher Nachmittag. Turkel und Pullios hatten über die frühere berufsmäßige Beziehung des Detektivs zu dem Angeklagten gesprochen und das wiederholt, was auf dem Tonband zu hören gewesen war.

Andy Fowler hatte Turkel am 20. Februar telefonisch engagiert. Turkel hatte noch andere Aufträge zu erledigen, flog trotzdem am folgenden Mittwoch, dem 26. Februar, nach San Francisco und traf sich mit dem Richter in einer »astreinen Pizzeria – Mann, was ihr hier alles auf der Pizza habt!«

Turkel sagte, er habe nur ein paar Tage gebraucht, um festzustellen, weshalb May Shinn ihre professionelle Beziehung mit Andy Fowler beendet hatte. Als Pullios ihn fragte, weshalb, erwiderte er, sie habe sich einen neuen Sugar Daddy angeschafft.

Hardy erhob Einspruch, und Chomorro gab dem statt, aber die Geschworenen hatten es natürlich schon gehört. Turkels Aussage, in der er Fowlers Beziehung zu May, seinen Wunsch nach Geheimhaltung und seinen Charakter im allgemeinen beschrieb, ließ den Angeklagten in keinem guten Licht erscheinen.

Doch Hardy hatte das zumindest vorausgesehen. Turkels Aussagen während der ersten beiden Stunden überraschten nicht, wenn man den Inhalt seiner Aussage Struler gegenüber kannte. Keine Überraschung, aber auch keine Hilfe.

Pullios legte als Beweismittel Nummer 7 das Kalenderblatt vom 2. März vor, das man auf Fowlers Schreibtisch gefunden hatte und auf dem Owens Name stand. Turkel sagte, an dem Tag hätte er Fowler von dem Ergebnis seiner Ermittlungen unterrichtet. Pullios fragte Turkel, ob Fowler ihm gegenüber erwähnt hätte, was er mit dieser Information anfangen wollte.

»Nein, damals nicht«, sagte Turkel.

»Hat er es irgendwann einmal erwähnt?«

»Nein. Nicht so richtig. Hat nur Witze gemacht, verstehen Sie?«

»Ich verstehe nichts, Mr. Turkel. Ich wiederhole die Frage: Hat Fowler Ihnen gegenüber irgend etwas über Mr. Nash gesagt, nachdem Sie ihm berichtet hatten, daß er Ms. Shinns derzeitiger ... Kavalier war?«

»Tja, naja, wir haben im April oder Mai mal wieder drüber geredet – ich hab' ihn angerufen, nur um den Kontakt nicht zu verlieren, und ich fragte ihn, ob er immer noch dieses Problem mit diesem Nash hat, ob ich rüberkommen und es für ihn aus der Welt schaffen soll.«

»Aus der Welt schaffen?«

»Na ja, Sie wissen schon.«

»Sie haben Mr. Fowler gefragt, ob er möchte, daß Sie Mr. Nash töten?«

»Na ja, so könnte man es natürlich verstehen, aber –«

»Können Sie uns bitte sagen, was Fowler genau wörtlich darauf geantwortet hat?«

»Aber ich sage Ihnen doch, das war ein *Witz*. Sie wissen doch, die Leute machen dauernd Witze.«

»Trotzdem, Mr. Turkel, wenn Sie den Geschworenen sagen könnten, wie der Wortlaut Ihrer Unterhaltung war.«

Turkel sah Fowler an und zuckte demonstrativ die Schultern. Chomorro schlug mit dem Hammer auf den Tisch und sagte Turkel, er solle die Gesten lassen und die Frage beantworten.

Turkel seufzte. »Ich sagte: ›Hey, ich hab' die nächsten paar Wochen nichts zu tun, könnte Urlaub gebrauchen, ich komme rüber und kümmere mich um den Kerl.‹ Der Richter sagte: ›Nein danke, wenn ich den Mann beseitigen will, mache ich das selbst.‹«

»Dann ist ja alles klar«, sagte Moses McGuire. »Das würde keine Jury kaufen –«

»Man weiß nie, was so eine Jury denkt«, erklärte ihm Hardy.

»Ja, aber es stimmt, was Turkel sagt. Die Leute reden tatsächlich so ein Zeugs, und es bedeutet gar nichts.«

»Außer, wenn es doch was bedeutet.«

Es war Mittwochabend. Mit Dismas ausgehen konnte Frannie in ihrem Zustand nicht mehr, aber sie hatte ihren Bruder zu sich eingeladen. Als Hardy um halb acht heimkam, schenkte sie ihm ein Bier ein, erklärte ihm, sie erteile ihm einen Spezialdispens von dem Alkoholverbot, das wochentags galt, und führte ihn zu seinem Sessel im Wohnzimmer. Seine juristischen Leistungen würden durch eine vorübergehende Entspannung gesteigert. Moses komme auch gleich. Sie habe eine tolle Lammkeule und er solle sich hinsetzen und essen.

Aber er hatte doch so viel zu lesen, das Gerichtsprotokoll, wahrscheinlich war auch die Niederschrift von May Shinns Aussage im Anrollen. Er mußte Wort für Wort durchgehen, was Turkel gesagt hatte. Nachdem Pullios mit Turkel fertig gewesen war, hatte Chomorro die Sitzung beendet, und am nächsten Morgen mußte Hardy den Detektiv ins Kreuzverhör nehmen.

Plötzlich merkte er: Genug war genug. Frannie hatte recht, er war zu abgekämpft, er konnte keinen klaren Gedanken mehr fassen. Er trank das Bier aus, zündete das Feuer im Kamin an, knipste die Christbaumlichter ein und hörte den passenden Gitarrenklängen von John Fahey zu.

Und jetzt war Moses da. Frannie summte geschäftig zwischen Küche und Eßzimmer herum und deckte den Tisch, Hardy holte sich noch ein Bier. Die Beklemmung, die ihn seit zwei Tagen quälte, ließ nach, auch die Müdigkeit schwand.

»Das eigentliche Problem ist, daß Turkel da ist«, sagte er. »Punkt. Nicht so sehr, was er sagt, obwohl das schlimm ist, sondern die Tatsache, daß Andy ihn engagiert hat.«

»Wieso denn? Er wollte feststellen, was los war, warum May ihn abgehängt hatte.«

»Und dazu engagiert er einen Privatdetektiv? Würdest du da einen Privatdetektiv engagieren?«

Moses zuckte die Achseln. »Er hatte seinen Job als Richter. Vielleicht blieb ihm selbst keine Zeit. Ich weiß nicht ... was hat er dir erzählt?«

»Das hat er mir erzählt. Aber was soll ich der Jury verkaufen? Ich meine, wir haben alle schon mal eine Beziehung in die Brüche gehen sehen, stimmt's? Suchen wir uns dann in New York einen Privatdetektiv und lassen die Frau verfolgen?«

Frannie stand im Durchgang zwischen dem Wohn- und dem Eßzimmer. »Ich würde dich bis ans Ende der Welt verfolgen«, sagte sie. »Übrigens, das Essen steht auf dem Tisch.«

Sie hatte sich riesige Mühe gegeben. Zuerst gab es eine Fleischbrühe mit Tapioca und saurer Sahne. Dann kam die

Lammkeule, die mit Knoblauch, Rosmarin und Zitronensaft zubereitet war, dazu Kartoffeln und Spinat mit Muskatnuß und einem Tropfen Essig. Sie trank sogar ein halbes Glas von dem ausgezeichneten Pinot Noir aus Oregon. Sie sprachen über vergangene Weihnachtsfeste, Moses erzählte von seinen und Frannies Eltern, Hardy schilderte, wie es bei ihm zu Hause gewesen war. Der Prozeß war vergessen.

Nachdem Moses fort war, räumten Hardy und Frannie den Tisch ab, spülten zusammen das Geschirr, tauschten ihre neuesten Erlebnisse aus, überlegten, welche Namen für das Kind in Frage kamen, und fingen wieder an, sich zu necken.

»Würdest du's schrecklich finden, wenn ich heute abend nicht mehr arbeite?« fragte Hardy.

Frannie strahlte. »Ich glaube nicht, daß ich dir das verzeihen könnte.« Sie nahm ihn in die Arme.

»Wie wär's, wenn ich früh aufstehe?«

»Wie früh?«

»Sehr früh?«

Frannie tat, als überlege sie. »Also, was würdest du statt dessen tun? Statt zu arbeiten, meine ich.«

»Vielleicht zu Bett gehen, ein bißchen schlafen.«

»Was denn von beidem?«


## 53


Sehr früh war vier Uhr, aber als er aufwachte, fühlte er sich viel besser, die Angst, die ihn verfolgt hatte, war irgendwie nicht mehr da. Er zog einen Trainingsanzug an – lange Hosen und eine Windjacke – und brach zu seinem Vier-Meilen-Rundtrip auf.

Um Viertel nach fünf hatte er geduscht und saß angezogen am Schreibtisch, vor sich die Protokolle des vorherigen Tags und eine Abschrift des Tonbands mit May Shinns Aussagen von der Bezirksstaatsanwaltschaft.

Es war genauso schlimm, wie er befürchtet hatte.

F: Sie hatten Ihre Beziehung mit Mr. Fowler zu dem Zeitpunkt bereits beendet, ist das richtig?

A: Ja, ich glaube, es war Anfang März. Er erwischte mich zufällig am Telefon. Normalerweise nehme ich den Hörer nicht ab, sondern lasse die Anrufer auf das Tonband sprechen, aber ich erwartete Owen, deshalb ging ich ran.

F: Was hat Fowler gesagt?

A: Er sagte, er mache sich meinetwegen Sorgen.

F: Warum?

A: Er hätte gehört, ich träfe mich mit Owen. Ich glaube, er hatte Schlechtes über ihn gehört oder bildete sich das ein. Er sagte, er wolle wissen, ob es mir wirklich gutgehe.

F: Was haben Sie ihm gesagt?

A: Ich wollte ihn vor allem zu der Einsicht bringen, daß sein Verhalten albern war. Aber ich wollte ihm nicht weh tun. Dann sagte er, wenn Owen mir jemals ein Haar krümmte, solle ich zu ihm kommen, er sei immer für mich da. Also habe ich versucht, es ihm nicht so schwerzumachen. Ich habe gesagt: »Keine Angst, ich fühle mich bei Owen sicher aufgehoben. Sicherer als bei dir. Owen hat den Revolver mitgenommen.«

F: Welchen Revolver, Ms. Shinn?

A: *Den* Revolver. Ich hatte immer Angst mit dem Ding in meiner Wohnung und hatte Andy gebeten, er solle ihn doch mit zu sich nach Haus nehmen, um mich davon zu befreien. Aber er weigerte sich. Als Richter könne er so etwas nicht tun ...

F: Und dann?

A: Ich habe ihm erzählt, wohin wir den Revolver getan haben. Owen hat ihn mit auf die *Eloise* genommen, und wir haben ihn in den Schreibtisch rechts neben dem Bett gelegt für den Fall, daß eine Situation eintrat, in der ich ihn brauchte. Aber so hatte ich ihn wenigstens aus dem Haus. Von da an fühlte ich mich sicherer.

F: Und was hat der Richter – Mr. Fowler – darauf gesagt?

A: Eigentlich gar nichts. Er fragte mich, warum ich ihn nicht mehr sehen wollte. Es war wirklich hart, aber ich erzählte es ihm. Daß ich mich in Owen verliebt hätte.

F: Wie hat er darauf reagiert?

A: Er sagte, er hätte immer gedacht, daß ich ihn liebte. Ich habe ihm geantwortet: »Ich habe dich immer gern gemocht, und du bist sehr wichtig für mich gewesen.« Er fragte mich, ob ich mir vorstellen könnte, wieder mit ihm zusammen zu sein, wenn Owen nicht mehr da wäre.

F: Und was haben Sie ihm geantwortet?

A: Ich sagte: »Es tut mir leid, aber ich kann mir das nicht vorstellen.« Owen hatte mich verändert, oder ich hatte mich selbst verändert. Ich war nicht mehr derselbe Mensch wie vorher. Fowler sagte, wenn Owen nicht mehr da wäre, würde es vielleicht wieder so wie früher werden, und meine Gefühle für ihn würden wieder neu entstehen. Ich sagte ihm, ich würde mit Owen zusammenbleiben …

F: Ja, es ist gut, Ms. Shinn, lassen Sie sich Zeit.

A: Ich sagte, ich könnte seine Frage nicht beantworten.

F: Welche Frage?

A: Was ich täte, wenn Owen nicht mehr da wäre. Ich konnte daran nicht denken. Ich habe an Owen geglaubt: Er würde mich nicht verlassen. Dann sagte Andy … der Richter, was ich tun würde, wenn Owen etwas zustieße, was dann?

F: Und was haben Sie darauf geantwortet?

A: Ich glaube, ich habe gesagt, ich wüßte es nicht. Ich wollte an so etwas nicht einmal denken.

In der Eingangshalle des Gerichts, unter der Gedenktafel, die an die im Dienst umgekommenen Polizisten erinnerte, lief Hardy Glitsky über den Weg. Es war zwanzig Minuten nach neun. In zehn Minuten begann die Sitzung, und Andy Fowler war noch nicht da. Jane rief bei ihm zu Hause an, zum zweitenmal seit neun Uhr. Es hatte bislang niemand abgehoben.

Hardy erzählte Abe von May Shinns Aussage und wie verheerend sie für Fowler war.

»Vielleicht hat er eingesehen, daß es für ihn besser ist, wenn er verschwindet.«

»Das würde er nicht tun. Er hat eine Million Dollar Kaution gezahlt, Abe. Er hat seinen Paß abgegeben.«

Glitsky, der sich in solchen Dingen besser auskannte, lächelte spöttisch. »Willst du einen neuen Paß? Gib mir zehn Minuten. Kostet dich fünfzig Eier.«

»Das würde er nicht tun.«

»Lebenslänglich hinter Gittern ist mehr als eine Million Dollar wert. Und so ein Mann wie Fowler ... weißt du, der macht's da drin nicht lange, das ist die gute Nachricht. Die schlechte: daß man ihm alle Knochen brechen wird.«

»Er muß da nicht rein, Abe.«

»Richtig. Hatte ich vergessen.«

Jane kam und schüttelte den Kopf: noch nicht da.

»Weißt du«, sagte Hardy, »deines Vaters wegen werde ich vor der Zeit alt.«

»Er kommt bestimmt.«

»So wie Weihnachten und Neujahr und Ostern, Jane.«

Glitsky warf einen Blick auf seine Armbanduhr. »In drei Minuten ist er wegen Mißachtung des Gerichts dran.«

»Ja, Mr. Hardy?«

»Euer Ehren, Mr. Fowler hat vor ungefähr zwanzig Minuten von einer Tankstelle aus angerufen. Er hat Schwierigkeiten mit seinem Wagen. Er hat sich dort, wo er war, ein Taxi genommen – es dürfte nicht mehr als eine halbe Stunde dauern.«

Chomorro verbrachte eine Minute damit, Dinge auf seinem Tisch herumzuschieben. Er versuchte, sich zu beherrschen. Man sollte nicht sehen, wie wütend er war, doch es gelang ihm nicht, seinen Zustand zu verbergen. »Ms. Pullios?« fragte er.

»Was bestimmen Sie, Euer Ehren?«

Der Richter versuchte die Geschworenen anzulächeln. Hardy wußte, daß die Staatsanwaltschaft wieder ganz großartig dastand. Der Angeklagte war schuldig und kam zu spät. Spielte immer noch den Überlegenen ...

»Nun, meine Damen und Herren, gehen Sie doch ruhig hinaus und trinken Sie eine Tasse Kaffee.« Das Lächeln verschwand. »Mr. Hardy, wenn Mr. Fowler nicht um eine Minute nach zehn hier ist, werde ich ihn wieder in Haft nehmen. Verstanden?«

»Ja, Euer Ehren.«

Von seiner eigenen Mißachtung des Gerichts ganz zu schweigen, dachte Hardy, aber wenn sich herausstellen sollte, daß Andy tatsächlich geflohen war – es war nicht empfehlenswert für einen Anwalt, das Gericht zu belügen, so wie er es gerade getan hatte. Aber was blieb ihm übrig?

Er stand vom Tisch der Verteidigung auf und ging durch die Schwingtür zurück in den Zuschauerraum, wo Jane neben Glitsky saß, der geblieben war, um die Verhandlung zu sehen.

»Was ist, wenn er nicht kommt?« fragte Abe.

»Danke, Abe, auf den Gedanken wäre ich gar nicht gekommen.« Er sah seine Ex-Frau an. »Fällt dir etwas ein?«

»Wozu?« Pullios hatte den Tisch der Staatsanwaltschaft verlassen und stand am Ende des Mittelgangs, von wo aus sie mitgehört hatte.

Hardy drehte sich schnell herum. »Mittagessen«, sagte er. »Wir überlegen gerade, ob chinesisch oder italienisch.«

Wieviel hatte sie verstanden? Wie auch immer, ihr Gesicht war ausdruckslos. »Es wird ein langer Tag werden«, sagte sie. »Chinesisch, da ist man nach einer halben Stunde wieder hungrig. Ich würde italienisch nehmen.« Ihre Augen wanderten von Hardy zu Glitsky. »Hallo, Abe. Ich hätte Sie fast nicht wiedererkannt. Sie sitzen jetzt bei der Verteidigung?«

Der Sergeant nickte finster. »Die andere Seite war schon besetzt.«

Pullios beschloß sich das, was sie eigentlich sagen wollte, zu verkneifen, was auch immer es war, und ging mit flotten Schritten weiter durch den Zuschauerraum, bis sie im Korridor verschwand. »Dieses Biest«, sagte Jane.

Hardy sagte nichts. Er kreuzte ein Bein über das andere, sah auf seine Armbanduhr und wartete.


»Dein Wagen fährt nicht mehr – die Kupplung ist kaputt. Du hast mich aus der Lombard Street angerufen und ein Taxi genommen.«

Es war zwei Minuten vor zehn. Andy Fowler schlenderte durch den Mittelgang, als gehörte der Gerichtssaal ihm. Er schüttelte Hardy die Hand und küßte seine Tochter auf die

Wange. Hardy dachte, er sollte ihm erst mal die Kurzinformation geben und den Rest später.

»Aber mein Wagen steht auf dem Parkplatz. Ich glaube, ich sage, ich hätte eine Reifenpanne gehabt und mußte so lange warten.«

Hardy fragte sich manchmal, ob er nicht vielleicht das Lügen so haßte, weil er Angst davor hatte, dabei durcheinanderzukommen. Hatte er Chomorro etwas von der Kupplung erzählt? Oder nur von Schwierigkeiten mit dem Wagen gesprochen? Hardy wußte, wie man log: So einfach wie möglich war am besten. Er hatte wahrscheinlich so einfach wie möglich gelogen. »Also gut, also Reifenpanne. Um Himmels willen, Andy, wo zum Teufel warst du?«

Fowler sah schuldbewußt aus. »May«, sagte er leise. »Ich habe sie endlich besucht.«

Bevor Hardy reagieren konnte, rief die Gerichtsangestellte »Ruhe im Saal«. Die Geschworenen waren zum größten Teil in der Box sitzen geblieben. Es war jetzt genau zehn Uhr.

Hardy hatte keine große Hoffnung, sehr viel aus Turkel herauszubekommen. Der Privatdetektiv trug einen Rollkragenpullover und eine limonengrüne Sportjacke. Nachdem er seinen Eid geleistet hatte, machte er es sich wieder auf dem Zeugenstuhl bequem und sah die Geschworenen an.

Hardy ließ ihn eine Weile in Ruhe. Er tat so, als lese er seine Notizen am Tisch, dann ging er in die Mitte des Gerichtsraums. »Mr. Turkel«, begann er, »als Mr. Fowler Sie damals im Februar angerufen hat, wie klang er da?«

»Einspruch. Schlußfolgerung.«

»Stattgegeben.«

Hardy versuchte es noch einmal. »Können Sie sich an irgendeinen Teil des Gesprächs mit ihm genau erinnern?«

Turkel verschlang immer noch Pullios mit den Augen, aber irgendwie schien sie ihn infolge der Eile ihrer Befragung beleidigt zu haben, der Detektiv ließ sich nicht gern so schroff behandeln, vor allem wenn er sich auch noch an die im Gerichtssaal üblichen Regeln halten mußte. Jetzt ging er gern auf die Fragen des Verteidigers ein.

»Also der Richter sagte ›Hi Em‹, fragte, ob ich zu tun hätte, und ich sagte ›Ja, ein bißchen‹, wie ich immer sage.« Er lächelte den Geworenen zu. »Geschäftsgeheimnis.«

Pullios ergriff das Wort. »Euer Ehren …«

Chomorro beugte sich herüber. »Beantworten Sie nur die Fragen.«

»Klar, Euer Ehren, genau wie gestern.«

Chomorro verstand ihn nicht und nickte. »Richtig.«

Hardy glaube ihn zu verstehen … ein Zeuge der Anklagevertretung, der meinte, nebenbei noch ein bißchen für die Verteidigung arbeiten zu können. Doppelter Verdienst. »Fahren Sie fort«, sagte er.

»Na gut, und der Richter sagte –«

Chomorro unterbrach ihn. »Mr. Turkel, würden Sie Mr. Fowler bitte entweder Mr. Fowler oder den Angeklagten nennen.«

Turkel zeigte sich vernünftig. »Selbstverständlich, Euer Ehren. Tut mir wirklich leid.«

»Fangen wir noch einmal an, ja?« fragte Hardy. »Seit wann kennen Sie den Angeklagten?«

»Euer Ehren? Relevanz?«

Jetzt sah Hardy die Geschworenen an. »Euer Ehren, ich hätte es gern, daß Mr. Turkel irgendwann mal während dieses Kreuzverhörs ein paar Sätze sagen darf. Seine Beziehung zu dem Angeklagten ist wichtig, wenn wir den Zusammenhang verstehen wollen, in dem ihre Unterhaltung stattfand.«

Das hatte natürlich direkt mit Turkels Aussage vom Vortag zu tun, Andy hätte gesagt, er würde Nash beseitigen. Aber Hardy dachte, falls er Pullios auf Trab bringen könnte, würde sie vielleicht über ihre eigenen Füße stolpern. Chomorro lehnte ihren Einspruch ab, und Turkel konnte antworten.

»Ungefähr seit vier Jahren, ich kenne Mr. Fowler ungefähr seit vier Jahren.«

»In welcher Eigenschaft?«

»Meistens beruflich. Recherchen und so. Aber wir verstehen uns nicht schlecht. Haben schon ein paarmal zusammen Golf gespielt.« Turkel sah wieder die Geschworenen an. Erklärte es. »Er hat mich mal im Gericht in dieser netten grünen Jacke gesehen. Dachte, ich hätte die Meisterschaft gewonnen.«

Diesmal sagte Chomorro nichts. Gut. Hardy wandte sich um. Fowler lächelte, ein paar Geschworene würden das sehen.

»Also war der ... Angeklagte mehr als ein beruflicher Bekannter, aber weniger als ein Freund?«

»Einspruch, Euer Ehren, Suggestivfrage.«

»Sie dürfen das im Kreuzverhör tun, Ms. Pullios. Abgelehnt.«

Hardy holte tief Atem und hielt die Luft an. Hier war ein Exzentriker im Zeugenstand, die Geschworenen mochten ihn, wie man sah, die Staatsanwaltschaft schikanierte ihn. »Einen Augenblick, Euer Ehren.«

Hardy kehrte zu seinem Tisch zurück und tat so, als lese er irgendwelche Aufzeichnungen. Er glaubte nicht, daß Turkel irgend etwas sagen konnte, das der Verteidigung half. Die nackten Tatsachen waren ziemlich niederschmetternd: Andy hatte ihn beauftragt herauszufinden, warum May ihn nicht mehr liebte, Turkel hatte es festgestellt und ihm von Owen Nash berichtet. Und wenn man Informationen suchte, dann mit dem Ziel, etwas damit anzufangen. Wenn man sie hatte, war jedenfalls die Versuchung groß, etwas zu unternehmen. Da folgte eins logisch aufs andere, und man brauchte keine Fantasie, um sich vorzustellen, was Fowler dann getan hatte ...

Trotzdem hatte Hardy den Eindruck, daß Turkel im Zeugenstand in diesem Augenblick den Eindruck vermittelte, daß Andy ein netter Kerl war und daß die, die sich gegen ihn zusammengetan hatten, Spießer und Bürokraten und vielleicht noch Schlimmeres waren. Lassen wir es dabei. Er drehte sich um und sagte vom Verteidigertisch aus: »Ich habe keine weiteren Fragen an diesen Zeugen.«

Wie es sich herausstellte, wollten sie dann doch chinesisch. Andy sagte, er zahle – was er sowieso immer tat. Hardy, Jane und ihr Vater schnappten sich vor dem Justizpalast ein Taxi und waren in etwa acht Minuten in der Grant Street mitten in Chinatown.

Hardy schwieg den ganzen Weg lang. Er wußte nicht, wie lange er das noch aushalten würde. Der überschwengliche, charmante Andy Fowler, sein Mandant, ging ihm auf die Nerven.

»Ich mußte sie sehen«, sagte er. »Ich war sicher, daß sie mit mir sprechen und mir erklären würde, warum sie nicht gegen mich aussagen wollte.«

»Was hat sie gesagt?«

Ihre Antworten waren auf dem Tonband und standen im Transkript. »Du weißt, wie sie einen hereinlegen«, sagte er mit der Stimme der Vernunft. »Sie hat die Übersicht verloren. Sie wußte nicht, was der Staatsanwalt von ihr wollte.«

»Warum hat sie sich denn auf so ein Gespräch mit der Staatsanwaltschaft eingelassen?« fragte Jane.

»Sie haben eine Menge ihrer Wertsachen, die auf der *Eloise* waren, zurückbehalten und ihr gesagt, um sie wiederzubekommen, müßte sie sich nur auf diese kleine Formalität einlassen und ein paar Fragen beantworten. Sie haben sie mit Bergen von Papier überschwemmt. Ich wollte nicht, daß sie sie reinlegen. Sie sagte mir, sie hätte nichts gegen mich auszusagen – sie wußte natürlich, daß ich Owen nicht getötet habe, also hätte ich doch gar kein Problem. Nun hatte sie ihnen allerdings schon versprochen ...« Er schüttelte den Kopf. »Also habe ich ihr erklärt, was für ein Eindruck dadurch entstanden ist, daß ich wußte, daß sich der Revolver auf dem Boot befand ...«

Das Taxi war am Restaurant angekommen. Sie wählten eine Nische mit einem Vorhang. Dann kam das Essen – Pork Bao, Haifischflossensuppe, Pot Stickers. Hardy rührte nichts davon an. Schließlich mußte er etwas sagen. »Du verstehst doch, Andy, wenn Pullios herausbekommt, daß du versucht hast, Mays Aussage zu beeinflussen, sieht es für dich noch schlimmer als ohnehin schon aus.«

Doch Andy wollte sich anscheinend nicht deprimieren lassen. »May und ich, wir haben uns gut unterhalten. Sie versteht es jetzt. Warum sollte es herauskommen?«

»Frag dich lieber mal, wieso du denkst, daß es nicht herauskommen wird.«

Fowler löffelte etwas Suppe und sagte zu seiner Tochter: »Dieser Mann ist zu pessimistisch.« Und dann zu Hardy: »Hör mal, Diz, sie ist eine gute Frau, es ist mir gleich, was sie früher getan hat. Ich kenne sie ... sie ist *nicht* darauf aus, mich ans Messer zu liefern. Im Gegenteil, sie findet das Verhalten der Staatsanwaltschaft unerträglich.« Er nahm noch ein paar Bissen. »Mir sind endlich mal die Augen aufgegangen, weißt du. Als ich Richter war, habe ich geglaubt, wir wären nicht nur eine gute Mannschaft, sondern es gäbe auch bestimmte feste Regeln. Ich persönlich war von diesem Fallenstellen, dieser verdeckten Polizeiarbeit zwar gar nicht angetan, das fand ich unsauber, darin unterschieden wir uns, und die Staatsanwaltschaft mochte mich deshalb nicht besonders gern, aber im großen und ganzen waren wir doch eine juristische Gemeinschaft. Und jetzt merke ich, daß die allgemein akzeptierten Regeln, jedenfalls in diesem Fall hier, nicht gelten. Man hat May hinsichtlich des Verwendungszwecks ihrer Aussage irregeführt, und sie haben auch ziemlich schlampig gearbeitet.«

Hardy fragte, was sie getan hätten.

»Man sollte annehmen, da sie ihr für ihre Aussage die Rückgabe ihrer Sachen versprochen hatten, würden sie wenigstens darauf achten, daß sie auch wirklich alles zurückbekam. Aber offensichtlich hat ihr irgend jemand bei der Polizei ausgerechnet das gestohlen, woran sie am meisten hängt. Sie wäre also auch ohne mein Erscheinen bei ihr zu keinem Entgegenkommen mehr bereit.«

»Sie hat schon ausgesagt, Andy. Ich habe heute früh das Protokoll ihrer Aussage gelesen.«

Fowler zuckte die Achseln. »Im Zeugenstand wird sie das nicht mehr wiederholen.«

»Wird sie einen Meineid begehen, um dich zu decken?«

Fowler nahm einen Schluck Tee. »Sie wird sagen, daß man sie zu diesen Aussagen gezwungen hat – was auch stimmt – und daß sie sich nicht mehr erinnern kann, falls man sie vereidigt –«

Hardy legte die Hand auf die Stirn. »Herr, hilf mir.«

»Was haben sie gestohlen?« Jane hielt sich ans Wesentliche.

»Ihren Lieblingsmantel«, sagte Fowler. Sein Gesicht zog sich zusammen ... »Nash hatte ihn ihr geschenkt. Sie sagte, es war eine Art Kunstwerk aus Gänsedaunen. Er hat ihn ihr in Japan gekauft. Bemerkenswertes Design, Farben ...«

Hardy konnte es nicht mehr hören. »Also was wird sie sagen, wenn sie sie in den Zeugenstand rufen?«

»Diz, beruhige dich. Also, es ist völlig klar, denk doch mal nach. Sie müssen doch wissen, wie feindselig sie ihnen gegenüber eingestellt ist. Um Gottes willen, sie klagt gegen die Stadt. Man wird sie überhaupt nicht als Zeugin wollen.«

Hardy war sich dessen nicht so sicher, aber es hatte keinen Zweck, jetzt darüber zu reden, es war sowieso schon alles geschehen. Falls Fowler recht behielt – falls! –, dann würde sich sein Besuch vielleicht positiv für die Verteidigung auswirken. Aber welch ein Risiko!

»Also, was jetzt? Wenn du wieder eine Beziehung mit ihr anfangen willst, dann tu mir einen Gefallen und warte wenigstens bis nach dem Prozeß.«

»Darüber haben wir überhaupt nicht geredet.«

»Wie hat sie sich denn dir gegenüber verhalten?« fragte Hardy.

Fowler machte ein unglückliches Gesicht. »Naja, wenn ich dir die Wahrheit sagen soll, es war nicht sehr ermutigend, aber nun, es war trotzdem gut, sie wiederzusehen, obwohl ich den Eindruck hatte, daß die alten Gefühle bei ihr nicht mehr vorhanden waren. Als ob sie durch diese Erlebnisse ihre ganze Kraft eingebüßt hätte. Sie sagte, ihr wäre alles mißglückt, also hätte es sie nicht mehr besonders überraschen dürfen, daß man ihr den Mantel gestohlen und sie angelogen hat ... Es kam mir vor, als ob ... als ob sie überhaupt kein Interesse mehr am Leben hatte. Als ob das alles Zeitvergeudung wäre. Was sie ausgesagt hatte, schien nicht mehr so wichtig zu sein, aber wenn ich meinte, daß sie mir helfen könnte, würde sie es tun.«

»Vielleicht sucht sie wieder etwas«, sagte Jane. »Vielleicht wenn dieser Prozeß vorbei ist ...«

Der Richter nickte. »Ich glaube, diese Hoffnung darf ich nicht aufgeben. Und darum bin ich zu spät gekommen«, sagte er und wandte sich an Hardy. »Ich konnte sie einfach nicht so, in dieser deprimierten Stimmung, verlassen. Ich ... Wir haben einfach geredet. Ich habe versucht, sie zu überzeugen, daß es eine Zukunft für sie gibt. Und mit der Erbschaft, wenn sie sie bekommt, kann sie doch etwas anfangen.«

Hardy griff nach hinten, zog den Vorhang auf und winkte dem Kellner, damit er die Rechnung brachte. »Wir müssen jetzt los«, sagte er.

Verglichen mit diesem Nachmittag war eine Wurzelbehandlung wie ein Spaziergang im Park, fand Hardy.

In Weiterverfolgung ihrer Schuldbewußtseinstheorie rief Pullios immer neue Zeugen in den Zeugenstand – darunter zwei Oberrichter, mehrere Kommunalpolitiker, einen Stadtdirektor und Fowlers eigene Sekretärin –, und alle bestätigten, daß Fowler ihnen nach dem Ende des Shinn-Prozesses, jedoch vor der Anklageerhebung gegen ihn selbst erklärt hatte: Abgesehen von Berichten, die er dann und wann in den Zeitungen gelesen habe, habe er erst nach dessen Tod von Owen Nash gehört. Und davon, daß es eine Beziehung zwischen Nash und May Shinn gab, habe er keine Ahnung gehabt.

Von diesen Zeugen schien Hardy nur Pat Shields, der silberhaarige Präsident des Olympic Club, für ein Kreuzverhör geeignet zu sein, der angedeutet hatte, daß Andy Fowler und Owen Nash als Mitglieder desselben Clubs einander gekannt haben mußten.

Hardy flüsterte Fowler am Tisch der Verteidigung zu: »Bitte sag mir, daß du Owen Nash nie persönlich kennengelernt hast.«

Fowler sagte, nein, nicht persönlich, und Hardy, der hoffte, daß das endlich mal keine Lüge war, stand auf.

»Mr. Shields«, sagte er, »wie lange ist Mr. Fowler ein Mitglied des Olympic Club?«

»Ich würde sagen, schon ewig. Jedenfalls länger als ich selbst. Er gehört zur zweiten Generation.«

»Und Mr. Nash?«

»Wir haben ihn seit Jahren umworben. Natürlich diskret, aber ... jedenfalls ist er erst vor etwa einem Jahr beigetreten.«

»Also war er wie lange im Club?«

»Ein paar Monate.«

»Ein paar Monate. Er ist im Juni gestorben und im November oder Dezember beigetreten.«

»Ja, ich glaube. So ungefähr.«

»Und war er jeden Tag im Club?«

»Der Club ist an zwei Orten vertreten, wissen Sie, einmal im Stadtzentrum und dann draußen auf dem Golfplatz. Ich kann also nicht über beides aussagen. Aber was den Club in der City angeht, würde ich sagen, nein, vielleicht einmal im Monat.«

»Sechsmal?«

Shields hob die Schultern. »Sagen wir, zwischen fünf- und zehnmal. Ich habe es nicht gezählt.« Er lächelte freundlich. »Wir schreiben nicht auf, wann ein Mitglied kommt oder geht.«

Hardy wurde liebenswürdig. »Natürlich nicht. Wenn Mr. Nash in die Stadt zu Ihnen kam, kam er dann zum Essen oder zum Training oder wozu?«

»Ich würde sagen, meistens zum Mittagessen, so kam es mir zumindest vor.«

»Gut. Ich möchte Sie mal fragen: Haben Sie jemals Mr. Nash und Mr. Fowler gemeinsam beim Essen gesehen?«

»Nein.«

»Erinnern Sie sich, jemals Mr. Nash und Mr. Fowler zur gleichen Zeit im Club beim Mittagessen gesehen zu haben.«

»Nein, nicht speziell.«

»Nicht speziell? Sie meinen, es könnte sein und Sie erinnern sich nicht? Kommt Ihnen das so vor?«

»Nein … Ich meine, ich habe sie nicht zusammen oder zur gleichen Zeit gesehen.« Er sah die Geschworenen an und wirkte nervös. »Es war nur so eine Ausdrucksweise.«

»Natürlich. Was ist mit Sport? Squash, Golf? Hat Mr. Nash Ihres Wissens eines von beiden mit Mr. Fowler gespielt?«

»Meines Wissens nicht.«

»Nun, ist es nicht eine Tatsache, Mr. Shields, daß die Staatsanwaltschaft Sie gebeten hat, die Reservierungskarten für den Golfplatz draußen am Meer und die Tennis- und Squashplätze in der Innenstadt zu überprüfen, um festzustellen, ob Mr. Nash und Mr. Fowler irgendwann zusammen eingetragen waren?«

Shields runzelte die Stirn. Offenbar sah das so aus, als ob sie aufschrieben, wann ein Mitglied kam oder ging. Selbst wenn eines von ihnen wegen einer Mordanklage vor Gericht stand, Mitglieder waren immer noch Gentlemen, und es gehörte sich nicht, daß man sie überprüfte. »Ja, das stimmt.«

»Und haben Sie das getan?«

Er nickte. »Ja. Ja, ich habe es getan.«

»Und haben Sie feststellen können, daß Mr. Nash je eine dieser Sportarten mit Mr. Fowler gespielt hat? Oder daß die beiden auch nur in annähernd derselben Zeitspanne auf einem der Plätze gespielt haben?«

»Nein ...«

»Mr. Shields, stimmt es, daß sie also keinerlei Anzeichen dafür haben, daß Mr. Nash und Mr. Fowler einander kannten oder auf irgendeine Weise eine gewisse Zeit miteinander verbracht haben?«

»Ja, ich nehme an, das stimmt.«

Hardy sagte, er habe keine weiteren Fragen.

Natürlich bewies das immer noch nicht, daß Fowler zu Shields in der Frage, ob er Owen Nash kannte, die Wahrheit gesagt hatte. Ja, nun hatte Hardy diesen Mann fast eine halbe Stunde ausgefragt und an seiner eigentlichen Aussage nichts geändert. Was hätte es daran denn auch zu ändern gegeben? Genau wie die anderen Zeugen an diesem Nachmittag war Shields ein guter Mann, der zweifellos die Wahrheit erzählte. Fowler war ein Mann, von dem man wußte, daß er gelogen hatte. Hardy konnte ein paar Rauchwolken erzeugen, doch diese Tatsache konnte er vor den Geschworenen nicht verbergen.

## 54

Glitsky kam durch den Zuschauerraum herauf, stieß die Schwingtür auf und betrat den eigentlichen Gerichtssaal. Er war ein bekannter, geachteter Polizeibeamter, und daß er hier hereinkam, war, wenn auch nicht unerhört, so doch höchst ungewöhnlich.

Pullios stand da und wollte gerade mit der Befragung von Gary Smythe, Andy Fowlers Golfpartner beginnen, der Börsenmakler und ebenfalls Mitglied im Olympic Club war. Die Staatsanwaltschaft hatte ihre Hausaufgaben gemacht, und von überallher kamen die Zeugen angekrochen.

Glitsky beugte sich über den Tisch der Verteidigung und legte seine Hand auf Hardys Arm. Hardy schaute ihm ins Gesicht und fand, daß er noch nie so abgehärmt ausgesehen hatte. Er war bleich unter seinem braunen Teint. Seine Augen flackerten, und Hardy erinnerte sich an Soldaten, die er in Vietnam gesehen hatte und die während der Bombardements den Verstand verloren hatten. »Beantrage eine Pause«, flüsterte er. »Wir müssen reden, jetzt gleich.«

Abe Glitsky hatte keinen Hang zur Theatralik. Wenn er »jetzt gleich« gesagt hatte, gab es dafür einen Grund. Hardy nickte. »Entschuldigen Sie mich«, sagte er und unterbrach Pullios, die mitten in ihrer Befragung war. Sie drehte sich um und sah ihn unfreundlich an.

»Ja, Mr. Hardy?« fragte Chomorro.

»Euer Ehren, könnte das Gericht bitte wegen einer dringenden Angelegenheit eine kurze Pause gestatten!«

»Euer Ehren«, rief Pullios wutschäumend. »Ich habe gerade mit diesem Zeugen angefangen.«

»Zehn Minuten, Euer Ehren.«

Pullios warf Glitsky einen bösen Blick zu.

Chomorro betrachtete die Wanduhr. »Wenn ich Ihnen jetzt zehn Minuten gebe, müssen Sie auf das Kreuzverhör verzichten.« Er sah die Geschworenen an und lächelte müde. »Wie wäre es, wenn wir heute Schluß machen und morgen mit Mr. Smythe fortfahren?«

»*Nein*«, sagte Glitsky leise zu Hardy. »Laß das nicht zu.«

Hardy stand auf. »Das wird nicht nötig sein, Euer Ehren. Ein paar Minuten werden genügen.«

Chomorro wurde ärgerlich. »Ja, was denn nun, Mr. Hardy? Wollen Sie eine Unterbrechung oder nicht?« Er wandte sich an Glitsky. »Worum geht es, Sergeant? Wollen Sie es dem Gericht nicht mitteilen?«

Man sah Glitsky an, daß er zögerte. Es war nicht üblich, daß Polizisten mit der Verteidigung sprachen, auch nicht, wenn es, wie in diesem Fall, eine persönliche Beziehung gab. Es mußte ihm ja unangenehm sein. Er sah Hardy an und zuckte die Achseln, als wollte er sagen ›Ich habe es versucht.‹ Dann fragte er Chomorro und Pullios: »auch den Anwälten?«

Der Richter winkte sie alle zu sich, und sie trafen sich vor seinem Pult. Glitsky sah immer noch blaß aus. »Es ist inoffiziell, Euer Ehren, und ich bitte um Entschuldigung wegen der Unterbrechung, aber ich komme gerade von der Mordkommission.«

»Ja?«

Glitsky holte Luft. »May Shinn ist tot.«

»Jesus Christus!« stieß Hardy hervor. Pullios stand da, als hätte sie der Schlag getroffen. »Was?«

»Und wir haben zwei Nachbarn, die Zeitung gelesen und ferngesehen haben.« Glitsky wandte sich an Hardy. »Sie haben beide – unabhängig voneinander – gesagt, Sie hätten den Richter heute früh bei ihr gesehen.«

»Fowler?« Pullios schrie beinahe.

Glitsky drehte sich zu ihr um und nickte. »Genau den.«

In diesem Augenblick stieß Peter Struler die äußeren Schwingtüren des Gerichtssaals auf und kam den Mittelgang herunter, er rannte fast. »Ich nehme an, jetzt ist es offiziell«, sagte Glitsky.

### Nashs Geliebte tot aufgefunden
Offenbar Selbstmord, Mord jedoch nicht ausgeschlossen

von Jeffrey Elliot
*Chronicle*-Redaktion

May Shinn, während des letzten Sommers des Mordes an Owen Nash verdächtigt, wurde heute nachmittag tot in ihrer Wohnung aufgefunden. Offenbar handelt es sich um einen Selbstmord. Der Leichnam wurde von Special Investigator Sergeant Peter Struler entdeckt, der mit Ms. Shinn verabredet gewesen war, nachdem sie gestern in der Mordsache Nash gegen den ehemaligen Oberrichter Andrew Fowler ausgesagt hatte.

Obwohl ein Selbstmord vorzuliegen scheint, wollte man seitens der Polizei und der Staatsanwaltschaft einen Mord nicht ausschließen. Nachdem feststand, daß Mr. Fowler Ms. Shinn heute früh in ihrer Wohnung besucht hat, wurden die Geschworenen, die ein Urteil über Mr. Fowler fällen sollen, abgesondert, und Mr. Fowler selbst wurde in Haft genommen. Mr. Fowler war am Morgen verspätet im Gericht erschienen und hatte dem Gericht erzählt, er habe Schwierigkeiten mit seinem Wagen gehabt.

Zu Redaktionsschluß stand der genaue Zeitpunkt von Ms. Shinns Tod noch nicht fest. Ihr Leichnam wurde vornübergebeugt auf einem improvisierten Altar in ihrer Wohnung entdeckt. Sie war in die zeremoniellen weißen Gewänder des Seppuku, auch als Harakiri bezeichneten rituellen japanischen Selbstmordes gekleidet. Die meisten anderen wesentlichen Elemente dieses Rituals waren laut Polizeiangaben (siehe Kasten auf der letzten Seite) ebenfalls ausgeführt. Auf dem Altar verstreut lagen juristische Papiere, die einen Streitfall zwischen Ms. Shinn und der Staatsanwaltschaft betrafen, nachdem diese vorigen Sommer durch ein Grand Jury-Verfahren Mordanklage gegen sie erhoben hatte.

Ms. Shinns Anwalt David Freeman sagte, der Tod seiner Mandantin hätte ihn »furchtbar erschüttert und traurig gestimmt. Auch May Shinn ist ein Opfer der unfairen Behandlung durch unsere Justiz geworden«, so Freeman. »Durch ihre ungesetzliche, voreilige Verhaftung nach dem Tode des Mannes, den sie geliebt hat, geriet sie in eine immer tiefere Depression, aus der es für sie kein Entkommen mehr gab. Man kann nur hoffen, daß sie jetzt ihren Frieden gefunden hat ...«

Als Jeff Elliot die letzten Worte in seinen Computer tippte, trank Dismas Hardy ungefähr seine zwanzigste Tasse Kaffee. Er wußte nicht, wohin er gehen sollte, und saß auf einer gelben Bank im fensterlosen Besucherraum des Leichenschauhauses.

Strout war immer noch drin, er nahm persönlich die Obduktion von May Shinn vor. Sogar Locke hatte sich sehen lassen, außerdem Drysdale, Pullios und natürlich Struler. Glitsky war gegen halb neun gekommen und eine Weile geblieben, um ihm Gesellschaft zu leisten, doch Hardy saß nur unbewegt da.

Er hatte noch immer die Szene in Chomorros Gerichtssaal vor Augen, als Struler mit der offiziellen Nachricht hereingekommen war.

Sie befanden sich in Andy Fowlers ehemaligem Büro, doch alle Relikte der Vergangenheit, die Andy eindeutig als Mitglied der weißen, angelsächsischen Oberschicht auswiesen, waren entfernt. Der graue Berber-Spannteppich war verschwunden, und der Parkettboden glänzte einem entgegen. Indianische Läufer lagen unter schwerem dunklem Mobiliar aus Südamerika. Die hintere Wand war von Fotos bedeckt, auf denen Reagan, Bush, Quayle, George Deukmejian und Pete Wilson Leo Chomorro die Hand schüttelten. Der Schreibtisch war schwarz und wuchtig, und die Schreibtischplatte – anders als bei Andy – fast leer. Chomorro saß dahinter, hatte die Ellbogen darauf gestützt und die Hände gefaltet.

Pullios stand mit vor der Brust verschränkten Armen an das Bücherregal gelehnt, Struler saß mit gespreizten Beinen auf einem Klappstuhl, und Glitsky wartete in der Nähe der Tür. Drysdale saß in einem der Sessel neben Hardy, der seine Nervosität zu verbergen suchte.

Chomorro richtete das Wort an ihn.

»*Wollen Sie mir sagen, Sie wußten, daß Fowler heute früh bei Shinn war, als Sie mir sagten, er hätte Schwierigkeiten mit seinem Wagen gehabt?*«

»Nein, Richter, da noch nicht. Er hat es mir beim Mittagessen erzählt –«

»Und wie lange wollten Sie uns diese Information vorenthalten?«

»Ich weiß es nicht.« Es war die Wahrheit.

»Sie *wissen* es nicht. Ihr Mandant versucht eine Zeugin der Staatsanwaltschaft zu bestechen, zu bedrohen, möglicherweise zu ermorden –«

»Das wissen wir nicht, Euer Ehren. Darauf deutet nichts –«

»Bisher noch nichts«, sagte Pullios.

»Jedenfalls glaubten Sie, es für sich behalten zu können? Das werde ich zumindest der Bar Association melden müssen.«

»Er hat sie nicht bedroht«, sagte Hardy, »und Struler sagt, sie hat Selbstmord begangen –«

»*Scheinbar*«, sagte Struler rasch.

»Fowler hat sie nicht getötet.«

Pullios sah ihn an. »Genauso wie er auch Nash nicht getötet hat, richtig?«

Hardy sagte so trocken es ging: »Richtig, Bets. Wie wäre es, wenn wir zur Abwechslung mal auf den Obduktionsbericht warten? Erst mal sehen, was los ist, bevor wir Anschuldigungen erheben.«

486

Chomorro machte dieser privaten Unterhaltung ein Ende. »Ganz gleich, was Mr. Fowler getan oder nicht getan hat, der Angeklagte hat eine Zeugin der Staatsanwaltschaft aufgesucht. Ihre Aussage wird mindestens unbrauchbar sein.«

»Sie wird nicht mehr aussagen«, erklärte Pullios. »Sie ist tot.«

Chomorro schüttelte den Kopf. »Ich weiß nicht. Ich glaube, wir haben hier einen Verfahrensfehler. Vielleicht müssen wir noch einmal ganz von vorn anfangen.«

»Damit wäre ich einverstanden«, sagte Hardy rasch. Er wollte es sich nicht eingestehen, aber der Gedanke ließ ihn nicht los ... *hatte* Andy May getötet?

Pullios war nichts an einem Verfahrensfehler und einem notwendigen Neubeginn gelegen – ihrer Ansicht nach hatte sie dieses Verfahren nun gewonnen. Hardy konnte es ihr nicht übelnehmen.

»Es tut mir leid, Richter, aber ich bin nicht Ihrer Meinung.« Sie erklärte, May Shinn sei nur *eine* Zeugin, und eine Verleitung zum Meineid liege ja *tatsächlich* nicht vor. »Wenn Mr. Hardy die Tatsache, daß dem Angeklagten das Vorhandensein der Waffe an Bord des Bootes bekannt war, anzuerkennen bereit ist –«

»Auf gar keinen Fall«, sagte er.

»Ich bin sicher, daß Sie in Gegenwart seiner Tochter darüber gesprochen haben«, sagte Pullios. »Ich werde sie befragen.«

»Sie wird niemals gegen ihren Vater aussagen.«

Chomorros schwarze Augen starrten ihn wütend an. »Das soll sie mal lieber tun, oder ich sperre sie wegen Mißachtung des Gerichts so lange ein, bis sie es tut ...«

Und so weiter. Hardy mußte Janes Erscheinen im Zeugenstand aus verschiedenerlei Gründen verhindern. Am Ende wäre es ihr sogar noch herausgerutscht, daß sie und Owen Nash einander, biblisch ausgedrückt, erkannt hatten. Was war schlimmer? Daß die Geschworenen über Fowlers Wissen, daß und wo sich die Pistole an Bord befand, informiert waren – oder daß sie noch einen weiteren Grund erfuhren, aus dem Fowler versucht gewesen sein mochte, Nash zu töten?

Chomorro entschied dann schließlich, daß Fowler erneut in Haft zu nehmen war und zumindest so lange darin verbleiben mußte, bis die Ursache für May Shinns Tod eindeutig geklärt war. Die Geschworenen, die bisher unter der Bedingung, daß sie mit niemandem über den Prozeß sprachen, abends nach Hause hatten zurückkehren dürfen, wurden nun in ein Hotel verfrachtet, bis der offizielle Obduktionsbericht herauskam, und diese Tatsache weckte in ihnen sicherlich keine freundlichen Gefühle gegenüber dem Angeklagten.

Glitsky steuerte schließlich auch noch einen Gedanken bei: Man solle Fowlers Kleidung auf Fasern, Haare, Sperma und Blut testen. Er war Mordkommissar, und falls tatsächlich ein Verbrechen vorlag, wollte er, daß die Indizien diesmal nicht weggeworfen wurden. Pullios sagte, das sei eine gute Idee, und er sagte, das sei ihm klar. Mordfälle untersuchen, das war sein Job, wenn man ihn nicht daran hinderte.

## 55

Die Tür des Besucherraums ging auf. Es war nach halb elf Uhr abends; Hardy sah hoch und rechnete fast damit, daß Strout hereinkam und ihm mitteilte, May sei in der Tat ermordet worden, diese Wunden habe sie sich nicht selbst beigebracht, sondern eine andere Hand müsse das Messer geführt haben. Statt dessen erblickte er das Dackelgesicht von David Freeman, der höflich fragte, ob er sich setzen dürfe.

»Ah, Mr. Hardy. Ich wollte Ihnen nur meine Hochachtung ausdrücken«, sagte er. In den vergangenen Monaten hatten sich die beiden zweimal in Freemans Büro über die Zeugen unterhalten, die Hardy in diesem Prozeß benennen wollte. Obwohl sie einander als Gegner gegenübergestanden hatten, waren sie auch beide Außenseiter und spürten eine Art Verwandtschaft, die ein gewisses unterschwelliges Vertrauensverhältnis zwischen ihnen schuf. »Ist Strout immer noch bei ihr drin?« fragte Freeman.

Hardy nickte, überlegte einen Augenblick und entschloß sich, offen mit ihm zu reden. »Wissen Sie«, sagte er, »ich wünschte, Sie hätten den Fall damals übernommen, als Andy Sie darum bat.«

Freeman schüttelte den Kopf. »Ich glaube nicht, daß Sie ihn schon verloren haben. Er ist erst dann zu Ende, wenn die Tür aufgeht und die Geschworenen in den Saal kommen.«

Hardy hob den Blick. »Ja, das sagt man so.«

»Vor allem, wenn Andy May nicht getötet hat. Ich glaube, man übertreibt ein wenig, wenn man behauptet, daß er das getan hat.«

»Er war aber heute früh bei ihr«, sagte Hardy.

Freeman zuckte die Schultern. »Ich war vor zwei Tagen dort. Wissen das die Geschworenen? Müssen sie es wissen?«

Hardy klammerte sich an den Strohhalm. In diesem Augenblick brauchte er einen Hoffnungsschimmer. »Warum glauben Sie, daß übertrieben wird? Ich meine, abgesehen davon, daß man ihn festnageln will.«

Während der vier Stunden, in denen sie schon vor einiger Zeit miteinander diskutiert hatten, waren sie Hardys Ansicht nach alle wichtigen Themenkomplexe dieses Prozesses durchgegangen, aber jetzt wurde ihm klar, daß Freeman die Eigenschaft hatte, nur auf das zu antworten, was man ihn fragte, und Hardy war immer wieder bei Fowlers Verhalten in Hinsicht auf die Schuldbewußtseinstheorie hängengeblieben. Die Person May Shinn hatte er fast gar nicht in Betracht gezogen, sondern angenommen, daß sie keine Rolle mehr spielte. Jetzt war er sich dessen nicht mehr sicher.

»Wegen ihrer Depressionen *neigte* May zum Selbstmord. Ich habe gestern abend über eine Stunde lang mit ihr geredet, um sie davon abzubringen.«

»Warum war sie so deprimiert?«

»Ich glaube, das ist ziemlich klar? Meinen Sie nicht?«

»Doch nicht nur wegen eines Mantels.«

»Mantels? Ach, das? Nein, das könnte ihr den letzten Rest gegeben haben – noch so ein Beweis, daß das Leben ihr alles versagte. Deshalb hat sie mich ja auch angerufen, nehme ich an – sie war aufgeregt, weil man ihn ihr gestohlen hatte. Aber die Depression selbst hat schon im Sommer eingesetzt. Sie liebte Owen Nash. Dachte sie jedenfalls. Sie setzte ihre Hoffnungen in ihn. Als er tot war, war alles dahin, was sie am Leben gehalten hatte. Und dann die Verhaftung. Die Mordanklage. Der Prozeß …«

Hardy schüttelte den Kopf. Er wollte ihn auf die Probe stellen: »Ich weiß nicht, was sie Ihnen erzählt hat, aber sie hat Owen Nash nicht geliebt.« Das hatte jedenfalls Farris gesagt.

»Nein. Nein, da irren Sie sich. Warum sagen Sie das?«

»Genau wie bei Fowler. Man nimmt nicht Geld von jemandem, den man liebt. Jedenfalls nicht für Sex.«

»Sie hat von Nash nie Geld genommen.«

Das war Hardy neu. »Wie bitte?«

»Sie hat nie Geld von ihm genommen.«

»Was ist mit dem Testament?«

»Ja, was ist damit? Das Testament war ein Testament. Ich glaube, es war ursprünglich eher eine Geste, aber als Owen starb ... Ich meine, würden Sie auf zwei Millionen Dollar verzichten?«

Hardys Kopf fing wieder zu schmerzen an. Er streckte die Hand nach der Tasse mit dem inzwischen kalten Kaffee aus, die vor ihm auf dem Tisch stand. Warum hatte er immer gedacht, daß Owen May Shinn bezahlte? Hatte Ken Farris das nicht gleich zu Anfang erzählt? Hatte Farris gelogen?

»Nein«, fuhr Freeman fort. »May hat Owen Nash geliebt. Daran besteht kein Zweifel. Und ich glaube jetzt, daß er sie ebenfalls geliebt hat. Als man ihn fand, trug er ihren Ring. Sie war eine liebenswerte Frau.«

Das stimmte. Man mußte sich nur ansehen, was aus Andy Fowler geworden war. May war offenbar mehr wert gewesen, als man ihr hatte zugestehen wollen. Aber sie hatte Andy Fowler betrogen, und Hardy erinnerte Freeman daran.

Freeman nickte, als ob das keine Rolle spielte. »Das war vor Owen Nash. Vor Nash war sie eigennützig orientiert. Das hat sie mir erzählt. Für gewisse Kunden war sie so was wie ein Beichtstuhl. Psychologin, Advocata Diaboli. Dann entwickelt sich eine Abhängigkeit.«

Hardy, der sich an Celine erinnerte, wußte, was Freeman meinte.

»May und ich, wir sind uns eigentlich recht nahe gekommen. Wir hatten viel Papierkram zu erledigen.« Als Hardy ihn ansah, fuhr Freeman fort: »Nein, wir haben *nicht* miteinander geschlafen. Jedenfalls scheint sich zwischen May und Owen eine sehr innige Beziehung entwickelt zu haben, obwohl beide zuerst ziemlich zynisch eingestellt waren. Sie haben einander zum Besseren hin verändert.«

»Was heißt denn das?«

»May hat ihre alten Liebhaber nicht mehr empfangen, zum Beispiel Andy Fowler. Sie hätte Owen Nash ja einfach hinzunehmen können, so wie sie es mit den anderen Männern getan hatte, aber sie wollte ein neues Leben beginnen.«

»Und Nash?«

»Ich nehme an, ihm ging es ziemlich ähnlich, obwohl er natürlich einen größeren Bekanntenkreis und mehr Verpflichtungen hatte. Es hätte womöglich noch länger gedauert, bis er zum Beispiel sein Versprechen, sie zu heiraten, öffentlich bekanntgemacht hätte.«

Hardy erinnerte sich an das, was Farris gesagt hatte – daß Owen sich während der letzten Monate seines Lebens »verändert« hätte. War das die Erklärung?

»Glauben Sie wirklich, daß er sie geheiratet hätte?«

»Ja. Und ich bin nicht so leicht hereinzulegen.«

Hardy hatte diese Möglichkeit nie ernsthaft in Erwägung gezogen. Und warum nicht? Vor allem deshalb nicht, weil Ken Farris ihm gesagt hatte, mit May und Owen sei es definitiv *aus* gewesen. Hardy überlegte jetzt, was er sonst noch übersehen oder ignoriert haben mochte.

Sein guter Freund, der sehr fähige Polizist Abe Glitsky hatte wohl das Alibi überprüft, das Ken Farris angegeben hatte, aber nun ging Hardy durch den Kopf, ob Pullios vielleicht doch recht hatte und Abe über seinen eigenen Mißgriff bei Shinns Verhaftung eventuell so enttäuscht war, daß er die anderen Spuren nicht mehr sorgfältig genug verfolgt hatte. Zum Beispiel den nicht identifizierten Fingerabdruck auf der Mordwaffe. Struler hatte das geschafft. Er hatte auch den Privatdetektiv Emmet Turkel aufgespürt. Hardy überlegte, ob Abe wirklich nach Taos geflogen war oder sich mit ein paar Anrufen begnügt hatte.

Durch Nashs Tod war Ken Farris Herr über ein 150-Millionen-Dollar-Imperium geworden. Der lästige Exzentriker Owen mischte sich nicht mehr ein. Wäre das nicht vielleicht ein Grund gewesen, jemanden umzubringen?

»Ist Ihnen die Erleuchtung gekommen?« fragte Freeman freundlich.

»Vielleicht.«

Sie hörten Schritte und sprangen beide auf. Strout öffnete die Tür. »Wollen Sie bitte kommen?« bat er sie.

Der Leichnam lag, von einem Tuch bedeckt, im Kühlraum auf einer Bahre. Strout ging voraus und zog das Tuch von ihrem Gesicht zurück. Hardy erstaunte es, wie jung sie gewesen war. Ihr Gesicht – ungeschminkt und ausdruckslos – war das eines schlafenden jungen Mädchens.

Freeman ging näher an die Bahre heran, strich mit einem Finger Mays Kinnlade entlang, hob das Tuch etwas höher und sah an ihrem Körper hinunter, wobei sich sein Gesicht zu einer Grimasse verzog. Strout und Hardy wichen zurück.

»Wo ist ihre Kleidung?« fragte Hardy.

»Eingetütet und weg. Sie überprüfen sie auf Gewebespuren, Haare, Flecke, das Übliche. Eine Zeitvergeudung.«

»Warum?«

»Weil diese Frau sich zweifellos selbst getötet hat.«

Hardys Müdigkeit war auf einmal wie fortgeweht. Die Uhr über den Kühlfächern zeigte kurz nach elf, und plötzlich war sein Mandant wenigstens in einem Mordfall freigesprochen – weil es tatsächlich kein Mord gewesen war.

Irgendwie hatte Hardy das Gefühl, daß eine Wende stattgefunden hatte. Fowler hatte May nicht umgebracht. Am Fall Nash änderte das eigentlich nichts, und trotzdem schien es sehr viel zu bedeuten. In allem, was Andy Fowler getan hatte, sah Hardy Anzeichen seiner Verwirrung, er war auf seinen Ruf bedacht gewesen und hatte irgendwie angenommen, daß er mit zehn Fingern elf Löcher stopfen könnte.

Aber ein Mörder – das sah Hardy plötzlich in aller Klarheit – war sein ehemaliger Schwiegervater nicht. Andy beging impulsiv irgendwelche Dummheiten und dachte sich dann lächerliche Märchen aus, um sein törichtes Verhalten zu kaschieren, er war ein Mann, der nicht genau wußte, was er mit seinen Gefühlen anfangen sollte.

Kaltblütig einen anderen Menschen umgebracht hatte Andy

nicht. Das hatte ein anderer getan – jemand, der intelligent, berechnend und gefühllos war. Jemand, der keine Gewissensbisse kannte. In der Tat, Owen Nashs Mörder mußte nahezu das Gegenteil von Andy Fowler sein.

Jeff Elliot hätte früher, sechs Monate zuvor, ehe er Dorothy begegnet war, so lange in der Leichenhalle ausgeharrt, bis das Untersuchungsergebnis bekannt war, so daß er es noch in die Ausgabe vom nächsten Morgen hätte hineinbringen können. Aber jetzt hatte er seinen Artikel geschrieben, geprüft, abgegeben und war nach Hause gefahren.

Nun standen auch ganz andere Nachrichten aus dem Justizpalast in den Zeitungen, und Rundfunk und Fernsehen berichteten davon: Aufgrund der Arbeiten an dem neuen Gefängnisgebäude waren Mäusescharen im Justizpalast aufgetaucht, und der Bezirksstaatsanwalt hatte einen Kater namens Arnold Mousenegger erworben, um dieser Plage Herr zu werden. Der *Chronicle* hatte schon einige Nachrichten über die Katze gebracht und als »Zitat des Tages« Chris Locke mit den folgenden Worten erwähnt: »Arnold ist budgetmäßig ein Gottesgeschenk. Wir können uns keinen Kammerjäger für das ganze Haus leisten.« In Channel 5 hatte sich der Bezirksstaatsanwalt ebenfalls in diesem Sinne geäußert. Heiße Sache.

Und Owen Nash war immer noch genauso tot wie ehedem. Andy Fowler saß im Gefängnis und würde jedenfalls heute nacht niemanden mehr umbringen. Der Prozeß ging seinen schleppenden Gang. Jeffs Arbeit konnte bis zum Morgen warten.

Dorothy hatte bereits geschlafen, aber sie stand auf, um ihn zu begrüßen, als er die Tür öffnete. Sie füllte zwei Gläser mit Weißwein, während er sich auf dem Bett sitzend auszog. Das Telefon klingelte, und ohne nachzudenken, hob er ab.

»Jeff, hier ist Dismas Hardy, und ich tue Ihnen einen Gefallen.«

»Sind Sie noch wach? Haben Sie nicht morgen früh einen Prozeß?«

»Gute Anwälte schlafen nie, und ich wollte, daß Sie es als erster erfahren. Inoffiziell. Strout hat festgestellt, daß May Shinn ein Selbstmord war. Andy Fowler hat sie nicht getötet. Niemand hat sie getötet. Sie hat sich selbst umgebracht.«

»Abteilung Redundanz-Abteilung«, sagte Jeff. »Selbstmord heißt, daß sie sich selbst umgebracht hat.«

Hardy dankte ihm aufrichtigst für den Sprachunterricht. Dorothy kam herbei und stellte das Weinglas neben das Telefon. Sie setzte sich zu Jeff und rieb ihm die Schultern.

»Ist das hieb- und stichfest?« fragte Jeff.

»Das hat Strout gesagt. Ich bin immer noch in der Leichenhalle. Ich dachte, Sie würden es vielleicht gern wissen.«

Jeff zögerte einen Augenblick – das hieß, daß er ein paar Stunden Schlaf versäumen würde. »Ich habe meinen Artikel für morgen schon abgegeben.«

»Hey«, sagte Hardy, »es ist noch nicht mal Mitternacht. Haltet ihr nicht die Druckerpressen an und reißt die Titelseite heraus?«

»Höchstens wenn Arnold Mousenegger nachweislich vier Mäuse an einem Tag erledigt hätte.«

Alle kannten Arnold. »Nebenbei«, fragte Hardy, »sind Sie immer noch bereit, ein bißchen Staub aufzuwirbeln, wenn ich Ihnen ein Loch zeige?«

»Nebenbei, hm?«

»Fiel mir gerade ein.«

»Klar. Ja, glaub' schon. Worum geht's denn?«

»Ich bin noch nicht sicher. Ich melde mich bei Ihnen.«

Als Jeff aufgelegt hatte, trank er einen Schluck Wein und küßte Dorothy. »Sorry«, sagte er, »Nachrichten sind bares Geld …«

Sie küßte ihn auch. »Wenn du den Pulitzer-Preis gewinnst«, sagte sie, »verzeihe ich dir das.«

»Dismas, du mußt jetzt schlafen.« Frannie sah sehr schwanger aus, als sie in der Tür seines Büros stand. »Wie spät ist es?«

Hardy streckte sich und wagte nicht, auf die Armbanduhr zu sehen. »Zeit ist etwas für Schwächlinge«, sagte er.

Sie kam hinter seinen Schreibtisch, legte die Arme um ihn und drückte ihn an sich. »Wie willst du denn morgen einen klaren Gedanken fassen?«

»Morgen ist Freitag«, sagte er.

»Gut. Eigentlich ist heute Freitag. Bedeutet das irgendwas?«

»Das bedeutet, daß ich morgen schlafen kann. Jetzt muß ich diese Protokolle lesen« – er hob einen dicken Stapel Schreibmaschinenseiten auf –, »das sind die von zwei Tagen. Gestern abend habe ich nichts getan, erinnerst du dich?« Er lehnte den Kopf an sie. »Erinnerst du dich?«

Sie zerwühlte sein Haar. »Ich erinnere mich sehr gut. Aber trotzdem …«

»Andy Fowler hat May nicht getötet«, sagte er. »Sie hat sich selbst umgebracht, so wie es den Anschein hatte.«

Frannie richtete sich auf. »Na ja, das ist gut, nehme ich an.«

»Es ist gut, aber warum ist der Idiot zu May gegangen –«

Sie sagte: »Psst. Reg dich nicht auf. Lies und komm zu Bett. Jetzt.«

»Noch ein paar Seiten. Ich verspreche es.«

Als erstes mußte er morgen früh Ken Farris anrufen und ihm ein paar Fragen stellen. Wenn ihm die Antworten nicht gefielen, würde er Jeff Elliot anrufen. Vielleicht sogar selbst so einen Emmet Turkel beauftragen und jemandem ein Wochenende im Juni in Taos um die Ohren hauen.

Er mußte sich auch die Fragen merken. Sie flitzten ihm durch den Kopf, und er brauchte eine Liste, die er mit der einen Hand schrieb, während er mit der anderen die Protokolle der beiden Tage durchblätterte und zu lesen versuchte. Nach allem, was geschehen war, erinnerte er sich kaum noch an Tom Waddell und José Ochorio, noch weniger an das, was sie gesagt hatten oder warum es wichtig sein könnte.

Auf seinem gelben Block stand: »Nash May bezahlt? Nachweise?« In einer anderen Zeile: »O. N. spezielle Veränderung? Wie?« Dann: »Es war *aus*? Wieso Anruf?«

Daß May aufrichtig gewesen war, ließ das ganze Geschehen in einem anderen Licht erscheinen. Hardy fing einen neuen Block an: Angenommen, May und Owen hatten einander in der Tat geliebt. Er würde die allerersten Hefter – die er damals kopiert hatte – über das Wochenende noch einmal genau durchgehen und jedes einzelne Wort prüfen, das sie gesagt hatte.

Er schrieb etwas in den neuen Block, dann nahm er sich die

Protokolle vor. Er mußte zurückblättern, um zu sehen, wer was sagte, Tom oder José. Tom war doch der Nachmittagsmann gewesen, der, den er am ersten Tag draußen getroffen hatte. Er griff sich den ersten Hefter, schlug ihn dort auf, wo Glitsky beide befragt hatte, wollte noch mal von neuem anfangen, die Sache mit anderen Augen ansehen. Noch einmal.

Er war seit zwanzig Stunden wach. Jetzt las er: José hatte May Shinn am Donnerstag vom Boot weggehen sehen. Aber José war der Vormittagsmann, also konnte er May nicht am Donnerstagvormittag gesehen haben, es mußte der Mittwoch gewesen sein. Das jedoch ergab keinen Sinn, weil May gesagt hatte, sie sei am Donnerstag zum Boot hinausgefahren, also – schnell! – die Frage auf den neuen May-Block aufgeschrieben.

Er überlegte. Ach, das mußte ja doch Tom gewesen sein – der das gesagt hatte. Einer der Hefter war bei Toms Aussage aufgeschlagen.

Frannie hatte recht – man konnte nicht arbeiten, wenn man nicht denken konnte, und Hardys Gehirn hatte gerade auf Aus geschaltet. Genug. Er blickte nicht mehr durch.


## 56

Nach ein paar Sekunden, wie es ihm vorkam, läutete das Telefon an seinem Ohr, er lag im Bett, und draußen war es hell.

»Hab' ich dich geweckt?« fragte Glitsky munter.

Hardy sah auf die Uhr: zehn nach sechs. »Nein«, sagte er, »ich habe gerade meine Socken sortiert. Ich tue das gern, bevor das Wochenende anfängt.«

»Jetzt ist die Zeit, zu der Leute, die richtig arbeiten, aufstehen«, sagte Glitsky. »Nebenbei dachte ich, du warst vielleicht gestern abend noch in der Stadt und hast gehört, was Strout gesagt hat.«

»Strout hat gesagt, May Shinn hat sich umgebracht.« Er erzählte Abe vom letzten Abend und seinem Gespräch mit Freeman. Frannie kam mit einer Tasse heißem Kaffee herein, und Hardy schwang sich, während er weiterredete, herum, bis er auf dem Bettrand saß. »Freeman sagt also, sie hätten tatsächlich vorgehabt zu heiraten«, schloß er. »Jetzt kommst du.«

Glitsky schwieg eine Weile. »Nash trug den Ring, nicht wahr?«

»Richtig, an seinem Finger.«

»Aber nicht, als Farris ihn das letztemal sah?«

»Wenn Farris nicht gelogen hat.« Hardy fuhr fort und nannte Glitsky ein paar Widersprüche, die er während der letzten zwölf Stunden entdeckt hatte. »Also, was glaubst du?«

»Da muß man mal drüber nachdenken«, sagte Glitsky, »vor allem, wenn du überzeugt bist, daß Farris gelogen hat.«

Hardy war hellwach, schlürfte seinen Kaffee. »Diese ganze Geschichte war mir von Anfang an unverständlich, Abe. Erst war ich nicht sicher, ob May Owen geliebt hat und umgekehrt. Jetzt bin ich bereit, daran zu glauben, und schon tut sich mir eine ganze neue Büchse Würmer auf.«

»Vorurteile hab' ich am liebsten.«

»Ja, sie machen Spaß.« Hardy war immer noch bei seinem früheren Problem. »Ich glaube, jetzt weiß ich nur noch eins: *Wenn* May nicht gelogen hat, muß ich über das Wochenende noch einmal den ganzen Aktenberg durchackern.«

»Na, du weißt ja«, sagte Abe, »ich habe zu tun, aber ich bin hier.«

Hardy wußte, daß ihm das Angebot nicht leichtfiel. Allerdings hatte auch Abe seine Gründe. Genau wie es Hardy vor etlichen Monaten geschmerzt hatte, als Pullios ihm *seinen* Fall weggenommen hatte.

Hardy überlegte einen Augenblick, was Abe tun konnte: etwas, zu dem er als Polizist Zugang hatte und Hardy nicht. »Du könntest mal feststellen, wer sich den Mantel unter den Nagel gerissen hat«, sagte er. »Ich meine, vielleicht muß man denen mal auf die Finger sehen. Jemand bei euch drüben …«

Keine Antwort.

»Abe, bist du noch dran?«

»Klar. Ich dachte, du redest mit Frannie.«

»Nein, Abe, ich hab' mit dir geredet.«

»Du hast mit mir über einen *Mantel* geredet?«

Hardy erklärte ihm, worum es ging, dann sagte er ihm, was er tun konnte: Sich die Inventarliste der *Eloise* besorgen, jemanden aus der Abteilung finden, der Mays Mantel mitgenommen hatte, ihn ein bißchen unter Druck setzen und feststellen, ob irgendwelche Beweismittel falsch abgelegt worden waren.

»Diz«, sagte Abe. »Unsere Leute stehlen nicht von Tatorten. Ich meine, wenn sie es tun, müssen wir die Abteilung für interne Angelegenheiten informieren. Aber so etwas kommt bei uns nicht vor.«

Hardy trank noch etwas Kaffee. »Aber du kannst doch mal nachsehen. Vielleicht entdeckst du etwas. Vielleicht – ich meine, ich würde dir so etwas nie vorschlagen – redest du mal privat ein paar Takte mit denen, die dabei waren.«

»Als das Inventar auf der *Eloise* aufgenommen wurde?«

»Richtig.«

»Das bring' ich nicht fertig.«

»Ich weiß«, sagte Hardy. »Und wie gesagt, ich würde dich nie darum bitten.«

Hardy hatte Farris zu Haus zu erreichen versucht und seinen Anrufbeantworter erwischt.

Er rief ihn in seinem Büro an, hatte wieder einen Anrufbeantworter dran, hinterließ eine Nachricht und hörte es ein paarmal piepsen, während er sprach. Das war ein Konzept, dachte er. Tonbandaufnahme des Ton aufnehmenden Anrufbeantworters. Abteilung Redundanz-Abteilung, in der Tat.

Er kam sich wie jemand in einer Telefonvermittlung vor. Er hatte gerade bei den Owen Industries eine Bitte um Rückruf und seine Nummer für Farris hinterlassen, als sein Telefon wieder läutete.

»Grand Central Station«, sagte er, als er den Hörer abnahm.

»Was soll Andy denn heute anziehen?« Jane war dran. Sie erklärte ihm, daß man ihrem Vater den Anzug für die Labortests weggenommen hatte, wie sollte er nun im Gerichtssaal erscheinen? Hardy riet ihr, zum Haus ihres Vaters zu fahren, ein paar anständige Sachen zusammenzupacken und um Viertel nach acht bei ihm im Knast zu sein, damit er noch genug Zeit zum Umziehen und zum Überlegen hatte, wie der Tag heute laufen sollte mit den feindseligsten Geschworenen in der Geschichte der Justiz, weil man sie selbst eingesperrt hat. Da Jeff Elliots Artikel es in die Morgenausgabe geschafft hatte, wußte Jane nun ebenso wie der Rest der Welt genau, daß ihr Vater May nicht umgebracht hatte.

Als er diesmal auflegte, steckte Frannie den Kopf in sein Büro. »In Anbetracht deiner Popularität heute früh«, sagte sie, »bittet auch deine Tochter dich um eine kurze Audienz.«

Hardy betrachtete den Stapel auf dem Schreibtisch – die Protokolle von den beiden Tagen, die Ordner, Notizblöcke und Kassetten. Er schlug die Augen wieder zu seiner Frau auf. Sie lächelte, schien aber nicht zum Scherzen aufgelegt.

Beck erschien auf ihren immer noch wackeligen Beinen neben Frannie. Als sie Hardy sah, strahlte sie wie ein Weihnachtsbaum, stolperte über ihre eigenen Füße und fiel mit dem Kopf zuerst gegen die Vorderseite seines Schreibtischs.

Hardy war aufgesprungen und herumgehechtet, bevor Frannie sie erreichen konnte. Er hob sie auf, drückte sie an sich, rieb den roten Fleck an ihrer Stirn, wo die Beule herauskommen würde, und küßte sie. Er wiegte sie hin und her und sagte: »Ist ja gut, Beck. Ist ja gut, Honey. Daddy ist hier. Alles ist gut.«

Er nahm die Protokolle der beiden Tage mit. Er würde sie irgendwann lesen, vielleicht in der Mittagspause oder während Andy sich umzog. Er und Jane hatten den neuen Anzug oben abgegeben, ihn dem Wärter auf den Tisch gelegt und gesagt, was damit zu geschehen hätte, dann hatte er sie gefragt, ob sie ihn bis Viertel nach neun – eine kostbare halbe Stunde lang – mit seiner Lektüre allein lassen könnte.

Er setzte sich in das kleine Sprechzimmer, entnahm seiner riesigen Aktentasche die Ordner und breitete sie aus, um an der Stelle weiterzulesen, an der er in der Nacht aufgehört hatte oder aufgehört zu haben glaubte – bei Toms Aussage, daß May am Donnerstag zur *Eloise* gekommen war.

Doch er konnte sie nicht finden.

Nachdem Hardy Wort für Wort gelesen hatte, was Tom ihm, Glitsky oder dem Gericht gesagt hatte, rieb er sich die Augen und fragte sich, ob er den Verstand verloren habe. Vielleicht war er nicht für einen solchen Druck geschaffen. Am besten kaufte er sich ein Boot, ging nach Mexiko und gründete eine Fischfangflotte.

Nicht vom Brot allein, dachte er. Nein, auch vom Schlaf. Der mußte sein. Er fragte sich, ob Pullios jemals schlief. Ob er jemanden engagieren sollte, der sie einmal pro Stunde anrief, damit ihre Startchancen gleich waren?

Er zwang sich zurück an die Arbeit. Also gut, es stand nicht in Toms Aussage, wo könnte es denn sonst stehen? In Josés?

Schließlich fand er es am Ende von Glitskys erster Befragung von José. Aber das konnte nicht stimmen. Hardy las noch einmal das Transkript. José antwortete auf Glitskys Frage, ob er sich genau erinnere, was May getan hatte, als er sie sah:

A: Ich weiß nicht. Sie war draußen auf der Straße. Vielleicht ist sie gerade zu ihrem Auto zurückgegangen, ich weiß es nicht. Ich habe sie wegfahren sehen.

F: Und Sie sind sicher, daß das May war.

A: Sí. Das war sie.

F: Wissen Sie genau, welcher Tag das war? Das könnte sehr wichtig sein.

(Pause)

A: Ich glaube, es war Donnerstag. Oh, ja. Ach klar. Es muß Donnerstag gewesen sein. Ich weiß noch, Tom hat mir die Nachricht hinterlassen, daß er das Boot abgeschlossen hat, und das war Mittwochabend, richtig? Also ging ich hin und sah nach. Es war immer noch abgeschlossen. Das war Donnerstag, ja, ich bin sicher, Donnerstag.

Hatte May erwähnt, daß sie am Donnerstag zweimal auf der *Eloise* gewesen war? Aus irgendeinem Grund, weil sie beide, Tom und José, May am Donnerstag gesehen hatten, hatte Hardy angenommen, daß es sich um denselben Augenblick gehandelt hatte. Aber das war unmöglich, weil José am Morgen dort gewesen war und sie da gesehen hatte. Und später, nachmittags, hatte Tom sie dort wieder gesehen.

Hardy zog noch einen anderen juristischen Schreibblock heraus und schrieb obendrauf: »Fragen an Freeman.« Jemand, der häufiger mit May gesprochen hatte, könnte vielleicht darauf antworten. Unter diese Titelzeile schrieb er: »Anzahl der Besuche – Donnerstag?«

Es spielte ja gar keine Rolle, oder er konnte sich nicht vorstellen, was es für eine Rolle spielen könnte, aber allmählich dachte er, daß das alles irgendeine Bedeutung haben müßte.

Hardy ging neben Jane her, sie wollten gerade den Gerichtssaal betreten, als Celine vorbeikam. Sie hatte es sich angewöhnt, durch ihn hindurchzusehen. Vielleicht war das für sie die beste Methode. Wahrscheinlich auch für ihn selbst, dachte er. Weil sie einander jetzt täglich erblickten, war es leichter, wenn sie es vermied, ihn anzusehen. Aber nun standen sie einander von Angesicht zu Angesicht gegenüber. Er streckte die Hand nach ihrem Arm aus und hielt sie an.

Sie erstarrte

Hardy trat einen Schritt zurück und bat um Entschuldigung. »Ich fragte mich nur gerade, ob Sie in letzter Zeit von Ken Farris gehört haben.«

Sie versuchte sich zusammenzureißen. »Ich habe ihn gestern abend gesprochen. Ich habe ihn gefragt, was nun mit dem Erbanspruch dieser Shinn los ist, jetzt, da sie tot ist.« Als Hardy sie fassungslos anstarrte, fügte sie schnell etwas verärgert hinzu: »den zwei Millionen Dollar.«

Hardy hatte nie den Eindruck gehabt, daß Celine an dem Geld irgend etwas lag. Er wollte wissen, wo Farris war. »Er war also zu Hause? Er war gar nicht verreist?«

»Ich glaube, das sagte ich gerade.«

»Richtig, das sagten Sie gerade.« Sie wollte nicht mit ihm reden, und er wollte sie nicht zwingen. Er verteidigte schließlich den Mann, der wegen Mordes an ihrem Vater vor Gericht stand. »Wenn Sie noch mal mit ihm sprechen, würden Sie ihm ausrichten, daß ich gern mal mit ihm reden würde?«

Sie betrachtete ihn von oben bis unten, sah Jane an und dann wieder ihn. »Gewiß«, sagte sie. »Wenn Sie mich jetzt bitte entschuldigen möchten.«

Jane nahm, wie um ihn zu beschützen, Hardys Arm und hielt ihn fest, während sie sie davongehen sahen.

Als Celine die Türen des Gerichtssaals öffnete, wandte sie

sich um und sah Hardy, Arm in Arm mit Jane. Diese attraktive Frau, die sich seit Prozeßbeginn an seiner Seite befand, war mindestens seine neue Freundin – so mußte es Celine erscheinen, dachte Hardy. Celine wußte, daß sie nicht seine Frau war, denn die hatte sie zweimal vor Hardys Haus gesehen.

Noch mehr Grund für sie, ihn als ihren Feind zu betrachten, dachte er. Celine mußte denken, daß er sie belogen hatte: Nicht weil er verheiratet, sondern weil er mit seiner neuen Freundin zusammen war, wollte er sie nicht mehr sehen.

Als Fowler hereingeführt wurde, drückte Jane Hardys Arm. »Oh, mein Gott.«

Er trug die Kleidung, die Jane mitgebracht hatte, aber er sah eher wie ein Stadtstreicher in einem geliehenen Anzug aus. Alles hing erbärmlich an ihm herunter. Die Krawatte war nicht richtig gebunden, der Kragen nicht zugeknöpft. Die Hosen, an denen der Gürtel fehlte, fielen ihm über die Schuhe. Sein Haar sah ungewaschen und ungekämmt aus. Seine Augen waren rotgerändert.

Er tätschelte die Hand seiner Tochter, nachdem der Wärter ihn zum Tisch geführt hatte. Mit einem matten Lächeln sagte er ihr und Hardy, er sei in Ordnung, und alles werde sich schon regeln. Mays Tod habe ihn hart getroffen, das sei alles.

Jane gab sich Mühe, ihn herzurichten, bevor man die Geschworenen hereinbrachte: Krawatte, Kragenknopf, Haare. Als die mürrische Jury im Gänsemarsch hereinkam, kehrte Jane in den Zuschauerraum zurück, und alle warteten auf den Richter.

Chomorro entschuldigte sich als erstes bei den Geschworenen dafür, daß er sie hatte absondern müssen. »Gestern nachmittag haben sich einige außerordentliche Umstände ergeben, und da wir Ihnen nun schon all das Bisherige abverlangt hatten, hielt ich es für das Beste, Ihnen diese Isolierung aufzuerlegen, damit wir einen Verfahrensfehler vermeiden, wodurch alle Anstrengungen umsonst gewesen wären. Ich will Ihnen nur mitteilen, daß eine wichtige Zeugin der Staatsanwaltschaft – May Shinn – gestern Selbstmord begangen hat.«

Das war den Leuten im Zuschauerraum längst bekannt, so daß dort niemand zu tuscheln anfing. Aber Hardy sah, wie diese Nachricht auf die Geschworenen wirkte: Alle – manche unverholen, andere etwas verstohlener – blickten zum Tisch der Verteidigung hin.

»Gestern kam es, wie Sie sich denken können, zu allerhand Spekulationen in den Medien, wie dieses Ereignis mit dem hier zu beurteilenden Fall zusammenhängen könnte, und mein Ziel war es, Sie vor einer Beeinflussung durch diese Vermutungen zu bewahren. Ich bitte Sie um Entschuldigung dafür, daß ich das tun mußte, aber meiner Ansicht nach war es erforderlich, um diesen Prozeß nicht zu gefährden.

Dieser Zwang besteht nun nicht mehr, und ich werde Sie zum Wochenende nach Hause entlassen. Aber ich möchte Sie alle noch einmal ausdrücklich darum bitten, über diesen Fall und die Beweismittel, die Sie beurteilen sollen, mit niemanden zu sprechen, solange wir uns noch in diesem Verfahren befinden.« Chomorro trank einen Schluck Wasser. »Sie werden es wahrscheinlich nicht vermeiden können, Meinungen über die Beziehung des Angeklagten zu Ms. Shinn zu hören. Sie werden vielleicht auch hören, daß Mr. Fowler Ms. Shinn gestern früh besucht hat. Ich muß Ihnen aber deutlich machen, daß diese beiden Ereignisse – Mr. Fowlers Besuch und Ms. Shinns Tod – nicht kausal zusammenhängen und für diesen Prozeß ohne Bedeutung sind.

Der Gerichtsmediziner hat bei Ms. Shinn als Todesursache eindeutig einen Selbstmord festgestellt. Die Ermittlungen der Polizei haben auch bereits ergeben, daß nichts auf einen Zusammenhang zwischen Mr. Fowler und Ms. Shinns Tod hindeutet. Deshalb bitte ich Sie, alle Gerüchte oder Meinungen, die Sie vielleicht hören und die einen solchen Zusammenhang herstellen wollen, außer acht zu lassen – sie entbehren jeder Grundlage.«

Chomorro hielt wieder ein. Hardy berührte Fowlers Handrücken und bekam ein mattes Lächeln zur Antwort.

Der Richter nahm noch einen Schluck Wasser zu sich. »Ich setze jetzt die Verhandlung fort. Staatsanwaltschaft und Verteidigung haben hier einvernehmlich den Tatbestand festgestellt, den Ms. Shinn in ihrer Aussage dem Gericht bekanntmachen wollte.« Chomorro hörte auf zu lesen und sah die Geschworenen an. »Vielleicht wollen Sie sich Notizen machen, da die Tatsachen, die Sie jetzt hören, womöglich nicht den Eindruck bei Ihnen hervorrufen werden, den Sie hätten, wenn Sie sie aus dem Zeugenstand vernähmen.« Er rückte seine Brille gerade und sah wieder hinunter auf seinen Tisch. »Erstens sollen Sie es als erwiesene Tatsache betrachten, daß Ms. Shinn im März mit Mr. Fowler gesprochen und ihm gesagt hat, sie habe die Waffe – die Mordwaffe, Beweisgegenstand Nummer 1 der Staatsanwaltschaft – aus ihrer Wohnung entfernt und bewahre sie in dem Schreibtisch neben Mr. Nashs Bett an Bord der *Eloise* auf.«

Ihrer Reaktion nach zu urteilen, verstanden die Geschworenen, was diese Tatsache bedeutete. Sie allein wirkte schon sehr negativ, aber Hardy hatte keine Möglichkeit gesehen, diese Aussage zu verhindern. Er hatte darum gekämpft, den Rest der Erklärung abzumildern, und beugte sich jetzt vor, als er auf die Fortsetzung wartete.

»Zweitens«, sagte Chomorro, »ist es auch eine erwiesene Tatsache, daß Mr. Fowler Ms. Shinn während desselben Gesprächs gefragt hat, ob sie eine Wiederaufnahme ihrer Beziehung – zwischen Fowler und Shinn – in Betracht ziehen würde, falls sie aufhörte, Mr. Nash zu sehen.«

Hardy hatte die Luft angehalten und ließ sie langsam heraus. Das war besser als »wenn Mr. Nash etwas zustöße«.

Chomorro las weiter: »Ms. Shinn habe darauf erwidert, das wüßte sie nicht und das könnte sie nicht sagen. Sie sagte, daß sie Owen Nash liebte und daß Mr. Fowler jemand *gewesen ist*, dem sie sich sehr nah gefühlt habe.«

Hardy zuckte innerlich zusammen, als er die Betonung hörte.

Pullios befragte Gary Smythe sehr ruhig und sachlich, trotzdem ging sie ihm auf die Nerven. Fowlers Börsenmakler und Golfpartner merkte man es deutlich an, wie ungern er seinen Freund belastete. Ironischerweise wirkte sich das aber positiv für die Staatsanwaltschaft aus. Wenn er Fowler angegriffen hätte, wären die Geschworenen vielleicht auf den Gedanken gekommen, daß er Andy aus irgendeinem Grund grollte, es ihm jetzt zurückzahlte und Fowlers Demütigung genoß. Statt dessen mußte Pullios ihm jedes Wort abringen, so daß das, was er sagte, sehr glaubwürdig wirkte.

Pullios war zufrieden, kein Wunder, dachte Hardy, nach den Ereignissen, die mit Andys Verspätung im Gericht begonnen hatten – Mays Tod, die Absonderung der Geschworenen, Chomorros Ermahnung an die Jury und schließlich Mays außer Frage stehende Aussage –, stand es um ihre Sache nicht schlecht.

Zwar hatte Freeman ihm am Abend zuvor erzählt, er könne noch gewinnen, und mit den neuen Fragen, die er an Farris und die beiden Pförtner am Yachthafen hatte, war Hardy von Fowlers Unschuld überzeugter denn je, aber jetzt merkte er, wie er zugunsten von Pullios die Unterstützung der Geschworenen immer mehr verlor.

»Mr. Smythe, ich zeige Ihnen hier ein Blatt aus dem Schreibtischkalender des Angeklagten vom sechzehnten Mai. Es sind darauf die Initialen ›O. N.‹ und das Wort *Eloise* geschrieben.« Sie reichte das Blatt als Beweisstück Nummer 18 der Staatsanwaltschaft ein und wandte sich wieder dem Zeugen zu. »Führten Sie mit Mr. Fowler am oder um den siebzehnten Mai herum eine Diskussion, die Mr. Nash betraf?«

»Ja.« Es war Smythe unangenehm.

»Sagen Sie uns das Wesentliche dieser Diskussion.«

»Nun, das war nicht viel …«

Chomorro beugte sich über sein Pult vor. »Versuchen Sie nicht zu charakterisieren, was es war, Mr. Smythe. Teilen Sie uns nur mit, was gesagt wurde.«

Smythe nickte, schwieg eine Weile, dann versuchte er es wieder. »Richter Fowler und ich sind seit langer Zeit bei der Beschaffung von Spendengeldern aktiv. Ich erwähnte ihm gegenüber, daß ich eine Einladung zu einer Spendenveranstaltung erhalten hatte, die Owen Nash an Bord seiner Yacht plante, und er fragte mich, ob ich ihm eine Einladung besorgen könne. Wir könnten Nash dann doppelt bearbeiten.«

»Und was haben Sie darauf erwidert.«

»Ich fand, das war eine gute Idee.«

»Und Sie haben ihm eine Einladung besorgt?«

»Ja.«

»Also waren Sie beide dort?«

»Nein. Es ist dann doch keiner von uns beiden hingegangen. Ich wurde krank, und Andy hatte es sich anders überlegt.«

»Hat er gesagt, warum er es sich anders überlegt hat, nachdem er doch erst um eine Einladung bemüht gewesen war?«

Smythe blickte zuerst zu Fowler, dann auf seinen Schoß. »Es ging ihm damals schlecht, er fühlte sich nicht so, daß er ausgehen mochte.«

»Es ging ihm schlecht? Persönlich?«

Hardy stand auf und erhob Einspruch, dem stattgegeben wurde.

»Und was ist aus Ihrer Geldsammelaktion bei Mr. Nash geworden?«

»Sie müssen wissen, daß es sich da um eine kontinuierliche Tätigkeit handelt. Sie ist nicht an bestimmte Termine gebunden. Trotzdem war ich etwas enttäuscht, daß weder Andy – Richter Fowler –, daß keiner von uns diese Gelegenheit genutzt hatte, und das habe ich Andy auch gesagt.« Er machte eine Pause und sah wieder seinen Freund am Tisch der Verteidigung an. »Andy sagte, er hätte sowieso andere Gründe, mit Owen Nash zu reden, und er versprach, innerhalb eines Monats zu ihm zu gehen.«

Pullios wartete einen Augenblick, dann wandte sie sich an die Geschworenen. »Er versprach, innerhalb eines Monats zu ihm zu gehen«, wiederholte sie. Dann sagte sie zu Hardy: »Ihr Zeuge.«


»Mr. Smythe«, sagte Hardy. »Ist Mr. Fowler Ihres Wissens nach Mr. Nash je von Angesicht zu Angesicht begegnet?«

»Nein.«

»Hat Mr. Fowler Ihnen je gesagt, er hätte mit Mr. Nash eine Verabredung getroffen, um – an Bord der *Eloise* oder anderswo – etwas mit ihm zu diskutieren?«

»Nein, hat er nicht.«

»Haben Sie Gelegenheit gehabt, zwischen dem sechzehnten Mai und dem zwanzigsten Juni, dem Tag, an dem Owen Nash starb, mit Mr. Fowler zu sprechen?«

»O ja. Wir haben fast jeden Tag miteinander gesprochen.«

»Sie haben fast jeden Tag miteinander gesprochen. Erinnern Sie sich, ob Mr. Nashs Name zwischen dem sechzehnten Mai und dem zwanzigsten Juni gefallen ist?«

»Ja, bei der Gelegenheit, von der ich Ms. Pullios erzählt habe.«

»Und danach?«

»Nein.«

»Nein, Sie erinnern sich nicht oder nein, er ist nicht gefallen?«

»Ich erinnere mich nicht, daß er gefallen ist.«

»Wenn er sich mit Mr. Nash verabredet hätte, glauben Sie nicht, daß er es Ihnen gesagt hätte –«

»Einspruch!« sagte Pullios. »Spekulation.«

Dem wurde stattgegeben, was Hardy gewußt hatte, aber das machte ihm nichts aus.

Er fuhr fort. »Ich würde das gern klarstellen. Am sechzehnten Mai ist Mr. Fowler – obwohl er eine Einladung hatte – *nicht* zur *Eloise* gegangen?«

»Das stimmt.«

»Er hat während des folgenden Monats zu keinem Zeitpunkt von einer Verabredung mit Owen Nash oder einem Besuch auf der *Eloise* gesprochen?«

»Richtig.«

»Wenn ich also die in Ihrer Aussage genannten *Tatsachen* zusammenfassen darf, Mr. Smythe, ist Mr. Fowler Ihres Wissens Mr. Nash nie begegnet und nie an Bord der *Eloise* gewesen?«

»Das ist richtig. Meines Wissens nicht.«

»Ist es eine *Tatsache*, Mr. Smythe, daß Mr. Fowler, wie Sie gesagt haben, versprochen hat, er würde innerhalb eines Monats nach dem sechzehnten Mai ›zu Owen Nash gehen‹?«

Smythe runzelte die Stirn. »Ja, das hat er gesagt.«

»Die *Tatsache* ist also, daß er Ihnen gesagt hat, daß er es tun würde. Es ist keine Tatsache, daß er es wirklich getan hat? Sie kennen keinerlei Beweis dafür, daß er es getan hat. Ist das richtig?«

»Ja, das ist richtig.«


Pullios hatte ihre Zeugenliste bis auf David Freeman und Maury Carter, den Kautionssteller, abgearbeitet. Nach der Mittagspause wollte sie offenbar die Frage, um was für einen Charakter es sich bei Mr. Fowler handelte, geklärt haben, um bei den Geschworenen den Eindruck zurückzulassen, daß Andys Schuldbewußtsein wegen des begangenen Mordes die einzig mögliche Erklärung für sein Verhalten war. Chomorro hatte deutlich gemacht, daß er alle in diese Richtung zielenden Aussagen zulassen wollte.

Hardy freute sich auf Freeman. Was Pullios ihm entlocken würde, bewies zwar, wie unethisch Andy gehandelt hatte, aber als professioneller Verteidiger war er instinktiv gegen Pullios eingestellt. Hardy hatte natürlich während der beiden Monate der Vorbereitung auf den Prozeß mehrmals mit ihm gesprochen, und der Gedanke an seine Bürgerpflicht, demnächst für die Staatsanwaltschaft auszusagen, war Freeman sichtlich unangenehm gewesen.

Aber Tatsachen waren Tatsachen – Andy Fowler hatte ihn engagiert, um May Shinn zu verteidigen. Freeman hatte Andy in dessen Besprechungszimmer klipp und klar gesagt, es bliebe ihm nichts anderes übrig, als diesen Fall Chomorro zurückzugeben, er dürfe die Verhandlung nicht führen. Freeman hatte in Andys Auftrag bei Maury Carter die Kaution bestellt.

Freeman hatte in seiner gesamten beruflichen Laufbahn noch nie einen Richter so etwas tun sehen. Natürlich würde er es im Zeugenstand nicht so pointiert ausdrücken, aber Fowlers Handlungen waren in Freemans Augen so unglaublich, daß sie jeder Beschreibung spotteten.

Und trotzdem hatte Freeman Hardy gegenüber angedeutet, daß der Fall Fowler noch nicht verloren war. Und zwar bevor die Tatsache feststand, daß May Shinn Selbstmord begangen hatte. Wollte er in seiner Aussage vielleicht einen Gesichtspunkt betonen, der Andys Handlungen nicht ganz so verdammenswert erscheinen ließ?

Chomorro erklärte, aufgrund der Kaution könne der Angeklagte wieder aus der Haft entlassen werden, und der niedergedrückte ehemalige Richter und seine Tochter ließen nun durchblicken, daß sie gerne ohne Anwalt sein wollten und gingen zum Essen. Was Hardy in diesem Augenblick ganz recht war.

## 57

»Haben Sie von May eine chronologische Aufstellung für die ganze Woche bekommen?« fragte Hardy David Freeman.

»Natürlich.«

Hardy und Freeman redeten in der Halle miteinander. Sie durften sich, bevor Freeman in den Zeugenstand trat, nicht zu einem trauten Zwiegespräch bei Lou's niederlassen, also nutzte Hardy den offenen Raum der Korridore und Treppen.

»Erinnern Sie sich daran, daß sie zur *Eloise* gegangen ist?«

Freeman sah aus, als ob er in den Sachen geschlafen hätte, die er seit dem letzten Abend in der Leichenhalle trug. »Ja. Keine gute Idee.«

»Warum war sie da? Was hat sie Ihnen gesagt?«

»Wissen Sie, danach wird mich Pullios nicht fragen. Sie will hören, wie es kam, daß Richter Fowler mich engagiert hat. May Shinn interessiert sie nicht.«

Hardy wollte ihn nicht drängen, aber lockerlassen wollte er auch nicht. »Ich frage das nicht wegen Pullios. Es interessiert mich, was May Shinn für ein Mensch war«, sagte er.

»Also gut. Aber ich kann mir nicht vorstellen, warum es eine Rolle spielt, wann, ob oder warum May Shinn auf der *Eloise* war. Ich sage Ihnen, was sie mir erzählt hat, okay?« Sein Blick wanderte den Korridor entlang, vielleicht um festzustellen, ob sich dort Leute aus dem Team der Staatsanwältin aufhielten, und kehrte dann zu Hardy zurück. »Sie las am Donnerstagmorgen im *Chronicle* einen Artikel über Nash, in dem ihr Name vorkam – es wurde dort zum erstenmal die Vermutung geäußert, daß die geheimnisvolle Hand Nash gehören könnte. May hatte Angst, man würde sie da irgendwie hineinziehen wollen – eine sehr berechtigte Angst, wie sich herausstellte. Ihr Revolver befand sich auf der *Eloise*, und sie beschloß ihn dort abzuholen, bevor man ihn entdeckte. Aber als sie hinkam, war es Mittag, und sie sah ein, daß man sie erkennen oder, schlimmer noch, mit dem, was da geschehen war, in Verbindung bringen würde. Darum wollte sie später wiederkommen, wenn es dunkel war oder wenn sich niemand dort aufhielt, aber inzwischen hatte die Polizei das Boot schon abgesperrt.«

Hardy stand mit verschränkten Armen da und dachte nach. »Woher wußte sie, daß sie in die Kabine hineinkommen würde? Hatte sie einen Schlüssel?«

»Gut.« Es war, als hätte Freeman das alles vorher durchdacht und prüfte jetzt Hardys Kombinationsvermögen. »Nein. Sie besaß keinen Schlüssel. Auch das hat sie gehindert, an Bord zu gehen, als sie zum erstenmal da war. Neben der Tatsache, daß man sie wahrscheinlich dabei beobachtet hätte.«

»Wir gehen jetzt davon aus, daß alles stimmt, was sie gesagt hat, nicht wahr?«

»Ich habe ihr geglaubt. Sehen Sie: Erstens wußten alle, daß Nash manchmal abzuschließen vergaß. Zweitens: Wenn man ihn an Bord getötet hatte – was sich dann ja als zutreffend herausstellte –, besaß der Mörder vielleicht keinen Schlüssel oder er war, ohne abzuschließen, geflohen. May hielt das für wahrscheinlich.«

Und sie hat recht gehabt, dachte Hardy. Die *Eloise* war nicht abgeschlossen, als er selbst am Mittwochabend dort gewesen war. »Okay«, sagte Hardy. »Also hier ist meine Frage: Hat May Ihnen erzählt, daß sie *auch* früh am Morgen des Donnerstags dort im Yachthafen war?«

»Nein. Warum sollte sie?«

»Aus demselben Grund.«

»Aber warum wäre sie dann noch einmal nachmittags dort gewesen?«

»Weiß ich nicht.«

Freeman ging ein oder zwei Schritte den Korridor entlang. Es fiel ihm noch etwas ein. »Um wieviel Uhr morgens soll das denn gewesen sein? Sie war die ganze Woche ein Wrack. Abends konnte sie nicht einschlafen, und am nächsten Tag wachte sie manchmal erst gegen Mittag auf.«

Hardy schüttelte den Kopf. »Nein, es war ziemlich früh. So um die Zeit, als der Pförtner, der morgens dort ist, zur Arbeit erschien. Sagen wir gegen halb acht.«

»Er behauptet, jemanden gesehen zu haben?«

»Nicht nur das, er sagte, er hätte *May* gesehen.«

»Auf der *Eloise*?«

»Nein. Beim Weggehen.«

»Hat er ihr Gesicht gesehen? Sie eindeutig erkannt?«

»Weder noch.« Als Hardy es sagte, begriff er, was es bedeutete.

Freeman sagte: »Also, um Ihre eigentliche Frage zu beantworten: May sagte mir, sie wäre einmal, am Donnerstagnachmittag, zur *Eloise* gefahren, um zu sehen, ob sie den Revolver herausholen könnte.«

Hardy ging ein Gedanke durch den Kopf. »Vielleicht wußte sie, daß Fowlers Fingerabdrücke drauf waren und wollte nicht, daß man ihn beschuldigte.«

Freeman schüttelte ungeduldig den Kopf. »Es ging ihr nicht um Fowler. Er interessierte sie nicht mehr, so schmerzlich es für ihn auch sein mag, das zu hören … Ich würde im Kreuzverhör diesen Punkt gar nicht berühren. Aber Sie haben etwas entdeckt, nicht wahr?«

»Wenn ja, weiß ich trotzdem nicht, wie ich es mir erklären soll. Gestern, als ich noch nicht davon überzeugt war, daß May die Wahrheit gesagt hat, dachte ich, ich hätte alle Fakten zusammen. Aber jetzt« – Hardy hob die Schultern – »bin ich mir dessen nicht mehr sicher. Heute sehe ich alles etwas anders, und manches paßt nicht mehr zusammen. Irgend etwas stimmt nicht, und ich versuche rauszufinden, was das ist.«

»Wenn Sie eine Orientierung brauchen: Sie wollen, daß Ihr Mandant freigesprochen wird.«

»Und May hat die Wahrheit gesagt?«

Aber Freemans Ansicht nach war diese Frage schon gestellt und beantwortet. Er trat näher an Hardy heran. »Jedenfalls haben Sie, hoffe ich, schon Ihren Elf-achtzehn geschrieben?«

Er bezog sich auf Paragraph 1118 Absatz 1 der kalifornischen Strafprozeßordnung: Der Verteidiger konnte jetzt beantragen, daß der Richter die Geschworenen anweisen sollte, den Angeklagten sofort freizusprechen. Gewiß, nachdem die Anklagevertretung den Fall dargestellt und all ihre Zeugen vernommen hatte, nützte fast jeder Anwalt automatisch diese Gelegenheit, aber in Fällen wie diesem, wo die Beweise nicht auszureichen schienen, um eine Verurteilung zu erreichen, hatte man sogar vielleicht eine Chance damit. Fast ebenso gewiß wurden solche Anträge freilich abgelehnt. Freeman wollte Hardy zu verstehen geben, daß er es trotzdem versuchen sollte.

Hardy bestätigte, daß dieser Antrag fertig war, er habe aber keine große Hoffnung, daß er damit durchkommen werde.

Freeman anscheinend auch nicht. »Chomorro fehlt es an Erfahrung. Dies ist sein erster großer Prozeß, er *muß* die Geschworenen entscheiden lassen.« Nachdem er es gesagt hatte, hob er die Hände, als erwarte er ein Geschenk vom Himmel. »Aber die Justiz ist so eine wunderbare Sache, da kann man nie wissen.«

Es blieben Hardy noch zwanzig Minuten, bis das Gericht zusammentrat. Er fuhr in den dritten Stock und traf Glitsky allein im Mordkommissariat an, wo er über seinen Schreibtisch gebeugt saß, irgend etwas las und auf einem verdammten Eiswürfel herumkaute. Jetzt sah er auf und sagte: »Du hast dich geirrt.«

Hardy zog einen Stuhl an seinen Tisch heran. »Ich höre.«

»Da war kein Mantel.« Glitsky schob Hardy das Blatt zu, das er studiert hatte. »Guck selbst nach. Wenn jetzt jemand reinkommt, während du hier sitzt, laß dir was einfallen, ja? Das hier«, sagte er und deutete mit dem Zeigefinger auf das Blatt, »ist die Inventarliste. Es steht alles drauf, Diz, sogar die Gummibänder, die im Schreibtisch lagen, alles, was sie aus dem großen Schlafzimmer der *Eloise* mitgenommen haben. Und diese Liste hier hat Struler von May bekommen. Es steht alles drauf, was sie zurückhaben wollte, im Gegenzug dafür, daß sie aussagte.«

»Warum hat man sie nicht einfach vorgeladen?«

Glitsky kaute auf seinem Eis, schluckte. »Ich glaube, sie wollten ihr zeigen, daß sie ihr entgegenkamen.« Er schüttelte den Kopf. »Aber weißt du was?«

Hardy überflog die Liste. »Was denn?« fragte er zerstreut.

»Hey, weißt du, daß das dauernd vorkommt? Jemand verklagt die Stadt und glaubt, er kann dabei noch einen Extra-Mantel oder sonstwas herausschlagen. Braucht es nur auf die

Liste zu setzen und zu sagen: Der war da, wir haben ihn gestohlen. Aber« – er schlug auf das Papier –, »O Wunder, er war *nicht* dabei. Und darum fertigen wir sofort eine Liste an.«

Jetzt fing Glitsky wieder an, Shinn zu verdächtigen. Hardy ließ es nicht zu. »May hat nicht gelogen, Abe, so viel wissen wir jetzt.« Er verstand, daß Glitsky sich über May Shinn ärgerte. Sie hatte ihn in ihrer Klage wegen der ungerechtfertigten Verhaftung persönlich angegriffen. Und hatte sie ihn nicht angelogen, als sie ihm versprach, sie würde nicht nach Japan fliegen? Hatte er sie nicht deshalb verhaftet?

»Okay, du hast recht«, sagte Hardy. »Aber sie dachte, der Mantel wäre da. Sie hat David Freeman deswegen angerufen, sie hat es Fowler gegenüber erwähnt, als er bei ihr war. Diesen Struler hat sie völlig verrückt damit gemacht.«

»Würdest du das nicht tun?«

»Was?«

»Wenn du so eine Gelegenheit hättest – würdest du die nicht ausnützen?«

Hardy konnte ihm nicht zustimmen. Er würde an der Idee festhalten, daß May die Wahrheit gesagt hatte, bis er gegen eine Wand lief. Das war noch keine Wand, obwohl er die Sache nicht verstand. Trotzdem, Glitsky war auf seiner Seite, und da sollte er auch bleiben. »Vielleicht«, sagte er. »Jedenfalls hilft mir das –«

»Mir nicht. Überall, wo ich nachsehe: nichts. Hast du etwas über Farris herausgekriegt?«

»Nein. Ich hab ihn angerufen. Apropos …« Er griff sich Glitskys Telefon und drückte ein paar Knöpfe. »Mittagspause«, sagte er zu Frannie. »Hat sich Farris gemeldet?« Als er auflegte, schüttelte er den Kopf. »Nichts.«

»Ist er verreist oder was?«

Hardy zuckte die Achseln. »Wahrscheinlich nur gerade mal zu sehr beschäftigt. Außerdem, vergiß nicht: Ich bin nicht mehr auf seiner Seite. Ich verteidige Nashs Mörder. Also, wenn du ihn –«

»Kommt nicht in Frage. Ich habe ihn schon abgeklopft von unten bis oben und zurück. Solltest du irgendwelche konkreten Beweise entdecken, will ich sehen, was ich tun kann, aber …

Jetzt ist es plötzlich aus unerfindlichen Gründen Shinn, die die Wahrheit sagt, und Farris, der lügt, und ich kann weder das eine noch das andere kaufen. Ich *weiß*, daß Farris Nash nicht getötet hat. Er war in Taos. Da bist du auf dem Holzweg.«

Hardy wollte nicht mit ihm streiten, das brachte ihn nicht weiter. »Na gut, vielleicht ruft er mich an. Aber wenn irgendwas dabei herauskommt, hörst du von mir.«

Glitsky kaute lauter auf seinem Eis, bis er fertig war. »Der Gedanke gibt meinem Leben einen Sinn«, sagte er.

»Kann ich die haben?« fragte Hardy und nahm die Inventarlisten an sich.

»Du kannst nicht nur«, sagte Glitsky, »du mußt. Ich hab' extra den ganzen Vormittag gewartet, bis die anderen aus dem Büro waren, um sie für dich zu kopieren.

Hardy tätschelte Glitskys Backe. »Du bist so ein netter Mensch«, sagte er. »Bleib so.«

Glitsky knurrte. »Ich hatte nicht vor, mich zu ändern.«

Fowler und Jane saßen am Tisch der Verteidigung, als Hardy um zwanzig nach eins den Gerichtssaal betrat. Celine saß schon an ihrem Platz am Mittelgang in der zweiten Reihe. Er merkte, wie er langsamer wurde, als er neben ihr war, doch dann zwang er sich weiterzugehen und trat durch die Schwingtüren in den Raum, der dem Gericht vorbehalten war.

Fowler sah immer noch nicht viel besser aus. Hardy zog seinen Stuhl an den Tisch und legte die Hand auf seinen Rücken. »Geht's noch?« Jane, die auf der anderen Seite ihres Vaters saß, warf Hardy einen sorgenvollen Blick zu. Hardy gab sich begeistert: »Inzwischen hat sich einiges getan.«

»Ich bin ein Narr gewesen, Diz, die ganze Zeit.« Andys Augen waren nicht mehr so rot, auch die schwarzen Ränder darunter hatten sich zurückgebildet. Aber der Ausdruck in seinem Gesicht – oder vielmehr die Leere darin – war noch erschreckender. »Sie hat sich nie etwas aus mir gemacht, stimmt's?«

Es war wohl besser, wenn er der Wahrheit ins Auge sah. »Nein«, sagte Hardy. »Nein, ich glaube nicht, Andy.« Jane warf ihm einen eisigen Blick zu, aber er ignorierte es. »Wie wäre es denn, wenn du jetzt mal aufhörst, unter dem zu leiden, was sie dir angetan hat? Sie ist tot. Hast du nicht zu Jane gesagt, du müßtest damit eben einfach fertig werden, als ob jemand, den du kennst, gestorben wäre? Und das ist nun geschehen.«

»Sie hat mich belogen.«

Hardy mochte diese Erklärung nicht hören – daß Mays Lügen an allem schuld waren. »Hat sie das? Oder hast du dich selbst belogen?«

Jane zischte ihn an: »Dismas!«

»Weißt du, Andy«, fuhr er fort, »vielleicht bist du zu anspruchslos gewesen. Sie hat dir das gegeben, wofür du bezahlt hast, und das war eine Fantasie. Aber du bist ein Kerl, Richter, du kannst etwas tun, vielleicht sogar deine Fantasie in Wirklichkeit verwandeln. Du warst keiner von diesen Versagern, die du jeden Tag im Gericht vor dir gesehen hast –«

»Dismas, *hör auf*!«

Jane sagte es so laut, daß mehrere Geschworene zu ihnen herübersahen. Hardy bemerkte es und nickte ihnen zu. Er sprach leiser. »Die Fantasie ist entlarvt, Richter. Du bist nur noch ein sterblicher Mensch. Ich kann dir nicht vorwerfen, daß du ihr hinterherheulst, aber jetzt hast du wenigstens wieder festen Boden unter den Füßen.«

Fowlers Gesicht hatte nun wieder einen Ausdruck angenommen. War es Zorn? Haß? Beides? Egal was, dachte Hardy, es war besser als nichts.

»Du bist eine große Hilfe, Dismas, herzlichen Dank.«

Jane dämpfte zumindest ihre Stimme.

Fowler straffte sich. Er reckte die Schultern. »Erzähl mir nicht, ich wollte sie nicht wieder haben. Du weißt ja nicht ...«

Hardy nickte. »Du hast recht, Andy, ich weiß es nicht. Ich weiß nur, daß du nie eine Chance gehabt hast, sie zurückzubekommen, weil du sie nie gehabt hast.«

»Was meinst du denn, was du mit deinen Worten anrichtest, Dismas?« fragte Jane.

»Es ist gut, Liebling«, sagte Fowler zu ihr.

Hardy redete weiter. »Ja, es ist gut. Du fragst mich, was ich anrichte, Jane? Ich weiß es nicht. Vielleicht habe ich es satt, durch diese Sümpfe zu waten, während der Richter drüber hinwegsegelt.« Er richtete das Wort an seinen Mandanten. »Andy, tut mir leid, aber du bist kein tragischer Held. Ich kann hier nicht sitzen und zusehen, wie du dich wegen eines Märchens zu Tode grämst, das du dir ausgedacht hast, um dein Leben zu ruinieren.« Hardy sprach nun sanfter und legte die Hand auf Fowlers Schulter. »Die Frau ist *tot*, Andy. Sie kommt nicht mehr zurück. Du mußt aufwachen, und ich bin sozusagen der Wecker, der klingelt.«

Der berühmte Strafverteidiger David Freeman war der Mittelpunkt in der Argumentation der Anklagevertretung, und Elizabeth Pullios war sich dessen deutlich bewußt. Bisher hatte sie nur zweifelsfrei nachgewiesen, daß Andy verrückt nach May gewesen war und einen Privatdetektiv engagiert hatte, der herausfinden sollte, warum sie ihn nicht mehr sehen wollte. Der hatte entdeckt, daß sie sich in Owen Nash verliebt hatte – oder jedenfalls so tat –, und Nash während der folgenden Monate im Auge behalten, bis der Mann umgebracht wurde.

Abgesehen von Gary Smythe hatte Fowler fast allen, die er kannte, in bezug auf Owen Nash etwas weniger als die Wahrheit erzählt oder sogar gelogen. Er kannte das Versteck des Revolvers auf der *Eloise*, und seine Fingerabdrücke befanden sich darauf. Er war auch ein erfahrener Segler, und ihm wäre selbst bei rauhem Seegang zuzutrauen gewesen, daß er die *Eloise* allein zurück an ihren Liegeplatz brachte.

Trotzdem hoffte Hardy, daß den Geschworenen ein Schuldspruch schwerfallen würde, vor allem wenn Fowler – vorausgesetzt, Hardy konnte ihn dazu bewegen – in eigener Sache in den Zeugenstand treten würde. Bisher ließ sich alles, was der Richter getan hatte, als etwas durchaus Harmloses erklären: Er hatte ein paar unschuldige Lügen von sich gegeben, wollte wissen, warum eine Frau, von der er sich geliebt wähnte, seiner müde geworden war, die Fingerabdrücke auf der Waffe hatten einen plausiblen, gänzlich unschuldigen Grund, und der Kern dieser Geschichte war, daß Richter Fowler eine seinem Stand nicht zukömmliche und deshalb peinliche Beziehung mit einer Halbweltdame geheimhalten wollte.

Bislang konnte noch nicht von einem derartig großen Schuldbewußtsein gesprochen werden, als daß es für eine Verurteilung
wegen Mordes ausreichte. Doch trotz Freemans privater Unterstützung konnte seine Aussage für die Verteidigung böse Folgen
haben, dachte Hardy. Wenn nötig, würde er gegen jede Frage
Elizabeth Pullios' Einspruch einlegen, und wenn die Geschworenen ihn deshalb haßten, sollten sie's tun. Die nackten Tatsachen, die Freeman aussagen mußte, reichten schon für einen
Schuldspruch aus, daher wollte Hardy zumindest verhindern,
daß Pullios sie auch noch interpretierte.

Die Staatsanwältin verhielt sich Freeman gegenüber sehr um-
gänglich und zuvorkommend. Zuerst ließ sie ihn einige bereits
erwiesene Tatsachen bestätigen, dann kam sie rasch auf die Vorkommnisse im Juni zu sprechen. »Mr. Freeman, ist Ihnen der
Angeklagte bekannt?«

»Ja.«

»Seit wann?«

»Ich kenne den Richter seit vielen Jahren.« Freeman würdigte
Hardy keines Blickes.

»Würden Sie sagen, daß Sie und Mr. Fowler befreundet
sind?«

»Wir hatten eine verbindliche berufliche Beziehung. Gesell-
schaftlich verkehren wir nicht miteinander. Ich würde sagen: so
wie Sie und ich.«

Er lächelte. Sie lächelte. Den Geschworenen schien es zu gefallen.

»Hat sich Ihre Beziehung im letzten Juni verändert?«

»Ja.«

»Inwiefern?«

»Der Richter hat mir einen Auftrag erteilt.«

Chomorro: »Mr. Freeman, es ist uns bekannt, daß der Angeklagte in diesem Haus Richter war. Aber halten Sie sich bitte
daran, Mr. Fowler entweder nur bei seinem Namen oder den
Angeklagten zu nennen.«

Freeman sagte, es sei eine Gewohnheit, es tue ihm leid.

»Und was für einen Auftrag hat Mr. Fowler Ihnen erteilt?«

»May Shinn zu verteidigen, die des Mordes an Owen Nash
angeklagt war –«

Chomorros Hammer knallte herunter. Hardy unterdrückte ein Lächeln. Gut gemacht, Dave, dachte er.

»Mr. Freeman, bitte beantworten Sie nur die Fragen, die man Ihnen stellt.«

»Ich bitte um Entschuldigung, Euer Ehren, ich dachte, danach hätte man mich gefragt.«

Nun war es schon im Protokoll aufgenommen. Und Pullios konnte schlecht etwas dagegen einwenden, da sie diese Frage gestellt hatte. Sie konnte nur fortfahren. »Mr. Fowler hat Sie beauftragt, May Shinn zu verteidigen, die, wie Sie sagen, des Mordes angeklagt war.«

»Das stimmt.«

»Waren Sie von dieser Bitte überrascht?«

»Zunächst nicht.«

Diese Antwort hatte Hardy nicht erwartet. Damals in seiner Erklärung hatte Freeman gesagt, er sei verblüfft gewesen. Jetzt war er »zunächst« nicht überrascht.

Pullios nahm es auf. »Warum ›zunächst‹ nicht?«

»Manchmal möchte das Gericht ein paar Anwaltskanzleien prüfen, bevor es einen Verteidiger bestimmt. Mal sehen, ob sie überhaupt Zeit haben, so in der Art.«

»Aber das war hier nicht der Fall?«

»Nein.«

»Was war hier der Fall?«

»Nun, der Richter – entschuldigen Sie, der Angeklagte – wollte mir privat einen Auftrag geben.«

»Ms. Shinn zu verteidigen?«

»Ja.«

»War das ungewöhnlich?«

»Ich würde sagen, ja.«

»War noch etwas ungewöhnlich an diesem Arrangement?«

Hardy stand auf. »Einspruch. Zu ungenau.«

»Stattgegeben.«

Pullios versuchte es noch einmal. »Sollte Ms. Shinn von diesem Arrangement erfahren?«

Hardy stand wieder auf. Schlußfolgerung des Zeugen und Hörensagen. Wenn Pullios es herausbekommen wollte, mußte sie ihm die Zähne mit herausziehen. Sie lächelte verkniffen.

»Können Sie uns Ihr Gespräch mit dem Angeklagten bezüglich der Verteidigung von May Shinn beschreiben?«

»Bis zu einem gewissen Punkt, ja«, sagte Freeman. Er sprach direkt zu den Geschworenen. »Nachdem ich den Job angenommen hatte, wurde Mr. Fowler natürlich mein Mandant, und unsere Gespräche unterliegen der anwaltlichen Schweigepflicht.«

Freeman verschenkte nichts. Hardy hatte ein ausführliches Kreuzverhör mit ihm geplant, um May Shinns ungerechtfertigte Verhaftung und all das den Geschworenen zu präsentieren. Aber wie es schien, arbeitete Freeman für ihn.

Pullios war allerdings auch nicht blind, und sie sah das Schild »Vorsicht Hinterhalt«. Freeman wich aus – going sideways, wie die Staatsanwaltschaft es nannte. Zeugen taten das andauernd. Pullios begriff. Sie wurde jetzt etwas unfreundlicher.

»Mr. Freeman, ist es eine Tatsache, daß Mr. Fowler Sie gebeten hat, Ihre Beziehung zu ihm vor Ms. Shinn geheimzuhalten?«

»Ja.«

»Ist es eine Tatsache, daß eine Kaution in Höhe von fünfhunderttausend Dollar für Ms. Shinn festgesetzt wurde?«

Die Tatsachen kamen weiter heraus: Fowler hatte sein Apartmenthaus als Sicherheit verpfändet; Ms. Shinn wurde von der Grand Jury des Mordes angeklagt, damit war der Fall zum Oberen Gericht gekommen; der Prozeß gegen Ms. Shinn wurde Fowlers Kammer zugeteilt …

Jetzt war Pullios richtig in Fahrt, und dagegen ließ sich nicht viel tun. »Nun, Mr. Freeman, Sie kannten also die Beziehung zwischen dem Angeklagten und Ms. Shinn – wie haben Sie darauf reagiert, daß das Verfahren gegen Ms. Shinn Mr. Fowler zugeteilt wurde?«

Freeman dachte einen Augenblick über seine Antwort nach. »Na ja, ich hatte gemischte Gefühle. Ich dachte, für meine Mandantin wäre es gut, wenn Mr. Fowler die Verhandlung leiten würde, aber ich glaubte, das wäre ausgeschlossen.«

Eine Antwort, die Pullios haben wollte. »Haben Sie erwartet, daß Mr. Fowler den Fall zurückgeben würde?«

Hardy erhob Einspruch wegen mangelnder Relevanz. »Es kommt nicht darauf an, was Mr. Freeman erwartet hat.«

Chomorro überlegte, dachte ›Mir schon‹, und sagte »Abgelehnt.«

Pullios wiederholte die Frage: ob Freeman erwartete, daß Fowler den Fall zurückgeben würde.

»Natürlich.«

»Aber das hat er nicht getan?«

Freeman überlegte eine Sekunde, aber er konnte dem nicht ausweichen. »Nein, er hat es nicht getan.«

Hardy meinte, er könnte ein paar Punkte machen.

»Mr. Freeman, Ms. Shinn war des Mordes an Owen Nash angeklagt, derselben Tat, die man jetzt Mr. Fowler anlastet?«

»Richtig.«

»Bevor Sie sich bereit erklärten, die Verteidigung von Ms. Shinn zu übernehmen, und bevor also Mr. Fowler Ihr Mandant wurde, hat er Ihnen da erklärt, warum er wollte, daß Sie Ms. Shinn verteidigen?«

»Er wollte einen Anwalt, von dem er wußte, daß er eine starke Verteidigung durchführen konnte.«

»Sagte er, daß Ms. Shinn eine starke Verteidigung brauchen werde?«

»Ja.«

»Hielt Mr. Fowler Ihrer Meinung nach Ms. Shinn für schuldig?«

»Einspruch!«

Hardy formulierte es um. »Hat Ihnen Mr. Fowler gesagt, er halte Ms. Shinn für schuldig, Owen Nash ermordet zu haben?«

»Ja, das hat er. Das dachte er.«

»Sie haben in mehreren Mordfällen einen Freispruch erzielt, nicht wahr, Mr. Freeman?«

»Einspruch, Euer Ehren. Das ist hier nicht von Bedeutung.«

Hardy sagte nüchtern: »Euer Ehren, die Staatsanwaltschaft hat Mr. Freeman am Anfang nach seinem Beruf gefragt. Ich möchte, daß die Geschworenen wissen, daß er nicht nur ein Strafverteidiger, sondern als solcher *berühmt* ist.«

»Na gut.« Chomorro war, wie so oft, wenn der Tag sich in die Länge zog, mürrisch. »Aber lassen Sie uns jetzt weiterkommen.« Er ließ die Protokollführerin die Frage noch einmal verlesen, und Freeman antwortete, ja, er habe mehrere Freisprüche erreicht.

»War es nicht so, daß die Anklage gegen Ms. Shinn aufgrund Ihrer Bemühungen eingestellt wurde?«

»Ja. Hauptsächlich.«

»Nun lassen Sie uns das noch einmal klarstellen: Mr. Fowler beauftragte Sie mit der Verteidigung von Ms. Shinn, gegen die der Mordverdacht dann aufgrund Ihrer Bemühungen fallengelassen wurde?«

»Ja, stimmt.«

»Und damit wurde die Untersuchung wieder eröffnet, die zu der Verhaftung von Mr. Fowler selbst führte, wegen genau desselben Verbrechens?«

»Einspruch«, sagte Pullios. »Verlangt eine Schlußfolgerung.«

»Was ist Ihre Frage, Mr. Hardy?«

Hardy dachte, das hätte er zumindest indirekt klargemacht: Würde ein Mann, der eines Mordes schuldig war, einen Anwalt beauftragen, dessen erfolgreiche Arbeit in der Vergangenheit es wahrscheinlich machte, daß der Fall wieder aufgerollt würde? Die vernünftigste Erklärung dafür, daß Fowler Freeman beauftragt hatte, war, daß Fowler May in der Tat für schuldig hielt. Und wenn er das dachte, konnte *er* es natürlich nicht sein.

»Ich lasse die Frage fallen, Euer Ehren«, sagte Hardy. Er wandte sich wieder an Freeman und fragte ihn, ob er es zu dem Zeitpunkt, als Freeman ihn mit Shinns Verteidigung beauftragte, für möglich hielt, daß dieser Prozeß Fowlers Kammer zugeteilt werden würde.

»Nein, überhaupt nicht. Wenn ich das für möglich gehalten hätte, hätte ich ihn nicht übernommen. Aber das war unmöglich.«

»Warum?«

»Der Fall war in der 22. Kammer. Es standen sieben Richter zur Verfügung, und ich war sicher, daß Andy den Fall, falls er ihn bekam, zurückgeben würde.«

Pullios war aufgesprungen, doch dies waren relevante Tatsachen, und es gelang Hardy, bei Chomorro durchzusetzen, daß Freeman den größten Teil der Geschichte erzählen durfte: Wie die Fälle an die Richter verteilt wurden und welchen Umweg die

Verhandlung gegen May nahm, bis sie bei Fowler landete. Man konnte es nicht vorhersehen ...

Schließlich kam Hardy zu dem wichtigsten Punkt. »An dem Tag, als die Anklage gegen Ms. Shinn eingestellt wurde, wie viele Tage hatte sie da schon vor Gericht gestanden? Ich meine: Waren die Geschworenen gewählt? Hatte die Staatsanwaltschaft mit der Anklage begonnen?«

»Nein, weder noch.«

»Erinnern Sie sich, was in diesem Fall an jenem Tag geschah?«

»Ja, Richter Fowler nahm seinen Abschied.«

»Meinen Sie damit, daß er den Fall abgab?«

»Nein, er nahm Abschied vom Richteramt. Er trat ab.«

»Und das war wie viele Tage, nachdem der Prozeß in seine Kammer gekommen war?«

»Einen Tag.«

Hardy wandte sich den Geschworenen zu. »Einen Tag«, wiederholte er.

Pullios verzichtete bei Freeman auf das Kreuzverhör. Maury Carter rief sie gar nicht erst in den Zeugenstand, weil Freeman die Tatsachen, die die Kaution betrafen, schon hinreichend erklärt hatte. Als Hardy mit Freeman fertig war, hatte Pullios keine Zeugen mehr, und die Anklage schloß den Beweisvortrag ab.

Hardy hatte jetzt ein besseres Gefühl. Freemans Aussage, vor der er sich gefürchtet hatte, war, wie es schien, nicht allzu schlimm ausgefallen. Die Geschworenen wußten nun alles, was Andy getan oder unterlassen hatte, aber wenigstens hatte man ihnen begreiflich gemacht, wie es dazu gekommen war.

Während der Pause trug Hardy Chomorro in dessen Besprechungszimmer seinen Antrag nach Paragraph 1118 Absatz 1 vor. Der Richter schien ihm zu seinem Erstaunen sogar zuzuhören und bewies dies, indem er sagte, er werde es sich am Wochenende durch den Kopf gehen lassen. Am Montag werde er ihm seine Entscheidung darüber mitteilen, ob er den Geschworenen einen Freispruch auftragen werde. Währenddessen solle sich Hardy aber doch lieber auf eine Fortsetzung der Verhandlung vorbereiten, damit er seine Zeugen dann gleich bereit hätte.

Sein Mandant hatte während des ganzen Nachmittags kein Wort zu ihm gesagt. Als der Richter herauskam und die Sitzung bis zum Montag vertagte, murmelte Fowler nur »Bis Montag« und wandte sich dann wieder seiner Tochter zu.

Hardy sammelte seine Papiere ein.

## 58

Als er um zehn nach fünf zum Parkplatz hinausging, war es schon dunkel. Ein Sturm zog herauf, der Wind wehte eiskalt und stetig von irgendwoher im Norden, wahrscheinlich Alaska.

Hardy stellte seine schwere Aktentasche hin, blieb am Eingang zum Leichenhaus stehen und starrte durch ein Loch in der Sperrholzwand auf den Bauplatz, wo das neue Gefängnis langsam emporwuchs. Einzeln und in kleinen Gruppen kamen gerade die Arbeiter heraus und gingen an ihm vorbei. Er beneidete sie, wie sie lachten und Pläne für den Abend und das Wochenende schmiedeten. Er schlug den Kragen seiner Jacke hoch, gegen den Wind, und fühlte sich einsam und trostlos.

»Hey, Hardy! Dismas! Sind Sie das? Machen Sie heute schon so früh Schluß? Ich bin froh, daß ich Sie mal treffe.« Es war Ken Farris, der sich zwischen den heimwärts strömenden Arbeitern zu Hardy hindurchdrängte. »Ich habe Ihre Nachrichten bekommen, aber ich hatte keine Minute Zeit, und jetzt dachte ich, daß ich Sie vielleicht hier am Gericht erwische. Ist die Sitzung schon beendet?«

Farris sagte die Wahrheit – normalerweise hätte er Hardy um diese Zeit wohl noch im Gerichtssaal angetroffen, aber in diesem Augenblick kam Farris ihm etwas ungelegen. Hätte er nicht zurückrufen können? Hardy fragte ihn.

»Ach, Sie wissen doch, wie das in einem Büro ist. Wenn das Wochenende vor der Tür steht, fällt einem immer eine Ausrede ein, um früher zu verschwinden. Das liegt hier sowieso auf meinem Nachhauseweg. Also, wie geht's? Was kann ich für Sie tun? Ist es wegen May Shinn?«

Hardy betrachtete ihn. »Ich glaube, es ist wegen einer ganzen Menge, falls Sie etwas Zeit haben. Wie wär's mit einem Drink?«

Farris schien sich zusammenzureißen. »Klar«, sagte er. »Stimmt irgendwas nicht?«

»Ja, kann sein.«

Sie gingen zurück durch das Justizgebäude und nach vorn zur Straße hinaus, die sie überquerten. Bei Lou's war es voll und laut, an der Decke hing, von Christbaumkerzen beleuchtet, roter und grüner Flitter. Da alle Hocker besetzt waren, stellten sie sich an den Tresen. Hardy bestellte ein Bass Ale, Farris einen Beefeater Martini Extradry. Lou, der hinter der Bar stand, zwinkerte Hardy zu. »Ist er neu?«

Hardy stellte die beiden einander vor, und Lou sagte trocken, all ihre Martinis seien extradry – kein Wermut. Farris sagte, er nehme, was Lou ihm eingieße, was die richtige Antwort war – er bekam etwas Eis, mehrere Unzen Gin und ein paar Oliven.

»Ist ja ein toller Laden«, sagte er und sah sich um. Dann klickte er sein Glas gegen Hardys. »Okay, was ist los?«

»Die Anklage hat den Beweisvortrag abgeschlossen. Ich fange Montag mit meiner Zeugenbefragung an.«

»Sie wollen mich doch nicht als Zeugen für Andy Fowler, oder?«

»Nein. Wieso fragen Sie? Glauben Sie, er hat Owen umgebracht?«

Farris nippte an seinem Gin. »Um ehrlich zu sein, ich wäre nicht überrascht, wenn er auch May umgebracht hätte. Mir ist es egal, was man sagt.«

»Nein, Mr. Farris. May hat Selbstmord begangen. Wenn man irgend etwas gefunden hätte, das auf Fowler hindeutete, hätte man ihn längst beschuldigt. Und man hat danach gesucht.« Doch Hardy war unzufrieden, als er das sagte, denn wenn Farris noch daran glaubte, dann glaubten es die Geschworenen vielleicht auch, trotz Chomorros Hinweisen. Das durfte er nicht vergessen. »Apropos May ... Als wir uns damals unterhalten haben, sagten Sie mir, Owen hätte sie bezahlt?«

»Richtig. Er hat sie alle bezahlt. Und?«

»Wissen Sie genau, daß er sie bezahlt hat? Hat er Ihnen das ausdrücklich mitgeteilt?« Farris schien zu überlegen. Hardy fuhr fort. »Sie sagten mir, Nash hätte sich in den letzten Monaten verändert. Ich dachte, das könnte zum Beispiel eine seiner Veränderungen gewesen sein.«

Farris schien irgendwie in sich versunken zu sein. Schließlich sagte er, aber kaum laut genug, daß man es bei dem Lärm hören konnte: »Owen hatte Callgirls, Prostituierte, nennen Sie es, wie Sie wollen. Das war seine Art. So war er. Und so eine war May.«

»Vielleicht auch nicht«, sagte Hardy, »das will ich sagen.«

Das schien Farris wütend zu machen. »Verdammt noch mal, das stand nie zur Debatte.«

Hardy schlürfte sein Ale. »Aber jetzt steht es zur Debatte. Mays Anwalt – Sie kennen ihn, Freeman – sagt, die beiden hätten sich geliebt.«

Farris schüttelte den Kopf. »Das kann nicht sein.«

»Warum nicht?«

»Darum nicht. Er war nicht der Typ. Wir reden von Owen. Der hätte nicht irgendeine Hure geheiratet. Warum graben Sie das alles aus?«

»Weil ich nicht glaube, daß Andy Fowler irgend jemanden getötet hat. Was wäre denn so schlimm daran für Sie, wenn Owen May Shinn geliebt hätte?«

»Weil ich Owen gekannt habe. Und weil er das niemals getan hätte!«

Hardy trat einen Schritt zurück und wartete. Dann griffen beide nach ihren Gläsern und tranken. Hardy beugte sich wieder vor. »Hören Sie, Ken, Sie haben sechs Monate damit zugebracht, Owens Testament anzufechten. Es ist kein Wunder, daß Sie auf Ihrer Position beharren. Ich frage nur, ob Sie irgendeinen *Beweis* dafür besitzen, daß Owen May bezahlt hat – hat er es Ihnen gegenüber zugegeben, haben Sie eingelöste Schecks oder was auch immer? Sie selbst haben mir gesagt, mit ihr zusammen hätte er sich verändert. Konnte ihn eine Geldbeziehung mit einer Hure verändern? Trug er nicht ihren Ring, als man ihn erschoß?«

»Das wissen wir nicht. Vielleicht hat ihm den jemand an den Finger gesteckt.«

»Warum?«

»Das weiß ich nicht.«

Hardy redete weiter. »Es ergibt keinen Sinn. Er hat ihn sich selbst an den Finger gesteckt. Er wollte es Ihnen irgendwann sagen, vielleicht bald. Ich glaube, er hatte beschlossen, die Frau zu heiraten, genau wie sie behauptet hat.«

Ken Farris hatte nur noch seine Olive. »Jesus«, sagte er. »Ich kann mir einfach …« Er schüttelte den Kopf.

»Sie haben es einfach angenommen, aber Sie wußten es nicht, stimmt's?«

»Warum hat er es mir dann nicht erzählt? Er hat mir alles erzählt.«

»Vielleicht wußte er es nicht. Vielleicht ist das bei ihm nach und nach gekommen. Aber wenn es so war, dann paßt alles ziemlich gut zusammen – er hat sein Verhalten geändert, ist ruhiger geworden, hat ihr eine Nummer für Notfälle genannt, das Testament geschrieben, ihren Ring getragen. May hat überhaupt nicht gelogen. Alles stimmte. Deshalb mein Anruf bei Ihnen. Ich mußte das nachprüfen.«

Lou hatte ihnen ungefragt noch eine Runde unter den Ellbogen durchgeschoben. Farris schien es nicht zu merken. Er hob den neuen Drink auf und kippte ein Drittel hinunter. »Es gab keine *Schecks*«, sagte er schließlich. »Natürlich Bargeld … Wissen Sie, ich glaube nicht, daß wir je darüber gesprochen haben, ob er sie bezahlt hat – über das Thema haben wir nie gesprochen.« Ein Rückzug? Camouflage?

Die schlechte Nachricht war, daß Farris vielleicht, wahrscheinlich nicht gelogen hatte, dachte Hardy. Vielleicht hatte er wirklich diesem Irrtum angehangen und ihn als Tatsache weitergegeben, dann war es keine Lüge gewesen. Und dort, wo Hardy zumindest die Möglichkeit gesehen hatte, daß es noch einen weiteren Verdächtigen neben seinem Mandanten geben könnte, war ein Loch geblieben.

Plötzlich klatschten große Regentropfen auf die Windschutzscheibe, und dann brach der Sturm los. Hardy suchte sich einen Parkplatz einen halben Block von seinem Haus entfernt und schaltete den Motor aus, um das Ende des Unwetters abzuwarten. War das vielleicht der Beginn einer Regenzeit nach der siebenjährigen Dürre? Hardy kannte viele Leute in San Francisco, die meinten, daß das nie wieder was werden würde, sondern daß es das neue Kalifornien war, mit Treibhauseffekt, Zerstörung der Ozonschicht, Hautkrebs, saurem Regen und Aids-Sterben.

Dieser reinigende Guß, der vom Pazifik hereingeweht kam, beruhigte ihn irgendwie. Er lehnte sich in den Sitz zurück, hatte die Augen geschlossen und lauschte dem steten Trommeln der Tropfen auf dem Dach.

Es gab immer noch eine unbeantwortete Frage – Mays Mantel –, vielleicht führte der irgendwohin. Und dann *könnte* Chomorro am Montag ja seinem Antrag nach 1118.1 stattgeben, und das würde das Ende des Prozesses und bestimmt auch das Ende seiner Beziehung sowohl zu seiner ehemaligen Frau als auch zu ihrem Vater sein. Er wußte nicht genau, was er davon halten sollte.

Wie auch immer, wenn er es schaffte, die Mordanklage gegen Andy abzuschmettern, und dafür war er ja engagiert, könnte er in diesem Beruf eventuell weiterarbeiten und abwarten, bis wieder irgendso ein Fall kam.

Aber er wußte auch, daß es nicht nach einem schnellen Ende des Prozesses aussah, im Gegenteil. Und dann nagte es an ihm, daß die Wahrheit, falls es eine gab, immer noch nicht sichtbar geworden war. Wenn er Andy freibekam, konnte er vor Begeisterung zum Mond flattern, wenn er wollte, aber bevor er den nicht fand, der die beiden Kugeln in Owen Nash gefeuert hatte, würde er keine Ruhe finden, weil er sein eigentliches Ziel noch nicht erreicht hatte.

Zumindest würde er dann mit der Tatsache leben müssen, daß sein Mandant, den freizuboxen er sich entschlossen hatte, nur mit neunundneunzigprozentiger Sicherheit nicht der Täter war.

## 59

Der Regen rauschte die ganze Nacht, und mehrmals wachten
Hardy und Frannie von Donnerschlägen, diesen in San Francisco ganz ungewöhnlichen Geräuschen, auf. Eine schreiende
Rebecca mußte getröstet werden, und Hardy holte sie, um sie
zwischen Frannie und sich selbst zu betten.

Bei Tagesanbruch sprang er auf, zog seine Laufschuhe, Shorts
und T-Shirt an und rannte im Regen um den Park herum. Nach
dem Duschen bereitete er sich ein Frühstück – Gehacktes, Eier,
Toast und Kaffee, und aß, während er die Zeitung las und gelegentlich durch das Küchenoberlicht einen Blick zu den grauen
Wolken hinaufwarf.

Jeff Elliot stand nicht mehr auf der Titelseite und auch sonst
nirgendwo. Der Prozeßalltag war nicht gerade reich an Knül-
lern für die Medienwelt. Er wußte, daß Jeff da sein würde, wenn
die Geschworenen sich zur Beratung zurückzogen, vielleicht
würde er sich sogar das eine oder andere Plädoyer anhören,
aber gegen die Taten von Arnold Mousenegger kam ein prosaischer Rechtsstreit nicht an. Journalisten hatten ihre Prioritäten.
Mäuse waren wichtiger als Menschen.

Nach dem Frühstück beugte er sich über seine Frau und das
Baby und küßte beide. Er trug Jeans und Arbeitsstiefel und seine
alte griechische Fischermütze zu dem dicken Fischerpullover. Er
hoffte, daß José ausgerechnet an diesem Tag pünktlich an seinem Arbeitsplatz sein würde.

Es goß immer noch, als Hardy auf den Parkplatz des Yachthafens fuhr und dachte, daß Owen Nashs letzter Tag auch so ausgesehen hatte. Auf dem ganzen Platz standen nur noch zwei
andere Wagen. Hardy kam bis auf fünfzig Meter an das Pförtnerhaus heran, öffnete die Tür, schnappte sich die kleine Aktentasche und sprintete los.

José, der hinter dem Tresen an seinem Schreibtisch saß, legte
seine Sportzeitung hin und erhob sich. Er erkannte Hardy sofort.

»Ich wette, wir gehen Ihnen allmählich auf die Nerven, aber ich hab' ein paar Fragen an Sie«, sagte Hardy. Er nahm die Mütze ab und legte sie neben die Aktentasche auf den Tresen.

José schien es locker zu nehmen. Der Morgen war sowieso mies, und nichts war los. Er freute sich über die Abwechslung.

»Ich habe mir gestern Ihre Aussage durchgelesen, José.« Hardy knipste die Aktentasche auf und holte Papier heraus. »Und hier gibt's etwas, das ich nicht verstehe.«

José nickte, beugte sich über den Tresen und sah sich den daumendicken Papierstapel an. Er grinste. »Habe ich das alles gesagt?«

»Ja, von Ihrer Befragung durch Sergeant Glitsky bis zu Ihrer Aussage vor Gericht –«

»Meine Freundin sagt immer, ich rede zu wenig, ich rede nie. Ich sollte ihr das mal zeigen.«

»Ich kann Ihnen eine Kopie besorgen, wenn Sie möchten«, sagte Hardy. »Aber jetzt sagen Sie mir doch mal bitte, als Sie das erste Mal mit Sergeant Glitsky sprachen ...« Hardy schlug das Transkript an der Stelle auf, die er markiert hatte, und drehte es zu José herum, so daß er es sehen konnte. »Am Ende der Befragung sagten Sie, Sie hätten May Shinn am Donnerstagmorgen hier im Yachtklub gesehen.«

José runzelte die Stirn und sah das Blatt an. »Sí«, sagte er unsicher. »Tom und ich, wir haben drüber gesprochen, nachdem sie sich umgebracht hat.«

»Worüber haben Sie gesprochen?«

»Nach dem Prozeß haben wir über diesen Tag geredet.«

»Den Donnerstag?«

»Sí. Nur hab' ich sie morgens gesehen, wissen Sie.«

»Ich weiß, José. Deswegen wollte ich Sie ja noch mal fragen.« Er zeigte auf das Transkript. »Sehen Sie hier diese Stelle? Wo Sie sagen, sie sei von Ihnen weggegangen?«

»Sí.«

»Wie konnten Sie dann sicher sein, daß es May war?«

»Ich habe sie oft gesehen. Und das Ding, das sie auf dem Kopf hatte, und der Mantel. So einen Mantel gab's nicht noch mal.«

Hardy versuchte ganz ruhig zu sprechen. »Was für ein Ding hatte sie denn auf dem Kopf?«

»Ich weiß nicht, wie man das nennt. Wie eine Pelzmütze.«

»Und der Mantel?«

»Ja, der Mantel wie –« er suchte nach einem Wort. »Wie auf einem Gemälde. Muchos colores.«

»Okay, José, beantworten Sie mir doch bitte noch diese eine Frage – und ich habe den ganzen Tag Zeit, wenn Sie nachdenken wollen: Haben Sie irgendwann Mays Gesicht erkannt?«

»Nein. Da brauche ich nicht nachzudenken. Sie war – dahinten.« Er deutete zur Straße. »Sie hatte keinen Wagen, glaube ich. Jedenfalls habe ich sie nie einen Wagen fahren sehen. Sie ist früher immer mit Señor Nash gekommen.«

»Sie war nie allein hier? Sie war nie vor ihm da und hat ihn erwartet und ist schon an Bord gegangen?«

Er schüttelte den Kopf. »Nein. Nicht, daß ich wüßte. Vielleicht hat Tom so etwas gesehen.«

»Vielleicht.« Hardy überlegte, was es für Möglichkeiten gab. Er mußte sich noch einmal die Fragen ansehen, die er aufgeschrieben hatte. Diesmal wollte er nichts vergessen. »José, erinnern Sie sich, um wieviel Uhr Sie an diesem Donnerstag hier an Ihrem Arbeitsplatz erschienen sind?«

José richtete sich nervös auf. »Die Schicht fing um halb sieben an.«

Hardy sah ihn mit einem Verschwörerblick an. »Das weiß ich, José. Aber ich spreche von diesem einen Donnerstag. Ich verspreche Ihnen, ich erzähle es keiner Menschenseele.« Er hoffte, daß er José nicht zwingen mußte, es im Zeugenstand auszusagen, aber das versprach er ihm nicht.

José zuckte die Achseln. »Ich glaube, ich bin etwas zu spät gekommen. Tom hat an dem Tag mit mir darüber geredet, ich erinnere mich. Am Tag davor war jemand dagewesen und hatte gefragt. Danach bin ich dann pünktlich gekommen.«

Hardy lächelte. »Sie haben Glück gehabt«, sagte er. »Das war ich. Aber an dem Donnerstag …?«

José grinste. »Ziemlich spät«, sagte er. »Vielleicht um acht, halb neun.« Der Regen trommelte auf das Glas des Pförtnerhäuschens. »Aber ich bin von da an wirklich immer pünktlich dagewesen, wissen Sie? An dem Morgen ist ja auch kein Mensch rausgefahren.«

Er befand sich in der Nähe von Green's, einem Restaurant, in dem er gern zu Mittag aß, weil sie so gutes Brot und guten Kaffee hatten und wegen der Schnitzereien und der Aussicht auf die Bay. So früh morgens war er noch nie hier gewesen, und sie hatten eigentlich noch nicht offen, aber weil sie ihn draußen im Regen stehen sahen, hatten sie Mitleid mit ihm und ließen ihn hinein; er konnte sich an den Tresen setzen und eine Tasse Kaffee trinken.

Okay, es war also nicht sicher, daß es sich um May gehandelt hatte. Das durfte er nicht vergessen. May, die sich wegen der Mordanklage gegen sie Sorgen machte, wußte, daß José sie mit seiner Aussage belasten würde, hatte den Mantel beseitigt und die Polizei des Diebstahls beschuldigt.

Aber das vermochte er sich nicht vorzustellen.

Nein, jemand anders – derjenige, der Owen Nash getötet hatte – könnte am Donnerstagmorgen zur *Eloise* zurückgekehrt sein. Aber es mußte eine Frau gewesen sein – sogar in ihrem Mantel hätte José Andy Fowler nicht für May Shinn gehalten. Vielleicht hatte sie etwas auf dem Boot vergessen, durch das die Polizei ihr auf die Spur kommen konnte. Morgens las sie in der Zeitung den Bericht, in dem von der *Eloise* die Rede war, und begriff, daß sie rasch handeln mußte. Als sie ankam, war José noch nicht da, also ging sie an Bord und nahm das mit, was sie beseitigen wollte, und stahl zudem Mays Mantel, um, falls man sie bemerkte (was dann ja auch geschah), unerkannt zu bleiben. Oder vielmehr: um mit May Shinn verwechselt zu werden.

Aber Augenblick mal … sie wäre ja gar nicht an Bord gekommen. Tom hatte die Kabine am Abend zuvor in Hardys Beisein verschlossen. Auch als José es am nächsten Tag nachprüfte, war die Kabinentür geschlossen.

Die Betreffende mußte einen Schlüssel besessen haben.

Statt etwas aus dem Boot herauszuholen, konnte es auch sein, daß sie etwas dorthingebracht hatte. Zum zwanzigsten Mal versuchte Hardy, sich die Schublade im Rollpult vor Augen zu führen. Abe hatte die Mordwaffe darin entdeckt. Hardy aber hatte sie am Mittwochabend nicht darin gesehen. Er hatte sie nicht entdeckt, obwohl sie drinlag. Oder weil sie nicht drinlag.

Vielleicht handelte es sich hier, wie man beim Baseball sagte, um ein »game of inches«.

»Das ist lächerlich.«

Abe war nicht begeistert, als Hardy ihn an diesem Samstagmorgen vor neun Uhr aus dem Bett klingelte, aber Hardy erinnerte ihn freundlich an seinen eigenen Anruf um sechs Uhr früh vom Tag zuvor. Außerdem war Glitsky in erster Linie ein Polizist und sowieso schon angezogen und ausgehfertig, um jemanden zu vernehmen. Er knurrte zwar, aber Hardy wußte, daß ihm der Mord an Owen Nash so lange keine Ruhe lassen würde, bis er gelöst war. Abe brauchte dann auch keine halbe Stunde für die Fahrt zum Yachthafen, und Hardy und José gingen mit ihm zusammen im strömenden Regen zum Liegeplatz der *Eloise* hinaus.

»Ich weiß«, sagte Hardy. Aber angenommen, die Idee, die ihm durch den Kopf gegangen war, war richtig. Er brauchte darüber gar nicht weiter nachzudenken – und er konnte auch nicht, solange er diese Sache nicht geklärt hatte.

Das Plastikband, mit dem die Polizei den Tatort im Sommer abgesperrt hatte, war nicht mehr da. José schloß die Tür auf und trat beiseite, damit Glitsky als erster hineingehen konnte.

Die Generatoren liefen nicht. Es war dunkel im Boot. Der Regen trommelte oben aufs Deck, während die drei unten standen und warteten, bis ihre Augen sich an die Finsternis gewöhnt hatten.

»Sieht unverändert aus«, sagte Hardy.

Glitsky war nicht gekommen, um die Einrichtung zu besichtigen. »Also, was willst du?«

Hardy ging durch die Kombüse und den kleinen Korridor und kam in das große Schlafzimmer. Die Polizei hatte Mays Sachen wohl entfernt, aber der Raum wirkte genauso unheimlich, weil alles noch wie damals aussah. Der Heimtrainer und die Schreibtische waren noch vorhanden, als ob jemand dort lebte. Glitsky zog einen der Vorhänge auf, um etwas mehr Licht hereinzulassen, und Hardy ging auf das Rollpult zu. Er öffnete die Schublade.

»Okay, nun tu mir den Gefallen. Laß dir Zeit, schließe die Augen, und versuche dich zu erinnern. Zeig mir genau, wo du den Revolver entdeckt hast.«

Glitsky kam um das Bett herum und blickte in die geöffnete Schublade. Er zog ein Taschenmesser aus dem Jackett – »Das ist ungefähr die Länge, richtig?« – und legte es auf die Seekarten, die immer noch in der Schublade lagen, aber vielleicht acht Zentimeter vom vorderen Rand entfernt.

Hardy nickte. »Hast du die Schublade mit einem Ruck geöffnet?« Wodurch der Revolver auf den Karten nach vorn oder nach hinten gerutscht wäre.

Glitsky war ganz ruhig. »Nein. Ich habe so cool und methodisch wie immer gearbeitet. Willst du mir erzählen, was das soll?«

Hardy sah sich noch einmal das Messer in der Schublade an und überlegte. Dann nahm er das Messer und gab es Glitsky zurück. »Der Revolver war am Mittwoch nicht in der Schublade, Abe. Ich habe hier nachgeguckt.«

Der Regen prasselte jetzt noch heftiger auf das Boot. Hier unten hörte es sich an, als ob sie in einer Blechtrommel säßen. Hardy stand da mit seiner Mütze auf dem Kopf, die Hände in den Taschen seiner dicken Schifferjacke. Das Boot schaukelte hin und her und klopfte gegen den Steg.

Glitsky dachte darüber nach. »Also war May am Donnerstagmorgen da und hat die Waffe zurückgebracht.«

»Dann wäre sie die dümmste Person in Amerika.«

»Oder auch nicht. Sie hat ihren Namen in der Zeitung gelesen und wollte das Ding nicht mehr in ihrer Wohnung haben.«

»Das Ding war aber nicht in ihrer Wohnung. Erinnere dich. Es war hier. Außerdem hatte sie keinen Schlüssel.«

»Weißt du, wahrscheinlich müssen wir uns noch einmal ihre Wohnung ansehen.« Abe notierte sich etwas. »Also, ich möchte das jetzt genau wissen: Du sagst, der Schütze hat die Waffe am Sonnabend von diesem Boot abgeholt. Wer soll sie dann wieder *hergebracht* haben?«

»Jemand, der May belasten wollte, was ihm ja auch zuerst geglückt ist.«

Glitsky starrte noch eine Weile das Rollpult an. »Würdest du das mit der Waffe beschwören?«

Hardy nickte. »Sie war nicht hier, Abe. Jemand ist am Donnerstagmorgen hergekommen, hat die Kabine aufgeschlossen und das Ding in die Schublade getan. Dann hat er Mays bunten Gänsefedermantel angezogen, sich eine Pelzmütze oder etwas

Ähnliches aufgesetzt, die Kabine hinter sich abgeschlossen und ist wieder davonspaziert.«

»Warum?«

»Weil er oder sie May haßte.« Hardy hatte jetzt das Gefühl, er wäre der Lösung sehr nahe. »Owen hatte eine Freundin. Dann lernte er May kennen. Er verliebte sich in sie und gab dieser anderen Freundin den Laufpaß. Darauf brachte die enttäuschte Freundin ihn aus Eifersucht um. Dann las sie in der Zeitung, daß May und Owen am Sonnabend zum Segeln verabredet gewesen waren. Die Mörderin erkannte die Gelegenheit, die verhaßte Konkurrentin mit dem Mord zu belasten.«

Glitsky lutschte an einem Zahn. »Um wieviel Uhr war das? Als diese Person zurückkam.«

Hardy sah José an und verzog das Gesicht. »Es muß ziemlich früh gewesen sein.«

»Dann kommt Fowler dafür in Frage. Nicht wahr?«

»Ich glaube nicht, daß es ein Mann gewesen sein kann. José hat den Mantel erkannt –«

Der Pförtner erklärte: »Es war eine Frau, Sir. Kein Zweifel.«

»Es war eine Frau, die den Mantel trug. Okay. Aber ein Mann kann in die Kabine gegangen sein. Möglicherweise waren es zwei verschiedene Vorgänge.«

»Andy hatte keinen Schlüssel.«

»Etwas Negatives kann man nicht beweisen.«

Hardy ärgerte es allmählich, daß Glitsky immer noch nicht begriff. »Abe, der Mantel befand sich hier an Bord.«

»Woher wissen wir das, Diz?«

»May hat gesagt, daß der Mantel hier war. Die Täterin nahm ihn mit, deshalb taucht er in deiner Inventarliste nicht auf.«

Glitsky antwortete geduldig. »Ich sage nicht, daß die Möglichkeit, von der du sprichst, völlig ausgeschlossen werden muß, Diz. Ich sage nur, daß es noch mindestens eine andere Erklärung gibt: May war hier unten und hatte den Mantel an. Sie sah Andy. Wenn er ihr den Mord anhängen wollte, brauchte er sie ja nur herzubestellen, damit man sie in ihrem bunten Federmantel sah. Als sie das begriff, entledigte sie sich des Mantels. Dann fiel ihr ein: Wenn sie uns für den Verlust haftbar machte, mußten wir ihr den vielleicht ersetzen. Also hat sie uns den Nerv getötet.«

»So war es nicht, Abe.«

»Beweise es.«

»Es war eine Frau, Abe –«

Hardys Theorie überzeugte Glitsky nicht. »Ich würde an deiner Stelle mal genau nachprüfen, wo dein Mandant an dem Morgen war, bevor ich vor der Grand Jury ausgesagt habe. Und was die Frau angeht: Die einzige noch lebende Frau, die irgend etwas mit diesem Fall zu tun hat, ist Celine Nash. Sie hat kein Motiv. Außerdem war sie zur Tatzeit in Santa Cruz. Das habe ich nachgeprüft.«

Hardy wollte nicht nachgeben. »Ich glaube immer noch, daß es eine Frau war.«

Glitsky zuckte die Achseln. »Ja, da wir beide nicht glauben, daß May es getan hat, wer ...?«

Hardy rang mit dem Unbegreiflichen – Jane, seine ehemalige Frau, Andy Fowlers Tochter ... Sie hatte ihm, was ihr Verhältnis zu Owen anging, nicht die ganze Wahrheit gesagt. Es war unverständlich, warum sie es getan haben sollte, sie hatte doch nur eine einzige Nacht mit dem Tycoon verbracht. Aber vielleicht ... Was wäre wenn? Gewöhne dich lieber gleich an diesen Gedanken, so unglaublich er dir auch erscheinen mag. Jane hatte eine feste Beziehung zu Nash gehabt. Sie sahen einander regelmäßig. Da lernte er May Shinn kennen. Es war aus. Jane war verrückt nach ihm. Sie brachte Owen um. Dann gestand sie es ihrem Vater oder er bekam es irgendwie heraus. Kein Wunder, daß er so sanft und liebenswürdig tat: Er wollte seine Tochter um jeden Preis beschützen. Er hätte alles für sie getan. Alles? Natürlich haßte er Nash. Stimmte es denn, daß er so rettungslos in May Shinn verliebt war? Sie wollte ihn nicht mehr sehen. Er war wütend auf sie. Welch wunderbare Gelegenheit, May für ihre Untreue dadurch zu bestrafen, daß er ihr das Verbrechen seiner Tochter Jane anhängte. Und May hatte ja schließlich bezahlt.

Er parkte vor Janes Haus an der Jackson Street in Pacific Heights. Es war das Haus, in dem er früher mit ihr zusammen gewohnt hatte. Im Radio hieß es, seit Mitternacht seien über fünf Zentimeter Regen gefallen. Er ging die Treppe hinauf und klopfte an die Tür mit den hübschen kleinen Glasscheiben. Er sah den Schatten einer Männergestalt dahinter auftauchen. »Das trifft sich gut«, dachte er und erwartete Chuck Chuck Bo-Buck zu sehen oder wen auch immer, der gerade der Mann des Monats war.

Die Tür ging auf, und er sah seinen Mandanten vor sich.

»Andy, wir müssen uns unterhalten«, sagte er.


»Du bist so ein Bastard.« Jane weinte. Sie lag mit hochgezogenen Beinen im Bett.

»Jane, ich versuche deinem Vater das Leben zu retten. Mir geht es auch nicht gerade blendend.«

Hardy hatte ein schreckliches Gefühl dabei, seine ehemalige Frau schluchzen zu sehen. Was die Männer betraf, die sie nach ihm kennengelernt hatte, tat Hardy gern so, als gingen sie ihn nichts an, aber er wußte, daß Jane immer noch nicht den richtigen gefunden hatte. Und daß sie sich nach einer festen Beziehung sehnte, nach einem starken Mann, der sie in die Arme nahm und liebte und ihr treu blieb. Aber den gab es anscheinend nicht. Hardy nahm an – vielleicht täuschte er sich –, daß er selbst bereits dieser ideale Mann gewesen war, daß aber irgend etwas – das Schicksal? – diese Beziehung zerstört hatte.

Manchmal konnte er ihr jeden Tag begegnen, ohne daran zu denken, aber jetzt, als er ihr gegenübersaß, war es sehr hart.

»Wie kommst du auf so einen *Gedanken,* Dismas? Wofür hältst du mich eigentlich? Ich habe dir *gesagt,* daß es überhaupt nichts war. *Es war nur eine Nacht.*«

Andy wartete im Wohnzimmer. Mit ihm wollte er sich später beschäftigen. Zuerst mußte er wissen, was zwischen Jane und Owen Nash gewesen war. »Nur *eine* Nacht? Und du hast ihn nie wiedergesehen?«

»*Nein.* Das kommt vor. Was willst du denn hören?«

»Ich will nur die Wahrheit hören.«

Sie schlug mit der geballten Faust auf das Bett. »Ich *habe* dir gesagt, daß das die Wahrheit ist. Ich habe Owen *einen* Tag und *eine* Nacht lang gesehen. Das ist alles.«

»Okay, okay, Jane.«

»Was willst du sagen? *Ich* hätte ihn umgebracht?« Als sie sein Gesicht betrachtete, legte sie die Hand an den Mund. »O mein Gott, du glaubst das wirklich.« Sie sprang auf und schniefte. Auf ihrem Schreibtisch lag ein großes schwarzes Buch, sie blätterte darin. Dann wandte sie sich zu ihm um und hielt ihm das offene Buch unter die Nase. »Achtzehnter bis zweiundzwanzigster Juni. Sommermodenschau bei I. Magnin. Tag für Tag von morgens bis abends Seminare und Teepartys, die ich geben mußte. Prüf's nach.«

Hardy senkte den Kopf. Er haßte das. »Ich glaube dir, Jane. Ich habe gesagt, ich glaube dir.«

Sie zog den Schreibtischstuhl heraus und setzte sich. Sie fing wieder an zu weinen. Sie schluchzte leise vor sich hin und wischte sich die Augen mit dem Kleenex ab. Hardy stand von ihrem Bett auf und ging aus dem Zimmer.

## 60

Er sagte Andy, sie müßten sich am nächsten Tag zusammensetzen und über seine Aussage sprechen.

Er hatte Frannie einen Zettel hinterlassen, daß er wahrscheinlich den ganzen Tag über fort sein werde. Er fand einen von ihr vor, daß sie bei Rebeccas Großmutter, der Mutter ihres verstorbenen Mannes, war und um sechs Uhr abends zurück sein werde. Sie hoffe ihn dann zu sehen.

Er ging in sein Büro und warf zwanzig Minuten lang Darts. Ab und zu sah er aus dem Fenster, wo der Regen aus den grauen Wolken herabfiel.

Eigentlich mußte er sich jetzt auf die Verteidigung vorbereiten, auf den juristischen Wettstreit mit Pullios darüber, wie die vorliegenden Beweise für Andy Fowlers Täterschaft beim Mord an Owen Nash zu interpretieren waren. Aber irgendwie hatte er das Gefühl, daß aus dem Ganzen die Luft raus war. Er fühlte sich an diese Debatten in der Highschool erinnert, in denen er manchmal drei- oder viermal an einem Nachmittag sowohl für als auch gegen etwas argumentiert hatte. Als ob es keine richtige Antwort gab.

O ja, er wußte, daß das Mode war. Es war schon damals Mode gewesen, als er das College besuchte – gib bloß keine Werturteile ab. Relativität war gefragt. Eine absolute Wahrheit existierte nicht. Aber ob das nun gut war oder nicht – mit den Jahren war er zu der Überzeugung gelangt, daß es doch eine Wahrheit gab und daß sie sich fundamental von der Unwahrheit unterschied.

Und sein Job am Montag sollte nun sein, die Debatte fortzusetzen. Das wußte er. Er würde Abe Glitsky und Art Drysdale und vielleicht José in den Zeugenstand rufen und schließlich Andy selbst aussagen lassen. Sein Resümee hatte er schon fertig.

Aber jetzt stellte er fest, daß, soweit er wußte, sehr wenig von dem Geschehen selbst Eingang in den Prozeß gefunden hatte, der doch der Schmelztiegel sein sollte, aus dem man die Wahrheit gewann.

Einerseits wollte er sich nicht von seiner Verteidigung Andy Fowlers ablenken lassen. Er wußte, daß er jetzt an seinem Schreibtisch sitzen, Formulierungen und Argumente notieren sollte, um die Herzen der Geschworenen für sich zu gewinnen. Andererseits fand er, daß er nur noch der Wahrheit selbst auf den Grund gehen sollte, weil er nun wußte, was sich zugetragen hatte. Nur dadurch konnte er Andy Fowler wirklich retten, ihn aus den Händen der Geschworenen befreien und jeder Debatte entziehen.

Endgültig von dem Mordverdacht reinigte er seinen Mandanten nur dadurch, daß er eine andere Erklärung der Vorgänge lieferte. Aber die Zeit, die er darauf verwendete, würde ihm bei der Verteidigung vor Gericht fehlen.

Deshalb warf er seine Darts.

Die Inventarlisten halfen ihm nicht weiter. Es standen die Schweißbänder darauf, die man den Schubladen der Schreibtische neben dem Bett entnommen hatte, auch Gewichtheberhandschuhe und Wadenwärmer. Hardy wandte sich wieder der Verteidigung zu und legte den gelben Schreibblock vor sich hin. Sollte er José als Zeugen aufrufen und ihn über alles, was er an diesem Morgen festgestellt hatte, ausfragen? Er schrieb es hin, betrachtete es und stellte fest, daß nichts von dem, was er erfahren hatte, bewies, daß Andy an dem Donnerstagmorgen nicht auf dem Boot gewesen war. Etwas Negatives kann man nicht beweisen …

Was war mit der Waffe in der Schublade? Glaubwürdigkeit seiner Aussage? Falls sie glaubwürdig war, welche Bedeutung kam ihr zu? Er konnte jetzt sofort Pullios und Chomorro anrufen und ihnen mitteilen, daß er selbst ein entscheidendes Indiz entdeckt hätte, das einen weiteren Prozeß erforderlich machen würde, weil er nicht als Zeuge für seinen Mandanten aussagen konnte. Dann würde er aussagen, daß die Waffe am Mittwochabend nicht in besagter Schublade gelegen hatte. Aber es einer neuen Jury zu beweisen, würde wiederum schwierig werden. Es war immerhin möglich, daß die Waffe bei jedem Öffnen der Schublade nach vorn oder nach hinten gerutscht war. Es *war* möglich, daß er sie schlicht übersehen hatte. Er war in Eile gewesen. Und selbst wenn es ihm gelänge, die Geschworenen vom Nichtvorhandensein der Waffe am Mittwochabend zu überzeugen, würde das denn *zwangsläufig* bedeuten, daß der Staatsanwaltschaft die Beweislast oblag, zu zeigen, daß sich Andy Fowler irgendwie einen Schlüssel zu der Kabine der *Eloise* besorgt hatte? Er versetzte sich an Glitskys Stelle, und ihm fielen innerhalb von fünf Minuten fünf Gründe ein, weshalb dem nicht so war.

Er stand auf und fütterte die Fische. Er wußte, was er wußte: Die eifersüchtige Frau, die ihren ungetreuen Geliebten Owen Nash erschossen hatte, hatte am Donnerstagmorgen die Waffe zur *Eloise* zurückgebracht. Das hatte sie getan, um das Ding loszuwerden und um den Tatverdacht auf May Shinn abzuwälzen. Beide Strategien hatten funktioniert.

Er mußte es sich immer wieder einhämmern, daß die Staatsanwaltschaft *beweisen* mußte, was sie behauptete. Wenn sie befand, daß Fowler Nash getötet hatte, mußte sie Fakten vorlegen, die das nachwiesen. Hardy brauchte nicht zu beweisen, daß Fowler es nicht getan hatte. Daran mußte er die Geschworenen immer wieder erinnern. Selbst wenn sie zu dem Schluß kamen, daß Andy in gewisser Hinsicht wegen irgend etwas schuldig war, mußte Hardy sie darauf aufmerksam machen, daß sie nicht darüber zu befinden hatten, ob Andy *unschuldig* war oder nicht, sondern vielmehr, ob die Staatsanwaltschaft ihm mittels der vorgelegten Beweismittel und vorgeführten Zeugen die Schuld nachgewiesen hatte. Und falls das nicht der Fall war, war er – obwohl er vielleicht nicht unschuldig war – im juristischen Sinn *nicht schuldig*. Unschuldig hieß nicht dasselbe wie nicht schuldig.

Als er wieder am Schreibtisch saß, drückte er einige Knöpfe und tauschte dann mit Ken Farris ein paar Worte über das furchtbare Wetter aus. »Sind Sie immer noch dabei?« fragte Farris.

»Den Müden gönnt man keine Ruhe«, sagte Hardy. »Mir ist hier etwas aufgefallen, sofern Sie nichts dagegen haben, der Verteidigung behilflich zu sein.«

»Wenn es nicht in Arbeit ausartet«, sagte Farris. »Obwohl mir der Gedanke etwas unheimlich ist.« Er schwieg einen Augenblick. »Dismas, lassen Sie mich Ihnen eine Frage stellen: Ich habe das Gefühl, daß das mehr als nur ein Job für Sie ist. Sie glauben nicht, daß Fowler es getan hat, stimmt das? Sie würden den Fall nicht bearbeiten, wenn es nur eine juristische Übung wäre, ja?«

Hardy hatte das alles schon einmal durchgekaut. »Fowler hat es nicht getan«, sagte er. »Ich will auch herausfinden, wer es war.«

Eine Pause, dann: »Warum müssen Sie uns das immer wieder zumuten? Immer wieder die falschen Leute fragen?«

Es war eine lange Geschichte – Nashs berühmter Name, der Ehrgeiz von Elizabeth Pullios, Fowlers Doppelleben. Verdacht und Vorurteile. Aber Farris hatte seine Frage nur rhetorisch gestellt, und Hardy überging sie. »Hat Owen den Schlüssel für die *Eloise* irgendeiner seiner Freundinnen gegeben?« fragte er.

»Das bezweifle ich. Die *Eloise* war sein Baby, wissen Sie. Er lud Leute ein, aber nie, wenn er nicht dabei war.«

»Hatte er Freundinnen, mit denen er über längere Zeit zusammen war – Geliebte, Konkubinen, Mätressen –, außer May?« Mußte er wohl, dachte Hardy.

»Ein paar Wochen, ab und zu mal einen Monat lang, das war wohl alles. Er zahlte sie aus, und sie gingen ihrer Wege.«

»Erinnern Sie sich daran, daß er sich über irgendeine von ihnen dahingehend geäußert hat, daß sie sehr böse auf ihn war – verbittert, enttäuscht, weil er sie nicht mehr wollte, irgend etwas dieser Art?«

»Nein, tut mir leid, aber da war nicht viel los. Sie kamen und gingen wie die Jahreszeiten.« Er lachte trocken. »Nein, streichen Sie das: eher wie die Gänge einer Mahlzeit. Das war der große Unterschied bei May – die Sache mit ihr hielt etwas länger.«

»Und sonst gab es niemanden?«

»Nein. Außer Celine natürlich.«

Hardy saß festgenietet auf seinem Stuhl. Er merkte, wie ihm das Blut aus dem Gesicht wich. Der Regen prasselte gegen das Fenster. Die Dunkelheit brach herein. »Hatte Celine einen Schlüssel zur *Eloise*?« fragte er, und seine Stimme sollte ruhig klingen.

»Hey, ich hab einen Witz gemacht. Wirklich, einen schlechten Witz.«

»Hat sie einen Schlüssel?«

»Ja, ich denke schon. Sie hatte immer einen. Aber sie hat doch nicht –«

»Das weiß ich.« Hardy zwang sich, langsamer zu denken, gelassener zu wirken. »Noch so einer von diesen tausend Umständen, an die man denken muß: Wo die Schlüssel geblieben sind. Das ist alles. Aber tun Sie mir bitte einen Gefallen?«

»Klar.«

»Celine ist so wütend auf mich wegen dieser ganzen Geschichte. Daß ich den Mann verteidige, der wegen des Mordes an ihrem Vater vor Gericht steht. Würden Sie ihr bitte nicht von dieser Schlüsselgeschichte erzählen, wenn Sie sie sehen?«

»Okay, kein Problem.«

Als er den Hörer aufgelegt hatte, rührte er sich minutenlang nicht. Nichts war da – weder das Haus noch das Büro, noch der Regen, noch die Finsternis draußen.


An dem Abend, als Celine zum erstenmal vor seinem Haus erschienen war, war sie rasch wieder umgekehrt. Sie hatte ihn in seinem grünen Jogginganzug erblickt, demselben Modell, das ihr Vater an dem Tag getragen hatte, an dem er erschossen worden war. War er ihr wie der Geist ihres Vaters vorgekommen, als sie ihn von der Veranda herunter auf sich zukommen sah? So hatte sie jedenfalls einen Augenblick lang reagiert ... »Sie haben mich plötzlich so sehr an meinen Vater erinnert ...«

Er vergegenwärtigte sich ihren Besuch. Warum hatte er sie so stark an ihren Vater erinnert, wenn sie den Vater nicht im gleichen Aufzug gesehen hatte, *wenn sie nicht an seinem letzten Lebenstag mit ihm zusammen gewesen war?* Vielleicht hatte sie ihn an anderen Tagen darin gesehen ... doch das war nicht sehr wahrscheinlich. Sie lebten nicht zusammen, sie joggten nicht zusammen.

Strout hatte in dem Fall May Shinn erwähnt – Hardy war das bereits bekannt gewesen –, daß die Kleidung eines Toten normalerweise in einer Tüte verpackt wurde. Celine hatte ihren Vater in der Leichenkammer gesehen ... aber da war er nackt gewesen.

Der Jogginganzug erklärte ihre auffallende Reaktion vor dem Haus besser als die Tatsache, daß sie ihn am trauten Heim mit Weib und Kind erblickt hatte. Daß sie eifersüchtig und verliebt in ihn war, hatte er sich eingebildet. Dismas, der große Verführer. Er schüttelte angewidert den Kopf.

Aber *warum?*

Geldgier? Natürlich profitierte sie davon, wenn May aus dem Weg war, vielleicht mehr als irgend jemand sonst außer Ken Farris, aber da sie ohnehin schon mehr hatte, als sie brauchte, hatte er dieses potentielle Motiv schnell ausgeschlossen, ganz zu schweigen davon, daß er sie ohnehin nie verdächtigt hatte.

Aber er hatte kein gutes Gefühl dabei. Je mehr man besitzt, um so mehr will man haben? Geld, die angebliche Wurzel allen Übels? Einschließlich Mord? Wie hatte sie auf Mays Tod reagiert – »Wenigstens bekommt sie jetzt nicht das Geld. Gier – eine der sieben Todsünden. Gier setzte nicht Armut voraus. Auch Reiche konnten gierig sein. Das war aber nicht alles.

Jetzt kam wieder dieses Gefühl über ihn. Er lehnte sich in seinem Sessel zurück. Sein Magen verkrampfte sich. Er hatte die Fäuste geballt. Es kostete ihn eine gewisse Anstrengung, die

542

Hände auszustrecken. Er wußte, daß er auf der richtigen Spur war, aber er wußte nicht, wieso. Eines war sicher: Wenn sie ihn ermordet hatte, erklärte sich ihr Verhalten sehr logisch. Sie war klug gewesen, hatte an sein männliches Ego und seine Triebhaftigkeit appelliert. Er sollte denken, daß sie in ihm den Rächer ihres Vaters sah, solange May als Täterin beschuldigt wurde. Wie konnte sie ihn besser daran hindern, daß er sie selbst verdächtigte, als dadurch, daß sie eine sexuelle Beziehung mit ihm anknüpfte und sich zwecks Absicherung gegenüber der Anklagebehörde seiner Libido bediente? Er war ein solcher Narr.

Aber Glitsky hatte sie ja überprüft. Ihr Alibi war in Ordnung. Sie war in Santa Cruz gewesen, und das schloß ihre Anwesenheit auf der *Eloise* aus.

Hardy dachte, er habe den Inhalt all seiner Aktenordner mehrfach Wort für Wort gründlich durchgelesen, aber das stimmte nicht. Abes Prüfungsberichte zu Kens und Celines Alibis hatte er noch gar nicht angeschaut. Abe hatte ihm von den beiden Gewichthebern erzählt, die mit der Mutter des einen zusammenlebten. Und davon, daß Celine das Wochenende bei ihnen verbracht und beim Renovieren ihres alten Hauses geholfen hatte. Jetzt las er Abes Zusammenfassung der telefonischen Unterhaltung, die er mit ihnen geführt hatte.

Das Telefon auf seinem Schreibtisch läutete, und er griff nach dem Hörer.

»Mr. Hardy. Hier ist Richter Chomorro.«

Und ich bin die Königin von Spanien, dachte Hardy.

Aber es war die Stimme des Richters, zweifellos. Wieso rief er Hardy zu Hause am Wochenende während eines Prozesses an? Da es sein erster Mordprozeß war, wußte Hardy nicht, wie er das auffassen sollte. War der Anruf eines Richters bei einem Verteidiger eine relativ übliche Sache? Oder ein weiteres Beispiel für Chomorros Unerfahrenheit? Es blieb nichts anderes übrig, als ihm zuzuhören.

Er begrüßte ihn und lauschte dem Richter eine Weile, der ihm erzählte, er rufe ihn extra deshalb an, um ihn rechtzeitig und fairerweise zu warnen. Er habe beschlossen, Hardys Antrag nach 1118.1 abzulehnen. Auch Pullios sei bereits informiert. Somit gingen die Beweismittel an die Geschworenen, damit diese ein Urteil fällten.

»Nebenbei«, sagte Chomorro, »wiederum im Sinne einer vollkommenen Fairneß gegenüber der Verteidigung« – oder um dir im Falle einer Berufung deinen Arsch abzusichern, dachte Hardy –, »möchte ich Sie darauf vorbereiten, daß die Staatsanwaltschaft Ihre Kritik an den Ermittlungen, die zu der Anklageerhebung gegen Mr. Fowler führten, zurückweist.« Er schwieg einen Augenblick. »Und ich stimme der Staatsanwaltschaft hierin zu.«

Hardy versuchte, Einspruch zu erheben. »Ich dachte, das hätten wir in der Vorverhandlung besprochen, Euer Ehren.«

»Nun, ich habe seither reiflich darüber nachgedacht, vor allem seit gestern, als ich mich mit Ihrem Elfachtzehn beschäftigt habe, und ich vermag keinen direkten Bezug zu den vorgelegten Beweisen zu erkennen. Ms. Pullios mag ja gegen Ms. Shinn zu rasch vorgegangen sein, aber von Anfang an war ausreichend Beweismaterial für eine Anklage gegen Mr. Fowler vorhanden, und sicherlich auch genug für die Geschworenen, um einen Schuldspruch zu fällen. Wir überlassen es den Geschworenen.«

»Euer Ehren, Sie wissen, daß dies das Hauptargument in meiner Verteidigung ist.«

»Ehrlich gesagt, das ist einer der Gründe für diesen Höflichkeitsanruf. Ich wollte Ihnen Gelegenheit geben, sich vorzubereiten. Sprechen Sie mit Ihrem Mandanten – er wird Ihnen selbst sagen können, daß die Anklageerhebung gegen ihn in jeder Hinsicht rechtmäßig war. In einem Prozeß sollen Beweismittel beurteilt werden. Wenn Sie das System angreifen wollen, steht es Ihnen selbstverständlich frei, eine Berufung einzulegen, nur fürchte ich, daß Sie damit keinen Erfolg haben werden.«

Hardy konnte sich vorstellen, wie Drysdale und Locke oder beide am vorigen Abend oder an diesem Morgen mit Chomorro geplaudert und ihn daran erinnert hatten, daß »in einem Prozeß Beweismittel beurteilt werden sollen.« Wortwörtlich aus dem Lehrbuch zitiert.

Deshalb Chomorros unorthodoxer Anruf. Er hatte mit jemandem gesprochen und erfahren, daß eine Entscheidung über Hardys Antrag nach 1118.1 gegebenenfalls Grund für eine Berufung der Staatsanwaltschaft wäre. Nein, Chomorro wollte sich nicht seinen ersten Mordprozeß versauen. Es war ein ganz normales Verfahren. Die Beweismittel lagen vor, die Geschworenen sollten entscheiden. So und nicht anders sollte es laufen.

Glitsky konnte er unmöglich fragen. Er hatte nichts Konkretes vorzuweisen, und Abe mußte sich um seine eigene Arbeit kümmern. Er würde nicht noch einmal prüfen, was er längst gründlich geprüft zu haben glaubte. Hardy konnte es ihm nicht übelnehmen.

Frannie rief um halb sieben Uhr an, eine halbe Stunde zu spät. Er hatte es nicht gemerkt und verfluchte sich selbst. »Was machst du?« fragte er. »Was macht Beck?«

Ihre Stimme klang wie die eines kleinen Mädchens und unendlich weit weg. Er sagte ihr, daß er immer noch bei der Arbeit war, und sie sagte, das habe sie gewußt. Erin, Rebeccas Großmutter, hatte sie eingeladen, zum Abendessen zu bleiben. Vielleicht sogar über Nacht, wenn der Regen nicht nachließ. Er würde sowieso wieder bis in die Puppen arbeiten. Er hatte sicher nichts dagegen. Oder?

Nein, sagte er. Wieso denn? Er hatte sich das doch selbst aufgeladen, und nun mußte er sehen, wie er damit fertig wurde.

Er sagte ihr: Ich liebe dich und du fehlst mir, aber ich verstehe es. Er kam jetzt allmählich zum Ende.

Jeff Elliot war ihm noch etwas schuldig. Er war schließlich Reporter, und wenn es etwas in Santa Cruz zu entdecken gab, würde er es finden, so hoffte Hardy. Er mußte ihm nur den Gedanken schmackhaft machen.

»Bei diesem Wetter? Wollen Sie mich auf den Arm nehmen?«

»Morgen wird es dort wahrscheinlich wunderbar sein.«

»Hardy, lesen Sie doch mal bitte die Zeitung. Es soll das ganze Wochenende über so bleiben.«

»Jeff, es wird ein Abenteuer. Nehmen Sie Ihre Freundin, fahren Sie los, und machen Sie Urlaub auf meine Rechnung. Wenn man sich liebt, kann einem das bißchen Regen doch nichts anhaben.«

Er holte sich eine große Dose Foster's Lagerbeer und eine Handvoll Nüsse. Dann wanderte er durch das lange, plötzlich so leere Haus. Der Wind heulte zwischen den Gebäuden, der Regen fiel ohne Unterlaß, es war das schlimmste Unwetter seit Jahren.

Er schaltete die Weihnachtsbaumlichter ein, stellte Bier und Nüsse auf den Lesetisch neben dem Kaminsessel und hielt eine Streichholzflamme unter den Zunder.

Im Kopf hörte er eine Melodie von Sam Cooke – Saturday night and I ain't got nobody. Ach, Unsinn. Er hatte seine Aktenordner mitgebracht und wollte sie noch einmal durchgehen.

Seine eigenen Notizen. Er hatte so viel geschrieben, daß er gefürchtet hatte, sein Handgelenk fiele bald ab. Nach jedem Gespräch mit Pullios, Drysdale, Glitsky, Farris und Celine (als es noch strikt beruflich gewesen war) hatte er sich, wenn es diesen Fall betraf, zumindest den Tenor der Unterhaltung notiert. Außerdem seine gelegentlichen Einfälle, Theorien von Moses, Frannie, Pico und seinen alten Kollegen in der Bezirksstaatsanwaltschaft.

Kurz nach halb elf stand er auf, um sich noch ein Bier zu holen. Danach wollte er den Kram erst einmal hinlegen und schlafen gehen. Er war bis zu der Stelle gelangt, wo von Ken Farris die Rede war: Farris war in die Stadt gekommen – angeblich nur, um Owens Handschrift auf dem Testament als echt zu bestätigen. Hardy erinnerte sich, daß sie darüber geredet hatten, wie schrecklich langsam die Sache vorankam – Farris *wußte*, daß May auf der *Eloise* gewesen war … Celine hatte es ihm erzählt. Hardy hatte es pflichtgetreu notiert, auf den Rand daneben »Hörensagen« geschrieben und es zwar nicht vergessen, aber doch aus seiner Beweismittelsammlung ausgeschlossen.

Celine hatte Hardy auch erzählt, daß May mit Owen auf der *Eloise* ausfahren wollte. Es war auf dem Rückweg von ihrem ersten Treffen gewesen. Er erinnerte sich jetzt genau.

May hatte das jedoch bestritten, und May hatte, wie erwiesen war, die Wahrheit gesagt.

Also hatte Celine gelogen … nur konnte er es immer noch nicht beweisen. Er öffnete den Kühlschrank und hielt ein. Er schlug die Tür zu und rannte fast durch das Haus nach hinten zu seinen Aktenordnern.

Er benötigte nur eine Minute: Pullios hatte gegen May Shinn vor der Grand Jury Anklage erhoben und Hardy damit beauftragt, Celine zu vernehmen. Und Celine hatte ausgesagt: Am Dienstagvormittag, dem 16. Juni, habe sie ihren Vater in seinem Büro angerufen, um festzustellen, ob er an dem Wochenende etwas vorhatte, wo er sie dabeihaben wollte. Er habe gesagt, nein, er werde mit May allein auf der *Eloise* hinaussegeln.

Okay, Celines Aussage war aktenkundig. Aber es war trotzdem nur Hörensagen. Und es war eine Lüge, aber wie sollte er das beweisen?

*Farris' Büro.*

Wo man alle zwanzig Sekunden einen Piep hörte und wo alles aufgezeichnet wurde?

## 61

Hardy schlief unruhig und wachte vor dem Morgengrauen auf.

Der Regen fiel immer noch, aber jetzt nieselte es nur. Er duschte, zog sich an, setzte sich hin, trank Kaffee, sah die Uhr an der Wand an und überlegte, wann er es wohl wagen konnte, Ken Farris wieder anzurufen. Ob es nun vernünftig war oder nicht – er wollte ihn erwischen, bevor er aus dem Haus ging.

Er kehrte zu den Aktenordnern zurück und las Celines Aussage noch einmal durch. Er wollte ganz sicher sein, daß die Müdigkeit ihm keinen Streich gespielt hatte. Er hatte Celine gefragt, wann sie ihren Vater angerufen habe.

»Irgendwann vormittags. Ich glaube, es war der Dienstag.«

»Der Sechzehnte?«

»Wenn das der Dienstag war, ja. Er war in seinem Büro unten in South San Francisco ...«

Er hielt es bis fünfzehn Minuten nach sieben aus. Ungefähr die längsten neunzig Minuten in seinem Leben. Farris schien seine Zurückhaltung nicht zu honorieren.

»Was zum Teufel, Hardy? Wieviel Uhr ist es?«

Er sagte es ihm und bat um Entschuldigung, es sei sehr wichtig. »Ich habe jetzt wirklich eine Spur entdeckt«, schloß er die Erklärung. »Ich möchte Ihnen das nicht noch einmal alles zumuten, Sie sollen sich nicht wieder Sorgen machen, aber ich glaube, ich weiß, wo ich endlich sachdienliche Angaben finden kann.« Er erzählte ihm von seiner Idee mit den Tonaufnahmen. »Bitte sagen Sie mir, ob Sie sie noch besitzen.«

»Müßten wir eigentlich«, sagte er. »Wir heben sie sechs Monate lang auf.«

»Also haben Sie die vom Juni noch?«

»Ich weiß es nicht. Sind das sechs Monate? Ich bin noch nicht richtig wach, wissen Sie.«

»Ich würde mir gern die Anrufe der letzten beiden Juniwochen anhören. Alle Telefongespräche, die Nash von seinem Büro aus geführt hat.«

Farris hörte sich an, als ob er gähnte. Wenigstens wachte er auf. »Das ist alles? Wie wär's denn, wenn Sie sich unsere ganze Sammlung anhören, wo Sie schon dabei sind?«

Hardy hatte jetzt ein dickes Fell. Hauptsache, er bekam, was er wollte. Er wartete.

»Scheiße, warum nicht? Suchen Sie was Bestimmtes?«

»Ja. Aber das möchte ich jetzt noch nicht gern verraten.«

»Ich sage das, weil wir ein Verzeichnis haben. Wenn Sie wissen, was Sie suchen, brauchen Sie sich nicht alle Bänder anzuhören.« Er fuhr fort, jetzt war er wieder der alte Farris. »Ich weiß schon, all diese peniblen Aufzeichnungen – das klingt ein bißchen übertrieben. Aber wir arbeiten auf einem High-Tech-Gebiet, da müssen wir vorsichtig sein. Es wird wirklich ziemlich viel spioniert. Und manche Leute behaupten, sie hätten mit mir oder Owen einen mündlichen Vertrag geschlossen. Wir müssen aufpassen.«

»Sie brauchen sich wirklich nicht bei mir zu entschuldigen. Wo bewahren Sie das Verzeichnis auf?«

»In unserem Werk in South City. Wir haben einen Tresor.« Farris seufzte. »Ich nehme an, das hat nicht Zeit bis morgen zu den normalen Bürozeiten, oder?

Dorothy sah die Abfahrt und steuerte den Wagen den Berg hinauf, weg vom Pazifik. Die Scheibenwischer machten Klickklack auf der flachen Scheibe des alten VW-Käfers. Die Fenster waren auf beiden Seiten ein paar Zentimeter heruntergekurbelt, damit die Scheiben nicht zu sehr beschlugen. Sie trugen beide Parkas gegen die Kälte. Die Heizung funktionierte nicht. Für die Fahrt von San Francisco den Highway 1 entlang bis Santa Cruz hatten sie etwas über eine Stunde gebraucht, und eigentlich hätten sie sauer sein müssen. Dorothy drehte das Fenster an ihrer Seite noch weiter hinunter, streckte die Hand hinaus und fing Regentropfen.

»Ich glaube nicht, daß ich je wieder den Regen hassen werde.«

»Vielleicht sollten wir nach Oregon ziehen, da regnet es oft.«

»Feuerland«, sagte sie. »Da regnet es immer, habe ich gehört.« Sie hatten das schlechte Wetter am vorigen Tag als Ausrede benutzt, um im Haus zu bleiben, nichts zu tun, sich in der Wärme zu rekeln und einander zu genießen. Als Hardy anrief, waren sie bereit hinauszugehen. Nicht gerade verrückt drauf, aber irgendwie reizte es sie schon. »Ich muß direkt mal diesen Freund von dir kennenlernen: Hardy. Was für eine ausgezeichnete Idee!«

»Er ist kein richtiger Freund. Er ist eine Quelle.«

»Hast du vergessen, daß ich auch mal eine Quelle war? Für deine Kautionsstory?«

»Du bist aber hübscher als er. Wenigstens ein bißchen.«

Sie gab ihm eine leichte Ohrfeige. Der Wagen schleuderte ein wenig hin und her, aber sie hatte ihn gleich wieder in der Gewalt. Sie fuhren durch den Kiefernwald hinter dem Campus der University of California. Eine dicke braune Wassersuppe lief in der Straßenmitte bergab. Ungefähr alle hundert Meter stand ein Haus.

»Ich glaube, wir sind gerade an unserer Straße vorbeigefahren«, sagte Jeff. »Außerdem hast du gesagt, du würdest dir etwas einfallen lassen, bis wir ankommen.«

Sie fuhr den Wagen an die Böschung heran und drehte sich nach dem Straßenschild um. Dann setzte sie zum Wenden an. »Ich habe mir etwas einfallen lassen«, sagte sie. »Obwohl ich nicht einsehe, wieso ich an alles denken soll.«

Jeff legte eine Hand auf ihr Bein. »Ich denke auch an einiges.«

Sie lächelte, sah hinunter und legte ihre Hand auf seine und drückte sie, während sie mit der anderen weitersteuerte. »Ja, das tust du.«

Sie hatte sich etwas einfallen lassen, um sie zum Reden zu bringen.

Len und Karl waren nicht zu Hause – sie waren unten im Fitneßraum und stemmten Eisen zusammen. Das taten sie jeden Morgen, erklärte Karls Mutter. Es war eine Art Religion. Beide Jungen waren sehr diszipliniert, sehr ordnungsliebend. Len war derzeit Vize-Mister-Northern-California, und Karl wollte gleich nach Neujahr zu den Gold's-Gym-Vorausscheidungen nach Santa Monica.

Zu dritt saßen sie – Jeff, Dorothy und Mrs. Franck – in der Küchenecke. Alles war neu und schön: blitzblanker Parkettboden, handgearbeiteter Eichenholztisch, gebogene Fensterscheiben. Sie tranken Kräutertee, und Mrs. Franck hatte irgendwelche fasrigen Riegel zu keksartigen Dingern zerschnitten. Das alte Haus aus der Zeit der Jahrhundertwende war geräumig, frisch gemalert, makellos. Überall lagen neue Teppiche und Läufer, an den Wänden hingen gerahmte Drucke, Antiquitäten standen herum.

»Und ich rede und rede. Sie sind doch sicher nicht hergekommen, um über meine Söhne zu sprechen – ich nenne sie beide meine Söhne. Len ist in Wirklichkeit mein Schwiegersohn, aber für mich ist er wie ein Sohn. Sie haben im Sommer standesamtlich geheiratet, wissen Sie.«

»Ich finde das wundervoll«, sagte Dorothy.

Mrs. Franck strahlte. »Ich bin so froh. Viele Leute verstehen das nicht, nicht wahr? Sie sehen zwei Männer … und dann – ach Gott. Ich gebe zu, zuerst ist es mir auch schwergefallen. Aber wenn Sie die beiden sehen – und dann laden sie mich ein, zu ihnen zu ziehen –, ich meine, sie sind einfach großartige Jungs. Und sie lieben sich wirklich. Und dann dieses Haus und die Sachen …«

Jeff sah sich um und sagte auf dieses Stichwort hin: »Da muß ja jemand schon ganz schön verdienen.«

Mrs. Franck strahlte. »Ich weiß«, sagte sie. »Das Haus. Es ist ein Traum, der Wirklichkeit geworden ist.«

»Es ist wunderschön«, sagte Dorothy.

»Ich glaube, nicht mal Celine hat das bisher so richtig erkannt«, sagte Jeff zu Dorothy. »Ich bin froh, daß wir hier sind.«

»Wollen Sie wirklich etwas im *Chronicle* darüber bringen?«

Jeff nickte. »Deshalb sind wir hier. Celine sagte mir, wenn ich ein Feature über restaurierte Häuser aus der Jahrhundertwende machen wollte, käme ich nicht umhin, mich mit diesem hier zu beschäftigen. Aber ich glaube, sie hat eher noch untertrieben. Ich glaube nicht, daß es irgendwo in San Francisco so ein Haus gibt.«

»Bitte, wenn die Jungens nach Haus kommen, sagen Sie nichts Schlechtes über Celine. Da würden Sie sich bei ihnen unbeliebt machen.«

»Sie sind alle sehr gute Freunde, hm?« Jeff hatte seinen Notizblock herausgeholt.

Mrs. Franck nickte. »Sie ist wohl der großzügigste Mensch, den Gott je auf diese Erde geschickt hat.«

»Sie hat tüchtig mitgeholfen, nicht wahr?«

Karls Mutter rollte ihre Augen himmelwärts. »Sie können es sich nicht vorstellen! Sie hat uns alles gegeben. Was wir brauchten. Sie hätten das Haus mal vorher sehen sollen, und jetzt ...« Ihre Gesten beschrieben das ganze Haus.

»Also ist Celine Ihre Gönnerin, könnte man sagen?« fragte Jeff.

»Wissen Sie, das ist ja das Komische. Ich glaube, sie mag Karl einfach ganz gern. Er war oben in der Stadt. Er wollte etwas besprechen oder so – sie haben dort einen Trainer, der wirklich wunderbar ist –, und dann hat er im Club sie kennengelernt. Sie trainiert ja selbst auch, wissen Sie.«

»Und dann?«

»Ja, Sie müssen Karl kennenlernen. Er ist so lieb. Alle mögen ihn. Und die beiden – er und Celine – mußten sich einfach anfreunden. Ich glaube, Len hat ihm ein bißchen gefehlt, als er so allein da oben in der Stadt war. Er brauchte jemanden, mit dem er sich unterhalten konnte, und wissen Sie, er ist so treu – er wollte nicht mit anderen Männern ausgehen –, und da hat es, denke ich mir, bei ihm und Celine klick gemacht, und er hat angefangen, ihr von seinen Träumen zu erzählen, wissen Sie, von seinem Leben, seiner Karriere und diesem Haus, in das er und Len ihre ganze Kraft hineinstecken wollten.«

Mrs. Franck dämpfte ihre Stimme und beugte sich über den Kaffeetisch zu ihnen hin. »Celine ist sehr reich, wissen Sie. Ihr Vater war Owen Nash.«

Jeff und Dorothy nickten.

»Es ist so ein Jammer mit ihrem Vater, nicht wahr, der arme Mann. Ist der Richter denn schon verurteilt?«

Jeff sagte ihr, daß der Prozeß immer noch nicht abgeschlossen sei.

»Ach, das ist so furchtbar, diese ganze Sache. Vor allem für Celine.« Sie seufzte. »Daß ihr das auch noch passieren mußte.«

Dorothy ergriff das Wort. »Hat sie auch noch andere Sorgen?«

»Oh, wissen Sie, die haben doch sogar reiche Leute. Manchmal glaube ich, die haben es noch schwerer als andere Menschen.«

»Wieso?« fragte Jeff.

»Ach. Es sind doch alle Leute hinter ihrem Geld her. Sie wissen nie, ob jemand ehrlich zu ihnen ist. Ich glaube, deshalb hängt sie so an Karl. Ich meine, bevor er auch nur eine Ahnung von ihrem Geld hatte ... er war immer für sie da. Er würde alles für sie tun. Aber Len und ich genauso. Ich glaube, sie braucht einfach ein paar Freunde, auf die sie zählen kann und die sie nicht belästigen und quälen. Sie braucht einen Ort, wo sie unterkommen kann, und zwar nicht einfach nur ein Hotel. Ein Plätzchen, wo sie nicht mehr Celine Nash ist, sondern ein ganz normaler Mensch.«

»Das ist gut«, sagte Dorothy. »Jeder braucht das.«

Mrs. Franck nickte. »Sie kommt und geht, wie es ihr gefällt. Sie hat ihr eigenes Zimmer – ja, ich glaube, Sie werden es sehen, wenn wir hinaufgehen. Karl hat es extra für sie hergerichtet. Weiß Gott, an einem fehlt es in diesem Haus nicht, und das sind Zimmer. Aber typisch Karl, er sagt, das Haus gehört ihr. Sie kann auch herkommen, wenn wir nicht hier sind.

»Kommt das oft vor?« fragte Jeff.

»Ja, wissen Sie, die Jungs nehmen laufend an irgendwelchen Ausscheidungskämpfen teil. Manchmal kommt Celine an einem Donnerstag oder Freitag her, und wir anderen brechen über das Wochenende irgendwohin – nach Long Beach oder Las Vegas – auf. Wir kommen am Sonntag oder Montag zurück, und sie hat schon ein Essen oder irgend etwas für uns fertig. Sie ist wirklich fantastisch.«

Der Monterey Bay Club hatte eine Liste aller offiziellen Wettbewerbe im Gewichtheben des Jahres 1992. Am Samstag und Sonntag, dem 20. und 21. Juni, hatte in San Diego im Mission Bay Inn die Regionalausscheidung zum Mister California stattgefunden.

Dorothy saß in einer Nische im Pelican's Nest nahe der Strandpromenade von Santa Cruz, trank eine Bloody Mary und betrachtete ihren funkelnden neuen Brillantring. Der Regen hatte wieder eingesetzt. Es schüttete über der Bucht, als Jeff vom Telefon zurückkam. Er humpelte jetzt ziemlich flink auf seinen Krücken, fast als ob er sie nicht mehr brauchte, weil er auf einer heißen Spur war.

Er rutschte in die Nische und küßte sie. »Karl Franck ist zusammen mit seiner Mutter und Len Hoeffner am Freitagabend, dem 19. Juni angekommen. Beide sind als Teilnehmer an dem Wettkampf eingetragen.«

»Also war Celine nicht hier?«

»Aber sie könnte hier gewesen sein. Vielleicht ist sie am Freitag hergekommen, bevor die anderen losfuhren. Ich bin sicher, daß sich das feststellen läßt, falls sie geflogen ist. Aber ich glaube nicht, daß Hardy das braucht.«

»Und am Sonntag war sie zurück.« Es war keine Frage.

Jeff nickte. »Und soweit die Francks wußten oder annahmen, war sie das ganze Wochenende über da. Sie haben nicht einmal bewußt gelogen, als sie das behaupteten. Wahrscheinlich hatte Celine ein Essen für sie fertig, als sie nach Hause kamen, und die Geschichte von einem ruhigen Wochenende, an dem sie gar nichts getan hatte.«

»Nur ihren Vater umgebracht.«

Jeff starrte aus dem Fenster in den Regen hinaus. »Vielleicht.«

Hardy hatte Frannie und Rebecca bei der Großmutter abgeholt. Dann waren sie zuerst frühstücken gegangen, anschließend nach Hause gefahren, um Kleidung und Babynahrung für einen weiteren Tag abzuholen, und schließlich zu ihrer Ex-Schwiegermutter zurückgekehrt. Er würde wahrscheinlich ohnehin den ganzen Tag nicht zu Hause sein, und er hatte eine unterschwellige Angst davor, daß es gefährlich werden könnte. Lächerlich vielleicht, aber er wollte kein Risiko eingehen. Wenn Frau und Kind in Sicherheit waren, hatte er ein besseres Gefühl.

Außerdem hatte er Andy Fowler angerufen, der immer noch bei Jane war, und die Verabredung mit ihm abgesagt, bei der sie noch einmal über Andys Aussage im Zeugenstand sprechen wollten. Hardy teilte ihm Chomorros Entscheidung mit, daß er keine Fragen hinsichtlich der Art der Beweissicherung stellen durfte. Das Vorgehen der Staatsanwaltschaft anzuzweifeln, war nicht erlaubt.

Fowler wirkte bedrückt. »Hör mal, Diz, wenn du mich im Zeugenstand hast, werde ich einfach die Wahrheit sagen. Ich habe Owen Nash nicht getötet, und sie haben nicht bewiesen, daß ich's getan habe. Und das müßten sie, nicht wahr? Ich glaube, es ist eine gute Idee, heute mal auszuruhen.« ... Ruh dich aus. Na klar.

Jetzt schloß er das Logbuch der Owen Industries. Er hatte nicht lange gebraucht. Er hatte alle Telefongespräche überprüft, die in den beiden letzten Wochen vor Owens Tod von dessen Apparat aus geführt worden waren. Am Montag vor dem tödlichen Wochenende war ein Gespräch verzeichnet, das Owen mit Celine geführt hatte. Nicht am Dienstag, sondern am Montag, doch eine solche Verwechslung ließ sich als kleiner Irrtum in Celines Erinnerungsvermögen erklären.

Hardy saß an Kens Schreibtisch in dessen Büro – das seinem eigenen so ähnelte – bei den Owen Industries in South San Francisco. Farris war mit seinem Sicherheitschef Gary Simpson um halb zwölf gekommen und hatte die beiden dann allein gelassen. Gary Simpson durfte Hardy alles zeigen, was er sehen wollte.

Simpson saß mit gekreuzten Beinen und gelangweiltem Gesicht Hardy auf der anderen Schreibtischseite gegenüber.

»Okay«, sagte Hardy. »Jetzt haben wir einen Treffer. Können wir uns das mal anhören?«

Simpson zuckte die Achseln, stand auf und streckte sich demonstrativ. Ein großer Mann in Jeans und einem Flanellhemd. »Dafür bin ich hier.« Er winkte mit dem Kopf. »Hier hinten lang.«

Sie gingen, Hardy hinter Simpson, die rotgefliesten Korridore entlang und bogen um ein paar Ecken. Dann standen sie vor einer großen, mit zwei Steckschlössern gesicherten Tür. Simpsons Büro befand sich rechts hinter der Tür. Davor lag ein kleiner Warteraum mit zwei Stühlen, einem Ecktisch, einem Kaffeetisch und – im Gegensatz zu dem restlichen Gebäude – ohne jede Pflanze. Diese Räume waren viel kälter als die anderen. Simpson gab Hardy ein Zeichen, daß er ihm folgen solle.

Hinter Simpsons Schreibtisch war ein Tresorraum, und Hardy wartete, während Simpson den Schreibtisch aufschloß, öffnete und in einer Schublade eine Reihe von Knöpfen drückte. Dann tat er das gleiche noch einmal auf einer Schalttafel neben der Tresorraumtür.

»High-Tech«, sagte Hardy.

Simpson drehte sich halb zu ihm um. »Das ist doch unser Geschäft. Wir haben unsere Standards.«

Die Tür öffnete sich nach innen. Hardy hatte sich ein paar mit Tonbändern gefüllte Schubladen vorgestellt, aber wieder sah er eine Anordnung von Knöpfen und Kontrollampen vor sich – noch mehr High-Tech. Simpson setzte sich an ein Schaltpult mit unzähligen Leuchtanzeigen und drei Computerterminals.

»Welche Nummer haben Sie denn da? Auf der linken Spalte.«

Hardy hielt immer noch das grüne Logbuch in Händen, das an der betreffenden Seite aufgeschlagen war. Er las Simpson die sechsstellige Zahl vor, und der drückte die Ziffern auf der Schalttafel. Einen Augenblick mußten sie warten, dann hörten sie es klicken.

»Glück gehabt«, sagte Simpson. »Der Tag hier wird übermorgen automatisch gelöscht.«

»Könnten Sie das in diesem Falle verhindern?«

»Klar, keine Angst.« Er drückte ein paar Knöpfe. »Okay«, sagte er. »Fertig zum Start?«

Owen Nashs Stimme überraschte Hardy, er hatte sie sich irgendwie viel herrischer vorgestellt. Es war ein heiserer, aber sanfter Ton. Als ob er mit einem Kind spräche.

»Ich weiß, daß du unzufrieden mit mir bist«, sagte er, »aber bitte leg nicht auf.«

Eine lange Pause. Die digitale Tonwiedergabe war exzellent – Hardy konnte hören, wie Celines Atem schneller ging.

»Na gut«, sagte sie in gleichbleibendem Ton. »Ich lege nicht auf.«

»Wir müssen uns sehen«, sagte Nash. »Wir müssen darüber reden.«

»Nein. Ich will nicht mit dir darüber reden. Ich will dich wiederhaben –«

»Aber es ist schon entschieden, Celine. Es ist entschieden.«

Schweigen mit Atemgeräuschen.

»Das *geht* nicht, Daddy, das geht einfach nicht. Was wird aus mir?«

»Du schaffst das, Schatz. Ich liebe dich immer noch.«

»Tust du nicht.«

Jetzt schwieg Owen eine Weile. Dann sagte er: »Ich werde dich immer lieben, Schatz. Es geht mit uns nicht so weiter wie bisher. Ich habe mich verändert. Ich sehe es jetzt anders –«

»Weil sie da ist.«

»Nicht nur deshalb. Ich denke jetzt anders. Vielleicht hat sie es bewirkt, aber trotzdem ist es meine Entscheidung. Ich will es so.«

»Ich lasse das nicht zu.«

»Celine …«

»Ich lasse das nicht zu, Daddy. Sie darf das nicht, sie darf dich mir nicht wegnehmen –«

»Aber ich *will* es so«, sagte er. »Ich habe mich dazu entschieden.«

»Ich werde dich umstimmen. Ich weiß, daß ich's kann.« Plötzlich klang ihre Stimme tiefer, schmeichlerisch. Es war so ungewöhnlich, daß Simpson sich umdrehte und Hardy ansah. »*Du* weißt, daß ich's kann.«

Nash antwortete darauf nicht sofort. Als er es tat, war es ein Flüstern, das er aus den Tiefen seines Körpers zu pressen schien.

»Nein, du kannst es nicht mehr, Celine. Das ist vorbei. Unmöglich. Es hat fast unser beider Leben ruiniert. So kann es nicht weitergehen –«

Ein grelles Lachen. »Ich nehme an, du willst mich nicht mehr sehen, deine eigene Tochter.«

»Ich werde dich immer wieder sehen, Celine. Wann du willst. Nur nicht so …«

»Ich möchte eine Chance, Daddy.«

»Liebling –«

Sie kreischte jetzt fast, aber irgendwie ohne die Stimme zu erheben. Dann wieder schluchzend und bebend: »Bitte. Bitte, Daddy, ich muß dich sehen.«

»Es wird nichts –«

»Wenn's nichts nützt, gebe ich auf. Ich verspreche es.«

Resigniert: »Wann?«

»Wann du willst.«

Eine letzte Pause, dann Nashs Stimme, belegt: »Ich rufe dich an.«

Als Hardy nach Hause kam, fand er Jeff Elliots Nachricht auf seinem Anrufbeantworter. Celine konnte während jenes Wochenendes in Santa Cruz gewesen sein, aber weder Len noch Karl, noch dessen Mutter konnten bestätigen, daß sie den Samstag dort verbracht hat, weil sie – ganz gleich, was sie Glitsky erzählt oder angedeutet haben mochten – selbst außer Haus gewesen waren.

Die stellvertretende Bezirksstaatsanwältin, die für Sexualdelikte zuständig war, hieß Alyson Skrwlewski. Hardy hatte sie bisher kaum gekannt, doch er nahm an, daß sie von ihm gehört hatte.

»Ich habe nur eine kurze, allgemeine Frage, wenn Sie nichts dagegen haben.«

Sie überlegte einen Augenblick. Wie die meisten Mitarbeiter im Stab des Bezirksstaatsanwalts sah sie nicht ein, wieso sie jemandem einen Gefallen tun sollte, der auf der gegnerischen Seite stand. Und selbst wenn sie grundsätzlich dazu bereit gewesen wäre, war ihr die Situation – daß Hardy sie plötzlich mitten am Sonntagnachmittag anrief – unheimlich. »Lassen Sie mich erst Ihre Frage hören«, sagte sie, »dann will ich Ihnen sagen, ob ich sie beantworten kann.«

»Was ich wissen möchte, ist: Welches sind die üblichen Anzeichen eines Vater-Tochter-Inzests?«

»Nun, ich glaube, das ist allgemein genug. Was möchten Sie wissen?«

»Alles, was Sie mir sagen können. Aber vor allem: Wenn die Tochter erwachsen wird, gibt es da irgend etwas, das sie in ihrem Verhalten von Frauen unterscheidet, die nicht diese Erfahrung durchgemacht haben?«

»Sehr viele dieser Mädchen bringen sich um, bevor sie das Erwachsenenalter erreichen.« Skrwlewski dachte nach. »Wenn sie es erreichen, sind die Beziehungen, die sie eingehen, im allgemeinen katastrophal. Es kommt vor, daß eine solche Frau ihrem Ehemann dabei behilflich ist, die eigene Tochter zu mißbrauchen. Wenn sie überhaupt einen Ehemann haben möchte.«

»Solche Frauen heiraten nicht oft?«

»O nein, nicht so oft. Ich meine: Das ist jetzt ganz allgemein gesprochen. Etwas zu allgemein. Jeder Fall ist anders. Es ist so eine schreckliche, alle in Mitleidenschaft ziehende Situation – manche heiraten fünfmal, bis sie dann die sogenannte richtige Mischung finden: einen Mann, der sie mißbraucht und wie ein kleines Kind behandelt. Es ist zum Heulen.«

Hardy fand das auch, aber sie konnte ihm nichts sagen, das ihm irgendwie weiterhalf. »Wie sieht es denn mit der Vorgeschichte aus?«

»Was meinen Sie?«

»Gibt es irgendwelche milieubedingten Gründe, weshalb sich so etwas entwickelt?«

»Sie sprechen vom Opfer oder vom Vater?«

»Von beiden, nehme ich an.«

»Nun, einige Anzeichen deuten darauf hin, daß beim Vater, wenn er sich nicht von Anfang an, schon in den ersten Lebensjahren, normal mit dem Kind befaßt hat, die Wahrscheinlichkeit einer späteren sexuellen Beziehung zur Tochter *größer* ist. Wenn er niemals eine Windel gewechselt oder die Kleine auf den Arm genommen hat, damit sie ihr Bäuerchen macht, und so weiter, entwickelt sich bei ihm das Inzesttabu nicht.« Das klang wie eine Entschuldigung. »Naja, das ist eine ziemlich neue und noch durch nichts bewiesene Theorie. Was die Frauen angeht, besitzen wir mehr Daten.«

»Was tun die Frauen?«

»Nun, eine überraschend große Anzahl von ihnen versucht, das eigene Haus in Brand zu stecken. Niemand weiß so recht weshalb, von irgendwelchen naheliegenden symbolischen Erklärungen abgesehen, aber Feuerlegen kommt bei ihnen oft vor.«

Hardy spürte, wie sich die Härchen auf seinen Armen sträubten.

Skrwlewski fuhr fort. »Und dann haben wir natürlich die Prostitution, aber das ist ja allgemein bekannt.«

»Sie werden alle Prostituierte?«

»Nein, nein. Nicht unbedingt vollberuflich – obwohl das natürlich viele tun. Bei den meisten sind es eher sporadische Erlebnisse. Ihr Selbstbewußtsein ist sehr schwach entwickelt. Sie finden sich nicht anziehend genug. Trotzdem wissen sie, daß es Männer gibt, die sie wollen, Daddy hat sie gewollt. Und so drücken sie ihren Haß manchmal dadurch aus, daß sie die Männer bezahlen lassen. Es ist dann alles ziemlich verdreht.«

»Hört sich so an.«

»Ich glaube, nicht alle reagieren so extrem. Aber fast immer versuchen sie zu manipulieren, der Sex ist dann ein Mittel, um etwas anderes zu bekommen. Liebesersatz.«

Hardys Magen hatte sich verkrampft. Er saß mit verschränkten Armen an seinem Schreibtisch. Draußen vor dem Fenster hatte der Wind abgeflaut, und am Himmel waren ein paar Lücken zwischen den Wolken zu sehen.

Er hatte jetzt alle Beweise zusammen, die er für sich selbst brauchte. Trotzdem war damit vor Gericht nichts anzufangen.

So provokativ und aufschlußreich Celines Telefongespräch mit ihrem Vater sein mochte, weder ein Datum noch die *Eloise* wurden darin erwähnt. Auch Mays Name war nicht gefallen, und Celine konnte absolut glaubwürdig versichern, sie habe sich ganz einfach im Datum geirrt und den Tag verwechselt, an dem sie mit ihrem Vater über dessen Verabredung mit May auf der *Eloise* geredet hatte. Einmal habe sie mit ihm telefoniert, als er im Büro war, und später in derselben Woche noch einmal mit ihm gesprochen – nicht wahr, er hatte ihr ja gesagt, daß er sie anrufen werde –, und diese beiden Gespräche hätte sie durcheinandergebracht.

Daß die Bewohner des Hauses in Santa Cruz über das Wochenende eine Reise unternommen hatten, bewies keineswegs, daß sie *nicht* dort gewesen war. Ihr Alibi war nicht mehr so stark – fast mit Sicherheit falsch –, aber das hieß nicht, daß sie sich am Samstag auf der *Eloise* befunden hatte.

Jetzt fielen Hardy andere Einzelheiten ein. Er erinnerte sich, daß Celine ihm erzählt hatte, sie sei erst seit sechs Monaten Mitglied bei Hardbodies! – mit anderen Worten: seit Owens Beziehung mit May sich so entwickelt hatte, daß er Celine nicht mehr auf die *Eloise* mitnahm, wo sie bisher trainiert hatte. Sicherlich hatten die Schweißbänder, die sich auf der *Eloise* fanden, Celine gehört: Auf Mays Liste waren sie nicht gewesen. Ebensowenig die Gewichtheberhandschuhe, die sie wahrscheinlich getragen hatte, als sie Mays Beretta auf ihn abfeuerte.

Aber Celine Nash war der Mord an ihrem Vater genausowenig nachzuweisen wie May Shinn oder Andy Fowler.

Hardy hatte recht gehabt: Eine eifersüchtige Frau hatte Owen Nash getötet. Aber dieses Gefühl befriedigte ihn nicht: Es war die eigene Tochter gewesen. Als Celine sechs Jahre alt gewesen war, hatten sie zusammen eine Weltreise unternommen. Vielleicht hatte er sie damals zum erstenmal mißbraucht, vielleicht sogar schon früher. Jedenfalls hatte er die Strafe, die ihn ereilt hatte, verdient. Hardy wußte, daß Celine es getan hatte, und nun wußte er auch, weshalb. Genauer gesagt: *Weil* er ihr Motiv kannte, wußte er, daß sie es gewesen war.

Hardy dachte an seine kleine Adoptivtochter. Dann versuchte er sich den unermeßlichen körperlichen und seelischen Schaden vorzustellen, den Owen Nash mit seinem sexuellen Mißbrauch bei Celine angerichtet hatte. Plötzlich hatte er überhaupt keine Lust mehr, sie einer gerechten Strafe zuzuführen. Sie war ja schon genug bestraft. Sie würde dem persönlichen Brandmal, dem Schmerz nie entrinnen.

Im Grunde warf er ihr den Mord nicht vor.

Zwar wollte er nun niemanden mehr bestraft sehen, aber damit hatte er immer noch nicht Andy Fowler von dem Tatvorwurf gereinigt. Außerdem durfte er Celine nicht unterschätzen. Am Morgen hatte er Frannie und Rebecca weggebracht und über sich selbst gelacht, daß er sich vor Celine fürchtete. Jetzt war er froh, es getan zu haben.

Sie hatte ihren Vater getötet. Es hatte ihr nichts ausgemacht, May Shinn mit diesem Mord zu belasten, im Gegenteil, sie hatte alles unternommen, um ihre Verurteilung zu erreichen. Als das mißlungen war, hatte sie Tag für Tag im Zuschauerraum gesessen und Andy Fowlers allmählicher Hinrichtung beigewohnt. Auch hatte sie versucht, Hardys Ehe zu ruinieren und seine Gefühle zu verwirren, um seinen Spürsinn zu betäuben.

Hardy mußte immer noch Andy Fowler verteidigen.

Der Prozeß würde weitergehen. Pullios konnte jetzt nicht aufgeben, und wenn Hardy nun Celine beschuldigte, ohne irgendwelche stichhaltigen Beweise in der Hand zu haben, würde das Gericht ihn für einen Scharlatan halten – und am Ende würde Chomorro ihn dann auch noch wegen Mißachtung des Gerichts disziplinieren.

»Der Schlüssel ist meine einzige Hoffnung, Abe. Sie muß den Schlüssel haben.«

Glitsky hatte ihm mit unendlicher Geduld zugehört und ihn nur etwa alle zehn Sekunden unterbrochen. Er hatte Hardys Einmischungsversuche satt, und die Tatsache, daß Celines Alibi – das *er* geprüft hatte – nicht astrein war, gefiel ihm nicht.

»Jetzt ist es auf einmal Celine?« fragte er schließlich. »Schade, daß Nash keinen Hund hatte. Sonst könnten wir nach dem Prozeß gegen Celine *den* anklagen.«

»Komm, Abe, ich habe es dir doch erklärt. Wir brauchen einen Durchsuchungsbefehl. Wenn sie den Schlüssel hat, ist er bei ihr zu Haus …«

Glitsky unterbrach ihn. »Ja, und?«

»Das beweist, daß sie am Donnerstagmorgen auf der Eloise gewesen sein kann.«

»Beweist, daß sie *kann*. Bitte, hör mir doch endlich einmal zu,

Diz. Es beweist gar nichts. Es ist nur wieder eine neue Theorie. Und genauso wird man es sehen, und das weißt du.«

»Darum brauche ich einen Beweis, den Schlüssel. Mit dem Schlüssel ...«

»*Falls* dir irgendwer glaubt.«

»Warum sollte man mir nicht glauben?«

»Weil es in deinem Interesse liegt, dir irgend etwas aus den Fingern zu saugen – wie zum Beispiel die Geschichte mit der Waffe, die am Mittwochabend angeblich nicht in der Schublade gelegen hat.«

»Das Ding war nicht drin, Abe.«

»Ich sage ja nicht, daß du lügst, Diz. Nur mußt du es mir erst einmal *beweisen*. Ich sage dir nur, was du für einen Eindruck hervorrufen wirst. Bildest du dir denn ein, es gäbe in der Stadt auch nur einen Richter, der dir hierauf einen Durchsuchungsbefehl ausstellt?«

Hardy schwieg.

»Du würdest in ganz Amerika keinen solchen Beweis finden.«

»Ja, ja. Ich verstehe, Abe. Aber ich sage dir, Celine hat es getan. Das Motiv liegt auf der Hand. Was soll ich nun tun? Ich kann doch nicht Andy Fowler dafür zugrunde gehen lassen.«

»Ich sag's dir nicht so gern, mein Freund, aber wenn du meine Meinung hören möchtest – er wird zugrunde gehen, wenn du ihn nicht davor bewahrst.«

## 62

Als Hardy kurz nach neun hereinkam, war der Zuschauerraum bereits in beängstigender Weise überfüllt. Hardy fragte sich, ob jemand die Information hatte durchsickern lassen, daß seine Zeugen vielleicht nicht erscheinen und die Geschworenen gleich Andys Aussagen in eigener Sache, die Plädoyers der beiden Anwälte und die Belehrung des Richters hören würden. Das Urteil könnte eventuell heute schon ergehen, und die Presse wollte es nicht versäumen.

Aber seine Zeugen waren ordnungsgemäß vorgeladen; wenn sie nicht erschienen, machten sie sich strafbar, und da saßen sie nun: Glitsky in Jackett und Krawatte, Glitskys Lieutenant Frank Batiste, Ron Reynolds, der am Lügendetektor gearbeitet hatte, sowie Art Drysdale neben Chris Locke persönlich. Daß David Freeman als Zuschauer gekommen war, überraschte Hardy nicht. Celine saß auf ihrem üblichen Eckplatz in der zweiten Reihe am Mittelgang.

Hardy sah ein, daß Abe recht gehabt hatte. Sein Job war immer noch derselbe. Er mußte die Geschworenen davon überzeugen, daß die vorliegenden angeblichen Tatbeweise nicht für eine Verurteilung ausreichten. Es war ihm ein Gedanke gekommen, wie er Celine festnageln konnte, wenn es sein mußte – um Andy freizubekommen, würde er vielleicht beweisen müssen, daß sie schuldig war –, aber er wollte diese beiden Sachen nicht durcheinanderbringen.

Andy trat, in einen dunkelblauen Anzug gekleidet, mit Jane zusammen ein. Sie war Hardy immer noch böse, weil er sie am Samstag wegen ihrer Beziehung zu Owen Nash ausgequetscht hatte, und kam nicht wie sonst durch die Schranke zu ihm an den Tisch.

Aber Fowler schien Hardys Wutausbruch vom Freitag wegen seiner romantischen Liebesbeziehung zu May verschmerzt zu haben und nahm ruhig neben Hardy Platz.

Hardy sah seinen Mandanten, von dem er nun sicher wußte, daß er niemanden getötet hatte, in einem milderen Licht. Andy versuchte ja auch nur, nicht den Kopf zu verlieren, und biß die Zähne zusammen, in der Hoffnung, es doch noch irgendwie heil zu überstehen. Er war ein unschuldiger Mensch. Man sollte ihm dieses Gefühl der Abgehobenheit lassen, wenn er damit besser über die Runden kam.

Hardy verstand allmählich auch Andys scheinbare Kaltblütigkeit ein wenig besser. Der Mann war dreißig Jahre lang Richter gewesen und glaubte an das Geschworenensystem. Es konnte seiner Meinung nach gar nicht zu einem Fehlurteil kommen. Er hatte Owen Nash nicht umgebracht. Die Jury mußte das richtige Urteil fällen. Wenn er das nicht geglaubt hätte, wieso wäre er dann drei Jahrzehnte lang da oben gesessen?

Hardy hatte Andy der Jury erst als den ganz normalen Mann »von nebenan« verkaufen wollen. Jetzt begriff er, daß es hier nicht um Sympathiewerbung für Andy Fowler ging, sondern nur darum, ob das vorliegende Material bewies, daß er Owen Nash getötet hatte.

Der Richter trat ein, und alle erhoben sich. Hardy begab sich in die Mitte der Gerichtsarena und nickte zuerst den Geschworenen, dann dem Richter zu. Chomorro hatte ihn gewarnt. Er war fair genug zu ihm gewesen. »Die Verteidigung ruft Inspektor Sergeant Abraham Glitsky.«

Er drehte sich um, sah Abe heraufkommen, und Pullios, die am Tisch der Staatsanwaltschaft saß, hob den Kopf. Jetzt kannst du so viele Einsprüche erheben, wie du willst, Betsy, dachte er, aber das hier ist relevant, und ich werde dieses Thema anschneiden.

Glitsky leistete seinen Schwur, und nachdem er Auskunft über seine Qualifikationen als erfahrener Mordkommissar gegeben hatte, fing Hardy an.

»Damit sich die Geschworenen einen Eindruck verschaffen können, Sergeant, würden Sie uns einmal schildern, wie ein Inspektor wie Sie einen Auftrag bekommt, in einer Mordsache zu ermitteln?«

Glitsky saß bequem auf dem Zeugenstuhl, dort hatte er schon oft gesessen. Er war mitteilsam und kompetent, er hatte nichts zu verbergen; als Hardy ihn gefragt hatte, sah er die Geschworenen an. »Es geschieht mehr oder weniger zufällig«, sagte er. »Es gibt zwölf Inspektoren, und normalerweise beschäftigt sich jeder von uns mit drei bis sechs Fällen, sie werden immer dem zugeteilt, der nach dem Rotationsprinzip gerade dran ist. Wenn einer mal zuviel und ein anderer zu wenig zu tun hat, sorgt Lieutenant Batiste wieder für ein ausgeglichenes Verhältnis.«

»Gut. Haben Sie den Mordfall Owen Nash auch auf diese zufällige Art erhalten?«

»Ja, das habe ich.«

»Und in dieser Eigenschaft, welches war Ihre Rolle beim Sammeln des Beweismaterials?«

Glitsky überlegte eine Weile. »Meine Aufgabe ist es, das

ganze Beweismaterial zu koordinieren, das wir dann der Bezirksstaatsanwaltschaft übergeben, wenn in der Sache eine Anklage erhoben werden soll. Ich überprüfe auch die Alibis verdächtiger Personen und mögliche Tatmotive. Wir verschaffen uns Zugang zu Dokumenten, Akten aller Art, Kontoauszügen, Telefonabrechnungen, allem, was unserer Meinung nach mit dem Mord zu tun hat. In diesem Fall habe ich auch das Team der Spurensicherung geleitet, das an Bord des Bootes von Mr. Nash, der *Eloise*, war.«

Glitsky und Hardy hatten das alles immer wieder durchgesprochen.

»Sind Sie selbst an Bord der *Eloise* gegangen?«

»Ja, das bin ich.«

»Und was haben Sie dort festgestellt?«

Glitsky ging die Inventarliste durch. Er beschrieb die Blutflecke, die Kugel in der Bordwand, die Trainingsgeräte, die Mordwaffe.

»Als Sie die *Eloise* betraten, war die Kabine da abgeschlossen?«

»Ja, der Angestellte dort mußte sie uns aufschließen.«

»Das war am Donnerstagnachmittag, dem fünfundzwanzigsten Juni, ist das richtig?«

»Richtig.«

»Nun, Sergeant, als Ihre Untersuchung fortschritt, hat sie sich schließlich auf einen Verdächtigen konzentriert?«

»Ja, das stimmt.«

»Aufgrund des Beweismaterials?«

»Ja, zum Teil. Es fanden sich Fingerabdrücke auf der Mordwaffe, es gab kein Alibi, aber ein scheinbares Motiv.«

Hardy hatte sich ausgerechnet, daß er Glitsky all diese Einzelheiten würde abfragen können, wenn er seine Fragen so stellte, daß sie Glitsky keine Schlußfolgerungen abverlangten, und wenn er es vermied, May Shinns Namen zu nennen. Bisher berichtete er von der Form, in der die polizeilichen Ermittlungen im Mordfall Owen Nash stattgefunden hatten – das waren relevante Aussagen.

»Und aufgrund des Beweismaterials und des Verdachts nahmen Sie die Verhaftung vor?«

»Nein, nicht sofort. Es reichte dazu nicht aus.«

»Aber schließlich haben Sie doch eine Verhaftung vorgenommen. Hatten Sie inzwischen noch mehr Beweismaterial entdeckt?«

»Nein, nicht mehr Beweismaterial, aber ich kam zu der Schlußfolgerung, daß die verdächtige Person zu fliehen versuchte.«

Hardy wandte sich an die Geschworenen. »Mit anderen Worten: Die verdächtige Person verriet Schuldbewußtsein, und Sie fühlten sich berechtigt, deshalb eine Verhaftung vorzunehmen.«

»Das ist richtig.«

Hardy wandte sich wieder Glitsky zu. »Sergeant, diese Person mit den Fingerabdrücken auf der Waffe, mit einem scheinbaren Motiv, ohne Alibi und mit einem offensichtlichen Schuldbewußtsein – war das Andy Fowler?«

»Nein, das war er nicht.«

Hardy nickte und wandte sich an Pullios. Er war ohne einen Einspruch durchgekommen. »Ihr Zeuge.«

»Sergeant Glitsky, als Sie in diesem Fall die erste Verhaftung vornahmen, diejenige, auf die sich Mr. Hardy gerade bezog, wurden Sie auf irgendeine Weise von irgendeinem Mitglied Ihrer Behörde oder der Bezirksstaatsanwaltschaft dazu gezwungen?«

Hardy konnte es nicht fassen: Pullios kam, ohne es zu beabsichtigen, genau auf das Thema zu sprechen, das er aufgrund von Chomorros Entscheidung vermeiden mußte.

»Nein. Das war damals eine ziemlich dem Standard entsprechende Ermittlung. Obwohl wir immer versuchen, schnell zu einem Ergebnis zu kommen.« Er sah die Geschworenen an. »Eine Mordspur wird sehr schnell kalt.«

»Bevor Sie die Verhaftung vornahmen, warteten Sie da erst einmal die vollständige Fingerabdruckanalyse, Beweis Nummer 1 der Anklagebehörde, ab?«

»Ja.«

»Und Mr. Fowlers Fingerabdrücke wurden nicht entdeckt?«

»Naja, damals wurden sie nicht identifiziert.«

»Sie bestreiten nicht, daß Mr. Fowlers Abdrücke auf der Waffe waren, oder?«

»Nein.«

»Aber bevor Sie wußten, wem sie gehörten, verhafteten Sie eine andere Person? Sie haben Mr. Hardy gesagt, die Ihnen verdächtige Person hätte ein ›scheinbares‹ Motiv und kein Alibi gehabt. Hatten Sie – vor der Festnahme – Gelegenheit, das Alibi zu überprüfen?«

»Nein, aber –«

»Und stimmt es, daß die Ihnen verdächtige Person in der Tat zwei Augenzeugen hatte, die bestätigt haben, wo sie am Mordtag war – Augenzeugen, die Sie nicht gefunden haben?«

»Ich würde das nicht so nennen –«

»Bitte beantworten Sie die Frage, Sergeant. Sie ist ganz einfach.«

Glitsky sah zum erstenmal zu Boden. Hardy fand nicht, daß das ein gutes Zeichen war. »Ja, es stimmt. Ich habe sie nicht gefunden.«

Pullios ging zu ihrem Tisch zurück, nahm einen Schluck Wasser, las kurz in ihren Aufzeichnungen und schaltete dann einen anderen Gang ein. »Nun, Sergeant«, fing sie wieder an, »wie viele Mordfälle hatten Sie zu jenem Zeitpunkt, im Juni, zu bearbeiten?«

Hardy stand auf, erhob Einspruch. »Die Arbeitsbelastung des Sergeants ist hier unerheblich.«

»Im Gegenteil«, sagte Pullios. »Mr. Hardy hat gerade beträchtliche Zeit darauf verwandt, Sergeant Glitskys berufliche Routine unter normalen Umständen zu erfahren. Wenn dies keine normalen Umstände waren, wenn der Sergeant zum Beispiel unter ungewöhnlichem Streß stand, könnte die Exaktheit seiner Ermittlungen darunter gelitten haben.«

Glitsky preßte die Lippen zusammen. »Die Verdächtige wollte das Land verlassen.«

Chomorro klopfte mit dem Hammer. »Bitte beschränken Sie sich darauf, die Fragen zu beantworten, Sergeant. Ms. Pullios, ich werde Mr. Hardys Einspruch in diesem Fall stattgeben. Niemand bezweifelt die Ermittlungen des Sergeanten in diesem Fall.«

Aber natürlich hatte Pullios gerade das getan: einen Zeugen der Anklagebehörde zu diskreditieren versucht, der für die Verteidigung aussagte.

Als Glitsky den Zeugenstand verließ, verlangte Chomorro die beiden Anwälte in seinem Besprechungszimmer zu sehen und verkündete eine zehnminütige Pause.

Er stand vor seinem Schreibtisch. »Nun hören Sie mal zu«, sagte er, kaum waren Pullios und Hardy eingetreten. »Ich habe Sie beide davor gewarnt, diese Büchse Würmer zu öffnen, und ich werde es auch nicht zulassen. Es geht in diesem Fall nicht um eine Verschwörung. Mr. Hardy, Sie sind da ja ganz geschickt zwischen den Riffs durchmanövriert, aber wir wollen nicht in diese Richtung segeln. Wie ich sehe, ist demnächst Lieutenant Batiste zur Aussage vorgesehen. Liege ich richtig mit meiner Vermutung, daß er sagen wird, Sergeant Glitsky sei ein guter Cop, der immer die vorgeschriebene Prozedur befolgt?«

»Mehr oder weniger.«

Chomorro. »Nun, das wird er nicht tun. Ich mache mir auch wirklich Sorgen, wie Sie Art Drysdale behandeln wollen. Ich glaube, das wird hier alles ziemlich irrelevant.« Er hielt die Hand hoch. »Ich möchte Sie nicht daran hindern, Ihren Stil fortzuführen, Mr. Hardy, aber wenn Sie nichts Substantielleres vorzuweisen haben, glaube ich, daß Sie sich Ihre Richtung mal überlegen sollten. Ich weiß, daß Sie einen halben Tag lang mit dem Angeklagten reden werden. Sie dürfen die Verfahrensfrage in Ihrem Schlußwort noch einmal erwähnen – aber nicht zu ausführlich. Daß Sie dieses Verfahren zum Anlaß nehmen, um alle in diesem Haus arbeitenden Menschen persönlich zu schmähen, das lasse ich nicht zu. Klar?«

»Ja, Euer Ehren. Aber in diesem Fall habe ich *eine* Bitte. Ich möchte noch einen Zeugen hinzuladen.«

»Jetzt?« fragte Pullios.

»Sie haben gerade von mir verlangt, daß ich auf die Hälfte meiner Zeugen verzichte. Da erscheint es mir nur recht und billig, noch einen Versuch zu machen. Es ist sowieso nur eine kleine Sache.«

»Richter –«

Chomorro schnitt Pullios das Wort ab. »Wer ist es?«

»Celine Nash, die Tochter des Opfers.«

»Sie rufen sie für die *Verteidigung*?«

Hardy zuckte die Schultern. »Ich rufe sie, um an die Wahrheit heranzukommen, Euer Ehren. Der Inhalt ihrer Aussage wird den Zugang zur *Eloise* und Nashs Gewohnheiten an Bord betreffen.«

»Wieso ist das für Andy Fowler relevant?« fragte Pullios.

»Kommen Sie, Elizabeth, ich will nicht alles verraten. Ich werde darauf zu sprechen kommen, wenn sie im Zeugenstand ist.« Das stimmte genaugenommen nicht, aber es war nicht so wichtig, und Chomorro sollte, nachdem er ihm etwas weggenommen hatte, auch etwas zurückgeben.

»Na gut«, sagte der Richter. »Na gut, Elizabeth?«

Pullios dachte darüber nach, dann nickte sie. »Okay«, sagte sie. »Warum nicht?«

Vor dem Mittagessen vernahm Hardy noch Ron Reynolds, der am Lügendetektor gearbeitet hatte. Hardy hielt ihn länger, als er es eigentlich für nötig hielt, im Zeugenstand fest. Der einzig wichtige Punkt, den er bestätigen sollte, war, daß sich Andy dem Test *freiwillig* unterzogen hatte. Wäre Andy Fowler schuldig, hätte er auch nur ein Schuldgefühl gehabt, dann wäre er dazu nicht bereit gewesen, wollte Hardy deutlich machen.

Natürlich war das Ergebnis eines solchen Tests nur zulässig, wenn die Staatsanwaltschaft einverstanden war. Aber Pullios hatte zugestimmt, vorausgesetzt, sie konnte den Schluß ziehen, daß Fowler den Test nicht bestanden hatte. Hardy brauchte Reynolds Aussage nicht, aber Pullios konnte mit ihrer auch nicht viel anfangen. Hardy wollte den Rest des Vormittags blockieren, und dafür war Reynolds gerade richtig.

Also ließ er ihn erzählen, wie der Polygraph im allgemeinen funktionierte, warum manche Leute gut, andere schlecht abschnitten, wie groß der Unsicherheitsfaktor war und so weiter. In ihrem Kreuzverhör stützte sich Pullios, wie vorauszusehen war, auf die Tatsache, daß Fowler mit seiner großen Erfahrung wahrscheinlich die besten Chancen hatte, gut abzuschneiden, und aus diesem Grunde bereit gewesen war, sich dem Verfahren zu unterziehen – er hatte geglaubt, die Apparatur täuschen zu können.

Hardy hatte sein Ziel jedenfalls erreicht: Er wollte Celine Nash nicht vor der Mittagspause in den Zeugenstand rufen. Plötzlich, nach dem Gespräch in Chomorros Zimmer, lag der Kurs, den er steuern wollte, deutlich vor ihm. Er würde Celine, die Zeugin, nach dem Mittagessen rufen. Sie würde ihm in die Falle gehen. Danach sollte Fowler in eigener Sache aussagen, dann wollte Hardy vielleicht sein Plädoyer halten.

Morgen würde Chomorro die Geschworenen belehren und das Urteil ihnen überlassen.

Aber heute, nachdem sie ausgesagt hatte, würde Celine bis zum Ende der Verhandlung im Gerichtssaal bleiben, wie sie es bisher jeden Tag getan hatte. Er verließ sich darauf, daß sie dieses Verhalten jetzt, wo sie ihrem Sieg so nahe war, nicht mehr änderte.

»Celine Nash.«

Sie reagierte fast, als ob sie etwas gebissen hätte. Sie fuhr auf ihrem Sitzplatz herum und warf einen Blick in die Runde. Als sie ihre Fassung zurückgewonnen hatte, erhob sie sich, kam durch die Schranke auf Hardy zu und sah ihn fragend an.

Sie ließ sich im Zeugenstand nieder. Sie trug ein anthrazitfarbenes Nadelstreifenkostüm über einer magentaroten Seidenbluse und wirkte darin sehr streng und sittsam. Ihr Haar war straff zurückgebürstet, so daß ihr scharf geschnittenes Gesicht und ihre aristokratischen Züge hervortraten. Hardy wappnete sich und begab sich an seinen Platz, während sie ihren Eid leistete.

»Ms. Nash, ich habe nur ein paar Fragen, wenn Sie bereit sind zu antworten.«

Sie nickte mißtrauisch, sah zu den Geschworenen, dann zu Pullios hin. Als sie sich wieder Hardy zuwandte, schien ihre Spannung nachzulassen, sie fand sich in ihre Rolle hinein. »Fangen Sie an, Mr. Hardy, ich bin bereit.«

»Danke. Sie und Ihr Vater, Owen Nash, standen einander sehr nahe, nicht wahr?«

»Ja, das stimmt.«

»Und Sie haben oft miteinander gesprochen, einander oft gesehen?«

»Ja. Wenigstens einmal in der Woche, meistens öfter.«

»Sie sind segeln und miteinander essen gegangen, so in der Art?«

»Ja.«

»Nun, in den letzten Wochen im Leben Ihres Vaters, hat sich da etwas daran verändert?«

»Nein, nein. Ich weiß, ich habe mit ihm zum Beispiel in der Woche –« sie senkte ihren Blick –, »der Woche, in der er starb, gesprochen. Das war ganz normal.«

»Und haben Sie meistens über ein bestimmtes Thema gesprochen?«

»Nein, eigentlich nicht. Wir haben über viele Dinge gesprochen. Wir standen einander sehr nahe, wie alte Freunde.«

»Ich verstehe. Sie haben über viele Dinge miteinander gesprochen – Geschäftspartner, Sport, Klatsch, persönliche Angelegenheiten.«

»So ungefähr, ja …«

»Nun, während dieser letzten Wochen, hat er je den Namen Andy Fowler erwähnt, Ihnen gegenüber oder in Ihrer Gegenwart?«

Sie überlegte. »Nein, nicht daß ich mich erinnern könnte.«

Hardy ging zum Tisch der Verteidigung zurück und hob einige Papiere auf. »Ich habe hier«, sagte er, »eine Kopie der Abschrift Ihrer Aussage vor der Grand Jury, in der Sie sagten, Ihr Vater hätte Ihnen erzählt, er plane, mit May Shinn auf der *Eloise* auszufahren – und zwar an dem Tag, an dem er getötet wurde. Erinnern Sie sich an diese Aussage?«

»Ja, natürlich.«

»Und dennoch wissen wir, daß May Shinn an diesem Tag nicht mit Ihrem Vater ausgefahren ist.«

Es war keine Frage, und Chomorro ergriff die Gelegenheit, sich von seinem Pult herunterzubeugen. »Ich verlasse mich darauf, daß Sie auf etwas hinauswollen, Mr. Hardy.«

Aber Hardy wollte Celine in Wirklichkeit nur sagen, daß er ihre Aussage nicht vergessen hatte. Er bat den Richter um Entschuldigung, kehrte an seinen Tisch zurück und legte das Transkript wieder hin.

Er wandte sich um und fuhr in einem sanfteren Ton fort. »Ms. Nash, Ihr Vater war sehr stolz auf sein Boot, nicht wahr?«

Leichteres Thema. »Er hat es geliebt«, sagte sie und rutschte auf ihrem Stuhl zurück. »Es war wie sein Zuhause. Sein richtiges Zuhause.«

»Kannten Sie sich denn dort aus? Sind Sie oft auf dem Boot gewesen?« Locker.

»Ja. Aber in letzter Zeit nicht mehr so oft ... Er hat May Shinn sehr oft mit hinausgenommen.«

»Wissen Sie, hat Ihr Vater Ihnen gesagt, ob May Shinn einen Schlüssel zu der *Eloise* hatte?«

Pullios stand auf. »Euer Ehren, ich weiß, daß wir hier auf einem Boot sind, aber das ist für meinen Geschmack zuviel Fischerei.«

»Mr. Hardy, wollen Sie auf etwas Bestimmtes hinaus?«

»Euer Ehren, irgendwann zwischen Mittwochabend, dem vierundzwanzigsten Juni, und dem nächsten Nachmittag brachte die Person, die Owen Nash getötet hat, die Mordwaffe auf die *Eloise* zurück. Diese Person brauchte dazu einen Schlüssel.«

»Euer Ehren! Das ist ungeheuerlich. Was hat diese unbewiesene Behauptung mit diesem Verfahren, mit Mr. Fowler, mit irgend etwas zu tun? Es wurden bislang keine Beweise vorgelegt oder auch nur angedeutet.«

Hardy wußte, daß sie das sagen würde, aber er mußte Celine klarmachen, daß er wußte, was sie getan hatte. Er blieb ruhig. Er sah, daß ihr Gesicht bleich geworden war, allerdings sah in diesem Augenblick niemand zu ihr hin. Er war der Mittelpunkt des Sturms.

»Mr. Hardy«, sagte Chomorro, »wir haben die Aussage von Sergeant Glitsky gehört, daß er die Waffe am Donnerstag auf der *Eloise* gefunden hat. Haben Sie einen Zeugen, der eine andere Version der Ereignisse zu berichten weiß?«

»Nein, Euer Ehren, noch nicht.«

»Nun, das ist jetzt weder die richtige Zeit noch der richtige Ort, ihn zu suchen. Gibt es irgend etwas *Relevantes*, das Sie Ms. Nash fragen möchten? Sonst ...« Chomorro beugte sich zu Celine hinüber, als Hardy verneinte. »Das Gericht bittet um Entschuldigung, Ms. Nash. Wenn Ms. Pullios nichts dagegen hat ...?«

»Nein, keine Fragen«, sagte Pullios.

Als Hardy sich setzte, flüsterte Fowler: »Was war denn das da, zum Teufel? Wenn wir nichts Besseres haben, laß lieber mich da rauf.«

Celine war ganz ruhig, aber das hatte er die ganze Zeit gewußt. Sie ging an seinem Tisch vorbei, ohne ihn anzusehen. Er drehte sich um und sah sie zu ihrem Platz am Mittelgang zurückkehren. Gott sei Dank, dachte er. Genau wie er angenommen hatte, blieb sie da.

Schließlich nahm der Richter im Zeugenstand Platz, und Hardy führte ihn von einer Frage zur anderen, so wie sie es fünfzigmal geprobt hatten. Er sah gut aus da oben, dachte Hardy. Selbstsicher, zuversichtlich, er sprach deutlich, achtete auf die Geschworenen, erwies ihnen Respekt.

Sie gingen alles durch, von Anfang an, nahmen das Schlechte in Kauf und das Gute mit. Es gab ein paar schwierige Augenblicke, zum Beispiel, als er Andy fragte, warum er Emmet Turkel engagiert hätte.

»Ich habe es nicht getan, um etwas über Owen Nash herauszufinden«, sagte Fowler. »Ich bestreite nicht, daß er das herausfand. Aber ich wollte nur wissen, warum May mich nicht mehr sehen wollte. Ich dachte sogar, sie wäre vielleicht in großen Schwierigkeiten. Ich wollte es einfach wissen, und sie hatte mir deutlich gemacht, daß sie nicht mit mir darüber reden wollte.«

Sie sprachen über die Fingerabdrücke und wie sie auf den Ladestreifen des Revolvers gekommen waren, sowie über den verschlungenen, unwahrscheinlichen Weg, den das Verfahren gegen May genommen hatte, bis es in seine Kammer gelangt war.

»Und als es da war«, sagte Fowler, »hatte ich das Gefühl, daß es schon zu spät war. Es war ein Fehler, ein schrecklicher Fehler, aber ich hatte es nicht so gewollt. Es ist einfach geschehen – es ist mir in den Schoß gefallen.«

Er gab die Lügen gegenüber seinen Kollegen zu und zeichnete ein – wie Hardy fand, zutreffendes – Bild von sich als einem Mann, der zwischen seinen privaten Bedürfnissen und seiner beruflichen Stellung hin- und hergerissen war. »Ich hätte sie Monate zuvor bitten sollen, mich zu heiraten, und dann alles, was sich daraus ergeben hätte, in Kauf nehmen sollen«, sagte er. »Aber ich habe nie daran gedacht, daß ich sie verlieren könnte, bis sie nicht mehr da war. Und da war es zu spät.« Kurz und bündig.

Was konnte er über sein Wochenende in der Sierra sagen? Er war losgereist, um einen klaren Kopf zu bekommen. Eigens zu dem Zweck, niemanden zu sehen. Es war ihm nur zu gut gelungen. Er wollte, er hätte es nicht getan. »Ich hätte dem Staat« – er sah die Geschworenen an – »und den Geschworenen viel Zeit, Mühen und Kosten erspart.«

In nicht einmal zwei Stunden war alles, wenn auch in einer relativ entspannten Atmosphäre, peinlich genau ausgesagt, was gesagt werden mußte.


Pullios konnte ihn nicht wie ein Bulle angreifen, sondern mußte sich mit der Rolle eines Terriers begnügen, der sich an einem Hosenbein festbeißt und hofft, daß er den Mann auf diese Weise aus dem Gleichgewicht bringen kann. Als Hardy sie bei der Arbeit sah, war er wieder einmal von ihrer Leidenschaftlichkeit angetan. Sie spielte kein Theater, alles war echt – sie triefte vor Überzeugung, daß jedes Wort aus Andy Fowlers Mund eine Lüge war und daß er Owen Nash kaltblütig ermordet hatte.

»Mr. Fowler, würden Sie sich als einen begeisterten Camper bezeichnen?«

Der Richter lächelte. »Nein, nicht unbedingt.«

»Wie oft haben Sie, sagen wir im letzten Jahr, ungefähr campiert?«

»Nur das eine Mal, dessen bin ich sicher.«

»Und wie war es in den letzten Jahren?«

»Nein.«

»Was nein?«

»Nein, es war nur das eine Mal in den letzten Jahren. Ich bin ein ziemlich beschäftigter Mann. Oder ich war es ...«

»Und trotzdem haben Sie im letzten Juni plötzlich beschlossen, ein Wochenende mit einem Rucksack in der Hohen Sierra herumzulaufen?«

»Das ist richtig.«

»Würde es Ihnen etwas ausmachen, uns mitzuteilen, wo Sie

am Freitagabend gegessen haben? Am Freitagabend haben Sie die Stadt verlassen, nicht wahr?«

»Ja. Das war in einem dieser Dinger oben am Highway Fifty oberhalb von Placerville, ich erinnere mich nicht mehr an den genauen Namen.«

»Erinnern Sie sich daran, was für ein Ort es war?«

Fowler schüttelte den Kopf. »Nein, ich kenne die Gegend eigentlich nicht.«

»Erinnern Sie sich, was Sie gegessen haben?«

Seine Augenbrauen hoben sich deutlicher. »Ich glaube, ich habe ein Steak gegessen.« Er versuchte einen etwas leichteren Ton anzuschlagen. »Aber da ich unter Eid stehe, will ich es nicht beschwören.«

Sie bohrte weiter. War es dunkel, als er mit dem Essen fertig war? Wo genau hatte er die Nacht verbracht? Wann kam er an seinem Ziel an? Wie hieß dieses Ziel? Wie hatte er es gefunden? Was brachte er sich dorthin für den Samstagabend zum Essen mit?

Allmählich bekam er es satt. »Wissen Sie«, sagte er, »ich habe über dieses Wochenende erst nachzudenken angefangen, als man mich dieses Verbrechens angeklagt hat. Es war einfach ein Wochenende irgendwo da draußen mit nichts, woran es sich zu erinnern lohnte.«

»Ja«, sagte Pullios. »Das sehen wir.«

Sie fuhr fort und kam, wie Hardy befürchtet hatte, darauf zu sprechen, daß Fowler nicht nur wußte, daß sich die Waffe auf dem Boot befand, sondern auch, wo genau sie aufbewahrt wurde.

»Und das haben Sie nach Ihrem Bruch mit May Shinn erfahren?«

»Ja.«

»Als May Shinn nicht mehr mit Ihnen sprach, so daß Sie einen Privatdetektiv beauftragen mußten, der feststellen sollte, warum sie Sie nicht mehr sehen wollte?«

»Sie hat aber dieses eine Mal mit mir gesprochen.«

»Warum hat sie das getan?«

»Das weiß ich eigentlich nicht. Ich rief an, und zufällig ging sie ans Telefon. Sonst war immer ihr Anrufbeantworter dran.

Diesmal hat sie den Hörer abgenommen, und so haben wir uns unterhalten.«

»Und bei dieser beiläufigen Unterhaltung erwähnte sie zufällig, daß sich ihre Beretta an Bord der *Eloise*, und zwar im Schreibtisch neben Owens Bett befand?«

»Nein, genau so war es nicht.«

»Würden Sie uns bitte sagen, wie es war?«

Hardy sah auf die Uhr im Gerichtssaal. Sie hatte noch mindestens eine Stunde zur Verfügung, und die würde sie zu seinem Bedauern ausnützen, um das, was sie an Beweisen hatte, in die Köpfe der Geschworenen hineinzuhämmern, wobei sie zur Zeit ihr großes Thema Schuldbewußtsein gleich Schuldbeweis noch gar nicht berührte, weil sie es sich für ihr Finale aufsparte. Und, schlimmer noch, Andy schien etwas nachzulassen und machte ein verdrießliches Gesicht.

»Lassen Sie uns wieder über Mr. Turkel sprechen. Sie haben ausgesagt, Sie wären neugierig gewesen, wieso Ms. Shinn mit Ihnen Schluß gemacht hätte?«

»Das ist richtig.«

»Und deshalb haben Sie Mr. Turkel beauftragt?«

Kurze Fragen, kurzes Zerren am Hosenbein. Aber es wirkte. Fowler nickte müde. »Ja, ich habe Mr. Turkel engagiert.«

»Wieviel hat er von Ihnen verlangt?«

»Ich glaube, es waren hundertundfünfunddreißig Dollar am Tag, plus Spesen.«

Pullios wandte sich den Geschworenen zu. »Einhundertfünfunddreißig Dollar am Tag. Haben Sie ihm den Flug bezahlt?«

»Ja.«

»Und zurück?«

Sie holte aus ihm heraus, daß er über 1500 Dollar bezahlt hatte, um genaue Informationen über Owen Nash und May Shinn zu erhalten. »Und nun, nachdem Sie all dieses Geld ausgegeben hatten, was beabsichtigten Sie mit dieser Information anzufangen?«

»Wieso? Nichts. Ich wollte es nur wissen, das habe ich schon erklärt.«

»Sie haben fünfzehnhundert Dollar bezahlt für eine Sache, in der Sie nichts unternehmen wollten?«

»Das ist richtig.«

Hardy war nervös. Nun, als die Zuversicht seines Mandanten in der dritten Stunde der Vernehmung zu schwinden und seine Augen von Pullios zu Hardy und zum Richter zu wandern begannen, wirkte er mit seiner ganzen Körpersprache wie ein pathologischer Lügner.

Pullios erkannte das mit sicherem Blick, und so kam sie auf ganz natürlichem Wege auf seine echten Lügen zu sprechen – gegenüber seinen Freunden, Kollegen, allen, die ihm zuzuhören bereit waren.

Und dann schließlich die Litanei seiner zugegebenen Verstöße, die sein Schuldbewußtsein beweisen sollten. Wie lange sind Sie Richter gewesen? Haben Sie einen heiligen Eid geschworen, niemals das Gesetz zu verletzen? Haben Sie jemals einen Fall abgelehnt? Oh? Mehrmals? Waren die Gründe so gewichtig wie in diesem Fall hier? Haben Sie je gehört, daß ein anderer Richter für einen Angeklagten die Kaution gestellt hat?

Und so weiter und so weiter.

Hardy machte sich Notizen, doch nachdem er eine Seite voll hatte, gab er auf. Pullios verdrehte nicht die Tatsachen – sie *benutzte* sie sehr wirksam, um eine Person darzustellen und Umstände zu beschreiben, die einen Mord nicht nur möglich, sondern unausweichlich machten.

Um Viertel vor fünf war sie endlich fertig und gab Fowler an Hardy zur Vernehmung zurück. Er wollte nur auf ein Gebiet noch einmal zurückkommen, wo er glaubte, etwas von dem angerichteten Schaden reparieren zu können.

»Mr. Fowler, hat das Ethics Committee der Bar Association of California Ihr Verhalten hinsichtlich May Shinn untersucht?«

»Einspruch.« Pullios klang etwas müde.

Chomorro wußte, daß das Ende in Sicht war und ließ Hardy ein bißchen Luft. »Abgelehnt.«

Hardy wiederholte die Frage, und Fowler, der im Zeugenstand saß, nickte. »Ja, das hat es.«

»Und wurden Sie in der Tat wegen Ihres – wie Ms. Pullios es nannte – ungeheuerlichen Fehlverhaltens aus dieser Vereinigung ausgeschlossen?«

Hardy wußte, daß man Andy wegen des Shinn-Verfahrens eine Rüge erteilt, aber sonst nicht gemaßregelt hatte. Und selbst nachdem eine Mordanklage gegen ihn erhoben worden war, wollte die Bar Association einen Anwaltskollegen nicht ausschließen, bevor er nicht verurteilt war.

»Nein, das wurde ich nicht.«

»Sind Sie in der Tat, während wir hier sitzen, ein angesehenes Mitglied der Bar Association dieses Staates?«

»Das bin ich.«

»Gut, danke.«

## 63

Fowler hatte reden wollen. Jane wollte streiten. Frannie, dessen war er sicher, wollte, daß er nach Hause kam. Jeff Elliot war im Zuschauerraum eingetroffen und wollte ein Interview.

Aber Celine hatte den Gerichtssaal verlassen und für all das andere war keine Zeit. Er hatte seine Papiere schon vorher in die Aktentasche gestopft und drängte sich jetzt, Entschuldigungen murmelnd, durch den Zuschauerraum und auf den Korridor hinaus. Sie war zwanzig Meter vor ihm, als sie das Gebäude durch den hinteren Ausgang an der Leichenhalle verließ.

Eine kalte Nacht war hereingebrochen. Die Luft war immer noch feucht von dem Unwetter, aber es regnete nicht mehr. Hardy lief, um ihr auf den Fersen zu bleiben. Er hatte auch auf dem nach hinten heraus gelegenen Platz geparkt und kam etwa zur gleichen Zeit an seinem Wagen an, zu der Celine den ihren erreichte. Als er vom Parkplatz abfuhr, war sie ihm voraus, und zwei andere Wagen fuhren zwischen ihnen beiden. Er folgte ihr in Richtung Innenstadt über Market Street, dann Van Ness Avenue hinauf nach Norden in Richtung Lombard Street und achtete darauf, daß immer mindestens ein Wagen zwischen ihnen war. Er mußte nur zwei rote Ampeln überfahren.

Als sie die Lombard Street nach Westen fuhr, kroch er auf der Nachbarspur näher an ihren Wagen heran. Sie fuhr etwas schneller, als erlaubt war, aber nicht unvorsichtig. Als sie sich der Abfahrt zur Golden Gate-Brücke näherten, war er einen Augenblick in Panik – er hatte sich geirrt, und sie fuhr nach Sausalito oder irgendwohin, vielleicht um Ken Farris zu besuchen.

Sie fuhr auch tatsächlich die Schnellstraße hinauf, bog aber bei der letzten Abfahrt vor der Straße, die zur Brücke führte, wieder nach Süden ab und folgte jetzt der weitgeschwungenen Kurve, die sich durch die schwankenden Eukalyptushaine von Presidio zog. Er war noch nie bei ihr zu Hause gewesen. Er wußte nicht, wo sie wohnte. Aber er war sicher, daß sie nach Hause fuhr.

Er hätte es sich denken können. Ihr Haus lag keine drei Blocks von dem Palast ihres verstorbenen Vaters in Seacliff entfernt. Gar nicht so weit von seiner eigenen Behausung, aber in anderer Hinsicht Lichtjahre entfernt. Celines Haus war allerdings kein Palast und wirkte nur etwas größer als Hardys.

Sie bog in die Einfahrt hinein, während er an die gegenüberliegende Straßenseite heranfuhr und die Scheinwerfer abstellte.

Er wußte, daß es wieder nur eine Theorie war, aber er war in der Nacht zuvor darauf verfallen, weil es die einzige Möglichkeit war, das Beweislastproblem zu knacken. Wenn Celine immer noch ihren Schlüssel zur *Eloise* besaß, war die Sache überstanden. Nur so ließ sich die fehlende Schußwaffe erklären – wie sie in die Schublade gelangt war, nachdem er die Lade am Mittwochabend leer vorgefunden hatte. Jetzt mußte er den Schlüssel an sich bringen. Ihn bei ihr, in ihrem Besitz finden.

Läute die Türglocke. Wenn sie kommt, schlägst du sie nieder, fesselst sie und durchsuchst das Haus – aber das konnte er nicht tun. Er mußte warten. Sie konnte ihn in der Toilette hinunterspülen oder in den Müll werfen. Aber er glaubte nicht, daß sie so etwas tun würde. Sie wollte ihn aus dem Haus haben, weg aus der Gegend, in der sie wohnte. Falls sie ihn hatte, würde sie von ihrer Persönlichkeit her dazu neigen, sich seiner auf dramatische Weise zu entledigen. Er hoffte.

Er wartete.

In einem Zimmer im ersten Stock ging ein Licht an, ihr Schatten bewegte sich hinter dem Fenster. Sogar in der Kälte merkte er, daß seine Handflächen zu schwitzen anfingen. Wozu tat er das? Er hätte Abe mitnehmen sollen. Aber jetzt war er allein hier.

Er wartete.

Das Licht ging aus, dann ein anderes im Erdgeschoß. Er hörte, daß eine Tür klappte, dann öffnete jemand eine Autotür und schlug sie zu; er ließ den Motor an.

Ohne Licht wendete er und folgte ihr den Weg zurück, den sie gekommen war, über den El Camino del Mar. Aber sie fuhr nur etwa drei Minuten lang, bevor sie auf den abgedunkelten Parkplatz am Phelan Beach einbog.

Die Nacht nach dem Regen war unheimlich still. Über seinem Kopf kratzten und klackten Eukalyptusblätter. In der Ferne brüllte ein Nebelhorn.

Hardy hatte sie unter die Bäume vorausgehen lassen, bevor er nahe dem Eingang parkte, um durch den hellen Wald zu joggen.

Sie war bis an die Bäume herangefahren, hatte den Motor und die Scheinwerfer ausgeschaltet. Hoch über ihr ragte in der klaren Nachtluft die funkelnde Golden Gate-Brücke auf. Die Tür öffnete sich. Sie stieg aus und wandte sich, ohne zu zögern und ohne sich umzusehen, dem Strand zu.

Auf dem Wasser spiegelte sich ein Dreiviertelmond. Sie warf einen leichten Schatten, als sie ruhig über den Strand ging. Hardy kam am Strand an und zog die Schuhe aus. Sie war schon halb am Wasser, als er losrannte – auf sie zu.

Sie hörte etwas. Als er näher kam, drehte sie sich um.

»Celine.«

Es war fast so, als hätte sie ihn erwartet. Sie hatte keine Angst. Sie wußte, wer er war, und als sie ihn sah, nickte sie. Und dann schleuderte sie ihre Hand hoch in die Luft.

Hardy stürzte sich auf ihr Handgelenk, bekam es zu fassen und griff nach ihrer anderen Hand. Er hatte vergessen, wie stark sie war! Sie riß ihren Arm zurück, trat nach seinen Beinen, kickte ihm in die Leisten.

Er hielt sie fest, ließ sich nicht abschütteln, zwang sich zurückzutreten, traf sie seitlich am Knie, sie stürzte, und er fiel auf sie drauf.

580

Immer noch rangen sie miteinander, sie biß ihm in den Arm nahe der Schulter. Er wirbelte herum und drückte sie mit seinem Gewicht zu Boden. Ihre Beine kamen hoch, sie versuchte ihn mit den Knien zu boxen und warf Sand über beide, in ihre Gesichter und Augen.

Er rollte herum, so daß er auf ihrer Hand lag, preßte sie hinunter und versuchte sie zu öffnen, indem er an ihren Fingern zerrte. Sie griff mit der anderen Hand nach ihm und bohrte ihre Fingernägel in seine Kopfhaut. Er spürte, wie sie sie bis zum Nacken hinunter aufriß.

Sie wurde schwächer. Ihre Faust öffnete sich langsam, er fühlte, was darin war, packte es und rollte weg.

Er wußte nicht, ob das alles war, also rollte er weiter und weiter, bis er etwa zwei Meter von ihr entfernt war, dann richtete er sich keuchend auf den Knien auf und blickte zurück. Celine lag immer noch da in ihrem anthrazitfarbenen Kostüm, das jetzt zerfetzt war.

Während er nach Luft rang, ließ er sie nicht aus den Augen. Er sah hinunter auf den Schlüssel in seiner Hand – er war mit einem kleinen Ring an einem Holzklötzchen befestigt. Es war zu dunkel, als daß er es hätte entziffern können, aber er wußte, daß auf das Holzstück das Wort *Eloise* eingebrannt oder eingestanzt war.

Jetzt hörte er das Plätschern der Wellen am Strand. Celine drehte sich auf die Seite herum und zog die Beine an wie ein Kind im Mutterleib. Ihr Schluchzen hatte nichts mit ihm zu tun … sie war allein. Es fröstelte ihn. Es war ihre Totenklage um alles, was sie verloren oder nie besessen hatte.

*Owen Nash grinste in den Wind, als er die Spiere herumlegte. Seine Zigarre war ausgegangen und steckte halbgeraucht in seinem Mund. Sie waren seit zwei Stunden draußen auf dem Wasser, und er würde das schon hinkriegen. Er hatte Celine erzählt, daß er May heiraten wollte. Sie würde es einsehen und schließlich akzeptieren. Jetzt konnte sie sich von ihm und dem Verhältnis befreien, das vor so langer Zeit begonnen und sie in Schuld und Gier aneinander gefesselt hatte – daß er gar nicht mehr wußte, wann es nicht so gewesen war.*

*Sie hatten noch nicht richtig darüber geredet, aber sie war ihm schließlich immer gefügig gewesen, und jetzt mußte er nur noch den richtigen Augenblick abwarten.*

*Die Tür der Kabine öffnete sich, und sie kam heraus. Der Wind peitschte ihr hübsches nasses Haar. Als sie unter dem Golden Gate durchgefahren waren, im Kampf gegen Strömung und Wind, hatte er angefangen, es ihr zu erzählen.*

*Danach – okay, da war sie erschüttert, als sie begriff, daß er es ernst meinte, und dann hatte sie gesagt, sie wolle allein sein. Trotz der rauhen See war sie hinuntergegangen, um Aerobic zu betreiben, sie brauchte das jetzt. Eine Lockerungsübung. Offensichtlich hatte sie geduscht und stand jetzt in einen Frotteemantel gehüllt im Eingang der Kabine.*

*Barfuß kam sie noch einen Schritt weiter auf das Deck hinaus. Ihr Mantel öffnete sich, und er warf einen Blick auf ihre Brüste, ihren Bauch und den rasierten Schamhügel. Sie schloß den Mantel nicht, sondern kam auf dem schwankenden Boot auf ihn zu, ihre Augen waren glasig, von dem Sport da unten, nahm er an.*

*Sie kam um das Steuerrad herum, preßte sich gegen ihn und hielt ihren Mantel auf. »Komm nach unten, Daddy.«*

*Er schnappte nach Luft, er mußte sich sehr beherrschen, aber er hatte sich geschworen, damit aufzuhören. »Honey, ich habe dir gesagt ...«*

*Ihre Hand kam herunter zu ihm, sie war zärtlich. »Ich weiß, was du gesagt hast. Es ist mir gleich, was du mit ihr tust, aber du mußt mich behalten. Du mußt. Wir brauchen einander.«*

*Sie fand ihn in der grünen Jogginghose und, obwohl er es nicht wollte, reagierte er. Wie immer. Plötzlich legte sich das Boot auf die Seite und stieß ihn gegen sie und beide gegen das Steuerrad. »Komm nach unten«, flüsterte sie und hielt ihn fest.*

*Aber es konnte nicht so weitergehen – er wollte es nicht mehr zulassen, das hatte er sich fest vorgenommen und May versprochen. Zum erstenmal seit seiner Ehe mit Eloise war er verliebt. Es war seine letzte Chance, und seine selbstsüchtige, schöne Tochter sollte ihm die nicht rauben, wie sie ihm wegen der Schwäche seines Fleisches vor Jahren Eloise geraubt hatte.*

Er haßte sich selbst, haßte sie für das, was aus ihnen geworden war, er schob sie weg. »Nein! Nein!« Er versetzte ihr einen Stoß. »Ich habe gesagt, es ist aus, Celine! Verdammt noch mal, Schluß damit, laß mich in Ruhe!«

Sie glitt auf dem nassen Deck aus und lag in ihrem offenen Mantel da. Jetzt sah er in ihren Augen den Haß, der immer schon dagewesen sein mußte – man führte nicht so ein Leben, ohne einander zu hassen.

Mit glasigen Augen, aber ohne eine Träne darin, starrte sie ihn an, als wäre er eine fremde Macht. Dann raffte sie sich auf, schlang den Mantel um sich herum und ging wortlos nach unten.

Er lag nicht mehr vor dem Wind, verdammt. Und seine Zigarre war auch fort.

Der Nieselregen wurde stärker – die Sichtweite betrug unter hundert Meter. Er kniff die Augen zusammen, als er durch den Nebel spähte, checkte den Kompaß, brachte die Eloise wieder auf Südsüdwestkurs. Er wollte nicht mit ihr an der Küste stranden. Er lauschte, ob er schon irgendwelche Brecher hörte, die anzeigten, daß er dem Ufer nahe war.

Celine würde darüber hinwegkommen. So etwas brauchte seine Zeit. Er hätte es ihr häppchenweise beibringen sollen, statt es ihr einfach so zu sagen. Allmählich würde sie sich an den Gedanken gewöhnen. Er war sicher.

Ein paar Minuten später tauchte sie wieder auf, immer noch in ihrem Bademantel, aber ruhiger geworden. Na bitte – er hatte also recht gehabt. Sie würde das verarbeiten. Man konnte nicht erwarten, daß eine Frau nicht irgendein Theater machte.

Es wunderte ihn allerdings, daß sie ihre Gewichtheberhandschuhe trug. Sie hatte sich wohl unten an den Dingern abreagiert. Er fand, daß es allmählich Zeit wurde, zu wenden und das Boot zurückzubringen.

»Daddy.«

Er war nicht grausam. Er wollte ihr nicht weh tun. Wenn sie mit ihm reden wollte, war er dazu bereit. Vorsichtig natürlich. Er ging um das Steuerrad herum und kam auf sie zu.

Sie nahm die Waffe aus der Tasche des Bademantels und richtete sie auf ihn. Er blieb stehen. Er versuchte zu lächeln, als *wäre sie ein dummes kleines Kind, das sich verirrt hatte. Er streckte die Hand aus. »Honey …«*

*Sie ließ die Hand mit der Waffe sinken. Dann feuerte sie ab. Er spürte einen Stoß, dann einen Schmerz tief in der Leistengegend. Seine Beine versagten. Er fiel auf die Knie und sah sie mit verwundertem Gesicht an. Er erblickte vor sich die winzige Mündung von Mays kleinem Revolver. »Mein Gott, Celine, du hast auf deinen Vater geschossen . . .«*

*Sie schüttelte den Kopf. »Noch nicht, Daddy.« Er sah die Mündung heraufkommen, bis sie auf gleicher Höhe mit seinem Herzen war.*

# 64

## Fowler unschuldig
### Freispruch im Mordprozeß Owen Nash

von Jeffrey Elliot
*Chronicle*-Redaktion

Der ehemalige Oberrichter Andrew B. Fowler wurde gestern von der Anklage freigesprochen, den Geschäftsmann Owen Nash ermordet zu haben. Die Geschworenen gelangten nach knapp zweitägiger Beratung zu dem Ergebnis, daß der Mann, der über dreißig Jahre lang in San Francisco Recht gesprochen hat, unschuldig ist.

Der Prozeß war ein persönlicher Sieg sowohl für Fowler als auch für seinen Anwalt Dismas Hardy, einen ehemaligen Staatsanwalt, der hier erstmals eine Verteidigung übernommen hatte. Hardy sagte, er habe niemals an der Unschuld seines Mandanten gezweifelt, und Richter Fowler sei Opfer eines Machtkampfes innerhalb der Justizverwaltung der Stadt San Francisco geworden.

»Es hat niemals einen Beweis dafür gegeben, daß der Richter diese Tat begangen hat«, erklärte Hardy. »Natürlich hieß das nicht, daß der Freispruch durch die Geschworenen sicher war. Aber dieser Freispruch ist eine wunderbare Bestätigung, daß unser Rechtssystem doch etwas taugt.«

»Wir hatten von Anfang an kein gutes Gefühl«, sagte der Obmann der Geschworenen, Shane Pollett. »Sie hatten schon mal jemanden mit ähnlichen Beweisen verhaftet. Fowler hatte ein paar Fehler gemacht, aber niemand hat bewiesen, daß er Nash getötet hat. Die Anklagebehörde mußte beweisen, daß Fowler Nash getötet hat, und das hat sie nicht getan.«

Dieses Urteil stellt eine zweite Niederlage der Bezirksstaatsanwaltschaft in der Mordsache Nash dar. Letzten Sommer hatte die Staatsanwaltschaft Nashs Geliebte May Shinn des Mordes angeklagt, war aber dann gezwungen gewesen, die Anklage zurückzuziehen, als ihr Alibi von zwei Zeugen bestätigt wurde.

Bezirksstaatsanwalt Christopher Locke bestreitet, daß es sich bei der Anklage gegen Fowler um eine »Hexenjagd« gehandelt hätte. »Die Beweise«, sagte er, »– und wir haben sie mehrere Monate lang intensiv geprüft – deuteten stark auf eine Verwicklung des Richters hin. Aber die Geschworenen haben gesprochen. Und somit ist die Anklage vom Tisch.«

Auf die Frage, ob er eine weitere Untersuchung in der Mordsache Owen Nash anstrengen wird, erwiderte Locke, das sei Sache der Polizei. »Wenn sie uns einen anderen Verdächtigen bringt und neue Beweismittel vorlegt, werden wir natürlich sofort aktiv werden.« Es gebe aber zur Zeit keine neuen Verdächtigen.

Richter Fowler beabsichtigt, die nächsten Wochen in Hawaii zuzubringen und dann seine Arbeit als Partner in der Anwaltskanzlei Strand, Worke & Luzinski wiederaufzunehmen.

Hardy saß im *Chronicle*-Gebäude Jeff Elliot am Schreibtisch gegenüber. »Wieso hat Celine es nicht getan? Was ist denn mit all dem, was ich in Santa Cruz herausgekriegt habe?«

»Apropos. Ich nehme an, Sie haben sich gut amüsiert«, sagte Hardy. »Müßten Sie eigentlich, für vierhundert Dollar. Was kostet denn vierhundert Dollar in Santa Cruz?«

Elliot sagte, ohne das Gesicht zu verziehen: »Ich glaube, wir sind hundertvierzigmal zusammen Achterbahn gefahren. Aber hören Sie mal, was ist denn jetzt mit meiner Story –«

Hardy unterbrach ihn. »Sie haben doch nur herausgekriegt, daß sie vielleicht nicht dagewesen ist, stimmt's?«

Elliot nickte.

»Haben Sie irgendeinen Beweis dafür, daß sie auf dem Boot war?«

»Nein.«

»Überlegen Sie mal, wieso Ihnen das bekannt vorkommt.« Hardy tat es leid, daß er Jeff die Story wegnehmen mußte, aber er war nicht mehr im Anklagegeschäft. »Hören Sie, Jeff, Sie können ja damit zur Polizei gehen, damit die etwas unternimmt, aber danken wird sie es Ihnen nicht. Ich habe es ausprobiert, ich weiß Bescheid. Owen Nash bereitet allen im Justizpalast Kopfschmerzen. Haben Sie irgendeinen Grund anzunehmen, daß Celine für die Tat in Frage kommen könnte? Außer dem, den ich Ihnen genannt habe?«

Jeff zuckte die Achseln. »Wenn jemand lügt, wo es um das Alibi geht –«

»*Alle* haben in diesem Fall gelogen, wo es um das Alibi ging. Oder so sieht's wenigstens aus.« Er legte die Hand auf Jeffs Schulter. »Sie dürfen sich gern dran versuchen, Jeff, aber der Brunnen ist trocken. Es ist nur wieder ein neues Vielleicht.«

Elliot drehte sich zu seinem Computer herum, kniff die Augen zusammen, sah irgend etwas an und wandte sich wieder Hardy zu. »Wieso haben Sie Ihre Meinung geändert? Ich dachte, Sie wären ehrlich davon überzeugt, daß sie es getan hat.«

Hardy schlug ein Bein über das andere. »Das war, bevor mein Mandant freigesprochen wurde, Jeff. Wenn ich den Mörder von Nash hätte finden müssen, um Fowler freizubekommen, dann hätte ich weitergesucht, nehme ich an. Aber jetzt ... Andy hat's nicht getan. Das ist mein Hauptinteresse.«

»Sind Sie nicht neugierig?«

Hardy wurde geheimnisvoll. »Nein. Ich weiß alles, was ich wissen muß.«

»Sie machen sich das Leben leicht, wie?«

Hardy nickte. »So ungefähr.«

Am 21. Dezember stand Hardy im Postamt in der Clement Street, Rebecca auf dem Arm und in der Hand ein Päckchen. Es herrschte so ein Gedränge, daß er fast zwanzig Minuten in der Schlange warten mußte, bis er an den Schalter kam.

Der Postbeamte nahm das Päckchen. Es war nur acht Zentimeter lang und fünf Zentimeter breit. »Unmöglich«, sagte er.

»Was ist unmöglich?« fragte Hardy.

»Weihnachten, Mann. Es ist unmöglich.« Der Postbeamte sah sich die Adresse an. »Wenn ich Sie wäre, würde ich es einfach hinbringen. Es ist nur eine halbe Meile, wenn überhaupt. Dann ist es in fünfzehn Minuten da. Das sind tolle Häuser da oben. Gefallen mir, mit den Lichtern dran.«

»Es ist kein Weihnachtsgeschenk«, sagte Hardy. »Es muß nicht bis zu einem bestimmten Datum dort sein.«

»Vor Neujahr dürfte es auch nichts werden.«

»Das ist okay. Es spielt keine Rolle.«

Der Beamte schüttelte das Päckchen. »Es ist nichts Zerbrechliches, oder? Klingt nach Schlüsseln oder so.«

»Sie haben recht«, sagte Hardy. »Jemand hat seine Schlüssel verloren.«


Er las es an dem Tag, an dem sein Sohn Vincent geboren wurde. Er war immer noch im St. Mary's Hospital, außer sich vor Freude. Er hatte die Nacht bei Frannie zugebracht und ihr beim Atmen und Schreien und Pressen geholfen, bis schließlich gegen Morgen der Kopf herausschaute und ihnen die Ärztin fünf Minuten später sagte, daß sie einen Sohn hatten.

Frannie zog Hardy zu sich ins Bett, und die Ärztin legte das Baby zwischen sie. Sie staunten das Lebewesen an, das sie gezeugt hatten. Vincent kuschelte sich zwischen sie.

Nachmittags kam Onkel Moses mit Rebecca vorbei. Er brachte auch die Zeitung mit. Nachdem Moses fort war, schlief Frannie mit Rebecca auf dem Bett ein. Hardy fing an, den *Chronicle* zu lesen. Auf Seite 3 hatte Jeff Elliot eine kleine Story über Celine Nash, »die Tochter des verstorbenen Geschäftsmanns Owen Nash« gebracht, die man in einem Sadomasohotel im Tenderloin District erstochen aufgefunden hatte. Verdächtige gab es noch nicht, aber man nahm an, daß das Opfer, das bereits als Gelegenheitsprostituierte in Erscheinung getreten war, einfach Pech mit einem Freier gehabt hatte.

Hardy schlug die Zeitung zu. Als er aus dem Klinikfenster sah, war der Himmel grau, und es dämmerte.

Etwas später brachten sie Vincent herein, damit Frannie ihm die Brust gab. Hardy sah sie mit einem verwirrten Lächeln an, dann blickte er wieder zum Fenster hinaus.

»Stimmt etwas nicht?« Frannie stillte das Baby und betrachtete ihn. »Was ist denn?«

Hardy schüttelte sich von seinen Gedanken los. Er stand aus seinem Sessel auf und kam zu ihrem Bett. Er hob die schlafende Beck auf, quetschte sich neben Frannie und sagte: »Nichts. Nur die Welt da draußen, nehme ich an.«

»Weißt du was«, sagte sie. »Das ist nicht die Welt. Die Welt ist jetzt auf diesem Bett.«

Ihre Finger schlangen sich ineinander. Hardy spürte, wie seine Tochter sich bewegte, und hörte die zufriedenen Laute seines Sohnes. Er blinzelte, um das Zimmer wieder richtig sehen zu können, aber es ging nicht, und da legte er die Hand über die Augen.

# Die Farben
## der Gerechtigkeit

Für Alan Heit und
für Lisa Marie Sawyer –
um ihretwillen erschuf Gott Kalifornien

# Danksagung

Viele großmütige und talentierte Kollegen legen Zeugnis dafür ab, daß die Welt da draußen in Wirklichkeit doch nicht ganz so mörderisch ist. Ich möchte hier insbesondere Karen Kijewski nennen als stete Quelle von Inspiration, Unterstützung und neuen Ideen, wenn der Brunnen austrocknet oder der Wasserstand des Flusses nie wieder zu steigen scheint. Sie ist eine großartige Schriftstellerin und eine noch bessere Freundin.

Bedanken möchte ich mich auch bei Dale Brown und Bill Wood für all die ›kleinen Ermutigungen‹, als ich sie bitter nötig hatte, sowie bei Dick und Sheila Herman, Dennis Lynds, Gayle Stone – und bei Brian Garfield dafür, daß er sich die Haare nicht zu früh schneiden ließ. Ferner bei Rick Patterson und Jon Kellerman, die manches fanden, was ihnen gefiel, und so nett waren, es mir mitzuteilen.

In San Francisco bin ich denjenigen zu Dank verpflichtet, die mir ihre Zeit und ihr Fachwissen schenkten und es ermöglichten, daß diese Geschichte im Bereich der ›realitätsnahen Fiktion‹ blieb: den Staatsanwälten Bill Fazio und Jim Costello, Kevin Shelley, Mitglied des Stadtrats von San Francisco (und aus seinem Büro Mindy Linetsky und Eric Merten), sowie John L. Taylor, dem Geschäftsführer des Stadtrats.

Vielen Dank auch denen, die ohne Unterlaß an meiner Seite stehen: den Schwestern, Brüdern, Schwägerinnen und Schwägern Al Giannini, Don Matheson, Mike Hamilburg und Joanie Socola, besonders auch Justine Rose und Jack Sawyer – eure Hilfe ist von unschätzbarem Wert.

Schließlich möchte ich mich noch für die unermüdlichen Bemühungen von Don Fine, Carole Baron, Leslie Schnur, Mike Geoghegan, Bernie Kurman, Bob Gales, Jason Poston, Fred Huber und meiner lieben Freundin Jackie Cantor bedanken. Welch großartiges Team!

»Ich habe den Eindruck, daß wir auf dem Gebiet
der Degeneration schnelle Fortschritte machen.«
ABRAHAM LINCOLN


»An alle die Weißen, die Vorurteile gleich welcher Art haben:
Über Bord damit!«
MARION BERRY


»Der Schmerz erreicht das Herz mit Lichtgeschwindigkeit,
aber die *Wahrheit* bewegt sich zum Herzen so langsam
wie ein Gletscher.«
BARBARA KINGSOLVER

# 19. BIS 28. JUNI

———

# 1

Um 20 Uhr 10 an einem ungewöhnlich heißen und schwülen Montag abend, zwei Wochen vor den Feiern zum Unabhängigkeitstag, stoppte der neue schwarze Honda Prelude des Steuerberaters Michael Mullen an der Ecke Neunzehnte Straße und Dolores. Mullen, neununddreißig Jahre alt und weiß, war verheiratet und Vater von drei Kindern unter acht Jahren. Die Dolores Street im Stadtteil Outer Noe Valley District von San Francisco ist in der Mitte geteilt. Zwischen den nach Norden und den nach Süden führenden Fahrspuren liegt eine breite Grasfläche mit vereinzelten Bäumen.

Zeugenaussagen zufolge ging eben ein junger Schwarzer über diesen Grünstreifen, als Mullen vor dem Stoppschild der Neunzehnten Straße hielt. Der Fahrer des Autos unmittelbar hinter Mullen, ein junger Mann namens Josh Cane, erinnerte sich später, daß das Fenster von Mullens Wagen auf der Fahrerseite wegen der Hitze heruntergedreht und sein auf dem Rahmen ruhender Ellbogen zu sehen war.

Der junge Mann auf dem Grünstreifen, der in Richtung Norden gegangen war, also in dieselbe Richtung, in die sowohl Mullen als auch Cane unterwegs waren, legte die restlichen Meter zwischen sich und Mullen mit ein paar athletischen Sprüngen zurück, »als würde er über eine Pfütze oder so was springen« (Rayanne Jonas, sechsundfünfzig Jahre, eine afroamerikanische Tagesmutter, die gerade von ihrer Arbeit in der Kindertagesstätte in der Army Street nach Hause ging).

»Ich sah, daß er etwas in der Hand hatte. Damals, ich meine, in diesem Moment, hielt ich es für eine Pfeife, aber dann merkte ich …«

Wie sich herausstellte, war es eine Pistole, die der Mann an Mullens Schläfe hielt. Er schoß. Der Knall war so laut, daß Cane ihn trotz geschlossener Fenster und voll aufgedrehter Klimaanlage »wie einen Donnerschlag« hörte.

Der einzige Zeuge, der in den nächsten Sekunden genug Geistesgegenwart besaß, um etwas zu unternehmen, war ein fünfzehnjähriger Junge spanischer Abstammung namens Luis Santillo. Luis arbeitete nach der Schule in einem Fast-food-Lokal weiter unten an der Ecke Sechzehnte und Guerrero Street und war von dort gerade auf dem Heimweg. Auch er sah, wie der athletische Mann auf Mullen zulief, die Waffe hob und schoß.

»He!« schrie Luis. »Was, zum Teufel ...« Er begann, auf Mullens Wagen zuzulaufen.

Ohne ihn oder sonstwen zu beachten, öffnete der Angreifer die Tür des Wagens, packte Mullen und zog ihn mit einer Hand heraus. Er schnappte sich Mullens Portemonnaie und stieß den Toten auf die Straße.

Luis, der nur noch etwa sechs Meter vom Wagen entfernt war und immer noch rannte und schrie, blieb wie erstarrt stehen, als der Wagen mit offener, hin und her schwingender Fahrertür anfuhr. Das Auto kam leicht ins Schleudern, fing sich wieder und schoß über die Kreuzung. Mit dem linken Kotflügel erfaßte es Luis, der auf die Motorhaube und gegen die Windschutzscheibe prallte und zwanzig Meter weit in einen Wacholderbusch auf dem Grünstreifen geschleudert wurde. Das rettete ihm zwar das Leben, aber die Nägel in seiner Hüfte würden ihn wohl für immer daran hindern, so athletische Sprünge zu machen wie der Schütze.

Der beschleunigende Wagen »raste wie eine Rakete davon, immer schneller und schneller, bis er außer Sichtweite war« (Riley Willson, Automechaniker und Besitzer einer Werkstatt namens Riley's Garage an der nordöstlichen Ecke der Kreuzung Neunzehnte Straße und Dolores).

Am 19. Juni fand man den Wagen, beziehungsweise das, was von ihm übrig war. Türen und Reifen fehlten, und die Karosserie war wahrscheinlich von jedem Jugendlichen in der Gegend, der eine Sprühdose besaß, bemalt worden. Er stand an der Moscow Street in der Nähe des Crocker-Amazon-Spielplatzes, südlich des Freeway 280, fast am Stadtrand, wo häufig Fahrzeuge stehengelassen wurden.

Neben Kokainspuren, Marihuanasamen, den Kippen etlicher Joints, Bierdosen und anderem Abfall fand sich – auf der Rückseite des Lenkrads – ein so wunderschöner Fingerabdruck in Blut, daß Shawanda Mboto, Spezialistin der Spurensicherung des Police Department von San Francisco, auf ihrem Hocker vor dem Mikroskop sitzend, einen Freudenschrei ausstieß.

Es dauerte nicht einmal einen Tag, bis feststand, daß das Blut tatsächlich von Michael Mullen stammte. Der Fingerabdruck gehörte einem Afroamerikaner namens Jerohm Reese, der mehrfach vorbestraft war.

Jerohm Reese war zwanzig Jahre alt. Die Jugendbesserungsanstalt hatte er zum ersten Mal mit vierzehn von innen gesehen. Ein Jugendgericht hatte ihn, der ohne festen Wohnsitz war, dorthin verfrachtet, nachdem er Ronda Predeaux zusammengeschlagen und ihm die Air-Jordan-Tennisschuhe gestohlen hatte.

Sein ›Komplize‹ Wesley Ames, ebenfalls minderjährig, hatte Ronda am Boden gehalten, sich auf dessen Oberarme gekniet und ihn immer wieder ins Gesicht geschlagen, während Reese ihm die Schuhe auszog. Wesley Ames war besser bekannt unter dem Straßennamen ›Tooth‹; er hatte in der oberen Zahnreihe nur noch einen Zahn, ganz vorn.

Während der nächsten vier Jahre wuchs Jerohm Reese' Jugendstrafenregister, das vor allem aus Diebstahl und – weil es manchmal eben sein mußte – kleineren Gewalttätigkeiten bestand, bei denen er meistens die Fäuste, einmal ein Metallrohr und ein anderes Mal einen Stein benutzte.

Seinen achtzehnten Geburtstag verbrachte Jerohm in einem Gerichtssaal. Er war zwar noch nicht achtzehn gewesen, als er den Spirituosenladen an der Ecke Portola Drive/Ocean Avenue ausgeraubt hatte, aber er hatte einen Revolver bei sich gehabt – ein Spielzeug, wie er bei der Verhaftung angegeben hatte (mit Jerohms Spielzeug, das niemals gefunden wurde, war dem Ladenbesitzer Meyer Goldsmith eine Gehirnerschütterung zugefügt worden).

Gina Roake, Jerohms Pflichtverteidigerin, war mit ihrem Antrag auf ein mildes Urteil erfolgreich. Die Tat, argumentierte sie, sei Jerohms erste wirkliche Straftat (nämlich *als Erwachse-*

*ner*) gewesen. Der Richter am Bezirksgericht Thomas Langan schickte Jerohm daraufhin – ob von diesem Argument überzeugt oder am Ende eines langen Tages auf dem Richterstuhl erschöpft – für ein Jahr ins Bezirksgefängnis. Wegen Überbelegung des Gefängnisses saß Reese von dieser Strafe fünf Monate und einundzwanzig Tage ab.

In den eineinhalb Jahren, die zwischen Jerohms Entlassung aus dem Gefängnis, als er die Strafe für den Portola-Raub verbüßt hatte, und dem Tag lagen, als sein blutiger Fingerabdruck an Michael Mullens Lenkrad identifiziert wurde, hatte er sich unauffällig verhalten. Obwohl er mehrere Male zum Justizgebäude gebracht und dort vernommen worden war, hatte man ihn keiner neuen Verbrechen angeklagt.

Jerohm hatte sich zwar meistens im Bay View District zwischen Hunter's Point und dem Candlestick-Park-Stadion aufgehalten, einer der kältesten und ungemütlichsten Gegenden des ganzen Landes. Doch in der Nacht vom 21. auf den 22. Juni wurde er von Sergeant Ridley Banks, einem schwarzen Beamten des Morddezernats, verhaftet, als er gerade den Kit Kat Club nördlich der Laguna Street, also ein ganzes Stück vom Candlestick-Stadion entfernt, verließ. Der Besitzer des Etablissements, Mo-Mo House, hatte gewisse Absprachen mit Sergeant Banks getroffen und diesen über Jerohms Anwesenheit informiert. Mit dem Prozedere vertraut, leistete Jerohm keinen Widerstand.

Bei der Durchsuchung der von Jerohm angegebenen Adresse, einem Apartment, das er zusammen mit der achtzehnjährigen arbeitslosen Friseuse Carryl Joyner und ihrem zweijährigen Sohn Damien bewohnte, fand man eine von Michael Mullens Kreditkarten.

Jerohm versicherte, nicht zu wissen, wie die Kreditkarte zwischen die Kissen seines Sofas gekommen sei. Vielleicht, sagte er, sei sie aus der Tasche seines Freundes Tooth gefallen, als der ihn besucht habe. Leider war Tooth kurze Zeit vorher ums Leben gekommen, weil er an außergewöhnlich reines braunes Heroin aus Mexiko geraten war und sich damit aus Versehen den goldenen Schuß gesetzt hatte. In der Annahme, es sei Tooth' Wagen, erklärte Jerohm, habe er ihn in jener Nacht nach Hause gefahren – Tooth war vollgekifft, außerdem hätte seine Frau ihn umgebracht, wenn er auch diese Nacht nicht nach Hause gekommen wäre. Dabei müsse sein – Jerohms – Fingerabdruck ans Lenkrad gekommen sein. Jerohm war das Blut nicht aufgefallen – es müsse wohl am Sitz oder so gewesen und dann irgendwie an seine Finger geraten sein.

Zwei Tage nach Jerohms Verhaftung am Freitag nahm er an vier Gegenüberstellungen teil. Auf der ›guten‹ Seite der Glasscheibe saßen nacheinander Josh Cane (der Fahrer des Wagens hinter Michael Mullen), Rayanne Jonas (die Tagesmutter), Luis Santillo (immer noch in Gips und mit einem Verband um den Kopf), und Riley Willson (der Besitzer von Riley's Garage).

Alle Zeugen bezeichneten Jerohm Reese als denjenigen, der dem Schützen am ähnlichsten sehe, doch keiner von ihnen war sich hundertprozentig sicher, ob er es tatsächlich war. Der Mann, der Michael Mullens Wagen gestohlen hatte, war groß gewesen wie Jerohm und muskulös und sportlich wie Jerohm. Aber er hatte einen Bart gehabt, und Jerohm war sauber rasiert (seit Monaten schon, behauptete er). Außerdem hatte der Mann eine ärmellose Daunenjacke getragen, die ihn womöglich kräftiger hatte aussehen lassen, als er eigentlich war. Und das Licht war um zwanzig Uhr an einem schwülen Juniabend nicht besonders gut. Keiner der Zeugen war sich sicher.

Aber auch ohne die Augenzeugen wanderten der Bericht über den Vorfall und die Akte über die Verhaftung zum Büro des Bezirksstaatsanwalts eine Etage tiefer. Inspektor Banks vernahm andere potentielle Zeugen, Personen, die sich vielleicht erinnern würden, ob Jerohm in letzter Zeit einen Bart getragen hatte, Personen, die Tooth zur Tatzeit eventuell an einem anderen Ort gesehen hatten. Die übliche, mühsame Polizeiroutine.

Am Dienstag, den 28. Juni, erklärte Bezirksstaatsanwalt Christopher Locke, daß seine Behörde gegen Jerohm Reese keine Anklage wegen des Raubes von Michael Mullens Wagen und des Mordes an Michael Mullen erheben werde. Er halte es für unmöglich, sagte er, den Tatvorwurf ohne die zwingende Aussage eines Augenzeugen beweisen zu können. Die Kreditkarte und der Fingerabdruck könnten erklärbar sein – Tooth' Wohnsitz liege drei Häuserblocks vom Crocker-Amazon-Spielplatz entfernt, und dessen Fingerabdrücke befänden sich ebenfalls überall auf dem Vordersitz, zusammen mit denen von zehn weiteren Personen.

Jerohm wurde also aus der Untersuchungshaft entlassen. Am Dienstag nachmittag um 14 Uhr 28 unterschrieb er seinen Entlassungsschein. Er hatte abgewartet, bis das Mittagessen ausgegeben worden war.

# DIENSTAG, 28. JUNI

# 2

In der Cavern Tavern, einer Arbeiterkneipe im Stadtteil Richmond, hatte sich eine ansehnliche Menge trinkender Gäste versammelt. Jerohm Reese' Opfer, der staatlich zugelassene Steuer-
berater Michael Mullen, war Stammgast im Cavern gewesen
und hatte die Steuerangelegenheiten des Lokals erledigt. An diesem 28. Juni wäre er vierzig Jahre alt geworden. Die Besitzer der
Kneipe hatten beschlossen, sich auf ihre Art von Mike zu verabschieden und im Andenken an ihren Freund eine Party zu feiern.

Mikes jüngerer Bruder Brandon, ein fünfunddreißigjähriger
Fernmeldetechniker, der sich an diesem Tag freigenommen
hatte, und sein Cousin und bester Freund Peter McKay, der zur
Zeit ohne Job war, hatten vergeblich versucht, Mullens Witwe
Paula zu überreden, ins Cavern zu kommen, aber sie hatte genug von irischen Leichenschmäusen, Begräbniszeremonien und
Besäufnissen. Vor allem hatte sie von ihrem Kummer genug und
wollte mit ihren Kindern so schnell wie möglich zu einem normalen Leben zurückkehren, was, wie sie allmählich begriff, vermutlich nie gelingen würde.

Brandon Mullen und Peter McKay waren wegen Mikes sinn-
losem Tod traurig genug gewesen, aber Paulas Weigerung, sie
zum eigens anberaumten Gedenkfest in die Cavern zu begleiten,
hatte sie in noch trübere Stimmung versetzt. Mikes eigene Frau!

Das riesige Porträt von Mike, das an der Dart-Wand hing,
verstärkte das Gefühl des Verlustes. Der Bruder und Freund war
fort. Verdammt, noch einen Whiskey.

Jamie O'Toole hinter der ovalen Theke der Cavern in der
Mitte des Raumes ließ keinen der Stammgäste für die Drinks
bezahlen. Dies war die Totenwache für einen Stammgast, und
die Cavern würde sich heute abend nicht lumpen lassen. Das
war das wenigste, was sie für Mike tun konnten.

Um Viertel vor neun waren fast sechzig Männer in die Cavern
geströmt, bereit, sich vollaufen zu lassen. Die einen waren nach
dem Abendessen mit ihren Frauen und Kindern gekommen, die

anderen heiß, verschwitzt und durstig nach getaner Arbeit von den Baustellen, den Kfz-Werkstätten oder dem Straßenbau. Jamie O'Toole schenkte ein, und sie prosteten dem postergroßen Foto von Mike Mullens lächelndem Gesicht zu.

Aus der Jukebox drang laut, hämmernd und beharrlich Neil Youngs ›War of Man‹. Irgend jemand wählte es immer wieder, und Jamie O'Toole ließ die Lautstärke aufgedreht. Die Gäste begannen, sich zur Musik hin und her zu bewegen, Schulter an Schulter, zusammengedrängt und schwitzend, verschütteten dabei ihr Bier.

Kevin Shea, ein achtundzwanzigjähriger Student des Fachbereichs Geschichte der Universität von San Francisco, hatte eine gute Figur und rote Wangen, sah bestenfalls wie zwanzig aus. Sein Haar war dicht und fast schwarz. Er besaß ein zynisches Lächeln, das er gern von Zeit zu Zeit präsentierte, dazu eine Vorliebe für Alkohol. Kein Held auf den ersten Blick.

Er lehnte an der Wand neben der Jukebox und trank das dritte spendierte Harps-Bier. Mike Mullen hatte er weder gut gekannt, noch war er wegen der Verabschiedung gekommen, obwohl er davon gehört haben mußte. Er kam fast jeden Tag in die Cavern.

Neil Young ging ihm langsam auf die Nerven. Als die ersten Akkorde von ›War of Man‹ zum fünfzehnten Mal erklangen, stieß er mit der Hüfte gegen die Jukebox, und ein gellendes Kreischen hallte durch den Raum.

»Paß auf deinen Arsch auf!«

Im Raum kehrte Stille ein. Die Iren glauben, daß in einem solchen Augenblick ein Engel vorbeifliegt, und nennen ihn deshalb ›angel's passing‹. Falls die Engel auch in diesem Moment kamen, blieben sie jedenfalls nicht lange. Zufällig sah in diesem Augenblick Peter McKay an der Bar zum Fernseher hoch, der in der kurzen Stille laut dröhnte. Er packte Brandon Mullen heftig an der Schulter und vergoß dabei noch mehr Bier, das ihm seitlich an seinem Glas hinunter über die Hand lief.

»Da, seht euch das an!« schrie er. »Da oben! Das ist doch der Nigger, der Mikey umgebracht hat, oder nicht?«

Aller Augen waren auf die Reporterin gerichtet, die, ein Mikrofon in der Hand, auf den Stufen des Justizgebäudes stand. Hinter ihr wirbelte der Wind leere Lebensmittelverpackungen und anderen Unrat auf.

»Nach letzter Auskunft der örtlichen Behörden«, sagte sie gerade (Jamie O'Toole hatte die Lautstärke so hoch gedreht wie vorher bei Neil Young), »wurde Jerohm Reese, der letzte Woche im Zusammenhang mit der Ermordung eines Mannes im Mission District festgenommen worden war, aus der U-Haft entlassen. Gegen ihn wird keine Anklage erhoben. Laut Staatsanwaltschaft liegen nicht genügend Beweise vor ...«

Brandon Mullen, der Bruder des Opfers, knallte sein Bierglas auf die Theke und schrie die Reporterin, als stünde sie direkt neben ihm, an, so laut er konnte: »Was redest du da? Es gibt vier Augenzeugen!«

Jemand hinten bei Kevin Shea fügte hinzu: »Er hatte Mikeys Kreditkarte, oder etwa nicht?«

»Er hatte die verdammte Pistole!«

»Was brauchen die noch, um jemanden einzulochen?«

»Die verdammten Nigger kommen ungestraft mit Mord davon ...!«

»Die kommen mit allem davon ...«

Peter McKay hatte sein Bier ausgetrunken und kippte jetzt ein Gläschen Bushmills hinterher, das vierte. Auf der Fußstütze seines Barhockers stehend, schlug er mit dem leeren Glas ein paarmal auf den Tresen – klack, klack, klack, klack. »Ich sage euch, was die brauchen. Ich sage euch, was *wir* brauchen. Wir brauchen Gerechtigkeit!«

McKays Stimme, tief und volltönend, war für Reden bestens geeignet, und jetzt verlieh leidenschaftliche Heiserkeit ihr zusätzliche Autorität. Aber er mußte gar nicht argumentieren – alle waren seiner Meinung. Er war ihre Stimme. Er kletterte hoch auf die Theke. »Denen muß mal gezeigt werden, wo's langgeht. *Wir* müssen es ihnen zeigen.«

»Verdammt richtig!«

»Genau!«

Die Männer klopften sich gegenseitig auf die Schulter, stießen sich in den Bauch, stachelten sich an.

# 3

Just in diesem Augenblick konnte Arthur Wade sein Glück nicht fassen. Er hatte auf dem Geary Boulevard einen Parkplatz gefunden, direkt vor der Cavern, keine zwei Häuser von der französischen Wäscherei entfernt, wo er die Wäsche abholen sollte. In dem Haus dazwischen befand sich ein Eisenwarenladen, der schon geschlossen hatte. Gute Parkplätze waren nicht so leicht zu finden in San Francisco, schon gar nicht, wenn man sie brauchte. Es blieben ihm nur noch zehn Minuten – sie machten um einundzwanzig Uhr zu –, aber jetzt würde er es schaffen. Ein gutes Zeichen.

Karin hatte keine Zeit gehabt, seine Hemden abzuholen. Die beiden Zwillinge lagen wieder einmal mit einer dieser Kinderkrankheiten im Bett, und seine Frau hatte das Haus den ganzen Tag nicht verlassen können. Sie war eingesperrt, wurde verrückt dabei. Also hatte er gesagt, kein Problem, er werde die Wäsche auf dem Heimweg holen.

Er versuchte wirklich, seinen Anteil am Haushalt zu übernehmen. Aber für einen Schwarzen, der einen guten Job hatte, mußte es oberste Priorität sein, dem Chef auf keinen Fall Anlaß für den Verdacht zu geben, man sei nicht durchgehend hundertfünfzigprozentig engagiert. So hielt es Arthur Wade, der seit vier Jahren als angestellter Anwalt bei Rand & Jackman arbeitete, denn auch. Es spielte keine Rolle, daß Jess Rand und Clarence Jackman selbst Schwarze waren. Sie hatten sich das Ziel gesetzt, mit der besten der Firmen zu konkurrieren, die ausschließlich Weiße beschäftigten, und gewannen große Unternehmen aus dem ganzen Land als Kunden. Ihre Mitarbeiter hatten die Möglichkeit, Partner zu werden, wenn sie acht Jahre lang jede Minute ihrer Zeit opferten und brillant, unermüdlich und mit Unternehmergeist gesegnet waren.

Was auf Arthur Wade zum Glück zutraf.

Er stieg schnell aus seinem BMW und warf die Tür zu, war in Gedanken noch bei der Arbeit. Als er bei dem unvermuteten

Hitzestoß erzitterte, fiel ihm ein, daß er den ganzen Tag nicht mitbekommen hatte, was überhaupt für Wetter herrschte. Zehn Stunden lang hatte er Zeugenaussagen niedergeschrieben, eine zermürbende Tätigkeit. Zum Glück hatten die Protokolle am Ende alle erschöpft, und so hatte er jetzt Zeit, Karin zu helfen. Vor zwanzig Uhr aus dem Büro zu kommen war fast schon wie Urlaub.

Die Wagentür war schon geschlossen, als ihm einfiel, daß es verrückt wäre, bei dieser Hitze auch nur zehn Meter im Sakko zurückzulegen. Er zog es aus, legte es über den Arm und griff in die Hosentasche, um die Schlüssel herauszuholen und das Jackett in den Wagen zu legen. Aber die Schlüssel waren nicht da. Sie steckten im Zündschloß.

Er hatte sich ausgesperrt.

Wütend schlug er mit der Hand auf das Wagendach. Der Schlag löste die schrille, ohrenbetäubende Zweitonalarmanlage des Wagens aus. *IIII-uuuu! IIII-uuuu! IIII-uuuu!*

Peter McKay stand noch auf der Theke und war mitten in seinem wütenden Vortrag über die Freilassung von Jerohm Reese, die Ungerechtigkeit, daß Schwarze ungestraft mit Mord davonkommen könnten, und all das, als er den Lärm der Alarmanlage des Wagens hörte und Arthur Wade vor dem Fenster der Cavern auf der Straße sah, wie der sich an dem schönen, neuen BMW zu schaffen machte. Er stiehlt ihn, dachte er, der schwarze Mistkerl.

»He, seht mal da!« rief er. »Das ist doch nicht zu *glauben*.«

Kevin Shea pflegte sich gern vorzumachen, daß er sich bald bessern, die verflixte Dissertation abschließen und seinen Doktortitel bekommen würde, um sich dann eine Stelle an der Uni oder irgendeinen anderen Job zu suchen, solange dabei Zeit für einen Drink oder zwei bliebe und er nicht allzu viele Kompromisse schließen müßte. Er würde nicht noch mehr Kompromisse schließen, das war klar.

Aber im Moment gab es einfach zu viele Dinge, die zu klären waren. Veränderungen. Die viel beschriebene Beziehungskiste. Wohin er ging, was er tat. Der ganze Ärger. In seiner Stimmung war es leichter, zu trinken und nichts zu ernst zu nehmen.

Aber dies hier gefiel ihm nicht.

Gut, er war Neil Young losgeworden. Aber diese Typen wurden jetzt wirklich unangenehm. Nigger dies und Nigger das. Er haßte das Wort – er hatte es als Heranwachsender, weiß Gott, oft genug gehört. Doch das hier konnte einem Furcht einflößen. Die Leute schrien Dinge, die er im modernen San Francisco von heute nicht für möglich gehalten hatte. Und irgendein Idiot stand auf der Theke und drehte durch.

Er hatte genug. Kevin Shea setzte sich in Bewegung. Bloß raus hier.

Die Alarmanlage des Wagens schrillte. *IIII-uuuu! IIII-uuuu!*

McKay sprang von der Theke herunter und drängte sich durch die Menge. Die Männer – sein Cousin Mullen und alle anderen – folgten ihm. Sogar Jamie O'Toole kam hinter dem Tresen hervor und schloß sich ihnen an.

McKay erreichte die Eingangstür, stieß sie auf und stand draußen auf der Straße in der Dämmerung.

Arthur Wade, peinlich berührt, wandte sich um, streckte in einer hilflosen Geste die Arme aus und versuchte, trotz der lärmenden Alarmanlage gehört zu werden.

McKay war bei ihm, bevor er gehört werden konnte. Er schubste ihn und stieß ihn vom Wagen weg. »Was, zum Teufel, machst du da?«

»He!« Wade wehrte sich nicht. Es gefiel ihm zwar nicht, herumgestoßen zu werden, aber hier lag offensichtlich ein Mißverständnis vor. Er würde es diesem Hitzkopf erklären und die Sache aus der Welt schaffen. »Das ist mein Wagen. Ich habe mich ausgesperrt …«

McKay packte ihn mit beiden Händen an der Brust und stieß ihn gegen den offenen Transporter, der neben Wades Auto stand. »Dein Wagen? *Scheiße.*« Er drehte sich um und schrie, um den Lärm zu übertönen: »Der Nigger sagt, daß ihm der BMW gehört! Ich sage: Große *Scheiße!*«

Die Alarmanlage heulte weiter.

»Ich sage, er *klaut* den Wagen!«

Wade richtete sich auf, machte sich bereit. Aus der Bar waren bereits ein Dutzend Männer herausgestolpert, und immer mehr kamen zu ihm herüber, genau wie dieser betrunkene Kerl, der ihn dauernd antatschte. Das sah schlecht aus. Arthur Wade gefiel zwar die ganze Sache nicht, aber er hielt es für vernünftiger, zu gehen und später zurückzukommen, wenn die Lage sich beruhigt hätte.

»He! Wo gehst du hin? Wo, zum Teufel, willst du hin?«

Ein Schritt zurück. Zwei. Die Hände heben, den Abstand vergrößern. »Schauen Sie, ich geh' einfach, ich will keinen Ärger …«

Der Betrunkene blieb an ihm dran. »He, du willst keinen Ärger? Und du versuchst auch nicht, Autos zu stehlen, was?« Ein plötzlicher Sprung auf ihn zu, dann ein Schlag. Jemand hinter ihm versperrte ihm den Weg.

»Hören Sie …«

*IIII-uuuu!*

Ein Stoß von hinten, aus der anderen Richtung. Der betrunkene Kerl vor seinem Gesicht schrie: »Ihr Typen kommt mit Mord davon. Ihr macht, verdammt noch mal, was ihr wollt …«

Und dann ein anderes Geräusch, das sich selbst gegen den Lärm der Alarmanlage deutlich abhob: Das Schaufenster des Eisenwarenladens zerbarst in einem Scherbenregen. Jamie O'Toole, der Barkeeper, hatte einen der schweren Bierkrüge aus der Cavern ins Fenster geworfen. Jetzt stand er im Verkaufsbereich zwischen Rasenmähern und Elektrogeräten, aufgewickelten Wäscheleinen und Vorschlaghämmern und schrie irgend etwas.

Die Gewalttätigkeit des Geschreis, der schrille, mißtönende Klang der Autohupe, das riesige, zertrümmerte Schaufenster, Alkohol und Hormone – Schritt für Schritt eskalierte die Situation.

*IIII-uuuu! IIII-uuuu!*

O'Toole stand im Schaufenster des Eisenwarenladens und nahm etwas von der Wand. Was, zum Teufel, war das … Ein Seil?

Ein Seil. Ein dickes gelbes Nylonseil.

Kevin Shea hörte das Geschrei und das Gellen der Alarmanlage. Was ging da draußen nur vor sich? Was es auch war – die Männer strömten aus der Kneipe, als ob man einen Stöpsel herausgezogen hätte.

Shea war auf dem Weg zur Tür von dem Sog erfaßt worden. Die Männer hinter ihm drückten nach, zwangen ihn so mitzugehen und schrien: »Weiter! Los, macht schon! Los jetzt, *weiter!*«

Shea erschauerte, als er von draußen, außerhalb seines Sichtfeldes, jemanden rufen hörte: »Haltet ihn fest! Laßt ihn nicht abhauen!«

Arthur Wade war kräftig und gelenkig. Er trainierte, sooft er konnte – mindestens dreimal pro Woche – im Nautilus-Zentrum, das über den Büros von Rand & Jackman eingerichtet worden war. Er hatte kaum vierzehn Prozent Körperfett und wog immer noch einhunderteinundneunzig Pfund, wie damals an der Northwestern University, wo er in seinen beiden letzten Jahren in der Universitätsmannschaft Baseball gespielt hatte.

Aber das hier war zu schnell gegangen, hatte ihn total überrascht. Etwas traf ihn hart hinter dem Ohr am Kopf, so daß er taumelte und mit der anderen Seite des Kopfes gegen den Lastwagen schlug, hinter dem er geparkt hatte.

»He …!«

Jemand warf sich gegen ihn. Noch einer. Fäuste hieben in seine Seiten.

Was passierte hier? Aber es blieb keine Zeit zum Überlegen. Er versetzte einem Mann einen Stoß mit dem Ellbogen, traf einen zweiten und warf sich, als er die Arme wieder frei hatte, gegen den dritten.

Aber es kamen immer mehr, zehn, zwanzig. Immer mehr.

Einer der Männer, die er mit dem Ellbogen weggestoßen hatte, kam zurück, schlug tief und traf seine Genitalien. Arthur krümmte sich, gegen diesen Schlag hatte er keine Chance gehabt. Dann kam er wieder hoch, drehte sich um und zog ein Knie an, traf einen Kiefer. Er trat nach dem Mann und brach zur Straße durch.

Aber sie waren um die parkenden Autos herumgegangen und strömten vom Bürgersteig herunter. Auf der Straße hupten Autos, manövrierten langsam um die Menge herum, nicht eines hielt. Wade rannte mit ausgestrecktem Arm gegen den ersten Mann, aber der war groß und ging nicht zu Boden. Jemand packte ihn von hinten am Kragen und zog ihn zurück, drückte ihm die Luft ab.

»He, was …!«

»Schnauze.«

»Packt ihn! Haltet ihn fest!«

Sie traten gegen seine Beine. Jetzt hatten sie ihn von beiden Seiten eingekreist, er stand zwischen seinem Wagen und dem Lastwagen. Er drehte sich um, schlug mit der Handkante gegen den Arm, der ihn am Hals hielt, hörte ein Knacken. Die Menge hielt für einen Augenblick inne. Er schwang einen Fuß auf die Stoßstange des Lasters und sprang auf das Dach seines Wagens, rollte ab und kam, wild um sich tretend, auf der Straßenseite herunter, verdrehte sich dabei den Knöchel. Scheiße.

Da war eine Lücke. Er könnte durchkommen. Mit ausgestrecktem Arm versetzte er einem Mann einen Stoß und schaffte einen sauberen Durchbruch. Ein paar Schritte, dann gab der Knöchel nach, aber es gelang ihm, auf den Beinen zu bleiben. Er mußte auf den Beinen bleiben. Da versperrte ihm ein Auto, das – scheinbar aus dem Nichts auftauchend – in die Second Avenue eingebogen war, den Weg.

Er warf sich dagegen – noch mehr Hupen, quietschende Reifen … Würde ihm jetzt endlich jemand helfen? Keuchend lief er nach links die Second Avenue hinauf, aber die Menschenmenge war schon auf der Straße und schrie: »Haltet ihn, packt ihn!«

Er spürte einen heftigen Schlag – von jemandem, der darauf trainiert war, andere anzugreifen – seitlich gegen die Knie und ging zu Boden. Er rutschte eineinhalb Meter über den Asphalt, riß sich die Anzughose auf und die Haut vom Bein. Ein Haufen nach Bier riechender Männer hielt ihn an Händen und Füßen fest. Er konnte sich nicht mehr bewegen.

Ungläubig und entsetzt fühlte er, wie ihm jemand eine Schlinge um den Hals legte.

Kevin Shea stand am Rand des Mobs und beschloß, das nicht zuzulassen.

Der Kerl, der Irre – er nahm an, daß es immer noch derselbe Mann war – hatte ein Ende des gelben Seils, das fast leuchtete, so grell war es, über die Lampe der nächsten Straßenlaterne geworfen. Ein paar Männer sprangen nach dem baumelnden Ende und versuchten, es zu fassen, während die übrigen schrien: »Zieht ihn hoch, hängt ihn auf!« Er mußte etwas unternehmen.

Also nahm er all seine Kräfte zusammen und schob sich durch die Menge. Er wurde zurückgedrängt, aber die Aufmerksamkeit aller war auf das Handgemenge auf der Straße gerichtet, so daß er sich weiter in die Masse aus dichtgedrängten Leibern hineinschieben konnte.

Je näher er kam, desto enger wurde es. Alles drängte aufgeregt zur Mitte.

Er reckte den Kopf. Ein Mann war auf die Schultern eines anderen gestiegen, und Shea sah, wie er das Seil ergriff und daran zog. Die beiden Seiten, die vorher lose gebaumelt hatten, spannten sich, wurden straff.

»Macht schon! Los jetzt! *Jetzt!*«

Ein unbeschreibliches Chaos brach um Shea herum aus, und er mußte Ellbogen und Knie einsetzen, um weiterzukommen. Er war jetzt keine drei Meter mehr vom Zentrum des Geschehens entfernt, und es gelang ihm, einen kurzen Blick auf den Mann am Boden zu werfen. Er blutete am Kopf und wehrte sich immer noch, in ein paar Fetzen gehüllt, die wie ein ehemals weißes Hemd und eine Krawatte aussahen.

Shea tauchte nach unten in die Menge zurück, stieß erneut mit seinen Ellbogen zu, jemand stieß zurück. Mit ganzer Kraft hieb er dem anderen den Arm ins Gesicht und drängte weiter nach vorn.

»He! Was soll das!« War *er* das, der da schrie? Er schrie, so laut er konnte. »Wartet! Tut das nicht!« Aber seine Worte gingen im Tumult unter.

Wieder wurde er getroffen. Und wieder. Auf den Mund. In die Seiten.

Er schob sich weiter. Er hatte das Schweizer Taschenmesser, das er immer bei sich hatte, gezückt, es aufgeklappt. Er stach das Messer in die Beine des Mannes, der vor ihm stand und schreiend zu Boden ging. Nach unten tretend, stieg er über ihn hinweg und drängte sich weiter nach vorn.

Aber er kam nicht näher heran. Der Mob, der den Schwarzen festhielt, war näher zur Laterne gerückt, die anderen hatten den Weg freigemacht.

Der Lärm, der Lärm. Noch nie hatte Shea so ein Geräusch gehört oder sich vorgestellt – eine Art unterdrücktes Stöhnen wie in der letzten Minute eines knappen Basketballspiels, wenn die Spannung ihren Höhepunkt erreichte, nur daß dieses Spiel hier unmenschlich und animalisch war. Neben ihm im Laternenlicht stand ein Mann, aus dessen Mund Speichel lief, während er Schimpfwörter grölte. Andere schrien »Buh!«, wie sie es in der High School im Korridor getan hatten. Und immer noch der ohrenbetäubende Lärm der Alarmanlage des Wagens, der sie noch mehr aufpeitschte.

Er kämpfte sich weiter, nutzte den Menschenstrom, um näher heranzukommen, immer noch mit dem Messer in der Hand. Wahllos stieß er es nach vorn, schlug mit der anderen Hand zu und bahnte sich so einen Weg.

Aber er war nicht schnell genug.

Plötzlich entlud sich die Spannung in einem Schrei, der fast wie ein Beifallsruf klang. Der Schwarze, der nur noch etwa einen Meter von Shea entfernt war, hatte keinen Kontakt mehr zum Boden, sein Kopf ragte am gespannten Seil über die Menge hinaus. Ein halbes Dutzend Männer zog am anderen Ende des Seils, hievte das Opfer hoch, immer höher, bis sich seine Taille in Höhe von Sheas Kopf befand.

Der hängende Mann hob die Arme über den Kopf und griff nach dem Seil. Eine Sekunde Aufschub. Vielleicht eine Minute. Wie lange würde er durchhalten? Jemand schrie, Shea solle die Füße packen, ihn an den Füßen ziehen.

O Gott. Diese Tiere.

Shea drängte weiter und stand plötzlich vor den Beinen des Mannes, der mit den Händen immer noch das Seil über seinem Kopf festhielt. Er schlang die Arme um seine Beine und hob ihn an, damit der Druck nachließ.

Er hielt die rechte Hand hoch. »Das Messer«, schrie er nach oben. *»Nehmen Sie das Messer!«*

Vielleicht konnte der Mann sich losschneiden. Er schien ihn zu hören. Das Gewicht verlagerte sich, und das Messer wurde Shea aus der Hand gerissen. Da waren Blitzlichter – machte jemand Fotos? Tropfen von etwas Nassem fielen auf Sheas Jackett.

Einer aus der Menge schrie: »Ja, zieh ihn runter! Zieh!« Der Rest der Menge stimmte ein: »Zieh, zieh, zieh, zieh ...«

Über ihm zappelte der aufgehängte Mann und versuchte, das Seil mit dem Messer zu durchtrennen, was mit einer Hand furchtbar anstrengend war und zu lange dauerte, auch wenn er von Shea gestützt wurde.

Er schaffte es nicht.

# 4

Der Fotograf war Paul Westberg, ein dreiundzwanzigjähriger Freiberufler, der um seinen Durchbruch kämpfte. Hier und da ein paar Einsätze für die freie Presse, einige Werbefotos, ein paarmal wöchentlich Aufnahmen von Hausfrauen. Er war herumgelaufen, hatte gelegentlich ein ›künstlerisch wertvolles Foto‹ geschossen und war auf der nördlichen Seite des Geary Boulevard, in der Nähe der Second Avenue, nur ein paar Häuserblocks von seiner Wohnung entfernt, in Richtung Osten gegangen, während hinter ihm die Dämmerung heraufgezogen war. Das Licht hatte die Stadt in einen feurigen Glanz getaucht.

Plötzlich hatte er die Menschenmenge gehört, durch den Lärm des sechsspurigen Verkehrs auf dem Geary Boulevard hindurch. Etwas war passiert. Und – erstaunlich – er war zur Stelle! Bereit!

Aber das Licht – das phantastische Licht – hatte sich verändert. Die Sonne war unter den Horizont getaucht, und er brauchte für die in Nord-Süd-Richtung verlaufende Straße, wo das Zentrum des Geschehens lag, das Blitzlicht. Er mußte es anbringen, das Objektiv wechseln. Das ging fast automatisch, dauerte aber seine Zeit.

Dann war er fertig und machte sich auf den Weg auf die Südseite des Geary Boulevard, wo tatsächlich etwas vor sich ging, eine Demonstration oder etwas ähnliches. Er überquerte – was an dieser Stelle verboten war – die nach Osten führenden Fahrbahnen des Geary, wartete auf dem Mittelstreifen und sprintete dann weiter.

Auf der rechten Spur standen Autos, die einen Stau verursachten. Er machte schnell eine Aufnahme, was vermutlich Verschwendung war, erreichte die andere Seite. Es war unmöglich, über die Menge hinweg etwas zu sehen, also kletterte er auf die Motorhaube des nächsten Fahrzeugs. Man mußte eben ein Risiko eingehen, wenn man vorankommen wollte.

Da sah er, was weiter vorn geschah.

Der Mob um ihn herum drängte vor und zurück, bewegte das Auto, auf dem er stand, und schob sich dann weiter. Er wußte nicht, wieviel Zeit ihm noch blieb. Wenn ihn jemand sah …

Aber da war ein Mann, der seine Arme um einen *gehenkten* Mann geschlungen hatte und ihm ein Messer an die Kehle hielt. Mein Gott, was für ein Foto! Das Foto seines Lebens.

Seine Hände zitterten vor Aufregung, aber er mußte das Bild scharfstellen, die Zeit messen …

Jetzt! Eins.

Klick. Noch eins.

Jemand griff von unten nach ihm und schrie: »Schnappt euch den Kerl!«

Er trat nach dem Mann, sprang vom Heck des Wagens und rannte, was das Zeug hielt. Drei Minuten später war er zu Hause.

# 5

Die Menschenmenge schloß sich um ihn. Jemand traf Shea an den Knien. Das Messer fiel klirrend auf die Straße. Über sich hörte er ein Knirschen und einen dumpfen Laut, als das Seil das Gewicht des Mannes wieder allein trug.

Die Männer, die das andere Ende des Seils festhielten, kamen in Sheas Richtung. Erst jetzt sah er den Hydranten neben sich. Sie wickelten das Seil darum.

Shea hob schnell das Messer auf, stürzte sich auf den ersten Mann und schnitt ihm in den Arm, mit dem er das Seil fest hielt. Der Mann schrie auf und ließ einen Moment lang los.

Wieder schlug jemand auf Shea ein. Fäuste. Er stieß mit seinem Messer zu, dann trat es ihm jemand aus der Hand, und er hörte, wie es scheppernd auf den Boden fiel. Ein Tritt gegen den Kopf. Noch einer. Finsternis.

Wirres Durcheinander, bevor das Aufheulen der ersten Sirenen in der Ferne zu hören war, und immer noch die Alarmanlage, diese erbarmungslose Autohupe, während der Mob um die Ecke auf dem Geary Boulevard oder in der Second Avenue verschwand, sich in schmalen Gassen und Eingängen zerstreute, über Müllcontainer und Hinterhofzäune flüchtete. Als Shea wieder zu Bewußtsein kam, hörte er aufgeregte Stimmen, das Scharren der Füße, rennende Männer.

Er kam auf die Knie und versuchte, wieder klar zu sehen. Der Mann, der ihn zusammengeschlagen hatte, hatte einiges an Schaden angerichtet. Sheas Gesicht war von getrocknetem Blut verkrustet, und er hatte das Gefühl, daß mehrere Rippen gebrochen waren und vielleicht auch sein linker Arm. Er versuchte, ihn zu heben, aber der Arm baumelte kraftlos herunter.

Das Seil war noch immer um den Hydranten geschlungen.

Er hob den Blick und sah den Mann an der Laterne hängen. Er schien tot zu sein. Trotzdem schleppte er sich zum Hydranten hinüber, vielleicht gab es doch noch eine Chance, das Leben dieses Mannes zu retten, wenn er es schaffte, ihn herunterzuholen. Er zerrte an den unzähligen Knoten, mit denen das Seil befestigt war, aber durch das Gewicht des Mannes am anderen Ende war das Seil zu straff, und mit einer Hand bekam er nicht einmal einen einzigen Knoten auf. Die Knoten gaben nicht nach.

Sein linker Arm war eine pochende, nutzlose Last. Er versuchte, ihn zu benutzen, versuchte, mit der funktionstüchtigen Hand etwas Spannung von dem Seil zu nehmen und mit der schmerzenden Hand einen der Knoten zu lösen. Er zog. Ein heftiger Schmerz durchfuhr seinen Arm, und ungewollt schrie er auf, verlor für eine Sekunde das Bewußtsein, fiel auf die Knie. Er ließ den Kopf hängen und biß gegen den Schmerz die Zähne zusammen, als er ein anderes Geräusch vernahm.

Ein Scheinwerferpaar bog um die Ecke des Geary Boulevard, und ein Fahrzeug steuerte mit quietschenden Reifen direkt auf ihn zu. Der Wagen kam vor ihm zum Stehen, eine Tür wurde aufgerissen, und zwei Männer sprangen von der offenen Ladefläche des Lastwagens herunter, ein dritter vom Vordersitz.

»Gott sei Dank. Sie müssen ...« Aber die Männer hörten nicht hin. Einer von ihnen griff nach Sheas verletztem Arm und zog daran. Ein anderer faßte ihn am Bein und hob es hoch. »He! Was ...?« Sie hielten seine Beine fest und hoben ihn über die Seitenklappe des Lastwagens auf die Ladefläche. Drei Männer drückten ihn zu Boden.

»Ist er drin?« schrie der Fahrer, aber ohne eine Antwort abzuwarten, fuhr er mit quietschenden Reifen an.

Einer der Männer, die ihn gepackt hatten, schlug Sheas Kopf auf den Metallboden. »Du weißt nichts«, sagte er. »Wenn du irgend jemandem irgend etwas davon erzählst, bist du ein toter Mann. Wir finden dich.«

Sie fuhren schneller, bogen einmal ab, dann noch einmal. Er lag auf dem Bauch, wurde niedergedrückt, versuchte trotzdem, sich zu orientieren. Die drei Männer, die ihn in Schach hielten, keuchten.

Dann – er wußte nicht, ob da eine Ampel oder sonst etwas war – kam der Lastwagen quietschend am Straßenrand zum Stehen. Mit einer letzten Warnung, daß sie ihn umbringen würden, wenn er auch nur ein einziges Wort verriet, warfen sie ihn vom Wagen und rasten in einem Schotterhagel auf und davon. Zurück blieb der Geruch von verbranntem Gummi.

# MITTWOCH, 29. JUNI

———

# 6

»Was ist los, Chris?«

»Der Bürgerkrieg, Elaine. Ist Ihr Fernseher an?«

»Fast nie.«

»Schauen Sie es sich an. Jetzt. Ich warte.«

»Welcher Sender?«

»Egal.«

Elaine Wager hatte geschlafen. Der Anruf kam von ihrem Chef und selbsternannten Mentor Christopher Locke, dem Bezirksstaatsanwalt von San Francisco, der ein besonderes Interesse an Elaine Wager hatte.

Elaine war – wie Locke – schwarz, außerdem intelligent und mit achtundzwanzig Jahren bereits eine gute, hartnäckige Staatsanwältin. Dazu kamen ihre beachtlichen körperlichen Reize – eine Figur, so zart wie eine feingemeißelte italienische Marmorstatue, lange Beine, schmale Taille, ein assyrisches Gesicht. Wichtiger noch als diese Attribute war für Chris Locke aber Elaines Mutter Loretta Wager, Senatorin der Vereinigten Staaten und die erste afroamerikanische Abgeordnete, die je in Kalifornien in dieses Amt gewählt worden war.

Elaine Wager schwang ihre nackten Beine auf den Boden. Sie trug ein Männer-T-Shirt der Warriors. Als sie beim Gehen wacher wurde, nahm sie undeutlich ein Sirenenkonzert wahr, das aus der Innenstadt kam. Die Digitaluhr auf ihrem Nachttisch zeigte 0 Uhr 14 an. Elaines kleines Apartment in der zwölften Etage lag nördlich des Geary Boulevard in der Franklin Street, nahe beim Lafayette Park. Sie sah zum Fenster hinaus. Ein paar Straßen weiter, in der Western Addition, schien es an mehreren Stellen zu brennen. Im Süden glühte der Himmel ebenfalls orangefarben.

Das Telefon in der Hand, durchquerte sie rasch das Wohnzimmer, in dem nur wenige Möbel standen.

»Was ist los, Chris?«

Sie schaltete das winzige, tragbare Fernsehgerät ein, das im Küchenbereich auf der Anrichte stand.

»Unruhen, Elaine«, teilte Christopher Locke ihr mit. »Die Vororte stehen in Flammen. Der Mob hat heute abend einen Mann gelyncht.« Elaine ließ sich auf einen Hocker neben der Anrichte fallen. »Arthur Wade.«

»Was ist mit Arthur?«

»Kennen Sie ihn?«

»Natürlich kenne ich ihn. Er war mit mir an der Boalt. Was ist mit ihm?«

Es entstand eine Pause. »Elaine, Arthur Wade ist tot. Der Mob hat ihn gelyncht.«

»Was meinen Sie mit *gelyncht?*« Elaine versuchte, einen Zusammenhang, eine Erklärung für das Unerklärliche zu finden.

Im Fernsehen wurden weitere der inzwischen vertrauten Bilder gezeigt – die Massen waren auf den Straßen, Schaufenster wurden zertrümmert, schon standen Gebäude in Flammen. Sie wandte ihren Blick vom Bildschirm ab und der wirklichen Stadt zu.

»Chris?«

»Ich bin noch dran. Haben Sie was von Ihrer Mutter gehört?«

»Nein, noch nicht, aber das wird sicher nicht mehr lange dauern. Was tun wir in der Zwischenzeit?«

»Sind Sie noch vor dem Fernseher?«

»Ja.«

»Sehen Sie hin.«

Auf dem Bildschirm wurde ein Foto gezeigt, das in den folgenden Tagen so bekannt werden würde wie die Videobänder im Fall Rodney King: Arthur Wade hing an einer Straßenlaterne; von unten hielt ihn ein Weißer fest und zog offensichtlich an seinen Beinen, um ihm das Genick zu brechen. Wade, in den letzten, verlorenen Sekunden seines Lebens, hielt sich mit einer Hand am Seil über seinem Kopf fest und schien mit der anderen zu versuchen, nach dem Mann, der ihn an den Beinen zog, zu schlagen, um ihn zu vertreiben und sein Leben um ein paar Sekunden zu verlängern.

Elaine starrte wie gelähmt auf die entsetzliche Szene. Sie hätte nie erwartet, so etwas in ihrem Leben noch einmal sehen zu müssen, schon gar nicht hier, im angeblich so liberalen San Francisco.

Sie zwang sich, wieder hinzusehen – der Schwarze, am Hals aufgehängt, umgeben von der weißen Meute. Die Gesichter waren unscharf, mit Ausnahme der beiden in der Mitte, und die waren perfekt scharf gestellt. Arthur Wade und der Mann, der ihn gehängt hatte.

Chris Locke klang gereizt und erschöpft. »Wir werden schnell handeln müssen, Elaine. Dieser Mann muß gefunden werden, und dann werden wir ihn kreuzigen. Können Sie zum Justizgebäude kommen …?«

»Sie meinen, sofort?«

»Ich meine gestern, Elaine.«

## 7

Shea schaffte es, zu Fuß nach Hause zu kommen.

Sie hatten ihn auf dem Grünstreifen des Presidio Boulevard vom Lastwagen geworfen, und er brauchte mehr als zwei Stunden, um über Nebenstraßen zu seinem Apartment in der Green Street, nahe der Webster, zu gelangen.

Langsam erinnerte er sich an die Einzelheiten. An den Schwarzen, der um sein Leben gekämpft, nach ihm gegriffen hatte. An das Gewicht des Mannes auf seinen Schultern, als dieser noch gelebt hatte.

Vielleicht, dachte Shea immer wieder, als er die Szene vor sich sah, hätte er es nicht mit den Typen am Hydranten aufnehmen sollen. Er hätte stehenbleiben und den Mann einfach hochheben sollen, vielleicht hätte es dann geklappt …

Er konnte es noch immer nicht glauben.

Er humpelte weiter, hielt an, lehnte sich gegen irgend etwas, nahm die Sirenen, den glühenden Himmel rechter Hand kaum wahr. Er konnte sich noch keinen Reim darauf machen.

In dem dreistöckigen Gebäude gab es sechs Apartments, drei nach vorne hinaus und drei nach hinten. Seines war das hinterste der beiden oberen. Er war sich nicht sicher, ob er es bis nach oben schaffen würde.

Er mußte zum Arzt. Vielleicht sollte er die Polizei rufen, obwohl sie bestimmt schon in der Cavern war. Trotzdem …

Dann hatte er es endlich geschafft. Er holte die Schlüssel aus der Tasche, ging hinein, schloß hinter sich ab. Herrgott, sein Arm brachte ihn um. Seine Rippen. Alles.

Er nahm eine Flasche Wodka aus dem Schrank, goß etwa einen Achtelliter in ein Glas, tat zwei Eiswürfel und einen Löffel Orangensaftkonzentrat hinein und ging trinkend ins Badezimmer. Er hatte das Glas schon geleert, noch bevor das Duschwasser heiß war und bevor er es geschafft hatte, das Hemd auszuziehen.

Er betrachtete sich im Spiegel und dachte, er sollte besser nichts mehr trinken. Er sollte die Polizei rufen, einen Arzt, irgend jemanden. Aber diesen Drink hatte er gebraucht. Wer würde ihm das übelnehmen, nach allem, was er durchgemacht hatte? Und dann duschen, das Blut abwaschen, sehen, wie schlimm die Verletzungen waren. Vor dem Schlafengehen würde er sich noch einen genehmigen, um die schrecklichen Ereignisse und den Schmerz etwas zu lindern. Heute abend konnten sie sowieso nichts mehr unternehmen.

Der arme Kerl ...

# 8

Um drei Uhr morgens waren Polizei, Feuerwehr und Rettungs-
mannschaften im Stadtzentrum von San Francisco und ringsum
in Alarmbereitschaft. Bürgermeister Conrad Aiken hatte außerdem im Büro des Gouverneurs in Sacramento angerufen und
darum gebeten, die Nationalgarde einzusetzen und das Kriegsrecht zu verhängen. Neunzehn Brände waren bis jetzt gemeldet
worden, und der Sachschaden stieg schneller als die Staatsver-
schuldung.

Mitten in der Nacht hatte Aiken seine reich ausgestatteten
Zimmer im Rathaus verlassen und sich in das Justizgebäude in
der Siebten Straße, Ecke Bryant, begeben, in dem auch das Polizeipräsidium, das Büro des Bezirksstaatsanwalts und das Bezirksgefängnis lagen. Er hatte das Vorzimmer von Bezirksstaatsanwalt Chris Locke in Beschlag genommen und saß an
einem Schreibtisch, der normalerweise einer Sekretärin gehörte.

Der Bürgermeister war eine imposante Erscheinung, trotz seines für einen Politiker nachteiligen Körperbaus – er war nur
einen Meter siebzig groß und so dünn, daß der Witz umging,
man könne ihn im Profil nur dann sehen, wenn er die Zunge
herausstrecke. Außerdem hatte er fast keine Haare mehr auf
dem Kopf und ein etwa zweimarkstückgroßes Brandmal im Gesicht, das unter dem linken Auge begann und halb über den
Rücken seiner höckrigen Habichtsnase reichte.

Er war zweiundsechzig, aber die meisten schätzten ihn zehn
Jahre jünger, weil in seinem Gang ein kraftvoller Schwung lag
und er voller Energie steckte. Seine Augen waren graublau und
stechend und seine gesunden Zähne perlweiß.

Doch in diesem Moment zeigte er seine Zähne nicht.

Mit ihm im Büro befanden sich Chris Locke, dessen Assistentin Elaine Wager, Polizeichef Dan Rigby, dessen Assistent Frank
Batiste, County Sheriff Dale Boles (›Bolus‹ ausgesprochen), der
für das Gefängnis und seine Insassen verantwortlich war, Aikens Verwaltungsassistent, ein junger Mann namens Donald,

und Lieutenant Abraham Glitsky, ein vierundvierzigjähriger jüdischer Mulatte, der das Morddezernat von San Francisco leitete.

Aiken hatte Polizeichef Rigby aufgefordert, einen Situationsbericht zu den Unruhen zu geben: die betroffenen Stadtteile, welche Maßnahmen man ergriffen hatte, wie viele Männer auf den Straßen waren und so weiter.

Polizeichef Rigby befand sich soeben in der Mitte seiner Zusammenfassung: »… in diesem Stadium größtenteils unter Kontrolle. Wir schaffen es nicht, alles unter Kontrolle zu bekommen, solange uns nicht mehr Leute zur Verfügung stehen. Natürlich wird es die üblichen Plünderungen geben …«

»Das werden wir nicht zulassen«, sagte der Bürgermeister. »Ich möchte, daß jeder das weiß. Plünderungen werden wir nicht tolerieren. Wir sind nicht in Los Angeles.« Er schaute jeden im Zimmer an, um seinen Worten Nachdruck zu verleihen. Sein Brandmal glühte. »Wir sind nicht in Los Angeles«, wiederholte er.

»Nein, Sir«, erwiderte der Polizeichef. »Aber was sollen wir gegen die Plünderungen unternehmen?«

»Ich bin für den gezielten Einsatz von Schußwaffen.«

Rigby wirkte schockiert. »Das geht nicht.«

»Warum nicht? Im Mittelwesten machen sie es nach den Tornados genauso, oder etwa nicht? Wir machen es hier auch. Warum denn nicht? Ich werde nicht zulassen, daß in San Francisco geplündert wird.«

Chris Locke trat einen Schritt vor. Er war ein großer Mann, doppelt so schwer wie der Bürgermeister, und der einzige der Anwesenden, der einen dunklen Anzug trug. »Sir, Sie werden ausschließlich Schwarze erschießen, und das ist rassistisch.«

Das gefiel Aiken nicht. »Ich bin kein Rassist, Chris. Ich würde nur auf Plünderer schießen lassen. Ob schwarz, weiß oder braun, ist mir völlig egal.«

Elaine Wager meldete sich zu Wort: »Es sind bis jetzt ausschließlich Schwarze, Sir, die Unruhe stiften, genau wie in Los Angeles …«

»Die Menschen sind voller Wut«, erklärte Locke.

»Kommen Sie mir nicht damit! Ich will nichts von Wut hören, Wut ist hier kein Thema und noch weniger eine Entschuldigung. Es geht darum, daß die Gesetze eingehalten werden.«

Rigby sagte: »Das Problem ist, daß schwarze Polizeibeamte nicht auf schwarze Plünderer schießen werden.«

Fast hätte sich Lieutenant Glitsky zum ersten Mal in das Gespräch eingeschaltet und gesagt, daß er es tun würde. Halb schwarz und halb weiß, hatte er wenig Verständnis für die Einstellungen und Entschuldigungen beider Seiten. Aber noch schwieg er.

»Wieso nicht, zum Teufel?« fragte Aiken. »Verhaften nicht schwarze Polizeibeamte jeden Tag schwarze Gesetzesbrecher?«

Rigby schüttelte den Kopf. »Das ist nicht dasselbe.«

Der Bürgermeister nahm ihm das nicht ab. »Hören Sie, ich will, daß wieder Ruhe einkehrt, ich will die Bürger schützen. Lassen Sie uns aus dieser Sache keinen Rassenkrieg machen.«

Elaine Wager meldete sich wieder zu Wort: »Das ist aber einer. Genau darum geht es doch. Ein Schwarzer ist gelyncht worden, Sir ...«

»Verdammt noch mal, das weiß ich. Aber wir reden jetzt, in diesem Augenblick, nicht über Rassenprobleme, sondern über Menschen, die das Gesetz brechen, und darüber, wie wir die Unruhen unter Kontrolle bekommen.«

Rigby wiederholte, er könne nicht auf Plünderer schießen lassen.

Aiken hielt eine Hand hoch. »Sehen Sie, ich rede nicht davon, auf Plünderer zu schießen. Ich weiß noch nicht einmal, ob zu diesem Zeitpunkt schon Plünderungen stattfinden. Ich will nur, daß sie nicht toleriert werden. Wir müssen unseren Standpunkt klarmachen, glaube ich. Wir werden uns nicht einfach hinsetzen und den Plünderern zusehen. Ich will, daß sie strafrechtlich verfolgt werden ...«

»Wo bringen wir sie unter?« Das war Dale Boles. Sein Gefängnis im oberen Stockwerk war überfüllt. Wenn Aiken wollte, daß die Polizei Plünderer verhaftete, mußte er die Verantwortung für deren Unterbringung übernehmen.

Aiken sah ihn mit funkelnden Augen an und entschied sich dann, nicht zu antworten. Er wandte sich an Glitsky: »Abe, was haben Sie über den Lynchmord herausgefunden? War das Willkür oder was anderes? Vielleicht bekommen wir einen Anhaltspunkt, wie wir diese Sache schneller beenden können, wenn wir wissen, wie das Ganze ausgelöst wurde.«

Glitsky, in Kordhose und lederner Fliegerjacke, saß auf einem niedrigen Aktenschrank an der Rückseite des Zimmers. Er hatte eine Adlernase, und über seine Lippen verlief senkrecht die Narbe einer alten Wunde, fast so, als wäre er wegen einer Hasenscharte operiert worden. Sein Haar war dicht gelockt, die Augen leuchteten blau. Während er Aiken antwortete, fixierte er Chris Locke scharf. »Jerohm Reese«, sagte er. »Nicht, daß das eine Entschuldigung wäre.«

Der Bürgermeister schüttelte den Kopf. »Wer ist Jerohm Reese?«

»Was hat Reese mit dieser Sache zu tun, Abe?« fragte Locke.

»Ich fragte ›Wer ist Reese?‹« wiederholte Aiken.

Glitsky stand auf und berichtete in kurzen Worten von dem Autodiebstahl, von Mike Mullen, von Reese' Entlassung. Er sah auf die Uhr und blickte geringschätzig zu Locke hinüber. »Reese ist vor knapp dreizehn Stunden entlassen worden. Wir haben ein paar Zeugen, die den Lynchmord zwar nicht selbst gesehen haben, aber glauben, daß der Mob aus der Cavern gekommen ist, einer Kneipe an der Ecke Second Avenue und Geary Boulevard.«

»Okay«, sagte Aiken. »Und?«

»… und ich war dort. Ich bin in die Kneipe gegangen, die bis auf den Barkeeper, Jamie O'Toole, leer war. Der sagte mir, den ganzen Abend sei nichts los gewesen und die Cavern leer wie nie zuvor. Er habe den Mob draußen natürlich gehört, dann aber Angst gehabt, hinauszugehen und nachzusehen …«

Locke unterbrach ihn: »Jerohm Reese, Abe.«

Die Narbe auf Glitskys Lippen wurde fast weiß, als er den Mund verzog; vielleicht lächelte er. »An der Rückwand der Cavern hing ein vergrößertes Bild von einem Mann. Ich fragte O'Toole, wer das sei, und er sagte: Mike Mullen. Er hat die Buchhaltung für die Kneipe gemacht. Als Mitglied der Mordkommission, sagte er, hätte ich vielleicht von ihm gehört.«

Im Raum war es still.

Schließlich sagte Elaine Wager: »Sie meinen, weil Jerohm Reese aus der Haft entlassen wurde ...?«

Chris Locke wandte sich an alle: »Ich habe Jerohm Reese entlassen, weil er nicht verurteilt worden wäre.«

Glitsky sah ihn an. »Ein paar von den Leuten da draußen scheinen das falsch verstanden zu haben, Sir.«

Aiken rieb sich mit der Hand über das Gesicht. »Sie wollen mir erzählen, daß der Mob sich zusammengerottet hat, weil Jerohm Reese aus der Haft entlassen worden ist?«

»Ja, so sehe ich das, Sir. Es ist die gleiche Geschichte wie damals, als viele Leute es in den falschen Hals bekommen haben, daß die Polizisten, die Rodney King verprügelt haben, straffrei davongekommen sind.« Glitsky hielt inne und fügte hinzu: »In Los Angeles.«

Locke wollte wieder zum Thema zurückkommen: »Haben wir irgendwen aus dem Mob identifiziert?«

»Nein, Sir, noch nicht. Wir arbeiten dran, aber in der Cavern redet man gegen Wände.«

»Wir haben einen.«

Alle wandten sich Elaine Wager zu. Nichts gegen sie, dachte Glitsky, aber das hatte vielleicht was damit zu tun, daß ihre Mutter Senatorin war.

»Hat jemand von Ihnen heute abend die Nachrichten gesehen?«

Glitsky nickte. »Ja«, sagte er. »Um den kümmern wir uns auch bereits. Schlimme Sache.«

# 9

Shea wachte davon auf, daß er sich auf den verletzten Arm wälzte. Es war noch dunkel draußen und in etwa die Zeit, wo die Wirkung des Alkohols normalerweise nachließ. Sheas Mund war trocken. Anders als sonst, wenn das Hämmern im Kopf ein fortwährendes, dumpfes Pochen war, lag er heute wie gelähmt vor Schmerzen in seinem Bett.

Wegen des donnernden Preßlufthammers in seinem Schädel hatte er Angst, den Kopf zu heben, den Brustkorb, die Arme, die Hüften. Einen Moment lang fragte er sich, ob er ernsthaft verletzt sei. So fühlte sich kein Kater an, sagte er sich. Ein Kater fühlte sich anders an. (An vielen Tagen redete er sich morgens ein, daß es kein Kater sei, daß er mit Sicherheit nicht genug getrunken hatte, um einen Kater zu bekommen, sondern daß er einfach nicht genug geschlafen hatte.)

Er rollte sich auf die Seite, und der Inhalt seines Magens kam hoch. Im Dunkeln humpelte er die fünf Schritte zum Badezimmer und schaffte es gerade noch. Er sank zu Boden und umklammerte die Kloschüssel.

Schließlich gelang es ihm, aufzustehen und zu urinieren. Der Preßlufthammer ließ nicht locker. Er mußte versuchen, wieder ins Bett zurückzukommen, die Schmerzen durch viel Schlaf loszuwerden. Er sollte einen Arzt rufen.

Das Licht der Badezimmerlampe traf ihn wie eine Explosion und warf ihn beinahe wieder um, doch er mußte sich das Gesicht waschen und die Zähne putzen. Im Spiegel sah er sich doppelt. Es gelang ihm nicht, eines der beiden Bilder scharfzustellen.

Kaltes Wasser ins Gesicht. Die Spuren der Schlägerei abwaschen. Immer noch zwei Gesichter, beide geschwollen und zerschnitten.

Als er wieder auf dem Bett lag, drehte sich das Zimmer weiter.

Das Klingeln des Telefons neben seinem Ohr schleuderte ihn beinahe aus dem Bett. Er schnellte hoch, und seine Arme und

Rippen schienen aus ihren Verankerungen gerissen zu werden, aus ihren Gelenken, oder was immer sie zusammenhielt.

Beim zweiten Klingeln nahm er ab.

»Kevin?«

Ein Mädchen. Melanie. Das war nicht möglich, sie hatten sich doch getrennt. Nein, sei ehrlich, er hatte sie fallengelassen, vor drei Wochen. Er sank wieder auf das Bett, den Hörer am Ohr. »Wie spät?« fragte er stöhnend.

Eine Pause, während sie sein Genuschel verarbeitete. Er war sicher, daß es daran lag. Und jetzt würde, wie immer, eine zweiminütige Zurechtweisung folgen.

Okay, er war betrunken. Wollte sie sich deswegen streiten? Schon wieder? Nicht heute, Schätzchen, ich habe Kopfschmerzen. Fast hätte er eingehängt, aber dann hörte er sie sagen:

»Es ist Viertel nach fünf.«

Das überraschte ihn nicht. Als sie noch miteinander gegangen waren, hatte sie sich während des Semesters den Wecker immer auf fünf Uhr gestellt, damit sie aufstehen und lernen konnte, einen Vorsprung für den Tag bekam. Ein weiterer Grund, weshalb sie sich getrennt hatten.

»Melanie …«

»Mein Gott, Kevin, wie konntest du das tun?«

»Was tun?«

Sie sagte es ihm.

# 10

Das Licht der Straßenlaternen funkelte auf der nassen Straße, einer schmalen, dunklen Sackgasse, die am Presidio Park endete. Manche Fenster zur Straße schimmerten schwach, und an der Vorderseite der Gebäude huschten Geister vorbei.

Lieutenant Abe Glitsky sagte sich, während er den Blick über die Sackgasse schweifen ließ, daß er nicht immer so gedacht hatte. Erst seitdem Flo gestorben war. *Erst.* Sicher, *erst* … Neun Monate Kampf gegen den Unterleibskrebs, der sie in so kurzer Zeit umgebracht hatte, trotz der Chemotherapie und anderer Abscheulichkeiten, mit denen man sie behandelt hatte, um das Unvermeidliche doch noch abzuwenden. Neun Monate, in denen Glitsky an ihrer Seite war, jeden Schritt mit ihr ging, in denen beide gegen die Verzweiflung ankämpften und – was vielleicht noch schwieriger war – gegen das unwillkürliche Aufflammen ihrer irrationalen Sehnsucht nach Hoffnung. Dann, als sie nicht mehr da war, während der vergangenen fünfzehn Monate der Versuch, das Gesicht zu wahren, den Schmerz nicht zu zeigen, ihn wenigstens nicht mehr als so frisch zu empfinden wie zuvor. Doch an den Tagen, an denen ihm das gelang, quälten ihn Schuldgefühle.

Fünfzehn Monate. *Erst* fünfzehn Monate. O Gott.

Immer noch – ungewöhnlich für diese Zeit des Jahres – verlangte das Wetter langärmlige Hemden in diesen dunkelsten aller Stunden kurz vor der Morgendämmerung. Weil zu Glitskys Doppelhaushälfte keine Garage gehörte, hatte er den Wagen auf dem nächstgelegenen Parkplatz – vier Straßen weiter – abstellen müssen. Als er schließlich vor seinem Haus ankam, zitterte er fast vor Erschöpfung. Trotzdem hatte er es nicht eilig hineinzugehen. Er würde es nie mehr eilig haben.

Durch die Bäume im Presidio schimmerte die Sichel des Mondes. Es herrschte Totenstille an diesem Morgen, nur seine eigenen Schritte, die von den Mauern widerhallten, waren zu hören. Ihm fiel auf, daß er keine Sirene mehr gehört hatte, seit er sich auf den Weg gemacht hatte. Aber er machte sich deshalb keine Illusionen. Er wußte, was Illusionen waren, und würde sich ihnen nicht mehr hingeben. Heute würde es noch kritischer werden als gestern. Heute würde alles erst richtig losgehen.

Als Glitsky auf den Bürgersteig trat, rumpelte hinter ihm ein Bus die Lake Street entlang. Er drehte sich um und sah, daß der Bus bis auf den Fahrer und einen Fahrgast, der ganz hinten saß, leer war.

Flo hatte sich immer ein richtiges Haus gewünscht. Sie hatten beschlossen, daß sie so lange zu Hause bei den Kindern bleiben sollte, bis Orel, der Jüngste, im September dieses Jahres in die Junior High School kommen würde. Dann hätte Flo wieder unterrichtet, und sie hätten ein paar Jahre gespart und dann vielleicht ein eigenes Haus außerhalb der Stadt gekauft.

Hätte, wäre ...

Um es noch einen Augenblick hinauszuzögern, blieb Glitsky vor der Betontreppe, die ins obere Stockwerk führte, stehen. Die Lampe über der Tür war defekt. Vielleicht hatte Rita, seine Haushälterin, die ebenfalls in der Wohnung lebte, einfach vergessen, das Licht brennen zu lassen. Zwölf Stufen bis zur Haustür. Glitskys tägliche Therapie.

Drinnen traf er auf die Erinnerungen an früher – die vertrauten Gerüche, die Schatten. Über dem Herd in der Küche brannte eine winzige Glühbirne. Er ging leise nach hinten. Als sie vor elf Jahren eingezogen waren, hatten Flo und er es nicht fassen können, wie geräumig die Wohnung war – zwei Schlafzimmer, ein Arbeitszimmer, ein Wohnzimmer, ein Eßzimmer, die Küche. Damals hatten sie nur die beiden älteren Jungs gehabt, Isaac und Jacob. Sie hatten die zwei in einem der Schlafzimmer untergebracht, das andere selbst benutzt und trotzdem noch ein Arbeitszimmer gehabt, wo sie Akten aufbewahren, Schecks ausstellen oder einfach die Tür abschließen konnten, wenn sie ihre Ruhe haben wollten. Nach Orels Geburt (seine Brüder hatten ihn früher O. J. genannt, benutzten den Spitznamen inzwischen aber nicht mehr), hatten die beiden großen Jungs sich ein Etagenbett teilen müssen, bis schließlich alle einsahen, daß das Zimmer mit seinen zehn Quadratmetern für die drei Kinder, die Betten und das ganze andere Zeug einfach zu klein war. Isaac, der Älteste, hatte daraufhin das Arbeitszimmer bekommen.

Jetzt, seit Rita bei ihnen wohnte, hatten sie Platzprobleme. Die Hälfte des Wohnzimmers, der Bereich um das Sofa, war mit einem Paravent für Rita abgeteilt. Der einzige Ort, wo man sitzen konnte, war die Küche. Glitskys Lehnsessel stand zwar noch im Wohnzimmer, dort, wo er immer gestanden hatte, aber es war ihm unangenehm, darin zu sitzen, während Rita in der anderen Hälfte des Zimmers einzuschlafen versuchte.

Deshalb setzte er sich jetzt an den Küchentisch, kochte sich einen Tee, trank ihn und ließ die Geister der Vergangenheit auf sich wirken.

Glitsky trug seine Waffe normalerweise immer bei sich, auch zu Hause, doch heute früh, als er zu dem Treffen aufgebrochen war, hatte er das Halfter im Schlafzimmerschrank hängengelassen. Deshalb griff er sich, als er das Poltern hörte, schnell ein Fleischmesser aus dem Messerblock. Er schaltete das Licht im Flur an, der nach hinten zu Isaacs Zimmer führte.

Dort war alles ruhig.

Erschöpft stand Glitsky in der offenen Tür und atmete schwer. Nach all den Geschehnissen der Nacht war er kurz davor zu explodieren. Wenn irgend jemand in sein Heim eindrang …

Das einzige Licht war das im Flur, aber Isaacs Zimmer war nicht viel größer als ein Brotkasten und ausreichend erhellt. Er lag in seine Decken gewickelt, Glitsky sah, wie sie sich auf und ab bewegten.

Die Hintertür war verschlossen. Vielleicht ein Waschbär, der in einer Mülltonne stöberte und dabei den Deckel auf den Betonboden geworfen hatte, dachte Glitsky. Die Leute waren immer überrascht, das zu hören, aber es gab viele Waschbären in der Stadt. Sie waren groß und furchtlos wie Bulldoggen und vermehrten sich im Unterholz des Presidio wie die Kaninchen.

Als Glitsky wieder an Isaacs Tür vorbeikam, warf er erneut einen Blick hinein. Immer noch zugedeckt. Er sah regelmäßig nach den Jungs, bevor er schlafen ging, egal, wann er nach Hause kam. Nicht, daß es jemals wirklich notwendig gewesen wäre. Es war ihm einfach zur Gewohnheit geworden – zu ihren

Betten zu gehen, in ihre Gesichter zu schauen, zu sehen, wie sie atmeten, daß sie richtig zugedeckt waren. Dinge, die Väter eben taten.

Drei Schritte bis zum Bett. Er beugte sich hinunter und wollte gerade vorsichtig die Decke von Ikes Kopf zurückziehen, als er am Fußende unter der Decke Schuhe hervorragen sah. Normalerweise schlief Ike nicht in Schuhen.

»He«, flüsterte er, setzte sich auf die Bettkante und legte eine Hand auf die Schulter seines Sohns. »Netter Versuch.« Die unförmige Gestalt lag noch einige Sekunden reglos da. Mit einem Seufzer legte Glitsky das Messer auf den Schreibtisch, stützte die Ellbogen auf die Knie und faltete die Hände.

Die Decke bewegte sich, und Glitsky zog sie weg. Sein ältester Sohn, der nächsten Monat siebzehn wurde – hatte geweint und war vollständig bekleidet.

Glitsky wollte den Jungen zu sich ziehen, einen Arm um ihn legen, ihn an sich drücken. »Komm mal her.«

Aber Isaac fuhr zurück. »Laß mich in Ruhe!«

Als Glitsky das von ihm zum ersten Mal gehört hatte, hatte er sich gefühlt, als habe jemand ihm das letzte heile Stück des Herzens herausgerissen und sei darauf herumgetrampelt. Er war zwar noch nicht daran gewöhnt, hatte es mittlerweile aber oft genug gehört, um nicht mehr so verletzt zu sein. »In Ordnung.« Er riß sich zusammen, und seine Stimme klang gelassen, als hätte er sich unter Kontrolle: »Warst du draußen?«

Keine Antwort.

»Tu mir den Gefallen und geh nicht raus. Es geht schlimm zu da draußen.«

Immer noch keine Antwort.

»Hast du die Sirenen gehört? Sie haben heute abend einen Schwarzen gelyncht, keine zehn Querstraßen von hier. Es ist nicht sicher draußen.«

Isaac war zu einem Viertel schwarz, hatte eine recht helle Haut und das Kraushaar seines Vaters.

Aber jeder, der nur ein bißchen schwarz aussah, kannte die Realität. Man war weiß, oder man war nicht weiß. Schwarz.

Glitsky sah seinem Sohn in die Augen, der alles versuchte, um diesem Blick auszuweichen. Im Justizgebäude erlebte Glitsky das jeden Tag oft genug. Er würde es nicht zulassen, diesen Jungen oder dessen Brüder zu verlieren. Aber er war davon überzeugt, daß die Menschen Respekt vor sich selbst haben mußten, um von anderen respektiert zu werden. Er fuhr fort: »Der Familienrat hält eine Versammlung ab und hat mich nicht eingeladen?«

»Der Familienrat ist ein Witz.«

Glitsky hatte den Familienrat in den ersten Monaten eingeführt, als er und die Jungs versucht hatten, ohne Flo zu überleben. Der Familienrat bestand aus ihnen vieren und Rita, der Haushälterin. Die Erwachsenen hatten je zwei Stimmen, die Jungs je eine, so daß sie Glitsky oder Rita überstimmen konnten, wenn sie sich untereinander einig waren.

Der Familienrat hatte sie durch die rauhe See geführt, als die Jungs das Gefühl gehabt hatten, daß es keine Ordnung mehr gebe und das Leben unsicher sei. Glitsky glaubte, der Familienrat habe ihnen wieder ein wenig Sicherheit vermittelt. Es gab oft Anlaß zum Streit, aber Streit war in Ordnung. Glitsky konnte Streit vertragen. Nur Schweigen war ihm zuwider.

Wie jetzt.

Er stand auf. »Sieh her, Ike, sieh mich an.«

Sein Sohn rückte zur Seite, damit das Licht, das vom Flur hereinfiel, ihn nicht blendete und sah auf. Die Augen waren rot. »Du warst nicht zu Hause. Als ich gehört habe, wie du gegangen bist ...«

»Es gab einen Notfall in der Innenstadt, Ike. In der ganzen Stadt. Sie haben mich angerufen. Ich mußte weg.«

»Du mußt immer weg.«

Glitsky fuhr sich mit einer Hand durchs Haar. »Ich weiß«, sagte er. Er war zu müde, um sich jetzt darauf einzulassen. Es stimmte, na und? »Ich will nicht, daß du da hingehst, Isaac. Nicht in den nächsten Tagen.«

»Du gibst mir Hausarrest? Mitten im Sommer gibst du mir Hausarrest?«

»Ich sage nur, daß ich nicht will, daß ihr Jungs da hingeht.«

»Für wie lange?«

»Ich weiß nicht. Vielleicht für ein, zwei Tage. Ich weiß es nicht. Es ist nicht sicher da draußen.«

»Ah, aber für dich ist es sicher, was?«

Glitsky haßte den Ton, den er jetzt anschlagen mußte, aber es war sein Haus, und seine Söhne hatten seine Regeln zu beachten. »Mach mir keinen Kummer, Ike. Wir können morgen früh darüber reden.«

Er hatte das Bedürfnis, seinen Sohn anzufassen und ihn zu berühren, dem Ganzen die Schärfe zu nehmen, es zu erklären, doch er wagte es nicht. Es würde nur eskalieren, wie alles andere auch. Er stand auf. »Schlaf gut.«

Er schloß hinter sich die Tür.

Rita schlief. Glitsky hörte ihr regelmäßiges Atmen auf der anderen Seite des Paravents, während er sich auf ›seiner‹ Seite des Wohnzimmers in seinem alten Sessel niederließ.

Er schloß die Augen und merkte, daß er nicht die Kraft hatte, gegen das Bild von Loretta Wager und ihrer jungen Tochter Elaine anzukämpfen. Das frischere Bild Elaines legte sich wie ein dünnes Pergament über das Gesicht ihrer Mutter. Plötzlich – er war erschöpft und emotional aufgewühlt, und vielleicht schlummerte er im ersten Licht der Morgendämmerung gerade ein –, plötzlich war da wieder das Bild von Loretta Wager, wie er sie aus College-Zeiten kannte … Das Apartment mit dem Huey-Newton-Stuhl und den riesigen Postern von Eldrige Cleavers ›Soul on Ice‹ und von Stevie Wonders ›Songs In The Key of Life‹ an den Wänden, und Martin Luther King mit seinem Traum und davor die durchsichtige Menschenmenge.

Loretta hatte Glitsky damals gebeten, mit ihr gemeinsam einige der Neulinge im Team von San José durchzugehen und geeignete Kandidaten auszuwählen, die sie für die BSU, die Black Student Union, aufstellen könnten. Glitsky hatte sich eingeredet, es sei eine harmlose Einladung, und gleichzeitig gehofft, es sei mehr als das. Aber er hatte nicht gewagt, sich das einzugestehen. Sie waren in ihrem Schlafzimmer, gingen tatsächlich die Listen durch, als Loretta sich entschuldigte und hinausging, um eine Cola oder irgend etwas zu holen. Dann rief sie seinen Namen.

Mit ihren zweiundzwanzig Jahren hatte sie einen nahezu perfekten Körper. Glitsky hielt sie für eine Göttin, als sie sich nackt, mit gespreizten Beinen, auf dem Sofa im Wohnzimmer räkelte, die schräg einfallenden Strahlen der Nachmittagssonne auf dem Körper, und sich mit den Fingern streichelte. Sie fragte ihn, ob er Angst vor ihr habe, ob er sie wolle und ob er Manns genug sei, sie zu nehmen …

Abrupt setzte er sich auf und öffnete die Augen. Er fühlte sich wie ein Idiot. Er hing im Armsessel und schwelgte mit einer beginnenden Erektion in den Erinnerungen an eine Jugendbegegnung, während auf der anderen Seite des Paravents das Kindermädchen seiner Söhne schlief und draußen die Stadt in Flammen stand.

Angewidert stand er auf und ging ins Schlafzimmer. Auf der Kommode stand Flos Bild und lächelte ihn an. Er löschte das Deckenlicht, zog sich im Halbdunkel aus und fiel ins Bett.

Er wollte Flo nicht lächeln sehen, wollte nicht von einer romantischen Begegnung mit Loretta Wager phantasieren, wollte schon gar nicht daran denken, was in einigen Stunden geschehen würde, wenn die Sonne aufging, wie an jedem Tag.

Er kämpfte um den Schlaf, um das Vergessen.

Es fiel ihm noch immer schwer.

# 11

Nachdem Kevin Shea sich eine Stunde nach Sonnenaufgang endlich aus dem Bett gequält hatte, stand er vor dem breiten rückwärtigen Fenster und sah hinaus. Nichts da draußen deutete darauf hin, daß die Gegend mit der Armut kämpfte. Seine Wohnung in der Green Street lag am Rand von Cow Hollow, dessen pulsierende Hauptstraße die Union Street war, die berühmteste Yuppiemeile von San Francisco. Hinter der Union Street lagen die wohlhabenderen Viertel Fort Mason und Marina. Wenn Shea nach rechts gen Osten blickte, konnte er ein Stück von Russian Hill und der glitzernden Bucht dahinter erhaschen. Links bot die grüne Fläche des Presidio einen üppigen Vordergrund für die roten Spitzen der Golden Gate Bridge.

Sieben einzelne Rauchsäulen stiegen an diesem Morgen aus dem Panorama empor. Als Shea das Fenster einen Spalt öffnete, um sein Blickfeld zu erweitern, hörte er das andauernde Heulen von Sirenen, die sich unten in den Straßen näherten, dann wieder entfernten. Er schloß das Fenster und zog die Jalousie herunter, um das Wohnzimmer zu verdunkeln.

Er ging in die Küche und kämpfte mit den Kaffeebohnen, verschüttete die Hälfte, bevor er sie endlich in der elektrischen Kaffeemühle unterbrachte. Er stellte etwas Wasser auf den Herd, schaltete den Fernseher ein und schob sich mit der Hüfte den gelben Stuhl zurecht.

Er hoffte, daß er sich die Schulter nur verrenkt hatte. Sie war jetzt wieder etwas beweglicher und schmerzte in bestimmten Positionen nicht mehr, und das wäre anders, wenn sie gebrochen wäre, dachte er. Nur die Rippen schmerzten noch immer höllisch.

Er füllte einen Bierkrug mit Kaffee und ließ sich dann fast waagerecht in den Sessel aus abgenutztem, zerrissenem gelbem Kunstleder sinken. Er saß zu niedrig, um über eines der Fenstersimse sehen zu können, aber die Vorhänge waren sowieso zugezogen.

Melanie hatte dem, was sie im Fernsehen über Sheas Rolle bei den Ereignissen von gestern abend gesagt hatten, anfangs Glauben geschenkt. Hatte sie wirklich gedacht, er habe diesen Lynchmob angeführt? Sie hätte wissen müssen, daß er dazu nicht fähig wäre. Wenn sogar Melanie glaubte, daß er etwas damit zu tun hatte, waren ein paar gebrochene Rippen nicht sein einziges Problem. Trotz der Benommenheit, die ihm der Kater verursacht hatte, war es ihm gelungen, sie zu fragen, wie sie, um Himmels willen, so von ihm habe denken können.

»Sieh dir das Foto an«, hatte sie gesagt und eingehängt.

Der Fernseher warf ein mattes Licht in das Halbdunkel des Zimmers. Shea hockte nach einer heftigen Schmerzattacke gekrümmt im Sessel und schlürfte seinen Kaffee. Auf der Mattscheibe erschien in Großaufnahme ein Reporter der Frühnachrichten:

»Hauptthema hier und im ganzen Land sind heute der Lynchmord an einem schwarzen Rechtsanwalt durch einen weißen Mob gestern abend in San Francisco sowie die schreckliche Eskalation der Gewalt und der Unruhen, die über das Bay-Gebiet hinweggefegt sind und sich bereits auf andere große Städte wie New York, Chicago, Atlanta, Detroit, Washington DC und Los Angeles ausgeweitet haben. Hier, in San Francisco, hat Bürgermeister Conrad Aiken eine Ausgangssperre von der Abenddämmerung bis in die Morgenstunden gefordert und den Gouverneur gebeten, den Notstand für die Stadt und den gesamten Bezirk auszurufen. Der Sachschaden wird bereits auf rund zweihundertfünfzig Millionen Dollar geschätzt, und diese Summe wird sicherlich noch steigen, vielleicht sogar in Milliardenhöhe. Das Rote Kreuz und andere Hilfsorganisationen errichten im Golden Gate Park, im Dolores Park, in Marina Green und an mehreren anderen Stellen in der City Zeltstädte und medizinische Notversorgungszentren für diejenigen, die Schutz oder Hilfe benötigen, und selbst zu dieser frühen Stunde strömen bereits zahlreiche Menschen dorthin. Unsere Nachrichtenteams melden neunzehn Brände in verschiedenen Vierteln, die noch nicht gelöscht sind, einschließlich des Brandes am Tatort des Mordes selbst. Dorthin schalten wir jetzt live …«

Shea vergaß den Kaffee. Das Feuer, das nun auf dem Bildschirm flackerte, schien den gesamten Häuserblock zu verschlingen, der von der Geary (mit der Cavern Tavern) und der Clement Street sowie der Zweiten und der Dritten Straße umrahmt wurde – Geschäfte und Zweifamilienhäuser.

Der Reporter sagte zu der Journalistin, die beide vor den Bildern der Flammen zu sehen waren: »Soweit uns bekannt ist, Terri, sind die Behörden über diesen Brand besonders besorgt …«

»Das ist richtig, Mark. Hier wird man mit ganz anderen Reaktionen konfrontiert als mit der Frustration und der Wut, die wir in Los Angeles nach dem Rodney-King-Urteil erlebt haben. Wie Sie wissen, stehen wir hier nicht in einem Ghetto, außerdem war die Polizei in den frühen Morgenstunden am Tatort. Die Brände brachen erst später aus, als aus einem fahrenden Auto heraus ein Brandbombenanschlag verübt wurde, der der ehemaligen Cavern Tavern galt, wo sich der Mob zusammengerottet haben soll.«

»Ein Anschlag?«

»Ja. Zeugen berichteten, mehrere Autos hätten sich gleichzeitig genähert, die Polizeisperren durchbrochen, dann wurden aus den Fenstern der Fahrzeuge Molotow-Cocktails geworfen. Zum Glück waren nicht viele Menschen auf der Straße, sonst wäre es vielleicht noch schlimmer gekommen. Aus den Autos wurde auch auf die Polizisten geschossen, zwei von ihnen sind verletzt. Es scheint eher ein geplanter Angriff als ein spontaner Wutausbruch gewesen zu sein.«

»Der Ruf zu den Waffen? Der Anfang eines Bürgerkriegs?«

Terri schüttelte den Kopf. »Hoffen wir es nicht, Mark, aber es wäre möglich … Es wäre in der Tat möglich.«

Und dann, als Shea das Bild sah – *sein eigenes Bild* –, hörte er den Moderator sagen: »So hat alles angefangen. Polizeichef Dan Rigby vermutet, daß es eine inoffizielle Gedenkfeier für einen Mann namens Michael Mullen gegeben hat, der vor zwei Wochen von einem Autodieb erschossen wurde. Der Mann, den man wegen dieses Verbrechens verhaftet hatte, ist ein Schwarzer namens Jerohm Reese, und er …«

Sie ließen das Bild, auf dem Sheas Gesicht deutlich zu erkennen war, eingeblendet. Shea fand, daß das Bild genau das zeigte, was er getan hatte – er hatte den Mann gehalten und versucht, ihm das Messer zu geben, damit er sich losschneiden konnte. Seine Aufmerksamkeit wandte sich wieder dem Sprecher zu. »... und der Bürgermeister bittet diesen bisher noch nicht identifizierten Mann, sich zu stellen ...«

Sie zeigten den Bürgermeister, der, ohne Jacke und noch vor der Morgendämmerung, irgendwo auf der Straße stand und sehr verstört aussah. Hinter ihm brannte ein Feuer. »Wir dürfen nicht zulassen, daß diese Ereignisse uns spalten«, sagte er eben. »Es darf nicht um *Schwarz gegen Weiß* gehen. Die Täter sind ein paar irregeführte weiße Männer, die das Gesetz gebrochen haben und ihre Strafe bekommen werden. Jeder anständige Mensch in San Francisco – und das ist die überwältigende Mehrzahl von uns – möchte, daß diese Leute und besonders ihr Anführer vor Gericht gebracht werden.«

Ungläubig sah Shea weiter zu. Senatorin Loretta Wager war in der Nacht eingeflogen worden, und die Reporter hatten sie am Flughafen abgefangen, als sie eben aus dem Flugzeug stieg. »Natürlich«, sagte sie, »muß der erste Schritt – bevor wir auch nur davon reden können, die Wunden zu heilen – die redliche Bemühung der Behörden San Franciscos sein, diese Mörder zu fassen, um den Minderheiten und allen anderen zu zeigen, daß eine solche, auf Haß basierende Gesetzlosigkeit nicht toleriert wird. Schöne Reden helfen uns nicht weiter, wir brauchen Ergebnisse. Wir haben genug Reden gehört. Wenn der Bürgermeister und der Polizeichef wollen, daß wir ihnen glauben, daß sie wirklich um die schwarze Gemeinde und alle anderen anständigen Bürger besorgt sind, dann muß dieser Mann auf dem Foto sowie die anderen gefunden und vor Gericht gebracht werden. Und zwar schnell. Führen Sie sie der Gerechtigkeit zu, die sie Arthur Wade verwehrt haben. Und wenn sie schuldig gesprochen werden, sollen sie eine Strafe erhalten, die diesem Verbrechen angemessen ist.«

Sheas Kaffee war so kalt wie sein Schweiß. Als die Nachrichten wegen der Werbung unterbrochen wurden, spürte er die Rippen und den Arm nicht mehr. Draußen heulte erneut eine Sirene auf.

# 12

Lieutenant Abe Glitsky saß an seinem Schreibtisch im Morddezernat, das in der vierten Etage des Justizgebäudes untergebracht war. Nachdem er eine Stunde vergeblich versucht hatte einzuschlafen, hatte er es aufgegeben und war zurück in die Innenstadt gefahren. Seit Viertel nach acht bemühte er sich, den Wahnsinn in den Griff zu bekommen und die Aktivitäten seiner Abteilung zu koordinieren, die schon vor den gestrigen Ereignissen bis zum Hals mit Mordfällen eingedeckt war – Mord nach einer Auseinandersetzung in der Familie, Gelegenheitsmord, Drogenmord, sinnloser, dummer Mord ... der ganz normale Wahnsinn in den Straßen dieser Stadt.

Der Arbeitstag hatte offiziell noch nicht einmal begonnen, und er hatte – ohne Arthur Wade und den ›unaufgeklärten‹ Mord an Mike Mullen – schon wieder zwei Mordfälle auf dem Tisch: Opfer der Ausschreitungen. Ein dreijähriges weißes Kind war in einem der Zweifamilienhäuser verbrannt, die im Anschluß an den Brandbombenanschlag auf die Cavern in Flammen aufgegangen waren, und ein koreanischer Ladenbesitzer war von einem Ziegelstein am Kopf getroffen worden, während er versucht hatte, seinen Obst- und Gemüseladen im unteren Teil der Fillmore Street zu verteidigen.

Man konnte nicht unbedingt sagen, Glitsky verfolge bei seiner Arbeit eine Politik der offenen Tür – sein Büro hatte nämlich keine Tür. Früher war eine da gewesen, aber sie war eines Tages entfernt worden, weil sie lackiert oder gestrichen werden sollte, und hatte nie wieder den Weg zurück gefunden. Wenn jemand mit dem Lieutenant sprechen wollte, ging er einfach in den großen Raum mit den zwölf Schreibtischen der Sonderkommission des Morddezernats, wandte sich nach links und betrat das Allerheiligste, ein zwanzig Quadratmeter großes, mit einer dünnen Wand abgetrenntes Büro.

Es gab zwei Fenster. Von Glitskys Schreibtisch aus gesehen rechts befand sich der doppeltürige Durchgang zur Sonderkommission, ein Warnsystem, das ihm – sofern er hinsah – in der Regel zu spät sagte, wer im nächsten Moment durch die Tür kommen würde. Das Panorama vor ihm hatte wenig mit dem Panorama der Stadt zu tun, das auf den Postkarten abgebildet war – die Bucht, Golden Gate. Im Vordergrund standen die alten, abgeschabten und unaufgeräumten Schreibtische der Beamten des Morddezernats und eine farblose Betonsäule, an der offizielle Mitteilungen für die Abteilung hingen, aber auch Steckbriefe, Witzfaxe, die in den Büros die Runde machten, Fotos von männlichen und weiblichen Prostituierten, die eine oder andere Aufnahme aus dem Leichenschauhaus, vergilbte Zeitungsartikel ... Die Säule war das inoffizielle Schwarze Brett der Abteilung.

Hinter den Schreibtischen und der Säule war ein zwei Meter breites, unterteiltes Fenster, auf dessen Scheiben dicker Schmutz klebte, durch die man früher – wenn der Nebel es zuließ – die Hauptverkehrsader, den pulsierenden Freeway 101, und dahinter die Häuserdächer südlich der Market Street sehen konnte. An klaren Tagen hatte sich in der Ferne das Prachtviertel Nob Hill mit den legendären Hotels, der berühmten Architektur und der ruhmreichen Vergangenheit erhoben.

Seit zwei Jahren bestand die Aussicht durch die mit Ruß befleckten Scheiben allerdings nur noch aus Teilen der zweiten, dritten und vierten Etage des neuen Gefängnisses, eines von einem Architektenkomitee entworfenen Ungeheuers, dessen abgerundete Glas- und Chromfassade ästhetisch irgendwie mit der plumpen grauen Schachtel, die das Justizgebäude nun einmal war, verschmelzen sollte.

Außerhalb der Abteilungsräume befand sich ein kleiner Empfangsbereich, der aufgrund von Etatkürzungen seit vier Jahren nicht mehr bemannt – oder befraut – war, so daß jeder, der Lust hatte, sowohl in den offenen Bereich als auch in Glitskys Büro kommen konnte.

Glitsky liebte die Sekunden, wenn im Fernsehen der Summton der Telefonanlage ertönte, der TV-Lieutenant »Ja?« sagte und ihn die Empfangsdame – normalerweise eine voll geschminkte zwanzigjährige Wahnsinnsbraut ohne Uniform – informierte, daß der Bürgermeister oder der Staatsanwalt oder

Mister Flocksmith zu einem Termin erschienen sei, worauf der Lieutenant seufzend erwiderte: »Lassen Sie ihn einen Moment warten, Marcia, und schicken Sie ihn dann rein.« Ja, er liebte das.

Chris Locke kam durch den Türrahmen, trat vor Glitskys Schreibtisch, beugte sich hinunter und stützte sich auf die Fingerknöchel, bevor der Lieutenant auch nur die Gelegenheit hatte aufzusehen.

»Ich möchte Sie gern kurz sprechen, Abe, haben Sie eine Minute Zeit?«

»Kommen Sie herein, Chris. Machen Sie es sich bequem.«

Locke war allein, was Glitsky ungewöhnlich fand. Er überlegte, ob der Staatsanwalt von zu Hause kam, vielleicht etwas geschlafen hatte. Er trug denselben Mantel und dieselbe Krawatte wie in den frühen Morgenstunden.

Glitsky lehnte sich zurück. Weil er gezwungen war, zu dem Bezirksstaatsanwalt aufzusehen, kam ihm der Gedanke, daß Locke es womöglich genoß, in so ungleichen Positionen zu kommunizieren. Also stand er auf. Locke war ein großer Mann, aber Glitsky war ein paar Zentimeter größer. »Kaffee, Chris? Tee?«

Locke kaufte ihm die Gastfreundschaft nicht ab. »Abe, ich bin verwirrt.«

»Das bin ich auch, Chris. Die ganze Zeit. Aber ich mache mir deswegen keine Sorgen mehr.«

Locke nahm die Hände von Glitskys Schreibtisch. Er gehörte zu den Leuten, dachte Glitsky, die es nicht ertrugen, sich *nicht* irgendwo aufzustützen oder anzulehnen, und kaum hatte Locke sich aufgerichtet, da drehte er sich auch schon um und setzte sich mit dem Hinterteil auf die Schreibtischkante.

Glitsky verschränkte die Hände hinter dem Rücken und machte es sich im Stehen bequem.

»Ich dachte immer, wir würden uns verstehen«, begann Locke, »und dann erzählen Sie heute morgen diesen Mist über Jerohm Reese. Darf ich annehmen, daß Sie mit meiner Entscheidung, ihn freizulassen, nicht einverstanden waren, auch wenn wir nie im Leben eine Chance gehabt hätten, ihn zu verurteilen?«

»Kann schon sein.«

»Was heißt das?«

»Ich hielt es für ein wenig … sagen wir: überstürzt, Reese gehen zu lassen, Chris, nachdem wir uns die Mühe gemacht hatten, ihn zu finden, zu verhaften, einzubuchten und so weiter.«

Locke riß ein Stück Tesafilm von der Rolle auf Glitskys Schreibtisch und rollte es zwischen den Fingern zusammen. »Eigentlich geht es Ihnen um die Sache mit der Ernennung zum Lieutenant, nicht wahr?«

Abe wußte, worauf er anspielte. Er sprach von der Prüfung, die Glitsky vor einem Jahr abgelegt hatte, um zu beweisen, daß er für eine Beförderung zum Lieutenant qualifiziert war. Während die Kandidaten auf die Ergebnisse gewartet hatten, hatte Locke Glitsky in sein Büro rufen lassen und ihm mitgeteilt, daß er seine Beziehungen einsetzen werde, damit er, Glitsky, zum Lieutenant aufsteige, selbst wenn er die Prüfung nicht bestehe. Locke hatte gesagt, daß ›farbige Menschen‹ in solchen Prüfungsverfahren diskriminiert würden, Glitsky aber ein guter Polizist sei und die Beförderung verdient habe, auch wenn seine Noten den Anforderungen vielleicht nicht entsprächen.

Glitsky hatte das als Beleidigung empfunden (er erhielt dann mit 97 Punkten die zweitbeste Note unter allen Kandidaten). Ihm gefiel auch Lockes durchsichtige Strategie nicht, sich einzuschmeicheln und Lieutenants um sich zu scharen, denen er einen ›Gefallen‹ getan hatte.

»Ein bißchen, Chris«, gab Glitsky zu. »Aber hauptsächlich geht es einfach nur um den guten alten Jerohm Reese. Und jetzt natürlich auch um alles andere.« Er deutete mit dem Kopf nach draußen.

Immer noch mit dem Tesastreifen zwischen seinen Fingern beschäftigt, sagte Locke seufzend: »Könnten wir bezüglich Reese irgend etwas tun, das uns helfen würde?«

»Zum Beispiel, ihn wieder verhaften? Das bezweifle ich. Aber ich dachte gestern abend, daß es vielleicht hilfreich wäre, wenn der Bürgermeister andeutungsweise verstehen würde, was die ganze Katastrophe überhaupt ausgelöst hat.«

»Der Lynchmord an Arthur Wade hat die ganze Katastrophe ausgelöst, Abe. Und die Ergreifung des Mannes, der den Mob angeführt hat, wird sie beenden.«

»Glauben Sie das wirklich?«

»Ja, das tue ich, Abe. Und ich bin nicht der einzige.«

Glitsky hielt einen Augenblick die Luft an, atmete dann langsam aus. Er war noch nicht lange in dieser sogenannten ›Führungsposition‹, und in seinem Herzen in erster Linie immer noch ein Mann der Straße, der die Interessen der Opfer vertrat, Beweise sammelte, Verhaftungen vornahm. Seine ganze Ausbildung und Erfahrung bestand darin, die Gesetze und Vorschriften anzuwenden, nicht, sie zu machen oder zu interpretieren. Jetzt, als Leiter der Abteilung, roch er Veränderungen, und es roch nicht gut. »Wie ich gestern abend schon sagte, Chris: Wir untersuchen die Angelegenheit.«

Locke trat einen Schritt näher und beugte sich über den Schreibtisch. »Ich weiß nicht, ob es damit getan ist, Abe. Ich bezweifle, daß das reichen wird.«

# 13

Sheas Hand lag auf dem Telefon.

Er hatte zwei der Jalousien hochgezogen, so daß er sehen konnte, was draußen geschah. Der Fernseher blieb eingeschaltet.

Er war zu dem Schluß gekommen, daß er nur eine Möglichkeit hatte – die Polizei anzurufen und sich freiwillig zu stellen. Zu erzählen, was wirklich geschehen war. Je länger er die Sache laufen ließ, desto mehr würde diese verrückte Interpretation für Realität gehalten werden. Er mußte dem *sofort* ein Ende setzen. Er nahm den Hörer ab.

Plötzlich füllte das Gesicht von Philip Mohandas den Bildschirm. Mohandas war der Anführer der African-Nation-Bewegung und die Stimme der afroamerikanischen Separatisten. Shea hatte in seiner Dissertation – *Von der Rassentrennung zur Integration, von der Integration zur Rassentrennung* – ein ganzes Kapitel über Mohandas geschrieben. Das Gesicht auf dem Bildschirm nahm seine Aufmerksamkeit gefangen. Wie zuvor der Bürgermeister, sprach auch Mohandas im Freien und live, offenbar aus einem der städtischen Wohnprojekte. Er war mitten im Satz, als sich der Sender zuschaltete:

»... glauben wir nicht, daß die weiße Regierung den Anführer des Mobs nicht kennt, der Arthur Wade ermordet hat. Wir akzeptieren ihre Lügen nicht. Wir glauben ihnen nicht, daß sie die Schuldigen wirklich bestrafen wollen, weil das Gesetz des weißen Mannes den weißen Mann nicht bestraft. Wenn wir Gerechtigkeit wollen, müssen wir selbst dafür sorgen. Wenn wir unsere Straßen wieder für uns haben wollen, müssen wir sie uns nehmen!«

Das glänzende Gesicht wandte sich ihm zu. Intuitiv schien Mohandas zu wissen, wo die Kamera war. »Du bist da draußen«, sagte er und zeigte über den Fernseher auf Shea, »wir wissen, daß du da bist. Wir werden dich finden, und dann wirst du bezahlen.«

Das Bild von Mohandas wurde ausgeblendet, und Shea sah wieder sein eigenes Foto, in einer undeutlichen Vergrößerung. Die Einstellung wechselte auf ein anderes Bild. Der Reporter erläuterte das Bild, doch Shea brauchte keine Erläuterungen. Er sah sein Gesicht in der Mitte eines Steckbriefs, der eine Belohnung von einhunderttausend Dollar auslobte.

Plötzlich drangen die Stimmen der Moderatoren wieder in sein Bewußtsein. »... abstreiten, daß hier praktisch ein Vertrag über das Leben dieses Mannes abgeschlossen wird, nicht wahr, Karen?«

»Richtig, Mark, aber hier auf der Straße heißt es, das Geld wird für den Tod des Mannes geboten. Selbst wenn jemand ihn nach seiner Verhaftung erwischen oder er bereits im Gefängnis sitzen sollte ...«

Shea legte den Hörer wieder auf. Aus der guten Idee, die Polizei anzurufen und sich zu stellen, war soeben eine schlechte geworden.

Melanie Sinclair hatte ihres Wissens noch nie etwas falsch gemacht, bis sie Kevin Shea getroffen hatte, und jetzt schien alles, was sie anfaßte, danebenzugehen. Am wenigsten hatte sie ihn verärgern, ihm Vorwürfe machen, ihn in die Defensive drängen wollen. Denn sie hatte verstanden, daß sie ihn deshalb verloren hatte.

Aber dann sah sie im Fernsehen, was er gestern abend angeblich getan hatte. Sie wollte es nicht glauben, das konnte nicht *Kevin* sein. Aber was sollte sie davon halten?

Bevor sie Kevin Shea begegnet war, hatte Melanie sich immer bemüht, das Richtige zu tun, und sich im Laufe ihres Lebens daran gewöhnt. Sie hatte in der Schule immer die besten Noten bekommen, ihre Schuhe ordentlich nebeneinander in den Schrank unter die farbig markierten Kleiderbügel gestellt, auf denen – in dieser Reihenfolge – Kleider, Röcke, Hosen, Blusen, Mäntel, Pullover und Westen hingen. Sie hatte ihr Haar jeden Abend ausgiebig gekämmt, besaß ein natürliches, offenes Lächeln und war für jede Gruppierung, der sie beitrat, ein Gewinn. Sie liebte ihre Eltern, ihren jüngeren Bruder und ihre Schwester, und die empfanden das gleiche für sie.

Bis jetzt – sie war einundzwanzig – hatte ihr so glatt verlaufenes Leben erst einen ernsthaften Rückschlag erlitten: Kevin Shea, der in vielerlei Hinsicht genau das Gegenteil von ihr war. Aber zogen sich Gegensätze nicht an?

Es hätte funktionieren müssen. Kevin war im richtigen Alter für sie, ungebunden, und eine Aura von Klugheit und Erfahrung umgab ihn. Ganz gleich, welche Fehler er hatte – keiner davon im übrigen allzu schwerwiegend –, Melanie konnte ihm helfen, dagegen anzukämpfen, und sich dadurch seine Anerkennung und Liebe sichern. Außerdem hatte sie sich, um die Wahrheit zu sagen, körperlich stark von ihm angezogen gefühlt. Sie wußte, daß das wichtig war.

Wie wichtig, konnte sie jedoch so lange nicht sagen, wie sie noch Jungfrau war. Sie hatte beschlossen, daß Kevin Shea der Mann sei, der sie entjungfern und dann heiraten würde. Melanie Sinclair glaubte wie ihre ganze Familie an die traditionellen Wertvorstellungen und Tugenden.

Einige Monate lang hatte es funktioniert. Melanie war attraktiv, hatte glänzendes kastanienbraunes Haar, schöne Brüste, gutgeformte Beine. Sie galt als gute Partie und war sich dessen auch bewußt. Kevin Shea war der Mann, der diese gute Partie machen sollte. Vor drei Wochen – fünf Monate nach ihrer ersten Verabredung, zwei Monate nachdem sie zum ersten Mal miteinander geschlafen hatten – hatte er sich verabschiedet.

Einfach so.

Es tue ihm leid, aber er liebe sie nicht und wolle sich nicht ändern, wolle, zum Beispiel, nicht mit dem Trinken aufhören. Er hatte gesagt, *sie* solle versuchen, sich zu ändern, sie müsse lockerer werden. Die Menschen sollten sich zwar bemühen, Außergewöhnliches zu leisten, hatte er gesagt, aber nicht, perfekt zu sein. Perfektion sei im Grunde nicht erreichbar und darüber hinaus langweilig. Außergewöhnlich zu sein liege wenigstens im Bereich des Möglichen und sei etwas, das man anstreben könne …

Zur Hölle mit ihm, hatte sie in ihrer ersten Reaktion gedacht. Und: was für eine blödsinnige Sicht der Dinge.

Aber sie war verletzt. O Gott, wie verletzt sie immer noch war! Auch sie hatte Gefühle …

Und jetzt hatte sie alles noch schlimmer gemacht. So mit ihm zu reden … sie hatte gehofft, etwas für ihn tun zu können.

Aber sie hatte den anklagenden Ton nicht aus ihrer Stimme verdrängen können. Warum nur? Sie liebte ihn. Sie *wußte*, daß er das, was ihm unterstellt wurde, nicht getan hatte, sie hatte einfach nur versucht, den Advocatus diaboli zu spielen, um ihm die Ernsthaftigkeit der Angelegenheit verständlich zu machen. Er hatte es auch ohne sie begriffen und kam allein damit zurecht, doch Melanie – dumme, dumme Melanie – hatte es nicht lassen können. Und jetzt hatte sie ihn wieder verloren …

Außerdem hatte Kevin Cindy nicht gemocht. Cindy Taylor, ihre beste Freundin. Auch das war ein großes Problem gewesen.

»Du bist für sie ein Werkzeug«, hatte er gesagt. »Sie benutzt dich, Mel, und du unterstützt sie dabei. Paß auf, sie ist eifersüchtig, sie benutzt dich.«

(Das war ein weiterer Punkt gewesen – er nannte sie Mel. Niemand hatte sie je Mel genannt, und so hatte sie ihn laufend deswegen korrigiert. Wie dumm …)

»Wie benutzt sie mich denn?«

»Sie drängt *dich* zurück, um selbst im Vordergrund zu stehen.« Dabei sah Cindy wirklich nicht wie Madonna aus. Kevin hatte ihr erzählt, Cindy habe ihn angemacht, was sie damals nicht hatte glauben wollen, weil Cindy ihr erzählt hatte, sie verschwende nicht einen Gedanken an Kevin. Doch jetzt fiel ihr ein, daß *Cindy* Kevin in der High School bemerkt, ihr – Melanies – Interesse an ihm geweckt hatte …

Doch das alles spielte jetzt keine Rolle mehr. Es war vorbei.

Cindy war immer noch ihre beste Freundin, und sie mußte mit jemandem reden … Die Tränen hörten nicht auf zu laufen. Sie wurde noch verrückt.


»Mein Gott, das *ist* Kevin.« Ihr Anruf hatte auch Cindy geweckt, aber Cindy war daran gewöhnt. »Was machst du jetzt?«

»Ich weiß es nicht. Als ich ihn angerufen habe, war er …« Melanie wollte »verkatert« sagen, brachte es aber nicht heraus.

»Was hat er gesagt?«

»Ich habe ihn kaum zu Wort kommen lassen. Ich habe nur gefragt, warum er das getan hat.«

»Und was hat er geantwortet?«

»Nichts.«

»Er hat es nicht einmal abgestritten?«

Melanie hatte den Schock dafür verantwortlich gemacht. Trotzdem war es eine Tatsache, daß er es nicht abgestritten hatte. »Nein …«

»Ich wußte, daß er zu so etwas fähig ist.« Die Art und Weise, wie Cindy sprach, bereitete Melanie Unbehagen. Kevin schien Eindruck auf sie gemacht zu haben, denn irgendwie fand sie die Reaktion zu heftig. Aber darüber wollte sie im Moment nicht nachdenken.

Sie schwiegen einen Moment. Melanie konnte Cindys Fernseher hören.

»Sie fordern alle, die ihn identifizieren können, auf, die Polizei zu verständigen«, sagte Cindy schließlich.

»Also, das werde ich sicher nicht tun.«

»Ich weiß nicht, Melanie.«

»Komm schon, Cindy. Wir sprechen von Kevin. Was sie auch sagen, er hat das nicht …«

»Aber es sieht wirklich so aus, als habe er … Oder nicht? Und wenn er es getan hat, sollte die Polizei …«

»Er hat es nicht getan. Ich weiß, daß er es nicht getan hat.«

»*Ich* weiß das nicht.«

»Cindy!« Cindy anzurufen war auch ein Fehler gewesen. Sie machte im Moment einfach alles falsch. »Cindy, mein Gott, du wirst nichts unternehmen, ja?«

Schweigen.

Dann sagte Melanie, so ruhig sie konnte: »Versprich mir, daß du nichts unternehmen wirst. Versprichst du's?«

Eine lange Pause. Dann: »Ich werde es versuchen, Liebes.«

## 14

»Kevin Shea. Vor ungefähr einer Stunde war er noch zu Hause. Die Kleine hat uns auch die Anschrift gegeben.«

Glitsky gefiel es gar nicht, daß man sich so auf einen einzigen Mann konzentrierte. Eine Menge Leute waren dabeigewesen, und selbst wenn dieser Kerl der Anführer war – so sah es ja aus –, trug er nicht allein die Schuld. Irgendwo in der Stadt befanden sich zwischen zwanzig und sechzig Personen, die ihre Hände im Spiel gehabt hatten. Glitsky hatte ein Team losgeschickt, um Jamie O'Toole, den Barkeeper der Cavern, zu bitten, bis zwölf Uhr mittags im Justizgebäude vorbeizukommen, um ein paar Fragen zu beantworten. Er wollte sich unbedingt auch mit Paul Westberg, dem Fotografen, unterhalten, dessen Identität er eben erfahren hatte.

Aber im Augenblick konnten sie nur mit diesem Kevin Shea weitermachen. Glitsky beorderte eine Streife zu der Anschrift, die ihnen mitgeteilt worden war. Dann überlegte er, daß es besser sei, zwei weitere Wagen als Verstärkung zu Sheas Wohnung zu schicken, und ging hinüber zum Büro des Polizeichefs, um sich über den neuesten Stand der Dinge in Sachen Bürokratie zu informieren.

»Um Ihnen die Wahrheit zu sagen, Lieutenant, ich weiß nicht, wie ich darauf reagieren soll. *Das* ist im Moment meine geringste Sorge.« Polizeichef Dan Rigby saß in einem Ledersessel hinter seinem Schreibtisch. Glitsky war seit knapp einem Jahr Abteilungsleiter, und die beiden Männer hatten bisher kaum miteinander zu tun gehabt. Als der Lieutenant jetzt gekommen war, um den Chef zu sprechen, hatte dieser ihn sofort hereingebeten.

Glitsky stand auf dem Perserteppich und sah über die glänzende Fläche des Mahagonischreibtisches hinweg, der ihn von seinem Boß trennte. Er fragte sich für einen kurzen Augenblick, ob Rigbys Schreibtisch in sein Büro passen würde. Vielleicht, dachte er, aber dann wäre es schwierig, im Zimmer herumzulaufen.

»Ich sage ja nur, Sir, daß wir, technisch gesehen, nicht viele Beweise haben, wenn wir Anklage ...«

»Was ist mit diesem Bild?« Rigby warf Glitsky einen hoffnungsvollen Blick zu, wußte aber genausogut wie sein Lieutenant, daß ein Foto wie das von Westberg eine ganze Reihe von Echtheitsprüfungen bestehen mußte, bevor es einer Grand Jury oder einem Untersuchungsrichter als zulässiges Beweisstück präsentiert werden konnte.

Glitsky stand unbeweglich vor ihm, als dächte er über die Worte des Polizeichefs nach. »Ja, Sir«, antwortete er schließlich. »Aber jemanden des Mordes anzuklagen, bevor die Grand Jury Gelegenheit hatte ...«

»Wie ich gehört habe, Lieutenant, brauchen wir sofort etwas, irgend etwas, wenn wir eine Hoffnung haben wollen, diese Sache überhaupt in den Griff zu bekommen.«

»Mr. Locke ist heute morgen bei mir im Büro vorbeigekommen und hat ziemlich genau dasselbe gesagt. Ich habe es also auch vernommen, aber es macht mich, offen gesagt, nervös. Deshalb bin ich gekommen, um mit Ihnen zu reden. Ich weiß nicht genau, wie ich die Sache angehen soll ...«

»Was wollen Sie denn angehen? Wir verhaften den Kerl, buchten ihn ein, überreichen ihn Locke. Jeder atmet erleichtert auf, und vielleicht wird es in den Straßen ruhiger. Haben Sie irgendwelche Zweifel wegen dieses ... Mannes ... wie heißt er gleich ... Shea?«

»Nein, Sir, aber darum geht es nicht. Wir haben hier keinen richtigen Fall, wie wir ihn bräuchten, um jemanden verhaften zu können. Wir sollten uns auch in andere Richtungen bemühen. Unter normalen Umständen würden wir noch nicht intervenieren.«

»Dies sind keine normalen Umstände.«

»Nein, Sir, Sie haben recht. Aber ich möchte trotzdem einen Augenzeugen. Etwas, um die Verhaftung ... besser rechtfertigen zu können.«

»Den haben Sie doch.«

Glitsky wartete.

»Den Fotografen. Er wird gerade unten in der dritten Etage vernommen.«

»Vom Bezirksstaatsanwalt? Wieso das?« Sie wußten beide, daß das höchst unüblich war. Normalerweise befragte die Polizei alle mit einem Verbrechen in Zusammenhang stehenden Personen, und der Bezirksstaatsanwalt hielt sich meistens so lange aus der Sache heraus, bis genug Material vorlag, um vor der Grand Jury Klage erheben zu können.

»Locke hat mir aus reiner Höflichkeit mitgeteilt, daß er gerade vernommen wird. Aus reiner Höflichkeit«, wiederholte Rigby. »Der Fall wird auf Shea aufgebaut.«

»Bevor sie wußten, wer er ist?«

»Sie haben *entschieden*, wer er ist, Abe.«

»Wer? Locke?«

Rigby nickte. »Locke. Der Bürgermeister. Die Senatorin.«

»Die Senatorin?«

»Loretta Wager leibhaftig. Sie ist heute morgen eingeflogen. Ich nehme an, sie hat dem Bürgermeister diese Idee schmackhaft gemacht … Shea zu opfern. Aber das haben Sie nicht von mir, Glitsky. Sie wollen es auf ihn abwälzen, ihn dann der Justiz ausliefern, das Vertrauen der schwarzen Bevölkerung wiedergewinnen und die Rechnung begleichen. So läuft das. Die Gerechtigkeit nimmt ihren Lauf. Und Sie sagen mir jetzt, daß wir ihn haben, richtig? Shea?«

»Ich habe einige Wagen losgeschickt, die ihn holen. Um einen Haftbefehl kümmern wir uns später.«

»Gut, dann haben wir unsere Arbeit getan.«

Glitsky biß sich auf die Lippe, überrascht, wieviel Zeit der Chef ihm geschenkt und wieviel Vertrauen er ihm entgegengebracht hatte. »Was ist, wenn es nicht funktioniert?« fragte er.

»Was? Unsere Arbeit?«

»Nein. Was ist, wenn wir Shea kriegen und sich die Lage nicht beruhigt?«

»Loretta Wager sagt, daß das nicht geschehen werde, der Bürgermeister beschwört es, und Chris Locke wettet seinen Job darauf.«

Aber das war keine Antwort. Glitsky sagte: »Ich würde gern mit dem Fotografen sprechen.«

»Er ist unten. Bedienen Sie sich.«

Nachdem er das Foto in seiner Dunkelkammer entwickelt und zu den KPIX-Studios gebracht hatte, konnte Paul Westberg sich nicht entschließen, wieder nach Hause zu gehen. Er würde unmöglich einschlafen können.

Sie hatten ihm fünfhundert Dollar für das Foto und alle Rechte angeboten, aber er hatte das Szenario, das sich im Zusammenhang mit den Rodney-King-Videobändern abgespielt hatte, noch allzugut in Erinnerung. Der Traum eines jeden Fotografen. Er hatte sich ausgemalt, daß ihm ein ähnliches Glück widerfahren werde, und seine nächsten Schritte geplant. Und das Glück war ihm widerfahren. Er hatte zweitausendfünfhundert Dollar verlangt und die weltweiten Rechte an der Aufnahme behalten.

Während der nächtlichen Telefonate im Erdgeschoß des Studios hatte er Lizenzen für die Ausstrahlung des Bildes – ausschließlich in den Nachrichtensendungen – auf CNN, Fox und in den großen Sendern verkauft. In den letzten sechzehn Stunden hatte er insgesamt an die vierundzwanzigtausend Dollar verdient. Drei Agenten und ein paar Anwälte, die ihn aufgestöbert hatten, obwohl er nicht zu Hause gewesen war, lungerten in seiner Nähe herum.

Mit der Polizei hatte er nicht gerechnet. Er war nicht nur der Fotograf, sondern auch ein Zeuge und dazu der einzige, der nicht abstreiten konnte, alles gesehen zu haben. Er war dabei gewesen. Die Kehrseite von Ruhm und Glanz.

Die beiden Polizeibeamten waren höflich, aber entschlossen aufgetreten. Er solle sie zur Vernehmung ins Justizgebäude begleiten. Sicher, er könne mit seinem eigenen Wagen fahren. Sie würden ihm folgen.

Sie hatten ihn nicht nach oben ins Polizeipräsidium gebracht, sondern durch die Flure der Staatsanwaltschaft in der dritten Etage geführt und ihn dann zwanzig Minuten allein und schwitzend in einem unbewachten und verlassenen kleinen Zimmer warten lassen. Er fühlte sich nicht mehr wie am Ziel seiner

Wünsche, hatte sogar ein wenig Angst bekommen. Sein Mund war ausgetrocknet, unter seinen Augen zeichneten sich dunkle Ringe ab. Er wollte nach Hause ins Bett.

Endlich tat sich die schwere Holztür mit einem ächzenden Geräusch auf, und eine wunderschöne junge schwarze Frau in einem dunklen Kostüm kam lächelnd herein. Sie stellte sich als Miss Wager, Staatsanwältin, vor. Nachdem sie ihm versichert hatte, daß er im Zusammenhang mit dem Lynchmord nicht verdächtigt werde, fragte sie, ob er trotzdem einen Rechtsanwalt dabei haben wolle. Er hatte an dem ausgezeichneten, frischen Kaffee genippt (sie hatte ihm eine Tasse gebracht) und abgelehnt. Wozu brauchte er einen Anwalt? Er hatte nichts Illegales oder Falsches getan.

Sie ging die Ereignisse der vergangenen Nacht noch einmal mit ihm durch, half ihm, alles zu rekonstruieren, woran er sich erinnern konnte. Wie er auf der anderen Seite der Geary Street unterwegs gewesen war, den Tumult gehört, hinübergeschaut und gedacht hatte, daß er hier vielleicht eine Schlagzeile auftun könnte. Schließlich bis zu dem Moment, wo die Menschenmenge »Zieh, zieh, zieh!« gerufen, er die Fotos gemacht und der Mann gezogen hatte. Nein, daran bestand kein Zweifel. Natürlich würde er das aussagen. Er hatte es *gesehen*. So war es gewesen.

Dann kam der Schwarze mit dem Adlergesicht, der Fliegerjacke und der Narbe über den Lippen ins Zimmer gestürmt, hatte ihm eine Scheißangst eingejagt und die nette Staatsanwältin abgelöst. Obwohl sie ruhig und gelassen geblieben war, hatte sie auf ihn gewirkt, als habe sie sich ertappt gefühlt. Reichlich seltsam.

Der Mann, Lieutenant Glitsky, sagte, der oberste Boß des Morddezernats habe vorgeschlagen, sie sollten nach oben gehen, um die Befragung dort fortzusetzen. Westberg wußte, daß ihm keine andere Wahl blieb, und so war er mitgegangen.

»Hier spricht Lieutenant Abraham Glitsky, Kennummer 1144. Ich befinde mich zur Zeit in einem Befragungszimmer im Justizgebäude von San Francisco, 880 Bryant Street. Die folgende

Aussage stammt von einem Mann, der sich als Paul Westberg ausgewiesen hat, freiberuflicher Fotojournalist, männlich, weiß, geboren am 4. März 1971. Diese Befragung bezieht sich auf eine Untersuchung im Fall Nummer 950867731. Heute ist Mittwoch, der 29. Juni, es ist 8 Uhr 25.«

Glitsky wollte streng nach den Vorschriften vorgehen und eine korrekte Befragung durchführen. Er saß Westberg an einem kleinen, abgenutzten Holztisch gegenüber, zwischen ihnen stand ein eingeschalteter Kassettenrecorder. Nachdem Glitsky Westberg die Standardfragen gestellt hatte und das Wesentliche dessen, was Westberg in der vergangenen Nacht gesehen zu haben behauptete, noch einmal mit ihm durchgegangen war, kamen sie zum entscheidenden Punkt:

F: Die Menschenmenge rief also »zieh, zieh!«. Etwas in der Art. Und was geschah dann?
A: Na ja, dieser Mann zog an ihm, hängte sich an ihn, wie auf dem Bild.
F: Er zog an dem aufgehängten Mann, zog ihn herunter?
A: Ja.
F: Woher wissen Sie das?
(Pause)
A: Na ja, das war offensichtlich.
F: Das ist meine Frage, Mr. Westberg. Wieso war das offensichtlich? Sehen Sie sich das Foto an. [Glitsky hatte die Spätausgabe des *Chronicle* bei sich.] Der Mann hat einen Arm um das Opfer gelegt, in der anderen hält er etwas hoch, das wie ein Messer aussieht.
A: Es *war* ein Messer. Er hielt es dem Mann an die Kehle.
F: Okay. Was dann?
A: Wie meinen Sie das?
F: Was geschah dann?
A: Ich habe die Aufnahme gemacht. Zwei.
F: Schnell hintereinander?
A: Ja.
F: Haben Sie das andere Bild gesehen?
A: Ja, sicher. Ich habe beide zu Hause entwickelt. Es ist nicht so gut geworden.

F: Meinen Sie, es war nicht so dramatisch, oder gab es irgendein technisches Problem – Schärfe, Belichtung, oder so etwas?

A: Nein, es gab kein technisches Problem. Es lagen nur zwei Sekunden zwischen diesen beiden Fotos. Im Prinzip das gleiche Bild, nur nicht so gut.

F: In Ordnung. Lassen Sie uns weitermachen. Was taten Sie, nachdem Sie die Fotos gemacht hatten?

A: Ich rannte davon. Die Menge reagierte auf den Blitz, und ein paar Leute kamen auf mich zu. Ich dachte, die würden meine Kamera kaputtmachen, mich vielleicht angreifen, deshalb rannte ich davon.

F: Sie haben einen Blitz benutzt?

A: Ja. Die Straße lag im Schatten, es war kurz vor Sonnenuntergang, vielleicht kurz danach.

F: Wie lange waren Sie insgesamt dort und Zeuge des Geschehens?

A: Ich weiß nicht. Eine Minute, neunzig Sekunden, so ungefähr. Es war schrecklich. Gespenstisch.

F: Und bevor Sie Ihre Fotos machten, haben Sie diesen Mann, von dem Sie sagten, er habe an dem Opfer gezogen, zufällig bemerkt?

A: Er *hat* an dem Opfer gezogen. Die Dame von unten sagte zu mir: Bleiben Sie bei Ihrer Geschichte. Ich dachte, Sie wären auf derselben Seite ...

F: Die Dame von unten ist Miss Wager?

A: Ja, so hieß sie.

F: Sie hat Ihnen gesagt, Sie sollten bei Ihrer Geschichte bleiben? Bei welcher Geschichte?

A: Daß er den Mann runtergezogen hat ...

F: Ist das eine Geschichte oder das, was tatsächlich geschehen ist?

(Pause)

A: Das, was geschehen ist. Das, was ich gesehen habe. Auf dem Bild ist es doch deutlich zu erkennen ... Sehen Sie!

(Pause)

F: Wenn er sich mit beiden Händen festgehalten hat und seine Füße den Boden nicht berührt haben ... aber Sie sagen, daß Sie gesehen haben, wie er ihn heruntergezogen hat. Ist das Ihre Aussage?

A: Wie soll man das sonst interpretieren? Er war in dem Mob … (Pause) Ja, das ist meine Aussage.

## 15

Melanie weinte. »Cindy hat es ihnen gesagt.«

»Cindy hat ihnen *was* gesagt, Melanie?«

»Wer du bist.«

»Was? Warum? Warum hat sie das getan?« Doch er wußte es. »Wie hat sie …?«

»Ich habe sie angerufen, Kevin. O Gott, ich brauchte jemanden, ich habe mich so elend gefühlt, ich mußte mit irgend jemandem reden …«

»Ich habe dir schon hundertmal gesagt, daß Cindy nicht deine Freundin ist.« Aber das führte zu nichts. »Trotzdem, danke für den Tip …«

»Kevin, tu nichts, was …«

»Tu *nichts?* Sag du mir nicht, was ich nicht tun soll!« Sie weinte. Er hatte sie immer noch gern und wollte sie nicht verletzen, aber was sie jetzt schon wieder angestellt hatte …

»Kevin … Es tut mir so leid. Ich liebe dich, ich liebe dich immer noch, und ich will dir helfen. Du kannst bei mir bleiben …«

»Warum sollte ich bei dir bleiben, Melanie?«

»Cindy … Cindy hat ihnen gesagt, wo du wohnst.«

Er nahm den Hörer vom Ohr und starrte ihn an. Das war zuviel. Verdammte Cindy. Kevin, das hast du deinen Trieben zu verdanken. Diese eine Nacht mit ihr, bevor er sich Melanie geangelt hatte, entpuppte sich als der schlimmste Fehler seines Lebens. Dabei war es nicht mehr als ein zwangloses, einmaliges Gastspiel gewesen, ganz anders als das, was er mit Melanie erlebt hatte.

Er legte den Hörer neben das Telefon, ging zum Fenster und sah hinunter auf die Häuserdächer. Dann kletterte er auf die Feuertreppe hinaus und stieg die Eisenleiter zum Dach hoch, hielt sich mit seinem gesunden Arm fest. Gott, war es heiß. Sonst war es nie so heiß in San Francisco.

In seinem Kopf hämmerte es. Mindestens ein halber Kater. Er trug eine alte 501-Levis-Jeans, Turnschuhe, ein Sweatshirt der

Universität von Los Angeles. Gebückt schlich er zur Vorderseite des Gebäudes und warf einen Blick über die Kante des Dachs auf die Green Street hinunter. Zwei schwarzweiße Polizeiwagen parkten am Straßenrand. Davor standen vier Männer, die miteinander sprachen.

Wieder dieses Gefühl der Fassungslosigkeit. Es konnte einfach nicht wahr sein. Gottverdammte Cindy. Wie heißt es? Kein Haß ist größer als der einer verschmähten Frau …

Jetzt teilte sich die Gruppe der Polizisten. Zwei gingen zum Vordereingang, die anderen beiden trennten sich und liefen an den Seiten des Gebäudes entlang. Er war umzingelt.

# 16

Glitsky war gereizt. Ein schlechtes Zeichen. Am Schreibtisch sitzend, kaute er auf seinen Eiswürfeln herum und verjagte alle potentiellen Eindringlinge, die im Türrahmen erschienen, mit einem finsteren Blick.

Er wußte, daß das nicht besonders professionell war. Früher, als Sergeant, hatte er sich so verhalten, wenn er allein sein wollte. Jetzt war er der Chef, und seine Mimik mußte auf andere selbstherrlich wirken.

Zum Teufel, dachte er, die Dinge wuchsen ihm langsam über den Kopf. Er hatte befürchtet, daß es so kommen würde. Wie immer in kritischen Momenten, wenn man wußte, daß es einen treffen würde, aber nicht, an welcher Stelle und wie hart. Diesmal schien die Antwort klar zu sein: Es traf ihn nämlich verdammt hart und von allen Seiten.

Vielleicht lag es daran, daß er in der vergangenen Nacht zu wenig geschlafen hatte, vielleicht war sein Biorhythmus in einem Tief. Isaac, Flo, die Familie Wager, jetzt diese Sache ... Die Ereignisse trafen ihn unvorbereitet, und er hatte Mühe, einen klaren Kopf zu behalten.

Die Streifenpolizisten hatten den Verdächtigen Kevin Shea nicht verhaften können. Er war fort, hatte die Wohnung überstürzt verlassen. Der Hausverwalter hatte kooperiert und sie hineingelassen. Das hintere Fenster war offen gewesen, auf einem kleinen Tisch hatte ein halbleerer Becher mit warmem Kaffee gestanden, der Fernseher war an, der Telefonhörer hatte auf dem Bett gelegen. Offensichtlich hatte irgend jemand Shea einen Hinweis gegeben, und er war gerade noch rechtzeitig entkommen.

Zu Glitskys schlechter Laune trug auch der Eindruck bei, den er bei der Befragung von Paul Westberg gewonnen hatte. Elaine Wagers Unterhaltung mit dem Zeugen hatte dessen Aussage beeinflußt. Aber noch etwas anderes belastete ihn, und deshalb hatte er sich am Morgen gezwungen gesehen, Rigby aufzusuchen. Die Staatsanwaltschaft schien sich – vielleicht auf Drängen der Senatorin Loretta Wager – für eine politische Lösung der Probleme entschieden zu haben, und das verursachte mehr Ärger, als Glitsky lieb war. Sie bauten den Fall auf Kevin Shea auf und würden die Möglichkeit, daß er unschuldig sein könnte, nicht einmal in Betracht ziehen.

Nach allem, was Glitsky wußte, glaubte er zwar nicht, daß Shea unschuldig war. Aber er fühlte sich unbehaglich, denn das Ganze sah nach einer Hexenjagd aus, und entsprechend hatten sich Elaine Wagers Befragung und Westbergs Antworten auch angehört.

Offenbar hatten die Mächtigen beschlossen, Kevin Shea als Ausgeburt des weißen Rassismus zu betrachten. Ihn dem Mob zum Fraß vorzuwerfen, war die einfachste Antwort auf die kritischen Fragen, mit denen sie sich konfrontiert sahen. Glitsky haßte dieses Spiel.

Die Polarisierung der Rassen verschärfte sich, obwohl die staatlichen und städtischen Ämter des ganzen Landes die Quoten de facto einhielten und so den Eindruck, man mache bei der Integration und Harmonisierung Fortschritte, mit Hilfe der Statistik nach Kräften unterstützten.

Glitsky mußte es wissen. Er war das beste Beispiel dafür. Er kannte die Wahrheit, weil er die Augen nicht verschloß und dem Rassismus täglich und überall begegnete. Die weißen Angestellten des Justizgebäudes bezeichneten Schwarze als ›Kanadier‹, die Eltern der schwarzen Schulkameraden seiner Jungs ließen ihre Kinder nicht mit weißen Kindern spielen.

Oberflächlich betrachtet schien alles zu funktionieren. Die Menschen behandelten sich in der Regel höflich, anständig und freundlich. Es war nicht ›in‹, auf die wahre Dimension des Problems hinzuweisen, und in San Francisco war es beinahe ein Verbrechen, nicht ›in‹ zu sein. Rassenprobleme? Wie bitte? Gehörte das nicht in die sechziger Jahre? Und so tat man, als gäbe es das Problem nicht mehr – in San Francisco war der Rassenkonflikt kein Thema. Jeder akzeptiert jeden, wir sind schließlich in den Neunzigern und haben diese Probleme schon vor Jahren gelöst. Komm zurück auf den Teppich.

Und dann wird eines schönen Sommerabends ein Schwarzer namens Arthur Wade gelyncht.

Damit war Glitsky beim letzten Grund angelangt, weshalb er auf Eiswürfeln herumkaute – bei dem Mann, der behauptete, die Krankheit liege im System: Philip Mohandas, der jede Hoffnung auf Verständigung schon im Vorfeld begrub, weil er die Sache auf die Spitze trieb. Es gäbe so vieles, was er statt dessen tun könnte, konstruktive Dinge. Zum Beispiel könnte er Verantwortung übernehmen, zur Zurückhaltung aufrufen. Den Dialog ankurbeln.

Aber weil Mohandas wußte, daß der Anführer einer Massenbewegung von Schwarzen in den kommenden Tagen von niemandem verhaftet werden würde, weil er zum Steineschmeißen aufrief, würde er auch eine Entschuldigung dafür haben, wenn etwas schief lief. Er hatte allen Grund dazu – er war Opfer seiner eigenen Wut. Altmodische Gesetze zählten nicht, wenn der Grund nur gut genug war.

Am meisten ärgerte es Glitsky, wenn Anführer von Bewegungen, die behaupteten, alle Schwarzen zu repräsentieren, eben dieser Versuchung erlagen. Und die Weißen benutzten das wiederum als Rechtfertigung, um den berechtigten Motiven und Forderungen der Schwarzen zu mißtrauen – und, verdammt, der weiße Teil von Glitsky verstand das sogar!

Mohandas mußte überwacht werden. Er konnte nach Herzenslust hetzen und Dampf ablassen, wurde beinahe dazu ermuntert. Seine Anwesenheit und seine Reden stifteten überall Unheil. Glitsky sah keinen Sinn darin, daß man ihn die Situation zusätzlich anheizen ließ, aber niemand schien Mohandas aufhalten zu wollen. Das Recht auf freie Meinungsäußerung? Und wenn jemand in einem vollen Kino unmotiviert »Feuer« schrie? Glitsky hatte ein paar Ideen, wie Mohandas der Wind aus den Segeln zu nehmen wäre, aber das gehörte nicht zu seinem Job. Sein Job war das Morddezernat, der Rest war Politik.

Auch diese Gedanken besserten seine Laune nicht. Er kaute weiter auf dem Eis herum und starrte Löcher in die Luft.

Das Telefon klingelte. Weil seine Empfangsdame mit seiner Sekretärin identisch war und eine solche nicht existierte, nahm er selbst den Hörer ab und meldete sich mit einem sogar für seine Verhältnisse unfreundlichen »Glitsky, Morddezernat«.

Eine Pause, dann ein fast unhörbarer Seufzer. »Abe Glitsky.«

Vielleicht bildete Glitsky es sich nur ein, aber er hörte in den Worten Erleichterung, als sei unter großem Einsatz eine psychische Barriere durchbrochen worden. Natürlich hatte er die Stimme sofort erkannt. »Loretta …?«

»Du klingst immer noch wie damals.«

Glitskys Adrenalinspiegel stieg. »Nein. Ich habe mich verändert. Du wärst überrascht.« Er klang feindseliger, als er wollte. Zu spät, die Worte waren heraus, unkontrolliert, vielleicht mit einem wahren Kern …

»Ja, sicher.« Dieses tiefe, kehlige Lachen. »Wir haben uns alle verändert, Abe. Aber tief in unserem Inneren sind wir immer noch dieselben.«

Das war die merkwürdigste Gesprächseröffnung, die Glitsky sich vorstellen konnte. Er sprach mit seiner ehemaligen Geliebten, die jetzt Senatorin der Vereinigten Staaten war, als hätten sie sich erst vor wenigen Tagen gesehen, vielleicht geliebt.

Er nahm den Styroporbecher, in dem noch ein Rest Eiswasser war, und trank, um Zeit zu gewinnen und zur Besinnung zu kommen. Dann fragte er, was er für sie tun könne, obwohl er wußte, daß sie wegen Elaine anrief.

»Ich war gerade im Büro des Bürgermeisters«, sagte sie. »Als er deinen Namen erwähnte … ich meine, es gibt nicht viele mit dem Namen Abe Glitsky …«

»Mein Name steht im Telefonbuch, Loretta. Stand immer drin.«

Sie schien zu zögern. Dann, als hätte er nichts gesagt: »Aber als Conrad dich erwähnte … sagte, du seist Lieutenant …«

Glitsky wurde ungeduldig. Loretta suchte nach einem Ansatzpunkt, um ihre Neugier zu befriedigen, und dabei wollte er ihr nicht helfen. »… da dachtest du, du rufst an, um mal wieder was von dir hören zu lassen?«

Diesmal war ihr Zögern deutlich zu spüren. »Du bist immer noch wütend auf mich, nach all den Jahren?«

»Ich bin nicht wütend auf dich, Loretta …«

»Auf das, was ich getan habe, meine ich.«

»Ich bin mir immer noch nicht sicher, ob ich weiß, was du getan hast, oder warum du es getan hast. Aber ich kann nicht behaupten, daß es mir in den letzten zehn oder zwanzig Jahren viel ausgemacht hätte. Ich habe eine Familie ...« Seine Stimme erstickte.

»Es tut mir leid, das mit deiner Frau ...«

Glitskys Finger umklammerten den Telefonhörer. Er öffnete und schloß die Hand. Carl Griffin, einer seiner Inspectors, klopfte an den Türrahmen. Glitsky winkte ab.

»Ich hatte plötzlich das Bedürfnis, deine Stimme zu hören, Abe. Zu wissen, ob es dir gut geht, was du machst. Ist das so merkwürdig?«

Keine Antwort. Er hörte sie ausatmen.

»Okay, Abe. Es tut mir leid, dich belästigt zu haben.«

Sie legte auf. Er hatte das Gespräch nicht abbrechen wollen, er hätte ...

»Loretta ...«

Aber die Leitung war tot.

# 17

Kevin Shea wollte nicht an seinen Sprung aufs Dach des Nachbarhauses denken. Er hatte die Entfernung auf zweieinhalb Meter geschätzt, aber dann war sie ihm wie sechs vorgekommen. Eines Tages würde er nachmessen. Er wollte nicht daran denken, wie tief es zwischen den Häusern hinunterging. Tief genug.

Zum Glück war das Dach flach und nur von einer niedrigen Mauer umgeben. Er war einigermaßen sicher gelandet, hatte sich über den verletzten Arm und die schmerzenden Rippen abgerollt. Er hatte sich in dem breiten Schatten verborgen, den die Mauer in der frühen Morgensonne warf, hatte gehört, wie die Polizisten auf dem Dach, von dem er eben abgesprungen war, herumliefen und es nach einer Weile wieder verließen.

Jetzt, zehn endlose Minuten später, riskierte er einen Blick nach drüben. Sie waren fort. Die Luft war rein. Jedenfalls einigermaßen.

Die Tür zum Dach stand offen. Shea humpelte die vier Stockwerke hinunter, ohne jemandem zu begegnen. Die Streifenwagen hatten die Green Street wieder geräumt, der Straßenrand war verlassen. Er wandte sich nach rechts und ging so unauffällig wie möglich in die seiner Wohnung entgegengesetzte Richtung davon.

Shea war in einem Vorort von Houston aufgewachsen und hatte die Rice University besucht. Im Hauptfach hatte er Wirtschaftswissenschaften studiert, um später einmal eine leitende Position im Unternehmen seines Vaters einzunehmen.

Der Mädchenname seiner Mutter lautete Janine Robitaille, sie stammte von den Robitailles aus New Orleans ab und war eine echte Südstaatenschönheit gewesen. Sie hatte ihre Haare mit Vorliebe wie eine Art Bienenkorb aufgetürmt getragen, auch nachdem solche Frisuren längst aus der Mode waren, aber an ihr hatte es nie altmodisch gewirkt. Die Massen von dunklem Haar, die sie aus ihrem cremefarbenen Kameengesicht herauskämmte, hatten ihre nahezu makellosen Züge perfekt eingerahmt und Janine größer erscheinen lassen als ihren Mann Daniel.

Kevins Vater Daniel war zur Hälfte Eigentümer der Firma Flexitech gewesen, deren andere Hälfte Fred Bronin gehörte. Das Unternehmen hatte Sportgeräte und Zubehör hergestellt: Baseballhandschuhe, Golfaccessoires, Gelenkmanschetten, orthopädische Trainingsgeräte, kleine Hartgummibälle (›Flexits‹), die man in der Hand zusammendrückte, um die Handmuskulatur zu stärken.

Als Kevin zweiundzwanzig gewesen war und gerade das College beendet hatte, kam Daniel eines Nachmittags nach einer längeren Geschäftsreise früher als geplant nach Hause und fand seine wunderschöne Frau Janine mit seinem Freund und Partner Fred Bronin im Bett.

Vielleicht hätte der gute alte Daniel die nächste Pistole nehmen und beide erschießen sollen, aber er tat es nicht. Kevins Vater war immer etwas unsicher gewesen und hatte einen Hang zur Melancholie gehabt. Obwohl er drei prächtige Kinder (zwei Jungs und ein Mädchen) großgezogen hatte und, dem allgemeinen Trend entsprechend, beruflich erfolgreich war, hatte er nie an den Wert dessen, was er erreicht hatte, glauben, nichts Bedeutendes darin erkennen können. So erschütterte ihn der doppelte Betrug durch seine Frau und seinen besten Freund derart, daß er die Pistole gegen sich selbst richtete.

Die Welt der Sheas und alles, was für sie dazugehörte, brach zusammen. Janine und Fred Bronin heirateten nicht und lebten nicht glücklich bis an ihr Lebensende. Sie führten – vor Gericht und privat – eine erbitterte Schlacht um Flexitech, die Fred letztendlich verlor, weil er einen Schlaganfall erlitt und Janine so zur alleinigen Eigentümerin der Firma machte. Da sie nie auch nur eine Minute ihres Lebens in das Geschäft investiert hatte, steuerte sie das Unternehmen in weniger als zwei Jahren in den Bankrott.

Kevin und sein jüngerer Bruder Joey versetzten unterdessen, wie beabsichtigt, ihre durch die Vietnam-Ära geprägte Mutter unablässig in Angst und Schrecken, weil sie sich zur Army gemeldet hatten. Während ihres dreijährigen Wehrdienstes wurden die Jungs in Überlebensfähigkeit, Waffenkunde und Strategie unterrichtet und nahmen dann, unabhängig voneinander, am Unternehmen *Wüstensturm* teil. Kevin marschierte und schwitzte viel, wurde aber nicht in Kampfhandlungen verwickelt. Doch sein Bruder Joey befand sich ausgerechnet in dem Bunker, der von einer irakischen Scud-Rakete zerstört wurde. Er starb. Kevins Mutter und seine kleine Schwester Patsy gaben Kevin die Schuld daran, weil er Joey überredet hatte, sich freiwillig zu melden, und sie hatten ihm deutlich gemacht, daß er in Texas nicht mehr willkommen sei. Er hatte nie die Absicht gehabt, dorthin zurückzukehren.

Kevin Shea war mutterseelenallein. Manchmal dachte er, er habe es nicht anders verdient.

Im Grunde hatte Kevin nur einen einzigen Freund gehabt, seit er aus der Army ausgeschieden war und beschlossen hatte, sich in San Francisco niederzulassen, um die Beihilfe der Army zur Aufnahme eines Collegestudiums zu nutzen – Wes Farrell, ein älterer Bursche, ungefähr Ende Vierzig, der wie er an der San Francisco State University Vorlesungen besuchte. Farrell und Kevin waren einige Male zusammen etwas trinken gegangen und hatten dabei halbernste Gespräche über das Leben geführt. Farrell war ursprünglich Anwalt gewesen und hatte eine eigene Familie gehabt, aber dann war etwas geschehen – Kevin wußte nicht, was –, und er hatte alles hingeschmissen. Er glaubte nicht mehr an das Gesetz, und er glaubte nicht mehr an die Menschen.

Sie fühlten sich aus ähnlichen Gründen zur Geschichte hingezogen. Irgendwie war es leichter, etwas zu studieren, das in der Vergangenheit lag und deshalb wahrscheinlich nie wieder Auswirkungen auf die Gegenwart haben würde. So waren sie ein gutes Team. Sie tranken gern, was zu helfen schien.

Shea stand an einem öffentlichen Telefon neben dem Julius-Hahn-Spielplatz am südlichen Rand des Presidio. Überall hing der Geruch von Rauch in der aufgeheizten Luft, selbst hier, im Schatten der Zypressen. Er hörte Sirenen und sah zu seiner Linken Rauchschwaden aufsteigen, vermutlich über dem Fillmore District, und auch rechts über dem großen Hügel in der Gegend der Clement Street.

»Wes? Ich bin's, Kevin.« Er wußte nicht, was er erwartet hatte. Daß Wes auflegen, ihn anschreien oder überrascht sein würde? Irgend etwas.

»Hallo, Kev. Was gibt's?«

Kevin wartete eine Weile. Sicher, Wes lebte in der Vergangenheit, aber hatte er wirklich nichts von seinem Problem mitbekommen, von Arthur Wade, davon, was in der Stadt los war? Wollte er ihn auf den Arm nehmen? Wahrscheinlich nicht, so wie er Wes kannte.

# 18

Der Bürgermeister sorgte dafür, daß die Senatorin Loretta Wager – schließlich war sie Senatorin der Vereinigten Staaten – ein provisorisches Büro im Rathaus in der Innenstadt bekam. Es lag über der Rotunde in der zweiten Etage am Ende eines hallenden Flurs, hinter einer Tür ohne Namensschild. Das war ihr gerade recht.

Ihre Füße schmerzten. Aus irgendeinem Grund schmerzten ihre Füße immer, wenn sie ein Flugzeug benutzt hatte. Wenn sie Präsidentin wäre, würde sie die Air Force One umbauen lassen ...

Sie lächelte. Im Moment reichte es ihr, sich die nackten Füße massieren zu können. Ihre Schuhe lagen unter dem Schreibtisch. Sie lehnte sich im Sessel zurück und sah auf die Armbanduhr. Viertel nach zwölf. Elaine müßte jeden Moment kommen.

Sie war sich nicht sicher, wie sie Elaines Rolle in der Sache einschätzen sollte. Einerseits war es gut für ihre Tochter, mittendrin zu stecken, dazuzugehören und bei der Klärung die Hände mit im Spiel zu haben. Elaine hatte von Christopher Locke die undankbare Aufgabe zugeschoben bekommen, eine Anklage gegen Kevin Shea aufzubauen, und war dabei, wie es aussah, vollkommen auf sich allein gestellt. In den Augen ihrer Mutter leistete sie dabei hervorragende Arbeit. Andererseits würde Elaine einen großen Teil der Verantwortung auf sich nehmen müssen, wenn irgend etwas schiefging. Und das könnte zu einem so frühen Zeitpunkt ihrer Karriere schaden. Aber, dachte Loretta, das war der Preis für das Spiel mit den hohen Tieren.

Loretta hatte eine Nachricht für Elaine hinterlassen, ehe sie Washington am Vorabend verlassen hatte, und ihre Tochter hatte sie innerhalb von zwei Stunden zurückgerufen, sie über das Funktelefon im Flugzeug erreicht und über den Stand der Dinge informiert. So wußte Loretta bei der Landung nicht nur über die Ereignisse Bescheid, sondern hatte auch genügend Zeit gehabt, für die am Flughafen wartenden Medienvertreter die richtigen Formulierungen bereit zu halten.

Kevin Shea, hatte sie gesagt, symbolisiere alles, was nicht nur in San Francisco, sondern in ganz Amerika falsch laufe. Die Tatsache, daß er noch nicht gefaßt und eingesperrt, noch nicht einmal ausfindig gemacht worden sei, beweise, daß das System unglücklicherweise nicht funktioniere – für die Schwarzen nicht funktioniere. Eine geschickte Interpretation, aber nicht nur das: Sie glaubte an den größten Teil ihrer Worte. Sie versetzten sie zurück in ihre Collegezeit.

Die Krise kam zu einem Zeitpunkt, an dem Loretta sie zu ihrem eigenem politischen Vorteil nutzen konnte. Wenn es ihr jetzt gelang, das Augenmerk aller auf die Festnahme von Kevin Shea zu konzentrieren, bekam sie vielleicht ein Forum, das sie dem Oval Office im Weißen Haus einen großen Schritt näherbringen würde. Und diesmal würde niemand herablassend lächeln.

Es lag tatsächlich im Bereich des Möglichen. Sie war im richtigen Alter – erst siebenundvierzig –, sah aber beträchtlich jünger aus. Sie zweifelte nicht daran, daß in den nächsten sechzehn Jahren eine Frau als Präsidentschaftskandidatin aufgestellt werden würde. Sie war sicher, daß einer der kommenden Kandidaten schwarz sein würde. Und wenn beide ein und dieselbe Person wären ...

Jetzt, da ihre erste Amtszeit als Senatorin fast vorüber war, stand sie vor der Aufgabe, ein interessantes – und, wie sie fand, ironisches – Problem lösen zu müssen. Ihr Instinkt hatte ihr schon zu Beginn der Krise gesagt, daß sie ihr, wenn sie klug vorging, *die* Gelegenheit zur Profilierung bieten würde. Loretta Wager hatte während der vergangenen sechs Jahre den größten Teil ihrer Zeit darauf verwendet, die wichtigste Fähigkeit für das Überleben in der amerikanischen Politik zu erlernen: Kompromisse zu schließen. Wer vorankommen wollte – besonders im Senat, dem Club der Weißen –, durfte sich nur selten eine Blöße geben.

Loretta war darin erfolgreich, weil sie mit Menschen umgehen konnte. Unglücklicherweise begannen die Meinungsumfragen, die sie vor dem Wahlkampf hatte durchführen lassen, ihre Vermutungen zu bestätigen: Während sie sich zunehmend auf ihre Rolle als Beschafferin öffentlicher Mittel konzentriert hatte, war ihr Stimmenanteil innerhalb der schwarzen Bevölkerung allmählich abgebröckelt. Aus diesem Stimmenrückgang unter ihrer sogenannten ›natürlichen‹ Wählerschaft – den schwarzen Amerikanern –, der zunächst nur als ›moderates Abschneiden‹ interpretiert worden war, war eine deutliche Entfremdung zwischen ihr und den Urnengängern geworden. Das mußte korrigiert werden, oder sie würde all das verlieren, wofür sie bis jetzt gearbeitet hatte.

Im letzten Wahlkampf hatte sie 87 Prozent der Stimmen der Schwarzen bekommen, jetzt erzielte sie in den Meinungsumfragen nur 35 bis 45 Prozent. Selbst mit ein paar Prozenten mehr an Stimmen aus der weißen Bevölkerung konnte sie mit dem geringen Anteil an den Stimmen aus der schwarzen Bevölkerung nicht gewinnen. Sie mußte beweisen, wie sehr sie mit ihrem Volk verbunden war.

Dazu brauchte Loretta Kevin Shea. Abgesehen davon diente es einem guten Zweck.

»Wo sind deine Leute?«

Ihre Tochter lächelte zaghaft, schloß die Tür hinter sich und stellte eine braune Papiertüte ab. Elaine wirkte erschöpft. In ihrem scharfkantigen, wie gemeißelten Gesicht zeichneten sich Sorge, mangelnder Schlaf und noch etwas anderes ab, das Loretta sich nicht erklären konnte.

Loretta stellte ihre eigenen Fragen zurück, stand auf, ging barfuß und mit ausgestreckten Armen um den Schreibtisch herum und ließ sich von ihrer Tochter umarmen. Elaine, ein ganzes Stück größer als ihre Mutter, hielt sie einen langen Moment zärtlich im Arm.

Schließlich lösten sie die Umarmung und sahen sich an. Beide seufzten.

Elaine sagte »Hallo« und lächelte halbwegs selbstbewußt.

Wieder gelang es Loretta nicht, dieses Lächeln gänzlich zu entschlüsseln. »Hallo, Schatz. Wie kommst du klar?«

»Ich habe Angst, glaube ich. Aber das ist nicht alles.« Eine Pause. »Wußtest du, daß ich Arthur Wade kannte? Er war mit mir an der Boalt.«

»Das macht es noch schlimmer. Hast du geschlafen?«

»Nein. Ich habe uns was zum Mittagessen mitgebracht.«

»Wunderbar, ich habe Hunger. In DC ist es fast vier. Was hast du uns geholt?« Wenn sie allein waren, war Lorettas Sprechrhythmus andeutungsweise zu entnehmen, wo ihre Wurzeln lagen.

Elaine packte die Tüte auf dem Schreibtisch aus und öffnete eine Reihe weißer Styroporkartons: Maisbrot, Rinderbraten, Kartoffelbrei, Gemüse, Cola light.

Schließlich fragte Loretta: »Du hast gesagt, das sei nicht alles. Was gibt es noch?«

»Ach, bürointerner Kram.« Elaine nahm einen kurzen Schluck von ihrer Cola. »Chris … Alle waren nach Hause gegangen, und ich wollte auch gehen. Ich hatte dich gerade angerufen, weißt du noch? Im Flugzeug.«

Loretta nickte. Ihr Gesicht glich einer Maske, ihre Hände lagen gefaltet auf dem Schreibtisch vor ihr. Sie hatte ihre schmerzenden Füße vergessen.

Ihre Tochter fuhr fort: »Chris wollte, daß ich blieb. Er bat mich, ihm zu helfen. Wie wir vorgehen sollten und so weiter. Ich sagte ihm, es sei schon spät, ich …« Sie schüttelte den Kopf. »Ich sei zu müde, um ihm noch eine Hilfe zu sein, besonders jetzt, wo mir klar war, was heute für ein Tag werden würde. Aber er sagte, daß es eigentlich nicht darum gehe.«

Loretta wußte, was kommen würde, und schloß die Augen. Sie atmete langsam aus. »Er brauchte deine ganz … persönliche Hilfe.«

»Ich hatte ihn noch nie so erlebt, Mom. Wirklich. Ich meine, er ist mein Chef. Wir sind beide Staatsanwälte und kennen die Vorschriften über sexuelle Belästigung am Arbeitsplatz … Also schlichen wir umeinander herum. Er ist älter, verheiratet, ich weiß das alles. Aber es war nicht Sex, jedenfalls nicht nur Sex. Mom?«

Loretta öffnete die Augen. »Ich bin hier, Kind. Wie weit ist er gegangen?«

Elaine sah zu Boden. »Bis zum Schluß«, flüsterte sie, »soweit er gehen konnte.« Sie stieß die Luft aus, ein Zeichen für ihre Anspannung.

»Du sagst also, du und Chris Locke habt gestern abend in seinem Büro miteinander geschlafen?«

»Ich …«

Loretta hob abwehrend die Hand. In ihren Gesichtszügen lag kalter Zorn. »Es ist nicht wegen *dir*, Kind, nicht wegen dir.« Sie stöhnte. »Aber du bist *mein* Baby. Wie konnte er …?«

»Es war nicht allein seine Schuld … ich nehme an, ich …«

»Ich weiß, ich weiß«, sagte Loretta. »Ich weiß, wie das läuft.« Sie sah über den Schreibtisch zu ihrer wunderschönen Tochter hinüber. »Es hat ihn erwischt, nicht wahr?«

»Er hielt immer soviel Abstand, ich meine, er war freundlich und nett, mein Mentor, aber auf Abstand. Und ich weiß, daß du und er … ich weiß, daß er dir in der Politik geholfen hat. Aber es war, als hätte diese ganze Sache – dieser Lynchmord und alles –, ich weiß nicht, es schien ihn fix und fertig zu machen.« Elaine sah sie über den Schreibtisch hinweg an, um Verständnis bittend. »Er brauchte mich, Mom, wirklich.«

»Ich glaube dir, Liebes. Und was soll jetzt werden?«

Mit gesenktem Kopf antwortete Elaine: »Ich weiß es nicht. Ich habe nicht geschlafen, ich fühle mich schuldig, verwirrt. Ich weiß nicht, was es bedeutet hat, was es bedeutet …«

»Und er?«

Elaine seufzte. »Er ist zur Tagesordnung übergegangen, aber was kann man bei all dem, was gerade passiert, schon groß erwarten?«

»Und du glaubst, daß du ihn vielleicht liebst?«

»Ich weiß es nicht.« Ihre Blicke trafen sich für einen Moment, und Loretta wußte, daß ihre Tochter nicht die Wahrheit sagte. Sie versuchte, sich zu schützen. Gott stehe ihr bei, dachte Loretta, sie hat sich in ihren Chef verliebt, den Bezirksstaatsanwalt Chris Locke.

Loretta nahm einen Bissen, aber das Essen schmeckte plötzlich nach nichts. Sie trank einen Schluck Cola. »Ich möchte, daß du eines bedenkst, Liebes. Es ist nicht gegen dich gerichtet … Aber überleg mal. Dein Chef ist vielleicht zu dir gekommen, als *du*, nicht er, als *du* nicht in der Lage warst, dich zu wehren …«

»Er hat mich zu nichts gezwungen, Mom.«

»Ich sage ja nicht, daß er dich gezwungen hat. Ich sage nur, daß du emotional und physisch erschöpft bist. Mein Gott, ein ehemaliger Kommilitone von dir ist Opfer eines Lynchmordes geworden. Du hast die ganze Nacht nicht geschlafen, die Stadt steht in Flammen, und plötzlich wirst du die rechte Hand dieses Mannes. In einer solchen Situation bist du verletzbar, eine leichte Beute, Kind. Dein Chef, *Mister* Locke, hatte nicht das geringste zu verlieren.«

»So war es nicht …«

»Das will ich ja nur wissen. Du sollst sicher sein, daß es nicht so war, das ist alles. Weil es so hätte sein können.«

»War es aber nicht.«

Loretta streckte die Hand aus, ein Friedensangebot. Elaine sah sie einen Moment lang an und ergriff dann auf halber Strecke die Hand ihrer Mutter.

»Ich glaube dir«, sagte Loretta. »Ich will nur, daß du nicht verletzt wirst. Du bist noch nicht alt genug, um verletzt zu werden.« Sie lächelte, um die Distanz zwischen ihnen wieder zu überwinden. »Jetzt erzähl mir von Kevin Shea. Was habt ihr herausgefunden?«

# 19

Die Grand Jury beugte sich dem Druck, den der Bezirksstaatsanwalt, der Bürgermeister und die zu Besuch weilende US-Senatorin des Bundesstaates Kalifornien auf sie ausgeübt hatten. Eine Sondersitzung wurde einberufen, die Tagesordnung entsprechend geändert, und nach nur drei Stunden Beratung wurde gegen Kevin Shea Anklage wegen Mordes an Arthur Wade erhoben.

Für Glitsky und sein Team bedeutete das zweierlei. Einerseits war ihnen die Entscheidung, ob Shea festgenommen werden mußte oder nicht, abgenommen worden. Auf der anderen Seite fielen ihre Bemühungen, andere Mitglieder des Mobs aufzuspüren, die in gleichem Maße beteiligt gewesen sein konnten, wieder unter die Routineaufgaben. Offiziell wurde dem zwar immer noch eine hohe Dringlichkeit beigemessen, aber de facto kam dem jetzt eine weitaus geringere Bedeutung zu.

»Ich bin ... war Mike Mullens Bruder.«

Brandon Mullen hatte versucht, sein Äußeres ansehnlich zu gestalten, saubere Kleidung angezogen, die Haare ordentlich gekämmt, aber der Versuch war fehlgeschlagen. Er sah schlimm aus, fand Glitsky. Die Lippen waren aufgeplatzt und geschwollen, die Augen blutunterlaufen. Durch den Verband um seinen rechten Arm war Blut gesickert.

Glitsky hatte die Verhöre aufgeteilt. Jamie O'Toole am Ende des Flurs mit Marcel Lanier, Brandon Mullen hier in Raum A des Morddezernats mit dem schwarzen Neuling Inspector Ridley Banks, Peter McKay in Raum B bei Carl Griffin.

Später würden die Beamten zusammenkommen und überlegen, was sie aus den Geschichten machen konnten, sehen, ob sie zusammenpaßten und wo sie nicht übereinstimmten. Glitsky wollte später, wenn er Zeit hätte, alle Protokolle lesen und sich vielleicht sogar die Videobänder ansehen. Aber im Moment verschaffte er sich nur einen Eindruck, sah mal hier, mal dort rein.

Es war noch nicht einmal ein Uhr mittags. Um die Bucht herum standen Oakland, Richmond und East Palo Alto in Flammen. In der Stadt selbst kam es im Tenderloin, am Hunter's Point, in der Western Addition und unten am City College zu fortlaufenden ›Störungen der öffentlichen Ordnung‹. Conrad Aiken, der auch in einer Krise immer auf die Terminologie achtete, hatte verfügt, die Unruhen so zu bezeichnen, um den Ereignissen etwas von ihrer Dramatik zu nehmen. Die Zahl der Morde in San Francisco war an diesem Tag von zwei auf vier, wahrscheinlich fünf gestiegen: Ein Heckenschütze hatte einen Schwarzen erschossen, als dieser in der Fulton Street in seinen Wagen gestiegen war, zwei weiße Teenager waren aus einem Cabriolet gezerrt worden, als sie an einer Ampel an der Ecke Dritte Straße und Palou gehalten hatten. Einer der beiden Teenager lebte noch, aber sein Zustand war kritisch.

Glitsky hatte viermal zu Hause angerufen und Rita angewiesen, die Jungs auf keinen Fall hinauszulassen. Er würde sich darum kümmern, sie in Sicherheit zu bringen, sobald er sich hier loseisen konnte.

Jetzt stand er hinter Ridley Banks an der Tür des Vernehmungszimmers und sah zu Brandon Mullen hinüber, betrachtete dessen verletzten Arm und die aufgeplatzten Lippen. Er hatte Mullen Ridley Banks zugewiesen, weil Ridley vor einer Woche mit der Bearbeitung des Falles Mike Mullen – des Bruders von Brandon – betraut gewesen war. Der Inspector war hinausgefahren und hatte die trauernde Familie des unschuldigen Opfers besucht. Ihm als Vernehmungsbeamten würde Brandon trauen.

Glitsky spielte den ›bösen Bullen‹. Er war genau in der richtigen Stimmung dazu.

»Ja, dort hat es angefangen«, sagte Brandon Mullen soeben.

»In der Cavern?« Glitsky wußte das natürlich. Er hatte die Namen der Männer am Abend zuvor von Jamie O'Toole bekommen. Deshalb wurden sie verhört.

»Ja, in der Cavern. Ich meine, Petey und ich …«

»Petey?«

»Mein Cousin, Pete McKay, wir waren zusammen, also …«

»Sie haben ein bißchen getrunken, und dann haben Sie sich Ihren Arm an einem Weinglas geschnitten?«

Das war nicht ›böser Bulle‹, sondern Krieg. Glitsky konnte es besser.

Mullen drehte den Kopf weg und lehnte sich im Stuhl zurück. Sein Gesicht zeigte nur noch Feindseligkeit. »Sehen Sie, Mann, ich bin freiwillig hier. Ich dachte, ich könnte helfen. Ich habe noch nicht mal einen Anwalt, weil ich nichts zu befürchten habe. Wollen Sie was von mir wissen, wollen Sie mich ärgern, oder wollen Sie mir was anhängen? Suchen Sie sich's aus!«

Ridley, der ›gute Bulle‹, sagte, daß sie nicht vorhätten, irgendwelche Anschuldigungen gegen ihn vorzubringen. »Wir versuchen nur herauszufinden, was passiert ist.« Er sah kurz zu Glitsky hinüber, hielt eine Hand hoch, halt dich da raus.

»Das versuche ich ja gerade zu erzählen.«

»Okay, erzählen Sie weiter.«

»Ich dachte, ich könnte mal hingehen, wissen Sie, sie veranstalteten diese Gedenkfeier, und da dachten Petey und ich, warum gehen wir nicht hin und trinken was, auf Mikey. Wie hätte das ausgesehen, wenn wir nicht hingegangen wären?«

»Wie spät war es, als Sie dort eintrafen?«

»Muß etwa sieben, halb acht gewesen sein.«

»Weiter.«

»Also tranken wir ein paar Gläser …«

»Wurde es inzwischen voller in der Kneipe?« fragte Glitsky ruhig, während er lässig mit verschränkten Armen an der Tür lehnte.

»Ich weiß nicht. Sie war vielleicht zur Hälfte gefüllt. Fünfzehn oder zwanzig Leute insgesamt.«

Banks lehnte sich über den Tisch. »War Kevin Shea da?«

»Weiß ich nicht.«

Glitsky wieder: »Kennen Sie Shea?«

Mullens Blick wanderte von Glitsky zu Banks. »Flüchtig, könnte man sagen.«

Banks fuhr fort: »Und dann?«

»Dann haben wir uns bei Jamie bedankt und sind abgehauen.«

»Sie gingen nach Hause?«

»Zu Petey. *Unsere* Totenwache halten.« Mullen breitete die Hände aus, um anzudeuten, daß das die reine Wahrheit sei. »Wir wußten, daß wir total besoffen waren, und wollten nicht mit dem Auto fahren.« Als er Glitskys ungläubigen Gesichtsausdruck bemerkte, fügte Mullen hinzu: »Das können Sie glauben oder auch nicht.«

Glitsky zuckte die Achseln. »Aber wie ist das mit Ihrem Arm passiert?«

»Petey und ich sind gegeneinander geprallt ...«

»Wie denn das?«

Mullens Hände lagen immer noch auf dem abgenutzten Tisch. Jetzt drehte er sie um, arglos, vielleicht ein wenig peinlich berührt. »Wer weiß das noch? Wir waren ziemlich betrunken, Petey und ich, trauerten um Mikey. Wir sind irgendwie durch die Schiebetür gestürzt.«

Glitsky kam zum Tisch, hielt seinen Mund an Banks Ohr und flüsterte ihm – etwas zu laut – zu: »Das berühmte irische Schiebetür-Ritual, um die Toten zur letzten Ruhe zu betten.«

»Ob's Ihnen nun paßt oder nicht, genau so ist es passiert.«

Der Lieutenant legte eine Hand auf die Schulter des Inspectors, wandte sich um und ging zur Tür hinaus, ohne den Zeugen noch einmal anzusehen.

# 20

Wes Farrell und Kevin Shea hatten geplant, sich in der Saint-Ignatius-Kirche auf dem Campus der Universität von San Francisco zu treffen. Von dort wollten sie zu Farrells Wohnung am Junipero Serra Boulevard fahren, unten in Stonestown, um eine Strategie zu entwickeln.

Für Kevin bestand das Problem darin, zur Universität zu gelangen. Zu Fuß mußte er erst den zweitsteilsten Hügel der Stadt erklimmen – San Francisco ist mit Recht wegen seiner Hügel berühmt – und sich dann einen Weg durch die Western Addition bahnen, die in Flammen stand. Als er die Universität als Treffpunkt vorschlug, hatte er diese Hindernisse übersehen.

Die Temperatur betrug vierunddreißig Grad Celsius, was für San Francisco unglaublich hoch war. Die Luft roch nach Feuer, und der Himmel war eine weiß glühende Metallplatte, die auf Kevin niederdrückte. Er humpelte die steile Divisadero Street hinauf. Wegen der schmerzenden Rippen atmete er stoßweise. Er versuchte, das Pochen in seinem unbrauchbaren Arm zu ignorieren. Die Überreste des Alkohols vom Vorabend hämmerten hinter seinen Augen. Er sah doppelt, mußte sich alle fünfzig Meter hinsetzen und danach zum Weitergehen zwingen. Mit jedem Anlauf schleppte er sich sechs weitere Höhenmeter hinauf.

Er mußte unbedingt etwas Alkoholfreies trinken und etwas Nahrhaftes in den Magen bekommen, oder er würde es nicht mehr weit schaffen. Als er die Kuppe des Hügels endlich erreicht hatte, war weit und breit nichts zu entdecken, was einem Lokal oder einem Kiosk ähnlich sah. Aber das hätte er vorher wissen können, wenn er nachgedacht hätte, wenn er hätte nachdenken können. Dieses Viertel war – mit dem herrlichen Ausblick und der sonst so erfrischenden Brise – erstklassiger Grund und Boden, und die Bebauung bestand fast ausschließlich aus Botschaftsgebäuden und Privatvillen. Shea wußte, daß der Bürgermeister und ein Senator hier oben wohnten. Wer sich nach einem trinkbaren Tropfen sehnte, war hier am falschen Ort.

Er blieb einen Moment schwer atmend stehen und blickte nach Norden – der Millionen-Dollar-Ausblick über den Pazifik bis nach Berkeley, die Golden Gate Bridge, der Presidio Park, Alcatraz. Heute glitzerte nichts. Die Luft war zu trüb, und das Wasser hatte die Farbe von Blei, vergiftet und matt.

In der Nähe heulte eine Sirene auf. Kevin drehte sich zu hastig um und erlitt einen neuen Schwindelanfall, stürzte auf einen Blumentrog mit Rosmarin, wälzte sich mit letzter Kraft in die Hecke am Gehsteigrand. Der Streifenwagen fuhr vorbei, rollte langsam über den Hügel, den Hügel hinunter …

Hatten die Polizisten ihn gesehen? Er wußte nicht, ob die Hecke ihn verbarg. Er quälte sich auf die Beine, ging bis zur nächsten Querstraße nach Westen, wandte sich wieder nach Süden und gelangte in eine Allee mit Bäumen und Schatten – gottlob. Zwischen den Ästen, jenseits der niedrigen mausgrauen Apartmenthäuser der Western Addition, sah er die Turmspitzen von Saint Ignatius, die – Luftlinie – keine halbe Meile mehr entfernt waren.

Doch zwischen der Universität und der Stelle, an der er stand, stiegen mehrere Rauchfahnen auf. Unmittelbar vor ihm, auf der California Street, lag ein umgestürzter Wagen auf der Straße. Auf den Gehwegen patrouillierten in loser Formation Uniformierte, Soldaten.

Ein weiterer schwarzweißer Streifenwagen – oder war es derselbe? – bog in die Straße ein und fuhr in seine Richtung. Einen Augenblick lang dachte er, er sollte vortreten, sich freiwillig stellen und um eine Einzelzelle bitten. Sie könnten ihn wenigstens schützen, oder etwa nicht?

Aber sogar hier oben hing an einem Baum ein Steckbrief, von dem ihn sein Gesicht anstarrte, das von der Anstrengung, Arthur Wade zu halten, verzerrt war. Zum ersten Mal bemerkte er jetzt, daß seine Züge, objektiv betrachtet, in einer Art entstellt waren, die man durchaus als Haß interpretieren konnte. Sicher, er hatte Haß verspürt, aber auf die Verrückten, die den Schwarzen gelyncht hatten.

Unter seinem Konterfei standen die Ziffern – 100 000 Dollar. Aber noch schrecklicher waren die mit der Hand dazugeschriebenen Buchstaben, der berühmte Standardsatz aus dem Wilden Westen: Tot oder lebendig.

In der Hoffnung, im Schatten genügend Deckung zu haben, betrat er das nächste Grundstück und folgte einem kurzen Steinweg, der durch die gepflegte Rasenanlage zum überdachten Portal eines schindelgedeckten viktorianischen Hauses führte. In der Mitte der Eingangstür befand sich eine große Scheibe aus geschliffenem Glas. Kevin drückte sich rücklings in die Nische.

Der Streifenwagen fuhr langsam vorbei. Shea wagte nicht hinzusehen.

Da schaltete sich über ihm eine Lampe ein. Die Haustür wurde geöffnet, und eine gutgekleidete Frau um die Mitte Fünfzig trat in den Türrahmen. Im Hintergrund dröhnten die Nachrichten aus dem Fernseher. »Kann ich Ihnen helfen ... Oh!«

Erkannt. Sie mußte den ganzen Morgen am Bildschirm geklebt haben.

Die Frau trat einen Schritt zurück und schob die Tür ein Stück zu, um etwas zwischen sich und ihn zu bringen. Durch den Spalt flüsterte sie: »*Sie sind Kevin Shea!*« Dann bat sie ihn ängstlich: »Bitte gehen Sie, ich will keinen Ärger bekommen ...«

Die Tür fiel ins Schloß, und der Riegel wurde vorgeschoben.

## 21

Wenn er nicht auf den Straßen unterwegs war, startete Philip
Mohandas seine Aktivitäten von dem Stützpunkt aus, den er in
den beiden Räumen eines umgebauten Ladens im Bay View
District bezogen hatte, etwa eine Meile nördlich von Hunter's
Point und nur wenige Häuserblocks von der Wohnung entfernt,
die Jerohm Reese sein Zuhause nannte.

Da er von Mitternacht bis fast zwölf Uhr mittags auf den Bar-
rikaden gewesen war, ruhte er sich jetzt einen Augenblick auf
einem niedrigen Sofa im verdunkelten Hinterzimmer aus. Das
Sakko seines Dreiteilers hing über der Lehne eines Klappstuhls.
Mohandas lag reglos da und atmete leicht, die Krawatte gerade
soweit gelockert, daß sich sein vorstehender Adamsapfel beim
Schlucken ungehindert unter dem Kragen bewegen konnte.
Seine Augen waren geschlossen, und auf seiner Stirn lag ein zu-
sammengefaltetes feuchtes Handtuch. Die Hände waren auf der
Brust verschränkt wie zum Gebet. Philip Mohandas würde
nicht lange schlafen, das tat er nie, oft kam er tagelang mit di-
versen kurzen Nickerchen aus. Er hatte zwei persönliche Assistenten, Allicey Tobain und Jonas mit dem wohlklingenden
Nachnamen N'doum, die immer mit ihm unterwegs waren, seinen Terminplan aufstellten und sein Geld bewachten. Jetzt waren sie auf Klappstühlen vor der Tür postiert.

Im Vorderzimmer wetteiferten Kopien des zum Poster ver-
größerten Steckbriefes von Kevin Shea um einen Platz an der
Wand zwischen verschiedenen Farbpostern von Mohandas, die
ihn bei seinen Reden zeigten – hochgehaltene Faust, sein Mar-
kenzeichen.

Die ersten Strahlen der Nachmittagssonne fielen durch die
Panzerglasscheiben. Auf dem Boden und den breiten Fenster-
brettern lagen Zeitungen verstreut. Ein langer Klapptisch bog
sich unter dem Gewicht der Literatur der African Nation und
der Kästen mit Wasserflaschen. Journalisten, gelegentlich ein
Kamerateam, professionelle Aktivisten und besorgte Bürger

strömten wie Ebbe und Flut durch die Vordertüren herein und wieder hinaus. Die meisten von ihnen sprachen mit gedämpfter Stimme.

Draußen fuhr ein alter grüner Plymouth vor und hielt am Straßenrand. Eine attraktive kleine schwarze Frau, dem Aussehen nach vielleicht vierzig Jahre alt, öffnete die Fahrertür, blinzelte beim Anblick der grellen Fassade des Ladens und kam dann um den Wagen herum.

Einer der Journalisten erkannte sie. »Mein Gott, das ist Senatorin Wager.«

Hinten klopfte Allicey Tobain einmal an die Tür, die sie bewachte, und öffnete sie.


»Was will die Frau hier?« Mohandas schwang die Füße auf den Boden und wischte sich rasch mit dem feuchten Handtuch über das Gesicht. Er stand auf und ließ sich von Allicey ins Sakko helfen. »Ich habe ihr nichts zu sagen. Sie ist im falschen Lager.«

Seine Assistentin korrigierte kurz seinen Haaransatz mit einem Kamm und reichte ihm wortlos zwei Tic-Tac-Atemerfrischer.

Mohandas runzelte die Stirn, suchte nach dem Vorteil, den dieser Besuch ihm bringen könnte. »Hat sie vorher angerufen?«

»Kein Anruf.« Allicey zupfte einen imaginären Fussel von seinem Sakko. »Sie hat sich nicht angekündigt. Sie zieht eine Show ab.«

»Aber weshalb?«

Allicey ging zur Tür und schaltete das Licht an. Sie war eine große Frau mit vollem Busen und kräftigem Körperbau. Ihr Haar lag, zu Zöpfen geflochten, eng am Kopf, sie trug eine schwarze Hose, Sandalen und ein schwarz-rot-gelbes Dashiki-Gewand, das in der Taille von einer goldenen Schnur zusammengehalten wurde.

Sie fuhr erneut über sein Sakko und strich ihm dann mit einem Finger über die Wange. »Stimmen«, sagte sie. »Vergiß das nicht, Philip. Wählerstimmen.«


»Senatorin, wie geht es Ihnen? Welch wundervolle Überraschung! Seien Sie willkommen.« Mohandas war nicht groß, doch seine Stimme dröhnte und übertönte alle Gespräche. Er kam mit ausgestreckten Armen aus dem Hinterzimmer, Allicey und Jonas hielten sich, links und rechts, ein wenig hinter ihm. Die Menschenmenge im Vorderraum teilte sich, und die beiden Prominenten umarmten einander vor laufenden Fernsehkameras. Dann wurden sie von einem Journalisten unterbrochen.

»Senatorin, was führt Sie hierher? Ist das ein spontaner Besuch?«

»Eine spontane *Freude*.« Mohandas hielt Lorettas Hand fest, während sich beide der Kamera zuwandten.

»Ich komme, um zu helfen«, sagte Loretta. »Wenn ich irgendwie helfen kann.«

Mohandas intonierte ein tiefes Amen. »Unsere Gemeinde hat nicht nur den tragischen Verlust eines ihrer hellsten Sterne erlitten, nicht nur die Demütigung durch das schreckliche Verbrechen selbst«, sagte er pathetisch, »sondern einen weit tieferen und schwerwiegenderen Verlust: die Abkehr jenes Systems, in dem wir – unter großen Schwierigkeiten! – versuchen, unsere Arbeit zu tun.«

Loretta wartete einen Moment, bis sie sich der Aufmerksamkeit des Publikums sicher war, dann hob sie Mohandas Hand in bewußter Nachahmung seiner berühmten Geste halb in die Höhe.

»Jetzt ist es an der Zeit – und ich denke, Philip wird mir zustimmen –, daß wir Afroamerikaner und alle schwarzen Menschen uns vereinigen ... nicht nur aus berechtigter Wut, sondern auch, um aus diesem Chaos einen Geist der Hoffnung und Erneuerung entstehen zu lassen und das Gefühl, daß wir jetzt endlich etwas verändern werden, was wirkliche Konsequenzen für unser Leben haben wird, für die Art, wie wir behandelt werden, für unseren Einfluß auf tägliche Entscheidungen, die auch uns betreffen!«

In einem Chor aus »Amen« und »Genau« bahnten sich die Senatorin und Mohandas, wieder wie auf magische Weise von Allicey und Jonas flankiert, einen Weg durch die Anwesenden hindurch zur Tür des Hinterzimmers.

Die Tür schloß sich hinter ihnen.

»Wollen Sie nur ein wenig Lärm machen, Philip, oder wollen Sie wirklich etwas erreichen?«

Mohandas war mit Loretta Wager in dem winzigen, heißen Zimmer allein und hatte keine Lust, sich von einer Schwarzen mit den Wertvorstellungen der Weißen eine Lektion erteilen zu lassen. »Ich erreiche durchaus etwas, Senatorin«, sagte er. »*Ich* habe niemanden verraten und verkauft.« Er wies mit dem Kopf zur Tür. »Das da draußen sind *meine* Leute. Sie haben genug Lügen gehört, sie wissen, wer sie nicht belügt, und das bin ich, Senatorin, das bin ich.«

»Ich belüge niemanden, Philip. Und ich habe auch niemanden verraten oder verkauft.«

Mohandas zeigte kurz seine Zähne, dann zupfte er an seinem Kragen. Sein Kapital war die Gewißheit. Er hatte recht, und das wußte er. »Viele von uns sehen das anders.«

»Dann sehen sie es falsch.« Das war genau das Problem, das Loretta lösen mußte, deshalb war sie hergeflogen. Aber sie würde keinen Erfolg haben, wenn sie Mohandas attackierte, sich ein Wortgefecht mit ihm lieferte. Er spielte nicht in ihrer Liga und würde sie nicht verstehen. Sie war klüger als er, und das mußte sie nutzen. »Nein, warten Sie. Hören wir auf damit.« Sie trat näher zu ihm hin. »Was ich vor einer Minute da draußen gesagt habe, war keine Lüge. Ich bin hierhergekommen, um zu helfen, wenn ich kann. Und ich glaube, ich *kann* helfen, Philip. Ich kann Ihnen helfen.«

»Ich höre.«

»Warum reden nicht einfach Sie? Sagen Sie mir, was Sie fordern.« Das war der springende Punkt. Sie mußte ihn von den Allgemeinheiten, aus denen sein sogenanntes Programm bestand, wegbekommen. Von der bloßen Rhetorik.

»Sie wissen, was wir fordern, Senatorin …«

Sie lächelte ihn an. »Wie wäre es mit Loretta, Philip? Sagen Sie Loretta zu mir, nicht Senatorin! Nein, ich weiß nicht, was Sie fordern, nichts Genaues. Hören Sie mir gut zu: Was würden Sie haben wollen, wenn Sie alles bekommen könnten? Denn genau jetzt ist der Zeitpunkt, an dem Sie es bekommen können.«

Mohandas zupfte wieder an seinem Kragen und hörte auf, in dem kleinen Zimmer auf und ab zu gehen. Er setzte sich auf einen Klappstuhl und gab Loretta mit einer Geste zu verstehen, sie solle sich auf das Sofa setzen, auf dem er geschlafen hatte. »Der Standpunkt der African Nation ist klar.«

»Philip, Sie fordern mehr Einfluß, eine Lobby, das Ende der Unterdrückung, Sie wollen, daß die Gesetze gerecht angewendet werden – gut, wer will das nicht? Aber Sie gehen einen Schritt weiter und sagen, Sie wollen Ihr eigenes, getrenntes System, und das funktioniert nicht. Sehen Sie das denn nicht? Dazu fehlen Ihnen die Massen, denn die Massen bewegen das Geld. Sie wollen einen Staat übernehmen, die Menschen zurück nach Afrika bringen? Sie wollen ein schwarzes Israel auf einem Haufen Sand in Afrika bauen? Wollen Sie *das*?«

In dem Zimmer wurde es immer heißer, und Mohandas schwitzte. Er beugte sich vor, stützte die Ellbogen auf die Knie und sagte: »Wir wollen es hier. Denn wir können es hier bekommen.«

»Sagen Sie mir, wie, Philip!«

»Ich rede von Gleichheit vor dem Gesetz, von unseren *Rechten* ...«

Loretta schüttelte frustriert den Kopf und hob ihre Stimme: »Ich rede von *Geld*, Philip, von staatlichen Mitteln, heute, hier und jetzt. Für diese gute Sache. In dieser Lage können wir, können Sie alles bekommen ...«

Mohandas ging zur geschlossenen Tür und horchte daran. Dann kam er zurück, baute sich direkt vor Loretta auf und sagte: »In Ordnung, Senatorin, dann reden Sie mit mir über Geld.«

# 22

Als Kevin die California Street überquert hatte und den Schutz der Bäume verließ, begriff er, daß er es zu dem mit Wes Farrell vereinbarten Zeitpunkt nicht bis zur Universität schaffen würde. Deckung boten lediglich noch die Apartmenthäuser auf beiden Seiten der menschenleeren Straße, die im ganzen Stadtteil die einzige zu sein schien, wo zur Zeit keine Krawalle stattfanden. Als er die halbe Strecke bis zur nächsten Querstraße zurückgelegt hatte, bog vor ihm ein Polizeiwagen um die Ecke und kam in seine Richtung.

Er huschte in den mit Papierabfällen übersäten Eingang eines Apartmentgebäudes und sah in die Richtung zurück, aus der er gekommen war. Noch ein Polizeiwagen. Zwei in derselben Straße, und beide näherten sich ihm.

Die Tür war verschlossen. Es gab sechs Briefkästen und darunter sechs Klingelknöpfe. Er drückte alle. Der Türöffner summte, und er stieß die Eingangstür in dem Moment auf, als hinter ihm die Wagen vorbeifuhren.

»Ja? Wer ist da?« rief eine rauhe Männerstimme innen vom oberen Stockwerk herunter.

»Tut mir leid, ich habe mich in der Tür geirrt.«

Kevin öffnete die Tür und ließ sie laut zufallen. Er blieb im Hausflur stehen und dachte: Was nun?

Der Briefkasten des Apartments Nr. 3, das hinten im Erdgeschoß lag, quoll über mit Post. Entweder waren die Bewohner sehr beliebt oder im Urlaub. Kevin hoffte auf letzteres. Er versuchte den alten Trick mit der Kreditkarte zwischen Tür und Türrahmen, und zu seinem Erstaunen funktionierte es. Zum ersten Mal an diesem Tag hätte er fast gelacht. Vielleicht würde seine Pechsträhne jetzt enden. Allerdings, dachte er, lag vor ihm noch ein verdammt langer Weg, bis man von Glück sprechen konnte.

Zuerst rief er bei Wes an. Es klingelte zehnmal, kein Anrufbeantworter. Wes wartete wahrscheinlich weniger als eine Meile entfernt von hier auf ihn. Vielleicht sollte er es riskieren, ein Taxi zu rufen. Wie groß war die Wahrscheinlichkeit, daß ein x-beliebiger Taxifahrer wußte, wer er war? Aber er konnte sich – trotz der Kreditkarte – nicht überwinden, das Risiko einzugehen. Er mußte vorsichtig sein. Einhunderttausend Dollar waren viel Geld für einen Taxifahrer sowie für jeden anderen Menschen auch. Shea lief in der Wohnung auf und ab, immer noch ein wenig hinkend, und versuchte, zu einer Entscheidung zu kommen. Da hörte er Schritte auf dem Hartholzboden.

Wie erstarrt blieb Shea stehen, als er jemanden an die Tür klopfen hörte.

Eine Stimme fragte: »Dave? Dave, bist du zu Hause? Ist da jemand?«

Vermutlich gab es noch weitere Stellen in Kevins Körper, die sich nicht völlig verkrampften, aber er wußte nicht, wo die sein sollten. Er wagte kaum zu atmen.

Der Schatten der Füße unter dem Türspalt blieb. Kevin kämpfte gegen den Adrenalinstoß, den Schmerz, den Sauerstoffmangel und die Angst an. Und gegen die drohende Ohnmacht … Er durfte jetzt nicht ohnmächtig werden …

Der Nachbar war hartnäckig. Er hatte etwas gehört, vielleicht Kevins Schritte, als er auf und ab gegangen war, und wollte sich vergewissern. Also blieb er stehen und lauschte.

Bitte, dachte Kevin, bitte, lieber Gott, laß ihn keinen Schlüssel haben.

Der Nachbar war fort. Kevin wartete noch fünf Minuten, streckte sich dann und versuchte, seine erschöpften Muskeln etwas zu entspannen. Auf Zehenspitzen ging er durch den Raum und setzte sich in einen großen Polstersessel. Das Sofa befand sich zwar näher an der Stelle, wo er stehengeblieben war, doch er befürchtete, daß es knarzen könnte. Außerdem stand das Telefon auf dem kleinen Tisch neben dem Sessel.

Unendlich vorsichtig nahm er den Hörer ab und wählte. Vielleicht hatte Wes aufgegeben und war nach Hause gefahren.

Nein.

Er legte den Kopf zurück und schloß die Augen.

# 23

Es war Nachmittag.

»Also, was haben wir?«

Glitsky saß mit drei seiner Inspectors – Carl Griffin, Ridley Banks und Marcel Lanier – an einem Tisch in einer Nische. Sie hielten ihr vom Lieutenant einberufenes offizielles Treffen bei Lou, dem Griechen, ab. Das Lokal lag gegenüber vom Justizgebäude und diente den Beamten von Polizei und Staatsanwaltschaft als Oase. Der Weg zu Lou's führte entweder durch eine Gasse und eine unbeschriftete Seitentür oder über eine schmutzige, mit Teppichware ausgelegte Treppe nach unten, die so dunkel war, daß man nicht erkennen konnte, weshalb es dort stank.

Lou's war ein einfaches Lokal. Für wenig Geld wurde das Glas bis zum Rand gefüllt, das Essen schmeckte in der Regel gut und herzhaft. Lous Frau war Chinesin, Lou natürlich Grieche. Oft gab es mittags besondere Spezialitäten wie Avgolemo-Suppe mit Won-tons oder Kung-Pao-Hühnchen-Moussaka. Seit Jahren stand eine Spezialität auf der Speisekarte, die sich ›Lammtopf‹ nannte und von der niemand genau wußte, was sich darin befand.

Das Wichtigste an Lou's war, daß es in der Nähe des Justizgebäudes lag und man dort nicht gestört wurde. Andere Bewohner der Stadt kamen selten dorthin, und bekannte Reporter und andere Medienvertreter schienen von Lou nicht mit demselben persönlichen Service bewirtet zu werden wie die Justizbeamten. Eine Laune der Natur.

»Sie waren alle dort«, sagte Ridley Banks.

Glitsky und seine Männer waren fast allein in dem Lokal, und dem Lieutenant fiel es immer noch schwer, sich in Geduld zu üben. *Natürlich* waren alle Zeugen, die sie verhört hatten, dort gewesen, das hatten sie ja zugegeben. Aber mit dem Lynchmord wollten sie nichts zu tun haben. Die Aufgabe der Inspectors bestand darin nachzuweisen, daß sie während der Gewalttätigkeiten auf der Straße gewesen waren, aber für Glitsky sah es nicht so aus, als würde ihm dies in naher Zukunft gelingen.

»Ich schlage vor, wir nehmen sie einfach fest und setzen sie unter Druck.« Carl Griffin galt als der Inspector des Morddezernats, der am wenigsten Federlesens machte, was nicht hieß, daß seine Ideen immer schlecht waren.

»Da gibt es ein Problem«, sagte Glitsky.

»Und zwar?« Lanier verzog spöttisch die Mundwinkel und lehnte sich in seiner Fliegerjacke zurück. Er hatte ein Glas Rotwein bestellt. Ein Bulle, der Rotwein trank ... Das gab es nur in San Francisco, dachte Glitsky.

»Und zwar die vollen Zellen über uns«, fuhr Glitsky fort. Er nahm einen Schluck von seinem Tee. »Boles sagt, sie seien voll und es werde immer schlimmer. Er versucht, Rigby dazu zu bringen, für alle Vergehen bis einschließlich bewaffneten Raubüberfalls nur Vorladungen auszustellen.«

Griffin blickte mit rotgeränderten Augen auf. »Ist das dein Ernst?«

Glitsky erklärte, er habe übertrieben, aber nur, was den bewaffneten Raubüberfall betreffe.

Ridley Banks meldete sich zu Wort: »Aber wir sprechen von hundertsiebenundachtzig ...« Paragraph 187 des kalifornischen Strafgesetzbuches betraf Mord. »Wenn diese Burschen dabei waren, war es Mord.«

Glitsky sog an seinen Zähnen. »Na ja, das ist die andere Sache. Deswegen treffen wir uns hier bei Lou's statt in meiner luxuriösen Bürosuite. Ich möchte nicht, daß jemand etwas mithört und mißversteht.« Die anderen warteten. »Ihr habt vielleicht schon bemerkt, daß es inzwischen auch um Politik geht.«

Lanier trank einen Schluck Wein und malte mit seinem Zeigefinger aus einigen vergossenen Tropfen kleine Kreise auf den Tisch. »Die Sache mit Kevin Shea.«

Glitsky nickte. »Die offizielle Linie lautet, daß er es allein getan hat.«

Banks, der junge Hitzkopf, beugte sich vor. »Aber da waren ... Ich meine, es war ein ganzer Mob ...«

»Haben wir irgendwelche Zeugen, die das bestätigen?«

»O'Toole?« Banks sah Lanier an, der den Kopf schüttelte.

»O'Toole ist gar nicht rausgegangen.« Laniers Gesicht blieb unbewegt. »Er blieb in der Kneipe und zapfte Drinks, und die anderen Clowns, Mullen und McKay, gingen nach Hause, bevor es anfing, nicht wahr, Abe?«

»Das ist der Stand der Dinge.«

Griffin fragte: »Der Fotograf, wie heißt der noch?«

Der Lieutenant deutete ein Nicken an. »Okay. Einer. Westberg. Der Punkt ist: Der Mob ist ihnen zu unhandlich oder so ähnlich. Gott muß Rigby etwas ins Ohr geflüstert haben. Jungs, die wollen Shea und sonst niemanden. Symbolisch. Der Bürgermeister will ihn, Rigby macht mit, Locke führt die Anklage. Wir bringen ihnen Shea und fertig. Alles ist wieder gut.«

Lanier fummelte weiter mit seinen Fingern in den Weintropfen herum. »Okay, na und? Wir bringen ihnen Shea.«

»Wir können ihn nicht finden. Wenn der Kerl ein bißchen was im Kopf hat, ist er längst auf und davon«, sagte Glitsky. »Falls wir aber auf einen handfesten Beweis dafür stoßen, daß eine von diesen Witzfiguren – McKay, O'Toole oder irgendeiner von ihnen – daran beteiligt war, habe ich persönlich nicht vor, die Sache einfach unter den Tisch fallen zu lassen. Ich wollte nur, daß ihr das wißt.« Er sah seine Männer der Reihe nach an. »Mir gefällt der Gedanke nicht, an den Pranger gestellt zu werden, wenn es wieder ruhiger geworden ist, weil wir unsere Untersuchungen angeblich nicht gründlich genug durchgeführt hätten. Das hier ist genau die Art politischer …« – er hielt inne, suchte nach dem richtigen Wort – »… Machenschaften, die auf unangenehme Weise zum Bumerang werden können. Das wollte ich einfach nur mal klar und deutlich ausgesprochen haben. Okay?«

Lanier hob einen Finger. »Du glaubst nicht, daß Shea was damit zu tun hat?«

»Das habe ich nicht gesagt. Zu dieser Annahme habe ich keinen Grund … Auch ich kenne das Foto. Aber wenn die Dinge so einfach wären …« Er zuckte mit den Schultern. Alle wußten, wovon er sprach. »Wahrscheinlich waren sie es alle, er und die anderen. Wenn wir ihn knacken, kriegen wir auch den Rest. Was mir ein bißchen Sorge bereitet, ist der Umstand, daß keiner von den Typen ihn zu kennen schien.«

Banks warf ein: »Mullen sagte, er kenne ihn flüchtig.«

Die Narbe auf Glitskys Lippen spannte sich. »Das habe ich gehört, Rid, aber ich würde nicht darauf wetten. Nach dem heutigen Tag kennt ihn die ganze Stadt flüchtig.« Er wies auf Banks und Griffin. »Hat einer von euch Gelegenheit gehabt, sich die Verwundungen von Mullen und McKay anzusehen? Vielleicht solltet ihr mal mit ihren Ärzten sprechen. Oder schaut bei McKay zu Hause vorbei und seht euch die Schiebetür an.«

Lanier kippte den restlichen Wein hinunter. »Du willst damit sagen, Abe, wir sollen an ihnen dran bleiben, oder? Egal, was uns jemand anders sagt?«

»Es muß mindestens … na, sagen wir, zehn Mittäter geben. Drücken wir es mal so aus: Ich will wenigstens ein paar von ihnen finden.«

»Und Shea?« Die Frage kam von Griffin.

»Klar. Shea auch. Wir sehen uns oben.«

## 24

Endlich war wieder Wind aufgekommen. Der Nebel wallte die Bryant Street hinunter, und es war wieder so kalt wie immer. Glitsky zog die Jacke enger um sich, damit sie nicht ständig vom Wind aufgerissen wurde. Seine Augen waren vor Müdigkeit trüb, sein Kopf fühlte sich schwer an.

In der Eingangshalle des Justizgebäudes hatte Sheriff Boles einen Bereich behelfsmäßig abgetrennt, in dem die Festnahmen bearbeitet wurden. In der Praxis hieß das, daß reihenweise Vorladungen verteilt wurden, als seien es Strafzettel für falsches Parken. Seit dem Vortag waren zahlreiche Menschen wegen Störung der öffentlichen Ordnung festgenommen worden, deren Vergehen Plünderungen, Vandalismus, Hausfriedensbruch, Körperverletzung und ähnliches umfaßten. Boles hatte Polizeichef Rigby dazu überredet, die Verhafteten wegen anderer Straftaten überprüfen zu dürfen. Falls kein Haftbefehl gegen sie vorlag, erhielten sie einen Vorladungstermin und wurden freigelassen.

Der Ort glich einem Tollhaus. Glitsky zog den Kopf tiefer in die Jacke und ging in Richtung der Aufzüge. Er wollte nach oben ins Büro, um Rita noch einmal anzurufen und nach seinen Jungs zu fragen. Irgendwann mußte er auch mal schlafen. Er wußte zwar nicht, wann, aber er spürte, daß seine Nerven nicht mehr lange mitmachen würden. Sein klares Urteilsvermögen würde wegen der erdrückenden Müdigkeit bald nicht mehr funktionieren.

Als sich die Aufzugstür öffnete, stand Elaine Wager vor ihm. »Ich war gerade in Ihrem Büro, Abe. Niemand wußte, wo Sie sind.« War das ein Vorwurf? Eine Warnung? Wurde er von jemandem überwacht? »Haben Sie eine Minute Zeit?« fragte sie. »Wir könnten wieder rauffahren.«

»Sicher.« Es hatte keinen Sinn zu diskutieren. Die Dinge, die er unbedingt sofort erledigen wollte, mußte er auf später verschieben. Er konnte seine Söhne jetzt nicht anrufen, er mußte verfügbar sein, wenn man ihn rief. Das gehörte zu seinem Job.

Er wurde an sie gedrückt, als sich die Menschentraube – etwa zwanzig Personen aller Rassen, ein Mikrokosmos der Stadt draußen – in die sechseinhalb Quadratmeter kleine Aufzugskabine zwängte. Die Türen schlossen sich, die Geräusche aus der Eingangshalle verstummten. Die Stille im Fahrstuhl lastete auf ihnen. In dem engen, geschlossenen Raum herrschte eine spürbare Anspannung; Argwohn und Mißtrauen erstickten die gewohnten Plaudereien.

Als die Tür sich auf der dritten Etage öffnete, stieß Elaine Glitsky leicht an. »In mein Büro.« Er hatte gedacht, sie wären auf dem Weg ins Morddezernat auf der vierten Etage, aber Elaine legte einfach einen anderen Ort für ihr Gespräch fest, also lief er hinter ihr her.

Der Raum war eines der Standardbüros, wie es die Staatsanwälte benutzten – zwei Schreibtische, so viele alte Aktenschränke, wie hineinpaßten, eine Kaffeemaschine und zwei schmutzige Fenster mit dem entzückenden Ausblick auf die Freeway-Überführung Nr. 4. Elaine blieb auf der Schwelle stehen, um Glitsky hineinzulassen, dann schloß sie hinter sich die Tür.

Glitsky parkte sein Hinterteil auf dem Schreibtisch von Elaines Zimmergenossin. Wer auch immer sonst an dem zweiten Schreibtisch saß, war jetzt nicht da. Elaine drehte sich um und sank leicht in sich zusammen. Um die Spannung zu lösen, fragte Glitsky, ob sie bei der Fahrt im Aufzug genau soviel Spaß gehabt habe wie er.

Elaine schenkte ihm ein schwaches Lächeln. Auch sie war erschöpft, man sah ihr die Müdigkeit an. »Das ist alles so unwirklich«, sagte sie. »In San Francisco gibt es solche Probleme einfach nicht.«

»Wissen Sie, wie viele Gewerkschaften wir bei der Polizei haben? Ich werde es Ihnen verraten: drei. Wir haben eine für weiße Polizisten, eine für weibliche Polizisten und eine für schwarze Polizisten. Und die schwulen Polizisten wollen demnächst auch eine gründen.«

»Aber sie arbeiten alle zusammen, so wie wir, Sie und ich. Die Leute kommen miteinander aus, tun ihre Arbeit, nicht wahr?«

»Das Faß kann überlaufen.«

»Aber doch nicht so.«

»Die Ausweitung der Ereignisse ist logisch genug. Zuerst hören die Menschen auf, einfach nur Menschen zu sein, na ja …« Glitsky zuckte die Achseln, stand auf und reckte sich. »Aber darüber wollten Sie wohl nicht mit mir plaudern.«

Elaine seufzte. Einen Moment lang erkannte Glitsky in ihren Augen ihre Mutter wieder. Etwas in ihrem Ausdruck, in der Form ihres Gesichts, war ihm vertraut. Er rieb sich die Augen, während sie ihm zustimmte.

Sie habe ihn nicht gesucht, um mit ihm die Lage zu erörtern … Für einen Moment hielt sie inne und überlegte. »Kann das unter uns bleiben?«

»Kommt ganz darauf an.« Glitsky war sich seines Rufes als Dickschädel vage bewußt und vermutete, daß er ihn nicht ganz zu Unrecht besaß, weil er tatsächlich zur Kompromißlosigkeit neigte. Wenigstens beschönigte und heuchelte er nicht. Er wußte, daß er – mit einem bestimmten Ausdruck in seinem Adlergesicht – jemandem sagen konnte, daß er ihn liebe und schätze, und dabei schroff und kalt wirken könnte. Sogar bei Flo war ihm das passiert.

Doch Elaine hatte ein dickeres Fell, als er angenommen hatte. Sie warf ihm einen kurzen Blick zu und zeigte den Anflug eines erneuten, strahlenderen Lächelns.

Schließlich nickte er. »Okay, klar. Es bleibt unter uns. Worum geht es?«

»Meine Mutter …« begann sie. »Nein … nicht sie. Ich möchte sie da nicht hineinziehen …« Sie biß sich auf die Unterlippe und sah an Glitsky vorbei zum Fenster hinaus.

»Steckt sie nicht schon mittendrin?«

»Genau genommen nicht. Aber darüber möchte ich jetzt nicht sprechen. Ich glaube, was ich meine ist diese ganze Geschichte.«

Glitsky nickte wieder. »Alles etwas ungewöhnlich, das gebe ich zu.«

»Es geht um meine Karriere«, fuhr sie fort.

»Könnte sein, daß Sie recht haben.«

»Ich muß es wissen, wenn es keinen Fall gibt.«

»Elaine, *Sie* machen den Fall«, erklärte er.

»Ich weiß. Das ist meine Aufgabe. Ich sammle die Tatsachen.«

Stille.

»Ich will nur, daß die Tür zwischen uns offenbleibt.«

Glitsky holte tief Luft und ging zu den Fenstern hinüber. Der Nebel war dünn, und er konnte auf der anderen Seite der Bucht in Oakland und vermutlich sogar in Richmond noch vereinzelt Rauchschwaden erkennen. Als er sich bewußt machte, in welche Richtung das Gespräch mit Elaine lief, stieg plötzlich wieder die Wut in ihm auf. Sein Zorn schien wie Lava unter der Oberfläche zu brodeln, jederzeit bereit, durchzubrechen.

Er drehte sich zu ihr um. »Wissen Sie, Elaine, Sie sind eine reizende Person, und ich glaube, daß auch Sie nur versuchen, in dieser Situation das Richtige zu tun. Aber ich hasse es, auf den Arm genommen zu werden, und besonders heute steht mir nicht der Sinn danach.«

Ihre Augen weiteten sich. »Aber ich will Sie nicht ...«

»Sie wollen Ihren Hintern absichern, Elaine. In Ordnung, das bleibt unter uns. Aber meine Tür stand schon immer offen. Wir müssen keine besonderen Übereinkünfte treffen, damit die Türen offenbleiben.«

»Das ist keine besondere Übereinkunft.«

»Nein? Dann ist es eigenartig, daß wir in einem geschlossenen Raum und ganz *unter uns* sind.«

»Ich wollte nur, daß wir ungestört sind. Ich wollte nicht, daß Chris ...«

Glitsky zeigte mit dem Finger auf sie. »Jetzt kommen wir der Sache näher. Sie wollten nicht, daß Chris ... was?«

»Er ist mein Chef. Er teilt mir die Jobs zu.«

»Dann erledigen Sie die Jobs. Aber kommen Sie nicht zu mir, um auf Nummer Sicher zu gehen. Entweder spielen Sie bei ihm mit – und damit vielleicht auch bei Ihrer Mutter, das weiß ich nicht –, oder Sie schlagen sich als rechtschaffene Staatsanwältin. Für welche Seite Sie sich entscheiden, liegt bei Ihnen.«

»Ich will keinen Fehler machen, Abe. Ich darf keinen Fehler machen.«

Die Narbe auf Glitskys Lippen dehnte sich. »Darüber würde ich mir nicht den Kopf zerbrechen. Ich begehe die ganze Zeit

Fehler. Aber ich verrate Ihnen, was das Leben erheblich erleichtert.«

»Und das wäre?«

»Halten Sie sich an die richtige Reihenfolge. Es gibt eine bestimmte Reihenfolge, in der man die Dinge erledigen sollte, damit man nicht die Zeit aller Beteiligten verschwendet.« Glitsky drehte am Türknopf, hielt inne. »Wissen Sie, ich habe wirklich kein Mitleid mit Kevin Shea. Aber ich erledige die Dinge gern vorschriftsmäßig. Denn wenn man das nicht tut, gibt es hinterher oft ein böses Erwachen.«

»Sie glauben also, daß er es war?« Das schien sie zu ermutigen.

Glitsky riskierte eine Klage wegen Tätlichkeit, sexueller Belästigung und Political Incorrectness im allgemeinen, als er seine Hand einen Moment auf Elaines Schulter legte. »Ich versuche nicht, seine Unschuld zu beweisen. Aber ich will, genau wie Sie, daß er eine faire Verhandlung bekommt. Und meine Tür steht immer offen. Das ist alles.«

## 25

»Bist du allein?«

»Kevin, bist du das? Kannst du etwas lauter reden?«

»Ja, ich bin's. Aber ich kann nicht lauter sprechen. Kannst du mich verstehen?«

»Es geht so. Wo bist du? Ist alles in Ordnung?«

»Ich habe gefragt, ob du allein bist.«

»Ja.«

»Bist du sicher?«

»Kevin …«

»Ich brauche Hilfe, Melanie, ich brauche dringend Hilfe, aber ich brauche nicht Cindy Taylor oder sonst irgendwen, verdammt …«

»Was?«

Sein Flüstern wurde noch leiser. »In der Wohnung eine Treppe höher ist jemand. Jetzt kommt er wieder runter. Ich habe gerade die Tür gehört.«

»Was?«

»Warte. Bleib dran. Ich kann nicht sprechen. Nur einen Moment.«

Er hörte wieder Schritte näher kommen und sah den schwachen Schatten der Füße unter der Tür. Der gute Nachbar von oben war zweifelsohne ein Musterknabe von Bürger, der die leeren Wohnungen im Auge behielt, wenn die Leute in Urlaub fuhren.

Wieder klopfte es an der Tür. »He, ist jemand da drin?«

Aus dem Telefon kam Melanies Stimme: »Kevin?«

Er hielt den Atem an. Melanie würde entweder auflegen oder aber nicht. Er hatte sie gebeten zu warten. Vielleicht würde sie es tun.

Nach ungefähr zwei Minuten verschwand der Schatten hinter der Tür endlich. Er lauschte den leiser werdenden Schritten und wartete noch zehn Sekunden, um sicherzugehen, daß der Mann wirklich weg war. Dann flüsterte er: »Bist du noch da?«

»Ja. Kevin, was ist los?«

»Kannst du mich abholen?«

Eine Pause. »Ja, gut. Wo bist du?«

Ein neues Problem – er wußte nicht, wo er war. Auf dem Tisch vor dem Sofa lagen ein paar Zeitschriften, und er riskierte es, ein paar Schritte zu machen. Die kleinen Geräusche, die er dabei verursachte – eine quietschende Feder im Sessel, eine knarrende Fußbodendiele –, waren laut wie Explosionen. Er las die Anschrift von einer der Zeitschriften ab: »148 Collins Street, Apartment 3. Weißt du, wo das ist?«

»Nein.«

»Western Addition. Ein oder zwei Straßen südlich der California Street. Du mußt wahrscheinlich einen Umweg fahren. Die Nationalgarde ist unterwegs …« Ihre Konzentration überraschte ihn. Keine Panik in der Stimme. Wer, zum Teufel, war diese Melanie?

Sie wiederholte die Adresse. »Gut, ich hab's. Ich werde dich finden.«

Hinter seinem Rücken war ein anderes hartnäckiges Klopfen zu hören. Kevin drehte sich mit dem Hörer in der Hand um. Zwei Meter von ihm entfernt stand der gute Nachbar von oben und spähte durch das Fenster herein. Der Mann schlug gegen die Scheibe und rief irgend etwas.

»Mel!« Gott sei Dank, sie hatte noch nicht aufgelegt. »Vergiß Plan A! Bleib, wo du bist, bleib zu Hause, bis ich dich anrufe! Und ruf niemanden an!«

»Kevin, was ist …?«

»Bleib einfach zu Hause und warte, Mel! Sie haben mich wieder gefunden.«


Er fragte sich, woher die Kälte so plötzlich kam. Sie war das einzige an San Francisco, woran er sich noch nicht gewöhnt hatte. Einen Moment lang war es schön, sonnig und klar, zehn Minuten später oder drei Straßen weiter auf einmal ungemütlich und kalt. Jetzt lag die Temperatur mit einem Mal nur noch zwischen zehn und fünfzehn Grad, und der Wind fegte Nebelschwaden durch die trostlosen Reihen der Apartmentgebäude.

In dieser Straße, wie auch immer sie heißen mochte, hatten drei aneinandergrenzende Gebäude gebrannt, und der beißende Rauch drang ihm mit jedem Windstoß in die Lungen, so daß er husten mußte und die Rippen noch heftiger schmerzten. Er war vielleicht hundert Meter gelaufen, über drei Zäune geklettert. Der gute Nachbar hatte nicht die Absicht gehabt, die Verfolgung aufzugeben, aber Kevin hatte schließlich doch den Eindruck, ihn abgehängt zu haben. Durch diese Verfolgungsjagd befand er sich jetzt näher an der Universität und hatte den schlimmsten Teil der Western Addition hinter sich.

Aber was brachte ihm das?

Er bezweifelte, daß Wes Farrell den ganzen Nachmittag auf ihn gewartet hatte, würde aber trotzdem nachsehen. Wes war noch nicht wieder zu Hause gewesen, als Shea bei ihm angerufen hatte, nachdem er in dem kurzfristig angeeigneten Apartment zunächst das Bewußtsein verloren hatte und dann wieder zu sich gekommen war. Es war fast fünf Uhr gewesen, und niemand hatte geantwortet, auch kein Anrufbeantworter.

Deshalb hatte er es bei Melanie versucht.

Seine letzte Hoffnung, dachte er. Sie hätte ihn abgeholt, wenn er in dem Apartment hätte bleiben und warten können, dessen war er sich sicher. Und das war wenigstens *ein* gutes Zeichen … also hatte sich doch nicht die ganze Welt gegen ihn verschworen. Melanie. Wer hätte das gedacht?

Seine Lunge schmerzte vom Laufen, die Stiche, die das Husten verursachte, quälten ihn. Er fragte sich, ob eine Rippe gebrochen war, ob eine gebrochene Rippe eine Lunge durchlöchern und eine durchlöcherte Lunge plötzlich den Dienst versagen und er ersticken konnte …

Er kam an eine große Querstraße mit starkem Verkehr. Geary Street? Gab es tatsächlich irgendwo in der Stadt ein normales Leben? Es fiel ihm schwer, daran zu glauben, aber vor sich sah er den Beweis dafür.

Zitternd und immer noch hustend, überquerte er die Straße an der Ampel zur Masonic Avenue. Er fand ein Telefon und rief Melanie erneut an, um ihr zu sagen, wo er sich befand. Er war nur noch ein paar Häuserblocks von Saint Ignatius entfernt. Melanie wußte, wo die Kirche stand, und würde ihn dort in fünfzehn Minuten treffen.

Wes war nicht da.

Kevin hatte ihn so spät auch nicht mehr in der Kirche erwartet. Wenigstens war es hier wärmer.

Er setzte sich in eine Bank im hinteren Teil des Mittelschiffs und tat, als würde er beten. Er hatte in den letzten fünf Jahren nicht oft gebetet, weil die Diözese von Houston sich geweigert hatte, seinen Vater nach dessen Selbstmord in der Familiengruft beizusetzen, in der schon dessen Vater, Kevins Großvater, begraben lag. Kevins Glaube, der nie besonders ausgeprägt gewesen war, geriet noch stärker ins Wanken. Dann, in der Army, in Kuwait und nach der Sache mit Joey, beim Aufräumen auf der Straße des Todes, war der Glaube ihm ganz abhanden gekommen.

Aber seine Hände waren gefaltet, und er kniete. Ein Priester kam den Mittelgang entlang und nickte ihm zu, ohne ihn zu erkennen, zum Glück. Dann blieb der Geistliche stehen, hielt inne. Wollte er etwas sagen? Schließlich besann er sich eines Besseren und ging weiter, nach draußen. Kevin atmete auf.

Wieder öffnete sich die Tür. Bitte, dachte er, laß es nicht den Priester sein, der zurückkommt. Er war zu erschöpft, um weiterzulaufen.

Melanie Sinclair schlüpfte neben ihn. Er schreckte auf. Trotz der Sorge, der Angst in ihren Augen, erschien sie ihm lebendig und schön. Hatte er wirklich mit ihr Schluß gemacht? War er noch bei Verstand gewesen? Sie war ihm so verklemmt und spießbürgerlich vorgekommen, daran erinnerte er sich genau … Aber in diesem Augenblick war er froh, sie zu sehen. Nie zuvor in seinem Leben hatte er über die Anwesenheit eines anderen Menschen solche Erleichterung empfunden. Offensichtlich hat alles zwei Seiten.

»Ich glaube, es ist besser, wenn du von hier verschwindest.«

Sie fuhr, er saß auf dem Beifahrersitz, vornüber gebeugt, um sein Gesicht zu verbergen.

»Vielleicht«, sagte er.

»Kevin, das *solltest* du aber ...«

Er warf ihr einen kurzen Blick zu, einen Blick, den sie gut kannte. »Laß uns nicht wieder mit dem ›du solltest‹ anfangen, Mel, okay?« Aber er bedauerte seine Worte sofort. Sie hatte recht.

Sie biß sich auf die Unterlippe, hätte ihn, instinktiv, beinahe wieder verbessert und gesagt, daß ihr Name Melanie sei, nicht Mel. Doch dann dachte sie, daß es ihr jetzt sogar völlig gleichgültig wäre, wenn er sie Schneewittchen nennen würde. Sie lächelte bei diesem Gedanken und hätte es ihm fast gesagt. Sie konnte sich gut vorstellen, wie sie zu ihm sagte: ›He, Kevin, warum nennst du mich nicht gleich Schneewittchen?‹

»Was ist so komisch?« fragte er.

»Nichts.«

Er bohrte nicht weiter. Wozu auch. Sollte es jemand anders tun.

Aber Melanie wollte die Situation bereinigen: »Ich habe nicht ›du solltest‹ gesagt, als wüßte ich es besser, Kevin. Ich habe ›du solltest‹ gesagt, weil es vielleicht besser ist, wenn du verschwindest, bis es wegen dieser schrecklichen Sache wieder ruhiger geworden ist. Du bist hier zu sehr im Blickfeld, Kevin. Ich könnte dich irgendwo hinbringen. Einfach weiterfahren.«

»Das würdest du tun?«

Sie sah zu ihm hinüber und biß sich wieder auf die Unterlippe. »Ja.«

Das beeindruckte ihn. Diese Frau hatte sich verändert, jedenfalls kam es ihm so vor. Er bemerkte etwas an ihr, das ihm nie zuvor aufgefallen war. »Dann bin ich wirklich auf der Flucht. Wenn sie mich schnappen ...«

»Du bist jetzt auch auf der Flucht.«

»Das stimmt.«

Sie hielt an einer ausgefallenen Ampel, an der ein Polizist den Verkehr regelte. »Rutsch nicht zu weit runter«, sagte sie. Überall sah sie die Soldaten der Nationalgarde, Panzerfahrzeuge, die die Straßen säumten. Der Verkehr wurde auf einer Spur zusammengeführt.

Kevin richtete sich ein wenig auf. »Du hast recht.« Er winkte lächelnd einigen Soldaten zu.

»Aber übertreib's auch nicht, bitte!«

Er wandte sich wieder zu ihr und fragte: »Erinnerst du dich an Farrell?«

»Ja.« Wes, auch er ein Freund zügelloser Partys, war einst ein wunder Punkt zwischen ihnen gewesen.

»Ich glaube, mir bleibt nur die Möglichkeit, die Geschichte so zu erzählen, wie sie wirklich passiert ist. Alles andere – weglaufen, mich irgendwann freiwillig stellen, was auch immer –, bringt mich nur noch in größere Schwierigkeiten, wenn sie mich irgendwann doch kriegen.«

»Und was kann Wes tun?«

»Wes ist Anwalt. Er kann mich rauspauken.«

»Er ist kein Anwalt mehr.«

»Natürlich ist er das. Er kennt alle Tricks. Er kann es schaffen.«

»Aber wird er es auch tun?«

»Klar. Ganz sicher.«

»Und dann?«

»Dann habe ich wenigstens eine Chance. Ich habe es nicht getan, Mel, du weißt das.«

Sie streckte ihre Hand zu ihm hinüber, legte sie auf die seine und zog sie wieder fort. Sie wollte ihn nicht drängen, sondern ihm helfen. Er konnte keine zusätzlichen Komplikationen brauchen. »Natürlich weiß ich das. Ich sage nur, daß es meiner Ansicht nach ein großes Risiko ist, sonst nichts.«

Er zuckte mit den Schultern. »Im Moment ist alles ein Risiko. Die ganze Sache ist außer Kontrolle geraten. Wenn ich weglaufe ... Wie dem auch sei, ich *will* nicht weglaufen.«

»Weil es wie ein Schuldeingeständnis aussehen könnte?«

»Ja. Glaube ich zumindest. Aber auch, weil es einfach nicht richtig wäre. Verstehst du, ich kenne die Wahrheit, ich weiß, was passiert ist. Ich war dort, Mel, und es muß ans Tageslicht kommen, was wirklich passiert ist, nicht nur meinetwegen ...«

»Und du glaubst, Wes Farrell könnte der richtige Mann sein, um dir dabei zu helfen, deine Lage zu verbessern?«

»Ich glaube, daß Wes Farrell für einen Anwalt ein ziemlich guter Mensch ist.«

Sie konnte nicht anders. »Er ist ein Anwalt, der zuviel trinkt und eine ganz schön miese Einstellung zum Leben hat, einschließlich seines eigenen Lebens.«

Kevin wäre fast aus der Haut gefahren, riß sich aber zusammen. Jetzt war nicht der Zeitpunkt, um dieses Thema mit ihr auszudiskutieren. Sie war für ihn da. Das war im Moment wichtiger als alles andere. Er nahm ihre rechte Hand vom Lenkrad und hielt sie fest. Sie sah hinunter, lächelte und drückte seine Hand.

»Nicht hier«, sagte Kevin.

Sie hatten einen Abstecher zu Wes Farrells Wohnung gemacht, doch der ›für einen Anwalt ziemlich gute Mensch‹ war immer noch nicht daheim gewesen. Melanie hatte die Meinung geäußert – und Kevin konnte sie nicht widerlegen –, daß er sich irgendwo vollaufen lasse. Er hatte versucht, es mit einem Witz abzutun: »Ein Betrunkener muß nicht unbedingt ein schlechter Mensch sein.« Aber Melanie war nicht in der Stimmung für Witze. Kevin eigentlich auch nicht, aber in heiklen Situationen wie dieser hatte er sich schon immer in Ironie geflüchtet, um sich zu schützen.

Es war nicht weiter verwunderlich, daß er das Gefühl nicht loswurde, daß die ganze verdammte Stadt hinter ihm her war. Die ältere Frau, in deren Hauseingang er sich versteckt hatte, hatte ihn sofort erkannt, die Streifenpolizisten vielleicht auch. Vielleicht sogar der Typ, der über der Wohnung wohnte, in der er sich kurzfristig ausgeruht hatte.

Einzelfälle? Vielleicht. Vielleicht auch nicht. Diese Dinge waren alle *ihm* passiert. Was ihm Sorgen bereitete, war nicht, daß ihn jemand erkennen *könnte*, sondern daß ihn alle – unabhängig voneinander und zum Teil ohne größeres Interesse an ihm – offenbar sofort erkennen *mußten*.

Und jetzt war Melanie auch noch in die Einfahrt zu einem Drive-in-Restaurant an der Neunzehnten Straße gebogen und hatte sich in die Autoschlange eingereiht. Vorne Autos und hinten auf der Straße Autos, das durfte einfach nicht wahr sein ...

»Nicht hier!« wiederholte er. »Was machst du denn?«

»Wir müssen was essen«, sagte sie. »Wir gehen nicht rein.«

»Es geht nicht ums Reingehen. Wir müssen …«

Aber es war zu spät, um rückwärts wieder hinauszufahren – ein Auto stand hinter ihnen. Er hatte nur zwei Möglichkeiten: in Melanies Wagen sitzenzubleiben oder auszusteigen und zu laufen. Aber wohin sollte er laufen? Und wie groß wäre die Chance, auf der Straße unerkannt zu bleiben? Größer, als hier mit gesenktem Kopf im Wagen zu sitzen? Sollte er es ausprobieren? Sein Leben riskieren? Und ihres noch dazu?

Es war noch nicht dunkel, die Sicht zu gut. Er würde keine fünfzig Meter weit kommen.

Nervös sah er von einer Seite zur anderen, nahm eine scheinbar endlose Prozession von Gesichtern wahr – im Auto vor ihnen (die Leute auf den Rücksitzen drehten sich um – warum?), hinter ihnen auf der Kreuzung, auf den Gehwegen. Und alle starrten ihn an.

Waren es zufällige oder prüfende Blicke? Jedenfalls waren sie auf ihn gerichtet. Melanie hatte kurz vor der Abendessenszeit ein beliebtes Lokal an einer stark befahrenen Straße gewählt, und es war nur eine Frage der Zeit, bis jemand ihn erkennen würde.

Er ließ sich in den Sitz fallen.

Melanie kurbelte ihr Fenster herunter und fragte: »Was möchtest du?«

»Ich will hier raus.«

Sie sah kurz in den Rückspiegel. »Geht nicht«, stellte sie sachlich fest. »Was ist deine zweite Wahl?«

Ihr Fenster war immer noch offen. »Weißt du, Melanie, ich würde das alles auch gern locker sehen, aber ich bringe es einfach nicht fertig …«

»Ich sehe es nicht locker«, sagte sie. »Aber wir müssen etwas essen, und Tatsache ist, daß dich niemand ansieht, wenigstens nicht im Moment.«

»Alle sehen mich an.«

Der Fahrer hinter Melanie hupte, und Melanie winkte entschuldigend mit der Hand aus dem Fenster. Sie bestellte zwei doppelte Cheeseburger, Pommes frites und Milchshakes, dann fuhr sie ein Stück vor.

Sie waren noch immer in der Schlange eingekeilt. Die Autos krochen unendlich langsam vorwärts, und es würde mindestens fünf Minuten dauern, bis sie um das Gebäude herum zum Ausgabefenster kämen.

»Vielleicht bilde ich es mir nur ein, Melanie. Aber wenn nicht, bin ich so gut wie tot.« Und du vielleicht auch, dachte er. War ihr das nicht klar?

»Du mußt mir vertrauen …«

»Ich muß meinem Instinkt vertrauen. Der hat mich bis hierher gebracht.«

Sie sah zu ihm herüber. »Um das mal festzuhalten, Kevin: Ich war daran beteiligt, daß du es bis hierher geschafft hast. Ich weiß … du hast gestern abend gesehen, wie ein Mann gelyncht wurde. Herrgott noch mal, wer hätte da keine Angst? Ich habe auch Angst. Aber ich glaube, daß ich die Dinge ein wenig klarer sehe als du.« Sie zwang sich zu einem Lächeln und hoffte innerlich, daß sie recht hatte.

Er mußte zugeben, daß er am Rand der Panik stand, sie dagegen überraschend ruhig war. »Vielleicht hast du recht, aber …«

»Ich glaube einfach, daß wir hier genauso sicher sind wie an jedem anderen Ort der Stadt und du einfach abwarten und nicht weglaufen solltest. Laß uns versuchen, uns an diese Situation zu gewöhnen.«

Sie krochen weiter. Hupen hinter ihnen. Draußen, vor Melanies Fenster, Leute, die sich laut unterhielten, lachten, schrien, aber niemand kam zu ihnen. Kevin sah zu Boden und legte eine Hand an die Stirn. »Wie, zum Teufel, kommen wir hier wieder raus?« fragte er.

»Ich glaube, daß mit vollem Magen alles besser aussieht«, sagte Melanie.

Sie hatte recht behalten, und sie hatte maßgeblich dazu beigetragen, daß sie es auch bis dorthin, wo sie jetzt waren, geschafft hatten. Niemand hatte Kevin erkannt, das Drive-in-Lokal war eine ausgezeichnete Wahl gewesen. Und ob es ihm gefiel oder nicht: Die Dinge sahen mit vollem Magen wirklich besser aus. Er sah die Frau neben sich an und empfand große Dankbarkeit.

Am wichtigsten war, daß sie ihm geglaubt, an ihn geglaubt hatte.

Er hatte immer vermutet, daß mehr – viel mehr – an ihr war, als er wahrgenommen hatte, während sie zusammen waren. Aber irgendwie hatte die Chemie zwischen ihnen nicht gestimmt, oder sein Schuldbewußtsein oder beides zusammen hatte alles vermasselt. Deshalb hatte er damals beschlossen, sich von ihr zu trennen.

Jetzt hatte seine verzweifelte Lage das Gleichgewicht zwischen ihnen verändert. Sie waren Partner, Gleichgestellte, und diese Erkenntnis hatte zur Folge, daß er sich plötzlich wie ein Betrüger vorkam. Er war Melanie gegenüber unfair gewesen, weil er ihr nicht erzählt hatte, daß er, bevor sie befreundet waren, einmal – ein einziges Mal – mit ihrer Freundin Cindy Taylor geschlafen hatte. Jetzt dachte er, daß er Melanie wenigstens die Wahrheit schuldete – über sich, über ihre angeblich ›beste Freundin‹, die ihm eben nicht nur, wie zuvor behauptet, ›ganz gut gefallen‹ hatte.

Also hatte er es ihr erzählt.

Und jetzt hielt Melanie, die ihn in seiner panischen Flucht mit einer fast stoischen Ruhe unterstützt hatte, den halbvollen Milchshake-Becher am Lenkrad im Gleichgewicht und weinte leise vor sich hin.

Die frühe Abendsonne schien durch die niedrige Wolkendecke, ließ das Rot von Melanies Haaren aufleuchten und die Feuchtigkeit auf ihren Wangen glänzen. »Ich kann das nicht glauben«, schluchzte sie. »*Cindy?*«

»Ich dachte, ich sollte es dir erzählen.«

»Ich verstehe das nicht … Warum hast du vorher nie das Gefühl gehabt, daß du es mir erzählen solltest? Als wir zusammen waren … ich meine, als ich dachte, daß wir zusammen wären?«

»Wir *waren* zusammen, Melanie.«

Fast hätte sie aufgelacht. »Ihr habt mich die ganze Zeit verarscht.«

»Nein. Cindy und ich waren nie ein Paar. Wir haben eine einzige Nacht miteinander verbracht, bevor es zwischen uns beiden losging.«

»Aber sie hat mir gesagt ...«

»Sie hat gelogen, Mel.«

Sie drehte sich zu ihm hin. »Warum hast du es mir nicht erzählt?«

»Was hätte das für einen Sinn gehabt, Mel? Du wärst nur verletzt gewesen. Außerdem bin ich davon ausgegangen, daß Cindy es dir gesagt hat und daß es für dich keine große Sache war.«

Melanie sah ihn lange an. »Kevin ...«

»Nein, so hättest du wahrscheinlich nicht reagiert.«

»Wahrscheinlich nicht. Ich bin immerhin eine Frau.«

Keine Frage.

Die Fenster waren einen Spalt weit geöffnet, und der Wind zog herein.

Kevin sagte: »Na ja, ich wollte dich und dachte, wenn ich dir von Cindy erzählen würde, hätte ich keine Chance mehr.«

Sie sah ihn wieder an. Sie wußte nicht, was sie glauben sollte. »Vielleicht wolltest du einfach irgend jemanden ...«

»Wenn ich einfach irgend jemanden gewollt hätte, wäre ich bei Cindy oder bei einer anderen geblieben. Offen gesagt, hätte ich es dann vielleicht etwas einfacher gehabt.« Er sah, daß ihr seine Worte nicht gefielen, und drehte sich zu ihr hin. »Na los, Mel, was soll ich deiner Meinung nach sagen? Ich fand dich großartig. Glaubst du, daß ich auch nur *irgendwas* für Cindy empfunden habe? Gut, mit dir und mir ist es nicht so gut gelaufen – aber das heißt doch nicht, daß es nicht ehrlich war. Ich habe es versucht, wir beide haben es versucht, es hat einfach nicht geklappt.«

»Doch, das hat es, wenigstens dachte ich das ... Ach, Mist, Kevin, warum erzählst du mir das alles jetzt?«

Er streckte den Arm nach ihr aus, verzog bei dem Schmerz in seinen Rippen das Gesicht, berührte ihre Schulter über den Sitz hinweg. »Weil du jetzt hier bist, Mel, und ich nicht glaube, daß du vor sechs Monaten hier gewesen wärst.«

»Das ist nicht wahr, ich wäre hier gewesen ...«

»Das bezweifle ich. Du hättest mir nicht geglaubt, daß ich an diesem Wahnsinn nicht beteiligt war. Du hättest nicht in Frage gestellt, was du gesehen hast, hättest mich abgeschrieben als den Kerl, der eben alles auf die leichte Schulter nimmt. Inzwischen weißt du über meinen miesen Charakter Bescheid, und obwohl ich immer noch derselbe bin, bist du hier. Das ist der Unterschied.«

Er nahm Melanie den Milchshake-Becher aus der Hand. Sie deutete ein Lächeln an. Genau das hatte er gebraucht.

»Ich dachte«, fuhr er fort, »es wäre besser, wenn ich die Karten offen auf den Tisch lege – die ganze Geschichte mit Cindy. Keine Überraschungen. So bin ich. Vielleicht können wir, wenn … falls diese Sache jemals vorüber sein sollte, du weißt schon … uns wiedersehen.«

Melanie nickte. Aber jetzt hatten sie keine Zeit mehr für solche Gespräche. Herrgott, er war auf der Flucht, und sie war seine Komplizin.

## 26

Glitsky war um kurz vor fünf am späten Nachmittag nach
Hause gekommen und hatte dann fast vier Stunden geschlafen.
Rita hatte ihn, wie verabredet, zum Abendessen geweckt. Seine
Söhne waren nach diesem langen Tag im Haus zornig, nervös
und gereizt, verlangten Antworten und hielten ihren Dad für
einen Paranoiker, der schon zu lange im Polizeidienst stand, was
die beiden Älteren ihm dann auch in aller Deutlichkeit gesagt
hatten.

Jetzt, nach dem Abendessen, saßen die Jungs am Küchentisch
und hielten wie Pech und Schwefel zusammen (was er im
Grunde gut fand), allerdings im Bündnis gegen ihren alten
Herrn (was er nicht so gut fand). Selbst Orel, dessen schmächti-
gen Körper Glitsky sechs Monate zuvor noch auf seinem Schoß
gehalten und an sich gedrückt hatte, arbeitete mit seinen elf Jahren an einer eigenen Interpretation des *bösen Blicks*. Obwohl
Orels Züge noch nicht so ausgeprägt waren wie die seiner Brüder Jake und Ike (*ave atque vale* Jacob und Isaac), ähnelte er Flo
am meisten. Deshalb traf sein versteinerter Gesichtsausdruck
Abe auch am härtesten. Aber das bedeutete nicht, daß ihn die
Gesichter der beiden älteren Jungs, die ihr finsteres Drein-
schauen längst zu einer Kunst entwickelt hatten, weniger bewegten.

Rita hielt die Arme vor ihrer mehr als stattlichen Brust verschränkt. Ihre Stirn war gerunzelt, Glitskys ebenfalls. Die
Küchenfenster waren von innen beschlagen – es hatte Spaghetti
gegeben –, draußen war es inzwischen dunkel und stürmisch.
Das Geschirr stand noch auf dem Tisch.

Thema des heutigen Abends (als hätte es nie Krawalle gegeben, als ginge das Leben außerhalb dieser Wohnung völlig
normal weiter) war eine Campingtour in den Yosemite Nationalpark, die Glitsky bereits im Frühjahr für das kommende Wo-

chenende geplant hatte. Die Glitskys waren immer zum Zelten gefahren – eine der ›Familienaktivitäten‹. Flo hatte die Wildnis bevorzugt, aber manchmal waren sie auch auf Campingplätzen geblieben. Die Jungs – sogar Orel – hatten sich bei den anfallenden Aufgaben immer selbst übertroffen: das Zelt aufbauen, Abdeckungen an den Laternen anbringen, das Feuer in Gang halten, angeln, den Rucksack packen, Eßbares suchen, kochen. Auch dieses Jahr hatten sie sich ihren Platz reservieren lassen und die Anmeldegebühr überwiesen.

Doch einer von Isaacs Freunden hatte ihn und Jake, falls der auch mitkommen wolle, für das gleiche Wochenende in eine Hütte an einem Bergsee in der Sierra Nevada eingeladen. Glitsky hörte heute zum ersten Mal davon und sagte zu Isaac, er müsse die Tour mit seinen Freunden auf ein andermal verschieben. Ike konterte mit dem Argument, das Zelten mit der Familie müsse doch seinetwegen nicht abgesagt werden; er werde zwar mit seinen Freunden auf die Hütte fahren, aber der Rest der Familie könne das Wochenende beim Campen im Yosemite Park verbringen.

Glitsky war nicht einverstanden.

Sie befanden sich plötzlich mitten in einer Besprechung des Familienrats, denn jetzt griff auch Jake ein. Natürlich, sagte er, würde er lieber mit den Großen zum Wasserskilaufen an den See fahren, als schwitzend im Yosemite Park herumzustiefeln und Wasserfälle anzuschauen. Und da sie schon einmal dabei waren, brachte Orel die Frage auf, warum er mit seinem Vater allein fahren solle, wenn die beiden anderen nicht mit in den Yosemite Park kämen.

»Jungs«, sagte Glitsky, »wir haben einen Platz reserviert. Wir sind eine Verpflichtung eingegangen.«

»Na und?« entgegnete Isaac.

»Wird uns jemand eine Geldstrafe aufbrummen oder so, wenn wir nicht auftauchen?« fragte Jacob.

Glitsky fühlte sich älter als Methusalem, aber er blieb hart: »Es geht um die Verpflichtung. Andere Leute haben keinen Platz mehr bekommen, weil wir angemeldet sind.«

»Dann lassen sie eben in letzter Minute noch jemanden rein. Das tun sie doch immer. Wo liegt das Problem?« Die Klage wurde von Isaac geführt, also, dachte Glitsky, mußte er diesen zuerst ruhigstellen.

»Ike, wir haben bezahlt, wir haben gesagt, daß wir kommen. Ende der Diskussion. Du bedankst dich bei deinen Freunden und sagst, daß du an einem anderen Wochenende gern mitkommen wirst. Abgemacht ist abgemacht.«

Jake schob ein paar Spaghetti auf seinem Teller herum. »Mom hätte es uns erlaubt.«

Das war unter der Gürtellinie und gehörte außerdem nicht zum Thema. »Mom ist nicht hier, Jake. Wir sind hier. Wie wär's mit einer Abstimmung, um die Sache aus der Welt zu schaffen?«

Isaac schob seinen Stuhl zurück. »Das ist die andere Sache.«

»Was?«

Jetzt meldete sich Rita zum ersten Mal zu Wort: »Sie wollen nicht, daß ich mit abstimme.«

Isaac ergriff das Wort: »Es geht nicht um *wollen*, Rita. Es ist einfach nicht fair.«

Glitsky haßte die Floskel ›nicht fair‹. Speziell heute ärgerte er sich über Menschen, die die Schuld für ihre Probleme und für alles, was auf der Welt falsch lief, überall suchten, nur nicht bei sich selbst. Das war das Niveau von Menschen wie Philip Mohandas, und bei seinen eigenen Kindern machte es ihn verrückt. Glitsky spürte, daß er kurz davor war, die Beherrschung zu verlieren, aber er sagte mit ruhiger Stimme: »Was ist nicht fair, Ike?« Er stand an den Kühlschrank gelehnt und drehte sich jetzt zu Rita. »Rita hat am nächsten Wochenende frei, egal was passiert, stimmt's? Ich meine, suchen wir denn nicht die Termine, an denen wir etwas unternehmen, auch danach aus? Damit sie ein bißchen Zeit für sich selbst hat? Sie fährt weder hier- noch dorthin.«

»Stimmt. Na und?«

Hier setzte nun wieder Jake an. Offensichtlich hatten sie sich eine Strategie ausgedacht. »Also hat sie nichts damit zu tun …«

»… und warum soll sie dann abstimmen dürfen?« Ike sprach den Satz für ihn zu Ende.

»Genau«, stimmte Orel zu.

Glitsky sah zu Rita hinüber, die noch immer die Stirn gerunzelt hatte. »Das ist richtig, ich habe nichts damit zu tun.« Der

Gedanke gefiel ihr zwar nicht, aber sie war fair und ehrlich. Einer der Gründe, weshalb Glitsky – ganz allgemein – so viel von ihr hielt.

Isaac sprang auf ihr Zugeständnis an: »Siehst du!«

Auch Glitsky beherrschte einen ziemlich starken bösen Blick, und in diesem Wissen sah er sie der Reihe nach böse an. »Also gut«, knurrte er, »Rita stimmt diesmal nicht mit ab.«

Die Abstimmung endete – kein Wunder – mit drei zu zwei, die Stimmen der Jungs gegen die des Vaters. Glitsky hatte verloren. Er fragte sich, ob dies ein Omen für die nahe Zukunft sei.

Er lauschte dem Tuten des Telefons und vernahm dann am anderen Ende der Leitung den Anrufbeantworter seines besten Freundes Dismas Hardy. Er dachte, er könne es brauchen, mit einem erwachsenen Freund ein paar Minuten in Erinnerungen zu schwelgen, mit jemandem zu reden, der die gleiche Sprache sprach, andernfalls würde er völlig den Verstand verlieren.

Im Hintergrund dröhnten aus dem Fernseher im geteilten Wohnzimmer weitere Nachrichten über die Brände, die Krawalle und Kevin Shea. Wo war Shea? fragte Glitsky sich ärgerlich. Vielleicht befand er sich gar nicht mehr in seinem Zuständigkeitsbereich?

Dismas Hardy, Abes Freund, informierte den Anrufer soeben darüber, daß er und seine Familie für das Wochenende nach Ashland, Oregon, zum Shakespeare-Festival gefahren seien, wo ihnen kein Telefon zur Verfügung stehe. Ob der Anrufer bitte nach dem kommenden Montag noch einmal anrufen könne?

Abe dachte daran, daß die Glitskys und die Hardys zweimal in den vergangenen vier Jahren zusammen nach Ashland gefahren waren. Frannie, Hardys Frau, hatte Abe gebeten, wieder mitzukommen und dieses Mal auch die Jungs mitzubringen, aber ohne Flo hätte sich Abe dort nicht wohl gefühlt. Ashland sei mehr Flos Sache gewesen, hatte er Frannie gesagt, obwohl das eigentlich nicht stimmte. Glitsky liebte Shakespeare und das Theater. Sogar mit der Oper hatte er es versucht und sie faszinierend gefunden. Bei den Kollegen wurde er deswegen oft verspottet, sie hielten ihm vor, dies seien für einen Polizisten ungewöhnliche Interessen. Aber er interessierte sich eben dafür und war zufrieden. Trotzdem hatte er Frannie gesagt, sie würden in diesem Jahr nicht mitkommen.

Die Hardys waren also in Ashland, während er hier in der brennenden Stadt herumhing und die Abstimmungen im Familienrat gegen seine Kinder verlor, obwohl er sie schon überzeugt hatte, mit ihm in den Yosemite Park zu kommen.

Glitsky hinterließ, wie üblich, eine knappe Nachricht auf Hardys Band und zwang sich, aufzustehen und durch die Küche nach hinten zu gehen. Sie waren alle im größeren Zimmer der beiden jüngeren Brüder und sahen sich im zweiten Fernsehapparat irgend etwas Geistloses mit eingespieltem Publikumsgelächter an. Isaac und Jacob lagen ausgestreckt auf dem Boden. Orel schlief mit offenem Mund und lehnte an der ebenfalls schlafenden Rita.

»Hallo, Jungs«, sagte er. Die beiden Älteren sahen kurz auf, sagten »hallo« und warteten. Sie nahmen ihm sein Eindringen übel.

»Ach, nichts. Wollte nur mal reinschauen.«

Sie zuckten mit den Achseln und sahen wieder auf den Fernseher. Glitsky gab seine Bemühungen auf, ging ins Schlafzimmer und fiel angezogen auf das Bett.

Isaac rüttelte ihn wach. »Dad! Dad! Steh auf!«

Er bekam mit Mühe ein Auge auf, das Lid war so schwer wie das sprichwörtliche Blei. »Was ist?«

»Telefon!« Sein Sohn schien über seine mangelnde Reaktion ernsthaft besorgt.

»Das Telefon hat nicht geklingelt, Ike.«

Glitsky hatte das Telefon, das direkt neben seinem Bett stand, nicht gehört. Er hörte das Telefon immer, wachte immer auf, wenn es klingelte. Er rollte zur Seite und schloß die Augen. Fast wäre er wieder eingeschlafen.

»Dad!«

Herrgott, warum gab der Junge nur keine Ruhe? »Was ist?«

»Telefon! Irgendein Notfall, sie brauchen dich. Es geht um eine Senatorin, glaube ich.«

Das drang zu ihm durch. Der Adrenalinstoß weckte ihn ganz, er setzte sich auf, nahm seinem Sohn den Hörer aus der Hand. »Glitsky«, meldete er sich.

Er hörte einen Moment lang zu. Es war Marcel Lanier, der wieder einmal Überstunden machte. Er brauche ihn in der Stadt, sofort oder noch schneller, dort sei die Hölle los. Chris Locke, der Bezirksstaatsanwalt, sei erschossen, von irgend jemandem aus einem Mob *ermordet* worden. Senatorin Wager, die im selben Wagen gesessen hatte, sei nur knapp entkommen. Sie befinde sich mittlerweile im Justizgebäude, habe einen Schock und warte in einem der Befragungszimmer. Sie habe nach Glitsky gefragt.

Glitsky legte eine Hand an den hämmernden Schädel. »Mein Gott.«

Isaac stand noch vor ihm und beobachtete ihn. »Was ist los, Dad?«

In den Hörer sagte er: »Ich komme sofort, Marcel. Sieh nach, ob eine Streife in der Nähe ist, und schick sie her, um mich abzuholen. Ruf mich wieder an, wenn das nicht geht.«

Die Verbindung war unterbrochen. Abe legte den Hörer auf und bemerkte, daß Isaac ihn ungläubig anstarrte. Der Junge sagte: »Du gehst doch nicht schon wieder?«

Glitsky schwang sich vom Bett. »Ich muß.« Er sagte es mit weicher Stimme, streckte seine Hand aus, um den Jungen an sich zu ziehen, ihm ein bißchen Körperkontakt zu vermitteln. Aber Isaac duckte sich und warf ihm einen wütenden Blick zu.

»Was sollen wir deiner Meinung nach jetzt tun, Dad? Wann kommst du nach Hause?«

Glitsky sah auf die Uhr. Kurz nach zehn. Er mußte wie tot ins Bett gefallen sein. Er fragte sich, wann Locke ... dann traf es ihn erneut.

Mein Gott. Chris Locke – *tot.*

Isaac starrte ihn immer noch wütend an, schnappte vor Empörung nach Luft.

Glitskys Gedanken rasten, er mußte an zu viele Dinge gleichzeitig denken, vergaß, wo er war. Er versuchte, sich auf seinen Sohn zu konzentrieren. »Tut mir leid, Ike. Was hast du gesagt?«

Isaacs Augen füllten sich mit Tränen der Wut. Er wischte sich mit der Hand über das Gesicht und drehte sich um. Fluchend rannte er in sein Zimmer.

»Isaac!«

Glitsky stand auf, um ihm zu folgen, aber noch bevor er an der Tür war, hörte er, wie Isaac die Tür seines Zimmers am anderen Ende der Wohnung zuschlug. Rita kam ihm aus dem Wohnzimmer entgegen. Ihr Haar war zerzaust, ihr Kittel verrutscht und zerknittert, auch sie war aus dem Schlaf gerissen worden.

»Ich muß noch mal weg«, sagte er. »Bitte sorg dafür, daß sie im Haus bleiben. Egal wie und egal, was sie sagen.«

Sie schüttelte den Kopf und legte die Stirn in tiefe Falten. »Ich weiß nicht, Abe, Orel kann ich festhalten, aber die anderen beiden ...« Sie wies mit dem Kopf nach hinten. »Was soll ich ihnen sagen?«

Sie hatte recht, und das war ebenfalls beängstigend. Zu dem Chaos auf den Straßen kam jetzt plötzlich die Erkenntnis, daß die älteren Jungs in der Lage waren, sich seinen Anordnungen zu widersetzen, falls sie es darauf anlegten. Wenn sie wirklich gehen wollten, wäre Rita machtlos.

Er nickte. »Ich werde es ihnen sagen.« Sie würden ihm entweder gehorchen oder trotzdem hinausgehen. Jetzt würde sich zeigen, ob er Autorität besaß oder nicht. Er schenkte Rita ein schwaches Lächeln und ging an ihr vorbei zu den hinteren Schlafzimmern.

## 27

Im Little Shamrock, der ältesten irischen Kneipe der Stadt, waren an diesem langweiligen Mittwoch abend kaum Gäste. Die Straßen waren dunkel, die halbe Stadt stand unter Ausgangssperre, und der Rest war zufrieden, zu Hause bleiben zu können, was wahrscheinlich auch das beste war.

Ich sollte auch heim, dachte Wes. Nur noch ein paar Gläschen, dann würde er gehen. Hier zu sitzen tat gut. Die Sambucas erinnerten ihn an seine Zeit als Austauschstudent in Italien, an die Nächte unter den Sternen mit Lydia, damals, als sie ihn noch geliebt hatte.

Sambuca Romana. Ungefähr das gleiche Zeug wie Pernod oder der griechische Ouzo. Wurde überall in Europa getrunken, manchmal auf Eis, dann färbte sich die klare Flüssigkeit durch das Wasser milchig trübe. Als er Moses McGuire, den Wirt des Little Shamrock, um einen Sambuca auf Eis gebeten hatte, hatte der Barmann eine Sekunde lang gezögert, bevor er nickte.

McGuire war ungefähr im gleichen Alter wie Wes, ein sympathischer Typ, wenn auch ein bißchen penibel, was seine Drinks anging, aber das war in Ordnung. Wes war selbst penibel im Hinblick auf seine Drinks – ohne Alkohol ging nichts. McGuire und er hatten also etwas gemeinsam.

Er lächelte, nahm noch einen Schluck und sah zum Fernseher, der hier normalerweise nicht eingeschaltet war. Aber heute abend war wirklich nichts los, nur Wes, ein paar eingefleischte Dart-Spieler und McGuire hinter der Theke waren im Lokal. Außerdem lief seit gestern abend jeder Fernseher im ganzen Land rund um die Uhr. Er gab McGuire keine Schuld daran. Das Land fiel auseinander, und alle wollten es live miterleben.

Wes hatte den Auftakt verpaßt, den Lynchmord, die ersten Ausschreitungen und Brände, Kevins Problem. Er hatte verschlafen (wie jeden Morgen), weil er am Vorabend draußen in North Beach gewesen war und im Brasilia Club Cha-Cha-Cha und Tango getanzt hatte. Das, woran er sich erinnerte, hatte jedenfalls Spaß gemacht. Zu Hause war er auf seinem Futon im Wohnzimmer aufgewacht, und sein Gehirn hatte sich angefühlt, als sei es zwei Nummern zu groß für seinen Schädel.

Wes hatte ein bißchen Wodka mit Orangensaft getrunken, nicht zu viel Wodka, nur einen kleiner Spritzer. Dann hatte Kevin angerufen. Wes hatte noch nicht einmal die Zeitung aufgeschlagen, die er nur noch aus dem – wie er fand – perversen Gefühl heraus las, daß etwas geschehen könnte, was von Bedeutung war oder einen Sinn ergab. Vor etwa vier Monaten hatte er beschlossen, seine Haare nicht mehr schneiden zu lassen, bis irgend etwas einen Sinn ergeben würde. Inzwischen war seine Mähne schulterlang. Manchmal band er die Haare, die allmählich ergrauten, aber noch dicht waren, zu einem Pferdeschwanz zusammen, aber meistens ließ er sie offen herunterhängen wie heute abend.

Als Kevin nach einer Stunde nicht aufgetaucht war, hatte Wes sich quer durch den Golden Gate Park aus der Innenstadt verzogen, sich ein Foster-Lager genehmigt und anschließend im Shakespeare Garden ein Nickerchen gemacht. Er war auf der Flucht vor den Zeltstädten gewesen, die sie überall dort zu errichten schienen, wo es ein bißchen mehr Platz gab als auf einem Badminton-Spielfeld. Dann hatte er sich in einem Fast-food-Restaurant in der Neunten Straße ein paar Piroggen zum Abendessen gegönnt, bevor er schließlich, um kurz vor sieben, ins Shamrock weitergezogen war. Dort hatte er es langsam angehen lassen.

Sein T-Shirt und die locker sitzenden khakifarbenen Shorts waren jetzt, am Abend, nachdem der Nebel sich gesenkt hatte, eindeutig die falsche Kleidung. Er würde sich auf dem Heimweg die Eier abfrieren, wenn er noch lange hier sitzen würde. Auf dem T-Shirt stand: »Frag jemanden, der sich drum schert!«

Wes Farrell war dreiundfünfzig Jahre alt. Er nippte an seinem Sambuca und klopfte sanft auf die Theke, um McGuires Aufmerksamkeit zu erregen. In diesem Moment wurden auf dem Bildschirm die Nachrichten wegen eines Berichts über die aktuellen Entwicklungen unterbrochen:

»Wir haben soeben die Bestätigung erhalten, daß das erneute Aufflammen der Unruhen südlich des Mission District den Bezirksstaatsanwalt Christopher Locke tatsächlich das Leben gekostet hat. Frühere Berichte, auf Senatorin Loretta Wager sei ebenfalls geschossen und die Politikerin dabei womöglich getötet worden, haben sich als falsch erwiesen. Nach neuesten Erkenntnissen fuhren Locke und Wager zusammen in das Viertel, um die Lage vor Ort zu analysieren. Sowohl Locke als auch Wager sind Afroamerikaner. Die größtenteils weiße Menschenmenge befand sich, als die beiden dort eintrafen, bereits im Stadium höchster Erregung. Einzelheiten sind zu diesem Zeitpunkt noch unklar, aber offenbar sind mehrere Schüsse abgefeuert worden, als der Wagen sich wieder entfernte. Wir schalten jetzt live dorthin zu Karen Wallace, die mittlerweile seit zwei Tagen rund um die Uhr im Einsatz ist. Wie schlimm ist es dort unten, Karen?«

»Es ist ziemlich schlimm, Tom …«

Es sah wirklich ziemlich schlimm aus. Karen Wallace stand vor einer Feuersbrunst, die der stärker werdende Wind in ein Inferno zu verwandeln drohte. Die meisten Menschen hatten bereits das Weite gesucht, nur vereinzelte Schatten huschten noch hinter der Reporterin vorbei. Die Kameras zeigten einige Soldaten der Nationalgarde, die schwerbewaffnet durch die vom Feuerschein beleuchteten Straßen patrouillierten. Am oberen Bildrand waren mehrere brennende Häuser zu erkennen.

»Noch einen?«

Wes wandte sich vom Fernseher ab. Bezirksstaatsanwalt Locke ermordet! Na und, das war nicht sein Problem. Genauso wenig, wie Kevin Shea sein Problem war. Der Kerl war nicht erschienen, nachdem er bei ihm angerufen hatte. Er nickte dem Barkeeper zu. Seit einem Jahr kam er ziemlich regelmäßig ins Shamrock, und McGuire und er waren fast Freunde. »Klar. Gib mir noch einen. Für dich auch was, Mose?« Wes hatte seine Taschen auf der Theke entleert – Rechnungen, Münzen, Schlüssel. Er schob McGuire einen Haufen Kleingeld zu.

McGuire antwortete, er hätte nichts gegen einen McCallan einzuwenden, und Wes forderte ihn auf, sich einen mehrstöckigen einzuschenken.

Dann zeigte Farrell auf den Bildschirm. »Hast du das gesehen? Die haben den Staatsanwalt umgebracht.«

McGuire hielt im Einschenken inne, sah auf und hörte für einen Moment zu. Dann schüttelte er den Kopf und sprach seine Gedanken aus: »Ich hätte nie ein Kind in diese Welt setzen sollen. Wie soll man in diesem Chaos ein Kind großziehen?«

»Wie alt ist es denn?«

»Drei Monate.«

Dazu konnte Wes nichts sagen. Sie mochten zwar fast Freunde sein, aber das hieß nicht, daß sie insgesamt mehr als zehn Worte über ihr Privatleben ausgetauscht hätten. Wes hielt McGuire für alt genug, um Kinder im Teenageralter zu haben, aber einen drei Monate alten Säugling?

Der Barkeeper starrte auf den Bildschirm. »Glaubst du, daß das weiter eskalieren wird?«

Farrell nickte. »Ich glaube, es hat gerade erst angefangen.« Er streichelte sein Glas. »Weißt du, meine Älteste ist achtundsechzig geboren. Erinnerst du dich an achtundsechzig, Mose? Martin Luther King, Bobby Kennedy, Chicago, Vietnam, die Wahl Nixons. Das schlimmste Jahr in der Geschichte Amerikas, habe ich recht?«

»Ich war drüben in Vietnam. Hab' viel von dem, was zu Hause passierte, verpaßt.«

»Glaub mir, es war die Hölle. Ich erinnere mich daran, daß Lyd und ich uns dieselbe Frage stellten. Wie konnten wir nur ein Baby in diese Welt setzen? Und nun sind meine Kinder Mitte Zwanzig und fragen sich dasselbe. Jeder fragt sich das, es ist einfach die verdammte Angst um das Kind. Wenn sie erst mal drei oder vier Jahre alt sind, hörst du auf, dich so etwas zu fragen. Aber bei einem Kind mit drei Monaten ist das Leben hart.«

Wes wollte nicht erzählen, daß Kinder im Alter von Mitte Zwanzig auch kein Honigschlecken waren, besonders dann nicht, wenn sie ihrem Vater kaum noch etwas zu sagen hatten. Aber das war ein weiteres Thema, an das er nicht denken wollte. Er war hier, um seinen Spaß zu haben, das war seine Mission, sein Ziel, sein Streben.

McGuire wechselte das Thema von selbst. »Wieder ist ein Schwarzer tot, und es werden sicher noch mehr werden. Ich sollte für heute schließen und nach Hause zu meiner Frau und meinem Baby gehen.« Er trank einen Schluck Scotch. »Korrigier mich, wenn ich was Falsches sage, aber es passiert jeden Tag, daß Schwarze Weiße umbringen, und niemand geht deswegen auf die Barrikaden.«

»Ja, aber sie lynchen sie nicht.« Wes blieb wortkarg. Es gab schon zuviel Haß in dieser Stadt, er wollte ihn nicht noch weiter schüren.

»Du hast recht. Ich werde von Tag zu Tag intoleranter. Als nächstes werde ich noch dafür plädieren, daß sie diesen armen Bastard Shea finden und ihn ebenfalls lynchen, gewissermaßen als ausgleichende Gerechtigkeit.«

»Das haben sie wohl auch vor, meinst du nicht? Jedenfalls hört man das die ganze Zeit.«

»Na ja, wenn er es getan hat, finde ich nichts weiter dabei.«

»*Wenn* er es getan hat ...«

»Das sagte ich. Aber daran hege ich keinen Zweifel.«

Farrell führte sein Glas zum Mund. »Es gibt immer einen Zweifel.«

»Hast du das Bild gesehen?«

Wes nickte. »Ich weiß. Aber ich kenne Kevin Shea. Er war schon mal hier, du hast ihn gesehen. Er hat es nicht getan.«

McGuire versuchte, Sheas Gesicht einzuordnen. »Wer dann?«

»Ich weiß es nicht.«

Zwei der Dart-Werfer kamen herüber und wollten noch ein Bier bestellen, aber McGuire sagte ihnen, daß er heute früher schließe. Er wandte sich wieder Wes zu, beugte sich leicht über die Theke und fragte: »Soll ich dir ein Taxi rufen?«

»Nein, mein Wagen steht um die Ecke.« Wes griff vor sich ins Leere und bemerkte mit leichter, verständnisloser Überraschung, daß sein Glas und seine Schlüssel vom Tresen verschwunden waren.

»Ich rufe dir ein Taxi, auf meine Kosten.« McGuire zauberte den Sambuca unter dem Tresen hervor und stellte ihn wieder vor Wes. »*Mir* reißen sie den Arsch auf, wenn sie dich erwischen. Wir leben in gefährlichen Zeiten. Genieß deinen Drink. Ich rufe an.«

»McGuire, ich kann fahren.«

»Wes, ich habe dir im Verlauf von knapp drei Stunden sieben starke Drinks eingegossen. Du bist rechtmäßig betrunken, was mich normalerweise nicht kümmern würde, aber heute scheint eine schlechte Nacht dafür zu sein, alkoholisiert nach Hause zu fahren. Das Taxi ist in zehn Minuten da.«

Er brüllte durch den kleinen Raum: »Okay, Männer, trinkt aus, wir schließen!«

Aber zwanzig Minuten später war das Taxi immer noch nicht da. McGuire rief noch einmal an und erfuhr, daß die Taxifahrer Farrell nicht nach Hause fahren würden, weil die Strecke durch ein Gebiet führe, für das die Ausgangssperre gelte.

»Gib mir einfach die Schlüssel, ich fahre einen Umweg.«

McGuire ließ das nicht zu. Er hatte eine Entscheidung getroffen. »Du kannst bei mir auf dem Sofa übernachten. Es sind nur zwei Häuserblocks von hier. Dein Auto kannst du morgen früh holen.«

»McGuire, mir geht's gut.«

»Egal«, sagte McGuire. »So machen wir's.«

# 28

Schließlich gaben sie die Hoffnung, Wes Farrell würde doch noch nach Hause kommen, auf. Sie waren sich darin einig, daß Kevins Wohnung wahrscheinlich überwacht wurde. Melanies Mitbewohnerin Lexi hatte einen Ferienjob als Betreuerin in einem Zeltlager angenommen, so daß Melanie das Zweizimmerapartment den ganzen Sommer für sich allein hatte. Es lag nicht weit von Wes Farrells Wohnung entfernt und wäre somit für den Augenblick der beste Ort, um sich zu verstecken.

Auf dem Weg zu ihrer Wohnung in der Cecilia Avenue – nördlich der San Francisco State University, zwischen den Vierteln Sunset und Parkside gelegen –, trafen sie auf eine Straßensperre der Nationalgarde und mußten den ganzen Weg hinunter bis zum Strand und wieder zurück fahren. Wegen des starken Verkehrs brauchten sie dafür fast eine Stunde. Melanie fuhr vorsichtig. Gelegentlich sah sie zu Kevin hinüber, der seinen Sitz zurückgekippt, die Arme verschränkt und die Augen geschlossen hatte. Sein Gesicht wirkte starr. Er hatte Schmerzen und wollte es sich nicht anmerken lassen, doch jede Bodenwelle verriet ihn.

Cindy! Er war mit Cindy zusammen gewesen, und ihre angeblich beste Freundin hatte ihr die ganze Zeit über etwas vorgespielt, hatte sie dreist belogen. Wenigstens war das passiert, bevor Kevin und sie zusammengewesen waren, wie er ihr versichert hatte. Was hätte er damals sagen sollen? Ihr detailliert von jeder Frau erzählen, mit der er geschlafen hatte? Das hatte sie nicht von ihm erwarten können und auch nicht gewollt. Vielleicht war es tatsächlich so gewesen, wie er gesagt hatte, daß er ihre Gefühle nicht hatte verletzen wollen. Vielleicht bedeutete es ihm nicht viel, was zwischen ihm und Cindy gewesen war, obwohl *sie* sich nicht vorstellen konnte, mit jemandem zu schlafen, ohne dem Bedeutung beizumessen.

Vielleicht war aber der andere Grund, den er genannt hatte, doch der wahre Grund: daß er jede Chance auf sie verspielt hätte, wenn sie gewußt hätte, daß er mit Cindy zusammengewesen war. Und damals hätte das wahrscheinlich sogar gestimmt.

Sie hielt in der Neunzehnten Straße am Fahrbahnrand. Normalerweise herrschte hier viel Verkehr, aber heute waren die meisten Autos umgeleitet worden oder hatten von sich aus einen anderen Weg genommen. Die Straßen waren beinahe menschenleer. Melanies Häuserblock wurde von Straßenlaternen erleuchtet, und wie immer war es schwierig, einen Parkplatz zu finden.

Zum Glück hatte sie jemanden gesehen, der vielleicht ausparken würde. Der Fahrer hatte seine Scheinwerfer noch nicht eingeschaltet, saß aber bereits hinter dem Steuer, also bremste sie.

»Sind wir da?« Kevin richtete sich langsam in seinem Sitz auf.

»Ich will den Mann hier nur fragen, ob er wegfährt …« Sie hielt an und beugte sich hinüber, um Kevins Fenster herunterzukurbeln. »Entschuldigen Sie«, sagte sie, »fahren Sie …?«

Das Fenster des Mannes war ebenfalls heruntergedreht, und von dort wurden ihre Gesichter plötzlich in grelles Licht getaucht. Kevin hielt eine Hand vor die Augen, um sich zu schützen oder zu verbergen. Bevor Melanie Zeit hatte zu reagieren, klopfte jemand kräftig an die Scheibe auf der Fahrerseite. Ein Mann mit einer Dienstmarke in der Hand stand neben ihrem Wagen.

»Kevin …!«

»Verdammt … bloß weg hier!«

»Ich weiß nicht, ich …«

»Melanie …!«

Sie trat das Gaspedal bis zum Anschlag durch, und ihr kleiner GEO Sport schoß mit durchdrehenden und quietschenden Reifen in die Mitte der vom Nebel feuchten Straße.

»Was soll ich tun …? Ich kann das nicht …«

»Du tust es doch schon! Fahr einfach weiter!« Er hatte sich umgedreht und beobachtete durch die Heckscheibe, wie der zweite Polizist zum ersten in den Wagen sprang. Im Rückspiegel sah Melanie die Scheinwerfer des Polizeiwagens aufleuchten, dann das furchteinflößende Blaulicht. Das schien Kevin auf einen Gedanken zu bringen …

»Schalt dein Licht aus.«

Der Häuserblock war schmal, und während Melanie um die nächste Ecke bog, sah sie aus den Augenwinkeln, wie die anderen losfuhren. Sie glaubte, das Quietschen von Reifen und dann den Klang einer näher kommenden Sirene zu vernehmen. Dreh dich nicht um, du hast eine Kreuzung Vorsprung. Sie wären um die nächste Ecke, bevor die anderen sie sehen konnten.

»Eine Ampel …«

»Nicht bremsen!«

»Ich weiß, ich weiß.«

Ihre Verfolger mußten an der zweiten Kreuzung stoppen, um zu sehen, wo sie waren. Melanie war bereits eine Kreuzung weiter, bog ab, zurück auf die Santiago Street, fast in Höhe der Hoover Junior High School. »Wohin jetzt? Sind sie hinter uns?«

»Noch nicht. O Gott, da kommen sie.«

»Scheiße, Scheiße, Scheiße!«

Das war *Melanie?* Die einst so anständige Melanie? Kevin sah sie mit einem Ausdruck plötzlicher Freude und gleichzeitiger Überraschung an. »Man höre und staune.«

»Halt den Mund, Kevin. Wo sind sie?«

Sie rasten wieder durch eine kürzere Straße. Solange das so weiter ging, konnten ihre Verfolger die Vorteile ihres schnelleren Wagens nicht nutzen, und sie hatten eine Chance. Aber bald wäre es damit vorbei, denn die Taraval Street war eine Hauptstraße nach Twin Peaks hinauf, und wenn sie darauf gerieten, würde der andere Wagen sie in weniger als zwei Minuten einholen.

Aber ihnen blieb keine andere Wahl. Geradeaus ging es nicht weiter, in die Richtung, aus der sie gekommen waren, konnten sie nicht zurück. Melanie bog nach links ab, immer noch ohne Licht.

»Paß auf!« Fast wären sie in einen Lieferwagen gerast. Der Fahrer hupte und wich zur Seite aus. Wie das Batmobil flogen sie an der nächsten Kreuzung um die Kurve in eine Sackgasse, die ein paar Häuser weiter am Eingang einer Schule endete. In der Mitte des Fußgängerdurchgangs stand ein Pfosten aus Metall, an dessen beiden Seiten kaum zwei Meter Platz blieben, bevor die Umzäunungen begannen. Sie hielt direkt darauf zu.

Kevin drehte sich nach vorn: »Was machst du da?«

»Bleib unten! Ich versuche, da durchzufahren. Sind sie hinter uns?«

»Noch nicht.«

»Gut. *Jetzt!*« Es konnte nicht klappen, dachte sie.

Aber es war ihre einzige Chance.

Während sie den Wagen auf die Mitte zwischen Pfosten und rechtem Zaun zusteuerte, trat sie das Gaspedal wieder bis zum Anschlag durch. Sie merkte nicht, daß die Schreie, die sie hörte, ihre eigenen waren.

Der Außenspiegel flog mit einem dumpfen ›Plopp‹ davon, dann waren sie auf dem leeren, asphaltierten Schulhof. In der Hoffnung, daß man sie von der Straße aus nicht mehr sehen konnte, steuerte sie so scharf nach links wie möglich.

»Sind sie da?«

»Nein.«

Sie fuhr weiter am Zaun entlang und versuchte, das Auto vorsichtig dorthin zu lenken, wo sie hin wollte: schräg über den Hof, zu dem Torbogen zwischen den niedrigen Gebäuden. Endlich wagte sie, auch die Bremsen einzusetzen – Bremslichter hin oder her, sie mußte die Fahrt verlangsamen.

Als das Auto zum Stehen kam, würgte sie den Motor ab.

Atemlos starrten sie sich an. Kevins Blick schweifte zu der Durchfahrt zurück, durch die sie nur um Haaresbreite gepaßt hatten.

Zehn Sekunden vergingen.

Zwanzig Sekunden.

Die Bullen hatten ihre Spur verloren.

»Woher wußten sie, wo du wohnst? Von Cindy?«

»Wahrscheinlich. Woher sonst?«

Sie warteten noch ein paar Minuten in ihrem Versteck zwischen den Schulgebäuden, schalteten dann das Licht ein und verließen den Innenhof durch die Hauptausfahrt, die sie wieder auf die Neunzehnte Straße brachte. Sie bogen nach Süden ab und fuhren stadtauswärts.

Melanie spürte den Drang, es auszusprechen: »Sie muß der Polizei von uns erzählt haben. Vielleicht hat sie ihnen gesagt, daß du versuchen könntest, dich mit mir in Verbindung zu setzen.«

»Sie ist wirklich ein Schatz, unsere Cindy. Was hältst du davon, wenn wir bei ihr vorbeifahren und sie umbringen?«

Melanie schüttelte den Kopf, ging für einen Moment darauf ein. »Wir sollten ihr zuerst die Kniescheiben zertrümmern«, antwortete sie grimmig.

Kevin lächelte.

»Du hast dich gut geschlagen«, sagte er bewundernd und berührte ihr Haar. Sie legte ihre Hand auf seine. »Und jetzt? Was schlägst du vor?«

»Jetzt«, sagte sie, »sollten wir dich aus der Stadt schaffen. Wenigstens für eine Weile.«

Kevin nickte. »Okay, für eine Nacht. Du entscheidest, Melanie, du hast einen klareren Kopf als ich.«

Es war kurz nach elf. Sie nahm die erste Abfahrt nach Brisbane, der Heimat des Cow Palace. Dort stand eine Reihe von Motel-Flachbauten, und Melanie fuhr zum dritten Motel auf der rechten Seite, dem Star, weil es einen nach innen liegenden Hof hatte, der von der Straße aus nicht einzusehen war. Während sie zur Rezeption ging, um sich ein Zimmer geben zu lassen, wartete Kevin vornübergebeugt und mit schmerzenden Rippen im Wagen.

»Weißt du, daß ich das noch nie gemacht habe?«

»Was?«

»Mich in einem Motel einzumieten. Ich habe dem Mann gesagt, daß ich allein bin. Ich glaube, er fand mich ganz nett.« Sie flüsterte und schaltete den Fernseher ein, um ein paar Hintergrundgeräusche zu erzeugen. Da sie keine Lust auf die gerade laufenden Nachrichten hatte, schaltete sie so lange von einem Programm zum anderen, bis sie eine Wiederholung von ›Im Land der Riesen‹ fand. Sie stellte die Lautstärke niedrig und ließ die Sendung laufen.

Melanie hatte direkt vor der Zimmertür geparkt, und Kevin hatte sich aus seiner verkrampften Haltung gelöst und war ins Zimmer geschlichen. Jetzt überzeugte er sich davon, daß die Vorhänge zugezogen waren. Dann drehte er sich um, setzte sich

auf das Doppelbett und sah zu Melanie hinüber, die mit übereinandergeschlagenen Beinen in dem grünen und einzigen Sessel
des Zimmers saß.

Obwohl sie den größten Teil des Tages auf dem Fahrersitz
ihres Wagens und unter äußerster Anspannung verbracht hatte,
war sie, dachte Kevin, wahrscheinlich die bestaussehende
Frau, die der Nachtportier seit langem zu Gesicht bekommen
hatte. Er hatte sicher versucht, mit ihr zu flirten, in der Annahme, sie sei eine ungebundene junge Frau, die hier allein
übernachte.

Trotz des schwachen Lichts im Zimmer schimmerte ihr dunkles Haar. Sie trug ein weißes Herrenhemd, das in einer enganlie-
genden Jeans steckte und noch immer wie frisch gebügelt aussah. Die drei obersten Knöpfe standen offen, und die Wölbung
ihres Brustansatzes war andeutungsweise zu erkennen. Ein
Stück ihres weißen, mit Spitzen besetzten Büstenhalters war zu
sehen. Kevin hatte keine Ahnung, wie sie unter diesen Bedingungen so frisch wirken konnte, aber im Gegensatz zu früher,
als ihre Unschuld ihn gestört hatte, war er heute abend von
ihrem Anblick fasziniert.

Ihre Schultern schienen sich zu senken. Sie stieß einen kurzen
Seufzer aus. »Soweit alles in Ordnung?« fragte sie.

»Ich weiß nicht«, sagte er gepreßt. Selbst das Sprechen bereitete ihm Anstrengung und Schmerzen. »Ich sollte es noch einmal bei Wes versuchen.« Er taumelte zum Telefon, wählte und
ließ es achtmal klingeln, bevor er einhängte. Er fragte Melanie
nicht, wo Wes ihrer Ansicht nach stecke, da er ihre Antwort
kannte und fürchtete, daß sie recht hatte und Wes sich irgendwo
vollaufen ließ.

Er machte es sich auf dem Bett bequem, schloß die Augen und
ließ den Kopf nach vorn sinken. Dann hob er ihn wieder. »Mein
Gott, ich sehe es immer wieder vor mir«, sagte er. »Ich schließe
die Augen und sehe ihn …«

»Arthur Wade …?«

»Wenn ich es nur *gewußt* hätte … Es war, als hätte ich nicht
wirklich geglaubt, daß sie so weit gehen würden, verstehst du,
also habe ich vielleicht nicht …«

»Kevin, du hast alles getan, was in deiner Macht stand.«

Kopfschüttelnd zwang er sich, die Worte auszusprechen: »Nein. Es war nicht genug, Mel. Wenn ich es nur …«

»Aber wie, Kevin?«

»Das ist es eben. Ich hätte es sehen können, sehen müssen. Ich war einfach zu beschissen langsam, verdammt noch mal.«

»Aber du warst doch an ihm dran.«

»Ja, ich war an ihm dran, aber dann waren die anderen an mir dran.«

»Das ist nicht dein Fehler.«

Wieder schüttelte er den Kopf. »Ich habe die ganze Zeit geglaubt, daß es gleich wieder aufhören würde. Ich glaube, ich habe einen Moment lang aufgehört zu kämpfen, als ich bei ihm angekommen war. Ich wollte nicht nach allen, die um mich herumstanden, treten und schlagen und stechen. Meine Güte, fünf Minuten vorher hatte ich mit diesen Männern noch getrunken. Ich hatte gedacht, sobald ich es schaffe, ihn hochzuheben, würden die Männer merken, daß sie bereits zu weit gegangen waren, daß sie *das* nicht tun konnten. Aber so war es nicht. Mit so viel Haß habe ich einfach nicht gerechnet. Ich habe zugelassen, daß sie auf mich einschlugen, und das hat Wade getötet. Jetzt bringt es vielleicht auch mich um, und dich …«

Melanie stand auf, trat zu ihm und kniete vor ihm nieder. »Weißt du, warum du so denkst, Kevin? Weil du erschöpft bist, total erschöpft. Du mußt dir wegen *gar* nichts Vorwürfe machen.«

»Ich sehe ihn immer wieder vor mir …«

Sie nickte. »Das wird wahrscheinlich noch lange so bleiben. Aber du hast alles versucht, um ihn zu retten, und nur *das* ist wichtig.«

»Es hat nicht gereicht, Mel.«

»Oft reicht es nicht, Kevin, aber das heißt nicht, daß es den Versuch nicht wert ist.«

Er atmete tief durch und starrte zur dunklen Decke. »Und was passiert, wenn *gar* nichts klappt? Nie? Was ist dann?«

Sie hielt seine Arme fest, bis er den Kopf senkte und ihr wieder in die Augen sah. »Das wäre ein echtes Problem«, sagte sie. »Aber das trifft auf dich nicht zu.«

Sie ging ins Bad. Als sie wiederkam, lag Kevin ausgestreckt auf dem Bett und atmete schwer und tief. Sie setzte sich auf die Bettkante, und er öffnete die Augen. »Danke«, sagte er.

Sie ließ einen Finger an seiner Wange entlanggleiten. »Wie schlimm sind die Rippen? Laß mich mal sehen.«

»Ich zeige dir meine, wenn du mir zuerst deine zeigst.« Sie ignorierte das und begann, an seinem UCLA-Sweatshirt zu ziehen.

»Sachte, *sachte*«, sagte er. Wieder ein tiefer Atemzug. »Ich weiß nicht, ob das gutgeht.«

»Kannst du die Arme hochheben?«

»Ein wenig.«

Er hob sie, so hoch er konnte, und Melanie zog vorsichtig an dem Sweatshirt, bis sie es ihm über den Kopf gestreift hatte.

»O mein Gott, Kevin …« Die rechte Seite seines Brustkorbs war mit blauen, roten und violetten Blutergüssen übersät. An einem halben Dutzend Stellen war die Haut aufgeschürft. Die Wunden schienen entzündet zu sein. »Wir müssen dich zu einem Arzt bringen.«

»Das ist keine gute Idee.«

»Was sollen wir sonst tun?«

»Wir sollten ein wenig schlafen und morgen früh weitersehen. Ich kann nicht mehr, Mel.«

»Okay, leg dich hin.« Sie nahm seine Schultern und half ihm, sich vorsichtig hinzulegen. »Ganz nach oben, den Kopf auf das Kissen«, sagte sie. Als er lag, sah sie, wie die Erleichterung seinen Körper durchflutete. Er schloß die Augen und entspannte sich. Nachdem sie ihn bis zur Taille mit der dünnen Bettdecke zugedeckt hatte, ging sie ins Badezimmer, nahm einen Waschlappen und ließ warmes Wasser darüberlaufen.

Als sie kaum eine Minute später wieder bei ihm war, schlief Kevin tief und fest.

Sie prüfte die Temperatur des Waschlappens an ihrem Arm und tupfte vorsichtig über die Prellungen auf seiner Brust. Mit einem Handtuch aus dem Badezimmer trocknete sie ihn ab und zog ihm die Decke bis zum Hals hoch. Sie ging um das Bett herum und schaltete den Fernseher aus, dann das Licht neben der Tür, stellte ihre Schuhe neben dem Bett ab. Angezogen legte sie sich neben ihn auf den Rücken, die Hände an den Seiten, und wagte kaum zu atmen.

Das Klopfen war fast nicht zu hören. »Miss Sinclair? Melanie?«

Was … Niemand wußte, daß sie hier war, außer …

Sie zog die Vorhänge einen Spalt weit auf und sah in das Gesicht des Nachtportiers. Seine nicht mehr junge, tiefe und rauhe Stimme brachte die Fensterscheibe an ihrer Hand leicht zum Vibrieren.

»Ich dachte, daß Sie vielleicht einsam sind und ein wenig Gesellschaft möchten?« Beim Blick seiner Augen lief es ihr kalt den Rücken hinunter. Schnell warf sie einen Blick auf die dünne Kette an der Tür, die sie schützen sollte.

Sie ließ die Vorhänge zufallen und trat zurück. Wieder klopfte er leise. »Miss Sinclair?« Eine Pause. »Okay. Nichts für ungut.«

Sie wartete so lange, wie sie es ertragen konnte, zog die Vorhänge dann noch einmal zur Seite und spähte hinaus. Er war fort.

Kurz nachdem sie sich wieder neben Kevin ins Bett gelegt und die Decke hochgezogen hatte, warf sie sie wieder zurück und stand erneut auf.

Sie ging um das Bett herum, nahm das Telefon und wählte eine Nummer. Sie war dazu erzogen worden, nach zehn Uhr abends niemanden mehr anzurufen, aber diesmal machte sie eine Ausnahme.

Eine müde Stimme kam ans Telefon: »Hallo? Wie spät ist es?«

»Cindy?«

»Melanie? Wo bist du? Ist alles in Ordnung?«

»Mir geht es gut. Nur eine Sache …«

»Sicher, was denn …?«

»Leck mich, Cindy.«

Sie legte auf.

# 29

Glitsky ging direkt hinauf ins Morddezernat, doch Marcel Lanier, der im Büro Bereitschaftsdienst hatte, als Loretta Wager ins Justizgebäude gebracht worden war, hatte sich gedacht, daß es klüger sei, die Senatorin an einem anderen Ort unterzubringen, um ihr den Medienrummel zu ersparen. Er hatte einen Platz gewählt, der in den nächsten Tagen wahrscheinlich nicht benutzt werden würde – Chris Lockes Büro. Dann hatte er zwei uniformierte Beamte angefordert und sie beauftragt, in Lockes Vorzimmer Wache zu halten und zu warten, bis Lieutenant Glitsky käme. So, wie die Dinge lagen, konnte man nicht vorsichtig genug sein. Die Senatorin war in dieser Nacht um ein Haar getötet worden, und Lanier würde nicht zulassen, daß so etwas während seines Dienstes noch einmal geschah.

Glitsky entließ die beiden Männer aus dem Vorzimmer, schloß die Tür hinter sich und war zum ersten Mal seit fast fünfundzwanzig Jahren mit Loretta Wager allein in einem Raum.

Sie hob den Kopf. Sie saß aufgerichtet, einen Fuß untergeschlagen, auf einem der Sofas in Lockes Büro, wandte ihm ihr Profil zu und blieb in dieser Position sitzen. Er verharrte einen Moment an der Tür, erstaunt über die Beherrschtheit, die in ihrer Haltung lag, über die unerwartete Verwundbarkeit in ihren Gesichtszügen.

»Hallo, Loretta.« Er trat einen Schritt auf sie zu. »Wie geht es dir?«

Ihre Stimme klang irgendwie mechanisch, wie nach einem Schock. »Ich weiß nicht, wie es mir geht. Ich … man hat mir gesagt, daß eine Kugel mich um weniger als fünfzehn Zentimeter verfehlt hat.« Sie erhob sich und sah ihn an. Sie war barfuß und kleiner, als er sie in Erinnerung hatte, kaum einen Meter sechzig groß. Ihre Schuhe und eine kleine Handtasche, farblich zu ihrem blauen Kostüm passend, lagen neben dem Sofa auf dem Boden.

»Aber Chris …« Sie schüttelte erschöpft den Kopf und verstummte. »So hatte ich mir das Wiedersehen mit dir nicht vorgestellt.« Allmählich wurde sie etwas gelöster, ließ ihre Schultern sinken. »Andererseits … du wolltest mich ja gar nicht wiedersehen.«

Glitsky, der noch im Türbereich stand, ging darüber hinweg. »Willst du mir erzählen, was passiert ist?« Er hatte das Gefühl, irgend etwas sagen, eine Erklärung für seine Frage geben zu müssen, obwohl er nicht wußte, warum. »Ich leite das Morddezernat, und Chris Locke ist ein ziemlich wichtiger Mordfall. Soweit ich weiß, bist du die einzige Zeugin, die wir haben, und deshalb würde ich gern von dir etwas darüber erfahren.«

Loretta schloß die Augen und seufzte. Glitsky begriff, daß sie das heute abend schon einmal erlebt hatte.

»Ich habe meine Geschichte oben mehreren Beamten und einem Kassettenrecorder erzählt. Sie sind gerade dabei, alles abzutippen.«

»Mit Sicherheit.«

»Aber du willst es noch mal hören?«

Glitsky zuckte die Schultern. Er verstand nicht, warum sie nach ihm gefragt hatte, aber er wußte, warum Lanier ihr ihren Willen gelassen hatte. Egal, jetzt war er hier, also konnte er genausogut weitermachen. »Wenn du meine Laune etwas aufbessern könntest, wäre ich dir sehr dankbar. Wie ich hörte, hast du nach mir gefragt. Hier bin ich.«

»Wenn man so freundlich gebeten wird …«

»So bin ich nun mal, Loretta. Ich versuche, meinen Job zu machen. Das weißt du auch.«

Eine Pause. Dann: »Ich erinnere mich daran.« Er war inzwischen zu ihr hinübergegangen, und plötzlich berührte sie mit einer Hand seine Wange. Schnell zog sie die Hand wieder zurück. »Na gut«, sagte sie, »aber, großer Gott, ich bin wirklich müde.«

Glitsky nickte. »Ich kenne das. Möchtest du dich setzen?«

Ihre Stimme wurde leise: »Setzen? Hinlegen möchte ich diesen alten Körper, mein Schatz.« Aber dann war sie wieder ganz die Senatorin. »Nur ein Scherz, Lieutenant. Setzen wir uns.«

Er schaltete seinen tragbaren Kassettenrecorder ein und ließ sie sprechen.

»Chris und ich aßen mit Philip Mohandas und einigen seiner Leute zu Abend. Ich versuchte, unsere jeweiligen Anstrengungen zu koordinieren, damit wir uns alle auf denselben Weg konzentrieren können, um diese Probleme aus der Welt zu schaffen, anstatt uns gegenseitig zu behindern. Ich wollte, daß wir an einem Strang ziehen. Aber Philip sieht die Dinge … na ja, nicht so, wie Chris Locke sie sah. Er ist in diesem Fall auch anderer Meinung als ich. Ich versuche ständig, ihm klar zu machen, daß Separatismus und Rassentrennung nicht der richtige Weg sind, nicht der richtige Weg sein können. Wir müssen zusammenarbeiten. Vielleicht war es naiv von mir, Abe, aber ich dachte, wenn Chris und ich, zwei Schwarze, die in das System integriert sind und dort Dinge bewegen können … Ich dachte, wenn wir Philip irgendwie überzeugen könnten, sich ein wenig zu mäßigen, hätten wir bessere Chancen, die Stadt wieder unter Kontrolle zu bekommen. Philip scheint diese … Tragödien lediglich als etwas zu betrachten, das er benutzen kann. Er hält den Zeitpunkt für gekommen, von den Behörden Zugeständnisse zu verlangen. Also hat er fast den ganzen Abend damit verbracht, Chris und mich über seine Positionen, wie er es nennt, zu belehren. Nun, ich wußte, daß ich mit Philip über diese Positionen später noch einmal reden und versuchen würde, ihn zur Einsicht zu bringen. Also versetzte ich Chris unter dem Tisch einen leichten Tritt, um ihn daran zu erinnern – er hatte es wohl vergessen –, daß wir noch zur Zeltstadt im Dolores Park hinausfahren wollten. Du hast vielleicht davon gehört. Irgendein kluger Kopf hat beschlossen, dort nach Rassen zu trennen, um die Spannungen auf ein Minimum zu reduzieren. Chris wußte nicht genau, was wir dort sollten. Ich sagte ihm, dies sei einer jener Momente – und davon bin ich immer noch überzeugt –, in denen man einen politischen Standpunkt vertreten müsse und gleichzeitig etwas Gutes tun könne. Ein solches Argument zieht – entschuldige: zog – bei Chris Locke, wie du wahrscheinlich weißt. Aber als wir schließlich am Park eintrafen, war die Situation wieder eskaliert. Es hatte sich wohl herumgesprochen, daß Dolores Park nur ein paar Straßen von der Stelle entfernt liegt, an der

Michael Mullen erschossen wurde. Natürlich hatte keiner der Zeltstadtplaner daran gedacht, was das auslösen könnte. Die weiße Hälfte – kaum zu glauben: *die weiße Hälfte* – der Zeltstadt beschließt, sich ›Mullentown‹ zu nennen, und als Vergeltungsmaßnahme, oder wie immer du es nennen willst, stellt jemand vor dem anderen, dem sogenannten afrikanischen Teil ein Schild mit der Aufschrift ›Jerohm Reese City‹ auf. Wie du dir sicher vorstellen kannst, hat das Schild keine fünf Minuten überlebt.«

»Grund genug für die Brandstifter, wieder tätig zu werden.«

Loretta lehnte sich im Sofa zurück, schloß die Augen und seufzte. Dann richtete sie sich wieder auf, drückte den Rücken durch und sammelte ihre Kräfte, um fortfahren zu können. Ihre rot geränderten Augen trafen sich mit Abes, und sie lächelte erschöpft. »Wir sind so blind«, sagte sie. »Wir sind so verdammt blind.«

Glitsky schaltete den Recorder aus. »Bedeutet es dir tatsächlich so viel?«

Die Frage ließ sie innehalten, schien sie zu verletzen, aber sie wiederholte einfach seine Worte von vorher: »So bin *ich*, Abe. Ich versuche, *meinen* Job zu tun.«

Die Narbe auf Glitskys Lippen wurde einen Moment lang heller. Er senkte den Blick.

Loretta verfolgte diesen Punkt nicht weiter. Sie holte tief Luft, zeigte auf den Kassettenrecorder, und Glitsky drückte auf die Starttaste.

Sie nahm ihre Erzählung wieder auf: »Chris hatte zum Abendessen etwas Wein getrunken, also saß ich am Steuer. Wir hielten an, stiegen aber nicht aus. Die Ausschreitungen hatten sich auf die Straßen ausgeweitet, der Mob hatte einen Polizeiwagen umgeworfen und angezündet. Es wurde allmählich dunkel. Dann, ganz plötzlich, – ich weiß nicht mehr, wie es passiert ist, weil es zu schnell ging, oder weil ich nicht richtig aufgepaßt habe – waren sie hinter uns und auf dem Wagen, und Chris sagte: ›Mach die Fenster zu, machen wir, daß wir hier wegkommen!‹ Aber es gab kein Entrinnen mehr. Der Mob blockierte die Straße vor uns, und die Leute hinter uns versuchten, *unser* Auto umzustürzen. Also legte ich den Rückwärtsgang ein, um hinten rauszukommen. Wir fuhren rückwärts durch diese Menge, während die Leute gegen die Scheiben hämmerten, uns anschrien. Irgend etwas, vielleicht ein paar Steine, ich weiß es nicht genau, traf den Wagen, aber ich fuhr einfach weiter, nicht allzu schnell, ich wollte niemanden überfahren, aber wir mußten da raus ... Dann waren wir durch – dachte ich wenigstens. Ich fuhr immer noch rückwärts, inzwischen schneller, weil niemand mehr im Weg stand. Wir erreichten das Ende der Straße, und ich hielt an, weil ich dachte, wir könnten jetzt wieder vorwärts fahren. Chris drehte sich immer noch nach hinten, sah immer noch durch die Heckscheibe, um sicherzugehen, daß der Weg frei war, und dann ... Plötzlich explodierte die Scheibe auf seiner Seite, und da ist dieser Mann, und ich sehe, wie er mit einer Waffe auf mich zielt, und ich trete das Gaspedal bis zum Anschlag durch, genau in dem Moment, in dem er noch einen Schuß abfeuert ... Im nächsten Moment bin ich auf der Guerrero Street. Chris fällt nach vorn. Danach ... ich glaube ... ich weiß es nicht mehr genau. Ich fuhr, bis ich ein Polizeiauto sah, dann hielt ich an.«

Glitsky rutschte auf dem Sofa nach vorn. Sein Gesicht war ausdruckslos. »Könntest du den Mann, der geschossen hat, identifizieren?«

Sie dachte eine Weile nach, schüttelte dann den Kopf. »Ich glaube nicht, Abe. Es war dunkel, ich sah in erster Linie die Waffe. Er war weiß und wahrscheinlich unter dreißig ...«

»Hast du gesehen, was er anhatte?«

»Irgendeine Jacke. Sie war offen, das habe ich bemerkt, weil sie flatterte ... Vielleicht ein T-Shirt, Jeans, nichts wirklich Auffälliges.«

»Die Haare, ein Bart ...?«

Wieder schüttelte sie den Kopf. »Ich habe das alles oben schon deinen Inspectors erzählt, Abe. Sie sagten, sie würden nach der Waffe suchen, sie mit etwas anderem in Verbindung bringen, sehen, wohin die Waffe sie führt. Aber der Mann ... Es hätte jeder x-beliebige sein können.«

Ein längeres Schweigen trat ein. Loretta Wager lehnte sich in die Rundung des Sofas zurück, Glitsky blieb nach vorn gebeugt sitzen, die Hände zwischen den Knien gefaltet, den Blick auf den Boden gerichtet. Mit einer kurzen Handbewegung schaltete er den Kassettenrecorder aus.

Als er schließlich sprach, klang seine Stimme rauh und müde. Es war nicht seine Polizistenstimme. Sein Tonfall ähnelte dem, den er bei seinen Jungs anschlug. »Ich wollte heute nicht so kurz angebunden sein, als du anriefst. Ich wollte mich entschuldigen, aber du hattest schon aufgelegt.«

»Ich war ... Du hattest recht. Ich hätte mich nicht einmischen sollen.« Sie schien sich wieder zurückzuziehen, weiter weg von ihm, sie wartete, studierte seinen Gesichtsausdruck.

Ihre Blicke trafen sich. Beide sahen weg.

Er war aufgestanden, zum Fenster hinübergegangen, während der Kassettenrecorder zurückspulte. Auch als das Band zum Stillstand gekommen war, bewegte er sich nicht. Die Sekunden verstrichen.

Am anderen Ende des Zimmers sagte Loretta so leise, daß er es fast nicht hörte: »Du sprichst nicht über deine Frau, nicht wahr? Du hast mit niemandem darüber gesprochen ...«

Sie fragte nicht aus Neugier. Jedem anderen, zu einem anderen Zeitpunkt vielleicht sogar Loretta, hätte er eine knappe Antwort an den Kopf geworfen, die ein drohendes persönlicheres Gespräch abrupt beendet hätte. Aber im Moment war er zu ausgelaugt, zu leer, auch zu kraftlos, um seine Schutzmauer zu errichten.

Sie hatte etwas in ihm erkannt, und er wollte wenigstens erklären, warum er keine Lust hatte, darüber zu sprechen. »Es ist nichts, worüber man spricht.« Seit der Diagnose der Ärzte hatte er nicht mehr darüber gesprochen. Seine Aufgabe hatte darin bestanden durchzuhalten, Flo in ihrem Kampf zu unterstützen, die Jungs davor zu bewahren zu zerbrechen ...

»In Ordnung«, sagte sie.

Wenn sie ihn gedrängt hätte, wäre er ausgewichen. Aber so begann er zu sprechen, ruhig, ohne sich umzudrehen, seinem Spiegelbild in der Fensterscheibe zugewandt. »Sie hatte Unterleibskrebs. Als sie ihn entdeckten, konnten sie nichts mehr tun. Neun Monate ... hat es gedauert.«

»O Abe ... Es tut mir so leid.«

»Merkwürdig …«, fuhr er nach einer Weile fort, »all die Pläne, die wir aufgestellt haben, um vorbereitet zu sein, ich meine, damit Flo nicht so sehr das Gefühl bekommen würde, sie lasse uns im Stich … Wir haben uns gegenseitig davon überzeugt, daß wir das Richtige getan haben. Aber dann, als … sie nicht mehr da war … Ich habe mir all die Listen angesehen, die wir gemacht haben, all die Dinge, an die ich bei den Jungs hätte denken müssen, all diese … Aktivitäten, die etwas bewirken, uns in einer Art Gleichgewicht halten sollten … Ich konnte nichts mehr damit anfangen.« Er hob den Kopf, atmete tief und starrte in das schwarze Dunkel hinter der Scheibe.

»Wie viele Jungs hast du?« fragte sie.

»Drei.«

»Ist es lange her?«

»Am Samstag werden es vierundsechzig Wochen.« Er sah sie an. »Ich weiß nicht, warum, aber ich kann nur in Wochen daran denken, als ob ich nicht zugeben wollte, daß es schon Monate her ist oder über ein Jahr. Mit einer Woche kommt man klar, eine Woche ist nicht so lang, eine *Woche* fühlt sich kürzer an. Manchmal … manchmal scheint es mir, als sei sie vor einer Stunde noch dagewesen, sei nur für eine Stunde fort gegangen und komme gleich wieder. Idiotisch. Die Psychologen nennen es Verleugnung.«

»So idiotisch ist das nicht, Abe.«

Er bewegte leicht die Schultern. »In Wahrheit rennst du gegen die Zeit an, dagegen, daß nichts mehr so ist wie früher, daß sich alles verändert hat. Daran merkst du, wie lange es her ist. Alles, was mit deinen Kindern zu tun hat, wie du mit ihnen klarkommst … es ist alles anders. Sogar wie du mit dir selbst klarkommst.« Er hielt inne, entspannte sich ein wenig. »Tut mir leid. Ich höre gar nicht mehr auf.«

»Schon gut.«

»Also …«

Nach einem kurzen Moment stand sie vom Sofa auf und kam auf ihn zu. »Ich hatte mit Dana mehr Glück. Er starb, als Elaine schon fast siebzehn war. Außerdem war er viel älter, hatte sein Leben gelebt.« Sie sah zu ihm auf. »Trotzdem habe ich ein paar Jahre gebraucht. Aber irgendwann kommt man damit zurecht.«

Sie berührte seinen Arm. »Hättest du etwas dagegen, mich nach Hause zu fahren, Abraham? Ich bin wirklich erschöpft.«

Eine Streife hatte ihn zum Justizgebäude gebracht, deshalb mußte er sich jetzt um einen anderen Dienstwagen kümmern. Er bekam den gleichen Wagentyp, in dem Loretta an demselben Abend mit Chris Locke unterwegs gewesen war. Sie schwiegen, während Abe das Antragsformular ausfüllte und als sie über die Außentreppe nach unten gingen, um den Journalisten, die sich noch immer in der Eingangshalle des Justizgebäudes drängten, aus dem Weg zu gehen.

Als sie den Parkplatz verließen, saß Loretta ans Fenster gelehnt auf der Beifahrerseite des Wagens, und sagte noch immer kein Wort. Das vertraute Gespräch von oben stand wie ein Hindernis zwischen ihnen.

Glitsky widmete seine ganze Aufmerksamkeit dem Verkehr. Der letzte Fahrer des Wagens hatte das Radio eingeschaltet gelassen, und irgendein Diskjockey verkündete mit schriller Stimme allen Hörern, die ihm in dieser traumatisierten Stadt noch geblieben seien, daß es genau Mitternacht sei. Die erste Stunde des 30. Juni, ein Donnerstag, begann. Noch ein Tag bis zum offiziellen Beginn der Unabhängigkeitsfeiern und des verlängerten Wochenendes, das bis zum 4. Juli dauern würde. Happy Birthday America.

Er schaltete das Radio aus. »Der Typ sendet vom Mars.«

»Das tun die alle«, sagte Loretta.

# DONNERSTAG, 30. JUNI

―――――

## 30

Sie standen in der mit Ziegelsteinen gepflasterten Auffahrt zu
Lorettas weißer Villa mit Säulenportikus. Das Anwesen befand
sich an einem der höchsten Punkte der Stadt, in Pacific Heights.
Von hier aus konnte man die ganze Welt überblicken. Nur zwei
Querstraßen weiter hatte sich Kevin Shea ausgeruht, nachdem
er mühsam den Hügel erklommen hatte. Die Gartenanlage um
Lorettas Haus herum war bereits angelegt worden, bevor sie
oder Glitsky auf die Welt gekommen waren, und die Ahorn-
bäume, die das Grundstück säumten, waren mittlerweile zu
stattlicher Größe herangewachsen. Die langen Zweige berührten fast den Boden und sorgten für die nötige Privatsphäre im
Inneren des Anwesens.

Die Fahrt war schweigsam und angespannt verlaufen. Glitsky
ärgerte sich über sich selbst, weil er sich hatte gehenlassen, und,
was unsinnig war, über Loretta, weil sie ihm die Möglichkeit
dazu erst gegeben hatte. Als er jetzt sah, wo sie wohnte, und unwillkürlich den Vergleich mit seiner eigenen häuslichen Umgebung, der beengten Doppelhaushälfte, anstellte, schien alles
noch schlimmer zu werden.

Er wußte, daß sich durch die Müdigkeit und den ungewohn-
ten, plötzlichen Gefühlsausbruch eine gefährliche Stimmung in
ihm zusammengebraut hatte. Er sollte jetzt die Tür öffnen, ihr
beim Aussteigen helfen und sich verabschieden. Aber er tat es
nicht. Er wollte etwas klären. Er hatte lange genug darauf gewartet. »Zu guter Letzt hast du wohl doch noch den Richtigen
geheiratet, stimmt's?«

Sie warf ihm einen vielsagenden Blick zu. »Möchtest du was
über Dana hören?«

Glitsky wagte nicht, darauf zu antworten.

»Ich weiß, daß du es nie verstanden hast. Ich weiß nicht einmal, ob ich selbst es verstanden habe.«

Plötzlich sprudelten die Worte aus ihm hervor: »Was gab es
da zu verstehen? Du bist mit ihm mitgegangen, und das war in

Ordnung. Wenn du es nicht getan hättest, wäre ich Flo nicht begegnet. Also hatte alles seine Richtigkeit. Aber das ist lange her, und jetzt spielt es keine Rolle mehr.«

»Das tut es doch, Abe. Ich glaube, es spielt sehr wohl eine Rolle.«

Unvermittelt ließ er die Hand aufs Lenkrad sausen. »Mein Gott, wie alt war er damals, fünfundvierzig? Was hatte er …? *Das* habe ich wahrscheinlich nie verstanden.«

Sie nickte, voller Verständnis für seine Frage. Das war der springende Punkt. Ihre Stimme wurde tonlos wie zuvor Abes Stimme: »Er hatte Geld, Abe, Prestige und Macht, und er war für mich da. Er mußte nicht arbeiten wie wir, mußte nicht auf eine bessere Zukunft hoffen. Es war alles da, alles war ein Teil des Pakets. Und auch ich konnte ein Teil davon werden. Er *wollte*, daß ich ein Teil davon wurde.«

»Jeder wollte dich damals, Loretta. Wahrscheinlich will dich noch heute jeder. Warum, glaubst du, bist du gewählt worden? Die Menschen sprechen auf dich an, aus der Nähe, aus der Ferne. Wie du schon sagtest: So bist du eben. Ich dachte nur, du und ich, damals …« Er sprach den Satz nicht zu Ende, und die Stille wurde quälend.

»Ich habe dich geliebt, Abe, wirklich.«

Seine Hände umklammerten das Lenkrad, er brauchte etwas, an dem er sich festhalten konnte. »Du hast mich sitzengelassen. Du hast dir nicht mal die Mühe gemacht, dich von mir zu verabschieden.«

Das stimmte, und sie hatte es fünfundzwanzig Jahre lang verdrängt. »Ich … ich konnte mich nicht entscheiden. Ich habe dich gefragt, erinnerst du dich?«

»Was hast du mich gefragt?«

»Ob du bereit seist, ob du dich binden könntest …«

»Und ich sagte, daß ich ein wenig Zeit bräuchte. Ich sagte nicht nein! Zum Teufel, ich war erst zwanzig, noch nicht mal mit der Collegeausbildung fertig! Es war nicht wegen dir, es war einfach die Vorstellung zu heiraten, verdammt. Ein paar Monate später, und ich wäre vielleicht …«

»Ich hatte keine ›paar Monate‹ Zeit.« Sie hielt inne, fühlte sich in die Enge getrieben. »Dana wollte mich, aber *sofort,* verstehst du das denn nicht? Er hat mich gefragt und wäre fortgegangen, wenn ich mich nicht entschieden hätte.«

»Du hättest dich gegen ihn entscheiden können.«

»Nein, das konnte ich nicht. Nicht ohne dich. Nicht, wenn du später nicht mehr dagewesen wärst. Ich konnte Dana und all das, was er mir bot, nicht aufgeben, ohne dich zu bekommen.«

»Wir hätten vielleicht ...«

»Hätten, vielleicht ... Das war mir nicht gut genug! Dana war meine Chance, und ich mußte sie einfach ergreifen. Er hatte all das, wozu ich Jahre gebraucht hätte, um es zu erreichen. Tut mir leid, wenn sich das berechnend anhört, aber wie hätte ich mich entscheiden sollen, wenn nicht mit Berechnung?«

»Hast du ihn geliebt?«

»Ich glaube, mit der Zeit ...«

Glitsky schlug wieder auf das Lenkrad, diesmal fester. »Hast du ihn *damals* geliebt, verdammt? Hast du uns beide hintergangen?«

»Hintergangen?«

»Du weißt, was ich meine, Loretta. Hast du mit uns beiden zur gleichen Zeit geschlafen?«

»Nein, Abe, das habe ich nicht getan. Ich habe dich verlassen, bevor ... Mein Gott, du hast die ganze Zeit geglaubt, ich ...?«

»Es hätte keine Bedeutung gehabt. Nur daß du gingst, hatte eine Bedeutung.« Er fragte sich, ob das die Wahrheit war, ob es fair war.

»Ich weiß ...« sagte sie. »Vielleicht habe ich einen Fehler begangen. Ich war jung. Ich hatte einfach das Gefühl, keine Wahl zu haben.«

»Doch, die hattest du, und du hast sie getroffen. Du kannst keine Wahl treffen, wenn du keine hast.« In Gedanken fügte er hinzu: Komm schon, Abe, du bist ganz schön selbstgerecht.

»Ich war nicht klug oder erfahren genug, um das damals zu erkennen«, verteidigte sich Loretta. »Ich dachte, daß alles, was ich tat, funktionieren würde, und Dana konnte das garantieren.«

»Und es hat auch funktioniert.«

Sie antwortete nicht, sondern starrte ihn wortlos an. Sie sah seine Verbitterung und seine Wut und fragte sich, woher diese

Gefühle stammten. Hatte sie sie verursacht? Hätte sie sie vermeiden können?

Glitsky sah sie an und konnte diese Fragen beinahe von ihrem Gesicht ablesen.

Loretta nickte. »Ja, es hat funktioniert. Aber es hatte seinen Preis. Ich habe dafür bezahlt.« Sie ergriff seine Hand, drückte sie und rutschte herüber, um sie sich in den Schoß zu legen.

Von Dana kamen sie auf Elaine zu sprechen. Fast eine halbe Stunde hatten sie geredet, die Zeit schien stehenzubleiben. Seine Hand lag immer noch in ihrem Schoß. Langsam kroch ihnen die Kälte in die Glieder. Irgendwie waren sie dann bei Kevin Shea und Lorettas Idee, wie die Stadt zu beruhigen sei, angelangt.

Glitsky erzählte ihr von seinen Überlegungen, die nicht so sehr seine Vorbehalte gegen Sheas Schuld betrafen, sondern die Art, wie mit den Regeln und Vorschriften verfahren wurde. Wenn man erst einmal anfange, sie zu unterlaufen, erklärte er, kompromittiere man das Gesetz – seine Leidenschaft, seinen Beruf – und führe die Bereitschaft der Menschen, sich danach zu richten, ad absurdum.

Aber er war weder naiv, noch machte er sich etwas vor – sie waren beide viel zu müde für tiefgründige philosophische Gespräche. Und ob es ihm paßte oder nicht, ob es vernünftig war oder nicht: Zwischen ihnen tat sich etwas. Sie fragte ihn, ob er auf einen Schlummertrunk mit hereinkommen wolle. Er trank nicht öfter als fünfmal im Jahr, aber sich selbst gegenüber hatte er die Ausrede, sie würden über Kevin Shea und über seine Arbeit sprechen.

Die Wände des Zimmers, in dem sie sich befanden, waren mit Bücherregalen bedeckt. Glitsky saß in einem Lehnstuhl aus rotem Leder, seine Füße ruhten auf einem Perserteppich. Loretta stand am Sideboard neben dem Kamin und goß eine gelbbraune Flüssigkeit in zwei Kognakschwenker.

»Wenn du jemanden auf einen Drink reinbittest, mußt du ihm auch einen einschenken.« Sie hatte die Jacke ihres Kostüms abgelegt. Ihre Bluse war aus violetter Seide.

Glitskys Lederjacke hing im Flur an einem Haken neben der Eingangstür. Bei dem Anblick, der sich ihm bot, als Loretta sich vorbeugte, ein Streichholz anriß und einen Holzspan im Kamin entzündete, hielt er den Atem an. Die Silhouette unter ihrer dünnen Bluse rief Erinnerungen in ihm wach … Er sollte, verdammt noch mal, schnellstens von hier verschwinden.

Sie schaltete die übrigen Lichter im Zimmer aus, brachte die beiden Kognakschwenker, reichte ihm einen. Dann schob sie seine Beine auseinander und kniete sich dazwischen. Die Kristallgläser ergaben den klaren Klang wie von einer Glocke, als sie anstießen und tranken.

»Halt mein Glas.« flüsterte sie und legte die Unterarme auf seine Oberschenkel.

Er nahm es, war wehrlos.

Ihre Finger bewegten sich zu seinem Gürtel. Ruhig sah sie zu ihm auf, und ihre Blicke trafen sich. Mit langsamen Bewegungen öffnete sie den Gürtel und zog den Reißverschluß hinunter. Die Berührungen ihrer Hände brannten sich wie Flammen durch den Stoff seiner Hose.

Sie beugte sich über ihn und bewegte sich langsam nach unten. Ihre Hände hielten ihn, umfaßten ihn, als bete sie. Er gab sich diesem Moment, der Berührung, der Wonne hin.

# 31

Carrie, die Lebensgefährtin von Jerohm Reese, wollte nicht, daß er jetzt, so kurz, nachdem er aus dem Gefängnis entlassen worden war, schon wieder auf Tour ging. Aber Carrie war jung. Im Gegensatz zu Jerohm fehlte ihr das intuitive Verständnis dafür, wie die Dinge funktionierten. Jerohm wußte, daß man immer nur aus zwei Gründen handelte: Entweder war man zu etwas gezwungen, oder es bot sich eine günstige Gelegenheit. Und heute nacht bot sich eine sehr günstige Gelegenheit.

Wenn man gezwungen war, etwas zu tun, war die Wahrscheinlichkeit, daß man erwischt wurde, groß. Man nahm sich nicht genug Zeit für die Planung, und dann passierte etwas wie das, was bei Mike Mullen passiert war.

Jerohm war seit fast drei Jahren als Kurier im Rauschgiftgeschäft tätig gewesen und hatte ein recht angenehmes Leben geführt. Er hatte über ein regelmäßiges Einkommen verfügt und sich gelegentlich eine Frau gekauft. Die Gefahren, die spontane Aktionen in sich bargen, hatte er zu jener Zeit bereits zur Genüge gekannt und nach Möglichkeit immer vermieden. Aber bei Mike Mullen war er gezwungen gewesen, spontan und unüberlegt zu handeln, hatte keine Zeit, keine Wahl gehabt.

Der Grund war folgender:

Jerohms Lieferant und Partner Carlos hatte auf seinen Lieferanten Richard gewartet. Der sollte drei Kilogramm weißes chinesisches Heroin übergeben, das sich angeblich seit kurzem in der Stadt befand. Carlos hatte geplant, die Lieferung von Jerohm zu einem Kneipenbesitzer namens Mo-Mo House in der Nachbarschaft bringen zu lassen, von wo aus der Stoff dann über die normalen Kanäle verteilt werden sollte.

So hatte es in der Vergangenheit immer funktioniert.

Nur nicht an jenem Tag, an dem diese Lieferung fällig war, einen Tag vor Mike Mullens Tod – Richard war nicht erschienen, und sie standen mit leeren Händen da, waren noch nervöser als sonst. Alle drei, Carlos, Jerohm, Mo-Mo, fühlten sich ständig beobachtet, hielten am Ende sogar ihre eigenen Mütter für verdeckte Ermittler des Rauschgiftdezernats.

Weil Mo-Mo schon seit langem mit Carlos zusammenarbeitete, bot er dem Dealer an, bis Sonnenuntergang des nächsten Tages zu warten. Erst wenn das Heroin bis dahin nicht in seinem Lokal, dem Kit Kat Club, einträfe, würde er bei jemand anderem kaufen.

An sich eine faire Sache. Vielleicht wäre es ein bißchen schwierig gewesen, Mo-Mos Vertrauen in die Versorgung durch Carlos und Jerohm wieder aufzubauen, andere Problem hätten sie jedoch nicht gehabt. Aber was geschah? Richard tauchte doch noch auf. Am nächsten Tag, kurz vor Sonnenuntergang. Carlos war verpflichtet, ihm den Stoff abzunehmen, hätte aber ohne den Weiterverkauf an Mo-Mo kein Geld gehabt, um Richard zu bezahlen … Und der letzte, der Richard nicht bezahlt hatte, lag seit einiger Zeit zwei Meter tief unter der Erde.

Jerohm hatte bis zu dem Moment, als Richard aufgetaucht war, angenommen, daß er an diesem Tag keinen Kuriergang zum Kit Kat Club zu erledigen habe. Also hatte er sich ein bißchen PCP genehmigt. Nach der urplötzlichen Wende der Ereignisse stand er vor der Notwendigkeit, sich auf der Straße ein schnelles Auto organisieren zu müssen, bevor sein Gehirn explodierte. Das Angel Dust in seinem Körper, die Paranoia wegen Richard und Carlos und tausend andere Dinge in seinem Kopf bewogen Jerohm, seine .38er Police Special aus dem Versteck unter der Treppe zu holen.

Auf der Straße waren kaum Autos, parkende Wagen mit steckengelassenem Zündschlüssel fand er auch nicht – es gelang ihm einfach nicht, einen fahrbaren Untersatz aufzutreiben.

Aber Jerohm hatte keine Zeit.

Für Mike Mullen, der gerade bei geöffnetem Fenster in seinem Wagen saß und sich im Takt zu einem Lied im Radio bewegte, war das die ungünstigste aller Konstellationen. Jerohm konnte kaum fassen, daß er schon bis zur Dolores Street gelaufen war, die auf der anderen Seite der Stadt zu liegen schien. Er mußte endlich handeln. Die Sonne stand bedrohlich tief am Himmel, und wenn er nicht bald ein Auto in die Finger bekäme, wäre er ein toter Mann.

Also erschoß er Mike Mullen, zerrte ihn aus dem Wagen und raste los. Er verspürte weder zu diesem Zeitpunkt noch später irgendwelche Gewissensbisse, dachte sich nichts Besonderes dabei. Jerohm war der Ansicht, daß jedem Menschen eine bestimmte Zeit zugeteilt und Mullens Zeit eben abgelaufen sei. Es hätte jeden treffen können, war nichts Persönliches. Er hatte in diesem Augenblick lediglich die Funktion des Schicksals übernommen.

Jerohm nahm den Wagen, fuhr zu Carlos zurück, brachte das Heroin zu Mo-Mo, und alle waren glücklich.

Aus Jerohms Sicht hatte alles ganz gut geklappt, bis auf eines: Er war *gezwungen* gewesen zu handeln, und das gab immer Ärger.

Heute abend handelte Jerohm aus dem anderen Grund: weil sich eine günstige Gelegenheit bot.

Er trug eine enganliegende schwarze Jogginghose aus Nylon, einen dünnen schwarzen Rollkragenpulli unter einem schwarzen Pullover und ein Paar schwarze Converse-Turnschuhe. Nicht weit von seiner Wohnung entfernt, auf der Silver Avenue, hatte es tagsüber Krawalle gegeben, und später am Abend auch im Mission District, beim Dolores Park. Jerohms Hoffnung war, daß sie die Nationalgarde aus der Gegend um Silver abziehen würden und dort alles wie ausgestorben wäre, weil die meisten Leute wegen der Ausgangssperre in ihren Häusern blieben.

Bei diesem Gedanken lächelte er. Stadtmenschen waren so furchtsam.

Die paar Tage im Gefängnis hatten ihm nicht geschadet, er war gut in Form und hätte auch bis zur Silver Avenue laufen können, aber er brauchte etwas, um das Zeug zu transportieren. Er dachte, er würde lieber ein paar Wochen verstreichen lassen, bevor er wieder den Versuch machen würde, jemandem den Wagen wegzunehmen. Beim letzten Mal war es nicht sonderlich glatt gelaufen.

So nahm er, als er seine Wohnung um kurz nach ein Uhr nachts verließ, sein Reserveauto, eine alte Schrottkiste, die er nur selten fürs Geschäft benutzte. Die ganze Strecke bis zur Silver Avenue fuhr er ohne Licht. Dort angekommen, verlangsamte er die Fahrt und blickte zum Spielplatz hinüber, der verlassen dalag.

Er ließ den Wagen ohne Licht weiterrollen, bis er zu einer Reihe von Läden mit Schaufenstern kam. Vor dem zweiten Geschäft, Ace's Electrics, hielt er an, stieg aus. Unter seinen Turnschuhen knirschten die Glasscherben, als er mit wenigen Schritten über den Gehweg lief und durch das eingeschlagene Schaufenster in den Laden stieg. Er nahm die Taschenlampe heraus und verschaffte sich einen Überblick über das, was sich noch in den Regalen befand. Mehr, als er gedacht hatte. Die Nationalgarde hatte offenbar gute Arbeit geleistet und bis zu ihrem Abzug alle Plünderer ferngehalten.

Das Problem bestand darin, daß er sich am falschen Ende der Stadt befand und das Zeug in diesem Laden nicht allererste Wahl war. Nur Radios, Wecker und anderes, was Mister Ace ›Elektrogeräte‹ nannte. Aber Jerohm verschwendete keine Zeit damit, sich zu beklagen, nahm, was er fand, es würde ihm immer noch genug einbringen. Er schnappte sich einige der moderner aussehenden Radios, verließ das Geschäft durch das zerbrochene Schaufenster und legte die Geräte auf den Rücksitz seines Wagens.

Drei Häuser weiter fand er ein Geschäft für Werkzeug, Ratafias Eisenwarenhandel. Das war schon besser, obwohl er das Fenster selbst einschlagen mußte, um in den Laden zu gelangen. Dort standen ein paar ansehnliche, mit blankpolierten Werkzeugen gefüllte Werkzeugkästen. Bleischwer, aber die Mühe, sie hinauszuschleppen, würde sich lohnen, sie würden ihm eine hübsche Summe einbringen.

Auf der gegenüberliegenden Straßenseite fand er einen Spirituosenladen, dessen Fenster zwar kaputt, aber vergittert war, so daß Jerohm mühsam durch das Gitter hindurchgreifen mußte. Er zog die Flaschen, die er mit der Hand oder dem Wagenheber erreichte, heraus, insgesamt etwa zwanzig oder dreißig.

So arbeitete er sich die Straße entlang, ohne jemandem zu begegnen, und hörte die ganze Zeit über nichts außer seinen eigenen Schritten auf dem zerbrochenen Glas. Die Tür eines Ladens mit Billigwaren stand offen, aber was konnte er mit solchem Plunder schon anfangen? Er stahl nur ein paar Anzüge, die ihm hoffentlich stehen würden, sowie zwei oder drei Kleider für Carrie und warf sie in den Wagen. Dann überlegte er kurz, ging noch einmal hinein und kam mit einem großen Spielzeuglaster für Damien, einigen angsteinflößenden Plastikfiguren mit Schwertern und zwei richtig echt aussehenden Maschinenpistolen zurück. Der Junge würde denken, es sei Weihnachten.

Keine großartige Straße, aber immerhin … Kein Grund, sich zu beschweren, die Straße gehörte ihm. Aus ein paar anderen Läden holte er diverse Großpackungen Mehl, Reis, Mais und andere Konserven, die er im Kofferraum verstaute. In einer Registrierkasse fand er einen ganzen Stoß brauchbarer Lebensmittelmarken.

Achtzehn Minuten waren vergangen. Er hatte genug.

Er stieg wieder ein, ließ den Wagen die Silver Avenue hinunterrollen und bog in die Palou Street ein. Keiner Menschenseele war er begegnet, genau wie er zu Carrie gesagt hatte. Is' Ausgangssperre, hatte er gesagt. Die Leute bleiben zu Hause, haben Angst, daß auf sie geschossen wird. Er hatte keine Angst.

Trotzdem hatte sie sich Sorgen gemacht. So war sie eben. Sollte sie sich Sorgen machen. Wenn er mit all den Sachen nach Hause käme, würde sie sich freuen.

Er wußte Bescheid. Er wußte, wie es funktionierte. Entweder tat man etwas, weil man dazu gezwungen war, oder weil sich eine günstige Gelegenheit bot. Und heute nacht hatte sich eine günstige Gelegenheit geboten.

## 32

Wes Farrell erinnerte sich schwach daran, kaum geschlafen zu haben.

Wenn er sich recht erinnerte, was er seiner Meinung nach tat, dann war Moses McGuires Frau Susan von der Idee ihres Mannes, einen unbekannten Betrunkenen aus seiner Kneipe mit nach Hause zu bringen und auf dem Sofa übernachten zu lassen, nicht gerade begeistert gewesen.

Das Baby war mindestens drei Mal wach geworden, was bedeutete, daß es ansonsten geschlafen haben mußte, und das konnte Wes nicht sicher beurteilen. Die ganze Nacht über hatte er Geräusche gehört. Einer der McGuires – oder beide? – war hin und her geschlurft und hatte am Kühlschrank herumhantiert. Sie hatten sich gestritten: ›Würdest *du* sie bitte holen? Ich laufe nicht im Nachthemd herum, wenn dein Freund auf dem Sofa liegt.‹ Gar nicht zu reden von dem Geschrei des Babys.

Als die rosafarbenen Finger der Morgendämmerung am Himmel emporgekrochen kamen, war Moses McGuire mit schweren Augenlidern ins Zimmer gekommen und hatte Wes' Schlüssel alles andere als dezent neben dem Sofa auf den Boden fallen lassen.

Lydia, Wes' Exfrau, hatte den Hund gewollt, weil Wes so viel Zeit im Gerichtssaal verbracht hatte und sie in dem großen Haus nicht ganz allein sein wollte, nachdem die Kinder ausgezogen waren. Außerdem fühle sie sich mit einem Hund sicherer, wie sie sagte.

Während des Scheidungsprozesses war Lydia dann zu dem Schluß gelangt, daß sie den Hund doch nicht mehr wollte. Auch Wes wollte den Boxer nicht, hatte ihn von vornherein nicht haben wollen, es war immer Lydias Hund gewesen: Bartholemew H. (für ›Hund‹) Farrell, kurz Bart.

Lydia hatte gesagt: »Okay, dann kommt er eben ins Tierheim.«

Es hatte ihn erstaunt, wie schnell sie sich der Dinge entledigen konnte. War sie dazu schon immer in der Lage gewesen? Er wußte es nicht mehr, hatte es vielleicht nie gewußt.

Wes hatte das nicht akzeptieren können. Zu viele andere Dinge waren in den wenigen Jahren kaputtgegangen, seit seine jüngste Tochter Michelle ausgezogen war. Aus irgendeinem Grund hatte er nicht zulassen können, daß Bart ins Tierheim kam.

Heute morgen war Bart wahrscheinlich ziemlich böse auf ihn. Immerhin hatte Wes fast achtzehn Stunden außer Haus verbracht. Er drehte den Schlüssel um, öffnete die Tür und sah sich dem winselnden Bart gegenüber.

»Hallo, alter Junge, tut mir leid.« Er kraulte den Hund zwischen den Ohren. Bart zog den Schwanz ein und lehnte sich für ein paar Sekunden an ihn, dann führte er Wes in die Küche. Wes hatte allen Grund, stolz auf das Tier sein: Bart hatte den *Chronicle* vom Vortag vom Tisch gezogen und als Unterlage für sein Geschäft benutzt. Aber es war dem Hund peinlich, das sah Wes ihm an.

Wes verspürte nicht die geringste Lust, mit Bart den gewohnten Spaziergang entlang der Straßenbahnschienen auf der Neunzehnten Straße zu machen, fühlte sich aber dazu verpflichtet. Die Aufgabe, Bart zu versorgen, war ihm zu einer Art seelischem Anker geworden. Sie stellte die einzige Verbindung zu jenem Menschen dar, der er gewesen war, als er noch ein Zuhause, Kinder, eine Frau, einen Job und Verantwortung gehabt hatte. Diese Dinge hatten ihn aufrechterhalten und seine Tage mit Sinn erfüllt. Jetzt gab es nur noch Bart, einen dummen, alten Hund, aber Wes würde nicht aufhören, für ihn zu sorgen.

Nicht, daß er das besonders gut konnte, wie die letzten Stunden bewiesen hatten. Aber in seinen früheren Bemühungen um die Familie hatte er ja auch nicht besonders viel Erfolg gehabt.

Bart war kaum von der Leine, als er auch schon losrannte, eine geeignete Stelle suchte und sein Geschäft erledigte. Wes, immer noch in Shorts und T-Shirt, ging schlotternd vor Kälte den schwarzen Asphaltweg neben den Schienen entlang.

Als er den Wagen in der Nähe des Shamrock geholt hatte und zurückgefahren war, hatte eine kraftlose Sonne geschienen, die sich jetzt hinter einer tief hängenden Wolkendecke verbarg. Außer ihm war niemand auf der Straße. Es gab keine Schatten, weil die Sonne nicht schien. Kein Lüftchen regte sich. Die Gegend, die sonst so verkehrsreiche Hauptstraße, die ganze Stadt wirkten gespenstisch, waren unnatürlich still. Wes blieb stehen und lauschte. Bart tauchte von irgendwoher wieder auf und setzte sich neben ihn.

Wes drehte sich um und nahm aus dem Augenwinkel heraus etwas Weißes wahr, das im Wind flatterte. Er verließ den Gehweg, überquerte die Straße und riß den an einen Telefonmast gehefteten Steckbrief herunter.

Vielleicht hatte Kevin ihn doch nicht absichtlich versetzt. Vielleicht hatte er keine andere Wahl gehabt. Er starrte auf das Plakat. Kein Zweifel, das war Kevin. Der Junge steckte wirklich tief in der Scheiße.

Zurück in seiner Wohnung, nahm Wes eine heiße Dusche und zog einen dicken Flanellschlafanzug an. Dann kippte er zwei große Gläser scharf gepfefferten Tomatensaft mit einem Spritzer Tabasco, aber ohne Wodka, hinunter und beglückwünschte sich zu seiner Selbstdisziplin. Er goß sich ein drittes Glas ein.

Wes saß in seinem ›Salon‹, wie er dieses Zimmer nannte, trank seinen pfeffrigen Tomatensaft und wartete darauf, daß Morpheus, der Gott des Schlafes, an die Tür klopfte. Geistesabwesend kraulte er Bart hinter den Ohren und am Hals. Er haßte diesen Gedanken, aber er mußte sich eingestehen, daß der verdammte Hund ihm viel bedeutete.

Eigentlich war er nicht unbedingt scharf darauf, etwas von Kevin zu hören. Der Junge hatte wahrscheinlich nur ein bißchen zu tief ins Glas geschaut, anschließend einen Mann aufgehängt, war dann völlig durcheinander gewesen und hatte sich gefragt, was er jetzt anfangen solle, so ganz allein.

Gestern abend war er offenbar noch auf freiem Fuß gewesen. Was aber wäre, wenn Kevin nicht nur in Schwierigkeiten steckte, sondern ihn, Wes, wirklich brauchte? Wes sah wieder auf den Steckbrief, den er mitgenommen hatte. Ohne Zweifel steckte Kevin dick in der Tinte. Die Frage war nur, ob er diese selbst verursacht hatte oder nicht, und darüber wollte sich Wes noch kein Urteil erlauben. Tatsache war, daß Kevins gestriger Anruf nicht einfach aus jugendlicher Verwirrtheit oder aufgrund eines Delirium tremens erfolgt war, denn dieser beängstigende Steckbrief existierte wirklich. Außerdem war der junge Mann anscheinend davon überzeugt, daß Wes ihm wirklich helfen könne, daß er seine Dienste dringend benötige ...

Und wenn dem so war, dachte Wes und trank etwas Saft, sah die ganze Angelegenheit plötzlich ganz anders aus. Denn seit Wochen – seit das Semester Ende Juni zu Ende gegangen war – beschwor ihn eine flüsternde innere Stimme, daß er doch eigentlich gar nicht mehr so übermäßig daran interessiert sei, seinen Doktor in Geschichte zu machen. Das neue Studium hatte die Leere gefüllt, die entstanden war, als er versucht hatte, sich neu zu orientieren, nachdem seine Frau Lydia ihn verlassen und sein bester Freund Mark Dooher ihn betrogen hatte.

Wes und Lydia hatten sich ineinander verliebt, als sie jung gewesen waren, und sich voneinander entfremdet, während die Kinder heranwuchsen. Nachdem ihre Tochter Michelle ausgezogen war, hatten sich die stummen Momente in dem großen Haus immer mehr ausgedehnt und waren schließlich in einen tiefen Abgrund zwischen ihnen gemündet, den keiner von beiden mehr überwinden konnte. Selbst wenn sie das gewollt hätten, wäre es schwierig gewesen, aber es hatte sich herausgestellt, daß sie es gar nicht gewollt hatten.

Wes war lange Anwalt gewesen und beinahe täglich zum Gericht gefahren, hatte die meiste Zeit im Justizpalast verbracht und war sich manchmal nicht zu schade gewesen, kleinen Versicherungsfällen hinterherzujagen, während Lydia Hausfrau und Mutter war, im Elternbeirat aktiv wurde und schließlich eine eigene Immobilienfirma gegründet hatte. Am Ende hatte es nichts mehr gegeben, worüber sie hätten reden können. Er hatte zwanzig Pfund zugenommen, sie hatte fast dreißig abgenommen. Sie sah sich am Beginn einer neuen Lebensphase voll aufregender Herausforderungen und Freiheiten. Und Wes ...?

Während dieser Veränderungen zwischen ihm und seiner Frau war Wes völlig vom Prozeß gegen seinen besten Freund Mark Dooher in Anspruch genommen worden, der sich außerhalb seines Privatlebens abspielte. Dooher war wegen Mordes an seiner Ehefrau angeklagt worden, und Wes hatte als Doohers Anwalt den Prozeß seines Lebens geführt.

Er lehnte sich im Sofa zurück. Warum, zum Teufel, konnte er nicht einschlafen? Er wollte jetzt nicht an diese Dinge denken. Eigentlich wollte er nie mehr daran denken. Vielleicht sollte er sich doch einen Schuß Wodka genehmigen, um sich ein bißchen zu beruhigen.

Aber er stand nicht auf.

Die Wahrheit war: Nachdem Wes sich mit allem abgefunden hatte, war ihm nur das Gefühl geblieben, daß er sein Leben gelebt habe und daß es eben kein so großer Erfolg gewesen sei. Die Erziehung der Kinder war abgeschlossen, und er wußte, daß er kein allzu guter Vater gewesen war und nicht genug Zeit zusammen mit der Familie verbracht hatte. Die Kinder lebten längst woanders. Er hörte nichts mehr von ihnen, und ihnen war es egal, ob sie etwas von ihm hörten. Er machte ihnen keinen Vorwurf daraus.

Dann hatte sich auch noch das Gesetz – der Gott, dem er während seines ganzen Lebens als Erwachsener gehuldigt und gedient hatte – als weniger unbeugsam erwiesen, als immer behauptet wurde.

Als Lydia ihm mitgeteilt hatte, daß sie ihn verlassen wolle, hatte ihn am meisten die Tatsache schockiert, daß er nach siebenundzwanzig Ehejahren nicht mehr als ein leichtes Bedauern darüber verspürte, so viel Zeit mit ihr verbracht zu haben, wenn bei dem ganzen Zirkus nicht mehr herausgekommen war als das hier.

Was ihn dagegen bis ins Mark getroffen hatte, war der Betrug seines besten Freundes Mark Dooher gewesen. Nach und nach mußte Wes feststellen, daß er einfach aufgehört hatte, sich um irgend etwas zu kümmern. Die natürliche Skepsis, die er im Umgang mit korrupten und unehrlichen Mandanten zum Selbstschutz aufgebaut hatte, war in einen tiefen Zynismus gegenüber der ganzen Menschheit umgeschlagen.

Deshalb hatte er mit dem Trinken begonnen und war hartnäckig dabei geblieben – um keine Gefühle mehr zu haben, um die Dinge an der Oberfläche zu halten. Wenn man auf dünnem Eis schnell genug lief, brach man nicht ein. Aber er hatte gespürt, daß er immer weiter abglitt, sich immer weiter von allen anderen und von jedem Gefühl, irgend etwas könne eine Bedeutung haben, entfernte.

Aus diesem Grund hatte er Bart zu sich genommen, ihn behalten und sich um ihn gekümmert. Aus diesem Grund hegte er plötzlich auch diese ambivalenten Gefühle demgegenüber, was möglicherweise herbe Realität war – daß Kevin Shea nämlich damit rechnete, Wes würde ihm juristisch beistehen.

Vielleicht könnte das sein Rettungsboot werden. Aber dann hätte er auch neuen Anlaß zu hoffen, und diesem Klopfen an der Tür wollte er einfach nicht mehr nachgeben – schon gar nicht, wenn es um das Gesetz ging. Das Gesetz. Das einst so heilige, schöne Gesetz …

Nein. Er würde sich nicht wieder in die Maschen dieses Netzes ziehen lassen. Weder Kevin Shea noch sonst jemandem würde er zu helfen versuchen. Vielleicht würde er ihm einen Rat geben, aber weiter würde er nicht gehen. Er würde sich niemandem öffnen, nur um dann erneut betrogen zu werden. Denn wenn das geschähe, würde es seine Seele zerstören, falls er überhaupt eine besaß. Da machte er sich nichts vor. Und dann bliebe gar nichts mehr übrig, das man noch retten könnte.

Er stand auf. Ein bißchen Wodka – geschmacklos, geruchlos, farblos – würde ihm jetzt guttun, vielen Dank. Zum Teufel mit dem Pfeffertomatenzeug.

Irgendwo schien ein Telefon zu klingeln. Unter Wasser, was bewies, daß er träumte. Er mußte es nicht registrieren, mußte nichts tun. Sich einfach auf die andere Seite drehen, dann würde es aufhören.

Er wußte, daß er nicht länger als eine Stunde geschlafen haben konnte. Zur Abwechslung hatte er sich in sein richtiges Bett und unter eine Decke gelegt, ohne vorher zusammenzubrechen. Sogar die Jalousien hatte er heruntergezogen. Im Schlafzimmer war es finster wie in der Nacht, warm und sicher. Er würde sich nicht rühren, fertig. Mindestens sechs Stunden Schlaf brauchte er noch, bevor er dem Tag ins Auge blicken konnte.

Er drehte sich um, zog die Decke über den Kopf. Es klingelte noch zweimal, dreimal, dann war wieder Stille.

Na also. Ein Traum.

# 33

An diesem Morgen um zwanzig vor acht blickte der Bürgermeister von San Francisco, Conrad Aiken, auf eine weitere Zeltstadt hinunter. Sie befand sich im Civic Center Park, gleich unterhalb des Balkons über dem prächtig gearbeiteten Eingangsportal des Rathauses, auf dem er stand, von den Flaggen der Vereinigten Staaten und Kaliforniens halb verdeckt.

Wie schon in den vergangenen anderthalb Tagen fiel es ihm auch jetzt schwer, die Informationen, die er erhalten hatte, zu verarbeiten. Hier stand er, verantwortlich für den Milliardenhaushalt einer der meistgeliebten und schönsten Städte der Welt, die jedes Jahr das Ziel Tausender von Touristen war, wichtiges Kongreßzentrum der Nation, Mekka für Gourmets, Hort des Liberalismus und der Kunst mit dem sechstgrößten Opernhaus der Welt, Zufluchtsort der Habenichtse, Heimatlosen und Homosexuellen aus dem ganzen Land … Und hatte das Gefühl, als sei all dies innerhalb weniger Stunden zerfallen.

Durch den dünnen Frühnebel stiegen die Rauchschwaden von Lagerfeuern über den Zelten auf. Sie riefen Bilder vor seinem geistigen Auge wach, die er seit seiner Kindheit immer wieder auf Fotos gesehen hatte: das San Francisco, das sich nach dem großen Erdbeben von 1906 aus der Asche emporkämpfte. Dies waren die bislang dunkelsten Stunden der Stadt gewesen. Bis jetzt hatten diese Bilder immer Hoffnung ausgedrückt: Die Bewohner der Stadt taten sich zusammen, um ihr Leben und ihre Häuser wieder aufzubauen. Aber heute, während er über die Zelte hinwegblickte und das Wummern der Ghettoblaster sowie vereinzelte Schreie der Wut und der Verzweiflung hörte, sah die Realität alles andere als hoffnungsvoll aus.

In einer Viertelstunde würde sich Aiken mit den elf Mitgliedern des Verwaltungsrats treffen, und er hatte keine Ahnung, was er ihnen sagen sollte. Noch schlimmer war, daß er trotz größter Bemühungen – er hatte ein paar ausgewählte Mitarbeiter zu Spionen umfunktioniert – keine richtige Vorstellung davon hatte, was die Ratsmitglieder wiederum ihm empfehlen würden. Die Erfahrung lehrte ihn, daß ihre Vorschläge wahrscheinlich unproduktiv sein und seinen Arbeitsaufwand vervielfachen würden. Seine Autorität würde untergraben werden, und sämtliche effektiven Maßnahmen, die eventuell ergriffen werden könnten oder sogar bereits praktiziert wurden, würden aufgeweicht.

Er hatte die Sitzung gestern den ganzen Tag vor sich hergeschoben, in der Hoffnung, die Situation werde sich auf irgendeine Weise vorher beruhigen. Doch durch die Ermordung des Bezirksstaatsanwalts der Stadt, Chris Locke, gestern abend war eine neue Welle nächtlicher Unruhen ausgelöst worden, und man konnte nicht länger so tun, als würde sich die Lage von selbst beruhigen.

Aikens persönlicher Referent Donald, ein großer, gepflegt wirkender fünfunddreißigjähriger Single, trat neben ihn. Eine ganze Minute lang standen sie schweigend nebeneinander.

»Wenn Sie meine Meinung hören wollen …« setzte Donald an.

Aiken nickte, tauchte aus den Gedanken auf. Donald war für ihn sehr wertvoll, hielt die Ohren offen, kommunizierte mit sämtlichen Mitarbeitern im Rathaus und war mit politischem Scharfsinn sowie einem Gefühl für den richtigen Standpunkt und die angemessenen Strategien gesegnet. »Ich nehme alles, was Sie haben.«

Donald trug eine Akte bei sich, die Aiken nicht bemerkt hatte. Jetzt öffnete er sie und reichte seinem Chef den Steckbrief von Kevin Shea. Aiken hatte ihn hundertmal gesehen, und ihm wurde fast schlecht davon. Aber er würde Donald zuhören.

»Okay. Was ist damit?«

»Ich bin gestern den ganzen Tag durch diese heiligen Hallen gewandert und habe das Gefühl, daß Sie, wenn Sie nicht heute morgen mit einer ganz eindeutigen Botschaft sofort zu Beginn die Kontrolle über die Versammlung übernehmen, einer unbeschreiblichen politischen Katastrophe entgegengehen.«

Auch Aiken war zu diesem Schluß gekommen. Die Mitglieder des Stadtrats von San Francisco wurden in bezirksunabhängigen, stadtweiten Wahlen gewählt, keines der Mitglieder repräsentierte also einen geographischen Bereich wie Nob Hill, Hunter's Point oder die Castro Street. Tatsächlich vertrat – *verkörperte* – jedes Mitglied des Rats ein eigenes Programm, was, wie Aiken wußte, einen Konsens häufig erschwerte.

Das Problem mit den Mitgliedern des Stadtrats wurde durch die Gehaltsstruktur noch verschlimmert. Die Satzung der Stadt San Francisco sah für jedes Mitglied vierundzwanzigtausend Dollar pro Jahr vor, was bedeutete, daß die jeweils zugeordneten Angestellten und Sekretärinnen doppelt soviel verdienten wie diese selbst. Mit anderen Worten: Kein Mensch, der für seinen Lebensunterhalt arbeiten mußte, konnte es sich leisten, im Stadtrat zu sitzen.

Viele – einschließlich Conrad Aiken – waren zu der Ansicht gelangt, daß die Mehrzahl der Ratsmitglieder ein stupendes Unwissen über die Grundlagen des Arbeitslebens an den Tag legten. Dieser Mangel verband sich oft mit Verachtung gegenüber Kompromissen, mit einer fast hochmütigen Mißachtung der Realität, wenigstens der, die Aiken kannte.

Worüber die Stadtratsmitglieder vor allem verfügten, war Zeit, eine private finanzielle Absicherung (die sie von der Realität isolierte und mit Opportunisten umgab) und Meinungen. Positionen, Haltungen und Ideen – ja, die waren reichlich vorhanden. Ideen gab es im Rat im Überfluß. Auch wenn den Stadträten keinerlei Exekutivfunktionen zustanden, konnten sie dem Bürgermeister immerhin Maßnahmen empfehlen – polizeiliche Maßnahmen zum Beispiel. Oder Ho-Chi-Minh-Stadt in Vietnam zur Partnerstadt von San Francisco vorschlagen und den Wiederaufbau einer Autobahn nach einem Erdbeben behindern, bis ein Bericht über die gefährlichen Auswirkungen eines solchen Wiederaufbaus auf die Umwelt (zum Beispiel auf den Froschbestand im China Basin) erstellt worden war.

Der Bürgermeister mußte sich nicht nach diesen Empfehlungen richten, wenn er sie aber mißachtete, geschah dies auf eigene politische Gefahr. Irgendwo, in einer Kombination aus allen diesen dilettantischen Positionen – weiß, latino, schwul, asiatisch, afro-amerikanisch, feministisch – verbarg sich die absolute Mehrheit, die man brauchte, um zum Bürgermeister gewählt zu werden.

Aiken nahm den Steckbrief aus der Hand seines Referenten entgegen. »Und das soll mir helfen, die Versammlung unter Kontrolle zu bringen, Donald?«

»Ich glaube, Senatorin Wager hatte recht. Als sie gestern hier war.«

»Ich erinnere mich, Donald. Womit hatte sie recht?«

»Vor allem jetzt, wo Chris Locke tot ist, sollten wir hoch pokern. Jedes einzelne Mitglied des Stadtrats wird in seine oder ihre spezielle Richtung drängen. Es drängeln sich schon jetzt Dutzende von Kameras im Saal, und jeder wird eine Rede halten wollen, die Gewalt verurteilen, einen eigenen Vorschlag zur Lösung vorbringen … Sie wissen schon.«

Aiken wußte es. »Was meinen Sie mit ›hoch pokern‹?«

»Einfach da hineinmarschieren, das Podium übernehmen und zugeben, daß wir alle – die ganze Stadt – die Spannungen zwischen den Rassen offensichtlich schon zu lange ignoriert haben. Wir haben den Kopf in den Sand gesteckt, vor allem hier im Rathaus.«

Aiken lächelte finster. »Was durchaus den Tatsachen entspricht.«

»Nein, warten Sie. Das ist genau der *Punkt*. Wir waren nachlässig. Wir haben die Tatsache ignoriert, daß es hier immer noch keine Gleichheit gibt und deshalb draußen auf den Straßen unter den einfachen Bürgern, besonders der schwarzen Bevölkerung, berechtigte Wut herrscht. Es ist offensichtlich, daß wir, wir alle, sowohl für den Tod von Arthur Wade als auch für den von Chris Locke verantwortlich sind. Wir tragen eine Schuld … eine Schuld, für die wir einstehen müssen.«

»Das ist ein bißchen dick aufgetragen.«

»Richtig, aber wenn der große Rhetoriker selbst spricht …« Er warf Aiken einen verschwörischer Blick zu.

»Damit meinen Sie wohl mich …«

Donald nickte. »Das ist nur der grundsätzliche Tenor, Sir. In Ihren Worten wird es sich nicht so plump anhören …«

Der Bürgermeister war an derartige Schmeicheleien gewöhnt, fand aber, daß Donald wahrscheinlich recht hatte. Aiken wußte, daß er ein begabter Redner war. Und wenn der Rat für etwas empfänglich war, dann für den Appell an eine gemeinsame, allgemeine Schuld. Wenn er verdeutlichen konnte, daß die Gesellschaft insgesamt das Problem verursacht oder zumindest dazu beigetragen habe, würde er vielleicht an sie herankommen.

»Gut«, sagte er, »und wie sieht der Rest Ihrer Idee aus?«

»Bevor wir auch nur einen einzigen Vorschlag des Stadtrats in Betracht ziehen oder irgend etwas anderes tun, müssen wir unverzüglich Maßnahmen ergreifen, durch die wir die entfremdete schwarze Bevölkerung wieder in die wichtigen Entscheidungsprozesse und ins öffentliche Leben integrieren können. Um das zu erreichen, müssen wir etwas Symbolisches tun.«

»Etwas Symbolisches. Richtig.«

»Um unser Engagement zu beweisen und zu zeigen, daß unsere oberste Priorität darin liegt, die Stadt wieder zusammenzuführen ...«

»... liefern wir ihnen Kevin Shea.«

Donald nickte. »Er ist schuldig. Sehen Sie sich die Bilder an. Wir loben, sagen wir, eine halbe Million Dollar als Belohnung aus, was nicht viel wäre, wenn dadurch die Ausschreitungen gestoppt werden könnten.«

Aiken fuhr mit der Hand unter seinen müden Augen entlang über das Feuermal. »Donald, ich will nicht, daß Dan Rigby denkt, ich würde mit dem Finger auf ihn zeigen, weil er Shea noch nicht verhaftet hat. Die Polizei tut alles, was in ihrer Macht steht.«

»Niemand behauptet das Gegenteil, Sir. Sie können das auch öffentlich bestätigen. Aber wir brauchen, *Sie* brauchen die Geste, die Zusicherung an die schwarze Gemeinde, daß die Stadt es tatsächlich versucht, daß wir alle gemeinsam in dem Schlamassel drinstecken. Möglicherweise werden allein schon dadurch die Wogen für eine Zeitlang geglättet.«

Ein guter Schachzug, dachte Aiken, es könnte klappen. Und es war gerechtfertigt. Eine seltene Kombination. »Mit anderen Worten«, sagte er, »steht für heute morgen auf der Tagesordnung, daß der Rat für die Belohnung gewonnen wird, daß alles sich auf die Verhaftung von Kevin Shea konzentriert, daß ein entsprechender Beschluß im Stadtrat verabschiedet wird.«

»Sie werden sie dorthin führen, Sir.«

»Und dann meine eigenen Wege gehen?«

Donald überlegte einen Moment und nickte schließlich. »Unbedingt. Ja.«

Aiken wiederholte des anderen Kopfbewegung. »Dann lassen Sie uns das tun.«

Nachdem Aiken das Zimmer verlassen hatte, um sich zum Ratssaal zu begeben, und die Tür hinter ihm zugefallen war, blieb Donald fünf endlose Minuten lang an seinem Schreibtisch sitzen. Er stoppte die Zeit. Häufig eilte Aiken hinaus, machte auf halbem Weg kehrt und kam ins Büro zurückgestürzt, weil er etwas vergessen hatte, etwas holen, noch eine dringende Anweisung erteilen wollte.

Aber da Aiken nur auf die andere Seite des Rathauses unterwegs war – ein Spaziergang von einer Minute –, ging Donald davon aus, daß er fast umgehend wieder hätte zurückkommen müssen, falls er umgekehrt war. Doch Donald war von Natur aus vorsichtig. Es war nie verkehrt, sich doppelt soviel Zeit zu lassen, als notwendig war. Was, wenn der Bürgermeister von den Medien im Flur aufgehalten worden war und ihm erst danach etwas einfallen würde, das ihn veranlaßte zurückzukommen? Man konnte nicht vorsichtig genug sein.

Mit diesem Gedanken vor Augen, stand Donald von seinem Schreibtisch auf und stapfte in dem langen internen, holzgetäfelten Gang vor bis zum Empfangsbereich und trat dann durch die Tür mit der Aufschrift 100, durch die die Öffentlichkeit in das Vorzimmer des Bürgermeisters gelangte, hinaus auf den Flur.

Der Gang war menschenleer. Donald ging zum Geländer hinüber, von wo aus er die große Rundhalle überblicken konnte. Auf der anderen Seite, in der Halle gegenüber, sah er die Menschenmenge, die einen Blick in den Ratssaal zu ergattern versuchte. Irgend etwas – Aikens Ankunft, vermutete er – hatte die Menge zusammengetrommelt.

Zufrieden drehte er sich um und ging durch das Büro zurück. An seinem Schreibtisch angekommen, holte er aus seinem Portemonnaie ein weißes Stück Papier heraus, auf dem sieben Ziffern standen, kein Name.

Am anderen Ende der Leitung bat ihn eine freundliche Frauenstimme, eine Nachricht zu hinterlassen.

Nachdem er seinen Namen genannt hatte, teilte Donald dem Anrufbeantworter mit, der Bürgermeister gedenke die Alternative, die sie besprochen hätten, umzusetzen. Er kündigte an, daß der Rat den Beschluß voraussichtlich innerhalb der nächsten Stunden fassen werde.

Als er auflegte, zitterten ihm die Hände, aber das überraschte ihn nicht. Er hatte so etwas noch nie getan, natürlich machte es ihn nervös. Das Komische war, daß es Conrad Aiken wahrscheinlich helfen würde. Es war eine gute Idee gewesen.

Trotzdem wurde er das ungute Gefühl nicht los, jemanden betrogen zu haben, und das störte ihn. Als habe er die Seiten gewechselt. Aber nach dieser Katastrophe – und die Probleme waren ja noch nicht gelöst – war es keineswegs sicher, daß Aiken in fünf Monaten wiedergewählt werden würde. Was sollte Donald dann tun, wenn er nicht rechtzeitig vorsorgte?

Er mußte sich eine breitere Basis verschaffen, dafür sorgen, daß andere Personen, die eventuell seine Hilfe benötigten, ihn schätzen lernten. Jetzt, nach diesem Anruf, hatte er keinen Zweifel mehr daran, daß Loretta Wager sich an ihn erinnern würde, wenn er sich an sie wandte. Er müßte es nicht einmal erwähnen – sie würde sich daran erinnern, daß sie ihm etwas schuldete, und dementsprechend handeln. So funktionierte Politik, und die Senatorin wußte das sehr genau.

Das hatte er von gemeinsamen Bekannten gehört.

## 34

Elaine Wager, die Tochter der Senatorin, hatte tief und lang geschlafen. Kurz nach dem Morgengrauen war sie aufgewacht. Durch das Fenster ihres Wohnzimmers sah sie unter der Wolkendecke erheblich weniger Rauch als am Tag zuvor, und für einen Moment hatte sie es sich erlaubt, optimistisch zu sein. Vielleicht würde sich die Situation bessern, würden die Wunden der Stadt doch noch rechtzeitig heilen.

Dann hatte sie die Zeitung aufgeschlagen ...

Jetzt saß sie in einem ihrer übergroßen Herren-T-Shirts, die sie als Nachthemden benutzte, auf dem Parkettboden gleich hinter ihrer Wohnungstür, dort, wo sie gestanden hatte, als ihr Blick auf die Schlagzeile gefallen und sie zusammengebrochen war. Sie erinnerte sich, daß sie sich an der Wand hatte abstützen wollen, dann begriffen hatte, daß sie sich setzen mußte. Sie schien die Kontrolle über die Harnblase verloren zu haben, denn der Boden unter ihr war naß. Sie merkte, daß sie auf ihrem Zeigefinger herumbiß. Es mußte einige Zeit verstrichen sein.

Ihr Magen knurrte, und sie versuchte, wieder auf die Beine zu kommen. Der Weg ins Badezimmer war weit.

Erst konnte sie nicht glauben, daß niemand sie angerufen hatte, doch dann fiel ihr ein, daß sie das Telefon leise gestellt und den Anrufbeantworter eingeschaltet hatte. Es gab einen Punkt, an dem man einfach schlafen mußte.

Chris Lockes Stimme war auf dem Anrufbeantworter.

»O Gott«, entfuhr es ihr, und sie wurde von einer neuen Welle des Schwindels erfaßt.

Er hatte angerufen, bevor ... bevor ...

Sie preßte eine Hand gegen den Magen, knetete den harten Knoten, hypnotisiert von den Worten der Stimme, die sie zum letzten Mal hören würde.

Er liebe sie, sagte er. Er brauche sie, sie müßten reden. Ob es ihr möglich sei, sich morgen früh – Herrgott, das war heute morgen – vor der Arbeit mit ihm zu treffen? Er werde mit Mohandas und ihrer Mutter zum Abendessen ausgehen, und es könne spät werden, er komme dann vielleicht auf dem Heimweg bei ihr vorbei. Sie könne ihn über den Piepser erreichen und ihm Bescheid geben.

Dann die Stimme ihrer Mutter, kontrolliert und ruhig, wie sie immer in Momenten größter Anspannung sprach. Sie rief vom Polizeirevier aus an. Jemand habe sie um ein Haar erschossen, habe Chris erschossen … »Bitte, Liebes«, sagte sie, »wenn du diese Nachricht bekommst, geh nicht weg, bevor du mit mir gesprochen hast!«

Der nächste Anrufer war der Kollege, mit dem sie sich das Büro teilte, Jerry Ouzounis, aber da ging es nur um allgemeine Informationen, der Anfang einer Reihe von Büroangelegenheiten. Sie spulte im schnellen Vorlauf einen Teil davon ab und ließ das Band dann wieder normal weiterlaufen, ohne zuzuhören. Vor ihre Augen legte sich ein Schleier.

Irgendwie hatte sie sich angezogen. Wollte sie tatsächlich zur Arbeit gehen? Sie wußte es nicht. Aber sie hatte sich fertig gemacht, die Haare hochgesteckt, sich geschminkt. Sie trug Schuhe, aber keine Strumpfhose. Sie zog die Schuhe wieder aus und wußte plötzlich nicht mehr, weshalb, wußte nur, daß sie auf dem Bett saß. Krampfhaft versuchte sie, sich daran zu erinnern, was sie gerade hatte tun wollen. Die Strumpfhose lag neben ihr auf dem Bett, aber sie konnte die Verbindung nicht herstellen.

Neben dem Bett stand das Telefon. Hatte sie jemanden anrufen wollen? Sie erinnerte sich, daß sie versucht hatte, ihre Mutter zu erreichen. Aber bei der Senatorin konnte man nie sagen, wo sie sich gerade aufhielt. Das Telefon hatte fünfzehnmal geklingelt. Sie wählte noch einmal. Vielleicht war das die Lösung: es noch einmal zu versuchen.

Am Straßenrand vor dem Justizpalast stand immer eine lange Reihe schwarzweißer Polizeiwagen. Heute verstopften die Fahrzeuge vier der fünf Spuren der Bryant Street.

Elaine Wager hatte ein Taxi nehmen müssen, denn ihr regulärer Bus war nicht gekommen. Sie stand an der Ecke Siebte und

Bryant Street und wurde erneut von dem Gefühl überwältigt, daß die Realität sich grundlegend verändert hatte. War das die *virtual reality*, die künstliche Wirklichkeit? Ein Beamter schrieb Verwarnungen für die *Polizeiautos*, als wären es normale Fahrzeuge. Er notierte die Kennzeichen und steckte seine handgeschriebenen Zettel unter die Scheibenwischer. Als hätte ihm jemand gesagt, auf diese Weise könne er inmitten des ganzen Wahnsinns seine Zeit vernünftig nutzen. Und als hätte er es geglaubt ...

Die Menschenmenge in der Eingangshalle des Justizgebäudes war kleiner geworden, zweifelsohne eine Folge der Ausgangssperre. In der Nacht waren weniger Menschen zur Aufnahme ihrer Personalien und Vergehen hergebracht worden. Geistesabwesend durchschritt Elaine den Metalldetektor und ging um eine der Säulen herum. Vor ihr lag die riesige Eingangshalle.

Etwa ein Dutzend uniformierte Beamte versahen lässig ihren Dienst. Sie fragte sich, warum so viele Polizeiautos vor dem Gebäude standen. Wo waren die anderen Beamten? Diese zusammenhangslose Beobachtung traf sie wie eine Botschaft aus einer nur unvollständig erinnerten Welt. Sie wußte es nicht.

Die in der Schlange stehenden Männer ergaben wie immer eine ungepflegte, bunte Ansammlung, schoben sich mühsam vorwärts, erschöpfte Gestalten mit leeren Blicken. Während sie auf den Aufzug wartete, wurde sie auf einen der Männer aufmerksam.

Sie war gerade im Begriff gewesen, mit dem Aufzug nach oben zu fahren, um in ihr Büro zu gehen und die Tür hinter sich zu schließen. Vielleicht noch einmal zu versuchen, ihre Mutter zu erreichen, mit Jerry Ouzounis zu sprechen oder mit dem stellvertretenden Bezirksstaatsanwalt Art Drysdale, mit irgend jemandem da oben, um herauszufinden, was passiert war und ob sie etwas tun konnte. Sie mußte etwas tun. Etwas für Chris.

Sie ging zu dem gelben Band hinüber, das den provisorisch abgetrennten Bereich für die Festgenommenen markierte, stieg darüber und betrachtete den Mann, der ihr aufgefallen war, näher.

»Entschuldigen Sie«, sagte sie zu einem Beamten in der Nähe, der sich mit einem anderen Uniformierten unterhielt.

»Ja, Ma'am?« Dann, als er sah, daß sie eine Zivilperson war, sagte er: »Ich muß Sie bitten, wieder auf diese Seite zurückzukommen. Sie dürfen nicht hinter das gelbe Band treten.«

Elaine hatte kein herzliches Lächeln mehr übrig. »Ich bin von der Staatsanwaltschaft«, sagte sie knapp, während sie ihm ihren Ausweis hinhielt. »Elaine Wager.«

Falls einer der beiden Polizisten, die sich in Hörweite befanden, eine Verbindung zwischen dieser attraktiven jungen Frau und der Senatorin von Kalifornien herstellte, verbarg er es gut. Die Staatsanwaltschaft war nun einmal die Staatsanwaltschaft, und wenn diese Frau dazugehörte, konnte sie mit ihnen sprechen, würden sie zuhören.

»Ja, Ma'am«, wiederholte der Beamte. »Wie kann ich Ihnen helfen?«

Elaine deutete mit dem Kopf. »Ist der Mann dort drüben nicht Jerohm Reese?«

Er war es. Jerohm sah zu ihr herüber.

»He, das ist nicht in Ordnung! He! Ich rede mit Ihnen! Hören Sie mich? Ich *rede* mit Ihnen.«

Elaine ignorierte ihn. Der Beamte mit dem Namen J. Dealey auf dem Namensschild, der zwischen Elaine und Jerohm stand, befahl ihm, den Mund zu halten. Sie nahmen den Besucheraufzug des Gefängnisses, der schneller als der öffentliche Aufzug fuhr und nur auf der sechsten Etage hielt, am Eingang zum Gefängnis.

»Nein, halt ... He, Sie haben keinen Haftbefehl gegen mich. Ich bin gerade erst freigelassen worden. Das ist die reine Schikane. Ich hab' nicht das geringste getan ...«

Dealey wandte sich an Elaine und sagte im Plauderton, als unternähmen sie soeben einen Spaziergang im Park: »Wir haben ihn in einem der Gebiete, die unter Ausgangssperre stehen, in einem gestohlenen Wagen erwischt. Der Wagen war voller geplünderter Sachen ...«

»He, Mann ... Der Wagen war nicht gestohlen, das ...«

»Hatte ich schon ›halt's Maul‹ gesagt, Jerohm?« Dealey ruckte an den Handschellen, und Jerohms Füße verloren beinahe den Kontakt zum Boden.

»He, das ist ein Übergriff! Ein Polizeiübergriff!« schrie Jerohm. »Du hast's gesehen, Schwester! Jetzt reicht's. He, na los, dieser Kerl ...«

»Ich bin nicht Ihre Schwester«, sagte Elaine kalt. »Ich bin Ihr schlimmster Alptraum.«

Art Drysdale, der stellvertretende Bezirksstaatsanwalt, erlebte soeben *seinen* schlimmsten Alptraum. Es war noch nicht einmal neun Uhr, und er war die ganze Nacht auf den Beinen gewesen. Seit zwanzig vor sechs saß er in seinem Büro. Er weigerte sich hartnäckig, auch nur vorübergehend in Chris Lockes Büro zu arbeiten. Er wollte vermeiden, daß jemand das falsch auslegte, wollte nicht den Anschein entstehen lassen, er sei darauf aus, der neue Bezirksstaatsanwalt zu werden. Sein eigenes Büro war nicht annähernd groß genug für die Prozession von Menschen, die er heute morgen bereits bei sich vorsprechen gesehen hatte. Alle wollten Antworten von ihm, Trost oder Entscheidungen, die er nicht treffen durfte.

Normalerweise legte Drysdale eine unbekümmerte Art an den Tag, er jonglierte häufig hinter seinem Schreibtisch mit Baseball-Bällen – in seiner Jugend war er mehrere Wochen Profispieler gewesen –, während er Büroangelegenheiten debattierte oder Vergleiche mit den Strafverteidigern aushandelte. Heute trug er ein weißes Hemd, hatte die Krawatte gelockert und die Unterarme vor sich auf den Schreibtisch gelegt. Er hielt die Hände gefaltet. Die Fingerknöchel traten weiß hervor.

»In Ordnung, schicken Sie sie rein.«

Elaine kam durch die Tür und trat vor ihn.

»Ich hoffe, daß ich mich verhört habe«, begann er. »Sie haben Jerohm Reese, denselben Jerohm Reese, den wir vor zwei Tagen laufen lassen mußten, weil wir ihn nicht wegen Mordes anklagen konnten ... *diesen* Jerohm Reese haben Sie wieder nach oben gebracht?«

»Ja, Sir.«

Drysdale rieb sich mit einer Hand über die Stirn und massierte dann seine Schläfen. »Wird ihm dasselbe angelastet wie allen anderen, die wir mit Vorladungen nach Hause schicken?«

»Ein bißchen mehr«, sagte sie.

»Ein bißchen mehr? Reicht es aus, um einen Haftbefehl auszustellen? Gleich unten, in der *verdammten Eingangshalle*? ... Entschuldigen Sie, ich wollte nicht schreien, aber so geht das nicht. Wir können Jerohm Reese hier im Moment nicht brauchen.«

»Es tut mir leid ...«

»Da bin ich sicher.« Drysdale schüttelte den Kopf. »Elaine, warum haben Sie das getan?«

»Ich dachte ... ich dachte, wenn es sich herumsprechen würde, daß wir Jerohm Reese wieder festgenommen und wieder freigelassen haben ...«

»Ich weiß, ich weiß. Aber jetzt sitzt er im Gefängnis. Keinen der anderen stecken wir ins Gefängnis für die Vergehen, die ihm vorgeworfen werden.«

»Aber wir können ihn nicht einfach gehen lassen. Wir können ihm nicht nur einen Strafzettel verpassen und ihn wieder laufen lassen.«

»Nein, ich glaube, das können wir nicht. Jetzt nicht mehr.« Drysdale holte tief Luft und stieß sie geräuschvoll wieder aus. »Verdammt.«

»Ich hatte einfach das Gefühl, etwas tun zu müssen. Ich habe nicht richtig nachgedacht. Diese Sache mit Chris ... mit Mister Locke ...«

Drysdale hielt eine Hand hoch. Er war sich der Fakten in dieser Situation bewußt. Elaine war die Tochter von Loretta Wager und schwarz. Realistisch betrachtet, würde man sie wegen dieser Sache nicht allzuscharf zurechtweisen, geschweige denn suspendieren, weil sie wahrscheinlich überhaupt nicht zu suspendieren war. Sie war so kugelsicher wie Kevlar. Außerdem hatte er Jerohm Reese oben im Untersuchungsgefängnis. Vielleicht konnte er verhindern, daß die Medien etwas davon erfuhren und das Thema ausschlachteten. Aber es hatte sich in der Zwischenzeit nichts Handfestes ergeben, dessen man ihn beschuldigen könnte, abgesehen von den Plünderungen, und alle anderen Plünderer ließen sie – Boles sei Dank – laufen.

»Wir sind wegen dieser Sache alle etwas durcheinander, Elaine. Ich weiß noch nicht, was *ich* tun werde, und ich weiß nicht, wie es hier bei uns weitergeht. Aber unsere Aufgabe ist es,

Anklagen zu erheben, nicht, Inhaftierungen zu erleichtern. Man erwartet von uns, daß wir nachdenken, bevor wir in dieser Richtung tätig werden, verstehen Sie das?«

»Ja, Sir.«

»Ich weiß, daß Sie das tun.« Drysdales Hände waren wieder gefaltet, die Knöchel wieder weiß. Er würde eine Entscheidung fällen, was mit Jerohm Reese zu geschehen habe. Von Rechts wegen hatte der Bezirksstaatsanwalt nur zwei Tage Zeit, um Anklage zu erheben, aber Drysdale hatte schon eine Idee: Da das verlängerte Wochenende zum vierten Juli bevorstand, würde sich eine Anklageerhebung eventuell bis auf den kommenden Dienstag verschieben lassen, und das würde vielleicht reichen, um aus diesem Desaster wieder herauszukommen.

Er wandte sich wieder Elaine zu. »Sie bearbeiten den Fall Arthur Wade.« Das war keine Frage. »Dabei arbeiten Sie eng mit dem Morddezernat zusammen, nicht wahr?«

Das tat sie zwar nicht, aber ihr fiel das längere Gespräch ein, das sie mit Lieutenant Glitsky am Vortag in dieser Sache geführt hatte, und so war es, genaugenommen, keine Lüge, als sie antwortete: »Ja, Sir.«

»Sorgen Sie dafür, daß das so bleibt. Wenn Sie Hilfe brauchen, kommen Sie zu mir. Fragen Sie mich. Sie müssen das nicht allein durchfechten.«

»Ja, Sir. Danke.«

»Gut. Nicht der Rede wert. Und schicken Sie das nächste Opfer rein.«

Er lächelte nicht, als er das sagte.

## 35

Glitsky befand sich auf dem Dienstparkplatz hinter dem Justizgebäude und untersuchte den Wagen, in dem Chris Locke seine letzte Fahrt unternommen hatte.

Baujahr, Modell und Typ stimmten mit denen der anderen beiden Dienstwagen überein, die Glitsky in den letzten Stunden gefahren hatte – mit dem einen Auto, mit dem er heute morgen zum Justizgebäude gekommen war, und dem anderen, mit dem er gestern nacht Loretta nach Hause gebracht hatte und anschließend zu sich gefahren war und das er am Morgen von einem Streifenpolizisten hatte abholen und auf den Dienstparkplatz zurückbringen lassen.

Nur die Farbe war anders. Die Stadt hatte einen Fuhrpark von siebenundzwanzig Plymouth' angeschafft, die den Angestellten und auch den Gästen zur Verfügung standen: Polizisten in Zivil, Staatsanwälten, Honoratioren, die gelegentlich zu Besuch kamen.

Inspector Marcel Lanier, der Überstunden schob, um die Zahl seiner Ausgleichsstunden zu erhöhen, weihte Glitsky in alle Einzelheiten des Verbrechens ein. Es war kalt und neblig, ein leichter Wind wehte. Die beiden Männer trugen dicke Fliegerjacken, und Marcel ließ die Hände in den Taschen. Um sich einen besseren Überblick zu verschaffen, hatte Glitsky die Beifahrertür geöffnet.

Leicht vornüber gebeugt, betrachtete er mit zusammengekniffenen Augen das Fenster der Beifahrertür. Es war hochgedreht gewesen, als auf Locke geschossen worden war. Die Kugel hatte in dem Sicherheitsglas ein Spinnennetz mit einem faustgroßen Loch in der Mitte erzeugt.

»Hat die Spurensicherung alle Glasstücke?«

»Alle, die wir gefunden haben.«

»Das ist ein großes Loch.«

Lanier sah nach. »Zwei Kugeln, Abe. Aus nächster Nähe.«

Glitsky nickte. »Habt ihr die zweite Kugel gefunden?«

»Auf der anderen Seite.«

Sie gingen um den Wagen herum. Glitsky blieb einen Moment am hinteren Kotflügel stehen.

»Was ist? Hast du was entdeckt?«

»Nein. Ich kann nichts erkennen.« Glitsky öffnete die Fahrertür und ließ sich auf ein Knie nieder, um das Einschußloch im Polster des Wagens zu untersuchen. Dann rutschte er hinter das Lenkrad und musterte eingehend das Loch in der Scheibe auf der anderen Seite des Wagens. Mit der Hand folgte er der Flugbahn der zweiten Kugel. »Sie hat wirklich Glück gehabt«, murmelte er. Der mutmaßlichen Flugbahn nach zu urteilen, hätte ihn die Kugel an der Brust gestreift, doch Loretta war nicht so kräftig wie er, und deshalb hatte das Bleigeschoß sie um ein kleines Stück verfehlt. Um Haaresbreite.

»Gestern nacht hat sie auch Glück gehabt. Jemand hat sie nach Hause gefahren.« Lanier verzog keine Miene, war aber mehr als beredt.

Eigentlich hätte Glitsky darauf gefaßt sein müssen. Die Beamten des Morddezernats wußten in der Regel über alles Bescheid und gaben, ohne den geringsten Respekt, ihre Kommentare dazu ab. Offenbar hatte es sich herumgesprochen, daß er Loretta mitten in der Nacht aus dem Justizgebäude gelotst hatte.

»Ach, hör auf, Marcel. Die Frau ist Senatorin. Ihr Haus lag auf meinem Weg.«

»Da hat sie ja schon wieder Glück gehabt.«

Glitsky spürte, wie sich die Narbe auf seinen Lippen zusammenzog, und hatte Mühe, seinen Gesichtsausdruck unter Kontrolle zu halten. Er durfte sich nichts anmerken lassen, jede Reaktion wäre für einen Mann wie Marcel ein vielsagendes Indiz. »Wo ist das restliche Blut?« fragte er gleichgültig.

Lanier beugte sich über ihn. »Direkt vor deiner Nase.« Auf dem Beifahrersitz befand sich ein kleiner runder Fleck von etwa sieben Zentimetern Durchmesser. »Kaliber 0.22, vielleicht 0.25. Im Lauf des Vormittags wissen wir es genau. Ein kleines Loch, geringe Durchschlagskraft. Keine Austrittswunde. Wieder Glück für sie. Sie hat nicht mal 'nen Spritzer abbekommen.«

Glitsky lagen ein paar Worte auf der Zunge, was das Glück Lorettas betraf, auf die immerhin ein Mordanschlag verübt worden war. Aber auch das hätte Marcel als Überreaktion und Hinweis darauf interpretiert, daß da irgend etwas Ungewöhnliches vorlag. Also sagte er nur »Okay«, während er aus dem Wagen stieg und vorsichtig die Tür schloß. Sie gingen auf das Justizgebäude zu.

»Wie ist sie denn so? Hast du mit ihr gesprochen?« fragte Lanier.

»Nicht viel«, log Glitsky. »Sie stand unter Schock und war erschöpft. Der ganze Trubel hat sie ganz schön mitgenommen.«
Ihre Schritte knirschten auf dem Schotter.

Als der Lieutenant wieder in seinem Büro erschien, saß Nat Glitsky auf einem der gelben Kunststoffstühle vor dem Schreibtisch seines Sohnes. Für seine sechsundsiebzig Jahre hatte sich Nat gut gehalten. Wie immer bedeckte eine Jarmulke, das jüdische Samtkäppchen, die weißen Haare. Er trug Wanderschuhe, einen bunten Wollpullover und eine altmodische, mit Farbflecken übersäte Khakihose. Das, nach seiner Definition, ›klassische blaue Herrensakko‹, das er fast immer anhatte, hing über der Rückenlehne des Stuhls.

Es hatte sich herumgesprochen, daß Jerohm Reese wieder verhaftet worden war. Glitsky, der eben in der Eingangshalle davon gehört hatte, versuchte, diese Information in seine Peilung der Lage der Dinge einzugliedern. Sie paßte eher wie die Faust aufs Auge.

Er blieb im Türrahmen stehen. Sein Vater kam nicht jeden Tag bei ihm vorbei, noch nicht einmal ab und zu auf einen Sprung. Er kam so gut wie nie. Also war etwas geschehen. In den Monaten, als Flo krank gewesen war, hatte Nat seinen Sohn manchmal im Büro besucht, ihn hin und wieder sogar zum Mittagessen eingeladen. Aber seit ihrem Tod war er kein einziges Mal dagewesen, soweit Glitsky sich erinnern konnte.

Nat steckte wie immer voller Überraschungen. Er warf seinem Sohn einen in Plastikfolie gewickelten Blätterteigkringel mit Käsefüllung zu. Auch geräucherter Lachs schaute an den Rändern heraus. Abe liebte diese Kombination über alles in der

Welt. Es war so lange her, seit er sich einen solchen Leckerbissen gegönnt hatte, daß er vergessen hatte, wann das eigentlich gewesen war.

Nat, fünfzehn Zentimeter kleiner als Abe, ging auf seinen Sohn zu und küßte ihn auf die Wange. So hatte er ihn immer begrüßt, und so würde er es auch in Zukunft tun, zum Teufel mit gesellschaftlichen Konventionen und aufgesetzten Peinlichkeiten. Vom Kindergarten bis zur Polizeischule hatte Glitsky es gehaßt, aber jetzt störte es ihn nicht mehr. Wenn es anderen seltsam vorkam, war das deren Problem. Er wurde seinem Vater immer ähnlicher ... Es gab wahrlich Schlimmeres.

»Wir müssen uns unterhalten, Abraham.«

Dafür war leider nicht der richtige Zeitpunkt. Abe sah, daß hinter Nats Rücken Lanier, Banks und zwei andere Inspectors herumsaßen und zu ihm ins Büro hinüberlugten, darauf warteten, daß er frei würde und ihnen weitere Anweisungen geben könnte. Außerdem wollte er den Gerichtsmediziner John Strout wegen der Autopsien von Arthur Wade und Chris Locke aufsuchen, was er bei jedem Mord tat, der in seine Zuständigkeit fiel.

Auf dem Stapel telefonisch eingegangener Mitteilungen, den er nebenbei durchblätterte, lag ganz oben eine Nachricht von Greg Wrightson, einem Mitglied des Stadtrats. Eine seltene Ehre. Dan Rigby wollte ihn noch einmal sehen, weil in der vergangenen Nacht in North Beach, unabhängig von den Unruhen, ein Mord verübt worden war. Ein Familiendrama.

Außerdem war da noch ein Anruf von Loretta Wager. Was auch immer *das* bedeuten mochte.

Aber nun saß sein Vater vor ihm, und er wäre nicht gekommen, wenn es nicht in irgendeiner Weise von Bedeutung gewesen wäre. Nat neigte nicht zur Hysterie.

»Soll ich die Tür schließen?« fragte Abe. Es gab natürlich gar keine Tür.

Nat wies mit dem Zeigefinger auf den Schreibtischstuhl. »Setz dich und iß deinen Kringel.«

Glitsky tat, wie ihm sein Vater befohlen hatte, und biß mit Genuß in den noch warmen Leckerbissen. »Also?« fragte er kauend. »Was gibt's?«

Wie immer kam Nat sofort zur Sache. »Kennst du Jacob Blume? Natürlich kennst du ihn. Er ist mein Rabbi, und er wäre auch deiner, wenn du ab und zu zur Synagoge gingst.« Er hielt eine Hand hoch. »Aber ich bin nicht hier, um deine Seele zu retten. Ich bin wegen Blume hier. Er ist ein guter Mensch.«

»Okay.«

Wieder die Hand. »Nicht so hastig. Kau lieber gründlich. Ich komme schon noch zum Punkt. Wie du weißt, fanden die Krawalle neulich abends keine zwei Querstraßen von der Synagoge entfernt statt ...«

Abe war überrascht, daß ihm das, obwohl er von den Krawallen wußte, noch nicht aufgefallen war. Beth Israel, die Synagoge seines Vaters, befand sich an der Ecke Clement Street / Arguello Boulevard, gleich um die Ecke vom Schauplatz des Lynchmordes. »Tut mir leid. Sagst du's bitte noch mal.«

»Es geht hier nicht um deinen alten Vater, der über irgendwas zu schimpfen hat, Abraham. Es geht um deine Arbeit. Konzentriere dich. Paß auf.« Nat wartete, bis sein Sohn nickte. Abraham hörte ihm zu. »Diese Frau, Rachel, deren unaussprechlichen Nachnamen du mir nicht abkaufen würdest, kam vor ungefähr drei Monaten aus Litauen oder der Ukraine, oder wie immer das jetzt heißt, hierher. Sie geht zu Rabbi Blume, und der kommt zu mir.«

»Was ist mit dieser Rachel?«

»Sie hat Angst, ist durcheinander, also geht sie zu Blume. Er hat gestern zwei Stunden mit ihr geredet. Ihr Englisch ... *oy*. Aber vermutlich ist es besser als mein Ukrainisch. Es stellt sich also heraus, daß sie auf dem Geary Boulevard war, auf dem Weg von der Synagoge nach Hause, als der Mob herausströmte ...«

»Aus der Cavern? Das hat sie gesehen?« Genau das brauchte Abe: eine glaubwürdige Zeugin, die dort gewesen war und berichten konnte, was sich wirklich ereignet hatte. Vielleicht war das ein Anfang, um ein kleines bißchen Wahrheit aus, zum Beispiel, dem Barkeeper Jamie O'Toole herauszuquetschen.

Nat nickte. »Aber sie hat Angst, Abraham. Eine Jüdin und die Polizei ... Dort, wo sie herkommt, ist das nicht gerade eine gute Kombination. Sie hat etwas gesehen und weiß, daß sie es erzählen sollte. Aber sie hat nichts dagegen unternommen. Hat sie sich deshalb strafbar gemacht? Natürlich, es ist eine *shanda*, nichts zu unternehmen. Also, was soll sie machen? Sie weiß es nicht. Sie möchte in den Vereinigten Staaten keinen Ärger haben. Ein ganzer Tag vergeht, sie sieht, was in der Stadt passiert. Vielleicht ist es ihre Pflicht … Sie möchte das Richtige tun. Also kommt Blume zu mir, bittet mich, mit dir zu sprechen, um zu sehen, ob vielleicht … ob du diese Information brauchen kannst. Aber du solltest wissen, daß es keine Garantie dafür gibt, daß Rachel wirklich eine Aussage macht.«

Das Telefon klingelte. Glitsky stopfte sich den letzten Bissen des Teigkringels in den Mund und schob ihn in seine Backentasche. »Arrangier das, Dad, ich werde dort sein.« Er nahm den Hörer ab. »Glitsky, Morddezernat.«

Ty Robbins, einer der Staatsanwälte, fragte, wo zum Teufel er stecke, er habe heute im Gerichtssaal von Richter Oscar Thomasino – Department 34 – im Fall *Das Volk gegen Sully* auszusagen, einem Verfahren wegen Totschlags, ob er das vergessen habe?

Na los, Lieutenant, das Leben geht weiter. Der Richter hatte für zehn Minuten unterbrochen, und wenn er seinen Arsch nicht sofort dorthin bewegte, würde man ihn wegen Mißachtung des Gerichts belangen.

Nat Glitsky tätschelte seinem Sohn die Wange, sagte, es sei nett gewesen, mit ihm zu plaudern, er werde ihn anrufen.

Aus der zehnminütigen Unterbrechung wurde ein ganzer Tag, weil Mister Sullys Verteidigerin Migräne bekommen und erklärt hatte, sie könne nicht weitermachen. Weder Richter Thomasino noch Mister Robbins hatten Einwände erhoben.

Nur Glitsky gefiel das nicht, denn er hatte sich schnell die Krawatte umgebunden, die er für solche Anlässe in der Schublade seines Schreibtischs aufbewahrte, war hinunter zum Department 34 gerast. Er hatte sich verflucht, daß er sich nicht den blauen Allzweckherrenblazer von seinem Vater ausgeliehen hatte, weil der Richter seine Bomberjacke als unangemessene

Kleidung beanstanden könnte, um sein Mißfallen über die Verzögerung zum Ausdruck zu bringen.

Aber diese Verzögerung spielte nun keine Rolle mehr, Glitsky hatte sich vergeblich in den Gerichtssaal bemüht. Sein Terminkalender war zu voll, als daß er sich mit solchem Mist abgeben konnte. Abe hatte gerade beschlossen, Ty Robbins gegenüber eine diesbezügliche Bemerkung zu äußern, als sich Ridley Banks neben ihn in die Bank zwängte und Platz nahm. Ohne Einleitung begann er, in leisem, beharrlichem Tonfall zu sprechen.

»Ich habe ein paar Dinge in Erfahrung gebracht. Zum einen: In der Mullen-Sache haben wir, glaube ich, was in der Hand. Ich bin nach unserer kleinen Soiree bei Lou gestern zu McKay rausgefahren. McKay, der arme Hund, scheint keine Arbeit finden zu können, hockt nur zu Hause rum. Er wollte sich mit mir auf der Treppe unterhalten, das heißt, eigentlich wollte er sich gar nicht mit mir unterhalten … Weil ich ein ausgebildeter Ermittler bin, habe ich das natürlich gespürt.«

»Eine nützliche Fähigkeit, Ridley.«

»Also erwähnte ich das Wort ›Haftbefehl‹ …«

»Du hattest einen Haftbefehl? Wegen was denn?«

»Ich hatte keinen. Ich habe das Wort einfach nur erwähnt und gesagt, er müsse mich nicht reinlassen, aber wenn er mich nicht reinlasse, käme ich wahrscheinlich wieder und wäre nicht mehr so freundlich.«

»Die zerbrochene Schiebetür«, sagte Glitsky.

Ridley Banks verehrte Glitsky, den einzigen anderen dunkelhäutigen Beamten der Mordkommission. In gewisser Hinsicht sah er in dem Lieutenant seinen Mentor. Er nickte. »Die zerbrochene Schiebetür, beziehungsweise das Nichtvorhandensein einer zerbrochenen Schiebetür.«

Wenn sich in McKays Haus keine Schiebetür mit zerbrochener Scheibe befand, hatte seine Version der Ereignisse, er und sein Cousin Brandon Mullen hätten sich bei ihrem Sturz durch diese Tür die Arme zerschnitten, kein Fundament mehr.

»Hast du das ihm gegenüber zur Sprache gebracht?«

»Hab' ich wohl vergessen.«

»Okay«, sagte Glitsky. »Wir holen die beiden heute noch her und fangen von vorn an.« Als ihm die Nachricht seines Vaters einfiel, fügte er hinzu, daß sie Mullen und McKay für eine eventuelle Gegenüberstellung dabehalten sollten. Es bestehe die Möglichkeit, daß sie eine Zeugin hätten, die nichts mit dem Mob zu tun gehabt, aber vielleicht erzählen könne, wen sie dort gesehen habe.

Banks nahm das zur Kenntnis, sah sich dann im Gerichtssaal um und hielt Glitsky so auf der Bank fest. Inzwischen war außer Glitsky und Banks nur noch Ty Robbins, der Staatsanwalt, der Abe angerufen hatte, im Gerichtssaal. Er ließ seinen Aktenkoffer zuschnappen und bewegte sich in Richtung Mittelgang.

Robbins hob kraftlos die Hand. »Tut mir leid, Abe. Morgen vielleicht, ja?« Er ging weiter, ohne auf eine Antwort zu warten. Die große Doppeltür schloß sich hinter ihm, und Glitsky und Banks waren allein.

»Ist noch was?« fragte Glitsky.

Banks schien sich nicht recht entschließen zu können. Er vergewisserte sich erneut, daß der Gerichtssaal leer war, holte dann tief Luft und sagte, während er wieder ausatmete: »Ich möchte dir was erzählen. Es ist … ein bißchen persönlich.«

Glitsky war nach den Unterbrechungen des Tages ungeduldig und wollte ihn schon davon abhalten, ihm sagen, dies sei kein guter Zeitpunkt, ob sie später darauf zurückkommen könnten … Aber irgend etwas am Tonfall des jungen Inspectors erregte seine Aufmerksamkeit.

»Draußen in der Balboa Street gibt es ein Restaurant, das Pacific Moon, einen kleinen Laden, der schon fünfundzwanzig oder dreißig Jahre dort ist.«

»Ich kenne es, hab' schon mal dort gegessen.«

»Jeder hat schon mal dort gegessen.«

»Das Essen ist nicht besonders gut, wenn ich mich richtig erinnere.«

Banks grinste. »Ja, das ist der Laden, den ich meine. Ich weiß nicht, ob du das weißt, aber das Lokal ist fast nie voll, und zwar aus diesem Grund. Man kann samstags abends um acht Uhr antanzen, und obwohl es nur ungefähr zwanzig Tische gibt, findet man immer sofort einen freien Platz.«

Glitsky lehnte sich auf der harten Bank zurück und fragte sich, wohin diese Unterhaltung führen würde. »Und?«

»Bevor ich zum Morddezernat kam, habe ich acht Jahre lang im Büro für Wirtschaftskriminalität gearbeitet. Als ich dort anfing, liefen offizielle Ermittlungen gegen das Pacific Moon wegen Geldwäsche.«

»Geldwäsche über ein Restaurant?«

»Klar. Früher, vor den elektronischen Überweisungen, war das ziemlich verbreitet. Man hat eine Ladung schmutziges Geld und handelt mit verderblichen Waren wie Lebensmitteln. Läuft wie geschmiert. Man schreibt Quittungen für Mahlzeiten, die nie serviert wurden, und schon hat man blitzsauberes Bargeld in der Kasse. Wie von Zauberhand.«

»Gut, das Pacific Moon hat also ein bißchen Geld gewaschen.«

»Viel Geld, Abe.«

»Okay, viel Geld. Ist Anklage erhoben worden?«

Glitsky hatte in seinen Jahren auf der Straße viele ›offizielle Ermittlungen‹ erlebt und selbst einige bearbeitet, Verdächtige überprüft, die er nicht mochte, denen er nicht glaubte, die er festnageln wollte. Nur in wenigen Fällen war es gut ausgegangen, denn in der Regel wurden die Beweismittel schneller kalt als Rühreier. Wenn man nicht gleich beim ersten Hinsehen etwas fand, tauchte später wahrscheinlich auch nichts mehr auf. Wenn also die Abteilung für Wirtschaftskriminalität keine Anklage gegen das Pacific Moon erhoben hatte, dann entweder, weil die Verdächtigen nichts verbrochen oder aber ihre Spuren gründlich verwischt hatten. Vermutlich traf letzteres zu. Andererseits war bei der Polizei das Personal immer knapp, und wenn in einer Ader nicht wenigstens ein bißchen Gold steckte, wurden die Ermittlungen eingestellt. Meistens früher als später.

»Nein. Der Laden war sauber.«

»Und …?«

»Na ja, ich war jung und wild entschlossen. Also begann ich, dort alle paar Wochen zu Abend zu essen und anschließend noch etwas rumzuhängen, etwas zu trinken und die Gäste zu zählen.«

»Du hast die Gäste gezählt?«

»Es saßen nie mehr als zwanzig Personen in dem Lokal, kein einziges Mal. Das ist jetzt acht Jahre her. Weißt du, was das Pacific Moon in jenem Jahr für einen Bruttoumsatz erzielte?«

Glitsky schüttelte den Kopf. »Eine Million Dollar?«

»2,9 Millionen Dollar.«

Einen Moment lang war es still. Glitsky wiederholte: »Zwanzig Tische?«

Banks' Stimme klang ein bißchen ungeduldig: »Wenn an fünf Abenden in der Woche jeder Tisch dreimal besetzt gewesen wäre und jedes Abendessen durchschnittlich fünfzehn Dollar gekostet hätte, weißt du, wieviel sie dann insgesamt brutto umgesetzt hätten? Ich habe es ausgerechnet und werde es dir sagen, Lieutenant: höchstens dreihunderttausend. Und sie geben einen Bruttoumsatz von fast drei Millionen an.«

»Sie müssen eine Menge Drinks verkauft haben.« Glitsky kratzte sich an der Wange. »Und das hat nicht gereicht, um Anklage zu erheben?«

»Kaum zu glauben, nicht wahr? Niemand wollte den Fall noch einmal aufrollen. Unsere Untersuchung hatte sich als Fehlschlag erwiesen. Der Laden hatte Quittungen vorgelegt, als wäre er das Chez Panisse, die Bücher schienen sauber zu sein ... Die Abteilung für Wirtschaftskriminalität bekam ihre Anträge nicht durch, der Staatsanwalt hatte nichts in der Hand. Aber ich sage dir, kein Mensch geht zum Essen dorthin.«

»Jedenfalls nicht zweimal.«

»Das meine ich.«

Wieder ein Moment des Schweigens. Dann sagte Glitsky: »Eine verrückte Geschichte ...« Was besagen sollte: Na und? Weshalb hatte Banks sie ihm erzählt?

Ridley ließ erneut seinen Blick durch den Gerichtssaal schweifen. »Es ging das Gerücht um, daß – ein paar Jahre, bevor ich mit der Sache zu tun hatte – Dana Wager groß in den Laden investiert habe.«

»Dana ...?«

»Richtig, der Mann der Senatorin. 1977 meldete er Konkurs an, seine Investitionen in Immobilien waren den Bach runtergegangen. Er war erledigt. Dann erholte sich die Wirtschaft, er sprang auf den Zug auf, investierte erneut und hatte Glück. Ganz plötzlich war er wieder auf hoher See, und das Pacific Moon war sein Flaggschiff.«

»Menschen haben nun mal Glück, Rid.«

»Menschen kommen oft auf illegalen Wegen zu Geld und waschen es dann.«

»Du glaubst wirklich, daß das bei Dana Wager der Fall war?«

Banks rückte nicht gleich mit der Sprache heraus. Er war sich nicht sicher, auf welcher Seite der Lieutenant stand, und wollte sich nicht selbst eine allzu tiefe Grube graben. »Es wurden Dinge erzählt …«

»Es werden immer Dinge erzählt.«

Wieder eine Pause. Wie weit sollte er gehen? »Diese Gerüchte betrafen seine Frau, unsere jetzige Senatorin. Es kursierte das Gerücht, Danas Geld sei von Loretta gekommen. Sie habe ungefähr eine Million Dollar aus Südamerika mitgebracht.«

Glitsky kannte die Geschichte, weil er die Angelegenheit damals genau verfolgt hatte. In allen Medien war darüber berichtet worden, und er hätte es kaum verpassen können, selbst wenn er es darauf angelegt hätte, was nicht der Fall gewesen war.

Im Jahr 1978 war Loretta Assistentin des kalifornischen Kongreßabgeordneten Theo Heckstrom gewesen. Die beiden waren, bevor der ›Krieg gegen die Drogen‹ offiziell erklärt worden war, zusammen mit anderen Politikern im Rahmen eines Untersuchungsausschusses nach Kolumbien geflogen. Auf dem Flug von Bogotá nach Quito, Ecuador, war ihr kleines Flugzeug über dem kolumbianischen Dschungel abgestürzt. Von den sechs Passagieren (inklusive Heckstrom) war Loretta die einzige Überlebende gewesen.

Schwer verletzt und mit einem komplizierten Beinbruch hatte sie vier Tage beim Wrack der Maschine neben den Toten ausgeharrt und sich von Schokoriegeln und Bananen ernährt, bis sie schließlich gerettet, aus dem Dschungel ausgeflogen und in die Vereinigten Staaten zurückgebracht worden war. Viele glaubten, daß ihr die mit der Tragödie verbundene Popularität einen Namen in San Francisco eingebracht und bei ihrem erfolgreichen Wahlkampf für den Kongreß geholfen hatte.

Nachdem sie die Wahl gewonnen hatte, waren auch Glitsky die Gerüchte über die Million Dollar – die Summe hatte geschwankt – zu Ohren gekommen, über jenen Koffer voll Bargeld, den Loretta angeblich im Flugzeug gefunden und auf geheimnisvolle Weise mit ins Land zurückgebracht habe.

Er schüttelte den Kopf. »Das kleine Problem bei diesem Phantomgeld ist der Zoll, Rid.«

Banks war ihm einen Schritt voraus. »Sie mußte nicht durch den Zoll. Das scheinen alle vergessen zu haben. Sie schickten eine Sondermaschine runter, um sie so schnell wie möglich da rauszuholen. Eine Art diplomatischer Luftbrücke, vom kolumbianischen Dschungel direkt in die Mayo-Klinik.« Er wiederholte es: »Kein Zoll.«

Im Raum wurde es heiß, die Luft war stickig.

Glitsky preßte den Rücken gegen die Bank, unterdrückte ein Gähnen. »Rid, glaubst du, daß Oswald Kennedy auf eigene Initiative getötet hat?«

Banks zuckte mit den Achseln. »Verschwörungstheorien, stimmt's?«

»Denkst du nicht auch, es wäre herausgekommen, wenn etwas dran gewesen wäre? So eine sensationelle Story? Loretta Wager hat, wenn ich mich richtig erinnere, vier Wahlkämpfe bestritten, zwei davon im ganzen Bundesstaat, und zwar gegen Leute, für die es verdammt vorteilhaft gewesen wäre, schmutzige Wäsche zu finden. Wenn an der Geschichte irgendwas dran gewesen wäre, wäre es herausgekommen.«

Banks erwiderte nichts.

»Hört sich das wie ein Politikerdementi an, Rid?« fragte Glitsky mit einem ironischen Unterton in der Stimme.

»Ich erzähle dir nur, was die Kollegen sagen und glauben, die auf der Straße Dienst machen, mehr nicht. Viele von ihnen kennst du. Sie haben im allgemeinen nichts mit Verschwörungen am Hut.« Der jüngere Mann schlug die Hände auf seine Oberschenkel, holte kurz Luft und sagte: »Na ja, wer weiß, wozu es gut ist …«

Der Lieutenant stand auf. Auch Banks erhob sich.

»Es ist gut, solche Dinge zu wissen«, sagte Glitsky. »Obwohl ich glaube, daß die Senatorin im Moment vielleicht wirklich etwas Sinnvolles tut.«

»Okay.« Banks hatte seine Pflicht erfüllt. Er nickte. »Ich werde McKay und den anderen Kerl ausfindig machen und sie hierher karren. Hast du was von Kevin Shea gehört?«

»*Nada*. Wenn der Typ nur einen Funken Verstand besitzt, ist er längst in Skandinavien.«

Sie erreichten die Doppeltür. Glitsky umfaßte einen der Griffe und blieb dann stehen. »He, Rid, ich weiß es zu schätzen, aber du mußt dir keine Sorgen machen.«

»Okay, Lieutenant, wenn du meinst.«

Eigentlich hatte Glitsky protestieren und Ridley Banks davon überzeugen wollen, daß er die Senatorin nur nach Hause gebracht habe. Aber das war ja nicht alles gewesen, und er wollte lieber nicht mit kleinen Unwahrheiten anfangen. Zu schnell wuchsen sie sich zu großen häßlichen Lügen aus.

Wie vorhin bei Lanier fühlte er sich bei dem Gedanken unwohl, womöglich zuviel gesagt zu haben. Banks war ein guter Polizist, und Polizisten hielten zusammen wie Pech und Schwefel. Banks funktionierte wie ein Frühwarnsystem für seinen Lieutenant, er hatte ihn wissen lassen, daß die Leute im Moment *ziemlich genau* hinsahen, auf jede Kleinigkeit achteten. Auf einer Ebene, die Glitsky nicht näher definieren konnte, hatte Banks ihm mitgeteilt, daß Loretta Wager Ärger für ihn bedeuten könne.

Eine Botschaft, die Glitsky, wenn er ehrlich war – und er bemühte sich, ehrlich zu sein –, nicht hören wollte.

Er hatte ihr seine Telefonnummer gegeben, und sie hatte angerufen, bevor er seinen Morgentee ausgetrunken hatte. Isaac hatte den Anruf entgegengenommen und den Hörer mit einem Blick, der eine Flamme hätte erfrieren lassen, an Abe weitergereicht. Instinktiv hatte Ike gewußt, daß es sich nicht um einen beruflichen Anruf handelte. Am Apparat war eine Frau, die sein Dad mochte, und dazu war es, verdammt, einfach noch zu früh.

Als Glitsky ihre Stimme hörte, vergaß er alles, einschließlich Banks' Geschichte. Sie wolle, müsse ihn sehen. Ob sie sich heute treffen könnten?

Was unvernünftig und wahrscheinlich auch überhaupt nicht machbar war, aber sie wollten es wenigstens versuchen.

Sie hatte genau den Punkt in ihm erwischt, an den er, wie er sich geschworen hatte, nie wieder jemanden hatte heranlassen wollen.

Er wußte nicht, was ihm größere Sorgen bereitete: daß zwischen ihnen etwas geschah oder daß es wieder vorbeigehen könnte.

## 36

»Hier stehe ich, endlich erwachsen, von der Polizei und der halben Welt gesucht, aber vermutlich wird niemand versuchen, mich davon abzuhalten, wenn ich meine Mom und meinen Dad anrufe, oder?«

Kevin sah Wes an und hob die Schultern. »Sie ist erst seit ein oder zwei Tagen so, ich verstehe es wirklich nicht.« Aber es gefiel ihm.

Melanie schenkte den beiden ein Lächeln. »Pech«, sagte sie und ging zum Wandtelefon in der Küche.

Wes ließ sich auf das Sofa in seinem Wohnzimmer fallen. Seine Haare hingen lang herunter, und er trug khakifarbene Shorts, die so ähnlich aussahen wie die, die er am Tag zuvor getragen hatte. Die bloßen Füße hatte er auf die Feldkiste gelegt, die ihm als Couchtisch diente, und in der rechten Hand hielt er eine Dose Coors Light, die in einem Styroporhalter mit der Aufschrift ›Bier – nicht nur zum Frühstück‹ steckte. Bart hatte seinen Kopf in Wes' Schoß gebettet.

Kevin versuchte, es sich bequem zu machen.

Wes' Mobiliar war spartanisch einfach: eine große lindgrüne Duschmatte mit Fransen als Läufer, zwei leinenbezogene Regiestühle aus Holz, zwei Stühle mit senkrechten Lehnen. Das Sofa bestand aus einem Futon, der auf einem dreißig Zentimeter hohen Sperrholzgestell lag. Darüber hinaus gab es im Wohnzimmer einen auf dem Fußboden stehenden Fernseher, einen kleinen Reservekühlschrank für Bier, ein aus Ziegelsteinen und Brettern bestehendes Bücherregal, den weichen Knautschsessel mit der Füllung aus Styroporkügelchen, auf dem Bart schlief, und diverse Lebensmittel, deren Verfallsdaten längst abgelaufen waren. Nur jemand, der, zum Beispiel, im senegalesischen Dschungel aufgewachsen war, konnte Wes' Wohnung gemütlich finden.

»Du hast also noch nicht davon gehört?«

»Wovon habe ich nicht gehört?«

Wes hatte den ganzen Morgen ferngesehen und informierte Kevin über die Initiative des Bürgermeisters vom Vormittag: Die Dämlacks von der Stadtverwaltung hätten sich mit dem Zorn der schwarzen Bevölkerung solidarisch erklärt. Kevin, der in einem der Regiestühle saß, veränderte vorsichtig seine Position. Er fürchtete, nicht um einen Arztbesuch herumzukommen, aber momentan ging es um Wichtigeres. »Zweihunderttausend Dollar?«

Der Bürgermeister hatte es nicht geschafft, seine halbe Million zusammenzubekommen.

»Dreihunderttausend, wenn man die ursprünglichen hunderttausend mitrechnet. Eine Menge Piepen für deinen armseligen Arsch. Ich spiele ernsthaft mit dem Gedanken, dich auszuliefern und in Costa Rica in Rente zu gehen.«

»Du bist doch bereits in Rente.«

»Aber ich bin nicht in Costa Rica.« Wes lächelte und trank einen Schluck Bier.

Aus der Küche drang Melanies Stimme, die jetzt lauter wurde. Sie telefonierte seit fünfzehn Minuten. »Er lügt nicht. Er hat es wirklich nicht getan, Daddy.«

Wes verzog das Gesicht. »Wenigstens ein Mensch auf der Welt, der dir glaubt.«

Als Kevin das hörte, runzelte er die Stirn. Die Lust zum Scherzen war ihm mit einem Mal vergangen. »Glaubst *du* mir nicht?«

Wes hielt die Bierdose schräg und stellte fest, daß sie leer war. Er machte Anstalten, sich eine weitere aus dem Kühlfach zu holen, und bot Kevin ebenfalls eine an. Der lehnte kopfschüttelnd ab und stellte eine Frage, bei der er mit jeder Silbe lauter wurde: »He? Hast du gehört, was ich gesagt habe? Glaubst du mir nicht, daß ich unschuldig bin?«

Aus der Küche war wieder Melanie zu hören: »Nein, bin ich nicht!!« Sie hieb den Hörer in die Wandhalterung. Er fiel heraus und krachte auf den Boden.

Wes nahm wieder auf dem Futon Platz, ohne auf Kevins Frage zu reagieren. Der Junge mußte lernen, den nackten Tatsachen auf dieser Welt ins Auge zu sehen.

»Verdammt noch mal, Wes …«

Bart mochte keine drohenden Geräusche, die gegen sein Herrchen gerichtet waren, und obwohl er Kevin kannte, sträubte sich sein Fell auf dem Rücken, und er begann, leise zu knurren. Wes kraulte sein Hinterteil, als Melanie wieder im Türrahmen erschien.

Mühsam erhob sich Kevin. »Laß uns gehen, Mel.«

Wes' Stimme klang sachlich. »Was soll das? Setz dich hin, zum Teufel.«

An der Tür fragte Melanie: »Was ist?«

Kevin warf ihr einen Blick zu. »Er glaubt mir nicht.«

»Doch, natürlich tut er das. Wes?«

»Es ist *egal*, was ich glaube. Darum geht es nicht …«

»Nur *darum* geht es, Wes. Nur aus diesem Grund bin ich hier.«

Wes nippte ruhig an seinem Bier, gab keine Antwort. Was Kevin noch wütender machte.

»Also was denkst du dir? Warum zum Teufel, glaubst du, bin ich hier?«

»He, wenn du so schreist, wirst du dich noch überanstrengen. Ich habe ein altes Megaphon im Schlafzimmer, soll ich es dir holen? Vielleicht sollten wir ein paar Leuchtkugeln zum Fenster rausschießen, damit alle wissen, daß hier 'ne Party steigt.«

Die Hand gegen die Rippen gepreßt, sank Kevin wieder in seinen Stuhl. Melanie ging zu ihm.

Mit finsterem Blick beugte sich Wes vor. »Fürs Protokoll, Kev, und damit du den wahren Grund dafür erfährst, warum du hier bist: Du hast mich angerufen, erinnerst du dich? Du glaubst, daß ich mich irgendwie in dieses Chaos einmischen werde. Aber damit bin ich fertig. Ich werde dich nicht verpfeifen, und das allein sind dreihunderttausend Dollar Vorschuß an Vertrauen. Und auch wenn es dich eigentlich nichts angeht: Ich habe genug Gründe, mich nicht einzumischen, nicht bei dir, nicht sonstwo, egal, um was es geht.«

Melanie, die neben Kevin kniete, starrte Wes an. »Was bist du nur für ein Prachtkerl!«

Wes trank einen Schluck Bier. »Ich bin, was ich bin.«

»Los, Mel, laß uns abhauen.« Keuchend versuchte Kevin, wieder aufzustehen.

»Wohin wollt ihr gehen?«

Melanie drehte sich zu Wes. »Weshalb willst du das wissen? Was kümmert es dich?«

In ihren Augen schimmerten Tränen der Wut, und für einen Augenblick wurde Wes an seine Tochter Michelle erinnert. In seinem Magen klopfte etwas dumpf, und um es zu verbergen, trank er noch einen Schluck Bier, aber es schmeckte plötzlich warm und abgestanden. »Du hast recht«, sagte er. »Was kümmert es mich?«

»Ich fahre in die Innenstadt«, sagte Kevin, »und mache dem Ganzen ein Ende.«

»Kevin! Das wirst du nicht tun!«

Er wehrte sie achselzuckend ab. »Doch, darauf kannst du Gift nehmen. Scheiß drauf. Und ich tue es allein.«

»Kevin, irgend jemand wird dich umbringen …«

Wes stand auf. »Warum verschwindest du nicht einfach aus der Stadt?«

Melanie wollte sich nicht auf Wes' Seite schlagen, aber sie mußte ihm beipflichten. »Das habe ich ihm auch gesagt.«

Wes zeigte mit dem Finger auf sie. »Da hattest du ausnahmsweise mal recht.«

Kevin stand jetzt ebenfalls. Mit vor Schmerz verzerrtem Gesicht begann er, auf die Tür zuzuhumpeln. Er blieb stehen. »Ich werde mich stellen und ihnen die Wahrheit sagen.«

Wes lachte. »Oh, das ist großartig. Das ist wirklich großartig, Kevin.« Sein Gesichtsausdruck nahm Melanie jede Hoffnung. »Kommt endlich zu euch! Glaubt ihr, daß in diesem Stadium noch irgend jemand an der Wahrheit interessiert ist?«

»Ich«, sagte Kevin.

»Ziemlich bescheuert, wenn du mich fragst.«

»Na prima, danke. Gut zu wissen.«

Wes, der inzwischen einige Gläser Wodka und zwei Dosen Bier getrunken hatte, wurde allmählich ärgerlich. Er trat näher zu ihnen und sprach lauter: »Und wie willst du in die Innenstadt kommen? Mit Melanies Auto, nach dem jeder Bulle in der Stadt sucht? Oder willst du zu Fuß los, hinhumpeln?«

Melanie trat zwischen sie. »In einem Punkt hat er recht, Kevin. Wir können nicht mit dem Wagen …«

»Ich gebe euch meinen Wagen«, sagte Wes. »Aber benutzt ihn, um Gottes willen, um aus der Stadt zu verschwinden!« Sein Tonfall wurde sanfter. »Kevin, die werden dich kaltmachen. Jemand wird dir ein Messer zwischen die Rippen jagen, im Gefängnis wirst du keine zwei Tage überleben. Setz dich, bitte. Die Gerechtigkeit funktioniert nicht so, wie du es gern hättest. Ich bin Spezialist darin. Schau aus dem Fenster, und du hast ein gutes Beispiel dafür.«

Kevin sah hinaus.

»In dieses Chaos willst du reinspazieren?« fragte Wes.

Kevin schleppte sich zur Wand neben der Tür und lehnte sich dagegen. Die heftige Diskussion hatte ihn sichtlich geschwächt. »Wie ich schon sagte, Wes, das ist der Grund, weshalb ich gekommen bin ...«

»Was kann ich, deiner Meinung nach, tun? Welches Wunder soll ich vollbringen?«

»Vergiß ihn, Kevin ... laß uns sehen, daß wir hier wegkommen ...«

»Ich dachte einfach, du würdest mir helfen, Wes. Du kennst die Tricks, du bist Anwalt. Ich dachte, du könntest jemanden finden, der mir zuhört ...«

»Die Leute hören die ganze Zeit zu, Kevin, aber sie verstehen nichts.«

Kevin holte mühsam Luft. »Ich möchte, daß *du* zuhörst, Wes. Was sie sagen, ist verrückt ... Ich habe es nicht getan. Ich habe versucht, ihn zu retten. Verstehst du, was ich sage? Verstehst du?«

»Wenn du es sagst ...«

»Verdammt noch mal ...« Kevin schwankte nach vorn, holte, vor Schmerz stöhnend, aus und schlug mit der Faust in die Richtung von Wes' Kinn. Der trat zurück, und Kevin verfehlte ihn um fünfzehn Zentimeter. Er wurde durch die eigene Vorwärtsbewegung zu Boden gerissen. Bart sprang bellend auf ihn zu.

»Bart!« Wes schlug mit der flachen Hand nach ihm, und der Hund wich ängstlich zur Seite.

Kevin versuchte aufzustehen, doch Melanie kniete sich neben ihn und nahm seinen Kopf in ihre Arme. »Du bist ein Scheißkerl, Wes.«

Wes trat einen Schritt zurück. »Ich wollte nicht …«

Melanies Blick blieb auf ihm. »Es interessiert mich nicht, *was* mit dir geschehen ist«, sagte sie. »Aber was auch passiert ist: Es ist keine Entschuldigung dafür, daß jemand so wird, wie du geworden bist.«

Um zwölf, eine Stunde später, fiel Kevin in Wes' Schlafzimmer, dessen Jalousien sie heruntergezogen hatten, in einen komaähnlichen Schlaf. Wes besaß einen Vorrat an Motrin und Tylenol mit Kodein, und damit hatten sie Kevin vollgestopft. Er hatte die Tabletten mit einer muschelfarbenen Bloody Mary hinuntergespült.

Barfuß kam Melanie aus dem Bad und ging ins Schlafzimmer, um nach ihm zu sehen. Sie hatte geduscht und eine von Wes' khakifarbenen Shorts angezogen, die in der Taille von einem Stück geknoteter Wäscheleine gehalten wurden. Darüber trug sie eines seiner weißen Hemden, das dem ähnelte, das sie während der vergangenen vierundzwanzig Stunden angehabt hatte.

»Er ist ohnmächtig«, sagte sie.

»Er wird bald wieder fit sein, sofern er nicht versucht, irgendwelche schweren Maschinen zu bedienen.« Ein schwacher Versuch, sie aufzuheitern, das wußte er.

Aber sie verstand ihn und wußte seine Bemühung zu schätzen, denn während der letzten fünfundvierzig Minuten war die Atmosphäre sehr ungemütlich gewesen. Sie setzte sich auf die andere Seite des Futons und fuhr mit einem Kamm durch ihr nasses Haar.

Wes sah sich die Nachrichtensendungen an. Ein weiterer glorreicher Tag für die Medien. Wir gehen vielleicht in den Flammen unter, dachte Wes, aber wenigstens nicht ohne Kommentar. Sie brachten Berichte über den Fortgang der Ermittlungen zum Tod von Chris Locke, die Belohnung für die Ergreifung von Kevin und die etwas überraschende Meldung von der erneuten Verhaftung Jerohm Reese', die Philip Mohandas zu bis dato unerreicht heftigen rhetorischen Attacken veranlaßte.

Mohandas, groß im Bild, sprach soeben über Rassismus. Er forderte die Amtsenthebung des in Vertretung amtierenden Bezirksstaatsanwalts Art Drysdale, weil dieser genehmigt habe, daß der arme Jerohm wieder verhaftet worden sei. Dabei habe Reese nicht mehr verbrochen als die anderen vierhundertsechzehn Bürger, die in den vergangenen Tagen Vorladungen erhalten hätten. Nein, rief Mohandas, Drysdale sei weiß und Jerohm schwarz, und das sei der Grund, weshalb mit zweierlei Maß gemessen werde. Der *einzige* Grund. Es sei niemals Anklage gegen ihn erhoben worden wegen des Todes von Mullen.

»He, Phil!« rief Wes Mohandas zu. »Ich hab' Neuigkeiten für dich: Zweihundertsechsundachtzig von diesen anderen waren ebenfalls schwarz.«

Einer der Kommentatoren wollte ›die wahren Hintergründe erhellen‹ und untermauerte Mohandas' Vorwürfe. Sie hatten Drysdales Vergangenheit durchleuchtet und einen Punkt gefunden, der ihn – angeblich – für jegliche Funktion auf städtischer und Bezirksebene disqualifiziere. Vor siebzehn Jahren habe Drysdale, zu seinem Standpunkt zur Quotenregelung innerhalb der Staatsanwaltschaft befragt, die Ansicht geäußert, daß es bei der Einstellung von Spezialisten – zum Beispiel Staatsanwälten – besser keine Quoten geben solle. Die Mitarbeiter sollten aufgrund ihrer Eignung eingestellt werden, ganz egal, ob sie schwarz, weiß, hellgrün oder gepunktet seien. »Zum Teufel«, hatte er damals gesagt, »wenn Schimpansen den Job machen könnten, würde ich dafür plädieren, Schimpansen einzustellen. Aber sie können es nicht, also lasse ich es.«

Zweifelsohne eine ungeschickte Formulierung, die später so ausgelegt worden war, als habe Drysdale alle Schwarzen als Schimpansen bezeichnet und weigere sich, Schwarze einzustellen. Dieses Mißverständnis hatte das Ende aller politischen Ambitionen, die Drysdale gehabt haben mochte, bedeutet (es waren nicht allzu viele gewesen). Während der folgenden zwei Jahrzehnte war er zum Fels in der Brandung der Staatsanwaltschaft geworden, hatte sich als Berater für jeden, unabhängig von Hautfarbe oder Konfession, der ihn um Hilfe gebeten hatte, bewährt.

Aber jetzt ließ Mohandas kein gutes Haar an ihm. »Armer Art«, sagte Wes. »Er ist erledigt.«

»Du kennst ihn?«

»Jeder kennt ihn. Er ist wahrscheinlich der fairste Mann bei der hiesigen Justiz.«

»Aber ...«

»Du wirst sehen: Er ist weg vom Fenster.«

Sie starrten noch einen Moment lang auf den Fernseher, bis ein Werbespot kam, in dem es hieß, daß es keinen Sinn habe, immer nach dem Warum zu fragen, und Wes den Ton abstellte. Er mochte fast alle Biersorten, aber er hatte zu oft und bei zu vielen Gelegenheiten nach dem Warum gefragt und kapierte den blöden Spot einfach nicht.

Eine Weile saß er reglos da, die nackten Füße auf dem Boden, die Ellbogen auf die Knie gestützt. »Möchtest du ein Bier?« Aber er stand nicht auf, um eines zu holen. Schließlich lehnte er sich zurück, klopfte auf das Sofa, und Bart sprang auf den freien Platz zwischen ihm und Melanie und legte den Kopf wieder in Wes' Schoß. »Was haben deine Eltern gesagt?« fragte er.

Melanie zog eine Grimasse, was sie ganz offensichtlich noch nicht oft geübt hatte. »Ungefähr das, was zu erwarten war ... Was ist mit dir passiert, Wes?«

Der Übergang war abrupt und nicht nachvollziehbar, und vermutlich hätte er sich ein oder zwei Runden winden können, aber er wußte natürlich, was sie meinte.

Er hatte Kevin und sie überredet, noch eine Weile zu bleiben, damit sie in Ruhe eine Strategie überlegen oder sich wenigstens etwas ausruhen konnten. Warum? Warum hatte er sie nicht einfach gehen lassen? Vielleicht war es jetzt Zeit herauszufinden, aus welchem Holz er selbst geschnitzt war, wie es mit *ihm* weitergehen sollte. Die Tür zu seiner geschundenen Seele einen Spaltbreit zu öffnen und einen kurzen Blick hineinzuwerfen, um zu sehen, ob da jemand war, den er kennenlernen wollte.

Viel Hoffnung hatte er nicht, aber Melanie saß neben ihm, hörte zu ... Wieder erinnerte sie ihn an Michelle. Er könnte wenigstens einen Anfang machen, um zu sehen, wohin das führte.


»Mark Dooher. Ich lernte ihn in der siebten Klasse kennen. Einer von diesen Typen, die immer im Rampenlicht stehen, weißt du? Er sah großartig aus, und wenn er lächelte, konnte er alles bekommen. Ein bißchen wie unser Freund Kevin, zumindest in dieser Hinsicht.

Ich hatte Glück, die Chemie zwischen uns stimmte, und ich stand nicht in seinem Schatten, weil ich ganz anders war als er. Mark bekam alles, ohne sich anzustrengen, ich mußte mir alles erarbeiten. Einmal erzählte er mir, daß er die Menschen nicht verstehe – sie bemühten sich so, etwas zu erreichen. Ihm falle alles in den Schoß. Er sagte, wenn er arbeiten müßte, würde er wahrscheinlich in jeder Hinsicht versagen, aber es sei eben nicht notwendig ... Kannst du das glauben? Dabei war er nicht einmal arrogant. Er war nur einfach einer, dem alles gelang.

Und ich *meine* alles. Er war intelligent, sah gut aus, hatte Persönlichkeit, Talent, sogar Glück – alles. Eigentlich hätte ich ihn hassen müssen. Aber was machst du, wenn ein Typ wie er dich zu seinem besten Freund erklärt, dich cool findet und du denkst, daß das dein ganzes Leben lang so bleiben würde? Rat mal. Du glaubst, daß du an seinem Glück teilhaben könntest, daß dir die Götter aus irgendeinem Grund dann auch wohlgesonnen wären. Du nimmst die Gelegenheit wahr und bist überzeugt davon, daß es eigentlich nichts mit dir zu tun habe, sondern daß höhere Mächte am Werk seien.

Also gingen wir zusammen durchs Leben, Mark und ich. Wir spielten zusammen Baseball, er als Short stop, ich am zweiten Mal, fuhren zusammen zum Babe-Ruth-Turnier ... Wenn er das Ding nicht mit einem Home run am Ende des Siebten gewinnt, verdammt, dann ... Aber wer steht vor ihm am Mal? *Moi*. Ein herrlicher Augenblick.«

Wes hielt inne, streichelte gedankenverloren Bart. Trotz der grauen Bartstoppeln und der langen, ungepflegten Haare sah er, fand Melanie, plötzlich jünger aus. Er lächelte, es war ihm peinlich. Sie konnte zum Teil nachvollziehen, was Kevin an ihm fand. Das hier war ein anderer Wes als der große Zyniker von vorhin.

»Wie dem auch sei«, fuhr er fort, »Mark ging zur Stanford University und ich zur Cal, aber wir blieben in engem Kontakt. Er lernte Sheila kennen, ich Lydia. Gott sei Dank waren wir nicht hinter denselben Frauen her ... nie. Wir begannen das Jurastudium in Los Angeles unter denselben Voraussetzungen:

218

Unsere Ehefrauen waren schwanger, und wir wohnten, ob du's glaubst oder nicht, in derselben Straße in Westwood. Es war ein schönes Leben, obwohl wir kein Geld hatten ... L. A. in den Siebzigern.« Er pfiff ein paar Takte des Liedes ›I Am, I Said‹, zog dann die Augenbrauen hoch.

»Natürlich schlug Mark nie ein juristisches Buch auf. Er machte bei der juristischen Zeitschrift mit und war Hilfskraft bei den Koryphäen unter den Professoren, während ich sozusagen in der Bibliothek wohnte und nur Zweien bekam ... Ist dir die Geschichte zu lang?«

»Nein.«

»Nach dem Jurastudium wurde er hier in der Stadt Partner in einer Kanzlei und fing mit knapp vierzigtausend Dollar im Jahr an. Vergiß nicht, das war 1975 oder so, und damals war das ein schöner Batzen Geld. Ich hängte mein Firmenschild auf und fing mit kleinen Strafrechtssachen an, die höchstens ein paar hundert Dollar brachten. Aber es war okay, das war eben der Unterschied zwischen Mark und mir. Kein Problem. Wir verstanden uns nach wie vor bestens. Wir hatten Kinder im selben Alter, spielten mit ihnen Baseball und Fußball, Bridge mit den Frauen, und die Familien unternahmen oft was zusammen. Als wären wir eine richtige Großfamilie gewesen. Meine Kinder nannten ihn Onkel Mark, ich war Onkel Wes. Es war schön, perfekt wie alles mit Mark. Schließlich zogen wir wieder in die Innenstadt, und auch daß sie in St. Francis Wood und wir in Richmond wohnten, stellte kein Problem dar. Wir waren alle glücklich.«

»Also, was ist passiert?«

»Warte, vorher kommt noch was anderes ...« Wes stand auf, streckte sich, ging zu dem kleinen Kühlschrank und nahm zwei Flaschen heraus. Er drehte den Deckel von einer Mickey's Big Mouth ab und reichte sie Melanie, die sie, ohne nachzudenken, entgegennahm. Sie konnte sich nicht erinnern, jemals am Nachmittag Bier getrunken zu haben. Aber für alles gab es ein erstes Mal ...

Wes hatte sich wieder hingesetzt. Ihr halb zugewandt, saß er auf einem Fuß. »Es war eben die Arbeit als Jurist. Für mich ist die Arbeit als Jurist etwas anderes als das, was du dir denkst

oder Kevin. Oder die meisten anderen. Vielleicht denke nur ich
so darüber.«

»Und Mark?«

Traurig lachte er in sich hinein. »Und Mark natürlich. Wenn
du lange genug mit der Juristerei zu tun hast, passiert das, was
in jedem anderen Beruf auch passiert, du gehst kaputt, wirst zynisch. Aber Mark und ich ... Ich weiß nicht, wie es eigentlich
angefangen hat, jedenfalls hatten wir beide schon in den High-
School-Jahren, vielleicht noch früher, eine Art Abmachung getroffen.« Er trank einen Schluck von seinem Bier, überlegte
einen Moment und korrigierte sich dann: »Nein, keine Abmachung, eher einen heiligen Pakt.«

»Woraus bestand der?«

»Daraus, daß wir den Glauben nicht verlieren würden. Das
hört sich dumm an ...«

»Absolut nicht.«

»Doch, sicher, aber ... Wir sahen, was mit den anderen Juristen in unserem Umfeld passierte, wie die Ackerei sie auffraß ...
Die Mandanten, die logen oder einfach schuldig waren, der
Mist, mit dem man sich beschäftigen mußte, um zu überleben. Aber Mark und ich hielten uns an unseren Pakt. Er hatte
diese ... diese *Vision* ... lach nicht! Er meinte, das Leben müsse
eine Bedeutung haben. Nicht *was* man tat, sondern *wie* man es
tat, mache einen erfolgreich. Die Einstellung, die man zum Leben habe. Daß man nie aufgebe. Wir reden nicht vom finanziellen Erfolg, nein, es geht schließlich um Mark Dooher. Wir sprechen vom Erfolg des Lebens, vom Leben als solchem ... Einer
von uns brachte das zwei-, dreimal pro Jahr – ich weiß nicht
mehr genau, wie oft – zur Sprache, und dann zogen wir uns
zurück, gingen fischen, was auch immer, und bestärkten uns gegenseitig in unserer Überzeugung, erinnerten uns an die Dinge,
die wirklich zählten ...«

Melanie beugte sich gebannt nach vorn. »Jeder sollte das
tun.«

»Ja. Es war großartig und klappte auch.«

»Und dann?«

Wes stieß einen langen Seufzer aus. »Dann, vor drei Jahren
etwa, unsere beiden jüngsten Kinder waren gerade ausgezogen,

220

brach eines Nachts ein Einbrecher in Marks Haus ein, vergewaltigte seine Frau und erstach sie.«

Melanies Bierflasche blieb auf halbem Weg zu ihrem geöffneten Mund hängen.

»Vier Monate später wurde Mark wegen Mordes an seiner Frau angeklagt.«

Die unangetastete Flasche war wieder in Melanies Schoß. Sie war versucht, ihn zu fragen, ob er scherze, weil sie seine Worte kaum fassen konnte. Aber sie wußte, daß er nicht scherzte. Es war tatsächlich geschehen. Als die Wahrheit und die Ungeheuerlichkeit zu ihrem Bewußtsein durchzusickern begannen, murmelte sie: »O mein Gott.«

»Ja.«

»Er hat es nicht getan.«

»Aber ich bitte dich. Mark Dooher, Seniorpartner der eigenen Kanzlei, der große Menschenfreund und hingebungsvolle Familienmensch? Natürlich hat er es nicht getan. Aber er wurde angeklagt. Meiner Meinung nach war es eine Anklage, die auf äußerst wackligen Füßen stand, weil sie ausschließlich auf Indizienbeweisen beruhte. Seine Fingerabdrücke auf dem Messer? Er war der Familienkoch gewesen, *selbstverständlich* waren seine Fingerabdrücke auf dem Messer. Die Spermaproben wiesen darauf hin, daß es seine Blutgruppe hätte sein können, aber auch die tausend anderer Typen. Er hatte kein nachweisbares Alibi, war bis spät abends draußen in Lincoln beim Golfspielen gewesen. Dann, daß Mark und Sheila gerade erst ihre Versicherung erhöht hatten … Lauter solche Sachen. Er bat mich, seine Verteidigung zu übernehmen. Natürlich willigte ich ein.«

»Und dann?«

»Ich gewann. Die Schlacht meines Lebens, und ich gewann. Das katapultierte mich nach oben. Mark kannte alle und jeden und brachte mich ins Gespräch. Im folgenden Jahr wurde ich in zwei Mordfällen empfohlen, und es sah aus, als würde ich anfangen, ein bißchen Geld zu verdienen.«

Melanie nickte, sie ahnte, daß ihr etwas Schreckliches enthüllt werden würde.

Er blinzelte, um den matten Glanz in seinen Augen zu unterdrücken. Heiser setzte er zweimal an, bis er sagte: »Dann hat der … der Mistkerl … es mir erzählt. Er wolle nicht, daß ›die Tatsache, daß er seine Frau umgebracht habe‹, zwischen uns stehe. Wir könnten doch immer noch …«

Er wischte sich fluchend mit einer Hand über ein Auge.

»Das also ist der Grund«, sagte sie schließlich.

Er nickte. »Ja, das ist der Grund.«

»Aber konntest du nicht …«

»Ihn bloßstellen? Den perfekten Mister Mörder ans Messer liefern? Nein, verdammt noch mal, das konnte ich nicht. Juristisch betrachtet, fiel sein Geständnis unter Hörensagen und war damit unzulässig. Außerdem war er mein Mandant, das heißt, es handelte sich um ein Vertrauensgespräch zwischen Mandant und Anwalt. Hätte ich sein Vertrauen mißbraucht, hätte man mich aus der Anwaltskammer ausschließen können. Aber es hatte noch eine andere Seite, unabhängig von der rechtlichen Lage … Ich wollte es, wollte ihn wegen dieser lebenslangen Täuschung drankriegen, wollte es unbedingt, und tat es nicht. Ich war nicht dazu fähig …«

## 37

Bürgermeister Aiken war überzeugt davon gewesen, daß sein Treffen mit Philip Mohandas am Vormittag als gemütlicher Fototermin verlaufen werde. Denn nach seiner Ansprache hatte der Stadtrat einstimmig eine Belohnung von zweihunderttausend Dollar für die Ergreifung von Kevin Shea ausgesetzt. Anschließend, hatte er gedacht, würde ein schwarzer Politiker einen weißen Politiker treffen, und beide würden sich gegenseitig ihre Solidarität bekunden.

Er hatte sich getäuscht.

Mohandas und seine Leibwächter Allicey Tobain und Jonas N'doum hatten das vordere Büro des Bürgermeisters in Beschlag genommen, mußten Donald entweder eingeschüchtert oder ihm Honig um den Bart geschmiert haben, damit er sie dort allein ließ. Gleich von Beginn an herrschte also eine für Aiken irritierende Dynamik: Sein rechtmäßiges Terrain war widerrechtlich in Anspruch genommen worden. Er überlegte, wohin Donald gegangen sein könnte, und blieb im Türrahmen stehen.

»Mister Mohandas.« Er erholte sich schnell, lächelte und trat mit ausgestreckter Hand ein paar Schritte nach vorn. »Schön, daß ich Sie endlich persönlich kennenlerne.« Aiken registrierte, daß Mohandas' Assistenten sitzen blieben und offenbar auf Anweisungen warteten.

Mohandas war nicht hier, um Freundschaft zu schließen. Er kam gleich zur Sache: »Herr Bürgermeister, ich suche Sie nur deshalb auf, weil unsere gemeinsame Freundin, Senatorin Wager, mich darum gebeten hat. Ehrlich gesagt, bin ich entsetzt darüber, wie die Stadt auf die Situation reagiert, mit der wir konfrontiert sind.«

Aiken zog sich hinter seinen Schreibtisch zurück und spürte die Hitze in sein Gesicht steigen. »Nun, Sir, wir haben viel getan, um diese Situation wieder in den Griff zu bekommen. Neben unseren Bemühungen, mit denen wir verhindern wollen, daß sich diese Stadt selbst niederbrennt, haben wir offiziell eine Belohnung für die Ergreifung Kevin Sheas ausgesetzt. Sie werden zweifelsohne davon gehört haben ...«

»*Sie* werden zweifelsohne gehört haben, daß Jerohm Reese wieder im Gefängnis sitzt, Kevin Shea dagegen nicht. Das ist die Realität, die *ich* sehe. Ich sehe einen Weißen, einen Mörder, der frei herumläuft, und einen unschuldigen Schwarzen, der ohne Grund im Gefängnis festgehalten wird.«

»Man kann nicht gerade sagen, daß Kevin Shea frei herumläuft ...«

»Woher wissen Sie das?«

Natürlich wußte Aiken es nicht. Er hatte schlechte Karten und keine Lust, sich damit auf irgendwelche Spielchen einzulassen. »Jedenfalls ist Jerohm Reese in meinen Augen alles andere als ein unschuldiger Schwarzer.«

»Er trägt keine größere Schuld als fünfhundert andere, die Sie mit Verwarnungen davonkommen lassen ...«

»Was nicht heißt, daß er nicht schuldig ist, oder?«

»Wir alle tragen an irgend etwas die Schuld, Herr Bürgermeister. Aber es scheint, als erfahre Jerohm Reese nicht dieselbe Behandlung wie die Weißen. Ihr augenblicklicher Bezirksstaatsanwalt ist ein rassistischer Fanatiker, der seine Chance ...«

»Art Drysdale ist kein rassistischer Fanatiker.«

Mohandas nahm das als Anlaß, auf dem Absatz kehrtzumachen und zu Allicey und Jonas zu sagen: »Dieser Mann will nicht helfen.« Seine Begleiter standen auf. Mohandas war bereits auf halbem Weg zur Tür, und Aiken hatte große Lust, ihn ohne ein weiteres Wort gehen zu lassen.

Aber dann würde alles nur noch schlimmer werden.

»Mister Mohandas, bitte warten Sie einen Moment.« Er kam um seinen Schreibtisch herum. Mohandas wartete ungeduldig an der Tür. »Was würde, Ihrer Ansicht nach, denn helfen? Ich will mich nicht wegen nebensächlicher Dinge mit Ihnen streiten, sondern helfen. Ich dachte, ich hätte heute morgen im Stadtrat etwas Hilfreiches getan. Vielleicht war es nicht genug. Sagen Sie es mir.«

In Alliceys Augen leuchtete ein kurzer Blick des Triumphes auf, der genauso schnell wieder verschwand, aber Mohandas hatte ihn bemerkt und ließ den Türgriff los. »Alan Reston«, sagte er.

»Wer?«

»Alan Reston. Der stellvertretende Generalstaatsanwalt. In San Francisco geboren und aufgewachsen. Ehemaliger Staatsanwalt im Bezirk Alameda. Ich habe heute morgen mit ihm gesprochen. Er steht zur Verfügung.«

»Wofür steht er zur Verfügung?«

»Für seine Ernennung zum Bezirksstaatsanwalt.« Der Bürgermeister war zu überrascht, um eine Reaktion zu zeigen. Mohandas sprach weiter: »Alan Reston verfügt über die Qualifikation, die Erfahrung und den politischen Scharfsinn, um uns durch diese schwierige Zeit zu helfen. Und …« – Mohandas stieß einen Finger in die Luft, um seinen Worten Nachdruck zu verleihen – »… aufgrund der Tatsache, daß er Afroamerikaner ist, wäre seine Ernennung ein großer Schritt auf dem langen Weg zum Ausgleich der unzumutbar geringen Repräsentation unserer Minderheit innerhalb der Stadtverwaltung, wie sie sich durch den Tod von Chris Locke ergeben hat.«

Plötzlich trat Allicey Tobain vor. Ihre eindrucksvolle Erscheinung ließ den Bürgermeister wie einen Zwerg aussehen. »Sir«, sagte sie sanft, »die Ernennung von Alan Reston zu diesem Zeitpunkt wäre nicht nur eine Geste, sondern hätte eine wirkliche Bedeutung. Sie würde beweisen, daß die Stadt auf handgreifliche Weise Verständnis für uns demonstriert. Und ich bin sicher, daß die Bevölkerung dies honorieren wird.«

Sie mußte das Wort ›Wählerstimmen‹ nicht erwähnen. Aiken hatte verstanden.

Aber der Bürgermeister war nicht dumm. Ihm war klar, daß man sich eine Menge andere Gegner machte, wenn man allzusehr zu beschwichtigen suchte. Er wußte nicht genau, welche Position diese Frau bei Mohandas innehatte, aber sie gehörte offensichtlich zum engeren Kreis seiner Vertrauten, und Aiken hatte das Gefühl, ihre Sprache zu sprechen. Er sah zu ihr auf und lächelte, als erfreue ihn ihr Anblick.

»Tut mir leid, aber ich glaube, wir kennen uns noch nicht.«

Sie streckte ihre zarte Hand aus. »Allicey Tobain, Sir.« Während sie sich zu Mohandas umdrehte, sagte sie: »Entschuldige, daß ich mich zu Wort gemeldet habe, Philip.« Aber es war deutlich, dachte Aiken, daß ihre Rolle abgesprochen, vielleicht sogar einstudiert worden war.

Mohandas lächelte. »Allicey und Jonas.« Er nickte zu N'doum. »Sie halten mich auf Trab.« N'doums Gesicht blieb eine versteinerte Maske, doch Allicey stieg bei dem Kompliment das Blut zu Kopf.

Aiken wandte sich an sie: »Ich habe natürlich von Reston gehört. Aber ihn zu dem expliziten Zweck einzusetzen, daß er Jerohm Reese entläßt, kommt nicht in Frage.«

Mohandas sah kurz zu Tobain hinüber. Erwartete er eine Bestätigung, eine Anweisung? Sie nickte fast unmerklich, und er sagte: »Das bliebe selbstverständlich der Entscheidung des Bezirksstaatsanwalts vorbehalten.«

Aber Aiken wollte nicht ohne Absicherung einwilligen. »Wenn er erst einmal Bezirksstaatsanwalt ist … Aber egal, für wen ich mich entscheide: Er muß mit Mister Drysdale klarkommen.«

Mohandas nickte. »Ich kenne Alan Reston und weiß, daß er nur das Beste für die Stadt tun wird.«

Der Bürgermeister nickte ebenfalls. »Ich wüßte gern, wie seine Pläne aussehen.«

Allicey Tobain trat noch näher. »Darf ich Ihr Telefon benutzen, Sir? Ich weiß, wo er sich im Moment aufhält.«

## 38

Loretta Wager war allein zu Hause.

Nach den Ereignissen des vergangenen Tages hielt sie es für besser, die Villa nicht zu verlassen. Außerdem wollte sie für Abe Glitsky erreichbar sein, sei es beruflich oder privat. Sie durfte ihre Prioritäten nicht aus den Augen verlieren.

Nach all den Kommentaren, die ihr am ersten Tag ihrer Anwesenheit in San Francisco zu Ohren gekommen waren, war sie froh über ihre Entscheidung, keinen ihrer Mitarbeiter mitgebracht zu haben. Sie hatten in Washington genug Arbeit, und hier gab es zuviel zu tun, das sie allein erledigen mußte. Derzeit konnten ihre Pläne keine Diskussion gebrauchen.

Sie tat, was getan werden mußte.

Sie war früh aufgewacht, in Gedanken bei Abe Glitsky. Sie wollte, mußte ihn anrufen, bevor er zur Arbeit ging.

Danach telefonierte sie von einem der Apparate aus, die mit ihrem Büro in Washington verbunden waren. Auf ihrer Privatnummer gingen währenddessen andere Anrufe ein: Donald aus dem Büro des Bürgermeisters. Die Nachrichtenagenturen. Alan Reston und Philip Mohandas. Die ganze Welt schien Loretta sprechen zu wollen, aber sie mußte sich gedulden. Sie wartete, bis sie Elaine in ihrem Büro vermutete, und rief sie an.

Ihre bedauernswerte Tochter litt Höllenqualen, aber das würde vorübergehen. Das Leiden hätte bald ein Ende, wie sie aus eigener Erfahrung wußte. Eigentlich hatte sie ihr sagen wollen, daß sie jetzt besser dran sei, weil Chris Locke nicht die Absicht gehabt habe, Frau und Kinder zu verlassen, weder für Elaine noch für irgendeine andere Frau, aber sie brachte es nicht übers Herz. Loretta hatte es sich zur Gewohnheit gemacht, immer Bescheid zu wissen, und das hier wußte sie mit Sicherheit.

Elaine – dem einzig wirklich Wertvollen in Lorettas Leben –, ihrer wunderschönen und sensiblen Tochter Elaine hätte es das Herz gebrochen. Sie wäre wie ihre Mutter geworden.

Loretta hatte weiß Gott genug Kompromisse in ihrem Leben geschlossen, aber in einem Punkt war sie immer konsequent geblieben: Sie hatte versucht, Elaines Unschuld – oder war Idealismus das richtige Wort? – zu bewahren.

Sie selbst hatte ihren Idealismus vor langer Zeit verloren, vielleicht sogar noch vor den vier Tagen im kolumbianischen Dschungel, als sie gedacht hatte, sie würde nie wieder da rauskommen. Sie hatte sich an den mit Dollarnoten gefüllten Koffer, den der kolumbianische Geschäftsmann als Handgepäck mit an Bord des Flugzeugs genommen hatte, geklammert und darüber nachgedacht, wie nutzlos dieses Geld sei angesichts der Tage und Nächte, die sie in der Gesellschaft von Eidechsen, Insekten und den verwesenden Leichen von fünf toten Männern verbringe. Heute dachte sie pragmatischer. Nur was funktionierte, zählte. Sie war eine Frau mit Format und Talent. Die Idealistin Loretta, die mit Abe Glitsky am College studiert hatte, gab es nicht mehr. Aber, verdammt, sie vermißte sie und wünschte, sie könnte die Uhr zurückdrehen. Aber so war das Leben nun mal, oder etwa nicht? Entschied man sich für einen Weg, verzichtete man auf alle anderen.

Elaine würde das nicht passieren, jedenfalls nicht mehr wegen Christopher Locke. Was geschehen war, war schrecklich, aber es bedeutete nicht das Ende der Welt. Ihre Tochter würde darüber hinwegkommen, davon war Loretta überzeugt.

Sie wünschte sich nur, der Tod Lockes hätte sie mehr betroffen gemacht, immerhin war er eine einflußreiche schwarze Integrationsfigur gewesen und in der Blüte seines Lebens. Andererseits hatte er die ihm zustehende Zeit gelebt, und sein Tod würde ihre Tochter vor einem schrecklichen Trauma bewahren, ob sie sich dessen bewußt war oder nicht.

Zuerst dachte sie, Mohandas verschwende durch sein Engagement in der Sache mit Jerohm Reese nur seine Energie, aber bei näherer Betrachtung erkannte sie, daß ihre Tochter ihnen unabsichtlich einen Trumpf zugesteckt hatte, den Mohandas nun in der Hand hielt. Das Problem bestand darin, daß Loretta nicht sicher war, ob Mohandas ihn richtig ausspielen würde. Also würde sie das für ihn übernehmen und ihn hinterher davon informieren. Als Gegenleistung …

Tja, so lief es eben. Philip mußte einsehen, daß auch er etwas zu leisten hatte. Nichts war umsonst.

Die bewilligte Aufstockung der Belohnung für die Ergreifung Sheas war ein Indiz dafür, daß sich die Dinge in ihrem Sinne entwickelten. Wenn die Angelegenheit erst einmal ins Rollen gekommen war, würde sie eine Eigendynamik entwickeln. Noch günstiger war der Umstand, daß sich der Bürgermeister mittlerweile auf Philip Mohandas als Symbol für die empörte schwarze Bevölkerung zu konzentrieren schien. Eine Reaktion, an der sie nicht ganz unschuldig war. Philip war eine Figur in ihrem Schachspiel.

Aber sie durfte ihn nicht unterschätzen, er war kein einfacher Bauer. In ruhigeren Zeiten würde er nur einen kleinen Teil der Wähler um sich scharen, bei Unruhen wie diesen aber, in denen die Rechte der amerikanischen Schwarzen durch die weiße Mehrheit bedroht waren, scharten sich selbst gemäßigte Schwarze – ihre Wähler – in großer Zahl um ihn.

Im ganzen Haus waren die Jalousien heruntergelassen. Wegen des Todes von Locke in Schwarz gekleidet, saß Loretta an einem Sekretär aus Kirschbaumholz in ihrem kleinen Büro an der Rückseite des Hauses, mit Blick auf den Presidio, den ehemaligen Militärstützpunkt, der vor kurzem in einen Nationalpark umgewandelt worden war.

Der Marinestützpunkt am Hunter's Point war das letzte Grundstück in Bestlage, das von der Armee in San Francisco aufgegeben worden und seither ungenutzt war. Während sie auf Abe Glitskys Ankunft wartete, führte Loretta weitere Telefonate mit Washington. Ihre Idee hatte sich über Monate hinweg geformt, und sie hatte geduldig den günstigsten Zeitpunkt abgewartet, um sie in die Tat umzusetzen. Dieser Zeitpunkt war nun gekommen. Wie auch immer diese Krise enden mochte: Sie würde ihr die Stimmen fast aller Farbigen des Bay-Gebietes einbringen. Davon war sie überzeugt. Immerhin brauchte sie diese Stimmen, um im Kongreß für die Leute arbeiten zu können.

Er kam in wieder einem anderen zivilen Plymouth vorgefahren und parkte auf der halbrunden Auffahrt vor der Eingangstür. Vor fünfzehn Minuten hatte er sie vom Büro aus angerufen. Er war nervös gewesen. Sie hatte beobachtet, wie er vorgefahren und ausgestiegen war, sich gestreckt, sie schließlich am Fenster entdeckt hatte. Ein Lächeln hatte sein Gesicht erhellt.

»Ich will doch nicht mit dir streiten.«

Eine Stunde war vergangen.

Glitsky, wieder angezogen, saß in der Frühstücksnische und trank einen Becher Tee mit einem Schuß Zitrone. Loretta trug einen dunklen Rock und eine dazu passende Bluse und saß auf der Anrichte, die die Küche von der Nische trennte. Sie ließ die bloßen Füße leicht hin und her schwingen.

»Unterschiedlicher Meinung sein heißt nicht zu streiten«, sagte Glitsky.

»Dann solltest du mal an einer Senatssitzung teilnehmen. Da liegt das so eng beieinander, daß man es oft nicht auseinanderhalten kann.«

»Jetzt nicht.«

»Schon gut, jetzt nicht.« Sie glitt von der Anrichte herunter und zog einen Stuhl heran. »Ich möchte im Moment aber auch nicht unterschiedlicher Meinung mit dir sein, okay?«

Sie saß jetzt neben ihm, und er war überrascht, daß sie fast schüchtern wirkte, als habe sie Angst, ihn zu berühren, nachdem die körperliche Leidenschaft für eine Weile gestillt war. Irgendwie fühlte er sich deswegen erleichtert. Er konnte nicht sagen, warum, aber eine Berührung von ihr wäre ihm in diesem Moment als belangloses, unpersönliches Hilfsmittel vorgekommen, mit dem sie ihre Position zu untermauern versuchte. Er wollte nicht, daß sie solche Tricks einsetzte oder auch nur den Anschein erweckte, sie einzusetzen.

Aber sie war so nah, daß er sie einfach berühren mußte, und so streckte er seine Hand aus und ließ sie auf ihrem Unterarm liegen. »Ich habe andere Prioritäten als du, Loretta, das ist alles. Dein Job ist die Politik. Ich weiß, es dient alles einer guten Sache. Mein Job dagegen ist die Aufklärung von Mordfällen. Ich möchte herausfinden, wer Arthur Wade umgebracht hat.«

Sie sprach leise. »Wir wissen, wer ihn umgebracht hat, Abe. Wir haben ein Foto von ihm.«

»Ich streite ja nicht ab, daß Kevin Shea ...«

»Dann mußt du dich aber langsam an den Gedanken gewöhnen, daß wir ihn benutzen ...«

»Wir wissen mit absoluter Sicherheit, daß noch andere dabei waren, aber wir wissen nicht, ob Shea ihr Anführer war und was genau er getan hat.«

»Er hat genug getan.«

Glitsky sagte nichts.

»Abe, hör doch zu ... Klingt es denn nicht vernünftig, wenn du darüber nachdenkst? Vergiß die Polizeiroutine. Du hast gesagt, die Politik sei mein Job, und hier geht es um Politik. Es geht darum, einen Konsens zu finden, der zu einer Lösung führt und der vor allem *funktioniert*. Ganz gleich, wie diese Lösung aussieht: Die Unruhen müssen beendet werden, bevor sie die ganze Stadt zerstören oder sich noch weiter ausbreiten.«

Glitsky trank einen Schluck Tee. »Und du glaubst ernsthaft, Kevin Shea zu verhaften ...«

»Ja, das glaube ich. Auch wenn es nur ein *Symbol* sein sollte – es könnte die Unruhen beenden.«

Glitsky sah sie durchdringend an und begriff, daß Loretta an ihre Worte glaubte. Das war wichtig für ihn. »Was ist mit Jerohm?«

Loretta seufzte. »Jerohm könnte sich als Glück im Unglück erweisen, wenn wir die Sache richtig hinbiegen.«

»Mit *Hinbiegen* kenne ich mich nicht aus.« Bei so etwas verstand Glitsky keinen Spaß.

»Jerohm beruhigt die wütenden Weißen, Kevin beruhigt unsere wütenden Brüder und Schwestern ...«

»Halbbrüder und Halbschwestern«, korrigierte Glitsky. »Rein technisch gesehen.«

»Ein Tropfen Blut«, sagte sie.

»Was heißt das?«

»Das ist das Gesetz unseres Landes, Abe. Sobald du einen Tropfen schwarzen Blutes in dir hast, bist du schwarz.«

»Wenn du meinst ...« Er wollte nicht streiten, und er wollte nicht groß diskutieren. Er bewegte die Hand an ihrem Arm entlang, und sie beugte den Kopf hinunter und küßte seine Finger. »In deinem beruflichen Umfeld mag es vielleicht nicht anders möglich sein«, sagte er, »aber *ich* denke nicht ständig an meine Hautfarbe oder daran, wohin wir *als Volk* gehen. Alle Menschen sind davon betroffen, überall auf der Welt …«

»Und gehen gemeinsam den Bach runter?«

»In irrsinniger Geschwindigkeit. Aber dadurch, daß wir uns überlegen, wen wir hassen sollen, wird es nicht besser.«

»Abe Glitsky, bist du etwa in deinem alten Herzen ein Idealist geblieben?« Er mußte lachen, weil er sich eher für einen verstaubten Erzskeptiker hielt. Sie rückte näher an ihn heran. »Vielleicht wird es ja besser.«

»Sieht es so aus, als würde es besser?« fragte er.

»An bestimmten Tagen vielleicht nicht. Heute zum Beispiel mit Sicherheit nicht. Aber irgendwann … irgendwann einmal … Ich meine, sieh *mich* an. Vor zwanzig Jahren gab es einfach keine schwarze Senatorin. Ich bin zu der Auffassung gelangt, daß sich die Dinge langfristig zum Besseren verändert haben, und das bedeutet etwas.«

»Es könnte bedeuten, Loretta, daß die Menschen an dich glauben. Vielleicht liegt es einfach nur an dir, an dem, wer du bist, was du den Menschen gibst.«

Sie schwieg nachdenklich, biß sich dann auf die Lippe und richtete sich ein wenig auf. Sie legte den Arm um Glitsky und schmiegte sich an ihn. »Wie konnte ich dich damals bloß gehen lassen?« flüsterte sie.

Glitsky wurde über seinen Piepser gerufen. Die Bemühungen seines Vater bei Rabbi Blume waren erfolgreich gewesen. Rachel, die verängstigte Zeugin aus einer der ehemaligen Sowjetrepubliken, würde sich mit ihm unterhalten. Es war nicht weit von Lorettas Haus, er konnte in zehn Minuten dort sein.

An der Tür sagte Glitsky, er werde Loretta bezüglich Kevin Shea nicht im Wege stehen, das sei ihre Sache. Er habe weder die Angewohnheit, noch sei es in seiner Stellenbeschreibung vorgesehen, daß er seine Ermittlungen an die große Glocke hängte. Er habe – wenn überhaupt – allenfalls geringe Zweifel daran, daß Shea in die Sache verwickelt sei, wolle sich aber einen kompletten Überblick verschaffen. Er müsse den Tathergang kennen, damit die Vorwürfe gegen Shea zu gegebener Zeit erhärtet werden könnten.

»Übrigens«, sagte er dann, »solltest du vielleicht mal mit deiner Tochter reden.«

»Was ist mit Elaine?«

»So wie sie es sieht, kommt es nur darauf an, Sheas Schuld zu beweisen. Wenn wir ihn verhaften und sie aber nicht beweisen kann, daß er es tatsächlich war, bleibt es an ihr hängen. An deiner Stelle würde ich mich darum kümmern, daß sie die Sache richtig anpackt.«

Glitsky wollte zu seinem Wagen gehen, aber Loretta hielt ihn am Arm zurück. »Abe?«

Er blieb stehen.

»Würdest du ihr helfen? Dafür sorgen, daß sie keinen Schaden nimmt?«

Er nickte. »Ich werde es versuchen«, sagte er. »Das gehört zu meinem Job.«

## 39

Nat Glitsky hatte seinem Sohn nicht mitgeteilt, daß er die Jungs abgeholt hatte, um später mit ihnen bei Tommy's Joynt Sandwiches zu essen und anschließend die Küste hinunterzufahren, vielleicht nach Monterey, wo die Unruhen noch nicht entflammt waren. Sie wollten sich das Aquarium ansehen und den Sommer konstruktiv nutzen.

Es sei lächerlich, sie Tag für Tag im Haus einzusperren, was denke sich Abe eigentlich dabei? Daß er ein guter Vater sei?

»Ich versuche, sie zu beschützen, Dad. Ich will nicht, daß ihnen was passiert.«

Vater und Sohn standen im Büro von Rabbi Blume. Die Jungs waren draußen vor dem Fenster und spielten auf dem Spielplatz der Synagoge, der ansonsten menschenleer war, Basketball. Rabbi Blume und Rachel warteten im angrenzenden Wohnhaus, aber Abe hatte es nicht eilig, mit ihnen zu reden, bevor er nicht diese Sache mit seinem Vater geklärt hätte. Der ließ sich vom Zorn seines Sohnes nicht beeindrucken. »Was soll ihnen denn passieren, kannst du mir das sagen?«

»Das fragst du noch? Hast du dich in letzter Zeit mal draußen umgesehen? Hast du nicht mitbekommen, was da los ist?«

Nat Glitsky zuckte mit den Achseln. »Ich bin in die Innenstadt gefahren, um dich zu besuchen. Dann bin ich wieder raus gefahren und mit Rachel zu Fuß hierhergekommen. Wir sind von ihrer Wohnung aus gekommen, aber kein Mensch hat uns belästigt. Da draußen ist kein Mensch zu sehen.«

»Warum wohl, Dad?«

»Ich weiß, warum, Abe. Setz dich, ja? Du bist ein bißchen gereizt.«

»Ich möchte mich nicht hinsetzen, und ich bin auch nicht gereizt! Es sind meine Kinder, es ist meine Verantwortung, und ich werde sie diesem … dem da draußen nicht aussetzen. Ich will nicht noch jemanden aus der Familie verlieren.« Abe ließ sich trotzdem auf einen Stuhl fallen.

Nat zögerte, kam dann vom Schreibtisch des Rabbis durch den Raum und zog einen Stuhl zu seinem Sohn heran. »Du kannst sie auch verlieren, wenn du sie zu sehr festhältst, Abraham.«

»Ich will sie beschützen. Ich will ihr Bestes.«

Nat nickte. »Immer, das weiß ich. Aber ich habe heute morgen versucht, dich zu erreichen, und Jake ging ans Telefon. Ich habe ihn noch nie so über dich sprechen gehört ... ›Dad checkt es nicht, Opa. Er hat keine Ahnung.‹ So in der Art. Und das von Jacob, der, wie du weißt, den Boden unter deinen Füßen anbetet. Ich mache mir Sorgen.«

»*Du* machst dir Sorgen ...?« Glitsky lachte auf.

»Ich weiß, ich weiß. Du machst dir auch Sorgen. He, wer macht sich nicht ein bißchen Sorgen? Und seit Flo ...«

»Es geht nicht um *mich*.« Abes Stimme war scharf. »Es ist nicht mein Fehler, daß das hier passiert. Und es geht auch nicht um Flo. Es geht einfach um mich und die Jungs. Flo hat damit nichts zu tun.«

Nat legte eine Hand auf das Knie seines Sohnes. »Es geht nur um Flo, Abraham. Mach dir nichts vor.«

»Verdammte Scheiße.« Abe schob die Hand zur Seite, stand auf und ging, tief durchatmend und mit ernstem Gesicht, zum Fenster hinüber.

»Das ist das erste Mal, daß du deinem Vater ein Schimpfwort an den Kopf geworfen hast, oder?«

Abe bemühte sich, sich auf seine Söhne und ihr Spiel zu konzentrieren. Sie übten Distanzwürfe, und die beiden älteren Jungs versuchten, die Abpraller zu verwandeln. Dann trainierten sie gezieltes Zuspiel auf Orel. Ihre Rufe waren kaum zu hören, doch sie klangen locker und spielerisch. »Dad, ich kann nicht noch mehr verlieren. Ich kann es einfach nicht.«

Wieder durchquerte Nat den Raum und ging zu seinem Sohn. Er stand hinter Abe, der viel größer war als er, und sah zu den Jungs nach draußen. »Wir können nichts festhalten, Abraham. Es liegt nicht in unserer Macht, es ist Gottes Wille.«

Glitsky drehte sich um. »Schön, aber was ist, wenn ...?«

Nat unterbrach ihn. »Das sind deine Gedanken, und sie bedeuten nichts.« Er legte eine Hand auf den Arm seines Sohnes und fuhr fort: »Abraham, denk nach. Was ist, wenn sie den ganzen Tag zu Hause eingesperrt sind und jemand beschließt, deine Straße in Brand zu setzen? Es liegt nicht in deiner Macht. Es gibt nichts, was du tun kannst, außer, dich zu Tode zu vermuten. Laß mich sie mitnehmen. Wir amüsieren uns ein bißchen zusammen und kommen zurück, wenn das hier vorbei ist.«

Glitskys Schultern fielen herunter. Er sank auf eine Ecke des Schreibtischs. »Wann fühlt sich das Leben wieder normal an, Dad? Ich weiß nicht, was zum Teufel ich tue.«

»Ich weiß. Als Emma ... na ja, du erinnerst dich daran.«

»Du hast dich nie verändert.«

Ein kurzes Auflachen. »Abraham, ich glaube nicht, daß ich je wieder so wie vorher war. Ich habe nur versucht, mein Verhalten dir gegenüber nicht zu ändern, dich nicht anders zu behandeln. Ich behielt die Abläufe, die Gewohnheiten bei, weil meine Gefühle dich nicht beeinflussen sollten, das war alles. Du hattest deine Mutter verloren. Es gab genug, womit du fertig werden mußtest.«

Glitsky machte eine Geste nach draußen. »Genau wie sie. Das willst du mir damit sagen, oder?«

Sein Vater nickte. »Es gibt durchaus Ähnlichkeiten. Mach deine Arbeit, bleib dran. Die Dinge werden sich auf eine neue Art und Weise normal anfühlen. Aber es wird nie mehr so sein wie früher. Das ist vorbei.« Er legte eine Pause ein. »Das ist das Schwierige, das, was es zu akzeptieren gilt. Es wird nicht mehr so, wie es mal war. Also, was ist jetzt?«

Glitsky rieb sich die Augen, stand auf, ging ein paar Schritte, sah wieder durchs Fenster. »Wenn ihr nach Monterey fahrt, haltet am Pier und holt mir ein paar Salzwasserbonbons, ja? Ich liebe dieses Zeug.«

# 40

»Sie schon wieder?«

Ridley Banks stand grinsend auf Peter McKays Treppenabsatz. »Wissen Sie, Peter, Sie verletzen meine Gefühle, wenn Sie so reden. Das ist mein Partner Marcel Lanier. Sagen Sie, daß Sie sich freuen, ihn kennenzulernen, ja? Er ist sehr sensibel.«

»Klar. Nett, Sie kennenzulernen.«

Banks drehte sich halb um. »Was habe ich dir gesagt? Wenn du höflich fragst, bekommst du auch eine Antwort. Solche Zeugen wie den Mann hier müßten wir jeden Tag haben, das würde das Leben um einiges leichter machen, was meinst du?«

»Was wollen Sie diesmal?«

»Wir wollen uns mit Ihnen ein paar Minuten über Ihre Aussage von neulich unterhalten.«

»Wer ist das, Petey?« Eine junge Frau mit glatten blonden Haaren erschien hinter McKay im Türrahmen. Ein knappes, abgetragenes fleischfarbenes T-Shirt verhüllte ihre flachen Brüste nur dürftig. Aus einer abgeschnittenen Jeans ragten zwei spindeldürre, bleiche Beine, und an den Füßen trug sie weiße Socken und Tennisschuhe.

»Oh, entschuldigen Sie«, sagte Banks. »Ich wußte nicht, daß Sie Gäste haben.«

McKay trat einen Schritt zurück. »Das ist meine Frau Patsy.«

»Ihre Frau? Ich wußte nicht ... Einen schönen, guten Tag, Ma'am. Wie geht es übrigens Ihrem Arm, Pete?«

McKay verdrehte das Handgelenk und bewegte die Finger. Ein Flanellhemd mit langen Ärmeln verbarg die Wunden. »Von Tag zu Tag besser«, sagte er.

»Ist der Verband ab?«

»Noch nicht, in ein paar Tagen.«

»Hat Petey Schwierigkeiten?« fragte Patsy mit dunkler Raucherstimme und trat einen Schritt vor ins Licht. Banks schätzte sie auf kaum fünfzehn, bemerkte dann aber den goldenen Ring an ihrem Finger.

»Nein, Ma'am, im Moment nicht. Wir überprüfen nur ein paar Dinge, die er sagte, als er das letzte Mal mit uns sprach.«

»Zum Beispiel?« Sie stellte sich vor ihren Mann.

Marcel Lanier meldete sich hinter Banks zu Wort, sprach über dessen Schulter. »Zum Beispiel, wie er sich seinen Arm verletzt hat.«

»Er hat sich an der Tür geschnitten«, sagte sie. »Die Scheibe ist dabei zu Bruch gegangen.«

»Das sagte er uns bereits.« Marcel bemühte sich, auf dem Treppenabsatz Platz zu finden, trat jetzt hinter Banks hervor. »Die Sache ist nur die: Irgendwie sind wir darauf zurückgekommen ... Na ja, eigentlich mein Partner Ridley hier, der sehr gründlich ist, er ist so eine Art Colombo, erinnern Sie sich an den? ›Entschuldigen Sie, nur noch eins‹ und so. Er macht uns alle manchmal verrückt, aber so ist er eben. Wie dem auch sei, der Arm ... Haben Sie was dagegen, wenn wir reinkommen? Es ist wirklich nicht sehr warm hier draußen, und Sie sehen auch aus, als würden Sie frieren.«

Während er seinen Blick an ihr hinunterwandern ließ, erwiesen sich Laniers Worte als unverschämter als beabsichtigt. Patsy McKays Brustwarzen drückten sich deutlich sichtbar durch den dünnen Stoff des T-Shirts.

»Warum ziehst du dir nicht was über, Liebes«, sagte McKay. »Entweder haben Sie einen Haftbefehl, oder wir unterhalten uns hier. Was ist mit meinem Arm?«

Patsy ging nicht, also sprach Banks über sie hinweg. »Ihr Cousin Brandon Mullen sagte, Sie hätten sich beide die Arme zerschnitten, als Sie durch Ihre Schiebetür gefallen seien, und als ich gestern hier vorbeikam, habe ich zufällig bemerkt, daß die Tür nicht kaputt ist. Haben Sie sie schon reparieren lassen? Und wenn ja, haben Sie eine Quittung für die Reparatur?«

Patsy schüttelte den Kopf. »Das war bei Brandon, nicht hier.«

Banks wandte sich halb um und schielte kurz zu Lanier hinüber. »Brandon sagte laut und deutlich, Sie seien hierher gekommen, um Ihre private Totenwache für Mike Mullen abzuhalten. Bei Petey, sagte er.«

McKay trat vor. »Zuerst ...«

»Schscht.« Patsy hielt eine Hand hoch und sagte ruhig, aber bestimmt, zu ihrem Mann: »Sei still.« Wieder zu den Inspectors gewandt, erklärte sie: »Ich hatte schlimme Kopfschmerzen und wachte von dem Lärm, den sie machten, immer wieder auf. Also bat ich sie, doch bitte zu Brandon rüberzugehen, was sie dann auch taten.«

Banks blieb stur: »Brandon sagte, sie seien hierher gegangen.«

»Sie kamen *zuerst* hierher. Dann gingen sie hinüber. Warum fragen Sie ihn nicht noch mal? Wir gehen gern mit Ihnen rüber. Petey hat nichts Ungesetzliches getan. Wir haben nichts zu verbergen.«

Brandon Mullen war zu Hause und verhielt sich in jeder Hinsicht so, als hätte er sie erwartet. Er wohnte im unteren Teil eines Zweifamilienhauses in der Zweiundzwanzigsten Avenue im Stadtteil Richmond, nur ein paar Querstraßen von den McKays entfernt. Die Glasschiebetür, die auf seine winzige Veranda führte, war brandneu. Und selbstverständlich – bitte sehr, Inspector – hatte er sofort eine Quittung zur Hand, die vor zwei Tagen ausgestellt worden war. Ob die Quittung nicht in Ordnung sei? Sie sei doch richtig unterzeichnet und alles? ›Reardon Glas und Fliegenfenster‹ hieß die Firma.

»Ich zieh los und hau irgendwem auf's Maul.«

»Läuft nicht, Rid.«

Sie saßen vor Brandon Mullens Wohnung und warteten – auf nichts. Marcel hatte das Fenster auf der Fahrerseite heruntergedreht und den Ellbogen daraufgebettet. »McKay hat Brandon erzählt, daß du bei ihm vorbeigeschaut hast. Irgendwer hat geschnallt, daß es um die Scheibe ging.«

»Die Frau.«

»Vielleicht. Jedenfalls sind sie darauf gekommen, daß es besser wäre, eine von den Scheiben kaputtzumachen.«

»Das habe ich mir auch schon gedacht, danke.«

»Willst du Reardon besuchen, den Typ von dieser Firma *Reardon Glas* und so weiter?«

»Um zu fragen, ob er die Reparatur gestern oder vor zwei Tagen durchgeführt habe, an dem Tag, der auf der Rechnung steht? Nein. Ich glaube nicht, daß er uns die Wahrheit sagen würde.«

»Ich bin schockiert. Ein guter irischer Katholik?«

»Willkommen bei der Polizei«, sagte Banks. »Schocks am laufenden Meter.«

Carl Griffin, der allein unterwegs war, beschloß, eine neue Taktik einzuschlagen.

Er wußte, daß er aus den anderen Kerlen – O'Toole, Mullen, McKay – nichts mehr herausbekommen würde. Die finsteren Iren würden zusammenhalten.

Sein erster Gedanke war, es bei den Notaufnahmen der örtlichen Krankenhäuser zu versuchen, aber ein oder zwei Anrufe hatten ihn wieder davon abgebracht. Wegen der Ausschreitungen in der Stadt waren die Notaufnahmen voller als das Justizgebäude, sofern das überhaupt möglich war, und es gab nicht viele Personen, die Zeit und Lust hatten, sich zu erinnern, oder sich erinnern konnten, so daß sie ihm eine Hilfe gewesen wären.

Deshalb begann er, methodisch und verbissen mit Hilfe eines Stadtplans ein Telefonbuch zu durchkämmen und alle privaten Arztpraxen im Umkreis von drei Kilometern zur Cavern Tavern anzurufen. Er stellte sich als Inspector des Morddezernats vor und fragte, ob die Ärzte in den vergangenen drei Tagen eine Wunde behandelt hätten, die von einem Messerstich verursacht worden sein könnte.

Die Aufzeichnungen der Ärzte waren bei strafrechtlichen Ermittlungen nicht durch die Schweigepflicht geschützt. In einigen Fällen – etwa bei Schußwunden oder Sexualdelikten – waren die Ärzte verpflichtet, die Behörden zu unterrichten.

Griffin war am Ende seines Baguettesandwiches mit Auberginen und Parmesan angelangt. Er hatte den muskelbepackten Körper hinter seinem Schreibtisch im großen Büro des Morddezernats niedergelassen, sich zurückgelehnt und die Füße, die in schwarzen Schuhen steckten, auf den abgenutzten Schreibtisch gelegt. Finster betrachtete er das neue Gefängnis, die dünnen Wolken und das Blau des Himmels. Er war bei ›E‹ angelangt und hatte, während er die mit ›Ärzte‹ markierten Seiten durchgeblättert hatte, festgestellt, daß noch fünf Seiten vor ihm lagen.

Das war Carl Griffins Verständnis von Polizeiarbeit – stur der Reihe nach vorzugehen, keine hochtrabenden Ideen zu entwickeln, sich abzuschuften und schließlich, wenn man Glück hatte, zuweilen einen Treffer zu landen. Er überlegte, ob er ans Ende der Liste springen, sich von ›Z‹ nach vorne arbeiten sollte, aber er fürchtete, daß er dann dort, wo er bei ›E‹ abgebrochen hatte, den Jackpot finden würde. Also wählte er die Nummer, die neben dem Namen Epps stand.

Jeder zufällige Zuschauer hätte angesichts der Eile, mit der Griffin den letzten Bissen seines Sandwiches in sich hineinstopfte, Übelkeit empfunden. Als am anderen Ende der Leitung abgenommen wurde, schluckte er alles hinunter, ohne richtig gekaut zu haben. Für einen kurzen Moment befürchtete er schon, daß er den Bissen nicht hinunterbrächte und sein letztes Stündlein geschlagen habe.

»Hallo, hier Praxis Dr. Epps«, wiederholte die Stimme.

Er schluckte erneut – gerettet – und räusperte sich. Auch Frau Dr. Epps war, wie sich herausstellte, gerade beim Mittagessen und befand sich im Aufenthaltsraum.

Die Ärztin hörte sich seine Geschichte an, ohne ihn zu unterbrechen. »Ab wann, sagten Sie?« fragte sie, als er fertig war.

»Dienstag abend.«

»Einen Moment.«

Griffin freute sich, daß er nicht zu ›Z‹ gesprungen war.

Sie nahm den Hörer wieder auf. »Ich hatte einen ziemlich ernsten Achillessehnenschnitt, den ich am Mittwoch morgen genäht habe. Der Patient war ein junger Mann, der sagte, daß er gestolpert und dann über eine Schaufel in seinem Hof gefallen sei. Einer dieser komischen Unfälle. Aber ich glaube nicht, daß es eine Schaufel war …«

Griffin wartete.

»Die Wunde sah aus wie ein Messerschnitt – sauber und gerade.«

»Ich verstehe. Und haben Sie das ihm gegenüber erwähnt?«

»Ich habe ihn gefragt, aber er sagte, es sei eine Schaufel gewesen. Brandneu, noch nie benutzt, mit einer Kante wie ein

Messer. Er verzog keine Miene, und so nahm ich an, daß so etwas tatsächlich möglich wäre, und nähte die Wunde.«

»Wie alt war der Mann?«

»Einen Moment. Colin Devlin, vierundzwanzig. Wollen Sie seine Anschrift?«

## 41

Der Warteraum im Leichenschauhaus von San Francisco war fensterlos und düster. Eine schwere Tür trennte den Raum vom Untersuchungszimmer. Gelbe Kunststoffstühle, die mit der Zeit von den Besuchern oder vielleicht auch dem angesammelten Kummer durchgesessen worden waren, säumten die glänzenden hellgrünen Wände. Die beiden Gummibäume aus Plastik sahen nicht mehr im entferntesten echt aus, aber niemand hatte sie weggeräumt, niemand hatte es bemerkt. Die Menschen in diesem Zimmer hatten andere Dinge im Kopf.

Elaine Wager war in ihrer Eigenschaft als Staatsanwältin, die mit dem Mord an Arthur Wade befaßt war, von John Strout, dem Gerichtsmediziner von San Francisco, ins Leichenschauhaus gerufen worden. Er wollte mit ihr den Bericht der gerichtsmedizinischen Untersuchung durchgehen, der aufgrund der erdrückenden Arbeitslast der vergangenen Tage ein bißchen länger als gewöhnlich auf sich hatte warten lassen.

Elaine wartete im Vorzimmer, hielt die Knie zusammengepreßt, die Hände im Schoß gefaltet. Strout hatte ihr bei seinem Anruf mitgeteilt, daß es mindestens noch eine Stunde dauern werde, aber sie hatte trotzdem sofort nach den Akten gegriffen und war hinuntergegangen.

An diesem Morgen hatte sie viel Zeit mit Beschäftigungstherapie verbracht. Um nicht an Chris und an das, was geschehen war, denken zu müssen, hatte sie Recherchen über ihren Verdächtigen angestellt: seine Freunde, seinen Arbeitsplatz, seinen Lebenslauf, alles. Von der Polizei hatte sie den Namen der Frau erfahren, die ihnen Kevin Sheas Namen genannt hatte – Cynthia Taylor. Das Bild Sheas war, während sie ein paar wenige Indizien zusammengetragen hatte, die vor Gericht nützlich sein könnten, immer deutlicher vor ihren Augen aufgetaucht.

Miss Taylor zufolge war Shea kaum besser als das, was einige Bekannte von Elaine weißen Abschaum nennen würden. Er komme aus einer zerrütteten Familie aus dem Süden (was zu seiner Tat passe), sei einer dieser Langzeitstudenten der San Francisco State University, der von einer Vorlesung zur nächsten ziehe und sich regelmäßig betrinke. Miss Taylor glaubte, daß er eine Teilzeitstelle bei irgendeiner Telemarketing-Firma habe, weil »er eine gute Stelle nie und nimmer behalten würde«. Er prahle damit, daß er seine Studienbeihilfe von der Armee dafür benutzte, um seinen Schnaps zu kaufen, und habe keine erwähnenswerten Freunde, aber vor ein paar Monaten ein Verhältnis mit einer von Miss Taylors Freundinnen gehabt. Jetzt sei dieses unglückliche Opfer, offenbar von ihm getäuscht, seine Komplizin bei der Flucht vor dem Gesetz. Miss Taylor hatte die Befragung mit der Aussage abgeschlossen, daß sie glaube, er sei »wirklich gefährlich und labil«. Man wisse nie, was er als nächstes anstellen werde.

Dann war der Anruf des Gerichtsmediziners erfolgt, und Elaine hatte gespürt, daß es ihr reichte. Die Decke war bedrohlich nahe gekommen, und sie hatte über ihre Gefühle nachdenken, ihnen freien Lauf lassen müssen, allein sein wollen. Das Zimmer vor Strouts Labor gab ihr die Gelegenheit dazu.

Plötzlich – jede Bewegung in dem leblosen Zimmer fand *plötzlich* statt – wurde die große Tür aufgestoßen. Der hagere Strout schob einen Stuhl neben sie. Er hatte einen starken Südstaatenakzent und keine Feinde bei der Polizei oder innerhalb der Staatsanwaltschaft. Als echter Profi lebte er für die Gerichtsmedizin. Außerdem besaß er einen hintergründigen Humor und ein skeptisches Auge, das schon häufig einen Mord entdeckt hatte, wo selbst die Polizei von einem Unfall oder harmlosen Todesfall ausgegangen war.

»Ich bin es allmählich leid, mir Tote anzusehen«, sagte er gedehnt. Die aktuellen Untersuchungsberichte waren auf einem Klemmbrett befestigt, das in seinem Schoß lag. »Nach ein paar Tagen habe ich die Schnauze voll. Wenn es länger dauert, bekomme ich Magenschmerzen.«

Elaine reagierte nicht, sie kannte Strouts Art. Es hatte nichts mit ihr persönlich zu tun. »Ist das Arthur Wade?« fragte sie und wies auf das Klemmbrett.

Er nickte. Genug der Höflichkeiten. »Keine Überraschungen. Ich hatte auch keine erwartet. Die Todesursache war Ersticken, was üblich ist, wenn man aufgehängt wird. Muß ein paar Minuten gedauert haben. Der arme Mann. Eine verdammt lange Zeit, wenn man aufgehängt wird. He, soll ich Ihnen Wasser holen?«

»Nein, ich komm schon klar.«

Aber sie lehnte den Kopf gegen die Wand und schloß die Augen. Es war zuviel für sie. Sie ertrug es nicht, dazusitzen und zu hören, daß Arthur Wade eine »verdammt lange Zeit« aufgehängt gewesen war. Sie hatte Arthur an der Boalt nicht allzu gut gekannt, aber er schien ein wunderbarer Kerl gewesen zu sein. Und jetzt, vier Jahre später, bestand die einzige Zukunft, die er noch hatte, aus der Analyse seines Todes in der Schlinge eines Seils.

Und Chris Locke ... nein, fang nicht auch noch damit an, dachte sie. Laß es sein.

Einige Zeit war verstrichen. Strout kam mit einem Pappbecher mit lauwarmem Wasser zurück. »Wenn Sie sich einen Moment hinlegen wollen, in meinem Büro steht ein Sofa ...«

Sie konnte nicht anders. »Chris Locke ist da drin, nicht wahr?«

»Ja, Ma'am.« Strout sog zwischen zusammengepreßten Zähnen die Luft ein. »Manchmal ...« Seine Stimme, die plötzlich heiser klang, verstummte.

Sie verstand, was er unausgesprochen gelassen hatte, und war dankbar dafür.


Ins Büro mit dem uralten Schreibtisch, den Aktenordnern und dem Geruch von Papier und Staub zurückgekehrt, schloß sie hinter sich die Tür. In der Stunde, während sie im Leichenschauhaus gewesen war, hatte ihr jemand einen großen gelben Umschlag auf den Schreibtisch gelegt. Sie setzte sich, ließ die Akten zum Fall Arthur Wade neben sich auf den Boden fallen und öffnete den Umschlag.

Ein weiterer Abzug von Paul Westbergs Foto, das in den Zeitungen und überall sonst zu sehen gewesen war. Sie hatte es schon wieder in den Umschlag geschoben und wollte ihn eben in die Aktenmappe werfen, als sie innehielt. Etwas hatte ihre Aufmerksamkeit erregt. Sie zog das Foto wieder heraus.

Über den vielen Ereignissen der vergangenen Stunden hatte sie ganz vergessen, daß sie den Fotografen gebeten hatte – es war eine Bitte, keine Aufforderung gewesen –, ihr das andere Bild, das er entwickelt hatte, zu schicken. Das hatte er jetzt getan.

Es war, wie Westberg gesagt hatte, dem ersten Bild, das jeder kannte, sehr ähnlich, und er hatte auch recht damit gehabt, daß Kevin Shea auf dem ersten Bild ein bißchen besser zu erkennen sei. Man konnte verstehen, warum er das eine Bild genommen hatte und nicht das andere.

Aber irgend etwas an diesem zweiten Bild war merkwürdig. Sie nahm die Aktenmappe, suchte das erste Bild und hielt die Fotos nebeneinander. Ein Detail war ihr aufgefallen. Auf dem zweiten Bild war deutlich zu erkennen, daß *Arthur Wade* das Messer hielt, das sich auf dem anderen Bild in Kevin Sheas Hand befand.

Nun, viele Menschen, sogar anständige, trugen kleine Messer bei sich, auch sie hatte ein Taschenmesser in der Handtasche.

Mit geschlossenen Augen versuchte sie, sich die Szene vorzustellen. Die drohende Menschenmenge, in ihrer Mitte Shea, der Arthur, als der hilflos an dem Seil hing, ein Messer zwischen die Rippen stoßen wollte, Arthur, der das begriff, mit einer Hand hinunterlangte, ihm das Messer entriß … Ein letzter Augenblick des Kampfes, auf Westbergs Foto festgehalten.

Eine andere, unwahrscheinlichere, aber wohl ebenfalls mögliche Erklärung wäre, daß es Arthur gelungen war, nach dem eigenen Messer zu greifen, bevor sie ihn hochgezogen hatten. Vielleicht hatte er erkannt, daß seine einzige Überlebenschance darin bestand, das Seil durchzuschneiden. Shea hatte danach gegriffen, es ihm entwunden. Was nichts an den grundlegenden Tatsachen änderte, aber das Foto schlüssiger erklärte.

Und dann …

Wie eine Welle kam die Wut über sie, ließ sie erst zurückweichen, sich dann im Stuhl aufrichten. Sie starrte auf Kevin Sheas Gesicht, das vor lauter Anstrengung, ihren ehemaligen Kommilitonen nach unten zu ziehen, verzerrt war. Er hatte die Ereignisse ins Rollen gebracht, die Chris Locke, ihren Chef, ihren Geliebten getötet hatten …

Es war unerträglich, daß dieser Mensch, dieser fanatische Schuljunge aus den Südstaaten, noch frei herumlief. Ihre Mutter hatte recht, genau wie der Stadtrat, der Bürgermeister und sogar Philip Mohandas. Ein einziger Mann war für alles verantwortlich. Auch wenn es tatsächlich einen Mob gegeben hatte: Dieser Mann hatte ihn angeführt. Er allein war schuld an der Katastrophe, die die Stadt in die Knie zwang. Er mußte gefaßt werden, und zwar sofort. Erst dann würde dieser Wahnsinn aufhören. Sie mußten ihn finden.

Elaine stemmte sich vom Schreibtisch hoch. Sie würde dafür sorgen, daß die Menschen das ebenfalls so sahen, mußte ihnen dasselbe Gefühl bezüglich Kevin Shea und seiner Tat vermitteln, das sie empfunden hatte.

Dienstwege und Hierarchien kümmerten sie nicht. Elaine wußte um ihre Sonderstellung. Sie konnte die normalen Wege umgehen, sich direkt an die Menschen wenden. Mochte Art Drysdale sie auch zurechtweisen, es wäre keine Zurechtweisung mit Folgen. Niemand konnte ihr etwas anhaben. Nicht in dieser Situation.

Die Stadt hatte den Reportern im Justizgebäude zwei Räume zur Verfügung gestellt, einen für die Printmedien, einen für Rundfunk und Fernsehen. Sie lagen in der dritten Etage, direkt neben den Milchglastüren, die zu dem Flur führten, auf dem sich die Staatsanwaltschaft befand. Beide Räume waren in der Regel zum Bersten gefüllt. Jetzt lagen auf den Tischen im Gang Kaffeebecher, Donuts und halb aufgegessene Sandwiches.

Während der vergangenen Tage hatten Elaine und die meisten anderen Staatsanwälte diesen Flur gemieden, um den Schwärmen der aufdringlichen Journalisten zu entgehen, die sich in einem ständigen Futterwahn auf alles stürzten, was für sie irgendwie von Nutzen zu sein schien. Alle Kollegen hatten die kleinen Seitenaufgänge, welche die Etagen des Justizgebäudes miteinander verbanden, benutzt.

Mit deutlich sichtbarer Wut, die die Müdigkeit in ihrem Gesicht überdeckte, stand Elaine mitten im großen Ratssaal und legte einen Köder aus.

»Das glaube ich nicht.«

»Ich schon«, erwiderte Wes Farrell unbewegt. Er trug Khakishorts und ein T-Shirt mit der Aufschrift ›Ich scher mich einen Dreck um die Oberliga-Sch…‹. Seine nackten Füße lagen auf einem Milchkasten, er hielt wieder eine Bierdose in der Hand, und Bart hatte die Schnauze in seinen Schoß gebettet.

Sie verfolgten gespannt das Live-Interview mit Elaine Wager.

»So machen die das. Sie bringen es ins Fernsehen, und es wird zur Tatsache.«

»Wie haben sie das alles herausgefunden?« flüsterte Kevin. In normaler Lautstärke zu sprechen, bereitete ihm Schmerzen. Er hatte den Eindruck, daß er immer schwächer wurde, anstatt sich besser zu fühlen. In seinem linken Arm spürte er ein stetes Pochen, und bei jedem Atemzug stachen ihm die Rippen ins Fleisch. Als er aufgewacht war, waren sich alle einig gewesen, daß er ein Bad brauche. Also hatte er gebadet, aber das schien nur bewirkt zu haben, daß alles noch mehr schmerzte.

Er trank von seinem Kaffee. »Was redet die nur? Labil? Verzweifelt über den Tod seines Bruders? Imstande, alles zu tun? Wo hat sie den Quatsch her?«

Melanie räumte gerade das Zimmer auf – die Macht der Gewohnheit. Sie hatte zwei Ladungen Geschirr abgespült und anschließend Zeitungen gestapelt und sortierte soeben die Taschenbücher in dem Regal aus Ziegelsteinen und Brettern, alphabetisch, nach Autoren geordnet. Sie hielt inne.

»Cindy«, sagte sie. Zu Wes gewandt, erläuterte sie: »Eine von Kevins ehemaligen Eroberungen, die weniger gut hingehauen hat.« Aber dann, während sie hinter Kevin trat und ihm von oben einen Kuß auf den Kopf drückte, schwächte sie ihre Worte schnell ab: »Das war uns allen eine Lehre.«

Im Fernsehen beantwortete die empörte Elaine eine weitere Frage: »Die Tatsache, daß er sich noch immer nicht mit den Behörden in Verbindung gesetzt hat, spricht eindeutig dafür, daß er keine vernünftige Erklärung hat. Wir gehen weiterhin davon aus, daß er gefährlich ist …«

In sich zusammengesunken sagte Kevin: »Klar, eine ernsthafte Bedrohung.«

»... und ich bitte jeden, der glaubt, Mister Shea gesehen zu haben, dringend, sich unverzüglich mit der Polizei oder der Staatsanwaltschaft in Verbindung zu setzen.«

Farrell schüttelte den Kopf. »Ah, die süße Stimme der Vernunft ...«

»Ich muß mich stellen«, sagte Kevin.

»Du mußt dich stellen? Warum? Siehst du nicht, was da draußen passiert, Kevin? Hast du nicht zugehört? Wir müssen uns mal ernsthaft unterhalten, du und ich.«

Die Kameras zeigten jetzt ein anderes Bild. Farrell stellte über die Fernbedienung lauter. Ein Mann, der regelrecht verboten aussah, stand auf dem Treppenabsatz vor dem Justizgebäude, hatte den Kragen seiner Jacke zum Schutz gegen den Wind aufgestellt. Offenbar war er über die Kameras und Mikrofone, die ihm vor das Gesicht gehalten wurden, nicht sonderlich erfreut.

Der Sprecher erklärte gerade, daß »... Lieutenant Abraham Glitsky, Leiter des Morddezernats, sich offensichtlich nicht so sicher ist wie Miss Wager«.

Glitsky sagte knapp: »Wir sammeln weiterhin Beweise. Wir versuchen, die Wahrheit herauszufinden. Das ist alles, was ich dazu sagen kann.« Er versuchte, sich einen Weg durch die Menge zu bahnen, aber der Journalist stand schon wieder vor ihm. »Aber sollten Sie sich nicht auf Kevin Shea konzentrieren, Lieutenant? Jetzt, da der Bürgermeister die Belohnung aufgestockt hat und ...?«

Die Kamera fuhr näher heran, und Glitsky sagte: »Shea ist ein Verdächtiger. Wir wollen ihn befragen, seine Version hören. Punkt.«

»Seine Version? Aber Miss Wager sagt ...«

»Miss Wager macht ihre Arbeit und ich meine. Ich sammle Beweise.«

»Haben Sie denn keinen Beweis?«

»Kein Kommentar.«

»Was ist mit dem Foto?«

Glitsky schien einen Moment über die Frage nachzudenken. »Fotos kann man interpretieren. Wenn Sie mich jetzt durchlassen würden ...« Er schob das Mikrofon zur Seite und drängte sich an den Journalisten vorbei durch die Schwingtüren des Justizgebäudes.

Als die Werbung einsetzte, schaltete Wes Farrell den Fernseher aus. Während er mit einer Hand Barts Ohren kraulte, drehte er mit der anderen die leere Bierdose auf der Lehne des Futons hin und her. Plötzlich fluchte er.

»Was ist?«

Wes wandte sich zu Kevin. »Glitsky.« Er machte eine Geste zum Fernseher. »Dieser Typ.«

»Was ist mit ihm? Kennst du ihn?«

»Wir hatten mal miteinander zu tun.«

Melanie trat vor ihn. »Warum stört dich das? Für mich hörte er sich an, als sei er nicht sicher ...«

»Du hast es erfaßt. So hat er sich angehört.«

Kevin setzte sich auf. »Und was heißt das?«

»Das heißt«, antwortete Wes, indem er sich ebenfalls aufrichtete, »daß wir eine Chance haben. Wir haben *ihn*. Wenn wir mit ihm reden, hört er uns vielleicht sogar zu.«

»Du meinst, du wirst ...?« Melanie sah kurz zu Kevin, der eine Hand hob, um sie zu bremsen.

Im Zimmer war es still. Wes drehte die Bierdose noch ein bißchen hin und her.

»Heißt das, daß du helfen wirst?« fragte Melanie.

Wes sah Kevin an. »Kevin, wenn herauskommt, daß du doch auch nur das Geringste damit zu tun gehabt hast, werde ich dich umbringen. Ich werde dich mit meinen eigenen Händen *umbringen*. Ich werde dich wie ein tollwütiges Tier jagen und dich töten, langsam und schmerzhaft. Habe ich mich klar genug ausgedrückt?«

»Ich habe nichts damit zu tun«, gab Kevin zur Antwort.

Wes fluchte, schüttelte den Kopf, nippte an der leeren Bierdose. »Das will ich dir auch geraten haben.«

# 42

Prüfend betrachtete Glitsky das zweite Foto und ging im Kopf einige Fragen dazu durch. Im Morddezernat herrschte eine himmlische Ruhe – der Raum war leer. Carl Griffin hatte die Nachricht hinterlassen, daß er zur Befragung eines potentiellen Opfers einer Messerstichwunde gefahren sei. Gut. Glitsky hatte noch keine weitere plausible Erklärung für die Schnitte und Verbände gefunden. Aber sie waren da, und irgend etwas hatte sie verursacht, vielleicht ein Messer. Die Bekannte seines Vaters, Rachel, hatte ein Messer erwähnt, und auf beiden Fotos war ein Messer zu erkennen. Solange er nicht wußte, was es mit diesem Messer auf sich hatte, war das Bild nicht vollständig, wußte er nicht mit Sicherheit, was geschehen war. Die Herkunft des Messers zu kennen, würde helfen. Noch keine Rückmeldung von Banks oder Lanier.

Das Telefon klingelte. »Morddezernat, Glitsky.«

»Ashland, Hardy.«

Der Lieutenant schob seinen Stuhl zurück und legte die Füße auf den Schreibtisch. Dismas Hardy, sein bester Freund, rief aus Oregon an. »Mir hat deine Nachricht gefallen«, fuhr die Stimme fort.

Glitsky hatte nur »Hardy, ruf mich an« auf das Band gesprochen.

»Meine Lieblingsstelle ist die, an der du die gekünstelte Stimme des Duke of Earl nachahmst. Viele ältere Leute können gar nicht mehr so hoch sprechen. Ich fand dich großartig.«

Glitsky griff sich die Teetasse und trank einen Schluck. »Du hast ein gutes Wochenende zum Verreisen gewählt«, sagte er. »Wie sieht's da oben aus?«

»In Ashland? Ganz gut. ›Der Sturm‹ war fürchterlich, der Spätburgunder ist okay, und Oregon ist schön. Frannie läßt dich grüßen.«

»Weißt du, daß hier die Welt, wie wir sie kennen, untergeht?«

»Ich habe Gerüchte gehört, aber alles ist noch nicht bis hierher vorgedrungen.« Dann ernster: »Wie geht es dir?«

»Wenn ich etwas Zeit habe, werde ich mich das auch fragen, und du wirst der erste sein, der es erfährt. Hast du die Sache mit Locke gehört?«

»Ich habe mich gefragt, ob das der Lichtblick sei, von dem soviel geredet wird.« Hardy und Locke hatten beruflich auf verschiedenen Seiten gestanden. Locke hatte ihn aus der Staatsanwaltschaft rausgeworfen, und Hardy hatte Locke bloßgestellt, als er in ein paar wichtigen Mordprozessen, bei denen Locke die Anklage geführt hatte, die Angeklagten erfolgreich verteidigt hatte. Locke und Hardy hatten einander nicht ausstehen können. »Es wäre eine Lüge, wenn ich sage, daß mir diese Nachricht das Herz bricht, aber ich habe ihm nicht den Tod gewünscht, Abe. Dazu kenne ich ihn zu gut.«

»Ich weiß, Diz. Der Gedanke ist mir auch schon gekommen. Ich habe die Kinder mit Dad weggeschickt.«

»Ist es so schlimm?«

»Solange wir noch Wasser haben, werden wir überleben. Aber es sieht aus, als stünde die halbe Stadt in Flammen, und von mir wird erwartet, daß ich die Feuer lösche.«

»Brauchst du Hilfe? Ich meine, persönlich? Kommst du klar?«

»Ich laß mich nicht unterkriegen. Hab' schon bessere Zeiten gesehen.«

»Du läßt es mich wissen. Hinterlaß eine deiner geistreichen Nachrichten. Wir würden notfalls nach Hause kommen.«

»Soweit ist es noch nicht.«

»Na gut, aber wenn …«

»Ich habe verstanden. Danke. Gib deiner Frau einen Kuß von mir.«

»Okay. Wohin?«

Glitsky mußte glucksen und legte lieber auf.

Im Lauf der vergangenen vierzig Stunden hatte das Büro von Polizeichef Rigby die Atmosphäre eines Krisenstabzimmers angenommen. Man hatte zwei Tische hineingetragen und aneinander gestellt, auf denen jetzt ein großer Stadtplan von San

Francisco lag. Ein halbes Dutzend Mitarbeiter lief herum und plazierte an verschiedenen Stellen Stecknadeln, zog andere wieder heraus oder griff nach einem der klingelnden Telefone.

Draußen, vor den Fenstern, zog der Rauch in Richtung Süden ab. Glitsky wußte, daß es ein kalter, dünner Schleier von Rauch war, der einem in den Augen brannte. In unregelmäßigen Abständen brach die Nachmittagssonne durch. Es war Sommer, und das Leben hätte unbeschwert sein sollen …

Rigby stand hinter seinem Schreibtisch und führte ein ernstes Gespräch mit Alan Reston, einem Mann, von dem Glitsky wenig mehr wußte, als daß er ein Politiker aus Sacramento mit großen Ambitionen war. Als stellvertretender Generalstaatsanwalt hatte er Abe ein paarmal als Anstandsdame begleitet, als der in der Landeshauptstadt gewesen war, um mit der Legislative über das eine oder andere Gesetz im Strafrecht zu diskutieren. Reston war überaus höflich, drückte sich sehr gewählt aus und war etwa so groß wie Glitsky, aber mindestens fünf Jahre jünger. Jetzt stand er hier, in Rigbys Büro, in Anzug und Krawatte. Glitsky hatte keine Ahnung, was das bedeutete. Man hatte ihn jedenfalls für ein paar Minuten hergebeten, als er gerade das Gespräch mit Dismas Hardy beendet hatte. Und wenn Rigby nach ihm rief, kam er.

Glitsky klopfte, als er in der offenen Tür stand, und ging um die beiden Tische herum zum Schreibtisch des Polizeichefs. »Sir?« sagte er. Dann zu Reston: »Alan.«

»Gut, daß Sie kommen, Abe«, sagte Rigby. Reston nickte kaum sichtbar, was Abe ein bißchen merkwürdig fand, aber es waren harte Zeiten. Die Leute waren nicht sie selbst. »Lassen Sie uns einen Moment hinausgehen, damit wir uns in Ruhe unterhalten können.«

Wortlos traten sie auf den Flur, Rigby voran, Reston zuletzt, gingen an ein paar Türen vorbei und in einen leeren Befragungsraum.

Ohne Vorrede drehte sich Rigby um und trat vor Glitsky: »Dies ist eine freundliche Unterhaltung, keine Zurechtweisung, wenigstens zu diesem Zeitpunkt nicht. Ich möchte, daß Ihnen das klar ist, Abe.«

Glitsky schluckte. Freundliche Unterhaltungen, die auf diese Weise begannen, gehörten nicht zu seinen Lieblingsgesprächen.

Auch Reston war herangetreten. Rigby sah zu ihm. »Ich glaube, Sie kennen Mister Reston, unseren neuen Bezirksstaatsanwalt.«

»Sicher, aber ich wußte nicht ...« Er streckte die Hand aus. »Herzlichen Glückwunsch, Alan.« Der Handschlag war oberflächlich. Glitsky wandte sich wieder Rigby zu. »Ist irgendwas nicht in Ordnung? Worum geht es?«

»Es geht um Nachrichtensendungen im Fernsehen«, erwiderte Rigby. »Insbesondere darum, daß Sie darin vorkommen.«

»Ich war nicht ...«

Der Polizeichef unterbrach ihn mit einer Handbewegung. »Ich weiß Bescheid. Wir haben gesehen und gehört, was Sie sagten. Ich habe ein Videoband bestellt, falls Sie es sehen möchten. Sie wissen, daß wir jemanden für die Öffentlichkeitsarbeit haben, Abe. Jemanden, der dafür bezahlt wird.«

»Ich bin mir immer noch nicht sicher, ob ich weiß, was ich getan habe.«

Rigby sagte es ihm: »Sie haben öffentlich unsere abgeschlossenen Ermittlungen in Frage gestellt. Der Mann ist angeklagt.«

»Bei allem Respekt, Sir. Irgendein Journalist hat mir ein Mikrofon unter die Nase gehalten, und ich glaube, ich habe gerade mal zwanzig Worte gesagt.«

»Achtzehn zuviel«, warf Reston ein.

»Der Bezirksstaatsanwalt hat recht«, sagte Rigby. Glitsky registrierte den offiziellen Tonfall und begriff, daß auch Rigby nur benutzt wurde. Offenbar standen Jobs auf dem Spiel, vielleicht auch der, für den der Polizeichef sein ganzes Leben lang gearbeitet hatte. Okay, wenn sie es so haben wollten. »Die richtige Antwort«, fuhr Rigby fort, »lautet: kein Kommentar.«

»Das sagte ich, wenn ich mich recht erinnere.« Doch Glitsky wußte, daß er gegen solche Vorwürfe keine Chance hatte. Je mehr er abstritt, etwas falsch gemacht zu haben, desto mehr war das Beleg dafür, daß er es getan hatte.

Reston sprach wieder. »Ich weiß, das hört sich an, als wären wir zwei Dickköpfe, Lieutenant.« In Sacramento war Glitsky Abe gewesen und Reston Alan. Die Situation hatte sich eindeutig geändert. »Aber es sind auf vielen Ebenen große Anstrengungen unternommen worden, um eine ... eine einheitliche Linie zu schaffen und die Lage in den Griff zu bekommen. Wir möchten die Dinge nicht komplizierter machen, als sie ohnehin schon sind.«

»Für mich ist das nicht kompliziert«, sagte Glitsky. »Aber ich muß wohl einige grundlegende Tatsachen hinsichtlich der Beweise, die uns vorliegen, noch nicht zur Kenntnis genommen haben ...«

»Die Tatsachen sind im Moment nicht das Thema«, sagte Rigby.

»Das höre ich immer wieder. Aber mich würde es interessieren, was der Bezirksstaatsanwalt dazu sagt, wenn er Kevin Shea erst den Prozeß macht.«

»Bis *dahin* werden wir alle Tatsachen haben ...«

Glitsky wollte die Sache nicht auf die Spitze treiben. Er brauchte seinen Job und hatte außerdem das Gefühl, daß er ihn gut erledigte. »Dann lassen Sie uns hoffen, daß es die richtigen sind«, sagte er ruhig.

Reston schien davon überzeugt zu sein. Vielleicht wollte er sich ebenfalls nicht streiten. Noch nicht. »Es werden die richtigen sein«, erwiderte er.

Nachdem er sein Anliegen mitgeteilt hatte, mußte Rigby sich wieder um andere Dinge kümmern. »Nur damit das klar ist, Abe. Diese ganze Sache läuft auf einer höheren Ebene ab als auf Ihrer und meiner. Die Öffentlichkeit braucht ...«

Glitsky half ihm aus: »Die richtige Auslegung?«

»Von mir aus. Die richtige Auslegung. Was auch immer.«

Restons Lächeln schien jetzt aufrichtig zu sein. Er streckte seine Hand aus, und diesmal griff er fest zu. »Ich wußte, daß Sie das verstehen, Abe. Wir dürfen uns einfach keine Fehler erlauben. Shea ist der Böse, und wir wollen es dabei belassen. Im Moment ist das die beste Lösung für diese Krise. Er hat es getan. Wir kriegen ihn, er wird verurteilt ... ist schuldig ..., und die Stadt kann den Heilungsprozeß einleiten.«

Glitsky bemühte sich, keine Miene zu verziehen. Er sah seinen Chef an, dann den neuen Bezirksstaatsanwalt. Zu beiden sagte er: »Sie haben recht. Kein Problem.«

Glitsky stand neben John Strout in der kühlen Luft des gerichtsmedizinischen Labors und zitterte. Vor ihnen lag auf einer Bahre, zum größten Teil von einem Tuch bedeckt, die Leiche des ermordeten Christopher Locke. Nur der Kopf sah hervor. Strout, der Handschuhe trug, legte eine Hand in den Nacken der Leiche und hob den Kopf ein paar Zentimeter an. »Hier hinten«, sagte er.

Glitsky zwang sich hinzuschauen. Es war ein kleines, sauberes und rundes Loch schräg unterhalb von Lockes linkem Ohr. Man hätte es vielleicht gar nicht bemerkt, wenn Strout nicht an dieser Stelle die Haare wegrasiert hätte. Glitsky konzentrierte sich darauf und versuchte, der Leiche nicht in das Gesicht zu sehen. Er wollte nicht den Menschen darin erkennen, mit dem er sich unterhalten und gelegentlich gescherzt hatte, auch wenn er ihn nicht besonders gemocht hatte. Es gelang ihm nicht.

»Gibt es irgendwas Merkwürdiges?« fragte er. »Irgendwas, das Sie nicht erwartet haben?«

Strout zuckte mit den Schultern. »Eigentlich nicht. Warum?«

»Nur so. Die Macht der Gewohnheit. Vielleicht bin ich einfach nur in der Stimmung für was Merkwürdiges.«

»Ja, ich weiß, was Sie meinen.« Strout bettete den Kopf zurück, zog das Tuch aber noch nicht wieder darüber. Statt dessen drehte er ihn auf die Seite, so daß das Loch nach oben zeigte, und beugte sich darüber. »Die Pulververbrennungen sind so, wie man es erwarten muß, vielleicht ein bißchen stark …«

»Glas?« Weil Strout ihn fragend ansah, erklärte Glitsky: »Von der Scheibe des Wagenfensters? Befanden sich Splitter um die Wunde herum?«

Der Arzt schüttelte den Kopf. »Bruchsicher. Es ist ein Dienstfahrzeug. Viele Splitter kann man da nicht erwarten. Die mikroskopischen Untersuchungen sind bald fertig. Sie werden uns darüber Aufschluß geben können. Wollen Sie auf irgend etwas hinaus?«

Glitsky richtete sich wieder auf. »Nichts Bestimmtes. Ich tappe im dunkeln, John, ziehe an jedem Strohhalm, den ich finde, und prüfe, ob er vielleicht einen Sinn ergibt. Um die Wahrheit zu sagen: Ich glaube, ich bin in letzter Zeit ein bißchen überarbeitet. Und mein Wohlbefinden bessert sich nicht unbedingt, wenn ich einem Menschen, den ich kannte, als Leiche wiederbegegne.«

Auch Strout richtete sich auf. Er zog das Laken über Lockes Gesicht. »Diesen Weg gehen alle«, sagte er mit seinem starkem Südstaatenakzent. »Finden Sie nicht, daß es hier drin ein biß-chen kalt ist?«

Er ging voraus in sein Büro, einen großen quadratischen Raum. An den Wänden befanden sich Bücherregale und Glasvi-trinen, in denen verschiedene altertümliche Folterinstrumente ausgestellt waren. Auf dem Weg zu seinem Schreibtisch blieb er stehen, um den Staub von einer mit Nägeln versehenen Keule zu pusten, die ein Piedestal zierte. »Heute morgen war eine Staats-anwältin hier. Die Dame, die die Arthur-Wade-Sache bearbeitet. Sie war in einem schlimmen Zustand.«

»Elaine Wager?«

Strout nickte. »Als ich anfing, über die Todesursache – Er-sticken – und all das zu sprechen, wurde sie so weiß wie die Wand.« Er erlaubte sich ein Lächeln. »Soweit ihre Gene das er-lauben. Nur eine Redensart.«

Glitsky nickte. »Haben Sie irgendwelche Wunden an Arthur Wade gefunden, die von einem Messer stammen könnten?«

Strout, der inzwischen an seinem Schreibtisch Platz genom-men hatte, überlegte einen Moment. »Wunden von einem Mes-ser an Arthur Wade? Nein. Abschürfungen von dem Seil, Haut-risse, Kratzer, aber nichts, das wie ein Messerschnitt oder ein Stich aussieht.« Er blickte auf. »Noch ein Strohhalm?«

»Ja.«

»Haben Sie etwas gegen einen Ratschlag, Abe? Gegen ein Re-zept für ein bißchen Seelenfrieden?«

»Nein.«

Der Gerichtsmediziner faltete die Hände. »Ziehen Sie weiter an den Strohhalmen«, sagte er. »Man weiß ja nie.«


»Morddezernat, Glitsky.«

»Lieutenant Glitsky, Wes Farrell am Apparat. Ich bin An-walt.«

»Sicher, Mister Farrell, ich weiß, wer Sie sind. Wie kann ich Ihnen behilflich sein?«

»Ich möchte mich mit Ihnen über Kevin Shea unterhalten.«

Glitsky sprang auf, schnippte mit den Fingern und versuchte, die Aufmerksamkeit seiner Leute draußen im Morddezernat zu erregen, damit jemand ans Telefon ging und das Gespräch nach Möglichkeit aufzeichnete oder wenigstens mithörte. Obwohl er sich zu erinnern glaubte, daß an einem der Schreibtische einer der Inspectors gesessen hatte, als er von Strout zurückgekommen war, sah er durch die Türöffnung niemanden. Kein Mensch in Sicht. Er setzte sich wieder.

»Sie vertreten Shea?«

»Ich glaube, ich weiß, wo er ist.« Eine Pause. Farrell nuschelte, als habe er getrunken. Glitsky blickte auf die Uhr an der Wand. Nein, das war unwahrscheinlich um drei Uhr nachmittags. Trotzdem …

Die Stimme fuhr fort: »Ich stehe mit ihm in Verbindung. Er hat große Angst und hätte gern ein paar Zusagen, bevor er sich stellt. Er möchte, daß man seine Geschichte anhört.«

»In Ordnung, Mister Farrell, ich möchte sie hören.«

»Wo kann ich Sie treffen?«

»Wo sind Sie? Wollen Sie zum Justizgebäude kommen?«

Wieder eine lange Pause. Der Hörer wurde offenbar abgedeckt, und Glitsky hörte eine Unterhaltung im Hintergrund. Shea war bei ihm. Ein Königreich für ein angezapftes Telefon, dachte er.

»Lieutenant?«

»Ich bin da.«

»Ich würde es vorziehen, wenn nur wir beide, Sie und ich, uns träfen.«

»Wird Shea bei Ihnen sein?«

»Nein, ich komme allein.«

Glitsky würde Farrell nackt auf der Spitze des Coit-Turms treffen, wenn es ihn an Kevin Shea heranbrächte. »Kennen Sie Lou den Griechen? Das Lokal hier, gleich auf der anderen Straßenseite im Souterrain?«

Farrell nuschelte wieder. Vielleicht hatte der Typ einen Sprachfehler. »Lou, den Griechen? Früher wurde mir meine Post dorthin zugestellt.«

»Sagen wir, in einer Stunde?«

»In einer Stunde.«

»Mister Farrell?«

»Ja?«

»Fahren Sie bitte vorsichtig.«

Glitsky schob die Berichte seiner Kollegen und die der Gerichtsmedizin auf seinem Schreibtisch herum. Er war schon lange Zeit in diesem Geschäft und glaubte, einen ziemlich guten Riecher für den Moment entwickelt zu haben, in dem sich die Dynamik eines Falls änderte. Man bekam das Gefühl, daß es endlich vorwärts ging. Dieses Gefühl hatte er jetzt.

Er stellte fest, daß Rigby und der neue Bezirksstaatsanwalt Reston ihm in gewisser Weise einen Gefallen getan hatten, als sie ihn daran erinnerten, daß seine Rolle genau definiert und eingeschränkt war: Er sollte einen Mordverdächtigen herbeischaffen. Punkt. Er mußte ihn finden und herbringen, hatte dieselbe Aufgabe wie Tommy Lee Jones in ›Auf der Flucht‹ (Glitskys liebte den Moment in diesem Film, in dem der fliehende Richard Kimble zuletzt an der Kante eines hohen Wasserfalls steht und zu Tommy Lee Jones sagt: »Ich bin unschuldig«. Und Jones – mehr als cool – antwortet: »Ist mir egal.«)

Dieser Moment war nun gekommen. Okay. Laß die Zusammenhänge beiseite. Sammle die Beweise, wie sie kommen, sei flexibel, wenn sich die Dinge ändern. Im Augenblick bestand seine Aufgabe nur darin, Kevin Shea in eine Zelle zu bringen.

Er war noch immer nicht vollständig davon überzeugt, daß sich Lorettas Theorie bewahrheiten und Sheas Festnahme die tosenden Wogen glätten würde. Aber die entfernte Möglichkeit, daß sie recht haben könnte, rechtfertigte den Versuch.

Er würde sich bei Farrell strikt an die Regeln halten, würde fair sein, mit niemandem darüber sprechen, ihn allein treffen. Abgemacht war abgemacht. Er war einigermaßen sicher, daß Farrell keine Spielchen spielte, auch wenn er vielleicht nicht nüchtern war. Es hatte sich vernünftig angehört. Farrell war ein Anwalt, der seinen Mandanten schützte, und das war in Glitskys Job nichts Ungewöhnliches. Wenigstens in diesem Stadium nicht.

Er machte Shea keine Vorwürfe, sich einen Anwalt genommen zu haben. Zweihunderttausend Dollar waren sicher für viele Grund genug, über ihn herzufallen. Und dann waren da noch mal einhunderttausend Dollar, dazu Philip Mohandas kaum verhohlene Botschaft, man solle Shea, falls nötig, eben umbringen. Shea wußte, daß es hinterher für jeden ein Kinderspiel wäre, einen Fluchtversuch oder Notwehr als Rechtfertigung dafür anzugeben, Shea umgelegt zu haben.

Nun würde sich also alles klären, vielleicht schon heute abend. Die Jungs waren mit seinem Vater in Monterey und außer Gefahr. Die Stadt würde langsam wieder zur Tagesordnung übergehen, und Abe Glitsky könnte sich auf ein ruhiges Wochenende freuen und etwas Schlaf nachholen, was dringend notwendig war. Vielleicht auch andere Dinge.

Er nahm den Hörer ab und wählte. Sie antwortete beim zweiten Klingelton. Ihrem Tonfall nach zu urteilen, war sie erleichtert, von ihm zu hören, als hätte sie schon damit gerechnet, daß er nie mehr anrufen würde.

Sie werde in ihr Büro im Rathaus fahren. Ob er ihre Nummer habe? Sie könne nicht länger in ihrem Haus bleiben. Sie sei nach San Francisco geflogen, stimmte Abe zu, um etwas zu ändern, und auch wenn sie der Tod von Chris Locke erschüttert habe, müsse sie wieder zurück an die Arbeit – die Menschen bräuchten sie. Sie müsse versuchen, den Einfluß, den sie habe, zu nutzen, sich mit Vertretern beider Seiten treffen, brauchbare Lösungen finden und die Friedensstifterin spielen.

Würde Abe bitte daran denken, bei Elaine vorbeizuschauen? Sie habe es den ganzen Tag nicht geschafft, sie zu erreichen, und sei krank vor Sorge.

Er ließ sie weitersprechen, bewunderte ihre Stärke. Eine starke Frau mit einem wichtigen Ziel. Ein berauschender, aber irgendwie naheliegender Gedanke: Er war ihre Verbindung zur Außenwelt, sie seine Rettung.

Vielleicht könne es ihr bei all dem helfen, sagte er, wenn sie wisse, wie nah sie vor der Lösung stünden. Sie könne den Menschen versichern, daß Shea bald in Gewahrsam sei. Er treffe Sheas Anwalt Farrell bei Lou, dem Griechen, sie würden die Einzelheiten besprechen, wann und wo Shea sich stellen würde. In wenigen Stunden, höchstens einem Tag sei alles erledigt.

Sie sagte ihm, daß dies wunderbare Neuigkeiten seien.

Ob er wohl anschließend Gelegenheit habe, auf dem Heimweg in ihrem Büro im Rathaus vorbeizuschauen? Selbst wenn es nur für ein paar Minuten sei. Sie wisse nicht, wie sie ihre Gedanken einschätzen solle, ihre Gefühle zu ihm, die Frage, was geschehen werde. Sie müsse unbedingt mit ihm reden. Sie brauche ihn.

## 43

Art Drysdale war eben von seinem Schreibtisch aufgestanden, um sich auf den Weg zu Elaine Wager zu machen und sie für den Rest der Woche zu beurlauben, als er die Neuigkeit von Alan Restons Ernennung zum Bezirksstaatsanwalt erfuhr. Über seine Verbindungen zu einem Fernsehsender hatte er schon bald von Elaines erneuter Kurzschlußhandlung gehört. Er war zu dem Schluß gelangt, daß ihre Unberechenbarkeit nicht in dem immensen Druck begründet lag – zum Teufel, alle hier standen im Streß –, sondern darin, daß sie mit diesem Druck nicht richtig umging.

Ob sie nun die Tochter einer Senatorin war oder nicht – sie würde sich freinehmen und darüber nachdenken müssen, worin ihre Aufgabe hier tatsächlich bestand. Zuerst ließ sie Jerohm Reese verhaften. Dann referierte sie vor den Medien über Kevin Shea, als ob sie die offizielle Sprecherin der Bezirksstaatsanwaltschaft wäre. Als nächstes ... Das war der springende Punkt, dachte Drysdale. Man konnte einfach nicht voraussagen, was sie als nächstes tun würde. Er wollte sie nach Hause schicken, damit niemand sonst sich diese Frage stellte.

Doch da war der Anruf aus dem Büro des Bürgermeisters gekommen. Eigentlich keine Überraschung, denn die Stelle des Bezirksstaatsanwalts war letztlich eine politische Position und Drysdale in erster Linie Verwaltungsspezialist – trotzdem empfand er die Geschwindigkeit, mit der der vakante Posten wiederbesetzt worden war, und die Wahl, die der Bürgermeister getroffen hatte, als beunruhigend.

Also hatte Drysdale einige Minuten dagesessen und mit Baseball-Bällen jongliert, während er auf die Ankunft seines neuen Vorgesetzten gewartet hatte. Dann war er aufgesprungen und doch noch zu Elaine Wagers Büro gegangen. Die Tür war geschlossen gewesen. Er hatte angeklopft, war eingetreten und hatte Elaine auf dem Boden, in der Ecke sitzend, die Beine an den Körper gezogen, vorgefunden. Das Gesicht, das zu ihm aufgeschaut hatte, war verquollen und blaß.

Drysdale war zum Waschraum gegangen, um eine Handvoll feuchter Papiertücher zu holen. Als er zurückkam, saß Elaine wieder im Stuhl hinter ihrem Schreibtisch. Er setzte sich wortlos an den Schreibtisch ihr gegenüber, während sie sich das Gesicht abwischte, die Nase putzte, wieder zu sich kam. Tut mir leid, sagte sie. Er hatte verstanden. Schon gut. Sie wechselten ein paar Worte. Und noch ein paar.

Eine halbe Stunde danach klopfte Glitsky an die Tür. Sie saßen noch immer an den beiden Schreibtischen und unterhielten sich in aller Ruhe, als befänden sie sich in ihrem gemeinsamen Büro bei der Arbeit. Drysdale stand auf, ging die zwei Meter um den Schreibtisch herum zur Tür und öffnete sie ein paar Zentimeter. Als er sah, wer es war, drehte er sich um und sah Elaine fragend an. Sie nickte, er solle ihn hereinlassen. Der Lieutenant hatte ein schickes Sakko an und sah aus, als hätte er gleich noch eine Verabredung. Er hielt einige Aktenordner in der Hand.

»Wenn ich störe ...« Er sah Elaine an.

»Kommen Sie herein. Nehmen Sie sich einen Stuhl.« Drysdale schloß die Tür.

»Die suchen Sie überall, Art. Ich glaube, Sie sind in der letzten halben Stunde mindestens zehnmal ausgerufen worden.«

»Ja, das kann ich mir gut vorstellen. Wahrscheinlich denken sie, ich hätte mich aus dem Staub gemacht.«

»Haben Sie von der Sache mit Reston gehört?«

Elaine wurde wieder lebendig. »Alan Reston? Was ist mit ihm?«

Drysdale sah zu ihr hinüber. Sie hatten sich über persönliche Dinge unterhalten, und er war noch nicht auf die neue Hierarchie zu sprechen gekommen.

»Ach ja, richtig, ich ...«

»Sie kennen ihn?« unterbrach Glitsky.

Sie nickte. »Einer von ... einer von Moms Leuten. Sein Vater hat Geld ...«

»Außerdem«, fügte Drysdale hinzu, »ist er Ihr neuer Chef.«

Das verschlug ihr einen Moment lang die Sprache. »Wie meinen Sie das?«

Nachdem Drysdale es ihr erklärt hatte, sah Glitsky auf die Uhr und sagte, er habe einen Termin. Loretta mache sich Sorgen, ob Elaine sie bitte anrufen würde? Sie sei drüben im Rathaus.

Elaine nickte.

Glitsky sagte: »Ich wollte mich außerdem bei Ihnen entschuldigen.«

»Weshalb?«

»Offenbar sind unsere kleinen Interviews unmittelbar hintereinander gesendet worden, so daß der Eindruck entstand, ich sei der Meinung, Sie hätten unrecht. Das habe ich aber nicht gemeint.« Er hielt inne. »Ich habe das gemeint, worüber wir uns heute morgen unterhalten haben. Daß wir es einfach noch nicht wissen.«

»Ist schon in Ordnung«, entgegnete sie. »Heute scheint ohnehin alles, was ich getan habe, falsch gewesen zu sein, nicht wahr, Art?«

Achselzuckend gab Drysdale zu, daß daran vielleicht etwas Wahres sei. Ein wenig geheimnisvoll fügte er hinzu: »Nicht, daß Sie keinen Grund hätten.«

»Gründe zählen nicht. Sie wären doch nur Entschuldigungen dafür, daß man etwas getan hat, was man nicht hätte tun sollen. Ich hätte länger nachdenken oder einfach ein bißchen stärker sein sollen. Es tut mir leid.«

Glitsky neigte den Kopf zur Seite. »Wenn Sie es so sehen.«

Drysdale nahm den Faden auf. »Wir sprachen vorhin ja über … über mildernde Umstände. Manchmal tun Menschen eben bestimmte Dinge, haben einfach einen schlechten Tag. Warum tat Kevin Shea, was er tat? Dieser ganze Mist mit den Traumata der Vergangenheit spielt dabei eine Rolle …«

»Jeder hat solche Traumata.«

Elaine war ganz zerknirscht. »Das meine ich, Abe. Ich habe Sie beide heute in Schwierigkeiten gebracht, und ich bin nicht auf der Suche nach Entschuldigungen. Ich habe es einfach vermasselt.«

»Ich dachte, *ich* sei hier, um mich zu entschuldigen«, sagte Glitsky. Das löste die Spannung im Raum ein wenig. »Aber ich muß jetzt wirklich gehen. Hören Sie …« Er gab Elaine die Ordner, die er in der Hand gehalten hatte, und zeigte darauf. »Wir sprachen heute morgen darüber. Es wird Ihnen vor Gericht das Genick brechen, wenn Sie nicht darauf vorbereitet sind. Ich weiß im Moment noch nicht, was genau es zu bedeuten hat, aber in Strouts gerichtsmedizinischem Bericht steht, daß Wade erstickt ist. Das ist jedenfalls sein Ergebnis.«

»Wir wußten das schon, oder nicht? Das passiert, wenn man aufgehängt und hochgezogen wird.« Elaine hatte die Mappe aufgeschlagen. Drysdale stand auf und betrachtete aufmerksam das zweite Foto.

»Ja, das hat Strout auch gesagt …«

Drysdale richtete sich auf. »Worauf wollen Sie hinaus, Abe?«

»Ich will auf die Geschichte hinaus, die Sie sich für Kevin Shea ausgedacht haben und die diese Fotos angeblich so deutlich belegen. Daß er den Mann *heruntergezogen* habe …« Er legte eine kurze Pause ein. »Das hätte Arthur Wade das Genick gebrochen, aber er wäre nicht erstickt. Strout zufolge ist er gestorben, weil er erstickt ist. Sie können Gift darauf nehmen, daß Sheas Anwalt das zur Sprache bringen wird, wenn die Sache vor Gericht geht, und Sie sollten eine Antwort parat haben. Das ist alles, was ich damit sagen will. Sie wissen beide, daß einem aus kleinen Nebensächlichkeiten ein Strick gedreht werden kann, wenn Sie meine Ausdrucksweise entschuldigen wollen.«

Drysdale hatte das zweite Foto herausgezogen und betrachtete es eingehend. »Und was ist das?«

Elaine hatte die Antwort griffbereit. Sie begann mit ihrer ersten Erklärung, Shea habe ein Messer gezogen, um auf Arthur Wade einzustechen, doch der habe, in einer Art Selbstschutzreflex, versucht, ihm das Messer zu entreißen.

Glitsky und Drysdale hörten interessiert zu, was die Staatsanwältin veranlaßte, mit ihrer zweiten Theorie fortzufahren. Wade habe selbst ein Messer in der Tasche gehabt und es herausgenommen, um sich loszuschneiden.

Diesmal siegte die Ungeduld. Glitsky wollte nicht, aber er konnte nicht anders, er mußte sich einfach dazu äußern. »Sie meinen also, Arthur Wade ist von einem durchgedrehten Mob gejagt und schließlich mit einem Seil um den Hals aufgehängt worden, und auf einmal ist ihm eingefallen: Holla, ich habe doch ein Schweizer Taschenmesser in der Hosentasche, ich schneide mich einfach los? Das glaube ich nicht, und die Jury wird es auch nicht glauben. Außerdem habe ich vor nicht einmal einer Stunde mit einer Zeugin gesprochen, einer netten älteren Dame aus Litauen, die keinen Grund hat zu lügen. Sie sagte, sie habe den Eindruck gehabt, Wade sei von Kevin Shea *hochgehoben* und nicht heruntergezogen worden. Shea habe sein Messer hervorgeholt und es Wade gereicht, damit der sich losschneiden könne, aber er habe ihn nicht lange genug halten können.«

»Das ist unmöglich«, entfuhr es Elaine.

»Es wäre unangenehm, wenn es stimmen sollte.« Drysdale war an erfolgreichen Anklageerhebungen interessiert. Rein technisch betrachtet, bedeutete eine solche Beobachtung das Aus, wenn sie auch nur erwähnt werden würde.

»An Ihrer Stelle«, sagte Glitsky zu Elaine, »würde ich den Fotografen noch einmal herbestellen und mir bestätigen lassen, in welcher Reihenfolge er diese Bilder gemacht hat. Wenn er sich daran erinnern kann.«

Drysdale fluchte leise.

Glitsky blickte wieder auf die Uhr. »Ich muß jetzt wirklich gehen.«

»Da draußen laufen wahrscheinlich zwanzig Zeugen herum, die aussagen können, daß Shea ihn heruntergezogen hat ...«

Glitsky sah Elaines festen, unnachgiebigen Blick, der ihm zeigte, daß sie wieder in ihrer herausfordernden Stimmung war. »Aber sie haben sich nicht gemeldet, und wir haben sie nicht gefunden. Falls sie in dem Mob waren, sind sie außerdem Mittäter. Das ist der Grund dafür, daß wir sie nicht gefunden haben.« Glitsky hob die Hände, um eine weitere Konfrontation zu vermeiden. »Hören Sie, ich stehe auf Ihrer Seite. Aber Sie sollten Ihre Karten kennen, mehr sage ich ja gar nicht.«

»Alan Reston wird das nicht gefallen.« Drysdale saß wieder am Schreibtisch gegenüber. »Vielleicht sollte ich mal zu ihm gehen und ihn kennenlernen. Sie sagten, Sie kennen ihn?«

»Ich habe ihn über Mom kennengelernt. Aber ich glaube nicht, daß Sie mit ihm über das hier reden können.«

»Das gehört zur Verhandlungsführung. Es ist mein Job, ich muß es zur Sprache bringen.«

»Er wird Ihnen nicht zuhören.«

»Also kennen Sie ihn gut?«

Sie zuckte mit den Schulten. »So etwas passiert nicht zum ersten Mal. Wenn er die Stelle jetzt schon hat, heißt das, daß Mom irgend etwas damit zu tun hat. Sie ist auf Kevin Shea fixiert, also ist auch Alan auf Kevin Shea fixiert.«

»Nicht, wenn dieser Verdacht unhaltbar ist.«

»Wer sagt denn, daß er unhaltbar ist? Jedes Argument, das *Sie* Alan gegenüber ins Feld führen, wird er als Abwiegelei abtun und nicht als Teil der Verhandlungsstrategie akzeptieren. Ich glaube immer noch nicht, daß Zweifel daran bestehen, daß Shea der Schuldige ist. Aber Abe hat recht. Es wird jetzt ein bißchen schwieriger, das vor Gericht zu beweisen.«

»Und genau das sollte und werde ich Reston mitteilen ...«

»Art, bitte. Lassen Sie mich das tun, wenn wir ein bißchen mehr wissen. Vielleicht kann meine Mutter ...« Sie ließ den Satz unvollendet.

Drysdale setzte sich wieder. »Wir müssen dem Gericht Beweise vorlegen, Elaine, und das wissen Sie. Das ist unsere Aufgabe.«

»Ich weiß, Art.«

»Ob die Scheißkerle nun davonkommen oder nicht ...«

»Ich weiß.«

»Man kann über Chris Locke sagen, was man will, aber er wußte, daß das seine Aufgabe war. Wenn das Ihrer Ansicht nach bei Reston anders ist, dann sollte man dringend irgendwen darüber informieren, auch wenn Reston schwarz ist und mit Ihrer Mutter unter einer Decke steckt.« Er verzog das Gesicht. »Entschuldigen Sie diese sehr direkte Ausdrucksweise.«

Sie winkte ab. »Ich weiß nicht, was für Pläne er hat, Art. Ich weiß es nicht.«

Drysdale stemmte seine lange Gestalt aus dem Schreibtischsessel. »Wissen Sie, das einzige, auf das ich noch allergischer reagiere als auf das Wort ›Pläne‹, ist die Tatsache, daß offenbar überaus viele Leute Pläne *haben*. Wie sollen wir denn miteinander arbeiten, geschweige denn miteinander leben, bei all der Scheiße, die hier vorgeht?«

»Ich habe keinen …«

»Ich auch nicht, Elaine. Und ich bete zu Gott, daß Sie mich nicht in erster Linie als Weißen sehen. Denn ich bin genausowenig in erster Linie ein Weißer, wie Sie in erster Linie eine Schwarze sind. In erster Linie bin ich einfach der gute alte Art Drysdale.« Er stand mittlerweile an der Tür. »Ich hoffe, daß Sie sich wieder besser fühlen. Sie müssen ein paar Anrufe erledigen, und ich ein paar andere Dinge.«

»Art …«

»Schon in Ordnung. Übernehmen Sie das mit Reston. Denken Sie aber daran, daß es Ihr Fall ist, und *nicht* der Ihrer Mutter, das ist alles.«

Elaine rief den Fotografen Paul Westberg an und hinterließ eine Nachricht auf seinem Anrufbeantworter, sie wolle gern noch einmal mit ihm reden, sobald es ihm möglich sei.

Während sie nachdenklich über dem zweiten Foto saß, fiel ihr etwas ein, das ihr bei dem Gespräch vorhin entgangen war. Woher kannte Lieutenant Abe Glitsky ihre Mutter so gut, daß sie ihn bat, die Nachricht, sie mache sich Sorgen um ihre geliebte kleine Tochter, an sie weiterzuleiten?

»Wir waren zusammen im College.«

»Was meinst du mit ›zusammen‹?«

Loretta stieß am Telefon einen Seufzer aus. Elaine sah sie in dem kleinen Büro ohne Türschild im Rathaus vor sich – ohne Schuhe, die Füße auf dem schäbigen alten Schreibtisch. »Ich glaube, da kommst du schon von allein drauf, Liebes. Er war … mein Freund.«

»Abe Glitsky war dein Freund? Hattet ihr was Ernstes miteinander?«

»Gemessen an unserem damaligen Alter würde ich sagen: ja.«

»Und was ist jetzt?«

Ihre Mutter zögerte. »Jetzt sind wir Freunde.«

Elaine war verwirrt. »Mom, ich kenne dich jetzt schon eine ganze Weile und habe dich noch nie seinen Namen erwähnen hören.«

»Wir hatten uns aus den Augen verloren, Schatz. Das passiert manchmal, weißt du. Er war verheiratet und hatte eine Familie. Und ich auch.«

»Aber er *konnte* dich nicht aus den Augen verlieren …«

»Weil ich zur öffentlichen Person geworden bin? Nein, vielleicht nicht. Aber er hatte keinen Grund, mit mir Kontakt aufzunehmen. Als dann … Er hat mich zu dem Mord an Chris befragt …«

Elaine sagte nichts.

»Bist du noch da, Schatz? Geht's dir gut?«

»Ich weiß nicht, was ich tun werde.«

»Du hast doch niemandem was erzählt, oder? Über dich und Chris?«

»Nein, aber ich glaube, Art Drysdale ahnt etwas. Er war lange hier, und wir haben uns unterhalten.«

Loretta wählte ihre Worte sorgfältig. »Laß ihn etwas ahnen, Elaine, aber gib es niemals zu. Versprichst du mir das?«

»Mom, ich hatte nicht vor …«

»Er hätte zuviel gegen dich in der Hand. Jeder …«

»Nicht Art. Er ist nicht …«

»Er ist dein Vorgesetzter. Wenn er diese Information einmal brauchen kann, wird er sie benutzen. So funktioniert das eben. Besonders du kannst dir keinen Skandal erlauben.«

»Mom, *du* bist es, die sich keinen Skandal erlauben kann. Du bist die Senatorin. Ich bin nur …«

»Nein. Es geht nicht um mich, sondern um dich.«

»Art Drysdale wird nichts sagen. Wie sind wir bloß darauf gekommen? Eigentlich ist es mir sogar egal, wenn er es tut. Wichtig ist Chris.«

Ihre Mutter seufzte. »Chris ist nicht mehr da, Liebes. Du wirst jemand anderen finden.« Sie legte eine Pause ein. »Jemanden, der besser für dich ist.«

»Ich will niemanden, der besser für mich ist.« Elaines Augen füllten sich mit Tränen.

»So wird es kommen, Elaine, glaub mir. Eines Tages.«

## 44

Man hätte es auch für eine harmlose häusliche Szene halten können: Ein ordentlich rasierter junger Mann mit einem bandagierten Bein saß mit seinen Eltern und deren gut gekleidetem Freund um den Couchtisch herum, und alle hörten höflich dem übergewichtigen, kräftigen Mann mit den schweren schwarzen Schuhen zu. Griffin hätte ein Installateur sein und mit ihnen über den undichten Wasserboiler sprechen können, erläuterte vielleicht gerade die Vor- und Nachteile, wenn sie den alten durch einen neuen Boiler ersetzten ...

Das Verhör fiel weitaus formeller aus, als Carl Griffin erwartet hatte.

Colin Devlin war vierundzwanzig Jahre alt und wohnte bei seinen Eltern in einem renovierten viktorianischen Haus in der Clifford Terrace, die im oberen Teil des Ashbury-Viertels lag. Griffin hatte den jungen Mann von Dr. Epps' Praxis aus angerufen, ihm ein paar allgemeine Fragen gestellt und kaum Antworten bekommen. Dann hatte er ihn gefragt, ob er bei ihm vorbeikommen könne und Colin eine Aussage zu seiner Verletzung machen würde. Er hatte sich absichtlich nicht genauer ausgedrückt, und Colin, der am Telefon sehr nervös geklungen hatte, war einverstanden gewesen. Griffin hatte sich überlegt, daß alles andere wohl Verdacht erregt hätte. Er hatte richtig gelegen.

Auf dem Weg zu Devlin war Griffin in ein Gebiet geraten, das von der Nationalgarde abgesperrt worden war, so hatte er eine Umleitung von knapp einem Kilometer fahren müssen. Trotz des Auberginenbaguettes von heute mittag hatte er plötzlich Heißhunger verspürt und einen Burger verschlungen. Anschließend war er nach Ashbury hochgefahren. Dort war inzwischen Verstärkung eingetroffen: Colins Eltern und ihr Anwalt, ein Mister Cohen.

In gewisser Hinsicht war diese Überraschung das Erfreulichste, was Griffin seit drei Tagen erlebt hatte. Nicht einmal in der paranoiden Welt von heute empfanden die Menschen in der Regel das Bedürfnis, ihren Rechtsanwalt zu bitten, an einem rein informellen Gespräch über einen selbstverschuldeten Unfall mit einer Schaufel teilzunehmen.

Griffin war überrascht, daß man ihn trotz der Anwesenheit von Cohen ohne richterliche Anordnung ins Haus ließ. Wahrscheinlich kümmerte sich der Anwalt in der Firma des Vaters um die dortigen juristischen Belange und war kein Experte für Strafsachen. In diesem Fall würde er nicht alle Vorschriften und Usancen aus dem Effeff kennen. Was sich hoffentlich als Nachteil für Colin herausstellte, dachte Griffin.

Nach ein paar Augenblicken des Unbehagens nahmen alle im geschmackvoll eingerichteten Wohnzimmer Platz. Die schwache Nachmittagssonne schien durch die alten Bogenfenster, die den kreisrunden Raum säumten. Trotz des niedrig brennenden Feuers im Kamin war der Raum kalt, und Griffin behielt sein Sakko an. Er spielte sofort seinen Trumpf aus. Warum, fragte er, habe Colin es für erforderlich erachtet, Mister Cohen zu diesem Treffen hinzuzubitten?

Der Vater, Mister Devlin, war ein freundlich wirkender dunkelhaariger Mann in einem Donegal-Tweed-Anzug mit Regimentskrawatte. Es war deutlich, daß er die Gesprächsführung zu übernehmen gedachte. Obgleich nicht angesprochen, antwortete er: »Inspector Griffin, machen wir uns nichts vor. Ich bin sicher, daß Sie hier sind, weil Sie vermuten, daß mein Sohn sich sein Bein anders verletzt hat, als er Frau Dr. Epps erzählt hat. Wir können uns das Theater, die Schaufel zu präsentieren, und diesen ganzen Unsinn also sparen.« Er machte eine wegwerfende Handbewegung.

»In Ordnung«, sagte Griffin. Wenn sie es ihm freiwillig geben wollten, würde er auch zugreifen. Er rückte den massigen Körper auf dem knarrenden Wiener Stuhl zurecht. »Was genau ist also passiert?«

Colins Mutter, eine hübsche Frau mit viel Schmuck, meldete sich zu Wort: »Colin wollte nicht …«

»Mary, bitte.« Der befehlende Blick des Ehemannes ließ Mary Devlin verstummen. Er fuhr fort: »Wir wollen Zusagen für den Fall einer Zusammenarbeit mit der Polizei …« Die

Unsicherheit, wie er in einem solchen Gespräch – das er trotzdem leiten wollte – vorgehen sollte, schien ihn für einen Moment aus dem Konzept zu bringen, doch dann fand er seinen Rhythmus wieder. »... daß wir mit einer Gegenleistung rechnen können.«

Griffin beugte sich mit gefalteten Händen vor. »Abmachungen zu treffen ist Sache der Staatsanwaltschaft«, sagte er. »In den meisten Fällen lassen sie mit sich reden. Wie haben Sie sich geschnitten, Colin?«

»Ich weiß nicht mal, wie es geschah. Irgendeiner hinter mir ...« Der Blick des Jungen war leer, sein Gesicht blaß, so als hätte er lange Zeit einen Bart getragen und ihn vor kurzem abrasiert. Vielleicht während der letzten halben Stunde.

»Colin, einen Moment ... Ich glaube, wir sollten nichts mehr sagen, es sei denn, Sie geben uns eine Garantie«, sagte der Vater.

Griffin nickte und vertröstete ihn wieder. »Wenn Colin bei dem Lynchmord anwesend war, ist seine Aussage sehr wichtig. Ich bin sicher, daß der Staatsanwalt das berücksichtigen wird.«

Mister Devlin verdaute das einen Moment. »Wir versuchen nicht, uns hier vor der Verantwortung zu drücken, die Colin eventuell hat, aber ich will nicht, daß mein Junge ... Dort gewesen und beteiligt gewesen zu sein ist unentschuldbar. Soweit ich weiß, ist ...«

»Dad, ich ...«

»Colin!«

Der Junge schwieg.

»Ich bin überzeugt, daß wir zu nachlässig gewesen sind. Wir haben ihn zu Hause wohnen lassen und ihm Taschengeld gegeben, ohne darauf zu bestehen, daß er arbeiten geht, sich einen Job sucht ... Aber seine Mutter ... Jedenfalls wird das nun ein Ende haben. Der Junge muß erwachsen werden und die Verantwortung für seine Handlungen übernehmen. Aber er hat uns geschworen, daß er den Mann *nicht* angefaßt hat, und ich glaube ihm. Er kam nicht mal in seine Nähe.«

Endlich sprach auch der Anwalt: »Bren, ich glaube, das reicht. Inspector, was meinen Sie?«

»Ich werde mit jemandem im Justizgebäude reden müssen, aber ich denke, sie werden … aufgeschlossen sein.«

»Wie sollte unser nächster Schritt aussehen?« fragte Mister Devlin.

Griffin stand auf. Er zog sein Sakko herunter, das ihm über den Bauch gerutscht war. »Bitte verstehen Sie mich nicht falsch, Sir«, sagte er und wandte sich dann an den Anwalt, »oder Sie, Mister Cohen. Aber ich denke, Sie sollten sich einen Rechtsbeistand nehmen, der mit dieser Art von Fällen vertraut ist. Sie werden vielleicht feststellen, daß das einen großen Unterschied macht.«

Jamie O'Toole war verbittert und wütend darüber, daß er wegen des Brandes seinen Arbeitsplatz verloren hatte. Er hatte sein ganzes Leben in San Francisco verbracht, war in die Saint Ignatius High School gegangen und anschließend ein Jahr auf die San Francisco State University. Während dieses Zeitraums war Rhoda (allein der Name … er hätte es wissen sollen), seine damalige Freundin, schwanger geworden, und er hatte sie geheiratet. So hatte er die nächsten fünf Jahre totgeschlagen.

Außerdem hatte er deshalb seinen Collegeabschluß nicht machen können, den er sonst geschafft hätte, intelligent genug war er. Aber das Glück war nicht auf seiner Seite gewesen, und er hatte nicht an der Schule bleiben können. Er hatte einen Job gebraucht, irgendeinen Job, das war am Anfang dieser Rezession gewesen, und jetzt war es ihm egal, was sie in den Zeitungen schrieben, hier in Kalifornien wurde es einfach nicht besser.

Also war er Barkeeper geworden. Er hatte anständige Trinkgelder kassiert, die Einnahmen meistens nicht angegeben, damit er sie behalten konnte, statt sie Vater Staat oder, schlimmer noch, Rhoda in den Rachen werfen zu müssen. Freunde hatten gesagt: »Paß auf, daß das Geld in den Büchern nicht auftaucht, sonst kommt deine Exfrau und läßt den Unterhalt erhöhen.« Er hatte auf sie gehört. Rhoda würde ihm das antun, keine Frage. Und obwohl sie in Richmond mit irgendeinem Fuzzi zusammenlebte, würde sie auch nicht mehr heiraten, weil ihr Exmann dann keine Alimente mehr zahlen müßte. Vermutlich würde er das Kind ewig unterstützen müssen. Das kostete ihn einen Batzen Geld, noch so eine Sache, die verhinderte, daß er nach oben kam.

Inzwischen wurden bereits Gelder aus staatlichen Hilfsfonds ausgeschüttet, und er hatte die Richtlinien gelesen und gefunden, daß er dafür in Frage kam. Die Regierung zahlte immer irgend etwas an irgendwen, nur nicht an ihn, normalerweise. Aber diesmal wollte er mit von der Partie sein.

Er wartete also in der langen, deprimierenden Schlange vor der Ausgabestelle, die sie an der Market Street eingerichtet hatten. Es wimmelte von Angehörigen der unteren Schichten. Jamie O'Toole haßte es, zusammen mit all diesen Pennern von der Straße zu warten und sich den Arsch abzufrieren.

Da tauchte ein Typ an seiner Seite auf, der ihm bekannt vorkam. Plötzlich fiel es ihm ein, konnte er ihn einordnen: der Zivilbulle Lanier.

»Wie geht's denn so, Jamie?«

»Mir ist kalt, Mann. Scheißkalt ist es hier draußen.«

Lanier trug eine dicke Fliegerjacke, eine Kordhose und Stiefel, und er schien es warm genug zu haben. Er lächelte. »Ich war gerade bei dir zu Hause. Deine alte Dame sagte uns, wo wir dich finden könnten.«

»Na ja, dann hat sie mal was kapiert. Wer ist wir?«

»Mein Partner parkt um die Ecke. Er wird in einer Minute hier sein.«

»Ich kann's kaum erwarten. Da geht's mir doch gleich viel besser. Was wollen Sie denn jetzt schon wieder?«

Lanier trat O'Toole fast auf die Füße, als er ihn aus der Schlange drängte. »Das gleiche wie vorher. Reden.«

O'Toole trottete nur widerwillig mit. »Was machen Sie, Mann? Ich hab' hier eine Stunde gewartet. Dieselbe Scheiße noch mal? Ich hab' das wirklich satt.«

Lanier schob ihn zur Kreuzung, auf Abstand zu den anderen Leuten in der Schlange.

O'Toole sagte leise, während er mit dem Finger gegen Laniers Brust tippte: »Hören Sie auf, mich zu drangsalieren!«

Lanier lächelte. »Wenn du einen Polizeibeamten anrührst, werde ich dir den Schädel einschlagen. Du hast es also jetzt schon satt, ja?«

»Gibt's ein Problem, Marcel?« Ridley Banks war hinter O'Toole aufgetaucht und fand, daß dies ein guter Augenblick sei, um auf seine Anwesenheit aufmerksam zu machen.

Lanier lächelte ihn über O'Tooles Schulter hin an. »Nein, kein Problem. Wir sind hier mitten im Zeitalter der Aufklärung.«

O'Toole wirbelte herum, hielt einen Moment inne, als er sah, daß Banks schwarz war, und zuckte dann mit den Schultern. »Es gibt nichts zu besprechen. Ich habe Ihnen beim letzten Mal alles, was ich weiß, erzählt.«

Lanier grinste. »Jamie, ein kluges Kerlchen wie du ... Wenn du uns alles erzählst, was du weißt, wird das, sollte man meinen, mindestens eine Stunde dauern. Oder, Ridley?«

»Mindestens.«

O'Toole drehte den Kopf von dem einen Inspector zum anderen. »Hat mich gefreut«, sagte er. »Ich muß jetzt los.«

Lanier stellte sich ihm wieder in den Weg. »Da wäre noch eine Kleinigkeit, Jamie. Neulich hast du behauptet, du glaubst, Kevin Shea habe sich Wade allein vorgenommen.«

»Ich habe gesagt, ich wüßte es nicht. Ich war nicht draußen.«

»Ach ja, richtig«, warf Banks ein, »ich glaube, das hat er gesagt.«

»Hat er das? Genau so?«

»Ich glaube, ja. Du würdest doch deine Geschichte nicht ändern, oder, Jamie? Woher hatte er das Seil?«

»Welches Seil?«

Lanier lächelte amüsiert. »Welches Seil, fragt er.«

»Shea war in deiner Kneipe, ging dann hinaus, um Wade zu lynchen ... Was ist weiter passiert? Ist er an seinem Wagen vorbeigegangen und hat ein Seil aus dem Kofferraum geholt?«

»Ich weiß nicht, was passiert ist. Ich habe keinen Fuß vor die Kneipe gesetzt.«

Jetzt trat Banks näher, ebenfalls lächelnd. »Das behauptet er immer wieder, ist dir das auch aufgefallen?«

Lanier nickte. »Er bleibt bei seiner Geschichte. Hat nichts gesehen. Gute Strategie.«

Banks kam noch näher. Sie hatten ihn zwischen sich eingeklemmt. »Wir glauben ... eigentlich sind wir ziemlich sicher, Jamie ... daß das Seil aus dem Eisenwarenladen neben deiner Kneipe stammt. Was hältst du davon?«

»Ich halte davon gar nichts, weil ich nicht draußen war.«

»Junge, Junge!« Lanier war beeindruckt. »Das ist echt eine ziemlich widerspruchsfreie Geschichte, Ridley. Wir geben besser auf und gehen zurück ins Büro.«

»Das Problem ist nur«, sagte Banks, »daß wir Scherben gefunden haben, die sehr verdächtig nach einem Bierglas aussehen. Große Scherben, vielleicht auch von mehreren Biergläsern. Und zufälligerweise lagen sie im Schaufenster des Eisenwarenladens. Ich könnte mir vorstellen, daß auf einer dieser Scherben deine Fingerabdrücke sind. Wir prüfen das nach.«

O'Toole sah von einem zum anderen. »Ich bin der Barkeeper, Leute. Natürlich habe ich die Gläser berührt.«

»Das ist richtig, Ridley«, sagte Marcel. »Er hat absolut recht.«

»Ach ja«, stimmte Banks zu, »das ist richtig. Muß ich vergessen haben.« Er schnippte mit den Fingern, als sei ihm soeben noch etwas eingefallen. »Ich frage mich aber, was mit dem Rasenmäher im Schaufenster des Eisenwarenladens ist. Hat den jemand in die Cavern gebracht, wo du ihn dann angefaßt hast? Hast du vielleicht den Kunstrasen gemäht? Und das Teil dann wieder nach nebenan ins Schaufenster gestellt? Ich frage mich, was da wohl passiert ist.«

»Wollen Sie damit sagen, daß meine Fingerabdrücke auf irgendeinem verdammten *Rasenmäher* sind?«

Banks zuckte mit den Schultern. »Wir prüfen das nach, Jamie. Wir prüfen eine ganze Menge Dinge nach, die du nicht für möglich halten würdest. Glaubst du, daß wir Glück haben werden?«

»*Ich* glaube schon, Rid.«

»Ich auch, Marcel.«

Die Inspectors lächelten Jamie O'Toole an. Trotz der Kälte war ihm der kalte Schweiß ausgebrochen. Seine Augäpfel bewegten sich, man konnte beinahe hören, wie die Zahnräder in seinem Gehirn klackerten. »Na ja«, sagte er, »da müssen wohl noch andere gewesen sein, einer allein kann's ja nicht getan haben, oder? Da waren ein paar Typen, will ich damit sagen. Alle hatten getrunken, wissen Sie?«

Lanier behielt seinen freundlichen Gesichtsausdruck. »Eigentlich wissen wir das nicht, Jamie. Deshalb sind wir ... ich weiß nicht ... vielleicht ein wenig aufdringlich geworden. Wir würden es wirklich gern herausfinden.«

Banks wurde plötzlich förmlich und fragte: »Mister O'Toole, kennen Sie Brandon Mullen und Peter McKay?«

»Klar kenne ich die. Das habe ich Ihnen bereits gesagt.«

»Sie waren da, sie geben es zu. Wann sind sie gegangen?«

»Wann sie gegangen sind?«

»Ich glaube, das fragte ich. Wann sind sie gegangen? Nach Shea, vor Shea, mit Shea oder wann?«

»Ich glaube, nach ihm.«

»Komisch. Die sagten, *vor* ihm.«

»Dann muß es wohl vorher gewesen sein. Sehen Sie, es war viel los. Ich kann mich nicht an alles erinnern ...«

»Unser Lieutenant sagte, Sie hätten ihm erzählt, es sei nichts los gewesen.«

»Ich dachte, er meinte *hinterher* ...«

Sie machten noch fünf Minuten weiter, bedankten sich, daß er ihnen seine Zeit gewidmet habe, und schickten ihn zurück in die Warteschlange.

Auf dem Weg zurück zu ihrem Wagen sagte Banks: »Das hat irgendwie Spaß gemacht. Ich bin mir ziemlich sicher, daß der Kerl draußen war.«

Lanier nickte. Sie hatten gute Arbeit geleistet. »Wir müssen das Fenster auf Fingerabdrücke untersuchen. Brandschaden hin oder her, irgendwo werden wir Jamies Fingerabdrücke finden ...«

»Ja«, sagte Banks. »Das wäre eine nette Überraschung zum richtigen Zeitpunkt.«

»He, Rid«, fügte Lanier hinzu, »das mit dem Rasenmäher, das war ein bißchen viel, meinst du nicht? Irgendwie verrückt.«

278

Banks lächelte. »Soll er doch denken, daß wir verrückt sind. Vor Verrückten haben die Menschen Angst, und ich will, daß Jamie Angst hat.«

# 45

Bei Lou wurde es allmählich voll.

Glitsky stand blinzelnd im Flur am Fuß der Treppe, die zum Lokal hinunterführte, und gewöhnte seine Augen an das schwache Licht. Ein intensiver Kohlgeruch veranlaßte ihn, sich zu fragen, welche kulinarische Köstlichkeit Lous Frau wohl heute zum Mittagessen vorbereitet hatte. Obwohl er häufig in einer der winzigen Eßecken saß und das eine oder andere erledigte, hatte er vor einigen Jahren aufgehört, bei Lou zu essen, weil er auf das hausgemachte Kim Chee, auf das seine Freunde schworen, eine unerfreuliche Reaktion gezeigt hatte.

Der Kohlgeruch rief eine Erinnerung an jenes Gefühl in ihm wach, und sein Magen begann zu revoltieren. Er holte tief Luft, konzentrierte sich und ging hinein.

An der Theke hob sich eine Hand, und Glitsky mußte wegen der Haare, die jetzt zu einem Pferdeschwanz zusammengebunden waren, und einiger zusätzlicher Pfunde ein paar Zugeständnisse an seine Erinnerung machen. Er hatte Wes Farrell aber sehr wohl in einem anderen Leben gekannt und in einigen Fällen ausgesagt, bei denen Farrell die Verteidigung übernommen hatte. Während er sich einen Hocker heranzog, wunderte sich Glitsky über Farrells Kleidung. Die meisten von Lous Gästen arbeiteten im Justizgebäude und trugen irgendeine Variante einer Uniform. Farrell jedoch sah aus, als komme er gerade vom Strand. Er mußte frieren, dachte Glitsky, und sagte es auch.

»Meine Adern sind aus Eis. Ich spüre nichts.«

Vor Farrell stand ein Getränk, das nach Kaffee aussah, vielleicht war es sogar Kaffee. Glitsky machte eine Geste zu Lou, daß er gerne das Übliche hätte, Tee.

»In dieser Stadt ist es praktisch, die Kälte nicht zu spüren«, sagte er.

»Ich weiß nicht, woran es liegt. Wahrscheinlich das Alter. Wie sonst auch. Früher habe ich die Kälte gespürt, mit den Zähnen geklappert und so weiter. Andererseits könnte es sein, daß ich einfach nur anästh … anästh …« Er lächelte schwach. »Ich konnte das Wort noch nie aussprechen, nicht mal stocknüchtern.« Er trank einen Schluck Kaffee. »Nur fürs Protokoll: Ich bin jetzt wieder halbwegs nüchtern, glaube ich. Ich hatte seit zwei, drei Stunden keinen Drink.«

Glitsky nickte.

»Für mich ist das kein Problem, ich hoffe, für Sie auch nicht.« Glitsky zuckte mit den Schultern, während ihm sein Tee in einem braunen Becher mit Sprung, der zu Farrells paßte, gebracht wurde.

»Aber wir haben genug von mir gesprochen«, sagte der Anwalt, »ich möchte Ihnen eine andere Geschichte erzählen.«

»Deshalb bin ich ja hier.« Glitsky schlürfte seinen Tee.

Farrell begann zu berichten, ruhig und ohne jede Spur eines Nuschelns.


»Das ist *seine* Version«, sagte Glitsky, um irgend etwas zu sagen. Er wollte nicht leichtgläubig wirken, aber auch an seinem zynischsten Tag wäre er geneigt gewesen zu glauben, was er gerade gehört hatte.

Farrell, der spürte, daß er im Vorteil war, hatte nicht das Gefühl, drängen zu müssen. »Haben Sie auch nur irgendeinen Beweis, der sie ganz oder teilweise widerlegt?«

»Das Foto könnte einer sein.«

»Haben Sie's bei sich?«

Glitsky hatte es nicht dabei, aber hinter dem Tresen lag eine Zeitung, und Farrell beugte sich vor und zog sie auf die Theke. »Lassen Sie uns einen Blick in diese Zeitung werfen, was halten Sie davon?«

Nicht zum ersten Mal fand Glitsky eine Binsenweisheit der Wahrnehmungstheorien bestätigt – man sah das, was man sehen wollte. Als er jetzt das Foto, aufgrund dessen das ganze Land Kevin Shea für schuldig hielt, mit anderen Augen betrachtete, sah er nur das, was Farrell beschrieben hatte: Shea hob Wade hoch, sein Gesicht war ganz verzerrt von der Anstrengung. Shea zog Wade nicht herunter, er versuchte, dem Schwarzen das Leben zu retten.

281

Einige kleine Aspekte wiesen auf diesen Sachverhalt hin, aber man sah sie nur, wenn man wußte, worauf man achten mußte, und wenn man sie sehen wollte. Zum Beispiel Wades Hemd. Wenn Shea ihn nach unten gezerrt hätte, müßte das Hemd dann nicht gestrafft an seinem Körper anliegen? Und das Seil – ob Glitsky das Seil sehe? Auf dem Foto war nicht viel davon zu erkennen, nur einige Zentimeter, aber der Teil, der zu sehen war, schien nicht senkrecht zum Boden zu hängen, was mit Sicherheit der Fall gewesen wäre, wenn der Strick das Gewicht von zwei Männern getragen hätte.

Schließlich die Geschichte mit den Messerstichen, die am meisten überzeugte. Die Presse wußte nichts davon, und bis jetzt hatte niemand zugegeben, mit einem Messer verletzt worden zu sein – von Carl Griffin und Colin Devlin hatte Glitsky noch nichts gehört. Offiziell existierten sie also nicht. Die bloße Möglichkeit, daß jemand eine Wunde aufwies, die von einem Messer herrührte, war Teil von Abes Version, nicht Teil der Version der Öffentlichkeit. Sie war eines seiner Geheimnisse, das er erst hatte lüften wollen, wenn er damit die beste Wirkung erzielen konnte. Jetzt war Farrell ihm zuvorgekommen, hatte ihm alles über die Stiche und wie sie ins Bild paßten, erzählt.

Kevin Shea habe sich seinen Weg durch die Menschenmenge gewaltsam bahnen müssen und auf die Männer, die am nächsten bei Arthur Wade gestanden hätten, eingestochen. Er sei sicher, einige von ihnen mit dem Messer erwischt zu haben. Es sei Blut geflossen.

Und Arthur Wade war *erstickt*, wie Glitsky von Strout wußte. Sein Genick war nicht gebrochen.

Glitskys Tee war längst kalt. »Okay, Mister Farrell. Sie haben da eine nette Geschichte, wenn Sie mich fragen.«

»Es ist keine Geschichte, Lieutenant. Es ist die Wahrheit. Wenn Kevin Shea überhaupt eine nennenswerte Rolle dabei gespielt hat, dann die des Helden.«

Glitsky dachte angestrengt nach, versuchte, neutral zu bleiben. Normalerweise hätte er Farrell mitgenommen und mit dem Bezirksstaatsanwalt oder Polizeichef Rigby gesprochen. Aber die Medien des Bay-Gebietes, vielleicht des ganzen Landes, hatten gezielt Geschichten über die abstoßende Biographie und Laufbahn des Fanatikers Kevin Shea gebracht …

Zum Teufel, er war der Leiter des Morddezernats. Er brannte darauf, Shea zu verhören und dem Bezirksstaatsanwalt zu empfehlen, die ganze Sache sofort fallenzulassen. Wenn sich die Geschichte des Verdächtigen nachweisen ließ … Daß Farrell Kenntnis von den Stichwunden hatte, erfüllte die Kriterien dafür bereits beinahe.

Wenn es sich um einen normalen Fall gehandelt hätte …

»Was ist so lustig?«

Glitsky blickte zur Seite. »Nichts.«

»Sie sahen amüsiert aus.«

»Oh, ja. Ich bin oft amüsiert. Haben Sie eine Vorstellung davon, wieviel Energie darauf verwendet wurde, Ihren Mandanten für schuldig zu erklären?«

»Nicht genau. Er hat sich ein bißchen mehr damit befaßt als ich.«

»Wo steckt er?«

»Ich weiß es nicht.«

Glitsky warf ihm einen kurzen Blick zu.

»Ich weiß es nicht«, wiederholte Farrell. »Er ruft mich an. Der Junge ist von Natur aus skeptisch, er befürchtet, daß ich ihn wegen der Belohnungen ausliefere.«

»Ich würde gern mit ihm reden.«

»Das könnte ich vielleicht arrangieren.«

»Er sollte sich stellen.«

»Das könnte schon komplizierter werden. Er ist ziemlich überzeugt davon, daß er, wenn er sich stellt, tot ist, bevor sich das Blatt gewendet hat.«

»Er ist paranoid, sagen Sie ihm das. Wir haben Schutzhaft, Einzel …«

»Lieutenant, entschuldigen Sie. Das läuft bis jetzt tadellos hier mit uns, aber versuchen Sie nicht, mich auf den Arm zu nehmen. Sie und ich wissen, daß er erledigt ist, wenn ihn jemand umbringen will, und wir können annehmen, daß jemand das für einhundert Riesen tun würde, Gefängnis hin oder her. Außerdem will er nicht ins Gefängnis, Punkt. Er hat nichts Ungesetzliches getan. Ganz im Gegenteil. Er will, daß alle die Wahrheit erfahren. Als er Sie im Fernsehen sah und Sie sagten, Sie bräuchten Beweise, hielt er Sie für den Richtigen.«

Glitskys Gesicht blieb bewußtermaßen ausdruckslos. »Er hielt mich für den Richtigen?«

»Erzählen Sie es dem Bezirksstaatsanwalt, erweitern Sie die Maschen des Netzes, entlasten Sie ihn.«

Glitsky dachte an Elaine und nickte. »Ich kann es versuchen, aber ich würde ihn trotzdem gern befragen.«

»Sie würden ihn verhaften, nicht wahr?«

»Das liegt bei der Grand Jury. Die Anklageschrift …«

»Können Sie die Anklage niederschlagen?«

»Nicht in diesem Stadium. Aber das liegt auch nicht in meiner Macht. Der Bezirksstaatsanwalt muß die Anklage zurückziehen … Bringen Sie ihn her, heimlich. Ich werde ihn persönlich zum Bezirksstaatsanwalt bringen. Er wird zuhören, und wir gehen die Beweismittel durch.«

»Das glaube ich nicht. Es geht nicht um Beweise. Nicht mehr.«

Darauf wußte Glitsky keine Antwort. Farrell hatte recht.

Lou kam, um zu fragen, ob sie noch etwas trinken wollten, doch beide lehnten ab. Der Raum hinter ihnen war fast bis auf den letzten Platz gefüllt, die Gäste saßen Ellbogen an Ellbogen.

»Inzwischen«, sagte Glitsky, »brennt die Stadt weiter.«

»Das ist nicht die Schuld meines Mandanten, Lieutenant. Wenn er es beenden könnte, würde er es tun. Er ist ein guter Junge.«

Das verlieh dem Gespräch eine unerwartete Richtung. »Ist er das? Kennen Sie ihn persönlich?«

»Wir haben einige Vorlesungen zusammen besucht«, gab Farrell zurück. »Er ist ein ganz gewöhnlicher Typ, so normal wie Sie und ich.«

»Und was hat es mit all dem Zeug über die zerrüttete Familie, den Südstaatenfanatiker und die unangenehme Persönlichkeit auf sich?«

»Das, Sir, ist wohl die Geschichte einer jungen Frau, mit der Mister Shea unglücklicherweise ins Bett stieg und die er dann wegen einer anderen verließ. Kein Haß ist größer als der einer ... Sie wissen schon.« Glitsky zog die Augenbrauen hoch.

»Oder es waren die Medien, die die Sendezeiten beziehungsweise die leeren Seiten füllen mußten.«

Glitsky hatte beide Erklärungen zu oft in anderen Zusammenhängen gehört, um überrascht zu sein, aber die Art, wie sie in dieser Situation das Mosaik vervollständigten ... Er schüttelte den Kopf und mußte beim letzten Schluck von seinem Tee fast würgen. »Wie erreiche ich Sie?« fragte er.

»Ich weiß nicht, wann Kevin sich wieder mit mir in Verbindung setzen wird, aber wenn er es tut, rufe ich Sie an. Dann werden wir weitersehen.«

Glitsky stand auf. »Ich tue, was ich kann.«

»Wissen Sie was, Lieutenant? Das kaufe ich Ihnen sogar ab.«


»Elaine.«

Alan Reston ging mit ausgestreckten Armen um seinen Schreibtisch – bis gestern noch Chris Lockes Schreibtisch – herum, um sie zu begrüßen. Sie stellte ihre Ledertasche neben sich, ließ sich von ihm in die Arme nehmen und umarmte ihn leicht, weil es ihr peinlicher gewesen wäre, es nicht zu tun. Er drückte sie aber nicht an sich, sondern hielt sie einen Augenblick fest und ließ sie dann wieder los. Vielleicht taten alte Freunde so etwas, um sich daran zu erinnern, daß sie alte Freunde waren. »Eine schreckliche Geschichte.«

»Ja.«

»Christopher Locke zu verlieren ...« Er schien nicht so recht zu wissen, was er mit diesem angebrochenen Satz anfangen sollte, und ließ ihn unvollendet. Noch eine Verbindung. Chris Locke. Seine Gesichtsmuskeln zuckten. Waren es die Nerven oder die Müdigkeit? »Ich bin froh, daß Sie gekommen sind. Ich wollte schon früher in Ihrem Büro vorbeischauen und Sie begrüßen, aber wie Sie sehen ...« Mit einer Handbewegung wies er auf den Papierstapel auf seinem Schreibtisch.

»Das ist schon in Ordnung, Alan. Ich darf Sie doch immer noch Alan nennen?«

»Aber Elaine ... ich bitte Sie. Selbstverständlich bin ich weiterhin Alan für Sie.« Reston grinste und streckte die Hand aus, um ihren Arm zu berühren, hielt jedoch mitten in der Bewegung inne. »Darf ich Ihnen etwas anbieten?«

Während der ersten Kandidatur ihrer Mutter für den Senat – sie selbst war noch ein Teenager gewesen – hatte sich Alan Reston wie ein Blödmann benommen. Mitte Zwanzig, verlobt (er hatte diese Frau längst geheiratet), Sohn eines reichen Vaters, mit einem einnehmenden Charakter ausgestattet, war er unerschütterlich von seiner Anziehungskraft auf das andere Geschlecht überzeugt gewesen.

An dem Abend, als ihre Mutter gewählt worden war, hatte er, vom Kognak ermutigt, mit seinem Penis vor Elaine herumgewedelt und das offenbar für charmant, harmlos und der feierlichen Stunde angemessen gehalten und gedacht, daß es ein allgemein akzeptiertes Paarungsritual sei. Es gab doch diese gegenseitige Anziehung, man hatte zusammen Wahlkampf gemacht, also gab es doch keinen Grund … Worin liege das Problem? Wisse sie nicht, wozu das Ding gut sei? Was es sei?

Sie hatte hinuntergeschaut und erwidert, es sehe wie ein Penis aus, nur kleiner. Ein dünner Witz.

Das war bis zum heutigen Tag das letzte Mal gewesen, daß sie sich gesehen hatten.

Sie ging zum Sofa, stellte die mit Arbeitsunterlagen gefüllte Tasche neben sich. Er zog einen der bequemen Sessel heran, um ihr gegenüberzusitzen, aber noch bevor er saß, begann sie zu sprechen: »Haben Sie mit Art Drysdale gesprochen? Ich war eben in seinem Büro und dachte, er sei möglicherweise hier. Deshalb bin ich vorbeigekommen. Ich wollte Sie nicht stören.«

»Ich bin froh, daß Sie gekommen sind. Sie stören nicht.«

Sie wartete und wiederholte dann das Stichwort: »Art Drysdale.«

»Ja, richtig. Drysdale. Er hatte einen Termin, ich glaube, mit dem Bürgermeister drüben im Rathaus, irgend etwas im Zusammenhang mit diesen … Mißverständnissen zwischen uns. Ich denke, Ihre Mutter war ebenfalls dort. Um die Wogen zu glätten.«

»Art will nicht Bezirksstaatsanwalt werden, Alan. Wirklich nicht.«

Reston hob seine Hände, als lägen all diese Dinge außerhalb seines Einflußbereiches und passierten einfach. »Ein paar seiner Entscheidungen ...«

»Jerohm Reese.«

»Um eine zu nennen, ja.«

»Was werden Sie wegen Jerohm unternehmen?«

»Nun, ich hoffe, man wird Mister Drysdale nicht zu sehr in die Mangel nehmen. Nach allem, was ich bislang gehört habe, ist er hier unersetzlich.«

»Das ist er, und die Schuld für Jerohm Reeses Verhaftung liegt bei mir, nicht bei Art. Ich habe ihn eigenmächtig nach oben gebracht ...«

»Jetzt ist er unsere heiße Kartoffel.«

»Nicht durch Arts Verschulden.«

Reston setzte sich und breitete die Hände aus. Die Situation mit Art Drysdale werde auf einer höheren Ebene geklärt, sei nicht sein Problem. Wenn Drysdale zurückkomme, werde er mit ihm zusammenarbeiten, wenn nicht ... Verwaltungsspezialisten gebe es wie Sand am Meer. »Nun, Elaine, wie dem auch sei, Sie sind hier. Vielleicht kann ich Ihnen helfen. Weshalb wollten Sie mit Art Drysdale reden?«

Sie wußte, daß sie irgendwann ohnehin darauf zu sprechen gekommen wären, und sie hatte Art gesagt, sie werde es übernehmen. »Kennen Sie Abe Glitsky? Lieutenant Abe Glitsky?«

Reston lächelte im Gefühl seiner Überlegenheit. »Wenn es darum geht, daß er Ihnen auf die Füße getreten ist ... Ich habe mit ihm gesprochen.«

»Wann? Worüber?«

»Vor etwas mehr als einer Stunde. Diese Sache mit seinen Äußerungen im Fernsehen ist erledigt. Polizeichef Rigby und ich haben ihm gesagt, daß er ... Was ist?«

Sie schüttelte den Kopf. »Nicht vor einer Stunde. Nicht diese Sache. Er war vor zehn Minuten in meinem Büro.«

»Der Mann bleibt in Bewegung.«

»Ja, das tut er, Alan. Er versucht, alles richtig zu machen.«

Sie saßen da und starrten einander an. Die Kritik – die Herausforderung? – hing zwischen ihnen im Raum. Reston schlug die Beine übereinander. »Das tun wir alle, Elaine. Was ist mit unserem guten Lieutenant?«

Sie erzählte ihm, Glitsky sei gleich nach seinem Treffen mit Wes Farrell zu ihr gekommen und habe ihr das Wesentliche mitgeteilt: die Einzelheiten bezüglich der Stichwunden, die revidierte Theorie über das zweite Foto, wobei das erste noch außer acht gelassen sei, und die Erklärung, daß ihre Informantin Cynthia Taylor eine von Sheas sitzengelassenen ehemaligen Gespielinnen gewesen sein könnte.

Reston hörte schweigend zu. »So, so«, sagte er, legte die Hände auf seine Oberschenkel und stand auf. »So, so ...« Um Zeit zu gewinnen, trat er ans Fenster. Er starrte hinaus und trat von einem Fuß auf den anderen.

Elaine sprach zu seinem Rücken. »Lieutenant Glitsky fragte mich, ob wir – die Staatsanwaltschaft – die Anklage eventuell überprüfen würden ...«

Reston drehte sich schnell um. »Das können wir nicht.« Weniger hastig fragte er: »Aus welchen Gründen?«

»Die ich Ihnen eben genannt habe.«

»Das sollen Gründe sein? Eine andere Version vom Rechtsanwalt des Verdächtigen? Halten Sie das für einen zwingenden Grund?«

»Alan, Glitsky ist nicht ...«

»Ich spreche nicht von Glitsky, Elaine. Die Grand Jury hat gegen Kevin Shea eine Anklage wegen Mordes ausgesprochen. Und wenn ich richtig informiert bin, hat die örtliche Staatsanwaltschaft sie erst vor zwei Tagen durchgedrückt. Wir haben ein Foto von ihm, das ihn zeigt, während er die Tat begeht ...«

»Wenn es ...«

»Keine Wenns, Elaine. Das Foto zeigt es deutlich. Jeder kann das sehen.«

»Vielleicht haben wir das Foto falsch ausgelegt, Alan. Mehr hat Lieutenant Glitsky mir auch nicht zu sagen versucht. Wenn wir vor Gericht gehen ...«

Er zeigte mit dem Finger auf sie und erhob die Stimme. »Richtig! *Wir* sind diejenigen, die vor Gericht gehen, nicht Lieutenant Glitsky. Wir, die Bezirksstaatsanwaltschaft. Und ich höre nichts, was auch nur im entferntesten meine Überzeugung ins

Wanken bringt, daß Kevin Shea für diese … für all dies verantwortlich ist.«

»In Ordnung, aber was ist damit?« Elaine stand auf, nahm das zweite Foto aus ihrer Tasche und brachte es zu seinem Schreibtisch hinüber. Sie schob einige seiner Unterlagen zur Seite, während er an ihr vorbeiging.

»Was ist …?« begann er.

»Es wurde zwei oder drei Sekunden nach dem ersten Foto aufgenommen. Shea reicht Arthur Wade das Messer, gibt ihm eine letzte Chance, sich loszuschneiden.«

Sie ließ ihn das Bild eine Weile betrachten und begann dann, Schritt für Schritt die mögliche andere Erklärung für das, was es zeigte, vorzutragen. Das Hemd, der Winkel des Seils, alles, was Glitsky ihr gezeigt hatte.

Als sie fertig war, blätterte Reston einige Seiten in ihrer Akte durch und ging dann zum Fenster zurück. »Mir scheint, Shea hat sich einen guten Anwalt besorgt.«

»Oder er ist unschuldig. Oder beides.«

Reston schüttelte den Kopf. »Nein, er ist nicht unschuldig.« Er drehte sich wieder zu ihr um. »Elaine, lassen Sie uns eines klarstellen. Wir haben einen Fall, der eine Grand Jury überzeugt hat. Der Stadtrat hat eine Belohnung für die Ergreifung von Kevin Shea ausgesetzt. Insbesondere *Sie*, als Vertreterin der Staatsanwaltschaft, sind an die Öffentlichkeit gegangen, um zu beteuern, daß die Anklage hieb- und stichfest ist. Und jetzt kommen Sie zu mir, an meinem ersten Tag, und erwarten, daß ich die ganze Sache abblase? Soll ich die vielleicht beste Gelegenheit, diese Stadt wieder unter Kontrolle zu bekommen, einfach tatenlos verstreichen lassen? Nein, das werde ich mit Sicherheit nicht tun.«

»Auch wenn er es nicht war?«

»Haben Sie einen Beweis dafür, daß er es nicht war?«

»Alan, in der Regel müssen wir beweisen, daß er es getan hat, erinnern Sie sich? Lieutenant Glitsky glaubt, er könne Shea dazu bewegen herzukommen, wenn Sie sich bereit erklärten, mit ihm zu reden.«

»Wenn ich die Anklage fallenlasse …«

»Nachdem Sie das getan haben.«

»Nein. Dazu ist es zu spät. Wenn er kommt, wird er verhaftet, und wir machen weiter wie bisher. Kein Deal. Nicht mit ihm.«

»Dann wird er nicht kommen.«

Reston stieß einen langen Atemzug aus. »Dann geht er ein großes Risiko ein.« In dem Versuch, die Lücke zwischen ihnen zu schließen, trat er näher an sie heran. »Elaine, vielleicht sollten Sie mit Ihrer Mutter darüber sprechen. Sie hat selbst einiges in diese Sache investiert, wissen Sie.«

»Das hat mit meiner Mutter nichts zu tun.«

»Sie hören das vielleicht nicht gern, Elaine, aber Ihre Mutter ist eventuell der Grund dafür, daß Sie den Fall bekommen haben.« Er lehnte sich an seinen Schreibtisch. Ein paar Schnellhefter fielen zu Boden. Sie beide ignorierten es.

Ihre Augen wurden schmal. »Das ist nicht wahr. Chris Locke war der Überzeugung, daß ich ...«

»Keine Frage, natürlich ...« Diesmal berührte er ihren Arm. »Sehen Sie, Elaine, niemand sagt, daß wir Shea keinen fairen Prozeß machen werden, aber wir können nicht plötzlich eine Wende um einhundertachtzig Grad vollziehen. Sie haben im Fernsehen schwere Anschuldigungen gegen einen Verdächtigen erhoben, und jetzt sollen wir ihn laufen lassen, weil sein Verteidiger mit irgendwelchen Gründen ankommt, die eventuell, und ich wiederhole: eventuell einige Tatsachen in einem anderen Licht erscheinen lassen? Verdammt noch mal, wir würden das ganze Verfahren und uns selbst lächerlich machen. Ihre Mutter würde sich lächerlich machen.«

»Ich sage nicht, daß er unschuldig ist. Ich frage nur: Was wäre, wenn?«

Seine Hand, die noch auf ihrem Arm lag, schloß sich leicht darum. »Ich verstehe Sie ja. Ich möchte genauso wenig wie Sie und Ihre Mutter, daß dieser Fall zu einem Fiasko für uns wird. Aber wir können nicht einfach dasselbe tun, was Chris Locke mit Jerohm Reese getan hat. Nehmen wir mal an, wir lassen die Anklage fallen, weil die Beweislage ins Wanken geraten ist ... So hat alles angefangen, erinnern Sie sich? Selbst wenn ich der Meinung wäre, daß ein erheblicher Grund vorliege, würde ich es nicht tun. Ich könnte es nicht tun. Nicht jetzt. Die Stadt würde explodieren. Niemand will das hören.« Er senkte die Stimme. »Abgesehen von der Tatsache, daß ich Ihre Mutter hintergehen würde, wie Sie ja wissen.«

»Was werden Sie also tun? Was werden *wir* tun?«

»Ich werde abwarten, Elaine. Im Moment besteht kein Grund, etwas zu unternehmen oder die Richtung zu wechseln. Wir haben keine neuen Fakten, oder?«

Nein, dachte sie, zumindest keine eindeutigen. Vielleicht die Angaben des Anwalts zu den Stichwunden, aber auch die waren nicht bewiesen. Sie wußte nicht weiter. Und sie war schrecklich müde.

»Elaine, es war ein langer Tag, warum gehen Sie nicht nach Hause, ruhen sich aus und versuchen, eine Weile nicht an Shea zu denken?«

Ihr war bewußt, daß sie im Augenblick nichts tun konnte. Immerhin bestand die Möglichkeit, daß die Verhaftung von Kevin Shea die Stadt ein wenig zur Ruhe bringen würde … Sie wollte die Wogen nicht aufwühlen, schon gar nicht auf Kosten ihrer Mutter. Vielleicht blieb ihnen wirklich nichts anderes übrig, als abzuwarten, wie Reston gesagt hatte.

Sie zwang sich zu einem müden Lächeln. »Es tut mir leid, es war nur …«

Er nickte. »Schon in Ordnung, Elaine. Ich verstehe Sie gut.« Er drückte ihren Arm ein letztes Mal. »Meine Tür steht Ihnen immer offen.«

Kaum hatte sich diese Tür hinter ihr geschlossen, als Reston schon hinter seinem Schreibtisch saß und eine Telefonnummer wählte.

Polizeichef Rigby war im Krisenstabszimmer und nahm den Anruf beim zweiten Klingelzeichen entgegen.

»Chief, tut mir leid, Sie zu stören, aber ich dachte, wir hätten diesem Lieutenant Glitsky vom Morddezernat deutlich genug gesagt, daß er sich zurückhalten soll.«

»Ja, dachte ich eigentlich auch.«

»Nun, ich hatte gerade ein langes Gespräch mit Elaine Wager. Er scheint die Lektion nicht begriffen zu haben.«

# 46

Melanie hatte Kevin oben allein gelassen und war deshalb besorgt. Es gefiel ihr nicht, ihn zurückzulassen. Sie hatte das Gefühl, daß er sie brauchte, es ohne sie nicht schaffen würde.

So beeilte sie sich. Ihre Hände zitterten nicht nur wegen der Kälte. Sie hockte, halb hinter einem großen Wagen verborgen, in den dunklen Schatten der Tiefgarage unter dem Haus, in dem Wes Farrell wohnte. Immer wenn die Ampel an der Ecke umsprang, hörte sie draußen einen Schwung Autos vorbeifahren. Dann hielt sie inne und wartete ab, den Blick auf das Tor der Tiefgarageneinfahrt geheftet. Wes hatte es für sie geöffnet, als sie gekommen waren, damit ihr stadtbekannter GEO Metro nicht auf der Straße parkte.

Die Leute kehrten allmählich von der Arbeit zurück, und sie konnte nicht vorsichtig genug sein. Das Problem bestand darin, daß sie die Vertiefungen in den Schrauben kaum erkennen konnte und ihr bei dem Versuch, das Nummernschild abzuschrauben, immer wieder der Schraubenzieher aus den zitternden Fingern glitt. Aber jetzt blieb nur noch eine Schraube, dann konnte sie es abnehmen.

Anschließend müßte sie ihr eigenes Nummernschild von ihrem Wagen abschrauben und das neue befestigen. Sie würde es schaffen, sie mußte es schaffen. Sie mußten von hier fort, wenigstens für eine Weile, bis sie sicher sein konnten, daß niemand Wes nach Hause gefolgt war.

Er war in die Innenstadt gefahren, um mit der Polizei zu verhandeln, und sie und Kevin waren mit ihren Ängsten allein geblieben. Sie hatten sich an den zivilen Polizeiwagen erinnert, der am Straßenrand vor Melanies Apartment geparkt hatte, an ihre nur knapp geglückte Flucht vor weniger als vierundzwanzig Stunden. Es war sicher nicht unvernünftig, die Möglichkeit in Betracht zu ziehen, daß jemand Wes auf dem Heimweg verfolgen würde.

Ein Taxi war zu riskant, genauso eine gemietete Limousine, obwohl Kevin der Ansicht war, daß er durch die getönten

Scheiben für niemanden zu erkennen sei. Sie hatte argumentiert, man müsse sich aber abholen und wieder absetzen lassen, und die Kreditkarte werde eine nachverfolgbare Spur hinterlassen.

Schließlich hatte sie die Idee gehabt, die Nummernschilder eines der in der Tiefgarage abgestellten Wagen mit denen ihres GEO zu vertauschen, was nicht länger als zehn Minuten dauern konnte. Es kam ihr schon wie eine Stunde vor.

Sie würden zur Wohnung einer anderen Freundin fahren, zu Ann, die über das lange Wochenende verreist war. Melanie hatte einen Schlüssel zu ihrer Wohnung, weil sie sich bereit erklärt hatte, die Blumen zu gießen und die kostbaren Goldfische zu füttern. An Anns Wohnung hatte sie am Abend zuvor nicht gedacht, als sie vor der Polizei geflüchtet und in das Motel gegangen waren, aber jetzt hatte die Wohnung plötzlich strategischen Wert erlangt, so daß ihre grauen Zellen sie wieder hervorgeholt hatten.

Endlich ließ sich die letzte Schraube leichter drehen. Wieder hörte sie, wie mehrere Fahrzeuge die Einfahrt der Tiefgarage passierten, aber niemand kam hereingefahren. Während sie das Tor beobachtete, drehte sie die Schraube weiter, so daß das Nummernschild plötzlich scheppernd auf den Beton fiel. Sie erstarrte. »Ich hasse das«, flüsterte sie.

Sie ging zu ihrem GEO hinüber, kniete nieder und begann, die Schrauben zu lösen, mit denen ihr Nummernschild befestigt war.

Sie hörte das schleifende Geräusch des Tores, bevor sie reagieren konnte. Ein Wagen war von der Straße abgebogen und wartete vor dem Tor, das sich langsam öffnete. Er fuhr an ihr vorbei, quer durch die Tiefgarage, parkte auf dem letzten Stellplatz auf der gegenüberliegenden Seite.

Sie hielt die Luft an und wartete, betete, daß der Fahrer nicht in ihre Richtung sah.

Der Mann trug einen dunklen Anzug. Er stieg aus seinem Camry und aktivierte die Alarmanlage, die zur Bestätigung einen Piepton von sich gab. Ohne nachzudenken, stieß er den Holzklotz zur Seite, den Melanie an die Schwelle der Tür zum

Treppenhaus gelegt hatte, um die Tür aufzuhalten. Dann blieb er stehen. War er etwa doch mißtrauisch geworden? Er sah sich um.

Zusammengekauert hinter ihrem winzigen GEO sitzend, war Melanie davon überzeugt, daß der Mann selbst auf diese Entfernung das Blut in ihren Ohren pulsieren hörte. Sein Blick wanderte über ihr Versteck, weiter. Offenbar hatte er nichts bemerkt, denn er steckte die Schlüssel in die Tasche und betrat das Treppenhaus. Die Tür – die einzige Tür, durch die sie zurück ins Haus konnte – fiel mit einem abscheulichen Klicken hinter ihm ins Schloß.

Die Nummernschilder waren ausgetauscht. Es gab einen Knopf, mit dem sie das Garagentor von innen öffnen konnte, um auf die Straße zu gelangen, aber wenn das Tor dann wieder geschlossen wäre, müßte sie draußen auf ihr Glück vertrauen. Sie müßte zur Eingangstür des Hauses laufen und klingeln, aber würde Kevin öffnen? Sicher nicht.

Sie hatte nicht widerstehen können und ihn gebeten, auf keinen Fall aufzumachen, wenn jemand klingelte. Wes habe einen eigenen Schlüssel und komme herein, wenn er zurück sei. Es bestehe kein Grund, jemand anderem die Tür zu öffnen …

Gott, manchmal haßte sie sich selbst. Wann würde sie es je lernen?

Sie klingelte. Es war die einzige Möglichkeit, wieder hineinzukommen, bevor Wes, vielleicht von Polizisten beschattet, zurückkam. Was hätte sie sonst tun sollen? Den ganzen Tag in der Garage herumlungern? Sie wußte, daß es wahrscheinlich vergeblich wäre, aber sie klingelte trotzdem. Wenn sie immer wieder klingelte, es fünf Minuten lang immer wieder versuchte, vielleicht das Zeichen für SOS oder etwas ähnliches drücken würde, würde Kevin …

Offenbar nicht.

Sie klingelte erneut. Keine Reaktion. Weitere Minuten verrannen. Ein kalter, nebliger Abendwind war aufgekommen und wirbelte ihr auf dem Treppenabsatz die Haare ins Gesicht. Sie hatte keine Jacke an. Wieder drückte sie auf die Klingel, hielt sie und schrie in die Gegensprechanlage: »Verdammt noch mal, Kevin!«

Keine Reaktion. Nichts.

Sie stampfte mit dem Fuß auf und starrte auf den Lautsprecher. Ihre Augen füllten sich mit Tränen.

Da erklang seine Stimme, ein Flüstern nur: »Melanie?«

»Mein Gott, Kevin … Ja!«

Der himmlische Klang des Türöffners ertönte.


Ein schwarzer Mercedes 230 D parkte vor Melanies GEO und versperrte den Weg. Neben der geöffneten Fahrertür stand mit verschränkten Armen eine große Frau in einem dunklen Kostüm. In ihren Gesichtszügen spiegelten sich Ungeduld und Wut.

Kevin und Melanie traten durch die Tür vom Treppenhaus und sahen sie sofort.

Sie verschwendete keine Zeit. »Ist das Ihr Wagen?« Die Worte klangen abgehackt. »Auf meinem Stellplatz?«

»Ja, es ist meiner. Es tut mir leid«, entschuldigte sich Melanie. »Wir werden sofort …«

»Wissen Sie, ich bin das so leid«, sagte die Frau. »Ich komme von der Arbeit nach Hause und muß immer wieder auf irgend jemanden warten, der an diesem Tag gerade den Stellplatz benutzt, für den *ich* bezahle.«

»Ich sagte ja, wir werden sofort …«

»Sie wohnen nicht einmal hier, oder? Wer hat Ihnen gesagt, daß Sie hier parken können? Wer hat Sie reingelassen?«

Kevin trat vor. »Es tut uns wirklich leid, Ma'am. Wir haben einen Freund, der im Haus wohnt, und er sagte …«

»Wer ist das?«

Sie sahen sich an. »Das spielt keine Rolle. Es ist …«

Die Frau zeigte mit dem Finger auf ihn. »Wissen Sie was? Es spielt eine Rolle. Ich habe den Hausmeister gerufen, er ist schon auf dem Weg, damit wir uns darüber unterhalten können. Es ist das sechste Mal in diesem Monat, daß jemand auf meinem Stellplatz steht, und ich bin es leid. Wir werden warten.«

Melanie sagte: »Wir können nicht warten. Wir müssen … Wir haben einen Termin.«

Die Tür zum Treppenhaus ging wieder auf, und ein Mann in den Vierzigern mit schütterem Haar, einem mausgrauen Pullover, khakifarbener Hose, uralten Segelschuhen und ohne Socken kam auf sie zu. »Wo liegt das Problem, Maggie?«

»Jemand hat diesen Leuten gesagt, sie könnten hier parken, Frank, und ich möchte herausfinden, wer das war. Und dann möchte ich, daß dagegen etwas unternommen wird. Das muß aufhören.«

Melanie wandte sich an den Hausmeister. »Hören Sie, Frank. Man sagte uns, daß wir hier parken könnten, und wir sind ja schon wieder weg. Es wird nicht wieder vorkommen, das verspreche ich. Aber wir müssen dringend zu einer Verabredung.« Sie wandte sich an die Frau namens Maggie. »Es tut uns leid wegen der fünf anderen Male, aber das waren wir nicht.«

Maggie hörte nicht zu. Das Leben in der Stadt drehte sich oft darum, einen Parkplatz zu finden, und um eine Menge anderer Dinge, die genauso nebensächlich und genauso schwierig zu bekommen waren. »Ich werde für den Stellplatz in diesem Monat nicht bezahlen«, sagte sie zu Frank.

Jetzt schien sich Frank zum ersten Mal auf Kevin zu konzentrieren. »Kenne ich Sie nicht?«

»Werden Sie was unternehmen, Frank, oder nicht?«

Kevin sagte, daß sie sich möglicherweise ein- oder zweimal im Flur begegnet seien. Er sei ein Freund von Wes Farrell.

Frank starrte Kevin weiterhin nachdenklich an.

»Wes Farrell. Okay.« Das kam von Maggie, die jetzt wußte, hinter wem sie her war.

Frank appellierte an sie: »Was soll ich Ihrer Ansicht nach tun, Maggie? Die Polizei rufen? Warum lassen wir diese Leute nicht einfach ihrer Wege gehen?«

»Genau das will ich. Ich will, daß wir die Polizei rufen. Sie haben widerrechtlich geparkt und meinen Stellplatz gestohlen. Dafür müssen sie zahlen.«

»Wir werden zahlen«, sagte Kevin und griff nach seinem Portemonnaie. »Wieviel wollen Sie?«

Frank breitete die Hände aus. »Das ist nicht nötig. Kommen Sie, Maggie, bitte fahren Sie Ihren Wagen weg, und lassen Sie die Leute wegfahren.«

Maggie hielt immer noch ihre Arme vor der Brust verschränkt und warf allen dreien finstere Blicke zu. Dann klopfte sie ein paarmal mit der Fußspitze auf den Boden und seufzte. »Also gut.« Sie setzte sich hinter das Lenkrad ihres Mercedes, schlug die Tür zu und ließ das Fenster herunter. »Damit ist die Sache aber nicht erledigt, Frank.«

Melanie lief zu ihrem Wagen, Frank und Kevin gingen zu dem Knopf am Tor.

»Ich kümmere mich um das Tor«, sagte Frank. »Dann kann ich es wieder schließen, wenn Sie draußen sind.«

Der Mercedes wurde angelassen und fuhr ein kleines Stück vor, gerade genug, damit der GEO hinauskam. Melanie betätigte die Zündung. Kevin stolperte ein paar schmerzvolle Schritte in ihre Richtung.

Als er bei ihr angekommen war, drehte er sich um.

Das Tor stand offen, Frank wartete neben dem Knopf. In dem Moment, als Kevin in den GEO einstieg, schnippte Frank mit den Fingern und rief: »Maggie, setzen Sie den Wagen zurück, schnell! Halten Sie sie auf!«

Gleichzeitig drehte er sich um, drückte auf den Knopf, um das Tor wieder zu schließen, und sprang nach draußen. »Das ist Kevin Shea! *Der* Kevin Shea!«

Melanie befahl: »Steig ein!« Der Wagen schoß ruckartig los, und Kevin wurde auf den Vordersitz geschleudert. Maggie hatte noch keine Zeit gehabt zu reagieren, aber das Tor schloß sich bereits, und Frank blockierte, in der Mitte der Ausfahrt stehend, den Weg. Während sie auf ihn zufuhren, hielt Melanie die Hupe gedrückt.

»Ich werde … ihn überfahren müssen …«

»Er wird zur Seite springen, Mel, bestimmt …«

Sie gab Vollgas, und die Reifen drehten auf dem glatten Betonboden kreischend durch. Das Tor war schon fast zur Hälfte geschlossen. Sie ließ die Hand auf der Hupe und raste auf Frank zu, der die Hände vor sein Gesicht hielt. »Ich kann nicht«, sagte sie, trat auf die Bremse. Das Tor rammte die Wagentür auf Kevins Seite, und Frank sprang einen Schritt vor und legte die Hände auf die Motorhaube.

»Halt dich fest«, sagte Melanie und trat wieder aufs Gaspedal. Mit einem plötzlichen Ruck wurde Frank auf die Motorhaube gehoben, während der Wagen über den Gehweg fuhr. Als sie abbogen, purzelte er auf die Straße.

Sie überfuhr das Stoppschild an der Kreuzung Junipero Serra Boulevard, bog an der nächsten Ecke rechts ab, dann links und schließlich wieder auf die Neunzehnte Avenue. Dort war weniger Verkehr, und niemand schien auf sie zu achten.

Melanie fuhr auf der Neunzehnten in Richtung Norden, während die Sonne unter den Wolken am Horizont versank, leuchtend rot trotz des Rauchs, der in der Luft hing.

Daß Frank Kevin erkannt hatte, machte ihnen noch einmal bewußt, wie knapp sie in der Nacht zuvor entkommen waren.

Minutenlang sprachen sie nicht, bis Kevin nach vorn zeigte. »Was ist das?« Vor ihnen stiegen zu beiden Seiten der Straße Rauchsäulen auf. Der Tag ging zu Ende, und die Unruhen brachen erneut aus. Der Verkehr vor ihnen wurde langsamer.

»Ich weiß es nicht.«

Sie wechselte auf die rechte Spur. Vor ihnen, zwei Kreuzungen weiter, sahen sie eine Menschenmenge. Warfen die Leute Gegenstände auf vorbeifahrende Autos? Es sah danach aus. Sie bemerkten einige Personen, die auf die Straße rannten. »Ich biege ab«, sagte sie.

Zwanzig Minuten später hatten sie den Wagen am Ende der Page Street geparkt und kamen zu Fuß um die Ecke zur Stanyon Street am Rand des Golden Gate Parks. Anns Wohnung befand sich in einem U-förmigen, vierstöckigen Backsteinhaus gegenüber des Parks. Der Eingang lag in der Mitte des Gebäudes, hinter einem verhältnismäßig kleinen Hof mit einem Garten voller Unkraut und einem wasserlosen Brunnen aus abgeplatzten spanischen Kacheln. In den Ecken des Gebäudes lagen vom Wind zusammengetragene Berge von altem Papier.

Melanie öffnete mit ihrem Schlüssel. Nachdem die Haustür hinter ihnen zugefallen war, vergewisserte sie sich, daß sie wirklich geschlossen war, dann stöhnte sie erschöpft und preßte sich zitternd an Kevin, der sie in die Arme nahm. Eine Weile standen sie eng umschlungen im Treppenhaus, während die letzten Sonnenstrahlen durch die altmodischen Fenster in der Vorhalle des Gebäudes fielen.

Schließlich hob er ihr Kinn und küßte sie leicht. »Wir sollten besser raufgehen«, sagte er.

Anns Wohnung lag im vierten Stock und nach vorn hinaus, mit Blick auf den malerischen Hof und – auf der anderen Seite der Stanyon Street – die Wiesen und den immergrünen Golden Gate Park.

Sobald sie in der Wohnung waren, ging Kevin zu den Fenstern und zog die Vorhänge vor. Er schaltete zwei schwache Lampen ein und sah sich kurz im Wohnzimmer um. Topfpflanzen an jeder freien Stelle. Ann mußte eine Million Pflanzen in ihrer Wohnung haben. Auf einem Stativ war eine Videokamera montiert, Ann studierte an der Filmhochschule. Die restliche Einrichtung bestand aus Büchern und CDs, einem Fernseher, einer Stereoanlage, einem Telefon sowie Postern von Pflanzen und Kunstdrucken von Marilyn Monroe, James Dean, Jim Morrison und Humphrey Bogart. Eine typische Studentenbude, voller und natürlich femininer als Kevins Wohnung, aber sonst nicht viel anders. Er ließ sich in einem Polstersessel nieder.

»Melanie?«

»Was?«

Sie stand im Durchgang zur Küche und wandte sich um. Ihre Blicke trafen sich, und beide erschraken, als sie begriffen, wie weit sie gegangen waren, was sie taten …

Die Minuten verstrichen. Das Zimmer lag jetzt im Dunkeln, die Sonne war untergegangen. Kevin erhob sich aus dem Sessel und suchte Melanie, die irgendwo im hinteren Teil der Wohnung war.

»Was machst du?« rief er.

»Wenn ich schon mal hier bin, kann ich auch die Fische füttern und die Pflanzen gießen«, rief sie zurück.

Kevin warf einen Blick um sich. »Das kann Wochen dauern. Wie viele Pflanzen hat die gute, alte Ann?«

»Ich habe sie nie gezählt. Dafür hat sie nur drei Fische. Möchtest du sie kennenlernen?«

»Das würde meinem Leben einen Sinn geben. Aber wir sollten erst mal Wes anrufen, um herauszufinden, wie alles gelaufen ist.«

»Ach, komm schon, sieh dir die Fische an. Was spielt es für eine Rolle, ob er zurück ist oder nicht? Er wird unseren Zettel finden und auf unseren Anruf warten.«

Das war richtig, aber Kevin war nicht in der Stimmung zu warten. Es ging um sein Leben, um ihres. Er humpelte durch das Wohnzimmer und blieb in der Tür zur Küche stehen.

Melanies Hände wanderten über dem Aquarium hin und her, sie fütterte die Goldfische. Sie hatte das weiße Hemd ausgezogen und es zusammen mit ihrem BH über die Rückenlehne eines der Küchenstühle gelegt.

Kevin lehnte sich an den Türrahmen und beobachtete das sanfte Spiel ihrer Rückenmuskeln, während sie ihren Arm über dem Wasser bewegte. Sie drehte den Kopf halb, ihr Gesicht verriet nichts. Dann wandte sie sich ganz zu ihm um. »Ich weiß, daß wir Wes anrufen könnten«, sagte sie. »Andererseits dachte ich …«

Er kam zu ihr.


Farrell war überrascht über den Zettel, machte ihnen aber wegen ihrer Vorsicht keinen Vorwurf. Sie hatten zwei harte Tage hinter sich, und er fand, daß sie das Recht hatten, vorsichtig zu sein. Aber Glitsky hatte ihm sein Wort gegeben, und auch wenn sie auf unterschiedlichen Seiten standen – Anklage und Verteidigung –, spürte er, daß der Mann fair spielte. Außerdem war ihm eingefallen, daß der Lieutenant für seine Korrektheit bekannt war.

»Hallo, Bart.«

Wes hatte den Fernseher wieder eingeschaltet, sich noch ein Bier aufgemacht und war gerade dabei, am Küchenfenster, das zum Junipero Serra Boulevard hinaus lag, eine Dose Hundefutter zu öffnen, als es klingelte. Er drückte die Taste der Gegensprechanlage neben der Tür.

»Wesley Farrell?«

Wesley? dachte er. Nicht einmal seine Frau hatte ihn Wesley genannt. »Der bin ich«, sagte er.

»Sergeant Stoner, Sonderermittler der Bezirksstaatsanwaltschaft. Ich habe eine schriftliche Genehmigung zur Durchsuchung Ihrer Wohnung bei mir. Wir vermuten, daß Sie eine flüchtige Person bei sich aufgenommen haben ...«

## 47

Glitsky saß am Schreibtisch und trommelte mit den Fingern auf die vor ihm liegende Akte. Das Gespräch mit Elaine nach seinem Treffen mit Farrell hatte ihm den Eindruck vermittelt – den falschen Eindruck, wie sich herausgestellt hatte –, daß die Staatsanwaltschaft für Verhandlungen bezüglich Kevin Shea offen sei. Er hätte für die Verhaftung Sheas innerhalb der nächsten vierundzwanzig Stunden gesorgt, und dieser Teil der Krise wäre vorbei gewesen.

Als er ins Morddezernat zurückgekehrt war, hatte er es noch immer verlassen vorgefunden, was ihn nicht weiter beschäftigte. Seine Truppen waren unterwegs und erledigten ihre Arbeit. Er beschloß, ein wenig Papierkram aufzuarbeiten, vielleicht würde Wes Farrell ja bald anrufen. Seit Beginn der Krawalle hatten sich weitere, von den Unruhen unabhängige Morde ereignet. Zwei Bandenführer hatten offensichtlich beschlossen, die Gelegenheit, die ihnen die Ausschreitungen boten, zu nutzen, um Anschläge auf gegnerischem Territorium zu verüben. In der vergangenen Nacht war aus einem fahrenden Auto heraus mitten in die Menge geschossen worden. Die Kugeln hatten zwei Kinder getötet und vierzehn Erwachsene verletzt. Von den bekannten Bandenmitgliedern in der Menge hatte keines auch nur eine Schramme abbekommen. Ein typisches Ergebnis. Der Fall mußte zugeteilt und untersucht werden. Außerdem mußte Glitsky sich vergewissern, daß seine Inspectors versuchten, die Mörder des koreanischen Geschäftsmannes, der erschossen worden war, zu finden. Dann waren da noch die Opfer der Brände nach den Brandbombenanschlägen, der Vorfall in North Beach, die Jugendlichen, die aus ihrem Wagen gezogen worden waren. Die Ausmaße der schrecklichen Ereignisse ließen ihn innehalten. Vier Schnellhefter lagen noch vor ihm. Er schob sie ans andere Ende des Schreibtischs.

Seit über zehn Jahren bestand sein Leben aus der Überprüfung und Ermittlung einer scheinbar endlosen Folge gewaltsamer Todesfälle. Er empfand eine tiefe Abneigung gegen Gewalt, was sicher auch an seinem Job lag. Andererseits war diese Abneigung ein Teil von Flo gewesen, hatte zu ihrem beschützenden Naturell gehört. Flo und er hatten ihre Kinder nie geschlagen. Er war davon überzeugt, daß mit der Gewalt gegen Kinder alles anfing. Ein Stoß hier, eine ausgerutschte Hand da, und irgendwann eskalierten die Mißhandlungen, es kam zu verbalem und sexuellem und überhaupt zum Mißbrauch der Kinder. Niemand schenkte dem große Beachtung. Die Straße des Lebens war rauh. Wer freie Fahrt haben wollte, drängte die anderen beiseite, sagte nicht »Wären Sie bitte so nett«, sondern trat den anderen in den Arsch.

Glitsky schüttelte den Kopf. Die Klebenotizzettel auf den Schnellheftern vor ihm wirkten, als seien sie Pflaster auf häßlichen Wunden. Er zwang sich, die nächste Akte zu nehmen. Der Mordfall Christopher Locke. Er öffnete den Hefter und fand als erstes Laniers Befragung von Loretta, die noch am Vorabend auf Band aufgenommen worden war. Sie war in Rekordzeit niedergeschrieben worden, wahrscheinlich weil eine neugierige Sekretärin wissen wollte, was die Senatorin zu sagen hatte. Auch in diesen Tagen war die Lust am Klatsch lebendig.

Die Senatorin …

Dabei hatte er gerade an Flo gedacht, an ihre Art, die Kinder zu erziehen … Ein Bild von ihr lag immer noch in einer Schublade seines Schreibtischs. Er öffnete sie und holte es heraus. Das blonde Haar, ihr strahlendes Lächeln … Und unerträglich tot mit ihren vierzig Jahren.

Die Wände des engen Zimmers rückten noch näher heran, bis es nicht mehr existierte.

Flo war so anders gewesen als Loretta, und er vermutete, daß das am Anfang in seinen Augen zu ihrer Attraktivität beigetragen hatte. Eine weiße Frau, groß, sportlich, eher kurvenreich, fürsorglich statt kampflustig wie Loretta früher, bevor sie ruhiger – wie es aussah – geworden war. Flo bewertete das, was Loretta gerne das ›geistige Leben‹ nannte, nicht besonders hoch, liebte die einfachen Dinge. Sie konkurrierte nicht so gern mit anderen wie Loretta, mußte nichts beweisen und lebte deshalb auf einer anderen Ebene, besaß mehr natürliches Selbstvertrauen, war ernsthafter.

Loretta gab sich gern kompetent und selbstsicher, aber ihr Partyleben und die coole Fassade bestanden zum großen Teil nur an der Oberfläche und waren, wie Glitsky wußte, eine Reaktion auf ihre Herkunft. Sie war als drittes von vier Kindern in einem der ärmeren Viertel von San José aufgewachsen. Ihre Eltern waren, nach Glitskys Ansicht, rechtschaffene Leute mit Selbstachtung, hatten ihr ganzes Leben lang gearbeitet. Lorettas Mutter war über zwanzig Jahre in einer Reinigung tätig gewesen, ihr Vater hatte eine Reihe von Jobs in Büros, im Einzelhandel und im Dienstleistungsbereich gehabt – Schuhverkäufer, Koch in einem Schnellimbiß, Busfahrer. Was immer er bekommen hatte.

Als Glitsky Lorettas Eltern kennenlernte, kamen sie ihm alt und verbraucht vor, obwohl sie erst etwa so alt waren wie er jetzt. Die beiden erstgeborenen Söhne, Lorettas ältere Brüder, waren in Vietnam umgekommen. Das erklärte Lorettas frühe Radikalisierung und ihre Identifizierung mit der Black Student Union bis zu einem gewissen Grad. Als er ihr zuerst begegnet war, hatte ihr Hauptanliegen darin bestanden, deutlich zu machen, daß ihre schwarzen Brüder den Krieg der Weißen kämpften, und nicht etwa, daß die Ziele dieses Krieges vielleicht an sich schon falsch waren. Erst später wurde daraus eine Verurteilung des Krieges selbst.

Lorettas jüngere Schwester Estelle hatte ein uneheliches Kind, als Abe sie kennenlernte. In einem Zeitungsartikel über die Senatorin hatte er vor ein paar Jahren gelesen, daß Estelle mit drei Kindern und einer ganzen Reihe von untreuen Männerbekanntschaften in Los Angeles von der Fürsorge lebe. In dem Artikel stand auch, daß Loretta und Estelle sich nicht besonders nahestünden (Abe wußte, daß das auch noch nie der Fall gewesen war).

Bei Flo war alles anders. Sie hatte sich nicht erst den Weg aus der Armut bahnen, sich nicht freikämpfen müssen. Ihre Familie gehörte der Mittelschicht an, und Flo besuchte die Gunn High School in Los Altos, die im Volksmund als Vorbereitungsschule für die Stanford University galt. Dann schlug sie unvermittelt eine andere Richtung ein und ging mit einem Stipendium als

Schwimmerin ins Central Valley – und zwar ausgerechnet an die University of the Pacific in Stockton.

Glitsky war ihr in der Sporthalle des Jüdischen Gemeindezentrums von San Francisco begegnet, wo er trainierte und sie das Schwimmbecken benutzte. Er war gerade ein paar Bahnen geschwommen, als sie sich mit dem flachen Kopfsprung der perfekten Schwimmerin auf ihn stürzte, weil ihre Schwimmbrille beschlagen war. Um ein Haar hätten sie beide eine Gehirnerschütterung gehabt. (Später erzählte sie, daß sie ihn am Beckenrand bemerkt habe und ihr keine bessere Art eingefallen sei, sich ihm vorzustellen.) Sie studierte an der University of the Pacific Kinderpsychologie (inzwischen hieß das ›frühe Kindeserziehung‹) im Hauptfach, unterrichtete anschließend zwei Jahre lang im Gemeindezentrum Vorschüler. Dann war sie bereit, selbst ein paar Kinder zu haben.

Glitsky und Flo bauten sich eine erfolgreiche Existenz auf. Viele der Themen, die ihm im College und in seiner Zeit mit Loretta als so wichtig erschienen waren, verschwanden aus ihrem Alltag, und er spürte, daß er sie nicht vermißte. Ja, seine Hautfarbe war dunkel, und selbstverständlich hatte er unter den täglichen Vorurteilen gelitten, als er jünger gewesen war, und auch später … Aber obwohl sie ihn immer noch wütend machten, wenn er mit ihnen konfrontiert wurde (Flo übrigens auch), weigerten sie beide sich, rassistische Diskriminierung zum Mittelpunkt ihres Lebens werden zu lassen. Sie und er, die Kinder, die Familie – *das* war ihr Mittelpunkt. Er suchte nicht nach Ausflüchten für diese Prioritäten. So war er eben, und er war glücklich damit.

Warum sich die Ungerechtigkeit der Welt soviel tiefer in Lorettas Fleisch, ihre Seele und ihr Leben gebohrt hatte, war offensichtlich. Bei dem, was ihrer jüngeren Schwester widerfahren war und was viele schwarze Frauen so häufig erlebten, war es auch kein Wunder, daß sie Elaine, ihre Tochter, so fürsorglich beschützte. Glitsky vermutete, daß Loretta ihre Beziehungen zum Bezirksstaatsanwalt hatte spielen lassen, um ihrer Tochter diesen Job zu verschaffen. Warum auch nicht?

Er begann zu erkennen, vielleicht auch ein bißchen zu verstehen, warum sie sich zu dem älteren, weißen und reichen Dana

Wager hingezogen gefühlt hatte. Die Gefühle für Dana waren unwiderstehlich verlockend und deshalb stärker als ihre junge Liebe gewesen. Sie hatte nicht so machtlos und verzweifelt enden wollen wie ihre Eltern, die zwar gute Menschen gewesen waren, aber ... Ein guter Mensch zu sein bot einem keinerlei Garantie.

Merkwürdig, dachte er, diese Gegensätze ... Loretta hatte, um aus dem Ghetto herauszukommen und um sicherzustellen, daß sie nie wieder dorthin zurück mußte, einen Weißen geheiratet, was im krassen Gegensatz zu ihren Prinzipien stand. Jetzt versuchte sie, San Francisco zu beruhigen, indem sie sich mit ihrem Schwarzsein identifizierte und wider jede Vernunft behauptete, Elaine sei hundertprozentig schwarz, weil ein Teil ihres Blutes schwarz sei. Glitsky dagegen war fest davon überzeugt, daß er eine Weiße geheiratet hatte, weil er sich in eine Frau verliebt hatte, die zufällig weiß gewesen war.

Doch das, was jetzt zwischen Loretta und ihm geschah, geschah, weil sie sich verstanden. Nicht wegen der Hautfarbe.

Was wäre passiert, wenn sie damals zusammengeblieben wären?

Im Rückblick fand er es besser, daß es nicht so gekommen war. Flo war der Mittelpunkt seines Lebens gewesen, hatte ihn aus den Fluten gerettet, die ihn vielleicht fortgerissen hätten. Loretta hatte es ganz gut allein geschafft, hatte, objektiv betrachtet, den Höhepunkt des Amerikanischen Traums erreicht, den nie zuvor jemand mit ähnlicher Herkunft auch nur annähernd erhascht hatte.

Aber jetzt ...

Jetzt waren sie erwachsen und frei. Wie Abes Vater gesagt hatte: Man mußte nach vorn blicken. Loretta hatte gelernt, daß alles im Leben rein zufällig geschah, die Ereignisse sich im wesentlichen nicht steuern ließen. Flos Tod hatte ihn das gleiche gelehrt, hatte ihn erschüttert, ihn aus der Bahn geworfen.

Vielleicht waren er und Loretta auf getrennten Wegen schließlich am selben Ort angelangt. Vielleicht könnte er mit ihr sein eigenes Gleichgewicht wiederherstellen. Er wußte es nicht. Auch das geschah vielleicht rein zufällig.

Er wollte es herausfinden.

Das Zimmer rückte wieder in sein Bewußtsein. Wo war er stehengeblieben?

Sein Blick fiel auf den offenen Schnellhefter ... Richtig, die Niederschrift von Lorettas Aussage. Wahrscheinlich befand sich auch der Rest von Strouts gerichtsmedizinischem Bericht mit den mikroskopischen Untersuchungen dabei. Er blätterte eine Seite weiter, überflog die Zeilen, wollte es nicht noch einmal lesen, er hatte die Geschichte ja am Vorabend von ihr gehört. Morgen würde er mit Marcel Lanier reden.

Sie wartete im Rathaus, hatte ihn gebeten, auf dem Heimweg bei ihr vorbeizukommen. Auch wenn es nur für ein paar Minuten wäre, hatte sie gesagt.

Er griff nach seiner Jacke, die über dem Stuhl hing, schloß den Hefter und ließ ihn in der Mitte seines Schreibtischs liegen. Beim Hinausgehen schaltete er das Licht aus.

»He.«

Er blieb stehen. Im Dämmerlicht saß Ridley Banks am Schreibtisch.

»Entschuldigung«, sagte Glitsky, »ich habe dich nicht gehört.«

»Du warst in Trance, und ich wollte nicht stören.«

Glitsky betätigte den Schalter, und das Licht ging wieder an. »Wie ist es gelaufen?«

Banks lehnte sich in seinem Stuhl zurück. »Jamie O'Toole scheint sich allmählich daran zu erinnern, daß es einen Mob gegeben haben könnte, und hat eventuell sogar jemanden gesehen. Ich glaube, er wird sich ziemlich bald im Traum oder so daran erinnern. Da wir gerade von ihm sprechen ... Weißt du, wie die beiden letzten Worte eines bigotten Schwarzenhassers lauten?«

Glitsky schüttelte den Kopf.

Mit starkem ländlichem Akzent sagte Banks: »He, schau mal!« Dann wartete er.

Teilnahmslos stand Glitsky an der Tür. »Ist das ein Witz?«

»Ich liebe diesen Witz. ›He, schau mal!‹ Denk mal darüber nach. Wart's ab, er wird immer komischer.«

»Ich werd drüber nachdenken.« Glitsky war verwirrt. »Was ist mit Mullen und McKay?«

»Diese Jungs …« Banks schüttelte den Kopf. »Diese Jungs sind einfach zu clever.« Er erzählte Glitsky von dem ›Mißverständnis‹ in punkto, wessen Schiebetür tatsächlich zu Bruch gegangen war.

»Schau doch mal, ob du ihre Ärzte auftun kannst«, sagte Glitsky und fügte eine kurze Erklärung darüber an, wie das Messer ins Bild paßte. »Falls es sich um Schnittverletzungen handelt, die nicht von zerbrochenem Glas verursacht worden sind, heißt das, daß sie dicht an Arthur Wade dran waren und Messerschnitte abbekommen haben. Sollte *das* der Fall sein, haben wir genug, um sie herzuholen und einzubuchten. Ich habe heute eine gute Geschichte darüber gehört, wie das Ganze losging.«

Ein fragender Blick. »Und was ist mit Kevin Shea?«

»Ich rechne damit, daß wir Shea bald zu Gesicht bekommen werden. Die Geschichte, die ich gehört habe, stammt von seinem Anwalt.«

»Er hat einen Anwalt? Ist er noch in der Stadt?«

Glitsky nickte. »Interessant, nicht wahr? Verwunderlich. Und weißt du was?«

»Der Anwalt sagt, er hat es nicht getan.«

»Manchmal hast du diese Hellseher-Tour drauf, Ridley, das ist richtig gespenstisch. Ja, das behauptet er. Interessant ist, daß er vielleicht die Wahrheit sagt.« Glitsky ging zu Banks' Schreibtisch hinüber und setzte sich auf eine Ecke.

Banks lehnte sich zurück. »Du willst mir doch nicht weismachen, daß Shea nicht an der Sache beteiligt war, oder?«

»Unter uns gesagt: Ich glaube, daß selbst das möglich ist. Aber er könnte auch der Gute sein, könnte vielleicht sogar versucht haben, Wade loszuschneiden …«

Banks brauchte einen Moment, um das zu verdauen. »Oh.«

»Ich weiß. Wir holen ihn uns trotzdem, dann können wir das klären. Hast du die anderen gesehen?«

»Marcel ist nach Hause gegangen, er wollte etwas schlafen. Griffin ist irgendwo, ich weiß nicht genau, wo.« Er zögerte.

Glitsky merkte es. »Was?«

»Nichts.«

Glitsky wußte, was im Kopf seines Inspectors vor sich ging: Banks wollte gern noch etwas zu seiner Pacific-Moon-Theorie sagen. Er habe etwas Neues entdeckt oder sich an etwas erinnert ... bezüglich der Gerüchte, Loretta Wager habe das Geld gewaschen, das sie 1978 angeblich aus Kolumbien herausgeschmuggelt hatte.

Aber Banks sah in den Augen seines Lieutenants eine Warnung und wagte es nicht, daß Thema anzusprechen. Nicht jetzt. Wenigstens so lange nicht, bis dieser ganze Tumult in der Stadt der Vergangenheit angehörte.

Sie schwiegen. Glitsky blieb an der Tür stehen und drehte sich halb um. »He, schau mal!« sagte er mit todernster Miene und knipste das Licht wieder aus.

## 48

Loretta Wager saß in ihrem kleinen Büro im Rathaus. Auf dem Schreibtisch ausgebreitet lag ein Stadtplan, auf dem sie mit den Fingerspitzen herumspaziert war. Jetzt lehnte sie sich mit verschränkten Armen zurück und beglückwünschte sich. Sie war stolz auf das, was sie in so kurzer Zeit erreicht hatte.

Mit der Festnahme Kevin Sheas wäre es komplett. Und Abe Glitsky hatte ihr gesagt, die stehe unmittelbar bevor. Vielleicht war sie ja, selbst ohne Abe, auch schon erfolgt.

Ihr Blick fiel wieder auf den Stadtplan, und sie strich mit einer Hand darüber. Was für eine schöne Stadt! Selbst die häßlichen Seiten …

Der Marinestützpunkt am Hunter's Point bedeckte eine Fläche, die fast dreimal so groß wie der Candlestick Point und ungefähr halb so groß wie der Presidio war. Im Gegensatz zum Presidio war Hunter's Point flach, windgepeitscht und nahezu baumlos, der Boden mit giftigen Abfällen verseucht. Die offenen Bereiche, die man nicht bepflanzt hatte, waren tote Erde, die Gebäude standen leer und verfielen. Das Gebiet grenzte an das berüchtigtste Ghetto San Franciscos, den Schandfleck des Bay View District, den Jerohm Reese sein Zuhause nannte. Es gab einen Film über den Presidio, aber niemand würde einen Film mit dem Titel ›Hunter's Point Naval Reservation‹ drehen.

Loretta Wager kannte Hunter's Point gut. Die negativen Aspekte kümmerten sie nicht. Aus den Nachteilen machte man Vorteile. So funktionierte Politik, so funktionierte das Leben.

Wie zum Beispiel bei Alan Reston. Reston war der Sohn ihres vielleicht wichtigsten einzelnen Mäzens, Tyrone ›Duke‹ Reston, der vor Jahren angefangen hatte, die – wie Loretta fand – beste Steaksauce der Welt in Flaschen abzufüllen. Alan Reston, sein Sohn, hatte für sie Wahlkampf gemacht und ihr damit bewiesen, daß er ein erstklassiger Helfer sein konnte. Deshalb hatte sie ihn bei seiner Bewerbung um das Amt des stellvertretenden Generalstaatsanwalts unterstützt. Dann war die Stelle von Chris Locke frei geworden ... Sie hatte einen konservativen Afroamerikaner in Lockes Position gebraucht, der Autorität genug besaß, um ihr die Stimmen der liberalen Weißen von San Francisco zu garantieren. Alan hatte wie maßgeschneidert ins Programm gepaßt.

Der Nachteil bestand darin, daß er als Chefankläger nicht gerade die Linie der African-Nation-Bewegung vertrat, nicht zögerte, Verdächtige ins Gefängnis zu bringen, seien sie nun schwarzer oder sonst irgendeiner Hautfarbe. Philip Mohandas wollte nicht in seine Nähe kommen, aber Loretta hatte Mohandas zum Führer der Protestbewegung erklärt, zur Stimme, auf die Bürgermeister Conrad Aiken hören würde.

Sie hatte Reston im Amt des Bezirksstaatsanwalts haben wollen und, um das zu erreichen, Mohandas überredet, Aiken diese Idee zu verkaufen. Sie hatte Philip gegenüber argumentiert, daß es nicht nur Nachteile bringe. Reston sei ein Schwarzer wie Locke. Wenn Mohandas ein gutes Wort für Reston einlege, könne er auch gleich seine Ansicht darlegen, was Drysdale betraf.

Aber das hatte nicht gereicht. Mohandas hatte zu ihr gesagt, er werde »seinen Prinzipien nicht untreu«, und schon gar nicht, wenn es nur darum gehe, seine Ansicht darzulegen. Das hatte sie an ein altes Sprichwort erinnert: »Wir haben bereits festgelegt, was du bist, jetzt feilschen wir nur noch um den Preis.«

Wie wäre es, wenn sie ihm die Kontrolle über das riesige Gebiet erstklassigen Baugrunds des Marinestützpunkts am Hunter's Point verschaffte? Da es gleich an der Bucht liege, mitten im Herzen der afroamerikanischen Kulturenklave, und einige der herrlichsten Panoramablicke der Stadt biete, sei das Areal ein ungeschliffener Diamant, der auf eine Vision warte, auf einen Politiker, der seine Schönheit zum Glänzen bringe.

Loretta war Mitglied im Ausschuß für die Erschließung von Parkanlagen und saß im Senat im Komitee für aufgegebene Militäreinrichtungen. Sie wußte, daß das Grundstück der Regierung Kopfschmerzen in Millionenhöhe bereitete. Schätzungen allein über die Beseitigung der Verseuchung des Bodens – falls eine solche überhaupt möglich wäre, da gingen die Meinungen weit auseinander – beliefen sich auf über dreißig Millionen Dollar. Wenn diese gewaltige Aufgabe dann bewerkstelligt und das Grundstück anschließend als Nationalpark ausgewiesen worden wäre (wie der Presidio), dann stünden dringend notwendige Sanierungs- und Instandsetzungsarbeiten an, bevor der Park der Öffentlichkeit zugänglich gemacht werden könnte. Das bedeutete zusätzliche Kosten in Höhe von fünfundfünfzig bis einhundertfünfzig Millionen. Zu diesen Aufwendungen kämen die Kosten für die Verwaltung des Parks: zwölftausend Dollar pro Tag. Selbst im günstigsten Licht betrachtet, war die Marinebasis am Hunter's Point ein Klotz am Bein.

Aber das mußte sie Mohandas nicht auf die Nase binden.

Es gab allerdings auch andere Überlegungen. Sie war sicher, daß sie es schaffen würde, seit Monaten schon arbeitete sie an ihrem Plan. Die Regierung würde, wie Loretta bekannt war, die Marinebasis am liebsten *verschenken*, um sich diese Last vom Hals zu schaffen. Weg damit. Natürlich hätte die Bürokratie das unter normalen Umständen nicht einfach so zulassen können.

Genau darum war es in den vergangenen Tagen gegangen. Die normalen Umstände hatten sich grundlegend verändert. Jetzt waren Symbole gefragt, drastische Maßnahmen, rote Bänder, die durchschnitten wurden, damit jeder die Botschaft verstand: Wir sitzen alle im selben Boot, auf Bundesebene wie auf Landesebene. Der gute Wille mußte *demonstriert*, nicht nur behauptet werden.

Also hatte Loretta den endgültigen Entwurf ihres Vorschlags heute morgen zwei ihrer Senatskollegen und dem Stabschef des Präsidenten vorgelegt. Er war von allen sofort als brillant und visionär bezeichnet worden. Ihre Idee: eine Durchführungsverordnung, die den Marinestützpunkt am Hunter's Point einem Treuhänder übergeben würde, der sich verpflichten mußte, auf dem Grundstück eine Begegnungsstätte für unterprivilegierte Kinder zu errichten. Eine gute

Gelegenheit für den Präsidenten, sein Mitgefühl für die Not der Jugend im Ghetto zu demonstrieren. Er würde ihnen einen Ort schenken, wo sie spielen und lernen könnten (und sich außerdem eines Einhundertmillionendollar-Verwaltungsalptraums entledigen). Selbstverständlich würden gut informierte Quellen aus der Nähe des Präsidenten durchsickern lassen, daß diese brillante Idee von Senatorin Wager stamme …

Und welchen besseren Treuhänder als Philip Mohandas konnte es für dieses Projekt geben? Er war ein Mann mit Visionen, der sogar in dieser Krise seine Bereitschaft zum Kompromiß und seinen Willen, einen Konsens zu erzielen, unter Beweis gestellt hatte. Mohandas würde sich den Menschen, denen er diente, verpflichtet fühlen, außerdem verfügte er über eine Organisation, die die Verwaltung des Projekts übernehmen könnte. Die gemäßigte Senatorin Wager würde beteuern, daß der Mann gute Absichten habe.

Sie hatte Philip mitgeteilt, daß er mit Bundesmitteln in Höhe von etwa zwölf Millionen Dollar pro Jahr rechnen könne (ohne die entsprechenden zusätzlichen Gelder, die er von der Landesregierung in Sacramento und von der Stadt San Francisco zu erwarten habe). Eine Million pro Monat, steuerfrei, also letztlich – Bargeld.

Bei Bargeld war eine genaue Buchführung nahezu unmöglich. Und wer würde darauf schon bestehen?

Also war Philip Mohandas zu Conrad Aiken gegangen und hatte der Stadt San Francisco Alan Reston als neuen Bezirksstaatsanwalt verkauft.

Chris Lockes Tod, Alan Reston, Philip Mohandas, die Hunter's Point Naval Reservation – aus allen potentiellen Nachteilen waren Vorteile geworden. Dank der Senatorin Loretta Wager.

»Laß mich fahren. Du siehst erschöpft aus.«

Glitsky zögerte kurz, zuckte dann mit den Schultern und gab Loretta seine Schlüssel. »Ich will mich nicht streiten.«

»Ich bezahle auch das Abendessen.«

»Ich …«

»Keine Diskussion. Senatorinnen lassen die Argumente Normalsterblicher nicht gelten. Und dazu gehören alle Menschen außer dem Präsidenten. Der übrigens ebenfalls kaum ein Argument gelten läßt.«

Glitsky gefiel ihre Art, daran bestand kein Zweifel. Lächelnd ging er um den Plymouth herum auf die Beifahrerseite. »Und was ist mit dem Vizepräsidenten?«

Sie warf ihm einen verächtlichen Blick zu. »Das ist nur ein Senator, der sich nicht allzuoft äußern darf. Definitiv ein Normalsterblicher.«

»Und der Gouverneur?«

Sie öffnete die Fahrertür und rief: »Von welchem Staat?« Im Wagen beugte sie sich zur anderen Seite hinüber und zog den Knopf von Glitskys Tür hoch.

Er stieg ein. »Kalifornien.«

Loretta überlegte einen Moment, langte unter den Sitz und versuchte, ihn nach vorn zu ziehen. Er bewegte sich nicht, sie war nicht schwer genug. »Hilf mir mal. Bei drei.« Sie zählte, dann schoben sie den Sitz zusammen weit genug nach vorn, so daß sie die Pedale erreichen konnte. »Kalifornien? Ich würde sagen, der nicht.«

»Der nicht? Was heißt ›der nicht‹?«

»Lieutenant, worüber reden wir? Darüber, wer Argumente gelten läßt, nicht wahr? Und ich würde sagen, der Gouverneur von Kalifornien läßt keine Argumente von Normalsterblichen gelten.«

Er grinste, und die Narbe auf seinen Lippen spannte sich. »Okay, und der Gouverneur von Delaware?«

»Der auch nicht.«

»Louisiana?«

»Nein.«

»Hm. Und die Lieutenants der Polizei …«

Sie drehte den Schlüssel um, der Wagen sprang sofort an. Dann tätschelte sie ihm das Bein und fiel in die Umgangssprache, in der sie, außer mit ihrer Tochter, mit sonst niemandem sprach: »Schatz, 's gibt nur hundert US-Senatoren auf der ganzen Welt. Hast du 'ne Ahnung, wie viele Polizeilieutenants es gibt?«

Glitsky lachte laut auf, was ungefähr so häufig vorkam wie eine Mondfinsternis. »Sie sind also Normalsterbliche? Die Polizeilieutenants?«

Wieder dieser verächtliche Blick. In ihren Augen stand ein Whoopee-Goldberg-Funkeln. »Na komm schon, Süßer. Ich denk' mir diese Sachen nicht aus. Zahlen lügen nicht.«

»Also zählen meine Argumente nicht.«

»Theoretisch ist das richtig. Aber für dich persönlich, Abe Glitsky, gibt es vielleicht eine Ausnahmeregelung ...«

»Für welchen Teil? Für den normalen oder den sterblichen?«

Ihre Hand ruhte erneut auf seinem Oberschenkel. »Das Gute an dir kann mit jedermann auf der Welt locker mithalten ...«

Sie fädelten sich in den Verkehr auf der Polk Street ein und fuhren in Richtung Norden, während sie sich neckten und miteinander scherzten.


Auf dem Washington Square waren keine Zelte aufgeschlagen. Die Krawalle hatten noch nicht auf das Zentrum von San Francisco übergegriffen, das aus dem kompakten und größtenteils eleganten Kuchenstück bestand, das im Süden und Osten von der Market Street und im Westen von der Van Ness Avenue begrenzt wurde. Der Kern der Innenstadt erstreckte sich über fünfunddreißig Querstraßen von Norden nach Süden und siebzehn von Osten nach Westen.

Glitsky saß mit Loretta an einem Tisch in einer der hinteren Ecken des La Pantera, einem Restaurant an der Einmündung der Columbus Avenue auf den Washington Square. Weiter die Straße hinauf lag das schicke Fior d'Italia und auf der anderen Seite des Parks der Feinschmeckertempel Moose's, wo sich, selbst in diesen Krisenzeiten, die Gourmets trafen. Im La Pantera, das vor allem von nichtprominenten Bürgern besucht wurde, konnten sie für sich sein, und das war beiden recht. Dies war ein privates Abendessen.

»Das Gerücht, das einfach nicht einschlafen will«, sagte sie. Sie schob ein paar runde Nudeln auf ihrem Teller herum, nahm einen Schluck Limonade und seufzte. Glitsky bewunderte die

Form und den Teint ihres Gesichts, ihre faltenlose, glatte Haut. »Pacific Moon«, sagte sie. »Manchmal wünsche ich mir, ich hätte diesen Namen nie gehört.«

»Ich erzähle dir nur, was ich gehört habe, Loretta. Für mich persönlich ist es kein Thema. Einer meiner Inspectors versucht, mich zu schützen, das ist alles.«

Aber sie schien ihn nicht zu hören. »Jetzt sind es drei Millionen Dollar? Bis ich sechzig bin, dürfte der Betrag auf zehn Millionen angestiegen sein.«

»Drei Millionen ist der Gewinn ...«

»Ich weiß, ich weiß.« Sie hielt eine Hand hoch. »Bitte, warte. Ich will es dir erzählen.«

Er nickte.

»Nach ... nach dem Flugzeugabsturz ... du weißt von dem Flugzeugabsturz, nicht wahr? In Kolumbien? Ich dachte mir, daß du es weißt, aber ... Dana und ich hatten schon davor einige Schwierigkeiten miteinander gehabt. Das war einer der Gründe, warum ich mich entschlossen hatte, wieder zu arbeiten und in die Politik zu gehen. Um etwas Eigenes zu haben, falls Dana und ich uns trennen würden, was ich damals für ziemlich wahrscheinlich hielt.«

»Hast du was dagegen, wenn ich frage, warum?«

Sie überlegte eine ganze Weile. »Dana gehörte zu den Männern, mit denen das Zusammenleben großartig funktioniert, solange alles gut läuft. Wenn er Geld und alles unter Kontrolle hatte, war er wunderbar. Er ging in seinen Geschäften auf.«

»Okay.«

»Aber seine Investitionen wurden immer problematischer. Er erlitt ein paar massive Fehlschläge an der Börse, versuchte dann, ein bißchen was durch Grundstücksgeschäfte hier in der Stadt wieder zurückzugewinnen. Aber sein Plan ging nicht auf. Schuldverschreibungen wurden fällig, die er nicht bezahlen konnte. Er geriet, glaube ich, allmählich in Panik. Inzwischen ging er auf die Sechzig zu, und seine Zuversicht begann zu schwinden. Ich sagte ihm, es sei nicht so wichtig, er besitze immer noch genug. Für mich sei wichtiger, wie er mit Elaine umgehe und daß er mich liebe, eben die persönlichen Dinge. Aber er dachte, er sei nichts wert, wenn ihm nicht alles glückte. Es hing mit diesem Macho-Wahn zusammen. Dann wurde er ... na ja, wir gaben ... die körperliche Seite auf ... Das beschleunigte den gesamten Prozeß natürlich zusätzlich.«

Sie trank einen Schluck.

»Aber nach Kolumbien ...?«

»Nach Kolumbien, nach meiner Rückkehr ... Ich weiß es nicht genau. Vielleicht hat ihn der Schock wachgerüttelt. So alt war er ja auch wieder nicht. Er wollte mich und Elaine nicht verlieren, das wollte er nicht zulassen. Als ich aus dem Krankenhaus kam, kehrten wir nach Hause zurück, und die Leute begannen, von meiner Kongreßkandidatur zu sprechen, von meiner Kandidatur für Theo Heckstroms Amt, und plötzlich blickten wir beide wieder nach vorn. Er war wieder zuversichtlich, ging wieder Risiken ein. Eines davon war das Pacific Moon.«

»Und das Lokal hat drei Millionen Dollar eingebracht?«

Sie lächelte ihn an. »Abraham. Bitte. Erstens waren es keine drei Millionen Dollar, nicht mal annähernd soviel, und der Betrag – wie hoch auch immer er gewesen ist – wurde unter den Investoren aufgeteilt. Zweitens basierte der Gewinn auf einem anderen Risiko, das Dana eingegangen war. So war er eben. Wenn er den Mut hatte, konnte er alles erreichen. Er überredete die anderen Investoren, die Gewinne aus dem Restaurant in die Anzahlung für irgendein heruntergekommenes Gelände südlich der Market Street zu stecken, von dem er gehört hatte, daß es ... Na ja, ein großer Teil davon gehört jetzt zum Moscone Center, San Franciscos berühmtem Kongreßgelände. Sie mußten nur drei oder vier Teilzahlungen leisten, bevor die Stadt ihnen das Grundstück wieder abkaufte. Ein unerwarteter, einmaliger Gewinn. Danach zog sich Dana aus dem Restaurantgeschäft zurück, steckte seinen Anteil am Gewinn in die Erschließung von Grundstücken, was ihm sowieso lieber war. Er hat das Pacific Moon nur benutzt, um mit dem Geld der anderen Investoren in die Grundstücksgeschäfte einzusteigen.«

Glitsky hatte sich zurückgelehnt und die Arme verschränkt.

Jetzt beugte er sich vor. »Weiß die Öffentlichkeit nichts davon? Warum gibt es immer noch Gerüchte?«

Eine Spur von Resignation schlich sich in ihren Tonfall. »Erstens, glaube ich, haben die Leute nicht verstanden, was Dana getan hat, Abe. Und wenn die Leute eine Erklärung nicht verstehen, dann denken sie sich eben eine aus. Außerdem stehe ich im Rampenlicht der Öffentlichkeit. Es hätte nie Gerüchte gegeben, wenn ich eine Hausfrau wäre, glaub' mir. Aber so gibt es genug Leute, die glauben, sie könnten einen Vorteil daraus ziehen, wenn sie irgendwas Schlechtes über mich herausfinden.« Sie beugte sich über den Tisch und sprach leise: »Abraham, hör mir zu. Dana hat einiges auf sich genommen, um seine Bücher ... geheimzuhalten. Die Investoren haben eine Holdinggesellschaft gegründet, die das Grundstück kaufte, und dann die Gewinne zurück ins Restaurant fließen lassen. Das war der Grund dafür, daß das Restaurant in jenem Jahr einen so hohen Gewinn auswies. Keine Namen. Aber du kannst sie herausbekommen – andere haben sie auch herausbekommen –, wenn du weißt, wo du suchen mußt. Die Buchprüfer, zum Beispiel.«

»Aber warum benutzte er nicht ...?«

»Warum keine Namen? Warum die ganze Heimlichtuerei?« Sie lehnte sich zurück. »Weil Dana glaubte, daß Wissen Macht verleiht. Sag niemandem was, das er nicht wissen muß. Außerdem dachte er, und damit lag er wahrscheinlich richtig, daß die Wähler es nicht gutheißen würden, wenn herauskäme, daß ich durch einen Zufall – und es war ja im Grund ein Zufall – an der Stadt einiges Geld verdient hätte. Wir haben nichts ... *Dana* hat nichts Ungesetzliches getan, aber in diesem Geschäft, in meinem Geschäft, der Politik, zählt nur der Eindruck.« Es bereitete ihr offenbar immer noch Kummer. Ihre Hand griff nach der seinen. »Das ist die Geschichte. Zufrieden? Können wir immer noch das sein ... was wir sind? Obwohl du bei der Polizei bist und so weiter?«

»Es war für mich nicht so wichtig, aber ich bin froh, daß du es mir erzählt hast.«

Ihre Hände trafen sich über der Mitte des Tischs. »Ich will nicht, daß du an mir zweifelst, Abe.«

»Ich zweifle nicht an dir. Nicht jetzt, nicht in Zukunft.«
Er hob ihre Hand an seine Lippen und drückte sie dagegen.

Loretta wußte, daß sie es niemals tun könnte, und doch war sie versucht, Abe und der Welt alles zu erzählen. Fast ihr ganzes Leben hatte sie es mit selbstgerechten Menschen zu tun gehabt – zu denen Abe nicht gehörte –, und liebend gern würde sie die Karten auf den Tisch legen, damit sie verstünden, was Menschen tun mußten, die dort anfingen, wo Loretta angefangen hatte, um etwas zu erreichen.

Sie hatte immer etwas wirklich Gutes vollbringen wollen, hatte helfen wollen, um den Menschen, die sie vertrat, eine bessere Position zu verschaffen. Sie hatte etwas bewirken und eine aktive Rolle dabei spielen wollen, ihr Land zu verbessern, hatte nie geheuchelt, es war ihr immer ernst damit gewesen. Im Verlauf ihrer Karriere war sie weit gegangen, um dank ihrer Bemühungen einige Fortschritte zu erzielen.

Sie hatte es nicht für sich oder zur Selbstdarstellung getan, zumindest nicht nur. Elaine sollte das, was sie selbst als Kind und noch mehr als junge Frau ertragen hatte, nicht durchmachen müssen. Und, bei Gott, bislang hatte sie dieses Ziel erreicht. Abgesehen von der Sache mit Chris Locke. Macht und Einfluß schützten tatsächlich vor dem Schlimmsten. Über Elaine, die Lorettas Einfluß vergrößerte, weitete sie ihren Schutz auch auf andere aus. Sie hatte ihre Karriere begonnen, indem sie für die Benachteiligten, die mit Füßen Getretenen, gekämpft hatte, und allein das hatte ihr damals die notwendigen Stimmen gebracht. Es war eine Situation gewesen, in der sie nur hatte gewinnen können.

Aber das hatte sich geändert, und sie mußte sich ebenfalls ändern, wenn sie an der Macht bleiben, weiterhin Gutes tun wollte. Sie fand nicht, daß sie ihren Prinzipien untreu geworden war, sie hatte sich nur ein wenig anpassen müssen, um sie beibehalten zu können. Wenn sie nicht gewählt wurde, konnte sie auch niemandem helfen, richtig? Vielleicht war das die Vereinfachung einer professionellen Politikerin, aber sie wußte, daß sie recht hatte. Vielleicht würde ihr Anliegen etwas moderater ausfallen, aber es würde den Kompromissen nicht ganz und gar zum Opfer fallen.

Sie fragte sich, was die aufrechten Moralapostel wohl an ihrer Stelle getan hätten. Es war eine Sache, einen moralischen Standpunkt zu vertreten und zu sagen ›Oh, *ich* hätte das gefundene Geld den Behörden übergeben‹, und eine völlig andere, vier Tage im stinkenden Dschungel sitzen und befürchten zu müssen, dort zu krepieren. Mit mehr als einer halben Million Dollar in bar, deren Herkunft nicht zu identifizieren war.

Sie hatte nie Gewissensbisse wegen der Tatsache verspürt, daß sie den Absturz als einzige überlebt hatte. Litt nicht an Schuldgefühlen als Überlebende. Es war nicht ihr Fehler gewesen. Das Geld mochte ja vielleicht aus Drogengeschäften stammen – schwer zu sagen? Vielleicht hatte es auch jemand anderem gehört, war es in den Vereinigten Staaten nicht versteuert worden … Aber es stand außer Frage, daß sie mit Hilfe dieses Geldes etwas für ihr Volk erreicht hatte, zuerst als Kongreßabgeordnete, dann als Senatorin.

Es gab noch einen anderen, persönlicheren Grund dafür, weshalb es sie nie belastet hatte, das Geld behalten zu haben. Sie hatte es als zufälligen Glückstreffer empfunden, der für einen Ausgleich auf dem Spielfeld gesorgt hatte. Auch wenn ihre braven Eltern es immer stolz, vielleicht sogar ein wenig blind, abgestritten hatten, war Loretta dennoch ein Opfer der Armut gewesen. Sie hatten unrecht gehabt, die miesen Verhältnisse, in denen die beiden Alten die letzten Jahre ihres Lebens verbracht hatten, bestätigte das. Jeden Tag hatte Loretta den Schmerz gespürt, in jeder Minute. Verdammt, nach dem Pech, das ihr und ihren Eltern beschieden gewesen war, hatte sie ein bißchen Glück verdient gehabt.

Endlich war sie an der Reihe gewesen, und sie hatte die Gelegenheit genutzt, ohne Entschuldigungen, Erklärungen oder Schuldgefühle zu erfinden. Nur Menschen, die Angst davor hatten, nach etwas zu greifen, das bisher außerhalb ihrer Möglichkeiten gelegen hatte, würden eine solche Ge-

legenheit nicht nutzen. Nicht sie. Sie hatte die Chance genutzt und verdammt viel Gutes auf ihrem Weg nach oben
getan.

Nichts und niemand würde sie jemals vom Gegenteil überzeugen.

# 49

»Tut mir leid, falsch verbunden.«

»Wes ...?«

Die Verbindung wurde unterbrochen.

»Was war das?« fragte Melanie. Sie saß vor Anns Schlafzimmerkommode und kämmte ihr Haar, zählte die Bewegungen, einundachtzig, zweiundachtzig ... Sie hatte sich noch nicht wieder angezogen.

»Das war Wes, und er verhält sich ziemlich mysteriös. Ich werde ihn noch mal anrufen.« Kevin, der auf dem Bett lag, begann die Nummer erneut zu wählen.

»Nein, warte einen Moment. Was hat er gesagt?«

»Melanie, so was macht er laufend. Er hat gesagt, ich sei falsch verbunden, und eingehängt.« Er drückte auf die Tasten des Telefons. Sie stand rasch von ihrem Hocker auf, griff über ihn, versuchte, ihm den Hörer aus der Hand zu reißen, und fiel auf seine Rippen.

»Au!«

»Oh, tut mir leid, Kevin, das wollte ich nicht ...«

Auch er war noch nackt. Stöhnend lag er auf der Seite, halb in die embryonale Körperhaltung zusammengerollt. Sie nahm ihm den Hörer ab und legte ihn auf die Gabel zurück. »Alles in Ordnung?«

Er schüttelte den Kopf und versuchte mühsam, wieder zu Atem zu kommen. »Wenn *du* ihn unbedingt anrufen willst, okay, ruf ihn an.«

»Ich will ihn nicht anrufen. Erzähl mir lieber, was er gesagt hat.«

Kevin rollte sich auf den Rücken und tastete behutsam seine Rippen ab. »Also, hör gut zu, ich zitiere ihn wörtlich: ›Tut mir leid, falsch verbunden.‹«

»Es war jemand bei ihm. Sie sind ihm nach Hause gefolgt. Wir hatten recht, seine Wohnung zu verlassen. So sieht's aus, und du weißt, daß das stimmt.«

Er betastete noch immer seine Rippen. Sie saß neben ihm auf dem Bett, nahm nach einer Weile den Hörer ab. »Wie ist seine Nummer?«

Er schloß die Augen, lehnte sich zurück und murmelte die Nummer. Sie gab die Ziffern ein. »Hier spricht deine Mutter, Wes. Sag jetzt: ›Hallo, Mutter.‹ … Okay. Wes, wenn die Polizei bei dir ist, sag: ›Ich weiß es nicht. Möglicherweise habe ich an dem Abend schon was vor.‹«

Sie nickte. »Wir werden später wieder anrufen. Glaubst du, daß sie in einer Stunde weg sind?«

Eine kurze Pause. »In Ordnung. Und jetzt sagst du: ›Okay, tut mir leid, bis dann, Mutter.‹«

Sie hängte ein. Kopfschüttelnd legte sie eine Hand auf Kevins Bauch.

Er griff danach. »Und was jetzt?«

Sie hatten die Rollen getauscht. Die Ironie, die darin lag, war ihm nicht entgangen.


Kevin saß, von Pflanzen umgeben, reglos in einem der bequemeren Sessel im Wohnzimmer. Er war inzwischen angezogen, und Melanie hatte ihm das Haar gekämmt, so gut es ging, weil sie dachte, daß es etwas bewirken könnte. Die Vorhänge vor dem Fenster hinter ihm waren zugezogen, und sie hatten alle Lampen eingeschaltet, zusätzlich einige aus dem Schlafzimmer geholt und die Lampenschirme abgenommen. Ein notdürftiger Ersatz.

Melanie hatte Anns Videokamera mit dem Stativ so zurechtgerückt, daß sie auf Kevin gerichtet war. Ein Band war eingelegt, das Gerät einsatzbereit. Als Melanie die Aufnahmetaste drückte, leuchtete ein rotes Lämpchen auf, und Kevin versuchte, in die Kamera zu lächeln. Kein besonders natürliches Lächeln.

»Mein Name ist Kevin Shea«, begann er, »und die Vorwürfe, die gegen mich erhoben werden, sind nicht …«


Sie standen vor der Wohnungstür und umarmten sich. »Es gibt keine andere Möglichkeit, ich *muß* gehen. In höchstens einer Stunde bin ich zurück, und dann werden wir Wes noch mal anrufen.«

»Vielleicht solltest du bei ihm vorbeifahren. *Er* könnte das Band abgeben.«

Sie schüttelte den Kopf. »Zu ihm fahre ich bestimmt nicht. Wahrscheinlich ist die Nationalgarde rund um das Gebäude postiert.« Sie küßte ihn. »Kevin, ich bin nicht in Gefahr, hinter mir sind sie nicht her, nur ich kann es tun. Die Nummernschilder sind ausgetauscht. Wir haben es doch auch bis hierher geschafft, oder etwa nicht?«

»Nur knapp.«

»Auch knapp zählt«, sagte sie, gab ihm noch einen Kuß und verschwand.

Er fand es merkwürdig, daß er keine Lust auf ein Bier verspürte. Ann hatte vier Rolling Rocks im Kühlschrank, aber statt dessen schenkte er sich aus einem großen Krug ein Glas Orangensaft ein. Er trank das Glas in einem Zug leer und goß sich ein zweites ein.

Dann ging er ins Wohnzimmer zurück und überlegte, wie lange es dauern würde, bis Melanie das Band zu KQED gebracht hätte, dem Fernsehsender, der Anns Wohnung am nächsten lag. Vorausgesetzt, sie würde nicht verhaftet werden und ihre Mission dadurch scheitern, würde sie höchstens eine Stunde brauchen. Aber es herrschte viel Verkehr, und seit ein paar Tagen gab es die abgesperrten Zonen, die sie umfahren mußte.

Sein Magen krampfte sich zusammen. Was wäre, wenn ihr etwas passierte? Wenn jetzt …

Wenn was?

Ihm wurde bewußt, daß er sich größere Sorgen um sie machte als um sich selbst. Er hätte sie nicht allein gehen lassen sollen. Er hätte mit ihr fahren sollen …

Auf Kevins Frage, ob die Polizei noch anwesend sei, antwortete Wes Farrell: »Sie sind weg. Was machst du gerade?«

»Ich habe die letzten sieben Minuten die Sekunden gezählt. Ich glaube, es waren vierhundertzwanzig. Aber das wird auf Dauer ein bißchen langweilig, und so dachte ich, ich rufe dich an. Wie geht's Bart?«

»Bart geht's gut.«

»Und dein Treffen …?«

»Bis die Bullen hier aufkreuzten, hatte ich geglaubt, daß alles gut gelaufen sei.«

»Wie konnte das passieren?«

»Ich hätte es wissen müssen. Hier steht viel auf dem Spiel. Sie lügen.«

»Wer?«

»Die Bullen. Lieutenant Glitsky. Er sagte, er würde es für sich behalten, aber offensichtlich hat er jemanden beauftragt, mir nach Hause zu folgen. Er dachte, du wärst bei mir, obwohl ich ihm sagte, ich wüßte nicht, wo du steckst. Wahrscheinlich hielt er es für einen Versuch wert. Wenn du hier gewesen wärst, hätte er die Verhaftung vornehmen und vielleicht sogar die Belohnung einstreichen können. Du kannst dir sicher vorstellen, wie überrascht und erleichtert ich war, als sich herausstellte, daß du tatsächlich nicht hier warst. Wahrscheinlich hat mich das vor dem Gefängnis bewahrt. Warum zählst du Sekunden?«

»Um die Zeit zu vertreiben, bis Melanie zurückkommt.«

»Wo ist sie?«

Kevin erklärte es ihm. »Wenn wir erreichen, daß sie das Video senden, und die Medien darauf anspringen, werden die Leute ihre Meinung vielleicht ändern. Irgendwas *wird* sich ändern. Wenigstens kommt so die Wahrheit ans Licht.«

»Kevin … Warum klammerst du dich so sehr an den Gedanken, daß jemand glauben wird, was du zu sagen hast?«

Shea schluckte und wartete einen Moment, bevor er antwortete: »Weil ich die Wahrheit sage, Wes.«

»Das streite ich nicht ab, wir haben es oft genug durchgekaut. Ich habe Glitsky deine Wahrheit erzählt, wenigstens so, wie ich sie verstanden habe, und er schien sogar offen dafür zu sein. Und doch gibt es die Anklageschrift der Grand Jury, und das ist ein offizielles Dokument, Kevin. Du bist offiziell dieses Verbrechens *angeklagt*. Ich glaube nicht, daß du mit einem Videoband, in dem du sagst, daß du es nicht getan hast, viele Herzen und Meinungen für dich gewinnen wirst. Die Leute werden skeptisch sein, was deine Motive betrifft. Glaub mir. Jetzt ist die Jury am Zug, es sei denn, wir können den Bezirksstaatsanwalt dazu bewegen, die Anklage fallenzulassen. Aber das hält selbst Glitsky für unwahrscheinlich. Und ich, nebenbei bemerkt, auch.«

»Ich werde mich nicht vor Gericht stellen lassen ...«

»Sieh der Realität ins Auge, Kevin.«

»Auf keinen Fall, ich werde nicht ...«

»Warum bleibst du dann in der Stadt? Ich dachte, du wolltest deine Geschichte erzählen, die Wahrheit ans Licht bringen?«

»Ja, aber nicht in einem verdammten Gerichtsverfahren. Wenn ich vor Gericht gestellt werde, bin ich ein toter Mann, das weißt du, du hast es selbst gesagt. So weit darf es nicht kommen. Deshalb kam ich zu dir. Damit die Sache hinter den Kulissen geklärt wird.«

Farrell fand darauf keine passenden Worte.

»Wes?«

»Wenn kein Wunder geschieht, Kevin, wird es zu einem Gerichtsverfahren kommen. Wir werden deine Verhaftung in die Wege leiten und dich auf Kaution herausholen ...«

»Ich dachte, bei einer Mordanklage gibt es keine Kaution.«

»Nur, wenn sie auf vorsätzlichen Mord plädieren. Das müssen wir aushandeln.«

Es entstand eine lange Pause. Dann klang Kevins Stimme merklich gedämpft. »Wes, ich kann nicht glauben, daß es so weit gekommen ist.«

»Ich weiß, Kevin, deshalb versuche ich ja die ganze Zeit, dir klarzumachen, daß es, verdammt noch mal, eben doch so weit gekommen ist. Die Sache wird vor Gericht geklärt, es sei denn, sie bringen dich vorher um.«

Wieder eine lange Pause. »Du kannst einen wirklich aufmuntern.«

»Du hast mich gefragt.«

»Tu mir einen Gefallen, wenn ich das nächste Mal frage, ja?«

»Welchen?«

»Lüg mir was vor.«

# 50

Allicey Tobain besprach sich mit Philip Mohandas im hinteren Büro des Ladens, N'doum stand davor Wache. Trotz des kontinuierlichen Stimmengemurmels der anderen Personen im Laden, von denen sich einige sogar laut unterhielten, konnte N'doum Allicey deutlich durch die Tür hören …

Sie ging in dem kleinen Zimmer auf und ab. »Du verlierst den Blick für die Realität, Philip. Du wirst von dieser … dieser *Politikerin* manipuliert.« Sie spie das Wort förmlich aus und blieb vor Mohandas stehen. »Sag mir eines: Was ist für uns bei dieser Sache bisher herausgesprungen? Einer von ihren Leuten ist jetzt Bezirksstaatsanwalt. Wir haben das für eine Gegenleistung von ihr getan … richtig? Aber wo ist die Gegenleistung? Wo? Wir haben ein Versprechen bekommen, das ist alles, mehr sehe ich nicht. Und inzwischen verlieren wir den Blick für …«

»Du wiederholst dich, Allicey. Aber wofür verliere ich den Blick? Wir bekommen etwas. Wir bekommen eine Million Dollar monatlich.« Er sprach ruhig, während er eine Geste zur Tür machte. »Damit können wir eine Menge Flugblätter drucken, Mädchen. Wir können eine Menge Werbezeit kaufen, eine Menge von allem … Hörst du, was ich sage?«

Sie ging nicht darauf ein, brachte ihr Gesicht dicht vor seines und sagte: »Ich betreibe keine Kindertagesstätte. Hier geht es nicht um *unterprivilegierte Jugendliche*, sondern um unser Volk, Philip. Es geht darum, wie wir behandelt werden. Vor drei Tagen wurde hier ein Mann gelyncht, aber bis jetzt ist kein Mensch dafür verhaftet worden. Und soweit ich sehe, wird nicht einmal mehr nach dem Täter gefahndet. Nennst du das Gerechtigkeit? Nennst du das Fortschritt? Ist es das, was du willst?«

Er blieb stumm.

Sie ging zurück zum Sofa, blieb davor stehen und wandte sich wieder zu ihm um. Ihr Tonfall wurde sanfter: »Sie spielt mit dir, Philip, sie nutzt dich aus. Erkennst du das denn nicht? Für sie ist es ein Spiel. Du läßt dich einwickeln, vergißt, was du eigentlich willst, wer du bist und wem du vertrauen kannst.«

»Das vergesse ich nicht. Aber sie bietet etwas Wichtiges an, das wir brauchen können, etwas …«

»Verdammt noch mal, Mann, du solltest dich hören. Du sprichst von einem *Angebot*, du spielst ihr Spiel …« Sie ging zu ihm zurück, legte ihm die Hände auf die Arme und hielt sie fest. »Laß mich dich etwas fragen: Ist Jerohm Reese aus dem Gefängnis entlassen worden? Ist dieser Drysdale noch immer im Amt? Erinnere dich: Das waren heute morgen unsere Anliegen – diese beiden Dinge. Dann rief Senatorin Wager an. Erinnerst du dich? Und? Haben wir eines unserer Ziele erreicht?«

»Du warst dabei, Allicey.«

»Auch ich habe mich für einen Moment blenden lassen. Ich dachte, wir bekämen was. Aber frag dich selbst: Was haben wir erreicht? Alan Reston? Wer ist das schon? Wir haben erreicht, daß der Bürgermeister die Belohnung für Kevin Shea aufgestockt hat. Aber ich sehe keinen Kevin Shea. Siehst du ihn? Siehst du, daß etwas unternommen wird?«

Sie ließ seine Arme los und strich über den Stoff seines Hemdes. »Wir haben Brüder und Schwestern da draußen, die kämpfen, Philip. Sie verlieren den Kampf auf den Straßen. Es wird ihnen erst besser gehen, wenn es hier mehr Gerechtigkeit gibt. Genau das müssen wir verlangen: mehr Gerechtigkeit. Und ich glaube, in der Hitze des Gefechts – in den Verhandlungen mit der Senatorin – verlieren wir aus den Augen, wer wir sind und was wir wollen. Mehr sage ich ja gar nicht.«

Philip Mohandas' Gesichtsausdruck blieb leer. Er trat einige Schritte zurück, stieß gegen einen der Klappstühle und setzte sich.

Von Allicey und Jonas flankiert, saß Philip Mohandas im vorderen Teil des Ladens, umgeben von etwa vierzig seiner Anhänger. Ein halbes Dutzend Mikrofone stand vor ihm, und ein Reporter eines örtlichen Kabelfernsehsenders mit Kamera sowie eine Journalistin vom *Bay Guardian*, die bereits den ganzen Tag in seinem Hauptquartier herumgelungert hatte, stellten ihm Fragen. Mohandas war sich bewußt, daß er gefilmt und seine

Worte mitgeschnitten wurden, daher versuchte er, sein rhetorisches Talent in Szene zu setzen:

»... sind wir ausdrücklich nicht mit dem zufrieden, was offiziell ›Fortschritte‹ genannt wird. Bis jetzt haben wir nur Lippenbekenntnisse vernommen, mehr nicht.«

Die Journalistin vom *Guardian* meldete sich wieder zu Wort. Hinter Mohandas runzelten Allicey und Jonas die Stirn. »Aber was ist mit Alan Reston? War er nicht Ihr Kandidat? Er ist ein Schwarzer, zeigt das nicht irgendwie ...«

Mohandas sagte mit halb erhobener Faust und fester Stimme: »Ganz gleich, auf wen die Wahl fiel, der Bezirksstaatsanwalt mußte ein Afroamerikaner sein. Der Bürgermeister sah ein, daß ihm nichts anderes übrigblieb. Jede andere Wahl hätte ... selbstverständlich neue Unruhen entflammt. Mister Reston war im Hinblick auf dieses minimale Kriterium akzeptabel. Dennoch bleiben wir felsenfest bei unserer Meinung, daß Jerohm Reese ein unschuldiges Opfer und ein weiteres Beispiel für den Rassismus der Weißen ist und daß Art Drysdale ein Rassist ist, der aus jedem öffentlichen Amt entfernt werden muß. Um Ihre Frage zu beantworten: Nein, wir sind *nicht* zufrieden.«

»Was ist mit der Belohnung? Ist das nicht ...«

Mohandas wies mit dem Finger auf den Reporter des Kabelsenders. »Ich bin froh, daß Sie dieses Thema anschneiden, denn auch hier handelt es sich um eines jener Lippenbekenntnisse, von denen ich eben sprach. Es ist eine leere Geste, die darauf zielt, meine Gemeinde, meine aufgebrachten Brüder und Schwestern einzulullen und glauben zu machen, das Machtsystem der Nicht-Schwarzen fühle sich betroffen. Betroffen! Wir wollen keine Betroffenheit, Betroffenheit ist nicht genug. Wir wollen Ergebnisse! Was nützt uns eine Belohnung – egal, ob es fünfzig oder fünf Millionen Dollar sind –, wenn sie nicht dazu beiträgt, daß der Gesuchte gefaßt wird?« Er zeigte auf den Steckbrief an der Wand. »Wir wollen diesen Mann.« Konzentriert und ernst wandte er sich der Kamera zu. »Lassen wir uns nicht von schönen Worten und sogenannten guten Absichten täuschen! Wir dürfen nicht vergessen, was hier in San Francisco geschehen ist und immer noch geschieht. Arthur Wade ist tot, und nichts hat sich geändert. Jerohm Reese sitzt im Gefängnis, Kevin Shea läuft frei herum. Solange dieser Zustand nicht korrigiert wird und die Verhältnisse so pervertiert bleiben, können und werden wir keine Ruhe geben.«

Seine Stimme war ein wenig heiser geworden, und Jonas N'doum reichte ihm ein Glas Wasser, aus dem er einen Schluck trank. »Deshalb rufe ich zu einer Solidaritätsdemo am Samstag morgen auf. Wir veranstalten eine *friedliche* Demonstration, bei der wir der Stadt folgende Forderungen vorlegen: Erstens muß etwas zugunsten von Jerohm Reese, zweitens etwas gegen Art Drysdale unternommen werden. Und drittens muß die Stadt *alle* ihre Möglichkeiten ausschöpfen, ihren *gesamten* Machtapparat dafür einsetzen, daß Kevin Shea gefunden wird. Dann kann endlich die Rede davon sein, daß man in dieser Stadt beginnt, mehr Gerechtigkeit walten zu lassen.«

Der Raum explodierte in einem Chor aus »Genau!« und »Amen!«. Mohandas drehte sich zur Seite, erhielt ein bestätigendes Nicken von Allicey Tobain und wandte sich mit dem Ausdruck wilder Entschlossenheit wieder der Kamera zu.

# 51

Sie schlenderten über den kalten Sand am Strand unterhalb des Cliff House. Loretta war barfuß und trug ihre Schuhe in einer Hand. Da es ein wenig kühl geworden war, hatte sie Glitskys Fliegerjacke an. Es war windstill. Er hielt ihre andere Hand und tat, als sei er gegen die Witterung immun. Sie waren am nördlichen Stadtrand entlang und durch den Presidio und das Seacliff-Viertel hierher an den Pazifik gefahren. Loretta hatte alles, was einem Sperrgebiet ähnelte, umfahren.

»Wann fliegst du wieder zurück nach Washington?«

»Ich weiß es noch nicht genau. Mir wäre es lieb, wenn diese … diese ganze Angelegenheit bis dahin aus der Welt geschafft wäre. So lange möchte ich bleiben. Das heißt, falls es nicht zu lange dauert, was ich stark hoffe.«

Sie hatten den weiteren Abend mit Gesprächen über private Themen verbracht, denn sowohl Abe als auch Loretta waren der Ansicht, daß Kevin Shea im Laufe des nächsten Tages verhaftet werden würde. Der Wahnsinn würde ein Ende finden, deshalb hatten sie nicht weiter darüber gesprochen. Die Lösung war greifbar nahe.

Sie fuhr fort: »Ich fühle mich als Teil dieser Sache. Und ich mache mir immer noch große Sorgen um Elaine.« Ihre Schritte verlangsamten sich, dann blieb sie stehen, wandte sich um und sah zu Glitsky auf. »Außerdem … bist da auch noch du.«

Er ging weiter, langsam, einen Schritt nach dem anderen. Nüchtern entgegnete er: »Ja, stimmt.«

»Ich nehme an, du kommst nicht oft nach Washington.«

»Richtig.«

Sie hielt ihn an, sah auf den Sand hinunter und malte mit ihren Zehen einige Linien hinein. »Ich bin ein paarmal im Jahr während der Ferien hier, meistens um Wahlkampf zu führen.«

Über ihren Kopf hinweg leuchteten phosphoreszierend die sich brechenden Wellen. Glitsky glaubte die Lichter eines Tankers am Horizont zu sehen. Hinter ihm ertönte das schwache Heulen einer Sirene.

»Okay«, sagte er.

Ihre Arme lagen um seine Taille. »Hättest du was dagegen, mich einen Moment in den Arm zu nehmen?« Sie klammerte sich an ihn und preßte sich fest gegen ihn. Er spürte, wie ein Zittern sie durchfuhr. »Ist dir kalt?«

Sie schüttelte den Kopf. »Nein, das nicht.« Er umarmte sie. »Man redet sich ein, daß man das nicht braucht«, flüsterte sie, als führe sie ein Selbstgespräch.

»Ich weiß.«

»Und das klappt, weil es klappen muß.«

Glitsky traute sich nicht über den Weg, viel zu sagen. »Ja.«

Langsam ließ sie ihn aus der Umarmung frei, ihre Arme sanken an der Hüfte hinunter. Er ließ sie ebenfalls los, und sie trat einen Schritt zurück. Trotz des matten Lichtes des Mondes und von der Straße hinter ihnen konnte er sehen, daß ihre Augen feucht glänzten. Der Anflug eines Lächelns war auf ihrem Gesicht zu erkennen und erstarb wieder.

»Senatoren dürfen nicht weinen. Das ist Teil des Eids.«

Er berührte ihre Wange.

»Ich wollte dich bitten, noch zu bleiben.«

Er schüttelte den Kopf. »Du hast selbst gesagt, daß du Elaine etwas Zeit widmen mußt. Sie braucht dich. Und ich muß mich wieder zurückmelden, falls Farrell angerufen hat … Außerdem sieht mein geschultes Polizistenauge auf deinem Anrufbeantworter vierzehn Nachrichten blinken. Der morgige Tag wird wieder lang werden.«

Sie waren gerade durch die Eingangstür getreten.

»Bist du immer so verantwortungsbewußt?«

»Ja, Ma'am. Wie du bin auch ich ein ergebener Staatsdiener.«

»Okay«, sagte sie und zog ihn zu sich herunter, um ihm einen Kuß zu geben. Sie öffnete die Tür und spähte übertrieben theatralisch in alle Richtungen. »In Ordnung, die Luft ist rein. Keine Journalisten.« Sie wandte sich zu ihm um. »Apropos, vielleicht sollte ich mir allmählich ein wenig Sorgen deswegen machen. Wo sind sie alle hin? Sie müßten doch hier sein.«

»Und dein Haus umzingeln?«

Sie umarmte ihn erneut. »Ich mache nur Spaß, Lieutenant. Jetzt aber raus hier. Wie es aussieht, brauche ich zuerst einmal eine kalte Dusche, um mich wieder auf meine Arbeit konzentrieren zu können.«

Glitskys Narbe dehnte sich ein wenig. »Von einer Dusche hast du nichts gesagt ...«

Sie schob ihn hinaus. »Raus jetzt ... aber morgen.«

Er zeigte mit einem Finger auf sie. »Morgen.«

Er ging zum Wagen und blickte zu ihrer Villa zurück, die er weitaus einschüchternder fand als ihre Bewohnerin. Das Haus mußte Dana gehört haben. Es war merkwürdig, sich vorzustellen, daß sie all die Jahre hier, so nahe bei ihm, gelebt hatte. Natürlich war er die meiste Zeit davon mit Flo zusammen gewesen und hatte nicht nach ihr gesucht. Er versuchte sich einzureden, daß er es nicht einmal bemerkt hätte, wenn er darauf gestoßen worden wäre.

Sirenen, nicht weit entfernt. Er drehte sich um und sah den orangefarbenen Widerschein von Flammen am Himmel, irgendwo im Osten. Na los, Mister Farrell, dachte er, bringen wir es hinter uns.

Es war noch früh, noch nicht einmal zweiundzwanzig Uhr. Die Wohnung stand leer. So frei und allein hatte er sich seit fünfzehn Jahren nicht gefühlt. Er würde ins Büro fahren, nach dem Rechten sehen. Vielleicht brauchte ihn jemand.

Als er in den Wagen stieg, stellte er fest, daß der Sitz sich noch in der Position nahe am Lenkrad befand, wie Loretta ihn gebraucht hatte. Er lächelte und sagte: »Eins, zwei, drei.« Dann schob er ihn in die Stellung zurück, in der er fahren konnte. Kleine Päckchen, dachte er. Wie lautete die Redewendung? Was kam in kleinen Päckchen? Gute Sachen? Oder Dynamit?

Eigentlich hatte Glitsky vorgehabt, direkt vor dem Justizgebäude in der Bryant Street am Straßenrand zu parken, um diese Uhrzeit sollte das kein Problem sein. Dann bemerkte er den ungewöhnlich starken Verkehr nördlich der Market Street, und als er vor dem Gebäude, wo er arbeitete, ankam, ging es nur noch schleppend vorwärts. Schwarzweiße Streifenwagen parkten in zweiter und dritter Reihe entlang der gesamten Front. Etwa in der Mitte der Straße, am Eingang zum Justizgebäude, wo er am Morgen interviewt worden war, hatten die Transporter der Fernsehteams ihr Terrain abgesteckt. Dort stand eine Reihe von Bussen zur Personenbeförderung. Er konnte sehen, wie sich sowohl der vom Freeway an der Siebten Straße kommende Verkehr als auch der von der unteren Mission auf der Bryant zurückstaute, und begriff, daß mindestens eine der Querstraßen zum Parkplatz umfunktioniert worden war. Schließlich bog er in eine Gasse ein. Sie war mit Fahrzeugen der Zivilpolizei verstopft, die an den Straßenrändern und auf den Gehwegen parkten. Sein Wagen kroch durch die einzige freie Spur in der Mitte der Straße und dann rauf auf den städtischen Parkplatz hinter dem Justizgebäude.

Zwischen dem neuen Gefängnis und dem alten Leichenschauhaus verlief ein langer, teilweise überdachter Gang, der zum Hintereingang des Justizgebäudes führte. Obwohl hier in unregelmäßigen Abständen mit Gittern versehene Glühlampen aufgehängt waren, lag der Gang zu dieser nächtlichen Stunde in einer unheimlichen, an die Dunkelheit des Universums erinnernden Finsternis. Vielleicht war es nur der Kontrast zu der gleißenden Helligkeit, die durch die hohen Fenster in der Eingangshalle des Justizgebäudes strahlte, oder einfach das Gefühl, daß man in eine Art Höhle eintrat, die zufällig an den Ort grenzte, an dem die Toten aufbewahrt wurden – jedenfalls bekam Glitsky in diesem Gang immer eine Gänsehaut, wenn es draußen dunkel war. Während er weiterging, rechnete er beinahe damit, daß Fledermäuse aus ihren Glockentürmen aufgescheucht wurden, um sich in einem Durcheinander von Flügelschlägen und Schreien auf ihn zu stürzen.

Daher beeilte er sich und bemerkte John Strout erst, als dieser ihn aus dem Schatten des Eingangs zum Leichenschauhaus ansprach.

Als sich Glitsky von seinem Schrecken erholt hatte, lächelte ihn der Leichenbeschauer freundlich an und sagte: »Ich wollte Sie nicht erschrecken.«

»Sie machen Überstunden.« Glitsky wies auf das Hauptgebäude. »Wie alle anderen auch.«

Strout nickte. »Ich nehme an, Sie sind ebenfalls nicht zum Vergnügen hier, Lieutenant.«

»Wohl kaum.«

»Irgendwas Besonderes?«

Eine ungewöhnliche Frage von Strout. Vielleicht wollte er nur ein wenig Konversation machen? Aber Glitsky hielt das für unwahrscheinlich. »Eigentlich nicht«, erwiderte er und fügte nach eingehender Überlegung hinzu: »Warum?«

Unverbindlich hob Strout die Schultern, dachte nach, zog die Augenbrauen hoch. »Ach, nur so …«

»Nur so? Was soll das heißen?«

»Gegen Feierabend war Art Drysdale bei mir, um Christopher Locke die letzte Ehre zu erweisen. Wahrscheinlich wollte er sich auch eine Weile verstecken, weil alle Welt wegen der Dinge, die er in den letzten fünf Jahren getan oder auch nicht getan hat, hinter ihm her ist.« Strouts Verbitterung war verständlich, denn Drysdale und er respektierten sich und hatten über lange Zeit gut zusammengearbeitet. »Lockes Tod hat ihn ziemlich getroffen.«

Glitsky war kein großer Fan von Locke gewesen, aber er verstand Drysdales Reaktion. Die beiden waren lange im selben Team gewesen und hatten dieselben Schlachten zusammen geschlagen. So war es nur natürlich, daß sie sich mit der Zeit einander verbunden gefühlt hatten.

»All die Ereignisse von heute … Ich glaube, er wollte einfach wissen, was tatsächlich mit Locke geschehen ist. Er fragte mich, wer den Fall bearbeite, und ich sagte ihm, Sie seien hier gewesen.«

Für den sonst recht einsilbigen Strout kamen so viele Sätze einer Rede gleich. Glitsky vermutete, daß der andere auf irgend etwas hinauswollte, und wartete ab, bis Strout weitersprach.

»Er war oben, bei Ihnen, und einer Ihrer Männer sagte, er glaube nicht, daß der Fall offiziell jemandem zugewiesen worden sei oder so. Er liege zwar auf Ihrem Schreibtisch, aber …«

Glitsky richtete sich auf. »John, Marcel Lanier *und* ich haben Loretta Wager befragt, die einzige Zeugin …«

Strout hob die Hände. »Das kommt nicht von mir, Lieutenant, ich habe damit nichts zu tun. So hat Art reagiert, das ist alles.«

»In Ordnung.«

»Art schien der Ansicht zu sein, daß einer der Inspectors zum Dolores Park hätte rausfahren sollen, an den Ort, wo Locke erschossen worden ist, und den Tag dort verbringen und sich ein wenig bemühen sollen, den Schützen zu finden. Jemand hätte in der Nachbarschaft ein bißchen von Tür zu Tür gehen …«

»Sehen Sie, John, es war nicht gerade eine ruhige Woche. Vielleicht ist Art das noch nicht aufgefallen.«

»Ich glaube schon, Abe. Wahrscheinlich weiß er einfach nur, wie schnell die Spuren kalt werden. Jetzt ist ein ganzer Tag vergangen, und niemand scheint Anstalten zu machen, die Routinearbeit zu erledigen. Aber da Mister Locke der Bezirksstaatsanwalt und so weiter gewesen sei, hatte er sich gedacht, daß die Ermittlungen eventuell eine etwas höhere Priorität hätten.«

»Es gab andere …« Aber Glitsky wollte nicht aufbrausen und hielt sich zurück. Drysdale hatte aus seiner Sicht natürlich recht. Glitsky hätte in der Tat jemanden anweisen sollen, den Bereich, wo geschossen worden war, abzusuchen, wo immer der genau gelegen haben mochte. Das war der Punkt. Sie mußten absolut sicher wissen, daß dort keine Spuren zu finden waren. Vielleicht würden sie auf ein Stück Stoff, einen Blutfleck, einen Schuhabdruck, eine Patronenhülse stoßen (allerdings stammte das Kaliber der Kugel, mit der Locke getötet worden war, nicht aus einer automatischen Waffe, so daß keine Hülse herausgefallen sein konnte). Irgend etwas …

Drysdale hatte recht. Sein Chef und Freund Chris Locke war getötet worden, und Glitsky, der Leiter des Morddezernats, ermittelte in dieser Sache nicht sorgfältig genug. Kein Wunder, daß Art zu Dr. Strout hinuntergegangen war und sich beklagt hatte.

Aber, verdammt, Glitsky konnte nicht alles gleichzeitig erledigen. Sein Puls raste. Er hatte jeden seiner Inspectors und sich selbst dreifach und fünffach zugewiesen und wußte, daß die Chancen, an einem düsteren Abend mitten in einem Gebiet, das von Ausschreitungen heimgesucht worden war, auf eine vage

Spur zu stoßen, die dann zu dem Mörder von Chris Locke führte, nahezu bei Null lagen.

Das war genau die zusätzliche und unerwartete Portion Kritik, die seinen Job so frustrierend machte. Nicht daß Drysdale keinen Grund gehabt hätte. Die Klage, dem Tod seines besten Freundes werde nicht die Priorität eingeräumt, die seiner Meinung nach angebracht gewesen wäre, war nicht unberechtigt. Aber egal, wie sehr man sich bemühte, wie verantwortungsbewußt man seinen Job auch versah: Es war nie genug. Glitsky erinnerte sich an Lorettas Bemerkung. Irgend jemanden würde man immer verärgern, verletzen oder enttäuschen.

Und Drysdale, mit dem Abe sonst gut zusammenarbeitete, hatte es schwer genug. Glitsky wußte, daß er jemanden auf den Fall hätte ansetzen sollen, egal, ob die Spuren vage waren oder nicht. Bei vielen – den meisten – Ermittlungen in Mordfällen waren die Spuren nur vage. Die simple, alarmierende Wahrheit bestand darin, daß er abgelenkt, nicht bei der Sache gewesen war. Deswegen ärgerte er sich dermaßen über sich, über Drysdale und sogar über den unschuldigen Übermittler der Botschaft, Strout.

Er durfte es sich nicht auch noch mit Strout verderben. Die Person, die ihn wirklich ärgerte, war er selbst.

»Sollten Sie Art vor mir sehen«, sagte er zu Strout, »sagen Sie ihm bitte, auch mir sei das bewußt geworden. Ich werde das Versehen umgehend korrigieren.«

In dem Moment, als er das Gebäude betrat, begann jemand in der riesigen, überfüllten Eingangshalle zu schreien.

Der Beamte, der am Metalldetektor an der Hintertür Dienst tat, war ein ehemaliger Streifenpolizist namens Jimmy Mercy, dem man vor vielen Jahren mit einem Montiereisen zum Reifenaufziehen eins übergezogen hatte. Seitdem machte er den Eindruck eines Betrunkenen. Ein netter Kerl.

»Das geht schon den ganzen Abend so, Sergeant.« Mercy würde, falls es ihm überhaupt jemals gelingen sollte, noch ein oder zwei Jahre brauchen, bis er sich daran gewöhnt hatte, daß Glitsky Lieutenant war. »In letzter Zeit sind alle immer schlecht gelaunt.«

»Einschließlich mir, Jimmy.« Glitsky ging weiter in den Lärm hinein.

Der Krach wurde schnell lauter.

Zwei Uniformierte kamen durch eine Tür aus einem Nebenflur gelaufen. Im unteren Teil des Justizgebäudes befand sich ein reguläres Polizeirevier mit einer kleinen Belegschaft, die Southern Station. Glitsky wußte, daß in den vergangenen Nächten im Versammlungsraum der Polizei in der sechsten Etage immer ein paar Mann in Bereitschaft gewesen waren, um bei ›Störungen‹ eingesetzt werden zu können. Er hoffte, daß sie noch oben waren, denn er hatte den Eindruck, daß sich die Party heute nacht hierher verlagerte.

Einer der Uniformierten drehte sich um und schrie: »Hier ist der Teufel los!«

Ein schriller Alarm ertönte.

Sheriff Boles hatte in der Eingangshalle weiterhin behelfsmäßig die Registrierung der Personalien und Vergehen durchführen lassen. Trotz der Präsenz der Nationalgarde und der Anweisungen von Bürgermeister Aiken wurde in der ganzen Stadt weiter geplündert. Nach Glitskys Einschätzung klappte letztlich rein gar nichts mehr.

In der Eingangshalle befanden sich mehr als einhundert Menschen, und vor ein paar Minuten war offenbar eine weitere Busladung von Personen von einem anderen Schauplatz abgeladen worden. Fünfunddreißig Polizisten schoben im und vor dem Justizgebäude Dienst und schleusten die neuen Gruppen hinein. Zusätzlich hielten sich ungefähr fünfundzwanzig Hilfssheriffs im Gebäude auf, bewachten die Schlangen und erledigten den Papierkram an den Schreibtischen. In der Warteschlange waren sämtliche ethnischen Gruppen San Franciscos vertreten. Einige von ihnen waren verletzt, einige schrien, *alle* hatten die Schnauze gestrichen voll.

Nach dem Aufnahmeverfahren ließ Boles die Leute einfach wieder laufen. Das Problem war: Sie wußten nicht, wohin. Die meisten wollten so schnell wie möglich weg, fanden sich aber mitten in der Nacht im Stadtzentrum auf der Straße wieder. Es gab keine Taxis, keine Freunde, die sie abholten, nur einen Mob von eben freigelassenen Unruhestiftern und Plünderern, die sich auf den Stufen und in der Umgebung des Justizgebäudes herumtrieben.

Unter den Neuankömmlingen schien Streit auszubrechen. Die Schlange der Festgenommenen im Inneren des Gebäudes begann plötzlich, unkontrolliert zum Ausgang zu drängen. Einige Männer fielen zu Boden, eine Frau schrie.

Der Alarm schrillte weiter, und es tauchten weitere Polizisten aus dem Korridor und aus den Aufzügen auf, wahrscheinlich von der sechsten Etage.

Ein stämmiger weißer Jugendlicher brach aus der Reihe aus und lief auf die drei Polizisten an der Ausgangstür zu, stieß einen von ihnen um, schlug auf einen anderen ein. Glitsky sah, wie er unter einem Hagel von Gummiknüppelschlägen zu Boden ging. Erinnerungen an Rodney King wurden in ihm wach, während der Junge um sich schlug und nicht aufgeben wollte.

Noch mehr Polizisten mischten sich ein. Nachdem diese ihre Wachtposten verlassen hatten, rannten noch mehr Festgenommene zum Ausgang. Eine panische Fluchtwelle setzte ein, alles lief dorthin, wo die Mauer der Polizisten durchbrochen war, und einige schafften es nach draußen. Trillerpfeifen ertönten, der verdammte Alarm hörte nicht mehr auf zu schrillen, und draußen waren Explosionen zu hören. Feuerte etwa irgendein Idiot in diesem Durcheinander seine Waffe ab?

Vierzig Minuten später saß Glitsky an seinem Schreibtisch. Sie hatten den Krawall unter Einsatz von zweihundertfünfzehn Polizisten schließlich in den Griff bekommen. Als alles vorbei gewesen war, waren einhundertvier der Unruhestifter wieder eingepfercht, die übrigen hatten entweder unvermutet eine Chance gewittert oder sich eine verschafft und sie dann wahrgenommen. Die Tische des Sheriffs, die in der Eingangshalle gestanden hatten, lagen umgestürzt in der Gegend herum, die meisten waren zerlegt worden. Außerdem hatte irgendwer ein kleines Papierfeuer entfacht – die Aufzeichnungen über die bereits ergangenen erkennungsdienstlichen Behandlungen waren größtenteils verbrannt.

Sheriff Boles und seine Stellvertreter hatten die verbliebenen Festgenommenen in Busse verfrachtet, die draußen vorfuhren, und nach Alameda gebracht, wo die Leutchen mal ein richtiges Gefängnis kennenlernen sollten.

Es war 23 Uhr 15.

Glitskys Adrenalinspiegel stieg weiter.

Die Krise hörte nicht auf, schwächte sich nicht einmal ab. Aus irgendeinem Grund wanderten seine Gedanken zur Französischen Revolution und einer Tatsache, die ihm zum ersten Mal zu Beginn dieses Sommers klar geworden war, als er in einem seiner Fortbildungsprogramme darüber gelesen hatte. Der Artikel hatte vom Sturm auf die Pariser Bastille am 14. Juli 1789 gehandelt. (Er dachte kurz darüber nach, ob Revolutionen immer im Juli stattfanden, denn bis Juli fehlten nur noch fünfundvierzig Minuten.) Die Einnahme der Bastille hatte allen Anschein nach keineswegs das Ende der Monarchie eingeläutet. Noch vier Wochen danach hatte Ludwig XVI. seine Rundgänge gemacht, Reden gehalten und die Schäden reparieren lassen, das Übliche eben. Aber vom Tag der Bastille an war sein Schicksal besiegelt gewesen. Er hatte es nur nicht erkannt.

Glitsky fragte sich, ob sie, sie alle, die in der Stadt an der Bucht lebten, im selben Boot saßen. Drei schlimme Tage, und falls dieser Abend als Omen zu werten war, würde es nur immer noch schlimmer werden.

Der Stapel Nachrichten auf seinem Schreibtisch war exponentiell gewachsen. Auf der Nachricht von Polizeichef Rigby, die zuoberst lag, stand *Dringend*, aber Glitsky wollte erst den Stapel durchgehen und nachsehen, ob Farrell angerufen hatte.

Nein.

Warum nicht? Was war mit dem Typ los?

Also rief er in Rigbys Büro an, hörte aber nur das Freizeichen, was ihn nicht weiter überraschte. Rigby und seine Leute waren wahrscheinlich schon vor Stunden nach Hause gegangen. Wenn er während des Aufruhrs im Gebäude gewesen wäre, hätte Glitsky ihn gesehen. Morgen früh würde er sich als erstes bei Rigby melden, um herauszufinden, was so dringend war.

Greg Wrightson vom Stadtrat hatte erneut angerufen. Obgleich nominell ein Liberaler wie fast alle anderen Mitglieder des Stadtrats, war Wrightson einer der wenigen, die sich um die sogenannten ›rechten‹ Themen kümmerten, die mit der Polizei zu tun hatten. Ferner kultivierte er die schlechte Angewohnheit, zu glauben, er habe als jemand mit Sitz und Stimme in der Stadtverwaltung irgendeine Art unumstößlicher Befugnis, Polizeiaktionen anzuordnen, wann immer es ihm passe. So war bekannt geworden, daß er höchstpersönlich Polizeichef Rigby angerufen und ihn gebeten hatte, die Mißachtung der Parkuhren rund um das Rathaus zu unterbinden.

Da Glitsky wußte, daß Wrightson mitten in der Nacht nicht in seinem Büro war, legte er die Nachricht in die Mitte seines Schreibtischs, unter die von Rigby. Wenn Wrightson zweimal an einem Tag angerufen hatte, dann hatte er wirklich etwas auf dem Herzen.

Die Nachricht von Glitskys Vater Nat lautete, daß er zu Hause ebenfalls eine Nachricht hinterlassen habe. Wo stecke Abraham eigentlich? Für den Fall, daß er die Nachricht erhalte: Er und die Jungen wohnten im White-Sands-Motel. Monterey sei ruhig, idyllisch. Abraham solle, wenn möglich, am Wochenende selber rauskommen.

»Klar, Dad«, murmelte Glitsky. »Großartige Idee.«

Dann die Mitteilungen seiner Inspectors. Carl Griffins Notiz über einen Colin Devlin, der morgen mit einem Anwalt herkommen und eine Aussage über den Krawall um Arthur Wade machen werde. Übrigens, schrieb Griffin, habe Glitsky recht gehabt wegen der Messerstiche. Devlin wies eine Stichwunde auf, wie Griffin ausfindig gemacht hatte. Das verschaffte Glitsky eine gewisse Befriedigung.

Aber sie hielt nicht lange an, denn als er aufschaute, stach ihm der Aktenstapel schmerzlich ins Auge. Dabei fiel ihm Art Drysdales bei Strout vorgebrachte Klage über die Ermittlungen im Fall Chris Locke beziehungsweise das Versäumnis solcher Ermittlungen ein. Er langte hinüber, zog den Stapel näher heran und schaufelte die ersten vier oder fünf Schnellhefter beiseite, bis er zu dem mit der Aufschrift *Locke* kam.

Den würde er später als allerersten bearbeiten.

Zurück zu seinen Mitarbeitern. Ein paar knappe, mysteriöse Worte von Ridley Banks: ›Betr.: Nachmittag, Mo-Mo House, he, schau mal!‹ Glitsky setzte sich einen Augenblick damit auseinander, starrte mit zusammengekniffenen Augen ins Leere.

Mo-Mo House war der Eigentümer des Kit Kat Clubs, des Lokals, in dem Ridley Banks vor ach so vielen Tagen Jerohm Reese verhaftet hatte. Hatte Mo-Mo am späten Nachmittag angerufen, nachdem Glitsky gegangen war? Aber warum hatte er nicht mit Banks sprechen wollen? Und was bedeutete dieses ›he, schau mal‹, abgesehen von Banks' Witz mit dem Schwarzenhasser?

Er dachte noch eine Zeitlang darüber nach. Vielleicht hatte Banks das Büro in Eile verlassen. Wollte er ihm sagen, daß Glitsky selbst vorbeifahren solle, um Mo-Mo wegen Jerohm zu befragen? Daß ein Beweismittel aufgetaucht sei? Aber dann wäre Ridley der Sache nachgegangen, oder nicht? So, wie er es niedergeschrieben hatte, ergab es wenig beziehungsweise gar keinen Sinn. Glitsky würde sich mit seinen Kollegen mal eingehend über verwaltungstechnische Dinge unterhalten müssen. Mit einer Mitteilung, die keine Informationen enthielt, konnte niemand was anfangen.

Während er Ridleys Notiz zur Seite legte, drang wieder der Klang von Sirenen zu ihm herauf. Er erhob sich und durchquerte den dunklen Raum, sah zur Seite und nach unten, dorthin, wo einem das Gefängnis die Sicht nicht versperrte. Was er sah, war nicht das flackernde Orange des Nordlichtes. Die Stadt stand immer noch in Flammen.

## 52

In ihrer Phantasie hatte sich Melanie ausgemalt, daß sie in Windeseile zur Fernsehstation fahren würde, wo eine junge Empfangsdame, die vielleicht gleichzeitig als rasende Nachrichtenreporterin fungierte, das Band nehmen und – mit ihr im Schlepptau – ins Studio eilen würde, um die Sendung, die gerade ausgestrahlt wurde, für eine wichtige Kurznachricht zu unterbrechen.

Die Realität sah prosaischer aus.

Melanie mied die Krawallgebiete in der Panhandle Street und im südlichen Twin Peaks, verfuhr sich, irrte, wie sie vermutete, irgendwo im Stadtteil Noe Valley herum, fand sich schließlich in der Church Street wieder. Von dort kannte sie den Weg zur Army Street hinunter (ein weiterer Umweg von ungefähr drei Kilometern), die sie zum Freeway und in die Innenstadt zurück führen würde.

Weil sie die Bryant Street für die beste Ausfahrt hielt, um die zehn Querstraßen zurück nach Süden zur Mariposa Street zu fahren, verließ sie den Freeway am Justizgebäude. Das war ein Fehler.

Eine Flüchtige in einem Wagen mit gestohlenen Kennzeichen in einem größeren Verkehrsstau, der noch dazu aus einer Ansammlung, einem wahren Durcheinander von Polizeiwagen bestand … Siedend heiß fiel ihr der fehlende Außenspiegel ein, der am Vorabend auf ihrer waghalsigen Flucht abgerissen worden war. Vier Spuren müßte sie in diesem Chaos überqueren, um nach Süden abbiegen zu können. Die ganze Zeit über war sie darauf gefaßt, daß ein Polizist sie im nächsten Augenblick herauswinken und ihr einen Strafzettel wegen des fehlenden Spiegels ausstellen würde.

Keine ihrer Befürchtungen bewahrheitete sich. Sie brauchte zwar fast fünf Minuten, um eine Straße weiter zu kommen, aber dann bog sie endlich ab, ließ den Stau hinter sich und fuhr in Richtung Süden. KQED lag bei ihrer Ankunft im Dunkeln, hatte offenbar bereits Feierabend gemacht. Der Parkplatz war mit einem Zaun gesichert, aber es gab eine offene Einfahrt. Sie fuhr hindurch und hielt zwei Meter vor einer schwach beleuchteten Tür. Ein fetter Nachtportier mit Hängebacken saß im Inneren des Gebäudes, die Füße auf den Schreibtisch gelegt, und las in einem Comic-Heft.

Sie klingelte an der Tür. Der Mann blickte auf, nahm langsam und stöhnend die Füße vom Tisch, stemmte sich umständlich von seinem Stuhl in die Höhe und kam zur Tür. Mit Gesten gab er ihr zu verstehen, daß sie sagen solle, was sie hier wolle. Er erweckte nicht den Eindruck, als beabsichtige er, die Tür zu öffnen.

Unentschlossen hielt sie das Videoband hoch. »Ein Video«, rief sie durch die Scheibe.

Er nickte.

»Ich habe ein Videoband, das ich gerne für die Nachrichtenredaktion hinterlassen würde. Es ist sehr wichtig.«

Wieder ein Nicken.

»Bitte.«

Der Nachtportier wies auf einen Kasten an der Seite der Tür und rief etwas Unverständliches durch die Scheibe, das wohl heißen sollte: »Stecken Sie's in den Kasten.«

»Es ist wirklich sehr wichtig. Jemand muß es sich sofort ansehen.«

Er nickte immer noch, wies dabei auf den Kasten und rief: »Kasten, Kasten!«

Aber sie konnte es nicht einfach dabei belassen. Nach all der Mühe, die es ihr bereitet hatte hierherzukommen, damit Kevins Geschichte endlich an die Öffentlichkeit gelangte, sollte sie das Band jetzt diesem Neandertaler mit seinem Dauernicken anvertrauen?

Aber was blieb ihr übrig? Sie war anderthalb Stunden unterwegs gewesen, und Kevin mußte krank vor Sorge sein. Sie erinnerte sich nicht an Adressen anderer Sender, wußte nicht einmal ungefähr, wo sie zu finden waren, und konnte nicht die ganze Nacht herumfahren. Aber sie konnte auch nicht mit dem Band zurückkehren. Nicht nach all dem Aufwand.

Also gut. Sie legte die Kassette vor den breiten Schlitz und schob sie hinein. Der Fette beugte sich vor, nahm sie heraus, schüttelte sie und horchte daran.

»Es ist keine Bombe«, flüsterte Melanie. Dann lauter: »Es ist ein Videoband.«

Sein Kopf bewegte sich unkontrolliert, er hielt das Band in beiden Händen und schien auf etwas Zusätzliches zu warten. Aber sie hatte nichts mehr, was sie ihm hätte geben können. Ein letztes Mal zeigte Melanie auf das Band und schrie gegen die Scheibe: »Es ist sehr, sehr wichtig! Okay?«

Der Nachtportier nickte. Er schien zu verstehen.

Kevin sprang aus dem Sessel hoch, als er den Schlüssel in der Tür hörte, und machte auf, noch ehe Melanie Gelegenheit hatte, den Schlüssel umzudrehen. Er zog sie an sich, nahm sie in die Arme. »Was ist passiert? Alles in Ordnung?« fragte er und küßte sie. Seine Hände glitten über ihren Rücken, fuhren ihr durchs Haar, dann löste er sich von ihr, um ihr ins Gesicht zu sehen.

Sie hielt ihn fest. Hielt sich an ihm fest. Beides.

Sie umarmten sich, im offenen Türrahmen stehend, hinter ihnen der gähnend leere Flur, bis Melanie sich daran erinnerte, wo sie waren. Sie schob Kevin über die Türschwelle und schloß die Tür. »Weißt du, ich könnte einen Drink vertragen.«

»Du? Melanie Sinclair? So gefällst du mir, Mädchen!«

»Ich könnte einen *starken* Drink vertragen. Welcher Drink ist stark?«

Er überlegte einen Moment. »Ein Mai Tai.«

»Okay.«

Hand in Hand gingen sie in die Küche. Sie erzählte ihm von ihren Abenteuern, während er die Schränke und den Kühlschrank durchstöberte.

»Also können wir überhaupt nicht sicher sein, daß es sich irgendwer ansehen wird?«

»Ich weiß. Ich meine, ich weiß es *nicht*. Ich habe das Gefühl, versagt zu haben …«

»Nicht doch«, entgegnete Kevin. »Wes meint, es würde sowieso niemand glauben. Er sagte, daß ich von Anfang an nicht hätte weglaufen sollen. Ich hätte …«

»Aber du konntest doch nicht …«

»Vermutlich hätte ich gekonnt, aber ich habe es nicht getan. Jetzt, sagt er, wo es schon so weit gekommen ist, wird es wahrscheinlich einen Prozeß geben.« Er versuchte, es beiläufig klingen zu lassen, schloß einen kleinen Exkurs über die Kunst der Drinkzubereitung an: »Offenbar hat Ann keinen Mandelmilchsirup. Einen Mai Tai kann man nicht ohne Mandelmilchsirup mixen.« Aber Melanie ging nicht darauf ein.

»Weswegen würden sie dich anklagen?«

»Was? Wegen Mordes. Wes denkt, sie könnten sogar versuchen, es mit dem Foto zu beweisen. Die öffentliche Meinung, verstehst du. Ich bin weiß, Arthur Wade war schwarz. Ich sagte ihm, daß ich nicht glaube ...« Er sah auf, bemerkte, daß sie weinte, und trat zu ihr. »Hey«, sagte er und zog sie an sich. »So wichtig ist es nicht. Sie hat auch keinen Rum, also könnten wir sowieso keinen Mai Tai machen. Man braucht unbedingt einen Schuß Myers, wenn die Sache was taugen soll, aber sie hat überhaupt keinen Rum im Haus, also wird aus der ganzen Idee mit dem Mai Tai nichts.«

Aber er konnte sich noch so sehr bemühen, cool zu wirken, sie lachte nicht, lächelte nicht einmal. Zitternd schmiegte sie sich an ihn. Er wußte nicht mehr, was er sagen sollte.


Melanie saß in einem der weichen Polstersessel, hielt die Hände krampfhaft in ihrem Schoß gefaltet und starrte vor sich ins Leere. Sie hatte noch eine Weile geweint und umklammerte noch immer ein Taschentuch.

Kevin kam mit zwei Gläsern in einer Hand und einem Krug mit Deckel, in dem sich irgendeine Flüssigkeit befand, in der anderen ins Wohnzimmer.

»Das hier dürfte an einem leicht bedrückenden Abend merklich die Stimmung heben.«

»Was ist das?«

»Sie fragt, was es ist. Aber, wie ich feststelle, ohne wirkliches Interesse. Wo ihr doch die erste Ausgabe eines Drinks präsentiert wird, der in den Neunzigern das sein könnte, was die Margarita in den Achtzigern war.«

»Ich bin müde, Kevin. Ich habe Angst. Es wird nicht gutgehen.«

Er zeigte auf das Fernsehbild. »Was immer sich sonst auf der Straße unseres Lebens ereignen mag«, sagte er, »*diese* Sache wird gut ausgehen.« Er goß etwas von der Flüssigkeit in eines der Gläser und reichte es Melanie.

Sie trank einen Schluck. »Ich brauche eigentlich keinen Drink mehr. Ich will wissen, was wir tun werden.«

»Wann?«

Sie schlug auf die Sessellehne, der Drink schwappte aus ihrem Glas. »Verdammt noch mal! Kevin! *Jetzt*, was wir *jetzt* tun werden!«

»Du hast recht«, sagte er ernst. »Wir müssen eine Weile darüber nachdenken. Ich schlage vor, daß wir eine Viertelstunde lang kein Wort sagen.«

Er trank einen Schluck aus seinem Glas, füllte ihres wieder voll. Sie war zu ängstlich und zu wütend, um nachzudenken. Sie nahm einen Schluck.


»Nicht schlecht, was?«

Der Krug war halb leer. Sie hatten jeder drei Gläser getrunken.

Kevin saß mit verschränkten Beinen auf dem Boden und schenkte sich erneut ein. »Du hast uns vor das einzige Problem gestellt, das wir haben: den Namen. Jeder tolle Drink braucht einen Namen.«

Sie nahm einen Schluck. »Fred«, sagte sie.

»›Fred, der Drink‹?«

»Ja. Fred.« Sie nahm einen größeren Schluck. »Er schmeckt gut«, sagte sie. »Was ist in einem Fred drin?«

»Fred, hm. Nein, es kann kein Männername sein.«

»Warum nicht?«

»Ich weiß nicht. Man benennt Drinks einfach nicht nach Männern. Sieh dir die Drinks an – Margarita, Tia Maria, Bloody Mary ...«

Melanie hielt ihm ihr Glas hin. »Kahlua, Manhattan, Rusty Nail. Außerdem ist es ein Männerdrink, finde ich, also sollte er einen Männernamen haben. Es ist ein Fred. Was ist drin?«

»Na ja, außer Bier etwas Orangensaft, Wodka, Preiselbeersaft, Cola ...«

»Cola?«

»Cola Light.«

»Okay.«

»… Portwein und ein Schuß Weinbrand.«

Sie nahm erneut einen Schluck. »Fred. Er könnte kälter sein.«

»Jetzt sind wir also schon bei der Werbung. Was hältst du von: ›Fred könnte kälter sein. Fred könnte süßer sein. Aber Fred könnte nicht besser sein‹.«

»Und Kevin könnte kein größerer Pferdearsch sein.«

»Wo hat sich dieser Teil von Melanie Sinclair nur verborgen, als ich mit ihr zusammen war?«

»Du warst nicht schlau genug, um mein wirkliches Ich zu erkennen.«

Das verschlug ihm einen Moment lang die Sprache. »Ich glaube, du hast völlig recht.«

Sie nahm dem Vorwurf die Spitze, indem sie sich vorbeugte und Kevin küßte.


Sie lagen auf dem Boden unter den Decken, die Kissen waren um sie herum verstreut, Melanies Kopf ruhte auf seiner Brust. Der Krug war leer, aus dem Fernseher drang leises Geplapper.

Die Nachrichten waren vorbei. Wieder und wieder hatten sie zwischen den Kanälen hin und her geschaltet, bis sie es leid gewesen waren, noch länger hinzusehen. Die erhöhte Belohnung für Kevin, die Ernennung von Alan Reston, die erneuten Brände und Ausschreitungen in der Nacht, die anhaltenden Unruhen in Detroit, Washington und Los Angeles, Mohandas' Aufruf zur Solidaritätsdemo am Samstag und dann, vor einer Stunde etwa, die Krawalle im Justizgebäude. Alles hatten sie gesendet, nur Kevin Sheas Videoband nicht.

Über ihn war dasselbe wie vorher berichtet worden. Was er ausgelöst habe und daß er jetzt dafür bezahlen müsse.

Er starrte mit leerem Blick auf den Bildschirm. Melanie atmete gleichmäßig auf seiner Brust, hielt die Arme um ihn geschlungen. Als er sie zudeckte, weil es im Zimmer kalt zu werden begann, kam er zu der Ansicht, daß es das Beste für ihn sei zu fliehen. Nie wäre er bereit, das Risiko eines Prozesses einzugehen. Selbst Wes glaubte, daß sie ihn im günstigsten Fall wegen Mordes in einem minderschweren Fall oder wegen Totschlags verurteilen würden.

Er war gezwungen zu fliehen.

Aber wohin? Und wie? Und konnte er Melanie überhaupt mitnehmen?

# Freitag, 1. Juli

---

## 53

Seit seiner Kindheit empfand Glitsky großes Vergnügen dabei zuzusehen, wie Wasser zu kochen begann, und die alte Redewendung zu widerlegen, daß ein beobachteter Wasserkessel nie zum Kochen komme. Jetzt stand er vor dem Herd, hielt die Augen auf die dampfende Flüssigkeit gerichtet und wartete. Gleich würde das Wasser anfangen zu blubbern, und er beabsichtigte, dabeizusein und es zu beobachten.

Ohne die anderen fühlte sich das Haus merkwürdig an. Er hatte Rita das Wochenende freigegeben, nachdem Nat sich mit den Jungs verdrückt hatte. Rita hatte eine Schwester irgendwo in der Stadt. (Glitsky vermutete, daß die Schwester eher ihr Kind war, obwohl sie es nicht erwähnt hatte, als sie sich bei ihm vorgestellt hatte.) Sie verschwand, wann immer Glitsky ihr Gelegenheit dazu gab. Den Paravent im Wohnzimmer hatte sie zur Seite gestellt, und als Glitsky am Morgen ins Zimmer gekommen war, hatte er das Gefühl gehabt, im falschen Haus zu sein, nicht, weil es plötzlich soviel Platz gab, sondern weil es soviel mehr Platz gab.

Erwischt! Das Wasser begann zu kochen, und er hatte es gesehen.

Er goß seinen Tee – Earl Grey Morning Blend – mit einem altmodischen, silberbeschichteten Tee-Ei in der Kanne auf. Nachdem er das Wasser hineingegossen hatte, drückte er den Deckel auf die Kanne und trug sie mit zwei Schritten zum Küchentisch. Ein Eßzimmer gab es nicht. Sie hatten sowenig Platz, dachte er oft, daß sie eigentlich froh sein mußten, alle fünf an den Tisch zu passen.

Auf einem kleinen Teller vor ihm lagen zwei hartgekochte Eier. Gedankenverloren begann er, eines von ihnen zu schälen, während er den Schnellhefter zum Tod von Chris Locke, den er am vergangenen Abend mit nach Hause gebracht hatte, aufblätterte.

Das erste Problem bestand darin festzustellen, an welcher Straßenecke die beiden sich befunden hatten, als der Angriff erfolgt war. Solange er das nicht wußte, hätte er Schwierigkeiten, den Tatort auf Spuren abzusuchen. Loretta kannte die Stadt gut, aber er wollte sie soweit wie möglich aus dieser Sache heraushalten. Das Erlebnis war traumatisch genug gewesen, auch wenn er sie nicht noch einmal zum Schauplatz des Geschehens brachte.

Als sie ihm die Geschichte erzählt hatte, erwähnte sie, Locke und sie seien in der Nähe vom Dolores Park bei der nach Hautfarbe geteilten Zeltstadt gewesen. Aber welchen Weg hatten sie aus der Innenstadt dorthin genommen?

Als er jetzt Laniers Fragen und Lorettas Antworten durchlas, bekam er Zweifel, ob er ohne Loretta wirklich weiterkommen konnte. Er überflog einige Seiten. Die Beamten in dem Mannschaftswagen, neben dem sie in der Nähe der Ecke Mission/Neunzehnte Straße angehalten hatte, als sie einige Querstraßen zwischen sich und den Tatort des Mordes gebracht hatte ... Wenn die Uniformierten, die ebenfalls einen Bericht eingereicht hatten, ihre Arbeit verantwortungsbewußt erledigt hätten, wären sie mit Loretta sofort zurückgefahren, um festzustellen, wo genau die Schüsse abgefeuert worden waren. Aber offensichtlich waren sie überfordert gewesen. Vom Belagerungszustand, in dem sich die Stadt befand, entnervt, dazu der Anblick des tödlich getroffenen Bezirksstaatsanwalts, die Anwesenheit einer US-Senatorin ... Anderen wäre es wohl ähnlich gegangen.

Also war der Krankenwagen in die Mission Street gerufen worden, und die Beamten der Spurensicherung waren ebenfalls dorthin gekommen und hatten dort mit ihren Untersuchungen an dem Wagen begonnen. Marcel Lanier hatte sich hauptsächlich darauf konzentriert, Loretta zu schützen, und sie so schnell wie möglich außer Gefahr bringen wollen. Das hatte er getan, dann aber nichts weiter unternommen, um die Ermittlungen voranzutreiben. Dasselbe galt für Glitsky. Er hatte ein schlechtes Gewissen.

Er sah auf die Küchenuhr an der Wand, zwanzig Minuten vor sieben, zu früh, fand er, um Wes Farrell anzurufen. Eigentlich hatte er das als erstes an diesem Morgen erledigen wollen, um es aus dem Weg zu schaffen oder der Sache wenigstens oberste Priorität einzuräumen. Genug war genug. Er hatte Farrell ausreichend Zeit gelassen, um den ersten Schritt zu tun, und ihn nicht von dem abgehalten, was er die ganze letzte Nacht getan hatte, aber ab und zu galt es, auf eigene Faust den Zeitplan festzulegen. Er mußte etwas in dieser Angelegenheit unternehmen, er hatte den Trumpf in der Hand, daß er Kevin Shea ein Lockmittel anbieten konnte, damit dieser sich stellte. Sofern es Elaine gelungen war, Reston zu überreden. Aber sie hatte es bestimmt geschafft.

Zur Sicherheit sollte er sie vorher anrufen.

Er goß seinen Tee in die zarte Porzellantasse (sie gehörte zu dem Service, das ihm Flo zum zwölften Hochzeitstag geschenkt hatte), aß den letzten Bissen von seinem ersten Ei und begann, das zweite zu schälen. Nebenbei arbeitete er sich durch den Rest des Papierkrams: Lockes Einlieferung in die Notaufnahme im General Hospital (›tot bei der Einlieferung‹, hieß es), Strouts jüngster Laborbericht über die mikroskopischen Untersuchungen, der seine frühere Beurteilung der Eintrittswunde bestätigte: Die Sicherheitsglasscheibe des Wagens war spinnennetzförmig zersprungen, was verhindert hatte, daß auch nur winzige Glaspartikel ins Wageninnere gelangt waren. Andere Vor- und Folgeberichte bestätigten die Flugbahn der Kugel, die Loretta um Millimeter verfehlt hatte: Das Projektil war quer durch den Wagen und leicht von oben nach unten geflogen, genau wie man es erwartete, wenn jemand draußen gestanden und sie abgefeuert hatte. Die Kugel war vom Kaliber .25, wie Lanier vorausgesagt hatte, und paßte zu der Kugel in Lockes Kopf. Glitsky hatte die Hoffnung gehegt, daß auf der gesprungenen Scheibe eventuell Fingerabdrücke, auf einem der Kotflügel vielleicht ein Schuhabdruck oder im Wagen ein paar Haare oder Fasern gefunden worden wären, irgend etwas.

Nichts.

Das hieß, daß er nichts in der Hand hatte, womit er etwas anfangen konnte. Sie mußten von vorn beginnen und trotz allem Loretta belästigen. Der Tatort der Schießerei mußte ermittelt werden, er würde einen seiner Männer beauftragen, das Gebiet abzusuchen. Sie mußten mit den Nachbarn sprechen und die Spurensicherung noch einmal losschicken.

Okay, er würde seine Leute darauf ansetzen. Aber wann würden sie überhaupt die Zeit dafür haben?

Als er die Mappe schloß, fiel sein Blick wieder auf die Uhr. Kurz vor sieben. Die Zeit kroch im Schneckentempo dahin. Ein vertrautes Zeichen dafür, daß er nicht recht vom Fleck kam.

Um Punkt sieben Uhr rief er Elaine an. Sie informierte ihn, daß der neue Bezirksstaatsanwalt, Reston, Kevin Shea höchstens die Uhrzeit sagen würde, aber keinen Deut mehr anbot, Punktum. Shea könne sich stellen, werde aber wie jeder andere Mordverdächtige behandelt. Vielleicht schlechter.

»Ich dachte, diesen Mann hinter Gitter zu bringen, genieße oberste Priorität, Elaine. Damit wir wenigstens sagen können, er sei gefaßt worden.«

»Das sind nicht meine Worte, Abe, sondern die von Alan Reston.« Sie zögerte. »Ich hatte das Gefühl, als wolle er ihn nicht unbedingt hinter Gitter sehen.«

»Sondern? Frei herumlaufend?«

Elaine fiel es schwer, die Worte zu äußern: »Ich ... ich habe gestern abend darüber nachgedacht, was Alan vielleicht vorhaben könnte.«

»Ich höre.«

»Ich habe ihm alles erklärt, was Sie mir gestern zeigten, habe ihm erläutert, wie das zweite Foto vielleicht ... na ja, all das. Er deutete an, daß es vielleicht besser sei, wenn Shea keine Gelegenheit habe, seine Geschichte zu erzählen ... Wenn etwas geschehe und alles – so drückte er sich aus – sauber und ordentlich bleibe.«

»Etwas ›geschehe‹? Was zum Beispiel?«

»Na ja, das hat Alan nicht ausdrücklich gesagt. Ich hatte nur das Gefühl, daß er Shea keine echte Chance und keinen Grund geben will, sich zu stellen. Shea soll in jedem Fall der Verlierer sein. Falls es zu einer Art Showdown kommen sollte, er vom Mob erschossen werden würde oder so, oder wenn er sich bei seiner Verhaftung widersetzen sollte ...«

»Erschossen würde *oder so* ...« Das war kaum zu glauben, dachte Glitsky. Auf der anderen Seite war alles, was in den vergangenen Tagen geschehen war, kaum zu glauben. Aber Elaine mußte etwas fehlinterpretiert haben, was sie da sagte, hatte nichts mehr mit Vernunft zu tun. »Sind Sie auf dem Weg in die City? Hätten Sie was dagegen, wenn ich bei Ihnen vorbeikomme und Sie mitnehme?«

»Ich fahre nicht ins Büro. Noch nicht.« Sie hielt inne. »Die Beerdigungen.«

Glitsky hatte die Beerdigungen total vergessen. Der Gedanke war ihm gestern kurz durch den Kopf gegangen, aber er hatte ihn irgendwo abgelegt und bis zu diesem Augenblick nicht wieder hervorgeholt. Der Bürgermeister hatte in einem persönlichen Ersuchen die Familien von Arthur Wade und Chris Locke gebeten, ihre Beerdigungen zur selben Uhrzeit und am selben Ort stattfinden zu lassen (um die Gefahr zweier Krawalle zu verringern). Die Totenmessen würden in der Saint-Mary-Kathedrale abgehalten werden.

Das bedeutete, daß Locke nicht in der Rundhalle des Rathauses aufgebahrt werden würde. Seine Frau war einverstanden gewesen. Es war ihr egal. Inzwischen war ihr alles egal. Es würde dem Bürgermeister helfen, also hatte sie zugestimmt.

»Ich möchte trotzdem vorbeikommen.« Glitsky brauchte ein paar Antworten. Er mußte herausfinden, was Reston vorhatte. Was vor sich ging. Er mußte die Sache vorantreiben.

Sie zögerte, war dann aber einverstanden und gab ihm ihre Adresse durch.

In einem pechschwarzen Kostüm und einer hellbraunen Seidenbluse öffnete Elaine ihre Wohnungstür. Glitsky folgte ihr ins Wohnzimmer, das einen Ausblick auf die westliche Hälfte der Stadt bot. Die Polstergarnitur war aus grünem Leder, daneben standen eine glänzende Palme, eine Stereoanlage und ein Bücherregal aus Teakholz. Die Einrichtung vermittelte einen geschmackvollen, jugendlich spartanischen Geschmack. Ein gerahmtes Foto von Loretta lächelte sie von der Anrichte, die den Raum teilte, an.

»Sie sehen Ihrer Mutter sehr ähnlich«, sagte er. »Ist mir bis jetzt gar nicht aufgefallen.«

Sie lächelte. »Ich bin größer«, sagte sie. »Aber nicht so hübsch.«

Glitsky ließ das im Raum stehen, sie war nicht auf Komplimente aus.

Sie überraschte ihn: »Meine Mutter hat mir von Ihnen beiden erzählt.«

Er suchte nach den richtigen Worten.

»Vom College. Nur damit Sie wissen, daß ich es weiß.«

»Es war kein Geheimnis«, sagte er. »Es ist einfach in letzter Zeit kein Thema gewesen. Stört es Sie?«

»Nein.«

»Gut.«

»Aber sie wird mich in …« – sie warf einen kurzen Blick auf ihre Armbanduhr – »… in ungefähr einer Dreiviertelstunde abholen. Ich wollte nur eine unangenehme Situation vermeiden.«

Glitsky unterdrückte ein Lächeln. »Bis dahin bin ich wieder weg. Und wenn ich ihr begegne, werde ich schon damit fertig. Es liegt lange zurück.« Er setzte sich auf die vorderen fünfzehn Zentimeter eines Sessels.

Sie nahm auf dem Sofa Platz, lehnte sich ein wenig zurück und schloß die Augen.

Er bemerkte, wie blaß sie war. »Wie geht es Ihnen?«

Sie seufzte leise. »Es geht mir großartig. Außer, daß ich offenbar auf der falschen Seite stehe.«

»Wie meinen Sie das?«

Sie machte eine abweisende Geste. »Was ich über Alan gesagt habe, beruhte größtenteils nur auf so einem Gefühl, weil mir einfach kein Grund dafür eingefallen ist, weshalb er jedweden Deal ausschlagen sollte. Fällt Ihnen einer ein?«

Glitsky zuckte mit den Schultern. »Er ist neu im Amt, will nicht gleich als nachgiebig gelten. Die Situation ist ziemlich explosiv …«

»Mag sein.«

»Sie glauben, daß er seine Meinung nicht ändern wird?«

Sie schüttelte den Kopf. »Nein, was mich stört, ist die Tatsache, daß er sagte, er wolle meine Mutter nicht hintergehen.«

»Wie das? Sie ist doch diejenige, die von Anfang an auf Sheas Verhaftung gedrängt hat.«

»Ich weiß. Aber Alan ist ihr Protegé und hat ein berechtigtes Interesse daran, ihre Interpretation des Lynchmordes, der Rolle

Kevin Sheas und überhaupt alles, was sie sonst unternimmt, zu unterstützen. Und wenn die Anklage vor Gericht nicht standhält ... wie dem auch sei, es ist dieselbe Theorie, die ich Ihnen schon erläutert habe. Wenn Shea es nicht widerlegen kann, hat niemand einen Fehler gemacht ...«

Glitsky lehnte sich in seinem Sessel zurück. »Aber er kann damit doch nicht ernsthaft andeuten wollen, daß er nicht möchte, daß Shea einen Prozeß bekommt?«

»Nein. Er betonte sogar ausdrücklich immer wieder, daß er das will. Aber was wird er dann vorbringen? Ich bin nicht sicher, ob ich ihm glaube. Er handelt nicht so, wie er spricht.«

»Vielleicht sollte ich mit Ihrer Mutter sprechen. Oder Sie.« Glitsky schlug sich auf die Knie und stand auf. »Und vielleicht sollten wir etwas unternehmen, um diese Sache voranzutreiben. Selbst ohne Deal stehen die Chancen gut, daß ich Shea bald kriege. Sein Anwalt redet nicht um den heißen Brei herum. Ich werde ihn anrufen, sobald ich im Büro bin. Haben Sie was dagegen, wenn ich bei Ihnen aufs Klo gehe?«

Sie machte eine Handbewegung. »Den Flur entlang, gleich neben dem Schlafzimmer.«

Die Vorhänge im Schlafzimmer waren zugezogen. Seine Augen hatten sich noch nicht an das Dunkel gewöhnt, und der Lichtschalter war nicht dort, wo er hätte sein sollen – neben der Tür. Also blieb er einen Moment lang stehen, bis er wieder etwas sehen konnte. Dann durchquerte er das Zimmer. Das Bett war gemacht. Auf dem Nachttisch daneben stand ein gerahmtes Foto. Es kam ihm vertraut vor, selbst in dem schwachen Licht. Er beugte sich herunter und nahm es in die Hand. Chris Locke.

Neben ihrem Bett?

Er spürte, daß er bleich wurde. Die Erschöpfung, die Verwirrung ... er stand wie angewurzelt da.

Das Deckenlicht ging an, Elaine stand in der Tür. »Ich vergesse immer, daß der Schalter ...« Sie sah, daß er das Foto in der Hand hielt. »Oh ...«

Ein langer Moment des Schweigens. Sie ging zum Bett hinüber, setzte sich und schenkte ihm ein schwaches Lächeln.

»Ja. Chris und ich.«

»Weiß sonst noch jemand davon?«

Sie nickte. »Meine Mutter. Ich mußte es ihr sagen.«

Glitsky stellte das Bild zurück und ging ins Bad. Als er wieder herauskam, saß sie noch an derselben Stelle auf dem Bett und starrte ins Nichts. Er trat zu ihr, blieb stehen, wandte sich dann ab und ging zur Schlafzimmertür. »Ich fahre jetzt besser ins Büro«, sagte er.

Sie holte tief Luft. »Ich weiß nicht …«

»Sie und ich und Ihre Mutter«, sagte er. »Niemand sonst wird es erfahren. Niemand, Elaine.«

Glitsky bahnte sich den Weg durch das Spalier der Amtspersonen vor dem Büro, öffnete die innere Tür zum Krisenstabszimmer und eilte mit großen Schritten auf Rigby zu. »Wir müssen uns unterhalten.«

Dem sonst so freundlichen Polizeichef, der über seinen Schreibtisch gebeugt saß, hatten die Tage kräftig zugesetzt. Er richtete sich auf und donnerte los: »Ich nehme für gewöhnlich keine Befehle von meinen Lieutenants entgegen und toleriere diesen aufsässigen Tonfall bei niemandem. Habe ich mich klar genug ausgedrückt?«

Die Gespräche um sie herum verstummten.

»Und Sie haben verdammt recht!« brüllte der Polizeichef. »Wir müssen uns unterhalten! Weil ich Sie verdammt noch mal darum gebeten habe! Ich frage Sie noch mal, Lieutenant: Habe ich mich klar genug ausgedrückt?«

Glitsky, der seit dem Studium an der Polizeiakademie nicht mehr offiziell heruntergeputzt worden war, fuhr zusammen. »Ja, Sir«, sagte er. »Tut mir leid, Sir.«

Rigby mit seinem Stoppelhaarschnitt und dem Bulldoggengesicht sah man den Polizeichef auf den ersten Blick an. Er warf einen kurzen Blick auf seine Untergebenen. »Sie alle!« rief er und machte eine ausgreifende Geste. »Der Lieutenant und ich brauchen fünf Minuten. Genau fünf Minuten.«

Die beiden Männer warteten, bis sich das Zimmer geleert hatte, Glitsky in Habtachtstellung, Rigby einem Schlaganfall nahe, auch wenn er sich zurückzuhalten schien.

»Wo, *verdammt noch mal*, haben Sie gesteckt?«

»Wann, Sir?«

»Wann immer, in drei Teufels Namen, ich versucht habe, Sie zu erreichen, Lieutenant! Haben Sie eine Nachricht von mir bekommen? Eine *dringende* Nachricht?«

»Ja, Sir, gestern abend.«

»Und?«

»Ich habe sofort angerufen, Sir. Es war niemand hier.«

»Das ist unmöglich. Um wieviel Uhr war das?«

»Ich bin nicht sicher, wann genau ... dreiundzwanzig Uhr, Mitternacht.«

Der Polizeichef wurde einen Zentimeter kleiner und senkte seine Stimme um ein Dezibel: »Verdammt, Abe, was soll das?«

Glitsky wartete.

»Erinnern Sie sich an das Gespräch, das wir gestern mit unserem neuen Bezirksstaatsanwalt geführt haben? Als wir Sie baten, sich nicht in die Angelegenheiten der Staatsanwaltschaft einzumischen?«

»Ja, Sir. Obwohl das nicht ...«

»Es vergeht nicht mal eine Stunde, und Sie plädieren bei Elaine Wager für Kevin Sheas Unschuld, und die rennt zu Reston und versucht, ihm Ihre Geschichte aufzuschwatzen!«

»Das ist nicht ...«

»Egal, okay? Ich verlasse mich auf Sie. Sie leiten eine meiner Abteilungen, und bis vor ein paar Tagen haben Sie verdammt gute Arbeit geleistet. Sie sind Lieutenant des Morddezernats und haben sich nicht dafür einzusetzen, daß irgendwer unschuldig sei. Verstehen Sie das? Sie setzen sich für überhaupt nichts ein. Sie sind kein Anwalt. Sie schließen auch keine Deals ab, sondern verhaften Leute. Schluß. Feierabend. *Verdammt* noch mal.«

Rigby zog an seinem Hemdkragen und rang nach Luft. Glitsky machte Anstalten, einen Schritt nach vorn zu tun, aber der Polizeichef hielt ihn davon ab. »Alles im Griff, Herrgott noch mal, aber ich bin am Ende meiner Kräfte.« Sein heftiger Atem normalisierte sich, seine Stimme wurde wieder klar und deutlich. »Also. Ich habe Mister Reston versprochen, mich darum zu kümmern, und ich werde folgendes tun: Der Fall Kevin Shea wird Ihnen entzogen. Sie untersuchen weder die Unruhen noch irgend etwas, das damit in Zusammenhang steht. Das

FBI ist eingeschaltet worden, und die ziehen die Sache in ihre Zuständigkeit auf Bundesebene als Bürgerrechtskonflikt.«

»Einen Mord?«

»Ja, richtig. Einen Mord, durch den Arthur Wade seiner staatsbürgerlichen Rechte beraubt wurde ...«

»Aber er fällt auch in unseren Zuständigkeitsbereich, egal ob ...«

»Haben Sie mich verstanden, Lieutenant, oder wollen Sie mir Ihre Dienstmarke jetzt gleich auf der Stelle aushändigen?«

Glitsky biß sich fast die Zunge durch. »Ja, Sir. Ich habe Sie verstanden.«

»Dann können Sie gehen. Danke.«

Rigby richtete den Blick wieder auf seine Unterlagen auf dem Schreibtisch. Glitsky drehte sich um und ging zur Tür, öffnete sie und marschierte durch die mit einem Schlag verstummte Menschenmenge im Vorzimmer.

## 54

Bezüglich der Beerdigungen hatten die öffentlichen Stellen nur wenig unternehmen können. Niemand hatte Karin Wade, der trauernden Witwe Arthur Wades, vorschlagen wollen, das Begräbnis ihres Ehemanns um des Friedens in der Stadt willen zu verschieben. Aber sie hatte nichts gegen den Vorschlag des Bürgermeisters einzuwenden gehabt: eine ›Beerdigung der Märtyrer‹, die Chris Locke und dessen Familie miteinbezog.

Arthur Wade war praktizierender Katholik gewesen. Man hatte die Messe von seiner Gemeindekirche, Saint Catherine, draußen in den Avenues in die gewaltig große Saint-Mary-Kathedrale auf dem Geary Boulevard verlegt. Auf diesem Boulevard – unten an der Ecke zur Second Avenue – hatte früher auch die Cavern Tavern gelegen.

Ursprünglich hatte der hochwürdige Reverend James Flaherty, Erzbischof von San Francisco, die Messe leiten wollen, doch die Erzdiözese war rasch in erbitterte Diskussionen mit – unter anderen – Philip Mohandas, dem Stadtrat, dem Bürgermeisteramt und dem Nationalen Kirchenrat verwickelt worden.

Die Beratungen hatten letztlich dazu geführt, daß das Hochamt von einem Triumvirat farbiger Kleriker abgehalten wurde, weil man das für angemessener und ökumenischer hielt. Von diesen drei Personen waren zwei eigens eingeflogen worden: eine Priesterin aus Philadelphia, ein afrikanischer Priester aus Kenia. Die Mittel dafür stammten aus einem der Sonderfonds, die von der Stadt für Notfälle eingerichtet worden waren.

Es war halb zehn, der Vormittag klar und ruhig. In einer halben Stunde sollte die Messe beginnen, und der betonierte Platz vor der Kathedrale, der die Ausmaße eines Footballfeldes hatte, wimmelte bereits von Menschen. Die meisten von ihnen waren gutgekleidete Schwarze, in Gruppen von fünf bis fünfzehn Personen näherten sie sich dem Kirchenportal.

Die Tür der Limousine wurde geöffnet, und Senatorin Loretta Wager legte reflexartig eine Hand auf den Arm ihrer Tochter, um sie vor den Neugierigen zu schützen, die sich um das Fahrzeug mit den getönten Scheiben drängten und sehen wollten, wer da angekommen war. In den Nebenstraßen, die sie auf dem Weg zu Elaines Wohnung und dann auf der kurzen Fahrt hierher benutzt hatten, war die Limousine an gepanzerten Armeewagen vorbeigefahren.

Elaine stieg zuerst aus, ihre Mutter folgte. Auf dem Platz patrouillierten Polizisten zu Fuß und zu Pferd, über ihnen kreisten zwei Hubschrauber, und zwar so niedrig, daß man sie als störend empfand.

Loretta verscheuchte energisch die Schar der Journalisten. Dies sei kein Zeitpunkt, um Kommentare abzugeben. Sie und ihre Tochter seien gekommen, um zwei Märtyrern der Bürgerrechtsbewegung die letzte Ehre zu erweisen. Alle könnten ihre Zeit besser nutzen, wenn die Journalisten ihre Mikrofone wegsteckten, hineingingen und ein Gebet für die Zukunft dieser großartigen Stadt und dieses Landes sprächen. Loretta war überrascht, als einige Reporter nickten, ihre Ausrüstungen den Assistenten überreichten und der Masse der Trauergäste folgten.

Mutter und Tochter gingen Arm in Arm, ließen sich vom Strom der Menschen über den Platz treiben. Die hohe, moderne Kathedrale war vom Gesang eines Gospelchors erfüllt. Wunderschön und passend zum Anlaß, dachte Loretta. Elaine liefen Tränen über die Wangen. Die beiden Särge standen nebeneinander vor dem Altar, und Loretta und Elaine gingen immer weiter nach vorn, bis sie davor angelangt waren. Dann knieten sie nieder und senkten den Kopf zum Gebet.

Elaine begab sich zu den für sie und ihre Mutter reservierten Plätzen in der dritten Reihe, während Loretta noch einen Moment bei den Särgen verweilte und dann zur ersten Reihe trat und Margaret Locke, die dort mit ihren vier Kindern, alle im Teenageralter, saß, die Hand reichte. Sowohl die Mutter als auch die Kinder wirkten bestürzt und gedankenverloren.

»Margaret«, sagte Loretta. Lockes Witwe stand auf, und die beiden Frauen umarmten sich. »Wenn ich irgend etwas tun kann ...«

Anschließend blieb die Senatorin im Mittelgang stehen. In der ersten Reihe auf dieser Seite saß ungefähr ein Dutzend Trauernde, Arthur Wades Familie und die Familie seiner Frau, wie sie vermutete. Sie erkannte Arthurs Frau sofort. Sie war eine attraktive Frau, aber ihr Gesicht war ausdruckslos, dennoch signalisierte ihre Haltung rigorose Selbstbeherrschung. Den leeren Blick geradeaus gerichtet, hielt sie ihre kleinen Zwillinge an der Hand, die links und rechts von ihr saßen. Loretta ging zu ihr.

»Mrs. Wade, ich möchte Ihnen sagen, wie schrecklich leid mir das Ganze tut. Ich weiß, daß Ihnen das im Moment nicht helfen kann. Aber falls Sie etwas brauchen, oder wenn ich irgend etwas tun kann ...«

Diese Worte schienen Karin Wade nicht gleichgültig zu sein. Mit erstaunlich gefaßter Stimme bedankte sie sich bei Loretta, stellte ihr die beiden Zwillinge Brenda und Ashley vor, dann auch noch Arthurs Mutter und seinen Vater, die der Senatorin, in würdevollem Schweigen, die Hand schüttelten.

Loretta warf einen raschen Blick zu ihrer Tochter hinüber, die verkrampft neben Alan Reston saß. Er mußte vor wenigen Augenblicken gekommen sein. Vor den beiden saß, der Kritik der Menschenmenge die Stirn bietend, Bürgermeister Conrad Aiken mit seiner Gattin. Es war seine Pflicht gewesen herzukommen, dachte sie, und es sprach für ihn, daß er jetzt dort saß.

In der gleichen Reihe, aber auf der anderen Seite, nämlich Arthur Wades Seite, saß Philip Mohandas mit seinen beiden Leibwächtern.

Philips neuerlicher Aktionsaufruf, seine für morgen geplante Protestdemo, seine verbalen Attacken auf Art Drysdale und seine Forderung, Jerohm Reese freizulassen, hatten Loretta in eine vertrackte Lage gebracht. Aber sobald sie erst die Durchführungsverordnung für Hunter's Point in der Tasche hätte, wäre ihre politische Basis für die nächste Wahl gesichert. Wenn sich Mohandas dann des Vertrauens, das ihm die Öffentlichkeit mit dem Auftrag zur Verwaltung des Projektes entgegengebracht hatte, unwürdig erweisen sollte, würde man nicht die Senatorin dafür verantwortlich machen. Sie hatte es versucht, hatte seinen Leuten ihre Unterstützung angeboten. Und sie hatte andere Freunde, die nicht Philip Mohandas' Probleme mit den zwölf Millionen hätten. Die dieses Geld mehr zu schätzen wüßten.

Irgendwie war sie sogar erleichtert gewesen, als sie von Philips jüngstem Schachzug erfahren hatte. Mit seiner kleinen, aber wahltaktisch bedeutenden und nicht zu überhörenden Anhängerschaft wäre er nur schwer zu kontrollieren. Er hatte beschlossen, eigene Entscheidungen hinter ihrem Rücken zu treffen, weil er glaubte, trotzdem an Hunter's Point heranzukommen. Nun ... Alan Reston hatte sie bereits Amt und Würden gesichert. Das war *der erste* Handel gewesen. Philip Mohandas würde noch früh genug herausfinden, wie Macht funktionierte, und vielleicht wäre er sich der Vorteile für sich und die Seinen danach etwas mehr bewußt.

Vorerst sollte er sich ruhig austoben, die Atmosphäre noch weiter aufheizen. Solange Kevin Shea im Mittelpunkt des Interesses blieb – und Philips neueste Strategie stellte das sicher –, würde Loretta bekommen, was sie im Namen der Harmonie zwischen den Rassen erreichen wollte.

Falls sich allerdings herausstellen sollte, daß Shea nicht der Sündenbock war, zu dem sie und andere ihn erklärt hatten, und das zu früh bekannt werden würde, konnte der Schuß durchaus nach hinten losgehen. Sie war so sehr von Sheas Schuld überzeugt gewesen, daß sie ihren kompletten Plan darauf aufgebaut hatte. Aber einige der Indizien, die sie von Alan Reston, von Elaine, sogar von Abe gehört hatte ...

Nun, diese Indizien durften sich eben einfach nicht bewahrheiten, zumindest so lange nicht, bis Hunter's Point unter Dach und Fach war. Das mochte den gerechten Lauf der Dinge zwar verzögern, aber nicht unbedingt verhindern; und verzögert wurde er auch nur dann, sofern Kevin Shea *tatsächlich* unschuldig war, wofür es noch keine Beweise gab. Sie verließ sich darauf, daß auch keine Beweise zu finden wären. Im schlimmsten Fall könnte man ihr den Vorwurf machen, daß sie sich an der allgemeinen Vorverurteilung beteiligt hatte. Aber alle waren nervös in diesen Tagen …

Sie neigte höflich den Kopf vor Mohandas, drückte ein letztes Mal Karin Wade die Hand und ging dann zu Elaines Bank hinüber. Die ökumenischen Geistlichen erschienen, die Messe begann.

## 55

Glitsky war zu wütend, als daß er sich zugetraut hätte, in sein Büro im Morddezernat zurückzukehren. Er hatte Angst, daß er die Möbel zertrümmern, einen Stuhl durchs Fenster werfen oder irgend etwas ähnliches anstellen würde. Deshalb benutzte er das Treppenhaus und ging in die Eingangshalle des Justizgebäudes hinunter.

Als er durch dieselbe Tür ins Freie trat, an der er gestern Nacht von John Strout dafür zurechtgewiesen worden war, daß er sich zu wenig um die Ermittlungen im Fall Chris Locke kümmerte, beschloß er, einen Spaziergang durch die Innenstadt zu machen.

Weil er in der richtigen Stimmung war, sein Glück herauszufordern, spazierte er die Sechste Straße hinauf. Hier, einen Häuserblock vom Justizgebäude entfernt, konnte man wegen des Kleingelds für eine Busfahrkarte erstochen werden. Die Hände tief in den Taschen vergraben, spazierte er streitlustig an den Häusern entlang und blickte dabei jedem, dem er begegnete, direkt ins Gesicht, forderte wortlos die Taugenichtse heraus, ihm doch in die Quere zu kommen.

Der Spaziergang führte ihn bis hinunter zum Ferry Building am Ende der Market Street, wo er sich soweit beruhigte hatte, daß er sich eine Tasse Tee bestellte. Er nahm den Tee in einem Pappbecher mit und trank ihn, während er auf einem der Pfähle saß und auf das ruhig unter ihm plätschernde Wasser starrte.

Vielleicht war das just der richtige Moment, dachte er, um Wrightson vom Stadtrat anzurufen. Etwas anderes, etwas, das nicht irgendwie mit Kevin Shea zu tun hatte, fiel ihm nicht ein. Und er mußte dafür nicht eigens ins Büro.

Ja, er wolle ihn immer noch sprechen, sagte Wrightson, und wenn Lieutenant Glitsky an diesem Morgen unerwartet etwas Zeit zur Verfügung hatte, wäre das wunderbar. Punkt zehn könnten sie sich treffen.

Glitskys Erfahrung mit dem Stadtrat beschränkte sich auf skurrile Gerüchte und den Cartoon aus dem *Chronicle*, der seit fünf Jahren an der Säule vor seinem Büro hing. Auf dem Zeitungsausschnitt war die Tür zum Saal des Stadtrats abgebildet. Das Motto über der Tür lautete: ›Wir lassen uns nicht durch die Realität beirren‹.

Aber die Stadträte zahlten Glitskys Gehalt, genehmigten, genauer gesagt, den Etat der Stadt und damit die Gehälter der städtischen Angestellten, gehörten also nicht zu den Personen, die man sich grundlos zu Feinden machen sollte. Greg Wrightson, die graue Eminenz unter ihnen, war zweiundsechzig Jahre alt und seit fast zwanzig Jahren ein bekanntes Gesicht im Rathaus. Glitsky wußte, daß die Stadträte inzwischen vierundzwanzigtausend Dollar im Jahr verdienten. Noch vor fünfzehn Jahren hatte ihr Gehalt nur sechshundert Dollar im Monat betragen. Wrightson stammte aus der Mittelschicht und hatte den größten Teil seines Lebens dieses lumpige Gehalt bezogen, war aber trotzdem ein wohlhabender Mann. Abe hatte über einen langen Zeitraum mehr Geld als Wrightson verdient, arbeitete aber immer noch als Sklave seines Gehalts und hatte jeden Tag eine Stechuhr zu bedienen.

Diese Gedanken begleiteten ihn auf dem Weg zurück durch die Stadt, und so hatte Glitsky um Punkt zehn, als er den Empfangsbereich von Wrightsons Büro betrat, noch immer keine bessere Laune.

Wrightsons Assistent trug einen maßgeschneiderten Anzug. Auf dem gravierten Namensschild vorn auf seinem Schreibtisch stand *Nicholas Binder*. (Glitsky war Abteilungsleiter und hatte nirgendwo ein graviertes Namensschild stehen.) Falls Nicholas diese Stelle tatsächlich bekommen hatte, weil er eine Prüfung zur Eignung für den öffentlichen Dienst abgelegt hatte, dann waren die Anforderungen an die Bewerber erheblich gestiegen, seit Glitsky das letzte Mal hiergewesen war. Irgendwer hatte seine Beziehungen spielen lassen.

»Mister Wrightson wird Sie sofort empfangen, Lieutenant.«

Glitsky wartete, und Nicholas widmete sich wieder seinem Computer. Gelegentlich hielt er inne, um ans Telefon zu gehen und eine Notiz zu schreiben. Fanden draußen wirklich Krawalle statt? Fiel die Stadt in Schutt und Asche? Hier war nichts davon zu spüren. Glitsky räusperte sich und sah auf seine Uhr. Neun Minuten nach zehn.

»Kann ich Ihnen bestimmt nichts bringen, Lieutenant?«

Glitskys Geduld war am Ende. »Sie können mich bis Viertel nach zehn in dieses Zimmer bringen, wie wär's damit?«

Nicholas versuchte es mit einem unschuldigen Schulterzucken, aber für so etwas war heute schlicht der falsche Tag.

»Ich habe diese Fünfzehnminutenregel, an die ich mich strikt halte. Entweder bin ich in sechs Minuten da drin und rede mit Mister Wrightson, oder wir müssen es auf ein anderes Mal verschieben.«

»Sir?«

»Mein Termin war zehn Uhr?«

»Das ist richtig.«

»Okay, also Viertel nach zehn.«

Nicholas kam offenbar zu dem Schluß, daß der Lieutenant nicht spaßte, denn er stand auf und ging durch das Büro, klopfte an Wrightsons dunkel gebeizte Tür aus massivem Holz und verschwand dahinter.

»Lieutenant Glitsky, es tut mir leid, daß Sie warten mußten.« Wrightson kam mit ausgestreckter Hand auf ihn zu. »Ich habe mich in eine dieser Konferenzschaltungen verwickeln lassen und nicht auf die Zeit geachtet. Kommen Sie herein, kommen Sie herein. Kann Nicholas Ihnen etwas bringen?«

»Nein, danke.«

Glitsky schüttelte Wrightson die Hand und musterte ihn. Er war etwa einen Meter fünfundsiebzig groß, hatte fast keine Haare mehr und stechende graublaue Augen.

Sie begaben sich in ein riesiges, elegant ausgestattetes Büro, das dem von Abe nicht im geringsten ähnelte. Wrightson ging voran. Durch die sauberen (wie war das nur möglich?) Fenster hatte man einen Blick auf die sechs Häuserblocks große Fläche des Civic Center Park, in dem ebenfalls eine Zeltstadt aufgebaut worden war. Doch normalerweise mußte der Blick durch dieses Fenster auf weite Rasenflächen, beschnittenes Strauchwerk, den Teich und den Brunnen, Kirschbäume und blühende Birnbäume fallen. Das war das Gesicht, das San Francisco der Welt zeigte. Es war ein wunderschönes Gesicht und lag zu Füßen von Greg Wrightson.

Der ging jedoch nicht zu seinem Schreibtisch, wie Glitsky erwartet hätte, sondern führte ihn zu einer Sitzecke. Auf einem südamerikanischen Teppich standen ein Sofa und, rechts und links von einem polierten Couchtisch, zwei Polstersessel. Glitsky setzte sich in einen der Sessel und hatte das Gefühl, bis zum Hals darin zu versinken. Wrightson kam gleich zum Thema.

»Ich möchte mich bei Ihnen dafür bedanken, daß Sie sich die Zeit genommen haben, mich aufzusuchen. Wie Sie wissen, sehen wir uns in diesem Jahr wegen des Haushaltsetats mit einigen schwierigen Entscheidungen konfrontiert. In der Vergangenheit waren wir gezwungen, in einigen wichtigen Bereichen – wie zum Beispiel dem Police Department – Einsparungen vorzunehmen. Abzuspecken, sozusagen.«

Glitsky bemerkte keinen Hauch von Ironie in Wrightsons Stimme, obwohl dieser guten Grund dazu gehabt hätte. Die Stadträte hatten gerade die für Kevin Sheas Ergreifung ausgesetzte Belohnung um zweihunderttausend Dollar erhöht (von den zwölftausendfünfhundert Dollar für Flugtickets und Unterkünfte für die Geistlichen, die in diesen Minuten die Beerdigung leiteten, wußte Glitsky nichts). Und Wrightson hatte ausgerechnet diesen Zeitpunkt gewählt, um über den Polizeietat zu sprechen?

Glitsky fragte sich, ob er Wrightson gegenüber seine fehlende Tür erwähnen sollte, aber er blieb sachlich. »Viel mehr gibt es nicht zum Abspecken. Im Justizgebäude ist alles ziemlich schlank«, sagte er.

Wrightson nickte. Er beugte sich in seinem Sessel nach vorn und faltete die Hände vor sich. »Nun, durch diese Krawalle und dadurch, daß der Eindruck entstanden ist, San Francisco sei kein sicherer Ort mehr, glaube ich, tut sich uns eine Möglichkeit auf. Wir können etwas Geld für den Polizeidienst lockermachen.«

Glitsky hörte aufmerksam zu und unterdrückte die Bemerkungen, die er gemacht hätte, wenn er diesen Mist von jemand anderem gehört hätte, fragte sich, warum er hier sei.

Endlich kam Wrightson auf den Punkt: »… und das ist der Grund, warum ich mit den einzelnen Abteilungsleitern sprechen wollte.«

»Okay.«

»Ich würde gern wissen, was Sie wirklich brauchen, um Ihre Arbeit zu machen.«

»Das ist einfach.« Wenn Wrightson allerdings Beispiele dafür wollte, wann fehlende Gelder in der Vergangenheit Ermittlungen behindert hatten, würde er bis Weihnachten erzählen.

Wrightson klatschte einmal in die Hände. »Gut. Fangen wir beim Personal im Morddezernat an. Ich könnte nachsehen, aber …«

»Was meinen Sie?«

»Sie wissen schon: wie viele Personen, ethnische Gruppen, Geschlechter …« Als er Glitskys Blick sah, fuhr er rasch fort: »Das erleichtert uns den Griff ins Portemonnaie, Lieutenant. Das wissen Sie.«

»Ich dachte immer, es seien die fehlenden Mittel, die uns in unserem Leistungsvermögen beeinträchtigten.«

Wrightson wischte das mit einer Handbewegung beiseite. »Ja, sicher, das stimmt. Aber lassen Sie uns realistisch sein. Die beste Chance, für Ihre Abteilung etwas herauszuschlagen, ist eine Erhöhung der Mitarbeiterzahl. Dadurch wird die Gesamtsumme erhöht, und plötzlich haben Sie Geld für eine neue Kaffeemaschine.«

»Eine neue Kaffeemaschine? Wie wär's mit einem Labor, in dem am Wochenende gearbeitet wird? Wie wär's mit Überstunden statt Ausgleichsstunden? Wie wär's damit, die Leute dafür zu bezahlen, wenn sie länger bleiben, um ihre Berichte zu schreiben?«

Wrightson schüttelte den Kopf. »Nein, nein. Ich meine, all das ist wichtig, verstehen Sie mich nicht falsch, aber niemand wird dafür Gelder freigeben. Das ist einfach nicht sexy genug, verstehen Sie, was ich meine?«

»Ich glaube nicht.«

»Na, dann erzählen Sie mir einfach von Ihrer Abteilung, und ich erzähle Ihnen, was Sie brauchen.«

Glitsky gab ihm einen Überblick: zwölf Inspectors, alle männlich, davon vier Schwarze, zwei andere dem Nachnamen nach wohl spanischer Abstammung.

»Sie sollten genau über diese Dinge Bescheid wissen«, sagte Wrightson. »In Ihrem eigenen Interesse.« Dann fragte er: »Was ist mit Frauen?«

»Nein. Wir haben keine Frauen.«

»Asiaten?«

»Nein.«

»Schwule?«

»Das bezweifle ich. Ich weiß es nicht genau. Ist das von Bedeutung?«

»Amerikaner indianischer Abstammung?«

»Mir ist nicht aufgefallen, daß wir einen nennenswerten Anteil an Amerikanern indianischer Abstammung in der Stadt oder im Bezirk haben.«

Wrightson warf ihm einen verschwörerischen Blick zu. »Sie sind in einer guten Position. Sie brauchen mindestens drei, vielleicht sogar fünf neue Inspectors.«

Glitsky beugte sich vor. »Mister Wrightson, wir brauchen nicht mehr Inspectors. Wir brauchen mehr Unterstützung.«

»Ja, aber die Unterstützung bekommen Sie nicht, Lieutenant. Was Sie brauchen, ist eine größere Übereinstimmung mit den Quoten.«

»Gelten die nicht für das Police Department als Ganzes ...?«

»Ursprünglich ja, aber ich habe Polizeichef Rigby diese Idee vorgetragen, und sie gefiel ihm.« Wrightson genoß seine Rolle bei der ganzen Sache sichtlich. »Sehen Sie, die Polizei braucht Geld, und auf diese Weise kommt sie an Geld. Die Quotenregelung ... selbstverständlich nennen wir sie nicht so. Wir ändern die Formulierungen, so daß sie für jede einzelne Abteilung statt für die Behörde als Ganzes gelten.«

»Aber das Morddezernat ist ... ist die Spitze der Pyramide. Ich meine, man steckt nicht einfach Leute ins Morddezernat und macht sie zu Inspectors, um irgendwelche Quoten zu erfüllen ...«

Wrightsons Augen glänzten, sein Gesicht war gerötet. »Wo leben Sie, Lieutenant? Wir sind in San Francisco. Natürlich tut man das.«

»Aber ...«

»Vor allem Sie sollte das glücklich machen ...«

Glitsky spürte, wie sich die Narbe auf seinen Lippen spannte und weiß wurde. Vor allem Sie sollte das glücklich machen? Weil er in Wrightsons Augen ein Schwarzer war? Aber er wollte nicht ausfallend werden. Die Sache nicht persönlich nehmen. Nicht heute morgen. Nicht bei dem dünnen Eis, auf dem er sich in diesen Tagen bewegte. Vielleicht hatte Wrightson recht, und er war tatsächlich nicht up to date und sollte sich über eine Senkung der Aufnahmerichtlinien für seine Abteilung freuen ...

Aber er konnte sich nicht beherrschen. Er sagte: »Mir wird gleich speiübel.«

Soviel also zu den beiden Notizen, die er am Vorabend in die Mitte seines Schreibtischs geschoben hatte: Rigbys dringender Anruf und die beiden Nachrichten von Greg Wrightson. Auf der Polk Street vor dem Rathaus hielt Glitsky dem Fahrer eines Streifenwagens seine Marke hin und kam so zurück zum Justizgebäude.

All diese städtischen Gebäude, und keine Zuflucht darin ...

Rigby hatte Glitsky zwar gesagt, er sei vom Fall Kevin Shea abgezogen, aber bei genauerer Überlegung fiel Glitsky auf, daß er ihm nicht ausdrücklich verboten hatte, seine Männer weiterhin darauf anzusetzen. Hatte er das mit Absicht getan? Wollte Rigby womöglich seinen eigenen Hintern in Sicherheit wissen, wenn Glitsky mit irgend etwas ankommen sollte? Zumindest gab ihm diese Interpretation ein Argument für den Fall, daß er vor die Personalkommission der Polizei gerufen werden würde.

Zehn Minuten später saß er in seinem Büro Carl Griffin gegenüber, der genauso wütend war wie Glitsky, falls das möglich war. Der Inspector hatte vorn auf seinem Hemd einen klebrig wirkenden roten Fleck, entweder die Überreste eines Marmeladendonuts, oder er war in Ausübung seines Dienstes verwundet worden, ohne es zu bemerken.

»Also habe ich gestern abend, bevor ich nach Hause ging, Feeney abgefangen.« Tony Feeney, ein Staatsanwalt. »Ich bekam von ihm ein zurückhaltendes ›Okay‹ bezüglich Straffreiheit für Devlin, sofern er aussagt, er sei in dem Mob gewesen. Dann habe ich alle für Punkt acht Uhr heute morgen herbestellt. Devlin, seinen Vater, seinen Anwalt, die ganze Bande. Und dann kommt Feeney rein und erklärt, daß es keinen Deal gibt.«

»Überhaupt keinen Deal?«

Griffin ließ ein paar Kaugummiblasen platzen. »*Nada*. Alan Reston schließt keine Deals ab. Neue Politik. Ich frage mich, wie er irgendwelche Zeugen auftreiben will, wenn er nicht mit sich handeln läßt? Also fragte Colin Devlins Anwalt, was die Zeitverschwendung soll, und dann zogen sie alle ab, um irgendwo nett zu frühstücken.«

Glitsky hatte sich auf seinem Stuhl zurückgelehnt, seine Fingerspitzen berührten sich vor seinem Mund. »Was wollte dieser Devlin aussagen?«

»Du hattest uns doch gesagt, daß wir uns nach Leuten aus dem Mob umsehen sollten ...«

»Ich erinnere mich, Carl. Und Devlin gibt zu, daß er dort gewesen ist?«

»Nicht nur das, sondern auch, daß er mit von der Partie war. Nach dem, was er mir gestern erzählte, läuft seine Version darauf hinaus, daß er von dem Mob mitgerissen wurde, nicht mehr herauskam und zwischen Arthur Wade und denjenigen geriet, der versuchte, zu Wade zu gelangen.«

»Hat er gesagt, warum dieser Jemand zu Wade gelangen wollte? Ob er ihn vielleicht losschneiden wollte? Hat er gesehen, wer es war? Zum Beispiel Kevin Shea?«

Griffin schüttelte den Kopf. »Nein, nichts dergleichen, tut mir leid. Ich hab's versucht, aber dem Jungen wurde die Achillessehne durchgetrennt, Abe, und er ist wie ein nasser Sack zu Boden gegangen. Mehr ist nicht drin, wenigstens was ihn betrifft. Aber wie wollen wir ...?«

»Ich weiß. Warte mal.« Glitsky stellte die Füße wieder auf den Boden. »Wenn Devlin in dem Mob war, ist er mitschuldig ...« Allein aufgrund dieser Tatsache könnten sie ihn festnehmen, auch ohne Deal.

»Sicher, das war mein Gedanke, aber nein ... Ich habe es Feeney vorgeschlagen, noch bevor alle weg waren. Devlins Anwalt stand immer noch da. Ich sagte zu Feeney: ›Wenn Sie ihm keinen Deal anbieten, was soll ich nach Ihrer Ansicht dann mit ihm machen? Ihn festnehmen?‹ Und Feeney schaut mich an und fragt: ›Weswegen?‹ Also antworte ich: ›Weil er im Mob war‹, und er sagt, daß es ohne Devlins Geständnis dafür keinen Beweis gebe. Ich sage, er hat gestanden oder zumindest mehr oder weniger zugegeben, daß er mit dabei war. Der Typ zuckt einfach mit den Schultern und sagt, das beweise nicht unbedingt eine Absicht. Menschenskind! Auf wessen Seite stehen die Typen da unten eigentlich? Wer ist dieses Arschloch von Reston? Wo ist der hergekommen?«

»Devlin hätte ihre Argumentation bezüglich Kevin Shea umwerfen können«, sagte Glitsky. »Sie wollen nicht, daß das im Protokoll steht.«

»Welches Protokoll? Wir haben doch überhaupt kein Protokoll.«

»Das ist richtig.«

Carl Griffin zog seinen Gürtel zurecht, kratzte sich und runzelte beim Anblick des Flecks auf seinem Hemd die Stirn. Er würde seine Zeit nicht damit verschwenden, so zu tun, als verstehe er das Ganze. Er hatte den gestrigen Tag damit zugebracht, jemanden mit einer Messerwunde ausfindig zu machen, weil das in seinem Einsatzplan gestanden hatte. Er wollte also jetzt wissen, was er heute tun solle.

Glitsky seufzte, er hatte immer noch die anderen Fragen im Kopf. Dann sagte er: »Na gut, Carl …«

Die Order lautete, zum Dolores Park zu fahren und zu versuchen, die genaue Stelle ausfindig zu machen, an der Chris Locke erschossen worden war. Irgend jemand in der Zeltstadt da draußen müsse doch was gehört, vielleicht sogar gesehen haben. Eine Menge Leute hätten demonstriert, irgendwas werde schon auftauchen. Und wenn er die Stelle gefunden habe, solle er die Spurensicherung holen und die üblichen Untersuchungen durchführen lassen, mal sehen, was die herausfänden.

Das war die Art von Arbeit, die Griffin gut beherrschte. So hatte er etwas zu tun, und Abe blieb es erspart, Loretta in einen weiteren Alptraum zu stürzen.

Griffin war noch nicht aus dem Büro, als Glitsky bereits Wes Farrells Nummer wählte. Er hatte lange genug gewartet, daß etwas passierte, und würde jetzt – Rigby hin oder her – dafür sorgen, daß etwas passierte.

# 56

Wes Farrell hatte am Morgen des vergangenen Tages konsequent keinen Tropfen Alkohol getrunken und auch nicht wieder damit angefangen, nachdem sich Sergeant Stoner abends wieder verdrückt hatte. Wes war zu der Ansicht gelangt, Lieutenant Glitsky auf den Leim gegangen zu sein, weil er ihn vollkommen falsch eingeschätzt und ihm vertraut habe. Heute würde er tunlichst mehr auf Draht sein müssen, wenn er für seinen Mandanten gute Arbeit leisten wollte. Auch wenn er noch nicht bereit war zuzugeben, daß sein Alkoholkonsum ihn langsamer hatte werden lassen beziehungsweise sein Urteilsvermögen beeinträchtigt hatte, wollte er keine unnötigen Risiken eingehen.

Seit er aufgestanden war, hatte er ferngesehen, aber Kevins Videoband war von keinem Sender ausgestrahlt worden. Unabhängig davon, ob jemand Shea Glauben schenken würde oder nicht, konnte Wes sich beim besten Willen nicht vorstellen, daß ein Nachrichtensender das Band nicht zeigen würde. Ob seine Aussage der Wahrheit entsprach oder nicht, sie mußten das Video als neue Entwicklung im Fall des meistgesuchten Flüchtigen in den Vereinigten Staaten betrachten. Es hätte innerhalb von Minuten nach der Übergabe auf jedem Sender von hier bis Bangor, Maine, kommen müssen. Was war bloß falsch gelaufen?

Dummerweise hatte er Kevin nicht nach seiner Telefonnummer gefragt, und so blieb ihm nichts anderes übrig, als abzuwarten, daß der sich melden würde.

Nachdem er Melanie und Kevin am Vorabend darüber belehrt hatte, daß Kevin wahrscheinlich wegen Mordes angeklagt werden würde, hatten die beiden vielleicht doch beschlossen, sich unter falschen Namen auf ein Zeugenschutzprogramm einzulassen.

Bart winselte vor der Tür. Er lief die ganze Zeit im Kreis herum und gab zu verstehen, daß er unbedingt sein Geschäft verrichten müsse. Wes mochte die Wohnung eigentlich nicht verlassen, weil er da sein wollte, falls Kevin oder Melanie anriefen. Aber der Hund mußte nach draußen. Er sah sein leidendes Tier an. Bart sollte nicht erneut mit der Zeitung in der Küche experimentieren müssen. Wenn es zur Gewohnheit wurde, fand er vielleicht Gefallen daran.

»Okay, Junge, wir haben ihnen eine Chance gegeben. Raus mit uns.«

Er öffnete die Tür. Bart lief winselnd und im Kreis springend zur Treppe. Da Wes der Polizei, die ihn vor wenigen Stunden überrascht hatte, nicht über den Weg traute, ließ er den schweren Riegel einschnappen, was er normalerweise nicht tat. Er würde auch nicht viel nützen, wenn wirklich jemand bei ihm einzudringen beabsichtigte, vermittelte ihm aber ein Gefühl größerer Sicherheit.

Er war keine vier Schritte von Bart entfernt, der an der Treppe stand, als er glaubte, das Telefon klingeln zu hören. Er lauschte, der Hund winselte. Ein zweites Klingeln.

»Na großartig«, fluchte er und griff nach den Schlüsseln in der Hosentasche, die sich in einem losen Faden verfingen, als er daran zog. Sein Kamm und das Kleingeld fielen heraus, verteilten sich über den Boden.

Das Telefon klingelte erneut.

Die Schlüssel hingen in der nach außen gestülpten Hosentasche fest. Während Wes rückwärts zur Wohnungstür ging, zerrte er hilflos und fluchend an den Schlüsseln. Bart kam angelaufen und bellte.

Wieder das Telefon.

Er kannte den Trick und würde den Riegel beim ersten Versuch aufbekommen, wenn er den Schlüssel ruhig bis zum Anschlag einführte und ihn dann um exakt einen Millimeter wieder herauszog ...

Das Telefon.

... um genau im richtigen Moment daran zu rütteln. So ...

»Sei still, Bart!«

Das zweite Schloß war ein Kinderspiel. Rein mit dem Schlüssel, umdrehen, die Tür ging auf.

Ein weiteres Klingeln.

Er rannte durch das Zimmer, die Schlüssel, die noch immer an dem Faden der Hosentasche hingen, in der Hand. Das Telefon war in der Küche an der Wand befestigt.

»Hallo.«

Das Freizeichen.

Frustriert ließ Wes die Hände sinken. Wie auf wundersame Weise aus ihrem magischen Knoten gelöst, rasselten die Schlüssel zu Boden.

Wes trat einen Schritt zur Seite und sah Bart in der Tür, der peinlich berührt zu ihm aufschaute und ein frisches Mißgeschick zu beklagen hatte.

Die Hosentasche noch nach draußen gestülpt, stand Wes eine Weile unbewegt. »Ich bin doch das größte Rindvieh auf Gottes Erdboden«, sagte er zu Bart. Dann stopfte er seine Tasche wieder in die Hose und holte sich ein Bier.


»Das warst gar nicht du?«

»Nein. Ich rufe zum ersten Mal an, wir haben das Telefon eben erst wieder eingestöpselt. Wir wollten schlafen.«

»Wie schön«, sagte Wes. »Wer war es dann?« Wer hatte versucht, ihn anzurufen? Glitsky sicher nicht, nachdem er Wes gestern so getäuscht hatte.

»Ich weiß es nicht«, sagte Kevin. »Woher soll ich wissen, wer versucht hat, dich anzurufen?«

Wes beließ es dabei. »Habt ihr wenigstens geschlafen?«

»Ja. Wir fühlen uns beide besser. Sogar meine Rippen …«

»Prima. Was wollt ihr jetzt tun?«

Nach einer kurzen Pause: »Wir wissen es nicht, Wes. Vielleicht einfach warten.«

»Warten? Worauf?«

»Wissen wir auch nicht. Vielleicht warten wir bis heute abend und versuchen dann, nach Mexiko runterzukommen. Danach werden wir weitersehen. Wenn sich die Angelegenheit etwas beruhigt hat, rufen wir dich an, um zu sehen, ob sich bis dahin was ergeben hat. Ich meine, es muß doch irgend jemanden außer mir geben, der sagen kann, was geschehen ist …«

»Glaubst du nicht, daß derjenige sich inzwischen gemeldet hätte?«

»Keine Ahnung. Vielleicht haben sie Angst. Nach allem, was geschehen ist. Aber wenn sie erst mal das Videoband gesendet …«

»Apropos …«

»Ja, ich weiß. Wir werden bei dem Sender anrufen. Irgendwie ist es schiefgegangen. Melanie sagt, daß es wahrscheinlich am Nachtportier liegt.«

»Am Nachtportier?«

»Der Laden war zu, deshalb hat sie es am Nachtschalter abgegeben.«

Wes unterdrückte die Antwort, die ihm auf der Zunge lag. Er hätte gern einen Cent für jeden Fall bekommen, in dem eine solche Unachtsamkeit dem Verdächtigen eine Verurteilung eingebrockt hatte. Man ließ keine wichtigen Gegenstände bei Dritten, man übergab sie nur dem Zuständigen, selbst wenn man die ganze Nacht auf ihn warten mußte. »Willst du, daß ich beim Sender anrufe und versuche, was rauszufinden?«

»Ich dachte, du bist der Meinung, das führt zu nichts.«

»Du hast recht mit deinem Argument, daß es eventuell einen glaubwürdigen Zeugen aus der Reserve locken könnte. Dann hättest du vielleicht eine Chance, aus dieser Sache rauszukommen.«

»Meinst du?«

»Ich weiß nicht, könnte sein. Trotzdem würde ich mir keine allzu großen Hoffnungen machen. Es ist nur eine vage Möglichkeit. So wie die Dinge im Augenblick stehen, läufst du entweder weg oder kommst vor Gericht. Also ist es den Versuch mit dem Fernsehsender wert. Du hast nichts zu verlieren. Ich könnte das erledigen, um euch aus der Sache rauszuhalten.«

Er hörte kurzes Gemurmel am anderen Ende der Leitung, als Kevin sich mit Melanie besprach. Dann war er wieder am Hörer.

»Wenn du das wirklich tun würdest …«

»Hab' ich doch gesagt, oder?«

»Es ist besser als wegzulaufen, nicht wahr? Wir tun doch das Richtige?«

Es war merkwürdig, heutzutage von jemandem diese Frage gestellt zu bekommen, aber Wes fand, daß es typisch war für

Kevin. Der Junge war altmodisch genug zu glauben, immer das Richtige tun zu müssen. Diese Haltung hatte ihn in seine mißliche Lage gebracht. All die richtigen Schritte, die so folgenschwer geendet hatten.

Aber Wes wußte, daß auch ihm keine andere Wahl blieb. Er hatte immer versucht, so zu sein, wie Kevin jetzt war, und sogar einmal geglaubt, daß es ein Bestandteil seiner Persönlichkeit sei. Bevor das Leben diese Überzeugung erschüttert hatte.

Er vertraute ihnen blind, versuchte einfach, ihnen zu helfen, und fühlte sich dabei so gut wie schon lange nicht mehr. Er hatte ganz vergessen, wie es war, jemandem zu vertrauen, seit Mark Dooher und seit seiner Frau ... Manchmal meinten es die Menschen ehrlich mit einem. Das hatte er ganz vergessen. Man mußte Risiken eingehen. Wenn man das nicht tat, war man so gut wie tot.

»Wes?«

»Ja. Ich bin sicher, es ist das Beste, was du tun kannst, Kev. Wenn du wegläufst und geschnappt wirst ... niemand kann sagen, was passieren würde.« Er wollte nicht den Teufel an die Wand malen. »Für den Augenblick solltet ihr nichts überstürzen. Wartet noch einen Tag ab. Kein Mensch weiß, wo du bist. Vielleicht entwickelt sich die Geschichte plötzlich doch zu deinen Gunsten. Weglaufen kannst du immer noch. Aber wenn du es einmal getan hast, gibt es keinen Weg zurück.«

## 57

Glitsky war zum Mittagessen nach Hause gefahren, was an Werktagen sonst nie vorkam. Er hatte den Rest des Vormittags damit verbracht, Fälle zuzuweisen, sich von seinen Inspectors, die nicht in der einen oder anderen Weise an der Sache Kevin Shea arbeiteten, auf den neuesten Stand bringen zu lassen, einige andere Autopsien zu prüfen, Gerichtstermine einzuplanen und sich mit Special Agent Margot Simms über den Stand der Kevin-Shea-Ermittlungen kurzzuschließen. Das FBI hatte entschieden, daß dies ein Fall sei, in dem die Bürgerrechte betroffen waren, und die Bundesregierung somit zumindest parallel zuständig sei. Wenn das FBI sich einschalten wollte, brauchten sie in dieser Sache ebensowenig eine Einladung der örtlichen Polizei wie zum Beispiel dann, wenn sie die Ermordung von Bürgerrechtlern im tiefen Süden untersuchen wollten. Sie waren auf eigene Initiative zur Stelle, und Polizeichef Rigby schien geneigt, ihnen jeglichen Ruhm – und jeglichen Ärger –, den der Fall eventuell noch bringen würde, zu überlassen. Special Agent Simms hatte sich mehr als froh über dieses Arrangement gezeigt, aber kein großes Interesse an Stichwunden, Jamie O'Toole, Untersuchungen von Fotos, den Cousins Mullen und McKay oder Rachel aus Osteuropa an den Tag gelegt.

Was Simms interessierte, war das Persönlichkeitsprofil, das Kevin Shea als bewaffnet und gefährlich auswies. Glitsky dachte, daß das wahrscheinlich auf Elaine Wagers Ausbruch vor den Medien zurückzuführen sei. Die Ermittler des FBI wußten, wonach sie suchten, und fanden deshalb meistens die entsprechenden Beweise. Sie polierten die Tatsachen auf, auch wenn die Daten nicht besonders überzeugend waren.

Weil er das FBI und dessen Neigung, zuerst zu schießen und dann zu fragen, kannte, hatte Glitsky versucht, diesbezüglich auf Simms einzuwirken, aber sie hatte nichts hören wollen. Dies war ein Fall, der öffentliche Beachtung fand und den die junge

Agentin nutzen wollte, um den Durchbruch zu schaffen und den männlichen Kollegen gleichgestellt zu werden. Sie werde von ihrer Waffe ohne zu zögern Gebrauch machen, wenn die Situation es verlange; für den Notfall stünden zwei Kollegen, einer von ihnen ein Scharfschütze, zur Verfügung. Sie sage nicht, daß die zum Einsatz kämen, aber …

Dann hatte sie wissen wollen, was Glitsky von Wes Farrell halte und ob er in ihm die beste Möglichkeit sehe, mit Shea Kontakt aufzunehmen. Sollte die Bundesbehörde nicht vielleicht besser sein Telefon anzapfen? Special Agent Simms hatte ›Beziehungen‹ zu einem Bundesrichter, der ihr, wie sie sagte, wegen »eines halben Moleküls zehn Jahre alter DNS« nahezu alles unterschreiben würde.

Glitsky hatte geantwortet, er halte es für möglich, daß Shea und Farrell telefonisch wieder kommunizierten. Seit Beginn des Gesprächs bemühte er sich, unbeteiligt zu wirken. Doch eigentlich hatte er den ganzen Morgen lang nur an die bevorstehenden wichtigen Gespräche mit Ridley Banks und Loretta Wager gedacht.

Banks war nicht im Büro erschienen (was an sich für einen Inspector im Außendienst nicht ungewöhnlich war), und deshalb war das Mysterium um die Mo-Mo-Notiz noch nicht gelöst, die Glitsky als drittoberste auf seinen Schreibtisch gelegt hatte. Wenn das Ganze nichts mit Kevin Shea zu tun hatte, konnte Glitsky der Sache offiziell nachgehen. (Als Wes Farrell nicht ans Telefon gegangen war, hatte er auch seine inoffizielle Jagd auf Shea zurückstellen müssen. Es gab keine Spur mehr, die er hätte verfolgen können. Vielleicht würde Special Agent Simms ihn auf eine bringen.)

Glitsky wußte, daß Loretta auf der Beerdigung war und frühestens am Nachmittag nach Hause oder ins Büro zurückkehren würde. Er redete sich ein, daß er sie nur aus beruflichen Gründen so bald wie möglich sprechen wolle und deshalb, wenn nötig, auch warten könne. Er *mußte* sie nicht wegen persönlicher Themen sprechen. Was immer sie bezüglich ihrer Beziehung zu entscheiden hätten, würde sich von allein klären … Irgendwann hatte er den Versuch, beschäftigt zu wirken, aufgegeben und war nach Hause gefahren.

Jetzt beobachtete er aus tränenden Augen eine mit Dosenchili gefüllte Pfanne, während er eine Zwiebel kleinschnitt. Auch die Überreste eines steinharten Stücks Cheddar, das ganz hinten im Kühlschrank gesteckt hatte, wurde verarbeitet.

Er wußte noch immer nicht, ob er mit Loretta über alles reden sollte. Er kannte die Bürokratie gut genug, um zu wissen, daß die schnellste und gründlichste Art, die eigene Position und den eigenen Ruf zu gefährden, darin bestand, sich über seinen Vorgesetzten hinwegzusetzen. Aber er hatte genug Informationen gesammelt und ein ziemlich deutliches Bild von dem, was im Augenblick ablief. Und er war der Ansicht, daß die Lösung des Problems mit großer Wahrscheinlichkeit bei Loretta Wager lag. Wie Strother Martin in ›Cool Hand Luke‹ zu Paul Newman sagte: Es war immer eine Sache »der mangelhaften Kommunikation«.

Er mußte Loretta aufsuchen. Mit Sicherheit hatte sie keine Ahnung davon, daß Alan Reston in der Absicht, seine mächtige Wohltäterin zufriedenzustellen, seine neuen Machtbefugnisse mißbrauchte und sich nicht die Bohne um die Gerechtigkeit scherte. Reston ging davon aus, vermutete Glitsky, daß Shea weiterhin der Schuldige sein *mußte*, denn sollte er unschuldig sein, sah es für Loretta schlecht aus ... Glitsky glaubte nicht, daß Loretta etwas daran lag, daß Shea vorschnell fertiggemacht wurde. Aber Restons Standpunkt war eindeutig: Keinerlei Abmachungen, die die Position des Bezirksstaatsanwalts bezüglich der Anklage gegen Shea schwächen könnten.

Die übliche Reaktion: kurzsichtig, aber zu verbreitet, um Abe zu schockieren. Reston, der neue Mann, wollte seinen ersten großen Fall der Person widmen, der er seine Ernennung verdankte. Er wäre der Held, Loretta die Heldin. Alle hätten gewonnen. Und für jemanden wie Reston, der als Staatsanwalt Karriere gemacht hatte, war es keine Frage, daß Shea – wie jeder andere Angeklagte auf diesem Planeten – irgend etwas verbrochen hatte.

Reston dachte wahrscheinlich, er schütze Loretta, während Abe Glitsky das – aus Restons Perspektive – nicht tat. Also gehörte Abe Glitsky zur Opposition, war genaugenommen sogar ein Gegner. Das hatte sicher nichts mit Glitsky persönlich zu tun, er hatte ihm sogar geraten, sich ruhig zu verhalten, damit es erst gar nicht so weit käme. Aber es war so weit gekommen.

Glitsky rief sich ins Gedächtnis, daß Loretta weder Farrells Informationen noch Rachels Aussage (Shea habe Wade nicht nach unten gezerrt, sondern hochgehoben) bekannt waren. Ebensowenig wußte sie von Colin Devlin und davon, daß Jamie O'Toole langsam weich wurde, also von all den Gründen, die Glitsky inzwischen erheblich an Sheas Schuld zweifeln ließen, wußte sie nichts. Loretta und er hatten den gestrigen Abend nicht damit verbracht, die verworrenen Einzelheiten des Falles Kevin Shea zu erörtern. Es gab Themen, die sie unmittelbarer betrafen.

Aber das Faß war am Überlaufen. Er mußte mit ihr sprechen, sich über Rigby und Reston hinwegsetzen. Special Agent Simms und ihre Scharfschützen hatten ihm den Rest gegeben. Er mußte mit Loretta sprechen, um die Kommunikationswege zwischen ihr und Reston zu öffnen und die Leute daran zu erinnern, wie sie ihre Jobs zu tun hatten. Letztlich keine große Sache, nichts, das aus dem Rahmen fiel.

Aber er konnte noch immer nicht verstehen, warum Farrell nicht wenigstens versucht hatte, ihn zu erreichen. Es ergab keinen Sinn, außer wenn Shea irgendwie kalte Füße bekommen hatte, was andererseits nicht so abwegig war. Farrell ging davon aus, daß Glitskys Angebot für einen Deal noch stand und man Shea zumindest anhören würde. Restons Weigerung, Kevin Schutz zu gewähren, seine Botschaft, daß er nichts, was Wes Farrell oder Kevin Shea zu sagen hätten, hören wolle, hatte die Situation allerdings grundlegend verändert. Reston hatte sich auf den Standpunkt festgelegt, Shea sei schuldig.

Das bedeutete, daß Glitsky keine Gegenleistung mehr anbieten konnte, wenn Kevin Shea kam, was Farrell aber noch nicht wissen konnte. Warum hatte er sich also nicht gemeldet?

Er steckte seinen Zeigefinger in die Pfanne und rührte um. Das Chili war fast fertig. Da klingelte es an der Tür.

Er schob einen Teil der Gardine zur Seite, die die schmale Fensterscheibe neben der Vordertür bedeckte. Auf dem Treppenabsatz stand niemand. Er öffnete die Tür.

»Wenn ich ein ausgebildeter Attentäter wäre, wärst du jetzt tot. Warum weinst du?« Dismas Hardy hatte an der Hauswand neben der Treppe gestanden und war vorgetreten, als Abe die Tür geöffnet hatte.

»Ich weine nicht, ich habe Zwiebeln geschnitten. Ich dachte, du bist in Ashland.«

»Es ging das Gerücht, man könne sich ›Hamlet‹ in diesem Jahr sparen. Ich hatte gerade eine Woche mit einem Dreijährigen und einer Fünfjährigen beim Zelten in der Wildnis verbracht, als wir miteinander telefonierten. Wir begannen, uns Sorgen um das Haus zu machen, bei diesen ganzen Bränden, die du erwähntest. Es schien ein guter Moment zu sein, um heimzufahren.«

»Wohl kaum.«

Sie waren in der Wohnung, auf halbem Weg zur Küche. »Vielleicht erinnerst du dich nicht mehr daran, wie es ist, mit Kleinkindern zu zelten«, sagte Hardy. »Hast du das je mit deinen Jungs gemacht?«

»Klar. Oft. Friede, Ruhe, die Natur erleben …«

»Ja, bis auf den Frieden und die Ruhe.« Hardy beugte sich über den Herd. »Mhm, Chili. Ich glaube, ich habe schon seit einem Jahr kein Chili mehr gegessen. Es riecht phantastisch.«

»Du wirst auch jetzt keins essen. Das ist die einzige Dose im Haus und das erste Mal seit ungefähr fünfzehn Jahren, daß ich eine ganze Dose Chili für mich allein habe.«

»Ein ganze Dose? Du schaffst doch keine ganze Dose.«

»Dann schau mal ganz genau zu.«


»Es ist grausam und unhöflich, daß ich mir das ansehen muß. Sogar mit Fritos!«

Glitsky goß Tapatio-Soße über eine große Servierschale. Ein normaler Suppenteller wäre für die Masse aus Chili, Zwiebeln und Käse, die er mit dem Inhalt einer Türe Fritos bedeckt hatte, nicht annähernd groß genug gewesen. Er hielt inne und wies zur Tür. »Die Tür ist da, wo du sie zuletzt gesehen hast. Mach sie hinter dir zu.« Er steckte sich eine Portion in den Mund und produzierte absichtlich ein paar Geräusche mehr, als wenn er allein gewesen wäre.

Hardy saß ihm gegenüber, wie immer, wenn er nicht als Anwalt unterwegs war, in Freizeitkleidung: Jeans, ein langärmeliges grünweißes Rugbysweatshirt und Turnschuhe. Er hatte eine zweite Schale vor sich gestellt und hielt eine enorme Suppenkelle in der Hand, aber Glitsky ignorierte diesen deutlichen Wink. »Aus dir ist ein rücksichtsloser Mensch geworden, Abe. Ich hasse es, das erleben zu müssen.«

Glitsky schluckte. »Du hast ja keine Ahnung.« Er schaufelte sich erneut Chili auf den Löffel. »Wahrscheinlich ist mir die Beförderung zu Kopf gestiegen«, sagte er.

Hardy sah seinem Freund noch einen Moment lang beim Essen zu. Weil auch der Appell an dessen Gewissen nicht zu fruchten schien, stand er auf und ging in den Flur.

Glitsky hörte das vertraute Dröhnen der Nachrichten aus dem Fernseher der Jungs. Er goß noch etwas Tapatio-Soße über das Chili und nahm ein Frito von dem Berg. Der Name Kevin Shea drang zu ihm durch, und als er ihn ein zweites Mal hörte, nahm er die Schale, steckte den Löffel hinein, verließ die Küche und folgte Hardy ins Kinderzimmer.

Hardy lag auf Isaacs Bett, hatte die Hände hinter seinem Kopf verschränkt und informierte sich über all das, was er verpaßt hatte. Ein Kommentator sprach über die Auswirkungen, die Mister Sheas Videoband haben könnte ...

»Welches Videoband?«

»Sie werden es noch mal zeigen, haben sie gesagt.«

»Wann?«

»Gleich. Warte.«

Glitsky trat näher, zog einen Holzstuhl heran, setzte sich verkehrt herum darauf und stellte das Chili auf den Boden. Plötzlich füllte Kevin Sheas Gesicht den Bildschirm.

»... und ich habe nichts von alldem getan. Ich war in dem Lokal, und als es sich zu leeren begann, wurde ich irgendwie mit nach draußen gedrängt. Ich sah, was mit Arthur Wade geschah, und versuchte, mich durch die Menge zu drängen. Ich nahm mein Schweizer Taschenmesser und stach auf einige Leute ein, die mir im Weg standen. Die Polizei sollte nach Personen mit Messerstichwunden suchen, nicht nach mir ... Mister Wade berührte bereits nicht mehr den Boden, als ich ihn erreichte, und ich schwöre bei Gott, ich habe versucht, ihn *hoch*zuhalten, nicht nach unten zu ziehen. Ich gab ihm mein Messer, damit er sich selbst losschneiden konnte. Aber dann haben sie ... die Menschenmenge ... sie haben es mir aus der Hand geschlagen, und ich wurde von jemandem niedergeschlagen und verlor das Bewußtsein. Sie traten mich gegen den Kopf. An mehr erinnere ich mich nicht. Außer daran, daß Arthur Wade tot war, als ich wieder zu ihm hochsah. Dann kamen ein paar Männer und warfen mich auf die offene Ladefläche eines Lastwagens. Sie brachten mich weg und sagten, sie würden mich umbringen, wenn ich erzählen würde, was geschehen war.«

Shea schwieg einen Moment. »Südstaatler«, sagte Hardy in die Pause, und Glitsky: »Texas.«

Shea fuhr fort: »Ich habe die Stadt nicht verlassen, weil ich erzählen will, was wirklich geschehen ist, aber jedesmal, wenn ich versuche, mit der Polizei Kontakt aufzunehmen, um mich in ihren Schutz zu begeben ... haben sie mein Vertrauen mißbraucht.«

»Das ist Blödsinn«, sagte Glitsky.

»Gerade vorhin – es ist Donnerstag abend – hat mir mein Anwalt erzählt, die Polizei sei ihm nach Hause gefolgt, nachdem er bei ihnen gewesen ist, um zu arrangieren, daß ich mich problemlos stellen kann. Ich will nicht davonlaufen, weil das so aussähe, als wäre ich schuldig. *Aber ich habe nichts Falsches getan.* Ich weiß nicht mehr, was ich tun soll, also mache ich dieses Video. Ich hoffe, jemand wird es sich anhören. Ich habe das nicht getan, bitte glauben Sie mir ...«

Das Band war zu Ende.

»Ich glaub's dir nicht«, gab Hardy zur Anwort.

Der Sender brachte Werbung, und Glitsky stellte den Ton ab. Hardy setzte sich auf. »Eine gute Strategie, um von sich abzulenken, aber es wird nach hinten losgehen. Wer ist der Anwalt?«

»Wes Farrell«, berichtete Glitsky.

»Ich habe gehört, er hätte sich zurückgezogen. Er hängt manchmal im Shamrock rum, nicht? Ich sollte Moses fragen. Auf jeden Fall würde ich meinen Mandanten so was niemals tun lassen.«

»Warum nicht?«

»Weil es nach Schuld stinkt, deswegen. Es wird für ihn zum Bumerang.«

»Es könnte aber auch wahr sein.«

Hardy warf ihm einen kurzen Blick zu. Sein Freund, Abe, der Polizist, schlug sich nicht oft auf die Seite der Verdächtigen. »Wie meinst du das?«

»Na ja, daß sie Farrell nach Hause gefolgt sind, ist Quatsch, aber der Rest …«

»Wie bitte? Wenn ein Teil gelogen ist, kannst du wetten, daß auch der Rest gelogen ist. Ein typischer Fehler der Mandanten. Sie packen zuviel rein und können dann nicht mehr zurück.« Er nahm die Schale mit dem Chili, aber Abe riß sie ihm aus der Hand. Hardy brummte: »Warum glaubst du, daß es wahr sein könnte?«

Glitsky drückte die Fritos mit dem Löffel platt. »Die Stichwunden, die er erwähnte … Seine Version ist die einzige plausible Erklärung dafür. Und aus ein paar anderen Gründen.«

Hardy nickte. »Geheime Polizeiangelegenheiten, ich verstehe.«

»Geheim genug.«

Im Wohnzimmer warf Glitsky Hardy eine weitere Tüte Fritos zu. »Das war alles, was auf dem Zettel stand«, sagte er.

Ihre Unterhaltung hatte sich, abgesehen von ein paar Sticheleien, um die mysteriöse Notiz über Mo-Mo House gedreht. »Was soll das mit dem ›He, schau mal‹?«

»Ein Witz, den mir Ridley Banks erzählt hat.«

Glitsky wiederholte den Witz. Als er ihn zu Ende erzählt hatte, nahm Hardy ein Frito aus der Tüte und kaute darauf herum. »Das ist alles? Das ist der ganze Witz?«

»Es ist außerdem ein Intelligenztest«, sagte Glitsky. »Wenn du ihn nicht komisch findest, bist du geistig zurückgeblieben. Versuch es bei einem Freund, du wirst schon sehen.«

Hardy dachte über den Zettel nach, nicht über den angeblichen Witz. »Ich würde Banks fragen.«

»Wollte ich, aber er ist nicht da. Ich habe das Gefühl, daß das kein Zufall ist.«

»Was könnte es also bedeuten?«

»Weißt du, diese Frage habe ich mir auch schon gestellt.«

Hardy stand auf und trat ans Fenster. Die Strahlen der frühen Nachmittagssonne drangen allmählich durch die Wolkendecke. Die Hände in den Taschen vergraben, stand er regungslos da. »Was auch immer Banks damit sagen wollte – er wollte nicht, daß jemand, der den Zettel auf deinem Schreibtisch eventuell lesen würde, versteht, worum es geht. Habt ihr im Büro was Besonderes laufen, nur ihr beide? Vielleicht etwas, worüber ihr gesprochen habt – du und Banks –, als er dir den Witz erzählte, wenn man es einen Witz nennen kann? Gibt es irgendwas, das du dir genauer ansehen solltest?«

»Nein. Nichts.«

Natürlich gab es das, aber Glitsky wollte Hardy nichts davon erzählen. Er hatte seine wieder aufgeflammte Beziehung mit Loretta keiner Menschenseele gegenüber erwähnt, und das würde er auch jetzt nicht tun. Da fiel ihm plötzlich der Moment vom Vortag mit Banks ein, der Blick Ridleys, als der noch etwas über Loretta sagen wollte, um seinen Lieutenant zu warnen. Glitsky hatte ihn mit dem Witz daran gehindert, um nicht noch mehr Klatsch über Loretta zu hören.

Bezog sich das ›He, schau mal‹ womöglich darauf? Es wäre mehr als mysteriös gewesen, wenn Ridley Abe hätte veranlassen wollen, nicht über den Witz, sondern über das nachzudenken, was er in diesem Moment hatte *ansprechen* wollen. Auf der anderen Seite schien eine solche byzantinische Logik für Hardy durchaus im Rahmen des Möglichen zu liegen.

Glitsky kaute auf der Innenseite seiner Wange herum. Gestern abend hatte Loretta ihm ziemlich plausibel erklärt, was hinter Ridleys Pacific-Moon-Szenario steckte. Sein Hinweis auf Mo-Mo House auf diesem mißverständlichen Zettel mußte sich also auf Jerohm Reese beziehen. Oder doch nicht?

Falls Hardy mit seiner Theorie über die versteckte Bedeutung von ›He, schau mal‹ richtiglag, hatte Ridley Glitsky den Rat gegeben, Mo-Mo House wegen Loretta Wager aufzusuchen. Falls die Notiz tatsächlich auch nur ansatzweise so gemeint sein sollte, durfte Glitsky die Sache nicht ignorieren.

Er sprang auf und wandte sich zur Tür.

»Laß uns gehen, Diz. Zurück an die Arbeit.«

»Ich arbeite heute nicht.«

Glitsky war an der Tür, öffnete sie. »Ich schon. Gehen wir.«

Auf dem Weg die Treppe hinunter beschuldigte Hardy Glitsky, er sei ein lausiger Gastgeber geworden, und Glitsky erwiderte, Hardy solle beim nächsten Mal eine Einladung abwarten, bevor er vorbeikomme und versuche, ihm das Mittagessen wegzufuttern.

## 58

Jerohm Reese, der in der sechsten Etage in dem zehn Quadratmeter großen Besucherzimmer für Gespräche der Rechtsanwälte mit ihren Mandanten saß, dachte, daß Gina Roake, seine Anwältin, in letzter Zeit ziemlich gut aussah. Sie hatte etwas abgenommen und ihr Haar an den Stellen, an denen er zuvor einige graue Strähnen bemerkt hatte, leicht getönt. Frisch geschminkt sah sie immer gut aus. Sie war schon fast vierzig, und das bedeutete, daß sie sich anstrengen mußte, wenn sie sich noch einen Mann angeln wollte. Aber sie machte ihre Sache gut.

Das Mittagessen war vorüber. Die Leute konnten über das Essen hier sagen, was sie wollten, Jerohm würde sich jederzeit auf Kosten des Bezirks satt essen. Zum Frühstück hatte es heute Eier, Würstchen, Kartoffeln, drei Scheiben Brot, Saft und eine Schale Obst gegeben. Und keine vier Stunden später hatten sie ihm ein Tablett mit zwei dicken Scheiben von diesem herrlichen Hackbraten mit Kartoffelbrei, Bratensoße, grünen Bohnen, drei Scheiben Brot (es gab immer drei Scheiben Brot), einem großen Stück Möhrenkuchen mit Ahornsirupguß und einen Becher Milch gebracht. Er konnte sich über das Essen im Gefängnis wirklich nicht beschweren. Meistens war es besser als das, was Carrie ihm vorsetzte.

»Hey, Mädchen«, sagte er und grinste seine Anwältin an, »Sie sehen gut aus.«

Gina Roake hatte ihre Aktenmappe bereits neben den winzigen Tisch auf den Boden gestellt. Sie gehörte seit acht Jahren zum Büro der Pflichtverteidigung und hatte Jerohm seit seinen frühen Tagen in der Jugendbesserungsanstalt dreimal vertreten. Sie war es gewesen, die ihm für seine ›erste *wirkliche* Straftat‹ (als Erwachsener) mildernde Umstände verschafft und gegenüber dem verstorbenen Chris Locke erfolgreich argumentiert hatte, sie sehe die Beweisführung der Staatsanwaltschaft vor unüberwindbaren Problemen, was die Anklage wegen Mordes an Mike Mullen betreffe.

Jedesmal, wenn Gina auftauchte, kam Jerohm aus dem Schlamassel heraus, und so war sie ihm in letzter Zeit lieb und teuer geworden. Gina erwiderte diese Gefühle nicht.

»Setzen Sie sich, Jerohm.«

»He, ich sitze ja schon, aber ich sag' Ihnen was, mir gefällt Ihre neue Frisur, was Sie da mit Ihrem Haar gemacht haben ... wie Sie's gefärbt haben ...«

Gina Roake lehnte sich weit zurück und verschränkte die Arme vor der Jacke ihres Kostüms. »Was geht in Ihrem Kopf eigentlich vor, Jerohm?«

»Huh? Was?« Es verletzte ihn, wenn sie so mit ihm sprach. Das Mädchen hatte kein Recht ...

Aber sie sprach weiter. »Vor nicht einmal einer Woche haben wir Sie rausgeholt, erinnern Sie sich? Wir haben uns hier unterhalten und sind zu dem Schluß gekommen, daß es vielleicht keine schlechte Idee wäre, wenn Sie im Gefängnis bleiben und fernsehen würden. Erinnern Sie sich?«

Sie hatte kein Recht, so mit ihm zu reden. Er lehnte sich mürrisch zurück, ahmte sie nach, verschränkte ebenfalls die Arme. Er zuckte mit den Achseln. »Alle anderen bekommen Vorladungen. Nur mich buchten sie ein.«

Sie zeigte mit dem Finger auf ihn und sagte: »Sie hatten Waren im Wert von zweitausend Dollar, die Ihnen nicht gehörten, im Kofferraum eines gestohlenen Wagens, Jerohm. Erkennen Sie den Unterschied?«

Wieder ein Achselzucken. »Die haben es einfach auf mich abgesehen. Sie halten immer Ausschau nach mir, das ist alles. Reine Schikane.«

Sie beugte sich vor, halb über den Tisch, und versuchte sich zu beherrschen. »Jetzt hören Sie mal zu, Jerohm. Schikane wäre, wenn man Sie ständig verfolgen würde oder Ihnen eins aufs Maul gibt, wenn Sie schräg über die Straße gehen. Verstehen Sie das?«

»He, Mädchen, jetzt hören Sie mir mal zu ...«

»Und nennen Sie mich nicht mehr ›Mädchen‹, verdammt!« Der Ausbruch tat ihr so gut, daß sie Schwierigkeiten hatte, sich wieder unter Kontrolle zu bekommen. »Ich bin nicht Ihr *Mädchen*, ich bin Ihre *Anwältin*. Und Sie bringen mich in eine

Lage, in der ich nicht viel für Sie erreichen kann. Kapieren Sie das nicht?«

Einer der Beamten, die vor der Tür postiert waren, klopfte an und öffnete die Tür. »Alles in Ordnung hier drin?«

Ms. Roake nickte. »Alles klar, danke.« Die Tür fiel zu, und es war ihr anzusehen, daß sie sich überwinden mußte, sich wieder ihrem Mandanten zuzuwenden. »Jerohm, manchmal frage ich mich, warum ich Sie eigentlich freibekommen will. Ich meine, warum sind Sie mitten in der Nacht da draußen, in Ihrem eigenen Viertel, und rauben diese Läden aus? Es sind doch Ihre eigenen Leute!«

Jerohm verdrehte die Augen. »Mann, Mist, wenn sie die Türen auflassen, wessen Problem ist es dann? Außerdem sind die sowieso versichert, es tut also niemandem weh.«

»Außer, wenn jemand aufkreuzt und versucht, Sie davon abzuhalten.«

»Was nicht der Fall war. Und jetzt sorgen Sie dafür, daß Sie mich hier rauskriegen, denn dafür werden Sie ja bezahlt. Wenn es Typen wie mich nicht gäbe, hätten Sie keine Arbeit und säßen vielleicht selbst auf der Straße.« Er lächelte betont charmant und ließ die Zähne blitzen.

Sie holte tief Luft. Die Kettenreaktion, die vor ein paar Tagen mit der Freilassung von Jerohm ausgelöst worden war, hatte Gina veranlaßt, ihre Vorgehensweise in Frage zu stellen. In ihren Augen hatte eindeutig festgestanden, daß Jerohm Mike Mullen kaltblütig erschossen hatte, um sich dessen Auto zu schnappen, obgleich Jerohm natürlich clever genug gewesen war (sofern in diesem Fall von ›clever‹ die Rede sein konnte), das vor seiner Anwältin abzustreiten. Doch das war nicht der Punkt.

Der Punkt war – wie bei jeder Verteidigung –, ob die Anklage über ausreichende Beweise verfügte, um dem Beschuldigten die Tat zweifelsfrei nachweisen zu können. Und als alle Zeugenaussagen gegen Jerohm entkräftet worden waren, hatte sie erkannt, daß es eigentlich keinen Grund zur Anklageerhebung gab. Das hatte sie Chris Locke vorgetragen und sich damit durchgesetzt.

Aber wozu hatte das geführt …

Bis zu diesem Zeitpunkt hatte sie sich immer mit anderen Pflichtverteidigern unterhalten, wenn sie Zweifel gehegt hatte,

hatte ein paar Drinks mit ihnen gekippt und sich wieder bewußt gemacht, daß ihr Job darin bestand, für die beste Verteidigung zu sorgen, die das Gesetz zuließ. So funktionierte das Justizsystem – geben und nehmen. Einer gewann, einer verlor.

Aber Jerohm hatte all dem plötzlich und unerwartet eine größere und persönlichere Bedeutung gegeben. Hier saß ein Mörder, ein Verbrecher und Dieb, ein Asozialer ersten Ranges vor ihr und scherzte mit ihr, als sei die ganze Angelegenheit ein Spaß. Sie fragte sich, ob es, wenn sie ›ihren Job machte‹, wohl zu der allgemeinen Rubrik ›ich habe mich nur an die Anweisungen gehalten‹ zählte, also zu einer Auffassung, die schon so lange als Entschuldigung hatte herhalten müssen, wenn großes Unheil angerichtet worden war. Gina Roake war Jüdin, und die Parallelen standen ihr nur allzu deutlich vor Augen. Sie setzten ihr heftig zu.

Aber nun saß sie hier, und es war eigentlich ihre Aufgabe, Jerohm erneut zu vertreten. Sie faltete die Hände auf dem Tisch vor sich und sagte: »Okay, also ... was jetzt, Jerohm? Sie werden am Dienstag vor Gericht gestellt ...«

»Am Dienstag? Warum am Dienstag?« Er demonstrierte jetzt Haltung, zeigte, daß er auf der Straße in eine harte Schule gegangen war, weil er glaubte, damit bei ihr weiterzukommen.

»Wir stehen vor einem langen Wochenende, Jerohm. Die Gerichte sind am 4. Juli, das ist der Montag, geschlossen. Deshalb Dienstag.«

»Aber, Moment, geht es nicht mit *habeas corpus* oder so was in der Art?«

Sie hatte die Erfahrung gemacht, daß, wenn es nötig wurde, ein großer Teil der Gefängnisinsassen Lateinisch so fließend beherrschte wie die Jesuiten. Eine überzeugende Bestätigung der Theorie, daß Motivation der Schlüssel zum Lernen sei, fand sie.

Gina schüttelte den Kopf. »Kein *habeas corpus*, Jerohm. Und ich glaube, wir werden hier auch nicht auf Freispruch plädieren können, sondern eventuell einen Schuldspruch in Kauf nehmen müssen.«

»He, auf keinen Fall, Mann. Ich werd für den Quatsch doch nicht ins Gefängnis gehen.« Er sah sie einen Augenblick lang prüfend an und versuchte herauszufinden, welches Spiel sie mit ihm spielte, aber er kam nicht dahinter. »Kommen Sie, Gina, Sie wissen, daß es kaum der Rede wert war.«

»Nun, eigentlich nicht ... Es gibt die gestohlenen Waren, Jerohm, den Verdacht der Plünderung, Widerstand gegen die Festnahme, Mißachtung der Ausgangssperre ...«

»Klar, aber es gibt auch die Tatsache, daß alle anderen, die dieselbe Scheiße machen, davonkommen und nur ...«

»Es ist nicht genau dieselbe Scheiße.«

»Aber fast, und das wissen Sie, Mädchen.« Als er ihre Reaktion auf dieses ›Mädchen‹ sah, hob er eine Hand hoch und entschuldigte sich. »Eigentlich ist es ganz egal, was ich getan habe, und das wissen Sie. Sonst würde ich nicht im Bezirksknast sitzen, sondern wäre nach San Quentin gebracht worden. Wir müssen darauf plädieren, daß man Vorurteile wegen meiner Hautfarbe gegen mich hat. Das ist es.«

In der Tat war das das Beste, was sie tun konnten, wie Gina wußte. Sie könnte hinunter ins Büro des neuen Bezirksstaatsanwalts gehen und sich leidenschaftlich für diese These einsetzen. Sie hatte Ähnliches schon oft getan, manchmal funktionierte es tatsächlich. Aber diesmal war sie nicht sicher, ob sie es über sich bringen würde. Sie hatte das Gefühl, an einem bestimmten Punkt einen Schlußstrich ziehen zu müssen, und sie war an diesem Punkt angelangt.

»Jerohm, das geht diesmal nicht.«

Er lehnte sich zurück und legte verdrossen die Stirn in Falten. »Ich sage es, und Sie tun es. So läuft es, oder?«

»Nun, Sie können jederzeit um einen anderen Anwalt ersuchen.« Sie ließ den Anflug eines Lächeln auf ihrem Gesicht erscheinen. »Setzen Sie mich auf die Straße.«

Nach seinen großspurigen Worten fühlte er sich nun doch in die Enge getrieben. »Aber, Mann, Sie und ich waren doch immer gut zusammen. Wir sind schon ein paarmal prima aus der Scheiße rausgekommen.«

»Das mag sein, Jerohm, aber ich kann diesmal nicht mit Rassenvorurteilen argumentieren, weil ich nicht glaube, daß es was mit Vorurteilen zu tun hatte. Ich bin der Meinung, daß wir etwas aushandeln müssen.«

»Mensch, Mädchen, glauben Sie, das alles wäre passiert, wenn ich ein Weißer wäre?«

Eine rhetorische Frage. Sie umging die Falle, indem sie eine Gegenfrage stellte: »Die Polizisten, die Sie erwischt haben, Jerohm, waren die schwarz?«

Er nickte. »Einer von ihnen.«

»Und die Staatsanwältin, die Sie hierher gebracht hat, war die schwarz?«

»Schon …«

»Und der neue Bezirksstaatsanwalt, Alan Reston, der sagt, er werde Sie bis zum Prozeß hierbehalten, ist auch ein Schwarzer, nicht wahr?«

»Ja.«

»Wer also hatte dann Vorurteile?«

Jerohm biß sich in die Wange und war erstaunt darüber, daß es auf diese einfache Frage keine Antwort zu geben schien. »Irgend jemand wird es schon gewesen sein«, sagte er schließlich.

Gina nahm ihre Aktenmappe, stand auf und klopfte an die Tür. Nachdem die Wache geöffnet hatte, wandte sie sich noch einmal an ihren Mandanten. »Wenn Sie sich überlegt haben, wer's war, Jerohm«, sagte sie, »dann rufen Sie mich an.«

Keine fünfundzwanzig Meter Luftlinie entfernt, saß Special Agent Margot Simms mit Bezirksstaatsanwalt Alan Reston in dessen neuem Büro. Der neue Chefstaatsanwalt war eben von der Beerdigung seines Amtsvorgängers und einem anschließenden Privatgespräch in der Sakristei der Kathedrale mit Senatorin Wager zurückgekehrt.

Drei Möbelpacker waren damit beschäftigt, die persönliche Habe Christopher Lockes zu entfernen. Da Reston gewußt hatte, daß er die meiste Zeit des Vormittags nicht im Büro sein würde, hatte er sie angewiesen, früh damit zu beginnen. Sie hatten die meisten Bücher bereits aus den Regalen genommen und in die Umzugskartons gepackt, die an den Wänden aufgereiht standen.

Reston und Simms unterhielten sich über Kevin Shea. Sie eröffnete ihm, daß sie nur schwer verstehen könne, warum der Flüchtige noch nicht gefaßt worden sei, obwohl er sich doch noch in der Stadt aufhalte. Reston schob es auf das Police Department, bot aber dann eine abmildernde Entschuldigung an: Wegen der Störungen der öffentlichen Ordnung sei die Polizei unterbesetzt und überlastet. Wichtig sei, daß jetzt das FBI die Führung übernehme. Wie werde Simms vorgehen?

»Wir haben ein Sondereinsatzkommando von fünfzehn Agenten gebildet, die versuchen, mit allen Bekannten von Shea beziehungsweise Sinclair Kontakt aufzunehmen ...«

»Sinclair?«

»Melanie Sinclair, das Mädchen, das bei ihm ist.« Ihr Gesichtsausdruck verriet Reston, daß er sich die Details, die er nicht auf Anhieb verstand, besser aus dem Zusammenhang erschließen sollte. Er hätte wissen müssen, wer Sinclair war, und würde von jetzt an mit seinen Fragen zurückhaltender sein. »Wir haben Sheas Adreßbuch aus seiner Wohnung, und Sinclair hat ihre Adressen in ihrem Computer gespeichert.« Auf seinen fragenden Blick hin schüttelte sie den Kopf und erklärte schnell: »Mit dem Durchsuchungsbefehl gab es keine Schwierigkeiten. Dieser Fall hat oberste Priorität. Wir befragen alle Personen auf den beiden Listen. Außerdem haben wir natürlich ein paar Leute nach Texas geschickt, die bei der Mutter und der Schwester nachforschen.«

»Was ist mit dem Band?« Er meinte das Videoband von Shea, das im Fernsehen gesendet worden war.

»Wir lassen den Hintergrund von ein paar Fachleuten analysieren. Da ist eine außergewöhnliche Zierleiste an den Fenstern und an der Decke hinter ihm. Vielleicht ist sie Ihnen aufgefallen? Möglicherweise können wir das Baujahr des Gebäudes, in dem er sich befindet, ermitteln. Es ist nur ein Versuch, aber man weiß ja nie. Könnte ein Zufallstreffer werden.«

»Ich bin beeindruckt.«

»Ja.« Special Agent Simms hatte sich daran gewöhnt, daß sie ihre Zuhörer beeindruckte. Sie war intelligent, kompetent und attraktiv. Ihr dunkelblondes, flott geschnittenes Haar zeigte eine modische Tönung, und sie besaß wohlgeformte Beine, wie Reston zur Kenntnis nahm. »Wir haben auch ein Team ausgesandt, das mit dieser Cynthia Taylor spricht. Sie ist die Frau, die Kevin Shea ursprünglich identifiziert hat, wie Sie sich vielleicht erinnern. Melanie Sinclair und Taylor stehen – oder standen – einander offenbar nahe. Es besteht die Möglichkeit, daß sie weiß, wo das Paar untergetaucht sein könnte: bei Freunden, Freunden von Freunden, etwas in der Richtung.«

Reston kam der Gedanke, daß eine ausreichende Personaldecke etwas Wunderbares sei.

»Ich bin zu Ihnen gekommen, um mich mit Ihnen abzustimmen. Wir glauben immer noch, daß es das Beste wäre, das Telefon von Sheas Anwalt Wes Farrell anzuzapfen. Lieutenant Glitsky rechnet damit, daß Farrell und Shea wieder miteinander in Verbindung treten. Aber Sie kennen ja die rechtliche Problematik, die sich beim Einrichten von Mithöranlagen ergibt. Ich wollte sichergehen, daß wir keine örtlichen Vorschriften verletzen.«

Reston wußte natürlich, daß das Mithören von Telefonaten nach kalifornischem Recht verboten war, die Ergebnisse einer *vom FBI* legal eingerichteten Mithöranlage vor Gericht allerdings zugelassen wurden. Er riet ihr, sich an einen Bundesrichter zu wenden, falls sie eine Genehmigung von ganz oben brauche. Er sehe darin kein Problem.

»Gut, das werde ich tun.« Sie klatschte einmal in die Hände. »Bleibt die Frage der Verhaftung.«

Reston dachte, das gehöre eigentlich nach dem Gesetz in den Verantwortungsbereich von Polizeichef Rigby, aber weil Simms nun einmal hier war, könne es nicht schaden, ein paar Andeutungen zu machen. »Selbstverständlich ist uns an seiner Verhaftung gelegen.«

Sie nickte. »Selbstverständlich. Aber ich wüßte gern, ob es irgend etwas gibt, das hier nicht erwähnt wird.« Sie klopfte auf die vor ihr liegende Akte. »Etwas, das seinen Geisteszustand betrifft. Etwas, worauf wir eventuell achten sollten.«

Reston brauchte einen Moment, bis er die richtige Formulierung gefunden hatte: »Nun … wir wissen, daß er eine militärische Ausbildung genossen hat. Er kann also mit Waffen umgehen, aber wir wissen nicht, ob er im Moment eine bei sich trägt. Wir gehen davon aus, daß er nach der Verfolgungsjagd und der auf dem Videoband deutlich spürbaren Panik inzwischen ziemlich verzweifelt ist. Außerdem wird er ja des Mordes beschuldigt. Insofern dürfte es ihm nicht unbedingt etwas ausmachen, noch jemanden umzubringen, falls es ihm helfen würde davonzukommen.«

Agentin Simms nahm das zur Kenntnis. »Gut beobachtet«, sagte sie, während sie aufstand und ihre Hand ausstreckte. »Vielen Dank, daß Sie mir Ihre Zeit geopfert haben, Sir. Wenn sich Shea tatsächlich noch in der Stadt aufhält, haben wir gute Chancen, ihn innerhalb der nächsten vierundzwanzig Stunden ausfindig zu machen. Eine solche Jagd auf begrenztem Raum ist unser Job.«

»Ausgezeichnet«, sagte Reston. »Wir würden das alles gern hinter uns bringen.«

»Ich verstehe«, erwiderte sie knapp.

Sie schüttelten einander die Hand.

## 59

Glitsky hielt den Kit Kat Club trotz seiner Lage und seines Erscheinungsbildes für gar kein so schlechtes Lokal. Sicher, die zur Straße gelegenen Außenwände wiesen alle Regenbogenfarben auf, und das große Schaufenster und das Bullauge in der Tür waren schwarz gestrichen und mit Eisenstangen verbarrikadiert. Doch das traf auch auf die meisten anderen Etablissements in der Nachbarschaft zu.

Innen war es düster und eng, roch aber nicht nach Urin und Rauschgift, sondern nach Bier und Zigaretten, was in Glitskys Augen einen großen Unterschied machte. An den Wochenenden traten im Club ziemlich wilde Bluesbands auf, ortsansässige Gruppen, die unter der Woche auf ihren Instrumenten übten. Zu dieser Tageszeit war es einfach nur eine wenig besuchte Kneipe, in der ein halbes Dutzend Leute herumhockte, Gläser und Flaschen vor sich.

Glitsky war sich immer noch nicht hundertprozentig sicher, was er eigentlich hier wollte. Er setzte sich auf einen Hocker an der Bar und wartete darauf, daß der Barkeeper kam. Aus der Jukebox drang laut ein schöner Song von Clapton, und Glitsky sann darüber nach, daß die Weißen zwar im allgemeinen keine Bluesgenies hervorbrachten, einige von ihnen (Clapton, Robben Ford, der verstorbene Stevie Ray Vaughn, ein Typ aus der Stadt namens Joe Cellure) aber doch einen wirklich sauberen Blues hinlegen konnten.

Mit einem tiefen Seufzer hob der Barkeeper seine dreihundert Pfund Lebendgewicht von dem extrastabilen Hocker, auf dem er hinter dem Tresen halb gesessen und halb gestanden hatte. »Bin schon unterwegs.« Gut, daß er es ankündigte, anderenfalls wäre nicht zu erkennen gewesen, daß er sich bewegte. Glitsky hatte einen Ellbogen auf den Tresen gestützt und wartete geduldig. Bequemlichkeit, nicht Geschwindigkeit, war die Maxime des Barkeepers. Die Holzdielen des Fußbodens ächzten unter seinem Gewicht, und die fünf Meter bis zum anderen Ende des Tresens schienen für den Fleischberg fast zuviel zu sein.

»Ich suche Mo-Mo House.« Glitsky hatte sein Portemonnaie vor sich gelegt und öffnete es, um seine Dienstmarke zu zeigen.

Der Mann sah mit der gleichen Behendigkeit, mit der er sich bewegt hatte, nach unten. »Sie haben ihn gefunden.« Er trug eine goldumrandete Nickelbrille, hatte eine hohe, glänzende Stirn, und sein Lockenschopf war mit grauen Strähnen durchsetzt, die selbst in dem schwachen Licht auffielen. Seine Stimme hatte offenbar unter starkem Whiskygenuß gelitten – sie klang wie eine Bluesstimme. Er wartete. Clever. Wer keine Fragen stellt, stellt keine falschen Fragen.

»Ich dachte, ich würde vielleicht einen gewissen Ridley Banks hier treffen.«

Mo-Mo zuckte mit den Schultern und drehte seinen Kopf um einen Zentimeter. »Ich sehe ihn nicht. Kann ich Ihnen einen Drink bringen?«

»Was ist in der Stoly-Flasche da oben?« Glitsky staunte über sich. Vielleicht lag es daran, daß Hardy ihn besucht hatte. Vielleicht war Flo in der Nähe, die sich manchmal einen Schluck Wodka on the rocks gegönnt hatte, bevor sie ins Bett gegangen war.

Mo-Mo warf ihm einen Blick über seine Brillengläser hinweg zu und trat einen Schritt zurück. Er beugte sich mühsam hinunter und öffnete einen Schrank unter der Theke. Nachdem er einen Moment lang gesucht hatte, kam er stöhnend mit einer ungeöffneten Flasche Stolichnaya wieder hoch. Das Siegel über dem Verschluß war noch unberührt. Er stellte die Flasche auf die Theke, nahm ein Glas und tat etwas Eis hinein. »Bedienen Sie sich. Geht auf meine Rechnung.«

Glitsky wies auf die andere Flasche Stolichnaya im Regal. »Ich brauche keine neue Flasche.«

Mo-Mo lächelte andeutungsweise. »Sind Sie von der ABC?«

Der Alcoholic Beverage Control, der Kontrollbehörde für alkoholische Getränke, würde es nicht gefallen, daß Mo-Mo seine Premium-Wodka-Flaschen mit Pisse füllte, aber Glitsky kümmerte es nicht. Einen solchen Handel mußte man eingehen, wenn man auf der Straße zu Ergebnissen kommen wollte.

Glitsky öffnete die neue Flasche und goß etwas von der Flüssigkeit über das Eis, bis sein Glas gut einen Zentimeter hoch gefüllt war. »Wie läuft das Geschäft?«

Mo-Mo hielt seine Hände hoch. »Ach na ja, der Blues, wissen Sie.« Er warf einen Blick auf sein Reich. Die Musik hatte gewechselt, drang aber immer noch sehr laut aus den Boxen. Klang nach Albert oder B.B. King. Niemand achtete auf Mo-Mo oder Glitsky. »Geht's um Jerohm?«

»Sollte es das?«

Mo-Mo zuckte mit den Schultern. »Jerohm ist 'n mieser Typ. Aber das ist nichts Neues. Sitzt er wieder im Knast?«

»Hab' so was gehört.«

»Ich auch.« Mo-Mo lehnte seine wuchtige Gestalt an das Regal hinter sich. »Geht also nicht um ihn.«

»Nein, ich glaube nicht.«

Wieder eine Pause. »Da draußen ist die Hölle los, was?«

Glitsky nickte. »Ziemlich übel.« Er nahm einen kleinen Schluck, und der starke Alkohol schnürte ihm wie immer die Kehle zu. Gab es wirklich Leute, die dieses Zeug tagtäglich tranken? Hätte er nur Tee bestellt. Er schluckte, fischte einen Eiswürfel aus dem Glas und kaute darauf herum.

»Also, worum geht's?« fragte Mo-Mo.

Es gab letztlich keine sanfte Methode, um an das heranzukommen, was Glitsky wissen wollte, also konnte er genausogut offen damit herausrücken: »Kennen Sie Loretta Wager, Mo-Mo?«

Der Barkeeper rührte sich nicht, zuckte nicht einmal mit der Wimper, drehte auch nicht den Kopf – als hätte Glitsky kein Wort gesagt. Schließlich bewegten sich Mo-Mos Massen langsam in die Höhe, und er griff in einen der Schächte vor sich. Aus einer Flasche goß er eine Flüssigkeit, die in der Dunkelheit wie gelber Pudding aussah, in ein großes Glas, schaufelte eine Handvoll Eis hinein und trank die Hälfte des Drinks in einem Zug aus.

»Kann nicht gerade behaupten, sie richtig zu kennen«, sagte er schließlich. »Hab' sie schon lange nicht mehr gesehen. Sie kommt ganz gut zurecht, was?«

»Sieht so aus. Als Sie sie zuletzt sahen, wie war das?«

Mo-Mo sog noch etwas von dem Pudding aus seinem Glas. »Wir hatten 'n paar gemeinsame Freunde, so könnte man's am besten ausdrücken.«

»Gemeinsame Freunde?«

Mo-Mo nickte. »Neulich hat mich schon einer Ihrer Leute danach gefragt.«

»Ridley Banks?«

»Genau der. Der Mann, der Jerohm mitgenommen hat. Wir kennen uns schon 'ne ganze Weile.« Er sprach noch leiser. Glitsky mußte sich halb über den Tresen beugen, um ihn bei der lauten Musik zu verstehen. »Wir machen ab und zu einen kleinen Tauschhandel.«

Glitsky wußte, was das hieß. Banks hatte offensichtlich etwas über Mo-Mo oder seine Geschäfte hier im Kit Kat Club herausgefunden, das nicht ganz koscher war. Was wohl? Geldwäscherei? Jedenfalls nichts, was mit Ridley Banks' aktuellen Mordfällen zu tun hatte. Offensichtlich hatte Banks dieses Wissen genutzt, um mit Mo-Mo ins Geschäft zu kommen. Dafür, daß er den Fettwanst nicht verpfiff, war der zum Informanten geworden. Deshalb hatte Banks Jerohm Reese so kurze Zeit, nachdem der Michael Mullen erschossen hatte – hoppla, angeblich erschossen hatte –, im Kit Kat Club angetroffen, dachte Glitsky.

Während der vielen Jahre in seinem Job hatte sich auch Glitsky seinerseits mehr als nur ein paar Beziehungen zu Kriminellen (Prostituierten, Drogenkurieren, Trickbetrügern, Einbrechern, Autodieben) aufgebaut. Er arbeitete im Morddezernat, und solange diese Leute niemanden umbrachten, gehörte es nicht zu seinen Aufgaben, sie einzubuchten. Diese Leute waren Informationsquellen, denen man, sagen wir, im Lion's Club nicht begegnen würde. Man ließ sie in Ruhe, und sie ließen sich nicht das Falsche zuschulden kommen.

»Hat Ridley Sie nach Loretta Wager gefragt?«

Mo-Mo schüttelte den Kopf. »Nicht direkt, nein. Aber jetzt, wo Sie mich danach fragen, sehe ich den Zusammenhang …«

»Welchen Zusammenhang?«

»Muß wohl mit dem Pacific Moon zusammenhängen.«

Glitsky erschrak.

»Aber, Mann, diese Verjährungsfristen sind alle inzwischen abgelaufen. Ist doch fünfzehn, sechzehn Jahre her ...«

»Was? Was ist fünfzehn, sechzehn Jahre her, Mo-Mo?«

»Das damals.« Offensichtlich wollte er nicht näher darauf eingehen. »Sehen Sie sich um. Ich betreibe dieses Lokal ehrlich und nach dem Gesetz, ich hab' keine Zeit für komisches Zeug. Ich führe ein Geschäft.«

»Das sehe ich, Mo-Mo. Sie haben jetzt ein Geschäft. Aber was geschah vor all den Jahren?«

Mo-Mo kippte den letzten Rest seines Puddings in sich hinein, rülpste diskret und stellte das Glas auf den Tresen. Mit Unschuldsmiene hob er die Hände und sagte: »Ist ja jetzt alles kein Geheimnis mehr.«

»Nein, na also.«

»Ridley, der weiß Bescheid.«

»Okay, Mo-Mo. Können Sie mir nicht ein wenig auf die Sprünge helfen?«

»Na ja, es war ein Drogendeal. Der letzte, den ich gemacht habe.« Glitsky wirbelte das Eis in seinem Glas herum und wartete. Mo-Mo fuhr fort: »Ich kam auf einmal zu einer Stange Geld, so ungefähr hundert, hundertfünfzig Riesen, ich weiß nicht mehr genau, wieviel es war.« Einhundertfünfzigtausend Dollar. Wirklich eine Stange Geld.

»Dann wurde es ungemütlich. Manche Leute werden für so viele Scheine, die auf der Straße herumliegen, umgebracht. Ich hab' mir gedacht, daß ich nicht alt werde, wenn ich im Geschäft bleibe. Bin nicht gerade der Schnellste, wie Sie vielleicht gemerkt haben. Aber da ist der Blues, Mann, ich liebe den Blues, also sage ich mir: ›Mo, laß die Finger davon, steck das Geld in irgend'ne Spelunke, kauf dir was.‹ Aber erst mußte das Geld gewaschen werden. Können Sie mir folgen?«

Glitsky nickte. »Also haben Sie in das Pacific Moon investiert.«

»Ja. Sie haben eine Menge dafür kassiert, das schon, aber ich bekam etwa achtzig, neunzig sauber zurück, und das hab' ich in diesen Laden gesteckt. Mann, sehen Sie sich um. Fünfzehn Jahre, und es läuft immer noch gut.«

Der Blues wurde unterbrochen, als das nächste Lied zu Ende war. Ein Gast kam herüber und bestellte zwei Flaschen Bier.

Während Glitsky dasaß und mit seinem Glas spielte, holte Mo-Mo das Bier aus dem Kühlschrank. Dann nahm er seinen Hocker und kam damit zum anderen Ende des Tresens zurück. Ächzend ließ er sich nieder.

»Loretta Wager war darin verwickelt? Oder ihr Mann?«

»Niemand war darin verwickelt.« Mo-Mo hob die schweren Schultern. »Die Leute kümmern sich um ihre eigenen Angelegenheiten. Ihr Name wurde erwähnt, das ist alles.«

»Im Zusammenhang mit Geldwäsche?«

Eine vage Geste. »Keine Ahnung. Ich weiß nicht, was sie so gemacht hat. Oder ihr Mann.«

»Es ist also möglich, daß sie ganz legal in das Restaurant investiert hat?«

Mo-Mo setzte sich etwas mehr in die Mitte des Hockers, um die Balance zu halten. »Alles ist möglich«, sagte er.

Glitsky wurde mit weiteren Stapeln Papier überschüttet: Berichte, telefonische Mitteilungen, die Tagespost. Alles lag verstreut auf seinem Schreibtisch, und vor dem offenen Eingang zu seinem Büro trieben sich drei seiner Inspectors herum. Er hatte bereits zwei Telefonate geführt, beide mit Wes Farrell. Beim ersten Anruf hatte Sheas Anwalt gesagt, Glitsky solle sich zum Teufel scheren, und dann aufgelegt. Beim zweiten Anruf war er noch ausfallender geworden.

Mit dem dritten Anruf hatte Glitsky mehr Glück. Hardy war nach seinem Besuch bei Abe heute mittag nach Hause gefahren und hatte den Tag damit verbracht, Fenster abzuschmirgeln, wie er sagte.

»Ich habe eine Frage an dich.« Glitsky hielt einen Finger hoch, damit seine Inspectors in der Nähe blieben. Sie murrten ungeduldig.

»Und ich habe die Antwort«, sagte Hardy. »Nur eine Sekunde, laß mich nachdenken. ›Die Greyhoundbuszentrale‹.«

»Faszinierend. Volltreffer, und das beim ersten Mal. Die Frage hieß: Wofür steht das Buchstabenkürzel ›DGBZ‹?«

Hardy lachte. »Und wie lautet die eigentliche Frage?«

»Die eigentliche Frage lautet: Wie gut kennst du Wes Farrell?«

»Wen?«

»Wes Farrell, den Anwalt. Du hast gesagt, er sei manchmal im Shamrock, in der Kneipe, deren Eigentümer du bist, richtig?«

»Ah, diesen Wes Farrell.«

»Diesen Wes Farrell habe ich eben angerufen, und er wollte mir nicht mal sagen, wie das Wetter ist.«

»Weißt du was, Abe? Manchmal geht es mir genauso.«

»Von mir aus, aber gestern wollte er mich noch ganz dringend sprechen, und heute mauert er, und ich will herausfinden, was da läuft.«

»Okay, dann geh hin und finde es heraus.«

»Er will nicht mit mir reden. Hörst du mir eigentlich zu?«

»Wenn du bei ihm klingelst und sagst, daß du von der Polizei bist, wird ihm nichts anderes übrigbleiben.«

»Das möchte ich aber nicht.« Die Information, daß er vom Fall Kevin Shea abgezogen worden war und deshalb auch keinen seiner Inspectors damit beauftragen konnte, unterschlug Glitsky lieber. Die Idee, daß Hardy ihm helfen könnte, war ihm ganz plötzlich gekommen.

Am Telefon entstand eine Pause. »Du willst, daß *ich* das für dich erledige?«

»Ich will ihn nicht noch weiter verärgern. Kann sein, daß ich ihn brauche.«

»Kann sein, daß du ihn brauchst?«

»Ja, genau.«

»Wofür?«

»Um Kevin Shea dazu zu bringen, sich zu stellen.«

»Ohne Deal?«

»Wenn es sein muß. Wenn er mitmacht. Aber ich muß unbedingt wissen, was los ist. Im Moment komme ich einfach nicht weiter. Allerdings solltest du in den ersten paar Minuten meinen Namen lieber nicht erwähnen. Farrell will wirklich nicht mit mir reden, ich habe das deutlich zu spüren bekommen.«

»Was ist, wenn er mit mir auch nicht reden will?«

»Warum sollte er mit dir nicht reden wollen? Mit einem Kollegen, der ebenfalls Strafverteidiger ist? Ihr Typen seid doch alle eine große glückliche Familie, oder?«

»Ach ja, richtig. Ich vergaß das für einen Moment.«

»Hardy …«

»Also gut, ich werde ihn anrufen und herausfinden, was los ist. Soll ich es dir oder der Stadt in Rechnung stellen?«

»Ich spendiere dir eine Dose Chili«, sagte Glitsky und hängte ein.

Während der nächsten fünfundzwanzig Minuten widmete sich der Lieutenant seinem Job. Er hörte sich die Beschwerden, Probleme und Vorhaben seiner Männer an, die ihre Alltagsarbeit erledigten, Zeugen vernahmen, sich um Verdächtige kümmerten, Aussagen vor Gericht planten, Berichte schrieben, Anklagen konkretisierten, was ein Teil des verwaltungstechnischen Verfahrens war, nachdem ein Verdächtiger wegen eines bestimmten Vergehens verhaftet worden war – und bei Glitskys Fällen jeweils Mord oder Totschlag bedeutete –, woraufhin die Anklage dann offiziell durch die Staatsanwaltschaft erhoben wurde. Die Arbeit hatte sich in letzter Zeit zu einem unüberschaubaren Berg aufgetürmt. Glitsky hatte zwei weitere Mordfälle, die nicht mit den Unruhen in Zusammenhang standen und zugewiesen werden mußten. Jemand mußte die Familien informieren, den Zeugen gut zureden oder sich mit ihnen herumschlagen, die mühsame Routinearbeit erledigen, Lebensläufe, Führungszeugnisse und Alibis überprüfen. Willkürlich rief er zwei seiner Männer zu sich herein und übergab ihnen die Fälle. Spaßeshalber teilte er ihnen mit, er wolle beide Fälle in maximal zwölf Stunden abgeschlossen sehen. Dann ging er in die Cafeteria hinunter, um eine Tasse Tee zu trinken und seinen Magen vielleicht zu beruhigen.

Carl Griffin schmeckte es schon wieder. Vor ihm lagen zwei ungeöffnete Tüten mit Twinkies, einen dieser kleinen Kuchen hielt er in der Hand, vor ihm auf dem Tisch lagen Folie und Verpackung von mindestens zwei weiteren Paketen, daneben wartete ein Liter Milch.

Glitsky stand auf der gegenüberliegenden Seite des Tisches mit seinem Tee. »Machst du eine Diät, Carl?« Er setzte sich.

»Ich war gerade auf dem Weg nach oben.«

»Schon in Ordnung. Ich war auf dem Weg nach unten. Hast du was herausbekommen?«

Griffin kaute selig und nickte. »Nur eine Sekunde«, sagte er und hob den Milchkarton an die Lippen, um drei kräftige Schlucke zu nehmen. »Also.« Er zog einen Stenoblock heraus, legte ihn auf den restlos überfüllten Tisch.

»Allgemeiner Konsens scheint zu sein, daß der Tatort in der Nähe Dearborn und Achtzehnte ist. In der Mitte der Dearborn befindet sich eine Sackgasse.«

»Eine Sackgasse?«

»Ja. Bird Street.«

Glitsky runzelte die Stirn, doch Griffin bemerkte es nicht. Er las in seinen Notizen. »Etwa zwei Querstraßen östlich vom Dolores Park, wo vorher die Zelte aufgebaut waren.«

»Was heißt ›vorher‹?«

»Daß sie weg sind. Nach dem Brand sind sie abgezogen, haben die Dinger woanders aufgebaut.«

»Mit wem hast du gesprochen?«

»Ich bin von Tür zu Tür gegangen. Weil ich wußte, daß es auf der Seite der Guerrero Street passiert ist, habe ich da überall geklingelt.«

»Und?«

»Das Übliche. Einen Typen habe ich aufgetan …« Er blätterte ein paar Seiten weiter, suchte nach Namen und Adressen, die er seinem Lieutenant zeigen könnte. »Er sagte, er habe einen Schuß in der Dearborn Street gehört. Zwei Damen, die zusammenwohnen« – er blätterte um –, »sagen, es sei in der Bird Street gewesen. Ein anderer Typ in der Bird Street sagt ebenfalls, er habe den Schuß aus der Bird Street gehört. Also drei von vier. Aber in dem ganzen Häuserblock gibt es nichts als Wohnhäuser, und die Stelle, wo geschossen wurde, läßt sich nicht exakt ausmachen, weil der Hall von den Gebäuden reflektiert und um die Ecke geleitet wurde.«

»Es müßten zwei Schüsse zu hören gewesen sein.«

»Ja, ich weiß, aber ich konnte niemanden finden, der zwei Schüsse gehört hat.« Griffin zuckte mit den Schultern und kaute auf einem Stück Twinkie herum. »Wir sollten froh sein, daß sie wenigstens einen gehört haben. Wir könnten noch mal mit ihnen reden, vielleicht erinnern sie sich doch noch.«

»Hat jemand was *gesehen*?«

»Nein. Es war fast dunkel, die Straßenbeleuchtung in der Bird Street ist kaputt. Das erwähnten einige Leute.«

»Haben sie vielleicht ein paar der Randalierer gesehen?«

Griffin aß den Twinkie auf und schüttelte den Kopf. »Die waren alle schon weg, erinnerst du dich? Ich habe keine Ahnung, wo sie jetzt stecken oder wer zu dem Zeitpunkt dort war.«

Glitsky gefiel das nicht, aber er mußte es hinnehmen.

»Ich tippe also auf die Bird Street, aber da gab es nichts, wofür es sich gelohnt hätte, die Spurensicherung zu rufen. Keine Fußspuren, keine Glasscherben, keine großen Steine, die eventuell geworfen worden sein könnten, rein gar nichts. Ich habe die ganze Straße abgesucht, und als ich fast durch war, gingen die beiden Damen an mir vorbei zum Mittagessen und sagten, der Krawallmob sei gar nicht bis zur Bird gekommen, sondern in der Achtzehnten hängengeblieben, allenfalls ein Stück weit in die Dearborn gekommen. Also denke ich inzwischen, daß es genau andersrum war, als ich eigentlich angenommen hatte: Die Schüsse wurden in der Dearborn abgefeuert, und der Schall ist um die Ecke in die Bird geleitet worden.«

»Hast du die Dearborn überprüft?«

»Soweit das möglich war. Wenn du noch mal hingehen willst, um mit mir zusammen nachzusehen, okay. Aber ich habe nichts gefunden.«

Glitsky trank einen Schluck Tee, der lauwarm geworden war, und verzog das Gesicht. Heute war nicht sein Tag. »Carl, du willst mir doch nicht erzählen, daß es vor diesen Wohnhäusern Krawalle gegeben hat, aber niemand aus dem Fenster geschaut und zugesehen hat?«

»Nein. Ich habe mit einem halben Dutzend Personen gesprochen, die alles beobachtet haben ...«

»Und diese Leute haben nichts gesehen, keinen Wagen ...?«

»Keiner von denen, mit denen ich gesprochen habe, aber vielleicht finden wir noch jemanden. Wenn du willst, fahre ich heute abend wieder hin, wenn mehr Leute zu Hause sind. Irgend jemand hat vielleicht was gesehen.«

Glitsky ließ sich das einen Moment durch den Kopf gehen. »Wäre vielleicht besser. Warum nimmst du nicht einen der Jungs mit? Vielleicht findet ihr auch heraus, wohin die Bewohner der Zeltstadt gezogen sind. *Irgend jemand* hat in diesem Tumult Chris Locke getötet, und es gibt mit Sicherheit einen Zeugen, der ihn dabei beobachtet hat.« Glitsky breitete die Hände aus. »Irgendwer muß doch was gesehen haben. Könnte jedoch ein langer Abend werden, Carl.«

Griffin hielt seinen nächsten Twinkie in der Hand. »Wäre nicht das erste Mal«, sagte er.

## 60

»Gin.« Melanie legte ihre Karten offen hin. »Schau dir das Blatt an und wein dir die Augen aus.«

Kevin schob seine Karten in den Stapel.

»Du mußt zählen.«

»Du hast gewonnen, Melanie. Das Spiel ist zu Ende. Ich habe bestimmt über hundert Punkte, nach diesem letzten Blatt vielleicht sogar über zweihundert. Ich glaube, ich habe noch nie ein schlechteres Blatt gesehen.«

»Du bist ein Spielverderber.«

»Vielleicht habe ich einfach keine Lust mehr auf Gin Rommé.« Er stand vom Küchentisch, an dem sie saßen, auf und ging ins Wohnzimmer. Die Wohnung vermittelte ihm immer mehr das Gefühl bedrückender Enge. Sie waren eingeschlafen und mit einem leichten Unwohlsein im Magen (die Fred-Party) wieder aufgewacht, hatten ferngesehen, um festzustellen, ob Kevins Videoband während der Hauptsendezeit gezeigt wurde (was nicht der Fall gewesen war), hatten miteinander geschlafen und waren wieder eingeschlafen. Als sie das zweite Mal aufgewacht waren, hatte Kevin das Telefon wieder eingestöpselt und Wes Farrell angerufen. Er hatte dessen Angebot, nachzuforschen, was mit dem Band geschehen sei, angenommen, und dann hatten er und Melanie sich auf die Suche nach etwas Eßbarem gemacht und schließlich Karten gespielt. Mehr als zwei Stunden Gin Rommé.

Er stand am Wohnzimmerfenster. Die Vorhänge waren zugezogen, damit bei eingeschaltetem Licht niemand hineinsehen konnte. Melanie trat von hinten an ihn heran. Sie berührte ihn nicht, aber er spürte, daß sie da war.

»Ich glaube, mich nimmt das alles ganz schön mit«, sagte er. »Tut mir leid, wenn ich es an dir auslasse.«

»Schon in Ordnung.« Sie fuhr ihm mit einer Hand über den Rücken. »Viele Leute können nicht gut Karten spielen. Man muß ein Gefühl dafür haben, und das hast du eben nicht. Das heißt nicht, daß du dumm bist oder so. Was andere Dinge betrifft, meine ich.«

Er drehte sich mit leerem Gesichtsausdruck um. Er machte einen Schritt an ihr vorbei, schlang ein Bein um ihres, griff mit dem Arm nach ihrem Körper und – »He!« – führte einen fachmännischen Judowurf aus, ließ sie aber die letzten fünfzehn Zentimeter sanft auf den Boden hinuntergleiten.

»Oh, tut mir leid«, sagte er und setzte seinen Weg durch das Zimmer fort. »Ich muß dich wohl übersehen haben.« Er ließ sich im Polstersessel nieder.

Sie kroch auf allen vieren über den Boden, legte die Ellbogen auf seine Knie und den Kopf in seinen Schoß. Er ließ seine Finger durch ihr Haar gleiten. »Was meinst du, ist das wohl so, wenn man verheiratet ist?«

»Ist was wohl so?« Allmählich ging ihr ein Licht auf. Statt zu sagen, was sie eigentlich hatte sagen wollen, antwortete sie unbekümmert: »Für immer gefangen zu sein und Gin zu spielen, um sich die Zeit zu vertreiben?«

»Na ja, das ist die romantische Sichtweise. Ich dachte eigentlich mehr an das Gefühl, daß du die ganze Welt für mich bist. Als gäbe es niemand anderen.«

Mit sanftem Blick schaute sie zu ihm auf. Er nahm sie nicht auf den Arm, meinte es ernst. »Ja. Ich glaube, so fangen manche Ehen an. Aber ich kenne nicht allzu viele Leute, die solche Gefühle noch haben oder glauben, daß man sie überhaupt haben sollte. Du?«

Kevin schüttelte den Kopf. »Nein. Ich kann mich nicht einmal daran erinnern, jemals welche gekannt zu haben.«

»Deine Eltern …«

»Nein. In meiner Familie war jeder für sich allein. Mein Dad hatte immer nur seinen Beruf im Kopf, und Mom war … hauptsächlich an Mom interessiert. Und Patsy war einfach Mom Junior. Vielleicht … Joey.«

»Dein Bruder …«

»Ja. Er war in Ordnung. Wie dem auch sei … wie kamen wir darauf?«

»Ich glaube, wir sprachen über das Gefühl, nicht allein zu sein. Vermißt du deinen Bruder?«

»Als die Nachricht kam, habe ich es nicht geglaubt. Ich habe es einfach nicht geglaubt. Nicht Joey, das war unmöglich, sie mußten was verwechselt haben. Aber sie hatten nichts verwechselt. Dieses Mal hatte die Army keinen Mist gebaut ...«

Ihr Kopf lag noch immer in seinem Schoß. Sie hielt seine Beine fest umklammert.

»Und danach ... ich weiß nicht.«

»Wes und du«, sagte sie.

»Was meinst du?«

»Ich glaube, ich verstehe langsam, warum ihr beide so gut miteinander auskommt.« Sie erzählte ihm, was sie von der Geschichte mit Mark Dooher wußte. Daß Wes seinen Glauben an die Menschen verloren hatte und sich seitdem weigerte, irgendwelche Verpflichtungen einzugehen. »Aber so seid ihr beide eigentlich gar nicht, oder? So wart ihr doch nicht von Anfang an ...«

»Ich weiß es nicht mehr, Mel. Ich habe die letzten drei Jahre damit verbracht ... na ja, du weißt, wie ich war, wie ich gelebt habe. Ich wollte auch nicht in diese Sache hier« – er machte eine unbestimmte Handbewegung – »verwickelt werden ... Ich habe es mir weiß Gott nicht ausgesucht. Es ist nicht mein Befreiungskampf, nicht meine Sache ...«

»Vielleicht doch. Vielleicht besteht deine Sache ja aus dem, was du tust.«

»Ich will das aber gar nicht tun.«

»Vielleicht können wir uns das nicht aussuchen.«

»Welch tröstlicher Gedanke.«

Sie kuschelte sich an ihn. »Jedenfalls hat es uns wieder zusammengebracht. Das ist doch immerhin etwas, oder nicht?«

Seine Hand lag auf ihrem Rücken. Er streichelte sie sanft, bewegte seine Hand über ihre Schultern, ihren Hals. »Ich war ein Idiot. Ich meine vorher. Was dich angeht.«

»Ach, es war auch meine Schuld. Ich hätte nicht zulassen dürfen, daß du dich wie ein Idiot verhältst, hätte mich wehren sollen. Aber ich hatte Angst, du würdest mich verlassen.«

»Das wollte ich. Und ich habe es ja auch getan. Ich habe viele Menschen verlassen und nichts dabei empfunden, aber ich hatte angefangen, etwas für dich zu empfinden. Ich mochte dich, das war das Problem. Mir gefiel, daß du motiviert, klug und organisiert warst, daß du so viele Qualitäten hattest …«

»Das gefiel dir?«

»Hast du eine Vorstellung davon, wie selten das ist, Mel? Ja, es gefiel mir. Ich hatte endlich jemanden gefunden, der nicht total durchgedreht war, der Substanz hatte.«

»Ich dachte, du hättest dich gelangweilt, weil ich keinen Spaß mitgemacht habe …«

»Am Anfang hast du jeden Spaß mitgemacht, wenn du dich erinnerst, bis ich …«

»Es lag nicht an dir.«

»Doch. Es hat mir Angst gemacht, daß ich dich so gern gemocht habe. Ich meine, was wäre passiert, wenn du nicht so gewesen wärst, wie ich es mir vorgestellt hatte? Dann wäre ich wirklich am Ende gewesen … Na ja, jedenfalls mußte ich herausfinden, ob du wirklich so zäh bist, so selbstsicher, so verdammt kompetent. Ich habe dich auf die Probe gestellt, indem ich dich fies behandelt habe. Wenn du mich danach immer noch gemocht hättest, habe ich gedacht, dann konntest du nicht so großartig sein. Nicht, wenn du das mitmachen würdest …«

Sie schüttelte den Kopf und sah mit Tränen in den Augen zu ihm auf. »Ich habe dich nicht nur einfach gemocht, Kevin, ich wollte nicht einfach nur einen Freund haben. Ich hatte mich in dich verliebt. Ich liebte dich. Ich liebe dich noch immer.«

»Das habe ich wahrscheinlich gespürt, und ich glaube, das war ein weiterer Punkt, der gegen dich sprach.«

»Warum?«

»Warum? Was gab es denn, das du lieben konntest? Was meinst du, wovor ich mich durch meine Unberechenbarkeit verstecken wollte? Nein, ich glaube nicht, daß es irgendeinen Grund gibt, mich zu lieben …«

Sie sah wütend zu ihm auf. »Warum bist du hier, Kevin? Warum sind *wir* hier? Weil *du*, Kevin Shea, und niemand anders, versucht hast, Arthur Wade das Leben zu retten. Weil du wahrscheinlich der einzige Mensch bist, den ich jemals kennengelernt habe, der glaubt, daß es wichtig ist, hierzubleiben und die Wahrheit zu erzählen, auch wenn niemand sie hören will. Nicht wegzulaufen, nichts zu entschuldigen, einfach das zu tun, was du tun mußt. Und weißt du was? Du hast recht. Du hattest die ganze Zeit über recht. Und ich liebe dich. Wiederhole ich mich?«

»Ein bißchen. Aber ich komme damit klar.«

»Und weißt du was … Ich war auch nicht so perfekt. Die ganze Zeit über habe ich mich kontrolliert, das hast du schon richtig gesehen. Ich mußte nur … in den Hintern getreten werden.«

Er tätschelte sie. »In dieses hübsche Ding da?«

»Genau. Und du hast es getan. Du hast mich richtig ordentlich in den Hintern getreten.«

»Ich würde es noch mal tun, wenn ich das hinzufügen darf.« Er zog sie hoch zu sich auf den Schoß.

»Deine Rippen«, sagte sie.

»Sie haben sich nie besser angefühlt«, erwiderte er.

Melanie schmiegte ihren Kopf an seinen Hals, während er sie in die Arme nahm.


Melanie badete, Kevin saß im Polstersessel, hatte sich die Nachrichten um sechzehn Uhr angesehen. Aber zu den Schlagzeilen hatte auch eine Erklärung von Alan Reston gehört, in der der Bezirksstaatsanwalt mitgeteilt hatte, den Aussagen des flüchtigen Kevin Shea auf dem Video könne keinerlei Glaube geschenkt werden. Dadurch, daß Shea sich an die Bevölkerung gewandt habe, sei offensichtlich geworden, daß er es darauf anlege, die Sympathien der Öffentlichkeit auf seine Seite zu ziehen. Aber das werde nicht funktionieren. Gegen Kevin Shea sei Anklage wegen Mordes erhoben worden, und es würden immer noch alle Anstrengungen unternommen, diesen gefährlichen Kriminellen vor Gericht zu bringen. Daraufhin hatte Kevin abgeschaltet.

Was sollte er jetzt tun? Wes Farrell war nicht zu Hause. Er hatte in der letzten halben Stunde dreimal bei ihm angerufen. Die Erklärung des Bezirksstaatsanwalts bereitete ihm große Sorgen – die Worte »gefährlicher Krimineller« ärgerten ihn. Eine erschreckende Tatsache wurde ihm bewußt: Je länger er sich versteckte, desto irrationaler und heftiger fiel die ›offizielle‹ Reaktion aus. Die Auffassung, daß er ›gefährlicher‹ und instabiler geworden sei, würde ihm alles andere als eine Hilfe sein, wenn sie ihn schnappten. Und wenn sie herausfanden, wo er sich aufhielt, dann käme es wohl dazu, sorgte er sich …

So weit *durfte* er es nicht kommen lassen, und vor allem durfte er Melanie nicht länger bei sich behalten, wenn er das Gefühl hatte, daß es doch so weit käme. Die Worte »gefährlicher Krimineller« zehrten an seinen Nerven. Da draußen plante jemand womöglich, ihn nicht lebend ergreifen zu lassen.

Genauso skeptisch war er, was seine Sicherheit im Gefängnis betraf. Es bestand die Gefahr, daß er im Gefängnis überhaupt nicht lange genug leben würde, um vor Gericht aussagen zu können.

Er wählte erneut die Nummer von Wes, der tatsächlich erreicht hatte, daß das Band doch noch gesendet worden war. Sie mußten einen besseren Weg finden, um in Kontakt zu bleiben. Er hatte nicht damit gerechnet, daß die Ereignisse so eskalieren könnten, daß er plötzlich keine Wahl mehr hatte und ihm die Entscheidung abgenommen wurde. Jetzt verstärkte sich dieses Gefühl. Die Ereignisse hatten ihm die Kontrolle entrissen, und er mußte versuchen, den unerbittlichen Lauf der Dinge zu stoppen. Ohne Farrell und ohne eine gute juristische Strategie sah er keine Chance, das hinzukriegen.

Just in dem Moment zog sich Farrell einen Stuhl an einen der Fenstertische im Little Shamrock heran. Nach seiner erfolgreichen Mission mit dem Videoband war er wieder in seine Wohnung zurückgekehrt und hatte auf Kevins Anruf gewartet. Zehn Minuten später hatte Dismas Hardy angerufen und ihn gefragt, ob er mit ihm über Kevin Shea reden könne – inoffiziell. Sie könnten sich im Shamrock treffen.

Die Sache sprach sich herum.

Farrell kannte Hardy flüchtig. Er hatte ihn kennengelernt, als Hardy im Shamrock hinter dem Tresen gestanden hatte. Jetzt vermutete er, daß Hardy, der ebenfalls Strafverteidiger war und dessen Name in letzter Zeit häufiger im Zusammenhang mit bedeutenden Fällen in den Schlagzeilen aufgetaucht war, im trüben fischte, um vielleicht bei dem Mordprozeß gegen Kevin Shea einen Teil der Aufmerksamkeit abzubekommen. Aber er konnte ja mal mit ihm reden. Sein Terminkalender barst nicht gerade vor Verpflichtungen. Kevin hatte ihm versprochen, sich mindestens vierundzwanzig Stunden ruhig zu verhalten. Es stand auch keine unmittelbare Krise bevor, soweit er wußte.

Sie saßen also im Shamrock, und Moses McGuire brachte eben zwei Halblitergläser Guinness. Farrell und McGuire hatten einige witzige Bemerkungen über das letzte Mal ausgetauscht, als Farrell hiergewesen war und die Nacht dann auf McGuires Sofa verbracht hatte. Ob McGuires Ehefrau wieder mit ihm rede?

Keiner der beiden Männer – Hardy im Rugbysweatshirt, Farrell in einem karierten Hemd – sah im Augenblick wie ein Rechtsanwalt aus. Sie stießen mit ihren Gläsern an, und Farrell fragte Hardy, was er für ihn tun könne.

»Ich habe gehört, daß Kevin Shea Ihr Mandant ist.«

»Von Glitsky?«

Soviel zu dem Vorschlag, Abe in den ersten Minuten nicht zu erwähnen, dachte Hardy. »Ja, ich habe es von Glitsky erfahren.«

»Der Typ ist ein Arschloch.« Hardy schwieg. Farrell kippte etwas von dem Bier hinunter. »Ich fahre hin und biete ihm an, Kevin Shea ins Präsidium zu bringen. Nebenbei bemerkt: Der Junge ist so unschuldig wie Sie und ich.« Als er Hardys Gesichtsausdruck sah, fügte Farrell schnell hinzu: »Ja, ja, aber diesmal geht es nicht um halbseidene Tricksereien. Der Junge hat ganz einfach nicht getan, was behauptet wird. Nichts davon. Ganz im Gegenteil.«

»Sie wissen das ganz sicher?«

»Sagen wir, ich weiß es mit moralischer Sicherheit, wenn Sie den Ausdruck entschuldigen wollen. Nur deshalb habe ich mich überreden lassen, das alles für ihn zu tun, glauben Sie mir.«

»Und was ist mit Glitsky passiert?«

»Glitsky und ich hatten eine nette Unterhaltung. Er schien ein offenes Ohr zu haben und versprach, dem Bezirksstaatsanwalt die Idee mit dem gesonderten Polizeischutz zu verkaufen. Bis dahin werde alles unter uns bleiben.«

»Und?«

»Das nächste, was ich weiß, ist, daß vor meiner Haustür ein Typ mit einem Durchsuchungsbefehl steht, der nach Kevin Shea sucht. Glitsky hat mich nach Hause verfolgen lassen.«

Hardy gewann etwas Zeit mit seinem Glas. »Hört sich nicht nach Abe an.«

»Sind Sie mit ihm befreundet?«

»Wir unterhalten uns von Zeit zu Zeit.«

»Hat er Ihnen davon erzählt?«

»Wovon?«

»Von der Verfolgung, dem Durchsuchungsbefehl?«

»Nein. Als wir uns unterhielten, erwähnte er, Sie verträten Kevin Shea, und ich dachte, das hört sich nach einem guten Fall an.«

In Farrells Augen war das der Hauptgrund für Hardys Interesse. Obwohl sich durchaus herausstellen konnte, daß er bei einem Verfahren Hilfe benötigte, wollte Farrell keinen falschen Eindruck erwecken, auch wenn Hardy unter diesen Umständen vielleicht eine gute Wahl wäre, weil er, wie Wes wußte, im Ruf stand, daß er gut mit den Geschworenen umzugehen verstand. »Da bin ich mir nicht so sicher. Leere Taschen.« Was bedeutete, daß der Mandant kein Geld habe.

Hardy zuckte mit den Schultern. »Manchmal gibt es andere Gründe. Man weiß ja nie. Ich nehme an, Shea war nicht in Ihrer Wohnung?«

»Ich dachte, er wäre dort. Er *war* dort, als ich ging, um mich mit Glitsky zu treffen. Er hatte seine Freundin dabei. Haben Sie von Melanie gehört? Sie ist das richtige Mädchen, wenn man abhauen muß. Ich hatte anfangs zwar den Eindruck, daß sie ein wenig paranoid sind, aber es hat sich später als richtig erwiesen. Nein, sie sind fort, wo, weiß ich nicht.«

Hardy nahm das alles zur Kenntnis, auch wenn es auf den ersten Blick keinen Sinn ergab. Glitsky würde niemanden damit beauftragen, Farrell nach Hause zu folgen. Hardy war ›moralisch sicher‹, daß er es nicht getan hatte. Glitsky konnte von alldem nichts gewußt haben, sonst hätte er Hardy nicht gebeten, einzuspringen und herauszufinden, warum Farrell nicht mit ihm sprach. Er hätte es gewußt.

Abgesehen davon wußte Glitsky, daß man nichts erreichte, wenn man die Menschen hinterging. Moral hin oder her, es war nicht Glitskys Stil. Wenn Abe sein Wort gegeben hatte, war es nicht so geschehen, wie Farrell es geschildert hatte.

»Sind Sie sicher, daß es Glitsky war?« fragte er und erläuterte, daß er sich das einfach nicht vorstellen könne. »Weshalb hätte er das tun sollen?«

»Um der Ehre willen. Vielleicht sogar, um die Belohnung einzustreichen. Zum Teufel, woher soll ich das wissen? Aber er wußte als einziger, daß ich mit Shea Kontakt hatte, und er versprach mir in die Hand, es für sich zu behalten.« Farrell trank noch etwas Bier. »Der Mann hat gelogen, so einfach ist das.«

Hardy trank ebenfalls. »Der Durchsuchungsbefehl bezog sich auf Shea, nicht auf irgendwelche Unterlagen oder Papiere?«

»Es war ein Durchsuchungsbefehl für die Wohnung.« Farrells Gesicht verzog sich angewidert. »Sergeant Stoner arbeitet sehr gründlich.«

»Sergeant Stoner?«

»Ja, so hieß er. Ein einprägsamer Name.«

»Stoner ist nicht beim Police Department«, sagte Hardy. »Er ermittelt im Auftrag der Staatsanwaltschaft. Ich habe ihn eingesetzt, als ich Staatsanwalt war. Sie wissen ja, daß die Staatsanwaltschaft einen eigenen Stab an Kriminalbeamten hat, für die weder das Polizeipräsidium noch der Bezirkssheriff zuständig sind. Sie werden meistens losgeschickt, um Zeugen ausfindig zu machen.«

»Na und?«

»Es wäre verdammt merkwürdig, wenn Glitsky einen Ermittler der Staatsanwaltschaft beauftragen würde, einen Durchsuchungsbefehl auszuführen.«

»Dann hat er es dem Bezirksstaatsanwalt gesteckt …«

»Das würde Abe nicht tun.«

Farrell sah Hardy an. »Er hat Sie hierhergeschickt, um mit mir zu reden, nicht wahr? Sie beide sind Kumpel.«

Hardy nickte. »Er konnte sich nicht erklären, warum Sie nicht mit ihm reden wollten. Wirklich nicht.«

»Nun, irgendwo hat er was durchsickern lassen.«

»Vielleicht nicht. Es könnte auch anders gewesen sein. Aber der Punkt ist, daß auch er glaubt, Shea habe es nicht getan. Und er glaubt immer noch, daß er Ihnen helfen kann.«

»Dafür ist es vielleicht schon zu spät. Wenn der Bezirks-staatsanwalt ...«

»Er möchte mit Ihnen reden. Ich glaube, er hat eine Idee.«

»Und was haben Sie damit zu tun?«

»Ich bekomme eine Dose Chili als Honorar.« Hardy kippte den Rest seines Biers herunter. »Ein Insiderwitz«, sagte er und erhob sich von seinem Stuhl. »Kann ich Ihnen noch eins mitbringen?«

Special Agent Simms war wieder in Alan Restons Büro. Die Tür hinter ihr war geschlossen. Sie stand in lässiger Haltung vor Restons Schreibtisch. »Dismas Hardy, ein Rechtsanwalt aus San Francisco. Kennen Sie ihn?«

Reston schüttelte den Kopf.

»Er erwähnte Kevin Shea, und die beiden trafen sich in einer Kneipe draußen bei den Avenues. Little Shamrock. Wir sind Farrell dorthin gefolgt. Sie tranken zwei Gläser Bier und fuhren anschließend nach Hause, jeder zu sich. Keine Spur von Shea.«

Reston nickte grimmig. »Die Geier, die planen, wie sie sich die Beute teilen werden.«

»Ja, das haben wir uns auch gedacht. Mehr hat sich bis jetzt noch nicht ergeben, aber wir bleiben am Ball. Ich wollte Sie nur auf dem laufenden halten. Wir kriegen ihn.«

Reston setzte sich auf. Sein Blick war klar, der Rücken gerade. »Da bin ich sicher.«

# 61

Gelassen jonglierte Art Drysdale, der wieder hinter seinem Schreibtisch saß, mit seinen Baseball-Bällen. »Ich habe diese Rassismusvorwürfe bereits früher überstanden, Abe. Sie kommen und gehen wie der Wind. Aber ich habe mir nichts vorzuwerfen, und alle, mit denen ich zusammenarbeite, wissen das.« Er lächelte freundlich. »Sie müßten mal hören, was einige unserer Kolleginnen über mich sagen.«

»In welcher Hinsicht?«

»Nun, ich habe mich von vornherein öffentlich gegen die Verwendung des Begriffes ›Obperson‹ ausgesprochen. Sie wissen schon, diese Diskussion um den ›Obmann‹ bei den Jurys. Ich finde, es führt nur zu einer sinnlosen Verwirrung, und halte es für nicht besonders geistreich, sondern einfach für … wie soll ich sagen? Dumm. Lassen Sie uns den Tatsachen ins Auge sehen: Ich werde es nie lernen. Bei bestimmten Themen werde ich immer für irgend jemanden ein Ärgernis darstellen. Als nächstes wird mich der Parteiausschuß der Frauen aufs Korn nehmen, wetten?«

Nachdem die Vorrede abgeschlossen war und sie sich wieder als Verbündete betrachten konnten, lehnte sich Glitsky gemütlich zurück. Drysdale hatte sogar Polstersessel in seinem Büro. »Ich wollte nur kurz vorbeischauen, um Ihnen zu sagen, daß ich zwei Inspectors auf den Fall Chris Locke angesetzt habe. Ich fürchte, ich habe mich wegen der ganzen Aufregung um die anderen Geschichten nicht so intensiv darum gekümmert, wie es angemessen gewesen wäre.«

Drysdale hörte auf zu jonglieren und beugte sich interessiert vor. »Und was haben Sie herausgefunden?«

Glitsky berichtete von den mageren Ergebnissen, mit denen Griffin gekommen war, und erläuterte, was er am Abend vorhabe: mehr Befragungen, mehr banale Routinearbeit. Viel mehr hatten sie sich nicht zu sagen.

»Ich kann es immer noch nicht glauben.«

Glitsky nickte. »Ich weiß.«

»Er war … er hatte viele Fehler. Jeder weiß von seinen Frauengeschichten …« Abgesehen von Lockes Verhältnis mit Elaine Wager, dessen Entdeckung ihn am Morgen so erschüttert hatte, wußte Glitsky andeutungsweise von Lockes zahlreichen sexuellen Eroberungen. »Aber ich glaube, was das Gesetz anging, saß sein Herz am rechten Fleck. Er wußte, welche Fälle er gewinnen konnte und wann er eine Klage fallenlassen mußte. Er wollte nicht die Zeit der Beteiligten verschwenden.«

Drysdales Lobrede auf Chris Locke war bei Glitsky vergebliche Liebesmüh, aber der Lieutenant hörte höflich zu, um dem anderen Gelegenheit zu geben, sich auszusprechen. Art hatte oft das gleiche für ihn getan. In den ersten Monaten nach Flo …

»Selbst bei den kritischen Fällen …« fuhr Drysdale fort. »Zum Beispiel bei Jerohm Reese. Es hat Chris fast umgebracht, diesen Dreckskerl wieder laufenzulassen, glauben Sie mir. Aber was hätte er machen sollen? Er hatte keine Zeugen, hätte keine Verurteilung erreicht, warum also weitermachen? Nur um Zeit und Geld zu verschwenden?«

»Das war wirklich ein brenzliger Fall«, erwiderte Glitsky so diplomatisch wie möglich. Er hatte Locke nicht gemocht, aber der Bezirksstaatsanwalt war wie ein Chamäleon gewesen, und Drysdale hatte ihn als loyalen Freund, guten Juristen und fähigen Chef erlebt. Für Art zählte allein die Tatsache, daß in der Staatsanwaltschaft alles reibungslos lief.

»Verdammt richtig, und es war nicht der einzige.«

Auch das wußte Glitsky. Als Bezirksstaatsanwalt hatte Locke nicht unbedingt schlecht gearbeitet. Er hätte nie versucht, so ein Ding zu drehen, wie Alan Reston es bei Kevin Shea vorhatte.

Drysdale jonglierte wieder mit seinen Bällen und beruhigte sich. Glitsky wollte schon aufstehen und gehen, als ihm etwas einfiel, das er hier eigentlich gar nicht hatte ansprechen wollen. Aber Drysdale hatte ihn darauf gebracht, als er die unzureichende Beweislage im Fall Jerohm Reese erwähnt hatte. Drysdale war seit fast fünfundzwanzig Jahren der Stellvertreter des Bezirksstaatsanwalts, lange bevor Chris Lockes erste Amtszeit begonnen hatte. Er müßte eigentlich davon wissen.

»Art, haben Sie jemals am Pacific-Moon-Fall gearbeitet? Wirtschaftskriminalität, etwa fünfzehn Jahre her.«

Drysdale hielt die Bälle fest, runzelte eine Augenbraue, während er sich konzentrierte. Er gab gern damit an, nie einen Fall zu vergessen. »Ist das vor Gericht gegangen?«

»Nein. Aber ich glaube, der Fall wurde hier diskutiert, bevor man ihn dann wegen fehlender Beweise ad acta gelegt hat.«

»Pacific Moon?«

Glitsky nickte. »Ein Restaurant draußen in der Balboa Street. Es war für eine Weile eine heiße Sache bei den Kollegen vom Dezernat für Wirtschaftskriminalität, ist aber dann gestorben.«

»Geldwäsche.« Drysdale hatte es zugeordnet.

»Genau.«

»Was ist damit?«

»Nichts. Das heißt, ich weiß auch nichts Genaues. Ist kürzlich mal zur Sprache gekommen.«

Drysdale warf ihm einen Blick zu. »Ist kürzlich mal zur Sprache gekommen? Gute Antwort.«

»Die richtige Antwort ist: Ich weiß es einfach nicht, Art.« Glitsky hielt einen Moment inne. Ihm war plötzlich bewußt geworden, mit wem er da sprach. Drysdale würde, jetzt, wo es einmal auf dem Tisch lag, die alten Akten durchsehen, seine Fühler ausstrecken, die Sache wieder ins Rollen bringen. Aber das wollte Glitsky nicht, und deshalb hielt er es für besser, offen zu sein. »Loretta Wager ist in der Stadt, deshalb …«

»Das ist es!« Art schnippte mit den Fingern, jetzt hatte er es. »Natürlich. Ich kann gar nicht glauben, daß ich so lange gebraucht habe. Die Sache ist während der Wahlen ein paarmal zur Sprache gekommen …«

»Wahrscheinlich.«

»Nicht wahrscheinlich, es *ist* zur Sprache gekommen. Die Leute haben nach schmutziger Wäsche gesucht. Sie können es sich ja vorstellen.«

»Haben Sie den Fall damals geprüft? Mir sind einige Zahlen zu Ohren gekommen, die … verwirrend sind. Erhebliche Summen.«

»Ja, das stimmt«, sagte Drysdale. »Ich erinnere mich jetzt gut. Die Summen waren immer übertrieben.« Er überlegte einen Moment. »Chris selbst hatte den Fall übernommen: wegen der äußeren Umstände – eine schwarze US-Senatorin. Er war der zuständige Staatsanwalt ... das ist jetzt schon hundert Jahre her. Der Fall stand schon damals auf genauso wackligen Beinen wie heute. Noch so eine brenzlige Sache«, fügte er geheimnisvoll hinzu.

»Was war daran so brenzlig?«

»Das bleibt unter uns, Abe, okay? Chris hat ein paar trickreiche Sprünge gemacht, um den Fall in die Finger zu bekommen.«

»Er *wollte* den Fall haben?«

Drysdale nickte. »Die Investoren waren größtenteils Schwarze, bis auf Dana Wager natürlich. Chris hatte gerade angefangen und wollte beweisen, daß er wegen der Hautfarbe keine Hemmungen hatte. Er war *verbissen* hinter dieser Anklageschrift her, wollte unbedingt beweisen, daß er Schwarze keinen Deut anders behandelte, daß er ein Bezirksstaatsanwalt für alle Menschen war. Ich erinnere mich, wie er wegen der Anklageschrift zu mir kam, mich nach meiner Meinung fragte und um Hilfe bat. Aber es gab einfach keine Grundlage.«

Glitsky stieß den Atem aus, den er angehalten hatte. »Ich hab' was von drei Millionen Dollar gehört.«

Drysdale schüttelte den Kopf. »Soweit ich mich erinnere, Abe, war die Summe nicht mal annähernd so hoch. Ich glaube, es waren damals, als Chris sich darum kümmerte, weniger als eine Million Dollar. Jemand hatte Glück bei einer Investition gehabt oder so ähnlich, ich erinnere mich nicht mehr an jedes Detail ...«

»Aber jetzt läuft keine Untersuchung mehr, oder?«

»Ich habe jedenfalls nichts davon mitbekommen, Abe, und das hätte ich vermutlich, wenn es noch aktuell wäre.« Drysdale kam wieder auf Locke zurück. »Für Chris wurde alles zusätzlich durch die Tatsache erschwert, daß man ihm die Hölle heiß machte, als er die Anklage fallenlassen mußte, *weil* es eben größtenteils ein schwarzes Unternehmen war und er ja nicht zum Gegenangriff blasen und sich ja schlecht damit verteidigen konnte, daß er den unbändigen Willen gezeigt habe, diese Leute vor Gericht zu bringen. Nicht, wenn sie nichts Ungesetzliches getan hatten. Und zuletzt sah es nicht danach aus.« Er seufzte. »So ist das Leben, nicht wahr, Abe?«

»So ist das Leben«, stimmte Glitsky zu.

Loretta befand sich in ihrem Büro im Rathaus. In Washington DC war es Freitag abend, fast zwanzig Uhr. Wochenende. Der richtige Zeitpunkt, um Deals abzuschließen. Offiziell war zwar um siebzehn Uhr Schluß, aber auf dem Capitol lag das tatsächliche Dienstende mindestens drei Stunden später. Niemand ging nach Hause, bevor nicht alles erledigt war, was erledigt werden konnte. Trotzdem, dachte sie und sah erneut auf die Uhr, dürfte jetzt der richtige Zeitpunkt sein.

Zuversichtlich richtete sie sich auf. Den Berichten, die sie tagsüber sowohl aus ihrem Büro als auch von den Kollegen aus dem Senat bekommen hatte, war zu entnehmen gewesen, daß der Stabschef des Präsidenten rund um die Uhr Abgeordnete bearbeitet hatte, um die Aufnahme des Hunter's-Point-Marinestützpunktes in das bundesstaatliche Erschließungsprogramm von Parkanlagen zu ermöglichen. Die Durchführungsverordnung sah vor, daß das Gebiet (wie es Lorettas Idee entsprach) unter die Verwaltung eines Afroamerikaners gestellt und zu einem Freizeitort für unterprivilegierte Jugendliche umgebaut würde.

Offensichtlich hatte der Präsident (was Loretta gehofft und erwartet hatte) es genauso gesehen wie sie: Hier bot sich eine ungeheure politische Chance. Aus dieser Situation konnten alle Beteiligten nur als Gewinner hervorgehen, und man würde die größtmögliche Wirkung erzielen, wenn man sofort ans Werk ging. Man mußte ein Symbol schaffen, das des Präsidenten immerwährenden Einsatz für die Bürgerrechte belegte und sein Interesse an der Fortführung des harmonischen Zusammenlebens der Rassen verdeutlichte.

Das Telefon klingelte. Sie zwang sich, zwei Klingelzeichen abzuwarten und erst beim dritten abzunehmen. Es war ihre Sekretärin, die von einem der öffentlichen Telefone am Old Ebbett Grill, ein paar Querstraßen vom Weißen Haus entfernt, aus anrief.

»… und ich glaube, es kann gratuliert werden. Der Präsident wird die Verordnung unterschreiben.«

»Ganz sicher?«

»Er hat die Unterzeichnung für morgen mittag Ortszeit, neun Uhr Ihrer Zeit, anberaumt. Das dürfte ideal für Sie sein.«

»Großartig«, sagte Loretta. Sie hatte noch einmal mit Alan Reston gesprochen, der sich optimistisch gezeigt hatte, daß sie Kevin Shea mit Hilfe des FBI bis dahin gefaßt hätten. Das würde Philip Mohandas und seinem Demonstrationszug zum Rathaus die Schärfe nehmen. Loretta wußte, daß diese Veranstaltung leicht aus dem Ruder laufen konnte, und sie wollte nicht, daß das geschah. Nicht jetzt, wo eine echte Lösung greifbar nahe war.

Sie war sicher, daß sich die Lage aufgrund der Ergreifung Kevin Sheas und der Durchführungsverordnung, die genau zum richtigen Zeitpunkt erfolgte, beruhigen würde. Die Stadt könnte zur Normalität oder etwas Ähnlichem zurückkehren, und sie, Loretta, würde ganz oben auf der Welle des Friedens und der Harmonie schwimmen. Sie wäre eine Heldin, und zwar für die ganze Gesellschaft, nicht nur für einen Teil oder eine Rasse. Sie hatte für Zugeständnisse an ihre eigenen Leute gekämpft – und gewonnen –, hatte aber auch erneut bewiesen, daß sie gerne willens war, im bestehenden Machtapparat der Weißen, der noch dazu von Männern dominiert wurde, mitzuarbeiten. Eine Pragmatikerin mit hehren Idealen, dachte sie zufrieden.

»Wenn Sie morgen den Präsidenten sehen, Liebes, erinnern Sie ihn bitte daran, daß es Loretta Wager ist, wegen der er so gut dasteht. Aber sagen Sie es nett und feinfühlig, ja?«

»Ich verstehe.«

»Ich weiß, daß Sie das tun, Liebes.«


Und dann kam Abe.

Er stand an den Türpfosten gelehnt, füllte den ganzen Rahmen der Tür aus und lächelte, weil er sich freute, sie zu sehen. Sie hatte sich Notizen für ihre für den morgigen Tag geplante Pressekonferenz gemacht und sein Kommen überhaupt nicht bemerkt.

»Wie schaffst du es bloß, dich so unsichtbar zu machen?« fragte er.

»Mein Gott, Abe!« Ihre Hand fuhr zur Brust. »Du hast mich zu Tode erschreckt.«

»Wir Beamten des Morddezernats sind dazu ausgebildet, uns leise an unsere Beute heranzupirschen. Ist das ein günstiger Zeitpunkt für dich?« Daß sie beide hier allein im Zimmer waren, wollte er damit sagen. Er trat ins Zimmer, sah sie fragend an. Sie antwortete mit einem Nicken, und er schloß die Tür hinter sich. Barfuß wie immer kam sie um ihren Schreibtisch herum in seine Arme.

»Mein Gott«, sagte sie wieder, während sie ihn umarmte, »wie kann ich dich nur so vermißt haben?«

»Ich weiß. Verrückt, nicht wahr?«

»Ja.«

Schließlich lösten sie sich voneinander. »Was meinst du mit ›unsichtbar‹?« fragte sie.

»Ich meine, daß gewöhnliche Menschen Senatoren nur aus dem Fernsehen kennen, die dort normalerweise von einer Art Lakaien umgeben sind, oder wie der Fachausdruck für diese Leute auch sein mag …«

»Amtsdiener.«

»Okay, Amtsdiener. Oder zumindest von Geheimdienstleuten.«

»Haben wir nicht.«

»Oder von Journalisten. Von irgendwem. Aber du sitzt allein in deinem winzigen Büro …«

»Es ist ein hübsches Büro, Abe.«

»Ja. Verglichen mit einigen anderen, wie zum Beispiel meinem, ist es traumhaft. Trotzdem bist du oft allein. So habe ich mir das Leben einer einflußreichen Frau nicht vorgestellt.«

»Du hältst mich für eine einflußreiche Frau?«

»Ich glaube nicht, daß du jemandes Amtsdienerin bist.«

Sie lächelte ein wenig. »Nein, das stimmt wohl.« Sie hopste auf die Schreibtischkante und sah ihn an. »Du möchtest wohl gerne, daß eine Menge andere Leute hier herumsitzen, ist es das?«

Er ging zu ihr, lehnte sich gegen den Schreibtisch, stand zwischen ihren Beinen. Auch jetzt war sie nicht größer als im Stehen. »Ich weiß nur nicht, wie du das immer hinkriegst.«

»Ich glaube nicht, daß man die Tür abschließen kann.« Sie hatte ihre Hände um seine Taille gelegt und sah zu ihm auf. »Ob du's glaubst oder nicht, als Elaine am – wann war das? – Dienstag abend anrief und es den Anschein hatte, als würde diese Sache eskalieren, habe ich mir einfach ein Flugticket gekauft und mich in eine Linienmaschine nach San Francisco gesetzt. Ich mußte kommen, um zu sehen, ob ich helfen könnte. Manchmal braucht man Bewegungsfreiheit, und das war so ein Zeitpunkt. Ich bin froh, daß ich es gemacht habe.« Sie drückte sich an ihn. »Und du?«

Er ging zur Tür und stellte fest, daß sie tatsächlich nicht abschließbar war. Er öffnete sie und sah auf den Flur hinaus. »Niemand zu sehen«, sagte er, während er das Büro durchquerte, einen Stuhl nahm und unter den Türgriff klemmte. Dann ging er zu Loretta zurück und sagte: »Es ist achtzehn Uhr. Wahrscheinlich ist niemand mehr im Haus.« Sie glitt auf den Boden, streifte die Strumpfhose ab und setzte sich wieder auf die Schreibtischkante. »Wir beeilen uns besser«, sagte sie und zog ihn an seinem Gürtel zu sich heran.

»Kann ich kurz dein Telefon benutzen?« Er wählte schon. Sie hatte den Stuhl von der Tür fortgenommen und saß nun darauf.

»Hier ist Glitsky«, sagte er. »Du hast mich angepiepst.« Er hörte einen Augenblick zu, sah dann auf die Uhr. »In einer Stunde kann ich dort sein.« Er griff sich einen Notizblock, schrieb etwas auf, riß das Blatt ab und steckte es in seine Hemdtasche. »Gut. Wir treffen uns dort.«

»In einer Stunde?« fragte Loretta.

Glitsky ging zum anderen Stuhl und setzte sich ihr gegenüber. »Das war ein Freund von mir mit Neuigkeiten von Wes Farrell«, sagte er, »Kevin Sheas Anwalt.«

Er konnte in ihrem Blick nichts erkennen, obwohl er den Eindruck gehabt hatte, daß ein wenig Herzlichkeit für einen Moment aus ihrem Gesicht gewichen war. »Ich wollte dich danach fragen«, sagte sie.

»Ich wollte es dir erzählen, aber heute war einfach zuviel los.«

Er berichtete ihr alles – solcher Streß mit Kevin Shea. Beim letzten Mal, als sie über die ganze Sache gesprochen hatten (bevor sie am Vorabend zusammen essen gegangen waren), hatte Glitsky gesagt, er sei optimistisch, Shea innerhalb von wenigen Stunden ergreifen zu können. Jetzt erzählte er ihr von seinen Schwierigkeiten mit dem neuen Bezirksstaatsanwalt Alan Reston, mit Farrell, Rigby und dem FBI.

Als er zu Ende gesprochen hatte, sagte Loretta: »Du willst damit sagen, daß du glaubst, Alan läßt sich wegen *mir* auf keinen Handel zum Schutz Sheas ein?«

»Ja, so ungefähr sehe ich das.«

»Das muß aufhören«, sagte sie. »Ich bin nicht darauf erpicht, Kevin Shea in die Pfanne zu hauen, Abe, das weißt du. Seit meiner Ankunft habe ich auf eine ordentliche Verhaftung gedrängt.«

Glitsky nickte. »Ich weiß, Loretta. Aber Wes Farrell hatte zwischenzeitlich angeboten, daß Shea sich stellen würde. Einfach so. Alles, was er wollte, war eine minimale Garantie von Alan Reston, aber der ging nicht darauf ein. Dann wollte sich Farrell aus irgendeinem Grund nicht mehr mit mir treffen, und Shea fertigte dieses Video an, in dem er die Sachlage aus seiner Sicht erklärte. Und das alles wäre nicht passiert, wenn Reston … Hat Elaine dir gegenüber nichts davon erwähnt?«

Es war deutlich zu sehen, daß Loretta sich verkrampfte, als der Name ihrer Tochter fiel. »Sie hat mir eine Menge erzählt über … nein, nicht darüber. Nicht ausdrücklich.« Sie hielt inne. »Sie hat mir erzählt, daß du es weißt.«

»Das von ihr und Locke?«

»Und von dir und mir.«

»Ich habe mich sehr vage ausgedrückt und in der Vergangenheitsform gesprochen«, sagte er.

»Ich nicht, fürchte ich.«

Keiner von beiden sagte etwas.

Glitsky stieß die Luft aus. »Tja«, sagte er.

»Tut mir leid«, sagte sie. »Aber du siehst … wir haben nicht viel über Kevin Shea gesprochen.«

Glitsky stand auf und ging in dem kleinen Zimmer auf und ab. Am Fenster blieb er stehen und sah in die länger werdenden Schatten hinaus. »Dieser Anruf …« begann er. »Mein Freund sagt, er habe Wes Farrell überredet, wieder mit mir zu sprechen. Wenn er es tut, brauche ich eine gewisse Sicherheit für Shea, die ich nur von Reston bekommen kann.«

»Möchtest du, daß ich mit Alan rede?«

»Vielleicht könnte das das Chaos klären, Loretta. Wenn wir Shea hier hätten, wäre alles vorbei.«

Sie lehnte sich auf dem Stuhl zurück, hatte ein Bein untergeschlagen. »Elaine sprach davon, daß es einige Anzeichen dafür gebe, daß Shea nicht ... Vielleicht sei seine Schuld nur schwer zu beweisen.«

»Er erzählt eine andere Version der Ereignisse, aber das ist bei Angeklagten nichts Ungewöhnliches. Sie müssen eine Geschichte parat haben.«

»Glaubst du denn – du persönlich, Abe –, daß die Geschichte von Kevin Shea wahr ist?«

Er drehte sich am Fenster um. »Was möchtest du wirklich wissen?«

»Ich möchte wissen, welche Auswirkungen das auf meine Tochter haben wird. Ich habe Kevin Shea zum Symbol für den Rassismus der Weißen erklärt und auch daran geglaubt, aber *sie* muß mit ihm leben. Sie ist, wie viele von uns, an die Öffentlichkeit getreten und hat ihn beschuldigt.«

»Ich weiß. Ich habe versucht, sie davon abzuhalten.«

»Aber es ist bereits *geschehen*. Was soll sie jetzt tun?«

Lorettas Tonfall veränderte sich. Lag ein Hauch von Panik darin? Glitsky ging zu ihr hinüber, kniete sich nieder und legte ihr den Arm um den Rücken. Er zog sie an sich. »He, deswegen unterhalten wir uns, richtig?«

Sie sank plötzlich gegen ihn. »Es tut mir leid«, sagte sie. »Es ist nicht wegen dir. Ich mache mir nur solche Sorgen um Elaine. Willst du etwa sagen, daß Shea es vielleicht wirklich nicht getan hat?«

Glitsky nickte. »Es besteht durchaus die Möglichkeit, ja.«

»Welche Folgen würde das für Elaine haben? Für ihre Karriere und für sie persönlich?«

Nach einem Moment erwiderte er: »Besser so, als wenn die Wahrheit herauskommt, nachdem er von irgendeinem übereifrigen FBI-Scharfschützen erschossen worden ist.«

»Ich glaube, das ist ein bißchen zu düster, Abe. So weit wird es nicht kommen …«

»Hast du Special Agent Simms kennengelernt?«

»Nein.«

»Warte ab, bis du sie kennengelernt hast.«

Loretta schüttelte den Kopf. »Abe, die FBI-Agenten, die ich kenne, sind Profis. Sie wollen keine Schießereien, die sie nicht erklären oder rechtfertigen können.«

»Das ist der Punkt, Loretta. Simms will genau das, glaube ich – einen Schußwechsel, den sie plausibel erklären kann. Sie wird einfach sagen, nach ihren Informationen sei Shea bewaffnet und gefährlich gewesen, und deshalb habe sie keine Wahl gehabt. Für ihre Vorgesetzten wird unter dem Strich die Erkenntnis bleiben, daß sie keine Angst hat abzudrücken. Und das – glaub mir, ich arbeite bei der Polizei und weiß Bescheid – wird als etwas Positives hängenbleiben.«

Loretta war immer noch nicht überzeugt. »Ich kann einfach nicht glauben, daß das FBI …«

»Hast du mal Tschechow gelesen?« Als er ihre ratlose Miene bemerkte, erklärte er: »Der alte Tschechow sagt, du bringst keine Waffe im ersten Akt eines Theaterstücks ins Spiel, wenn du sie im dritten Akt nicht auch einsetzen willst.«

»Sprich weiter.«

»Das FBI ist mit Scharfschützen hier. Glaub mir, sie haben sie nicht für eine Kostümprobe mitgebracht.«

»Du willst damit doch nicht etwa sagen, daß sie vorhaben, Kevin Shea zu töten?«

»Genau das. Solange noch alle der Meinung sind, daß er schuldig ist. Deshalb wird Alan Reston keinen Schutz anbieten. Er inszeniert ein Szenario, um dich zu schützen, Loretta. Vielleicht auch Elaine, aber vor allem dich, glaube ich.«

»Mich?« Die Ungeheuerlichkeit dieser Behauptung setzte ihr allem Anschein nach mächtig zu. Sie sank nach hinten und klammerte sich an den Stuhl. »Weil ich Shea zum zentralen Thema gemacht habe?«

»Ganz richtig.«

»O Gott, ich muß Alan anrufen.«

Unsicher stand sie auf, ging zum Telefon, das auf ihrem Schreibtisch stand, und drückte auf ein paar Tasten. Während sie wartete, erinnerte Glitsky sie daran, seinen Namen nicht zu erwähnen, weil er von dem Fall abgezogen worden sei.

Niemand meldete sich. »Er ist nicht da. Ich versuche es bei ihm zu Hause.« Sie zog ihren gelben Notizblock heran, blätterte einige Seiten darin um und wählte erneut. Sie hinterließ eine Nachricht auf dem Anrufbeantworter. Alan solle, sobald er daheim sei, egal um welche Uhrzeit, Loretta Wager anrufen, es sei äußerst dringend. Sie nannte drei Rufnummern: die ihres Büroanschlusses im Rathaus und zwei bei sich zu Hause.

»Er wird anrufen«, sagte sie. »Und dann werde ich mit ihm reden.«

Sie ging zu Abe zurück und legte wieder die Arme um ihn. »Danke, daß du mit mir gesprochen hast.« Dann schob sie ihn fort. »Jetzt geh und triff dich mit deinem Freund. Sobald ich von Alan höre, rufe ich dich an.«

## 62

Farrell hatte Hardy erklärt, er solle seinem Freund Glitsky mitteilen, daß er ihn anrufen könne, von sich aus werde er sich aber garantiert nicht bei ihm melden. Außerdem habe er keine Ahnung, wann beziehungsweise ob Kevin Shea ihn wieder anrufen werde, und könne Glitsky dazu nichts sagen. Er könne Shea nicht anrufen, selbst wenn er ihm etwas mitzuteilen hätte, was nicht der Fall sei.

Also hieß es abwarten, bis etwas passierte. Ansonsten war keine Hilfe zu erwarten.

Wes war nach Hause gegangen, hatte gewartet, die Zeit mit Nachrichtensendungen totgeschlagen, dann weiter gewartet. Das Warten war in den vergangenen Tagen zu seinem Lebensinhalt geworden. Der einzige Unterschied bestand darin, daß er jetzt zwei halbe Liter Guinness intus hatte. Er döste vor sich hin, wachte auf und sah auf die Uhr.

Würde Lieutenant Glitsky nun anrufen oder nicht?

Schließlich nahm er Bart an die Leine, und die beiden verließen im Laufschritt die Wohnung. Er hatte keine Lust, nach vier Schritten im Treppenhaus hinter der verriegelten Tür wieder das Telefon klingeln zu hören.

Diesmal ging er den Junipero Serra Boulevard nach Norden hoch. Vielleicht würden sie bis ganz hinauf zum Einkaufszentrum an der Ocean Avenue spazieren. Dort gab es Straßenlokale, in denen er schon mit Bart draußen gesessen und gegessen hatte.

Es war ein typischer Juliabend in San Francisco, kühl und windig. Wes hatte Shorts und Pendleton gegen einen grauen Trainingsanzug eingetauscht. Obwohl sie nicht dazu paßte, trug er seine imposante ›Anwaltsmappe‹ mit sich herum (in der sich im Moment nur ein paar Stifte und ein gelber Schreibblock befanden), die er seit über einem Jahr nicht mehr aus dem Schrank genommen hatte. Während er allmählich aus seiner Lethargie erwachte und die nächsten Schritte plante, pfiff er unmelodisch vor sich hin. Bart, dessen Leine er in der anderen Hand hielt, blieb von Zeit zu Zeit stehen, um das Territorium zu markieren, und freute sich, herumtollen zu können.

Auch wenn die Kommunikation mit der Polizei eher mangelhaft war, liefen die Dinge insgesamt gar nicht so schlecht. Wenn Dismas Hardy die Wahrheit gesagt und nicht Glitsky Stoner mit seinem Durchsuchungsbefehl geschickt hatte, bestand vielleicht doch noch eine Chance, Bedingungen auszuhandeln, um Kevin nach seinem Aufgeben zu schützen.

Farrell war in Gedanken schon einen Schritt weiter: dem Prozeß. Er spürte, daß er sich darauf freute und daß er ihn gewinnen konnte. Anders als im Prozeß gegen Mark Dooher stünde er diesmal auf der Seite der Gerechtigkeit … Ein Gedanke, den er bis gestern auf den Abfallhaufen der Geschichte verbannt hatte. Die Möglichkeit, eine wichtige Rolle bei der Verteidigung eines unschuldigen Mannes zu spielen, spornte ihn an. Er hielt es für immer wahrscheinlicher, durchsetzen zu können, daß die Klage abgewiesen wurde, noch ehe es zu einem Prozeß kam.

Als er auf die Ocean Avenue abbog, durchzuckte ihn plötzlich ein Gedanke. Er hörte auf zu pfeifen, blieb stehen und schlang Barts Leine um einen der gußeisernen Zaunpfähle, die einen gepflegten Garten mit Bonsais und Riedgras und ein verziertes Haus umgaben. Er setzte sich auf eine der großen quadratischen Steinstufen und öffnete die Aktenmappe, achtete weder auf das Wetter noch auf die Umgebung.

Was war ihm gerade eingefallen? Ach ja … die Messerstiche. Daran mußte er denken, wenn er mit Glitsky sprach (aber wann würde das sein? Vielleicht würde er doch nachgeben und selbst anrufen). Er mußte den Lieutenant bitten, nach Leuten zu suchen, die durch Messerstiche verwundet worden waren. (Wes hatte natürlich keine Ahnung von Colin Devlin oder Mullen oder McKay.) Auch wenn dieser Hinweis nicht veröffentlicht worden war, gehörte er zu jener Art von Details, die einen Richter gleich zu Beginn zu der Entscheidung kommen lassen könnten, daß keine beweiskräftigen Indizien vorlägen. Dummerweise … hatte Kevin es in seiner Videoansprache erwähnt. Farrell strich das, was er geschrieben hatte, wieder durch.

Aber das war nur ein erstes wichtiges Detail, das ihm aufgefallen war. Er dachte an die anderen Argumente, die er Glitsky vorgetragen hatte, als sie bei Lou, dem Griechen, saßen. Wäre es nicht herrlich, wenn er seinen Mandanten im Prozeß mit einem Antrag auf Paragraph 1118 (Freispruch auf Weisung des Richters) freibekäme?

Er machte sich weitere Notizen. Der Anwalt in ihm war wieder in seinem Element. Er konnte viel für Kevin tun … Glitsky als Zeugen aufrufen, zum Beispiel. Ein Polizist als Zeuge der Verteidigung. Die darinliegende Dramatik würde eine Jury überzeugen. Er mußte Kevin dringend von einem Arzt untersuchen lassen, damit offiziell festgestellt wurde, ob die Rippen gebrochen waren und was die Wunden in seinem Gesicht verursacht hatte.

Verdammt! Er hatte vergessen, Fotos von Kevins Wunden zu machen, und die Schürfwunden heilten schon. Hoffentlich waren sie auf dem Videoband zu erkennen … er erinnerte sich nicht mehr daran. Er mußte unbedingt wieder einen schärferen Blick für die Dinge bekommen. Prozesse waren Kriege, und man ließ sich nicht auf einen Krieg ein, wenn man nicht bereit war, entweder den Sieg davonzutragen oder bei dem Versuch, ihn zu erringen, zu sterben.

Was noch? Er kaute auf dem Ende seines Stiftes herum, fluchte, als er merkte, daß die Tinte auslief und seine Unterlippe verfärbte. Er mußte über die Geschworenen nachdenken. Was sollte er bezüglich der ethnischen Zusammensetzung der Jury unternehmen? Eine heikle Sache. Eine Schlammschlacht, wie immer. Aber nach und nach kam er zu der Überzeugung, zwölf Personen finden zu können, die keine Rassenvorurteile hatten, selbst in einem Fall, der so explosiv war wie dieser.

Wie viele schwarze Bekannte hatte Kevin? Okay, vielleicht ein Klischee, aber auch ein Faktum. Mindestens zwei, das wußte er, weil sie einmal zusammen was trinken gegangen waren. Gute Zeugen. Kevin kannte ihre Namen.

Aber mehr als alles andere brauchte er ein paar Verdächtige. Nein, korrigierte er sich, er brauchte nicht einfach nur Verdächtige, sondern die Typen, die es verdammt noch mal getan hatten.

Er blätterte wieder eine Seite des Notizblocks um und kritzelte darauf herum wie ein Verrückter. Vielleicht war er tatsächlich verrückt. Hier saß ein langhaariger Mann von fünfzig Jahren mit Bierbauch und Trainingsanzug, dem schwarze Tinte aus dem Mund lief, und murmelte unzusammenhängende Worte vor sich hin. Zu seinen Füßen lag, zusammengerollt, sein alter, fetter Hund, der – um die Wahrheit zu sagen – häufiger furzte, als er es eigentlich hätte tun sollen. Das lag am Speiseplan des Besitzers, der davon überzeugt war, daß kräftiges Dosenfutter (ausschließlich Fleisch) und das eine oder andere Bier die richtige Ernährung für einen Hund seien. Er hatte den gottverdammten Hund nicht haben wollen, aber jetzt lebte er nun einmal bei ihm, und er würde ihn nicht mit Brot und Wasser ernähren. Das paßte nicht zu Bart Farrell, dem Hund eines aufrichtigen Mannes.

Die Straßenbeleuchtung schaltete sich ein. In der Ocean Avenue funktionierten die meisten Laternen. Wie es an manchen Tagen geschah, legte sich der Wind auch heute bei Sonnenuntergang. Wes Farrell sah auf und war weniger darüber überrascht, wo er sich befand, als darüber, wo er in Gedanken gewesen war: versunken in einen Fall. Lebendig.


Carl Griffin hatte sich Marcel Lanier geschnappt, um mit ihm noch einmal zum Dolores Park zu fahren und sich in der Gegend umzusehen. Daher war Ridley Banks, der in den vergangenen paar Tagen Marcels Partner gewesen war, allein geblieben.

Er hatte beschlossen, dem Morddezernat heute fernzubleiben, und besaß dafür auch eine gute Erklärung. Marcel und er hatten sich so darauf konzentriert, Peter McKay und Brandon Mullen etwas anzuhängen, daß sie ihre sonstige Arbeit vernachlässigt hatten. Etwas Zeit im Außendienst könnte sie in anderen Mordfällen weiterbringen.

Außerdem hatte Ridley befürchtet, daß der Lieutenant mit Sicherheit in die Luft gehen würde, wenn er noch weitere Bemerkungen über seinen Verdacht hinsichtlich Loretta Wagers Vergangenheit gemacht hätte. Deshalb hatte er die verschlüsselte Nachricht hinterlassen. Ob die Dinge sich dadurch nun weiterentwickelten oder nicht – er hatte alles getan, was in seiner Macht stand. Über mehr Indizien als die, von denen er Abe berichtet hatte, verfügte er nicht, dennoch wurde er das Gefühl nicht los, daß Senatorin Wager einige Leichen im Keller hatte, mit denen Beamte des Morddezernats nicht tanzen sollten. Aber er wollte sich deswegen nicht streiten oder üble Gerüchte verbreiten. Er wollte nur gründlich sein. Genauer gesagt wollte er, daß Glitsky Bescheid wußte, auf was er sich da möglicherweise einließ. Ob er mit diesem Wissen dann etwas anfing, war seine Sache.

Ridleys Freundin, Jacqueline, arbeitete als Anwaltsgehilfin in einer renommierten Kanzlei. Er wartete im Empfangsbereich auf sie, um zu erfahren, ob sie bald Feierabend machen konnte und ob sie Lust hatte, etwas essen zu gehen. Es war zwar schon dunkel, doch der Arbeitstag der Sekretärinnen bei Jacqueline in der Firma endete erst, wenn die Chefs – die Anwälte – nach Hause gingen. Offiziell gab es zwar geregelte Bürozeiten, aber jeder, der um fünf oder halb sechs ging, wurde recht schnell entlassen. Jacquelines Tag war nicht zu Ende, wenn sie ihre Arbeit erledigt oder ihr Stundensoll abgeleistet hatte, sondern dann, wenn ihr Anwalt sagte, sie könne gehen. Keine Minute früher.

Sie bog soeben am Ende des langen Korridors um die Ecke, und er beobachtete sie. Er schätzte ihren sachlichen Stil. Ridley hielt nichts von übertrieben eleganter Aufmachung oder allzu lässiger Kleidung, obwohl – oder weil – er mit beiden Varianten seine Erfahrungen gemacht hatte. Jacqueline war eine Frau, die wie er mit beiden Beinen im Berufsleben stand, besaß ein gütiges Herz, ein warmes Lächeln, hatte eine angenehme Art zu reden und einen verdammt schönen Körper.

Sie wirkte angespannt, begrüßte ihn aber wie immer. Sie hat zuviel Klasse, dachte er, um sich gehenzulassen. »Du hast den richtigen Moment erwischt«, sagte sie. Ein flüchtiger Kuß auf die Wange. Die Anspannung blieb. Sie trug einen langen Wollrock und eine lavendelfarbene Bluse. Ridley nahm einen zarten Zimtduft wahr. In nicht allzu ferner Zukunft würde er sie vielleicht heiraten, aber vorläufig hatten sie noch nicht darüber gesprochen.

Im Fahrstuhl nahm er ihre Hand. »Was ist los?«

Sie holte tief Luft und hielt den Atem zwei Stockwerke lang an. »Stan arbeitet am Wochenende durch«, sagte sie. »Er will, daß ich ins Büro komme.«

Das war nicht weiter ungewöhnlich. Stan war Stansfield Butler III., ›ihr‹ Anwalt, ein vierunddreißigjähriger, verheirateter Weißer mit zwei kleinen Kindern, der nach sechs Jahren Kanzleizugehörigkeit im nächsten Jahr zum Sozius aufsteigen wollte. Überstunden machten ihm nichts aus. Sein Job war sein Leben.

Ridley zuckte mit den Schultern, während er die Neuigkeit zögernd verdaute. »Schon in Ordnung«, sagte er und drückte ihre Hand. »Bei uns ist soviel los, da kann ich locker ein paar Überstunden machen.«

Sie hatten vage geplant, ein paar Tage nach Point Reyes hinaufzufahren, aber es lag immer im Bereich des Möglichen, wie jetzt, in letzter Minute noch eingespannt zu werden. Jacqueline war seit vier Jahren Butlers treue und äußerst effiziente Assistentin, machte sich aber keine Illusionen. Wenn sie zu oft nein sagte (einmal? zweimal? Sie wußte es nicht genau), ersetzte man sie durch jemand anderen. Viele Kolleginnen hatten das erleben müssen. Sie war schwarz und Angestellte, und wenn sie ihre gut bezahlte Position als Fachkraft behalten wollte, hatte sie ihr Privatleben zurückzustellen. Wenn sie überleben wollte, kam das Privatleben erst an zweiter Stelle.

»Na ja, darum geht es eigentlich nicht.«

»Um was dann?«

Die Tür des Fahrstuhls öffnete sich, und sie betraten die riesige, mit Marmor ausgekleidete Halle. Auf der anderen Seite befand sich eine Bar für junge Juristen, und aus Gewohnheit nahmen sie diese Richtung. Jacqueline trank dort häufig nach der Arbeit ein Glas Chardonnay.

Sie blieb stehen und wandte sich ihm zu. »Ich will zu der Demonstration gehen, Ridley. Ich weiß nicht, ob ich wegen Butler ins Büro kommen werde. Jedenfalls nicht morgen. Ich … Das habe ich ihm auch gesagt.«

»Und was hat er geantwortet?«

»Nachdem er den Mund wieder zugeklappt hatte, sagte er, es sei meine Entscheidung. Wenn ich nicht käme, hätte ich es mir selbst zuzuschreiben. Er sagte, so spät könne er keine Ersatzsekretärin bekommen und wenn er einen Mandanten verliere, weil seine Sekretärin nicht zur Verfügung stehe …«

Beide wußten, was das bedeutete. Ridley legte zärtlich eine Hand auf ihren Rücken, und sie gingen durch die Tür zur Bar. Aus den Boxen drang New-Age-Musik. Vorn bei den wandhohen Fenstern waren noch ein paar Tische frei.

Nachdem sie etwas bestellt hatten (Ridley nahm ein Ginger Ale), hielten sie auf dem kleinen Tisch Händchen. »Du wolltest zu dem Marsch gehen? Mit Philip Mohandas?«

»*Wollte* ist das falsche Wort«, sagte sie in nüchternem, keineswegs herausforderndem Ton. »Ich *werde* hingehen.«

»Findest du, daß es deinen Job wert ist?«

»Es klingt vielleicht altmodisch, Ridley, aber ich glaube, wir müssen uns wehren. Es läuft schon zu lange so, ohne daß sich was geändert hat.«

»Und du glaubst, wenn du dich mit Philip Mohandas und ein paar hundert Brüdern und Schwestern auf die Straße stellst, ändert das was?«

»Es werden nicht nur ein paar hundert sein. Ich kenne niemanden, der nicht hingeht.«

»Doch.« Ridley löste seine Hand aus ihrer.

»Tu das nicht«, sagte sie.

»Tu *du* das nicht.«

»Es geht doch nicht um dich, Ridley.«

»Nein? Komisch. Ich bin Polizist, und mit dieser Demonstration wirft man uns Polizisten vor, daß wir unseren Job nicht tun könnten, weil wir von einem Haufen weißen Gesindels kontrolliert würden, oder etwa nicht? So habe ich es jedenfalls verstanden, und du willst dabei mitmachen. Und dann sagst du mir, es gehe nicht um mich? Ich bitte dich, Jacqueline.«

»Sei vernünftig.« Sie ließ ihre Hand auf dem Tisch liegen.

»Sei vernünftig. Okay.«

»Vielleicht siehst du es nicht so, wie wir es sehen. Ich meine, vielleicht bist du schon zu lang da drin …«

»... und schon wie die Weißen? Hast du eine Ahnung davon, was ich in den vergangenen drei Tagen getan habe, als ich keine Zeit hatte, dich oder sonst jemanden zu treffen?«

»Ich ...«

»Ich werde es dir sagen: Ich habe Jagd auf die Typen gemacht, die Arthur Wade aufgehängt haben, ich habe versucht, diese Kerle zu finden. Ein Marsch zum Rathaus wird mir nicht dabei helfen, näher an sie heranzukommen.«

»Du meinst diesen einen?«

»Kevin Shea?«

»Ja.«

Banks senkte den Kopf und versuchte, sich zusammenzureißen. Er legte seine Hand wieder auf den Tisch und ergriff die ihre. »Jacqueline, Schatz, hör mir zu. Es war ein ganzer Mob von Leuten, die Arthur Wade umgebracht haben, nicht nur ...«

Jacqueline reagierte heftig. Sie schlug die Hände auf den Tisch, daß der Aschenbecher klirrte und die Gäste an den umliegenden Tischen den Kopf zu ihnen hindrehten. »Du fühlst es nicht. Du fühlst es nicht mehr, was?«

»Ich fühle es jeden Tag, Jacqueline. Ich stecke jeden Tag mittendrin.«

»Aber es ist nicht mehr in dir, oder?«

»Was soll das heißen?«

»Das soll heißen, daß du es ihnen abgekauft hast. Das soll heißen ...«

»Ich habe niemandem was abgekauft, Jacqueline, sondern ich spaziere einfach mit offenen Augen durchs Leben, das ist alles.«

»Nein. Du gehst als Polizist durchs Leben, als einer von denen, Ridley. Du denkst, du seist in irgendeinem Team oder in so einer Art Bande, in der sich alle gegenseitig beschützen ...«

»Verdammt noch mal, Jacqueline! Woher hast du das?«

»Ich beobachte dich. Ich sehe, was sich verändert und was nicht. Und du machst dir was vor, Ridley Banks. Du denkst, du seist jetzt einer von denen und hättest es geschafft, denkst, du seist unantastbar, weil du Inspector bist. Aber ich will dir was sagen, und die letzten Tage haben das wieder bestätigt: Wir sind verwundbar. Wir sind immer noch Bürger zweiter Klasse. Deswegen demonstrieren wir.«

»Mein Gott, Jacqueline ...« begann er, hielt dann inne. »Und du glaubst wirklich, das es deinen Job wert ist?«

Sie schlug erneut auf den Tisch und warf allen, die zu ihnen herübersahen, wütende Blicke zu. »Es sollte nichts mit meinem Job zu tun haben! Es ist ein Samstag, verdammt, das Wochenende des Unabhängigkeitstags, und er hat mich nicht einmal vorgewarnt! Was soll ich tun? Soll ich für den Rest meines Lebens jedesmal, wenn Stansfield Butler III. eine verdammte Tasse Kaffee mit entrahmter Milch haben will, alles stehen- und liegenlassen? Glaubst du, ich müßte mir um so etwas Sorgen machen, wenn ich nicht schwarz wäre?«

»Aber du bist es, und du machst dir Sorgen.«

»Und dagegen demonstrieren wir.«

»Und wenn du einfach wütend darüber bist, daß du nur Sekretärin und nicht Anwältin bist? Vielleicht hat die schwarze Hautfarbe gar nichts damit zu tun ...«

»Nur Sekretärin? Ich ...«

Ein junger Mann, der wie ein Athlet in Anzug und Krawatte aussah, näherte sich. »Entschuldigen Sie«, sagte er, »ich bin der Geschäftsführer hier, und einige der anderen Gäste ...« Eine Handbewegung deutete an, es sei nicht seine Schuld. »Dürfte ich Sie eventuell bitten, Ihre Unterhaltung draußen fortzuführen?«

Jacqueline gab zurück: »Und dürfte ich *Sie* bitten ...«

Aber Ridley hatte wieder eine Hand über ihre gelegt und zog sie daran hoch. »Komm, Jacqueline ...« Seinen Arm fest um sie gelegt, führte er sie zur Tür.

Draußen auf dem Gehweg sah sie ihn an. »Nimm deine Hand weg. Laß mich los.«

»Jacqueline, bitte ...«

Sie schlug nach ihm und drehte sich weg.

Er ergriff ihre Hand erneut, aber sie schlug wieder zu, traf ihn diesmal an der Stirn. Durch die Wucht des Schlages wurde er einen Schritt zurückgestoßen. »Laß mich in Ruhe, ich will dich nicht mehr sehen! Verschwinde!« Sie trat einen Schritt zurück und blickte ihm mit erhobener Hand in die Augen. Dann drehte sie sich plötzlich um und lief davon.

Er folgte ihr ein paar Schritte, gab dann auf und blieb vor den großen Fenstern der Bar stehen. Ein Meer von weißen Gesichtern starrte ihn hinter den Scheiben an.

Nein, Jacqueline, dachte er, ich fühle mich nicht wie einer von denen. Nicht einmal ein bißchen.

## 63

»Es herrscht Ebbe, wie man so schön sagt.« Melanie öffnete die Schranktüren. »Absolut nichts da.« Sie langte hinein und holte eine Dose mit Fruchtsalat aus dem hinteren Teil des Regals sowie eine winzige Dose Wiener Würstchen. Kevin erschien in der Küchentür.

»Wovon ernährt sich deine Freundin Ann?«

»Vermutlich von dem, was wir hier vor uns haben.« Sie öffnete den Kühlschrank. Auch hier war wenig Eß- oder Trinkbares zu finden. Zum Frühstück hatten sie etwas Käse und steinharte Cracker gegessen, zum Mittagessen zwei Rühreier mit Wasser.

»Ich habe Hunger auf eine Pizza«, sagte Kevin. »Und ich hätte auch nichts gegen ein Bier einzuwenden.«

»Vielleicht können wir uns was kommen lassen. Hast du Geld?«

Kevin sah in seinem Portemonnaie nach und legte achtundfünfzig Dollar auf den Küchentisch. Er stellte einen der überall herumstehenden Blumentöpfe auf die Scheine. »Da fällt mir ein«, sagte er, »ich habe nicht im Büro angerufen, um zu sagen, daß ich eine Zeitlang nicht komme.« (Er hatte in einem umfunktionierten Wohnhaus in Marina fünfundzwanzig Stunden pro Woche als einer von vielen Telefonverkäufern gearbeitet und kleinen Firmen Software verkauft.) »Ob sie's schon gemerkt haben? Wahrscheinlich haben sie mich noch nicht mal vermißt.« Aber keiner von beiden lächelte. Sein Scherz konnte die Anspannung nicht überdecken.

Melanie ging ins Wohnzimmer zurück, blätterte im Telefonbuch und rief in einem Lokal an, das sie kannte. Als sie aufgelegt hatte, sagte sie: »Sie liefern nicht ins Haus, nicht während der Krawalle.«

»Versuch's woanders.«

Sie rief weitere sieben Lokale an (drei Pizzerien, zwei Chinarestaurants, ein mongolisches Steakhaus und ein Piroshki-Lokal), aber keiner wollte ins Haus liefern. Melanie stand neben dem Telefon im Wohnzimmer, um es mit Anruf Nummer acht zu versuchen, als Kevin aus seinem Sessel aufsah. »Ich glaube, ich drehe hier drin durch. Drehst du auch durch, oder geht es nur mir so?«

Sie nickte. »Ein bißchen.«

»Mensch, es ist Freitag abend, der beste Tag, um auszugehen. Die Leute – die normalen Leute – haben Verabredungen, Spaß ...« Ihr Blick war nicht ermutigend. »Wir gehen aus. Vielleicht hat Ann eine Perücke oder so was, und in die Backen stopfe ich mir ein paar Wattebäusche.«

»Du willst mit Wattebäuschen in den Backen Pizza essen?«

»Okay, keine Wattebäusche. Wir wär's mit ...?«

Melanie schüttelte den Kopf. »Kevin ...«

Seine Arme hingen schlaff an den Seiten des Sessels herunter. »Ich drehe hier drin wirklich durch, Mel.«

»Ich auch«, sagte sie, »aber jedesmal, wenn wir uns hinauswagen ...«

»Nicht jedesmal«, erinnerte er sie. »Gestern abend standen wir eine halbe Stunde in der Schlange an diesem Drive-in-Restaurant, und niemand hat uns erkannt.«

»Niemand hat uns beachtet.«

»Oder nach uns *gesucht*, und das würde auch in den kleinen Läden hier in der Nähe niemand tun. Überleg doch mal, in der Öffentlichkeit erwartet man uns doch am wenigsten. Selbst wenn sie uns sehen, wie wir dasitzen und Pizza essen, würden sie sagen: ›Nein, auf keinen Fall. Das ist unmöglich. So dumm können die nicht sein.‹«

Melanie saß neben dem Telefon und ließ sich die Sache durch den Kopf gehen. »Auf der anderen Seite ... denk an das, was mit John Dillinger passiert ist. Er kam aus einem Kino ...«

»Er ist reingelegt worden, Melanie. Niemand weiß, wo wir uns im Moment aufhalten, woher wir kommen, wohin wir gehen.« Kevin war aus dem Sessel aufgestanden. »Ich glaube sogar, daß die Idee besser ist, als einfach in einen Laden zu gehen und was einzukaufen. Wir gehen essen und danach wieder heim. Was hältst du davon?«

Es klang nicht schlecht. Trotzdem hatte sie Angst. Aber wenn sie hier eingepfercht blieben, würden sie womöglich noch etwas wirklich Dummes anstellen …

Ann besaß jede Menge Kopfbedeckungen, und sie setzten jeder eine auf, Kevin eine bunte Skimütze, die er bis zu den Augenbrauen herunterzog, Melanie eine Baskenmütze aus Kunstsamt, unter der sie ihre Haare verbarg. Sie suchten weitere Accessoires aus. Melanie legte eine dicke Schicht feuerroten Lippenstifts auf und malte sich zwei Muttermale ins Gesicht.

In der Stadt roch es noch immer nach Rauch. Kevins Vorstellung von überall tanzenden Menschen bewahrheitete sich nicht. Wenigstens lag die Zeltstadt in der Panhandle des Golden Gate Park nur zwei Straßen weiter Richtung Norden, und von den Straßenkreuzungen aus konnten sie Lagerfeuer und grell blinkende gelbe Warnleuchten auf Holzböcken erkennen, mit denen der Platz abgesperrt war.

Melanie hatte ihren Arm um Kevins Taille gelegt – die Nacht war kühl – und ihre Hand in seine Gesäßtasche gesteckt. Er hielt sie eng an sich gedrückt, und sie gingen mit schnellen Schritten. Obwohl die Haight Street nicht im Sperrgebiet lag, herrschte hier fast kein Verkehr, und nur wenige Fußgänger hasteten über die Gehwege. In vielen Hauseingängen hockten oder lagen obdachlose Menschen und bettelten um ein wenig Kleingeld. Kevin gab ihnen seine letzten Münzen.

Wie er vorausgesagt hatte, beachtete sie niemand. Waren die Straßen weitgehend menschenleer gewesen, so drängten sich im Pizzaiola für einen Freitagabend, neun Uhr, relativ viele Leute.

Kevin wählte einen Tisch in der hinteren Ecke. »Neben dem Notausgang. Nur für alle Fälle.«

»Das ist gar nicht witzig.«

Melanie ging, um die Bestellung aufzugeben: eine Pizza mit Anchovis für zwei Personen, einen Krug Sam Adams und zwei Gläser.

»Würden Sie sich bitte ausweisen?« Der Mann hinter der Theke war ein Farbiger und etwa in Kevins Alter. Er lächelte sie freundlich an und wartete.

Sie erstarrte. Seit sechs Monaten, seit sie einundzwanzig Jahre alt war, hatte sie sich – besonders in der Zeit mit Kevin – daran gewöhnt, Bier zu bestellen, ohne sich ausweisen zu müssen. Jetzt starrte sie den Mann mit halb geöffnetem Mund an und überlegte, was sie tun sollte. Sie konnte sich nicht einfach allein davonmachen, nicht ohne Kevin, nicht ohne die ganze Gegend zu alarmieren. Sie drehte sich halb um, aber Kevin sah nicht in ihre Richtung.

»Miss?«

»Oh, Entschuldigung.« Es blieb ihr nichts anderes übrig. Sie holte ihr Portemonnaie heraus und zeigte ihm ihren Führerschein, den der Mann unter der Lampe begutachtete. »Danke. Für wen ist das andere Glas?«

O Gott … sie würden erwischt werden. Sie sollte losrennen, nach Kevin schreien, davonlaufen … »Für meinen Freund da hinten«, sagte sie und rang um Selbstbeherrschung. »Er ist älter als ich.« Brillant, Mel.

Der Mann sah mit zusammengekniffenen Augen durch die Dunkelheit. »So alt schon?« Er lächelte immer noch, als er das Bier zapfte. »Die Bedienung bringt es gleich rüber.« Wie benommen ging sie zurück zum Tisch und setzte sich.

»Das war eine gute Idee«, sagte Kevin. »Morgen werden wir … was ist los?«

Die Bedienung kam, stellte den Krug zwischen ihnen ab und wandte sich ohne einen weiteren Blick wieder ab. Melanie versuchte, sich zusammenzureißen, und schüttelte den Kopf, damit Kevin aufhörte, Fragen zu stellen und noch mehr Aufmerksamkeit auf sie zu ziehen. Er beugte sich über den Tisch zu ihr hinüber. »Was ist?« Er streckte seine Hand aus. Sie legte die ihre darüber und erzählte es ihm.

Hinter dem Tresen wirbelte Melanies Barkeeper herum und füllte weitere Krüge mit Bier, in der offenen Küche schleuderte einer der Köche Pizzateig durch die Luft. Sting sang aus der Jukebox ›Love is Stronger Than Justice‹. Obwohl es keine Tanzfläche gab, tanzten ein paar Leute im freestyle, offenbar ohne die Änderungen im Rhythmus des Liedes zu bemerken. Niemand beachtete Kevin und Melanie. Kevin machte sie darauf aufmerksam.

»Ich weiß. Aber du … was ist, wenn …?«

Er tätschelte ihr die Hand. »Dann hauen wir eben ab. Wir werden immer besser darin.« Er schenkte ihr ein Lächeln, von dem er hoffte, daß es zuversichtlich wirkte. »He.« Er berührte ihr Gesicht mit einem Finger. »Es ist okay, Mel. Wir mußten mal raus, das weißt du.«

»Kevin, ich kann mit solchen Situationen nicht mehr umgehen. Der Typ hat zu dir rübergesehen, und ich dachte, mir wird gleich übel.«

»Aber du machst deine Sache total gut.«

Sie schüttelte den Kopf. »Was wird mit uns geschehen? Wann hat das alles eine Ende? Wird es jemals ein Ende haben?«

Er antwortete nicht, sondern zog seine Hand unter ihrer fort und füllte langsam die Gläser, um Zeit zu gewinnen. »Wir tun doch was dafür, daß es ein Ende hat, oder etwa nicht?«

»Ich weiß schon gar nicht mehr, was wir tun und was nicht. Ich habe einfach Angst, das ist alles, was ich weiß.« Sie hielt inne. »Manchmal denke ich sogar, daß wir nicht lebend aus der Sache rauskommen. Daß uns jemand umbringt, bevor wir da rauskommen.«

Er lehnte sich in seinem Stuhl zurück. »Das wird *nicht* geschehen.«

»Klopf bitte schnell auf Holz, wenn du so was sagst. Bitte.«

Er klopfte einmal mit dem Finger auf den Tisch. Nicht nur, damit Melanie sich besser fühlte. »Weißt du, wenn ich es mir recht überlege, betrifft es eigentlich nur mich, Mel. Du hast noch andere Möglichkeiten. Du könntest …«

Ihre Augen blitzten. »Auf gar keinen Fall! Denkst du dann, daß ich dich jetzt allein lasse, nach allem, was passiert ist?«

»Hast du nicht gerade gesagt …«

»*Das* habe ich nicht gesagt. Das will ich nicht. Ich habe einfach nur Angst, Kevin, Angst um uns beide. Welcher Mensch, der einigermaßen bei Sinnen ist, hätte in einer solchen Situation keine Angst?«

»Ich sage ja nur, daß du einfach aus diesem Lokal gehen, ein Taxi nehmen und die Stadt verlassen könntest, um zu deinen Eltern zu fahren, dir einen Anwalt zu nehmen ...«

»*Nein*. Hör auf damit, Kevin.«

Sein Gesicht war wieder nahe vor ihrem. Mit leiser Stimme sagte er: »Vielleicht solltest du es tun, Mel. Es ist dir selbst gegenüber nicht fair ...«

Sie trank einen Schluck von ihrem Bier und sah sich prüfend im Raum um. Dann setzte sie ein kompromißloses Lächeln auf und starrte ihm in die Augen. »Scheiß drauf«, sagte sie. »Diese ganze verdammte Geschichte ist nicht fair. Wenn die Welt fair wäre, würdest du im Weißen Haus einen Orden bekommen ...«

»Ich weiß nicht, ob ich soweit gehen würde. Mit der Aufhebung des Haftbefehls wäre ich schon zufrieden.«

Sie nickte. »Es wäre ein guter Anfang.«

Die Bedienung kam mit der dampfenden Pizza, stellte sie auf den Tisch und war schon wieder fort.

Kevin machte eine vielsagende Geste hinter ihr her und sagte: »Siehst du? Wir sind absolut sicher.«


»Es gibt wieder Hoffnung«, sagte Wes.

Kevin sprach von dem Münztelefon im Gang neben den Toiletten und dem Notausgang des Pizzaiola. »Wir haben uns gerade darüber unterhalten.«

»Wo seid ihr? Was ist das für ein Lärm?«

»Wir sind im Pizzaiola, eine Pizzeria in der Haight Street.« Und dann in das schwarze Loch der Stille: »Wir mußten raus, Wes. Wir sind total verrückt geworden. Niemand weiß, wer wir sind ...«

»Kevin, jeder weiß, wer ihr seid. Wir können hoffen, daß euch niemand *erkennt*, aber das ist nicht dasselbe. Kannst du bitte versuchen, das nicht zu vergessen?«

»Wes, wir sind schon auf dem Sprung zurück zu Anns Wohnung. Was war das mit der Hoffnung?«

Wes konnte es nicht fassen, daß sein Freund und Mandant – der meistgesuchte Flüchtige der Stadt, des Bezirks, des Staates, vielleicht sogar des ganzen verdammten Landes – in einer Pizzeria herumhing. Aber was sollte er tun, außer beten, daß niemand sie erkannte? »Offenbar hat Glitsky mich doch nicht nach Hause verfolgen lassen«, sagte er. »Es war wohl die Staatsanwaltschaft, nicht die Polizei.«

»Und?«

»Und ich glaube, daß wir halbwegs gute Chancen haben, das zu bekommen, was wir gestern abend wollten, nämlich, daß man dich wenigstens anhört und dich beschützt.«

»Halbwegs gute Chancen?«

»Das ist besser als nichts, Kev. Ich versuche mein Bestes.«

»Ich weiß. Nur … also hast du mit diesem Glitsky gesprochen …?«

»Nun mal langsam. Noch nicht. Er ruft mich heute abend an. ich warte jede Minute darauf.« Stille. »Kevin, wenigstens gibt es jetzt einen guten Grund, daß du dich nicht von der Stelle rührst und nicht abhaust. Heute morgen noch, erinnerst du dich …«

»Ich erinnere mich gut.«

»Okay, gut. Morgen um diese Zeit werden wir was zuwege gebracht haben. Ich *weiß*, daß Glitsky mich anrufen wird, er hat genug unternommen, damit ich wieder mit ihm rede. Ich glaube, daß er auf unserer Seite ist. Ein Polizist auf unserer Seite! Das sind keine schlechten Neuigkeiten, Kev.«

»Okay, du hast mich überzeugt. Ich bin glücklich. Ich jubiliere.«

Farrell seufzte. »Warum vereinbaren wir nicht eine bestimmte Uhrzeit, zu der du mich anrufst? Gib mir am besten einfach deine Nummer.«

»Würde ich gern tun, aber ich kenne sie nicht. Ist ja nicht meine oder Mels.«

»In Ordnung«, sagte Farrell, »aber die Tatsache, daß ich dich nicht erreichen kann, läßt mich um Jahre altern.«

»Okay, also wann?«

»Um neun.«

»Um neun? Wes, morgen ist Samstag.«

»*Samstag?* Was macht das schon, ob Samstag oder Dienstag, ist doch egal. Verdammt noch mal, Kevin …«

»Neun ist in Ordnung. Sollte nur ein Spaß sein.«

»Du bist ein Witzbold, Kevin.«

»Das trifft es nicht so ganz, Wes …«

»Um neun«, brummte Wes. »Und ruf an.«

Special Agent Margot Simms hatte ihren ersten Einsatz in San Francisco und kam nicht über das Wetter hinweg. Der erste Tag im Juli, und sie fror erbärmlich. In Washington herrschte seit Mitte Mai schwüle Hitze mit über dreißig Grad, und sie hatte erwartet, daß der Sommer in Kalifornien, abgesehen von der Luftfeuchtigkeit, ungefähr genauso wäre. Frühere Einsätze in Los Angeles, Modesto, Sacramento, selbst in Oakland, das ja ganz in der Nähe lag, hatten sie nicht auf dieses Mikroklima vorbereitet. Wäre sie belesener gewesen, hätte sie sich vielleicht von Mark Twains oft zitierter Bemerkung warnen lassen, der kälteste Winter, den er je erlebt habe, sei ein Juni in San Francisco gewesen. Aber Margot Simms hatte seit sechs Jahren nichts als Bedienungsanleitungen gelesen, und davor auch nicht viel anderes.

Sie wartete an der Ecke vor Wes Farrells Wohnung, wo der Überwachungswagen parkte, und umklammerte ein großes Glas *Caffe latte*. Obwohl kein Wind ging, war die Temperatur plötzlich auf zehn, maximal fünfzehn Grad gefallen. Unter dem leichten, maßgeschneiderten Blazer trug sie lediglich einen Rock und eine Bluse. In den etwas mehr als drei Stunden, die sie in dem ungeheizten Lieferwagen verbracht hatte, nachdem sie das Rathaus verlassen hatte, war die zunehmende Kälte in jede Faser ihres Körpers gekrochen.

Vor zehn Minuten hatte sie aufgegeben und ihren Posten im Wagen auf der Suche nach etwas Wärme verlassen. Die hatte sie eine Straße weiter in einem Eckrestaurant in einem Einkaufszentrum gefunden. In Washington DC hätte man einfach ›Restaurant‹ dazu gesagt, aber hier war alles winklig, mit hohen Decken und abenteuerlicher Beleuchtung. San Francisco hatte es mit dem Dramatischen, das gab sie zu. Kalifornische Früchte und Nüsse überall, wohin man sah.

Sie war hineingegangen, weil das Lokal warm und nach einer Tasse Kaffee aussah. Außerdem gab es Bier, Wein, belegte Brote, Wasser und Sirup in verschiedenen Geschmacksrichtungen sowie andere anspruchsvolle Dinge. Niemand würde sich hier einfach hinsetzen, um schnell was zu trinken, nein, nicht hier. Die Speisekarte war ganz auf italienisch gehalten, selbst für die warmen Getränke, und an einer Seite des Lokals befand sich eine riesige Glastheke, hinter der Servierplatten mit exotischen Nudelgerichten und Salaten ausgestellt waren. Simms war nur wegen der Wärme hier und um die Hände um einen Becher Kaffee zu legen. Der *Caffe latte* war das beste, was in dieser Hinsicht hier geboten wurde.

Aber Simms litt nicht nur unter der Kälte. Sie hockte allein, immer noch zitternd, an ihrem netten Tischchen. An den meisten anderen Tischen saßen Gruppen tratschender Einheimischer, in ihrem Alter oder jünger. Das Lokal befand sich in der Nähe der Universität, und vielleicht lag hierin der Grund für ihre Unzufriedenheit. Simms wurde klar, daß ihr San Francisco überhaupt nicht gefiel. Sie hatte Lust, ihre Pistole unter dem dünnen Leinenblazer hervorzuholen und ein paar Schüsse auf die in Schienen befestigten Leuchten, die getönten, raumhohen Fensterscheiben, die Espressomaschinen und eventuell auch auf einige der Trendsetter selbst abzufeuern. Sie aufzuwecken.

Was, glaubten die denn, ging hier vor? Das ganze Lügengespinst von wegen Schmelztiegel wurde seit einer Woche in der ganzen Stadt Stück für Stück auseinandergenommen. Unterdessen saßen die gestylten Connaisseurs und Bonvivants und Liberalen mit ihren *Lattes* und *Sirups* und dem Gläschen Weißwein da und betrieben – wie hieß das gleich – Konversation. Zum Glück waren diese Leute nicht ihr Problem, aber, nein, sie gefielen ihr überhaupt nicht. Sollten sie ruhig ihre – sie überflog die Karte an der Tafel – *Focaccia* essen, was immer zum Teufel das auch war.

Ihre Gedanken wurden von einem ihrer Techniker unterbrochen, Sam, dem Lieferwagenmann, der von draußen durch die Fensterscheiben des Lokals sah, sie erblickte und hastig zur Tür hereinkam. Er lief durch das Labyrinth der betont sorgfältig angeordneten Tische auf sie zu. Sie stand auf, kam ihm entgegen. »Wir haben ihn«, sagte er atemlos. »Es ist definitiv Shea. Im Pizzaiola, einer Pizzeria. Haight Street.«

Sie vergaß die Kälte und alles andere und war, mit Sam im Schlepptau, schon auf dem Weg nach draußen. »Es geht los.«

Kevin legte seine Hand auf die Melanies, als der schwarzweiße Streifenwagen vor dem Lokal hielt. Immer locker bleiben.

»Wir sollten zahlen.« Die immer sachliche Melanie.

Doch bevor sie nach der Kellnerin rufen konnten, betraten die beiden Uniformierten plaudernd die Pizzeria. Sie machten offenbar Pause und nahmen dabei, fand Kevin, viel zuviel Platz in Anspruch, verbrauchten zu viel Atemluft.

»Möchten Sie noch was?« fragte die aufmerksame Bedienung.

»Nein, danke. Hat sehr gut geschmeckt. Die Rechnung, bitte.« Eine schnelle Drehung, fort war sie.

Die Polizisten standen an der Theke, wo die Bestellungen entgegengenommen wurden, und unterhielten sich mit einem der Teigwerfer. Die Kellnerin blieb neben ihnen stehen, sagte ein paar Worte und lachte.

Melanie und Kevin drängten sich in der Ecke, in der sie saßen, aneinander und verdeckten ihre Gesichter so gut sie konnten. »Ruhig bleiben«, sagte er, und sie nickte, während sie seine Hand drückte.

Eine Ewigkeit verging, mindestens die Halbwertzeit von Kohle ... Dann kam die Bedienung mit der Rechnung zurück. Sie legte den Zettel mit der Schrift nach unten auf den Tisch und ging wieder. Kevin drehte das Papier um. Vierunddreißig Dollar fünfundsechzig Cent für eine Pizza und ein bißchen Bier. Er griff nach seinem Portemonnaie.

Die Polizisten hatten ihre Bestellung aufgegeben und sahen sich suchend nach einem Tisch um.

»Nein. Nicht hier, nicht hier«, sagte Kevin laut.

»Scht!«

»Es würde euch hier nicht gefallen, hier zieht's. Außerdem stinkt's ganz entsetzlich ...«

»Scht! Kevin!«

Die Polizisten schlenderten durch das Restaurant auf sie zu und nahmen am Nebentisch Platz, weniger als einen Meter von Kevin und Melanie entfernt.

454

»Mir wird gleich schlecht«, flüsterte Melanie.

Kevin öffnete sein Portemonnaie. Er mußte zweimal hinsehen. Kein Geld. Er griff nach Melanies Hand und fragte mit leiser Stimme: »Wo ist das Geld? Hast du es?«

Sie sah ihn an. War er vollkommen durchgedreht? »Du hattest das Geld, mach bitte nicht solche Scherze …«

Kevin öffnete sein Portemonnaie vor ihren Augen. »Ich glaube, wir haben es auf dem Tisch in Anns Wohnung liegengelassen.«

»Nicht *wir* …«

»Ich habe es unter den Blumentopf auf dem Küchentisch gelegt. Aber ich erinnere mich nicht daran, es wieder eingesteckt zu haben. Verdammt, ich muß es liegengelassen haben.«

Melanie sah zu den Polizisten, dann zu Kevin. »O Gott!« Es kam einfach so heraus.

Einer der Polizisten – ein älterer Kerl mit freundlichem Gesicht – hatte sie gehört und beugte sich zu ihnen herüber. »Seid ihr beiden okay? Ist alles in Ordnung?« fragte er.

Melanie starrte ihn entsetzt an. Schließlich antwortete sie: »Entschuldigung. Es ist wegen meinem Kater. Er ist heute gestorben.« Sie versuchte zu lächeln.

Kevin wandte ihnen sein Profil zu. Hätte er sich ganz zu ihnen hingedreht, hätte er eine Katastrophe heraufbeschworen. »Murray«, sagte er, »er hieß Murray. Wir hatten ihn sechs Jahre.«

»Das ist schlimm«, erwiderte der Polizist. »Ich selbst bin kein Katzenfreund, aber meine Frau schon.«

Simms war die einzige Frau im Team. Die vier Männer, die in dem Lieferwagen gewartet hatten, waren besser auf die Kälte vorbereitet als sie, trugen Lederjacken und dicke Hosen. Sie hatten bereits die Reserveeinheit (einschließlich der anderen Scharfschützen) im Hotel benachrichtigt und würden sie an der berühmten Ecke Haight/Ashbury treffen und von dort aus zur Pizzeria fahren.

Ohne Sirene rasten sie zum Geary Boulevard. Sie würde die örtlichen Behörden nicht unterrichten, dachte Simms, sonst würde die sogenannte Polizei von San Francisco die Aktion in den Sand setzen. Das hier war ein FBI-Einsatz. Simms saß auf dem Beifahrersitz, ihre drei Mitarbeiter, einsatzbereit, konzentriert, ruhig, saßen neben der Schiebetür. Sie redeten nicht viel, mußten ihre Waffen nicht zum hundertsten Mal überprüfen – nichts dergleichen. Die Waffen würden funktionieren, wenn sie sie brauchten. Ihre Leute waren Profis.

»Ich möchte, daß du zur Toilette gehst.«

»Kevin, wir müssen bezahlen. Wir können doch nicht einfach abhauen …«

Kevin bemühte sich mit ganzer Kraft, leise zu sprechen: »Ich werde ihnen nicht meine Kreditkarte geben, und auch du solltest das nicht tun. Und jetzt mußt du zur Toilette, habe ich recht?«

Melanie rang mit sich, stand dann auf und verschwand in dem Flur hinter ihnen.

Kevin wartete, solange er es aushalten konnte, und drehte sich dann zu den Polizisten um. Er mußte das Risiko, ihnen in dem schwachen Licht sein Gesicht zuzuwenden, eingehen. »Entschuldigen Sie«, sagte er. Sie unterbrachen ihre Unterhaltung und sahen ihn an. »Ich gehe nur schnell mal nachsehen, ob mit meiner Freundin alles in Ordnung ist.« Er zeigte auf die unbezahlte Rechnung. »Sie hat das Geld bei sich. Falls die Kellnerin kommt und sieht, daß wir weg sind« – er grinste sie an –, »würden Sie ihr dann bitte sagen, daß wir nicht vorhaben, die Zeche zu prellen? Wir sind gleich wieder da.«

Der nette Polizist nickte und sagte: »Klar doch.«

Kevin ging.

Melanie stand leichenblaß und zitternd am Hinterausgang, der mit einem Schild gekennzeichnet war: ›Notausgang. Elektronisch gesichert‹.

Kevin blieb vor ihr stehen und betrachtete das Schild. »Bist du bereit? Also dann.«

Er nahm ihre Hand, zog sie hinter sich her und drückte gegen die Stange, mit der die Tür verriegelt war.

Kein Ton, kein Alarm, als sich die Tür zu einer Gasse hin öffnete.

Margot Simms parkte das Auto hinter dem Streifenwagen, der am Bordstein vor der Pizzeria stand. »Was macht der denn hier?« fragte sie beim Aussteigen, ohne sich an jemand Bestimmten zu wenden.

Sie hatte bereits an beiden Enden der Gasse hinter dem Restaurant einen Mann postiert. Zusammen mit dem übrig gebliebenen Beamten – Sam, dem Lieferwagenmann – betrat sie das Lokal durch die Vordertür.

Simms war zu dem Schluß gekommen, daß es keinen Sinn habe, viel Aufhebens zu machen und unnötig Widerstand zu provozieren. Kevin Shea kannte sie nicht. Sie war ein Gast, bis sie ihm ihre Dienstmarke vor die Nase halten und gegebenenfalls die Pistole ziehen würde.

Doch als sie den Raum jetzt mit Blicken absuchte, sah sie niemanden, der Ähnlichkeit mit Kevin Shea hatte. Es gab ungefähr zwanzig Tische, und es dauerte genauso viele Sekunden, sie abzuchecken. Einer der hinteren Tische, dort, wo die Polizisten saßen, war noch nicht abgeräumt, aber die Stühle waren leer. Sie drehte sich um und befahl Sam, die Toiletten zu überprüfen.

Sie ging auf die Polizisten zu und zeigte ihnen ihren Ausweis. Dann zog sie das Bild von Kevin Shea hervor und fragte, ob sie jemanden gesehen hätten, der so ähnlich …

Die beiden tauschten einen entsetzten Blick. Einer von ihnen warf beinahe den Tisch um, als er aufsprang, nach seiner Pistole griff und in den Flur lief. Simms folgte ihm auf den Fersen.

Sam kam aus dem Toilettenraum. »Nichts«, sagte er.

Sie standen dicht nebeneinander in dem engen Flur. Der ältere Polizist aus San Francisco trat zur Hintertür, zögerte, drückte sie auf.

Nichts.

Er ließ sie zufallen, drückte erneut dagegen. »Der Alarm ist im Eimer«, sagte er.


»Ich dachte schon, mein letztes Stündlein hätte geschlagen«, sagte Melanie. Sie bogen von der Haight in die Stanyan Street, fünfzig Meter von Anns Wohnhaus entfernt. »Was passiert mit der Rechnung?«

Kevin blickte sie an. »Du machst dir Sorgen wegen der Rechnung?«

»Ja … Idiotisch, was?«

Kevin zog sie zu sich heran und küßte sie. »Du bist eine Närrin«, sagte er. »Kein Wunder, daß ich so verrückt nach dir bin.«

Sie reckte sich nach oben, als wolle sie ihn ebenfalls küssen, aber statt dessen flüsterte sie: »Gleich und gleich gesellt sich gern, mein Liebling.«

# 64

Dismas Hardy hatte vor dem Abendessen CDs mit Opernmusik und einer Gesamtspieldauer von ungefähr fünf Stunden in den CD-Player eingelegt, und nun erklang, kaum hörbar, ein Tenor (abgesehen von Pavarotti interessierte sich Glitsky nicht für Namen), der herzerweichend sang.

Glitsky hatte, nachdem er Lorettas Büro verlassen hatte, eigentlich vorgehabt, nur kurz vorbeizuschauen, um sich über Hardys Gespräch mit Farrell zu informieren, dann Farrell anzurufen und sich mit Kevin Shea zu treffen.

Gleich nach seiner Ankunft hatte er Farrells Telefonnummer gewählt, aber niemand hatte geantwortet, was ihn fast in den Wahnsinn getrieben hatte. Warum besaß der Mann keinen Anrufbeantworter? Alle Anwälte hatten Anrufbeantworter. Glitsky war davon überzeugt, daß man sie in den Toiletten der juristischen Hochschulen aus dem Automaten ziehen konnte.

Dann war er in die Küche gegangen und hatte Hardys Frau Frannie zur Begrüßung einen Kuß auf die Wange gedrückt. Frannie hatte ihn mit einem skeptischen Blick taxiert und verfügt, daß er zum Abendessen bleibe und damit basta. Es sei offensichtlich, sagte sie, daß er sich nicht richtig um sich kümmere. Man brauche ihn nur anzusehen. Wieviel wiege er eigentlich noch? Was sei nur in ihn gefahren? Er solle wenigstens an seine Kinder denken.

Frannie war die jüngere Schwester des Kneipenbesitzers Moses McGuire, eine zierliche Frau mit langem feuerrotem Haar, cremefarbener Haut und grünen Augen. Sie war mehr als zehn Jahre jünger als Glitsky, Hardy und alle seine anderen Freunde, außerdem idealistisch, eigensinnig und wunderschön.

Als Flo gestorben war, hatte Frannie, obwohl die Hardys selbst zwei kleine Kinder hatten, Glitskys drei Jungs für einen Monat zu sich genommen, damit er versuchen konnte, sein Leben neu zu ordnen. Es war eine schwierige Zeit gewesen. Er hatte jemanden für die Kinder gesucht, Rita zum Vorstellungsgespräch eingeladen, sie schließlich eingestellt. Den Jungs hatte die Zeit bei den Hardys ein Gefühl der Kontinuität vermittelt, was sie am meisten gebraucht hatten. Und er hatte immer einen Grund gehabt, nach der Arbeit zu jemandem zu gehen, um nicht allein zu sein.

Sie hatten ihn also heute abend verköstigt. Dismas und Frannie wurden allmählich zu richtigen Gourmets, aber Abe dachte, daß es wahrscheinlich schlimmere Schicksale gebe. Sie bezeichneten das als ›Risotto‹, was Abe ›Reis und Fisch‹ genannt hätte, doch egal, wie es hieß, es hatte gut geschmeckt. Er hatte fast ein ganzes Glas Wein dazu getrunken. Eine zum Risotto passende Sorte.

Einen Schluck Stoly tagsüber, ein Glas Wein abends – allmählich wurde er zum Trinker. Apropos Trinker …

Wieder rief er bei Farrell an. Versuchte es jedenfalls. Es war deprimierend festzustellen, daß seine Nervosität in bezug auf Kevin Shea vom Anwalt des Verdächtigen offensichtlich nicht geteilt wurde. Vielleicht trafen sie sich auch gerade, um ihr weiteres Vorgehen zu besprechen. Er dachte an sein Treffen mit Farrell bei Lou und an Hardys Beschreibung ihres Tête-à-tête im Shamrock und kam zu dem Schluß, daß Farrell alles, was er tat, mit einem oder mehreren Drinks begleitete.

Er mußte sich gedulden.

Während des Essens hatten sie über die Krawalle, Abes Kinder und seinen Dad, über Monterey, Ashland, die Inszenierung von ›Der Sturm‹ sowie über das Zelten im allgemeinen gesprochen. Das hatte sie dann auf den Familienrat der Glitskys gebracht, auf die frühkindliche Entwicklung (die Kinder der Hardys waren fünf und drei Jahre alt), dann irgendwie auf den Stadtrat Wrightson, die städtische Politik der Quotenregelungen und schließlich auf die Ereignisse im Rathaus, Art Drysdale, den verstorbenen Chris Locke, die Entwicklung des politischen Systems der Vereinigten Staaten. Das Übliche eben.

Auch über Loretta Wager und ihre Tochter Elaine hatten sie

gesprochen. Hardy, der noch dabei war, die Ereignisse der Woche aufzuarbeiten, zeigte sich von der Rolle, die die beiden Frauen dabei spielten (die übereilte Anklage Kevin Sheas, die Art, wie sie versucht hatten, die Medien zu manipulieren), nicht gerade begeistert.

Glitsky, der sich nichts anmerken lassen wollte, hatte ein anderes Thema angeschnitten und gesagt, das sei alles Politik, nichts, worüber man sich unterhalten könne. Wie schaffe Frannie es eigentlich, daß diese grünen Bohnen so knackig blieben? Über all den anderen Themen waren sie nicht auf die Einzelheiten von Hardys Gespräch mit Wes Farrell zu sprechen gekommen. Die Tatsache, daß ein Ermittler der Bezirksstaatsanwaltschaft den Durchsuchungsbefehl zugestellt hatte, war nicht zur Sprache gekommen.

Jetzt saß Glitsky auf dem niedrigen Sofa im warmen und – im Vergleich zu seinem eigenen – geräumigen Wohnzimmer der Hardys. Nicht ohne ein gewisses Bedauern und Neid fiel ihm auf, daß hier keine große, unansehnliche Stoffwand den Wohn- vom Schlafbereich trennte wie in seiner beengten Doppelhaushälfte. Aber das war natürlich auch nicht nötig – die Hardys hatten kein Kindermädchen. Frannie blieb bei den Kindern, Dismas ging arbeiten. Es klang altmodisch, aber so war es eben. Wie bei Flo und ihm. Vor langer Zeit.

Im Kamin knisterte ein Feuer aus Eichenholz, und Glitsky konnte seine Freunde in der Küche sprechen hören, das vertraute und angenehme Geplauder, während sie den Nachtisch zubereiteten.

Frannie kam aus der Küche. Sie hatte die Haare zu einem Pferdeschwanz zusammengebunden und trug ein weißes Sweatshirt mit der Aufschrift *Cal*, khakifarbene Shorts und Sandalen ohne Socken. Sie stellte das Tablett mit zwei Kannen, Bechern und Plätzchen auf den Couchtisch vor Abe und setzte sich schräg gegenüber in Hardys Faulenzersessel. »Was hältst du davon, wenn wir heute abend mutig sind und den Fernseher *nicht* einschalten?«

Glitsky lächelte, während er begann, ein Stück Zitrone über seiner Teetasse auszudrücken. Frannie dachte an alles. »Und nur reden?«

Sie nickte. »Klingt ungewöhnlich, aber ich bin dafür.« Sie streckte einen Arm aus und legte ihre Hand locker auf sein Knie. »Wir haben überhaupt noch nicht über *dich* gesprochen. Wie geht es dir?«

Er rührte in seinem Tee und beobachtete den in der Flüssigkeit entstehenden Wirbel. »Mir geht es gut.«

Frannie goß sich Kaffee ein, gab aus einem verzierten Glaskännchen etwas Sahne hinzu und sagte: »Ich glaube, was ich am meisten an dir mag, Abe, ist die Art, wie du alles, was dir auf der Seele liegt, spontan heraussprudelst.«

Er rührte weiter in seinem Tee herum. »Mir geht es gut, Frannie. Wirklich. Mehr gibt es dazu nicht zu sagen.«

»Na ja, bitte entschuldige, wenn ich das sage, aber du wirkst ein wenig abgespannt.«

»Ich hatte eine anstrengende Woche.« Er nahm einen Schluck. »Mir geht es gut, wirklich.«

Frannie nickte. »Dismas sagt, wenn du in weniger als einer Minute dreimal betonst, daß es dir gutgeht, dann stimmt was nicht.«

»Das sagt Dismas?«

»Und wenn du mindestens einmal ›wirklich‹ hinzufügst, stimmt wirklich etwas nicht.« Sie beugte sich nach vorn. »Du hast zweimal ›wirklich‹ gesagt.«

Hardy kam mit einem Kognakschwenker aus der Küche. Frannie sah zu ihm auf. »Abe geht es gut«, sagte sie. »Wirklich, sagt er.«

Hardy nickte. »Gut.«

»Er möchte nicht darüber reden.«

»Besser so.« Hardy bedeutete Glitsky, ein Stück zur Seite zu rutschen, und nahm neben ihm auf dem Sofa Platz. »Ich möchte auch nicht über Abe reden.«

»Es gibt nichts, worüber man reden könnte«, sagte Glitsky. »Ich arbeite, das Leben geht weiter.«

Frannie schüttelte den Kopf. »Du bist in einem Jahr und drei Monaten nicht *einmal* ausgegangen.«

Glitsky hatte diese Szene schon in verschiedenen Variationen durchgespielt. Die Narbe über seinen Lippen spannte sich. »Ja, weil du schon vergeben bist.«

Frannie strahlte ihn an und sagte zu Hardy: »Er ist richtig süß.«

»Wie Sahnetorte«, stimmte Hardy zu. »Obwohl alle das Gegenteil behaupten.«

»Also ehrlich, Abe ...« Frannie wollte nicht aufgeben.

Glitsky schlug sich auf die Oberschenkel und stand auf. »Also ehrlich, Leute, ich muß es noch mal bei Wes Farrell versuchen.«

Und endlich meldete sich Farrell. Er klang nüchtern und voller Energie. »Ich habe gerade mit meinem Mandanten gesprochen, Lieutenant, vor nicht mal zwanzig Minuten. Ihm ist viel daran gelegen, daß diese Sache läuft, und mir geht es genauso. Ihr Freund Hardy hat mir gegenüber angedeutet, Sie hätten einen Plan, und ich würde gern wissen, wie der aussieht.« Etwas schärfer fügte er hinzu: »Ich hatte gedacht, Sie würden sich etwas früher mit mir in Verbindung setzen.«

Glitsky erwiderte schroff: »Sie waren nicht zu Hause, ich hab's versucht. Gestern war ich den ganzen Tag erreichbar. Sie wollten mich anrufen, vielleicht ist Ihnen das entfallen?«

Es entstand eine kurze Pause. Dann kam die Antwort kurz und bündig: »Ich dachte, ich hätte das Mister Hardy zur Genüge erklärt.«

Glitsky spürte, wie die Atmosphäre der Kooperationsbereitschaft schwand. Der juristische Tonfall, den beide angeschlagen hatten, half ihnen nicht. Verteidigung gegen Anklage, und Glitsky stand auf der Seite der Anklage. Hardy war zu Mister Hardy geworden. Glitsky würde Farrell und Shea und alles andere, was damit in Zusammenhang stand, verlieren, wenn er die Feindseligkeit und die Frustration, die ihn zu überkommen drohten, nicht zügelte.

»Tut mir leid«, sagte er. »Ich hatte einfach nicht genug Zeit für Hardy. Er teilte mir nur mit, daß Sie jetzt wieder mit mir reden würden, zu mehr sind wir nicht gekommen. Aber es freut mich, daß Sie dazu bereit sind.«

Wieder entstand eine Pause, in der sich Farrell wohl ein Urteil über Glitskys Aufrichtigkeit zu bilden versuchte. »Also, wie sieht Ihre Idee aus?«

Jetzt zögerte Glitsky. Wieviel konnte er ihm sagen? »Ich habe mit Senatorin Wager gesprochen«, sagte er. »Alan Reston ist ihr Protegé und außerdem Ihr und mein Stolperstein. Sie versprach mir, Reston davon zu überzeugen, Shea entgegenzukommen und für seinen Schutz zu garantieren.«

»Sie haben mit der Senatorin gesprochen?«

»Ja.« Weil Glitsky das Gefühl bekam, sich erklären zu müssen, fügte er hinzu: »Wir sind zusammen aufs College gegangen. Wir kennen uns.«

»Ein glücklicher Zufall. Und sie sagte, sie werde es tun?«

»Sie sagte, sie werde mit Reston sprechen, ja. Sie schien zuversichtlich, ihn dann überreden zu können, nachgiebiger zu sein und einige Garantien anzubieten. Mehr braucht Shea ja nicht, oder? Daran hat sich doch nichts geändert?«

»Nicht, soweit mir bekannt ist. Aber das ist das Minimum, Lieutenant. Er will sich immer noch stellen, damit seine Geschichte Gehör findet. Ich sollte Ihnen allerdings mitteilen, daß ich mir viel Mühe geben werde, um diese Anklage abzuweisen. Das Ganze ist nichts als ein Riesenschwindel.«

Glitsky hielt den Zeitpunkt für gekommen, um das neu geschmiedete Bündnis zu untermauern. »Wenn Sie möchten, daß ich meinen Senf dazugebe, Mister Farrell, werde ich Ihnen sagen, was ich von der Sache halte.«

»Und das wäre?«

»Ich glaube nicht, daß Ihr Junge es getan hat. Die Beweislage ergibt meiner Ansicht nach nicht eindeutig, daß er es getan hat. Womöglich ist er sogar der Held gewesen. Ich denke, er sollte freigesprochen werden.«

Glitsky hörte einen Seufzer der Erleichterung am anderen Ende der Leitung. »Ich weiß das zu schätzen«, sagte Farrell. »Kann ich Sie noch was fragen?«

»Natürlich.«

»Haben Sie irgendwelche Anhaltspunkte, wer mit dem Mob und dem Lynchmord in Verbindung stehen könnte?«

Glitsky beschloß, daß er diese Information unzensiert weitergeben könne. »Ja, aber nichts Konkretes. Wir sind dabei, ein paar Anhaltspunkte und ein paar Leute zu überprüfen.«

»Das wollte ich hören.« Wieder entstand ein kurzes Schweigen. Dann fuhr Farrell fort: »Wann werden Sie wieder von der Senatorin oder von Reston hören?«

»Ich hoffe, heute abend, spätestens morgen früh. Loret... Die Senatorin konnte Reston in seinem Büro nicht erreichen und hinterließ eine Nachricht, er solle sich melden, sobald er nach Hause komme. Keiner weiß, wann genau das sein wird, aber sie hinterließ, es sei dringend. Er wird sie anrufen.«

»Ich sollte mir wahrscheinlich auch einen Anrufbeantworter zulegen«, sagte Farrell unvermittelt. »Das Timing ist gut. Morgen früh um neun spreche ich mit Shea.«

»Wahrscheinlich habe ich schon vorher was Neues. Sind Sie unter dieser Nummer zu erreichen?«

»Ich werde das Haus nicht mehr verlassen. Sie erreichen mich hier.«

»Okay. Ich rufe Sie an.«

»Gut. Und ... Lieutenant?«

»Ja?«

»Danke. Sie zeigen ein hohes Maß an Kooperationsbereitschaft.«

»Eigentlich sollte es immer so ablaufen.«

»Genau«, sagte Farrell, »und wenn mein Onkel Räder hätte, wäre er ein Auto.«


Glitsky kürzte seinen Besuch bei den Hardys ab. Ihre ungezwungene, häusliche Idylle versetzte ihm einen Stich. Er wußte nicht, ob es daran lag, daß die Erinnerung an Flo und das Leben, das sie geführt hatten, das in so mancher Hinsicht dem der Hardys ähnlich gewesen war, allmählich verblaßte, oder daran, daß eine Vorahnung dessen in ihm hochkam, wie es sich anfühlen würde, Loretta wieder zu verlieren.

Loretta und er würden niemals mit verschränkten Beinen gemütlich nebeneinander auf einem Sofa sitzen, das sie nach langer Debatte vom Ersparten gekauft hätten. Er wußte, daß sie niemals zusammen in Lorettas Haus wohnen würden, der Villa, die Dana Wager in Pacific Heights hatte bauen lassen, und genausowenig würde sie bei ihm und den Jungs wohnen. Loretta war Senatorin der Vereinigten Staaten, ihr Mann war einer jener Stadtplaner gewesen, die die Skyline von San Francisco zu dem umgestaltet hatten, was sie heute war: eine Ansammlung von Wolkenkratzern, Pyramiden und Glasmonolithen am Rand einer weltberühmten Bucht.

Er dagegen war durch und durch Polizist. Es wäre nicht von Dauer, und es hatte keinen Sinn, sich vorzumachen, daß es vielleicht doch anders laufen könnte, auch wenn er die ersten Schritte in diese Richtung bereits gegangen war. Die Idylle der Hardys hatte ihn wieder in die Realität zurückgeholt. Für Loretta und ihn gab es ein Jetzt, aber kaum eine Zukunft. Dem mußte er sich stellen. Er mußte sich darauf vorbereiten und es akzeptieren. Aber noch war er dazu nicht bereit.

Er stieg die im Dunkeln liegenden zwölf Stufen hoch und schloß die Haustür auf. Nachdem er das Licht im Flur angeschaltet hatte, ging er zum Schrank, zog die Fliegerjacke aus und hängte sie hinein. Der Thermostat an der Wand zeigte sechzehn Grad an, doch ohne Jacke kam es ihm vor wie zwanzig Grad minus. Er schob den Heizungsregler ganz nach rechts und hörte, wie die Heizung nach einem Moment ansprang und die Luft um ihn herum spürbar zu zirkulieren begann. Die Heizung entwickelte, wie immer, wenn sie eine Zeitlang nicht eingeschaltet gewesen war, einen ganz bestimmten Geruch nach Staub und Moder.

Regungslos blieb Glitsky vor dem Thermostat stehen. Irgend etwas hatte ihn wie ein Blitz getroffen. Kein bestimmter Gedanke, eigentlich überhaupt kein Gedanke ... Er blieb einfach starr stehen. Es gab keinen Grund, sich zu bewegen. Wenn jetzt alles zu Ende wäre, würde es auch nicht schlimmer werden.

Aber, dachte er, es würde auch nicht besser werden.

In der Küche schaltete er mehrere Lampen ein, kochte sich noch einen Tee ... Gewohnheiten über Gewohnheiten. Er wollte nicht schon wieder Tee trinken, aber er hatte Angst, so ganz allein … Nein, keine Angst. Aber der Gedanke, daß alles beendet wäre, wenn er aufhörte, etwas zu tun, beunruhigte ihn.

Das Wasser kochte noch nicht. Er ging zurück in den Flur und sah in den beiden Kinderzimmern nach, überprüfte die Schränke und das Schloß der Hintertür. In seinem Schlafzimmer lag immer noch das Foto von Flo auf der Kommode, die Oberfläche nach unten. Er nahm es und starrte lange auf das so vertraute Gesicht.

Die Lampe am Anrufbeantworter blinkte. Er ging hinüber und drückte auf die Taste.

»Dad. Hallo. Ich bin's, Isaac. Grandpa meint, wir sollten noch ein paar Tage länger hier bleiben, und wir dachten, wenn du das Wochenende frei hättest … Es ist nicht weit … Du könntest in ein paar Stunden hier sein …« Eine Pause. »Wenn du willst. Wir würden uns sehr freuen. Okay?«

Da stiegen die Gefühle in ihm hoch. Glitsky drückte auf die Stopptaste und ließ sich schwer auf das Bett sinken. Er beugte sich vornüber und legte die Stirn in die Hände.

Er sprach mit allen drei Jungs (Isaac, Jacob und Orel) und bemerkte in ihren Stimmen einen Unterschied zu vorher. Nach nur zwei Tagen mit seinem Vater verhielten sie sich wieder wie früher bei Flo und ihm. Bevor er angefangen hatte, nur noch an ihren Schutz zu denken … Er mußte damit aufhören.

Nat, sein Vater, kam an den Apparat. Sie hätten eine tolle Zeit, seien noch mal zum Aquarium gegangen und zu einem Baseballspiel der Regionalliga gefahren, hätten acht Dungeness-Krabben gekauft …

»Acht?«

… und sie gleich auf dem Kai geknackt und gegessen.

»Sie sind nicht koscher, ich weiß, Abraham. Aber ich sage dir, Krabben wie diese hätte selbst Salomon gegessen, glaub mir.«

Morgen früh wollten sie in die Synagoge gehen, »denn ich habe den Eindruck, daß diese Jungs nicht sehr oft in der Synagoge sind, richtig? Es wird ihnen also nicht schaden.« Ob Abe es schaffen würde, nach Monterey zu kommen? Die Jungs hätten diese Idee gehabt, sie vermißten ihn. Nat sprach leiser: »Auch Isaac vermißt dich.«

Er würde es versuchen. Wenn er die Sache mit Kevin Shea bis Mittag klären könnte, bestünde eine Chance ...

Noch etwas Tee wäre jetzt doch nicht so schlecht, und danach ins Bett, morgen war ein wichtiger Tag. Er stand wieder im Schlafzimmer, diesmal mit einem dampfenden Becher in den Händen statt der zierlichen Porzellantasse.

Wieder drückte er auf die Taste des Anrufbeantworters.

»Lieutenant, hier spricht Rigby, und dies ist ein offizieller Anruf. Ich weiß nicht, was zum Teufel in Sie gefahren ist, aber ich dachte, ich hätte Ihnen heute morgen unmißverständlich klargemacht, daß Sie von Ihren Aufgaben im Fall Kevin Shea entbunden sind. Sie können sich also vorstellen, wie überrascht ich war, als ich soeben einen Anruf von Alan Reston erhielt ...« – die Lautstärke von Rigbys Stimme stieg –, »... der mir mitteilte, er habe unwiderlegbare Beweise dafür, daß Sie mit Kevin Sheas Anwalt zusammenarbeiteten und dem Verdächtigen Straffreiheit zugesichert hätten. Sie hätten sogar angeboten, für diesen verdammten Kevin Shea auszusagen. *Unwiderlegbare Beweise*, verstehen Sie, Lieutenant?«

Eine kurze Unterbrechung, während der Rigby seinen Zorn unter Kontrolle brachte. Glitsky hatte den Eindruck, daß er nicht allein gewesen war. Hatte Reston neben ihm gestanden?

»In Anbetracht dieser Tatsachen suspendiere ich Sie mit sofortiger Wirkung vom Dienst. Ich habe eine zweite, gleichlautende Mitteilung in Ihrem Büro hinterlassen. Die entsprechenden Papiere sind unterwegs. Wenn Sie gegen diese Entscheidung Beschwerde einlegen wollen – Sie kennen den Dienstweg. Ich bin sehr enttäuscht, sowohl in privater als auch in beruflicher Hinsicht. Aber wenn Sie meine direkten und eindeutigen Anordnungen nicht befolgen wollen, kann ich Ihnen die Verantwortung für eine meiner Abteilungen nicht länger überlassen.«

Nachdem sich das Adrenalin in Glitskys Blutbahnen aufgelöst hatte, setzte er sich in seinen bequemen Sessel im Wohnzimmer. Es dauerte nicht lange – vielleicht fünf Minuten –, bis er darauf kam, daß alle Informationen Rigbys (sie stimmten, obwohl die angebliche Zusicherung der Straffreiheit für Shea eine Übertreibung war) aus dem Telefonat stammen mußten, das er von Hardys Haus aus mit Wes Farrell geführt hatte. Was bedeutete, daß Farrells Telefon angezapft wurde. Das FBI arbeitete an dem Fall, und das Anzapfen von Telefonen gehörte zu deren üblichen Hilfsmitteln. Und Farrell würde sie zu Shea führen, sobald Shea …

Glitsky sprang aus dem Sessel auf, rannte zum Schrank im Flur, um seine Fliegerjacke zu holen, stürmte die Treppe hinunter zu seinem Auto und erreichte innerhalb weniger Minuten die nächste Tankstelle, ein paar Straßen von seinem Haus entfernt. Er betrat die öffentliche Telefonzelle.

Es war fast halb zwölf. Eine müde Stimme meldete sich, und Glitsky sprach in die Muschel: »Ihr Telefon ist angezapft. Rufen Sie Shea nicht an, und verhindern Sie, daß er Sie anruft.« Er hängte ein.

Dann versuchte er, Loretta unter einer der drei Nummern, die er von ihr hatte, zu erreichen. Niemand hob ab.

Wenn Reston sich bei Rigby im Rathaus befunden hatte, mußte er die Nachricht, die Loretta für ihn hinterlassen hatte, erhalten haben, oder etwa nicht? Warum hatte sie ihn dann nicht sofort angerufen, wie sie versprochen, wie sie *geschworen* hatte? Es ließ ihn nicht los. Wo war Loretta?


Auf dem Heimweg drang eine andere Frage in sein Bewußtsein, und je länger er darüber nachdachte, desto größere Bedeutung maß er ihr bei. Vielleicht die einzige Frage, die überhaupt von Bedeutung war.

Nur Hardy kannte die Antwort.

Kurz nach Mitternacht. Er war wieder zu Hause, behielt die Jacke diesmal an. Wer weiß, vielleicht müßte er noch einmal weg.

Ein gemurmeltes, mitternächtliches »Hallo?«.

»Hardy.«

»Abe? Wie spät ist es?«

»Warum wollte Wes Farrell gestern nicht mit mir sprechen?«

»Was?«

Er wiederholte die Frage.

»Er dachte, du hättest ihn nach Hause verfolgen lassen.« Glitsky hörte ihn sagen: »Es ist Abe, Liebling. Ja. Alles ist in Ordnung, glaube ich.«

»Warum hat er das gedacht?« fragte Glitsky.

Hardy zählte die Fakten auf: Sergeant Stoner, der Ermittler der Bezirksstaatsanwaltschaft, der Durchsuchungsbefehl.

Glitsky war völlig überrascht. »Ich habe Stoner nicht geschickt, Diz.«

»Das habe ich Farrell auch gesagt. Ich habe ihm gesagt, es müsse Reston gewesen sein, und daraufhin hat Farrell seine Meinung geändert und gesagt, er werde wieder mit dir reden.«

»Sie haben sein Telefon angezapft.«

»Wessen? Farrells?«

»Ja.«

»Warum? Vergiß es. Ich weiß, warum.«

Wie konnte Reston nur Stoner geschickt haben? Woher hatte Stoner überhaupt gewußt, wer Farrell war, damit er ihm folgen konnte? Von wo aus war er ihm gefolgt? Von Lou's? Niemand hatte von Glitskys Treffen mit Farrell gewußt. Keine Menschenseele, außer ihnen beiden. Glitsky hatte es für sich behalten.

Es ergab keinen Sinn. Nichts ergab einen Sinn. Dann, als ertöne ein kleines, klingelndes Glöckchen in seinem Kopf, drang es in sein Bewußtsein: Er hatte es Loretta Wager erzählt. Er hatte ihr erzählt, daß er die Sache mit Kevin Shea bald zu Ende bringen und Sheas Anwalt in der Kneipe gegenüber treffen werde, und daß sie davon ausgehen könne, daß die ganze Angelegenheit in maximal einem Tag erledigt sei.

Aber Loretta war doch nicht ...

Definitiv war sie in dieser Sache Alan Restons Verbündete. Sie hätte Reston anrufen, ihm von dem Treffen erzählen und Stoner auf Farrell ansetzen können, damit sie Shea faßten, bevor die Beweise für seine Unschuld publik wurden. Bevor ihre

Karriere und die ihrer Tochter – die sie so sehr beschützte – ernsthaften Schaden nähme ...

Aber das war doch lächerlich ...

Aber sie war seine Geliebte, seine ...

Seine was?

Und wo war sie? Was zum Teufel war da los?

# Samstag, 2. Juli

———

## 65

Das Geräusch des Windes weckte ihn auf. Die Uhr zeigte achtzehn Minuten nach sechs.

Nach Mitternacht war er ins Zimmer der Jungs gegangen, um sich die Spätnachrichten anzusehen, und der Fernseher lief noch immer. Ein Sprecher berichtete soeben vom Hunter's Point Marinestützpunkt, von Senatorin Loretta Wager und vom Präsidenten der Vereinigten Staaten.

Glitsky setzte sich auf. Irgend etwas geschah mit dem ehemaligen Marinestützpunkt, und was auch immer das sein mochte (die Einzelheiten lagen noch nicht alle vor), für Loretta war es offensichtlich ein großer Erfolg.

Zwischen ihnen mußte etwas falsch gelaufen sein. Wenn Loretta wirklich in diese Verhandlungen verwickelt war ... Doch sie hatte nie etwas davon erwähnt. Er stand auf und drückte auf den Schalter, um das verdammte Gerät abzustellen.

Er hatte nicht vorgehabt einzuschlafen, es gab zuviel zu tun. Er mußte sich mit Loretta in Verbindung setzen, Rigby wegen seines Jobs anrufen, Wes Farrell erreichen und sich mit Banks, Lanier und Griffin treffen.

Zuerst ging er ins Badezimmer, dann in die Küche. Als er Wasser aufgesetzt hatte, ging er zu dem nach Osten hin liegenden Fenster über der Spüle und öffnete es.

Rauch. Die Luft wirkte klar, der Himmel war tiefblau, ein Maxfield-Parrish-Blau ... Aber er roch Rauch.

Er überprüfte den Anrufbeantworter im Schlafzimmer, obwohl er schon vorher wußte, daß Loretta nicht angerufen hatte. Sein Körper hatte sich in der vergangenen Nacht plötzlich verweigert, und er war wie erstarrt in einen ungewollten Schlaf gefallen. Jetzt sah er die Dinge plötzlich klarer als zuvor, der Schlaf sorgte dafür, daß sich aus dem Chaos Muster herauskristallisierten. Bestimmte Kombinationen ergaben nun einen Sinn, zwar noch nicht hundertprozentig, weil noch nicht alle Bestandteile vorhanden waren, aber doch deutlich genug, so daß er allmählich verstand, was er falsch machte.

Die Muster, die einen Sinn ergaben – und sich im Verlauf der vergangenen Nacht allmählich verschoben, neu geordnet und dabei schwach aufgeleuchtet hatten –, diese Muster hatten ihn einfach eine Weile außer Gefecht gesetzt, das war alles. Eine Reaktion, auf die er nicht eben stolz war. Er vermutete, daß seine Psyche und sein Körper eine Auszeit gebraucht hatten, um sich den neuen Gegebenheiten anzupassen, alles zu verarbeiten. So war er einfach ausgestiegen.

Er rührte im Tee, während er den Telefonhörer mit der Schulter an sein Ohr preßte. Wenn der entscheidende Moment gekommen war, brauchte er einen Verbündeten, vielleicht sogar einen Mitstreiter, der mit ihm die Bresche schlug. Wenn die Situation es erlaubte, würde er lieber zu einer List greifen – er hatte Zweifel, ob er stark genug wäre, aus einer direkten Konfrontation als Sieger hervorzugehen.

Elaine Wager klang erschöpft, aber nach einem kurzem Zögern willigte sie ein, sich mit ihm zu treffen. Er könne zu ihr kommen.

Seit Glitsky über das Verhältnis zwischen Elaine und Chris Bescheid wußte und Loretta ihrer Tochter ihre Affäre mit Glitsky gestanden hatte, hatte sich zwischen Glitsky und Elaine eine persönlichere Beziehung entwickelt. Er traf sie jetzt zum ersten Mal in anderer Kleidung als der eleganten Aufmachung der Staatsanwältin. Er wertete die Beobachtung, daß sie sich keine Mühe gemacht hatte, sich formeller zu kleiden, als eine Art Symbol (auch wenn Samstag war). Sie schien offen zu sein für das, was er zu sagen hatte.

Aber vielleicht hatte es auch nichts zu bedeuten.

Sie trug eine schwarze Stoffhose, die in der Taille von einer schwarzen Nylonschnur zusammengehalten wurde, darüber einen violetten Pullover mit weitem Kragen, hatte den Pullover in die Hose gesteckt. Wie ihre Mutter ging sie barfuß. Mit noch feuchten Haaren öffnete sie ihm die Wohnungstür und trat zur Seite, um ihn ins Wohnzimmer vorgehen zu lassen. Sie folgte ihm, setzte sich auf einen der Hocker an der Bar und schlug die Beine übereinander.

Einen Moment lang stand Glitsky reglos da und blickte durch die Fenster in Richtung Westen. Der Tag war klar und schön, in der Ferne schimmerte der Pazifik. »Haben Sie was von Ihrer Mutter gehört?« Er wandte sich nicht um. Die Klarheit des Anblicks fesselte ihn. Er konnte Klarheit gebrauchen.

»Wir waren gestern … Warum? Ist mit ihr alles in Ordnung?«

»Ich glaube, ja. Haben Sie sie gestern abend gesehen?«

»Nein, nur am Nachmittag. Abe, worum geht es?«

Jetzt drehte er sich um. »Ich fürchte, es geht immer noch um Kevin Shea. Aber bevor wir weiterreden, sollte ich Ihnen vermutlich zuerst etwas mitteilen.« Als er ihr von seiner veränderten beruflichen Situation erzählt hatte, war er erleichtert, daß sie ihn trotzdem anhören wollte. Man konnte ja nie wissen. Die Bürokratie hatte ihr eigenes Umfeld, und wenn er nicht mehr ein Teil davon war, existierte er für die meisten, die noch dazugehörten, nicht mehr. Aber Elaine gehörte nicht zu diesen Leuten, sie blieb auf seiner Seite. Jedenfalls hatte es den Anschein.

Als er seinen Bericht beendet hatte, sagte sie: »Ich bin mir nicht im klaren darüber, was Mom mit alldem zu tun haben soll. Wir sollten sie anrufen.« Sie griff nach dem Telefon auf der Bar.

Glitsky durchquerte schnell das Zimmer, drückte die Gabel hinunter und nahm ihr den Hörer aus der Hand. »Da bin ich anderer Meinung«, sagte er. »Noch nicht.«

»Warum nicht?«

Er holte tief Luft. »Weil ich es für wahrscheinlich halte, daß sie daran beteiligt ist.«

»Was? Wovon reden Sie?« Sie war von ihrem Hocker aufgesprungen und stand jetzt vor ihm.

Glitsky sagte leise: »Elaine, Ihre Mutter war die einzige Person, die wußte, daß ich mich mit Wes Farrell, Sheas Anwalt, treffen wollte. Nur *sie* wußte davon … Sie muß es Alan Reston erzählt haben, der Farrell dann von einem Sonderermittler der Bezirksstaatsanwaltschaft mit Durchsuchungsbefehl nach Hause verfolgen ließ.«

»Ja und? Was soll ich daraus schließen?«

»Und gestern abend …«

»Nein! Mir ist egal, was Sie sagen. So etwas macht meine Mutter nicht. Sie ist nicht daran beteiligt. Wie können Sie es wagen …?«

Ihre Reaktion zeigte ihm, daß er einen wunden Punkt getroffen hatte. Vielleicht war Elaine selbst zu diesem Schluß gekommen und wollte – konnte – es sich nicht eingestehen. Sie hatte sich ein paar Schritte von ihm entfernt und tat jetzt wieder einen Schritt auf ihn zu. Aber dann verließ sie plötzlich der Kampfgeist. Ihre Schultern fielen herunter. Sie wich zurück und sank in einen der Ledersessel.

Glitsky fuhr in ruhigem Ton fort: »Ganz am Anfang haben Sie gesagt, daß ich an ihrer Theorie über Shea zweifelte. Also behielt sie mich in ihrer Nähe, um mich zu beobachten, damit sie mich ausschalten konnte, wenn ich ihr in die Quere käme. Es tut mir leid, das sagen zu müssen, aber genau das hat sie dann auch getan.«

Er sah, daß sie mühsam schluckte, seufzte, nickte – als Zeichen der Übereinstimmung, des Überdrusses. »So hat sie es mit Ihnen auch gemacht, nicht wahr?«

»Mom bekommt, was sie will. So ist sie eben.«

»Was hat sie von Ihnen gewollt?«

Auf der Suche nach den richtigen Worten, die das Verhalten ihrer Mutter entschuldigen oder zumindest erklären würden, sagte Elaine: »Es hätte auch mir geholfen, Abe. Meiner Karriere. Es wäre der größte Mordfall des Jahrzehnts geworden – vielleicht so groß wie der gegen O.J. Simpson –, und ich hätte ihn nicht verlieren können. Niemand, der sich, wie ich, für einen einigermaßen kompetenten Staatsanwalt hält, hätte ihn verlieren können. Dieser Fall wäre für mich das Sprungbrett nach oben gewesen.« Sie sah zu ihm hoch. »Sie hat nicht nur an sich selbst gedacht.«

»Aber zum Teil schon, nicht wahr?«

Elaine zuckte die Achseln. »Zum Teil, vielleicht. So ist es immer gewesen. Wenn Mom sich was nimmt, nimmt sie für dich auch was mit.«

»Für mich nicht«, sagte Abe. »Diesmal nicht.« Er setzte sich auf eine Ottomane und rückte ein wenig ab. »Aber hier geht es nicht um mich, Elaine. Wenigstens nicht mehr. Vielleicht geht es nicht einmal um Sie, auch wenn es Sie stärker betrifft als mich. Es ist Ihr Fall, Elaine, und er geht den Bach runter. Ihre Mom weiß das, ich habe es ihr gestern abend gesagt. Okay, sie hat Reston angerufen. Aber nicht, damit er die Sache abbläst.«

»Aber sie würde nicht …«

»Ich glaube, sie würde doch.«

»Würde was?«

»Sie wissen, was ich meine, Elaine.« Glitsky sah ihr in die Augen und wußte, daß er sie noch mehr in die Enge treiben mußte. Solange er die Dinge nicht beim Namen nannte, führte es zu nichts. »Ich fürchte, Ihre Mutter würde zulassen, daß Kevin Shea etwas zustößt. Sie selbst haben gestern fast das gleiche gesagt.«

Das wollte Elaine nun doch nicht auf sich beruhen lassen, immerhin ging es um ihre Mutter. »So weit würde sie *niemals* gehen, Abe. Ich kenne meine Mom! Haben Sie *Beweise* für das, was Sie sagen?« Sie blickte ihm offen in die Augen. »Das ist unsere Aufgabe, nicht wahr? Das sagen Sie doch selbst immer. Gut, okay, *vielleicht* ist meine Mom darin verwickelt. *Vielleicht* ist sie solch ein Mensch. Aber ich brauche Tatsachen, ich brauche mehr als das Faktum, daß Sie vom Dienst suspendiert wurden, oder die Vermutung, daß der Fall ›den Bach runtergeht‹, wie Sie es nennen.«

»Ich kann Ihnen Tatsachen nennen, Elaine. Lassen Sie Loretta aus dem Spiel, wenn Sie möchten.«

Sie lehnte sich zurück.

Längst waren Abe die Details vertraut: die Stichwunden, Rachel aus Litauen und Colin Devlin, die Interpretationen mit Kevin Shea als Held und als Opfer. Und noch während er sprach, paßte plötzlich auch das letzte Stück. Er erinnerte sich an Hardys Bemerkung über Mandanten, die, um sich rauszureden, einmal zu oft logen, und daß diese eine Lüge der Hinweis darauf sei, daß es noch mehr Lügen gebe. Nun stellte sich heraus, daß diese eine ›Lüge‹ auf Kevins Videoband – die Polizei habe ihn betrogen – keine Lüge war. Erst jetzt begriff Glitsky. Er sagte: »Alles, was Shea auf dem Videoband gesagt hat, ist wahr.«

Sie schüttelte den Kopf. »Ich verstehe nicht, welchen Nutzen meine Mom daraus ziehen sollte. Vorausgesetzt, es stimmt, was Sie sagen – warum sollte sie …«

»Sie hat sich mit ihrem Kandidaten für das Amt des Bezirksstaatsanwalts durchgesetzt. Sie hat Philip Mohandas und seine Anhänger dazu gebracht zu glauben, sie sei auf ihrer Seite. Sie hat sogar den Präsidenten der Vereinigten Staaten dazu gebracht …«

»Nun mal langsam, Abe, das ist nur …«

Er hob eine Hand und erzählte ihr von Hunter's Point. Es verfehlte seine Wirkung nicht. Elaine schwieg, während sie darüber nachdachte.

»Wir sprechen von mindestens einhunderttausend wichtigen Wählerstimmen, Elaine. Von einer weiteren sechsjährigen Amtszeit und der Zementierung ihres Einflusses und ihrer Macht. Sogar die Vizepräsidentschaft wäre denkbar. Der Zeitpunkt ist perfekt, aber das Spiel wäre verloren oder stünde auf der Kippe, wenn Kevin Shea unschuldig wäre oder auch nur begründete Zweifel an seiner Schuld aufkämen.«

»Es stünde nicht auf der Kippe, wie Sie sagen. Nicht allein deswegen.«

»Ich glaube schon. Denken Sie mal objektiv darüber nach, Elaine.«

Elaine konnte sich die Sache durchaus vorstellen. Wenn Shea schuldig war, kehrte Loretta Wager als personifizierte Gerechtigkeit von einem Kreuzzug zurück, den sie mit dem Mut und der Weitsicht geführt hatte, den eigenen Zorn im Dienste ihres Volkes einzusetzen. Doch wenn Shea unschuldig war und sie sich als Bannerträgerin seiner voreiligen Verurteilung entpuppte, war sie in den Augen der Öffentlichkeit nichts als eine kreischende, eigennützige Politikerin, die es auf einen weißen Sündenbock abgesehen hatte. Um die eigenen Ambitionen zu befriedigen, würde sie das Gute, das sie mit ihrer Macht und ihrem Einfluß leisten konnte, rationalisieren. Ihre Mutter war gut darin, Dinge zu rationalisieren …

»Sie kann nicht zulassen, daß er unschuldig ist, Elaine, sie hat zuviel in seine Schuld investiert. Aus ihrer Sicht hat sie keine Wahl …«

Elaine saß da. »Aber wenn es später mal herauskommt ...«

Glitsky schüttelte den Kopf. »Wie sollte das passieren?«

»Nun, durch Sie zum Beispiel. Sie könnten ...«

»Ich bin diskreditiert. Ein Polizist, der seine Befehle nicht befolgt hat. Meine Glaubwürdigkeit ist dahin. Egal, was ich unternähme, es würde alles nur verschlimmern.«

»Gut, dann durch Wes Farrell ...«

»Sheas Anwalt? Kaum. Und ich glaube auch nicht, daß es durch *Sie* herauskäme. Weder wenn Shea tatsächlich etwas zustoßen sollte, noch solange Sie keinen echten Beweis für seine Unschuld fänden.«

»Ich könnte einen finden ...«

»Nein, das könnten Sie nicht. Sie können ein Negativum nicht beweisen, und das ist das Problem, wenn es erst mal zu einer Anklageerhebung gekommen ist. Und ich denke, das ist auch der Grund, warum wir nachweisen sollten, daß Verdächtige etwas *getan* haben, statt zu belegen, daß sie es *nicht* getan haben, auch wenn ich normalerweise nicht herumlaufe und das große Wort führe, jedermann sei als unschuldig anzusehen.«

Glitsky stand auf und ging wieder hinüber zu den Fenstern. »Wenn Kevin Shea tot ist, wird niemand mehr für ihn sprechen können. Fällt Ihnen etwa jemand ein? Mir nicht. Die ganze Sache ist verdammt gut durchdacht. Reston, das FBI, meine Suspendierung ... Wenn Shea erledigt und die ganze Sache vorbei ist, waschen alle Beteiligten ihre Hände in Unschuld ... wenn Sie den Ausdruck entschuldigen wollen. Elaine, es wird klappen, wenn wir nicht sofort was unternehmen.«

Elaine lehnte sich in ihrem Sessel zurück. »Und was schlagen Sie vor, ohne daß wir dabei das Leben meiner Mutter zerstören?«

»Ich möchte Kevin Shea zu Ihnen bringen. Sie sind immer noch die zuständige Staatsanwältin, nicht wahr?«

»Ja.«

Er ging wieder auf sie zu. »In Ordnung. Ich glaube, daß er bei Ihnen im Moment sicherer ist als im Gefängnis. Ich glaube außerdem, daß Ihre Mutter es nicht zulassen würde, daß Sie in Gefahr geraten. Bei Ihnen ist er sicher. Ich werde mich mit Farrell in Verbindung setzen, mit Shea Kontakt aufnehmen und den Jungen herbringen.«

»Und dann?«

»Um ehrlich zu sein: Ich habe keine Ahnung, was dann geschieht. Wir garantieren Sheas Sicherheit. Soweit ich weiß, ist das alles, was er will.«

»In Ordnung, das läßt sich arrangieren. Wir könnten ihn in irgendeine Stadt südlich von San Francisco bringen …«

»Möglichst einen kleineren, wohlhabenden Ort. Zum Beispiel Hillsborough oder Atherton. Ich brauche was Konkretes für Farrell.«

»Abe.« Sie streckte eine Hand aus und berührte ihn am Knie. »Glauben Sie *wirklich*, daß sich alles so verhält, wie Sie es geschildert haben?«

Er fixierte sie. »Ja.«

»Können Sie Shea tatsächlich heute morgen noch in Gewahrsam nehmen?«

»Wenn nicht, sieht es düster aus.« Er fügte hinzu: »Könnten Sie bitte Sergeant Stoner anrufen und ihn fragen, ob er sich daran erinnert, wo Farrell wohnt?«

»Können wir Farrell nicht einfach anrufen und fragen?«

Glitsky schüttelte den Kopf. »Ich weiß nicht, ob ich es bereits erwähnt habe, aber ich bin ziemlich sicher, daß Farrells Telefon abgehört wird.«

# 66

Philip Mohandas wäre eigentlich mit der Beteiligung zufrieden gewesen, aber er hatte den größten Teil der Nacht mit seinen Dämonen gekämpft, und sie hatten die Oberhand behalten.

Obwohl es erst halb acht war, scharten sich bereits Hunderte von Menschen um den Kezar-Pavillon am südöstlichen Rand des Golden Gate Park (etwa dreihundert Meter von der Wohnung an der Ecke Stanyan/Page Street entfernt, in der Kevin Shea und Melanie Sinclair gerade aufwachten). Mohandas sah den Strom der Menschen, der sich aus den Nebenstraßen über die Wiesen des Parks ergoß. Es war ein wunderschöner Morgen, ein bißchen windig. In der Luft lag ein starker Geruch nach Rauch.

Er wußte, daß die Kombination von Wind und Rauch im Bay View District und zum ersten Mal auch im North Beach District ihnen Probleme bereiten könnte. Südöstlich, ungefähr bei der Divisadero Street, bemerkte er ebenfalls eine Rauchsäule. Der Demonstrationszug mußte eventuell um ein paar Straßen nach Norden verlegt werden, sollte es schlimmer werden. Aber der Wind war nicht das eigentliche Problem.

Sein Problem – wenn es sich als solches entpuppen sollte – war, die Menschenmenge unter Kontrolle zu halten. Mit dieser Aufgabe hatte er sich schon oft konfrontiert gesehen, doch obwohl er sich inzwischen daran gewöhnt hatte, bereitete es ihm jedesmal wieder Sorgen. Vor allem hier und heute, wo seine Glaubwürdigkeit auf dem Spiel stand, kam seinem Einfluß auf die Menge eine große Bedeutung zu. Die Demonstration war seine Show. Er hatte sie initiiert, und die Reaktion darauf war, wie es im Moment aussah, überwältigend. Er durfte nicht zulassen, daß alles außer Kontrolle geriet.

Unglücklicherweise gab es außer den Frühankömmlingen (über die er sich freute) auch Anzeichen für potentielle Störfaktoren.

Zum einen die überall präsente, schwerbewaffnete Staatsmacht. Auf dem Weg zum Veranstaltungsort war er an zahllosen Mannschaftswagen der Nationalgarde vorbeigekommen, die einsatzbereit entlang der Fell Street parkten. Dazu patrouillierten mindestens einhundert städtische Polizisten – viele zu Pferd, aber eine große Anzahl auch zu Fuß – in dem offenen Pavillon, den umliegenden Straßen und sogar unter dem Zeltdach, das er über dem Bühnenbereich hatte aufspannen lassen.

Aber die Uniformierten waren nicht das Schlimmste. Seit der Veröffentlichung von Kevin Sheas Videoband am Nachmittag des Vortages hatte sich das Blatt plötzlich gewendet, was er, um ehrlich zu sein, eigentlich schon ein bißchen eher erwartet hätte. Anfangs war die offizielle Reaktion auf das Band quer durch das ganze Spektrum der ethnischen Gruppen von Skepsis geprägt, doch mittlerweile waren ihm Berichte über Ausschreitungen empörter Weißer zu Ohren gekommen.

Heute morgen hatte er gesehen, wie die Polizei einen aggressiven Weißen, der ein Transparent schwenkte, überwältigt und fortgetragen hatte. Sicher, ein Einzelfall, aber er fand es besorgniserregend genug, daß der Mann sich überhaupt getraut hatte, obwohl er gewußt haben mußte, welcher Übermacht er gegenüberstehen würde. Er mußte in dem Bewußtsein gehandelt haben, daß noch andere kommen würden, vielleicht sogar viele andere.

Mohandas machte sich keine Illusionen. Ihm war klar, daß ein Zusammentreffen von weißen und schwarzen Demonstranten am heutigen Tag und unter diesen Umständen verdammt unangenehm werden könnte. Er mußte die Show so schnell wie möglich ins Rollen bringen, seine Menschenmenge in Bewegung setzen und zusammenhalten. Darin lag der Schlüssel zum Erfolg.

Plötzlich erschien Allicey neben ihm. »Es sind eine Menge Leute hier, Philip, die hören wollen, was wir zu sagen haben.«

Er nickte. Sie wies auf die immer größer werdende Menge. »Das ist der Unterschied«, sagte sie. »Der Unterschied zwischen dir und Loretta Wager. Du bist bei den Menschen.«

»Meinst du?« Er hatte oft überlegt, daß die wertvollste Eigenschaft Alliceys – unter zahlreichen anderen – für ihn wahrscheinlich ihre unerschütterliche Überzeugung war. Sie wankte nie. Ihre Mission war die Freiheit ihres Volkes, ihres gemeinsamen Volkes, das lange unterdrückt worden war und noch unterdrückt wurde, weil es immer darum gekämpft hatte, ein Teil des Ganzen zu werden. Deshalb war er zu dem Schluß gekommen, daß das die falsche Politik gewesen sei. Nur eine separatistische Politik konnte eine Lösung bringen. Es ging um spirituelle Werte, nicht nur um die Hautfarbe; um einen fortwährenden Kampf, in dem man es sich nicht leisten konnte, die Überzeugung zu verlieren oder mit denen zu kooperieren, die einen schwächten. Man durfte nicht, wie Loretta Wager, die Überzeugung gegen Macht und Einfluß eintauschen, wieviel auch immer man damit zu erreichen glaubte.

»Du bist bei den Menschen, Philip.«

Er schüttelte den Kopf. »Es muß das Alter sein. Ich habe meine Vision ein wenig aus den Augen verloren.«

Sie legte ihm eine Hand auf den Arm. »Du wurdest in Versuchung geführt.«

Er nickte. »Zu oft geht es in letzter Zeit um Logistik, Geld, Administration.«

»Aber die Welt, Philip, besteht nicht nur aus dem Materiellen.«

»Mehr als du denkst, Allicey.« Er lächelte und wandte sich dem Zelt hinter ihnen zu. Aber er blieb stehen, drehte sich wieder um und sah sie an. »Ich kann nicht sagen, was es ist.«

»Was *was* ist?«

»Die Versuchung.«

»Die Versuchung, was zu tun?«

Seine Augen waren gerötet. Er hatte eine anstrengende Woche hinter sich. »Die Versuchung, nicht mehr zu glauben. Nicht mehr daran zu glauben, daß sich etwas ändern wird. Und wenn es sich ohnehin nicht ändern wird – die Versuchung, das Angebot des Teufels anzunehmen. So ließe sich wenigstens etwas von dem, was ich tue, zu Ende bringen.« Er faltete die Hände vor dem Bauch. »Das Gefühl, Allicey, etwas abgeschlossen zu haben. Verstehst du, was ich meine?«

»Der Fluß fließt weiter, Philip. Er hört nicht auf. Er ist nie zu Ende.«

»Aber wohin führt er? Wohin führt das alles?«

»Das Wichtigste ist, daß es *irgendwohin* führt, Philip. Es geht immer weiter.«

»Laß es uns hoffen«, sagte er.


Carl Griffin fuhr auf den städtischen Parkplatz unter der Freeway-Überführung hinter dem Justizgebäude. Er war von den langen, ergebnislosen Abenden erschöpft und sich der Tatsache, daß es Samstag war, nur vage bewußt. Er hatte nicht einmal Hunger.

Griffin war ein Arbeitstier, dem aber auch seine freien Wochenenden und der Football am Montag abend wichtig waren. Hatte er jedoch einen Bericht fertig zu schreiben, erledigte er das sofort, damit er nicht mehr daran denken mußte. Marcel Lanier und er hatten am Vorabend zusammen über zwanzig Personen befragt. Alle hatten übereinstimmend ausgesagt, es habe Krawalle gegeben, und der Bezirksstaatsanwalt sei getötet worden. Aber gab es etwas Neues?

Die Menschen schienen es leid zu sein, darüber reden, sich damit beschäftigen zu müssen. Andere hatten Angst vor der Polizei gehabt. Sie hatten nicht gewußt, was sie gesehen oder nicht gesehen, getan oder nicht getan haben durften. Griffin hatte es an ihren Gesichtern und an ihrer Körpersprache erkannt. Niemand hatte besonders viel ausgesagt. Aber die Berichte mußten geschrieben werden. Der Papierkram holte einen unbarmherzig ein, wenn man ihn gar nicht oder schlampig erledigte. Griffin hielt sich nicht für besonders kreativ, aber er erinnerte sich an jeden Schritt, den er unternommen hatte, und konnte das Wesentliche rasch zusammenfassen.

Marcel und er hatten um Viertel vor zwölf in der vergangenen Nacht am Doggie Diner in der Army Street eine Münze geworfen, um zu entscheiden, wer heute morgen – oder zumindest vor Montag – ins Büro gehen und den Bericht über die Ermittlungen schreiben würde. Griffin hatte verloren.

Auf dem Parkplatz duftete es stark nach Bohnenkaffee. War es tatsächlich Kaffee? Der Duft zog mit der Morgenbrise von der Bucht herüber. Griffin überquerte den Platz und ging durch den Gang am Leichenschauhaus und an dem neuen Gefängnis vorbei. Er betrat das Justizgebäude durch die Hintertür und umrundete den Metalldetektor.

Ein kurzer Blick in die Eingangshalle – die Schlangen der Plünderer waren verschwunden. Vielleicht eine Reaktion auf den Krawall, der neulich abend hier stattgefunden hatte. Er wußte nicht, was der Sheriff jetzt mit diesen Leuten anstellte, und es war ihm auch egal, solange sie ihm nicht in die Quere kamen.

Nur Ridley Banks war im Büro. Er hing mit verschränkten Armen in seinem Stuhl, hatte die Füße auf den Schreibtisch gelegt und schien zu schlafen. Vielleicht hatte er die Nacht hier verbracht. Griffin setzte eine Kanne Kaffee auf, leerte die Jackentaschen und ließ seine Unterlagen auf den Schreibtisch fallen. Dann zog er seinen Stuhl heran.

In Glitskys Büro klingelte das Telefon. Griffin ließ es noch ein weiteres Mal klingeln, bevor er den Stuhl zurückschob und aufstand. An der Wand neben dem Türrahmen hing eine Mitteilung für das Police Department, die er ignorierte. Er betrat den Raum und nahm den Hörer ab.

»Morddezernat, Griffin.«

»Hallo, Carl, hier Abe. Wie läuft's?«

»Die Musiker bauen gerade auf, und die Mädchen sind noch nicht hier, es ist also noch nichts los. Was gibt's?«

»Ich möchte dich um einen Gefallen bitten. Wie sieht dein Tag heute aus?«

»Hab' nichts vor. Ich bin nur hier, um den Bericht über gestern abend zu schreiben. Vorher, nachher, egal wann. Du kannst es dir aussuchen.«

»Wie ist es gestern abend gelaufen? Habt ihr was rausgefunden?«

Griffin legte einen Oberschenkel über die Ecke von Glitskys Schreibtisch und verlagerte sein Gewicht darauf. »Die kurze Antwort lautet ›nein‹. Niemand will beschwören, Schüsse gehört zu haben.«

Glitsky zögerte eine Sekunde. »Hattest du nicht schon jemanden? Die beiden älteren Damen gestern …«

»Ja, ich weiß. Aber die haben nicht *zwei* Schüsse gehört, sondern jeweils nur einen. Viele Leute haben einen Schuß gehört.«

»Und was bedeutet das?«

»Zum Teufel, wenn ich das wüßte. Ich notiere nur ihre Antworten, um alles andere sollen sich die Staatsanwälte kümmern. Wahrscheinlich bedeutet es gar nichts. Jemand hat den ersten Schuß gehört, gedacht, es sei eine Fehlzündung, hat aufgehorcht, und – *peng* – oh, vielleicht ein Schuß. Aus irgendeinem Grund waren die Leute nicht so gesprächig wie sonst.«

Also, dachte Griffin, nichts, und damit basta. Er hatte keine Lust, noch mehr Zeit damit zu verbringen, den Leuten Löcher über etwas, das sie weder gesehen noch gehört hatten, in den Bauch zu fragen. »Was ist nun mit dem Gefallen?«

»Elaine Wager kommt eventuell bald mit Kevin Shea bei euch vorbei, etwa in einer Stunde, vielleicht ein bißchen später.«

»Willst du mich verarschen? Kevin Shea persönlich?«

»Ich möchte, daß einer von unseren Männern – einer von *euch* – Elaine und Shea aus der Stadt bringt, egal, wohin sie euch dirigiert. Ich möchte nicht, daß sich ein anderer Staatsanwalt oder der Sheriff einmischt.«

»Du hast tatsächlich Kevin Shea?«

»Fast, hoffe ich. Ich will einfach vorbereitet sein. Und Carl … Das ist ein Gefallen, kein Befehl.«

Welchen Unterschied macht das? fragte sich Griffin.

In diesem Moment erschien Banks im Türrahmen, die Mitteilung des Police Department in der Hand. »Ist das Abe?« fragte er. »Laß mich mit ihm reden.« Er gab Griffin den Zettel und nahm den Hörer.

»Hier ist Ridley …«

Griffin hörte die beiden im Hintergrund reden, während er den Zettel las. Was war das für eine Scheiße? Glitsky vom Dienst suspendiert? Fragen zu aktuellen Mordfällen seien nach oben weiterzuleiten, an Frank Batiste, den stellvertretenden Polizeichef.

Banks berichtete Abe, das Labor habe keine Fingerabdrücke auf dem gelben Seil finden können, mit dem Arthur Wade gehängt worden war. Außerdem sei er frustriert, weil er den gestrigen Abend damit verschwendet habe, zu Jamie O'Toole zu fahren und ihm zu erzählen, man habe die Ärzte in der Gegend nach den Stichwunden von Mullen und McKay befragt und sei sicher, die beiden spätestens bis zum Nachmittag ins Justizgebäude bringen und in Haft nehmen zu können.

»Ich weiß, es ist ungewöhnlich«, sagte er. »Aber ich glaube, Mister O'Toole ist jetzt fast soweit, daß er klein beigibt und auf einen Deal eingeht. Vielleicht plaudert er ein bißchen darüber, wer dahinter steckt, um seinen eigenen süßen weißen Arsch zu retten.« Banks warf Griffin einen Blick zu und lächelte besänftigend. »Nur so 'ne Redewendung, Carl.« Dann, nachdem er wieder einen Augenblick zugehört hatte, fragte er ihn: »Willst du noch was vom Lieutenant?«

Griffin sah auf den Zettel in der Hand. Deshalb hatte er ihn um einen Gefallen gebeten, statt ihm einen Befehl zu erteilen. Es machte also doch einen Unterschied. Trotzdem, Abe war ein guter Polizist und ein feiner Kerl. Die Suspendierung hatte wahrscheinlich etwas mit den hohen Tieren zu tun, und Griffin wollte sich da nicht einmischen. »Nein. Sag ihm, es geht in Ordnung.«

Banks tat es und hängte ein. Dann wies er auf das Stück Papier und sagte: »Kannst du den Quatsch glauben? Was soll das?«

»Ja, ich weiß«, sagte Griffin und legte das Papier auf Abes Schreibtisch. »Als es hieß, sie würden ihn zum Lieutenant befördern, habe ich ihn gewarnt.«

»Du hast ihn gewarnt?«

Griffin nickte. »Wenn du Lieutenant wirst, bist du kein Straßenpolizist mehr. Aber genau das ist Glitsky. Wie ich. Du kannst nicht aus deiner Haut.«

Das war die längste Unterhaltung, die Banks je mit Carl Griffin geführt hatte. Er mußte an seine Freundin – vielleicht seine Exfreundin – Jacqueline denken, die zu denselben Schlußfolgerungen gekommen war wie dieser übergewichtige Cop. Erstaunlich. »Hüte dich vor Jobs, für die du die Kleider wechseln mußt.«

»Ja, genau das meine ich.«

»Thoreau hat das geschrieben.«

»Wer?«

»Thoreau.«

»Der Typ, der ›Aus Mangel an Beweisen‹ geschrieben hat?«

Banks konnte nicht anders: »Ja, der.«

Griffin, der nichts bemerkt hatte, sprach weiter: »Mir hat der Film gefallen, aber ich glaube immer noch, daß der Typ, der Anwalt, es getan hat, nicht seine Frau.« Dann fragte er übergangslos: »Du hast doch mit dem Lieutenant über Stichwunden gesprochen? Hab' ich dir schon von Colin Devlin erzählt?«

Polizeichef Rigby hielt sich zurück. Er telefonierte von einem Funktelefon aus mit dem erzürnten und frustrierten Bürgermeister Conrad Aiken.

»Mohandas ist dort? Er tut es also doch?«

»Wenn ich ihn nicht davon abhalte. Aber ich dachte, ich rufe Sie vorher lieber an.«

»Was will er damit erreichen?«

Nachdem das Gesuch eine Reihe von Sachbearbeitern der Stadtverwaltung passiert hatte und bis in sein Büro vorgedrungen war, hatte sich der Bürgermeister gestern eine lange, hitzige Diskussion mit Philip Mohandas darüber geliefert, ob es klug sei, den geplanten Demonstrationszug zum Rathaus durchzuführen. Der Bürgermeister hatte auf seine Zugeständnisse hingewiesen: die Belohnung für Kevin Shea, die Ernennung von Alan Reston … Die Stadt gebe sich alle Mühe, angemessen zu reagieren. Über Donald, seinen Assistenten, hatte der Bürgermeister von dem geplanten Handel mit Hunter's Point erfahren und wußte, daß Mohandas als Verwalter dieser Gelder im Gespräch war, die offenbar aus der Staatskasse stammen würden. Was wollte dieser Mann denn noch? Bekam er nie genug? Mohandas hatte geantwortet, er beantrage lediglich die Genehmigung für eine friedliche Versammlung seiner Anhänger, wie sie in der Verfassung der Vereinigten Staaten garantiert sei. Er hatte sich unbeeindruckt gezeigt von den Gegenargumenten, diese Veranstaltung berge eine derart große Gefahr in sich und die Forderung nach Kevin Sheas Kopf sei derart heikel, daß Aiken beim besten Willen Probleme mit diesem Antrag habe. Er werde die Demonstration nicht absagen, hatte Mohandas dem Bürgermeister mitgeteilt. Sein Volk verdiene sie, ob mit oder ohne Genehmigung, deren Beantragung zu diesem Treffen geführt hatte.

»Ohne Genehmigung ist die Demonstration illegal«, hatte Aiken gedroht. »Ich könnte die sofortige Auflösung und sogar Ihre Verhaftung anordnen und durchführen lassen. Ich könnte die Ausgangssperre ausweiten, das Kriegsrecht verhängen, und wenn Sie glauben, die Dinge stünden im Moment schlecht …«

»Ich verstehe das alles«, hatte Mohandas gesagt.

Conrad Aiken hatte sich ein wenig wie Pontius Pilatus gefühlt, letztendlich aber entschieden, daß er die Genehmigung nicht erteilen könne. Die Demonstration, Zusammenkunft, oder was immer es war, könne zwar stattfinden, aber ohne seine Zustimmung. Er wußte, daß er leere Drohungen aussprach. Er wollte die Situation nicht dadurch verschlimmern, daß er zusätzlich Verstärkung anforderte.

Aber bis zu Rigbys Anruf hatte Aiken entgegen besseren Wissens gehofft, daß Mohandas, dieses eine Mal wenigstens, die Dinge nicht über die Grenzen der Vernunft hinaus treiben würde. Er hatte darauf vertraut, daß er die Zeichen der Zeit erkennen und dementsprechend handeln würde. Aber er hatte sich getäuscht, soviel stand fest. Laut Rigby war die Menschenmenge bereits auf zweitausend Personen angewachsen, und die Straßen um den Kezar-Pavillon waren verstopft.

Also hoffte Aiken, daß Mohandas wenigstens einen Teil von dem, was er gesagt hatte, beherzigen würde. Immerhin schien der Bürgerrechtler nicht um jeden Preis auf seinem Programm zu beharren. Es gab, trotz seiner Unberechenbarkeit, ein Anzeichen der Mäßigung: Mohandas hatte die Entscheidung des Bürgermeisters, die Genehmigung zu verweigern, noch nicht an die große Glocke gehängt.

»Ich schlage vor, Sir«, sagte der Polizeichef, »daß wir das Geschehen genau im Auge behalten. Wenn wir versuchen, ihn jetzt noch aufzuhalten, könnte es, fürchte ich, zu einer Katastrophe kommen. Mit oder ohne Genehmigung.«

Der Bürgermeister stimmte ihm zu.

Die Erkenntnis traf Aiken wie ein Blitz. Plötzlich wußte er, welche Strategie Mohandas verfolgte. Er würde sich die Nachricht von der Weigerung des Bürgermeisters, die Demonstration zu genehmigen, aufheben, bis der Zug in Gang gesetzt war, um damit eine größere Wirkung zu erzielen. Und das würde die reinste Raserei entfachen.

Aiken konnte das nicht zulassen. Es würde nicht nur die hypnotisierten Menschenmassen anstacheln, sondern wäre auch eine politische Katastrophe. Gestern hatte er den Marsch einfach verhindern wollen, weil er der Krawalle überdrüssig gewesen war und diese Demonstration vermutlich wieder zu Ausschreitungen führen würde. Er hatte versucht, das zu tun, was er für richtig hielt, um die Stadt vor einer weiteren Explosion der Gewalt und der Wut zu bewahren. Er war tatsächlich der Ansicht gewesen, es bestehe eine Chance, daß Mohandas die Veranstaltung absagen würde. Gestern hatte er seine hartnäckige Weigerung gebraucht, damit ihm später nicht vorgeworfen werden konnte, zu diesem kritischen Zeitpunkt in unverantwortlicher Blindheit eine Demonstration genehmigt zu haben.

Doch die Affäre hätte auch für ihn Folgen, das erkannte er jetzt deutlich. Mohandas würde Aikens Weigerung, die Genehmigung zu erteilen, dazu verwenden, den Bürgermeister als Rassisten darzustellen. Und das war für einen Politiker in San Francisco die schlimmste aller denkbaren Bezeichnungen.

Das mußte er verhindern.

Dan Rigby war noch in der Leitung und wartete auf Instruktionen. »Chief«, sagte Aiken, »Sie haben recht, wir sollten nur eingreifen, wenn es Schwierigkeiten gibt. Aber ich will Ihnen die Sache erleichtern. Ich werde diese gottverdammte Genehmigung erteilen.«

»Sieh dir das an!«

Melanie blickte durch das vordere Fenster auf das Treiben auf der Straße hinunter. Kevin trat von hinten an sie heran und legte eine Hand sanft auf ihr Hinterteil, während er sich vorbeugte, um etwas zu sehen.

»Die Demonstration von Mohandas«, sagte er. Sie hatten davon im Fernsehen gehört. »Hoffentlich kommt Wes bald mit Ergebnissen. Wenn ich mich nicht täusche, geht es bei der ganzen Sache darum, uns aufzuspüren.«

Melanie drehte sich um und zog die Jalousie herunter. »Willst du ihn jetzt anrufen?«

Kevin dachte darüber nach. »Er sagte, um neun … Egal, ich rufe ihn jetzt an.«

»Also los.«

Weil Kevin um Punkt neun Uhr anrufen wollte, dachte Wes, er könne vorher mit Bart runtergehen, damit das schon mal erledigt wäre. Über die Treppe erreichte er die Vorhalle des Apartmenthauses. Diesmal hörte er das Telefon nicht läuten.

Special Agent Simms saß mit zwei Technikern und einem Scharfschützen im Lieferwagen. Sie hatte beschlossen, einen der Schützen ständig in Bereitschaft dort zu behalten. Vielleicht blieb keine Zeit, die Scharfschützen erst zu holen.

Nach dem knapp fehlgeschlagenen Einsatz im Pizzaiola hatte sie bis drei Uhr früh nicht schlafen können. Sie hatte die Anweisung erteilt, sie bei jedem Anruf, der bei Wes Farrell eingehe, zu wecken, egal, wie nebensächlich er sei oder woher er komme.

Kein Anruf mehr.

Der letzte war lange eingegangen, bevor sie eingeschlafen war: die Warnung, daß Farrells Telefon angezapft sei. Irgendeine undichte Stelle. Es hatte sie rasend gemacht. Zu oft geschah es, daß irgend jemand solche Dinge ausplauderte. Der Verrat einer geheimen Abhöreinrichtung müsse eine schwere Bestrafung nach sich ziehen, hatte sie gedacht, wie wäre es mit der Todesstrafe?

Zum Glück hatte Wes Farrell sein Telefon nicht ausgestöpselt, noch nicht einmal den Hörer neben den Apparat gelegt. Wahrscheinlich glaubte er nicht an die Geschichte mit dem Abhören. So waren manche Menschen eben. Man teilte ihnen mit, daß man mit ihrem Mann oder ihrer Frau schlafe, aber sie lächelten und erwiderten, sie könnten sich nicht vorstellen, daß ihr Mann oder ihre Frau untreu sei. Er oder sie gehöre nicht zu dieser Art von Leuten.

Aber eigentlich hoffte sie, daß Wes Farrell – und das war realistischer – nur telefonisch mit Shea in Kontakt stand. Falls das Telefon die einzige Verbindung zwischen ihnen war, würden sie es mindestens noch einmal benutzen. Sie verließ sich auf die in der Öffentlichkeit verbreitete, aber nicht mehr zutreffende Annahme, daß eine telefonische Verbindung für eine gewisse Zeit bestehen müsse, damit der Standort eines der beiden Teilnehmer ermittelt werden konnte. Vielleicht dachte Farrell, er könne sich bei Sheas Anruf kurz genug fassen und maximal zehn Sekunden sprechen. Doch das würde reichen.

In diesen zehn Sekunden mußten die beiden ausmachen, wie sie das nächste Mal miteinander in Verbindung treten würden, oder etwa nicht? Und das hätte sie dann auf dem Tonband im Lieferwagen.

Sie würden ihn kriegen. Jetzt konnte es nicht mehr lange dauern.

## 67

Loretta Wager hatte drei verschiedene Telefonnummern, und an jede dieser Leitungen war ein eigener Anrufbeantworter angeschlossen. Sie konnte also zu jeder Tages- und Nachtzeit erreichbar oder nicht erreichbar sein.

Gestern abend war sie zum Beispiel für Alan Reston erreichbar und für Glitsky nicht erreichbar gewesen. Sie fühlte sich nicht besonders gut bei dem Gedanken, daß Abe suspendiert worden war, aber sie würde es wiedergutmachen, wenn alles vorüber war. Auf eine bestimmte Art liebte und bewunderte sie seine Hartnäckigkeit sogar, aber sie würde nicht einmal Abe gestatten, ihre eigene Position zu gefährden. Wenn man erreichte, daß er seine Ermittlungen ruhen ließ, bis sie am Ziel war, könnten sie weitermachen wie bisher. Vielleicht sogar schon am heutigen Abend. Reston hatte ihr von Wes Farrells angezapftem Telefon berichtet und daß man vermute, das FBI schlage spätestens irgendwann im Laufe des Vormittags zu.

Nachdem Abe aus ihrem Büro im Rathaus wieder weggegangen war, hatte sie Restons tatsächliche Nummer gewählt (nicht die Phantasienummer, die sie gewählt hatte, als Abe neben ihr stand) und hatte Alan von Glitskys Bitte berichtet, sie solle einschreiten und dem neuen Bezirksstaatsanwalt den Kopf zurechtrücken. Es hatte keinen Sinn mehr gehabt, darüber zu diskutieren, ob man sich bei Polizeichef Rigby beschweren und den Lieutenant vorübergehend vom Dienst suspendieren lassen solle – es war schlichtweg notwendig gewesen.

Nachdem das erledigt war, hatte sie mit einem oder mehreren Anrufen von Abe gerechnet. Aber sie war eben nicht erreichbar gewesen, ganz einfach. Sie hatte die Vorhänge zugezogen und die Lampen im vorderen Teil des Hauses ausgeschaltet, so daß er, wenn er gekommen wäre, den Eindruck erhalten hätte, sie sei nicht zu Hause. Sie war nicht davon ausgegangen, daß er die ganze Nacht warten würde. Falls doch, hätte sie eine Ausrede parat gehabt: Erschöpfung, Ohrstöpsel, ein Schlafmittel.

Aber er war nicht gekommen, hatte nur zweimal angerufen und Nachrichten hinterlassen. Mehr nicht. Der typisch männliche Stolz. Er würde nicht jammernd angekrochen kommen und über seine Probleme reden. Auch das mochte sie an ihm. Eigentlich mochte sie fast alles an Abe Glitsky. Hatte es schon immer gemocht.

Sie war davon überzeugt, daß er einfach abwarten würde, bis sie sich wieder trafen, um sie dann zu fragen, wo sie gewesen sei. Nicht vorwurfsvoll, weswegen sollte er ihr auch Vorwürfe machen? Sie würde irgendeine Erklärung finden, weshalb sie sich, ganz unerwartet, nicht mit ihm hatte in Verbindung setzen können. Mehrere plausible Gründe fielen ihr ein, die ihn ihrer Ansicht nach überzeugen würden. In diesem Moment war er sicherlich aufgebracht, und sie nahm ihm das nicht übel, doch sie konnte erst mit ihm sprechen, wenn …

Während sie ihren Morgenkaffee trank, gönnte sie sich einen Moment Ruhe. Sie war zu dem Schluß gekommen, daß sie es jetzt riskieren konnte, die Vorhänge wieder zu öffnen. Sie mußte entscheiden, wen sie zuerst zurückrufen würde – ihre Tochter und der Bürgermeister hatten beide dringende Nachrichten hinterlassen –, aber fünf Minuten machten keinen Unterschied.

In der körperlichen Anziehungskraft, die Abe auf sie ausübte, lag etwas Einzigartiges, dachte sie. In Gedanken wanderte sie zu jener Zeit zurück, als er noch ihr jugendlicher Liebhaber an der San José State University gewesen war. Sie fand es bemerkenswert, wie wenig sich sein Körper inzwischen verändert hatte. Der Brustkorb war kräftiger geworden, breiter, aber sein Bauch war immer noch flach wie ein Brett …

Welch bittersüße Ironie, wenn sie trotz all dieser widrigen Umstände zusammenblieben … Sie lächelte. Auf ihrem Schreibtisch im Rathaus … der Mann war eine Wucht.

Aber mehr als das liebte sie sein Bemühen, sich als hundertprozentigen Cop zu verstehen und die kulturelle Tradition des Talmudismus herunterzuspielen, zu dem sein Vater sich, wie sie wußte, bekannte. Er war ein Idealist. Wenn er nur die Wahrheit über einige der schwierigen Entscheidungen kennen würde, die sie hatte treffen müssen und die zu treffen ihr so schwergefallen war …

496

Vielleicht würde sie es ihm irgendwann einmal erzählen. Wenn es entweder wirklich wichtig oder bereits egal war. Später, wenn aus ihrer gegenseitigen Anziehung etwas Dauerhaftes geworden war. Sein aufrichtiges Vertrauen in sie rührte sie.

Würde er ihr je verzeihen?

Wenn das hier vorbei war, würde sie es wiedergutmachen, es wenigstens versuchen. Das schuldete sie ihm allein wegen des Teils von ihm, den sie all die Jahre in sich getragen und mit dem sie gelebt hatte. Und wegen dem anderen Teil. Den sie jetzt wiedergefunden hatte.

»Was ist los, Liebes? Du klangst so aufgeregt.«

Elaine hatte mit sich gerungen, doch letztlich hatten die Familienbande gesiegt. Sie mußte mit ihrer Mutter sprechen. In einer so wichtigen Angelegenheit wollte sie sich nicht einfach auf Glitskys Wort verlassen. Sie wollte hören, ob ihre Mom es rigoros abstreiten oder bestätigen würde. Dann wüßte sie Bescheid und könnte entsprechend reagieren. Ihre Mutter würde sie nicht belügen. Das hatte sie noch nie getan, soweit sie wußte.

Loretta antwortete, sie wisse nicht, warum Abe ›meinem Kind‹ solche Dinge gesagt habe. »Ich habe ihn gestern abend gesehen, Liebes. Er hat mir davon erzählt, und ich habe es an Alan Reston weitergeleitet. Hat er dir das nicht gesagt?«

»Er hat gesagt, du hättest ihn nicht zurückgerufen.«

»Das stimmt, aber das war auch nicht möglich. Ich bin erst gegen ein Uhr morgens nach Hause gekommen, weil ich mit ein paar Assistenten der Stadträte unterwegs war. Wir wollten diese Sache mit Hunter's Point klären. Ich habe im Moment außer Lieutenant Glitsky noch ein paar andere Dinge im Kopf, Liebes. Ich denke, daß sich bei Abe einfach der Streß bemerkbar macht. Ich muß mit ihm reden. Ist er bei dir?«

»Nein, er ist zu Farrell gefahren. Ich wollte einfach nur wissen, was du …«

»Du machst genau das Richtige, Elaine. Ich würde dasselbe tun. Wenn Abe dir Kevin Shea bringt und du für seine Sicherheit garantieren kannst, mußt du es natürlich tun. Das habe ich immer und immer wieder verlangt: Der Mann soll verhaftet werden.«

»Ist das alles, was du willst?«

»Was könnte ich sonst wollen, Kind?«

»Auch wenn er unschuldig ist?«

»Selbstverständlich. Erst recht, wenn er unschuldig ist. Aber das glaube ich nicht. Ich glaube, Abe verliert ein wenig die Übersicht. Wenn du von ihm hörst, sag ihm bitte, er soll mich anrufen, ja? Der Junge muß wieder auf die richtige Bahn gebracht werden.«

»In Ordnung, Mom ...«

»Und was dich betrifft, Liebes ... Ich wäre an deiner Stelle etwas vorsichtiger. Um deiner selbst willen.«

Loretta sprach über die Gefahren, die sich aus der Mißachtung der obligatorischen Verfahrensweisen ergeben konnten, und endete mit den Worten: »Also, sei vorsichtig. Ich muß jetzt mit dem Bürgermeister sprechen. Wenn du noch was brauchst, rufst du noch mal an, okay?«

»Okay.«


Verdammt, verdammt, *verdammt*, Abe Glitsky! Du weißt nicht, worauf du dich da einläßt.


»Und deshalb dachte ich, Senatorin, daß Sie vielleicht dieses ... Versehen wiedergutmachen könnten, indem Sie Mister Mohandas die Genehmigung persönlich überreichen. Ich meine, bei dieser Demonstration geht es doch darum, gegen die angebliche Ignoranz der Stadtverwaltung zu protestieren. Ich dachte, Sie könnten das entkräften ...«

»Sie haben recht, Conrad. Um die Wahrheit zu sagen: Ich glaube, ich hätte die Genehmigung für die Veranstaltung gestern an Ihrer Stelle auch nicht erteilt. Unter uns gesagt, erscheint mir Ihre Handlungsweise absolut gerechtfertigt. Aber jetzt, da die Demonstration offenbar doch stattfindet ...«

»Ich könnte Ihnen einen Wagen schicken. Er wäre in fünfzehn Minuten mit der unterzeichneten Genehmigung bei Ihnen.«

»Wenn Sie mir eine halbe Stunde geben, werde ich im Fernsehen ein bißchen besser aussehen.« Sie lachte verschwörerisch.

»Vielen Dank, Senatorin. Ich weiß nicht, wie ich Ihnen danken soll, aber ich werde Ihnen das nicht vergessen.«

»Unsinn, Conrad. Das ist für mich einfach eine weitere Gelegenheit, ein paar Worte in der Öffentlichkeit zu sagen, und Sie wissen, daß ich nur für diese Momente lebe.« Ihrer Kehle entrang sich ein heiseres, selbstironisches Lachen.

»Trotzdem ...«

»Leiten Sie alles in die Wege, und schicken Sie Ihren Wagen. Bis dann.«

# 68

Glitsky war knapp eine halbe Stunde bei Elaine gewesen, um die Sache mit ihr zu besprechen, hatte dann im Büro angerufen und glücklicherweise Carl Griffin erwischt, der einen Baumstamm meilenweit durch eine Sandwüste schleppen würde, ohne nach dem Grund zu fragen. Schließlich hatte er beschlossen, zu Farrell zu fahren.

Als er jetzt in seinen Dienstwagen stieg, prüfte er aus Gewohnheit den Rückspiegel und stellte ihn ein. Dann hantierte er mit dem Sitz herum, schob ihn um eine Stufe zurück … Und erstarrte.

Erst zehn Minuten später drehte er den Zündschlüssel herum.

Farrell, der auf der Hut war, aber keinen auf dem Kopf trug, begrüßte Glitsky in einem gutsitzenden dunkelblauen Anzug. Er hatte seine Haare mit Gel nach hinten gekämmt und zu einem Pferdeschwanz zusammengebunden und sah fast aus wie ein Rechtsanwalt im Einsatz. Bis auf die Tatsache, daß ein Tintenklecks oder etwas Ähnliches seine Unterlippe und einen Teil seines Kinns verfärbt hatte.

Im Wohnzimmer lagen Unterlagen, alte Fast-food-Schachteln, Bierflaschen, Limonadendosen und Pizzakartons herum. Farrell stellte seinem Gast den Hund Bart vor und fügte, als er Glitskys Blick sah, entschuldigend hinzu, seine Putzhilfe habe unerwartet abgesagt.

Glitsky bahnte sich einen Weg durch das Zimmer und ließ sich auf einem umgedrehten Milchkasten nieder. »Läuft das Geschäft in letzter Zeit schlecht?« fragte er. Bart kam zu ihm und beschnüffelte seine Schuhe und seine Hosenbeine. Glitsky streichelte ihn.

Farrell war kurz ins Nebenzimmer gegangen, kam jetzt zurück und sah auf die Uhr. »Es ist jetzt ungefähr 8 Uhr 41.«

Auch Glitsky warf einen Blick auf seine Armbanduhr. »Ungefähr.«

»Ich weiß nicht, wie ich den Anruf von Kevin verhindern soll. Es gibt keine Möglichkeit, ihn zu erreichen und zu warnen. Ich muß hier sein, wenn er anruft«, sagte Farrell und nahm auf dem Futon Platz. »Das gestern abend waren *Sie*, nicht wahr?«

»Ja, das war ich.«

»Und wie, meinen Sie, sollen wir die Sache angehen?«

Glitsky langte nach unten und kraulte Bart wieder am Kopf. Der Hund schmiegte sich an seine Beine.

»Sie wissen wirklich nicht, wo er ist?«

Farrell fühle sich angegriffen. »Lieutenant, ich sitze hier und stecke in dieser Sache drin und bekomme nicht mal Geld dafür. Aber ich glaube, daß Kevin Shea so unschuldig ist wie Sie oder ich. Wenn ich wüßte, wo er ist, wäre ich bei ihm. Das können Sie glauben, oder auch nicht, aber ich kann Ihnen nichts anderes sagen. Keine Anwaltstricks. Ich bin raus aus dem Geschäft.«

Glitsky nickte. »Die einzige Möglichkeit herauszufinden, wo er sich aufhält, besteht also darin, seinen Anruf abzuwarten?«

»So wie ich es sehe, ja.«

»Dann wird es ein Wettlauf um die Zeit. Haben Sie keinen Ort vereinbart, wo sich treffen könnten, falls was schiefgeht?«

»Nein«, sagte Farrell matt. »Wissen Sie, Lieutenant, wir hatten das alles eigentlich nicht eingeplant. Was meinen Sie mit ›Wettlauf‹?«

»Ich meine, sobald das FBI Ihren Jungen geortet hat, werden die sich in Bewegung setzen, und Sie sollten darauf vorbereitet sein, dasselbe zu tun. Ich habe Special Agent Simms kennengelernt. Sie ist hier, um die Flammen zu löschen, ohne Fragen zu stellen.«

»Ist Kevin Shea eine Flamme?«

»Sie hält ihn für bewaffnet und gefährlich.«

»Aber das ist er nicht. Nichts davon.«

Glitsky zuckte mit den Achseln. Wie oft kam es vor, daß die Leute was falsch verstanden?

»Ich soll ihn also nur fragen, wo er ist, und dann hinfahren?«

»Ja.«

Farrell schüttelte den Kopf und atmete langsam aus. »Und dann?«

Glitsky erklärte kurz den Plan. Sie befänden sich, unabhängig von der Anwesenheit des FBI, in San Francisco, also seinem Zuständigkeitsbereich. Glitsky (er überging die Tatsache, daß er vom Dienst suspendiert war) würde Shea formal verhaften, das habe den Vorteil, daß Sheas Anwalt und eine weitere Zeugin zugegen seien. Staatsanwältin Elaine Wager würde ihnen helfen. Sie habe sich einverstanden erklärt, Kevin Shea an einen sicheren Ort zu begleiten und Farrell vielleicht sogar dabei behilflich zu sein, die Anklage zu verhindern.

Das Telefon klingelte. Beide Männer sahen auf die Uhr. Fünfzehn Minuten zu früh.

Für Farrell gab es noch immer eine Menge, was den Ablauf betraf, zu besprechen, und er war eigentlich noch nicht bereit, doch er nahm den Hörer schon beim zweiten Klingeln ab. Während er zuhörte, runzelte er die Stirn. »Ja, er ist hier, einen Moment.« Dann sagte er zu Glitsky: »Elaine Wager.«

Elaine erzählte Glitsky, daß sie mit ihrer Mutter gesprochen und diese seine Anschuldigungen abgestritten habe. Loretta wolle nichts weiter als Kevin Sheas Verhaftung, das sei die ganze Zeit über ihr einziges Anliegen gewesen. Sie glaube nicht – und Elaine stimme ihrer Mutter darin zu –, daß es eine gute Idee sei, Shea aus der Stadt und aus dem Bezirk zu bringen. Das sei Aufgabe der Polizei, und Elaine unterstehe der Bezirksstaatsanwaltschaft, nicht dem Police Department. Sie überschreite ihre Befugnisse. Sie müsse aufpassen, die Vorschriften nicht zu mißachten und solle sich die Probleme im Fall O.J. Simpson vor Augen führen.

Nein, es sei klüger, nach dem Gesetzbuch vorzugehen. Abe könne Shea zu ihr bringen, aber danach würden sie gemeinsam zum Justizgebäude fahren, ihn in Haft nehmen und für seine Sicherheit sorgen. Zu befürchten, daß ihm im Gefängnis etwas geschehe, sei paranoid. Nur selten werde jemand im Gefängnis umgebracht, schon gar nicht, wenn der Fall einen Bekanntheitsgrad erlangt habe wie dieser. Unabhängig davon werde Kevin Shea besonderen Schutz bekommen. Weder er noch Glitsky sollten sich deswegen Sorgen machen.

Glitsky ließ sie zu Ende sprechen und sagte dann, ihre schöne neue Idee werde nicht funktionieren.

»Warum nicht?«

»Weil Mister Farrell Kevin Shea nicht ins Gefängnis von San Francisco bringen wird, ohne eine bessere Schutzgarantie als diese zu bekommen.«

Damit war das Gespräch auch schon fast beendet. Elaine merkte zum Schluß noch an, daß sie glaube, Abe arbeite zuviel und sehe mittlerweile Gespenster, die nicht existierten.

Er legte sanft den Hörer auf. Fünf Minuten vor neun. Er wiederholte Farrell, der zugehört und den Kern des Gesprächs mitbekommen hatte, Elaines Worte.

»Und was nun?«

Glitsky starrte ins Zimmer. »Ich nehme an, daß Sie sich nicht umstimmen lassen, Ihren Mandanten ins Justizgebäude zu bringen?« Er erwartete keine Antwort. Jetzt ging es also nur noch um Loretta und ihn selbst, wie er es irgendwo in seinem Inneren bereits erwartet hatte. Farrell setzte an, auf die Frage zu antworten, doch Abe hielt ihn mit einer Handbewegung davon ab. Er hatte die Frage nicht ernst gemeint. Die nächste hingegen schon: »Was ist, wenn ich die Senatorin zu überreden versuche?«

Elaines Meinungsumschwung hatte Farrell verbittert. Er schüttelte den Kopf. »Ich weiß nicht, ob sie ...«

»Sie kann. Reston ist ihr Mann. Sie könnte ihn dazu bringen, Shea Schutz zu garantieren, und das FBI zurückzupfeifen. Außerdem kann sie die Stadtregierung informieren und Mohandas dazu bringen, seiner ›Tot-oder-Lebendig‹-Rhetorik abzuschwören.« Er hielt inne. »Sie ist die einzige, die das kann.«

»Aber warum sollte sie es tun? Sagte sie nicht ...? War das nicht gerade ihre Tochter ...?«

»Sie hält die Hand über den Job ihrer Tochter, über deren Karriere. Das ist was anderes.«

»Sie wird es nicht tun, Lieutenant.«

»Vielleicht doch«, entgegnete Glitsky grimmig. Er war aufgestanden. »Haben Sie einen Piepser?«

»Nein. Nicht mehr.«

Glitsky öffnete seinen Gürtel. »Hier, nehmen Sie meinen. Wenn sie es macht, können wir Shea zu ihr bringen. Wenn sie sich offiziell hinter ihn stellt, haben Sie den besten Schutz, den Sie bekommen können.«

»Selbst wenn sie sich bereit erklärt, wie werden Sie ...?«

Glitsky zeigte auf den Piepser. »Ich werde diese Nummer anrufen. Wenn Sie die Möglichkeit dazu haben, dann rufen Sie mich zurück und sagen mir, wo Sie sind und wo Shea ist. Wenn Sie ihn vor dem FBI erreichen, hauen Sie verdammt noch mal schnellstens von dort ab. Fahren Sie irgendwo anders hin und warten Sie, bis ich Sie wieder anrufe. Falls Ihnen das FBI auf den Leib rückt, rufen Sie 911 an. Der Punkt ist, daß Sie ein paar Leute heranholen. Sie brauchen Zeugen.«

»Und was ist, wenn Loretta Wager es nicht tut?«

An der Tür drehte sich Glitsky um und sagte: »Der Plan bleibt derselbe, Farrell. Aber wenn Sie nicht angepiepst werden und es schaffen, vor dem FBI bei Shea zu sein ...«

»Ja?«

»Dann hauen Sie ab, so schnell Sie können. Aber das haben Sie nicht von mir, okay?«

# 69

Die Türklingel. Vermutlich Aikens Wagen. Sie hatte zwar um eine halbe Stunde Zeit gebeten, aber offensichtlich war der Bürgermeister so nervös, daß er den Wagen in der Hälfte der Zeit geschickt hatte.

Sie war noch dabei, sich fertig zu frisieren, und hatte keine Lust, sich im Wagen zu Ende zu schminken. Der Fahrer würde warten müssen.

Ihre Schritte hallten auf dem Parkettboden, als sie durch die hinteren Räume nach vorn zur Eingangstür ging.

»Abe!«

»Ich habe versucht, dich anzurufen«, sagte er. »Aber es ist niemand rangegangen.«

»Nein«, sagte sie. »Ich weiß. Ich habe deine Nachricht erhalten, aber ich bin so spät nach Hause gekommen …«

»Elaine sagte, sie habe mit dir gesprochen.« Er blinzelte in die Sonne, spürte den Wind auf dem Gesicht. »Hast du was dagegen, wenn ich einen Augenblick reinkomme?«

»Nun, ich erwarte jeden Moment … sicher.« Sie lächelte ihn fröhlich an. »Aber nur für einen Moment. Ich muß zur Demonstration.«

Er blieb im Türrahmen stehen. »Du gehst zu Mohandas' Demonstration?«

Sie streckte ihre Hand aus, berührte ihn am Ärmel. »Nicht, was du denkst, Abe. Der Bürgermeister hat mich gebeten, die Genehmigung für die Demonstration zu überbringen, das ist alles.« Sie zuckte mit den Schultern. »Nur ein Gefallen unter Politikern. Der Wagen müßte jeden Moment …«

Er drückte die Tür mit der flachen Hand zu. Sie versuchte zu lächeln. Der Streß, unter dem er stand, verwirrte sie, bereitete ihr Sorge um ihn. Sie ging auf ihn zu …

»Nein«, sagte er.

Sie wich zurück. »Was heißt das, ›nein‹, Abe?«

Sein Blick war ausdruckslos. Sie versuchte es noch einmal und streckte ihre Hand aus. Er trat ihr seitlich aus dem Weg. »Ich war eine halbe Stunde davon entfernt, Kevin Shea abzuholen und diese ganze Geschichte auf die einzige Weise, die mir noch bleibt, über die Bühne zu bringen«, begann er, »und dann, Loretta, hast du mir von hinten eins übergezogen.« Er bewegte sich, auf Distanz bedacht, langsam von ihr fort und ging durch das geräumige Wohnzimmer in die Bibliothek.

»Abe, bitte, ich habe nichts dergleichen getan. Wenn überhaupt, dann habe ich versucht, euch beiden zu helfen. Elaine darf keinen Fehler machen, der sie ihren Posten und ihre Karriere kosten könnte, und du willst deinen Job bei der Polizei sicher auch nicht für immer verlieren.«

Er nickte, als habe sie ihm soeben etwas bestätigt. Aber er hielt sich zurück, gab nichts preis. »Wie meinst du das?« fragte er.

»Ich meine diese Suspendierung. Du schadest dir selbst, Abe, mit so einer ...«

»Woher weißt du von meiner Suspendierung, Loretta?«

Ein Wimpernschlag zeigte an, daß sie für einen Moment die Beherrschung verlor. An ihrer Schläfe trat eine Vene hervor. »Nun, ich ...«

»Ich habe so gegen Mitternacht davon erfahren. Und du?«

Er hatte sie in die Bibliothek manövriert, wo sie am ersten Abend gewesen waren. Hier fühlte er sich ein wenig auf vertrautem Terrain.

Loretta blieb an der Tür stehen.

»Ich weiß es nicht«, sagte sie. »Wirklich, ich weiß es einfach nicht.« Ihrem Blick war anzusehen, daß sie verletzt war. Sie ging einen Schritt auf ihn zu. »Warum bist du so verdammt kalt, Abe? Warum redest du so mit mir? Ich habe nichts weiter getan, als Elaine zu sagen, daß sie sich an die Regeln halten soll.« Sie wagte noch ein paar Schritte mehr und blieb dann wieder stehen. »*Sie* hat es mir erzählt, Elaine.«

»Daß ich suspendiert bin?«

»Ja.«

Er nickte wieder und versuchte es. »Und woher wußte sie es? Ich habe es ihr gegenüber nicht erwähnt.«

Verengten sich ihre Augen? »Na, dann hat sie es eben nicht von dir. Vielleicht hat sie mit Alan Reston gesprochen. Vielleicht hat sie es in den Nachrichten gehört. Ich weiß nur, daß sie es mir gesagt hat.« Sie ging weiter, bis sie dicht vor ihm stand. »Abe, bitte. Warum tust du das?«

Ihre Augen glänzten von dem Schmerz, den er ihr zufügte. Sie legte ihre Hand auf seinen Arm. »Bitte.«

Er wich zurück, und ihre Hand fiel herunter. »Ich möchte, daß du sie anrufst«, sagte er.

»Um ihr was zu sagen?«

»Sag ihr, daß ich dir erklärt habe, wie die Dinge stehen. Sag ihr, daß ich recht habe.«

»Aber du hast nicht recht. Es könnte den Fall und sie ruinieren.«

»Es gibt keinen Fall, Loretta. Kevin Shea ist unschuldig, und das weißt du ganz genau.«

Ihre Antwort kam reflexartig, aber sie nahm sich einen Augenblick Zeit, um die Antwort zu formulieren. »Kein Weißer ist unschuldig, Abe. *Du* weißt das doch.«

Er hatte das auf die eine oder andere Weise schon tausendmal gehört, und es ließ ihn herzlich kalt. »Manche doch«, sagte er schlicht. »Kevin Shea trägt das Herz auf dem rechten Fleck, Loretta.«

»Warum errichten wir dann nicht ihm zu Ehren ein Denkmal?«

»Er hat es nicht getan, auch wenn du dafür gesorgt hast, daß die ganze Stadt, zum Teufel, das ganze *Land* denkt, er habe es getan. Das kannst du rückgängig machen.«

»Abe, selbst wenn dieser Junge es nicht persönlich getan hat – was nicht heißen soll, daß ich hier Zugeständnisse mache –, so steht er doch für alles, was geschehen ist. Er ist einer von ihnen.«

»Das kaufe ich dir nicht ab.«

Sie blieb standhaft. »Viel schlimmer, Abe, wäre es, wenn niemand für all das verhaftet und bestraft werden würde, was Arthur Wade widerfahren ist … Es darf nicht ungestraft bleiben.« Sie meinte ungesühnt.

Plötzlich hatte er genug davon. Er war nicht hier, um über Politik zu reden oder um zu philosophieren. »Du mußt Elaine anrufen.«

»Das werde ich nicht tun. Ich sagte es bereits: Es könnte sie ruinieren, ihre Karriere beenden, alles, wofür sie gearbeitet hat ...«

»Nein«, sagte er, »es könnte *deine* Karriere ruinieren.«

Sie lachte kurz auf. »Du denkst, es geht um *mich*, Abe? Ich bitte dich ...« Sie folgte ihm weiter, bewegte sich langsam auf ihn zu. Nach außen wirkte sie zögernd, aber sie fühlte sich sicher. »Es geht um Elaine. Nur um Elaine.«

Sie trieb ihn in die Enge, ließ ihm keinen Ausweg. Er wollte es nicht zum Äußersten kommen lassen, es sei denn, sie würde ihn dazu zwingen. Und das tat sie gerade.

Er wußte, was er wußte. Aber wenn er sie dazu bringen könnte, bei Kevin Shea einen Rückzieher zu machen, wäre das genug. Genug für ihn. Eine gewisse Gerechtigkeit läge darin, und manchmal war das eben alles, was man bekam oder erwarten durfte.

Aber sie wollte das Thema Elaine nicht fallenlassen, konnte es nicht mehr fallenlassen. Sie hatte es nicht auf diese Weise ansprechen wollen, aber jetzt blieb ihr keine andere Wahl. Es könnte dieser ausweglosen Situation mit Abe ein Ende bereiten. Es könnte ihre Rettung sein ...

Loretta Wager hatte jeden einzelnen Winkel ihres Lebens mit den speziellen Werkzeugen, die ihr nun mal gegeben waren, gezimmert. Ein Geheimnis, ein besonderes Wissen behütete sie so lange, bis sie es mit maximaler Wirkung einsetzen konnte.

Jetzt war dieser Zeitpunkt gekommen.

Sie sank, von der Schwere ihrer Bürde niedergedrückt, auf die Lehne des Sessels. »Abe, du weißt ja nicht ... Du hast ja keine Ahnung.« Eine Träne lief ihr über die Wange. »Wir dürfen Elaine nicht verletzen, Abe. Wir dürfen nicht zulassen, daß sie verletzt wird. Keiner von uns beiden darf ...«

»Es geht nicht um Elaine«, begann er ungeduldig, »es geht ...«

Sie schlug auf die lederne Rückenlehne des Sessels. »Verdammt noch mal, Abe! Hörst du nicht? Es geht um Elaine! *Es geht um Elaine.*«

Sie ließ ihren Ausbruch wirken und beobachtete ihn, um zu sehen, ob er begriff. Ein Herzschlag. Noch einer.

»Was meinst du damit?«

Sie antwortete nicht sofort. Dann sagte sie: »Glaubst du wirklich, ich wollte Dana Wager, nicht dich? Glaubst du, ich wollte ihn für *mich*?« Sie schüttelte den Kopf. »Ich wollte niemanden *zwingen*, mich zu heiraten, und du warst nicht bereit, mich zu heiraten, mich um meinetwillen zu heiraten. Verstehst du nicht? Ich *brauchte* jemanden, der mich heiratete. Und Dana war da.«

Keine Reaktion. Ein stummer Augenblick. Glitsky ließ die Arme sinken, seine Gesichtszüge verloren an Spannung.

Loretta nickte. Ihre Tränen liefen in Strömen. »Sie ist deine Tochter, Abe. Elaine ist deine Tochter.«

»Verdammt, laß mich in Ruhe!«

»Abe!«

Irgendwie war er auf die andere Seite des Zimmers gelangt. Zorn stand in seinem Gesicht. Ein beängstigendes Zittern, ein Stich in seinem linken Arm. Die Hitze wich.

»Abe, bitte ...«

»Verdammt, verdammt, verdammt ...« Er griff nach einem Cognacschwenker auf der Bar, drückte ihn, verlor die Beherrschung.

Das Glas barst explosionsartig auf dem Parkett, die Scherben flogen in alle Richtungen.

»*Das sagst du mir jetzt?*«

»Schrei mich nicht an, Abe, bitte ...«

»*Ich soll dich nicht anschreien?* Ich soll dich nicht anschreien? Herrgott noch mal ...«

Er ging in kleinen Kreisen auf und ab, drehte sich um. Zu wenig Platz. »Verdammt!«

Sie versuchte es noch einmal. »Abe ...«

Er zeigte mit dem Finger auf sie. »Bleib, wo du bist! Keinen einzigen verdammten Schritt weiter!«

Sie stand da, ließ die Arme herabhängen und wartete.

Er hatte sich in den Sessel fallen lassen und hörte sie im Haus umhergehen. Minuten waren verstrichen.

Er mußte seinen Job erledigen, trotz allem, aber er konnte sich nicht bewegen ... Es war gekommen, wie es hatte kommen müssen. Aber sie hatte ihn ausgeknockt, keine Frage. Er wußte, daß sie die Wahrheit gesagt hatte. Das merkwürdige Gefühl der Vertrautheit, des vagen, aber inneren Erkennens. Elaine war seine Tochter.

Er schaffte es nicht, aufzustehen und Loretta Vorwürfe zu machen. Er fürchtete sich vor dem, was er womöglich tun würde.

An der Tür klingelte es. Der Wagen.

Er mußte etwas tun.

Steh auf, Abe, steh auf!

Wenn er sich bewegte, wenn er ihr Gesicht sah …

Ihre Schritte hallten auf dem Boden. Die Tür wurde geöffnet. »Hallo. Ja, ich bin in fünf Minuten fertig. Bitte warten Sie im Wagen.«

Er konnte sie nicht gehen lassen.

Er konnte sie nicht aufhalten.

Sie hatte ihn außer Gefecht gesetzt. Sie hatte gewonnen.

## 70

»Also, Kevin, rufst du jetzt an?« Wes Farrell stand in Anzug und Krawatte neben seinem Wandtelefon in der Küche und unterhielt sich mit dem Apparat. »Es ist acht Minuten nach neun, und du hast gesagt, du würdest um Punkt neun anrufen. Jetzt ist nicht der richtige Zeitpunkt, um Spielchen mit mir zu spielen.«

Er hatte den Fernseher im Schlachtfeld seines Wohnzimmers eingeschaltet. CNN sendete live aus der Nähe des Kezar-Pavillons. Das ganze Land verfolgte an diesem Samstag morgen die Ereignisse in San Francisco. Sie hatten ein paarmal denselben Bericht über Mohandas gebracht, in dem er seine Pläne erläuterte. Dies werde ein friedlicher Marsch werden, eine Lehrstunde für die Obersten der Stadt, des Landes, damit ...

Das Telefon klingelte. Wes griff nach dem Hörer, schlug ihn von der Gabel, griff erneut danach, doch der Hörer fiel zu Boden. Schnell hob er ihn auf. »Kevin? Gib mir deine Adresse!«

»Laß den Hörer ruhig fallen, Wes.«

»Kevin, wir haben Probleme! Gib mir einfach deine Adresse und ich werde sofort kommen.«

»Verfolgst du das im Fernsehen?«

»Kevin, gib mir sofort deine verdammte Adresse!«

»Was für Schwierigkeiten, Wes?«

»Ich werde es dir erklären, wenn ich da bin. Gib mir deine Adresse.«

Kevins Tonfall änderte sich. »Aber wir machen doch weiter, oder? Ich meine, mit dem Grundkonzept ...«

Wes sagte nichts. Dann schrie er in den Hörer: »Wo bist du?«

Kevin nannte ihm die Adresse und die Nummer des Apartments. »Vierte Etage, nach vorn raus«, sagte er. »Man kann direkt auf den Park sehen. Da unten sind eine Million Menschen.«

Wes fluchte den ganzen Weg bis zu seiner Garage. Er hätte Kevin einfach die Telefonnummer von Glitskys Piepser geben sollen. Er hätte ihm sagen sollen, daß er sofort verschwinden und sich woanders verstecken solle. Später hätte Kevin ihn anpiepsen und ihm mitteilen können, wo er war, dann hätten sie sich treffen können. Verdammt, er hatte sich zu lange nicht mehr mit solchen Dingen beschäftigt.

Special Agent Simms saß mit ihren drei Kollegen im Wagen und war schon unterwegs, noch bevor Farrell aus der Tiefgarage gefahren kam. Sie hatte mindestens ein paar Straßen Vorsprung.

Sie fand es dumm von Farrell, Shea nach seiner Adresse zu fragen, aber es war gut für sie. Andererseits – was hätte er sonst tun können? Jedenfalls lag der Vorteil auf ihrer Seite. Sie hatten die Adresse, die Wohnungsnummer und einen Vorsprung. Vielleicht wäre es gar nicht nötig, Waffen zu gebrauchen. Es sei denn …

Mal sehen. Sie würde sich auf jeden Fall nicht scheuen, die Hilfsmittel, die sie mitgebracht hatten, einzusetzen. In dieser Hinsicht würde sie keine Schwächen zeigen. Mochte die Öffentlichkeit wegen der Frau und dem Kind, die das FBI oben in Montana hatte töten müssen, auch entrüstet gewesen sein – in den eigenen Reihen war bekannt, daß es sich bedauerlicherweise nicht hatte vermeiden lassen. Es war der Fehler des Direktors – wie hieß er noch? – gewesen, der sie in diese Lage gebracht hatte, und sicher nicht der Fehler des FBI. Wenn man anfing, sich Sorgen um die Kritik, die Reaktion der Medien zu machen, konnte man gleich seine Dienstmarke zurückgeben. Man würde nichts erreichen.

Sie würde tun, was sie zu tun hatte.

Die erste Aktion wäre die einfachste. Sie würde hinaufgehen, an die Tür klopfen und sagen, sie habe den Haftbefehl eines Bundesrichters, er sei verhaftet. In einer perfekten Welt würde er die Tür öffnen und mit erhobenen Händen herauskommen.

Aber irgendwie hatte sie das Gefühl, daß es nicht ganz so perfekt ablaufen würde.

Obwohl sich Mohandas größte Mühe gegeben hatte, die Show in Gang zu bringen, würde die Demonstration nicht pünktlich beginnen. Das war nie der Fall. Mohandas lutschte ununterbrochen Tic-Tacs, aber sein Mund war trotzdem trocken. Er konnte nicht aufhören, im Zelt auf und ab zu laufen. Allicey, die größer war als er, massierte ihm jedesmal, wenn er bei ihr vorbeikam, die Schultern.

Es war fast Viertel nach neun, und immer noch strömten Menschen in den Pavillon. Die Polizei patrouillierte, doch alles schien ruhig zu bleiben. Von hier oben hatte er zwei kleinere Handgemenge beobachtet, aber beide waren schnell beendet worden.

Der Wind trieb den Rauch des Brandes in der Divisadero Street herüber. Sie mußten, wenn der Marsch endlich begann, wahrscheinlich nach Norden ausweichen. Er würde keine lange Rede halten, das war heute nicht notwendig. Er hatte seine Positionen bereits viele Male öffentlich vorgetragen, und das Ergebnis war so gut gewesen, daß er dachte, es sei effektiver, die Menschen heute einfach nur in Bewegung zu bringen, die Demonstration für sich sprechen zu lassen.

Nachdem er die Menschen willkommen geheißen hätte, würde er kurz über die Realität und die tatsächliche Situation sprechen, ihnen nicht die Lippenbekenntnisse präsentieren, die sie tagtäglich hörten, ohne daß sie jemals in den Genuß von Resultaten kamen. Der Bürgermeister hatte ihm so gute Karten in die Hand gespielt, daß er es kaum fassen konnte. Er wäre dumm, wenn er das, was er auf dem Silbertablett erhalten hatte, nicht nutzte. Er hörte sich schon sagen: »... doch trotz all der *Worte*, die wir immer und immer wieder über die Kooperationsbereitschaft dieser Stadt zu hören bekommen haben, ist die erschütternde Tatsache, meine Brüder und Schwestern, daß selbst dieser Marsch, selbst diese friedliche Zusammenkunft, mit der wir unser Mitgefühl zeigen, unsere Verzweiflung darüber zum Ausdruck bringen, daß der tragische Tod unseres Bruders Arthur Wade noch nicht gesühnt worden ist ...« Hier würde er innehalten, bis sich die Gemüter wieder beruhigt hätten. »... ist die erschütternde Tatsache, daß selbst diese Zusammenkunft für illegal erklärt wurde. Man hat uns gesagt, wir dürften diese Demonstration nicht veranstalten, man hat uns dafür keine Genehmigung erteilt. Aber ich sage, unsere Genehmigung liegt in unserer Stärke, und unsere Stärke liegt in unserer Einigkeit! Möge Gott unser Richter sein!«

Das würde seine Wirkung nicht verfehlen.

Dann würde er sie durch die brodelnden Straßen bis zum Rathaus führen. Rechtschaffen, zornig und ruhmreich.

## 71

Energisch kam sie aus einem der hinteren Zimmer. Sie trug ihr dunkelblaues Kostüm, Hut, Mantel und Handtasche. Das Spiel ging weiter. Sie hatte Abe außer Gefecht gesetzt, und jetzt mußte sie sich beeilen.

In der Eingangshalle blieb sie stehen. Ihre Kraft ließ nach. Auch sie war erschöpft. »Ich muß gehen. Abe, bitte ...«

Glitsky blockierte die Eingangstür. »Ich werde Wes Farrell von hier aus anrufen und ihm sagen, daß du mit mir kommst, um persönlich für Kevin Sheas Sicherheit zu bürgen.«

»Ich werde zur Demonstration fahren, Abe. Der Bürgermeister hat mich gebeten, die Genehmigung zu überbringen ...«

»Dies ist keine Bitte, Loretta. Du wirst es tun. Vergiß die Genehmigung. Ich gebe dir eine letzte Chance ...«

»Eine Chance wofür?«

»Du hast die ganze Zeit gesagt, alles, was du wolltest, sei Kevin Sheas Verhaftung, hast gesagt, natürlich verdiene er Gerechtigkeit, Sicherheit. Nun gebe ich dir die Chance zu beweisen, daß du es auch so gemeint hast.«

»Ich habe es so gemeint, und ich meine es noch immer so. Warum sollte ich lügen, um Himmels willen?«

»Warum? Weil deine Karriere beendet wäre, falls Kevin Shea unschuldig ist, und das weißt du genau. Du kannst nicht zulassen, daß er unschuldig ist. Du kannst nicht zulassen, daß er verhaftet wird und ein Chance bekommt, angehört zu werden. Deswegen hast du mich immer wieder daran gehindert.«

»Das ist lächerlich ... Ich habe niemanden an etwas gehindert, Abe. Weder dich noch sonst jemanden. Du bist einfach ...«

Er hob eine Hand. »Ich weiß, ich weiß. Paranoid, überarbeitet, irrational, alles mögliche. Ja, das bin ich. Du hast recht.«

Sie ging auf ihn zu. »Ich habe mir genug davon angehört. Laß mich durch!«

Sie wollte ihn zur Seite drängen, doch er stand wie eine Mauer vor der Tür. Plötzlich explodierte er, packte sie bei den

Schultern und stieß sie zurück. Sie stolperte, fiel beinahe, fing sich aber wieder. Mit zornigem Blick richtete sie sich auf. »Du sprichst von Karrieren, die vorbei sind, Abe? Du hast soeben deine eigene beendet.«

Glitsky zwang sich, ruhig zu sprechen: »Du kommst nicht an mir vorbei, ich hoffe, du kapierst das. Und du hast ungefähr zehn Sekunden, dich einverstanden zu erklären, mich zu begleiten. Danach hast du keine Wahl mehr.«

Sie starrte ihn einen Moment an. Dann sagte sie, er sei verrückt.

»Sechs Sekunden«, sagte er.

»Wieso sollte ich mich mit so etwas einverstanden erklären? Vor der Tür wartet ein Fahrer auf mich. Ich muß …«

»Die Zeit ist um.« Glitskys Gesicht war starr und aschfahl. »Sag nicht, daß ich dir keine Chance gegeben hätte, Loretta. Du hast sie verpaßt.« Schwer atmete er ein. »Ich verhafte dich wegen Mordes an Christopher Locke.«

Es dauerte einen Moment, bis die Reaktion kam. Dann ein Blinzeln, eine halbe Drehung, ungläubiges Staunen. »Das kannst du nicht … das ist absurd.«

»Nein, Loretta, es ist die Wahrheit.«

»Hast du das letzte Nacht geträumt? Abe, du bist nicht mehr bei Sinnen. Ich würde doch nicht …«

Er schüttelte den Kopf. »Er saß nicht nach hinten gedreht, um aus dem Rückfenster zu sehen. Er saß ahnungslos neben dir.«

»Du bist wahnsinnig.«

Er ignorierte es. »Ihr wart in der Nähe der Krawalle, fuhrt darauf zu, das stimmt. Aber ihr seid nicht bis dorthin gekommen, nicht wahr?«

»Selbstverständlich sind wir das. Wie kannst du behaupten …?«

»Weil es bei meiner Arbeit diesen Aspekt gibt, der *Beweise* heißt. Ich habe eine Weile gebraucht, bis ich alles zusammengesetzt hatte. Es gab keine Anzeichen dafür, daß die Menschenmenge in der Nähe eures Wagens war, keine Spuren von Steinen, die angeblich geworfen wurden, von Tritten gegen das Fahrzeug. Ich habe es mir von allen Seiten angesehen.«

»Dann hast du es übersehen.«

»Nein. Als ich den Wagen zum ersten Mal überprüft habe, hat es mich stutzig gemacht. Ich bin nur nicht darauf gekommen, was es bedeutet.«

»Und was bedeutet es?«

»Es bedeutet, daß du ein paar Straßen vom Geschehen entfernt angehalten hast, um Locke in den Kopf zu schießen. Das war der Schuß, den niemand gehört hat.«

»Das habe ich *nicht* getan. So war es nicht ...«

Glitskys Stimme blieb ruhig. »Es war der Schuß, der keine Glassplitter auf der Wunde, aber zu viele Pulverspuren hinterließ. Doch davon konntest du nichts wissen. Die Spurensuche der Polizei, mühsam und nicht allzu interessant.«

Sie verschränkte die Arme vor ihrem Bauch und schüttelte den Kopf. »Und was habe ich dann getan?«

»Du bist in eine dunkle Sackgasse gefahren, in der keine Straßenlaternen brannten, bist um den Wagen herum gegangen und hast einen Schuß durch das Fenster auf der Beifahrerseite abgefeuert, der den Eindruck erwecken sollte, es sei auf dich geschossen worden. Dann hast du, wahrscheinlich mit dem Lauf der Pistole, ein größeres Loch in das Sicherheitsglas geschlagen.«

»Wahrscheinlich. Nur wahrscheinlich? Du bist nicht sicher?«

»Ich bin mir nicht sicher, was du benutzt hast, aber ich denke, das werden wir noch herausfinden. Jedenfalls war es ein weiterer Fehler.«

Er wartete. Sie stellte keine Fragen, starrte ihn unbewegt an. Er fuhr fort: »Nur ein Einschußloch im Sicherheitsglas. Das war das Problem. Du dachtest, die Scheibe würde durch den Schuß kaputt gehen, aber die Kugel hinterließ nur ein sauberes, hübsches kleines Loch mit ein paar Spinnwebenrissen drum herum. Also mußtest du ein größeres Loch hineinschlagen, eines, durch das zwei Kugeln gepaßt hätten. Aber selbst zwei Kugeln des Kalibers .25 schlagen kein faustgroßes Loch durch eine Scheibe aus Sicherheitsglas. Wahrscheinlich nicht mal vier.«

Ihr Gesichtsausdruck blieb leer, aber sie setzte sich auf die Bank an der Wand in der Halle. »Auf eine kranke, verrückte Art ist das faszinierend.«

»Richtig. Das andere, das Ausschlaggebende ... wenn du es hören willst ...«

»Bitte ...«

Das Gift in ihrer Stimme ließ ihn einen Moment innehalten. Es tat ihm gut. Es half, die letzten Spuren seiner Zuneigung fortzuwischen. Er spürte, wie sich die Narbe auf seinen Lippen dehnte.

»Erst heute morgen hat sich alles zusammengefügt. Vorher war zwar auch schon fast alles vorhanden, aber ich wußte noch nicht, daß niemand zwei Schüsse gehört hatte. Alles andere war da. Ich wollte es nur nicht wahrhaben. Bis ich den Sitz im Plymouth verstellte. Du weißt, es ist der gleiche Wagentyp wie der, in dem du mit Locke gefahren bist.«

Immer noch nichts. Keine Reaktion.

»Erinnerst du dich an den Abend, als wir bis drei gezählt haben, um den Sitz nach vorn zu schieben, damit du fahren konntest? Du erinnerst dich? Als ich heute morgen auf dem Fahrersitz saß, fiel mir auf, was an dem Einschußloch in der Tür von deinem Wagen nicht stimmte, dem Wagen, den du fuhrst. Willst du wissen, was es war?«

Stille.

»Die Kugel hätte durch dich hindurchgehen müssen.«

»Wovon redest du?«

»Ich rede davon, daß du nicht fahren kannst, nicht an die Pedale kommst, ohne den Sitz ganz nach vorn zu schieben. Und wenn der Sitz nach vorn gestellt war, hätte die Kugel auf ihrer Bahn vom Loch in der Scheibe zu dem Loch im Polster *dich* treffen müssen. Die Kugel wäre durch dich hindurchgegangen, Loretta.« Er wartete. »Also hast du nicht auf dem Sitz gesessen. Du warst draußen auf der Straße und hast den Schuß abgefeuert, den Schuß, den alle hörten – den durch das Sicherheitsglas. Den Schuß, der dich laut deiner Aussage fast getroffen hätte.«

»Nein. Ich habe versucht, von dort wegzukommen, Chris war erschossen worden, der Sitz muß durch die Beschleunigung nach hinten gerutscht sein.«

Glitsky durchquerte die Eingangshalle und setzte sich ans andere Ende der Bank. Er hatte nicht vor, sie fix und fertig zu machen. Nicht, wenn er erreichen konnte, daß sie ein wenig von dem Schaden, den sie sich selbst, Elaine und Kevin Shea ange-richtet hatte, wiedergutmachen würde. Sie war die einzige, die das tun konnte, deshalb brauchte er sie noch. Später würde er sich um den Rest kümmern.

Er flüsterte fast: »Du hast ihn umgebracht, Loretta. Du muß-test es tun.«

Sie gab nicht auf. »Warum hätte ich Chris Locke umbringen sollen?«

Sie gab ihm das Stichwort. »Die Antwort ist einfach und kompliziert zugleich. Er hat dich erpreßt, und du hast ihn er-preßt.«

»Womit?«

»Wie wäre es mit dem Geld, das du über das Pacific Moon ge-waschen hast?«

Daß er auch davon wußte, erschütterte sie, obwohl sie es fast geschafft hätte, es zu verbergen. Der einzige Hinweis waren ihre Lippen, die sich zusammenpreßten. »Ich habe es dir erklärt, Abe. Alles war vollkommen legal.«

»Nein«, sagte er. »Chris Locke führte die Anklage. So lernte er dich kennen. Ihr hattet eine Affäre, nicht wahr?«

»Nein. Nichts davon stimmt.«

»Er vertrat die Bezirksstaatsanwaltschaft und ließ die Klage fallen, sagte, es gebe keinen Fall. Du behieltest das Geld …«

»Das ist nicht wahr. Das ist …« Sie stand auf, aber er griff nach ihrem Handgelenk und hielt sie fest. Sie setzte sich wieder.

»Aber das Geld war nicht der Grund. Sein Wissen machte dich vielleicht nervös, aber die Unterlagen waren vernichtet worden, alles war bereinigt und beseitigt. Ihr wußtet beide das-selbe voneinander. Du konntest damit leben.«

Sie sah ihn an und wartete. Sie würde ihm nichts schenken.

»Er ließ dich fallen und fing etwas mit Elaine an. Da befand er sich außerhalb deines Einflußbereichs. Er spielte sein Spiel-chen mit deiner Tochter, mit deinem Baby. Solange es nur um dich ging, bist du damit klar gekommen, aber deiner Tochter wolltest du das, was dir widerfahren ist, ersparen. Sie sollte es besser haben als du. Du wolltest sie beschützen, weil du wuß-test, was Chris Locke ihr antun würde. Das gleiche, was er dir angetan hatte.«

»Und was war das?«

»Er hätte sie ausgenutzt und ihr den Laufpaß gegeben, wenn sie ... unbequem geworden wäre.«

»Seit Jahren war ich nicht mehr mit ihm zusammen gewesen, ich würde nicht ... Abe, du kannst kein Wort von diesem Unsinn beweisen. Ich habe Chris nicht umgebracht, und ich habe kein Geld gewaschen. Verdammt, Abe, es ist nur ...«

Er stand auf, ging zum Fenster neben der Tür und sah hinaus. Er wandte ihr den Rücken zu.

Die Limousine, die der Bürgermeister geschickt hatte, stand direkt vor dem Haus.

Er zählte bis fünfzehn. Dann sagte er, noch immer mit dem Rücken zu ihr gewandt: »Du hältst den Beweis in der Hand, Loretta. Wirst du mich von hinten erschießen? Was wirst du erzählen? Daß du dachtest, ich sei ein Einbrecher? Daß ich dich vergewaltigen wollte?«

Er drehte sich um.

Sie stand neben der Bank in der Eingangshalle, die Handtasche in der einen Hand, die kleine, auf ihn gerichtete Pistole in der anderen.

Glitsky blickte auf die Waffe. »Ein guter Freund von mir ist Anwalt, und ich habe ihm einen Brief zur Aufbewahrung gegeben«, log er. »Darin steht, daß man im Fall meines Todes die ballistischen Merkmale der Kugel, die mich getötet hat, mit denen der Kugel vergleichen soll, die Chris Locke getötet hat.«

Er wies mit dem Kopf auf die kleinkalibrige Pistole. »Sie werden übereinstimmen, Loretta. Und im Brief stehen noch ein paar andere Sachen, über die wir heute früh geredet haben. Außerdem wird dein Name darin erwähnt.«

»Es ist vorbei, Loretta. Es ist vorbei.«

Langsam ließ sie die Waffe sinken.

»Ich mußte ihn umbringen. Er hätte meine Tochter ruiniert. Er war schon mittendrin ...«

Glitsky nickte. Das wußte er bereits. »Ich werde die Pistole als Beweismittel an mich nehmen«, sagte er.«

»Ich werde sie dir nicht geben.«

»Das macht nichts. Ich brauche sie nicht.«

»Ohne die Waffe hast du keinen Beweis. Du hast keinen Fall.« Sie trat einen Schritt auf ihn zu und sagte leise und mit entschlossenem Gesicht: »Was hier passiert, muß nicht so weitergehen, Abe, ich kann sie wegwerfen, sie loswerden ...«

Er steckte eine Hand in die Tasche und zog das Diktiergerät heraus, das er immer bei sich trug. Nachdem er es ausgeschaltet und das Band zurückgespult hatte, spielte er ihr die letzten Minuten, ihr Geständnis, Locke umgebracht zu haben, vor. Dann schaltete er das Gerät aus, streckte die Hand aus und sagte: »Die Pistole.«

Sie versuchte es ein letztes Mal. »Abe, Alan Reston wird gegen mich keine Anklage erheben. Du wirst ihn nicht mal dazu bringen, einen Haftbefehl bei einem Richter zu beantragen.«

»Das mag sein. Aber ich kann dich auch ohne Haftbefehl wegen Mordes verhaften. Wenn ich dich ins Bezirksgefängnis bringe, wird die Presse dort sein und mich nach dem Grund fragen, und ich werde ihnen antworten. Und dann wird Alan Reston Anklage erheben oder erklären müssen, warum er es nicht tut. Und das kann er nicht.« Glitsky ging mit ausgestreckter Hand einen Schritt auf sie zu. »Also, entweder benutzt du die Pistole, oder du gibst sie mir.«

Es dauerte einen langen Moment, bis sie sich entschieden hatte, aber schließlich nahm sie die Waffe am Lauf und reichte sie ihm. Als er sie in die Tasche steckte, fragte sie ihn: »Was willst du wirklich, Abe?«

»Das, was ich die ganze Zeit gewollt habe, Loretta. Ich will meinen Verdächtigen verhaften. Ich möchte Schutz für Kevin Shea.«

»Und was springt für mich dabei heraus?«

»Noch immer auf Deals aus, Loretta?«

Sie wartete.

»Glaubst du, ich werde eine Mörderin laufenlassen?«

»Ich weiß nicht, was du tun wirst, Abe.« Sie stand vor ihm. »Ich sage dir nur, was ich *brauche*, mehr nicht. Der Rest ist deine Entscheidung.«

»So oder so«, sagte Glitsky, »auf politischer Ebene bist du tot.«

»Vielleicht.« Sie sah ihn weiterhin an.

»Du bist so ein Narr«, sagte sie, »wir hätten alles haben können.«

Es klingelte an der Tür. Jemand klopfte. Noch einmal. »Senatorin?« Der Fahrer des Wagens.

»Haben wir eine Abmachung, Abe?«

Wieder klopfte es. »Senatorin, es wird langsam ein wenig spät.«

»Ich brauche dein Wort, Abe.«

Glitsky war trotz seiner Suspendierung vom Dienst noch offizieller Chef des Morddezernats und außerdem durch und durch Polizist. Er hatte gewußt, daß sie es noch mit einem teuflischen Pakt versuchen würde, aber da war auch dieser letzte Moment, bevor man sich darauf einließ. Er spürte die Versuchung nachzugeben, er mußte es ja nicht bis zum bitteren Ende durchziehen …

Plötzlich fühlte er die Kälte, fühlte schon bei der Vorahnung Übelkeit in sich aufsteigen.

»Wir werden später über die *Möglichkeit* einer Abmachung reden. Aber ich *garantiere nichts*. Ich möchte, daß dir das klar ist. Du gehst entweder mit mir zu Kevin Shea, oder ich bringe dich zum Justizgebäude. Und wenn ich das tue, haben wir beide keinen Einfluß mehr auf die Geschehnisse. Du wirst des Mordes angeklagt, und das läßt sich nicht rückgängig machen. Oder …« – er erhob einen Finger –, »oder ich bringe dich zum Kezar-Pavillon, wo du noch ein wenig Gutes tun könntest. Es ist *deine* Entscheidung, Loretta, entscheide dich.«

Als sie merkte, daß sie mit dem Bluff nicht durchkam, zögerte sie. Dann holte sie tief Luft, ging durch die Halle zur Tür. »Ich werde ihm sagen, daß ich mit dir hinfahre.«

Glitsky ging zum Telefon, um Wes Farrell anzurufen.

# 72

Als Reaktion auf vier weitere Handgemenge innerhalb der letzten halben Stunde, die sich an der unterschiedlichen Hautfarbe der Kontrahenten entzündet hatten und bei denen fünf Menschen ernsthaft verletzt worden waren, hatte die Nationalgarde näher an der geplanten Marschroute Stellung bezogen. Die Soldaten unterbrachen den Verkehr auf ihrer Seite des Golden Gate Park mit Lastern und sperrten die Straßen ab. Neuankömmlinge, die sich dem Demonstrationszug anschließen wollten, mußten ihre Autos mehrere Straßen entfernt parken und die Mauer aus Sicherheitskräften durchdringen, um in den Park zu gelangen. Genau das taten noch immer Hunderte. Auf ihrem Weg lag die Zeltstadt am Rand des Parks, und der Menschenstrom konnte theoretisch um die mit Seilen abgesperrten Wohnbereiche herumfließen.

Special Agent Margot Simms, die beschlossen hatte, weder nach der Pfeife der Polizei von San Francisco noch nach der der Nationalgarde zu tanzen, ließ ihren Fahrer am Straßenrand anhalten, keine vier Straßen von Kevin Sheas Aufenthaltsort entfernt. Sie sah den Hügel hinunter auf den Strom von Menschen, die sich auf dem Weg zum Kezar-Pavillon befanden, auf die Soldaten, die steckengebliebenen Autos.

Wie sollten sie da durchkommen? Ganz einfach – sie waren das FBI. Sie würde ihre Leute nicht gefährden, sondern einfach ihren Auftrag erledigen, der darin bestand, Kevin Shea zu ergreifen, notfalls mit Gewalt. Sie befahl, die Holzböcke, mit denen die Straßen abgesperrt waren, zu umfahren und den Weg am Pavillon vorbei hinunter zu ihrem Ziel einzuschlagen. Es kümmerte sie verdammt noch mal nicht, wer oder was sich ihnen eventuell in den Weg stellen würde. Sie wußte, daß Wes Farrell, der Anwalt, dasselbe Problem wie sie hatte. Aber er besaß keinen Ausweis, den er vorzeigen konnte, um das Hindernis zu überwinden.

Sie hatten immer noch einen Vorsprung.

Der Wagen schob sich im Schritttempo durch die Menge der Fußgänger. Ein paar von ihnen schlugen auf das Dach und auf die Motorhaube. Sie brauchten dreieinhalb Minuten für fünfzig Meter, dann wurden sie von zwei Nationalgardisten im Teenageralter angehalten. Die jungen Männer hielten ihre Gewehre im Anschlag und waren nervös.

Simms, die vorn auf dem Beifahrersitz saß, stieg aus und hielt ihre Dienstmarke hoch, um sich auszuweisen. Die beiden Soldaten trugen schwarze Namensschilder. Der eine hieß Morgan, der andere, ein schlanker Typ mit Adlergesicht, Escher. Sie sahen sich an. Morgan sagte: »Ja, Ma'am?«

»Meine Kollegen und ich müssen Ihre Absperrung durchfahren.«

Wieder sahen sie sich schweigend an. Morgan sagte: »Ich muß eine Genehmigung einholen, Ma'am.«

Simms verkrampfte sich. »*Ich* erteile Ihnen diese Genehmigung, mein Sohn. Wir sind vom Federal Bureau of Investigation, und wir haben es eilig.«

»Ja, Ma'am.« Keiner von beiden rührte sich.

»Nun?«

»Nun, unser Befehl lautet, daß wir keine Fahrzeuge auf die Marschroute lassen dürfen …«

»Ich werde nachfragen.« Escher rannte fort. Morgan gestikulierte. »Es wird nicht lange dauern«, sagte er. »Höchstens fünf Minuten.«

Farrell, der sich besser in der Stadt auskannte als Simms, ahnte, daß die Demonstration in ein Chaos ausarten würde. Also nahm er den Umweg über den Portola Drive und den Twin Peaks Boulevard, würde oben in Ashbury herauskommen und den Wagen dort abstellen. Die restliche Strecke mußte er dann zu Fuß zurücklegen, aber daran führte kein Weg vorbei.

Der Piepser ertönte in dem Moment, als er an einer Tankstelle in der Siebzehnten Straße vorbeifuhr. Er hielt, setzte den Wagen zurück, parkte und rannte zu einer Telefonzelle. Hastig hämmerte er die Nummer in den Apparat.

»Sie haben die *Senatorin* bei sich?« Farrell konnte es nicht glauben.

Glitsky war kurzangebunden. »Geben Sie mir die Adresse, ich habe keine Zeit.«

Farrell tat es, und Glitsky sagte: »Das ist mitten in ... das ist dort, wo der Demonstrationszug beginnt.«

»Richtig, und ich habe im Radio gehört, daß sie den Park abgeriegelt haben. Aus welcher Richtung kommen Sie?«

»Pacific Heights.«

»Sie werden hintenrum fahren müssen, vielleicht über die Judah Street.«

Glitsky bedankte sich und sagte: »Ich bin in zehn Minuten da.«

»Darauf würde ich mich nicht verlassen. Übrigens, Ihre Idee abzuhauen, wenn ich vor dem FBI eintreffen sollte ...«

»Ja?«

»Ich glaube nicht, daß das unter diesen Umständen klappen würde.«

Simms sprach mit einem anderen Mann, der ein anderes Namensschild trug: Florio. Die Streifen an Florios Ärmel wiesen darauf hin, daß er einen gewissen Rang bekleidete. Sie erklärte ihre Situation: Die Nationalgarde müsse sie durch den Park fahren lassen, sie hätten eine Verhaftung vorzunehmen. Sie sei im Besitz eines von einem Bundesrichter ausgestellten Haftbefehls, und der Verdächtige stehe auf der Liste der meistgesuchten Verbrecher. Florio zog die Augenbrauen hoch. »Kevin Shea?« fragte er. Als Sheas Name erwähnt wurde, standen Morgan und Escher augenblicklich kerzengerade.

Sie sah nach rechts und links, dann wieder zu Florio. »Kein Kommentar«, sagte sie. »Können wir jetzt durch?«

Dann saß sie wieder im Wagen, und sie rollten im Schritttempo weiter. Morgan und Escher eskortierten sie zu beiden Seiten.

»Er müßte längst hier sein«, sagte Kevin.

»Vielleicht ist er im Verkehr steckengeblieben.«

Immer wieder hatte Kevin aus dem Fenster gesehen, zog auch jetzt die Jalousie hoch, blickte hinunter. Melanie kam zu ihm und ließ die Jalousie wieder herab. »Setz dich hin, Kevin. Rausschauen hilft auch nicht.«

»Hier *rumsitzen* hilft auch nicht.«

»Hier *rumsitzen* heißt, auf Wes zu warten. Er wird bald kommen.«

Kevin begann mit den Fingern zu schnippen, er war nervös. »Wir hätten ...«

»He.« Sie berührte mit einem Finger seine Lippen. »Wir sind mitten drin.« Sie beugte sich hinunter und küßte ihn. »Ich liebe dich. Warte einfach. Wes wird bald hiersein. Es wird schon klappen.«

Er griff nach der Jalousie, um erneut auf den Park zu blicken, als die Klingel ertönte.

»Da ist er«, sagte Melanie und ging zum Türöffner hinüber. In dem Moment, als sie auf die Taste drücken wollte, sprang Kevin von seinem Sessel auf.

»Warte!« rief er und ging zu einem der Fenster, die zur Seite hinaus lagen. Er öffnete die Jalousie einen Spalt, sah hinunter. »Okay«, sagte er. »Er ist es. Glaube ich jedenfalls. Ich habe ihn noch nie in einem Anzug gesehen.«

»Kevin, wer sollte es sonst sein? Niemand weiß, daß wir hier sind.«

Er warf ihr einen Blick zu. »Die berühmten letzten Worte«, sagte er.

Auf Anweisung ihres Vorgesetzten blieben Morgan und Escher auf ihren neuen Posten als Eskorte des FBI-Fahrzeugs, das jetzt am westlichen Straßenrand an der Ecke Page und Stanyan Street, gegenüber von Sheas Versteck, angehalten hatte.

Simms schickte einen Mann mit einem Funktelefon und einem Koffer in den Park, um eine erhöhte Stelle – einen Baum, einen Strommast – ausfindig zu machen, von wo aus er das vordere Fenster der Wohnung in der vierten Etage des gegenüberliegenden Apartmenthauses im Visier hätte, falls es erforderlich werden sollte, den Schießbefehl zu erteilen. (Die Reserveeinheit war unterwegs, aber bei dem dichten Verkehr wollte Simms nicht auf sie warten. Sie würde vielleicht keinem kooperationsbereiten Florio begegnen.)

Simms nahm ihre anderen beiden Männer, und sie bahnten sich einen Weg durch die pulsierende Menge über die Straße.

Schließlich erreichten sie den offenen Hof, der dem Park gegenüberlag, und die Eingangstür zu dem Gebäude. Sie drückte die Reihe der Klingelknöpfe für die erste Etage, und jemand betätigte den Türöffner.

»Ein Kinderspiel«, sagte sie und hielt ihren Männern die Tür auf.

Draußen auf der Straße bewachten Morgan und Escher das einzige Fahrzeug, das in der Stanyan Street parkte. Die Leute strömten daran vorbei, um den Wagen herum. In der Ferne ertönte eine Stimme aus den Lautsprechern. Die Demonstration begann.

»Wessen Auto ist das, Mann? Ich bin einen Kilometer weit zu Fuß gegangen, und meine Füße tun weh. Ich dachte, hier seien keine Autos erlaubt, sonst hätte ich meins auch mitgebracht.«

Morgan hatte die Anweisung, nur dann mit den Demonstranten zu reden, wenn es um informelle Fragen ging oder wenn er Anweisungen erteilen mußte. Aber dieser große Kerl besaß eines jener auf Anhieb sympathischen Gesichter und lächelte breit. Außerdem hatte er Frau und Kinder im Schlepptau. Er war zwar hier, um an der Demonstration teilzunehmen, aber er würde keinen Ärger machen. Nicht alle Protestierenden waren auf dem Kriegspfad.

Aus irgendeinem unerfindlichen Grund sagte Morgan: »Das FBI hat Kevin Shea in dem Haus da drüben in die Enge getrieben und nimmt ihn gleich fest.«

»Halleluja«, rief der Mann, und sein Lächeln wurde noch freundlicher. »Dann muß ich jetzt nicht mehr bis zum Rathaus runterlaufen. Ich sollte meine Füße einfach hier ausruhen lassen.« Er wandte sich an die Menge hinter sich und verbreitete die gute Nachricht. »He, habt ihr das gehört? Die haben Kevin Shea.« Er zeigte mit dem Finger auf das Gebäude gegenüber. »Gleich da drüben.«

Die Tür auf der vierten Etage war wieder verriegelt. Kevin, Melanie und Wes waren eben zu dem Schluß gekommen, daß ihre Chancen in der Menschenmenge draußen besser stünden, als wenn sie hier den bewaffneten, schießwütigen und übereifrigen FBI-Beamten ausgeliefert wären.

Niemand außer dem FBI wußte, daß sie sich noch in der Stadt befanden. Sie wären nur ein paar anonyme weiße Gesichter in der Menge, und Wes versicherte ihnen, daß es dort unten viele Weiße gebe, mehr, als er erwartet habe. Jeder, der ein Transparent mit einer Botschaft, die er für mitteilenswert hielt, besaß oder irgendeinen anderen Grund hatte, war zu der Party gekommen.

Kevin könnte seine Skimütze tragen. Sie würden aus dem Gewühl verschwinden und dann an einem sicheren Ort abwarten, bis sich Glitsky über den Piepser meldete.

Von der Eingangshalle des Wohnhauses aus sprach Simms über ein Funkgerät mit ihrem Scharfschützen. Sie beschloß, ihm die wenigen zusätzlichen Minuten zu geben, die er noch brauchte, um Stellung zu beziehen, bevor sie mit ihren anderen beiden Männern nach oben gehen würde, um die Verhaftung vorzunehmen. Wegen der vielen Menschen hatte der Scharfschütze Probleme, eine geeignete Stelle zu finden. Sie sagte, sie lasse ihm maximal noch zehn Minuten Zeit, aber er solle sich melden, falls er früher fertig sei.

In der Zwischenzeit würden sie sich aufteilen, um das Gebäude auf mögliche Fluchtwege, Hintertüren und Notausgänge zu überprüfen. Um die Schlinge zuzuziehen.

Dann würden sie sich wieder in der Eingangshalle treffen, hinaufgehen und Shea festnehmen.

»… und wir haben soeben einen noch unbestätigten Bericht erhalten, Kevin Shea sei in einem Gebäude lokalisiert worden, das sich keine hundert Meter von unserem momentanen Standort, dem Kezar-Pavillon, befindet. Philip Mohandas hat das Podium im Laufschritt verlassen und führt die Demonstranten an, eine große und ungeheuer wütende Menschenmenge, vielleicht können Sie im Hintergrund hören, wie sie Sheas Namen rufen. Mohandas führt sie hinaus zum Rand des Parks.

Wir werden versuchen, in Mohandas' Nähe zu bleiben, wenn er …«

Glitsky hatte die Sirene eingeschaltet und das Blaulicht auf das Dach gestellt. Loretta saß neben ihm, stumm und zusammengesunken, während sie durch die engen Straßen rasten. Sie waren jetzt südlich des Parks, fast am Ziel.

Glitsky hatte das Gefühl, seit Tagen nicht mehr geschlafen zu haben. Das Radio war eingeschaltet, und er hatte die letzten Berichte gehört. Irgendwie hatte die Presse davon Wind bekommen. Kein Wunder.

Philip Mohandas und eine Menschenmenge, deren Zahl man auf fünfhundert bis mehrere tausend Personen schätzte, näherten sich dem Apartmenthaus in der Stanyan Street. Den Berichten zufolge befand sich das FBI bereits im Gebäude, aber es gab noch keine Informationen darüber, ob man etwas unternommen hatte, um Shea zu verhaften. Niemand schien genau zu wissen, was im Inneren des Gebäudes vor sich ging, ob Shea überhaupt dort war, ob jemand bei ihm war.

Außer Glitsky. Glitsky wußte es.

Immer wieder mußte er Umwege in Kauf nehmen, um näher heranzukommen. Der Lincoln Boulevard war gesperrt, also fuhr er auf der Irving Street einige Häuserblocks weit in Richtung Osten, mußte dann im Zickzack auf die Judah Street ausweichen, die weiter vorn in die Parnassus Avenue mündete. Schließlich hielt er ein paar Straßen von der Stanyan Street entfernt an. Trotz der Sirene war durch die Massen nicht mehr durchzukommen. Er wandte sich zu Loretta, stieß seine Tür auf. »Gehen wir.«

Loretta wurde sofort erkannt und von einer größtenteils jubelnden Schar umringt. Den Menschen gefiel es, daß sie genau in dem Moment erschien, da das Finale begann. Selbstverständlich war sie hier, hatte die Zügel die ganze Zeit über fest in der Hand gehabt ...

Das Charisma war wieder da. Ihr Gesicht lebte, ihre Augen funkelten. Glitsky hatte seine Dienstmarke gezogen und ließ ihren Arm nicht los, während sie von der Menschenmenge mitgerissen wurden. »Es ist Senatorin Wager! Aus dem Weg! Machen Sie Platz! Lassen Sie sie durch, lassen Sie sie durch ...«

Als klar wurde, wo das Ziel lag, daß der Menschenstrom sich auf das Gebäude zubewegte, erhielt Florio über sein Funktelefon einen dringenden Notruf von Morgan. Er befahl, daß Escher und dreihundert weitere Nationalgardisten davor in Stellung gehen sollten, um den Hof, wenn möglich, freizuhalten.

Die Soldaten waren im Laufschritt ausgerückt und etwa fünf Minuten vor Mohandas und dem Großteil der Masse eingetroffen. Sie waren ausgeschwärmt und hatten Stellung bezogen.

Mit Helmen, Knüppeln und Schutzschilden ausgerüstet, hatten die Soldaten das Gebäude abgeriegelt. Sie hielten die Menge auf, hatten aber keine allzu sichere Position. Immer mehr Menschen kamen. Die Luft war von Schreien und Rufen erfüllt. Der Brand an der Divisadero Street war schlimmer geworden, der beißende Rauch kroch von dort aus die Straßen entlang und erschwerte die Sicht.

In der Ferne heulten Sirenen.

Die Rufe wurden lauter, dann wieder leiser, drangen mal aus diesem, mal aus jenem Teil der Menge, aber sie verstummten nicht, verloren nichts von ihrer Eindringlichkeit: »Wir wollen Shea! Wir wollen Shea!«

Sie wollten eben aufbrechen, als sie die ersten Rufe hörten. Wes Farrell ging zum vorderen Fenster, bog die Jalousie mit zwei Fingern einen Spaltbreit auseinander und sah hinaus, ließ sie wieder los und wandte sich um. »Sieht nicht allzu gut aus.« Was für eine Untertreibung, fügte er in Gedanken hinzu.

Melanie stand Hand in Hand mit Kevin an der Tür. »Sag nicht so was«, fuhr sie Farrell an.

»Das Haus ist umstellt, Melanie. Sieh selbst nach.«

»Und was jetzt?« Das kam von Kevin.

»Jetzt hoffen wir, daß Glitsky rechtzeitig mit der Senatorin eintrifft.«

»Er wird doch kommen?« wollte Melanie wissen.

»Er hat es gesagt.«

»Und was dann?« fragte Kevin.

Die Rufe waren jetzt deutlich zu vernehmen und wurden nicht leiser.

»Was ist mit dem FBI?« fragte Melanie. »Ich dachte, sie …«

»Dummerweise gehen sie von der Vermutung aus«, sagte Farrell, »daß ihr bewaffnet und gefährlich seid. Wenn wir was von ihnen hören, sind es wahrscheinlich die Schüsse, mit denen sie die Tür ...«

»Hast du noch mehr so gute Neuigkeiten, Wes?«

»Ich bin nicht dran schuld, ich sage einfach, was los ist.«

»*Also, was tun wir jetzt?*« fragte Kevin zum dritten Mal.

»Willst du da rausgehen?« fragte Wes. »Dich stellen? Nein? Dann warten wir lieber.«

Florio sah sich einem schwitzenden, atemlosen Mann in Uniform gegenüber, der sich als Dan Rigby, Polizeichef von San Francisco, auswies. Er stand mit einigen seiner uniformierten Männer vor der Truppenlinie. Florio winkte sie durch und in den Hof hinein.

»Befindet sich Kevin Shea in diesem Gebäude?« Rigby lief bereits auf den Hauseingang zu. »Wissen wir das? Wer ist sonst noch hier? Ist das Haus gesichert?«

Die Eingangstüren standen offen. Rigby ging ins Haus und auf Special Agent Simms zu, die gerade in die Eingangshalle zurückgekehrt war und ihren Angriff beginnen wollte.

Sie könne jetzt nicht losschlagen, sagte er, nicht, ehe weitere Verstärkung eingetroffen sei. Da draußen würde in Kürze die blanke Anarchie ausbrechen. Was würde ihrer Ansicht nach passieren, wenn sie mit Kevin Shea herauskommen und versuchen würden, sich einen Weg durch diesen Pöbel zu bahnen?

Simms schäumte vor Wut. Wie war es möglich, daß die Situation sich so schnell in die falsche Richtung entwickelt hatte und ihrer Kontrolle entglitten war? Sie hatte ihre Beamten, sie hatte ihren Haftbefehl ... Sie würde diesem einheimischen Hampelmann Rigby einfach sagen, daß sie jetzt hinaufgehe, um die Verhaftung vorzunehmen, und die Würfel damit gefallen seien. Nachdem er explodiert war, weil sie das San Francisco Police Department nicht über ihre Absichten und Aktivitäten informiert hatte, versuchte er, seine eigene Zuständigkeit in den Vordergrund zu stellen.

»Ich versuche nur, Ihnen deutlich zu machen, daß das Problem größer ist, als Sie sich eingestehen wollen«, sagte er. »Wie zum Teufel wollen Sie ihn hier rausbringen, wenn Sie ihn festgenommen haben? Wo ist er überhaupt? Wir brauchen mehr Leute!«

Die FBI-Agenten und die Polizisten in der Eingangshalle beäugten einander mißtrauisch. Immer mehr Hausbewohner kamen herunter. Samstag morgen, jeder war zu Hause und auf den Beinen.

Simms und Rigby, bei denen die Verantwortung lag, gingen nach draußen, zum Brunnen in der Mitte des Vorhofs.

»Er ist hier«, sagte Simms. »Überlassen Sie ihn mir.«

Rigby ging nicht darauf ein. »Das ist *meine* Stadt. Ob es Ihnen paßt oder nicht, es liegt in meiner Zuständigkeit.« Er zeigte auf das Schauspiel, das sich vor ihnen abspielte, und wiederholte: »In meiner Zuständigkeit. Ich werde keinen zweiten Lynchmord innerhalb von einer Woche zulassen. Wir werden versuchen, Kevin Shea da herauszuholen.«

Simms starrte in die Menge. »Wer zum Teufel ist das? Jemand steht auf meinem Wagen!«

Rigby drehte sich um. Philip Mohandas hatte ein Megaphon in der Hand und versuchte, die Aufmerksamkeit der Menge zu erlangen. »Bringt diesen Wahnsinnigen her!« befahl Rigby einem seiner Männer. Dann sagte er zu Florio: »Seien Sie freundlich zu ihm, falls nötig, bitten Sie ihn höflich, mit Ihnen mitzukommen.«

Plötzlich entstand auf der linken Seite in der Soldatenkette ebenfalls Unruhe. Ein Uniformierter kam angelaufen. »Sir«, sagte er zu Florio, »hier ist ein Polizist in Zivil, der behauptet, er habe eine US-Senatorin bei sich …«

Noch bevor er den Satz beendet hatte, teilte sich die Menge, um Glitsky und Loretta Wager durchzulassen.

Simms nahm das klingelnde Funkgerät von der Hüfte. Sie nickte und sah hinauf zur vierten Etage. Dann sagte sie in die Sprechmuschel: »Abwarten.« Und zu Rigby: »Sie sind am Fenster. Mein Mann könnte sie umlegen.«

Sie standen alle um den Brunnen in der Mitte des Hofs herum – Rigby, Simms, Mohandas und seine Assistenten, Florio, Glitsky und Loretta Wager.

Rigby sah ungläubig auf die Senatorin und auf seinen Lieutenant, der sie am Arm hielt. »Was, zum Teufel, tun *Sie* hier?«

»Ich bin hier, um Shea zu verhaften«, sagte Glitsky.

»Einen Teufel werden Sie tun«, unterbrach ihn Simms. »Er gehört mir.«

»Sie sind suspendiert, Glitsky. Vielleicht haben Sie meine Nachricht nicht bekommen ...«

»Was ist da unten los?«

Farrell versuchte erneut, etwas durch die Jalousie zu erkennen. »Ich weiß nicht. Sie stehen unten am Brunnen. Glitsky ist da, die Senatorin auch.«

»Warum kommt er dann nicht rauf? Warum gehen wir nicht runter?«

»Ich weiß es nicht. Ich weiß es nicht.«

»Runterzugehen wäre keine gute Idee, Kevin. Wir sollten sie besser raufkommen lassen.«

Die Rufe waren, zumindest im vorderen Teil der Menge, verebbt. Es herrschte ein unruhiges Treiben, ein Gespür dafür, daß in der Mitte des Hofs irgend etwas entschieden wurde, und diese Nachricht breitete sich langsam nach hinten aus.

Die Menschen warteten fiebernd ab.

Einer der uniformierten Polizisten ging zu der Gruppe, lief dann nach links, hinter die Linie der Soldaten, war verschwunden. Unregelmäßig begannen wieder vereinzelte Rufe, wurden lauter, verebbten erneut.

Glitsky löste sich aus der Gruppe am Brunnen. Allein und langsamen Schrittes, die Hände in den Taschen und mit gebeugten Schultern, betrat er das Gebäude. Er ging an den FBI-Agenten, den Polizisten und den schimpfenden und neugierigen Bürgern, die sich in der Eingangshalle drängten, vorbei.

Es waren vier Stockwerke. Im ersten Stockwerk hatten sich einige Bewohner versammelt, auf den anderen Etagen war die Treppe leer. Er stieg mit gleichmäßigen Schritten nach oben, machte an den Treppenabsätzen nicht halt, eine Hand am Geländer, zwölf Stufen je Treppe, dann ging er über den schäbigen Läufer bis zum Ende des Flurs und klingelte.

Die Tür wurde geöffnet. Er hatte seine Marke angeheftet, aber seine Waffe nicht gezogen. »Mister Farrell, wie geht es Ihnen? Haben Sie einen Mandanten, den Sie mir übergeben möchten?«

»Wird das auch wirklich klappen?« fragte Farrell und trat zur Seite.

Glitsky nickte zuversichtlicher, als er sich fühlte, und ging zum Fenster. Er zog die Jalousie hoch. Das war das Zeichen, auf das man unten wartete.

Melanie und Kevin standen beieinander und hatten die Arme umeinander gelegt. »Bist du bereit?«

Er nickte.

»Ich bin bei dir.« Sie flüsterte jetzt.

»Ich bin bei *dir*. Was immer geschieht, wie immer dies hier ausgeht. Hast du verstanden?«

»Ja.«

Farrell führte Glitsky zu ihnen hinüber. Sie besprachen den Ablauf, die gesetzliche Situation, den Deal. Dann wurde es Zeit.

»Kevin Shea«, sagte Glitsky, »ich verhafte Sie wegen Mordes an ...«

# 73

Loretta Wager stand mit dem Megaphon in der Hand auf den Stufen des Brunnens, der Menge zugewandt.

Mohandas hatte die Idee nicht gefallen (Allicey Tobain hatte sie gehaßt). Aber die Senatorin hatte sich mit dem Argument durchgesetzt, es gehe bei der Demonstration doch um die Ergreifung Kevin Sheas, also sei Mohandas, sei die Veranstaltung erfolgreich gewesen. Jeder habe bekommen, was er wolle. Aber wenn er Loretta jetzt nicht zum Zug kommen lasse, wenn sie diese Sache nicht irgendwie in den Griff bekämen – was dann? Ein weiterer Aufruhr, noch mehr Gewalt? Wer hatte etwas davon?

Sie hatte Mohandas lange und weit genug von der Gruppe getrennt – drei Schritte –, um alles Notwendige zu sagen. Ob er auf die Anwärterliste für die Verwaltung des Hunter's Point kommen wolle oder nicht? Wenn er ihr *jetzt* nicht entgegenkomme, könne er vergessen, daß sie es jemals erwähnt habe.

Eine letzte Bitte hatte Loretta noch. Dies sei ein guter Zeitpunkt, darüber zu sprechen, weil Polizeichef Rigby anwesend sei: Mohandas müsse klarstellen, daß die einhunderttausend Dollar Belohnung nicht für den *Tod* von Kevin Shea ausgesetzt worden seien. Sie alle hätten dieses Gerücht auf den Straßen gehört, aber es sei falsch. Die Belohnung sei für Informationen gedacht gewesen, die zu seiner Verhaftung führten, mehr nicht.

Mehr nicht.


»Meine Brüder und Schwestern«, begann sie jetzt, den Blick dorthin gerichtet, wo gerade die Jalousie hochgezogen wurde. »Kevin Shea ist soeben verhaftet worden.«

Ein Gebrüll, ein Ausbruch der Erleichterung, der Wut, der Frustration brach sich an den Wänden des hufeisenförmigen Gebäudes hinter ihr und schallte über den Hof. Der Lärm schwoll an, nahm wieder ab, wurde wieder stärker, schwächer.

»Meine Brüder und Schwestern«, wiederholte sie, und der Jubel verebbte. Sie erhob ihre Stimme. »Niemand hat für diesen

Moment hartnäckiger gekämpft als eure Senatorin. Niemand hat dieses Thema entschlossener auf der Tagesordnung gehalten als Philip Mohandas.« Wieder Beifall. »Und jetzt ist es vorbei.«

Sie hielt kurz inne, fuhr dann fort: »Für uns ist diese Sache noch nicht beendet. Auch nicht für Kevin Shea.«

»Bringt ihn um!« brüllte jemand. »Lyncht ihn!« Ein Chor schrie: »Bringt Kevin Shea um, bringt Kevin Shea um ...«

»Nein!« drang ihre Stimme aus dem Megaphon. »Nein!«

Die Menschenmenge beruhigte sich langsam wieder.

»Wir haben Kevin Shea. Hört mir zu! Wir haben ihn.« Sie hörten ihr zu. »Philip Mohandas ist hier. Ich bin hier, wir sind bei euch. Eure Interessen sind *unsere* Interessen. Nicht die Polizei von San Francisco hat Kevin Shea ergriffen, nicht das FBI, sondern *wir*, wir alle zusammen ...«

Erneut schwoll das Tosen an, und wieder riefen einige: »Bringt ihn um, bringt ihn um!« Aber Loretta erkannte, daß sich auch eine andere Stimmung breitmachte. »Ich bitte euch, uns zu glauben. Wir werden dafür sorgen, daß Gerechtigkeit waltet.« Sie sprach noch lauter und zeigte mit dem Finger in die Menge. »Aber mit einem weiteren Lynchmord ist der Gerechtigkeit nicht gedient.«

Ein zögerlicher Chor, ein Murmeln von: »Amen, Amen, Amen«. Dann wurde es still, bis jemand unvermittelt schrie: »Nicht für Kevin Shea, er muß sterben!« Irgendwo schrie jemand eine Bestätigung, ein paar weitere zustimmende Rufe ertönten, dann ebbte die aufgeflammte Aggression wieder ab.

Loretta sah zu Rigby, Mohandas und Simms hinunter, aber die konnten ihr nicht helfen. Dies war ihr Vorschlag gewesen (so glaubten sie) – der einzige Weg. Nur sie konnte es schaffen. »*Niemand*«, erhob sie wieder die Stimme, »*niemand* haßt den Fanatismus, den Rassismus, für den Kevin Shea steht, mehr als ich.« Sie wurde ruhiger. »Aber ich sage euch – es ist vorbei. Wir haben ihn. Philip Mohandas und ich werden Kevin Shea von hier aus ins Justizgebäude bringen. Er ist unser Gefangener. Ich verspreche euch, daß keiner von uns beiden ruhen wird, bis die Gerechtigkeit gesiegt hat. Darauf gebe ich euch mein Ehrenwort ...«

»... Meine Damen und Herren, die Senatorin Loretta Wager ist mit Philip Mohandas im Gebäude verschwunden, jetzt kommen sie gerade wieder heraus. In ihrer Mitte ... ja, ich kann es deutlich erkennen ... er ist es! Es ist Kevin Shea! Kevin Shea in Handschellen! Auf der einen Seite geht ein Schwarzer, vielleicht ein Polizeibeamter, auf der anderen Philip Mohandas. Senatorin Loretta Wager führt die Gruppe an, hinter Shea geht Polizeichef Rigby. Bei ihnen ist eine junge Frau – das muß Melanie Sinclair sein – und ein weiterer Mann – ein Weißer – in einem dunklen Anzug. In der Menschenmenge, meine Damen und Herren, herrscht Totenstille.

Sie gehen jetzt über den Hof, am Brunnen vorbei, wo die Senatorin soeben ihre eindrucksvolle Ansprache gehalten hat. Sie scheinen ... ja, dort steht ein schwarzweißer Polizeiwagen am Straßenrand, die Menge hat ihn umzingelt, er ist wie von einem Bienenschwarm umgeben. Die Situation erscheint mir noch immer hochexplosiv. Sie nähern sich der Nationalgarde. Man hört vereinzelte Rufe, Wutausbrüche, Zorn auf Kevin Shea, aber noch verhält sich die Menge ... Die Soldaten lassen sie durch, jetzt sind sie mitten in der Menschenmenge, nichts trennt sie mehr von dem Zorn, den wir den ganzen Vormittag über, insbesondere in der letzten halben Stunde, hier erlebt haben.

Aber die Menschen machen Platz für Kevin Shea und die anderen ... Sie sind an dem Polizeiwagen angekommen, die hintere Tür ist offen, die Senatorin – Senatorin Wager – steigt ein. Jetzt Shea. Mohandas. Der Wagen setzt sich in Bewegung, langsam und mit eingeschaltetem Blaulicht. Die Menschenmenge weicht auseinander, gibt allmählich den Weg frei. Erstaunlich. Ich glaube, sie schaffen es tatsächlich ...«

## 74

Es waren zwei Autos – der Polizeiwagen mit Wager, Shea, Mohandas und Glitsky, und Simms' Wagen mit den FBI-Leuten, Rigby, Melanie und Farrell. Als sie am Justizgebäude ankamen, waren die Stufen vor dem Gebäude und die Eingangshalle mit Menschen überfüllt. Loretta hatte den Eindruck, daß man alle Fernsehteams der westlichen Hemisphäre zusammengetrommelt hatte, alle Zeitungs- und Zeitschriftenreporter, Radioberichterstatter, dienstfreie Polizisten, alle Mitarbeiter, alle vorübergehenden und ständigen Bewohner der Stadt. Aber es war kein Mob mehr. Es war eine Menschenmenge.

Sie erhielten die Nachricht, daß sich die Menschen im Park, die an der Demonstration teilgenommen hatten, zu zerstreuen begannen. Loretta fühlte sich bestätigt. Sie hatte recht gehabt – sie hatten Kevin Shea als Symbol gebraucht. Das Feuer mochte noch immer schwelen, vielleicht später neu entfacht werden, aber zumindest für den Augenblick war die Krise vorbei.

Es war, fand Loretta, die merkwürdigste Fahrt gewesen, die sie je unternommen hatte. Sie hatte neben Kevin Shea gesessen und war überrascht gewesen, als er sich an sie gewandt und sich für ihr Engagement, ihren Mut bedankt hatte. Er sei unschuldig, hatte er gesagt. Er habe versucht, Arthur Wade hochzuheben, nicht herunterzuziehen …

Als sie das Justizgebäude erreicht hatten, schien selbst Mohandas von Kevins offenem Wesen eingenommen zu sein. Nach allem, was Shea durchgemacht hatte, war er bemerkenswert freundlich gewesen. Er hatte eine Art nervösen Humor, aber keine Spur von Schroffheit gezeigt. Und es schien ihn ganz offensichtlich nicht im geringsten zu stören, zwischen zwei Schwarzen eingekeilt zu sein. Er hatte eher froh darüber gewirkt.

Sie brachten ihn nicht in die sechste Etage, sondern direkt in Alan Restons Büro, das in keiner Hinsicht mehr an seinen Vorgänger erinnerte. Reston hatte das Drama im Park im Fernsehen verfolgt und erwartete sie bereits. Auch Elaine Wager war da.

Eine von Wes Farrell geführte und von Lieutenant Glitsky unterstützte Debatte brachte die Unvollständigkeit der Beweise ans Licht. Rigby wollte nun mehr über die Ermittlungen gegen die anderen Verdächtigen – O'Toole, Mullen, McKay und Devlin – wissen, also warteten sie, bis Carl Griffin und Ridley Banks herunterkamen und vorbrachten, was sie herausgefunden hatten.

Doch Reston war noch immer nicht geneigt, die Anschuldigungen gegen Shea sofort fallenzulassen, nicht so schnell und nicht aufgrund der Argumente von dessen Rechtsanwalt. Reston entließ Mohandas und die Inspectors des Morddezernats, dankte ihnen für die Zusammenarbeit. Dann klärte er Loretta, Elaine, Glitsky und Rigby hinter verschlossener Tür über seine Entscheidung auf. Er werde Shea, sobald es dunkel war, an einen unbekannten Ort bringen lassen, wo er bewacht würde, bis die Beweismittel einem Richter vorgelegt werden konnten.

Um zwanzig nach eins holten die Stellvertreter des Sheriffs Shea und brachten ihn in eine Einzelzelle nach oben.

Glitsky war Loretta nicht von der Seite gewichen. Sie hatte ihn beobachtet, als Elaine in Restons Büro gekommen war, hatte nach einem Anzeichen gesucht, einer Reaktion. Aber er hatte zur Begrüßung lediglich genickt – ein Profi bei der Arbeit. Als sie die beiden nun zusammen sah – Vater und Tochter –, fiel ihr auf, daß sie sich zum ersten Mal zu dritt in einem Raum aufhielten. Eine Wiedervereinigung … Nein, eine Vereinigung. Und … Seltsam. Irgendwie ein Abschluß.

Sie bat um eine kurze Unterredung unter vier Augen mit Glitsky in Restons Büro. Als sich die Tür hinter den anderen geschlossen hatte, drehte sie sich zu Abe um. »Gut, Abe«, sagte sie. »Ich habe dir Kevin Shea besorgt. Das war der Deal.«

Glitsky stand anderthalb Meter von ihr entfernt gegen Restons Schreibtisch gelehnt. Vielleicht war Loretta schon zu lange in Washington gewesen und verstand einfach nicht, daß in Glitskys Welt nicht alles auf einen Deal hinauslief. Er hatte sich ihr gegenüber vage ausgedrückt, hatte gesagt, sie könnten über die Möglichkeit eines Deals sprechen, sobald Kevin Shea verhaftet sei. Das taten sie jetzt. Aber er hatte ihr nichts garantiert.

Er ließ die Hände in den Taschen und verzog keine Miene, bemühte sich, nicht an das zu denken, was zwischen ihnen gewesen war, nicht zu vergessen, was sie getan hatte. Er ging an ihr vorbei durch den Raum zur Tür von Restons Büro. Während er sie öffnete, blickte er zu Loretta zurück und schüttelte den Kopf. »Es gab keinen Deal, Loretta«, sagte er.

Im Flur vor dem Büro des Bezirksstaatsanwalts wartete Elaine. Sie wollte darüber sprechen, was sie getan hatten, wie sie weiter vorgehen würden, fragte nicht, was hinter der Tür vor sich gegangen war.

Glitsky fühlte sich in die Enge getrieben, konnte sich nicht herausreden. Er stand noch immer bei Elaine, als Loretta die Tür öffnete. Als sie die beiden sah, setzte sie ihre offizielle Miene auf. Dann schenkte sie ihrer Tochter ein Lächeln, ging zu ihnen. Ihre Augen glänzten. »Ich brauchte noch einen Moment«, sagte sie. »Nach allem, was geschehen ist …«

Elaine fragte Glitsky, ob er nicht Lust hätte, mit ihnen zu Mittag zu essen und die Sache wieder ins Lot zu bringen.

Glitsky lehnte dankend ab. Er mußte hinaufgehen, weil er dort was zu erledigen hatte. Rigby hatte ihm gesagt, er könne ein paar Unterlagen von seinem Schreibtisch holen, solle aber nicht davon ausgehen, daß er wieder im Dienst sei. Sie würden die vorübergehende Suspendierung und die Gründe dafür am Dienstag überprüfen. Rigby kümmerte sich nicht um Gründe, egal, ob sie gut oder schlecht waren. Glitsky hatte sich seinen Anweisungen widersetzt, das genügte.

»Ich treffe Ihre Mutter heute abend, Elaine«, sagte er und drehte sich zu Loretta um: »Um acht?«

Plötzlich beugte er sich hinunter und drückte sie für einen kurzen Moment an sich, legte ihr eine Hand auf den Nacken. *Es ist deine Entscheidung*«, flüsterte er ihr ins Ohr. Dann richtete er sich auf, lächelte sein unförmiges Lächeln und hob beiläufig einen Finger. »Um Punkt acht also.«

Punkt acht.

Elaine, dachte Loretta, würde keine Schwierigkeiten bekommen. Ihr Übereifer, Kevin Shea anzuklagen, bedeutete nicht das Ende ihrer Karriere. Nicht, wenn Alan Reston ihr Rückendeckung gab. Vielleicht brauchte sie Reston nicht einmal. Sie war stärker, als ihre Mutter hatte wahrhaben wollen, blickte nach vorn, würde ihren Weg gehen. Sie hatte inzwischen begriffen, daß die Sache zwischen Chris Locke und ihr nicht lange gedauert hätte, daß es für sie so vielleicht besser war, obwohl es natürlich schmerzte. Lange Zeit schmerzen würde. Das wußte sie.

Aber das war der Punkt, dachte Loretta. Elaine hatte wieder eine Perspektive und würde überleben. Ihre Tochter würde nicht zerbrechen. Sie konnte nicht zerbrechen, schließlich war sie die Tochter ihrer Mutter.

Sie hatten endlich den Fernsehkameras und dem ganzen Wahnsinn entfliehen können und waren gemeinsam aus der Innenstadt in Richtung Norden, an die Küste bei Point Reyes, gefahren. Dort war es so friedlich gewesen. Sie hatten den ganzen Nachmittag miteinander verbracht, Mutter und Tochter, wofür beide seit Jahren keine Zeit mehr gehabt hatten. Ein ruhiges Mittagessen in einem kleinen abgelegenen Lokal, ungestört, weil niemand gewußt hatte, wer sie waren, niemand sie beachtet hatte.

An einer Steigung der kurvenreichen Straße zurück nach San Francisco hatten sie angehalten und den berühmten Blick nach Süden auf die Brücke und die Stadt genossen. Seit Tagen war zum ersten Mal kein Rauch zu sehen gewesen.

Um Viertel nach fünf hatte Elaine sie zu Hause abgesetzt.

Punkt acht.
*Es ist deine Entscheidung.*

Der Wind hatte sich gelegt. Sie ging auf den Balkon vor der Bibliothek, sah wieder hinüber auf die Golden Gate Bridge. Die Sonne stand schon tief, aber der Abend war noch warm.

Sie trug einen glänzenden violetten Mantel über ihrer schwarzen Hose. Perlenohrringe. Sie hatte im Stars einen Tisch reservieren lassen, und für die Senatorin war das natürlich auch so kurzfristig kein Problem. Ob sie eine Trennwand aufstellen sollten? Jeremiah sei persönlich anwesend. Dürfe er vorbeikommen und ihr ein kleines *cadeau* anbieten? Er sei ein großer Fan von ihr.

Dann hatte sie die Formalitäten erledigt, das Schreiben an den Präsidenten fertiggestellt, sich darin überschwenglich für seine humanitäre Geste hinsichtlich Hunter's Point bedankt und ihre wärmste Empfehlung für Philip Mohandas ausgesprochen, den er als Verwalter für das Projekt auf dem Gebiet in Betracht ziehen solle. Ein Deal war ein Deal.

Sie diktierte fünf kurze Briefe verwaltungstechnischen Inhalts in ihr Diktiergerät, verschloß den an ihr Büro in Washington adressierten Umschlag und frankierte ihn. Er lag auf der kleinen Bank in der Eingangshalle, damit sie nicht vergaß, ihn aufzugeben.

*Es ist deine Entscheidung.*

Ihre Gedanken wanderten zur Wahl, zu ihrem Sitz im Senat. Wieviel Ironie jetzt darin lag, dachte sie. So, wie Glitsky es arrangiert hatte, hatte sie am Ende als Heldin dagestanden, obwohl sie sich anfänglich weit aus dem Fenster gelehnt hatte mit ihrer überlauten Forderung quasi nach Selbstjustiz. Niemand außer Abe wußte auch nur ansatzweise, was sie hinter den Kulissen veranstaltet hatte. Sie hatte sich verkalkuliert, aber das Glück war auf ihrer Seite geblieben. Ihr Ruf würde intakt bleiben.

Natürlich würde es eine Menge politischer Anfeindungen geben, aber das mußte sie akzeptieren. Sie hatte sich zu impulsiv und zu früh auf Kevin Shea gestürzt, bevor alle Fakten bekannt waren. Die Öffentlichkeit – Freunde und Feinde – würde ihr Urteil in Frage stellen, aber sie glaubte nicht, daß es ihre Chancen letztendlich mindern würde. Der Coup mit Hunter's Point würde ihr eine halbe Million schwarzer Wählerstimmen einbringen, die den Verlust der Stimmen der gemäßigten Weißen mehr als ausgleichen würden.

Schaudernd, obwohl ihr nicht kalt war, trat sie durch die Glastür zurück ins Haus. Die Sonne warf Lichtprismen auf den Parkettboden. Es war ein wunderschönes Haus. Sie sollte mehr Zeit hier verbringen. Jemand sollte all dies ... alles, was sie besaß, schätzen ...

Sie ging zur Bar hinüber, nahm eines der Kristallgläser und goß sich ein paar Fingerbreit von dem Kognak ein, den sie mit Abe zusammen getrunken hatte.

Auf dem Bücherregal gegenüber stand eine goldene Uhr unter einer Glaskuppel, die Dana ihr vor so langer Zeit zum Hochzeitstag geschenkt hatte. Die Stunden waren mit römischen Ziffern gekennzeichnet, und der goldene Mechanismus unter dem Zifferblatt bewegte sich langsam hin und her, immer im Halbkreis. Die Zeiger standen auf der Sieben und der Vier. Sie konnte ihren Blick nicht davon abwenden. Es gab keinen Sekundenzeiger, der einen zum Wahnsinn trieb und unaufhörlich dokumentierte, daß die Zeit vorbeiraste.

Zweiundzwanzig Minuten nach sieben.

Die Utensilien zum Abschminken – Pinsel, Stäbchen, Lappen, Öl – lagen auf dem Samttuch, das sie auf der Glasplatte ihres Schminktischs im Ankleidezimmer in der zweiten Etage, neben ihrem Schlafzimmer, ausgebreitet hatte. Es war ein kleiner Raum mit einem kleinen Fenster hoch oben in der Wand.

Sie stellte den halbleeren Kognakschwenker neben das Samttuch.

Dort lag ihre Nachricht für Abe.

Eine der Uhren in der unteren Etage schlug und gab die halbe Stunde an. Halb acht. Plötzlich konnte sie sich nicht daran erinnern, ob sie die Eingangstür entriegelt hatte, damit Abe hereinkonnte. Das war wichtig. Sie durfte es nicht vergessen.

Also ging sie wieder hinunter, durch die Eingangshalle, trank noch ein paarmal von ihrem Kognak. Die Tür war unversperrt.

Ein kurzer Blick zurück in die Bibliothek. Die Sonne war weiter gesunken, auch das letzte Lichtprisma verschwunden.

Er würde pünktlich kommen, um sie zu verhaften, das wußte sie. Punkt acht, hatte er gesagt.

*Es war ihre Entscheidung*.

Sie ging wieder die Treppe hinauf in ihr Ankleidezimmer und stellte den Kognakschwenker dort ab, wo er vorher gestanden hatte.

Sie nahm Danas alten Colt, den sie immer hier oben aufbewahrt hatte.

Auf dem Zettel stand mit zarten Bleistiftstrichen geschrieben: »Abe. Erinnere die Leute daran, daß Dana und ich früher oft zum Schießstand gegangen sind. Es muß ein Unfall gewesen sein, als ich die alte Waffe gereinigt habe ...«

Glitsky nahm das Papier vorsichtig auf. Auf dem Weg ins Bad faltete er es und zerriß es in kleine Stücke, die er in die Toilette warf. Er spülte dreimal.

Dann ging er ins Schlafzimmer, nahm den Hörer vom Telefon neben Lorettas Bett ab und wählte die Ziffern 911.

# MONTAG, 4. JULI

## 75

Elaine Wager bewahrte Haltung. Sie hatte das alles in der vergangenen Woche schon einmal durchgemacht. Drückte sich so etwas wie Erleichterung in ihrer aufrechten Körperhaltung aus? fragte sich Glitsky. Erleichterung, weil ihr nichts mehr passieren konnte, weil sie überlebt hatte?

Er hielt am Straßenrand, beugte sich hinüber und öffnete die Beifahrertür. Sie trug Jeans, braune Schnürschuhe und einen legeren Pullover. Ihr Haar war streng nach hinten gekämmt.

»Danke, daß Sie mich abgeholt haben«, sagte sie. »Aber es wäre nicht nötig gewesen.«

»Doch«, sagte er.

»Wie ich hörte, haben Sie sie gefunden …«

Er fuhr, mußte sie deshalb nicht ansehen. »Wir hatten einen Termin«, sagte er.

»Abe?« Ihre Stimme klang auf einmal zaghaft. »Wie war sie? Als Frau, meine ich. Sie wissen es …«

Er hielt an einer Ampel. »Wunderbar«, sagte er, »sie war wunderbar.«

Elaine schloß die Augen und nickte. »Auch als Mutter.«

Glitsky saß vornübergebeugt auf der vorderen Kante des Kunststoffstuhls, wartete, die Ellbogen auf die Knie gestützt. Sein Adlergesicht war vor Ungeduld mit Falten übersät. Ihm gegenüber starrte Elaine die winzigen Löcher in den Deckenfliesen an.

Der Gerichtsmediziner John Strout öffnete die Verbindungstür mit einem kurzen Ruck, und auf einmal standen alle. Als er nickte, wappnete sich Elaine und ging in die Leichenhalle. Glitsky blieb zurück.

»Ich bin reif für ein paar freie Tage«, sagte Strout. »So kann ich nicht weitermachen. Zu viele Leute, die ich kenne, enden hier …«

»Wissen Sie, wie es passiert ist?«

»Sieht genauso aus wie bei Chris.«

»Ich möchte Ihr Urteil hören«, sagte Glitsky. Seine Stimme klang rauh, das ließ Strout aufhorchen. »Ich kannte sie persönlich, John.« Er hielt inne und fragte sich, wieviel er sagen mußte. Nicht viel, stellte er fest.

»Nun, Sie wissen so gut wie ich, daß man in einem Fall wie diesem nie hundertprozentig sicher sein kann, aber ich werde ›Unfall mit Todesfolge‹ eintragen. Ich glaube nicht, daß sie sich umgebracht hat.«

»Warum nicht?«

»Hauptsächlich wegen dem, was ich über ihre letzten Stunden weiß. Sie verbrachte den Tag mit Elaine, die sagte, es sei alles in Ordnung gewesen, besser als je zuvor. Sie wissen ja, daß sie gerade ein paar größere Erfolge zu verzeichnen hatte. Abe, die Frau war voller Energie, befand sich auf einem Höhenflug. Deswegen glaube ich, daß sie sich nicht umgebracht hat. Außerdem läßt man keinen Tisch reservieren, wenn man vorhat, sich umzubringen. Man diktiert keine fünf kurzen Geschäftsbriefe zu Dingen, die sich im nächsten Monat abspielen werden, um sich anschließend umzubringen.«

Es sei denn, man plante es so sorgfältig, daß vor allem die eigene Tochter die Wahrheit nie erfahren würde, dachte Glitsky. Aber er fragte: »Irgendwelche Hinweise?«

»Der Winkel und der Abstand. Die Waffe ging weit genug entfernt los, so daß die Einschußstelle noch nicht mal Pulverspuren aufweist: Sie hat sie nicht gegen die Schläfe, in den Mund oder so gehalten. Die meisten tun das. Wenn ich es recht bedenke, habe ich noch nie einen Selbstmord gesehen, bei dem sich der Selbstmörder ins Herz geschossen hat. Nicht aus einer Armeslänge Entfernung, Abe. Ich glaube, die Waffe ist einfach losgegangen.« Strout fuhr sich mit der Hand über die Wangen seines langen Gesichts. Prüfend sah er den Lieutenant einen Augenblick lang an. Dann legte er Glitsky vorsichtig seine Hand auf die Schulter und sagte: »Es war ein Unfall, Abe. Es gibt niemanden, nach dem Sie suchen müßten.«

Glitsky fühlte, wie seine Beine unter ihm nachgaben. Vielleicht hatte seine kleine Unterhaltung mit Loretta über die Bedeutung der Details der Spurensicherung zu diesem Ergebnis geführt.

Er setzte sich und sah zu Strout auf. »Das hatte ich zu hören gehofft, John. Danke.«

Maria Braun, Richterin am Obersten Gerichtshof, mißfiel es, vom neuen Bezirksstaatsanwalt an ihrem langen Wochenende gestört zu werden. Sie dachte, das geschehe ihr wahrscheinlich recht, weil sie nicht, wie die meisten ihrer Kollegen bei Gericht, nach Hawaii, Puerto Vallarta oder Palm Springs ausgerückt war. Nächstes Jahr würde sie daran denken.

Aber es war natürlich ein wichtiger Fall, und die Stadt hatte sich damit schon genug blamiert ... Und auch wenn sie fand, man habe ihr den Unabhängigkeitstag verdorben, ließ sich das wahrscheinlich nicht mit dem vergleichen, was dieser Shea hatte durchmachen müssen, und er war noch immer in Haft.

Sie hatte die beeindruckenden Unterlagen des Anwalts Wesley Farrell gelesen – und erinnerte sich vage an eine Begegnung, konnte aber kein Gesicht zuordnen. Dann war sie sorgfältig die drei Versionen der Verhöre der anderen Zeugen durchgegangen, die Farrells Ausführungen unabhängig voneinander bestätigt hatten. Drei dieser Personen – James A. O'Toole, Brandon W. Mullen und Colin Devlin – schienen auf Straffreiheit oder Strafmilderung hinauszuwollen, wenn die Mordanklage fallengelassen würde. Die vierte, Rachel Koshelnyk, wirkte glaubwürdig, auch wenn ihr Englisch miserabel war.

Braun hatte sich auch die Zeugenaussage des bislang einzigen wegen Mordes anzuklagenden Verdächtigen, Peter M. McKay, durchgelesen. Außerdem die Aussage von Lieutenant Abraham Glitsky vom Morddezernat. Die Akte war gut zwei Zentimeter dick, und sie hatte alles gelesen. Alle schienen sich darin einig zu sein, daß Kevin Shea nichts Unrechtes getan habe.

Richterin Braun konnte eine mögliche Anklage des FBI gegen Kevin Shea nicht verhindern, konnte die Anklageschrift der Grand Jury nicht abweisen, ohne alle Beweise in dem Fall geprüft zu haben. Aber sie hatte genug gehört, um ihre gute Tat des Monats zu vollbringen: Sie würde Kevin Sheas Freilassung auf Kaution anordnen. Sie glaubte nicht, daß er untertauchen würde.

Farrell brachte Kevin Shea zurück in seine Wohnung. Shea war psychisch und physisch am Ende und wollte nicht auswärts zu Mittag essen, nicht feiern und auch keine Anweisungen hören, wie er sich künftig zu verhalten habe. Am allerwenigsten war er in der Stimmung, eine Strategie zu seiner Verteidigung zu entwickeln, falls er eine benötigte. Eigentlich wollte er nur nach Hause.

Farrell hatte dafür Verständnis und drängte ihn nicht. Kevin war durch die Mangel gedreht worden und mußte sich entspannen. Farrell seinerseits begab sich zum Mittagessen zu John's Grill, wo er seiner Ansicht nach recht gut in die Gedenkfeier paßte, die dort zu Ehren des Nationalfeiertags und gleichzeitig zu Ehren des Besitzers stattfand, dessen Wochenendreise nach New York erfolglos geblieben war. Er hatte eines der beiden Originale des Malteser Falken ersteigern wollen, die im gleichnamigen Film verwendet worden waren. Sein höchstes Gebot von dreißigtausend Dollar hatte nicht ganz an die sechshunderttausend Dollar herangereicht, für die die Trophäen am Ende verkauft worden waren. Doch die Publicity und die Kundschaft, die er durch sein Bemühen erlangt hatte, schadeten dem Umsatz seines Restaurants keineswegs.

Farrell bestellte Scholle mit Butter, Kapern und Zitrone. Er hatte so viel Plastikfraß gegessen, so viel Tiefkühlkost, so viel ausgeliefertes Zeug, daß es für ein ganzes Leben reichte. Die Dinge würden sich ändern. Er hatte Pläne für diesen Tag, vielleicht für den Rest seines Lebens. Jetzt kam er wieder in Gang – er würde nach Hause gehen, mit Bart einen langen Spaziergang machen, das Wohnzimmer aufräumen, das Geschirr abwaschen, ein paar Liegestütze machen (nicht zu viele am ersten Tag) und sich dann einen – und wirklich nur einen – extra knochentrockenen Bombay Sapphire Martini eingießen. Dann würde er sich vom Dach seines Wohnhauses aus das Feuerwerk ansehen.

Morgen früh würde er sich als erstes die verdammten Haare schneiden lassen, dann einige seiner alten Kollegen anrufen, seinen Lebenslauf aufpolieren und es allen mitteilen: Er war wieder im Geschäft.

550

Glitsky kam um halb zwei in Monterey an. Nat hatte den Skipper überredet, die Nachmittagsfahrt so lange hinauszuzögern, bis er da war. Immerhin ging es um fünf zahlende Fahrgäste zu jeweils zwanzig Piepen pro Kopf. Es war Abes Geld, und Nat hatte seinen Spaß daran, es schwinden zu sehen. Dazu war Geld ja da, auch wenn er in jungen Jahren anderer Ansicht gewesen war. Nun, so war das Leben – man lernte nie aus.

Den anderen drei potentiellen Beobachtern der Wale machte es nichts aus zu warten, wenn es nicht zu lange dauern würde, und das tat es nicht.

Um zwei Uhr dümpelten sie sechs Kilometer vor den Wellenbrechern im grellen Sonnenlicht auf ruhiger See. Isaac saß im Schneidersitz auf dem aufgewickelten Ankerseil und suchte mit einem Fernglas den Horizont ab. Jacob las einen Horrorroman, und Orel – der kleine Orel – übte zur Freude der anderen Passagiere ein paar von seinen Hip-Hop-Tanzfiguren. Dazu hatte er sein kleines, tragbares Radio auf dem Holztisch in der Mitte des Decks plaziert. Nat hatte sich auf einer der Bänke ausgestreckt und war eingeschlafen.

Glitsky kaute Salzwasserbonbons und ging zum Bug, dann zurück zum Heck. Er fühlte sich fehl am Platze, orientierungslos. Vielleicht auch arbeitslos.

Er hatte es noch niemandem gesagt. Noch nicht. Dafür war noch genug Zeit. Viel Zeit.

Er machte sich nichts vor. Er wollte nicht hier sein, bei seinen Jungs, seinem Vater, bei den einzigen Menschen, die ihm geblieben waren. Was sagte ihm das? Warum war er überhaupt hierher gefahren? Um acht oder neun Sekunden lang einen fetten Meeressäuger zu sehen? Hurra. Er konnte es kaum erwarten.

Niemand brauchte ihn. Er sollte die Jungs bei seinem Vater lassen und …

»He, Dad!«

»Ja.« Er sprang auf. Die Macht der Gewohnheit. Es war Isaac. Er sah schnell nach den anderen beiden. Der eine las. Der andere tanzte. Alles in Ordnung. Er ging hinüber und stellte sich neben seinen Sohn, der vor sich auf die Reling klopfte. »Ich habe dich beobachtet. Was ist los? Ich meine, dein Sohn würde gerne wissen, worüber du nachdenkst.«

Die Frage traf Glitsky wie ein Kinnhaken. »Ich weiß nicht, Isaac. Vermutlich habe ich gerade gedacht, daß ich mehr Zeit mit euch Jungs verbringen sollte«, log er. »Wir sollten mehr zusammen unternehmen.«

Isaac sah ihn mit einem dieser Teenagerblicke an, die er so gut kannte. »Nein«, sagte er, »das ist eine Dad-Antwort. Ich meine, *wirklich*.«

Glitsky lehnte sich an die Reling. »Wirklich?«

»Genau. Woran du wirklich denkst. Wie die Welt in deinen Augen aussieht.«

»Woher hast du denn *diese* Frage?«

»Ich glaube, über so was sprechen wir mit Nat.«

Er fand das komisch. »Über sowas spreche *ich* mit Nat.«

»Deinem Vater …«

»Ja, Nat ist mein Vater …«

»Warum redest du nicht mit uns über solche Dinge? Über die wirklichen Dinge? Ich meine, seit Mom scheinst du nur das getan zu haben, was du tun mußtest – was uns betrifft, deinen Job, alles. Als ob dich nichts mehr interessieren würde.«

Muß es denn gleich das Messer auf der Brust sein, dachte Abe. »Es gibt vieles, was mich interessiert«, sagte Abe. »Eine Menge Dinge. Du, zum Beispiel.«

»Was ist mit mir?«

Glitsky seufzte. »Warum du zum Beispiel nie mit mir redest. Warum alles um Macht geht, alles ein Kampf ist, warum du immer das Gegenteil von allem willst …«

Sein sechzehnjähriger Sohn nickte, während er zuhörte. »Weil du nur mit mir redest, wenn du mir sagst, daß ich was tun soll«, sagte er dann. »Als wärst du zu Hause auch ein Polizist.«

»Ich bin ein Polizist, Isaac. Worüber willst du denn reden?«

Der Junge schluckte. »Ich weiß nicht. Wie wär's, wenn du ab und zu einfach nur ›hallo, wie geht's?‹ oder so was sagen würdest?«

Glitsky sah auf. Da draußen war der grenzenlose und leere blaue Horizont. Und er trieb in der Weite des Ozeans, während sein Sohn ihm die Hand reichte, um ihn an Bord zu ziehen. Zum Teufel, worauf wartete er?

Er spürte in seinem Gesicht den Beginn eines echten Lächelns. Er sagte: »Okay, hallo, wie geht's dir denn wirklich?«

Selbst für die durch Tragödie und Gewalt paralysierte Stadt war der Unfalltod der Senatorin Loretta Wager im Augenblick ihres größten Triumphes ein schwerer Schlag. Der Präsident der Vereinigten Staaten kam mitten in der Woche persönlich herübergeflogen, um dem Staatsbegräbnis beizuwohnen. Bürgermeister Conrad Aiken rief einen Monat der Trauer in der Stadt des heiligen Franziskus aus.

Philip Mohandas schlug einen neuen Namen für das Hunter's-Point-Projekt für unterprivilegierte Jugendliche vor, dessen Verwaltung er aller Wahrscheinlichkeit nach übernehmen würde. Es sollte ›Loretta Wager Memorial Playpark‹ heißen.

Der Vorsitzende des Democratic National Committee sagte, wegen des vorzeitigen Todes von Senatorin Wager müsse die Suche nach einem geeigneten Kandidaten für die Vizepräsidentschaft bei den Präsidentschaftswahlen wieder von vorn beginnen. Nach ihrem heroischen, persönlichen Eingreifen in die Geschehnisse im Zusammenhang mit der Verhaftung Kevin Sheas wäre sie garantiert nominiert worden.

»Sie war«, sagte er, »eine ganz besondere Frau mit einer großen Persönlichkeit, absoluter Integrität und einer intuitiven Nähe zu den Bürgern, durch die sie sich von ihren Zeitgenossen unterschied. Sie war in erster Linie nicht Politikerin, sondern ein Mensch mit traditionellen Wertvorstellungen und aufrichtigen Gefühlen, der es gleichzeitig schaffte, sich immer wieder selbst zu übertreffen. Ich glaube, wenn sie sich entschieden hätte, für dieses Amt zu kandidieren, hätte sie die erste Präsidentin der Vereinigten Staaten werden können.«

Kevin ging langsam. Erschöpft stieg er eine Treppe nach der anderen hinauf. Oben angelangt, schloß er die Wohnungstür auf.

Das Bett war gemacht, die Tagesdecke darübergelegt. Die Fenster standen offen, die Jalousien waren hochgezogen. Er hatte nicht gewußt, daß es hier so hell sein konnte. Draußen glitzerte das Panorama in der klaren Luft. Eine leichte, warme, nach Blumen duftende Brise wehte durch die Vorhänge.

Das Geschirr – größtenteils Kaffeebecher und Bierkrüge – war gespült, und auf dem Beistelltisch neben seinem Sessel stand ein großer Blumenstrauß. Er ging überall im Zimmer herum, um es zu betrachten, und kam wieder zu seinem Bett zurück. Er setzte sich auf die Bettkante, mit Blick auf eins der Fenster.

Wo war sie?

Dann duschte er, um den Gefängnisgeruch loszuwerden, und zog eine saubere Jeans an. Bis zur Taille nackt, ging er wieder zum Bett und ließ sich von der Brise trocknen.

Fünfzehn Minuten, zwanzig Minuten. Er rührte sich nicht, sah keine Veranlassung, sich Gedanken zu machen. Er saß einfach da, wartete und ließ den Alptraum ein wenig abklingen.

Er wußte, daß sie kommen würde. Er wußte es.

Vor der Wohnung, am Treppenabsatz, hörte er Schritte auf dem Parkett. Er stand auf, drehte sich um und wollte gerade zur Tür gehen, als diese sich öffnete.

Sie hielt eine braune Papiertüte im Arm, aus der oben ein Brot herausschaute.

Er war von ihrem Anblick, von der Wärme, die sie ausstrahlte, überwältigt. Sie trug die glänzenden Haare offen, hatte ein einfach geschnittenes hellgelbes Kleid an, dessen dünner Stoff bei jedem Herzschlag vibrierte. Er konnte es sehen.

Sie stellte die Einkaufstüte auf dem Bett ab, richtete sich auf und begegnete seinem Blick. Ein Lächeln der Erleichterung und der Freude trat in ihr Gesicht. Sie war wieder bei ihm.

»Erinnerst du dich an den Schlüssel, den ich dir zurückschicken wollte, als wir uns getrennt haben? Ich habe es nicht getan.« Nach einer Pause fuhr sie fort: »Ich dachte, du würdest ein bißchen später nach Hause kommen. Ich wollte hier sein.«

»Wes hat mich gleich hergefahren.«

Sie blieb stehen und zögerte ängstlich, einen Schritt nach vorn zu tun, ein letzter, zaghafter Zweifel. Dann zeigte sie ein zartes Lächeln, und darin lag die Frage: Wollte er sie immer noch?

Es stand ihr ins Gesicht geschrieben. Er konnte es lesen.

Stille. Beide waren scheu, aus Angst, sie könnten etwas falsch machen. Die ersten Momente im wirklichen Leben, im Bewußtsein, was das bedeutete.

Sie stand ihm gegenüber, einen Meter von ihm entfernt, die Hände an den Seiten, die Augen …

Er hatte so etwas noch nie erlebt, hatte nicht geglaubt, es jemals zu erleben … Sie *sah* ihn und liebte ihn immer noch. Das war alles, was er auf dieser Welt wollte.

Sie fragte ihn: »Möchtest du jetzt allein sein? Soll ich gehen?«

Er trat vor und legte seine Hände auf ihre Arme. Er spürte, daß sie zitterte. »Nie mehr«, sagte er leise, »nie mehr.«

Sie legte die Arme um seinen Hals und schmiegte sich an ihn. Er spürte, wie ihr Herz an seinem Körper schlug. Und er spürte seinen eigenen Herzschlag.

Sie schlugen im selben Rhythmus. Zusammen. In Wirklichkeit, im wirklichen Leben.

In den alten Zeiten, nicht *den* alten Zeiten (das Little Shamrock existierte seit 1893), sondern in den fünfziger Jahren, war die Kneipe wegen des Mittagessens genauso beliebt gewesen wie wegen der Drinks, die man dort servierte.

Moses McGuire und sein stiller Teilhaber Dismas Hardy hatten gedacht, es sei eine gute Werbung und der geeignete Moment, die Uhr am Unabhängigkeitstag um ein paar Jahre zurückzudrehen. Sie hatten die Genehmigung der Stadt eingeholt, um draußen, auf dem Gehweg vor der Kneipe in der Lincoln Street, gegenüber vom Golden Gate Park, Hot dogs und Muschelsuppe zu servieren (für zehn beziehungsweise fünfzehn Cent). Auf dem Dach des Shamrock hatten sie eine riesige amerikanische Flagge gehißt, welche die Vorderseite des Gebäudes bis hinunter zu den oberen Kanten der Fenster bedeckte. Der Bereich vor dem Shamrock war mit Holzböcken abgesperrt. Das Wetter hatte mitgespielt, was in San Francisco selten geschah.

Jetzt, um neunzehn Uhr, war es noch warm und ruhig. Auf der Lincoln Street herrschte wenig Feiertagsverkehr. Hardy und McGuire standen hinter einem Tisch, unter dem sich Fässer mit Guinness Stout, Bass Ale und Anchor Steam in mit Eis gefüllten Metallbehältern befanden. Um sie herum, vor und hinter den

Holzböcken, vor ihnen auf der Straße und hinter ihnen in der Kneipe, aß und trank eine gemischte Menschenmenge von etwa zweihundert Personen, während im Hintergrund irgendeine Marschmusik von John Philip Sousa spielte. Moses hatte gefunden, sie sei angemessen, und Hardy hatte zugestimmt, obwohl es nicht unbedingt seine Lieblingsmusik war. McGuire war der Eigentümer mit Dreiviertelmehrheit.

Sie hatten in der letzten Stunde so schnell Bier gezapft, wie es floß, doch dann war es plötzlich ruhiger geworden.

»Wo ist dein Freund Glitsky?« fragte Moses. »Ich dachte, er würde kommen.«

»Er kommt vielleicht noch. Er sagte, er wolle runter nach Monterey fahren. Prioritäten.« Hardy wies auf die Menge. »Glitsky hin oder her, sieht ganz so aus, als würde es klappen.«

»Ist vielleicht die beste Idee, die wir jemals hatten«, antwortete Moses. Selbst wenn er nicht trank, neigte er zu Übertreibungen, und jetzt hatte er schon ungefähr vier Halbe getrunken.

»Vielleicht ist es *deine* beste Idee gewesen, aber ich persönlich hätte schon bessere.«

»Ja? Zum Beispiel?«

»Zum Beispiel, deine Schwester zu heiraten.«

Das konnte Moses natürlich nicht bestreiten.

»Trotzdem«, sagte Hardy versöhnlich. »Ich muß zugeben, daß ich mir Sorgen gemacht habe.«

McGuire zapfte sich einen weiteren Pappbecher Starkbier. Er trank ihn zu einem Drittel leer. »Weswegen?«

»Weswegen, fragt er. Ach, nichts, Mose. Es ist in letzter Zeit so ruhig in der Stadt gewesen, weswegen sollte man sich da Sorgen machen?«

Moses trank wieder und schüttelte den Kopf. »Nicht hier. Hier würde so was nicht passieren. Nicht in meiner Kneipe.«

»Dieses Lied habe ich schon mal gehört ... Nicht in San Francisco ... Und rate mal ...?«

Moses machte eine Handbewegung. »He, sieh es dir an, Diz. Sieh nur hin.«

Hardys Blick überflog die Menschenmenge. Ein Meer von Gesichtern aller möglichen Schattierungen. »Okay ... na und? Beweist das was?«

»Ich finde schon, Diz. Wirklich. He, vor zwei Tagen, die ganze letzte Woche, weißt du noch … und jetzt sieh dir das hier an. Wir machen Fortschritte.«

Hardy drehte am Zapfhahn des Guinness und ließ einen Vierteliter des schwarzen Nektars in seinen Becher laufen. Er trank ihn in einem Zug aus, betrachtete erneut die Menge und wandte sich seinem Schwager zu: »Vielleicht. Hoffen wir's.«

# QUELLENVERZEICHNIS

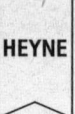

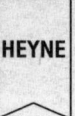

# Robert Ludlum

»Ludlum packt allein in einen Roman mehr Spannung, als dies einem halben Dutzend anderer Autoren zusammengenommen gelingt.«

*THE NEW YORK TIMES*

01/06941

# HEYNE-TASCHENBÜCHER